HEYNE
BÜCHER

Tip des Monats

In derselben Reihe
erschienen außerdem als Heyne-Taschenbücher:

John T. Lescroart

Die Rache
Das Urteil

ZWEI SPANNENDE THRILLER

WILHELM HEYNE VERLAG
MÜNCHEN

HEYNE TIP DES MONATS
23/149

DIE RACHE/The Vig
Copyright © 1993 by John T. Lescroart
Copyright © 1995 der deutschen Ausgabe
by Wilhelm Heyne Verlag GmbH & Co. KG, München
Aus dem Amerikanischen von Petra Dudas und Oliver Neumann
(Der Titel erschien bereits in der Allgemeinen Reihe
mit der Band-Nr. 01/9682.)

DAS URTEIL/The 13th Juror
Copyright © 1994 by John T. Lescroart
Copyright © 1996 der deutschen Ausgabe
by Wilhelm Heyne Verlag GmbH & Co. KG, München
Aus dem Amerikanischen von Gerd Burger
(Der Titel erschien bereits in der Allgemeinen Reihe
mit der Band-Nr. 01/10077.)

Umwelthinweis:
Das Buch wurde auf
chlor- und säurefreiem Papier gedruckt.

Copyright © 1998 dieser Ausgabe
by Wilhelm Heyne Verlag GmbH & Co. KG, München
Printed in Germany 1998
Umschlagillustration: William Low
Umschlaggestaltung: Atelier Ingrid Schütz, München
Satz: Buch-Werkstatt GmbH, Bad Aibling
Druck und Bindung: Elsnerdruck, Berlin

ISBN 3-453-13168-1

Die Rache

Für Al Giannini

1

Um 2 Uhr 15 an einem Mittwoch nachmittag im späten September saß Dismas Hardy an der Theke des *Little Shamrock* auf einem Barhocker und bearbeitete die Spitzen seiner Dartpfeile mit einer feinen Sandblattfeile. Ein Krug Guinness, vor einer Viertelstunde gezapt, hatte längst seine Schaumkrone verloren und stand unberührt auf der Theke. Hardy pfiff leise vor sich hin, so glücklich wie seit zehn Jahren nicht mehr.

Er hatte die Bar um Punkt eins geöffnet und Tommy, einem Stammkunden, eine Flasche Miller Draft serviert. Tommy war ein ehemaliger Lehrer, der vor ein paar Jahren pensioniert worden war und inzwischen die meisten Nachmittage vor dem großen Aussichtsfenster verbrachte und mit jedem sprach, der ihm Gehör schenkte. Aber heute erzählte er Hardy, er habe eine Verabredung, und ging nach einem Bier. Tommy war in Ordnung, doch alleingelassen zu werden, brach Hardy nicht das Herz.

Als er einen Pfeil fertig bearbeitet hatte, blickte er auf, nahm das Guinness und nippte daran. Durch das Fenster über Tommys Tisch sah er auf den Lincoln Way, wo nur wenig Verkehr herrschte. Auf der anderen Straßenseite bewegten sich an der Grenze zum Golden-Gate-Park Immergrün und Eukalyptusblätter schimmernd im schwachen Wind. Heute morgen hatte es keinen Nebel gegeben, und Hardy vermutete, der Wind würde noch warm sein. Wenn du einen Sommer win San Francisco erleben willst, plane deine Ferien für den Herbst ...

Ein Bus bog um die Straßenecke und hielt an. Als er weiterfuhr, blieb an der Ecke ein Mann zurück, der sich verloren umsah.

Eine Minute später flogen die Doppeltüren auf. Hardy raffte die Pfeile zusammen und schwang sich um das Ende der Theke herum. Hinter den porzellanenen Zapfhähnen blieb er stehen und nickte dem Kunden zu.

Falls es ein Kunde war.

Auf den ersten Blick erweckte der Mann nicht gerade den Anschein nach Banknotenbündeln und Limousinen – ob er das Geld für ein Bier übrig hatte, schien fraglich. Sein Hemdkragen war offen und ziemlich abgetragen, und die Hose, die ihm um die Beine schlotterte, brauchte dringend ein Bügeleisen. Die Augen unter der flachen Stirn blinzelten, um sich an das gedämpfte Licht der Bar zu gewöhnen, obwohl das *Shamrock* nun wirklich keine Höhle war. Er hatte eine Rasur nötig.

»Kann ich Ihnen helfen?« fragte Hardy und betrachtete den Mann genauer. Plötzlich begannen die Teile sich zu einem Bild zu fügen. »Rusty?«

Der Mann rang sich ein mattes Lächeln ab, das ihn Mühe zu kosten schien. »Zehn Punkte.« Er streckte die Hand über die Theke, und Hardy ergriff sie. »Wie geht's dir, Diz?« Die Stimme wirkte ruhig und sicher, kultiviert.

Hardy fragte ihn, was er trinken wolle, und sagte, es gehe auf seine Rechnung.

»Dasselbe wie immer.«

Hardy schloß die Augen und versuchte sich zu erinnern, dann griff er ins oberste Regal und nahm eine Flasche *Wild Turkey*. Er warf einen kurzen Blick auf den Mann, mit dem er das Büro geteilt hatte, als sie beide für die Staatsanwaltschaft gearbeitet hatten.

Rusty Ingraham war gealtert. Vor allem an den Haaren war das zu sehen, oder besser: an dem Mangel an Haaren. Mit fünfundzwanzig hatte er einen dichten Schopf orangeroter Haare und einen gewaltigen Schnurrbart gehabt. Jetzt, wo im Gesicht nur noch die Bartstoppel wucherten, der Schädel kahl und die Schläfen grau waren, wirkte er alt. Noch immer gutaussehend, aber alt.

Hardy schenkte ihm einen Doppelten ein.

»Erstaunlich«, sagte Rusty Ingraham und nickte seinem Glas zu.

Hardy zuckte mit den Schultern. »Wenn du jemanden wirklich kennst, vergißt du nie, was er trinkt.«

»Na, dann hast du wohl deine Berufung gefunden.« Rusty hob das Glas, Hardy seinen Bierkrug, und beide sagten »Skol«.

»Und?« Hardy setzte sein Glas ab. »Bist du noch Anwalt?«

Ingrahams Lippen bewegten sich leicht und zeigten eine Sanftmut, die Hardy früher nie an ihm gesehen hatte. Als sie zusammen für den Generalstaatsanwalt gearbeitet hatten, mochte Ingraham wohl einige Empfindsamkeit besessen haben, aber sicher keine Sanftmut. Jetzt war da dieses halbe Lächeln eines Mannes, der nur noch zurückschaute. Die guten Zeiten – welche auch immer – würden niemals zurückkehren.

Rusty nippte gemächlich an seinem Whisky. »Du mußt schon

eine Weile aus der Branche raus sein, wenn du sie immer noch Anwälte nennst.«

Hardy grinste. Es war ein alter Scherz. »Dann eben Staatsanwalt
– bist du noch Staatsanwalt?«

Wie eine Flamme, die versucht, einen Docht zu erwischen,
flackerte das Lächeln wieder auf. Hardy beschlich das Gefühl, daß
Ingraham seit langer Zeit mit keiner Menschenseele mehr gesprochen hatte.

»Ja, ich habe dieses ehrwürdige Amt noch inne.« Rusty machte
eine Pause. »Obwohl man mich in meiner Korrespondenz nur sel-
ten ›Esquire‹ nennt und ich, wie du siehst …« – er wies auf seine
Kleidung –, »zur Zeit nicht praktiziere.« Wieder trank er. Wie ein
Gewohnheitstrinker, dachte Hardy, aber ohne Gier, nicht wie ein
Alkoholiker. Es gibt einen Unterschied, und den kannte Hardy gut.

»Du machst das hier den ganzen Tag?« fragte Rusty.

Hardys Augen schweiften durch den Raum und über die Einrichtung. »Seit neun Jahren jetzt. Ein Viertel der Kneipe gehört
mir.«

»Das ist großartig. Und du bist noch mit Jane zusammen?«

»Nun, wir haben uns scheiden lassen, aber wir sind dabei, es
noch mal zu versuchen.« Hardy zuckte mit den Schultern. »Ich bin
zuversichtlich, aber vorsichtig.«

»Ja, das warst du immer.«

»Und wie steht's mit dir? Ich habe gesehen, daß du mit dem Bus
gekommen bist.«

Für einen Augenblick trafen sich ihre Blicke, dann erlosch die
Flamme in Rustys Lächeln. »Mir ist vor einem Monat das Auto gestohlen worden. Es ist noch immer verschwunden. Ein ziemlicher
Ärger. Also verbringe ich einen Haufen Zeit damit, auf den N-Bus
zu warten, als wäre er Godot.«

Das gefiel Hardy. Der N-Bus, der hinter dem *Shamrock* entlang
fuhr, war für seine notorische Verspätung bekannt.

»Und den Rest siehst du ja, Diz – ich hänge durch. Ich wohne auf
einem Lastkahn, unten im China Basin. Alle ein bis zwei Monate
bekomme ich einen Notfall, setze dann und wann auf ein gutes
Pferd. Ich habe noch immer einen ordentlichen Anzug. Ich putze
meine Schuhe, und für ein, zwei Tage komme ich durch.« Er setzte
das Glas ab und fragte, ob er Hardy einen ausgeben könne, dann
legte er einen Zehn-Dollar-Schein auf den Tresen. Hardy schenkte
ihnen beiden nach. Den Schein nahm er nicht.

»Übrigens, Diz, bin ich aus einem bestimmten Grund gekommen. Erinnerst du dich an Louis Baker?«

Hardy runzelte die Stirn. Er erinnerte sich an Louis Baker. »Acht Jahre, verlängert auf dreizehn?«

»Neuneinhalb kamen im Endeffekt raus.«

»Neuneinhalb«, wiederholte Hardy. »Kaum der Mühe wert.«

»Weniger als kaum«, sagte Rusty.

Hardy nahm einen Schluck von seinem Bier, setzte das Glas ab und fluchte. »Ich muß gut hundert Kerle hinter Gitter geschickt haben. Und du auch«, sagte er.

Ingraham nickte. »Insgesamt habe ich zweihundertvierzehn Arschlöcher aus dem Verkehr gezogen.«

Hardy pfiff durch die Zähne. »Du warst ganz schön scharf, was?«

»Ja. Aber es gab nur einen Louis Baker.«

Baker war schon während der ersten zwanzig Jahre seines Lebens ein Geschwür in Hunter's Point gewesen. Er hatte einen großen Kopf, einen wohlfrisierten Afro-Schnitt und die Statur eines Bodyguards. Obwohl sein Sündenregister von kleinen Anfängen als Teenager – Vandalismus, Autodiebstahl, Einbruch und Straßenraub – bis zu schweren Delikten als Erwachsener reichte, war er davon überzeugt, nie in wirklich ernsthafte Schwierigkeiten geraten zu können. Und das nicht ohne Grund.

Die Staatsanwaltschaft mußte zwei Verfahren gegen ihn wegen Mordes und vier wegen Vergewaltigung einstellen. Er war ein Meister darin, keine Beweise zu hinterlassen und Zeugen zum Schweigen zu bringen.

Einmal stand er wegen versuchten Mordes vor Gericht, weil er mit dem Messer auf einen Mann losgegangen war, der in einem Bus der Linie 7/11 zu lange mit seiner Freundin geredet hatte. Am Ende weigerte sich der Mann, ihn zu identifizieren. Er ging den ganzen Weg bis zum Zeugenstand, dann sah er zu Baker auf der Anklagebank und überlegte wohl, daß er nicht lange genug leben würde, um seine Enkelkinder kennenzulernen, wenn er mit dem Finger auf Baker zeigen würde. Also wußte er plötzlich nicht mehr genau, ob Baker wirklich der Mann war, der ihm am hellen Nachmittag die Ohren abgeschnitten und das Messer in den Bauch gerammt hatte. Hardy war der Vertreter der Anklage.

Am Ende hatte die Staatsanwaltschaft – diesmal Rusty Ingraham –

ihn aber doch drangekriegt und seine erste Verurteilung bewirkt, wegen bewaffneten Raubes in vier Fällen. Doch das bedeutete, daß er in den Augen der Justiz nicht als Schwerverbrecher, sondern als resozialisierbar galt. Der Richter ließ Milde walten und gab ihm acht Jahre. Als das Urteil verkündet wurde, senkte Baker gelassen für einen Moment den Kopf und sah dann zum Tisch der Anklagevertretung hinüber. Hardy war zur Urteilsverkündung gekommen, weil er sehen wollte, wie dieser Bursche endlich hinter Gittern landete, und saß neben Ingraham. Baker sah in ihre Richtung, direkt auf Ingraham. Er schien sich seine Züge einzuprägen. Dann sagte er laut: »Du Schweinehund bist ein toter Mann.«

Der Richter ließ den Hammer niedersausen. Ingraham stellte den Antrag, Bakers Strafe wegen dieser Drohung zu verschärfen, und der Richter schlug an Ort und Stelle noch fünf Jahre drauf.

Der Gerichtsdiener, unterstützt von zwei Beamten, zerrte den kräftigen Mann hoch und führte ihn durch den Gerichtssaal. Baker starrte noch immer auf Ingraham.

Da beging Hardy eine Dummheit.

Bakers Blick, sein Gehabe, sein Auftreten als harter Bursche amüsierten ihn eine Sekunde lang – nur eine Sekunde. Aber das war genug. Ein zwanzigjähriger Irrer, der für lange Zeit hinter Gittern verschwand und dachte, sein Ghetto-Blick würde dem Mann, der ihn dorthin geschickt hatte, eine Höllenangst einjagen … Als Baker, der mit seinen Handschellen kämpfte, auch Hardy einen tödlichen Blick sandte, schürzte der die Lippen und warf ihm einen Abschiedskuß zu.

In diesem Moment wurde Baker wirklich rasend. Er riß sich von dem Gerichtsdiener und den beiden Beamten los und hatte den Tisch der Anklagevertretung schon fast erreicht, als er mit Gummiknüppeln niedergeschlagen wurde.

Monatelang geisterte diese Szene durch Hardys Träume. Der Brief, den er von Baker nach dessen erster Woche im Gefängnis erhalten hatte, hatte die Sache nicht besser gemacht. Der Kerl wußte von seinem Anwalt, wer Hardy war, und er hatte geschrieben, wenn er wieder auf freiem Fuß wäre, würde er auch ihn töten.

Hardy schickte Kopien des Briefes an den Gefängnisdirektor und den Richter, der Baker verurteilt hatte, aber in dieser Angelegenheit war das letzte Wort gesprochen. Der Richter hatte Bakers Strafe bereits wegen einer Drohung verschärft und war nicht bereit, das ein zweites Mal zu tun. In dem Brief, den Hardy als Antwort vom Gefängnisdirektor erhielt, hieß es, viele Häftlinge seien direkt nach der Verurteilung verbittert, aber die meisten kämen zur Vernunft und führten sich gut, um vorzeitig entlassen zu werden.

Die meisten vielleicht.

Aber Baker? Hardy war da nicht so sicher gewesen.

»Er ist also draußen?«

Ingraham schob die Manschette zurück und warf einen Blick auf seine Armbanduhr. Hardy konnte es nicht mit Gewißheit sagen, aber das Ding sah verdammt nach einer Rolex aus. »Wenn sie pünktlich sind, in ungefähr zwei Stunden.«

»Wie hast du davon erfahren?«

»Ich habe einen Freund im Bewährungsamt. Er hat mich angerufen. Und ich habe es bei der zuständigen Polizei überprüft. Niemand holt ihn am Tor ab. Wer sollte das auch tun? Vermutlich nimmt er den Bus zurück in die Stadt.«

Hardy pfiff durch die Zähne. »Du hast es wirklich überprüft.«

»Dem Kerl gehört meine ganze Aufmerksamkeit.«

»Und was wirst du unternehmen?« fragte Hardy.

Sein alter Bürokollege nippte an seinem Drink. »Was kann ich schon tun? Irgendwann erwischt es jeden von uns. Vielleicht sorgfältiger absperren.«

»Hast du eine Waffe?«

Ingraham schüttelte den Kopf. »Das ist was für euch harte Jungs. Wir Gentlemen, die an die Macht des Gesetzes glauben, sollten solche schweren Geschütze nicht nötig haben.«

Hardy war nach seiner Stationierung in Vietnam und mehreren Jahren bei der Polizei bei der Staatsanwaltschaft gelandet, während Ingraham über Stanford und die juristische Fakultät Hastings dorthin gelangt war.

»Hast du vor, mit Louis Baker zu verhandeln?«

»Ich habe nicht vor, ihm zu begegnen.«

»Was ist, wenn er kommt, um dir zu begegnen?«

»Ich habe den Gefängnisdirektor angerufen, nachdem ich von der Sache erfahren hatte. Er hat mir gesagt, Louis sei ein vorbildlicher Häftling gewesen, habe zu Gott gefunden und den höchstmöglichen Straferlaß wegen guter Führung bekommen, und es gebe offenkundig keinen Anlaß zur Sorge für mich. Für uns.«

Hardy beugte sich über die Theke. »Warum bist du dann hier?«

Endlich kehrte Ingrahams Lächeln zurück. »Weil sich das für

mich wie totaler Mist anhört.« Er lehnte sich auf dem Barhocker zurück. »Ich finde, es wäre keine schlechte Idee, wenn du und ich für ein paar Wochen in Verbindung blieben.«

Hardy wartete. Er verstand nichts.

»Wir könnten einander jeden Tag um die gleiche Zeit anrufen oder etwas in der Richtung.«

»Was würde das nützen?«

»Zum Teufel, Diz, Polizeischutz werden wir nicht bekommen. Niemand heftet sich an Louis' Fersen, um zu sehen, ob er sich in unserer Nachbarschaft herumtreibt. Auf diese Weise hätten wir, wenn einer von uns nicht anruft, zumindest eine Ahnung, was passiert sein könnte. Einer von uns beißt vielleicht ins Gras, aber der andere ist dann wenigstens gewarnt.«

Hardy nahm sein Guinness und trank den Rest aus. »Du glaubst, daß er es wirklich versuchen wird, nicht wahr?«

»Ja, ich fürchte, das glaube ich.«

»Jesus ...«

»Und noch was ...«

»Ja?«

»Ich dachte, du könntest mir eine Schußwaffe empfehlen.«

Jane war in Hongkong, um Kleider für *I. Magnin* zu kaufen, und würde am Wochenende zurückkommen.

Offiziell lebten sie eigentlich nicht wieder zusammen, auch wenn einige von Janes Kleidern in Hardys Schlafzimmerschrank hingen. Sie hatte noch immer das Haus – ihr früheres gemeinsames Haus – in Jackson und blieb dort von Zeit zu Zeit, wenn sie bis spät nachts in der Stadt arbeitete. Aber drei- oder viermal pro Woche hatte sie während der letzten drei Monate hier geschlafen, draußen in den Avenues bei ihrem Ex-Mann.

Während er von Zimmer zu Zimmer ging, wurde Hardy klar, wie sehr er sie wieder brauchte. Nun, brauchen vielleicht nicht. Man brauchte nicht wirklich jemanden, um zu überleben. Aber wenn man das Überleben erst einmal gemeistert hatte, brauchte man jemanden, um sich vollständig zu fühlen, lebendig ... Oder was immer es auch sein mochte, das einem half, sich auf Dinge zu freuen, statt sich vor ihnen zu fürchten.

Nachdem er seine Schicht im *Shamrock* beendet hatte und Moses McGuire gekommen war, um ihn abzulösen, hatte er an der Dartwand fünf- oder sechsmal *301* gespielt, um sein Auge scharf zu halten. Die frisch gespitzten Pfeile flogen gut, und er hielt seinen Platz in der Rangliste, bis er keine Lust mehr hatte.

In der Dunkelheit fuhr er nach Hause. Er parkte den Suzuki Samurai, den er seinen *Seppuku* nannte, am Straßenrand vor dem einzigen weißen Lattenzaun im ganzen Block. Drinnen briet er sich in einer schwarzen, gußeisernen Pfanne ein Steak und aß es mit einer Dose Erbsen. Er fütterte den tropischen Fisch in dem Aquarium im Schlafzimmer, las hundert Seiten Barbara Tuchman und stellte wieder einmal fest, daß die Welt schon immer so wundervoll gewesen sein mußte, wie sie es auch heute noch war.

Er ging in sein Büro, öffnete den Safe und musterte seine Schußwaffen.

Er hatte Rusty empfohlen, eine .38er *Police Special* zu kaufen. Es war eine gute, schnörkellose Waffe für Hohlraumgeschosse. Wenn man damit einem Kerl ins blühende Leben schoß, wirbelte er wie eine Ballerina herum und knallte auf den Boden.

Hardy nahm seine *Special* aus dem Safe. Der .44er Colt daneben war mehr eine Vorführwaffe, außerdem schwer, und die .22er Zielpistole könnte eine angreifende Bisamratte stoppen, aber das war auch alles.

Die *Special* war die richtige.

Als er die Waffe sorgfältig mit Patronen aus dem Safe geladen hatte, wurde er plötzlich nervös, ging ins Schlafzimmer, öffnete eine Schublade im Nachttisch und legte die *Special* hinein.

Es war zwölf Minuten vor zehn. Er beschloß, sich an den Schreibtisch zu setzen, auf Rustys Anruf um zehn zu warten, danach im Fernsehen *L. A. Law* anzuschauen und sich hinzulegen – eine ruhige Nacht.

Er zog die drei Dartpfeile aus dem Brett über dem Schreibtisch und begann, leicht und locker zu werfen. Er versuchte, weder an Louis Baker noch an Jane, noch an Rusty Ingraham zu denken.

Jemand hatte ihm irgendwann mal erzählt, man könne Wasser zu Gold machen, wenn man ins Innere des Dschungels gehen, dort ein Feuer anzünden und einen Topf Wasser zum Kochen bringen würde. Verstanden? Der Trick: Denk eine halbe Stunde nicht an die Tiger. Nimm deinen Topf voller Gold und geh nach Hause.

Hardy warf einen Blick auf die Uhr, die auf dem Schreibtisch stand: Viertel nach zehn. Vielleicht hatte er ihn falsch verstanden, und sie würden erst morgen um zehn mit den Anrufen beginnen. Und doch ...

Er nahm das Stück Papier, das Rusty ihm gegeben hatte, und wählte die Nummer. Achtmal klingelte das Telefon, dann legte Hardy auf. Rusty sollte ihn am Abend anrufen und er ihn am Morgen, es sei denn, einer von ihnen war nicht zu Hause. An solchen Tagen würden sie einfach tauschen. Zwei Wochen wollten sie es so halten.

Um fünf nach halb elf versuchte er es noch einmal. Wahrscheinlich hatten sie doch gesagt, sie würden erst am nächsten Morgen anfangen.

Hardy war nicht müde. Nichts von alldem schien besonders realistisch, aber als er sich aufs Bett legte, nahm er die *Special* aus der Schublade. Er knipste das Licht aus und zog eine Decke über sich. Die Kleider hatte er noch an, die Pistole hielt er in der Hand. Er sah auf die Uhr neben seinem Bett. Eine Minute nach elf.

Kein Anruf.

2

Es war dunkel, als das Telefon in der Küche klingelte. Hardy erwachte mit der Waffe in der Hand aus einem kurzen, unruhigen Schlaf, schaltete das Licht in der Küche ein und nahm den Hörer ab, noch bevor es zum zweiten Mal klingelte.

»Rusty?

»Wer ist Rusty?«

Die Stimme einer Frau, von weither, drang mit einiger Verzögerung und begleitet von einem Rauschen aus dem Hörer.

Ihr Klang ließ Hardy schlagartig wach werden. »Bei Gott, es ist schön, deine Stimme zu hören.«

»Hast du geschlafen?«

Die Uhr über dem Herd zeigte zehn nach drei. »Hier ist es drei Uhr morgens«, antwortete er. »Ich bin gerade um den Block gejoggt, als ich das Telefon klingeln hörte.«

»Drei Uhr morgens? Ich komme damit einfach nicht zurecht.«

»Ist schon gut.«

»Ich weiß nicht einmal, was für ein Datum heute ist. Bei euch drüben, meine ich.«

»Das macht nichts. Ich bin hier und weiß auch nicht, was für ein Datum wir haben.«

»Und wer ist Rusty?«

Jane war auf der anderen Seite der Erdkugel, und es gab keinen Grund, sie zu beunruhigen. »Ein alter Bürokollege. Ich glaube, ich habe von ihm geträumt.«

Er hielt den Hörer in der einen Hand und bemerkte plötzlich die Waffe in der anderen. Flüchtig spielte er mit dem Gedanken, es ihr zu erzählen. Schau, Schätzchen, ich stehe hier in der Küche mit einer geladenen .38er *Special* und ziehe die Möglichkeit in Betrag, daß jemand, der sich vermutlich darauf versteht, versuchen wird, mich zu erschießen. Aber mach dir keine Sorgen. Hab eine schöne Zeit in Hongkong. Denk nicht an Tiger.

Statt dessen fragte er sie, wie die Reise verlief.

»Gut, abgesehen davon, daß es so aussieht, als müßte ich eine Woche länger bleiben. Oder sogar zehn Tage.«

»Mist.«

Schweigen.

»Dismas?«

»Ich bin noch da. Ich habe nur gerade ein paar Purzelbäume geschlagen.«

»So was passiert, das weißt du.«

»Ich weiß, tut mir leid. Ich würde dich gern sehen.«

»Ich dich auch.« Sie begann, ihm etwas von Problemen mit den Warenlieferungen zu erzählen. Schiffe, die Tausende Ballen Stoff aus den billigen Fabriken auf den Philippinen, in Thailand und Korea transportierten, kamen nach Hongkong, wo die Ballen von den – relativ – billigen Schneidern zu Designerkleidung verarbeitet wurden.

»Aber wir können das wirklich nicht machen, ich meine, kaufen, ohne daß wir die Farben gesehen und die Qualität des Stoffes gefühlt haben.«

»Ich weiß«, sagte Hardy. »Fühl die Qualität ...«

»Und zwei der Schiffe haben Verspätung. Vielleicht kommen sie bald, aber selbst dann wird es ein paar Tage dauern, die Ballen durchzusehen.«

»Ich habe verstanden, wirklich.« Hardy legte die Waffe auf den Küchentisch. »Ich bin nicht begeistert, aber ich werde es überleben.« Armer Dismas. »Und sonst, wie ist die Reise?«

»Nun, die Leute fangen an, wegen 1997 nervös zu werden. Überall spürt man das. Niemand will über langfristige Angelegenheiten sprechen ... Als könnten nächstes Jahr irgendwelche neue Pläne auftauchen und die Briten plötzlich weg sein. Es ist unheimlich.«

»Es ist besser so«, erwiderte Hardy. »Die Leute sollten sich daran erinnern, daß jeder nächstes Jahr weg sein könnte.«

Jane machte eine Pause. »Mein amüsanter Ex-Mann.«

»Na, so Ex nicht …«

»Auch nicht so amüsant. Nächstes Jahr weg! Wie kann man mit so einer Einstellung leben?«

Hardy wollte sagen, daß es nicht schlecht wäre, wenn jeder so denken würde, und daß ein Jahr sogar ziemlich optimistisch war. Er war versucht, sie daran zu erinnern, daß ihr Sohn nicht einmal dieses eine Jahr lang gelebt hatte … Aber er unterließ es. Sie mußte nicht daran erinnert werden. »Du hast recht«, sagte er. »So kann man nicht leben.«

»Dismas, bist du in Ordnung?« fragte sie. »Tust du irgendwas, das dir Spaß macht?«

»Ich mache die Stadt unsicher. Ich würde es nur vorziehen, das mit dir zu tun.« Ihm wurde klar, daß er ziemlich viel Blödsinn sagte. »Es tut mir leid. Es ist drei Uhr am Morgen, und du erzählst mir, daß du noch eine Woche lang wegbleibst. Ich bin ein bißchen durcheinander, das ist alles. Es ist ein bißchen der Fall von *vu jade*.«

»*Vu jade?*«

»Ja. Das Gegenteil von *deja vu*. Das Gefühl, daß du noch nie irgendwo gewesen bist.«

Jane lachte. »Du scheinst in Ordnung zu sein.«

»Ich bin in Ordnung.«

»Ich liebe dich«, sagte sie.

»Wir könnten über langfristige Angelegenheiten sprechen, wenn du nach Hause kommst, was hältst du davon?«

Ein Moment der Stille verstrich, aber es konnte auch an der technisch bedingten Verzögerung liegen. »Ja, vielleicht tun wir das«, sagte sie.

Frank Batiste war nicht mehr sicher, ob er glücklich darüber war, Lieutenant geworden zu sein. Es bedeutete mehr Geld, und das war in Ordnung, aber den ganzen Tag hier im Büro zu sitzen, während Beschwerden und Anordnungen reinkamen und rausgingen, machte ihn fertig.

In alten Zeiten hatte man den Überbringer schlechter Nachrichten umgebracht, und allmählich verstand er, warum. Vielleicht lösten sich die Nachrichten dann in Luft auf oder mußten nicht zur Kenntnis genommen werden.

Aber er konnte sich nicht einfach den ganzen Tag hier verstecken. Er zwang sich aufzustehen, spürte einen Anflug von Rückenschmerzen und öffnete die Tür.

Das Morddezernat bekam immer mehr das Ambiente eines Golfclubs – an einigen der Schreibtische lehnten Golftaschen.

Er ging durch den Raum nach hinten, nickte den Männern zu und erntete eisige Blicke. Himmel, es war doch nicht seine Schuld. Er verstand die Männer sogar. Vielleicht sollte er als Lieutenant zurücktreten und jemand anderen sich mit dem Kram herumschlagen lassen. Aber was würde das ändern? Dann würde jemand anderes dort sitzen, einer, der weniger Verständnis für das Team hatte.

Wenn nur die Stadtverwaltung, die doch sonst immer so gut Bescheid wußte, eine gottverdammte Ahnung hätte. Jetzt wußte sie nicht einmal, wie sie sich den eigenen Hintern wischen sollte. Und das wurde nirgendwo so deutlich wie hier im Morddezernat. Diese vierzehn Männer – komisch, aber leider wahr – stellten die Schutztruppe gegen die übelsten Elemente der Stadt dar. Niemand gelangte ins Morddezernat, ohne zehn Jahre lang solide Polizeiarbeit geleistet zu haben, ohne eine Menge Stolz und eine spezielle Mischung aus Killerinstinkt, Dickköpfigkeit und Cleverneß. Diese Männer waren die Elite, und wenn man ihre Moral in Frage stellte, bekam man Probleme.

Aber letzte Woche, zum ersten Mal seit sieben Jahren, hatte die Staatsanwaltschaft gegen zwei Männer der Truppe Anklage erhoben. Vor einem Monat hatten diese beiden Beamten – Clarence Raines und Mario Valenti – Fred Treadwell, einen Angestellten der Telefongesellschaft, wegen Mordes an seinem Geliebten und dessen neuem Freund verhaftet. Treadwell widersetzte sich der Verhaftung – er trat ein Fenster in seiner Wohnung im zweiten Stock ein, verletzte sich beim Hinausspringen am Kopf, fiel hinunter auf die Straße, brach sich einen Knöchel, stieß sich den Kopf noch einmal beim Aufprall auf irgendwelche Mülltonnen und floh zu Fuß ins Büro seines Anwalts.

Da Treadwell und die anderen Beteiligten dieser Dreiecksbeziehung schwul waren, berief der Anwalt umgehend eine Pressekonferenz ein und führte den armen Fred mit all seinen Wunden, Brüchen und Prellungen vor – als Opfer willkürlicher Polizeigewalt. Valenti und Raines, zwei Männer der Elitetruppe mit makellosen Karrieren, hätten allem Anschein nach plötzlich ihre Vorurteile gegen Schwule nicht länger beherrschen können (vielleicht als Ergebnis ihrer eigenen unterdrückten Homosexualität) und Fred fast zu Tode geprügelt. Danach hätten sie ihn in der Straße vor seiner Wohnung sich selbst überlassen.

Irgend jemand nahm Freds lahme Geschichte – oder den berechtigten Zorn der homosexuellen Kreise – ernst genug, um Raines und Valenti in Schwierigkeiten zu bringen und eine förmliche Untersuchung einzuleiten.

Zu allem Überfluß wurden, als die Anklage gerade erhoben worden war, die neuesten Budgetkürzungen bekannt. Mit sofortiger Wirkung wurden keine Überstunden mehr für ›Routinearbeit‹ angeschrieben, was vor allem Konsequenzen für die Erstellung der Berichte und die Übermittlung der Vorladungen hatte.

Eine bedeutende Zahl der zu bearbeitenden Mordfälle trug die Bezeichnung ›KMB-Fälle‹ – *keine Menschen beteiligt*. Vorsichtig formuliert hieß das, daß Opfer, Verdächtige und Zeugen mindestens Kleinkriminelle waren.

Diese Leute waren Polizisten nicht gerade wohlgesinnt und während der üblichen Arbeitszeit in der Regel schwer aufzufinden. Vorladungen mußten daher meist in den frühen Morgenstunden oder spät in der Nacht präsentiert werden, und die Polizisten, die ihre Zeugen auf diese Art zusammensuchten, nahmen Überstunden in Kauf, weil sie wußten, daß sie so am besten mit ihrer Arbeit vorankamen. Jetzt hatte die Stadt beschlossen, sie dafür nicht länger zu bezahlen.

Das führte zu den Golfclubs. Die Männer gingen um acht oder neun Uhr aus dem Büro, klopften an die Türen ihrer Zeugen, trafen niemanden an, spielten eine Runde Golf, kehrten zu den Türen zurück, versuchten es wieder, trafen erneut niemanden an, kamen ins Büro zurück und schrieben Berichte über ihren Tag im Außendienst.

Es machte sie fertig, und jeder wußte das.

Jess Mendez nickte dem Lieutenant zu und rief über die Schulter. »Hey, Lanier! Wann bist du frei heute?«

Batiste drehte sich nicht um. Er hörte Lanier hinter sich: »Ich habe noch Vorladungen. Sagen wir, um halb zehn.«

Abe Glitskys Tisch stand neben dem hinteren Fenster mit Ausblick auf die Straße und die Innenstadt dahinter. Heute morgen aber, um zehn vor acht, gab es überhaupt keinen Ausblick, denn der Tag war grau.

An Glitskys Tisch lehnte keine Tasche mit Golfschlägern. Er war außerdem einer der beiden einzigen Männer des Kommandos, die ohne Partner arbeiteten. Er und Batiste waren im gleichen Jahr ins Morddezernat gekommen, und keiner von beiden hatte sich einen Dreck um seine Zugehörigkeit zu einer Minderheit geschert – Glitsky war Halbjude und Halbschwarzer, Batiste hatte einen spanischen Nachnamen. Das hatte eine Art Band zwischen ihnen geschaffen.

Batiste zog sich einen Stuhl heran. »Hast du deine Schläger vergessen, Abe?«

Glitsky schrieb gerade. Er sah auf. »Eben wollte ich zu dir kommen.«

»Um Quartett zu spielen?«

Abe verzog sein Gesicht zu einer Grimasse, die er wohl für ein Lächeln hielt. Er hatte eine Adlernase und eine Narbe, die sich quer über die Lippen zog. Sein Lächeln hatte schon den übelsten Gesellen Geständnisse entlockt. Er mochte irgendwo in seinem Inneren ein netter Kerl sein, aber er sah nicht wie einer aus. »Es freut mich, daß du das lustig findest«, sagte er.

»Ich finde es nicht lustig.«

Abe legte den Stift nieder. »Flo und ich denken darüber nach umzuziehen.«

»Wovon sprichst du?« Das war schlimmer als Golfclubs.

»Los Angeles sucht Leute. Ich muß vielleicht noch mal beim Einbruchsdezernat anfangen, aber das ginge schon in Ordnung.«

Batiste beugte sich vor. »Was sagst du da? Wie lange bist du hier – neunzehn Jahre?«

»Fast, aber das meiste rechnen sie mir an.« Abe deutete auf seinen Schreibtisch. »Ich war gerade dabei, nach den richtigen Formulierungen für den Antrag zu suchen. ›Grund für die Kündigung‹ ... Soll ich ›Unglaublicher Pferdescheiß‹ schreiben oder es mit ›bürokratischer Unsinn‹ bei einer anständigen Sprache belassen?«

Batiste zog sich mit seinem Stuhl näher zum Schreibtisch. »Abe, warte eine Minute.« Er hatte nicht vor, Abe zu sagen, daß er nicht kündigen dürfe – natürlich durfte er kündigen –, aber irgend etwas mußte er sagen. Er legte die Hand über das Papier. »Kannst du nicht eine verdammte Minute warten?«

Abes Blick war ausdruckslos. »Sicher«, sagte er, »ich kann den ganzen Tag warten.«

»Du weißt, daß es sich wieder ändern wird.«

Abe schüttelte den Kopf. »Nein, das weiß ich nicht, Frank. Nicht mehr. Es ist die ganze Stadt. Sie braucht uns nicht, und ich brauche sie nicht.«

»Sie braucht uns …«

»Kein Streit jetzt. Ruf mich einfach an, wenn sie es gemerkt hat.« Abe nahm sich das Papier zurück und betrachtete es noch einmal. »›Unglaublicher Pferdescheiß‹«, murmelte er. »Das sagt mehr aus, findest du nicht?«

Hardy parkte am Ende der Allee und stellte die Heizung höher. Der Samurai war luftdurchlässig, durch das Stoffdach pfiff der Wind. Zu beiden Seiten erhoben sich vierstöckige Gebäude, und vor ihm verschwammen der Kanal und die Anlegestellen der Boote im Nebel.

Kurz vor halb neun. Die Waffe lag – noch geladen – im Handschuhfach. Sie war eingetragen und wahrscheinlich eine der wenigen angemeldeten privaten Schußwaffen in ganz San Francisco. Hardys ehemaliger Schwiegervater, Andy Fowler, war Richter, und als Hardy bei der Polizei aufgehört hatte, hatte er eine Erlaubnis für eine private Waffe beantragt, die auf normalen Wegen in San Francisco niemals zu bekommen war. Aber Richter Fowler war nicht ohne Einfluß, und der Gedanke, seine Tochter könnte zur Witwe werden, hatte ihm nicht gefallen. Nicht, daß es unbedingt einen Unterschied machte, ob man eine Waffe trug oder nicht. Aber er hatte Hardy zugeredet, und das war nun die erste Gelegenheit, bei der Hardy das Ding spazierentrug.

Okay, hatte er gedacht, er würde es also legal mit sich herumschleppen, auch privat, wenn er Lust hatte.

Er stellte den Motor ab. Langsam drehte er den Zylinder der .38er herum, um sich noch einmal zu vergewissern, daß sie geladen war, dann trat er hinaus in den wirbelnden Nebel und schlug den Kragen seiner Windjacke mit der linken Hand hoch. Die Waffe in der rechten fühlte sich an, als wäre sie fünfzig Pfund schwer.

Er zögerte. »Albern«, sagte er laut.

Aber er ging weiter.

Die Allee mündete in einen Gehweg, der den China-Basin-Kanal säumte. Auf der linken Seite ragte ein gewaltiges Industriegebäude auf, das sich – aus Hardys Perspektive –, über dem Kanal immer weiter nach oben zu schrauben schien, bis es schließlich im Nebel verschwand. Der Kanal schwappte unter seinen Füßen über das Pflaster, die Flut hatte ihren höchsten Pegel erreicht.

Es gab keine sichtbare Strömung. Das Wasser war grünlich-braun, an manchen Stellen glänzte es vom Öl auf der Oberfläche wie Quecksilber.

Hinter Hardy ächzte die Third Street Bridge unter dem fließenden Verkehr. Irgendwo vor ihm gab es noch eine Brücke. Ingraham hatte ihm erklärt, sein Kahn liege an der dritten Anlegestelle zwischen der Third Bridge und der nächsten Brücke.

Mit eingezogenem Kopf marschierte Hardy durch den Wind. Die Waffe hielt er auf den Boden gerichtet.

Die erste Anlegestelle – wenig mehr als ein paar Stricke um einen Pfahl am Rand des Kanals und eine Steckdose für elektrische Anschlüsse – war leer. Ein Mann und eine Frau, Chinesen, näherten sich Hand in Hand. Sie gingen schnell und nickten, als sie an Hardy vorbeikamen. Falls sie die Waffe gesehen hatten, ließen sie es sich nicht anmerken.

An der zweiten Anlegestelle, vielleicht sechzig Meter von der ersten entfernt, lag ein Schlepper, der verlassen wirkte. Das nächste Schiff war eine Hochseejacht, eine Schönheit, zehn Meter lang, wie Hardy vermutete. Sie hieß *Atlantis*.

Er war nicht sicher, ob er ein Boot nach etwas hätte benennen wollen, das im Ozean versunken war.

Ingraham hatte sein Zuhause als ›Lastkahn‹ bezeichnet, und das war eine zutreffende Beschreibung: eine lange, flache, abgedeckte Kiste, die, ein paar Meter weiter, gegen die Reifen des Pontons gedrückt lag. Das Dach befand sich etwa in Höhe von Hardys Knien.

Als er endlich vor dem Kahn stand und sah, daß die elektrischen Leitungen angeschlossen waren, kam ihm die ganze Sache wieder verrückt vor. Er war einfach paranoid. Er sah auf die Uhr. Zwanzig vor neun.

Rusty müßte wach sein.

Er beugte sich hinunter. »Rusty?«

Irgendwo dröhnte ein Nebelhorn.

Hardy steckte die Waffe in die Tasche und betrat das Deck des Kahns. Drei verwitterte Drehstühle waren vor dem Eingang aufgebaut. Grünpflanzen und eine volle Tomatenstaude, die abgeerntet werden mußte, fristeten ihr Leben auf dem Vorderdeck.

Ein zwei Pfund schwerer Lachsköder war als Klopfer in der Mitte der Tür befestigt. Hardy hob ihn, ließ ihn niedersausen, und die Tür schwang auf. Drinnen gab es keine Regung, kein Geräusch außer dem Schwappen des Kanals und dem Verkehr, der durch den Nebel nicht mehr sichtbar war.

Das Holz des Türpfostens war zersplittert.

Hardy steckte die Hand in die Tasche, tastete nach der Waffe, nahm sie heraus. Er zog den Kopf ein, trat durch die Tür und stieg drei hölzerne Stufen hinunter ins Innere.

Eine Reihe schmaler Fenster an den Wänden hätte vermutlich Licht hereingelassen, aber auf beiden Seiten waren Vorhänge vorgezogen worden. Es war kalt, kälter als draußen.

Soweit man dies in dem trüben Licht erkennen konnte, das durch die offene Tür fiel, schien alles in Ordnung zu sein. Vor einer schicken, niedrigen Couch stand auf einem ebenfalls niedrigen Tisch das Telefon. Hardy nahm den Hörer ab, hörte das Freizeichen und legte wieder auf.

Dann entdeckte er die Tischlampe, die auf der anderen Seite des Zimmers auf dem Boden lag. Er streckte sich und zog den Vorhang zurück, um ein bißchen mehr Licht hereinzulassen. Der Schirm der Lampe war in fünf oder sechs Stücke zerbrochen, die über den Boden verstreut lagen.

Dort, wo Rück- und Seitenwand aufeinandertrafen, führte eine Schwingtür in die Kombüse. Eine andere Tür in der Mitte der Rückwand stand angelehnt. Hardy trat sacht dagegen. Sie öffnete sich zur Hälfte, dann blockierte sie. Ein breites Rinnsal von etwas Schwarzem lief unter der Tür hindurch zur Wand.

Hardy stieg darüber und drückte sich an der Tür vorbei. Sein Magen bäumte sich auf, als wäre er seekrank. Er lehnte sich gegen die Wand.

Der Arm einer Frau hatte die Tür blockiert.

Nackt und ausgestreckt lag sie da, als würde sie nach etwas greifen, als wäre sie gekrochen, vielleicht beim Versuch hinauszukommen. Etwas metallisch Glänzendes lag um ihren Hals und hielt ihren Kopf in einem unnatürlichen Winkel zurückgebogen – eine Halsstütze.

Hardy sah sich um. Der Boden war in Blut getaucht.

Als er das Geräusch vom Vordeck hörte, kniete er nieder, umfaßte die Pistole mit beiden Händen und zielte auf den Eingang des Vorzimmers.

»Hier ist die Polizei«, hörte er. »Werfen Sie die Waffe weg, und kommen Sie mit erhobenen Händen raus.«

3

Wie die anderen Sozialwohnungsprojekte in San Francisco war Holly Park anfangs einmal ein schöner Platz zum Leben gewesen. Die zweigeschossigen Einheiten waren leicht und luftig, Anstrich und Putz frisch gewesen. Mieter, die ihre Gärten nicht so in Ordnung hielten wie in der Nachbarschaft üblich, konnten theoretisch belangt werden, aber solche Vorfälle kamen damals kaum vor, denn die Leute waren stolz auf ihre Häuser.

1951 waren die Siedlungen begrünt worden, um sie abwechslungsreicher und freundlicher zu gestalten – mit Eukalyptus, Zypressen, Magnolien. In dem Block um den Holly Park befanden sich drei öffentliche Gärten und ein Spielplatz mit Schaukeln, Kletterstangen und Rutschen. Vor den blankgeputzten Fenstern hatten zu jener Zeit Vorhänge gehangen. Auf den vier Rasenanlagen zwischen den Gebäuden, die jetzt ödes Niemandsland waren, das nach dem Mäher schrie und von Crack-Dealern beherrscht wurde, hatten die Leute einst Wäsche aufgehängt und Fahrräder repariert.

Einhundertsechsundachtzig Menschen über achtzehn Jahre waren jetzt als Mieter in Holly Park eingetragen. Dazu kamen einhundertsiebzehn Kinder und Jugendliche. Alle bekannten Bewohner waren Schwarze. Einhundertneunundfünfzig der Erwachsenen hatten Vorstrafenregister, von den Jugendlichen zwischen zwölf und achtzehn hatten achtundsechzig Prozent schon einmal Kontakt mit dem Jugendrichter gehabt, meistens wegen Vandalismus, Ladendiebstahls, Drogenbesitzes, einige wegen Straßenraubs, Einbruchs und Vergewaltigung, und drei wegen Mordes.

Es gab vier richtige Familien – also Ehemann, rechtmäßig angetraute Ehefrau und ihre Kinder – in Holly Park. Der Rest war eine wechselnde Masse von Frauen mit Kindern.

Da Holly Park von Stadt und Verwaltungsbezirk für die Fürsorge reserviert war, lebte per definitionem jeder Einwohner von der Wohlfahrt, aber zweiundzwanzig Frauen und dreißig Männer hatten ›reguläre‹ Jobs. Das offiziell registrierte Pro-Kopf-Einkommen aller Erwachsenen in Holly Park betrug zweitausendneunhundertdreiundfünfzig Dollar und dreizehn Cent jährlich und lag damit weit unter der Armutsgrenze.

Das Einkommen aus dem Verkauf von Kokain wurde vom Polizeipräsidium San Francisco auf einen Betrag zwischen eineinhalb und drei Millionen Dollar pro Jahr geschätzt, das bedeutete umgerechnet im Schnitt zwischen fünfzig und fünfundsiebzig Dollar pro Stunde – vierundzwanzig Stunden am Tag, sieben Tage in der Woche.

Bisher waren in diesem Jahr – es war September – sechsundneunzig Prozent der Einwohner von Holly Park, die über sieben Jahre alt waren, Opfer, Täter oder Augenzeugen eines Gewaltverbrechens geworden.

Bis die Polizei auf einen Notruf aus Holly Park reagierte, vergingen einundzwanzig Minuten. Zum Vergleich: In dem wohlhabenden Viertel St. Francis Wood dauerte es dreieinhalb Minuten, eine Zeitspanne, über deren Länge Polizeichef Rigby sich ärgerte.

Manche Leute waren der Meinung, eine Lösung für die Drogen und Verbrechensprobleme in den Sozialwohnungsanlagen bestünde darin, eine Mauer darum zu bauen und die Bewohner einander abschlachten zu lassen.

Es gibt alle möglichen Arten von Mauern.

Louis Baker fror.

Er war jetzt wach, öffnete die Augen und wußte nicht, wo er sich befand. Es war dunkel im Zimmer, aber ein schmaler Strahl grauen Lichts drang durch den Spalt, wo der Holzladen schief vor dem Fenster hing. Der Matratze, auf der er geschlafen hatte, haftete ein vertrauter Geruch an. Er setzte sich auf und zog die Armeedecke um seine mächtigen bloßen Schultern.

Wenigstens war er nicht im Knast, dachte er. Dem Himmel sei Dank.

Er stand auf, schauderte, weil er barfuß war, und schlüpfte in die Anzughose, die sie ihm bei seiner Entlassung am Vortag gegeben hatten. Er ging zu dem Loch im Fenster und sah hinunter in einen der Höfe.

Noch immer wie früher. Graue Gebäude, grauer Nebel, beständiger Wind. Keine Bäume, kein Gras, kein Platz, um zu entfliehen, kein Platz, sich zu verstecken. *Martha Reeves and the Vandellas*. Jetzt spielten sie überall Rap, er kam schon aus drei oder vier Wohnungen. Das war gut. Gesichter wechselten, Musik wechselte, sogar die

Menschen wechselten manchmal. Aber es war dasselbe Revier, sein altes Revier. Revier, Gebiet. Wenn man es kontrollierte, konnte man sich glücklich schätzen. Auf Dauer.

Er zog die Decke fester um sich und richtete den Blick wieder auf das Loch im Fenster, sah über den Hof. Ein paar Jugendliche standen herum. Vielleicht platzte gerade irgendein Geschäft.

Mama rief von unten. »Bist du wach, Junge? Schon aufgestanden?«

Sie war nicht seine Mutter, er nannte sie Mama. Er war nicht sicher, ob sie mit ihm verwandt war. Sie war einfach immer da gewesen, und sie war immer Mama gewesen.

»Ich komm' runter«, sagte er.

Mama zog sich noch genauso an wie früher. Hier in Holly Park gab es keine Mode. Es gab auch keine Politik. Nichts von draußen würde die Dinge hier ändern. Louis wußte das. Alles spielte sich innerhalb von Holly Park ab, er kannte es nicht anders.

Mama war fett. Sie saß an ihrem Klapptisch und schlürfte Instantkaffee. Ihr Haar wurde von Nadeln zusammengehalten und zum größten Teil von einem Tuch bedeckt. Sie trug ein weites Flanellhemd lose über einer verblichenen Jeans, die an den Säumen auf ihren ausladenden Hüften aufzuplatzen drohte.

Louis küßte sie, löffelte etwas Kaffeepulver in einen Becher, goß kochendes Wasser darüber und setzte sich.

»Es ist gut, zu Hause zu sein.«

»Was wirst du jetzt machen?«

Er zuckte die Achseln und blies in seinen Becher. »Mir einen Job besorgen. Irgendwas. Eine Arbeit.«

»Und vorsichtig sein, ja?«

Er langte hinüber und berührte ihr Gesicht. »Mach dir keine Sorgen, Mama. Vorsicht ist eines der wenigen Dinge, die ich gelernt habe.«

Er fragte sich einen Moment, ob das der Wahrheit entsprach – als sie ihn entlassen hatten, hatte er keinen Gedanken an Vorsicht verschwendet. Aber daß er Ingraham wiedergesehen hatte, kaum daß er draußen war, hatte alles in ihm wieder lebendig werden lassen. Auf der Straße mußte er in jeder Minute vorsichtig sein.

Er hatte sich schon wieder um seine Geschäfte gekümmert, noch bevor er zu Mama gekommen war. Da hatte er Ingraham wiedergesehen, und sein Blut hatte gekocht. Der Zorn war noch immer da. Den Zorn zu beherrschen, darum ging's.

Er umklammerte seinen Becher mit beiden Händen und führte ihn zum Mund.

Aber das war Schnee von gestern. Es war jetzt zu Ende, hoffte er. Er würde keinen Grund haben, noch einmal darüber nachzudenken. Das war erledigt.

»Denn hier draußen, weißt du …« Mama wies nach der Hintertür.

Louis folgte ihrer Geste. Dann ließ er den Blick durch die Küche schweifen. Über dem Herd blätterte die weiße Farbe in Stücken ab. Ein Poster von Muhammed Ali neben einem Kalender mit religiösen Motiven. Er bemerkte den leidenden Christus.

Mama hielt die Wohnung ziemlich sauber, aber sie war alt. Warum sollte sie über dem Spülbecken eine Scheibe einsetzen? Das Sperrholz würde nicht brechen – und es hielt den Wind ab. Es machte die Küche dunkel, aber Dunkelheit war sicherer. Das ganze Haus war dunkel.

»Ich weiß Bescheid über draußen, Mama. Ich sage dir, was ich vorhabe, also mach dir keine Sorgen. Ich treffe mich mit diesem Mann, und der hat was für mich zu tun oder nicht. Dann komm' ich zurück und tu' hier was.«

»Was zum Beispiel?«

Er stand auf und lehnte sich hinüber, um sie zu küssen. »Das Haus, Mama. Wir machen das Haus sauber.«

»Hardy in Ketten«, sagte Glitsky. »Das gefällt mir.«

»Es ist ein Vergnügen«, stimmte Hardy zu. Er war aufgestanden, als Glitsky den Wohnraum betreten hatte. Einer der Streifenbeamten nahm ihm die Handschellen ab.

»Verdammt, diese Dinger erfüllen ihren Zweck.« Hardy öffnete und schloß die Finger, rieb seine Gelenke, versuchte, die Blutzirkulation wieder in Gang zu setzen. »Wenn das irgendeine Auswirkung auf meine Leistung beim Dart hat, verklage ich die Stadt.«

Glitsky ignorierte ihn. Er bat den Streifenbeamten Thomas, draußen zu warten und dem Team vom Morddezernat den Weg nach unten zu zeigen, sobald es eingetroffen war.

Als Thomas gegangen war, sagte Ling, der andere Beamte: »Die Leiche ist da drüben.«

Glitsky nickte. »Was machst du hier?« fragte er Hardy.

»Lange Geschichte.«

»Mit einer geladenen Waffe?«

»Das macht sie noch länger.« Hardy zuckte die Achseln. »Die Waffe ist eingetragen. Ich habe einen Waffenschein.«

Ling stand auf. Glitsky überlegte, daß er wahrscheinlich der kleinste Polizeibeamte war, den er je gesehen hatte. Als er angefangen hatte, war eine Mindestgröße von einssiebzig vorgeschrieben gewesen. Dann hatte irgendein Gericht festgestellt, daß viele Asiaten kleiner waren, und beschlossen, die Vorschrift diskriminiere daher einen Teil der Bevölkerung und habe folglich zu verschwinden.

Ling war keine Einssechzig groß. Aber weil man ihn hier unten gelassen hatte, damit er sich um Hardy kümmerte, falls dieser aufsässig werden würde, nahm Glitsky an, daß er auf sich aufpassen konnte.

»Kann ich die Pistole sehen?« fragte er.

Ling gab ihm Hardys Waffe. Er prüfte den Zylinder und stieß einen mißbilligenden Laut aus. »Sie ist geladen«, sagte er zu Hardy.

»Sie funktioniert besser, wenn sie geladen ist.«

Glitsky ließ den Zylinder aufschnappen und die Kugeln einzeln in seine Handfläche fallen. Er steckte sie in die Tasche seines blauen Parkas und roch an der Waffe. »Sie ist nicht abgefeuert worden.«

»Nein, Sir«, erwiderte Ling. »Das habe ich bemerkt.«

»Mach einen Punkt, Abe«, sagte Hardy. »Ich habe niemanden erschossen.«

»Mein Freund hier verfügt über eine rege Fantasie«, entgegnete Glitsky und gab Ling die Waffe zurück. »Glaubst du, wir sind in Dodge City, oder was? Du kannst sie dir bei der Verwaltung abholen.«

»Abe, es ist eine eingetragene Waffe.«

»Und das hier ist ein Ort, an dem ein Mord begangen wurde, Diz. Es kann nicht schaden, den Waffenschein zu überprüfen.«

Hardy wandte sich an Ling. »Und was hat euch Jungs hier herausgeführt?«

»Das Paar, das auf dem nächsten Boot wohnt, war spazieren und ist Ihnen begegnet, als Sie mit der Waffe in der Hand herumliefen. Sie haben Sie hier reingehen sehen, sind auf ihr Boot zurückgekehrt und haben die Sache gemeldet.«

»Die einzigen anständigen Bürger von San Francisco, und ausgerechnet denen laufe ich bei ihrem Morgenspaziergang über den Weg.«

»Von anständigen Bürgern wimmelt es in dieser schönen Stadt«, bemerkte Glitsky.

»Sie sind Chinesen«, sagte Ling, als wäre das die Erklärung.

»Na gut. Gehen wir und sehen uns die Leiche an.«

»Ich hoffe, du hast schon gefrühstückt«, sagte Hardy.

Aufgrund des Ausweises, der in der Tasche neben dem Bett gefunden worden war, wurde die Frau als Maxine Weir identifiziert, dreiunddreißig Jahre alt. Ihre Adresse war 964 Bush Street.

Nach der Blutspur zu schließen, war das erste Mal auf sie geschossen worden, als sie nach dem Duschen aus dem Bad gekommen war. Dieser erste Schuß war durch das Handtuch gegangen, das sie um sich geschlungen hatte.

An der Wand neben der Tür zum Bad war ein Blutfleck, als wäre sie entweder durch den Schuß herumgewirbelt worden oder hätte die Hand auf die Wunde und dann gegen die Wand gelegt, um sich abzustützen.

Es war unmöglich, die Reihenfolge der übrigen Schüsse zu rekonstruieren. Einer war hoch über der rechten Brust eingedrungen und nicht wieder ausgetreten. Möglicherweise hatte er das Schlüsselbein gestreift und war nach unten abgelenkt worden. Ein zweiter war durch die Seite ihres Unterleibs gegangen und am Rücken ausgetreten. Ein weiterer hatte sie im rechten Schenkel getroffen. Sie war vor dem Badezimmer zu Boden gegangen und ein paar Minuten lang still liegengeblieben – vielleicht, um sich totzustellen. Eine Blutlache hatte sich dort gebildet. Dann war sie durch den Raum in den Gang gekrochen, wo sie gestorben war und wo Hardy sie gefunden hatte.

Glitsky kehrte mit glasigem, konzentriertem Blick von der Leiche zurück. Er hatte Ling angewiesen, im Wohnraum zu warten und die Spurensicherung reinzuschicken. Hardy saß auf einem gepolsterten Stuhl in der Ecke, die Ellbogen auf die Knie gestützt, die Hände gefaltet.

»Was ist mit dem Bett?« fragte er.

»Bin gerade dabei.«

Eine zweite Blutspur begann auf dem gemachten Bett. Jemand hatte auf der Decke gelegen, als geschossen worden war. Die Spur führte wie ein dünnes Rinnsal Sirup durch den Raum zur hinteren Tür. Glitsky öffnete sie.

Dahinter lag ein Laufsteg von etwa einem Meter Breite, der hauptsächlich als Lagerfläche benutzt worden sein mußte. Farbdosen, Pappkartons, ein Fahrrad und anderes Garagengerümpel füllten den Platz links von Glitsky bis zur Reling. Die rechte Seite des

Laufstegs war zum Teil mit Kunstrasen bedeckt, und nahe bei der anderen Tür nach hinten raus, die in die Kombüse führte, stand ein großer Steingrill. Geräte zum Kochen im Freien hingen an der Wand neben der Tür.

Das Blut zeichnete eine Linie in die Mitte dieses Vorplatzes, kam dann vom Kunstrasen ab, bildete eine Lache vor der Reling und verschwand über die Bordseite des Kahns.

Glitsky kam wieder rein, fröstelnd trotz des Parkas. Hardy stand neben dem Bett.

»Ein laufender Toter«, sagte Glitsky.

»Sieh dir das an.« Hardy wußte Bescheid und hatte nichts berührt, er war einmal ein guter Polizist gewesen.

Ein kleines Loch befand sich in der Mitte eines Blutflecks auf dem Bett, etwa auf Schulterhöhe, falls der Kopf des Opfers auf dem Kissen gelegen hatte.

»Rusty war der erste, vermute ich«, sagte er. »Er lag auf dem Bett und hat vielleicht geschlafen. Sie war unter der Dusche, als sie den Schuß hörte, kam heraus und hat ihren Teil abbekommen.«

Glitsky steckte die Hände tiefer in die Taschen. »Wovon zum Teufel sprichst du? Rusty *Wer*?«

»Das weißt du nicht?«

»Nein.«

Hardy atmete tief aus. »Ingraham. Rusty Ingraham. Er wohnt … wohnte hier. Louis Baker hat ihn erschossen.«

Glitsky sah über Hardys Schulter, in keine bestimmte Richtung, und setzte die Teile zusammen. »Louis Baker.«

»Und ich bin der nächste.«

»Ich hätte gern einen Cheeseburger mit allem Drum und Dran zum Mitnehmen.«

Der junge Mann hieb auf seine Kasse ein. »Möchten Sie Zwiebeln und Gurken?«

Glitsky nickte. »Alles, bitte.«

»Zum Hieressen oder zum Mitnehmen?«

»Zum Mitnehmen, bitte.«

»Also ein Cheeseburger zum Mitnehmen.« Der junge Mann betätigte noch ein paar Knöpfe, wartete, bis die Maschine aufhörte zu rattern, und blickte erleichtert auf. »Das macht zwei siebenundsechzig.«

Hardy hatte eben dasselbe Spiel mit einer noch schwierigeren

Bestellung durchgestanden – zwei Fischsandwiches, Pommes frites und Cola light. Er verdrehte die Augen. »Willst du das hier essen oder mitnehmen, Abe?« fragte er, als der Junge gegangen war, um die Bestellung zu holen.

Glitskys Gesicht blieb unbewegt.

Sie setzten sich an einen kleinen gelben Tisch auf dem schmalen Streifen Bürgersteig zwischen der Third Street Bridge und der Southern Pacific Station. Alle paar Minuten ertönte schrill und von weither das Signal eines Zuges.

Es war früher Nachmittag. Der Nebel hatte sich völlig aufgelöst, und es war warm geworden. Sie hatten den Vormittag auf Rusty Ingrahams Lastkahn verbracht und gewartet, während die Leute von der Spurensicherung fotografiert, eingesammelt und gepudert hatten und der Polizeiarzt die Leiche Maxine Weirs untersucht und mitgenommen hatte und Vorbereitungen getroffen worden waren, den Kanal abzusuchen.

Hardy öffnete seine Tüte. »Nach diesem ganzen Hin und Her habe ich Zwiebelringe bekommen. Habe ich Pommes frites gesagt, oder was?«

Glitsky biß in seinen Burger. »Zweimal, glaube ich, vielleicht sogar dreimal.«

»Was für ein Dummkopf«, sagte Hardy.

»Auch nicht dümmer als einer, der in der Öffentlichkeit mit einer geladenen Waffe herumläuft. Du hättest mich vorher anrufen sollen.«

»Und du wärst gekommen, ja?« Hardy hatte Abe erzählt, warum er auf dem Kahn gewesen war, und ihm die telefonische Verabredung mit Rusty erklärt.

Abe kaute etwas heftiger. »Wahrscheinlich nicht.«

»Nein, wahrscheinlich nicht.«

Glitsky griff hinüber und nahm sich Hardys Getränk. »Darf ich?« Er sog an dem Strohhalm. »Louis Baker, was?«

Hardy nahm den Becher. »Louis Baker macht mir angst, Abe. Das ist kein Scherz.«

»Verstehe ich. Es würde mich auch nervös machen. Weiß Baker, wo du wohnst? Seit du bei der Staatsanwaltschaft ausgeschieden bist, bist du umgezogen, oder?«

»Rusty auch.«

Glitsky kaute und schluckte. »Wie hat er ihn dann gefunden?«

»Vielleicht ist er angemeldet. Er ist praktizierender ... er war praktizierender Anwalt.«

»Hör auf, in der Vergangenheit von ihm zu sprechen, in Ordnung?«

»Er ist tot, Abe. Du weißt es, und ich weiß es auch.«

»Ich weiß es nicht. Maxine Weir ist tot. Ansonsten suchen wir den Kanal ab, überprüfen das Blut auf dem Bett, sehen nach, ob es Rustys Blut sein könnte, und versuchen, ihn zu finden. Ich sage dir Bescheid, wenn ich glaube, daß er tot ist.«

»Er ist tot«, erwiderte Hardy.

Glitsky zuckte mit den Schultern. »Wie du meinst.«

»Was soll ich also tun?«

»Ich weiß nicht. Wovon sprichst du?«

»Von diesem verdammten Louis Baker.«

»Reg dich nicht so auf, Diz. Wir beenden unser Mittagessen, dann organisiere ich mir Louis' Adresse, fahre hin und unterhalte mich ein bißchen mit ihm.«

»Und was ist, wenn er längst mit einem Schießeisen vor meinem Haus sitzt oder sogar darin?«

Glitsky antwortete mit unbewegter Miene: »Dann würde er gegen die Bewährungsauflagen verstoßen.« Er biß in seinen Burger, griff erneut nach Hardys Becher und nahm durch den Strohhalm einen letzten, schlürfenden Schluck. »Du tust am besten gar nichts, Diz. Wir haben was gegen Privatpersonen, die sich gegenseitig erschießen.«

»Schön. Und ich hab' was dagegen, abgeknallt zu werden. Sollte ich ihn in der Nähe meines Hauses sehen, werde ich zuerst schießen.«

Glitsky lehnte sich über den Tisch. »Tu mir einen Gefallen: Laß ihn einmal schießen. Vergewissere dich, daß er bewaffnet ist.«

»Die Vorschriften, wie?«

Glitsky nickte. »Die Vorschriften.« Er stand auf.

»Ich glaube nicht, daß Louis Maxine die Vorschriften erklärt hat«, sagte Hardy. »Und Rusty auch nicht.«

Glitsky nahm Hardys Becher und kippte sich ein paar Eiswürfel in den Mund. »Ich vermute, das hat er vergessen«, erwiderte er. »Er hatte andere Dinge im Kopf.«

»Wann bekomme ich meine Waffe zurück?« fragte Hardy.

4

»Sie müssen daran denken, Sergeant, daß alle, mit denen wir hier zu tun haben, vorbestraft sind. Nicht ein paar, nicht die meisten – alle.«

Die Leiterin der Abteilung war eine füllige Frau, der es trotz ihrer strengen Miene irgendwie gelang, Wärme auszustrahlen. Vielleicht lag es an der *Oliver-Peoples*-Brille mit den winzigen Gläsern, die ihre Augen – rötlich und rund wie die Eier von Rotkehlchen – stark vergrößerten. Das kleine Schild an der Tür wies sie als Miß Hammond aus, und Glitsky mochte sie vom ersten Augenblick an. Sie hatte ein Eckbüro im Hafengebäude mit Blick über das Wasser nach Treasure Island, hinüber zur Bay Bridge und bis nach Alcatraz. Es gab Leute, die drei Tausender pro Monat für ein Ein-Zimmer-Apartment mit einer solchen Aussicht bezahlten. Vielleicht war das einer der Reize ihres Jobs – er wußte, sehr viel verdiente sie nicht.

Das Büro war sauber und funktional eingerichtet und bekam durch den Ausblick und einen kleinen Wald von Topfpflanzen eine gemütliche Note. Einundzwanzig Bewährungshelfer waren ihr unterstellt.

»Nun, ich habe nur gemeint, daß …«

»Nein, nein, schon gut. Es hilft einfach nur, sich daran zu erinnern, wo diese Leute herkommen. Und was sie draußen erwartet.«

»Gut, aber es ist möglich, daß unser Mann – Louis Baker – gerade mal eine Stunde draußen war, bevor er wieder jemanden umgebracht hat.«

Miß Hammond seufzte schwer und nickte. »Ja, auch so etwas kommt vor, fürchte ich.« Sie rollte mit dem Stuhl von dem zerkratzten grünen Schreibtisch nach hinten zu einem zerkratzten grünen Aktenschrank, blätterte eine Minute lang in irgendwelchen Unterlagen und seufzte dann erneut. »Sie werden sich an Al Nolan wenden müssen.«

»Ist das eine schlechte Nachricht?«

Sie sah auf die Uhr. »Es ist halb drei. Wenn er wie alle um zwölf zum Mittagessen gegangen ist, müßte er inzwischen zurück sein.«

Glitsky fragte sich, ob die gesamte Bürokratie dem Untergang geweiht war, wenn beinahe jede Abteilung in Mißtrauen und ähnlichem Mist versank. Miß Hammond sah ihn an und zuckte die

Schultern. Schulterzucken und Seufzer. Vielleicht war es ihr nicht einmal bewußt.

»Manche brauchen mehr Überwachung als andere. Kommen Sie, ich zeige Ihnen den Weg.«

Sie führte ihn durch einen langen Korridor, der ihn an die Korridore des Justizgebäudes erinnerte, und in ein Großraumbüro, das in kleinere Einheiten unterteilt war.

Al Nolan, ein Weißer Ende Zwanzig, öffnete gerade eine Imbißtüte von *Wendy's* und kippte den Inhalt auf seinen Schreibtisch. Er trug ein Sporthemd, auf dessen rechter Brusttasche der Name *Ralph* eingestickt war. Sein langes braunes Haar wirkte nicht allzu sauber und war zu einem Pferdeschwanz zurückgebunden.

»Al«, sagte Miß Hammond, »das ist Inspektor Abe Glitsky …«

Nolan hob eine Hand. »Ich habe gerade Mittagspause. Stört es Sie?«

Glitsky hörte, wie Miß Hammond tief Luft holte. »Ihre Mittagspause sollte zwischen zwölf und halb zwei liegen. Irgendwann in dieser Zeit, Al.«

»Schon, aber um zwölf mußte ich mein Auto in die Werkstatt bringen, und der Bursche dort hatte nicht die leiseste Ahnung, wo der Schaden lag. Also mußte ich es dort lassen und mit dem Bus zurückfahren. Sie kennen ja die Busse.« Auch er zuckte die Schultern.

»Wissen Sie, Al, das klingt für mich nach zweieinhalb Stunden Freizeit.«

»Schon möglich, aber zu essen habe ich bisher noch nichts bekommen.«

»Werden Sie dafür bezahlt?« mischte sich Glitsky ein. »Bitte entschuldigen Sie«, sagte er zu Miß Hammond.

»He, was heißt denn das? Soll ich vielleicht nichts essen? Wir haben ein Recht auf ein Mittagessen.«

Miß Hammond verlor allmählich die Geduld. »Und was, glauben Sie, fordert der Staat Kalifornien dafür als Gegenleistung von Ihnen?«

Nolan kaute ein paar Pommes frites. »Als Gegenleistung für was?«

»Als Gegenleistung für Ihre Mittagspause.«

»He, ich arbeite mindestens genausoviel wie jeder andere hier.«

Glitsky wartete einfach.

Miß Hammond lächelte dünn. Ihre Wärme war verschwunden.

»Sie wissen, Al, daß das nicht wahr ist.« Sie legte eine Hand auf Glitskys Arm. »Mr. Nolan hat jetzt keine Pause, Sergeant. Wenn es Sie stört, daß er ißt, wird er seine …« – sie hielt kurz inne – »… seinen Nachmittagssnack wegwerfen.« Sie wandte sich um und ging.

Nolan verdrehte die Augen. »Hat ihre Tage«, sagte er und forderte Glitsky mit einer Handbewegung auf, sich einen Stuhl heranzurücken. »Um wen geht's?«

Glitsky war versucht, etwas zu erwidern. Derlei Benehmen machte ihn rasend. Er fragte sich, ob nicht Miß Hammonds reizende, großmütterliche Art schuld war. Vielleicht sollten die, die was zu sagen hatten, gleich zu Beginn harte Seiten aufziehen, um die Dinge in die richtige Ordnung zu rücken. Leuten in den Hintern treten und über alles Buch führen. Kerle wie Al Nolan an die Luft setzen. Dann erinnerte er sich daran, daß niemand an die Luft gesetzt wurde, der für die Regierung arbeitete. Bring deine Nachbarn um, komm betrunken zur Arbeit, mach dreißig Tage krank … Aber jemandem kündigen, ihm den Arbeitsplatz nehmen? Nein. Das wäre ein Angriff auf seine Menschenwürde.

Glitsky ertappte sich bei einem Seufzer. »Louis Baker«, sagte er. »Es geht um Louis Baker.«

»Ach ja, hab' ihn heute morgen erst gesehen. Schien okay, ganz netter Kerl.«

»Nun, wir meinen, er hat gestern nacht vielleicht jemanden umgebracht.«

Nolan nahm einen Bissen von seinem Burger. »Im Ernst? Na ja, diese Burschen gehen mit manchen Dingen ganz schön locker um.«

»Mit Mord, meinen Sie.«

»Was auch immer. Wissen Sie, sie reden nicht mit uns. Sie tanzen hier an, erzählen Lügen über eine Arbeit oder ein Angebot, das sie haben, und dann hauen sie wieder ab.«

»Hat Louis Baker gesagt, er habe eine Arbeit?«

»Jetzt, wo Sie es erwähnen – nein.« Nolan schien einen Moment nachzudenken. »Immerhin ist er erst einen Tag draußen. Hat sich noch nicht zurechtgefunden.«

Glitsky beugte sich vor. »Also – worüber haben Sie geredet?«

»Vor allem über die *Giants*, glaube ich.«

Glitsky hätte selbst darauf kommen können. Die *Giants* befanden sich mitten in den Punktspielen.

»Ich glaube, sie bleiben zu Hause.«

»Wer?«

»Über wen sprechen wir, Mister? Die *Giants* natürlich. Ich meine, wir brauchen einen Punkt. Keine Chance, nach San Jose zu kommen, wenn wir nicht noch einen Punkt machen. Das Team ist hinüber. Wen hat Baker umgebracht?«

»Wir wissen nicht, ob er überhaupt jemanden umgebracht hat. Er steht unter Verdacht, das ist alles.«

»Wahrscheinlich hat er es getan.«

»Warum sagen Sie das? Gerade eben haben Sie gesagt, er sei ein ganz netter Kerl.«

Nolan zuckte die Schultern, und Glitsky fragte sich, ob die Leute hier nicht alle Probleme mit den Schultern und dem Rücken bekommen mußten vom dauernden Heben und Senken.

»Ja, er ist ein netter Kerl. Das heißt, daß er sich zu benehmen weiß. Ich meine, alle sagen, Ted Bundy war der netteste Kerl, den sie je getroffen haben, und wie viele Leute hat er abgemurkst? Zwanzig, dreißig?«

»Also nehmen Sie an, Baker hat jemanden umgebracht. Warum? Hat er Ihnen gegenüber die letzte Nacht erwähnt?«

»Diese schwarzen Kerle bringen sich immer gegenseitig um.«

»Das Opfer war kein Schwarzer, Mr. Nolan.«

»War nur eine Vermutung.«

»Es war eine weiße Frau.«

»Na schön, vielleicht hat er nur Dampf abgelassen nach all der Zeit hinter Gittern.« Nolan warf Glitsky einen eindeutigen Blick zu. »Sie wissen schon.« Er deutete auf seine Hoden. »Kein Sex während der Besuchszeit. Die Kerle kommen raus, und das ist das erste, was sie tun.«

Glitsky, der sich plötzlich unendlich müde fühlte, schüttelte den Kopf. »Nein, das war es nicht.«

Nolan kaute nachdenklich. »Na schön. Manchmal bringen sie auch Weiße um.«

Es war noch früh am Nachmittag und mild. Ein leichter Wind wehte. Glitsky hatte beide Fenster des Plymouth heruntergekurbelt und fuhr die Mission Avenue hinunter, um auf den Freeway Richtung Süden nach Holly Park zu gelangen, denn er wollte versuchen, ein paar Worte mit Louis Baker zu wechseln.

Aber Al Nolan saß ihm in den Knochen – der junge, flippige Al Nolan mit dem Pferdeschwanz und dem *Ralph*-Sporthemd im Stil der fünfziger Jahre, der wahrscheinlich tatsächlich dachte, er arbeite ernsthaft und sei ein besonders schlauer Kopf. Der über den Dingen stand mit seiner Drecksansicht, all die schweren Jungs würden nur ein bißchen Zeit vertrödeln, bevor sie zurück in den Knast wanderten, und sich über die *Giants* verbreitete. Einen Moment lang spielte Glitsky mit dem Gedanken, Al mit aufs Präsidium zu nehmen und wegen Behinderung einer Morduntersuchung einzubuchten. Mal sehen, ob er das auch lustig finden würde.

Er trommelte mit den Fingern auf das Armaturenbrett. Und dann gab es da noch Marcel Lanier und all die anderen Beamten im Morddezernat mit ihren verdammten Golfclubs ... Was hatte das Ganze für einen Sinn?

Er versuchte, seine Gedanken wieder auf Louis Baker zu konzentrieren. Auf die Frage, warum er jetzt zu Baker unterwegs war. Gewiß, Hardy hatte seine Gründe ... Aber waren das nicht die gleichen Gründe, aus denen Al Nolan Baker für schuldig hielt – weil er ein schwarzer Ex-Sträfling war?

Es gab keinen schlüssigen Hinweis, der ihn zu einem Verdächtigen machte. Es gab nur Hardys Verdacht und Hardys Furcht. Hardy, durch und durch weiß, zeigte mit dem Finger auf Baker, durch und durch schwarz, und Abe Glitsky – ein bißchen weiß, ein bißchen schwarz – sprang auf den weißen Zug auf. Verdammter Mist, warum tust du das, Abe?

Halt dich an die Tatsachen. Gut, Hardy ist ein Freund von dir und ein ehemaliger Polizist. Auch ehemalige Polizisten bringen Leute um. Und Hardy – vergiß das nicht – ist am Tatort mit einer geladenen Waffe verhaftet worden. Er hatte gute Gründe, dort zu sein, klar, aber warum verdächtigte Glitsky ihn nicht? Okay, er kannte Hardy. Außerdem war aus Hardys Waffe nicht geschossen worden. Und doch ...

Fang von vorn an, Abe. Wie du es schon hundertmal zuvor gemacht hast. Sieh dir das Opfer an. Noch gibt es keine zwei Opfer, trotz Hardys Aussagen und Vermutungen. Vorläufig gibt es nur ein Opfer – Maxine Weir, 964 Bush Street.

Louis Baker und Holly Park konnten warten – sehen wir, wohin die Fakten führen.

Er beschleunigte, fuhr an der Auffahrt auf den Freeway vorbei und wendete bei Van Ness Richtung Bush Street.

Hardy fühlte sich nicht einmal im Justizgebäude sicher.

Seit Mittag war er dort und versuchte, seine Waffe zurückzubekommen. Er hatte Moses McGuire zu Hause angerufen, um die Schichten im *Shamrock* zu tauschen. Dann war er zum Verhandlungssaal von Richter Andy Fowler, dem Vater von Jane, gelaufen, aber dort waren Gerichtsferien, und der Richter befand sich nicht in seinen Räumen.

Sie stellten sich verdammt kleinlich an wegen der Waffe. Glitsky war sich nicht zu schade gewesen, seinem Freund eine kleine Lektion über buchstäbliche Gesetzestreue zu erteilen, und hatte die Pistole der zuständigen Behörde übergeben. So konnte Hardy sie nur auf dem Amtsweg zurückbekommen, und sie konnten die Lizenz überprüfen. Vielen Dank, Abe.

Aber die Waffe war noch nicht einmal amtlich aufgenommen worden, und niemand schien es eilig zu haben, die Formalitäten zu erledigen, damit Hardy sie bald zurückbekäme.

Als ihm schließlich klar wurde, daß er kein Glück haben würde, nahm er den Fahrstuhl hinauf in den dritten Stock, wo die Mitarbeiter des Generalstaatsanwalts ihre Büros hatten.

Er spürte, wie er entspannter atmete, als er die langen Flure entlangging, und er hoffte, jemanden wiederzuerkennen, der ihm vor sich selbst eine Ausrede dafür verschaffen würde, daß er hier drinnen war und weg von der Straße. Hier oben trug beinahe jeder Mantel und Krawatte oder eine Uniform, und fast alle waren weiß. Hardy nahm nicht an, daß Louis Baker sich verkleiden würde, um ihn abzuknallen. Unten hatte sich jeder Schwarze, dem er begegnet war, vor seinen Augen in Louis Baker verwandelt, war so frei wie der Wind und trug eine Kugel bei sich, in die Hardys Name eingraviert war. Wenn ihm schon hier im Justizgebäude so zumute war, wo an allen Eingängen Metalldetektoren aufgebaut waren, wollte Hardy lieber nicht daran denken, wie er sich draußen fühlen würde.

Die Staatsanwaltschaft von San Francisco hatte ungefähr hundert Assistenten. Die meisten von ihnen – mit Ausnahme einiger politischer Persönlichkeiten, die für Generalstaatsanwalt Christopher Locke höchstselbst arbeiteten – erledigten ihren Job zu zweit in anonymen Büros, die mit je zwei Schreibtischen und den üblichen Aktenordnern, Bücherregalen, Postern, Pflanzen und Souvenirs ausgestattet waren, und es kam durchaus vor, daß sich bei zwei überbeschäftigten Leuten mit zu wenig Zeit und zu vielen Fällen das Beweismaterial nur so stapelte.

An den Türen gab es keine Namensschilder, keine Hinweise auf

Rang oder Persönlichkeit. Die meisten Türen zum Gang hin waren geschlossen, die meisten Räume, deren Türen offenstanden, leer. Hardy erinnerte sich nicht, ob das schon so gewesen war, als er noch hier gearbeitet hatte. Wahrscheinlich, denn auch sonst schien sich nichts auffällig verändert zu haben.

Er kam am Aktenarchiv vorbei und lehnte sich über den Ausgabeschalter, um die Reihen mit den verblichenen Ordnern zu betrachten.

»Was wollen Sie, Hardy?«

Sie war immer noch hier – die kleine, rundliche Touva mit dem pomadisierten Haar, die schon eine Institution gewesen war, als Hardy angefangen hatte. Touva vergaß nichts und archivierte mit fanatischer Sorgfalt. Auch wenn in einem Fall sonst rein gar nichts ordentlich laufen sollte – die Akten würde man bekommen, sobald man sie brauchte.

Touva musterte Hardy ungeduldig. Es sah ganz so aus, als wäre ihr nicht bewußt, daß er seit bald zehn Jahren nicht mehr hier arbeitete.

»Wie geht's, Touva?«

»Viel zu tun, was sonst. Welche Nummer hat der Fall, Hardy? Zum Schwatzen habe ich keine Zeit.«

»Kein Fall.«

»Okay. Dann bis später.«

Sie ließ ihn stehen, und Hardy machte sich wieder auf den Weg. Ein paar Gesichter kamen ihm vertraut vor, aber es überraschte ihn, daß er niemanden sah, den er besser kannte, mit dem er hätte reden können. War es wirklich so lange her? Er fühlte sich, als würde er seiner alten High School einen Besuch abstatten.

Er blieb vor der Tür eines Raumes stehen, in dem ein junger Mann auf einem Stuhl saß und Vergrößerungen von Fotos studierte, die Hardy sich nicht genauer ansehen wollte – er hatte heute morgen aus erster Hand genug von diesem Zeug gesehen.

Er hatte sich entschieden, mit wem er sprechen mußte.

»Ich versuche, das Büro von Art Drysdale zu finden«, sagte er.

Der Junge riß sich von den Fotos los. »Eine gute Gelegenheit«, sagte er.

»Wie bitte?«

»Oh, Entschuldigung, ich habe mit mir selbst gesprochen … Eine gute Gelegenheit, für eine Minute von diesem Zeug wegzukommen. Drysdale, sagten Sie?«

Sie gingen zurück, am Archiv vorbei. Drysdales Büro lag zwei Türen dahinter auf der anderen Seite des Ganges. Hardy klopfte. Der Junge, weiter in seiner Arbeit vertieft, war schon wieder auf halbem Weg in sein Büro.

»Es ist offen.«

Drysdale saß mit dem Rücken zur Tür, hatte die Füße auf das Fensterbrett gelegt und telefonierte. Der andere Schreibtisch war nicht besetzt. Hardy legte ein paar Aktenordner von einem Stuhl auf den Boden, setzte sich und wartete.

»Nein«, sagte Drysdale. »Nein, das wissen wir nicht.« Er schwieg und hörte zu. Hardy bemerkte, daß die Knöchel seiner Finger, die den Hörer hielten, weiß vor Anspannung waren.

»Wenn Sie meine Meinung hören wollen: Es ist nicht einmal wahrscheinlich. Ich glaube, es ist ein großer Fehler.« Er sagte ein paarmal »ja, ja« und »richtig«, während er mit einer Hand den Hemdkragen lockerte. Die Knöchel der anderen waren noch immer weiß. »In Ordnung, es ist Ihre Entscheidung.« Eine Sekunde verstrich. Dann sagte er laut: »Natürlich werde ich es tun. Es ist unsere Arbeit, nicht wahr? Aber es stinkt mir, Chris. Sir. Es stinkt mir wirklich.« Er knallte den Hörer auf die Gabel. »Verdammter Hundesohn.«

Er schwang sich mit seinem Stuhl herum. »Ja?« begann er, dann erkannte er Hardy. »Hey!« Er stand auf und streckte die Hand aus. »Was sehen meine entzündeten Augen! Was treibt denn dich hierher?«

Obwohl er auf die Sechzig zuging, wirkte Drysdale noch immer, als könne er jederzeit ein Trikot anziehen und auf dem Spielfeld mitmischen. Bevor er sich der Justiz zugewandt hatte, war er der Star der *USC* gewesen, hatte dann drei Jahre in der Baseballprofiliga gespielt und unter anderem 1964 zweiundvierzig Spiele als Innenfeldspieler für die *San Francisco Giants* gemacht. Ein gerahmter Zeitungsartikel an der Wand seines Büros war überschrieben mit der Schlagzeile: ›Drysdale nicht verwandt mit *Dodger* Don.‹ Ein wichtiger Hinweis in einer Stadt, die die *Bums* haßte. Don Drysdale, der Werfer der *Dodgers*, hatte nur den Namen, aber keine Gene mit Art gemeinsam.

Art arbeitete seit mehr als dreißig Jahren bei der Staatsanwaltschaft und war wieder und wieder mit Disziplinarverfahren, Rauschgiftdelikten, Wirtschaftsverbrechen und Mord befaßt gewesen. Inzwischen diente er als eine Art Minister ohne Geschäftsbereich und erledigte inoffiziell einen Großteil der Arbeit, für deren Erledigung die Bevölkerung Christopher Locke gewählt hatte.

Drysdale selbst war nicht Chefankläger, weil seine pragmatische Lebenseinstellung sich mit der politischen Struktur von San Francisco nicht vertrug. Er ließ sich auf keine Heuchelei innerhalb der Staatsanwaltschaft ein und war einmal so töricht gewesen, einer Gruppe von Reportern, die über mögliche Kandidaten für öffentliche Ämter geschrieben hatten, eine deutliche Antwort zu geben:

»Falls Sie zum Generalstaatsanwalt gewählt werden ...«

»Ich kandidiere weder für das Amt des Generalstaatsanwalts noch für sonst etwas.«

Ein solches erstes Dementi, das zu den meisten Kampagnen gehörte, hielt niemanden auf. »Wenn Sie Generalstaatsanwalt wären, wie hoch wäre bei Neueinstellungen der Prozentsatz an Schwulen, Schwarzen, Hispanics und Frauen?«

Drysdales Antwort, die in die Annalen der Stadt eingegangen war, lautete: »Wenn sie den Job machen könnten, würde ich Schimpansen einstellen. Wenn sie es nicht können, sind sie wertlos für mich.«

Natürlich drehten die Medien es so hin, als wäre Drysdale der Ansicht, Frauen, Schwule und andere Minderheiten seien wertlos. Er hatte seinem Aphorismus die etwas zurückhaltendere Bemerkung folgen lassen, daß manche Jobs – Pilot, Gehirnchirurg, Bezirksanwalt – mit qualifizierten Kandidaten und nicht über Quoten besetzt werden sollten. Aber San Franciscos Journalisten erkennen eine Sensation, wenn sie ihr begegnen. Auch wenn Drysdale nicht gesagt und noch weniger gemeint hatte, daß Schimpansen intelligenter als gewisse Minderheiten der amerikanischen Gesellschaft seien, war es doch eine gute Story.

Aber das war Schnee von gestern, und Art Drysdale kümmerte sich nicht darum. Er trainierte sein Baseballteam aus dem Innenbezirk, das im letzten Jahr in der Polizeiliga den zweiten Platz belegt hatte, ging nach Hause zu seiner Frau, die eine eigene Designfirma hatte, und beriet ansonsten die jungen weiblichen, schwulen, schwarzen, spanischstämmigen, weißen und auch die schwerfälligen (manchmal hatte er diesen Eindruck) Staatsanwälte, jene, die es einfach nicht schafften, üble Gesellen hinter Gitter zu bringen, obwohl das doch ihr Job war. Er war der beliebteste Mann in der Behörde.

»Welcher Tatsache haben wir diese Überraschung zu verdanken, Diz?«

»Ich glaube, viel überraschender ist es, daß du jemanden anschreist.«

Drysdale winkte ab. »Ach was, das war bloß Locke. Manchmal ist der alte Tattergreis wahrlich kein Segen.«

»Was macht er?«

»Jemand soll eine Untersuchung gegen ein paar Polizisten einleiten.«

»Das ist häßlich.«

»Ja. Wir hätten uns das nie selbst aufgeladen. Aber wir müssen schließlich unser tiefes Verständnis für die armen Schwulen beweisen, die von der faschistoiden Polizei gefoltert worden sind. Irgendein Mist in der Art.«

»Warum hast du das übernommen?«

Drysdale grinste. »Weil es eine heikle Sache ist. Übergibt Locke sie einem Anfänger, ist dessen Karriere schnell vorbei. Zumindest die Zusammenarbeit mit der Polizei wäre für ein paar Jahre gelaufen. Ich bin immun – höhere Weihen. Ich habe jeden hier mindestens einmal beleidigt und kann niemandem mehr schaden.«

»Wer sind die Jungs?«

»Clarence Raines und Mario Valenti. Morddezernat. Kennst du sie?«

»Nein. Aber ausgerechnet Jungs vom Morddezernat?«

»Ich weiß.« Drysdale schnappte sich einen mit Autogrammen geschmückten Baseball und warf ihn hin und her. »Dazu kommt noch meine wohlbekannte Diskretion.« Er warf den Ball zu Hardy. »Aber was ist mit dir, Sir? Kommst du zurück ins Geschäft?«

Hardy lachte und verneinte. Dann erstattete er Bericht über die letzten vierundzwanzig Stunden.

Drysdale dachte einen Moment lang nach. »Ingraham hat nach dir aufgehört, nicht wahr?« Er schloß die Augen und konzentrierte sich. »Irgendwas lief schief.«

»Was war das?«

»Gib mir den Ball.«

Hardy warf ihn zurück. Er schoß so schnell in den Händen Drysdales hin und her, daß Hardy ihm mit dem Blick nicht folgen konnte. Drysdale schloß erneut die Augen. Ein Jongleur in Trance. Endlich hielt er inne. »Nein, ich erinnere mich nicht.«

Hardy hob die Schultern. »Na, egal, er ist tot. Wird jetzt keine große Rolle mehr spielen, denke ich.«

»Immerhin kenne ich einen Burschen hier, der nicht gut auf ihn zu sprechen war. Vielleicht willst du mit ihm reden. Tony Feeney.«

»Er hätte vor langer Zeit umkommen sollen.«

Feeney gehörte zwar Hardys Jahrgang an, aber einer anderen Weinsorte. Dunkles Haar, gebügelter, dreiteiliger Anzug, durchtrainierter Körper, blankgeputzte Schuhe und keine Spur des Alterns.

»Er ist heute morgen umgekommen.«

Feeney schien etwas in seinem Innern zu ordnen. Seine anschließende Reaktion setzte Hardy in Erstaunen – er reckte die Daumen in die Höhe und sagte zu sich selbst: »Endlich, verdammter Mist«, als hätte er im Lotto gewonnen.

Dann wurde ihm bewußt, was er getan hatte, und er wandte sich wieder Hardy zu: »Es tut mir leid, wenn er Ihr Freund war, aber …«

Hardy unterbrach ihn: »Bis gestern hatte ich ihn ein halbes Dutzend Jahre lang nicht gesehen.«

»Wie ist es passiert?«

»Sieht aus, als hätte ihn jemand erschossen.«

»Wer auch immer es getan hat – ich hoffe, er entkommt.«

»Nun, wer auch immer es getan hat, hat auch seine Freundin erschossen.«

»Sie wissen, wer es war?«

»Ja, man nimmt es an. Ich nehme es an.«

Feeney öffnete eine Schreibtischschublade und entnahm ihr eine Packung Kaugummis. Er bot Hardy einen an. »Verdammter Ingraham. Immer eine Frau an der Angel. Das Mädchen hätte es besser wissen sollen.«

Hardy wußte nicht, was das zu bedeuten hatte. Er würde darauf zurückkommen. »Was hat er Ihnen getan?«

Feeney hatte ein faltenloses, kantiges Gesicht mit je einem kleinen Leberfleck an genau derselben Stelle auf beiden Wangen. Hardy fand, er hätte ein Modell sein können – nicht unbedingt gutaussehend, aber mit dem gewissen Etwas.

»Wir hatten hier mal einen Beamten namens Hector Medina«, begann er. »Er war beim Morddezernat. Jetzt leitet er den Sicherheitsdienst im *Sir-Francis-Drake*-Hotel.«

Feeney fuhr fort und erzählte, daß Rusty Ingraham bei einem Abendessen mit ein paar Freunden von der Staatsanwaltschaft vor sieben Jahren erklärt habe, es sei allgemein bekannt, daß Hector Medina einen gewissen Raul Guerrero umgebracht habe, statt ihn zu verhaften. Guerrero, erklärte Feeney, sei aus einfachen Verhältnissen gekommen, habe jahrelang Frauen in der Gegend um die untere Mission Avenue belästigt und sei schließlich des Mordes und der Vergewaltigung verdächtigt worden. Die offizielle Version habe gelautet, daß Guerrero, als Hector ihn aufgesucht habe, um ihn zu verhören, eine Waffe gezogen habe und Medina gezwungen gewesen sei, ihn zu erschießen.

Wie immer in solchen Fällen, habe es eine Untersuchung gegeben, und Medina sei freigesprochen worden.

Dann aber, während dieses Abendessens, habe Ingraham sich eingeschaltet. Feeney vermutete, er habe vor der Frau, mit der er befreundet war, mit seinem Insider-Wissen angeben und sie beeindrucken wollen. Er habe behauptet, es sei allseits bekannt, daß Medina auf Guerrero angelegt und ihn einfach über den Haufen geschossen habe.

Nun, es sei nicht verboten, Dreck über andere zu erzählen. Doch dann habe der Generalstaatsanwalt von der Geschichte gehört und Ingraham zu sich bestellt. Der habe nichts zurückgenommen. Es sei die Wahrheit, habe er gesagt. Jeder wisse das.

Also sei eine weitere offizielle Untersuchung gegen Hector Medina anberaumt worden, deren Leitung er, Feeney, übernommen habe.

»Wissen Sie, wie es ist, gegen einen Polizisten vorzugehen?«

Hardy nickte. »Drysdale hat gerade eben davon gesprochen.«

»Sie haben ihm Valenti und Raines angehängt, was? Armer Kerl. Ich hoffe, er braucht in den nächsten zwei oder drei Jahren keine Freunde bei der Mordkommission.«

»Die haben gemauert, nicht wahr?«

»Was glauben Sie?«

Hardy, der ehemalige Polizist, wußte Bescheid: Niemand schloß die Reihen fester als Polizisten. »Und Ingraham hat vor Gericht ausgesagt?«

Feeney schüttelte den Kopf. »Nein, so weit ist es nie gekommen. Es gab einfach keine Beweise. Ich konnte die Angelegenheit nicht zur Verhandlung bringen. Aber Sie wissen, wie solche Sachen laufen. Während meiner Untersuchung wurde Medina zum zweiten

Mal suspendiert. Die Geschichte machte die Runde, und bald glaubte jeder, er hätte Guerrero – der natürlich unschuldig gewesen sei – absichtlich getötet. Sie stellten Medina wieder ein, bezahlten ihm den ausstehenden Lohn, aber es dauerte nur drei Monate, bis er aufgab. Niemand denkt allzugut von einem Mörder in Uniform, selbst wenn …«

»Aber das war er doch nicht.«

»Gut, es gab keinen Beweis. Aber manchmal genügen zwei Anklagen, um einen Mann fertigzumachen.«

»Und was war mit Rusty?«

»Ingraham hat nichts weiter getan, als mir für die nächsten paar Jahre meine Karriere zu vermasseln. Ich meine, was immer Medina war oder nicht war, *ich* war der Kerl, der diesen Inspektor des Morddezernats mit Schlamm beworfen hatte. Also wurden Polizisten, die ich als Zeugen brauchte, an meinen Verhandlungstagen plötzlich krank, Beweisstücke wurden nicht weitergeleitet oder gingen verloren, Berichte wurden in den falschen Akten abgeheftet, Zeugen wohnten nicht an den angegebenen Adressen. Sie sind ein wirklich kreativer Haufen, diese Jungs vom Morddezernat, wenn sie sich etwas in den Kopf gesetzt haben. Und das hatte ich Ingraham zu verdanken.«

Hardy setzte sich zurück, schlug ein Bein über das andere und blickte auf die Stadt, die im Fenster hinter Feeney zu sehen war. All dies war interessant, aber mit Louis Baker oder Rustys Tod schien es nicht viel zu tun zu haben. »Das war's?« fragte er.

Feeney verschränkte seine Hände hinter dem Kopf und bog den Rücken nach hinten. Hardy hörte, wie er eine Kaugummiblase platzen ließ. »Nein. Das Gute an der Sache war, daß der alte Rusty seine Glaubwürdigkeit bei Locke verloren hatte. Die Beziehung kühlte ab. Er blieb höchstens vier Monate länger im Amt als Medina.«

»Er wurde entlassen?«

»Er erhielt einen entsprechenden Wink. Er sah sich, wie wir sagen, nach anderen lohnenden Aufgaben um.«

»Also haben Sie ihn nicht gesehen, seit …«

Feeney richtete sich in seinem Stuhl auf. »Seit vielen Jahren«, vollendete er. »Wann, sagten Sie, ist er umgebracht worden?«

»Gestern nacht.«

Er nickte. »Gut. Nur für den Bericht: Ich habe während der ganzen letzten Nacht mit ein paar anderen Burschen aus dieser

Behörde Poker gespielt. Ich kann Ihnen die Namen geben, wenn Sie wollen.«

Es gehörte einfach dazu, Mann. Wenn man mit Dido zu tun hatte, machte man was mit seinen Schuhen.

Lace überprüfte sie. In diesem Abschnitt war es ein Zeichen dafür, daß man dazugehörte. Er sah hinunter auf die knöchelhohen Adidas, deren Schnürbänder sich wie kleine Schlangen um seine Füße wanden.

Er verließ das Gebäude mit den Händen in den Taschen und blickte über den Bereich. Dido, der irgendein Geschäft erledigte, ein paar Weiße, die in dem glänzenden schwarzen Wagen warteten, ein Kerl, der auf der Straße stand und mit Laces Mann sprach.

Dido sah müde aus. Dido sah immer müde aus, aber heute, an diesem heißen, stillen Tag, konnte man es deutlich erkennen. Wie immer trug er die *Adidas*, von denen er seinen Namen hatte. Das schwarze T-Shirt zeigte seine Kraft – die dunkle Haut sah aus wie geölt und glänzte in der Sonne. Arme wie Laces Beine. Vor ein paar Jahren, als Lace noch ein Junge gewesen war, waren er und Jumpup auf Didos Schultern geritten, jeder auf einer.

Der einzige Mann in der Gegend, der stärker war als Dido, war gerade erst aus dem Knast zurückgekommen. Er war da draußen und tat etwas mit seiner Bude. Sie stand in Didos Bereich, also hatte Lace sich darum zu kümmern.

Er spazierte langsam über das Gelände, seine langen Schnürsenkel schleiften hinter ihm her durch den Staub. Mit einer Kopfbewegung winkte er Jumpup herbei, der ein Jahr jünger, aber größer war als er. Mit dreizehn konnte Jumpup schon fast einen Basketball zerquetschen.

Lace wußte nicht, ob der Mann vorhatte, auf der Straße mitzumischen, und ob er einen Namen hatte. Die Mama hatte Dido gesagt, und Dido hatte ihnen gesagt, daß der Kerl Louis Baker hieß, aber das würde nicht ihr Name für ihn sein, wenn er bleiben würde. Lace zum Beispiel hieß eigentlich Luther F. Washington. Aber er war Lace. Mit Jumpup das gleiche. War Jumpup genannt worden, seit er laufen konnte. Seinen anderen Namen kannte Lace nicht. Diese Namen spielten keine Rolle.

Der Mann arbeitete mit bloßem Oberkörper, stellte gerade einige Dosen mit weißer Farbe bereit. Er trug weite Hosen mit einem schmalen schwarzen Gürtel und feste Schuhe ohne Socken. Er hatte eine lange Narbe, die sich von seiner Schulter über seinen Rücken bis unter seinen Arm zog. Sie war alt, schwärzer und glänzender als die übrige Haut. Der Brustkorb erinnerte Lace an ein Pferd. Er war ungefähr dreimal so breit wie sein eigener und bedeckt mit krausem schwarzen Haar, in dem hier und da ein Schweißtropfen schimmerte.

Jumpup sagte: »Ziemlich gut gebaut.« Er war beeindruckt.

Diese Arme. Obwohl der Mann sich nur leicht bewegte, konnte man sehen, wie die Muskeln sich unter der Haut spannten. Der Mann summte.

Sie standen ihm auf der anderen Seite des Rasens gegenüber, im Schatten des Gebäudes, und sahen zu, wie er eine der Dosen schüttelte und weiße Farbe über die Graffiti an der Wand von Mamas Haus sprühte.

Lace überprüfte die Lage auf seiner Linken. Dido war noch immer beim Geschäft. Er stieß Jumpup gegen den Arm, und sie traten hinaus in die Sonne und gingen über den Rasen.

Der Mann übersprühte einen Großteil von Laces Werk. Dido bevorzugte Dunkelblau in seinem Bereich. Natürlich gab es da auch ältere Farben von früher – Worte, Symbole, Zeichen, irgendein magisches Zeug. Rot und Grün meistens, bevor das Blau kam.

Der Mann ging sorgfältig vor. Er hatte in der Ecke begonnen und schon die Hälfte geschafft. Er übersprühte nicht alles, nur die Bilder, so daß altes und frisches Weiß zusammenkamen, aber keine Farben mehr blieben. Kein Zeichen mehr, daß dies Didos Abschnitt war. Lace machte sich ein wenig Sorgen, aber vielleicht steckte nichts dahinter. Der Mann hatte eine harte Zeit hinter sich – Lace respektierte ihn.

Lace und Jumpup waren nun nahe genug bei ihm. Er wandte sich um und nickte ihnen zu. »Hallo, Jungs.«

Lace spürte, wie Jumpup einen Schritt zurückwich, aber der Mann begann wieder zu sprühen. Vielleicht wußte er nicht Bescheid.

»Du bleibst hier?« fragte Lace.

Der Mann hielt lange genug inne, um zu nicken. »Das ist richtig.« Dann sprühte er weiter. Kein Grund zur Sorge.

»Du bist aus dem Knast entlassen?«

Wieder hielt er inne und richtete sich auf. Zu voller Größe. »Liest du meine Post?« fragte er.

»Du wirst nicht Didos Namen übersprühen, oder?« Jumpup kam gleich zur Sache.

»Das Blau«, erklärte Lace.

Der Mann trat zurück, den halben Weg über den Rasen, und begutachtete sein Werk. »Das ist jetzt mein Zuhause, zusammen mit Mama. Ich will ein hübsches weißes Haus haben.« Er zeigte seine Zähne und kehrte zur Wand zurück.

Lace mußte etwas sagen. »Jumpup und ich, wir kümmern uns um die Farbe hier in der Gegend. Wir können das machen.«

Der Mann senkte die Spraydose. »Nein, nicht nötig. Wird schon gehen so.«

»Wir haben es schon oft gemacht.« Jumpup klang forscher, aber er stand, wie Lace bemerkte, noch immer hinter ihm.

Der Mann schüttelte den Kopf. »Ich habe nicht mehr Farbe. Braucht einiges Geschick mit der Dose.« Er trat zur Wand und übersprühte einen roten Kreis. »So«, sagte er. »Keine Verschwendung. Das lernt man im Knast. Und der Herr im Himmel mag auch keine Verschwendung.«

»Ich kann das«, sagte Lace.

Jetzt kauerte der Mann sich hin, auf eine Höhe mit ihnen. »Wenn du dich auskennst, wäre es eine Hilfe. Ich habe eine Scheibe, die ich einsetzen will. Aber ich weiß nicht …«

»Lace und ich kennen uns aus«, sagte Jumpup.

»Wir streichen hier im Bereich«, wiederholte Lace.

Der Mann gab jedem von ihnen eine Dose. »Also gut. Aber langsam. Laßt mich ein bißchen sehen, wie ihr es macht.«

Louis Baker stellte sie in einem Abstand von fünf Schritten auf, und sie begannen, die Graffiti zu übersprühen, während er das Sperrholz aus dem Seitenfenster entfernte.

»Was läuft denn hier.«

Erschrocken hörten die Jungen auf zu sprühen und fuhren herum. Louis Baker, der gerade das Glas dort hatte einsetzen wollen, wo das Sperrholz gewesen war, stellte die Scheibe auf den Boden.

Dido hatte die Arme vor der Brust verschränkt. »Das ist eine weiße Wand«, sagte er. »Diese Jungs gehen dir zur Hand?«

Louis Baker nickte. »Das stimmt. Wir machen das neue Haus sauber.«

Dido stand regungslos da und sah in die Sonne. Wortlos stellten Lace und Jumpup die Dosen ab und wichen über den Rasen zurück.

Die beiden kräftigen Männer – einundzwanzig der eine, Mitte

Dreißig der andere – standen etwa zwei Meter voneinander entfernt. Louis Baker richtete sich auf und verschränkte wie Dido die Arme vor der bloßen Brust. Lace und Jumpup sahen aus sicherer Entfernung zu.

Ein Wagen bog in die Straße ein. Dido warf einen letzten Blick auf die Wand, zuckte mit den Schultern und trottete durch den Bereich zurück. Geschäft war Geschäft.

Louis Baker begann wieder zu summen und öffnete eine Dose mit Kitt.

5

Johnny LaGuardia konnte nicht verstehen, warum die Leute es nicht zu begreifen schienen. Das Konzept war so simpel, und diese Idioten – allem Anschein nach bereits zwei in den letzten zwei Tagen – verstanden es entweder falsch oder vermasselten es ganz.

Es war so: Man geriet in eine Situation, in der man Geld brauchte. Wetten, Frauen, Börsenspekulationen – das spielte keine Rolle für Angelo ›Engel‹ Tortoni. Aus dem einen oder anderen Grund halfen die Banken einem nicht aus. Vielleicht sahen sie einfach keinen Sinn darin, Geld zu verleihen, damit man es im vierten Rennen in Bay Meadows auf *Betsy's Delight* setzte. Vielleicht hatte man sich bei einem früheren Kredit als zahlungsunfähig erwiesen. Vielleicht hatte man seinen Kreditrahmen auch bereits erschöpft. Was auch immer.

Mr. Tortoni – der Engel – half einem aus der Patsche. Johnny LaGuardia hatte erwachsene Männer auf die Knie sinken und dem Engel mit Tränen in den Augen für das Geld danken sehen, das sie nirgendwo anders auftreiben konnten. Er wußte, daß das Geld des Engels College-Abschlüsse und durchgesoffene Wochenenden finanziert oder auch einer verheirateten Dame geholfen hatte, die kein viertes Baby wollte. Dieser Mann – der Engel – kümmerte sich um seine Leute.

Und die meisten, denen Mr. Tortoni geholfen hatte, erwiesen ihm Respekt. Sie bezahlten die Leihgebühr, die Kreditkosten – zumutbare zehn Prozent pro Woche –, bis sie die ganze Summe zurückzahlen konnten. Dann erschienen die meisten von ihnen nicht nur mit dem Geld, sondern oft auch mit einem Geschenk, um Mr. Tortoni ihre Dankbarkeit zu erweisen: Er hatte an sie geglaubt, als kein anderer ihnen mehr traute, und hatte ihnen sein eigenes, hart verdientes Geld gegeben, um ihnen zu helfen, eine schwere Zeit zu überstehen.

Und die meisten von ihnen verstanden, daß Mr. Tortoni diese wichtige gemeinnützige Aufgabe nur erfüllen konnte, weil er ein guter Geschäftsmann blieb. Er verlor bei seinen Krediten nichts. Die Leihgebühr sorgte dafür, daß er liquide blieb.

Die meisten verhielten sich korrekt.

Die anderen verhalfen Johnny LaGuardia zu seinem Job.

Er stand vor dem Eingang zur Halle der Ghirardelli Towers und sah über die Schulter zurück in den tiefvioletten Himmel. Über der Golden Gate Bridge glühte eine hohe Wolkendecke in tiefem Orange. Als Kind hatte er geglaubt, solche Wolken würden von den Engeln geschürt.

Auf den Stufen des Schiffahrtsmuseums trommelte jemand auf zwei Congas. Eben waren die Lichter über dem Ghirardelli Square eingeschaltet worden, und es war noch warm von der Sonne des Tages. Ein leichter Wind kam von der Bucht und trug den Geruch der Krabben herüber, die unten an der Fisherman's Wharf gekocht wurden.

Für Johnny war dies die schönste Zeit des Jahres, des Tages und seines bisherigen Lebens – in einer Stunde würde er Doreen zum Dinner im *Little Joe's* treffen, würde *Cacciuco* essen und eine Flasche Lambrusco trinken, und dann würden sie zusammen in Doreens Wohnung gehen.

Eigentlich müßte er sich großartig fühlen.

Aber gestern abend war diese Sache mit Rusty Ingraham passiert, und jetzt hatte er ein schlechtes Gefühl wegen Bram Smyth, mit dem er um halb fünf an der Bar von *Senor Pico's* verabredet gewesen wäre, vor nahezu drei Stunden.

Er sollte mit Mr. Tortoni über diese Kerle sprechen, die auf Pferde setzten, überlegte er. Aber wenn er es recht bedachte, sollte er das vielleicht auch nicht tun – Mr. Tortoni brauchte keine Tips von Johnny LaGuardia, wie er sein Geschäft zu führen hatte. Aber diese Kerle waren einfach unzuverlässig.

Er schob die Tür der Eingangshalle auf und ging über den Marmorfußboden bis zu den aufgereihten Briefkästen, unter denen die

Klingelknöpfe waren. Bram und Sally Smyth wohnten in Nummer 320.

Er drückte die Klingel und wartete zehn Sekunden, dann drückte er noch mal. Er warf einen Blick auf die Uhr. Er wußte, daß seine Ungeduld ihn dazu trieb, Dinge zu übereilen. Er wartete dreißig Sekunden.

Okay.

Als er bei 112 – der dritten Wohnung – klingelte, bekam er Antwort. Er habe eine Lieferung für Mister ... er warf einen Blick auf die Briefkästen der anderen beiden Wohnungen, wo niemand geantwortet hatte ... für Mister Ortega in 110. Ob er das bei ihr abgeben dürfe?

Er blieb an der inneren Tür stehen, bis der Summton kam. Dann drückte er sie schnell auf und schlüpfte hinein. Während er die Treppen hinaufeilte, dachte er, was für ein Witz diese gesicherten Gebäude doch waren.

Der Flur im dritten Stock war groß, still und mit einem Teppich ausgelegt. Er fand die Tür der Smyths gleich rechts neben dem Treppenhaus, legte ein Ohr daran und lauschte einen Moment lang. Von drinnen war ein Gespräch zu hören. Er klopfte.

Das Gespräch verstummte. Er konnte sich vorstellen, wie Smyth einen Finger auf die Lippen legte.

Na komm schon. Mach es uns doch nicht so schwer.

Johnny LaGuardia hatte verschiedene Waffen, die er für unterschiedliche Aufgaben benutzte, aber die schallgedämpfte *Uzi* war wohl doch sein Liebling. Wie die Burschen vom Geheimdienst trug er sie in einem verdeckten Halfter unter dem Arm. An seiner Feuerkraft gemessen, war das Ding wirklich klein, und es ließ sich unter seinem Sportjackett gut verbergen.

Er schob das Jackett zurück und zog die *Uzi* hervor. Er hörte, wie sich in der Wohnung jemand bewegte.

Er hätte einfach warten können. Er wußte, daß Smyth nach ungefähr fünf Minuten zur Tür schleichen, lauschen und dann – bei vorgelegter Kette – die Tür einen Spalt öffnen würde. Aber Johnny hatte eine Verabredung mit Doreen, und er war schon spät dran. Er hatte Smyth eine Chance gegeben, die Sache zivil zu regeln.

Er ging auf die andere Seite des Flurs und zielte auf das Schlüsselloch. Das war der größte Spaß an der Sache – das leise, klickende Geräusch der Waffe, und dann wurde die Tür nach drinnen geschleudert. So weit die Kette reichte.

Mit gesenkter Schulter nahm er ein paar Schritte Anlauf und warf sich gegen die Tür. Die Kette gab nach wie ein Lamettafaden.

Bram Smyth und – wie Johnny vermutete – Sally fuhren halb aus ihren Stühlen hoch und starrten auf den Eingang, auf ihn. Ihm wurde bewußt, daß er die Waffe noch in der Hand hielt. »Bram, verdammt«, sagte er. Er begann, den Schalldämpfer abzuschrauben.

Smyth sah aus, wie Yuppie-Börsenmakler eben aussahen. Er hatte noch seine Krawatte um und trug Mokassins mit Quasten.

»Hatten wir nicht eine Verabredung?«

Bram sah nach der Frau und rang sich ein schwaches Lächeln ab. »Ach, war das heute? Ich dachte, es wäre morgen. Tut mir leid. Ich habe das …«

Johnny schüttelte den Kopf. »Du hast die Klingel nicht gehört? Du hast nicht gehört, daß ich heraufgekommen bin und geklopft habe?«

Bram machte eine vage Geste. »Johnny … Wir haben hier ein romantisches Abendessen. Das heißt, wir hatten …« Erneut sandte er seiner Frau ein Lächeln zu. Alles unter Kontrolle, signalisierte er, der Schlappschwanz. Abgesehen davon, daß gerade jemand meine Tür zerschossen hat. »Manchmal mag man sich eben nicht unterbrechen lassen.« Er hob die Hände. »Ungünstiger Zeitpunkt, denke ich. Hab' ich recht?«

Johnny sah nach der Frau, die sich zurückgesetzt und die Beine übereinandergeschlagen hatte und an ihrem Weißwein nippte. Sie verhielt sich ganz normal, versuchte sich nichts anmerken zu lassen, aber ihre Hände zitterten.

Sorgfältig verstaute Johnny die Waffe im Halfter. Er nickte Sally zu, lächelte Bram an und sagte: »Bitte entschuldigen Sie uns einen Moment. Bram, können wir im Flur eine Sekunde miteinander reden?«

Sie gingen in den Flur und zogen die zerschossene Tür hinter sich zu.

»Morgen habe ich es«, sagte Smyth. »Ich dachte, es wäre morgen, Johnny, ich schwöre bei Gott!«

»Achthundert bis morgen.«

Smyth riß die Augen auf. »Vierhundert, Johnny.«

Johnny schüttelte den Kopf. »Seit wann zahlst du schon am Donnerstag? Seit vier Monaten? Fünf? Also wird die Gebühr bis nächste Woche fällig.«

In ungefähr zwei Minuten würde der Kerl sich seinen hübschen Anzug bepinkeln. »Schau, Johnny, das Börsengeschäft ist ein ständiges Auf und Ab. Heute verdiene ich mir eine goldene Nase und morgen keinen Penny. Du kennst das doch.«

Johnny hob eine Hand. »Du hast Geld gebraucht. Mr. Tortoni hat dir aus reiner Herzensgüte geholfen, und es war ausgemacht, daß du zurückzahlen kannst, wann immer du willst. Aber bis du das tust, hast du die Leihgebühr zu bezahlen, *capisce*?«

Smyth senkte den Kopf. »Ja. Sag ihm, es tut mir leid. Morgen, okay?«

»Okay.« Johnny streckte ihm die Hand entgegen. »Deine Tür ist kaputt«, sagte er. »Du solltest den Hausmeister verständigen.«

Smyth starrte auf Johnnys ausgestreckte Hand. Johnny lächelte. »Was ist los? Glaubst du, ich breche dir den Arm?«

Smyth atmete hörbar aus, lächelte und schlug in Johnnys Hand ein.

Johnny hielt sie fest und drückte mit der linken Hand Smyth' Arm am Ellbogen zu sich heran. Er hörte das Krachen der Knochen. Bram Smyth sank auf den Boden. Er sah zu Johnny auf, hielt sich den gebrochenen Flügel, und Tränen strömten über sein Gesicht.

»Achthundert«, sagte Johnny. »Morgen.«

Immer wieder sagte sich Glitsky, daß Geld keine Rolle spielte. Dennoch machte die Tatsache, daß er keine Überstunden bezahlt bekam, einen Unterschied.

Ray Weir, der Mann der ermordeten Frau, war am Nachmittag nicht zu Hause gewesen. Viele arbeitende Männer waren um diese Zeit nicht zu Hause. So verbrachte Abe den Rest des Tages damit, im Jugendberatungszentrum einen potentiellen Zeugen in einem anderen Fall zu befragen. Der Junge, ein siebzehnjähriger Puertoricaner mit dem unglaublichen Namen Guadalupe Watson, war nicht besonders gesprächig. Einer seiner Freunde hatte ihn in der Nähe von Rita Salcedos Haus gesehen, als ihr Mann Jose sie aus dem Haus gejagt und in den Rücken geschossen hatte, weil sie drauf und dran gewesen war, ihn zu verlassen. – Aber Guadalupe erinnerte sich nicht, ob er dort gewesen war.

Dieser Mangel an Kooperationsbereitschaft ließ Glitsky nicht kalt, obwohl so etwas oft vorkam. Manche Leute wollten nicht mit der Polizei sprechen – nie, über nichts. Es würde ihnen nur Probleme eintragen.

Also hatte Abe geredet und geredet und gewartet und einer endlosen Folge von Jas und Neins zugehört. Guadalupe antwortete nur, wenn er gefragt wurde, rückte freiwillig mit nichts raus und log wahrscheinlich, sobald er sich doch eine Silbe abrang.

Dann war es fünf Uhr oder zumindest beinahe, also ging Abe nach Hause und aß mit Flo und den Kindern zu Abend, und jetzt stieg er die Stufen zu Ray Weirs Haus hinauf und dachte an die Überstunden.

Die Vordertür öffnete sich auf einen kleinen Flur. Links führte eine Treppe in die obere Wohnung des Doppelhauses. An der Wand über den Treppen hing ein Poster mit einer altmodischen Stativkamera, auf der der Name *Weir* stand. Er stieg die Treppen hinauf und blieb einen Moment lang auf dem schmalen Absatz stehen, wartete wieder, lauschte wieder. Manchmal hörte man etwas.

Dieses Mal hörte er nichts. Er drückte auf den Knopf neben der Tür, hörte keinen Klingelton und klopfte.

Ein Mann, der einfach nur sehr durchschnittlich aussah, öffnete die Tür.

Während Glitsky sich vorstellte und seinen Dienstausweis zeigte, versuchte er, sich einen Eindruck von dem Mann zu verschaffen.

Ray Weir war der Typ, bei dem man ein Bankkonto eröffnete, der mittlere Angestellte im billigen grauen Anzug, mit dem man im Fahrstuhl fuhr, irgendein Cousin von irgendeinem Kumpel aus, sagen wir, Nebraska. Er hatte hellbraunes Haar und regelmäßige Gesichtszüge, war weder dick noch dünn, weder groß noch klein, ein ruhiger, freundlicher Einzelgänger, der sich eines Tages mit einer automatischen Waffe in einem Wolkenkratzer wiederfinden würde.

»Ist das ein offizieller Besuch?« fragte Weir.

Glitsky war sich nicht sicher, was er meinte. »Nun ja, ich bin gerade bei der offiziellen Untersuchung des Mordes an Ihrer Frau, wenn Sie das meinen.«

»Dann können Sie auch reinkommen«, sagte Weir.

Nach dem Abendessen hatte sich Glitsky erkundigt und erfahren, daß man Ray aufgrund eines Hinweises in Maxine Weirs Handtasche ausfindig gemacht hatte. Zwei Beamte hatten ihn an seinem Arbeitsplatz aufgesucht und von Maxines Tod unterrichtet. Jetzt machte er einen resignierten, verlorenen Eindruck und fragte Glitsky gleich, ob er zu den Verdächtigen gehöre.

»Warum?« Glitsky ging durch das Wohnzimmer und dachte, er könne ruhig aufs Ganze gehen. »Haben Sie sie umgebracht?«

Ray setzte sich auf eine geblümte Couch und wies auf einen Stuhl für Abe. »Nein, aber Sie wissen doch, wenn man getrennt lebt …«

»Wollten Sie sie umbringen?«

Ray sah über Glitskys Schulter und fixierte etwas hinter ihm so intensiv, daß Abe sich umdrehte. Die Wand war fast völlig mit Hochglanzfotos einer schönen Frau bedeckt. Glitsky stand auf und ging hinüber, um sie genauer zu betrachten. Auf einigen Bildern stand der Name Maxine Weir. Er versuchte, dieses umwerfende Gesicht mit der Frau in Verbindung zu bringen, die er heute morgen mit einer Halsstütze auf Rusty Ingrahams Lastkahn gefunden hatte. Es gelang ihm nicht.

Ray war hinter ihn getreten.

»Ich wollte, daß sie zurückkommt. Ich wollte nicht, daß sie stirbt.«

»Wie steht's mit ihrem Freund?«

»Ihm habe ich den Tod gewünscht.«

»Aber sie haben ihn nicht umgebracht?«

Rays Blick wanderte zurück zu den Bildern. »Sieben Jahre.« Er schüttelte den Kopf. »Wissen Sie, wie es ist, mit einer so schönen Frau zusammenzusein und von ihr geliebt zu werden? Es ist unvergleichlich. Wo du auch bist – du bist der stolzeste Mann der Welt. Irgendwie ist es dir völlig egal, was sonst noch so passiert. Ich meine die Sachen, die ich schreibe. Niemand will sie haben. Aber ich habe Maxine, und deshalb bin ich etwas wert. Verstehen Sie?«

Glitsky konnte das nur andeutungsweise nachvollziehen. Seine Frau, Flo, war eine hübsche Frau, aber er maß seinen Wert bestimmt nicht daran, was andere Leute über sie dachten. Auch war ihm aufgefallen, daß Ray nicht abgestritten hatte, Rusty Ingraham getötet zu haben. Andererseits sagte er sich, daß Rusty offiziell noch nicht einmal tot war. »Liegt Ihre Trennung lange zurück?«

»Heute sind es fünf Monate und elf Tage.«

Immer wieder wanderte Glitskys Blick zu den Bildern zurück. Verschiedene Nacktaufnahmen waren darunter, ebenso geschmackvoll wie erotisch. So hatte sie heute morgen mit den Einschußlöchern im Leib nicht ausgesehen.

»Wie ist sie an Ingraham geraten?«

Ray versuchte zu lachen, aber es gelang ihm nicht recht. »Es war erbärmlich. Dazu müßten Sie sie kennen.«

»Ich bin dabei, sie kennenzulernen.«

Sie setzten sich wieder. Ray rauchte eine filterlose *Camel.* Glitsky entdeckte eine Zigarettenkippe mit Lippenstiftspuren im Aschenbecher. »Wie erbärmlich?« fragte er.

»So war Maxine eben. Immer mußte sie etwas haben, wovon sie träumte. Ich vermute, das bringt die Schauspielerei mit sich. Vielleicht geht es uns Schriftstellern genauso ... Ich glaube, das hat uns so lange zusammengehalten – dieser gemeinsame Traum.«

»Was für ein Traum?«

»Ach, der übliche, denke ich. Ruhm und Glück. Sie wird ein Star, ich schreibe das große amerikanische Drehbuch.« Er zog an seiner Zigarette, blies eine lange Rauchfahne aus, lehnte sich in die Couch zurück. »Dann hatte sie den Unfall, traf Ingraham, und der Traum wurde einfach ausgetauscht.«

»Wogegen?«

»Plötzlich drehte sich alles nur noch um Geld. Aus irgendeinem Grund gab Ingraham ihr das Gefühl, zu alt zu sein, um ein Star zu werden. Mit dreiunddreißig. Sehen Sie sie an, sie ist nicht zu alt.«

Glitsky brauchte sich nicht umzudrehen, um sich daran zu erinnern, wie sie aussah. »Aber Ingraham hat ihr gesagt, sie wäre zu alt?«

Ray schüttelte den Kopf. »Nicht so sehr gesagt. Er hat ihr einfach eingeredet, daß der Traum – unser Traum – nicht in Erfüllung gehen könne. Daß er unrealistisch sei. Als ob ein Traum realistisch sein müßte! Gott im Himmel.«

»Was ist dann geschehen?«

»Sie sah endlich eine Chance, schnell zu Geld zu kommen, ohne all die Zurückweisungen und Enttäuschungen.«

»Wie das?«

Ray sah Glitsky einen Moment lang überrascht an, als könne er nicht begreifen, weshalb das nicht längst allgemein bekannt war. »Nun, die Versicherung.«

»Welche Versicherung?«

»Sie hatte sich schwer am Rücken verletzt und den Hals verrenkt. Ingraham hing in der Notaufnahme herum, als sie eingeliefert wurde. Was für ein Drecksack der Kerl doch ist.«

Ist, nicht wahr. Glitsky machte sich im Geiste eine Notiz.

»Jedenfalls erklärte Ingraham ihr, er könne eine Entschädigung von hunderttausend oder mehr herausschlagen, und da kam ihr der Gedanke, daß sie das Geld, wenn sie tatsächlich soviel hätte, investieren könnte und ein paar Jahre lang nichts tun müßte. Weil ich nicht mitmachen wollte, hatte sie keinen Spaß mehr an mir ... Ich würde sogar dann noch schreiben, wenn ich reich wäre.« Er drückte seine Zigarette aus. »Plötzlich hatten wir nicht mehr denselben Traum. Ingraham konnte sie besser überzeugen als ich.« Er starrte auf den Boden.

Ein hübsches, solides Motiv, dachte Abe. »Was tun Sie den Tag über, Ray?«

Ray sah auf, die Frage traf ihn unvorbereitet. »Ich fahre als Stadtkurier. Ein Dämon auf dem Fahrrad.«

»Haben Sie was dagegen, mir zu erzählen, wo Sie gestern nacht waren?«

Die Augen wanderten hinauf und hinunter. »Ich war die ganze Nacht hier.«

»Allein?«

Wieder eine Pause. »Ich fürchte, ja. Macht mich das verdächtig?«

Glitsky musterte ihn so ernst wie möglich. »Sie galten als Verdächtiger, bevor ich hierherkam. Ich versuche, Sie zu entlasten, weil ich nicht das Gefühl habe, daß Sie jemanden getötet haben, den Sie so sehr liebten, aber ... Haben Sie eine Waffe, Ray?«

»Nein. Das heißt, ja. Ich hatte eine.«

Glitsky wartete.

»Nach dem Unfall wurde Maxine ...« Weir hielt inne. »Nachdem sie ausgezogen war, genauer gesagt ... Sie wolle Schutz, sagte sie, weil sie doch alleine lebe. Sie wurde richtig paranoid und fragte mich schließlich, ob sie die Waffe nehmen könne. Ich habe ja gesagt.«

»Also hatte sie die Waffe?«

Er nickte.

»Und was für eine Waffe war es? Vielleicht finden wir sie in ihrer Wohnung.«

»Kaum mehr als ein Spielzeug. Eine .22er.«

Glitsky kannte die Art von Wunden, die eine solche Waffe verursachte. Er hatte an diesem Morgen einige solcher Wunden gesehen. »Wissen Sie, Ray«, begann er, aber dann gebot er sich Einhalt. Er war drauf und dran gewesen, Ray zu erzählen, daß er allmählich zu einem erstklassigen Verdächtigen wurde. Wenn es nur den geringsten Beweis dafür geben würde, daß er gestern nacht auf Ingrahams Barke gewesen sein könnte, hätte Glitsky ihn sofort verhaftet.

Ray schwieg.

»Wann haben Sie Maxine zum letztenmal gesehen?« fragte Glitsky.

Ray dachte nach. »Vor drei Wochen vielleicht. Sie brauchte Geld für die Miete und kam hierher. Sie hat gesagt, wenn die Versicherungssumme käme, hätten wir so oder so beide einen Batzen.«

»Sie hatten vor, das Geld zu teilen?«

Ray steckte sich eine neue Zigarette an. »Nun ja, es stand uns beiden zu, auch wenn wir geschieden worden wären. Eine der seltenen Gelegenheiten, bei denen die kalifornischen Gesetze den Ehemann unterstützen.«

»Und Sie haben ihr ausgeholfen?«

Wieder sah Ray hinunter auf den Boden. »Sie hat mich ein bißchen weichgemacht.«

»Wie das?«

Ray Weir zuckte die Schultern wie ein verlegener Schuljunge.

»Sie haben miteinander geschlafen? Vor drei Wochen?«

Jetzt wurde Ray nervös. »Ich weiß, das macht keinen besonders guten Eindruck, aber wir sind, wir waren noch immer verheiratet. Und sie kam her und sah so schön aus. Wirklich strahlend.«

Glitsky mußte die Frage stellen. »Mit einer Halsstütze sah sie strahlend aus?«

Ray schüttelte den Kopf. »Sie trug die Stütze nicht. Seit ein paar Monaten brauchte sie sie nicht mehr.«

»Aber …« sagte Glitsky. Er dachte daran, daß Maxine die Stütze getragen hatte, als man ihre Leiche gefunden hatte. »Vergessen Sie's. Erzählen Sie weiter.«

»Nun, mehr ist da nicht zu erzählen. Wir haben miteinander geschlafen. Dann gab ich ihr das Geld, und sie ging.« Er drückte die eben erst angezündete Zigarette aus. »Ich dachte … Das war jedenfalls das letzte Mal, daß ich sie gesehen habe.«

Glitsky ließ das Schweigen eine Zeitlang wirken, ehe er sich erhob. »Ray«, sagte er, »ich an Ihrer Stelle würde mich um einen guten Anwalt bemühen.«

»Aber ich war gestern die ganze Nacht hier. Ich habe die Wohnung nicht verlassen.«

»Das haben Sie gesagt.«

»Glauben Sie mir nicht?«

»Ich könnte Ihnen eher glauben, wenn Sie irgend jemanden angerufen oder sich eine Pizza nach Hause bestellt hätten.«

Ray wollte sich dazu äußern, unterließ es dann aber. »Gut, ich vermute, das ist also die Lage.«

Glitsky blieb einen Moment lang in der Tür stehen, die Weir für ihn aufhielt. »Das ist die Lage«, sagte er.

Gewöhnlich arbeitete Hardy von halb eins bis halb acht Uhr abends, Moses McGuire von sechs bis zwei in der Nacht. Sie teilten sich also jeden Tag für anderthalb Stunden die Arbeit hinter dem Tresen.

»Wer hat das bestellt?« Moses war ein Purist, und Hardy drückte eine Zitronenscheibe über einem *Manhattan* aus. »Wer immer das bestellt hat, schneid ihm die Gurgel durch.«

Hardy sah zum erstenmal hinunter auf den Drink. Er fluchte und schüttete ihn ins Spülbecken. Er tippte sich an die Stirn, schnappte sich ein frisches Glas und den süßen Vermouth und begann von neuem. »Ertappt«, sagte er.

»Kirsche«, erwiderte Moses, »ist die richtige Garnierung für einen *Manhattan*. Brauchst du deinen *Mr. Boston*?« Das Handbuch für Barkeeper.

Hardy bereitete den Drink zu, servierte ihn dem Kunden und kam zurück zur Theke, wo Moses inzwischen auf seinem Hocker saß und mit seiner Schwester Frannie sprach.

»Er ist wie eine Thermoskanne«, sagte Hardy.

Frannie nippte an ihrem Mineralwasser. Sie sah fantastisch aus, fand Hardy – auf ihrem roten Haar glänzten Lichter, und die grünen Augen lachten schon beinahe wieder. »Eine Thermoskanne?«

»Du weißt, daß eine Thermoskanne Heißes heiß und Kühles kühl hält?«

»Ja und?«

»Nun …« Hardy hielt einen Moment inne. »Woher weiß sie, was heiß und was kalt ist?«

Frannie lächelte unglaublich attraktiv und sexy. Unglaublich, weil sie Moses' kleine Schwester und im fünften Monat schwanger war. Unglaublich, weil Hardy sie kannte, seit sie auf die High School gegangen war. Unglaublich, weil sie schon wieder so gelöst war – Hardy hatte sie ein paar Wochen nach Eddies Tod zum letztenmal gesehen. Eddie, ihr Mann.

Hardy wandte den Blick von ihr ab und sah Moses zu, der sich auf dem Hocker zurücklehnte.

»Wenn ein Kerl Zitrone in einen *Manhattan* mischt, fühle ich das bis hinunter in meine Zehenspitzen.«

»He, ich bin ein bißchen durcheinander, in Ordnung?«

»Vielleicht liegt das an der Waffe.« Moses paßte es nicht, eine geladene Waffe hinter der Theke zu haben, aber Hardy war direkt aus der Stadt gekommen und hatte sie nicht im Samurai liegenlassen wollen.

»Was für eine Waffe?« wollte Frannie wissen.

»Vergiß es«, sagte Hardy.

Aber Moses klärte sie auf, zumindest teilweise.

»Heute morgen?« fragte Frannie. Sie schien plötzlich voller Sorge zu sein.

»Keine große Sache«, sagte Hardy.

»Irgendwelche Kerle versuchen dich umzubringen, und das ist keine große Sache?«

»Er hat Zitrone in einen *Manhattan* getan …«

»Ja, gut, es ist mir eben in den Sinn gekommen, klar?« Hardys Augen wanderten von Moses zu Frannie. »Es steht ja nicht mal fest, daß jemand mich wirklich umbringen will.«

»Aber du läufst mit einer Waffe herum.«

Hardy lehnte sich über die Theke. Er nahm den Duft von Jasmin wahr. »Frannie, ich habe die Waffe heute morgen mitgenommen. Ich habe es bisher nicht geschafft, sie nach Hause zu bringen. Das ist die ganze Geschichte.«

»Aber du wirst nicht nach Hause gehen?«

Er richtete sich auf. »Ich hatte eigentlich vor, dort zu leben und zu tun, was ich immer getan habe.«

»Aber was ist, wenn der Kerl versucht, dich zu erwischen? Was ist, wenn er zu dir nach Hause kommt?«

»Um die Wahrheit zu sagen, mache ich mir mehr Sorgen darum, daß ich gezwungen oder in Versuchung geraten könnte, ihn zu töten, wenn ich ihn sehe. Das, so meinte mein Freund Abe, wäre nämlich ein Problem.«

»Ich finde, du solltest nicht nach Hause gehen. Ich finde, es ist zu gefährlich.«

Hardy tätschelte Frannies Hand auf der Theke. »Okay«, sagte er, um das Thema zu beenden.

Moses war aufgestanden und zapfte ein *Bass Ale* aus dem Faß. »Was hältst du davon, dich ein bißchen als Barkeeper zu betätigen?«

»Ich rede mit deiner Schwester.«

»Aber *ich* bin heute mit ihr verabredet. Ich habe frei und zapfe Bier … Irgendwas stimmt hier nicht.«

Frannie nahm impulsiv Hardys Hand und drückte sie. »Ich meine es ernst«, sagte sie. Sie tauschten einen Blick. Hardy hatte sich immer wieder gesagt, daß er nicht besonders besorgt war. Natürlich war er ein wenig unruhig, aber die rasende Angst, die er am Morgen in Rustys blutdurchtränktem Schlafzimmer empfunden hatte, war vorüber.

Jetzt kehrte durch Frannie, die gerade erst davon gehört hatte, etwas von der Angst zurück. Und es war eine Tatsache, daß er den *Manhattan* mit Zitronensaft garniert hatte. Er versuchte sich einzureden, daß Frauen eben nervös waren, vor allem Frannie, die gerade erst ihren Mann verloren hatte. Aber plötzlich war er nicht mehr sicher, daß das alles war.

»Zwei *Margueritas* ohne Salz«, rief Moses herüber, und Hardy begann, den Mixer zu füllen. Moses schob sich neben ihn. »Auch ohne Zucker«, sagte er.

Hardy schaffte es nicht, die Einnahmen richtig zu addieren, und er hatte noch ein paar andere fürchterliche Drinks zubereitet. Gin und Cola. Rum und Ginger Ale. Der Gedanke machte ihn schaudern. Er hatte drei *Black and Tans* von hinten angefangen, weil er nicht daran gedacht hatte, daß Guinnes auf *Bass Ale* paßt, aber nicht *Bass Ale* auf Guinness.

Es war kurz nach Mitternacht. Er hatte die Bar früh geschlossen, weil es keinen Sinn gehabt hatte, diese Scharade länger als nötig aufzuführen. Die Kundschaft würde es überleben. Schließlich war das hier das *Little Shamrock*, eröffnet im Jahre 1893. Es würde nicht zugrunde gehen, nur weil es einmal ein wenig früher geschlossen worden war. Moses mochte knurren, aber Hardy würde das später erklären.

Er hatte begriffen, daß er sich nicht konzentrieren konnte, wenn er damit rechnete, daß jeden Augenblick jemand hereinkommen könnte, um ihn zu erschießen, während er gerade ins oberste Fach griff oder mit dem Lappen die Theke abwischte oder eine Bestellung entgegennahm.

Nach dem Gespräch mit Tony Feeney war es ihm wenigstens gelungen, seine Waffe zurückzubekommen, die jetzt, während er das Geld zum sechstenmal zählte, hinten in seinem Gürtel steckte. Es war sinnlos. Er kam auf fünfhundertsiebenundneunzig Dollar, aber die Kasse zeigte sechshundertdreizehn Dollar an. Es wollte einfach nicht aufgehen.

Er ging zu seinem Trinkgeldbecher und glich die Differenz aus. Dann nahm er sich ein letztes Guinness mit hinüber zu den Dartbrettern und überlegte, was er jetzt tun sollte.

Er hatte mit Glitsky gesprochen und erfahren, daß der noch nicht mit Louis Baker geredet hatte und der Ex-Sträfling noch immer frei herumlief.

Glitsky hatte angefangen, irgend etwas über andere Verdächtige zu erzählen, aber Hardy hatte an der Bar jede Menge zu tun und keine Zeit gehabt für den Routinemist der Polizei. Verdammt seien Glitskys Verdächtige. Louis Baker hatte Hardys Leben bedroht und war frei wie ein Vogel. Vielen Dank für deine Hilfe, Abe.

Hardy würde auf keinen Fall nach Hause gehen, das war sicher. Rusty Ingraham war nach Hause gegangen.

Er bewahrte die Dartausrüstung in einer ziemlich abgewetzten Lederhülle auf, die er immer bei sich trug, meistens in der Innentasche der Jacke, die er gerade anhatte, welche auch immer das war. Jetzt holte er sie heraus und begann, die hellblauen Plastikfedern in die zwanzig Gramm schweren Darts aus Wolframstahl zu stecken.

Drei Tiffany-Lampen brannten noch, eine über der Theke, zwei im Dartsbereich. Hardy hatte sie so niedrig wie möglich eingestellt. Er sah auf die Uhr auf dem Kaminsims gegenüber der Theke, die seit dem großen Erdbeben im Jahre 1906 nicht mehr tickte und nicht so aussah, als wollte sie jetzt damit anfangen. Er stand auf, um sich auf eine Runde Dart vorzubereiten, ging aber noch mal zurück und überprüfte zum drittenmal, ob die Vordertür geschlossen war.

Weil er schon dabei war, die Runde zu machen, ging er zu den Toiletten, deren Hinterfenster verriegelt waren. Man konnte nie wissen. Alles schien in Ordnung zu sein.

Er trat vor die Dartlinie, warf seinen ersten Pfeil und traf nicht einmal das Brett. Hardy starrte den Pfeil an, der in der Wand neben dem Brett steckte, als wäre er eine Vision. Es war unmöglich, das Brett zu verfehlen. Das war wie Schnee im Juli. Nicht einmal beim Aufwärmen traf man neben das Brett.

Nun gut, wenigstens war niemand hier, der es hätte sehen können. Er ging und holte den Pfeil, dann nahm er die .38er aus seinem Gürtel und legte sie neben das Guinness auf den Tisch.

Ihm wurde bewußt, daß er nicht nur zu Hause gefährdet war. Auch hier, an seinem Arbeitsplatz, sollte er sich nicht aufhalten. Baker konnte irgendwen fragen und in Erfahrung bringen, wo er seine Tage verbrachte, und er hatte keine Lust, die Bar mit einer geladenen *Special* an der Hüfte zu führen. Nicht mal mit der Waffe in einem Geheimfach unter der Theke.

Wieder versuchte er einen Wurf, diesmal weniger verkrampft, ohne richtig zu zielen. Die ganze Runde landete innerhalb der Zwanzig.

Sein erster Gedanke war, in Janes Wohnung zu gehen, aber abgesehen davon, daß er keinen Schlüssel hatte, hatte er dort in seiner Zeit als Bezirksstaatsanwalt gewohnt.

Moses? Jeder hier wußte, daß Moses sein Kumpel war, wußte, wo Moses wohnte.

Abe? Den konnte man vergessen.

Pico und Angela Morales? Sie hatten Kinder und alles andere als genug Platz.

Er dachte an ein Hotel, doch seit San Francisco zu einem großen Teil vom Tourismus lebte, war ein Zimmer unter einhundertfünfzig Dollar pro Nacht nicht mehr zu bekommen. Er lebte nicht schlecht, aber so viel Geld besaß er nicht. Und wer wußte, für wie lange es sein würde?

Zu lange nicht. Wenn Glitsky nichts unternahm, würde er selbst es tun. Baker stellen, ihm ein Geständnis abringen.

Und dann? Ihn niederschießen? Er schreckte vor dem Gedanken zurück, aber so fern lag diese Möglichkeit nicht.

Er trank das Guinness aus, zog die Pfeile der letzten Runde aus dem Brett, nahm die Waffe, trug das leere Glas zum Spülbecken und schaltete die Lampen über der Uhr auf dem Kaminsims aus. Er verließ die Bar durch die Vordertür und blieb unterhalb des Bürgersteigs stehen. Die Hand am Kolben der Waffe, verfolgte er die Schatten und lauschte.

Eine dichte, hohe Wolkendecke hing am Himmel, und es war nicht sehr kalt. Der Verkehr auf dem Lincoln Way war gering. Hardy stieg zum Bürgersteig hoch, wandte sich nach rechts und ging schnell um die Ecke zurück zur Zehnten Straße, wo er geparkt hatte.

Als er am Abend zur Arbeit gekommen war, war er so zerstreut gewesen, daß er das Verdeck des Samurai offen gelassen hatte, und als er jetzt auf den feuchten Fahrersitz glitt, sah er, daß jemand das

Handschuhfach geöffnet hatte. Papiere waren über den Beifahrersitz und den Boden verstreut.

Wieder sah er sich um, aber er nahm keine Bewegung wahr. Hinter ihm, jenseits der nahen Gebäude, erhob sich der Sutro Tower vor dem zunehmenden Mond wie ein Skelett vor den geballten Wolken.

Hardy legte den Gang ein und steuerte in den Lincoln, dann in Richtung Stanyan und Tower. Ein Skelett, nur ein Gerüst aus Metall, Streben und Balken – ein Götzenbild des großen Gottes Fernsehen. Vielleicht würde es ihm helfen, den Turm aus der Nähe zu sehen. Es hatte keinen Sinn, sich von der Einbildungskraft fertigmachen und vom Verstand Streiche spielen zu lassen.

Aber Rusty Ingraham war vermißt. Tot. Das war kein Streich. Er war zu Hause und gewarnt gewesen, und doch hatte Louis Baker eine Möglichkeit gefunden, ihn sich zu schnappen. Hardy war sicher, Louis würde auch eine Möglichkeit finden, sich ihn zu schnappen.

Er fuhr weiter, ohne zu wissen, wohin.

6

»Warum arbeitest du noch?«

Der Kaffee war sensationell – *Graffeo's Bester*, in einer Espresso-Maschine zubereitet. Hardy, nach einer unruhigen Nacht auf Frannies Couch reichlich müde, trug noch die Kleider, in denen er um zwei Uhr nachts hier angekommen war. Über den dampfenden Becher hinweg musterte er Frannie Cochran.

Als er sie das letzte Mal gesehen hatte, hatte der Tod ihres Mannes ihr noch die Luft abgeschnürt.

Vier Monate davor hatte er jedem die Luft abgeschnürt. Vor allem, weil es zuerst den Anschein hatte, als hätte Eddie Cochran – fünfundzwanzig, Idealist, glücklich verheiratet mit einer Frau, die ihr erstes Kind erwartete – sich im Herbst auf dem Weg zur Stanford Business School selbst das Leben genommen.

Aber weder Moses noch Hardy konnten das glauben, und sie waren entschlossen, dafür zu sorgen, daß Frannie die Viertelmillion Dollar Versicherungssumme bekommen würde, falls Eddie tatsächlich ermordet worden war. Moses bot Hardy fünfundzwanzig Prozent des *Little Shamrock* an, wenn Hardy sich wieder als Polizist ausgeben würde und beweisen könnte, daß Eddie nicht Selbstmord begangen hatte. Hardy schlug ein.

Die Konfrontation mit Eddies Tod brachte auch für Hardy ganz persönlich etwas. Früher hätte es nicht seinem Lebensplan entsprochen, eine irische Bar in San Francisco zu führen. Wie Eddie Cochran brannte auch er einst vor Idealismus und war entschlossen, gute Werke zu tun. Aber die Flamme brannte im Laufe seiner Karriere als Jurist und seiner Ehe mit Jane – als Spätfolge des Todes seines Sohnes – nieder. Michael war sieben Monate alt gewesen, als Hardy eines Nachts das Gitter seines Kinderbettes halboffen gelassen hatte. Zum erstenmal war es dem Kind gelungen, sich selbst hochzuziehen. Fast eineinhalb Meter war Michael hinuntergefallen. Er war mit dem Kopf aufgeprallt.

Danach hatte Hardy sich gehenlassen. Verdammt wollte er sein, wenn er sich noch um Dinge scherte, die so tief verletzen konnten. Moses McGuire, dem Hardy in Vietnam das Leben gerettet hatte, gab ihm Arbeit als Barkeeper im *Little Shamrock*, und so verstrichen die Jahre, eines wie das andere.

Bis Eddie starb. Bis Eddie ermordet wurde. Das aufzuklären, sich mit dieser Angelegenheit zu beschäftigen, hatte etwas in Hardy wieder zum Leben erweckt. Auch wenn es in Frannie etwas getötet hatte.

Aber jetzt sah sie wieder lebendig und blühend aus, im wahrsten Sinne des Wortes, und daß sie ein Kind im Leib trug, war kaum zu erkennen. Sie trug noch keine Umstandskleidung, obwohl sie, wie Hardy wußte, fast im fünften Monat war. Bei Erstschwangerschaften kam das oft vor. Als Jane mit Michael schwanger gewesen war, war es auch so gewesen. Ihr Körper hatte sich äußerlich fast sechs Monate lang nicht verändert, nur die Brüste waren voller gewesen, und dann, urplötzlich, war der Leib vorgetreten, und alles war auf einmal viel wirklicher erschienen.

Hardy nahm Frannies Anblick in sich auf, ihr rotes Haar, ihre wachsamen grünen Augen. Sie nippte an ihrem koffeinfreien Kaffee. Sie trug ein wenig Make-up um die Augen, ein wenig Lippenstift. Ihre Wangen, die vor Kummer eingefallen gewesen waren, waren wieder voller, und es fiel ihr wieder so leicht zu lachen wie früher. Gerade jetzt lachte sie.

»Und was soll ich machen, wenn ich nicht arbeite?«

»Bonbons essen. Seifenopern im Fernsehen sehen. Einkaufen gehen. Eine Frau der Muße sein.«

»Nette Vorstellung vom Leben als Frau.«

»Na schön, wie wäre es damit, Astronaut zu werden, für den Kongreß zu kandidieren oder Mahlers Fünfte zu dirigieren?«

»Schon besser.«

»Aber du bist schwanger und solltest ein bißchen kürzer treten bis zur Geburt des Babys.«

»Wenn ich zu kurz trete, werde ich fett.«

»Das wirst du sowieso.«

Sie sah ihn schmollend an. »Ich werde nicht fett. Ich bin schwanger. Das ist ein Unterschied, Mr. Hardy. Ich wäre dankbar, wenn du dich daran erinnern würdest.«

Hardy sah auf ihren Bauch. »Entschuldige, Kleines«, sagte er zu dem Bauch, langte hinüber und tätschelte ihn.

Sie legte ihre Hand auf seine und ließ sie einen Moment lang dort. »Ich kann es immer noch nicht ganz glauben«, sagte sie. »Wenn es wenigstens strampeln würde oder so was. Aber es gibt überhaupt kein Zeichen …«

Hardy zog seine Hand weg und sah eine Sekunde lang auf ihre Brüste. »Doch, gibt es«, sagte er.

Sie lachte verlegen und nippte an ihrem Kaffee. »Ich weiß nicht … Ich glaube, ich werde bis zur Geburt arbeiten. Es ist schön, nicht auf Geld angewiesen zu sein, aber ich will beschäftigt bleiben. Wenn ich zu viel Zeit zum Denken habe …«

Hardy wußte, was zu viel Zeit zum Denken anrichten konnte. Frannie hatte von Eddies Lebensversicherung nahezu eine Viertelmillion Dollar bekommen. Sie war fünfundzwanzig Jahre alt und würde noch genug Zeit haben, nicht zu arbeiten, wenn sie es denn eines Tages wollte.

Er streckte die Hand aus und tätschelte ihre. »Zeit, mich rauszuschmeißen.«

»Es tut mir leid wegen der Couch«, sagte sie.

»Die Couch ist prima.«

»Du hast tatsächlich Probleme, nicht wahr?«

Hardy schüttelte den Kopf. »Keine Probleme. Vielleicht bin ich ein bißchen in Gefahr. Deshalb brauche ich einen Ort, an dem niemand mich vermuten würde.«

»Und deshalb trägst du auch eine Waffe mit dir herum?«

»Ja.«

Frannie stellte den Becher ab. »Es fällt mir noch immer schwer zu glauben, daß Leute einfach am Morgen mit der Absicht aufstehen, loszugehen und jemanden zu erschießen.«

Hardy nickte.

»Und du bist sicher, daß dieser Mann …«

»Louis Baker.«

»Louis Baker. Du bist sicher, daß er deinen Freund getötet hat?«

Hardy dachte die paar Sekunden lang darüber nach, die er brauchte, um seine Tasse zu leeren. Dann nickte er erneut. »Ja.«

»Warum hat Abe Glitsky ihn dann gestern nicht verhaftet?«

Auch Hardy hatte letzte Nacht lange darüber gegrübelt. Warum war Abe nicht einfach hingefahren und hatte ihn auf offener Straße verhaftet? Obwohl es ihm Kopfschmerzen bereitete, sagte er nur, was Abe ihm erzählt hatte: daß es noch andere Verdächtige gab.

»Aber hätte er nicht mehrere Personen festnehmen und befragen können?«

Hardy schüttelte den Kopf. »Man verhaftet nicht gern Leute ohne Haftbefehl. Abe hat gesagt, es gebe für meinen Verdacht keine Beweise.«

»Gibt es denn deiner Meinung nach welche? Beweise, meine ich.«

»Ich weiß nicht. Das wird sich herausstellen.«

»Aber du bist sicher, daß er es getan hat?«

Sie saßen an einem Teakholztisch in der runden Frühstücksnische draußen, hinter der Küche. Hardy blickte über Frannie hinweg, den Hügel hinunter auf die Schulbushaltestelle an der Ecke. Ungefähr ein Dutzend Schüler sprangen dort herum – vorwiegend schwarze. Einen Augenblick lang fragte sich Hardy, ob seine Angst vor Baker womöglich etwas mit dessen Hautfarbe zu tun hatte. Natürlich gab es andere Möglichkeiten, andere Ereignisse, die sich auf Rustys Kahn abgespielt haben konnten. Aber die Wahrscheinlichkeit wies eindeutig auf Baker. Hardys Verdacht gründete sich nicht auf Bakers Rasse – zum Teufel, Glitsky war zur Hälfte schwarz und einer seiner besten Freunde. Er mußte lächeln.

»Einige meiner besten Freunde …« sagte er.

»Dismas?«

Sie sah, wie die Lachfältchen um seine Augen verschwanden. Er wandte sich ihr zu, sah sie wieder an. »Entschuldige. Ich war einen Moment lang in Gedanken.«

»Hast du etwas gesehen?«

»Ja, ich habe eine Horde Jugendlicher gesehen und mich gefragt, ob ich dabei bin, mich zum Rassisten zu entwickeln. Aber dann habe ich an Baker gedacht, der nicht die geringste Ähnlichkeit mit dir und mir *und* diesen Jugendlichen hat.«

Frannie war von ihrem Bruder Moses aufgezogen worden und kannte Hardy, seit Moses aus Vietnam zurück war. Im Alter von zwölf, dreizehn Jahren saß sie oft auf Hardys Schoß und spann Phantasien über den Freund ihres Bruders, Dismas, den Helden, der inzwischen bei der Polizei war und in seiner gebügelten blauen Uniform sehr gut aussah. Dann ging Hardy zur juristischen Fakultät, wurde Mitarbeiter der Staatsanwaltschaft, heiratete und bekam mit Jane Fowler ein Kind. Als der Junge tot war, ließ Hardy sich scheiden, gab seinen Job auf, und sie bekam ihn wieder öfter zu sehen, erst als Gast, dann als Barkeeper in Moses' Bar, dem *Little Shamrock*.

In dieser Zeit lernte sie ihn besser kennen, wenn sie auf ein Bier im *Shamrock* haltmachte, um Moses zu besuchen. Und würde Hardy nicht so offen und demonstrativ signalisieren, daß man ihm nicht zu nahe kommen solle, würde sie vielleicht neue Phantasien spinnen. Also machte sie ihn statt dessen zum Maßstab und sagte ihren Collegefreundinnen, sie würde sich mit keinem Jungen ein zweites Mal treffen, wenn er nicht mindestens so wunderbar wäre wie Dismas Hardy. Sie fand einen solchen Jungen, Eddie Cochran, und heiratete ihn. Und verlor ihn ...

Sie sah über den Tisch auf das besorgte Gesicht, das dem von Eddie so wenig glich. In Hardys Gesicht standen Falten und Linien und ganze Kapitel seines Lebens. Inzwischen fand sie ihn eher interessant als gutaussehend. Aber er war wie Eddie, oder Eddie war wie er gewesen – beide immer darauf bedacht, das Richtige zu tun, aus den richtigen Motiven heraus zu handeln. Dismas würde das nie zugeben, aber Frannie kannte ihn und wußte, daß es so war.

Jetzt versuchte jemand, ihn zu töten, und er wollte ihn nicht aus den falschen Gründen verdächtigen. Sie stand auf, ging um den Tisch herum, trat hinter ihn und legte ihm die Hände auf die Schultern.

»Du und ich, wir wissen beide, daß du kein Rassist bist«, sagte sie. »Auch nicht andeutungsweise.«

Hardy zuckte die Achseln. »Ich weiß nicht. Es ist für mich keine wichtige Frage mehr. Vielleicht bedeutet das, daß es mich nicht interessiert. Ich weiß nur, daß Baker vor zehn Jahren ein Tier gewesen ist, das wir in einen Käfig gesperrt haben, und daß er geschworen hat, mich und Rusty umzubringen, wenn er wieder auf freiem Fuß wäre. Und seit dem Tag, an dem er entlassen worden ist, ist Rusty tot. Was denkst du? Was für einen Beweis braucht man denn noch?«

Sie dachte einen Moment lang nach, dann beugte sie sich vor und küßte ihn auf den Kopf. »Ich denke nicht.«

»Das ist die richtige Antwort«, erwiderte Hardy.

Abe Glitsky kam zu spät zur Arbeit. Er parkte seinen Wagen hinter dem Justizgebäude und betrat es durch die Hintertür. Er nickte den beiden uniformierten Polizisten zu, die neben den Metalldetektoren standen, wandte sich nach links zur Stechuhr, ging dann zu den Fahrstühlen und blieb einmal kurz stehen, um sich aus dem Automaten einen Schokoriegel fürs Frühstück zu ziehen.

Obwohl es sechs Fahrstühle gab, vergingen nach seiner Uhr dreieinhalb Minuten, bevor sich die erste Tür öffnete. Während dieser Zeit sprach er mit niemandem. Er kaute seinen Schokoriegel, dachte über Hardys Problem nach und kam zu dem Entschluß, daß auch er höchstwahrscheinlich ein Problem hatte, weil er es seinem Freund schuldig war, mit Louis Baker zu sprechen – wenigstens mit ihm zu sprechen und festzustellen, wo er vor zwei Nächten gewesen war.

Auf der Etage war es totenstill. Einen Moment lang dachte Abe, die ganze Abteilung befinde sich im Krankenstand oder es gebe einen Protest, der etwas formellerer Art als die Sache mit den Golfclubs war. Er steckte den Kopf ins Untersuchungsdezernat, konnte aber niemanden sehen. Niemanden.

Als Dan White Bürgermeister Moscone und seinen Leibwächter Harvey Milk ermordet hatte, war die gleiche Atmosphäre in der Luft gewesen wie heute morgen. Glitsky öffnete die Tür zum Morddezernat, ging an dem kleinen, leeren Aufnahmeraum vorbei und öffnete die nächste Tür.

Das große Zimmer war voller Leute, als wären die Beamten aller Dezernate – Mord, Raub, Betrug, Rauschgift – in dieser Abteilung zusammengekommen. Der Chef selbst, Dan Rigby, stand vor Lieutenant Frank Batistes Büro und sprach zu den Männern.

Niemand bemerkte Glitskys Ankunft. Er lehnte sich gegen den Pfosten der Tür, durch die er gekommen war, verschränkte die Arme und hörte zu. Rigby sprach sehr leise.

»… den Leuten, die dafür verantwortlich sind, wird gekündigt. Wer mir etwas mitzuteilen hat, kann persönlich zu mir kommen, jeder von Ihnen, oder es mir schriftlich mitteilen, das ist genauso gut. Aber das hier, das hier …«

Er hielt inne. Glitsky sah eine Ader an seinem Hals hervortreten. »Diese beleidigenden, sinnlosen, kindischen Vorfälle werden nicht nur nicht toleriert, sondern mit Unterstützung der gesamten Abteilung untersucht, und die Schuldigen werden strafrechtlich verfolgt, strafrechtlich verurteilt …« Das Wort ›strafrechtlich‹ klang wie ein Hammerschlag. »Zerstörung von städtischem Eigentum, Vandalismus … Alles, was mir und meinen Leuten sonst noch einfällt.«

Rigby hörte auf zu sprechen. Hinter Abe war eine Gruppe Männer eingetreten und hatte nur noch die letzten Worte aufgeschnappt. »Was ist los?« erkundigte sich einer von ihnen, aber er wurde ignoriert. Mehrere Leute im Raum rauchten, doch selbst durch den Rauch konnte Abe den Geruch schwitzender Männer wahrnehmen, der aufzusteigen begann. Die Leute waren nervös, rutschten auf den wenigen Stühlen hin und her, traten von einem Fuß auf den anderen.

Rigby sah sich im Raum um und jedem in die Augen, der den Mut hatte, seinem Blick zu begegnen. Das nahm einige Zeit in Anspruch, doch niemand sagte auch nur ein Wort.

»So«, sagte Rigby endlich. »Ich gebe den Tätern – und ich weiß, daß sie sich in diesem Raum befinden – eine Chance, sich heute morgen zu stellen. Kommen Sie zu mir, in mein Büro …« Bei diesen Worten kicherten einige Leute unterdrückt. »Finden Sie das lustig?« bellte Rigby. Sogar Glitsky fuhr zusammen. Das Gekicher erstarb.

Rigby sprach leise, fast stimmlos weiter. »Kommen Sie bis zwölf Uhr zu mir, wo immer ich gerade bin. Ersparen Sie der Abteilung die Zeit und die Kosten, Sie aufspüren zu müssen, und retten Sie Ihre Pension. Wenn wir gezwungen sind, eine Untersuchung einzuleiten, um Sie zu finden, fliegen Sie aus der Abteilung, verlieren Ihre Pension und werden – wenn ich bei der Staatsanwaltschaft auch nur den geringsten Einfluß habe, und den habe ich! – sitzen.«

Wieder wisperte der Mann hinter Glitsky etwas. »Ist jemand umgebracht worden? Was habe ich verpaßt?«

Rigby schob sich hinter einem seiner Mitarbeiter durch die dichtgedrängten Leiber. Glitsky trat zur Seite, um ihn durchzulassen. Nach Rigby verließen alle den Raum.

Frank Batiste hatte hinter Rigby gestanden und kam jetzt auf Glitsky zu. Er ging an der Wand entlang und überhörte die bissigen Bemerkungen der Männer. »Versteht der Mensch denn keinen Spaß?«

Jemand äffte Rigbys Flüsterstimme nach: »Strafrechtlich verfolgt, strafrechtlich verurteilt …«

»Wenigstens kommt er mal für eine Weile aus seinem Büro und merkt vielleicht, was hier los ist.«

»… kommen Sie bis zwölf Uhr in mein Büro. Natürlich. Vielleicht bis zwölf Uhr irgendwann im nächsten Monat.«

Gelächter. Einige der Männer machten unterdrückte Geräusche, während sie den Raum verließen. Es klang wie *Gack, gack, gack …*

»Gott im Himmel. Was ist passiert, Frank?«

Batiste zog Abe in sein Büro und schloß die Tür hinter ihnen. »Sag mir nur schnell, daß nicht du es getan hast, Abe. Bitte sag mir das!«

»Was getan?«

»Komm, Abe.«

»Ich schwöre bei Gott, Frank, ich bin hier reingeplatzt und habe keine Ahnung, was los ist.«

Batiste suchte in Glitskys Gesicht nach Anzeichen dafür, daß er log. Dann ging er, offensichtlich erleichtert, um seinen Schreibtisch herum und setzte sich erschöpft. »Vergangene Nacht hat sich jemand mit vier Hühnern in Rigbys Büro geschlichen.«

Glitsky war ein paarmal in Rigbys Büro gewesen. Auf dem Fußboden lag eine Brücke, die der Stadt als Geschenk des Schahs von Persien überreicht worden war. Ein schwerer, prächtiger Mahagonischreibtisch. Verschiedene Möbelstücke aus Leder, die, wie Glitsky vermutete, ungefähr so viel gekostet hatten, wie ein Streifenpolizist im Jahr verdiente. Er brauchte einen Moment, um sich über die Bedeutung der Hühner klar zu werden. Dann lächelte er. »Ziemlich eindeutige Nachricht«, sagte er.

»Lustig ist das nicht«, erwiderte Batiste. »Das Zimmer versinkt in Hühnerscheiße.«

»Und das findest du nicht lustig?« fragte Abe. Dann bemerkte er Franks finsteren Blick und sagte: »Nein, ich auch nicht. Es ist wirklich nicht lustig.«

»Rigby jedenfalls findet es nicht lustig.«

Glitsky nickte. »Das habe ich schon mitbekommen. Immerhin war ich auf der Polizeischule.«

»Abe, wenn du es getan hast, steckt dein Kopf in einer bösen Schlinge. Ich meine es ernst.«

Glitsky verdrehte die Augen. Dann wandte er sich wieder seinem Lieutenant zu. »Frank, warum um alles in der Welt glaubst du, ich hätte es getan? In dieser Abteilung arbeiten mehr als hundert Leute.«

»Wie viele von denen bewerben sich nach Los Angeles …?«

»Spielen mit dem Gedanken, sich zu bewerben …«

»Okay. Aber wer hat den Ausdruck ›Hühnerscheiße‹ einen Tag vor diesem … diesem Fiasko benutzt?«

»Ich glaube, ich habe ›Pferdemist‹ gesagt, Frank.«

»›Hühnerscheiße‹, ›Pferdemist‹, das ist das gleiche.«

Abe unterdrückte ein Lachen. Er hätte Frank gern den Unterschied erklärt, aber er spürte, daß dies kein günstiger Moment dafür war, und vielleicht würde es nie einen günstigen Moment geben. Statt dessen sagte er: »Wenn jemand mit einem Pferd in das Büro getrabt wäre …«

Aber Batiste hatte genug. »Mach, daß du rauskommst!«

An Glitskys Schreibtisch wartete Marcel Lanier. »Also spricht der Richter: Bauer Brown, Ihnen wird das abscheulichste aller Verbrechen vorgeworfen, das bestialischste aller Verbrechen: Sie hatten sexuelle Beziehungen mit Tieren …«

»Jetzt nicht, Marcel«, bat Abe.

Lanier fuhr fort. »Im einzelnen werden Sie des Geschlechtsverkehrs mit Pferden und Kühen angeklagt, außerdem mit Schafen, Hunden, Katzen und Hühnern. Doch da hebt Bauer Brown die Hand und ruft: Euer Ehren, für wie pervers halten Sie mich? Hühner – igittigitt.«

Glitsky fand das Papier, nach dem er gesucht hatte. Er wollte überprüfen, was er in die Spalte ›Grund für die Kündigung der gegenwärtigen Tätigkeit‹ geschrieben hatte. Er fragte sich, ob der Ausdruck hart genug war.

Mit dem *Sir-Francis-Drake*-Hotel verbanden Hardy innige Gefühle. Sein Vater hatte, als er nach dem Zweiten Weltkrieg aus dem pazifischen Schlamassel heimgekehrt war, seine erste Nacht in den Staaten im VIP-Raum des Hotels verbracht, den man für die zurückkehrenden Kriegsgefangenen reserviert hatte. Später wohnte er mit Hardys Mutter in der *Flitterwochen-Suite*, und es war gut möglich, daß Hardy dort gezeugt worden war.

Das großartige Hotel, einen Block nördlich des Union Square mitten im Herzen der Stadt gelegen, hatte unter den schlechten Zeiten weniger gelitten als unter den guten.

Das San Francisco, in das sein Vater zurückgekehrt war, entsprach der Vorstellung, wie eine Stadt zu sein habe. Es hatte einen quirligen Hafen, das ganze Jahr über ein erfrischendes Klima, nette Wohnviertel und eine kleine Innenstadt mit Flair. San Francisco besaß viel von dem, wonach die Vereinigten Staaten strebten. Die Männer, die im Krieg gewesen und auf ihrem Heimweg in die Stadt gekommen waren, betrieben inzwischen Geschäfte hier und sahen nicht ein, warum sie sich anderswo abplagen, drüben in Cleveland, Detroit oder Omaha im Winter frieren und im Sommer schwitzen sollten, wenn sie ein Eckhaus auf dem Russian Hill haben konnten.

Diese Männer der ersten Generation wußten, was sie besaßen, und wollten es nicht in Gefahr bringen. Daß San Francisco in jenen Zeiten keine Skyline besaß, machte einen Teil seines Charmes aus – es benötigte keine großen Gebäude, um großen Eindruck zu machen. Wenn man damals, vor vierzig Jahren, einen Blick auf diesen klaren, funkelnden Edelstein von einer Stadt werfen und sie in ihrer ganzen Imposanz sehen wollte, konnte man ins *Redwood-Zimmer* im obersten Stockwerk des *Fairmont*-Hotels gehen. Oder auf die Spitze des Mark oder des Coit Towers steigen. Oder man konnte in der Innenstadt ins *Sternenzimmer* des *Sir-Francis-Drake*-Hotels gehen.

An dessen Bar saß jetzt Hardy, um kurz nach elf am Vormittag, und sah durch die schmutzigen Fensterscheiben auf die andere Straßenseite zum anderen *Francis* hinüber – dem *Saint-Francis*-Hotel, das neben dem *Drake* winzig wirkte. Ein paar Straßenzüge weiter nördlich warf das *Bankamerika*-Gebäude den Schatten seiner fünfzig Stockwerke auf die zehn Blocks der Innenstadt, die es umgaben. Die *Transamerica*-Pyramide und die *Embarcadero Center Towers* waren auf ihre Weise ebenso symbolisch wie mittelalterliche Kathedralen, fand Hardy. Nur huldigten sie einem anderen Gott.

Er nahm seinen Kaffee und ging über den verblichenen Teppich des nahezu leeren *Sternenzimmers*. Mit Ausnahme des Südens, wo die Schiffsanlegestellen und Hunter's Point zu sehen waren, verstellten Hochhäuser den Blick.

Hier oben hatte Hardy mit Jane getanzt, war Arm in Arm mit ihr vor den Fenstern gestanden, die vom Boden bis zur Decke reichten, hatte hinuntergesehen auf seine Stadt, während drüben an der Bar die ›Alten‹, also die Vierzig- bis Fünfzigjährigen, ihre Happy-Hour-Doppelten getrunken oder zur Musik nicht etwa einer Rockband, sondern einer Combo getanzt hatten. Es war ein friedvoller Ort gewesen, ein Ort der Besinnung, der Regeneration, weit weg von der Rastlosigkeit der übrigen Stadt.

Jetzt fühlte Hardy sich selbst wie einer dieser Alten.

Eine Stimme hinter ihm sagte: »Diese Fenster sollten geputzt werden.«

Hastig fuhr er herum. Einen Moment lang hatte er beinahe vergessen, daß er gejagt wurde. »Es macht wirklich nichts«, sagte er. »Viel ist sowieso nicht mehr zu sehen.«

Hector Medina war ein kleiner, vierschrötiger Mann mit einem eckigen Gesicht und dünnem Haar. Er trug eine braune Anzuguniform und schwarze Schuhe, die nicht gerade glänzten. Er zeigte Hardy seine Sicherheitsdienst-Marke und ging voraus, zur Bar zurück. Dort ließ Hardy sich Kaffee nachschenken, und Medina bestellte ein Glas Wasser, ohne Eis, ohne Zitrone.

»Die Woche der Bullen«, sagte Medina. »Die Straße der Erinnerung …«

»Ich bin nicht mehr bei der Truppe«, entgegnete Hardy. »Die Nachricht, die ich hinterlassen habe …«

»Ja, hab' ich bekommen … Ex-Bulle oder Bulle. Auch ich bin ein Ex-Bulle. Aber ich fühle mich immer noch wie ein Bulle.«

»Sie sind der Chef des Sicherheitsdienstes hier, nicht wahr?«

Medina hustete. »Ja … Eine japanische Gruppenreisentouristin verliert ihr Täschchen, ich leite eine Untersuchung ein, und wo ist es? Unter ihrem Bett. Ein Bauer aus Kansas, der feststellt, daß die Nutte, die er sich ausgesucht hat, ein Junge ist, und einen Tobsuchtsanfall bekommt. Harte Fälle.« Er nippte an seinem Wasser. »Verdammt, was rede ich da? Es ist ein guter Job. Nur dürfen Sie nicht den Fehler machen, ihn mit richtiger Polizeiarbeit zu verwechseln.« Er wischte sich mit dem Handrücken den Mund ab. »Also, was kann ich für Sie tun?«

Hardy war sich nicht sicher, was Medina für ihn tun konnte. Er wußte nicht einmal genau, warum er hierher gekommen war, aber es war immer noch besser, als mit einer geladenen Waffe und dem Kopf voller Fragen in Frannies Wohnung herumzusitzen. Er fand, er konnte genausogut versuchen, ein paar Antworten zu bekommen. »Es geht um Rusty Ingraham.«

Wieder nahm Medina sein Glas, dann stellte er es zurück. »Wissen Sie, das hatte ich so im Gefühl.«

»Warum das?«

»Kennen Sie Clarence Raines?«

Der Name schien Hardy vertraut, doch er schüttelte den Kopf.

»Die Abteilung macht ihn fertig. Ihn und seinen Partner.«

»Ist er einer von den Burschen, die ...«

»Ja, ja. Genau diese Burschen. Clarence kam her, um mich zu fragen ...«

»... weil Ihnen etwas Ähnliches passiert ist?«

»Etwas sehr Ähnliches. Abgesehen davon, daß die beiden ihren Verdächtigen nicht umgebracht haben. Wie hieß er noch? Treadwell. Sie hätten es tun sollen. Mein Mann konnte wenigstens nicht mehr reden.«

»Was haben Sie Clarence geraten?«

»Was ich ihm geraten habe? Ich habe ihm und seinem Partner geraten, sich nach anderen Geschäften umzusehen.«

Hardy begriff nicht.

»Geschäfte, Sie wissen schon: Sportartikel, Versicherungen, irgendwas in der Richtung. Denn ihre Laufbahn bei der Polizei ist zu Ende. Wenn man erst einmal unter Verdacht steht ...«

»Ist es bei Ihnen so gewesen?«

»Ingraham«, antwortete Medina.

»Er hat die Anklage vorgebracht?«

»Nein, nein. Dafür war er zu sehr auf seine reine Weste bedacht. Hielt seine Hände draußen. Er gab den Fingerzeig und hetzte die Meute auf mich.«

»Aber Sie wurden freigesprochen.«

»Weil der Staatsanwalt einen guten Polizisten erkennen konnte, wenn er einen sah. Er wußte, daß das Arschloch, das ich erschossen habe, ein Drecksack war. Abschaum.«

»Und außerdem versucht hat, Sie umzubringen, oder?«

Stumm sah Medina über Hardys Schulter hinweg. »Er hatte eine Waffe in der Hand«, sagte er dann. »Es kam nie zur Verhandlung.«

Hardy spielte mit seiner Kaffeetasse. Ein Mann konnte eine Menge sagen, ohne etwas zu sagen, ohne etwas zuzugeben. Hardy würde vielleicht nie die ganze Geschichte erfahren, aber ihm wurde klar, daß Ingraham mit Medina irgend etwas vorgehabt hatte – um die Anschuldigung allein ging es vielleicht gar nicht.

»Also würden Sie nicht sagen, daß Sie und Ingraham sich nahe-standen?«

Medina brummte, dann lächelte er. »Um ehrlich zu sein: Ich hätte Lust, den Hundesohn umzubringen.«

»Das ist nicht mehr nötig.«

Medina blinzelte. Wieder wanderte sein Blick über Hardys Schulter, dann kehrte er zurück. Er schien es sich in seinem Stuhl bequem zu machen, als lockere eine Spannung, die ihn umklam-mert hatte, endlich ihren Griff. »Mein Glück bleibt mir treu«, sagte er.

»Was meinen Sie damit?«

»Ich meine, ich habe Ingraham seit fünf Jahren weder gespro-chen noch gesehen. Letzte Woche habe ich ihn angerufen, und diese Woche wird er ermordet. Irgend jemand wird vermutlich seine Anrufe überprüfen und mit mir darüber sprechen wollen.«

»Sie haben ihn angerufen?«

Medina seufzte. »Daß Clarence mit seinem Problem zu mir kam, hat alles wieder aufgewühlt.«

»Und was haben Sie zu ihm gesagt?«

Wieder entfuhr Medina das gutturale Brummen. »Das ist das Amüsante daran. Ich habe nicht ein verdammtes Wort gesagt. Ich habe seine Stimme gehört, und mir wurde klar, daß ich nichts ris-kieren wollte, das ist alles. Es ist vorbei. Wenn ich irgend etwas un-ternehmen wollte, würde ich das tun, indem ich mich auf Clarences Seite schlagen und mit ihm zusammen seinen Kampf austragen würde. Nicht mehr meinen.«

Medina führte das Glas zum Mund, sah, daß es fast leer war, und versuchte, die letzten Tropfen daraus zu erhaschen. »Ich muß zurück an die Arbeit. War nett, mit Ihnen zu plaudern.«

Er ging zum Fahrstuhl, drückte den Knopf, kehrte dann zu Hardy zurück. »Wenn ich Ingraham hätte töten wollen, und glau-ben Sie mir, ich habe mit dem Gedanken gespielt, hätte ich es vor sieben Jahren getan, als es noch Sinn hatte. Und dann hätte es kei-nen Beweis gegeben.«

Die Fahrstuhltüren öffneten sich, und Medina trat einen halben Schritt darauf zu.

»Niemand hat behauptet, Sie hätten Ingraham getötet«, sagte Hardy.

»Jemand wird es behaupten«, erwiderte Medina. »Sie können drauf wetten. Wird man einmal angeklagt, steckt man im Netz.«

Medina erreichte den Fahrstuhl, bevor die Türen sich wieder schlossen. Falls er Hardy etwas vorgemacht hatte, so war er verdammt überzeugend gewesen.

Hardy rief Glitsky von dem öffentlichen Telefon vor der Herrentoilette an. »Noch keine Leiche, Diz«, bekam er zu hören.

»Sie muß irgendwo draußen in der Bucht sein, Abe. Er ist über Bord gefallen oder gestoßen worden, und die Strömung hat ihn hinausgetrieben.«

»Ich weiß nicht, ob sie dazu stark genug ist.«

»Wie wäre es, wenn deine Jungs das überprüfen würden?« Hardy hörte ein Knirschen durch die Leitung. Glitsky kaute wieder Eis. »Eines Tages werden deine Zähne brechen und ausfallen, weißt du das?«

»Wir haben den Kanal abgesucht, Diz. Wir können unmöglich die ganze Bucht absuchen.«

»Genügt euch die Blutanalyse nicht?«

Glitsky hatte ihm berichtet, daß die Blutspuren, die vom Bett zur Tür hinaus und zur Pfütze an der Reling führten, der Gruppe ›B negativ‹, einer äußerst seltenen Blutgruppe, angehörten. Ingrahams alte Papiere hatten gezeigt, daß er zu dieser Gruppe gehörte.

Wieder drang das Knirschen von Eis durch den Hörer. »Das heißt, es war jemand mit Blutgruppe ›B negativ‹. Es heißt nicht, daß Ingraham tot ist.« Knirsch, knirsch. »Nicht unbedingt.«

»Sicher, Abe. Wahrscheinlich hatte jemand Nasenbluten. Und das Einschußloch im Bett war schon vorher da.«

»He, wir gehen ja davon aus, daß jemand erschossen wurde, wahrscheinlich sogar Ingraham. Aber wir haben nur eine richtig tote Person, Diz – Maxine Weir. Und deren Mann hatte sowohl die Gelegenheit als auch ein Motiv, aber leider kein Alibi.«

Hardy verlor die Geduld. »Ich sage dir, Abe, Louis Baker hat es getan. Er hat beide ermordet …«

»Warum hätte er die Frau töten sollen?«

»Weil sie einfach da war, vielleicht. Ich weiß es nicht.«

»Das ist der Punkt: Du weißt es nicht. Paß auf, um dich zu beruhigen, werde ich Baker heute aufsuchen.«

»Danke.«

»Aber ich verspreche nichts. Der Mann ist auf Bewährung draußen, hat sich bei seinem Bewährungshelfer gemeldet und hält sich an die Regeln. Ich habe keinen Grund anzunehmen, daß er Rusty Ingraham auch nur gesehen, geschweige denn getötet hat. Es tut mir leid, wenn du deswegen unter Verfolgungswahn leidest ...«

»Kein Verfolgungswahn, Abe. Findest du es nicht ein bißchen auffällig, daß Rusty an dem Tag erledigt wurde, an dem Baker rauskam?«

»So was kommt vor, und ich habe es satt, dich immer wieder daran erinnern zu müssen, daß Rusty offiziell nicht tot ist.« Glitskys Ton veränderte sich plötzlich, wurde scharf. »Und begreif es endlich, Diz – ich habe ein Mordopfer, Maxine, die dich vielleicht nicht interessiert, aber mich hat sie zu interessieren. Außerdem habe ich jede Menge anderer Fälle, wie zum Beispiel vier weitere Morde, die ich bearbeiten muß, ganz zu schweigen von der Akte mit den guten alten Dauerbrennern, die noch ungeklärt sind. Ich tue dir einen Gefallen – einen Gefallen, hast du verstanden? –, wenn ich Louis Baker auch nur aufsuche. Technisch gesehen ist es reine Schikane gegenüber einem Mann, der auf Bewährung raus ist, aber ich mache es, weil du nicht immer so unerträglich bist wie im Moment.«

Hardy wurde klar, daß er weit genug gegangen war. »In Ordnung, Abe, in Ordnung.«

»Wenn du in der Zwischenzeit etwas Sinnvolles tun willst, dann finde eine Leiche oder wenigstens einen Grund dafür, weshalb wir keine gefunden haben. Finde etwas, das mir beweist, daß Rusty tot ist, dann bin ich auf deiner Seite.«

»Einverstanden. Ich kümmere mich darum.«

Hardy konnte hören, wie Glitskys Atem ruhiger wurde. »Ja«, sagte sein Freund. »Tu das.«

7

Louis Baker hatte Alpträume und fand bis zum Morgengrauen keinen Schlaf.

Er träumte von einem hellen Licht, das ihm Zeichen gab, aber jedes Mal weckte ihn die Hofsirene, bevor er das Licht erreichen konnte. Ein paarmal waren, bevor die Sirene ertönte, andere Leute um ihn, die sich gegen ihn drängten. Sie waren nicht unterwegs zu dem Licht, nahmen es nicht einmal wahr, aber sie versperrten ihm den Weg, und er mußte sich durch sie hindurchkämpfen, in ihre

Gesichter schlagen, über ihre Körper steigen, wenn es nicht anders ging.

Ein paarmal erwachte er in Schweiß gebadet auf dem Boden und schlug noch immer nach den Menschen, die ihm den Weg versperrten.

Mama war nicht zu sehen, als er die Treppen hinunterkam. Das Haus wirkte verändert, und er brauchte eine Weile, bis ihm klar wurde, daß es an den Fenstern lag. Noch immer gab es viel für ihn zu tun, aber er freute sich, daß er die Sache mit den Fenstern zuerst erledigt hatte. Der Ort, an dem man lebte, mußte in Ordnung sein. Vor allem jetzt, nach den Jahren in der Zelle. Dies hier war zwar noch Mamas Wohnung, aber er spürte, wie sie begann, sein Revier zu werden. Noch wollte er sich nicht hineinfallen lassen, es gab noch eine Menge zu ordnen, doch das Licht, das durch die Fenster kam, schien ein Anfang zu sein.

Er stand vor dem Spülbecken in der Küche, barfuß und mit bloßer Brust. Ein Strick hielt die Gefängnishose um seine Taille zusammen. Er ließ das Wasser laufen, bis es heiß war. Seine Hände blieben auf dem von Rissen durchzogenen Rand des Beckens liegen. Das Porzellan war braun und rot gestreift vorm Rost. Er sah aus dem Fenster hinaus in den warmen Tag. Es mußte später Vormittag oder sogar Mittag sein. Nirgendwo ertönte eine Sirene, ob man nun schlief oder nicht.

Er krümmte den Rücken, bewegte den steifen Nacken hin und her, um die Verkrampfungen zu lösen. Dampf stieg auf und beschlug die Fensterscheibe vor ihm. Er ließ heißes Wasser in ein Saftglas laufen und setzte sich dann an Mamas Tisch, schöpfte zwei Teelöffel Nescafe in das Glas und rührte mit dem Löffelstiel um.

Er hatte in der Wohnung noch nicht gestrichen, aber die lose herunterhängenden Tapetenfetzen entfernt. Nachdem die Jungs gestern fortgelaufen waren, um im Bereich zu arbeiten, war er ins Haus gegangen. Er war wütend gewesen und hatte versucht, einen Entschluß zu fassen, wie er mit Dido umgehen sollte. Die herunterhängenden Tapetenstreifen hatten ihn noch wütender gemacht, und so hatte er sie abgerissen. Jetzt sahen die Küchenwände unvollendet aus, aber das war in Ordnung. Unvollendetes war in Ordnung: Es bedeutete, daß man etwas begonnen hatte, nicht, daß man es verkommen ließ.

An der Vordertür klopfte es. Louis Baker stand mit dem Saftglas in der Hand auf und ging hin, um zu öffnen. Auch der vordere Raum war heller, seit er die Scheiben eingesetzt hatte, obwohl Mama die Jalousien den Tag über geschlossen ließ.

Der Mensch, so dachte er, kommt in den unterschiedlichsten Formen daher. Dieser Mann, zweifellos auf irgendeine Art ein Farbiger, kannte seinen Wert. Etwas in Baker wußte augenblicklich, mit was für einer Art Mann er es zu tun hatte – der Umgang mit Gefängnisaufsehern war eine gute Übung. Da gab es die miesen Kerle, die warteten, bis man sich umgedreht hatte, und einem dann hinten auf Schenkel schlugen. Dann die, die einfach ihre Arbeit erledigten. Ein paar, die immer Angst hatten und die Oberhand behalten mußten. Die waren gefährlich. Die meisten gehörten einer dieser Gruppen an.

Dieser hier, das hatte Baker im Gefühl, erledigte seine Arbeit. Er war in Zivil, aber Baker wußte, was er war, die Marke, die der Mann ihm zeigte, brauchte er nicht anzusehen. Der Mann hätte erklären können, er sei gekommen, um den Zähler abzulesen, Baker hatte ihn auf den ersten Blick erkannt.

Er führte ihn in die Küche, setzte sich auf seinen Stuhl, lehnte sich mit dem Rücken gegen die Wand und bedeutete dem Mann durch eine Geste, sich zu setzen. Dann wartete er.

»Wir haben ein Problem, Louis.«

Er wartete.

»Ein toter Mann draußen im China Basin.«

Baker fühlte, wie seine Knie weich wurden, und war froh, daß er saß. Wie konnten sie ihn schon jetzt damit in Verbindung bringen?

»Ich kenne niemandem vom China Basin.«

Der Mann lächelte. Kein Lächeln, das ihn sympathisch machte. Eine Narbe zog sich von oben nach unten über seine Lippen. Baker dachte an seine Alpträume. An die Menschen um ihn herum, die ihn von dem Licht fernhielten. Diese Leute, zumindest einige, hatten gelächelt wie dieser Mann.

»Sie kennen jemanden von dort, Louis, oder Sie kannten jemanden.«

»Nein, bei Gott, wirklich nicht. Ich bin, wie Sie wissen, im Knast gewesen. Ich bin erst seit zwei Tagen draußen. Ich treffe mich mit niemandem. Ich lebe einfach hier und räume auf.«

»Sie räumen auf?«

Louis wies auf die Umgebung. »Die Wohnung, wissen Sie. Ich setze Scheiben ein. Streiche ein bißchen.«

Der Mann vollführte eine halbe Drehung in seinem Stuhl. Dann wandte er sich ihm wieder zu. »Erinnern Sie sich an Ihre Verhandlung, Louis? Als Sie geschworen haben, Sie würden die beiden Männer umbringen, die Sie hinter Gitter gebracht hatten?«

»Ja, das habe ich gesagt. Es war ein Fehler.«

»Es war ein größerer Fehler, es tatsächlich auch zu tun«, sagte der Mann kalt.

»Wovon sprechen Sie?« Fast hätte Louis aus Gewohnheit gesagt: Ich habe Ingraham nicht umgebracht. Aber dann hätte der Mann gefragt: Woher wissen Sie, daß ich von Ingraham spreche? Immerhin – es hätte ja auch Hardy sein können. Besser, er fand heraus, was der Mann wußte, bevor er den Mund auftat und ihm irgend etwas erzählte. Für den Mann waren Gestehen und Leugnen nur zwei Seiten derselben Medaille – beide verrieten ihm, daß man etwas wußte, etwas getan hatte.

»Ich spreche davon, daß es so aussieht, als sei Rusty Ingraham vorgestern nacht erschossen worden.«

»Tut mir leid, das zu hören.«

»Wo sind Sie gewesen?«

»Hab' ich Ihnen doch gerade gesagt. Ich bin aus der Kiste gekommen und nach Hause gegangen.«

»Hat Sie jemand gesehen?«

Louis kratzte sich die bloße Brust. »Warum fragen Sie nicht herum?«

Der Mann donnerte seine Faust mit solcher Wucht auf den Tisch, daß über den Rand des Glases in Bakers Hand Kaffee spritzte. In der Zeit, die er brauchte, um sich zu beruhigen und wieder aufzublicken, zog der Mann seine Waffe und richtete sie auf seine Brust. »Sie möchten ein Spiel mit mir spielen. Ich bin ein guter Spieler.«

»Ich spiele kein Spiel.«

»Lassen Sie uns *Wer tötete Rusty Ingraham* spielen.«

Baker ließ seine Augen einen Moment lang auf der Waffe ruhen. »Ich spiele kein Spiel«, wiederholte er. »Nehmen Sie mich fest, oder reden wir hier?« Er konnte es auch gleich erfahren, dachte er. Sie nahmen ihn mit oder eben nicht. Wenn ja, würde er zurück ins Gefängnis wandern.

Er starrte noch immer die Waffe an. Es kam oft genug vor, daß Leute erschossen wurden, wenn sie sich der Verhaftung widersetzten. »Haben Sie noch mehr Waffen bei sich?« fragte er. »Erschießen Sie mich?«

Die Reaktion überraschte ihn. Der Mann richtete sich ein wenig auf, lächelte wieder dieses eigenartige Lächeln, zog sein Jackett am Aufschlag zurück und steckte die Waffe zurück in den Halfter.

»Hören Sie«, sagte der Mann, »wenn ich auch nur eines Ihrer Haare in Ingrahams Wohnung finde, irgendein Kleidungsstück, das nicht zu seiner Garderobe paßt, einen Fingerabdruck, ganz gleich, was, landen Sie wieder im Knast. Haben Sie mich verstanden?«

Wir haben nichts gegen Sie in der Hand, hatte Baker verstanden.

Aber der Mann war noch nicht fertig. »Und da ist noch etwas. Der andere Staatsanwalt, Hardy. Erinnern Sie sich an Hardy?«

Baker nickte.

»Hardy ist ein Freund von mir. Wenn Hardy etwas zustößt, werde ich mich um Beweise nicht scheren. Ich sage Ihnen das unter uns, und ich hoffe, daß Sie mich verstanden haben.«

Dieser Mann war gut, dachte Baker. Furchteinflößend.

»Haben Sie mich verstanden?« Nur noch ein Flüstern.

Baker nickte. »Ich habe Sie verstanden.«

Der Mann stand auf und ging einmal in der Küche im Kreis herum. »Nette Tapete«, sagte er, ging durch das Wohnzimmer zurück zur Tür und verließ das Haus. Die Tür ließ er offen.

Louis Baker blieb eine Weile lang sitzen und trank seinen Kaffee aus, dann stand er auf. Die Straße war leer, der Mann verschwunden. Er streckte sich im Hauseingang, trat hinaus auf den Bürgersteig und ging zu der Linie, an der der Bereich begann.

Die Wand, die weiß gewesen war, als er sie gestern verlassen hatte, war mit dunkelblauen Kringeln und Zeichnungen übersprüht.

Er ging den Bereich entlang, ohne Hemd, mit bebenden Nasenflügeln. An sechs Stellen auf seiner Wand stand Didos Name geschrieben.

Weiter oben im Abschnitt entdeckte er den Kerl. Er stand auf dem Bürgersteig und sprach mit zwei weißen Jungs. Etwas wurde hin und her gereicht. Die jüngeren Mistkerle, Lace und der andere, waren nicht in Sicht, aber er wußte, daß sie in der Nähe sein mußten.

Wahrscheinlich hatten sie ihn kommen sehen und sich versteckt.

Glitsky hatte ihn aufgefordert, etwas zu finden, das ihm Rustys Tod bewies, aber im Moment hatte Hardy nicht die Spur einer Idee. So beschloß er, sich zuerst ums Geschäft zu kümmern.

Er hatte seinen Wagen in der Union-Square-Garage gelassen und nach dem Gespräch mit Medina beschlossen, ein wenig spazierenzugehen, um seinen Kopf klar zu bekommen. Er machte auf einen weiteren Kaffee in der Maiden Lane halt, diesmal auf einen Espresso, und aß zwei Käsecroissants. In einer Stunde begann seine Schicht im *Shamrock*. Er mußte Moses anrufen und ihm mitteilen, daß er nicht mehr arbeiten konnte, bis sein Problem mit Louis Baker gelöst war.

»Was soll das heißen?«

»Wenn ich auch nur einen Tag noch hinter der Theke stehe, könnte der Ruf unserer Bar leiden.« Hardy berichtete ihm von den weiteren fantasievollen Drinks, die er während der vergangenen Nacht zubereitet hatte.

»Dann paß eben besser auf.«

»So einfach ist es nicht, Moses. Jemand versucht, mich umzubringen.« Hardy merkte, wie unwirklich und melodramatisch das klang. »Sieh mal«, sagte er, »ich gehe aus diesem Grund nicht nach Hause, und da wäre es nicht besonders sinnvoll, an meiner Arbeitsstelle aufzutauchen. Der Kerl findet heraus, wo ich arbeite, spaziert herein, und – Gute Nacht, Diz.«

»Du weißt, wer es ist?«

»Ja.«

»Du weißt, wo er ist?«

»So ungefähr.«

»Also?«

Hardy machte eine Pause und dachte wieder an diesen Gedanken. »Es ist eine Möglichkeit«, sagte er. »Aber die Polizei hat eine gute Chance, ihn vorher zu schnappen, und das würde es leichter machen.«

»Ich weiß nicht, ob ich ihnen allzuviel Zeit lassen würde. Den Bullen, meine ich.«

Hardy hatte keine große Lust, darüber zu debattieren, ob er Louis Baker niederschießen sollte, wenn er ihn zu Gesicht bekäme. »Wir werden sehen«, sagte er. »Auf jeden Fall, es tut mir leid, dich hängenzulassen, aber ich komme nicht.«

»Wie kann ich dich erreichen?«

Etwas hielt Hardy davon ab zu sagen: Oh, ich wohne bei Frannie. Er wollte nicht, daß ihr Bruder glaubte, sie sei in Gefahr. Er wollte auch nicht, daß Moses an der Bar rief: Oh, Hardy wohnt bei meiner Schwester.

Außerdem wehrte er sich auf irgendeine Weise dagegen, Moses gegenüber seine enge Beziehung zu Frannie zuzugeben, zu erklären, warum er sich entschieden hatte, zu ihr zu gehen. Moses war ihr großer Bruder und hatte sie aufgezogen. Zu viele überflüssige Erklärungen wären nötig. Also sagte er nur: »Du kannst mich nicht erreichen. Ich halte Verbindung mit dir«, und legte auf.

Da er sowieso in der Gegend war, ging er zu *I. Magnin*, wo Jane arbeitete, und hinterließ eine kurze Nachricht für sie, die nach Hongkong weitergeleitet werden sollte: Er war nicht zu Hause und würde alles später erklären.

Vor ihm dehnte sich der Nachmittag. Nach Hause und zur Arbeit konnte er nicht, aber in irgendeinem Versteck herumsitzen wollte er auch nicht. Er überlegte, daß Abes Probleme, ihm zu glauben, damit zusammenhingen, wie er ihn auf dem Schlepper vorgefunden hatte – in Handschellen. Das trübte Abes Blick für Hardys Einschätzung der Situation – die unleugbare Verwicklung von Louis Baker in diese Sache. Also brauchte Hardy einen handfesten Beweis dafür, daß seine Theorie bezüglich Rusty der Wahrheit entsprach. Am besten wäre es herauszufinden, ob Rusty nach seinem Besuch im *Shamrock* wie angekündigt eine Waffe gekauft hatte oder nicht. Es gab eine gesetzlich festgelegte Frist von drei Tagen zwischen dem Kauf von Handfeuerwaffen und der Auslieferung, und so bestand die Möglichkeit, daß Ingrahams Waffe und die entsprechenden Papiere sich irgendwo in einem Geschäft an der Busstrecke zwischen dem *Shamrock* und dem China Basin befanden.

Der Dienst des Beamten William Ling war beendet, aber Ling hatte den langen Weg der Polizeilaufbahn gerade erst angetreten und konnte sich um reguläre Arbeitszeiten nicht kümmern. Er kannte und akzeptierte das Leben eines Streifenbeamten, und im Moment war es langweilig, das ging in Ordnung. Laufen und nochmals laufen, den Hintern bewegen, Touristen den Weg weisen, den Verkehr regeln, wenn es nötig war. Würde er in einer Kleinstadt leben und arbeiten, hätte er wahrscheinlich auch noch jede Menge junger Kätzchen aus den Baumkronen zu retten. In seinem Gebiet im ersten Bezirk – Südliche Market Street bis zum China-Basin-Kanal, die westliche Bucht bis zur Siebten Straße – gab es nicht gerade viele Bäume.

Er saß noch nicht einmal in einem Streifenwagen. Der Dienst auf der Straße war die erste Stufe, und jeder Polizist war eine Zeitlang auf der Straße gewesen – wie lange, hing wie immer davon ab, wen man kannte. William Ling kannte niemanden.

Ganz stimmte das nicht mehr. Jetzt kannte er Sergeant Glitsky vom Morddezernat. Ob Glitsky ihn kannte oder sich an ihn erinnerte, war eine andere Frage.

Er rechnete aus, daß er heute bereits gut und gerne sechzehn bis zwanzig Kilometer gelaufen war, und es war ein heißer Tag gewesen. Jetzt, kurz vor fünf, war es noch immer warm. Kein Wind, kein Nebel, und nur eine Andeutung von Smog.

Er kam an der *Atlantis* vorbei und nickte dem Ehepaar Wang zu, das an Deck saß und Tee trank. Die Wangs hatten wegen des bewaffneten Mannes – dieses Freundes von Glitsky – angerufen, der auf Ingrahams Schlepper gewesen war.

Er blieb stehen und nahm das Bild, das sich ihm bot, in sich auf. Bis vorhin waren ihm die Gründe für seine Rückkehr an den Tatort seines ersten Mordfalls schleierhaft gewesen – irgendeine Mischung aus beruflichem Interesse und privater Neugier. Jetzt plötzlich schien der Ort voller Chancen zu stecken – das gelbe Band, das Ingrahams Lastkahn umgab, der Polizeischlepper mit dem Bagger, der mitten auf dem Kanal langsam das Wasser Richtung Bucht absuchte. Mindestens ein halbes Dutzend Leute waren auf dem Kahn und um ihn herum beschäftigt – Leute, die einem helfen konnten, die man kennenlernen konnte, Beziehungen, die man knüpfen konnte.

Ling schlüpfte unter dem Band durch und stellte sich einem Mann in Hemdsärmeln vor, der aussah, als sei er der verantwortliche Beamte, und ihn natürlich überragte. Jeder war größer als Ling, aber der hier maß beinahe einen Meter neunzig.

Er schüttelte Ling die Hand und prüfte etwas auf dem Notizblock, den er in der Hand hielt. »Werden Sie Bill gerufen?« fragte er.

»Hauptsache, ich werde nicht zu spät zum Abendessen gerufen«, erwiderte Ling.

Er war daran gewöhnt. Ein zweiter Blick, dann stellten sie fest: Verdammt, dieses kleine Schlitzauge ist ein Mensch. Er lächelte. Der große Mann streckte von neuem die Hand aus. »Jamie Bourke. Ich leite die Kanaluntersuchung. Wollen Sie nur zusehen oder was tun?«

»Ich würde gern was tun.«

»Geht leider nicht, Sie verstehen – keine Überstunden.«

Ling nickte. »Ich verstehe.«

»Man sollte es nicht glauben, aber Burschen kommen hierher und bieten ihre Hilfe an, und plötzlich kommt eine Aufstellung über zehn Stunden oder so, und Geld dafür gibt es nicht.«

»Das ist mein erster Mordfall«, entgegnete Ling. »Ich interessiere mich für den Ablauf. Ich würde Sie dafür bezahlen, zusehen zu können.«

»Nun ja, das ist auch nicht nötig.« Erneut warf Bourke einen Blick auf seine Notizen. »Das Problem ist, daß wir so gut wie fertig sind.«

»Haben Sie etwas gefunden?«

»Keine Leiche, und danach haben wir in der Hauptsache gesucht. Es fällt schwer zu glauben, daß diese Strömung einen Körper hinaus in die Bucht treiben könnte. Aber wir haben eine Waffe gefunden. Kleines Kaliber, vermutlich die Tatwaffe.«

Ling wollte etwas tun – zum Teufel, jetzt war er hier, oder nicht? Niemand erinnert sich an jemanden, der nur herumsteht. »Was ist mit den Innenräumen?« fragte er.

»Was soll damit sein?«

»Sind nicht alle möglichen Tests gemacht worden? Fingerabdrücke und so weiter?«

Bourke lächelte. »Ich habe keine genauen Zahlen im Kopf, aber aufgrund von Fingerabdrücken erwischen wir pro Jahr in etwa so viele Leute wie durch Fußspuren.« Als er Lings Enttäuschung bemerkte, fügte er hinzu: »Gehen Sie doch hinunter. Das Boot ist durchsucht worden, aber wenn Sie etwas finden, das Ihnen interessant erscheint, stecken Sie's in diesen Beutel und bringen Sie's herauf.« Er gab Ling einen Beweisbeutel aus seiner Jackentasche, der mit einem Reißverschluß versehen war.

Der Wohnraum des Kahns sah noch genauso aus wie am gestrigen Morgen, aber die Sonnenstrahlen, die jetzt hinter ihm durch die Tür fielen, verliehen dem Raum die Atmosphäre einer Fotografie aus dem letzten Jahrhundert. Außerdem war es heiß. Von irgendwoher drang ein süßlicher Geruch in Lings Unterbewußtsein und ließ ihn fast schwanken, doch nach ein paar Atemzügen stellte er fest, daß der Geruch gar nicht so stark war. Er mochte vom Bilgenwasser stammen, vom Kanal oder von dem Blut, das in die Dielenbretter gesickert war.

Die Tür zum Flur stand offen, und die Kreidezeichnung an der Stelle, wo Maxine gestorben war, sprang ihm ins Auge. Er sah sie vor sich – den nackten Körper, in dieser grotesken Position verdreht, gestreckt, nach etwas greifend, die metallene Halsstütze wie ein höhnischer Scherz.

Das Schlafzimmer selbst verriet nichts. Alles, was er sah, war von einer dünnen Schicht schwarzen Staubes bedeckt. Hier war, trotz allem, was Bourke über den Sinn von Fingerabdrücken sagen mochte, das Morddezernat gründlich am Werk gewesen, und das war nicht weiter überraschend. So sah der Job eben aus – jede Kleinigkeit wurde untersucht in der Hoffnung, daß sie eine Geschichte erzählen würde.

Sie hatten nichts für ihn übriggelassen.

Die Hitze war wirklich unangenehm, daher öffnete er die Hintertür und trat auf das Deck. Er sah, daß Bourke am Kanal entlanggegangen und jetzt auf Höhe des Polizeischleppers war und mit ein paar Leuten in gelben Schutzanzügen sprach, die dort den Abfall untersuchten, der vom Grund des Kanals hochgeholt worden war. Diese Leute, so dachte er, hatten sich ihr Geld verdient.

Er atmete tief durch und ging zurück in die Kajüte. Die Sonne stand jetzt tiefer und fiel direkt durch die Vordertür, aber das grelle Licht war ihm lieber als die drückende, tödliche Hitze. Die umgestürzte Lampe war nicht wieder aufgerichtet worden. Er kniete neben ihr nieder und sah, daß auch sie von einer Pulverschicht überzogen war. Die Glassplitter waren verschwunden – auch die hatte man wahrscheinlich ins Labor gebracht. Enttäuscht setzte er sich auf einen Stuhl neben der Lampe und ließ den Blick durch den Raum schweifen.

Nichts.

Die Kombüse links war offenbar nicht der Prozedur unterzogen worden. Unglücklicherweise war sie sehr klein und sehr sauber. Ein Wasserglas, das auf dem Abtropfbrett neben der Spüle stand, war der einzige Hinweis darauf, daß jemand hier gewesen war. Wahrscheinlich stammte es von einem der Beamten, der wegen der Hitze etwas getrunken hatte. Das Spülbecken selbst war leer – keine schmutzigen Kaffeetassen, keine Teller, Schüsseln oder Töpfe. Wer immer hier gelebt hatte, hatte sein Heim in Ordnung gehalten.

Ling lehnte sich gegen die Kombüsentür. Was hatte er erwartet?

Für die Jungs war es Routine gewesen. Unwahrscheinlich, daß sie etwas übersehen hatten.

Dann fiel ihm etwas auf. Er trat in die Kombüse und fuhr mit dem Finger über das Fensterbrett: kein Puder. Dagegen waren alle Fenster im Schlaf- und im Wohnraum damit bedeckt. Der metallene Abfluß im Spülbecken der Kombüse wirkte wie eben installiert, sein Chrom war glänzend und sauber – kein Puder. Sie hatten die Kombüse nicht auf Fingerabdrücke untersucht.

Das schien durchaus Sinn zu haben, denn die Handlungslinie verlief eindeutig vom Wohnzimmer durch die Diele ins Schlafzimmer und auf das Deck hinaus. Sie hatten sicher einen Blick in die Kombüse geworfen und gesehen, daß sich hier nichts, was mit dem Mord zusammenhing, abgespielt hatte.

Aber es war seine einzige Chance, und er mußte sie nutzen. Sie mochten ihn auslachen, wenn sich herausstellte, daß die Fingerabdrücke auf dem Glas von einem Mitarbeiter des Morddezernats stammten, aber das kümmerte ihn nicht. Er war schon früher ausgelacht worden. Er würde nicht mit leeren Händen zu Bourke zurückkehren.

Er zog ein sauberes Taschentuch aus seiner Gesäßtasche und nahm das Trinkglas vorsichtig hoch. Dann verstaute er es in dem Beutel.

Moses McGuire stand hinter der Theke des *Little Shamrock*, in dem etwa fünfunddreißig Gäste saßen, und sprach ins Telefon. »Ich weiß nicht«, sagte er. »Ein Schwarzer.«

»Wie sah er aus?«

»Schwarz sah er aus, Diz. Groß, schwarz und bedeutend.«

Hardy, der von *Taylor's*, dem Waffengeschäft in der Eddy Street, telefonierte, fühlte, wie sich ihm im Kopf alles zu drehen begann. »Hat er irgendwas gesagt?«

»Natürlich hat er was gesagt. Was hast du gedacht – daß er nur herumstand? Er hat nach dir gefragt, und ich habe ihm erklärt, daß du eine Weile lang nicht kommst. Dann habe ich gefragt, ob ich dir etwas ausrichten könnte, und er hat gesagt: Nein, ich finde ihn schon. Mit ›ihn‹ hat er dich gemeint.«

»Das ist mir klar.«

»Was hätte ich tun sollen?«

»Wie hat er das mit dem *Shamrock* so schnell herausbekommen? Wer hat es ihm erzählt?«

»Diz, der Laden ist gerammelt voll. Sag mir, was ich tun soll, wenn er noch mal kommt, dann geh' ich wieder an die Arbeit.«

Was konnte Moses schon machen? Hardy wußte, was am Freitag abend in der Bar los war, und wenn alles normal lief, hatte Moses recht – dann war es wirklich gerammelt voll. Bis in den letzten Winkel.

Er konnte einfach nicht glauben, daß Glitsky Baker noch nicht verhaftet hatte. Und jetzt war der Kerl tatsächlich im *Shamrock* aufgetaucht.

»Diz?«

»Ich denke nach, Moses.«

»Denk schneller, okay?«

Hardy hörte, wie Moses den Gästen zurief, daß er gleich komme. Nur eine Sekunde. Bin sofort da. »Bedien die Gäste«, sagte er.

»Was ist mit …«

»Ich weiß es nicht«, erwiderte Hardy. »Später.«

Louis Baker hatte es auch im Gefängnishof getan. Er hatte nicht darüber nachgedacht, ob es überhaupt einen Sinn hatte. Aber er hatte es getan, tagein, tagaus, und die Gewohnheit ließ sich nicht ablegen. Wahrscheinlich hatte es ihn in Form gehalten.

Er nahm den Basketball und dribbelte auf dem öffentlichen Spielfeld auf dem Hügel hinter Holly Park hin und her. Bis auf die Bäume, die den Platz umgaben, glich er dem Feld im Gefängnishof. An den Körben waren keine Netze, und man rannte orientierungslos auf dem Asphalt herum, weil es keine Feldlinien gab.

Irgendwann am Nachmittag war Mama mit einem Haufen Kleider und einem Paar Schuhe für ihn zurückgekehrt. Vielleicht war sie zur Wohlfahrt gegangen. Wenn man die richtige Sammelstelle erwischte, konnte man besseres Zeug bekommen als im Kaufhaus.

Es dämmerte bereits, aber die Parklampen spendeten genug Licht, um weiterzumachen. Louis hoffte, daß irgendwer auftauchen und versuchen würde, ihn vom Feld zu vertreiben, um selbst zu spielen. Er war in der Stimmung, noch jemandem in den Hintern zu treten. Vor einer Stunde hatte er seinen Streit mit Dido ausgetragen, und sein Blut war noch heiß.

Um sich aufzuwärmen, dribbelte er das Feld hinunter, trommelte den Ball auf den Boden, legte ihn dann so sanft in den Korb, wie man auf einen Babyhintern klapste (das war sein Maßstab). Er schlug gegen das Korbgestell, als er es umrundete, erwischte den

Ball nach dem ersten Aufprall und begann am Ende des Feldes von neuem.

Später blieb er vor der Freiwurflinie stehen und vergaß erst einmal den Korb. Er starrte auf das Brett hinter dem Korb und begann, Gesichter darauf zu projizieren – Mitgefangene, Ingraham, Hardy. Dann schleuderte er den Ball dagegen, schleuderte ihn wieder und wieder dagegen, mit einer Hand oder mit beiden Händen, so hart, daß er nach höchstens einer Bodenberührung und manchmal auch ohne zu ihm zurückflog. Er schleuderte den Ball gegen die Gesichter, vor Anstrengung aufstöhnend, stieß mit dem Ball allen Haß und Ärger von sich, damit er die Oberhand über seine Wut behielt, die Kontrolle über sich nicht verlor.

Dido war stark, wußte aber nicht, wie man kämpfte. Louis hatte ihm die Faust gegen die Kehle gerammt und ihn zu Boden geworfen. Dann hatte er über ihm gestanden, zugesehen, wie er nach Atem rang, und erklärt, er wolle das Haus bis zum nächsten Morgen wieder weiß haben. Weil er wußte, daß die Sache mit Dido noch nicht zu Ende war, war er hierher gekommen.

Doch das Gesicht, das er jetzt auf der Wand hinter dem Korb sah, war nicht Didos Gesicht, sondern das des anderen Staatsanwalts, Hardy, der ihm den Kuß zugeworfen hatte. Er schleuderte den Ball dagegen, ohne den krachenden Aufprall zu hören oder das Echo, das von den Rohbauten am Fuß des Hügels zurückgeworfen wurde – Hardys Gesicht, das ihn angrinste, ihn verspottete. Wieder und wieder warf er den Ball dagegen, bis ihm der Schweiß in Strömen vom Körper lief. Wieder war er im Gerichtssaal, bemühte sich wütend, zu Hardy zu gelangen, kämpfte gegen die Griffe der Bullen und später gegen die Gitterstäbe, bis seine Arme schwer wie Blei herunterhingen, unbrauchbar. Er stand im Kegel des künstlichen Lichts und war nicht mehr fähig, den Ball zu halten.

Hardys Gesicht war noch immer dort oben und grinste auf ihn herab.

8

Fred Treadwell hatte seinen gebrochenen Knöchel auf das Kaffeetischchen gebettet. Er hörte eine alte Platte von Lou Reed und fütterte Poppy, der neben ihm saß, mit kleinen Stückchen Pastete und

Crackern, die er zu seinem Chardonnay verzehrte. Fast alles, was er aß, schmeckte auch Poppy, der ein sehr ordentlicher Esser war und kaum einmal einen Crackerkrümel verlor. Er wartete, bis Fred ihm den Leckerbissen vor die Schnauze hielt, dann zog er ihn langsam aus seinen Fingern. Ein Pudel war das perfekte Haustier – sauber, wohlerzogen und hübsch.

Freddy kraulte Poppys Kopf hinter den Ohren und wurde mit einem süßlichen, trockenen Schmatzer auf seinen gestutzten Schnurrbart belohnt. Sanft gab er den Kuß zurück.

Fred Treadwell dachte gerade daran, daß er wegen Mordes vor Gericht kommen würde, und der Gedanke erfüllte ihn mit Freude. Nicht vielen Leuten gelang es, ihren Ex-Geliebten und dessen Liebhaber um die Ecke zu bringen und ungeschoren davonzukommen, aber Fred wußte, daß er die Sache meistern würde. Er hatte sie bis jetzt auch gut gemeistert.

Wer immer gesagt hatte, Angriff sei die beste Verteidigung, hatte zweifellos recht. Anständige Kerle wie die braven Polizeibeamten Raines und Valenti hatten einfach keine Ahnung von Politik. Im Gegensatz zu ihm und seinem Anwalt. Sein Anwalt, Manny Gubicza, war der beste.

Brian hatte gesagt, er brauche Zeit, um über verschiedene Dinge nachzudenken. Davon, daß er einen anderen hatte, war nie die Rede gewesen, und so verlor Fred, als er die beiden im Bett erwischte, den Kopf. *Das* durfte Brian ihm nicht antun. Am Anfang war Brian ein Nichts gewesen, ein kleiner Schalterbeamter, Fred der Leiter der Abteilung. Er hatte Brian hochgebracht, und als er ihn schließlich zu seinem Assistenten gemacht hatte, brauchte Brian ihn nicht mehr.

Nein, wirklich, so lief das nicht.

Fred wußte, wo Brian seine 9mm *Beretta* aufbewahrte. Während die beiden fummelten und knutschten, ging er zu der Schublade und erschoß sie. Wumm, bumm.

Dann kamen Raines und Valenti mit ihren Fragen zu ihm, wieder und wieder, und schließlich mit einem Haftbefehl, und da geriet er in Panik. Kopflos sprang er aus dem Fenster, knallte auf den Boden und brach sich den Knöchel. Aber kaum war er fünf Minuten in Gubiczas Büro, da wendete sich das Blatt.

Noch vor zwei Wochen hatten sie wegen zweifachen Mordes gegen ihn ermittelt – zu Recht, er hatte es ja getan. Dann hatte der Fall plötzlich einen anderen Verlauf genommen, und seine Ankläger waren selbst zu Angeklagten geworden. Wie hübsch das war. Gubicza war ein Genie.

Die Türklingel schellte. Poppy kläffte wie immer, und Treadwell stellte das Glas auf dem Tisch ab, griff nach seinen Krücken und humpelte zum Eingang.

»Ja?« fragte er durch das Türblatt.

»Ich möchte bitte zu Mr. Treadwell.«

»Wer ist da?« Man konnte nicht vorsichtig genug sein, vor allem in diesen Tagen.

»Mein Name ist Hector Medina.« Eine Pause. »Ich vertrete Clarence Raines.«

Ich vertrete Clarence Raines ... Genaugenommen stimmte das natürlich nicht, er hatte keine Vollmacht oder etwas in der Art. Aber Treadwell mochte, wenn er wollte, ruhig glauben, Medina sei Anwalt. Anwälte stellen keine Bedrohung dar. Als Anwalt würde er eingelassen werden. »Ich würde gern ein paar Worte mit Ihnen sprechen, wenn Sie so freundlich wären, die Tür zu öffnen.«

Er wartete.

»Einen Augenblick.«

Er hörte das Geräusch einer Schublade, die geöffnet und geschlossen wurde. Eine Sekunde später ging die Tür auf.

Treadwell war groß und schlank, aber nicht dürr. Er sah aus, als hätte er in seiner Jugend die meiste Zeit im Freien gearbeitet. Er war ungefähr in Hectors Alter, vielleicht auch ein paar Jahre älter oder jünger, und hatte volles schwarzes Haar und einen straffen, kräftigen Körper, der in Shorts und einem T-Shirt von *Gold's Gym* gut zur Geltung kam. Ein gottverdammter kleiner Pudel kläffte Hector ohne Unterlaß an.

»Poppy, sei still.«

Hector sah sich in der Wohnung um. Alles in Weiß. An den Wänden hingen Tierköpfe, die aussahen, als wären sie bei *Cost Plus* gekauft worden. Dazu ein paar einschlägige Gemälde mit Phallussymbolen. Irgendeine seltsame Musik – er wußte nicht, wie er sie beschreiben sollte – spielte im Hintergrund. Und überall Leder und Chrom, weiße Leisten, High-Tech-Geräte.

Der Hund hörte auf zu kläffen. Hector streckte die Hand aus, und Treadwell schlug mit festem, trockenem Griff ein.

»Kann ich Ihnen was anbieten? Wein vielleicht? *Stag's Leap Chardonnay*. Nicht schlecht. Jahrgang dreiundachtzig.«

»Gern.«

Der Bursche schien nervös zu sein, so, wie er vor sich hinbrabbelte, während er aus dem Schrank neben der Küchentür ein Glas holte. Unter dem Schrank war eine Kommode mit ein paar Schubladen. Treadwell öffnete eine, schob sie schnell wieder zu, öffnete die nächste, durchsuchte sie und zog einen Glasuntersetzer hervor.

Nervös wäre gut, dachte Hector. Und es wäre nur gerecht.

»Ich kann die Leute nicht verstehen, die sagen, man solle Weißwein nicht altern lassen oder der Jahrgang kalifornischer Weine sei unwichtig. Besonders bei Cabernets und Chardonnays ist das nichts als überholter Snobismus, wenn Sie mich fragen. Ein alter Chardonnay wie dieser schlägt die jüngeren um Längen …«

Eindeutig nervös, stellte Hector fest, nahm den Wein und setzte sich in einen der weißen Ledersessel, die um das Kaffeetischchen standen.

Das Weinglas war rauchgrau getönt und bauchig, der Stiel nicht dicker als ein Pfeifenreiniger. Weil Hector fürchtete, er könne ihm in den Fingern zerbrechen, schloß er die Hand um den Kelch, als er trank. Es schmeckte nach Wein, zugegeben.

Treadwell ging um den Tisch herum und setzte sich auf die Couch, so daß der Tisch zwischen ihnen stand. Der Pudel sprang ihm auf den Schoß, und er streichelte ihn, während er trank. »Bitte nehmen Sie auch von der Pastete.«

»Eigentlich …« – Medina beugte sich vor – »… bin ich hier, um über Clarence Raines zu reden.« Natürlich hatte Clarence ihn nicht wirklich geschickt. Clarence war ein anständiger Junge, der sich an die Spielregeln hielt, und weil er das tat, war er im Begriff zu verlieren – oder hatte vielleicht schon verloren. Clarence hatte eine Frau und zwei Kinder und würde sich einen Anwalt nehmen, gegen diese verdammten Anschuldigungen kämpfen und sie vielleicht sogar entkräften wie er, Hector, vor sieben Jahren.

Und dann würde der Sieger verlieren. Er würde die Anschuldigungen entkräften und trotzdem verlieren und Sicherheitsbeamter werden oder Schlimmeres und nicht länger zu den Menschen gehören, die sich um das, was sie taten, scherten, und sein Leben würde trist werden.

So jedenfalls war es Hector ergangen.

Bis Clarence gekommen war und ihn um Rat gefragt hatte. Das

hatte zum ersten Mal seit Jahren wieder etwas in ihm bewegt, ihn an das erinnert, was Ingraham ihm angetan hatte. Ingraham.

Dann hatte dieser Kerl heute morgen herumgeschnüffelt, Hardy. Seltsam, wie eine Sache manchmal einfach nicht sterben wollte, bevor man sie nicht eigenhändig schlafen schickte. Auf Nummer Sicher ging.

Deshalb saß er hier. Um die Chancen zu verbessern, auf Nummer Sicher zu gehen. Plötzlich hatte sich das Grau gelichtet wie der Nebel am frühen Morgen. Clarence hatte ihn nicht angeheuert, und doch vertrat Hector ihn und seine Interessen. Das war so sicher wie die Hölle.

Treadwell nippte an dem bauchigen Glas. »Ich weiß nicht, ob ich mich über Mr. Raines überhaupt äußern sollte. Es wird eine Verhandlung geben, denke ich, und …«

»Sie sind ein verdammter Lügner.« Treadwell reagierte, als wäre er geschlagen worden. Hector verstärkte den Druck: »Sie wissen sehr wohl, daß kein Wort von dem, was Sie über diese beiden Männer gesagt haben, wahr ist.«

Treadwell erholte sich schnell. »Gehören diese Beleidigungen zu Ihrem juristischen Repertoire? Ich glaube kaum, daß Sie damit vor der Jury viel ausrichten werden.«

»Ich rede mit Ihnen unter vier Augen.«

»Und schimpfen mich einen Lügner. Einen verdammten Lügner, um genau zu sein.«

Hector zögerte eine Sekunde, stellte sein Glas ab, versuchte sich wieder zu beruhigen. »Sehen Sie, Mr. Treadwell, Clarence Raines war fünfzehn Jahre lang ein guter Polizist. Er hat eine Frau, Kinder und eine Pension zu verlieren.«

»Daran hätte er denken sollen, bevor er mich angriff. Bittet er, die Anklage fallenzulassen?«

»Nein. Ich bitte darum. Ich will, daß Sie die Anzeige zurückziehen.«

Treadwell setzte sich wieder bequem zurecht. »Ich glaube, Sie scherzen.« Er beugte sich vor und strich sich einen Hauch Pastete auf einen Cracker. »Vielleicht verstehen Sie nicht recht. Diese Männer sind hinter Schwulen her, und deshalb haben sie mich des Mordes an zwei Menschen beschuldigt, von denen der eine mir viel bedeutet hat. Sehr viel.«

»Klassischer Fall, was?« fragte Hector. »Sie beschuldigen sie, um Ihren eigenen Hals zu retten.«

»Ich halte es nicht für unmöglich, daß sie Brian und seinen Freund getötet haben.«

Hector trank noch etwas Wein. Das hier funktionierte nicht. Er hatte nie wirklich geglaubt, daß das Gespräch etwas nützen würde, aber es war einen Versuch wert gewesen. Okay, den Versuch hatte er gemacht. »Sie wissen«, begann er, »daß Sie weit schwerer verletzt werden könnten, als Sie es jetzt sind.«

Treadwell hob überrascht, beinahe amüsiert den Kopf. Er sah über Hector hinweg nach den Schränken an der Wand. »Das klingt ziemlich stark nach einer Drohung.«

»Nur eine Feststellung«, erwiderte Hector.

»Ich sollte Sie warnen. Auf Anraten meines Rechtsanwalts habe ich einen Recorder hier, der sich automatisch einschaltet, wenn gesprochen wird.«

Treadwell lächelte. Hector fand, sein Lächeln erinnere stark an das von Raul Guerrero, als der geglaubt hatte, daß er einen weiteren Treffer gelandet hätte und entkommen könnte. Das Lächeln von Raul Guerrero, als Hector ihm ins Herz geschossen hatte.

Er senkte für einen Moment den Kopf, dann blickte er wieder auf. Jetzt lächelte auch er. Er nahm einen Schluck Wein, einen Cracker, bestrich ihn mit Pastete. Er hielt ihn dem Hund hin, der folgsam von Treadwells Schoß und zu Hector sprang. Der Hund verschlang den Cracker, und Hector kraulte ihm die Ohren. Das Tier kam noch etwas näher und kläffte freundlich und bettelnd. Hectors Hand fuhr über die Ohren des Pudels, packte ihn im Nacken und mit der anderen Hand am Kopf und brach ihm über seinem Knie das Genick.

Treadwell schrie auf.

Hector erhob sich, ging zu den Schubladen unter dem Schrank und nahm die Kassette aus dem Recorder, während sich Treadwell mit seinem Gips aus der Couch hochkämpfte, bei dem Versuch, nach seinem toten Liebling zu greifen, stürzte und fast auf den Tisch fiel.

»Sie Bestie!« Mit tränenüberströmtem Gesicht sah Treadwell hoch.

Hector wandte sich zu ihm und gluckste. »Ich habe es auf die freundliche Art versucht.« Er ging zur Tür. »Ach, und vielen Dank für den Tip mit der Kassette«, sagte er.

»Dafür werden Sie mir büßen. Ich rufe die Polizei.«

»Gute Idee, tun Sie das. Ihre Freunde von der Polizei werden Ihnen sicher auch eine zweite absurde Beschuldigung abkaufen. Wird Ihrer Glaubwürdigkeit nur zugute kommen.«

Treadwell wollte ihm nachstürzen, doch mit dem Gips gelang ihm nur ein fast lächerlicher Versuch. Hector wich einen Schritt zurück und stand an der Tür. »Roulette ist nur ein Spiel«, sagte er. »Aber beim Russischen Roulette geht es um Leben und Tod. Denken Sie darüber nach.«

Dann trat er hinaus in den Flur. Durch die geschlossene Tür drang Treadwells Schluchzen.

Das Plätschern des Wassers.

Der Mond über der Bucht, dessen Lichtreflexe einen langen, goldgelben Streifen auf den Kanal warfen.

Die salzige Brise, die die Geräusche des Feierabendverkehrs von der Bay Bridge herübertrug.

Ein milder Freitagabend, auf einem Bett mit einer schönen Frau, alle Lichter ausgeschaltet.

»Es ist romantisch«, sagte Flo Glitsky.

Abes Hand schloß sich fester um die seiner Frau.

»Ich finde, es ist besser als all die Verabredungen, die unsere Freunde haben. Sie tun immer die gleichen langweiligen Dinge – ins Kino gehen, zum Essen. Sich mit Freunden treffen. Konzerte, Oper, Tanzen. Aber nicht mein Mann und ich. Nein ... Aus *unserem* Leben ist die Romantik noch nicht gewichen. Wir gehen an Orte, wo Menschen ermordet wurden, und liegen auf der Lauer.«

»Wir bekommen noch früh genug was zu essen«, erwiderte Abe.

»Nein, ich meine es ernst. Wer braucht schon was zu essen?« Sie fuhr mit der Hand über sein Bein. »Hors d' oeuvres habe ich hier auch bekommen.«

»Flo ...«

»Ich weiß«, sagte sie. »Schon gut.«

»Ich versuche lediglich, mir vorzustellen ...« sagte er. »Es war ungefähr um diese Zeit, vielleicht ein wenig später.«

»Hast du nicht gesagt, gegen zehn?«

»Zwischen acht und Mitternacht, genauer läßt es sich nicht sagen. Nachdem es dunkel war, vermute ich. So wie jetzt.«

»Der Mond ...« begann sie.

»Der hätte nicht gestört. Es war Nebel, erinnerst du dich?«

»Hat der Nebel die Schüsse gedämpft?«

»Jedenfalls hat niemand sie gehört. Aber die Leute, die auf dem nächsten Boot wohnen, waren erst gegen zehn, halb elf zu Hause.«

»Also war es vorher?«

»Wahrscheinlich«, erwiderte Abe.

Flo wandte sich zur Seite, legte ihren Kopf auf das Kissen am Kopfende des Bettes, schlang die Beine um die Taille ihres Mannes, schloß die Augen.

»Ich versuche nur, mir vorzustellen, was hier geschehen ist«, sagte er.

»Ich weiß.« Sie beugte sich ein wenig vor und streichelte seinen Rücken. »Laß dir Zeit. Das mit dem Essen war Spaß.«

Die Flut wurde stärker, und das Boot zerrte leicht an den Tauen am Steg. Abe holte tief Luft. »Du findest, ich nehme die Sache zu ernst, nicht wahr?«

»Eigentlich nicht.«

»Auch nicht manchmal?«

Flo rollte sich auf die Seite und stützte sich auf den Ellbogen. Ihr blondes Haar leuchtete im Mondlicht, das durch die offene Vordertür fiel. »Zeiten wie diese sind ein bißchen … unüberschaubar, finde ich.«

»Warum?«

Sie dachte nach. »Wegen des Ärgers, den es in letzter Zeit mit deiner Arbeit gegeben hat. Der Wechsel nach Los Angeles. Eine Seite von dir will von all dem fort, die andere bringt dich an deinem freien Abend mit deiner verführerischen alten Ehefrau an den Tatort.«

»Vielleicht die Gewohnheit.«

»Nein. Nicht die Gewohnheit. Ich kenne deine Gewohnheiten, und das hier gehört nicht dazu.« Sie hielt inne. »Gott sei Dank.«

Sie hatten es sich bequem gemacht. Er streichelte ihre Beine, die noch um seine Taille geschlungen waren, mit beiden Händen.

»Also … Was bringt es dir, hier zu sein?« fragte sie.

»Nichts, was mir vorher nicht auch schon klar war. Jedenfalls bis jetzt noch nicht.«

»Man hat die Waffe – die Mordwaffe – im Kanal gefunden?«

»Ja, man hat eine Waffe gefunden, aber ich hatte bereits so eine Ahnung, daß die Frau nicht vergiftet worden ist.«

»Vielleicht liegt es an Dismas.«

»Oh, zum Teil liegt es an Dismas, daran besteht kein Zweifel.«

»Die Frage ist nur, zu *welchem* Teil.«

Er nickte. »Das ist es.« Er befreite sich aus der Umklammerung ihrer Beine, ignorierte ihr ›He!‹, ging zur Schlafzimmertür und schaltete das Licht ein.

»Diz glaubt, daß Louis Baker hergekommen ist und Rusty Ingraham niedergeschossen hat. Diz ist nicht dumm und seine Angst berechtigt.«

»Stimmt.«

»Das Problem ist nur: Wo steckt Rustys Leiche?«

»Vielleicht draußen in der Bucht?«

Abe ging hinüber zur Hintertür und lehnte sich stumm dagegen. »Von dieser wilden Flut hinausgespült, ja?«

Sie war aufgestanden und neben ihn getreten. »Vielleicht.«

»Und die Kleine – entschuldige: die Frau? Maxine Weir? Warum ist sie getötet worden?«

»Weil sie hier war, Abe. Das ergibt einen Sinn. Louis Baker hat auch sie getötet.«

»Okay, aber was ist mit der Halsstütze? Der medizinische Bericht sagt, ihr Hals war in Ordnung.«

»Das weiß ich nicht.«

Glitsky setzte sich wieder aufs Bett. »Warum ist jeder so schnell bereit zu glauben, daß es Louis Baker war?«

Flo kam zu ihm. »Das ist doch offensichtlich, oder? Er hat Ingraham und Hardy bedroht. Er hat gesagt, er würde es tun, Abe.«

»Ja, es paßt wunderbar. Aber paßt es nicht einfach *zu* gut? Ich bin nicht sicher. Ausgerechnet der Tag, an dem er aus dem Gefängnis kommt …«

Flo zuckte die Schultern. »Verbrechen aus Leidenschaft. Er hat lange gewartet. Noch länger konnte er nicht warten.«

»Dann hätte er doch auch Diz gleich erledigt. Oder es zumindest versucht.«

»Das hat er vielleicht. Vielleicht hat er ihn nicht gefunden.«

»Wenn er Rusty gefunden hat …«

Sie schwieg.

»Ich glaube, mich stört noch immer, daß er vielleicht beschuldigt wird, weil er ein Schwarzer und ein Ex-Sträfling ist.«

»Schwarze Ex-Sträflinge können auch Verbrecher sein, Abe.«

»Genau wie weiße Ex-Sträflinge. Aber warum nicht ein Weißer ohne Vorstrafen? Ein Ehemann, der höllisch eifersüchtig ist, hierherkommt, seine Frau und ihren Liebhaber umbringt und mit Louis Baker nicht das geringste zu tun hat?«

Wieder strich Flo ihm über den Rücken. »Du hast gesagt, du wirst das überprüfen, oder?«

Er nickte.

»Also überprüf es – wie du es immer tun würdest.«

»Und was ist, wenn Louis Baker in der Zwischenzeit Diz umbringt?«

Flo hörte auf, ihn zu streicheln. »Ah«, sagte sie. »Jetzt kommen wir der Sache näher.«

»Richtig. Du kennst mich, Flo. Ich mache mir diesen Schwarz-Weiß-Mist wahrscheinlich einfach zuwenig bewußt. Vielleicht hätte ich Baker längst verhaften sollen. Aber vielleicht zögere ich es hinaus, weil er schwarz ist, und ich …«

»Abe, du hast eine Menge Schwarzer verhaftet.«

»Ja, aber für gewöhnlich mit ein paar Beweisen.«

»Und diesmal hast du keinen Beweis? Dann liegt es daran, nicht an der Hautfarbe.«

Er schüttelte den Kopf. »Vielleicht bin ich deshalb hergekommen. Ich will den Hundesohn von der Straße weg haben. Es gibt genug Gründe, ihn hochzunehmen, du würdest es nicht für möglich halten, wie er sich benimmt … Aber es gibt keine schlüssigen Beweise.«

Flo schwieg einen Moment lang. Dann fragte sie: »Vielleicht hast du Zweifel, daß er wirklich so ein Scheißkerl ist?«

»Nein, das ist er. Aber ich habe Zweifel, daß er diesen Mord begangen hat. Ich weiß nur nicht, ob ich deshalb Hardys Leben riskieren will.«

Glitskys Frau erhob sich wieder, trat vor ihn hin, zog seinen Kopf an ihre Brust. »Glaubst du, es gibt außer dir noch jemanden, der sich so viele Sorgen darum macht, das Richtige zu tun?«

Glitsky brummte. »Ich sollte ihn einfach festnehmen, was?«

Sie hielt ihn dicht an sich gedrückt. »Andere würden das wohl tun.«

Er befreite sich und sah zu ihr auf. »Ich kann nicht, Flo.«

»Ich weiß.« Sie trat zurück und sagte nüchtern: »Vergessen wir das alles mal … Was siehst du hier?«

»Was ich hier sehen will«, verbesserte er sie, »ist … Gut, vielleicht wurde die Tür aufgebrochen, aber beim leisesten Laut hätte Ingraham versucht zu fliehen. Ich meine, überleg doch, er sitzt hier und ist überzeugt davon, daß Baker kommen wird, um ihn zu erschießen, und dann taucht Baker tatsächlich auf. Was würdest du tun?«

»Die Frau war nackt, er im Bett ... Vielleicht haben sie nicht aufgepaßt.«

Abe schüttelte den Kopf. »Wenn er damit gerechnet hat, daß jemand kommen und versuchen würde, ihn zu töten? Niemand ist so leichtsinnig.«

Sie lächelte. »Du schon.«

Aber er spielte nicht mit. »Nicht in einer solchen Situation.«

»Wie wäre es damit ...« sagte Flo. »Die Nacht davor hat er vor Angst kein Auge zugemacht. Jetzt legt er sich für ein Schläfchen hin, während die Frau unter der Dusche ist. Baker bricht die Tür auf, aber es gibt nur ein Rumpeln, kein lautes Geräusch. Ingraham dreht sich um, wacht aber nicht auf. Die Frau duscht weiter und denkt sich, der Kahn ist gegen einen Pfosten gedonnert oder so etwas.«

»Gut«, sagte Abe. »Weiter.«

»Baker kommt also herein und schießt auf Ingraham, der im Bett liegt. Zweifellos hat die Frau den Schuß gehört und kommt aus dem Bad gelaufen. Peng-peng-peng. Baker flieht und wirft auf dem Weg nach draußen in der Dunkelheit die Lampe um. Aber Ingraham ist noch nicht tot. Er schleppt sich aus dem Bett, nach draußen, geht über Bord ...«

Abe seufzte. »Und wird von der Flut weggespült?«

»Vielleicht.«

»Was ist mit der Halsstütze?«

»Das weiß ich nicht.«

»Was ist mit der Waffe im Kanal?«

Darauf hatte Flo keine Antwort. Abe steckte die Hände in die Hosentaschen und ging zurück zu der offenen Tür. Der Mond stand höher, er hing jetzt wie eine glänzende Silbermünze über der Brücke. Sein Goldglanz war verschwunden.

Immerhin unterschied sich Flos Theorie von den zehn Hypothesen, die er sich überlegt hatte, auch wenn sie nicht mehr und nicht weniger wahrscheinlich oder unwahrscheinlich war. Vielleicht kam er der Wahrheit nahe, vielleicht sie, aber vielleicht hatte sich alles auch vollkommen anders abgespielt. Plausible Theorien gab es genug. Ein guter Polizist mußte eine Theorie finden, für die eine hohe Wahrscheinlichkeit sprach, und sie untermauern oder – und das war besser – erst Beweise finden und dann Theorien.

Flo trat hinter ihn und umarmte ihn. »Wie wär's mit Abendessen?« fragte sie.

»Es war umsonst«, sagte er. »Ich habe nichts von dem gefunden, was ich zu finden hoffte.«

Flo drehte ihn zu sich, legte die Hände auf sein Gesicht und schloß ihm mit den Daumen die Augen. »Merk dir, was du jetzt siehst und fühlst, merk es dir genau, und wenn du es eines Tages wieder brauchst, wird es da sein. Falls du es brauchst.«

Er spürte ihren Körper an seinem und legte seine Arme um sie. »So wie du, wenn ich dich brauche.«

»Ja«, antwortete sie. »Genau so.«

9

Manchmal, wenn Johnny LaGuardia so in sie eindrang wie jetzt, dachte Doreen Biaggi daran, wie es zwischen ihnen angefangen hatte. Als sie geglaubt hatte, er sei ein unglaublich netter, reizender Mann.

Sie war aus dem *Molinari* gekommen, mit einer Kleinigkeit zum Mitnehmen statt eines richtigen Abendessens, weil sie nicht viel Geld hatte. Ein paar Jungs aus der Nachbarschaft des North-Beach-Viertels folgten ihr und verspotteten sie, wie sie sie immer verspottet hatten, und riefen: »Da ist die Nase!« Doreen hielt den Kopf gesenkt, ging schneller, weinte in sich hinein. Sie war immer nett zu den Leuten. Warum mußten sie auf ihr herumhacken?

»Was hast du denn da, Naseen, einen Nasensalat? Vielleicht eine Nasadella?«

Ha, ha, ha. Sie zupften an ihren Kleidern, machten anzügliche Geräusche, griffen nach dem Essenspäckchen.

Dann war dieser große, noch recht junge Mann aufgetaucht, hatte sie fortgejagt und Doreen nach Hause gebracht. Johnny.

Sie sah ihn über ihre Schulter an. Er hatte die Augen geschlossen, bewegte sich vor und zurück, ließ sich Zeit …

Verlegen wegen ihrer Tränen und der verschmierten Wangen, hatte sie ihm nur danken und dann allein in ihr Apartment hinaufgehen wollen. Aber er schien so besorgt um sie zu sein. Mit einer zärtlichen Bewegung des Daumens strich er ihre Tränen fort, und dann führte er sie ins *Little Joe's* aus – inzwischen ihr gemeinsames Restaurant –, um sie aufzuheitern. Sie begann, sich ihm zu offenbaren, erzählte, daß sie sich haßte, ihr Riechorgan, alles. Und er sagte, daß ihre Nase doch nicht so schlimm sei, was eine Lüge war, aber eine sehr nette, und fragte sie, warum sie sich nicht operieren lasse, wenn sie ihre Nase so sehr haßte.

Aber woher sollte eine Angestellte der *City-Lights*-Buchhandlung das Geld für eine Nasenoperation nehmen? Seit ihrem Abschluß an der High School vor drei Jahren hatte es nichts anderes für sie gegeben als Sparen und nochmals Sparen, und es war schwer genug, das Geld für die Miete, das Essen und angemessene Kleidung zusammenzubekommen. Soweit sie es absehen könne, hatte sie zu ihm gesagt, würde sie es nie schaffen, aus diesem Leben auszubrechen, und deshalb auch nie irgendwohin gelangen. Ein Teufelskreis …

Er beschleunigte seine Bewegungen, und sie ging ein bißchen mit, preßte sich gegen ihn, damit er schneller fertig würde. Sie griff nach hinten zwischen ihre Beine, fuhr mit den Fingernägeln über die Unterseite seiner Hoden, und er gab jenes Geräusch von sich, das ihr verriet, daß es jetzt nicht mehr lange dauern würde …

Aus seinem Mund hatte es so einfach geklungen. Sein Freund, Mr. Tortoni, sei bereit, ihr das Geld für die Operation zu leihen. Mit ihrem neuen Aussehen könne sie dann einen Job finden, der besser entlohnt wurde. Das Geld solle sie zurückzahlen, sobald sie dazu in der Lage sein werde. Bis dahin brauche sie sich nur um die Leihgebühr zu kümmern, und die sei für sie sicher sehr niedrig, vielleicht hundert Dollar pro Woche, ein Freundschaftspreis. Das hörte sich wirklich lächerlich gering an in diesem Moment, als Johnny Mr. Ehrlich LaGuardia ihr nicht nur den Kredit einredete, sondern auch von ihrer natürlichen Schönheit schwärmte, ihr die Chancen auf eine Karriere, auf eine glänzende Zukunft ausmalte.

Bald danach hörte es sich anders an. Die Nasenoperation war erfolgreich verlaufen, und sie sah jetzt aus wie die junge Sophia Loren, aber zu einem besser bezahlten Job verhalf ihr das nicht. Nach sechs Wochen, in denen sie sich nichts gekauft, nicht einmal ins Kino gegangen war, konnte sie die Leihgebühr nicht mehr aufbringen.

Johnny, der ihr Freund und Beschützer gewesen war, als man sie noch ›die Nase‹ genannt hatte, sagte, er könne für ein paar Wochen mit Hilfe der Gebühren anderer Kunden für sie aufkommen. Aber weil das riskant sei, brauche er irgendeine Bezahlung, ein Zeichen des guten Willens.

Aber sie besaß nichts.

Da legte er seine Hand dorthin, wo sie noch niemand zuvor berührt hatte, und sagte, das sei mehr als hundert pro Woche wert.

Erschrocken über diesen neuen Johnny riß sie sich los. Sie sah die Hand nicht, die so hart auf sie niedersauste, daß sie glaubte, er habe ihr das Gesicht zerbrochen. Dann lag er auf ihr.

Sie erinnerte sich daran, wie er ihr hinterher erklärt hatte, sie habe keine Wahl, denn irgend jemand *müsse* die Gebühr aufbringen. Er wolle nicht, daß man sie verletze, und könne sie beschützen. Er habe sie nicht geschlagen, weil er wütend auf sie sei, nein, er sei nicht wütend auf sie, aber sie müsse sich der Realität stellen. Er sei ihr Freund …

»Oh, oh, Jesus, Maria und Josef …« Jedes Mal, wenn er kam, wiederholte Johnny LaGuardia diese Litanei. Er fiel in sich zusammen und auf ihren Rücken, schlang die Arme um sie.

Sie fühlte sein Gewicht auf sich und begann zu weinen. Sie würde niemals in der Lage sein, die Gebühr zu bezahlen. Das hier würde nie ein Ende haben.

In Franks *Extra Espresso Bar* in Vallejo sang Umberto Tozzi aus der Musikbox *Ti amo* und hörte sich an wie ein italienischer John Lennon. *Ti amo* war Angelo Tortonis Lieblingslied, und jedesmal, wenn er hier war, spielte er es mindestens eine Stunde lang. Falls es jemanden störte, so sagte er es jedenfalls nicht.

Die Folge war, daß niemand sonst das Lied noch spielte. Alle Stammkunden, der Besitzer Sal Calcagno, die Kellnerinnen, sie alle hatten *Ti amo* bis zum Erbrechen satt.

Es war ein gutes Lied, und für lange Zeit war es auch Johnny LaGuardias Lieblingslied gewesen. Aber als er jetzt vom Bürgersteig hinter dem Zaun nach oben kam, vorbei an den Paaren, die Espresso oder Cappuccino, *Peroni*-Bier oder Fruchtsaft tranken, war er nicht allzu begeistert, es zu hören, denn das bedeutete, daß der Engel bereits wartete und er keinen der Jungs mehr fragen konnte, warum er schon wieder hierher bestellt worden war.

Nicht, daß er sich allzu viele Sorgen machte – Mr. Tortoni war sein Taufpate. Aber er war gleichzeitig sein Arbeitgeber und gewiß niemand, der diese beiden Rollen verwechselte. Über diesen Vorfall letzte Nacht – als Johnny Ingrahams Verschwinden erklären mußte und sechshundert Dollar zuwenig mitgebracht hatte – war Mr. Tortoni nicht glücklich gewesen. Was Johnny verstehen konnte. Er war selbst nicht glücklich darüber – er hatte noch nie zuwenig gebracht. Aber er hatte geglaubt, es plausibel erklärt zu haben.

Wie immer saß Mr. Tortoni im hinteren Teil des Raumes allein an seinem kleinen, weißen Tischchen an der Wand unter dem Poster des Schiefen Turms von Pisa. Zwei der anderen Jungs spielten Billard. Johnny nickte ihnen zu, dann begrüßte er Mr. Tortoni, der an seinem Espresso nippte und ihn mit einer Geste anwies, sich neben ihn zu setzen.

»Kann ich dir etwas bestellen, Johnny?« fragte er auf italienisch.

Es war immer wieder erstaunlich, wie leise der Engel sprach, wie klein und zerbrechlich er wirkte. Aber Mr. Tortoni hatte Johnny gelehrt, daß man nicht laut sprechen mußte, um gehört zu werden, daß Körperkraft nur ein kleiner Bereich der Macht war.

Johnny merkte, daß seine Kehle trocken war, und erklärte, er hätte gern einen Mandarinensaft. Mr. Tortoni flüsterte etwas hinüber zu Sal Calcagno hinter der Theke, und zwei Sekunden später stand das Getränk vor ihm.

»Sie wollten mich sprechen?«

Mr. Tortoni stellte seine Tasse ab und spielte einen Moment lang mit seiner kurzen Zigarre. Dann führte er sie zum Mund, und Johnny zündete sie an. »Du bist beschäftigt gewesen, nicht wahr?« fragte er.

»Ja«, erwiderte Johnny. »Ich habe versucht …«

»Dann ist es vielleicht … nein, nicht vielleicht. Ich bin sicher, es ist ein Versehen.«

Johnny wartete, während Mr. Tortoni schwieg und rauchte. Johnny trank einen Schluck Sirup. Hinter ihnen klickten Billardkugeln. *Ti amo* war verklungen, *Love Will Keep Us Together* begann. Mr. Tortoni machte eine Geste hinüber zu Sal Calcagno, der zur Musikbox ging und das Lied abbrach, noch ehe Toni Tenille ›Jetzt gehörst du zu mir‹ verkünden konnte. Bobby Darin mit *Volare* war zu hören. Mr. Tortoni nickte, lächelte Sal zu, dann verlor sich das Lächeln. Er sah Johnny an.

»Nun?«

»Worum auch immer es geht, ich bringe es in Ordnung«, erwiderte Johnny.

»Du weißt es nicht? Vielleicht hast du es vergessen. Diese Aufregung in der vergangenen Nacht, das Problem mit Ingraham.«

Johnny nickte ohne die Spur einer Ahnung.

»Ingraham zahlt fünfhundert Dollar. Ich bin heute darauf hingewiesen worden – Buchhalter, du weißt ja. Die bleiben den Dingen auf der Spur.«

Johnny begriff noch immer nicht. Er dachte nach. Fünfhundert?

Sanft legte Mr. Tortoni die Hand über Johnnys.

»Doreen Biaggi«, sagte er. Er wandte sich wieder seinem Kaffee zu. »Es ist nur eine Kleinigkeit, Johnny, aber auf der anderen Seite auch wieder nicht. Ingraham hat fünfhundert gezahlt, Doreen Biaggi hundert. Gestern nacht haben sechshundert gefehlt. Ich vermute, du bist vielleicht nervös, hast etwas durcheinandergebracht.«

Trotz des Saftes war Johnnys Kehle ausgetrocknet, als er schluckte. Wie hatte er so dumm sein können? Er hatte Doreens Gebühr aus der von Ingraham gezahlt und Rusty irgendeine dämliche Geschichte über Mr. Tortonis Gebührenraten erzählt, die erhöht worden waren, um die Kosten zu decken – zum Teufel, Johnny hatte gewußt, daß Rusty in der Lage sein würde, hundert mehr in der Woche aufzubringen. Und so hatte Johnny sich angewöhnt, bei Ingraham an sechshundert zu denken.

»Hast du bei Doreen kassiert, Johnny?«

»Sicher. Genau wie immer.«

»Dann hast du die hundert bekommen? Ihre hundert?«

Johnny griff in seine Gesäßtasche und betete zu allen Heiligen, daß er hundert dabeihatte.

»Stimmt etwas nicht, Johnny? Du bist immer noch nervös.«

Madonna mia! Ein Hundert-Dollar-Schein. Er zog ihn heraus und legte ihn auf den Tisch. »Ich möchte Sie nicht enttäuschen, Mr. Tortoni.«

Angelo Tortoni legte eine Hand über den Schein und die andere sanft auf Johnnys Wange. »Wie ich schon sagte, keine große Sache. Hundert Dollar. Aber es geht ums Prinzip – habe ich recht?«

»Absolut.«

»Vielleicht solltest du dir ein Buch anschaffen«, sagte Mr. Tortoni. »Aufschreiben, wer fünf- und wer sechshundert Dollar zahlt. Und wer hundert.« Er paffte an seiner Zigarre. »Diese Doreen Biaggi muß ein hübsches Mädchen sein, jetzt, wo ihre Nase gemacht worden ist.«

Er fixierte Johnny mit einem Blick, der deutlich machte, daß es hier keine Geheimnisse geben konnte. »Du weißt ja, Johnny«, sagte er ruhig und freundlich, »wir alle haben uns um unsere eigenen Sachen zu kümmern. Dein Teil der Arbeit, all diese Versuchungen, denen du ausgesetzt bist mit dem Bargeld, ohne Quittungen … ich weiß, wie das ist. Du denkst, Tortoni, der alte Mann …« Er lächelte, nickte ihm zu. »Ja, ich bin ein alter Mann, das ist schon in Ordnung … Du denkst also, der alte Tortoni braucht nur seine fünf Hunderter jede Woche, egal, woher sie kommen, und solange du sie beschaffst, hast du deinen Teil des Geschäfts erfüllt. Aber das, Johnny, läßt meinen Teil des Geschäfts außer acht. Du denkst vielleicht – ich behaupte nicht, daß du es tust, ich sage lediglich, ich kenne die Versuchungen, und es mag dir in den Sinn kommen –, du denkst vielleicht, du kannst aus jemandem mehr als die Gebühr herausleiern, die ich verlange, und dafür jemand anderem, einem Mädchen zum Beispiel, ein kleines Sümmchen erlassen.«

Johnny brachte kein Wort heraus. Mr. Tortoni legte die rechte Hand, die seine dünne Zigarre hielt, auf Johnnys Hand, glättete das feuchte Mundstück an Johnnys Handrücken.

»Ich weiß, du hast verstanden, was ich gesagt habe, Johnny.«

»Ich würde so etwas nie tun«, sagte Johnny mühsam.

»Ich gebe einem Mann wie dir eine Vertrauensstellung. Er vertritt meine Interessen vor der Gesellschaft. Wenn ein Mann dieses Vertrauen mißbraucht, habe ich keine Verwendung mehr für ihn. Beug dich näher zu mir, Johnny.«

Die Hand bedeckte noch immer die seine, packte fest zu.

»Wenn ich dich jetzt küsse, bist du ein toter Mann.«

Johnny schluckte, rang nach Atem. Mr. Tortonis Mund war nur Zentimeter von seiner Wange entfernt. »Falls so was läuft«, flüsterte er, »dann muß es aufhören.«

Die Klänge von *Ti amo* setzten wieder ein. Mr. Tortoni lehnte sich in seinem Stuhl zurück. Er nahm das geglättete Mundstück in den Mund und kaute darauf herum wie auf einem Schnuller. »Ich liebe dieses Lied«, sagte er.

Frannie war nicht sicher, ob es eine gute Idee gewesen war, Dismas hier schlafen zu lassen. Es weckte Erinnerungen.

Vorhin wäre er beinahe nach Hause gegangen. Er machte sich Sorgen, daß es für sie gefährlich sein könnte, wenn er bliebe. Er konnte nicht mehr klar denken. Es gab keine Verbindung, die Louis Baker von seiner Wohnung zu ihrer bringen würde, und das hatte sie ihm gesagt. Er sei hier sicherer und solle bleiben, und damit basta.

Jetzt, wo es auf Mitternacht zuging, lag sie in dem riesigen Bett, und Dismas saß draußen am Küchentisch und starrte vermutlich auf die Straße hinaus, wie er es immer wieder getan hatte, seit er hier war. Er hielt nach Louis Baker Ausschau.

Eigentlich sah ihm das nicht ähnlich. Einfach dasitzen und grübeln, mit dem verdammten Schießeisen vor sich auf dem Tisch, koffeinfreien Kaffee trinken, darauf warten, daß Abe Glitsky endlich anrief. Was heute nacht wohl nicht mehr passieren würde.

Dismas war etwa um halb sieben gekommen, nachdem er den ganzen Tag lang Waffengeschäfte abgeklappert hatte. Er war zufrieden, weil er wenigstens etwas beweisen konnte – Rusty Ingraham hatte tatsächlich eine Waffe bestellt, und zwar am Mittwoch nachmittag in einem Geschäft namens *Taylor's* in Tenderloin. Er hatte die Waffe zum Schutz gegen Baker gebraucht. Außerdem war Louis Baker erwiesenermaßen im *Shamrock* aufgetaucht und hatte nach Hardy gefragt. Also hatte Hardy seinen Freund Glitsky angerufen, in der Meinung, daß Abe mit diesen neuen Informationen endlich genug in der Hand hätte, um Baker zumindest vorerst von der Straße zu holen.

Frannie hatte es noch nicht verstanden. »Und wenn Ingraham eine Waffe bestellt hat? Was nützt dir das?«

»Na, Rusty scheint Abe nicht besonders zu interessieren. Solange seine Leiche nicht gefunden wird, ist er kein richtiges Opfer wie Maxine Weir.«

»Vielleicht ist er überhaupt kein Opfer.«

Hardy schüttelte den Kopf. »Du hättest ihn sehen sollen. Er war zu Tode erschrocken.«

»Aber das heißt noch lange nicht, daß er tot ist, oder?«

Hardy blickte auf die dunkle Straße hinaus und schien nach den richtigen Worten zu suchen. »Nein, nicht unbedingt. Aber Abe braucht einen Grund, um Baker festzusetzen. Bakers Drohung gegen mich reicht ihm nicht, fürchte ich, und zwischen Baker und Maxine Weir sieht er keine Verbindung.«

»Vielleicht war sie einfach nur da und im Weg.«

»Richtig. Trotzdem muß ich Abe einen handfesten Beweis dafür liefern, daß Rustys Angst vor Louis begründet war. Daß nicht, sagen wir, Rusty aus irgendwelchen unbekannten Motiven Maxine umgebracht hat.«

»Entschuldige, daß ich so dumm bin, aber wieso beweist die Waffe das?«

»Führt es nicht zu dem Schluß, daß Rusty keine Waffe besaß? Nicht einmal Zugang zu einer Waffe hatte?«

Sie überlegte einen Augenblick. »Sieht so aus, ja.«

»Natürlich. Wenn er eine Waffe hatte, hätte er keine kaufen müssen.«

»Aber warum sollte das Glitsky veranlassen, etwas wegen Baker zu unternehmen?«

»Abe ist mein Freund, und Louis Baker ist drauf und dran, mich umzubringen, es sei denn, Abe unternimmt etwas dagegen. Oder ich ... Ich muß Abe dazu bringen, die Angelegenheit aus dem Blickwinkel des Polizisten zu betrachten. Im Augenblick, glaube ich, sieht er die Baker-Sache als Konstrukt der – vielleicht verständlichen – Angst seines Freundes Diz, für das es keine festen Beweise gibt, und das bringt ihn in Konflikt mit seiner eigentlichen Aufgabe – den Mörder Maxine Weirs zu finden. Ich muß ihm klarmachen, daß das, was er meinen ›Verfolgungswahn‹ nennt, auf einem vernünftigen Verdacht beruht, der gleichzeitig die Wahrscheinlichkeit erhöht, daß auch Rusty Ingraham ein richtiges Opfer ist.« Aber von Abe war kein Anruf gekommen. Frannie und Dismas hatten das Geschirr abgewaschen und ferngesehen, und dann hatte Dismas noch ein paar Biere getrunken und die Geduld verloren und seine Wache am Küchenfenster begonnen.

Jetzt hörte sie, wie er sich dort draußen bewegte, dann das Rascheln von Zeitungspapier.

Sie rollte sich auf ihre Seite des Bettes.

Eddie war seit vier Monaten tot. Sie würde die Lücke nie wieder füllen, aber sie hatte sich an den Gedanken gewöhnt, allein zu wohnen, das Baby allein zu bekommen, irgendwie allein ein neues Leben anzufangen.

Dismas ließ sie wieder an Eddie denken. Er erinnerte sie an Eddie, so wie Eddie sie an Dismas erinnert hatte, als sie ihm zum erstenmal begegnet war. Sie versuchte sich einzureden, es sei nur einer der Hormonschübe, die ihr schon im ersten Schwangerschaftsdrittel solche Schwierigkeiten bereitet hatten, aber sie wußte, das war es nicht allein. Dismas hatte sich in ihr Leben gedrängt, und sie hatte es begrüßt. Und jetzt rief ihr jede Kleinigkeit – sein Geschirr zu spülen, ihm Kaffee einzuschenken – ins Gedächtnis zurück, daß auch dies ein Ende haben würde, und der Gedanke ließ sie schaudern. Dann würde sie wieder allein sein.

Nein, es war nicht nur das. Seit Eddies Tod war sie sich der Sterblichkeit schmerzlich bewußt. Sie hatte versucht, das Gefühl zu überwinden, daß alles sterben würde, und bei Dismas war es nicht nur Theorie, sondern tatsächlich eine Möglichkeit. Er glaubte, daß sein Leben in Gefahr war, und er litt nicht unter Verfolgungswahn. Sie glaubte es auch.

Wenn Dismas sterben würde, wie Eddie vor ihm gestorben war, würde mit ihm auch all das sterben, was die Zukunft für sie beide möglicherweise noch bereithielt …

Als das Telefon klingelte, drehte sie sich wieder um. Dismas nahm nach dem ersten Klingeln ab. Er sprach zu leise, als daß sie die Worte hätte verstehen können. Es mußte Abe Glitsky sein, dachte sie. Das Gespräch dauerte nicht lange.

Laut wurde der Hörer aufgeknallt, gefolgt von einem leisen Klingeln des Protests. Sie sah auf die Uhr, froh, daß sie morgen nicht aufstehen und arbeiten mußte. Wieder hörte sie das Rascheln von Zeitungspapier.

Sie zog den Flanellbademantel über, ging barfuß zur Küche, lehnte sich gegen den Türpfosten. Ihr Herz verkrampfte sich bei seinem Anblick. Er saß, den Kopf in den Händen, am Tisch, über die aufgeschlagene Zeitung gebeugt. Sie ging durch die Küche, legte ihm die Hände auf die Schultern und streichelte ihn.

»Es war Abe«, sagte er.

»Das habe ich mir gedacht.«

»Nein. Nicht nur jetzt am Telefon. Abe war der Mann im *Shamrock*, nicht Baker. Er sagt, er habe schon vermutet, daß alle Schwarzen für uns gleich aussehen.«

»Das ist nicht fair. Er hätte Moses einfach sagen sollen, wer er ist.«

»Warum sollte er? Er hat nach mir gesucht. Er wußte, daß es eigentlich meine Schicht war. Er hat Moses gefragt, Moses hat ihm gesagt, daß ich nicht da bin, und er ist wieder gegangen. Alles ganz normal, es war schließlich kein offizieller Besuch.« Er atmete schwer. »Jetzt ist er wirklich davon überzeugt, daß Louis Baker mir im Traum begegnet ist. Was auch stimmt. Er wollte von der verdammten Waffe nichts hören.«

Sie massierte die Muskeln zu beiden Seiten seiner Wirbelsäule, und er lehnte sich zurück, dem Druck entgegen. »Wozu brauchst du die Zeitung?« fragte sie.

»Gezeitenpläne.«

»Gehst du angeln?«

»In gewissem Sinne.« Dann sagte er: »Das ist angenehm.«

Er verschränkte die Arme auf dem Tisch und legte den Kopf darauf, und sie fuhr fort, ihm den Rücken und den Nacken zu massieren, die harten Verkrampfungen unter den Schulterblättern und die weicheren Muskeln weiter unten zu lockern. Sein Atem wurde ruhiger, regelmäßig. Sie beugte sich über ihn und legte ihren Mund an sein Ohr. »Warum schläfst du jetzt nicht ein bißchen?«

Langsam richtete er sich im Stuhl auf, nahm die Waffe, vergewisserte sich, daß sie gesichert war, und stand auf. »Gute Idee«, sagte er und wandte sich ihr zu. »Meinst du, du hast eine Umarmung übrig?«

Sie legte ihre Arme um ihn, und sie standen und hielten sich fest. »Paß auf dich auf, Dismas«, murmelte sie. »Ich bin nicht bereit, zwei Männer, die ich liebe, im selben Jahr zu verlieren.«

Die Nacht war warm und hell vom Licht des Mondes. Die Studenten waren lange genug wieder in der Stadt, um zu wissen, wo es guten Stoff und gute Partys gab. Das Geld floß in Strömen, denn am Semesteranfang hatten all die Mummys und Daddys sie mit gepackten Koffern und Geld für Bücher, fürs Kino, fürs Essen zurückgeschickt. Geld.

Das Bündel in Didos Tasche war dick. Seine Kehle schmerzte noch an der Stelle, wo Louis Baker ihn getroffen hatte. Aber darum würde er sich später kümmern. Jetzt ging er seinen Geschäften nach. Meist verkaufte er Zwanziger-Beutel – vier Portionen. Er hätte auch Hunderter verkaufen können, aber die meisten jungen Leute schienen heute auf den kurzen, schnellen Spaß aus zu sein. Einmal probieren und dann feiern. Später im Jahr würde er weniger Käufer finden, aber die, die dann kauften, würden Hunderter nehmen, und so glich es sich aus. Probier Crack für eine Party, und bald kannst du keine Party mehr ohne Crack durchstehen.

Lace oder Jumpup würden da sein, wenn die Wagen hielten und jemand nach Stoff fragte. Sie verstanden sich zwar darauf, eine Gefahr zu erkennen, aber trotzdem durfte man ihnen die Ware nicht mitgeben. Man konnte nie wissen, vielleicht waren ein paar Undercover-Fahnder schlau genug, nicht im stadteigenen Pontiac aufzukreuzen.

Nein. Man behielt die Kontrolle am besten, wenn man den Stoff und das Geld bei sich trug und von einem Ende des Bereichs zum anderen wanderte. Es wäre nicht klug, eine Warteschlange entstehen zu lassen, dachte Dido und mußte grinsen. Vielleicht sollte er einen Straßenstand eröffnen.

Es war spät, die Nacht schon fast vorüber. Er stand im Schatten unter Louis Bakers Wohnung und sah seinem Kunden – einem College-Schüler – zu, der zurück zu seinem Wagen ging und einstieg. Er hörte die Mädchen auf dem Rücksitz kichern. Das Auto fuhr los, kleine Steine und Asphaltsplitter stoben auf. Lace trat neben ihn.

»Vielleicht machen wir Schluß für heute«, sagte Dido. Seine Stimme klang immer noch ein bißchen krächzend. Er sah auf Bakers Mauer, die wieder weiß übermalt worden war. Wegen dieses Mannes mußte etwas unternommen werden. Es wäre eine gute Nacht gewesen, eine perfekte Nacht, hätte es diesen Kampf nicht gegeben.

Er nahm das Bündel Banknoten aus der Tasche, zog zwei Scheine für Lace heraus und nickte in Richtung der Mauer. »Der Mann meint, er kann mich schlagen, aber wer regiert im Bereich?«

Lace gab keine Antwort.

»Was?« fragte Dido. »Ich habe dich nicht verstanden.«

»Was soll ich denn sagen?«

»Ich habe dich gefragt, wer im Bereich regiert.« Er wartete Laces Antwort nicht ab. »Wenn du denkst, ich hab's nicht drauf, laß es mich wissen.«

»Du hast es drauf«, entgegnete Lace.

»Du meinst, dieser Bursche macht mir Sorgen?«

Dido hob eine herumliegende schwere Holzlatte auf und ging hinüber zu Bakers neuem Seitenfenster, einem schwarzen, glänzenden Rechteck in der weißen Wand. »Siehst du, wieviel Angst er mir macht?« Das Geräusch berstenden Glases hallte durch den Bereich, und noch ehe das Echo verklungen war, war Dido auf dem Weg zum anderen Ende, um Jumpup zu treffen.

Lace ging neben ihm. Er sah über die Schulter nach Louis Bakers Haus. Er erwartete, daß die Tür sich öffnen und Louis Baker herausstürmen würde.

Ein paar Autos fuhren auf der Straße vorüber, aber die Fahrer wirkten nicht wie Kunden. Niemand hatte angehalten, als sie bei Jumpup ankamen, der wartend auf der Bordsteinkante kauerte.

»Genug für heute«, sagte Dido und gab Jumpup ein paar Geldscheine. Alle drei gingen den Weg zurück, machten eine letzte Runde durch den Bereich, um zu prüfen, ob alles sicher war.

Als sie am ersten Haus vorbeikamen, rief jemand Didos Namen. Sie blieben stehen und starrten in die Dunkelheit. »Ihr geht weiter«, sagte Dido zu den beiden Jungen. Er machte einen oder zwei Schritte auf den Schatten zu, da er annahm, es wäre jemand aus einem benachbarten Bereich, der sie hatte heimgehen sehen und den letzten Stoff kaufen wollte.

Der erste Schuß traf Dido in den Bauch. Lace sah, wie er einen Schritt zurücktaumelte. Dido knurrte und sagte: »Hey!« Der zweite Schuß warf ihn rückwärts zu Boden. Diesmal sagte er nichts mehr.

»Mama. Mama, steh auf.«

Im Vorderzimmer brannte Licht, eine Sechzig-Watt-Birne unter einem gelben Schirm auf dem zerkratzten Tisch bei der Couch, aber jetzt, wo die Rolläden heruntergezogen waren, würde das draußen keine Aufmerksamkeit erregen. Mama war angezogen, aber sie regte sich nicht. Eine Flasche Sherry lag umgekippt auf dem Boden neben der Couch. Die Glassplitter waren auf Mama niedergeprasselt.

Louis Bakers Hand schmerzte, und er sah, daß er sich an einem der Splitter verletzt hatte, als er Mama geschüttelt hatte. Wenn sie sich nicht einmal bewegt hatte, als direkt über ihr die Fensterscheibe zerborsten war, war es nicht sehr wahrscheinlich, daß er sie jetzt wachbekommen würde.

Aber er mußte weg, und sie hatte ein Auto und die Schlüssel dazu. Das Klirren der Scheibe und die Schüsse danach mußten die ganze Siedlung geweckt haben. Baker hörte, wie draußen die Leute schon zusammenströmten, einige von ihnen riefen etwas und versuchten, Dido zu helfen. Aber Dido würde niemand mehr helfen können.

Mama stöhnte und wälzte sich auf der Couch. Er versuchte noch ein letztes Mal, sie wachzurütteln, aber sie schlief fest. »Mama!« Glassplitter fielen von der Rückenlehne der Couch auf sie. Louis Baker kauerte sich auf die Fersen. Da entspannte sich sein Gesicht – auf den Tisch hatte er nicht geachtet. Dort lagen die Schlüssel, so, wie sie hingeworfen worden waren.

Draußen warf er einen letzten Blick auf die Menschenmenge, die sich um Didos Leiche gebildet hatte. In einiger Entfernung hörte er eine Sirene. Er ging die Straße entlang und blickte starr geradeaus. Er fand Mamas kleinen, alten Dodge Colt und quetschte sich auf den Sitz hinter das Steuerrad.

Gleichzeitig mit dem Motor ging das Radio an. Er hörte James Brown, der *Papa's Got a Brand New Bag* sang. Er steuerte am Park vorbei, wo er sich vorhin abreagiert hatte, und ließ all dies für immer hinter sich zurück.

10

»Okay, du hast mir deine Telefonnummer gegeben, wie wäre es jetzt noch mit deiner Adresse?«

»Wie spät ist es?« fragte Hardy ins Telefon.

»Muß ziemlich genau halb sieben sein.«

Frannie kam und blieb in der Küchentür stehen. Sie rieb sich die Augen wie ein kleines Kind. »Wer ist das?« fragte sie.

»Glitsky«, sagte Hardy zu ihr und sprach wieder in den Hörer: »Ja, ja, ich weiß, daß du es bist. Was hast du gesagt?«

»Ich brauche deine Adresse«, sagte Glitsky. »Ich habe mir gedacht, ich komme vorbei, nehme dich mit, und wir machen eine Fahrt nach Holly Park. Dort ist gestern abend jemand erschossen worden, der kurz vorher eine Schlägerei mit Louis Baker hatte. Hast du Interesse?«

Hardy gab ihm die Adresse.

Hardy hatte sich ein bißchen geschämt, als Glitsky ihn gebeten hatte, die Waffe in Frannies Wohnung zu lassen, weil mit ihm, Marcel Lanier und all den anderen Polizisten genug Leute am Tatort Schußwaffen hätten, um Louis Baker aufzuhalten, wenn der hinter einem Baum hervorspringen oder unter einem Stein hervorkriechen würde, um Hardy niederzuschießen.

Sie parkten hinter einem Krankenwagen. Auf der Straße standen einige Männer in Uniform und ein paar Leute in Zivil, die mit dem Abtransport der Leiche beschäftigt waren. Glitsky und Hardy gingen hinüber. Glitsky nickte den Männern zu, die die Bahre schoben, und hob das Leichentuch.

Ein Mann in Jeans und einer *Giants*-Jacke tauchte neben ihnen auf. »Hallo, Abe.«

Glitsky begrüßte ihn und stellte Hardy Marcel Lanier vor. »Sind die Leute vom Labor aufgehalten worden?« Er sah auf die Uhr. »Sechs Stunden, und die Leiche ist immer noch hier?«

Lanier zuckte die Schultern. »In diesem Teil der Stadt reagiert man mit Blitzgeschwindigkeit.«

»Warum hast du den Anruf bekommen? Du hast doch frei.«

»Ein Schuldgefühl hat mich gepackt – dieses dauernde Golfspielen letzte Woche. Ich hänge mit meinem Zeug so meilenweit hinterher, daß ich dachte, ich bleibe noch und mache ein bißchen Papierkram. Diese Sache kam herein, und da fiel mir ein, daß du gestern hier draußen warst. He, hast du von diesem Hahn gehört, diesem verdammten, riesigen Hahn mit …«

»Nicht jetzt, Marcel. Was ist passiert?«

»Eine lange, harte Nacht«, erwiderte Lanier. »Mit diesen Leuten hier zu reden ist wie Zähne ziehen.«

Glitsky machte eine Kopfbewegung in Richtung der Bahre. »Sieht aus, als wäre die Nacht für diesen Burschen noch härter gewesen.«

Marcel betrachtete Hardy. »Haben wir heute Besuchstag?«

Glitsky erklärte den Zusammenhang.

»Sehen Sie, deshalb rief ich ihn an«, sagte Lanier zu Hardy. »Ich wußte, daß er hier draußen war, und dachte mir, daß es da einen Zusammenhang geben muß.«

»Ich hatte nicht angenommen, daß du mit Baker gesprochen hättest«, sagte Hardy zu Glitsky.

»Ich stecke voller Überraschungen. Ich bin einer Spur nachgegangen, das ist alles.«

»Du hättest ihn festnehmen sollen. Baker, meine ich«, sagte Lanier. Glitsky zog an seiner Unterlippe, dort, wo die Narbe verlief. »Das hätte ich getan, wäre da nicht ein technisches Problem gewesen: wegen was?«

»Da kommt einem das Wort *Mord* in den Sinn«, entgegnete Hardy.

Glitsky sah ihn an, dann wandte er sich an Lanier. »Woher weißt du, daß Baker diesen Burschen ermordet hat? Wie heißt er überhaupt?«

Lanier zog einen kleinen weißen Spiralblock zu Rate. »Jackson Jefferson Grant, Straßenname Dido. Ich frage mich, warum seine Mutter Lincoln ausgelassen hat.« Er legte die Stirn in Falten. »Wahrscheinlich sein Bruder«, sagte er dann. »Lincoln Washington Roosevelt Grant.«

Glitsky seufzte nachsichtig. »Können wir jetzt zu der Frage zurückkehren, warum du der Ansicht bist, Baker habe Grant umgebracht?«

Lanier steckte die Hände in die Taschen und beschwerte sich bei Hardy darüber, daß Glitsky in letzter Zeit nicht gerade viel Spaß verstehe. Dann kam er zur Sache. »Baker ist vor zwei Tagen in die Siedlung zurückgekommen und sofort in einen Streit über die Farbe seines Hauses da drüben verwickelt worden.« Er wies auf das Gebäude. »Der Streit dauerte den nächsten Tag über an, und gestern abend haben Baker und Dido hier im Bereich ihren Kampf ausgetragen, vor den Augen von ungefähr fünfzig Bewohnern, von denen drei eine Aussage gemacht haben. In der Nacht, etwa fünf Minuten, bevor er erschossen wurde, zerschlug Dido Bakers Fensterscheibe. Meiner Ansicht nach wachte Baker auf, sagte sich, das reicht, kam heraus, erschoß ihn und ergriff die Flucht.«

»Hat ihn jemand gesehen?«

»Wann?«

»Als er geschossen hat. Hat jemand gesehen, wie Baker diesen Mann erschossen hat?«

Lanier blickte in den Himmel. »Die Schüsse kamen von jenseits des Bereichs aus der Dunkelheit. Die Leute haben ihn kurz danach gesehen. Mir genügt das.«

»Genau, das genügt«, sagte Glitsky sarkastisch.

»Er ist ein Verbrecher, Abe. Er ist seit drei Tagen aus dem Gefängnis heraus und hat bereits zwei Leute umgebracht.«

»Drei«, verbesserte Hardy. »Diesen Burschen, Maxine und Rusty.«

Glitsky fühlte, wie er langsam die Geduld verlor. »Wir wissen nicht, was mit Rusty ist. Wir wissen nicht einmal, ob er tot ist. Außerdem wissen wir nicht, wer Maxine getötet hat. Und wir wissen nicht sicher, wer Grant getötet hat, und wir wissen auch nicht, ob er versucht, dich zu töten, Diz …«

»Er hat Dido getötet«, sagte Lanier. »Darauf kannst du Gift nehmen.«

Hardy schüttelte den Kopf. »Es ist komisch, Abe, daß ich all dieses Zeug weiß und du nicht.«

»Abe hat in letzter Zeit schlechte Laune«, sagte Lanier. »Das beeinträchtigt sein Urteilsvermögen.«

Sie gingen über die Straße auf Bakers Haus zu. »Ist die Waffe gefunden worden?« fragte Glitsky.

»Nein. Wo liegt das Problem?«

»Kein Problem. Es ist eben so üblich, nach etwas zu suchen, das den Täter mit dem Verbrechen verbindet.«

Lanier und Hardy tauschten einen Blick, und Lanier sagte: »Paß auf, Abe, wenn du die Sache anders anpacken willst, übergebe ich dir den Fall. Aber ohne Überstunden und ohne Unterstützung bekommen sie das, wofür sie bezahlen. Dieser Baker ist ein Mistkerl. Nachdem er Dido umgebracht hat, hat er seiner Mama das Auto gestohlen, und das dürfte genügen, ihn wieder hinter Gitter zu bringen. Habe ich recht oder nicht?«

Glitsky blieb stehen und betrachtete die baufälligen Gebäude, die vernagelten Fenster und die kahle, mit Flaschen übersäte Rasenfläche. Er durfte das, was auf Rusty Ingrahams Lastkahn passiert sein mochte, nicht mit dem Mist durcheinanderbringen, der offensichtlich hier zwischen Louis Baker und dem verblichenen Dido Grant passiert war. »Du hast recht«, sagte er. »Verdammt, das habe ich.«

Da sie schon hier waren, dachte Glitsky, konnte er ebensogut versuchen, in Erfahrung zu bringen, wann Louis Baker am Mittwoch abend nach Hause gekommen war. Alle Lücken füllen. Vielleicht hatten sie recht – vielleicht hatte er aufgehört, wie ein Polizist zu denken.

Fremdes Gelände. Louis Baker war nervös.

Viel Schlaf hatte er nicht bekommen. Er hatte gewußt, wo er hinfahren würde, als er in das Auto gestiegen war. Hinauf auf den Fillmore, wo ein Schwarzer nicht auffallen würde, wenn er keinen bekannten Namen hatte.

Hinter der Baptist-Tabernacle-Kirche hatte er angehalten. Er ließ den Motor wegen der Heizung laufen, bis die Sonne sich zeigte. Es wäre nicht gut gewesen, das Auto draußen an der Straße zu parken. Die Leute achteten zwar gewöhnlich nicht auf Nummernschilder, aber bei seinem Pech lud er sie besser nicht dazu ein. Auf dem großen Parkplatz im Wagen zu sitzen war gefährlich genug. Sobald es hell wurde, mußte er weiter.

Er hatte Hunger, doch zuerst mußte er sich um eine Waffe kümmern, damit er sich schützen konnte – ein Messer, eine Schußwaffe, irgendwas. Eine Schußwaffe wäre am besten. Er würde nicht zulassen, daß sie ihn noch einmal verfolgten und einbuchteten, ohne daß er sich wehren konnte. Er hatte zu lange darauf gewartet, rauszukommen, um jetzt noch einmal ins Gefängnis zu gehen. Er würde jemanden mit sich nehmen oder sich vorher selbst erledigen. Denn wieder im Gefängnis zu sitzen, wäre kein

Leben mehr. Nicht einmal ein Überleben. Es wäre einfach nur verlorene Zeit.

· Die Gewißheit, daß sie wieder hinter ihm her waren, beruhigte
ihn beinahe. Jetzt war es wieder so, wie er es gewohnt war. Das Gespräch gestern mit diesem Kerl – dem Farbigen, der in die Siedlung, in seine Wohnung gekommen war – war das Aufwärmtrai-
ning gewesen.

Er hatte im Knast gehört, wie es ablief. Am ersten oder zweiten
Tag kamen sie und brachten einen aus dem Gleichgewicht. Dann,
sobald sie sich etwas ausgedacht hatten, steckten sie einen zurück
ins Loch.

Gut, jetzt, nach Didos Tod, mußten sie sich nichts mehr ausdenken. Alles, was sie brauchte, hatte er ihnen auf dem Silberta-
blett serviert. Jetzt war es egal. Was er mit dem Direktor besprochen hatte, über den geraden, anständigen Weg, den er vielleicht
gehen könnte, war schon an der Bushaltestelle schiefgelaufen. Ingraham …

Die Sonne stand jetzt hoch genug. Besser, er stieg aus und bewegte sich.

Ingrahams Bild stand ihm vor Augen, das höhnische Lächeln,
mit dem er zu sagen schien: Ich habe etwas, das du nie bekommen
wirst … Leise schloß er die Autotür und ging am Zaun entlang zu
der steinernen Kirche. Jetzt lächelte er selbst. Wer war tot? Er jedenfalls nicht. Lach *darüber*, Staatsanwalt!

Aber Hardy war noch nicht tot. Und er, Louis Baker, befand sich
wieder auf der Flucht, diesmal für den Mord an Dido, Ingraham
oder was immer sie sich noch ausdenken würden. Darüber bestand
kein Zweifel. Er war wirklich gut bedient.

Hardys Bild tauchte vor ihm auf und schob das Bild Ingrahams
zur Seite. Hardy lebte noch, lief herum, genoß seine Freiheit. War
das richtig? Sah so die Gerechtigkeit aus?

Er wußte, es war die einzige Gerechtigkeit, die er je zu sehen bekommen würde. Mit den Händen in den Hosentaschen verließ er
den Parkplatz und trat hinaus auf die Fillmore Street.

Er kannte ein Waffengeschäft in der Gegend. Eine Schußwaffe
wäre das richtige. Natürlich konnte er keine kaufen, aber irgendwo
einzubrechen war für Louis Baker noch nie ein Problem gewesen.

Sie saßen im Auto und fuhren zu Frannies Wohnung zurück.
Glitsky hatte Hardy für den nächsten Nachmittag zum Grillen zu

sich nach Hause eingeladen. Ihr erstes Treffen unter Freunden seit den alten Tagen.

In Holly Park hatte Glitsky ihm erklärt, daß die verkaterte Mama nicht begriffen habe, was er sie bezüglich Louis' gefragt hatte. Immerhin hatte sie genug gesagt, um Baker wegen Mittwoch nacht weiter verdächtig erscheinen zu lassen. Er sei erst nach Einbruch der Dunkelheit in der Siedlung angekommen, an die Uhrzeit erinnere sie sich nicht mehr. Nach Einbruch der Dunkelheit bedeutete: nach acht Uhr. Um zwei Uhr mittags war er aus San Quentin entlassen worden, und von dort brauchte man mit dem Bus keine Stunde bis San Francisco. Baker hatte ihr erzählt, er sei ›geschäftlich‹ in der Innenstadt gewesen.

»Was für ein Geschäft könnte er in der Innenstadt erledigt haben, Ma'am?« fragte Abe. »Wo er doch neun Jahre eingesperrt war?«

Sie wußte es nicht.

Hardy saß bei ihnen, während Lanier und Glitsky Mama verhörten. Er war sicher, daß er die Antwort nur allzugut kannte, und das sagte er Abe, als sie zu Frannies Wohnung fuhren.

»Ja, von mir aus«, sagte Glitsky. Er blinzelte in die Morgensonne und bog von der 280 nach Osten in die 101 ein. »Es ist ja nicht so, daß ich mir nicht vorstellen kann, daß Baker die Morde begangen hat. Aber es ist mein Job, Beweise dafür zu finden. Das ist das Problem.«

»Und mein Job ist es, am Leben zu bleiben. Wir wissen beide, daß der Kerl ein Mörder ist. Du wirst mir zustimmen, daß er mindestens einen dieser Morde begangen hat.«

»Vielleicht.«

»Komm schon, Abe. Siehst du das wirklich anders?«

Glitskys Hände umklammerten das Steuerrad fester. »Diz, was ich sehe, ist einer jener Verdächtigen, die von vornherein verdächtig sein *müssen*. Mach dir das klar, der Kerl ist ein schwarzer Ex-Sträfling, und wir alle wissen, daß die Quote der Rückfälle ungefähr hundertzwei Prozent beträgt. Er hat keine Familie und ...«

»Erspar mir das.«

Glitsky hob die Hand. »Ich habe nicht gesagt, daß er mir leid tut. Er ist ein Haufen Scheiße, einverstanden. Keine Arbeit, keine Chance, Arbeit zu bekommen, also wird er wieder straffällig, und wenn auch nur, weil es der einzige Weg ist, den er kennt, um durchzukommen. Aber wenn man ihn jetzt wegen jedes Mordes verdächtigt, bei dem er gerade in der Nähe war, gerate ich in Versuchung zu glauben, daß er nicht der Täter ist, sondern einfach nur eine Menge Pech hat …«

»Schön, aber falls ich zufällig eines Tages eine Leiche bin, tu mir trotzdem den Gefallen und überprüf ihn.«

Sie verließen den Freeway in Fell/Laguna Richtung Westen. »Du weißt, Diz, wenn ich in Maxines Ehemann nicht einen so perfekten Verdächtigen hätte, würde ich sicher mehr an Baker denken. Aber ich weiß doch nicht einmal, ob Baker auf dem Kahn war.«

»War ihr Mann dort? Weir?«

»Nein … ich weiß es noch nicht.«

»Klingt sehr überzeugend. Als nächstes wirst du Hector Medina befragen.«

»Wer ist Hector Medina?«

Hardy berichtete von Medinas Verbindung mit Ingraham und ihrem Gespräch. Glitsky dachte darüber nach. Er fuhr die Divisadero Street hinunter und steuerte Frannies Wohnung an. Er schüttelte den Kopf. »Damit sind wir wieder am Ausgangspunkt. Mit Medina habe ich das gleiche Problem wie mit Baker.«

Hardy wußte, was kommen würde.

»Rusty Ingrahams Leiche. Wo ist sie? Es ist erst zwei, drei Tage her. Er kann einfach geflohen sein. Er ist noch nicht einmal als vermißt gemeldet. Weir könnte Maxine getötet und auf Ingraham geschossen haben. Vielleicht hielt er ihn für tot, und jetzt liegt er irgendwo …«

»Warum hat er mich dann nicht angerufen? Wir hatten diese Verabredung, denk daran. Damit fing die ganze Sache an.«

»Hast du deinen Anrufbeantworter abgehört?«

»Ja, mit der Fernabfrage, fünf- oder sechsmal. Das letzte Mal, kurz bevor du mich heute morgen abgeholt hast.«

»Okay, er hätte dich angerufen, das gebe ich zu.«

»Vielen Dank.«

»Aber warum finden wir dann keine Leiche? Wir haben den Kanal abgesucht.«

»Sie muß rausgetrieben worden sein. Hast du das überprüft?«

»Ich weiß nicht einmal, wie ich das machen soll. Unsere Mittel sind – vor allem in letzter Zeit – ziemlich begrenzt. Du hast ja gesehen, wie schnell sie Dido heute morgen abtransportiert haben. Aber so oder so – die Strömung im China Basin scheint mir nicht stark genug zu sein. Ich bin gestern nacht dort gewesen und habe sie mir mal genauer angesehen.«

»Was ist, wenn ich dir zeige, daß sie stark genug ist?«

»Dann stehen die Chancen, daß Rusty tot ist, höher, und ich kann offiziell an die Sache herangehen. Für Lanier deutet ja sowieso schon alles auf Baker.«

Vor Frannies Wohnung hielten sie an. »Bleibt eine Sache, die mir Sorgen macht«, sagte Hardy.

»Was?«

»Der alte Louis ist noch immer auf freiem Fuß und läuft in der Gegend herum. Er hat, wenn es nach mir geht, in den letzten Tagen alle Leute, die er töten wollte, erwischt. Mit einer Ausnahme.« Hardy warf die Autotür zu und steckte den Kopf durch das offene Fenster. »Das bin ich.«

11

Hardy lag auf einer Decke, den Kopf in Frannies Schoß, und sah hinauf in den klaren blauen Himmel. Eine Freundin von ihr, Cindy Irgendwer, hatte gerade ein altes Lied von Jackson Browne gesungen, in dem es hieß, daß man seinen Kummer einfach zusammenpacken und an die Bordsteinkante stellen solle, die Müllabfuhr nehme ihn mit ...

»Schön wär's«, sagte Hardy.

»Ach, hör auf.« Frannie stieß ihm sachte gegen den Kopf. »So einen schönen Tag haben wir nicht oft, aber du willst ihn einfach nicht genießen, was? Das war großartig, Cindy, trotz des alten, griesgrämigen Typen hier.«

»He, das Lied hat mir gefallen.« Hardy setzte sich auf. Der Halfter unter dem Arm störte ihn, aber er hatte keine Lust, in einer öffentlichen Anlage wie dem Golden-Gate-Park herumzulaufen und ohne Waffe auf Baker ...

Also trug er trotz des warmen Tages über seinem Hemd eine alte blau-weiße Yosemite-Windjacke, die Eddie gehört hatte.

»Was Besseres kann man nicht machen«, sagte Cindy, »als seine Sorgen einfach zu vergessen. Was kommt, kommt sowieso.«

Tröstlich und originell.

»So schlimm kann es nicht sein«, entgegnete Frannie. »Seht euch um.«

Sie waren im Shakespeare-Garten des Parks, saßen vor den Resten des Mittagessens auf einer Decke, das Cindy für Frannie her-übergebracht hatte. Frannie hatte Freundinnen, die ununterbro-chen nette Dinge für sie taten. So war sie. Hardy und Cindy hatten ein paar Schlucke Chianti aus der Korbflasche getrunken, Frannie trank wegen ihrer Schwangerschaft keinen Alkohol. Ein leichter Wind regte sich hoch über ihnen in den Baumkronen.

Cindy zupfte ein paar Töne auf der Gitarre. Sie war hübsch, dachte Hardy. Nett anzusehen. Aber sie war nicht wie Frannie, nicht einmal entfernt. Die meisten Leute in Frannies Alter kamen ihm unendlich viel jünger vor als er selbst, was sie natürlich auch waren, aber in Frannies Fall hatte er nie daran gedacht. Cindy mit ihrer aufgeworfenen kleinen Nase und ihrem Gitarrenspiel schien eher eine Altersgenossin der Teenager zu sein, die auf dem Rasen Frisbee spielten, als eine fünfundzwanzigjährige Frau.

Hardy legte den Kopf wieder in Frannies Schoß. »Du hast recht«, sagte er. »Seht euch um.«

Cindy spielte ein anderes Lied, und Hardy schloß schläfrig die Augen. Er spürte, wie Frannie ihm die Hand auf die Brust legte, dort, wo das Yosemite-Logo aufgedruckt war. Vielleicht dachte sie an Eddie. Er vertrieb den Gedanken. Jetzt war er hier, und Cindy hatte recht: Auf Originalität kam es nicht an. *Que sera sera*, dachte Hardy, aber für ihn hatte es eine andere Bedeutung. Mit Sicherheit hielten Cindy und vielleicht auch Frannie Jackson Browne für ei-nen Oldie. Wie wäre es mit *Patience and Prudence*, die *Que sera sera* in der Hitparade sangen? Hardy war höchstens vier gewesen, aber er konnte sich daran erinnern …

Als er die Augen aufschlug, war Cindy fort. Das Frisbee-Spiel war zu Ende, der Wind hatte sich gelegt.

»Na?« sagte Frannie.

»Hab' ich geschlafen?«

»Ungefähr eine Stunde.«

»Wo ist Cindy?«

»Nach Hause gegangen. Sie läßt dich grüßen.« Sie schob die Hände unter seinen Kopf und hob ihn an. »Kannst du aufstehen? Ich bin ein bißchen steif.«

»Du hättest mich wecken sollen.«

Frannie stand auf und dehnte ihren Rücken. »Ich nehme nicht an, daß du in den letzten Nächten viel Schlaf bekommen hast. Es konnte nicht schaden, ein wenig nachzuholen.«

»Ich kann's kaum glauben. Passiert mir sonst nie.«

Frannie zuckte die Achseln und begann, die Reste auf der Decke einzusammeln. »Jetzt ist es dir passiert.«

»Ich hoffe, Cindy war nicht beleidigt.«

»Sie findet dich sympathisch.«

»Warum? Was habe ich gemacht? Ich bin eingeschlafen, habe dummes Zeug über ihre Lieder geredet.«

Frannie richtete sich auf und sah ihn an. »Dismas. Du bist einfach du, ohne Verstellung. Du tust, was du tust, und versuchst nicht, Eindruck zu schinden. Du bist du. Und ich finde, du bist großartig. Das solltest du wissen.«

»Okay.«

»Und jetzt bist du verlegen.«

Hardy lehnte sich gegen den Baum. Unter dem schimmernden roten Haar leuchteten Frannies Augen hellgrün. Auch wenn niemand, der sie ansah, darauf kommen würde, daß sie schwanger war, hatte sie doch zugenommen. Hardy konnte das zerbrechliche Mädchen kaum wiedererkennen, das er aufgefangen hatte, als es an Eddies Grab zusammengebrochen war.

»Du bist fantastisch«, sagte er. »Ich bin sehr stolz auf dich.«

Sie wußte, wovon er sprach. Tränen stiegen ihr in die Augen, aber sie hielt sie zurück, schniefte und rang sich ein Lächeln ab. Sie kam zu ihm, legte die Arme um ihn und drückte ihn fest an sich. »Geh und pack deine Sorgen zusammen«, sagte sie. »Morgen kommt die Müllabfuhr.«

Er spürte, wie etwas in ihm geschah. Er sah zwischen den Bäumen hindurch und versuchte zu erkennen, was es war.

»Eine Leiche?«

»Nun, etwas, das einer Leiche sehr ähnlich ist.«

»Etwas Totes.«

»Ja.«

Pico Morales schüttelte den Kopf. Pico war Kurator des Steinhart-Aquariums im Golden-Gate-Park. Hardy hatte Frannie im Japanischen Teegarten abgesetzt und war hinübergegangen, um seinen Freund zu treffen, der außer sonntags jeden Tag hier arbeitete. Sie standen im Dämmerlicht der Abteilung für Tropenfische, hinter den Becken, in denen leuchtend rote, blaue, grüne und gelbe Fische schwammen, zur Glaswand kamen, von Stein zu Stein schossen. Auf der anderen Seite schob sich ein nicht endender Menschenstrom vorbei, und man sah den Besuchern an, wie beeindruckt sie waren.

»Ich habe keine Ahnung«, sagte Pico.

»Ach komm, Peek, Meerwasser ist dein Leben.«

»Aber Leichen nicht.«

Sie gingen ein paar Becken weiter. »Ich brauche etwas, das wie eine menschliche Leiche im Meerwasser reagiert. Das fortgeschwemmt werden würde wie die Leiche eines Menschen.«

»Eine Gummimatte oder so was?«

»Ich weiß nicht. Die würde an der Oberfläche treiben und Wind abbekommen, oder? Das würde die Wirkung verändern.«

Pico notierte etwas auf dem Klemmbrett, das an einem der Becken befestigt war.

»Was ist los?« fragte Hardy. Sie starrten in das Becken.

»Der Engelfisch ... Siehst du den kleinen Fleck unter seinem Auge? Er muß beobachtet werden, das ist alles. Wir hatten diese Geschwüre häufig in der letzten Zeit, vermutlich ein Pilz. Ich weiß nicht, was es ist. Wir sind dabei, das Tropenwasser zu analysieren.«

»Ihr habt verschiedene Sorten Wasser?«

Pico richtete sich auf. »Du hast es ja schon gesagt – Meerwasser ist mein Leben ... Kann alles mögliche sein. Probleme in der zweiten Generation, wenn sie einen gottverdammten Zyanid-Stoß abbekommen haben. Wer weiß.«

»Zyanid?«

Pico ging zu den nächsten Becken. »Die Fischer in den Tropen, Diz«, sagte er. »Viele von ihnen benutzen Zyanid in den Korallenriffen.«

»Aber bringt Zyanid die Fische nicht um?«

»Das tut es. Und das bricht mir das Herz. In hundert Jahren werden vielleicht keine Riffe mehr übrig sein. Kein Witz. Das Zyanid tötet auch die Korallen. Aber« – er hob einen Finger – »ein paar von den härteren kleinen Teufeln kommen durch, und die bringen eben ein kleines Vermögen ein. Aus diesem Grund wird so was immer noch gemacht.«

»Von diesen Kerlen kaufst du deine Fische.«

Pico sah ihn an. »Du meinst, wir unterstützen diesen Mist? Wir wählen unsere Lieferanten nach strengsten Maßstäben aus, aber manchmal sind eben ein paar dieser Fische dabei. Dann haben wir Engelfische mit rosa Flecken. Es ist mir ein Rätsel.«

Sie traten in den Raum hinter Picos Büro, der Hardy am vertrautesten war. Ein riesiges, rundes Becken aus Beton erhob sich vier Fuß über den Boden, zu drei Vierteln mit Seewasser gefüllt. In diesem Becken hatten Hardy, Pico und eine kleine Gruppe von Helfern einmal viele Stunden damit verbracht, mit ausgewachsenen weißen Haien herumzulaufen. Ein weißer Hai kann nicht atmen, wenn er sich im Wasser nicht bewegt, und diese Giganten waren fast immer halbtot bei ihnen angekommen: Das Trauma, gefangen und auf ein Boot verschleppt worden zu sein, brachte sie um – einer nach dem anderen waren sie gestorben. Aber es blieb Picos Traum, der erste zu sein, der einen großen weißen Hai im Aquarium am Leben hielt.

Die beiden Männer zogen sich hoch und setzten sich auf den Betonrand des Beckens. Pico nahm eine Zigarette aus der Hemdtasche und zündete sie an. »Aber zurück zu den Leichen«, sagte er. »Weißt du, was eine menschliche Leiche ist? Ein großer Sack voll Meerwasser.«

»Ich glaube, deine poetische Seite liebe ich an dir am meisten«, sagte Hardy.

»Es stimmt aber. Unter chemischen Aspekten betrachtet, ist es zu siebenundneunzig Prozent dasselbe.«

»Okay.«

»Demnach ist ein Körper, der im Meerwasser schwimmt, wie ein Teil des Wassers. Im Süßwasser hängt es von der Luft in den Lungen ab, ob der Körper nach oben steigt oder sinkt, davon, wie lange er im Wasser gelegen hat, und so weiter. Aber die spezifische Dichte von Salzwasser ist so hoch, daß er immer schwimmen wird. Du könntest Farbe auf die Wasseroberfläche spritzen und zusehen, wohin sie treibt. Das Ergebnis wäre das gleiche.«

Hardy trat mit dem Fuß gegen den Beton. »Glaub' ich nicht. Genau wie bei einer Gummimatte könnten der Wind oder ein vorbeifahrendes Boot einen Richtungswechsel verursachen. Es muß also etwas sein, das schwimmt, aber nicht an der Oberfläche.«

Pico sagte »Aha« und sprang auf den Boden.

»Was ist?« Hardy folgte ihm ins Büro.

Pico griff hinter die Tür und zog einen Neoprenanzug hervor. Sie hingen immer dort – die Helfer benutzten sie, wenn sie mit den Haien ins Becken gingen.

»Einem Körper am ähnlichsten ist ein Körper. Also zieh das an, leg dich ins Wasser und warte ab, wohin es dich treibt.«

Warum wurden die Dinge nur so kompliziert? Glitsky dachte nach. Er war auf der 101 auf Höhe des Candlestick-Parks, unterwegs nach Süden, um – außerhalb der Stadt und seines Zuständigkeitsbereichs – einen ehemaligen Polizisten zu befragen, der höchstens am Rand mit einem der aktuellen Fälle in Verbindung stand. Flo hatte recht – er machte sich zu viele Gedanken, mußte jeden Stein umdrehen, um so sicher wie möglich zu sein, daß er nicht den falschen Mann erwischte …

Einer seiner ersten Fälle … Haroun Palavi, damals seit etwa sieben Monaten als Teppichimporteur aus dem Iran in der Stadt, hatte seine Frau und die Schwiegereltern, die bei ihnen wohnten, ermordet. Wochenlang hatten die Nachbarn sie streiten und schreien gehört. Glitsky befragte Haroun, und der hatte kein Alibi – er hatte allein im Lager gearbeitet. Andere Verdächtige gab es nicht. Die Mordwaffe war übersät mit Harouns Fingerabdrücken, was er damit zu erklären versuchte, daß er aus Angst die Waffe genommen habe, als er heimgekommen sei und sie neben den Leichen seiner Schwiegereltern gefunden habe. Er habe gedacht, der Mörder müsse noch in der Nähe sein.

Also nahm Glitsky Haroun fest. Er stellte weitere Nachforschungen an und fand eine Nachbarin, auch sie Iranerin, die oft mit Harouns Frau gesprochen hatte. Sie erzählte ihm, Harouns Frau habe sich nicht wohl gefühlt in diesem Land und oft den Wunsch geäußert, nach Hause zurückzukehren, denn hier ruiniere Haroun ihr Leben und das ihrer Eltern. Also nahm Glitsky an, daß sie Haroun womöglich so lange zugesetzt hatte, bis der die Nerven verloren hatte. Er verstand diese Iraner sowieso nicht, aber er wußte – oder glaubte zu wissen –, daß sie nach der Auge-um-Auge-Mentalität lebten und daß ihnen ein Menschenleben wahrscheinlich nicht besonders viel wert war. Zudem hatte Haroun sich noch nicht einmal die Mühe gemacht, gut Englisch zu lernen.

Also war Haroun vor Gericht gestellt, für schuldig befunden und wegen mehrfachen Totschlags im Affekt zu fünfzehn Jahren Haft verurteilt worden. Dazu kamen zwei Jahre wegen unerlaubten Waffenbesitzes. Drei Tage von dieser Strafe hatte er abgesessen, als sie ihn mit zerschlagenem Schädel und gebrochenem Genick auf dem Boden seiner Zelle fanden. Eine wirkungsvolle Art, sich umzubringen, dachte Glitsky: Man sprang von der oberen Pritsche mit dem Kopf voran auf den Zementboden. Nur fehlte den meisten Leuten entweder der Mut oder die Phantasie dafür.

Das wäre das Ende des Falles gewesen, wäre nicht zwei Monate später die iranische Nachbarin ebenfalls tot aufgefunden worden.

Es stellte sich heraus, daß Revi Mahnis, Harouns Geschäftspartner, das ›Nein‹ einer Frau nicht akzeptieren konnte. Im Verhör gestand er, Harouns Frau habe ihm gedroht, ihrem Mann zu erzählen, daß er ihr nachstellte. Ihm sei also nichts anderes übriggeblieben, als sie zu töten, um diese Demütigung und den Verlust seines Geschäftes zu vermeiden. Und weil ihre Eltern dabei gewesen seien, habe er auch die töten müssen.

Das war der dunkle Fleck in Glitskys Karriere. Er hatte begriffen, daß Vorurteile und zu hastige Schlußfolgerungen einen Unschuldigen ums Leben gebracht hatten. Er war entschlossen, so etwas nie wieder geschehen zu lassen …

Er nahm die Abzweigung San Bruno und fuhr langsam die Hauptstraße des Vietels entlang, um nach den Straßennamen zu sehen. Industriegebäude und Doppelhaushälften, die sich zwischen den Freeway und El Camino Real drängten.

Er wollte sich nicht zu überstürzten Schlüssen treiben lassen bezüglich des Mordes an Maxine Weir, aber es ärgerte ihn doch ein wenig, daß er hier herausgekommen war, nur weil das Labor noch keine Ergebnisse geliefert und Hardy gesagt hatte, Hector Medina habe eine Verbindung zu Rusty Ingraham. Es war überflüssig. Er hatte ein echtes Mordopfer und, wenn man den Statistiken Glauben schenken konnte, den denkbar besten Verdächtigen – einen verlassenen Ehemann. Wenn er ein Buch über Mordfälle schreiben würde, würde er mit einem Kapitel über Familien beginnen. Die weiteren Kapitel würden ziemlich kurz ausfallen.

Aber das Labor hatte noch immer keine Ergebnisse von den auf Rusty Ingrahams Schlepper gesammelten Indizien geliefert, und so hatte er noch immer keine Beweise gegen Ray Weir. Er war sicher, daß sie diese Beweise finden würden, und dann würde er hinfahren und Ray festnehmen. Er hätte vielleicht kein Geständnis, aber gute und aussagekräftige Beweise.

Was Rusty Ingraham betraf, hätte Abe zu gern geglaubt, daß er sich vor dem eifersüchtigen Ehemann Ray Weir versteckte. Aber er mußte zugeben, daß Hardys Argument, er hätte sich bei ihm gemeldet, nicht einer gewissen Logik entbehrte. Andererseits galt Rusty, solange man nicht seine Leiche oder einen überzeugenden Grund, weshalb sie verschwunden war, gefunden hatte, offiziell nicht als tot und schon gar nicht als ermordet. Und wenn er nicht ermordet worden war, gehörte er nicht in Glitskys Aufgabenbereich. Das Leben war wirklich kompliziert.

Er hatte Medinas Nummer aus dem Telefonbuch herausgesucht, ihn angerufen und um ein Treffen gebeten.

»Also hat der Dürre doch geredet, ja?«

Glitsky wußte nicht, wovon der Mann sprach. »Ich wollte Sie wegen Rusty Ingraham sprechen.«

Gelächter. »Das auch noch. Alle Hühnchen landen auf dem Grill. In Ordnung, kommen Sie her. Ich habe nichts zu verbergen.«

Auf den Grasflächen vor den Häusern, die ganze Straße entlang, waren Autos abgestellt, und die Auffahrten waren ölverschmiert und übersät mit Flaschendeckeln, Bierdosen und zerbrochenem Glas. Es war ein stiller, heißer Nachmittag, erfüllt von dem Benzingeruch. Die vier Bäume in der Straße hatten ihre Blätter verloren. Ein liegengebliebener gelber Schulbus mit zerbrochenen Scheiben stand auf Felgen an der Ecke. Das trübe Weißblau des Himmels schien tief über der Straße zu hängen.

Medina trug ein schmutziges weißes Trikot über weiten Khakihosen und wusch auf dem Vorplatz zusammen mit einem Mädchen im Teenageralter ein Auto. Vor einem Jahrzehnt mochte die einstöckige Bruchbude einmal grün, die Fensterrahmen gelb gewesen sein, zaghaft bunt, jetzt war die Farbe abgestumpft.

Als Glitsky ausstieg, trocknete Medina die Hände an einem ledernen Lappen ab. Das Mädchen blickte nicht einmal auf, fuhr einfach fort, mit einem seifigen Schwamm über die Windschutzscheibe zu wischen. Medina ging über die Auffahrt zu Glitsky.

»Es wäre mir lieber, wenn wir nicht vor Melanie über die Sache reden würden«, sagte er. Er reichte Glitsky nicht die Hand.

Glitsky lehnte sich gegen den Kotflügel seines Autos. »Sie verblüffen mich«, sagte er.

Medina, vierschrötig und plattfüßig, bewegte das Fensterleder von einer Hand in die andere. »Mit mir brauchen Sie keine Spiele zu spielen. Ich war mal Polizist.«

»Ja, ich erinnere mich an Sie. Ich weiß, daß man Sie sehr ungerecht behandelt hat. Was glauben Sie, welche Spiele ich spielen könnte?«

»Der gute Junge und der böse Junge?«

Glitsky sah sich um. »Von beiden kann ich hier keine Spur entdecken.«

Das Mädchen rief: »Daddy, ich brauch' mehr Seife!«

Medina wandte sich zu ihr um. »Im Eimer, mein Schatz. Sieh einfach im Eimer nach.« Zu Glitsky sagte er: »Meine Tochter. Sie ist nicht immer hier.«

Glitsky sah, wie sie zum Eimer ging, ihren Schwamm ausdrückte und dann zurück zum Auto lief. Er holte tief Luft. »Ich bin hier, weil Sie mit einem Freund von mir gesprochen haben, Dismas Hardy. Sie haben ihm erzählt, Sie hätten in den letzten Wochen Kontakt mit Rusty Ingraham gehabt. Ingraham wird vermißt, und so fragte ich mich, ob Sie vielleicht eine Idee haben, wo er sich aufhalten könnte.«

»Hardy hat mir gesagt, Ingraham sei tot.«

»Hardy zieht übereilte Schlüsse. Dort, wo er wohnt, ist irgend etwas passiert – wir fanden Blutspuren, die seiner Blutgruppe entsprechen. Aber keine Leiche. Er kann also ebensogut noch am Leben sein.«

»Verdammt«, sagte Medina.

»Verdammt?«

»Verdammt, daß er nicht tot ist.«

»Nun, vielleicht ist er ja tot. Wir wissen es noch nicht. Aber wie auch immer, als Sie mit ihm gesprochen haben …«

»Ich habe nicht mit ihm gesprochen. Das habe ich schon Ihrem Freund gesagt.«

»Er hat mir erzählt, Sie hätten ihn angerufen.«

Abe wartete ab.

Medina drehte sich um und rief den Namen seiner Tochter: »Melanie.« Sie unterbrach folgsam die Säuberung der Windschutzscheibe. »Würdest du uns ein paar Bier holen?«

Er machte eine Kopfbewegung, ging zu den Zementstufen vor der Tür und setzte sich dort im Schatten nieder. Glitsky folgte ihm, froh, der Hitze zu entkommen. Kurz darauf kam Melanie aus dem Haus, Medina klopfte auf den Platz neben sich, und sie setzte sich. Er öffnete eine Dose *Lucky Lager* und gab sie Glitsky, dann öffnete er eine für sich selbst und ließ Melanie kurz nippen.

»Ich habe nicht mit ihm gesprochen, ob Sie mir glauben oder nicht.«

Glitsky trank.

»Ich habe ihn angerufen, aber einfach wieder aufgelegt. Wozu auch? Was hätte ich sagen sollen? Es hätte keinen Sinn gehabt nach all den Jahren.«

»Okay.« Glitsky hatte keine Ahnung, wie er weitermachen sollte.

»Ich meine, Ingraham wäre das falsche Ziel gewesen. Wenn ich etwas tun will, wenn ich mich nicht mehr so verdammt …« Er unterbrach sich und suchte nach dem passenden Wort. »… nicht mehr so verdammt ohnmächtig fühlen will, gibt es bessere Fische zu fangen.«

Als Abe keine Antwort gab, fügte er hinzu: »Treadwell.«

»Wer ist Treadwell?«

»Treadwell. Der Dürre, der versucht, Valenti und Raines kaputtzumachen.«

»Treadwell«, wiederholte Glitsky. »Gibt es da eine Verbindung, die mir entgangen ist?«

Medina wischte sich mit dem Fensterleder den Schweiß von der Stirn. »Was Ingraham mir angetan hat, geschieht jetzt wieder. Ich mache meine Arbeit, kümmere mich um Melanie, so gut ich kann. Seit Joan mich nach den … nach den Schwierigkeiten verlassen hat, hängt alles an mir.« Die Aluminiumdose in seiner Hand gab ein knirschendes Geräusch von sich. »Da hatte ich einen Moment lang den Gedanken, ich könnte die Sache mit Ingraham bereinigen. Das ist alles. Daher der Anruf.«

»Aber was ist mit Treadwell?«

Medinas Augen verengten sich zu Schlitzen. Er führte die Bierdose zum Mund, hielt inne. »Nichts«, sagte er. »Mit Treadwell war auch nichts.«

»Hector«, sagte Abe, »Sie haben mit Treadwell angefangen, nicht ich.«

Medina drückte die Dose erneut zusammen und betrachtete sie. »Ich habe mir gedacht, es könnte Raines und Valenti etwas nützen, wenn ich mit Treadwell spreche. Die Ingraham-Sache ist Schnee von gestern, daran läßt sich nichts mehr ändern.«

»Also haben Sie mit Treadwell gesprochen?«

»Ja.«

»Über Raines und Valenti?«

Er nickte. »Ich habe versucht, ihm die Sache auszureden. Das mit den Beschuldigungen von wegen Brutalität der Polizei und Schwulenhaß.«

»Und?«

»Und nichts«, erwiderte Medina. »Nichts. Er hörte zu, während ich ihm erklärte, wie es ist, wenn man wegen eines solchen Schwachsinns angeklagt wird, und daß man sich nie wieder davon erholt. Dann hat er gesagt, ich solle abhauen, und das war's.«

Glitsky sah Melanie nach, die wieder zum Auto ging, beobachtete eine Weile einen Jungen, der auf einem Skateboard vorbeifuhr, und versuchte herauszufinden, was hier nicht stimmte. »Warum hatten Sie dann Angst, Treadwell könnte geplaudert haben? Als ich Sie anrief, sagten Sie: Also hat der Dürre geredet. Erinnern Sie sich? Was hatte das zu bedeuten?«

»Ich weiß nicht. Vermutlich hatte ich einfach Angst, daß er mich wegen irgendwas angezeigt haben könnte – Hausfriedensbruch, was weiß ich. Irgendwas. Es ist sein Stil. Und mit einem wie mir kann man das machen. Die Leute haben sich angewöhnt, jeden Mist über mich zu glauben.«

Glitsky ließ einen Moment verstreichen und trank sein Bier aus. »Aber mit Ingraham war nichts?«

»Ich habe kein Wort mit ihm gesprochen, und bei Gott, das ist die Wahrheit.«

Glitsky stand auf und streckte sich. »Sie wissen Bescheid, Hector«, sagte er. »Sie waren lange genug selbst in diesem Beruf, also wissen Sie Bescheid – man spürt es, wenn die Leute einem nicht alles erzählen … Spürt, daß irgend etwas läuft, auch wenn sie nicht direkt lügen.«

»Ich habe nicht mit ihm gesprochen.«

Melanie sprang wieder neben ihren Vater. Er tätschelte ihr Knie, sie lehnte sich an ihn und sah Glitsky an.

»Das sagten Sie bereits. Trotzdem, nur für den Bericht – erinnern Sie sich, wo Sie Mittwoch nacht – vor drei Tagen – waren?«

Medina mußte nicht überlegen, er wußte es sofort. »Ich habe eine Doppelschicht gemacht. Von acht bis vier und von vier bis Mitternacht. Ist alles schriftlich festgehalten.«

Glitsky nickte. »Dessen bin ich sicher.«

Wieder tätschelte Medina seine Tochter, dieses Mal am Kopf. »Als nächstes machen wir die Reifen, Schatz«, sagte er. Sie sprang auf und rannte zum Eimer. »Sehen Sie, ich muß das Kind aufziehen. Das ist alles, was ich tue. Ich führe ein ruhiges Leben, halte mich aus allem heraus.«

»Aber Sie sind zu Treadwell gegangen.«

Medina sah hinauf in den blassen Himmel und leerte seine Bierdose. »Manchmal muß man eben etwas für seine Seele tun.« Er wies auf das heruntergekommene Haus, den armseligen Vorgarten. »Glauben Sie, das hier ist genug?«

Abe sah sich um, nickte und dankte Hector für die Zeit, die er ihm geopfert hatte.

Wieder auf dem Freeway, öffnete Glitsky die Wagenfenster und ließ den Wind durch den Innenraum blasen. Hectors Gerede über die gute Tat für seine Seele stand auf einer Stufe mit der Behauptung des früheren Innenministers Watt, er sei tief besorgt wegen der Lage auf dem Arbeitsmarkt. Wenn es gut für seine Seele war, mit Treadwell zu sprechen, und er bereit war, dafür das ruhige Leben mit seiner Tochter zu gefährden, wieviel mehr Befriedigung hätte es ihm dann verschaffen müssen, Rusty Ingraham zuzusetzen? Das hätte seiner Seele erst richtig gutgetan.

Natürlich würde in den Dienstplänen stehen, daß er am Mittwoch eine Doppelschicht abgeleistet hätte. Also besaß er zwar ein Alibi, aber Alibis waren dazu da, daß man sie genau prüfte. Sein Name mochte auf dem Plan stehen, doch hatte ihn jemand tatsächlich gesehen? Und selbst wenn jemand das behaupten würde, bestand kein Zweifel daran, daß ein Kerl wie Medina Leute kannte, die bereit waren, alles mögliche zu behaupten oder zu tun, weil sie ihm einen Gefallen schuldeten oder wollten, daß er ihnen einen Gefallen schuldete.

Von seinen drei Verdächtigen hatten also zwei gute Gründe, Ingraham den Garaus zu machen. Wenn er nur sicher sein könnte, daß Rusty wirklich tot war. Aber vielleicht würde Hardy etwas herausfinden ...

Er hoffte, daß nach der Laboruntersuchung alles klar sein würde. Wenn es Fingerabdrücke, Haare oder Stofffasern gab, die Ray Weir gehörten, hatte er Beweise genug, um ihn festzunehmen. Doch was wäre, wenn sich herausstellte, daß Baker oder Medina dort gewesen waren? Dann würde er auch ohne Leiche eingestehen müssen, daß es um Rusty Ingrahams Gesundheit vielleicht doch nicht so gut bestellt war. Und daß auch Hardy ein Problem mit seiner Gesundheit bekommen könnte.

Als er aus dem Gefängnis entlassen worden war, hatte man Louis Baker die ihm zustehenden zweihundert Dollar Entlassungsgeld ausgehändigt. Die Farbe für Mamas Haus, die Scheiben und ein wenig Essen hatten ihn alles in allem einhunderteinundsechzig Dollar und neunzehn Cent gekostet. Zehn Dollar hatte er Mama für die Tennisschuhe gegeben, und die Heimfahrt mit dem Bus und dies und das ergaben ungefähr noch mal zehn, und das Frühstück heute morgen hatte dreieinhalb gekostet.

Zwölf Dollar waren ihm geblieben, und er hatte keinen Platz, wo er bleiben konnte, und noch immer keine Waffe.

Alles war jetzt anders als damals, bevor sie ihn eingesperrt hatten. Jeder kleine Laden hatte Riegel vor den Fenstern, und unter den Türen und Fenstern entdeckte er das dünne Klebeband, das die Kabel von Alarmanlagen verbarg. Er war immer in der Lage gewesen, irgendwo ein Loch hineinzuschlagen, doch von Technik verstand er nichts. Sie verunsicherte ihn.

Aber er brauchte Geld und eine Waffe, das war eine Tatsache. Er würde sich nicht noch einmal festnehmen lassen, nicht einmal für ein harmloses Verhör. Wenn sie versuchten, ihn zu verhaften, würde er ein paar von ihnen mitnehmen. Er dachte an die Wächter, an Ingraham, Hardy, an die anderen, die ihm das angetan hatten. Vielleicht würde es sogar Spaß machen, sie niederzuschießen, alles mit einem Schuß auszulöschen. Schnell und einfach. Denn es sah wirklich nicht so aus, als erwartete ihn hier draußen irgendwann mal noch so etwas wie ein normales Leben.

Es war eine kleine Spirituosenhandlung. Etwa zwei Stunden lang hatte er den Laden beobachtet und festgestellt, daß nur wenige Kunden ihn betraten und verließen. Bevor das Geschäft geöffnet hatte, waren die Rolläden zugezogen gewesen, jetzt hingen sie, zusammengefaltet wie ein Akkordeon, über der Vorderfront.

Louis trat aus der Nachmittagssonne und ging hinein. Draußen war er recht optimistisch gewesen, jetzt, im Laden, war er sich völlig sicher: Es war der richtige Ort. Ein Weißer, der in dieser Gegend einen Spirituosenladen führte, mußte eigentlich eine Waffe unter dem Ladentisch haben, aber man konnte nicht immer darauf wetten. Wenn man aber über den Kühlschränken den Kalender des Nationalen Schußwaffenträger-Verbandes sah, war alles klar.

Er schloß die Tür und musterte den Tresen, der sich zu seiner Rechten etwa vier Meter an der Wand entlangzog. Der Besitzer war Mitte Fünfzig und saß in einem Stuhl hinter der Kasse. Louis nickte ihm freundlich zu. Er vergewisserte sich, daß niemand sonst im Laden war, aber er war noch keine zwei Schritte gegangen, als ein Polizeiwagen vor der Tür hielt und ein Kerl in Uniform ausstieg.

Verdammt.

Louis spazierte scheinbar gleichmütig in die linke hintere Ecke des Geschäfts und suchte nach einem länglichen, möglichst schweren Gegenstand. Der Bulle ging nach hinten, öffnete einen Kühlschrank und sah sich die alkoholfreien Getränke an.

Es wäre besser, sich mit dem Bullen nicht anzulegen, zumal draußen im Wagen sein Partner wartete. Einen einzelnen Mann könnte er vielleicht von hinten kriegen und niederschlagen, aber wenn er es hier versuchte, würden der Ladenbesitzer oder der andere Bulle ihn über den Haufen schießen.

Louis ließ weiter seinen Blick über die Regale schweifen, als suche er nach etwas. Ruhig, ruhig, nur ruhig, dachte er. Endlich hatte der Bulle seine Limonade, oder was immer Bullen im Dienst tranken, gefunden und ging zur Kasse.

Ein oder zwei Minuten könnte er noch warten, aber nicht länger, sonst würde der Besitzer Verdacht schöpfen. Er griff in die Tasche, tat, als zähle er sein Geld. Eine gute Idee zu demonstrieren, daß er Geld dabeihatte, nachzusehen, ob es für diese Flasche da mit Irgendwas reichte.

Er hörte die Kasse klingeln. Okay, es wurde Zeit. Er griff in das oberste Regal und nahm eine Flasche *Galliano* herunter. Sie war wie geschaffen für sein Vorhaben.

Aber die Bullen waren noch da, parkten direkt am Bordstein. Louis sah zu ihnen hinaus. »Hell, da draußen«, sagte er.

Der Mann wandte den Kopf und blinzelte ein wenig. Der Bulle auf dem Beifahrersitz hob die Dose zum Mund. Louis entdeckte einen Ständer mit Sonnenbrillen am anderen Ende des Tresens. Macht schon, dachte er, fahrt lost. Fahrt endlich.

Der Mann hinter dem Ladentisch hatte ihm die Flasche abgenommen und tippte den Preis in die Kasse. Louis setzte eine Sonnenbrille auf und betrachtete sich im Spiegel über dem Ständer. Lachend sagte der Polizist etwas zu seinem Partner. Verdammt, bewegt euch.

»Ist das alles?« fragte der Ladenbesitzer.

Louis ließ die Sonnenbrille auf und kramte in seiner Tasche nach dem Geld. Draußen sprang mit leisem Geräusch der Wagen an. Er lächelte. »Die Sonnenbrille nehm' ich auch noch.«

Der Mann hatte die Flasche in eine Papiertüte gesteckt, und Louis warf ein paar Scheine auf den Ladentisch und griff nach der Flasche. Der Mann beugte sich vor, um das Geld zu nehmen.

»Ich glaube, das ist nicht genug …« sagte er. Weiter kam er nicht, denn Louis ließ die Flasche auf die Stelle über seinem linken Ohr niedersausen.

Noch ehe der Mann zu Boden gefallen war, sprang Louis schon über den Ladentisch. Ein kurzläufiger Revolver hing mit dem Abzug an einem Nagel darunter, daneben, auf einem Brett, stand eine Schachtel Patronen. Louis steckte die Waffe und die Patronen in die Hosentasche, hämmerte auf die Kasse ein, bis sie aufsprang, und griff nach dem Papiergeld. Unter der Kasseneinlage fand er noch zwei Hunderter und fünf Fünfziger. Er setzte den Fuß an den Kopf des Mannes auf dem Boden und trat zu. Der Mann war bewußtlos und würde innerhalb der nächsten dreißig Sekunden bestimmt nicht zu sich kommen, und mehr Zeit brauchte Louis nicht.

Er sprang wieder über den Tresen, lief zur Tür, sah hinaus – niemand in der Nähe. Er verließ den Laden, steckte die Hände in die Taschen, wandte sich nach rechts. An der Ecke wechselte er erneut die Richtung, machte sich auf den Weg zurück nach Fillmore zu Mamas Auto. Wenn man ihn wegen Mordes anklagte, würde sich der Überfall auf einen kleinen, mickrigen Spirituosenhändler auch nicht mehr sonderlich auf das Urteil auswirken. Aber er verbesserte seine Chancen ein wenig. Das war es, was man zum Überleben brauchte – einen kleinen Vorsprung. Und das Wissen, wen man sich als nächstes vorzunehmen hatte.

»Ist das Ihr Ernst?« fragte Abe Glitsky. »Nehmen Sie mich auf den Arm?«

Der Laborbeamte, ein kleiner Filipino von vielleicht sechsundzwanzig Jahren, schien in sich zusammenzuschrumpfen. »So lauten meine Anweisungen, Sir.«

Abe faßte sich an den Kopf und strich sich fassungslos über das Haar. Er trat einen Schritt zurück, drehte sich um die eigene Achse, um sich wieder in den Griff zu bekommen, und ging langsam zum Tisch zurück.

»Hören Sie, mein Junge, es tut mir leid, ich wollte es nicht an Ihnen auslassen, aber ich renne mir quer durch die Stadt den Hintern ab, um einen Mord aufzuklären, und brauche Ihre Berichte.«

»Ja, aber man hat uns angewiesen, zu … Wir bekommen achtzig Beweisstücke aus dem Büro des Chefs, die wir mit höchster Priorität behandeln sollen.«

»Vorrangig vor einem Mordfall? Der Chef will, daß die Hühnerscheiße einem Mord vorgezogen wird? Es ist nicht zu glauben.«

»Doch, Sir«, antwortete der Junge.

»Glaubt Rigby ernsthaft, wer immer es getan hat, war blöd genug, Fingerabdrücke zu hinterlassen? Sollte man nicht meinen, daß Polizisten an so was denken?«

»Doch, Sir.«

Abe legte die Hände auf den Tisch und stützte sich auf. An der Wand über dem Jungen war ein Poster mit einem lachenden Mann und dem Satz: ›Wann wollen Sie es?‹ Daneben fragte ein anderer: ›Welchen Teil des Wortes *Nein* verstehen Sie nicht?‹ Ha, ha.

Abe löste den Druck seiner Hände, entspannte die Schultern, wandte sich ohne ein weiteres Wort um und ging. Draußen schlug er mit der Faust gegen die Wand.

Ihm war klar, was er zu tun hatte – er mußte aufhören, gegen das System anzukämpfen. Es würde sich nicht ändern. Entweder man war ein Teil davon, oder man war es nicht. Für lange Zeit war er ein Teil des Systems gewesen. Jetzt hatte er einen Samstag mit dem Versuch verbracht, das Richtige zu tun, weil ihm seine Arbeit am Herzen lag. Er akzeptierte es, für die Überstunden nicht bezahlt zu werden, er akzeptierte Laniers leichtfertigen Umgang mit der Angelegenheit Baker, und vielleicht hätte er sogar die Weigerung des Labors akzeptiert, Überstunden zu machen, und bis Montag gewartet. Aber daß der Polizeipräsident das Labor vorrangig dazu benutzte, ein paar Chaoten zu schnappen, die Hühner in seinem Büro ausgesetzt hatten, machte ihn fertig.

Unten an seinem Schreibtisch öffnete Glitsky die oberste Schublade und nahm den Fragebogen heraus, den er für das Police Department von Los Angeles ausgefüllt hatte. Er setzte sich, las den Bogen noch einmal durch, unterschrieb ihn und adressierte einen Briefumschlag. Auf dem Weg nach draußen warf er ihn in den Briefkasten neben der Hintertür des Justizgebäudes.

Hardy lag, der Willkür der Flut ausgeliefert, bewegungslos im Wasser und dachte, er würde die beiden Flaschen verbrauchen – was etwa fünfundvierzig Minuten dauern würde – und dann sehen, wo er war, wenn er wieder auftauchen würde.

Er hatte nicht den Mut gehabt, nach Hause zu gehen, und er hatte – auch wenn das vielleicht nicht so ganz stimmte – Frannies Gastfreundschaft nicht über Gebühr strapazieren wollen. Also hatte er sich einen von Picos Neoprenanzügen geliehen, die Sauerstoffflaschen gemietet und eine Taucherbrille gekauft. Kurz nach sechs Uhr sprang er bei Ingrahams Schlepper in die abnehmende Flut. Er spürte zwar nur eine leichte Strömung, aber sie zog ihn mit sich, und Hardy dachte, sie müßte eigentlich stark genug sein.

Wenn Rusty, als auf ihn geschossen worden war, im Bett gelegen hatte, war nicht anzunehmen, daß er viel auf dem Leib getragen hatte, das ihn in die Tiefe hätte hinunterziehen können. Also wäre er – wie Hardy jetzt – knapp unter der Oberfläche hinausgetrieben worden.

Er wurde fast sofort in Richtung Bucht getragen, was seine Theorie bestätigte. Er hatte befürchtet, daß die Strömung so nahe bei dem Schlepper vielleicht einen Strudel bilden und er sich im Kreis bewegen würde. Er war zu dem Punkt geschwommen, wo Rusty vermutlich über Bord gegangen war, hatte sich dann im Wasser treiben lassen und war tatsächlich ein paarmal gegen den Schlepper gedrückt worden, aber dann fand er sich schnell in der Mitte des Kanals wieder.

Selbst mit der Taucherbrille war die Sicht schlecht – er konnte nicht weiter als einen knappen Meter sehen. Unter Wasser war es bis auf das Geräusch seines Atems still. Er trug Handschuhe und Schuhe aus dem gleichen Material wie der Anzug. Obwohl das China Basin eine wenig benutzte Wasserstraße war, horchte er mit einem Ohr nach Motorgeräuschen, denn die Vorstellung, von einem Boot gerammt zu werden, gefiel ihm nicht besonders.

Unsichtbar und allein auf weiter Flur trieb Hardy im warmen Wasser. Hier war er sicher. Es erinnerte ihn an seine unzähligen Fallschirmabsprünge bei Nacht. Zum ersten Mal seit vier Tagen dachte er nicht an Louis Baker.

Dafür dachte er an Frannie, ihren Körper, als er sie im Park in seinen Armen gehalten hatte … Ihr Blick, der sich in seinen senkte, ihr Lächeln, das sich durch seine Furcht und Distanz einen Weg bahnte, ihr Körper, der sich an ihn preßte, ihre vollen Brüste, ihr Bauch – definitiv nicht mehr das kleine Mädchen von damals, nicht mehr die kleine Schwester, sondern eine erwachsene, blühende Frau, die die Geburt ihres Kindes erwartete.

Fast zwangsläufig erinnerte Hardy sich an die Zeit, als Jane mit Michael schwanger gewesen war. Als sie begonnen hatten, sich ein Nest zu bauen … Die Veränderungen im Haus, als sie das Kinderzimmer tapeziert oder diese unglaublichen Dinge gekauft hatten – winzige Kleider, Rasseln, all dieses Zeug …

Er versuchte, die Erinnerungen abzuschütteln. Michaels Tod hatte ihn beinahe selbst das Leben gekostet. Und Jane auch. Selbst jetzt war er noch nicht sicher, ob er es überstanden hatte. Noch immer wollte er sich nicht erinnern, wollte nicht an diese Zeit mit Jane denken, und er wußte, daß er es nicht zulassen könnte, daß ihm noch einmal etwas Ähnliches geschehen würde. Manche Lektionen lernte man. Er sollte eben nicht Vater sein. Es traf ihn zu tief, dieses Zeichen der Hoffnung – auch jetzt bei Frannie – bedeutete so viel für ihn, daß nicht einmal sein wohltrainierter Sinn für Zynismus das ableugnen konnte … und das Baby, das Frannie erwartete, war noch nicht einmal seines.

Und Jane?

Jane hatte es mit ihm durchgemacht, alles, und war schließlich zu ihm zurückgekehrt, hatte ihm durch den dunklen Tunnel, den er aufgebaut hatte, die Hand entgegengestreckt und ihm gezeigt, daß das Leben nicht völlig schwarz war. Es gab wieder gute Zeiten, es gab Liebe, Sex, mehr als Sex – er war lange genug ohne es ausgekommen, um das zu wissen. Also nenn es Liebe, Diz. Du sagst Jane, daß du sie liebst. Du fühlst dich, als sei es Liebe.

Aber gib zu, es ist nicht wie früher. Nicht das Glockengeläute und das Herzklopfen, die Art von Liebe, die sprachlos macht, einem vor Glück den Atem nimmt.

Was willst du? Sei realistisch, Diz. Das ist Teenagerliebe, und Teenagerliebe verbindet Jane und dich gewiß nicht. Wie auch, nach dem Verlust eures Kindes, nach der Scheidung, nach ihrer Ehe mit einem anderen?

Und sei ehrlich – es gibt gute Zeiten mit Jane, aber sie führt ihr eigenes Leben und braucht dich, wie es aussieht, viel weniger als Frannie.

Keine Verpflichtungen, nicht wahr? Von Zeit zu Zeit sprach er über die Zukunft, aber Jane war noch nicht bereit, noch immer nicht …

Er riß sich von diesen Gedanken los. Das Wasser war ein wenig klarer geworden, und er konnte seine Hand deutlich sehen, wenn er den Arm ausstreckte. Ein Schatten – vielleicht ein Streifenbarsch – zog vorbei.

Er hob den Kopf aus dem Wasser und stellte fest, daß er etwa vierzig Meter weit in den Kanal hinausgetrieben war. Er sah auf die Uhr – es hatte zweiundzwanzig Minuten gedauert, und die Strömung hatte noch nicht einmal ihre volle Kraft. Die letzten Sonnenstrahlen beleuchteten die Spitzen der Skyline und die Türme auf der Bay Bridge, aber der Kanal und seine Ufer lagen im Schatten. Er schwamm auf das Ufer zu und hatte das Gefühl, etwas erreicht zu haben.

12

Manny Gubicza hatte den Manikeur ins Büro kommen lassen. Er hatte sich mit einer Menge Flaschen mit Lotionen, einem kleinen Umhang und einem Handtuch, Feilen und Scheren an einen kleinen Tisch neben Gubiczas Schreibtisch gesetzt. Manny sah ihm nicht zu. Er lehnte sich zurück und schloß die Augen. Zwischen ihm und Fred Treadwell stand sein gewaltiger Schreibtisch.

Hinter dem Fenster über Gubiczas Kopf war der Himmel noch immer hell. Obwohl es Samstag war, trug Manny Gubicza die Anwaltsrobe. Die Jacke seines dreiteiligen Anzugs hing an einem hölzernen Garderobenständer links hinter seinem Stuhl. Er trug rote Hosenträger, eine dazu passende rote Krawatte und ein helles fliederfarbenes, handgenähtes Seidenhemd mit dem etwas dunkler getönten Monogram MAG über der Brusttasche. Das Hemd hatte natürlich französische Manschetten, und jetzt, da Manny die Ärmel für die Maniküre hochgerollt hatte, lagen die Manschettenknöpfe aus Rubin ein paar Zentimeter von ihm entfernt auf dem Tisch. Sie starrten Treadwell an wie die Augen einer betrunkenen Bulldogge.

»Alles in allem denke ich, es ist das Risiko wert«, sagte Gubicza. »Wir können nicht einfach gar nichts tun.«

Treadwell war noch immer unter Schock und in Trauer. Nachdem Hector Medina gestern abend gegangen war, hatte er sich gründlich ausgeweint, dann Manny angerufen und einen Termin vereinbart, um ihre weitere Strategie zu besprechen. Heute morgen hatte er die Vorbereitungen für Poppys Beerdigung getroffen und ihn beim Tierarzt zurückgelassen. Es war der längste, traurigste Tag seines Lebens gewesen.

»Gibt es eine Möglichkeit, ihn umzubringen?« fragte Treadwell. »Das wäre mir am liebsten.«

Gubicza schüttelte den Kopf. »Fred, wir versuchen dich aus einer Anklage wegen zweifachen Mordes herauszuboxen. Ich glaube nicht, daß es strategisch klug wäre, ausgerechnet jetzt noch jemanden umzubringen.«

»Ist mir egal.«

Gubicza sah nach dem Manikeur, der aber nicht aufblickte. »Ich weiß, daß du leidest. Das ist nur natürlich.« Er nahm einen der Manschettenknöpfe und spielte damit. »Aber mein Job ist es, dich nicht ins Gefängnis wandern zu lassen. Ich bin der erste, der ein solches Verhalten schändlich findet. Wirklich, einfach unglaublich, ich habe nie etwas Vergleichbares gehört. Daß die Polizei so dumm ist, kann ich kaum glauben.«

»Er ist kein Polizist. Ich glaube nicht, daß er ein Polizist ist.«

Gubicza wedelte abfällig mit der rechten Hand. »Natürlich ist er das. Offiziell oder nicht – er vertritt die Polizei, und ich habe ganz das Gefühl, daß er dir mit dem Tod gedroht hat.«

»Mir gedroht? Er hat Poppy ermordet!«

»Ja, ich weiß, und es ist furchtbar, wirklich, Fred, aber wir müssen uns jetzt überlegen, wie wir auf die Drohung gegen dich reagieren wollen.«

Treadwell beugte sich in dem Brokatsessel vor. »Ich will ihn bestrafen.«

»Natürlich willst du das. Das ist die richtige Einstellung. Ich schlage vor, wir machen mit unserer ursprünglichen Strategie einfach weiter. In gewisser Weise ist unserer Sache damit gedient, daß dieser Medina nachweislich bei dir aufgetaucht ist und Schaden angerichtet hat, denn in dem anderen Fall … du weißt ja, die Beweise gegen die beiden sind eher dünn.«

»Und mein Knöchel? Er ist nachweislich gebrochen!«

Gubicza lächelte freundlich wie eine Kröte. »Ja, und wir wissen, wie es nachweislich passiert ist, oder? Ich bin mir nicht sicher, ob wir das erörtern wollen.«

Treadwell lehnte sich zurück und hob das Gipsbein, um es auf der Sessellehne zu lagern. Draußen brach urplötzlich die Dämmerung an. Der Manikeur war mit Gubiczas rechter Hand fertig und rutschte auf dessen andere Seite, das Tischchen mit sich ziehend. Der Anwalt betätigte einen Schalter auf dem Schreibtisch, und das Licht im Raum wurde heller. Er streckte die Hand aus und zog an der Kette der kleinen Tischlampe auf dem Schreibtisch. Dann hielt er die Handfläche in den Lichtkegel und bewunderte das vollendete Werk des Manikeurs. »Sehr hübsch«, sagte er.

»Aber was ist mit dem, was Medina gesagt hat? Daß mir diesmal niemand glauben wird?«

»Warum solltest du lügen? Warum solltest du dein eigenes geliebtes Haustier töten?« Er legte die linke Hand auf das Tischchen, und der Manikeur begann wieder mit seiner Arbeit. »Nein. Vergiß nicht, die Gesellschaft steht hinter uns. Man wird dir glauben. Du bist von diesen bigotten, rassistischen Polizisten mißhandelt worden … Aber wenn wir nicht einen ziemlich überzeugenden Fall präsentieren, wirst du wegen zweier Morde zur Rechenschaft gezogen, die du auch begangen hast …« Er legte seine Hand über die des Manikeurs und drückte sie. »Du hast nichts gehört, David.« Er wandte sich wieder an Treadwell. »Ganz ehrlich, Fred. Diese Sache könnte deinem Fall sehr zugute kommen.« Beinahe hätte er hinzugefügt: Ich wünschte, ich hätte selbst daran gedacht.

Als Louis Baker zum Parkplatz zurückkam, blieb er vor dem Hof stehen und beobachtete ein paar Jungen beim Basketball. Der Hof lag zwischen seinem – Mamas – Auto und der Stelle, wo er stand. Nach einer knappen Stunde war er überzeugt, daß niemand ihn beobachtete. Aber er konnte sich täuschen … Er hatte die Hand an der Waffe in seiner Tasche, während er den Streifen Niemandsland überquerte.

Er sah verändert aus. Mit dem gestohlenen Geld hatte er im *Vincent-de-Saint-Paul*-Laden ein paar passende Kleidungsstücke gekauft, die Tennisschuhe gegen Wanderstiefel getauscht, eine Jacke der *49er* ausgesucht, eine Sonnenbrille und eine kecke lederne Chauffeursmütze. Auf der Toilette einer Tankstelle in Geary hatte er sich rasiert, erst dann war er zum Auto zurückgekehrt.

Die Adresse kannte er – vor neun Jahren hatte er sie sich ins Gedächtnis gebrannt. Er verließ den Parkplatz von Fillmore, bog nach links ab und machte sich auf den Weg in die Jackson Street, wo Hardy damals gewohnt hatte und vielleicht immer noch wohnte. Und wenn nicht – er würde ihn schon früh genug finden.

Eigenartig, daß Rusty Ingraham und Dido jetzt tot waren – manchmal bestimmte der Zufall, in welche Richtung man ging. Man verließ den Hafen, hatte vielleicht beschlossen, einen bestimmten Weg einzuschlagen, aber dann geschahen irgendwelche Dinge um einen herum, und man fand sich auf einem Kurs wieder, an den man nie zuvor gedacht hatte. Der Wind trieb einen voran, und es war sinnlos, gegen ihn anzukämpfen.

Jetzt wollten sie ihn also wieder wegen Mordes drankriegen, wie früher. Wenn es einen Toten gab, kamen sie immer zuerst zu ihm. Er hatte noch nicht einmal den Geruch der Gefängnisseife herunterbekommen, und schon hatte die Treibjagd wieder begonnen. Okay. Wenigstens wußte er jetzt, woran er war.

Natürlich war es nicht so, wie sie gesagt hatten, aber er hatte ihnen sowieso nie ganz geglaubt. Und doch – er fragte sich, weshalb sie so viel Mühe darauf verwendeten, die Häftlinge von dieser

Lüge zu überzeugen – draußen sei alles anders, wenn sie nur erstmal wieder draußen wären, und es gebe alle möglichen Arten von Organisationen und Leuten, die ihnen helfen würden, den rechten Weg zu gehen. Im ersten Jahr verdrehte man nur die Augen und sagte sich, daß sie einem ja irgendwas erzählen mußten – warum also nicht ein Märchen? Aber dann, nach ein paar Jahren Knast, klangen die Dinge plötzlich, als wären sie möglich. Wie zum Beispiel, daß es draußen Jobs gebe.

Aber keiner der Männer, die aus dem Knast kamen, schien einen dieser Jobs zu bekommen, und das war nur verständlich. Wer stellte schon einen Ex-Sträfling an, wenn er statt dessen jemanden bekam, dem er vertrauen konnte?

Am Ende glaubte man das, was man glauben wollte. Und hier war der Beweis. Louis Baker, seit drei Tagen auf freiem Fuß, brauchte keine guten Absichten mehr, nach denen zu leben ohnehin sehr anstrengend wäre. Jetzt, da er sowieso am Ende war, würde er etwas tun, das ihm ein bißchen Erleichterung verschaffte.

Er parkte am Straßenrand unter der Laterne vor dem alten viktorianischen Gebäude. Im Vorderzimmer brannte eines dieser Lichter, das die Leute brennen ließen, wenn sie nicht zu Hause waren.

Louis stieg aus dem Auto, steckte die Hände in die Jackentaschen, ging hinüber, die Stufen hinauf und klingelte. Er atmete ein paarmal tief durch und umklammerte den Griff der Waffe.

Als niemand antwortete, trat er gegen die Tür, doch ein kurzer Blick verriet ihm, daß es schwer sein würde hineinzukommen – über dem Türknauf war ein sehr neues, sehr massives Schloß.

Aber es entsprach auch nicht seinem Stil, durch die Vordertür zu gehen, und so stieg er die Treppe hinunter und schlich sich an der Seite des Hauses entlang. Er hielt sich dicht bei dem Mäuerchen, das das Haus vom nächsten Gebäude trennte. Drei Fenster gingen auf diese Seite, und alle waren geschlossen.

Als er an der Rückseite angelangt war, versetzte er dem Deckel einer Mülltonne einen Tritt, und der Deckel schepperte ein paar Sekunden lang höllisch, machte ungefähr soviel Lärm wie eine vorbeimarschierende Armee. Mehrere Hunde begannen zu bellen. Louis duckte sich tief in den Schatten und preßte sich gegen die Hauswand.

Die Hunde waren gut, dachte er. Hunde warfen ständig Mülltonnen um. Katzen auch. Sogar Biber. Er würde warten. Das Gefängnis hatte ihn das Warten gelehrt. Bald würde es wieder still sein.

Er reckte den Hals und sah sich um. In etwa fünfzehn Metern Entfernung sah er etwas, das in der Dunkelheit aussah wie ein hoher Zaun. Dahinter erhob sich fünf oder sechs Stockwerke hoch ein Wohnhaus. Aus jedem Stockwerk starrten ihn sechs Fenster an, einige waren erleuchtet, aber er erkannte keine Silhouette, niemand kam, um nachzusehen, was den Lärm verursacht hatte. An den Seiten gab es keinen Zaun, die Gebäude begannen an der Grenze des Grundstücks und könnten den Ort zur aussichtslosen Falle machen – kein Weg führte hinaus, abgesehen von der schmalen Gasse, durch die er gekommen war.

Ein paar Schritte von ihm entfernt war eine hölzerne Veranda. Er ging um den heruntergefallenen Deckel der Mülltonne herum und näherte sich ihr. Ein paar Stufen führten unter die Veranda, zu einer Hintertür, und dort unten gab es zwei dicht nebeneinanderliegende Fenster. Eines stand oben ein paar Zentimeter offen und ließ sich leicht öffnen.

Louis wollte nicht einbrechen. Er wollte herausfinden, ob Hardy noch hier wohnte, und wenn dem so war, abwarten, bis er nach Hause kam. Er schlüpfte durch das Fenster in einen Waschraum und ertastete sich in der Dunkelheit den Weg bis zur Tür. Über ein paar Stufen gelangte er in die Küche.

Seine Augen gewöhnten sich schnell an das Dunkel. Aus dem Wohnzimmer fiel ein wenig Licht durch den Flur. Auf dem Boden vor der Haustür sah er einen Berg Post, die durch den Briefschlitz geworfen worden war. Eine Jane Fowler lebte jetzt offensichtlich hier, und wer auch immer das war – sie war seit mindestens einer Woche nicht hier gewesen.

Er warf die Umschläge zurück auf den Boden und kehrte in die Küche zurück. Er öffnete den Kühlschrank, aber der Inhalt war mager. Ein paar Flaschen Wein, einige von ihnen zur Hälfte geleert, ein Laib Brot, ein paar Plastikdosen, in die nicht einmal genug Essen für ein Kind passen würde. Vier Flaschen mit dunklem Bier.

Er nahm das Brot, eine Flasche Bier und ein Glas Erdnußbutter heraus und durchsuchte die Schubladen neben der Spüle nach einem Messer. Das Licht des Kühlschranks fiel durch die dunkle Küche und auf die Wand neben der Tür zum Flur.

Er kaute auf seinem Sandwich, nahm einen Schluck Bier und erstickte beinahe. Das Zeug war dick, dunkel und schmeckte wie Galle. Er besah sich die Flasche genauer. Er hatte angenommen, es sei Bier, aber es nannte sich Stout und hatte außer der Flasche mit Bier nichts gemeinsam. Er goß es ins Spülbecken.

Er nahm eine der halbleeren Weinflaschen aus dem Kühlschrank und spülte sich den Mund aus. Dann folgte er dem Lichtschein bis zur Tür. Sein Blick fiel auf einen Kalender, und er trat näher. Wie angewurzelt blieb er stehen.

Der – nicht gerade häufige – Name Dismas war im September fünfmal eingetragen. Er lächelte, schluckte den Rest seines Sandwiches auf einmal hinunter und begab sich wieder an die Arbeit.

In einem Alkoven im Flur stand das Telefon. Er riskierte es jetzt, das Licht einzuschalten, er würde nur noch ein paar Minuten lang hier sein. Das Telefon und der Anrufbeantworter standen auf einem selbstgebauten Regal, darunter lagen ein paar Telefonbücher und ein Adressenverzeichnis. Er schlug den Buchstaben *H* auf und hatte schon gefunden, was er suchte. Draußen in den Avenuen, vielleicht zwei Meilen westlich. Es würde ihn nicht mehr als eine Viertelstunde kosten.

Flo spülte das Geschirr, Glitsky saß am Tisch und spielte mit den drei Kindern Monopoly. Die Jungen hießen Isaak, Jakob und O. J. – bis *Esau* war Flo nicht mehr gekommen. O. J. war erst acht, aber er hatte bereits ein Hotel auf dem Spielbrett stehen, und Glitsky saß im Gefängnis und wartete auf einen Pasch. Die Jungen amüsierten sich jedesmal königlich darüber, wenn ihr Vater, der Polizist, im Gefängnis saß. Doch Abe war ganz zufrieden. So mußte er nicht zahlen, und die Jungen würden sich gegenseitig schröpfen, und er bekam vielleicht die Chance, später billig Eigentum aufzukaufen und wieder ins Spiel zu gelangen.

Das Telefon läutete. »Laß es klingeln!« rief Abe, aber Flo hatte schon beim ersten Läuten abgenommen. Er hörte sie sagen: »Einen Moment, er ist nebenan«, dann erschien sie in der Tür. »Arbeit«, sagte sie.

»Wie immer.«

»Aber du bist dran«, jammerte O. J.

»Jake kann für mich würfeln.« Abe drohte seinem ältesten Sohn mit dem Zeigefinger. »Aber wirf keinen Pasch!«

Er ging in die Küche. »Glitsky«, sagte er in den Hörer.

»Sergeant«, antwortete eine Stimme, »hier spricht Paul Ghattas.« Pause. »Aus dem Labor.«

Abe erinnerte sich an den philippinischen Jungen, den er vorhin beschimpft hatte. Aus dem Zimmer drang ein Schrei, offenbar war einer der Jungen auf der Straße eines anderen gelandet, und Flo ging rüber, um zu schlichten. Er hörte, wie sie ihnen sagte, sie sollten still sein. Auch Ghattas sprach, aber Glitsky konnte sich nicht konzentrieren. Er hatte sich vorgenommen, die Truppe so schnell wie möglich zu verlassen und nach Los Angeles zu ziehen und all diese Fälle, um die sich außer ihm niemand sonst zu kümmern schien, sich selbst zu überlassen. »Entschuldigung«, sagte er. »Was haben Sie gesagt?«

Er nahm einen Zettel von dem Block neben dem Kühlschrank und einen Stift und begann, sich Notizen zu machen. Ghattas hatte anscheinend jemanden im ballistischen Institut, den er kannte, dazu überredet, ihm einen Gefallen zu tun, und der hatte Ray Weirs Pistole eindeutig als die Mordwaffe identifiziert. In den Räumlichkeiten hatten sie Maxine Weirs und natürlich Rusty Ingrahams Fingerabdrücke gefunden, aber auf der Lampe waren außerdem die Abdrücke eines kleinen örtlichen Geldeintreibers namens Johnny LaGuardia. Und dann gab es dort einen Fingerabdruck, der Ghattas vollends verwirrte.

»Auf einem Glas aus der Kombüse ist der Abdruck eines Mannes namens Louis Baker. Der klarste Abdruck, den man sich wünschen kann.«

Ein kalter Schauer lief über Glitskys Rücken.

»Das Problem ist: Der Computer sagt, daß Baker in San Quentin sitzt«, sagte Ghattas.

»Der Computer ist nicht auf dem neuesten Stand«, sagte Abe. »Er ist am Mittwoch entlassen worden.«

»Sieht so aus, als hätte er sich gleich wieder an die Arbeit gemacht.«

»Ja, sieht so aus.«

Flo war in die Küche gekommen und sah, wie Abe auf seine Notizen starrte. Sie hörte, wie er dem Mann am Telefon dankte und erklärte, er wisse es zu schätzen, daß es noch Leute gebe, die ihren Job verantwortungsbewußt erledigten.

Er legte auf und blieb eine Minute lang bewegungslos stehen. Flo kam zu ihm und legte die Hand auf seinen Rücken.

»Hardy steckt in Schwierigkeiten«, sagte er. »Baker war auf dem Kahn.«

Hardy fühlte Frannies Hand in seiner Gesäßtasche und das Halfter mit der Waffe unter seinem Arm.

Über die Stadt hatte sich dichter Nebel gesenkt. Sie waren, ohne die Hand vor Augen zu sehen, vom Restaurant, wo sie zu Abend gegessen hatten, drei Straßenzüge den Hügel hinaufgegangen. Bis zu Frannies Wohnung lagen noch drei weitere Straßenzüge vor ihnen. Hardy hatte den Arm um sie gelegt, und sie schmiegte sich im Gehen an ihn.

Er sah den Hügel hinauf. Er wußte, daß überall Straßenlaternen brannten, aber er konnte nur die nächste erkennen, die vielleicht zwanzig Meter von ihnen entfernt war. Während des Dinners, nach all der Euphorie über seinen gelungenen Versuch zu beweisen, daß Rusty wirklich in die Bucht hinausgeschwemmt worden sein könnte, war ihm klargeworden, was das für ihn bedeutete, aber bis dahin hatte er bereits den größten Teil der Flasche Wein getrunken. Jetzt erklärte er Frannie, daß er nicht vorbereitet wäre, wenn Louis Baker in diesem Moment zuschlagen würde.

»Aber er weiß doch nicht einmal, wo du bist.«

»Er hat auch Rusty aufgespürt.«

»Rusty war in seiner Wohnung. Du bist hier.«

Sie gingen weiter. Baker hatte vier Tage Zeit gehabt, ihn zu finden, und allmählich mußte Hardy damit rechnen, daß er irgendeinen Fortschritt gemacht hatte. Es konnte nicht so schwer sein, jemanden zu finden, den man aus dem Leben befördern wollte.

Sie hatten Frannies Straße erreicht. Die Gebäude standen eng nebeneinander, hinter ein paar Wohnzimmerfenstern schimmerte das bläuliche Licht von Fernsehgeräten. Der Wind blies scharf den Hügel hinunter, und sie stemmten sich eng umschlungen dagegen. Hardy hörte, wie etwa zwanzig Meter vor ihnen eine Autotür geöffnet und dann wieder geschlossen wurde, und versuchte, durch die dunklen Nebelschichten eine Gestalt zu erkennen, aber er sah niemanden. In diesem Moment hörte er Schritte, die verhalten über den Asphalt klackten. Sein Arm schloß sich fester um Frannie.

»Warte einen Moment«, sagte er. Sie blieb stehen, und er zog sie in einen Hauseingang, schlüpfte aus der Jacke und legte sie um Frannies Schultern. »Geh zurück und warte an der Ecke«, sagte er.

»Wenn du Geräusche hörst, die nach Schüssen klingen, lauf ins nächste Haus. Klar?«

Er zog seine Waffe aus dem Halfter und starrte in den Nebel, den Hügel hinauf.

»Dismas, was machst du …«

Er legte ihr einen Finger auf die Lippen. »Geh!« Sie ging los, und er sah ihr ein paar Meter nach. Dann rannte er quer über den Bürgersteig, zwängte sich zwischen zwei am Straßenrand geparkten Autos durch, trat auf die Straße und lief den Hügel hoch.

Okay, dachte er, der Kerl ist ziemlich groß, es könnte Baker sein. Er trug einen schweren Mantel und eine Mütze. Hardy schlich an den parkenden Autos entlang und ließ ihn nicht aus den Augen. Er war mit Sicherheit nicht einfach ein unbeteiligter Spaziergänger … Langsam ging er, die Hände in den Manteltaschen verborgen, die Straße entlang, schien sich Zeit zu lassen, sah immer wieder zu den Hauseingängen, suchte womöglich nach einer Adresse …

Hardy war jetzt oben auf dem Hügel, vielleicht noch zehn Meter von Frannies Wohnung entfernt. Er sah kurz zurück, Frannie war um die Ecke verschwunden. Der Mann drehte sich zu Frannies Haustür um, und im Licht der Straßenlampe erhaschte Hardy einen kurzen Blick auf sein Gesicht. Lang genug, um zu erkennen, daß der Mann schwarz war.

Hardy griff nach der Waffe und ging weiter, während der Mann vor Frannies Tür stand und darauf wartete, daß Hardy öffnete, damit er ihn erschießen konnte. Hardy stützte den Arm auf das Dach eines Wagens und richtete die Waffe auf den Rücken des Mannes.

Der Mann klopfte an die Tür.

Hardy legte den Finger um den Abzug. Er fragte sich, ob sie ihm das noch als Notwehr durchgehen lassen würden oder ob er besser rufen sollte, damit Baker sich mit der Waffe in der Hand umdrehen konnte. Hardy hatte in Vietnam einiges erlebt, aber seitdem hatte er nie daran gedacht, jemanden zu töten. Jedenfalls nicht, bis dieser Wahnsinn mit Baker angefangen hatte.

Er sollte einfach abdrücken, und das ganze Problem wäre gelöst. Baker wurde wegen Mordes gesucht, hatte Ingraham getötet, gedroht, Hardy zu töten, und jetzt war er hier. Kein Gericht der Welt würde annehmen, er sei gekommen, um ›Hallo‹ zu sagen. Schieß zuerst, Diz, und überlebe.

Er atmete tief ein und krümmte den Finger. In diesem Moment drehte Abe Glitsky sich um und spähte in die Dunkelheit, die Straße hinunter.

»Gott im Himmel«, murmelte Hardy. Nicht schon wieder. Er sicherte die Waffe, steckte sie zurück in den Halfter und trat auf den Bürgersteig.

»Hallo, Abe«, sagte er, »was führt dich denn her?«

Sie saßen am Küchentisch und tranken heiße Schokolade.

»Das ist Janes Haus!« rief Hardy.

»Tatsächlich?« fragte Glitsky.

»Damals, als Baker ins Gefängnis gegangen ist, haben wir zusammen dort gewohnt.«

Frannie kroch tiefer in Hardys Jackett, das noch um ihre Schultern lag. »Also hat er wirklich nach dir gesucht.«

Hardy nickte.

Sogar Glitsky schien es endlich zu glauben. »Wenn es tatsächlich Janes Haus war ...«

Hardy wiederholte die Adresse, und Glitsky bestätigte sie. Hardy nippte an seiner Tasse.

»Einen Zufall kann man das jetzt nicht mehr nennen, meinst du nicht auch, Abe?« sagte er.

»Ist er tot?« fragte Frannie. »Louis Baker?«

Glitsky schüttelte den Kopf. »Noch nicht.« Er wandte sich an Hardy. »Er hat zwei Kugeln abbekommen und liegt jetzt im County-General-Krankenhaus.«

»Wie haben sie ihn erwischt?«

»Er hat Krach gemacht, das Licht eingeschaltet ... Entweder war er nicht mehr in Übung oder einfach zu selbstsicher. Auf jeden Fall: Ein Nachbar wußte, daß das Haus hätte leer sein müssen, und rief unsere Jungs. Sie haben ihn gestellt, als er gerade herauskam. Er hat sofort geschossen.«

Hardy lehnte sich in seinem Stuhl zurück. »Dann ist es also vorbei«, sagte er. Er schwieg einen Augenblick. Dann berichtete er Abe von seinem Experiment mit der Strömung.

»Ich möchte nicht kleinlich sein«, sagte Abe, »aber auch das beweist noch nicht, daß Rusty tot ist.«

Hardy seufzte. »Nun gut, aber es erhärtet meine Theorie. Das hast du selbst gesagt.«

Glitsky hob die Hand. »Ich will mich nicht streiten. Ich bin auch zufrieden, wenn Baker es war … Er war auf dem Kahn, hatte ein Motiv, eine Waffe – das sollte ausreichen.«

»Bist du hergekommen, um mir das zu sagen?«

Glitsky schüttelte den Kopf. »Ich habe die Einzelheiten erst auf dem Weg hierher über Funk gehört. Hergekommen bin ich, weil ich erfahren habe, daß Baker auf Rustys Kahn war, und dir raten wollte, vorsichtig zu sein.«

»Ich war vorsichtig.«

»Ich weiß«, erwiderte Abe. »Ich bin nicht blind.« Es gefiel ihm nicht, daß Privatleute bewaffnet auf der Straße unterwegs sein konnten, nicht einmal dann, wenn es sich um seinen Freund handelte und der einen Waffenschein hatte. »Wie nah warst du dran, mich zu erschießen?«

»Nicht besonders nah«, entgegnete Hardy.

Frannie füllte Glitskys Becher nach. »Er hatte Angst, Abe. Sie an seiner Stelle hätten auch Angst gehabt.«

»Da hörst du's.« Hardy versuchte zu lächeln, aber er fühlte sich noch immer, als hätte ihm jemand in den Magen getreten. Er wußte nicht genau, ob er wirklich kurz davor gewesen war abzudrücken, doch viel hatte sicher nicht gefehlt.

Glitsky pustete auf seine Schokolade, obwohl sie nicht sehr heiß war. »Bevor ich das mit Baker heute abend erfahren habe, dachte ich, daß ich dir meine Unterlagen vorbeibringe, damit du dich mit anspruchsloser Lektüre ein wenig beruhigen kannst.«

Hardy nahm den Aktenordner. »Was steht drin?«

»Denk daran: Wir wissen erst seit kurzem, daß Baker auf dem Kahn war. Lies es, dann wird dir klar, daß Leute in die Sache verwickelt waren, die noch nie was von dir gehört haben. Erstklassige Verdächtige. Ich dachte, es würde dich ein wenig entspannen und Louis Baker aus deinem Hirn vertreiben.«

»Brauchen Sie die Akte nicht?« erkundigte sich Frannie.

Abe stand auf. »Ich glaube nicht. Nicht mehr.«

»Was ist los, Abe?«

Glitskys Gesichtszüge hatten plötzlich alle Kraft verloren, und man sah ihm seine Resignation an. Seine Augen waren gerötet. »Ich bin fertig damit, Diz. Niemand schert sich noch darum. Du weißt, was ich meine … Alles deutet auf Baker, und höchstwahrscheinlich war er es … Also, warum vergasen wir ihn nicht einfach und haken die Sache ab? Es erinnert mich an diesen Satz aus *Casablanca* … ›Verhaften Sie die üblichen Verdächtigen‹. Das ist keine Polizeiarbeit mehr. Es liegt mir nicht, also scheiß' ich darauf.« Er nickte Frannie zu. »Bitte entschuldigen Sie meine Ausdrucksweise«, sagte er.

Draußen kam Wind auf und drückte gegen die Scheibe. Glitsky schob seinen Stuhl zurück und erklärte, er müsse nach Hause. Hardy und Frannie brachten ihn zur Tür.

»Was geschieht jetzt?« fragte Hardy.

»Was ich gesagt habe: Ich gehe nach Hause. Wir sehen uns morgen, okay?«

Sie sahen ihm nach, wie er, in seinen Mantel geduckt, Richtung Wagen ging, bis er im Nebel verschwunden war. Frannie schloß die Tür. Sie drehte sich zu Hardy. »Und jetzt?«

Hardy saß auf der Couch. Auf dem Teetisch vor ihm lag aufgeschlagen der Ordner mit Glitskys Aufzeichnungen. Frannie duschte. Vage nahm er die Geräusche des fließenden Wassers wahr. Sein Hemd stand offen, und er hatte eine Decke um die Schultern gelegt. Er las vorgebeugt, die Ellbogen auf die Knie gestützt, manches zum erstenmal.

Er gestand es ungern ein, aber jetzt, da Louis Baker ihn nicht länger bedrohte, wiesen die Fakten tatsächlich nicht mehr so eindeutig auf ihn wie zum Beispiel auf Ray Weir, den eifersüchtigen Ehemann, oder sogar auf Hector Medina, der seinen Haß auf Rusty auch nach Jahren noch nicht vergessen hatte.

Außerdem hatte Abe den Namen Johnny LaGuardia notiert und mit drei Ausrufungszeichen versehen, zusammen mit einem Vermerk über dessen Fingerabdrücke auf der umgestürzten Lampe. Hardy hatte den Namen noch nie gehört, nicht einmal von Abe, und er fragte sich, was dieser Mann mit der Sache zu tun hatte, das drei Ausrufungszeichen wert war.

Dann fiel ihm ein, daß auch Louis Bakers Fingerabdrücke auf dem Schlepper gefunden worden waren – in der Kombüse –, und wenn Baker dort gewesen war, hatte er die Tat begangen.

Oder nicht?

Er stand auf, zog die Decke fest um sich und ging auf und ab. Der Nebel hinter dem Fenster schien im Licht der Straßenlaternen zu glühen und bewegte sich in Schwaden sanft den Hügel hinunter.

Hardy dachte an vorhin, sah Abe wieder aus diesem Nebel auftauchen, sah sich mit dem Finger am Abzug … Fast hätte er Abe in den Rücken geschossen. Oder nicht? Die Erinnerung war schon verschwommen … Hätte er geschossen, wenn sich herausgestellt hätte, daß der Mann Baker war?

Ein ums andere Mal wurde Abe für Baker gehalten. Vielleicht sahen sie sogar für Hardy wirklich alle gleich aus.

Aber die Sorge um Louis Bakers Schicksal würde ihm keine schlaflosen Nächte bereiten. Der Kerl war auf dem Kahn gewesen, in Janes Haus eingebrochen und mit Sicherheit noch derselbe Mistkerl wie damals.

»Woran denkst du?«

Frannie war in einen weißen, flauschigen Bademantel gehüllt, hatte ihre Haare schon getrocknet, die sie jetzt wie ein roter Heiligenschein umgaben.

Hardy ging zurück zur Couch, vermied es, ihr in die Augen zu sehen. »Abe würde es ›moralische Erwägungen‹ nennen.«

»Bezüglich was?«

Er wies auf den Tisch. »Dieses Zeug.«

Aber das war nicht alles, und er wußte es. Er setzte sich. Frannie lehnte sich gegen den Türrahmen und verschränkte die Arme.

»Dismas?«

Er wußte, daß er Probleme bekommen würde, wenn er jetzt aufsah, also griff er nach den Papieren und sortierte sie. Frannie trat neben ihn. Er hob den Kopf. Sie bettete die Hände in sein Haar und zog ihn sanft zu sich, öffnete den Bademantel, so daß sein Gesicht auf ihrem Bauch zu liegen kam. Er nahm den Duft von Weiblichkeit und Creme wahr, die Wärme und Festigkeit ihrer Haut, ihr Herz, das darunter schlug.

»Komm«, sagte sie, und er folgte ihr ins Schlafzimmer.

13

Lace war bei Mamas Haus und befestigte Sperrholz über der Fensterscheibe, die Dido eingeschlagen hatte.

Der Nebel, der gestern am späten Abend heraufgezogen war, lichtete sich wieder. Ein leichter Wind zerrte an Laces Flanellhemd. Soweit Lace wußte, hatte seit zwei Tagen niemand im Bereich etwas von Louis Baker gehört oder gesehen. Louis mußte sich bald zeigen, dachte Lace, wenn er noch irgendwelche Ansprüche auf den Bereich geltend machen wollte, denn sonst wäre es zu spät.

Gestern abend – Dido war noch nicht einmal unter der Erde – war Samson, der das Nachbarareal beherrschte, kurz herübergekommen und hatte gesehen, daß niemand hier arbeitete, denn Lace und Jumpup ließen die Dinge ihren Gang gehen und taten wenig.

Lace fühlte sich schlecht wegen Dido. Dido war wie ein großer Bruder für ihn gewesen, sein Beschützer. Lace war sich nicht sicher, wie er mit Louis Baker umgehen sollte, falls der zurückkommen würde. Er mußte auf jeden Fall zuerst einmal sein Vertrauen gewinnen, ihn glauben machen, daß er sein Fähnchen nach dem Wind hängte. Er wollte nicht, daß Baker zu der Ansicht gelangte, er müsse ihn umlegen wie Dido, um sich den Bereich zu sichern. Deshalb hatte er sich entschlossen, zu Mama zu gehen, das Fenster zu reparieren, am Ort des Geschehens auf Neuigkeiten zu warten und den richtigen Zeitpunkt abzupassen. Wenn Louis zurückkommen würde und nicht aufpaßte, könnte ihm etwas zustoßen.

Mama erschien im hinteren Teil der Wohnung, ein Gebirge von Frau in einem bunten Kaftan. Sie hatte Pfannkuchen gebacken, die sie mit Honig und Butter servierte. Lace schlug den letzten Nagel ein und ging in die Küche.

Sie saß am Tisch und zerschnitt die Pfannkuchen, deren Duft den Raum füllte.

»Setz dich, Kind«, sagte sie. »Iß was.«

Lace gehorchte, sog genießerisch den Duft ein, ließ die Butter auf dem heißen Pfannkuchen schmelzen und gab ein wenig Honig oben drauf. Mama schenkte ihm ein Glas Milch ein.

»Die Polizei hat mein Auto zurückgebracht«, sagte sie endlich. »Louis hat nichts dran kaputtgemacht.«

»Haben sie ihn gefunden?«

»Sie haben auf ihn geschossen«, antwortete sie. »Jeder muß immer gleich schießen.«

Lace nickte nur.

»Vermutlich kommt er jetzt wieder in den Knast. Die Polizei sagt, besser für ihn, wenn er nicht überlebt, bei dem, was gegen ihn vorliegt.« Sie schnitt einen weiteren Streifen Pfannkuchen ab und legte ihn Lace auf den Teller. »Sie glauben, er hat Dido umgebracht.«

»Er *hat* Dido umgebracht.«

»Warum sagst du so was?« rief Mama, und einen Moment lang

glaubte er, sie wäre richtig wütend, aber dann fragte sie ruhiger: »Warum glaubst du solchen Müll, Junge?«

Lace mußte eine Weile kauen, ehe er den Bissen hinunterschlucken konnte. Sein Mund war trocken. Er nahm einen Schluck Milch. »Dido ist erschossen worden, und Louis ist abgehauen«, murmelte er.

»Du denkst wie die Polizei«, schimpfte Mama. »Wenn einer abhaut, ist er noch lange nicht schuldig ... Er versucht einfach, aus der Schußlinie zu kommen, das ist alles. Zu einem wie Louis, der früher schlimme Sachen gemacht hat, kommen sie zuerst, weil es so leicht ist, ihm das anzuhängen.«

»Vielleicht.«

»Okay. Und warum hätte Louis Dido umbringen sollen?«

Die Antwort war so naheliegend, daß er Probleme hatte, sie auszusprechen. »Er will den Bereich haben, Mama.«

»Hältst du Louis für so blöd? Er bringt Dido wegen des Bereichs um, und dann haut er ab?«

»Hätte er es nicht getan, hätte er ja nicht abhauen müssen.«

Mama schüttelte den Kopf. »Kind, Kind, Kind. Wo kommst du her? Er mußte abhauen, er hatte keine Wahl.«

Lace widmete sich wieder den Pfannkuchen und dachte, daß die Mama vielleicht sogar recht hatte ... Louis hatte mit Dido gekämpft, und Dido hatte den Krieg fortgesetzt, indem er die Fensterscheibe eingeschlagen hatte. Trotzdem wäre es irgendwie dumm gewesen, Dido zu töten, vor allem, wenn es um den Bereich ging. Es war ungefähr so, als würde er eine Fahne hochhalten, auf der stand: Ich habe es getan. Vielleicht hatte jemand den Krieg zwischen Dido und Louis ausgenutzt, um den einen loszuwerden und den anderen zu vertreiben. Um freie Bahn im Bereich zu haben. Lace mußte darüber nachdenken.

Hardy fuhr mit der Hand Frannies Taille entlang, ehe er aus dem Bett stieg. Sie bewegte sich, gab einen kehligen Laut von sich und schlief wieder ein. Hardy zog die Decke über sie und strich ihr das Haar aus dem Gesicht.

Sie waren den größten Teil der Nacht über wach gewesen, hatten geredet und miteinander geschlafen. Sie waren wie gute, alte Freunde miteinander umgegangen, aber andererseits – Hardy konnte kaum fassen, was vor sich ging. Während er duschte, dachte er wieder an die Nacht, sah vor sich, wie sie sich ein zweites, ein drittes Mal geliebt hatten, und drehte den Kaltwasserhahn auf, um irgendwie zurück in den Tag, in sein wirkliches Leben zu finden.

Sein wirkliches Leben.

Er setzte einen Topf Kaffee auf und fragte sich, was aus seinem wirklichen Leben geworden war, seit Rusty Ingraham im *Shamrock* aufgetaucht war. Bis zu diesem Tag war sein Leben gar nicht so schlecht gewesen – in gewisser Weise, fand er, sogar ganz gut. Jedenfalls besser als während der furchtbaren Jahre, bevor er wieder mit Jane zusammengekommen war. Die Dinge mit Jane hatten sich stabilisiert, er arbeitete als Barkeeper mit angenehmen Arbeitszeiten und hatte meistens Spaß daran …

Auf Partys stellten sie gern diese Fragen nach dem ›Was wäre, wenn …‹, und so fragte Hardy sich jetzt: Was wäre, wenn du in drei Tagen sterben müßtest? Oder in sechs Monaten? Was würdest du dann anders machen? Die Antwort auf den Partys hieß natürlich: ›Ich würde weitermachen wie bisher.‹

Aber jemand hatte ihn glauben lassen, daß er wirklich in naher Zukunft sterben würde, und Hardy hatte nicht weitergelebt wie bisher. Was hatte das zu bedeuten? War er mit seinem bisherigen Leben nicht zufrieden? Und wie stand es mit seinem augenblicklichen Leben? Wenn ihm noch ein Tag bliebe, würde er ihn mit Frannie oder mit Jane verbringen? Oder allein?

Gut, wenn er Glück hatte, blieb ihm mehr als ein Tag, und dann würde er diese Entscheidung nicht treffen müssen.

Die Sonne stand hoch, und der Nebel hatte sich fast vollständig aufgelöst, und Hardy beschloß, daß er, wenn er zurück nach Hause zog – wann immer das sein mochte – auch Kaffee bei *Graffeo's* kaufen würde. Er schmeckte wirklich besser als sein Espresso aus der Dose.

Auf der Fußmatte vor der Haustür fand er die Sonntagszeitung. Er sah hinaus auf die lange Reihe der Autos, die am Straßenrand parkten, und versuchte sich vorzustellen, wie er gestern abend hinter einem dieser Autos gestanden und die Waffe auf Abe Glitskys Rücken gerichtet hatte. Im hellen Sonnenlicht wirkte alles vollkommen anders … Hatte er wirklich auf Abe gezielt? Hatten er und Frannie wirklich miteinander geschlafen? Wie würde das jetzt, im Tageslicht, aussehen?

Er ging zurück in die Küche und schlug die Zeitung auf. Der Bericht auf der Titelseite sprang ihm ins Auge – Hector Medina war wieder in den Schlagzeilen. Fred Treadwell hatte Medina offensichtlich beschuldigt, seinen Hund getötet und ihn selbst mit dem Tod bedroht zu haben. Zwei Spalten waren Hector gewidmet. Die eine berichtete über den Verdacht von vor sieben Jahren, Medina sei ein Killer-Polizist gewesen. Der Fall, hieß es, sei zu den Akten gelegt worden. Hardy war noch zu sehr Polizist und Staatsanwalt, um an dieser Art der Berichterstattung Gefallen zu finden, auch wenn Medinas Unschuldsbeteuerungen ihm verdächtig erschienen waren. In der zweiten Spalte war ein Interview mit Medina abgedruckt, den ein Reporter gestern zu Hause angerufen hatte. Medina hatte im großen und ganzen das Klagelied wiederholt, das er auch Hardy vorgetragen hatte – stehe man erst einmal unter Anklage, könne man die Tat auch begehen, denn jeder behandle einen, als hätte man es getan. Natürlich habe er nie irgendeinen Hund getötet, aber selbst wenn ihm dies wie die dümmste Behauptung vorkomme, die er je gehört habe, glaube jeder, er hätte es getan. Warum hätte er den Hund dieses Mannes töten sollen? Und so weiter und so fort.

Eine Sekunde lang ging Hardy der Gedanke durch den Kopf, daß es sich im Fall Louis Baker möglicherweise ähnlich verhielt ... Louis war ein Verbrecher, also war er an allen Verbrechen, die sich in seiner Nähe ereigneten, schuld, und daraus folgte – wenn man erst einmal unter Verdacht stand, konnte man die Verbrechen auch begehen. Nein. Nicht in Bakers Fall. Sie hatten ihn gefaßt, nachdem er in Janes Haus eingebrochen war, um nach ihm zu suchen. Gott im Himmel ...

Hardy legte die Zeitung beiseite und sah aus dem Fenster. Er fühlte Frannies Hände auf seinen Schultern, die ihn massierten, dann hinunterglitten und auf seiner Brust liegenblieben. Frannie küßte ihn auf den Kopf, und er lehnte sich an sie.

»Hallo«, sagte er.

Sie streichelte seine Brust und richtete sich auf. »Ich liebe dich«, sagte sie, während sie neben ihn auf einen Stuhl glitt, und sah ihm in die Augen. »Und du bist durcheinander.«

Hardy lächelte. »So durcheinander nun auch wieder nicht.«

»Gut.«

»Ich weiß nur nicht mehr, was ich tue, was wir tun, und was das alles zu bedeuten hat.«

»Das geht in Ordnung. Ich weiß es auch nicht.«

Er nahm ihre Hand. »Zufall ist es nicht, das solltest du wissen.«

»Ich weiß es.«

»Ich versuche gerade herauszufinden, was oder wie mein wirkliches Leben ist.«

»Du meinst – Jane oder ich?«

Er schüttelte den Kopf. »Nicht nur das, aber es ist ein Teil davon.«

»Ich habe nicht vor, irgendwelche Rechte anzumelden. Aber ich will, daß du weißt, daß ich dich liebe.«

Hardy sah hinunter auf ihre Hand, die in der seinen lag: Eddies Ring steckte noch an ihrem Finger.

Er wollte ihr vieles sagen – daß man Rechte anmeldete, wenn man jemandem sagte, daß man ihn liebe, daß er nicht wußte, wie er mit seinen Gefühlen für sie umgehen solle, daß er dem Gefühl namens Liebe nicht traue, nur dem Verhalten namens Liebe, und daß er bei ihr das *Gefühl* empfinde. Bei Jane hatte er begonnen zu glauben, daß das Verhalten stimme, und versuchte jetzt – mit wechselndem Erfolg – sich das Gefühl einzureden. Aber das Gefühl für Jane war nicht mit dem Sturm vergleichbar, den er jetzt in seinen Adern fühlte.

Dennoch wußte er, daß er nicht sagen konnte: »Ich liebe dich auch.« Das führte zu oft zu Mißverständnissen.

Statt dessen hob er ihre Hand und küßte sie. »Erinnerst du dich daran, daß ich eben gesagt habe, ich sei nicht so durcheinander?«

Sie nickte.

»Ich habe gelogen.«

Frannie lachte ihr wundervolles Lachen und sah ihn mit funkelnden Augen an. »Oh, Dismas. Laß es uns einfach genießen … Eddie ist tot, und ich vermisse ihn entsetzlich, und Jane ist im Moment nicht in der Nähe. Wir sind zwei Erwachsene, die sich seit einer Ewigkeit kennen und mögen und sich jetzt zueinander hingezogen fühlen.« Sie drückte seine Hand. »Sehr zueinander hingezogen fühlen … Wir haben ein kleines bißchen Zeit geschenkt bekommen, das wir ganz für uns haben können, also laß es uns einfach genießen. Ich versuche nicht, einen Vater für mein Kind zu finden, und du brauchst dich nicht zwischen mir und Jane zu entscheiden, zumindest nicht, bis das wieder anfängt, was du dein wirkliches Leben nennst.«

»Ich habe nie an diese Theorie geglaubt, daß Liebe ein Moment der Ruhe im Fluß der Zeit sei.«

»Was hältst du davon, überhaupt keine Theorie zu haben?«

»Ohne Theorien könnte etwas geschehen, auf das man nicht vorbereitet ist.«

Frannie lachte wieder und schüttelte den Kopf. »Hast du je daran gedacht, daß das Leben einfach geschieht und man nie ausreichend vorbereitet ist?«

»Ja, und das macht mich nervös.«

»Ich weiß. Deshalb willst du alles unter Kontrolle haben. Aber manche Dinge lassen sich nicht kontrollieren – der Mord an Eddie … Michaels Tod … Louis Baker, der dich und mich auf diese Art zusammengebracht hat. Das entzieht sich unserer Kontrolle.«

»Und die gestrige Nacht?«

Jetzt lächelte sie leicht. »Die letzte Nacht war ein Güterzug, der ohne Bremsen einen Abhang hinuntergerast ist, und das weißt du.«

»Und was hat ihn in Gang gesetzt?«

»Daß du an meiner Tür geklingelt hast. Daß ich Eddie geheiratet habe. Daß ich dich kennengelernt habe. In unserem ›wirklichen‹ Leben, wie du es nennst, hatten wir es unter Kontrolle, aber dann ist diese verrückte Sache mit Baker passiert … und daß dein Leben bedroht war. Solche verrückten Sachen passieren eben immer wieder mal.«

»Gut und schön, der Fluß der Zeit wird uns einholen, Jane wird zurückkommen … Ich sollte wieder nach Hause gehen, Frannie, Baker ist gefaßt. Aber warum habe ich nicht das Gefühl, daß es vorbei ist? Daß alles wieder zur Ruhe gekommen ist?«

Frannie beugte sich vor und verschloß ihm den Mund mit einem Kuß. »Weil etwas anderes angefangen hat.«

Hardy stand abrupt auf und ging ins Wohnzimmer, wo die Decke unverändert über der Couchlehne hing und Glitskys Akte noch immer aufgeschlagen auf dem Tischchen lag.

Frannie trat hinter ihn, schlang die Arme um seine Taille, lehnte ihr Gesicht an seinen Rücken. »Der Punkt ist der«, sagte er, »daß alles miteinander verbunden zu sein scheint. Du, ich, diese Baker-Geschichte. Und mein Instinkt sagt mir, daß es noch nicht vorbei ist. Zuviel ist ungeklärt …«

»Mit Baker?«

»Mit Rusty Ingraham. Aber ich frage mich, ehrlich gesagt, ob mein Instinkt nicht einfach meinem Wunsch entspringt, dieses Leben hier mit dir zu verlängern, die Rückkehr ins wirkliche Leben hinauszuzögern.«

Sie strich mit beiden Händen an seinem Hemd hinauf und hinunter. »Was ist unklar, Diz?«

Er nahm die Akte. »Dieses Zeug hier ... Und dann finde ich in der Zeitung von heute einen Kerl, der auch mit der Sache zu tun hat und offenbar in ein Gewaltverbrechen verwickelt ist.«

»Aber haben sie Baker nicht vor Janes Haus gestellt? Und heißt das nicht, daß er hinter dir her war?«

»Zweifellos.«

Sie verschränkte die Arme vor der Brust. »Und?«

»Es heißt nicht, daß er Rusty, Maxine oder den Burschen in der Siedlung getötet hat. Es heißt lediglich, daß er hinter mir her war.«

»Na gut, aber wir können doch davon ausgehen ...«

»Natürlich können wir. Und das habe ich auch die ganze Zeit getan.« Er setzte sich auf die Couch. Frannie trat neben ihn. »Gestern abend hätte ich um ein Haar Abe erschossen. Nein, hör mir zu ... Ich war mir hundertprozentig sicher, daß der Mann vor der Haustür Louis Baker war, der mich töten wollte. Aber ohne *Gewißheit* konnte ich nicht schießen. Gott sei Dank! Irgend etwas hat mich gehindert abzudrücken.«

Frannie setzte sich. Sie fragte, worauf er hinauswolle.

»Wenn ich Louis Baker gestern nacht nicht töten konnte, wie kann ich es jetzt tun?«

»Wie meinst du das?«

»Wenn er wegen der Morde verurteilt wird, kommt er in die Gaskammer.«

»Aber sogar Abe hat eingesehen ...«

»Sicher. Das Problem ist: Abes Instinkt ist nicht immer falsch, meistens hat er sogar recht ... Ich hatte in den letzten Tagen so große Angst, daß ich nur daran interessiert war, meine Haut zu retten, und deswegen auf Baker fixiert war.«

»Und jetzt?«

»Jetzt glaube ich, daß Abe vielleicht recht hatte. Ich bin nicht sicher, ob ich an seiner Stelle – bei allem, was er wußte oder auch nicht wußte – Baker einfach so verhaftet hätte.«

»Aber als Abe wußte, was er jetzt weiß, hat er Baker verhaftet, oder?«

»Nicht direkt. Baker wurde vor Janes Haus gestellt.«

»Aber hat Abe nicht gesagt, er würde weiter gegen ihn vorgehen?«

»Nein. Für mich klang es, als würde er aufgeben. Vielleicht läßt er die Ingraham-Sache fallen und gibt sich damit zufrieden, Baker wegen des Mordes an der Frau oder wegen des Einbruchs dranzukriegen, oder vielleicht nur dafür, daß er gegen die Bewährungsauflagen verstoßen hat. Abe hat genug, das ist alles.«

»Aber Baker wollte dich töten!«

»Versteh mich nicht falsch, Frannie. Was einem Mann wie Louis Baker geschieht, interessiert mich nicht besonders. Aber er sollte nur für das verurteilt werden, was er wirklich getan hat.«

»Laß das die Jury entscheiden. Oder Abe.«

»Jurys können irren, und Abe hat in seiner momentanen Stimmung nicht viel Lust, der Angelegenheit weiter nachzugehen.« Hardy schlug ein paar Seiten in Abes Akte um und beugte sich dann über den Tisch. »Da ist noch was«, sagte er.

Frannie setzte sich auf, legte ihm die Hand auf den Rücken. »Was?«

»Wie ich es auch drehe und wende – ich stecke bis zum Hals mit drin. Angenommen, Baker hat Rusty nicht umgebracht. Laß uns, nur so zum Spaß, weiter annehmen, Rusty ist überhaupt nicht tot. Wenn nun das eine oder das andere oder sogar beides zutrifft, frage ich mich: Was habe ich, Dismas Hardy, eigentlich mit der ganzen Sache zu tun ... es sei denn, man hat mich benutzt?«

»Und wofür?«

Hardy ließ die Akte sinken und lehnte sich in der Couch zurück. »Das ist die Frage.«

Hardy war überzeugt davon, daß es mit Frannies zärtlichen Gefühlen für ihn erst einmal vorbei war, denn daß er Louis Baker im Krankenhaus besuchen wollte, hatte sie wirklich wütend gemacht. Er solle die Sache auf sich beruhen lassen, sagte sie. Aber er fühlte sich noch in Gefahr, denn sollte er tatsächlich benutzt worden sein ... Vielleicht brauchte er auch nur eine Ausrede, um länger in Frannies Wohnung bleiben zu können, oder er fuhr zu Louis, weil er jetzt, da sein Leben allem Anschein nach nicht mehr direkt bedroht wurde, sein Gewissen beruhigen wollte, nachdem er sich nicht gerade sehr ehrenhaft benommen hatte.

Alles war durcheinander und gleichzeitig irgendwie miteinander verbunden.

Er und Frannie hatten ihren ersten Streit gehabt. Sie hatte gesagt, dieses unstillbare Bedürfnis, die Wahrheit zu finden, das Richtige zu tun, habe ihrem Mann das Leben gekostet, und sie werde nicht zulassen, daß Hardy das gleiche widerfahre.

Aber Hardy wußte, daß nicht Idealismus Eddie Cochran vor vier Monaten getötet hatte, sondern ein Kopfschuß, und er wußte auch, daß Eddie auf den Mann, der geschossen hatte, sowenig Einfluß gehabt hatte wie auf den Wind. Eddie war von dem Wunsch beseelt gewesen, etwas aus seinem Leben zu machen, und jemand hatte es abrupt und völlig sinnlos beendet. Wenn es Frannie half zu glauben, daß Eddies Idealismus ihn in Dinge verwickelt hatte, die ihn schließlich in der Dunkelheit der Nacht zu jenem einsamen Parkplatz geführt hatten, akzeptierte Hardy das. Doch er wußte, daß es der Wille eines anderen Menschen gewesen war, Eddies Leben zu beenden, nicht sein eigener.

Hardy verdrängte diese Gedanken, als der Wärter ihn ins Krankenzimmer von Louis führte. Er hatte Abe von Frannie aus angerufen, und Abe hatte ein Gespräch mit Baker für ihn vereinbart, obwohl er nicht einverstanden war. Hardy hatte ihm versprechen müssen, die Waffe nicht mitzunehmen.

Selbst mit den Schläuchen in den Armen und der Sauerstoffmaske über der Nase wirkte Baker noch furchterregend. Hardy trat ein Stück vom Bett zurück und vergewisserte sich, daß der Beamte an der Tür stand.

Er konnte Baker nicht einordnen, erinnerte sich nicht mehr, wie er vor neun Jahren ausgesehen hatte. Ein großer Schwarzer. Er hatte viele große Schwarze angeklagt.

»He, Louis«, sagte er.

Baker versuchte mühsam, die Augen zu öffnen. Er war noch ein wenig betäubt, schien Hardy aber zu erkennen. Seine Augen, die braune Iris, auch das Weiße darum, hatten einen Stich ins Gelbliche. »Wenn der Berg nicht zum Propheten kommt …« sagte er und schloß die Augen wieder.

Hardy zog seinen Stuhl nah zu Baker heran. »Ich hoffe, Sie kriegen einen besseren Anwalt als das letztemal«, sagte er. Er wartete vergeblich auf eine Reaktion. Vielleicht war Baker wieder eingeschlafen. Unbeeindruckt fuhr Hardy fort: »Denn wenn Sie sich von diesem tragischen Unfall erholt haben, der Sie ins Krankenhaus gebracht hat, wandern Sie in ein kleines grünes Zimmer, wo die Luft wirklich schlecht ist. Das einzig Gute daran ist: Sie brauchen sie nicht sehr lange einzuatmen.«

Baker schlug die Augen auf. »Da wir von schlechter Luft sprechen ...«

»Man sagt zwar, das Gas sei schmerzlos, aber es kursieren unangenehme Geschichten von Leuten, die es einatmen, und dann fliegt ihr Kopf zurück und die Augen treten heraus wie bei einer Rauchvergiftung. Klingt scheußlich, finden Sie nicht? Aber ich glaube, es dauert nicht lange.«

»Für Einbruch komme ich nicht in die Gaskammer.«

»Ich scheiße auf den Einbruch. Ich spreche von den Morden.«

»Ich habe keinen Mord begangen.«

»Sie haben Rusty Ingraham nicht ermordet? Sie brauchen einen verdammt guten Anwalt.«

»Ich habe Rusty Ingraham überhaupt nicht gesehen. Das habe ich dem Polizisten schon gesagt.«

»Und wie Sie wissen, hätte er Ihnen gerne geglaubt, aber als man Ihre Fingerabdrücke in Rustys Wohnung fand, wurde er skeptisch. Kennen Sie das Wort ›skeptisch‹, Louis? Es bedeutet, daß er glaubt, Sie stecken voll in der Scheiße.«

Baker schloß die Augen wieder.

»Sind Sie müde, Louis? Wollen Sie, daß ich gehe? Wir haben Sie auf Rustys Kahn erwischt, wir haben Sie in der Siedlung erwischt, wir haben drei Morde, die Ihre Unterschrift tragen.« Hardy bemerkte eine Bewegung unter Bakers Lidern. Er schien nachzudenken.

Seit er seinen Job bei der Staatsanwaltschaft aufgegeben hatte, hatte Hardy niemanden mehr offiziell verhört, aber das Gespür dafür verlor man nicht. Auf gewisse Weise machte es ihm sogar Spaß, daß Louis vermutlich annahm, er sei noch immer Staatsanwalt.

»Drei?« Baker öffnete die Augen und richtete sich ein wenig auf. »Wieso drei? Versuchen Sie, mir alle Morde der vergangenen Woche anzuhängen? Was ist los, haben Sie keinen anderen, der auf Bewährung draußen ist?«

Das Sprechen bereitete Louis Mühe, er mußte sich wieder hinlegen und rang nach Atem.

»Ich lasse mir nichts zuschulden kommen, aber Sie beschließen, daß ich zurück in den Knast komme ...«

»Woher haben Sie die Pistole, Louis? Sie haben auf Polizisten geschossen, haben einen Einbruch begangen – das nennen Sie ›nichts‹?«

Louis winkte ab. »Ich habe niemanden getötet.«

Hardy lehnte sich im Stuhl zurück. Natürlich leugneten die meisten Mörder anfangs ihre Morde. Deshalb mußte er mit Louis streiten, reden, benutzen, was er hatte, um das Gespräch in Gang zu halten.

»Sie haben Rusty Ingraham getötet, Sie haben die Frau auf seinem Kahn getötet, und Sie haben den Jungen in der Siedlung getötet.«

»Was für eine Frau auf Rustys Schlepper?«

»Ihr Name war Maxine Weir.«

»Da war keine Frau …« Louis brach abrupt ab, schloß die Augen, sank zurück.

Hardy beugte sich vor. Er lächelte jetzt. »Aha«, sagte er.

»Ich will meinen Anwalt.«

Hardy beugte sich noch weiter über ihn und flüsterte ihm ins Ohr: »Scheiß drauf, Louis. Scheiß auf deinen Anwalt. Hier sind nur du und ich.«

»Ich werde Sie anzeigen.«

»Ich werde alles leugnen, und wer würde dir schon glauben?«

Louis versuchte, sich im Bett aufzurichten, bekam einen Hustenanfall, und die Sauerstoffmaske rutschte von seiner Nase. Hardy stand auf und schob den Stuhl zurück, während der Wärter kam und einen Knopf am Bett drückte. Als die Krankenschwester erschien, hustete Louis nicht mehr. Er lag so still, als wäre er tot.

Die Krankenschwester richtete die Sauerstoffmaske und prüfte die Verbände um Brust und Oberschenkel. Hardy sah Blut unter den Verbänden. Ein dünnes Rinnsal rann aus Bakers Mund, und Hardy vernahm ein leises, gurgelndes Geräusch. Bakers Atem.

Die Schwester wandte sich an ihn. »Er sollte wirklich nicht sprechen.«

Aber Hardy war fest entschlossen, den Vertreter der Anklage zu spielen, bis ihn jemand erwischte. »Fünf Minuten. Er ist des Mordes verdächtig.«

»Wollen sie, daß er lebendig vor Gericht gestellt wird?«

Hardy sah erst Baker, dann wieder die Schwester an. »Nicht unbedingt. Aber ich werde mich kurzfassen.«

Er schob den Stuhl wieder vor, während die Schwester mit dem Wachbeamten sprach.

»Also, wo waren wir?« fragte Hardy. »Ach ja, Ingrahams Boot.«

Baker rang nach Atem, als wäre er gerannt. »Da war keine Frau«, sagte er.

»Sergeant Glitsky haben Sie erzählt, Sie wären nicht dort gewesen.«

»Er hat mich verdächtigt, er glaubt, ich hätte den Typ ermordet.«

»Richtig.«

»Der Typ hat mich mitgenommen.«

»Wer?«

»Ingraham.«

»Rusty Ingraham hat Sie in seine Wohnung mitgenommen? Das soll ich glauben?«

»Glauben Sie, was Sie wollen, ich erzähle, was passiert ist.«

»Okay. Also, was ist passiert?«

»Ich bin aus dem Bus gestiegen, da stand der Kerl und wartete schon. Er kam zu mir und sagte: Kommen Sie, wir machen eine kleine Fahrt. Ich wollte weitergehen, aber er hat mich gezwungen.«

»Wollen Sie mir erzählen, Rusty Ingraham habe eine Waffe auf Sie gerichtet?«

Baker nickte. »Er hat mir eine Waffe gezeigt, also bin ich mit ihm zu seinem Auto gegangen. Ich dachte, er erschießt mich, aber dann sind wir ungefähr zweieinhalb Meilen weit bis zu diesem Kahn gefahren. Er hat gesagt, er hätte gehört, daß ich jetzt versuchte, ein braver Bürger zu sein. Gutes Benehmen im Knast und all das. Wir haben auf seiner Couch gesessen und Wasser getrunken, und er hat gesagt, daß er hofft, das alles ist wahr, aber wenn es nicht wahr ist, will er, daß ich weiß, wo er wohnt, damit ich niemals in seine Nähe komme. Denn wenn ich dort auftauche, schießt er, und es ist Notwehr, und dann fragte er, ob ich das verstanden hätte.« Wieder entrang sich seiner Kehle ein gurgelnder Laut. Mit verzerrtem Gesicht schluckte er ein paarmal.

»Und dann?« fragte Hardy.

»Dann bin ich gegangen. Ich bin herumgelaufen, nur weg von da. Ich bin ein freier Mann.«

Der Beamte kam herein. »Noch zwei Minuten, sagt die Schwester.«

Hardy stand auf und sah auf Baker hinunter. Der schluckte noch immer, und auf seiner Stirn schimmerte ein dünner Schweißfilm. Er öffnete die Augen. »Ich habe niemanden umgebracht«, sagte er.

Der Beamte verdrehte die Augen. »Das sagen sie alle, was?«

14

Mit dem Spazierstock in der Hand trat Angelo Tortoni aus der Kirche ›Saint Peter and Paul‹ auf den Washington Square. Seine Frau Carmen hatte sich bei ihm eingehakt, die beiden Söhne, Matteo und Franco, gingen einer vor, einer hinter ihnen. Sie stiegen die Stufen hinunter.

Tortoni ging langsam, genoß den schönen Morgen und das Geschwätz seiner Frau. Carmen war fast doppelt so umfangreich wie er, aber nicht fett. Er bezeichnete sie gern als stämmig – gute, solide Beine, ein fester, runder Hintern, eine kräftige Taille und Brüste wie Melonen. Sie war zwanzig Jahre jünger als er, stammte aus Italien, war gut erzogen und sehr leidenschaftlich und besaß auch nach Jahrzehnten noch ein vermutlich angeborenes Gespür für das, was ihren Mann glücklich machte.

Angelo hatte schon öfter gedacht, seine Frau würde ihn eines Tages umbringen mit ihrer Energie, aber dann war ihm klargeworden, daß ihre Begeisterung ihn jung hielt. Sie war wunderbar hemmungslos, wenn sie ihm sein Vergnügen verschaffte wie gestern nacht oder verlangte, daß sie ihren Spaß bekam, was Angelo nur fair fand. Er glaubte nicht, daß es viele Frauen gab, die ihn sooft erregen konnten wie Carmen, der es auch dann gelang, ihn auf Touren zu bringen, wenn er glaubte, keine Lust zu haben.

Die kleine Gruppe überquerte den Platz und bog an der Powell Street zum Fior d' Italia ab. Der Sonntag gehörte Gott und der Familie. Carmen war glücklich – Angelo würde nach dem Lunch zu Hause sein, ein paar Nachbarn würden vorbeikommen, um ihm ihren Respekt zu bekunden und ihn vielleicht um einen Gefallen bitten. Sie würden Angelo Tortoni in sanfter Stimmung vorfinden.

Angelo wandte den Kopf, nickte und lächelte über eine Bemerkung seiner Frau. Fast scheu hielt sie den Kopf gesenkt, drückte seinen Arm. Sie gingen noch langsamer den Hügel hinauf in Richtung Grant Avenue. Angelos Beine waren so gut wie die jedes anderen Mannes, aber er genoß es, den Eindruck zu erwecken, er werde allmählich gebrechlich. Das würde seine Feinde unvorsichtig machen, und das konnte ihm eines Tages von Nutzen sein. Außerdem hatte er bemerkt, daß es auch in einer anderen Hinsicht eine ausgesprochen vorteilhafte Wirkung hatte, alles langsam zu tun: Es verlieh seinen Worten Gewicht und seinem Urteil Endgültigkeit. Eine leise Stimme, ein Flüstern waren ebenfalls hilfreich.

Wenn man die Stimme nicht hob, mußten die Leute näherkommen, sich konzentrieren, auf jede Silbe lauschen. Das bedeutete Macht.

Franco rannte vor und öffnete das Tor in der weißen Mauer, die ihr Haus umgab. Sie betraten den kleinen Vorhof und warteten dort, bis Franco die neun Stufen hinaufgelaufen war und die Haustür geöffnet hatte. Angelo, das stete Summen von Carmens Stimme im Ohr, freute sich, daß seine Söhne sich ganz von selbst um die Sicherheitsvorkehrungen kümmerten.

Carmen war keine Klatschbase oder Schwätzerin, aber sie liebte das Gespräch auf dem Heimweg nach der sonntäglichen Messe. Es gab ihr das Gefühl, alle Neuigkeiten, die ihr entgangen waren, von ihrem Mann zu erfahren, auch wenn er kaum eine Antwort gab, höchstens nickte oder ihr die Hand tätschelte. Und es gab ihr das Gefühl, seinen Alltag mit ihm zu teilen. Nichts, so wußte Tortoni, war von der Wahrheit weiter entfernt als das, denn Carmen hatte von seinem Alltag so gut wie keine Ahnung. Sie glaubte, er sei als Berater für Menschen mit Problemen tätig, als Menschenfreund für die, die Hilfe brauchten, und im Ältestenrat der *Knights of Columbus*.

Der Vorbau lag im Sonnenlicht, das gefärbte Glas über dem Eingang schimmerte bunt, und Angelo nahm den Duft von geröstetem Lamm aus der Küche wahr. Knoblauch und Rosmarin ... Er half Carmen aus dem Mantel, küßte sie auf den Nacken und übergab den Mantel einem seiner Männer. Da sah er Pia, das Hausmädchen, in der Tür zum Wohnzimmer stehen und die Hände ringen. Carmen tätschelte Angelo den Arm und ging hinüber, um in schnellem Italienisch mit ihr zu sprechen. Vielleicht hatten sie den Lunch anbrennen lassen oder vergessen, etwas einzukaufen. Es war schon in Ordnung, was immer es war.

»Im Arbeitszimmer wartet eine Frau, die dich sprechen will«, sagte Carmen.

Tortoni verzog das Gesicht. »Jetzt?« Er warf Pia einen scharfen Blick zu. Er kannte keine Frauen, und schon gar keine, die es wagen würden, an einem Sonntag vor zwölf Uhr in seinem Haus aufzutauchen. »Kennen wir sie?«

Carmen sprach italienisch. »Pia konnte sie nicht wegschicken, sei nicht böse. Die Frau sieht aus, als sei sie geschlagen worden. Sie bittet um deine Hilfe.«

Tortoni erklärte Pia, daß sie richtig gehandelt habe. Er würde also mit der Frau sprechen, herausfinden, worum es ging.

Er nickte Matteo zu, der ins Arbeitszimmer ging, um zu prüfen, ob die Frau eine Schußwaffe oder ein Messer bei sich hatte. Tortoni bat Pia, ihm seine Flasche und zwei Gläser *Lacrima Christi* zu bringen, den süßen, goldenen Wein, den er jeden Sonntag nach der Messe trank. Er zog den Mantel aus, stellte den Stock neben die Tür in den Schirmständer, drehte sich um und küßte Carmen auf beide Wangen. »Ti amo«, sagte er. Dann fiel er zurück ins Englische: »Es wird nicht lange dauern.«

Das Arbeitszimmer war dunkel, doch selbst im Dämmerlicht erkannte Angelo auf den ersten Blick, daß die Frau überwältigend schön war. Sie hatte versucht, die Schwellungen auf ihrer Wange mit Make-up zu überdecken, aber ein Auge war ebenfalls geschwollen, und die vollen roten Lippen waren aufgeplatzt. Man wünschte sich unwillkürlich, sie küssen zu dürfen, um den Schmerz zu lindern. Sie trug einen leichten hellbraunen Rock, der ihr jetzt, wo sie saß, gerade bis über die Knie reichte. Ihr Haar war zurückgebunden und an der Seite mit einem Perlmuttkamm zusammengehalten. Sie erinnerte Angelo an seine Frau am Tage ihrer Hochzeit. Er schickte Matteo hinaus. Die Tür wurde geschlossen, sie waren allein.

Er ging mit gleichmäßigen Schritten zur Couch. Eigentlich hatte er vorgehabt, hinter seinem Schreibtisch Platz zu nehmen, aber nachdem er sie gesehen hatte, wollte er keinen künstlichen Abstand zwischen sich und diese Frau bringen.

Jalousien aus hölzernen Lamellen, die vor allen Fenstern heruntergelassen waren, sorgten für angenehm dämmriges Licht. Als Tortoni die Lamellen einer Jalousie waagrecht stellte, zeichneten horizontale Lichtstrahlen eine leuchtende Leiter auf den Teppich.

Sie stand auf und sank vor ihm auf ein Knie, nahm seine Hand und küßte den Handrücken. Sie war eindeutig gut erzogen.

Sie sprachen italienisch.

»Wie heißen Sie?«

»Doreen Biaggi.«

Er klopfte neben sich auf die Couch, sie setzte sich und richtete ihre Kleidung, dann wandte sie sich ihm zu. Sie saß jenseits des einfallenden Lichtes, das zwischen ihnen lag. Tortoni hob die Hand und strich ihr sanft über das mißhandelte Gesicht.

»Wer hat Ihnen das angetan?«

An der Tür klopfte es. Angelo blieb sitzen. »Vieni.«

Pia trat mit einer Flasche und zwei Gläsern ein. Er wies sie an, die Flasche in den silbernen Behälter auf dem Schreibtisch zu stellen. Sie schenkte – wie es der Höflichkeit entsprach – nur ein Glas ein und reichte es ihm, aber er wies mit der linken Hand auf die Frau, und sie gab das Glas Doreen. Nachdem Pia auch ihm ein Glas eingeschenkt hatte, ging sie wieder und schloß leise hinter sich die Tür.

Angelo streckte die Hand mit dem Glas aus, sie hob das ihre, sie stießen an, tranken. Prismen von geschliffenem Kristall tanzten im Zimmer. Er bemerkte, daß sie das Glas im Schoß mit einer Hand am Stiel hielt, die andere lag auf ihrem Bauch. Sie folgte seinem Blick nicht.

»Bitte verzeihen Sie, daß ich Sie am Tag des Herrn störe.«

Angelo winkte ab. »Wie kann ich Ihnen helfen?«

»Ich schulde Ihnen Geld, und ich schulde Ihnen Dankbarkeit.«

Er nickte. Das war ein guter Anfang. Sie war nicht hier, um sich über die Leihgebühr zu beklagen.

»Und ich habe große Angst.«

Angelo nippte an seinem Wein. Er sah, wie ihre Unterlippe zu zittern begann, aber sie hatte sich schnell wieder unter Kontrolle und atmete tief ein.

»Hier brauchen Sie keine Angst zu haben«, sagte er.

Sie sah auf ihren Schoß. Als sei sie überrascht, das Weinglas dort zu finden, hob sie es an die Lippen. »Ich möchte Ihnen das Geld zurückzahlen …« Sie zögerte. »Aber ich muß … muß um andere Bedingungen bitten.«

Angelo war verwirrt. Nach seinem Gespräch mit Johnny war er sicher gewesen, die Dinge würden sich jetzt regeln. »Ist die Leihgebühr zu hoch?«

Sie schüttelte den Kopf, blieb stumm sitzen. In ihr geschwollenes Auge trat eine Träne. »Darum geht es nicht. Ein paar Wochen lang konnte ich die hundert Dollar pro Woche bezahlen. Danach …« Sie hielt inne, riß sich zusammen. »Danach habe ich keine Gebühr mehr bezahlt. Johnny LaGuardia …« Sie blickte auf, ihre großen, braunen Augen schwammen in Tränen. »Johnny …« Ihr Widerstand brach zusammen, und sie begann zu weinen.

Angelo nahm ein fleckenloses weißes Baumwolltaschentuch aus seiner Hemdtasche und berührte ihr Gesicht damit. Er sah zu, wie sie sich zu sammeln versuchte, und fügte währenddessen die Puzzlesteine zusammen. Zorn stieg in ihm hoch. Johnny hatte andere Kunden geschröpft, um Doreens Gebühr zu begleichen. Wenn sie ihre hundert Dollar nicht aufbringen konnte, hieß das, daß er auf eigene Faust andere Kunden ausnahm – vielleicht den auf mysteriöse Weise verschwundenen Rusty – und es sich von Doreen auf andere Art zurückholte.

Doreen schneuzte sich, wischte die Tränen fort. »Mi scusi, Mr. Tortoni.«

Am schlimmsten war, daß Johnny LaGuardia ihm Doreen Biaggi als ein Geheimnis vorenthalten hatte. Eine Frau wie sie, in ihrer Situation, konnte für Angelo unbezahlbar sein. Vielleicht nicht im direkten Sinn, dazu hatte sie zuviel Klasse. Aber zweifellos konnte eine Frau mit ihrer Grazie und ihrer Erziehung, ihrem Aussehen und ihrem Auftreten irgendwie eingesetzt werden – um einen Verbündeten zu gewinnen, einen Feind zu schwächen, einen Konkurrenten im legalen Geschäft zu blenden. Vielleicht sogar, um sie mit einem Sohn zu verheiraten.

Angelo rückte näher zu ihr. Er wußte, daß das Sonnenlicht jetzt auf sein Gesicht fiel. Doreen sah verlegen in ihren Schoß, knüllte sein Taschentuch um den Stiel des Glases. Er betrachtete ihr Gesicht genauer. Sogar jetzt, dachte er, mit all den Schwellungen, war es von engelhafter Schönheit. Die Liebe und die Loyalität einer solchen Frau wären ein Geschenk Gottes. Er wußte, er konnte sie umsonst bekommen, denn Johnny hatte bereits genug Gebühren für sie bezahlt, um die Kreditsumme abzudecken – er würde nicht einmal viel Geld verlieren.

Er hob ihr Kinn und drehte ihr Gesicht zu sich. Er küßte sie auf die wunden Lippen, dann auf beide Wangen. Zärtlich rieb er mit dem Daumen eine Tränenspur unter ihrem linken Auge fort.

»Sehen Sie mich an«, sagte er.

Sie blickte auf. Johnny hatte ihr fast das ganze Gesicht zerbrochen. Angelo lächelte. »Wollen Sie mit mir und meiner Familie essen?« Er strich ihr mit der Hand über den Hals, die Schulter, ließ sie an der Seite unter ihrem Arm liegen und spürte die volle Rundung ihrer Brust, als er sie ein wenig von sich drückte, um sie besser ansehen zu können. »Von diesem Moment an«, sagte er, »schulden Sie mir nichts mehr. Nur ein Lächeln auf Ihrem schönen Gesicht.«

Er berührte ihren Mundwinkel mit einem Finger und hob ihre Lippe wie bei einem Baby. »Ein kleines Lächeln«, wiederholte er.

Sie versuchte es, und er berührte ihre Lippen erneut. Als das Lächeln sich endlich zeigte, brach es ihm fast das Herz.

Er würde sich Johnny LaGuardia vornehmen müssen.

Flo Glitsky und Fannie Cochran spülten zusammen das Geschirr ab und beobachteten Dismas und Abe, die draußen auf dem kleinen Spielplatz waren. Der Platz grenzte an den Hinterhof, den sich die Glitskys mit den Mietern in der unteren Wohnung teilten. Nach O. J.'s Geburt waren sie in das Doppelhaus gezogen, ein eigenes Haus hatten sie sich von Abes Gehalt in San Francisco bisher nicht leisten können.

Inzwischen wäre das völlig unmöglich, doch wenigstens war die Miete des Doppelhauses gesetzlich limitiert, und sie bezahlten weniger als die meisten Leute, die sie kannten. Flos Traum vom eigenen Haus würde sich nicht erfüllen, aber sie hatte ihre drei gesunden Söhne und ihren Mann, der sie liebte, und wenn dies der Preis dafür war, so war sie bereit, ihn jeden Tag von neuem zu bezahlen.

»Ziehen Sie wirklich fort?« fragte Frannie.

Flo stellte sich diese Frage seit zwei Tagen. Sie hatte Abe noch nie so verzweifelt gesehen. Er hatte sich bei der Polizei von Los Angeles beworben und sprach über den Umzug, als sei alles schon geregelt. Aber wenn Abe die Miete hier schon für hoch hielt, dachte Flo, dann hatten sie in Los Angeles keine Chance.

Sie hatte außerdem gehört, daß die öffentlichen Schulen dort in schlechtem Zustand seien und die Lehrer eher Aufsichtsbeamten glichen, deren Arbeit darin bestand, die Kinder bis drei Uhr nachmittags drogenfrei und von der Straße fernzuhalten. Privatschulen mochte Flo nicht, und ganz abgesehen davon, konnten sie sich auch keine leisten. Doch alle ihre Söhne sollten eine gute Ausbildung erhalten.

Flo schüttelte den Kopf. »Ich lasse Abe Zeit herauszufinden, was er herausfinden muß, dann treffen wir eine Entscheidung.«

»Ja«, sagte Frannie, »so haben Eddie und ich es auch immer gehandhabt. Meine Wünsche, seine Wünsche, hin und her, bis wir uns irgendwo trafen.« Sie säuberte einen Teller. »Ich bin es nicht mehr gewöhnt. Es fehlt mir.«

Flo nahm den Teller und trocknete ihn. »Wie lange ist es her?«

»Viereinhalb Monate.«

Wie alle Ehefrauen von Polizisten, die Frannie kannte, erlaubte es sich auch Flo nicht oft, daran zu denken, daß sie ihren Mann verlieren könnte. Es war eine Möglichkeit, die sein Beruf mit sich brachte, und sie mußte sie akzeptieren und damit leben, wenn sie mit Abe zusammenbleiben wollte.

»Sie tragen es besser, als ich es könnte«, sagte Flo.

Abe trat nach dem Boden unter der Schaukel. Seine Arme waren um die Ketten geschlungen, und durch den Tritt geriet er ins Trudeln. Er sah Hardy an, dann wandte er sich wieder ab.

»Wie willst du ein guter Polizist sein, wenn du dir keine Mühe mehr gibst?«

»Wer gibt sich denn noch Mühe?«

Hardy wartete, bis Abe sich ihm wieder zuwandte. »Ungefähr vier Leute, würde ich sagen, und du warst immer einer davon.«

Glitsky drehte sich mit der Schaukel hin und her und schüttelte den Kopf. »Von jetzt an bin ich ein richtiger Polizist – ich mache das, wofür ich bezahlt werde. Das Gesetz hüten.«

»Und die hohen Tiere entscheiden?«

»Genau.«

Hardy machte am Gerüst der Schaukel ein paar Klimmzüge. Wie Kinder spielten die beiden Männer auf dem Spielplatz.

»Lanier organisiert die Übergabe«, sagte Abe. »Sie geben McFadden meine Fälle, weil der neben mir der zweite ist, der allein arbeitet. Baker wird verurteilt, wie es sich gehört, und die Ordnung des Kosmos ist wieder hergestellt.«

Hardy hängte sich an das Gerüst. »Liest du Shakespeare?«

Glitsky rutschte von der Schaukel. »Kritizismus – *Der tragische Irrtum* von Krutch. Du solltest mal reinsehen. Er sagt, es könne keine Tragödie ohne den Glauben an eine endgültige Ordnung geben, die zerstört und neu errichtet werden kann. Er nennt diesen Glauben ›Zeitgeist‹.«

»Zeitgeist!« fragte Hardy.

»Ein deutsches Wort.«

»Weiß ich, Abe, ich habe einen Hochschulabschluß.«

»Er sagt, es gebe keine modernen Tragödien, weil wir nicht mehr an die Bedeutung des Individuums glauben. Weil niemand, der Mist baue, die Ordnung des Kosmos zerstören könne, könne auch niemand eine Erleuchtung haben und ihn wieder aufbauen.«

»Genau daran habe ich gestern gedacht.«

Glitsky warf einen Seitenblick auf seinen Freund. »Wie sind wir überhaupt darauf gekommen?«

»Du hast gesagt, Louis Bakers Verurteilung würde die Ordnung des Kosmos wiederherstellen.«

Glitsky nickte. »Ja, richtig. Komm, holen wir uns noch ein paar Bier.«

Sie gingen zum Haus zurück. Hardy fing wieder an: »Ich verstehe immer noch nicht, weshalb Baker von dem Mädchen nichts wußte …«

»Vielleicht hat er sich so sehr auf Rusty konzentriert, daß er Maxine überhaupt nicht bemerkt hat.«

»Er hat die nackte Frau nicht gesehen, auf die er dreimal geschossen hat?«

Glitsky blieb an der Haustür stehen, und sie standen eine Weile schweigend mit den Händen in den Hosentaschen auf der Veranda. Irgendwo in Hörweite, vielleicht vor dem Haus, spielten die Jungen. Hardy war überrascht, als er seinen Atem in der Luft hängen sah. Plötzlich war es kalt geworden. Das Hochdruckgebiet hatte den Himmel fast violett gefärbt.

»Okay, also hat er sie bemerkt«, sagte Glitsky.

»Aber das ist doch der Punkt, Abe. Baker hat gesagt, er habe keine Ahnung, wovon ich spreche, als ich ihm erzählte, eine Frau sei auf Rustys Schlepper ermordet worden. Und er klang überzeugend, sogar für meine Ohren.«

Glitsky zuckte die Schultern. »Er hat gelogen.«

»Glaube ich nicht.«

»Das ist dein Problem.«

»Wenn er nicht gelogen hat, bedeutet das, daß er nicht dort war, als Rusty erschossen wurde.

»Diz, seine Fingerabdrücke waren dort.«

»Gott im Himmel, Abe, meine Fingerabdrücke waren auch dort.«

»Aha.« Abe hob den Zeigefinger. »Eine weitere heiße Spur in diesem Fall.«

»Du hast gut lachen.«

»Allerdings, Diz. Erinner dich: Gestern noch warst du der personifizierte Zorn des Volkes, der nach Louis Bakers Blut schrie. Und ich, bei aller Bescheidenheit, war der Repräsentant von Recht und Gesetz unserer Gesellschaft …«

»Hast du ein Paar Stiefel?«

»Wie bitte?«

»Ich gerate immer tiefer in diese Sache und werde bald Stiefel brauchen.«

Glitsky legte seinem Freund den Arm um die Schultern. »Ich werde dir etwas sagen: Wir, die Polizei, können nicht nach Lust und Laune der Öffentlichkeit, die wir schützen sollen, herumspringen. Das, alter Kumpel, schließt dich mit ein. Gestern warst du davon überzeugt, daß Louis Baker alles getan hat, was du dir nur vorstellen konntest. Und heute? Heute willst du, daß ich andere Verdächtige überprüfe, nachdem ich gerade herausgefunden habe, daß Louis Baker tatsächlich aus gutem Grund verdächtigt werden muß: die Fingerabdrücke auf dem Kahn. Er war dort, hatte ein Motiv, die Gelegenheit, ist inzwischen der Verdächtige Nummer eins – und jetzt willst du, daß ich ihn fallenlasse? Ein bißchen viel Ironie, finde ich.«

»Ich will nicht, daß du ihn fallenläßt. Ich dachte nur, daß du bei deinem Hunger nach Gerechtigkeit einfach gründlich sein …«

Glitsky preßte Luft durch die zusammengekniffenen Lippen. »Ich *war* gründlich, und ich werde weiterhin gründlich sein. Aber seit gestern hat sich einiges geändert. Zum einen: Louis hat sich eine Waffe besorgt und einen Einbruch begangen. Das läßt seinen Sinneswandel im Gefängnis als reichlich fraglich erscheinen – zumindest für mich. Zweitens war er tatsächlich auf Rustys Kahn. Gestern haben wir von alledem nichts gewußt, und dieses Wissen schiebt den guten alten Louis heute auf der Leiter der Verdächtigen einige Sprossen höher. Ich hätte übrigens wirklich gern ein Bier.«

Hardy bewegte sich nicht, als Abe gegen die Tür drückte. Glitsky seufzte. »Okay. Was willst du?«

»Du bist bei Medina gewesen. Aber … Wer ist Johnny LaGuardia? Wie paßt Ray Weir in die Sache? Du hast als Polizist einfach Möglichkeiten, die ich nicht habe.«

»Tausende.«

»Verdammt, Abe, dann nutze ein paar davon.«

Abe schüttelte den Kopf. »Nein.«

»Warum nicht?«

»Weil ich draußen bin, Diz. Weg. Wenn Los Angeles mich nimmt, ist das hier nicht mehr mein Zuständigkeitsbereich, und diese Fälle werden nicht mehr meine Fälle sein. Ich lege auch keinen Wert darauf. Außerdem glaube ich, daß unser Louis Baker höchstwahrscheinlich der ist, den wir gesucht haben. Wir haben genug, um ihn vor Gericht zu bringen, und danach bleibt die Sache dem Staatsanwalt und zwölf Geschworenen überlassen – meinetwegen Fans von Louis, wenn sie welche finden.« Er öffnete die Tür. »Es ist nicht mehr Sache der Polizei und ganz gewiß nicht meine. Was ist jetzt, willst du ein Bier oder nicht?« Er blieb noch einmal stehen. »Außerdem, was geht es dich an? Baker ist aus dem Verkehr gezogen. Geh

zurück an deine Arbeit. Laß die Mühlen der Justiz mahlen ...
Warum, zum Teufel, kannst du das nicht tun?«

Hardy sah in den Himmel hinauf und schob seine Hände tiefer
in die Taschen. »Ganz einfach: Wenn er es nicht getan hat ... Ich
sage nicht, daß er es nicht getan hat, ich sage nur: *wenn* ... Dann
verdient er es nicht, dafür zu sterben, und ich wäre mitverantwort-
lich für seinen Tod, wenn ich die Sache einfach vergesse ...«

»Blutet dein Herz für Louis Baker?«

»Ich hätte viel mehr Lust, mit ihm einen fairen Kampf auszutragen.«

»Du weißt, wie hoch deine Chancen sind, von ihm einen fairen
Kampf zu bekommen?«

»Gering, fürchte ich.«

»Gleich null.«

»Wenigstens ginge es dann nur um ihn und mich ...«

»Auge um Auge?«

Hardy zuckte die Schultern. »Ich bin nicht mehr fixiert darauf,
ihn zu töten. Das ist vorbei. Ich habe aus vernünftigen Überlegungen heraus begonnen, an seiner Schuld zu zweifeln.« Er grinste
leicht.

»Du glaubst nicht mehr, daß er hinter dir her war?«

Hardy nickte. »Doch, das schon.«

»Also?«

»Können wir den Bastard aufhängen, weil er mich haßt?« Glitsky
schüttelte den Kopf und ging hinein.

Hardy folgte ihm die Treppe hinauf. Auf dem Absatz blieben sie
ein letztes Mal stehen. »Ich habe keinen besonderen Ehrgeiz, Baker
zu retten, das weißt du«, sagte Hardy. »Aber hier läuft noch was
anderes. So wäre es zu einfach. Es paßt einfach zu gut.«

»Meinst du, jemand hat ihn dafür bezahlt, bei Jane einzubrechen?«

»Nein. Das war seine eigene Idee.«

»Was meinst du dann?«

»Mich ... Ich bin von Anfang an in diese Geschichte verwickelt
gewesen. Jetzt ist Baker auf Eis gelegt, alles scheint gelaufen zu
sein, aber ich bin noch immer drin. Vor allem dann, wenn ich benutzt wurde, um Baker zu beschuldigen, obwohl er nicht der Täter
ist. So was in der Art.«

Glitsky, die Hand an der Küchentür, fuhr sich mit einem Finger
über die Narbe auf seinen Lippen. »Willst du, daß ich dir helfe?«

»Sieh dich ein wenig um ...«

»Laß mich darüber nachdenken«, erwiderte Abe und drückte die Klinke herunter. »Okay, ich habe darüber nachgedacht: nein.«

Er öffnete die Tür und sagte ›Hallo‹ zu Flo und Frannie.

15

Das Gefühl, sein eigenes Werk auf der Leinwand zu sehen, war anders, wie er es sich vorgestellt hatte. Er sah seine Szenen, hörte seine Worte aus den Mündern der Schauspieler, die versuchten, ihnen Bedeutung zu verleihen. In seiner Fantasie hatte er in einer solchen Situation neben Maxine gesessen, und beide wurden mit Komplimenten überhäuft. Sie füllte die Leinwand mit ihrer Schönheit, ihrer Begabung, er mit seiner Idee, seinen Worten, der künstlerischen Vision, die hinter allem steckte.

Aber die Wirklichkeit sah anders aus – wie so oft in letzter Zeit. Er hing nachlässig in einem Sessel, von der Zigarette in seiner linken Hand stieg ein Rauchfähnchen auf. Courtenay und Warren saßen auf der Couch. Der Raum war für die Vorführung hergerichtet. Und Maxine? Der einzige Ort, an dem Maxine noch lebte – die Leinwand –, schien nicht mehr wirklich zu sein. Und doch war es die einzige Wirklichkeit, die ihm geblieben war.

Sein erster Film. Sie sahen die endgültige Version, aber noch ohne Musik. Im Kühlschrank standen Bier und Champagner bereit. Andere Bekannte und Freunde saßen auf den Stühlen oder auf dem Boden und sahen gebannt zu, wie Maxine seine Worte sprach, seine Bitten, die Rolle spielte, die er für sie geschaffen hatte.

Als es an der Tür klingelte, wandte er sich halb um und sah einen Mann, den er nicht kannte, eintreten und sich auf den Boden setzen. Weir verschwendete keinen Gedanken an ihn. Dieser Film – so unwirklich er erscheinen mochte – war alles, was ihm von Maxine geblieben war. Er wollte sich darauf konzentrieren. Er wollte aufhören zu denken und sie einfach nur ansehen. Gott, sie war so schön. So schön gewesen. Er ahnte, daß er sie noch immer liebte, nein, er wußte, daß er sie noch liebte und nie damit aufhören würde. Sie war seine Freundin und Muse gewesen, hatte ihm geholfen, sich von all den durchschnittlichen Autoren zu unterscheiden, die seelenlose Wörter, Szenen, Ideen ausspuckten.

Okay, der Film war nicht gerade ein Geniestreich. Man machte Kompromisse, wenn man am Anfang stand, sich das Vertrauen erst noch erwerben mußte. Jeder im Filmgeschäft verstand das. Die Szenen vorhin, in denen sie es fast mit Bryan tat – dem gemeinsamen Freund, der den Stiefvater spielte –, waren wirklich einfühlsam, dachte Ray, obwohl Warren sich alle Mühe gegeben hatte, sie zu vermasseln. Maxine hatte nach dem Drehtag mit ihm darüber gesprochen, über die Tricks, die sie benutzen oder vermeiden mußten, damit es echt wirkte. »Du weißt schon, das Eindringen ...«, hatte sie gesagt.

Der Film hatte der erste Schritt in einer langen Karriere werden sollen. Sie wollten weiterarbeiten und ein filmisches Lebenswerk schaffen – geschrieben von Ray Weir, mit Maxine als Star ...

Sie waren nicht zu alt, obwohl Maxine deswegen am Ende aufgegeben hatte. Rusty Ingrahams Werk – der Pessimismus, die Veränderung in ihr.

Er rutschte im Stuhl herum. In dem flackernden Licht sah er, daß alle im Zimmer dem Film aufmerksam folgten. Bryan war da, natürlich ohne Freundin. Warren hatte seinen Arm um Courtenay gelegt, die beim Schnitt gute Arbeit geleistet hatte. Die Kopie war klar und sauber. Eine professionelle Arbeit. Drehbuch: Ray Weir.

Sie konnten ihre Augen nicht von Maxine abwenden, aber es war seine Story, die sie in ihren Bann zog. Vergeßt das nicht.

Er drehte sich ein wenig um. Der Mann, der vorhin gekommen war, ging eben an der hinteren Wand entlang, die Hände in den Taschen, und betrachtete die Fotos von Maxine. Vielleicht wieder ein Polizist, der ihn sprechen wollte.

Teufel, Ray, dachte er, was unternimmst du wegen Mittwoch nacht? Er sah wieder zu Courtenay hinüber, die sich an Warren lehnte und ihm etwas zuflüsterte. Auf der Leinwand fror das Bild von Maxines perfektem Körper mitten im Sprung ins Wasser ein. Ohne Musik wirkte der Film eigenartig leer. Nach und nach drangen die Geräusche des Projektors in sein Bewußtsein.

Dann stellte jemand das Licht an, und Applaus brandete auf. Courtenay kam zu ihm, umarmte ihn, zog ihn hinüber zu Warren. Auch Bryan verbeugte sich. Unvermittelt begann Ray selbst zu klatschen.

Courtenay Moran war beinahe einen Meter achtzig groß und trug ihre blonden Haare einen Zentimeter kurz, nur im Nacken hatte sie

eine lange Strähne, die mit einem rosa Band zu einem Pferdeschwanz zusammengebunden war.

»Ein bißchen früh für eine Party«, sagte Hardy. »So kurz nach
dem Tod seiner Frau.«

Er sah zu, wie sie den Rauch zur Decke blies. Sie standen im
Treppenhaus vor der offenen Tür von Rays Apartment. Hardy hielt
eine Dose Bier in der Hand und lehnte am Türpfosten. Im Wohnzimmer, wo der Film gezeigt worden war, drängten sich die Gäste,
bildeten kleine Gruppen, die eilig wieder auseinandergingen. Er
wußte weder, wie man diese Art von Gesprächen nannte, bei denen
man mit niemandem länger als vierzig Sekunden sprach, noch,
welchen Sinn sie hatten. Ihm jedenfalls brachten sie nichts. So war
er zu Courtenay in die Küche gegangen, weil sie schön war und
weil er sie mit Ray hatte sprechen sehen.

Sie trug eine lederne Fliegerjacke, die ihre ohnehin breiten Schultern noch breiter wirken ließ. Ihre Augen waren von einem sehr
dunklen, schwarzblauen Make-up ummalt, das sie in dem
milchweißen Gesicht betonte. Auf einem Foto mochte Courtenays
Gesicht mager und knochig erscheinen, dachte Hardy, aber hier
und jetzt saß jeder Knochen am richtigen Platz.

»Wer feiert eine Party?« fragte sie. »Nennen Sie das eine Party?«

Hardy sah wieder ins Wohnzimmer. Eine Platte spielte einen
schnellen südamerikanischen Rhythmus, und einige Gäste tanzten.
»Eine Trauerfeier ist es nicht gerade«, bemerkte er. Er hatte den Eindruck, daß einige der Tänzer versuchten, bekleidet zu kopulieren.

»Lambada«, sagte Courtenay. »Es ist harmlos.«

Er trank sein Bier aus. Manchmal war es Zeitverschwendung, einer Spur nachzugehen. Vielleicht gehörte der Besuch bei Ray Weir
in diese Kategorie.

Er betrachtete die Tänzer eine weitere Minute lang. »Kommt mir
vor wie ein Vorspiel«, sagte er.

»Das hängt davon ab, wie gut man es kann.« Sie lächelte und sah
ihm in die Augen.

Er zog die Tür zu, und sie standen allein im Treppenhaus. Die
Musik drang leise zu ihnen. Courtenay trat zu ihm, legte ihm die
Hand in den Nacken und küßte ihn. Sie war so groß wie er, und
deshalb kam ihm der Winkel ungewohnt vor, aber es war ein schöner Kuß. Er fragte sich, ob er ihn nicht bereitwilliger erwiderte, als
es vielleicht angebracht gewesen wäre. Wenn er sich überhaupt etwas fragte. Sie trat einen Schritt zurück.

»Ich hatte Lust, das zu tun«, sagte sie.

»Mir ist schon Schlimmeres passiert.«

»Wollen Sie es noch mal versuchen?«

Er war nicht wirklich scharf auf sie. Na gut, vielleicht ein wenig … Aber er dachte an Frannie und dann an Jane und dann an den Lambada, der hinter der Tür getanzt wurde, und ihm wurde klar, daß das hier nicht zu ihm paßte. »Wir sollten es besser lassen«, sagte er.

»In Ordnung«, erwiderte sie. Sie zog ein letztes Mal an der Zigarette, warf sie zu Boden und trat sie aus.

Hardy wußte, was sie dachte. Die übliche Reaktion einer Frau in San Francisco auf eine solche Zurückweisung war die Annahme, der Mann sei schwul.

»Nur für den Bericht«, sagte er, »meine sexuelle Orientierung ist anders, als es Ihnen jetzt vielleicht vorkommen mag.«

Sie sah ihn an. Noch immer verwirrte ihn ihre Größe ein wenig. Ihr Gesicht wurde weicher. »Sie sind verheiratet.«

»Befreundet.«

»Und treu?«

Das traf es nicht ganz, aber Hardy beließ es dabei.

»So lange es niemand merkt«, sagte sie, »gibt es kein Problem, oder? Ich erzähle Warren nichts davon. Er würde mich verlassen, und damit hätte ich nicht nur ihn, sondern auch meine Karriere verloren. Ich liebe ihn. Aber Liebe und Sex darf man nicht durcheinanderbringen, sonst vermasselt man sich beides.«

Vor ein paar Tagen hätte Hardy noch sagen können, er bringe Liebe und Sex nicht durcheinander, weil sie zusammengehörten. Vielleicht galt das noch, aber darüber wollte er später nachdenken. »Ich bin hier wegen Maxine und Ray.«

»Sind Sie von der Polizei?«

»Nein.«

»Hatten Sie etwas mit Maxine?«

Diesmal lachte Hardy. »Sie können das jetzt interpretieren, wie Sie wollen: Ich hatte etwas mit Rusty Ingraham.«

»Ist er ein Freund von Ihnen?«

»Warum fragen Sie in so einem Ton? Ist das so unwahrscheinlich?«

Courtenay sah an Hardy hinauf und hinunter. »Allerdings. Sehr unwahrscheinlich.«

Hardy dachte eine Minute lang darüber nach. »Er ist tot.«

»Was?« Sie war geschockt.

Hardy erzählte. Danach ließ er einige Zeit wortlos verstreichen. »Möglicherweise wird der falsche Mann dafür angeklagt«, sagte er endlich. »Und das könnte unter anderem an mir liegen.«

»Auch ein Freund von Ihnen?«

»Nicht direkt. Die Polizei hat ihn aus dem Verkehr gezogen. Er hat gedroht, mich umzubringen.« Hardy erklärte ihr, warum, fügte aber hinzu, daß er mit der Polizei und der Staatsanwaltschaft nichts mehr zu tun habe.

»Wo steckt also das Problem, wenn er im Gefängnis ist?«

Hardy führte seine Bierdose an die Lippen und stellte fest, daß sie leer war. Er ließ sich auf den Stufen nieder, und Courtenay setzte sich neben ihn. »Ich will einfach sichergehen. Ich habe den Burschen heute gesehen und hatte das Gefühl, daß er nicht wußte, wovon ich sprach.« Er machte eine Pause. »Er wußte überhaupt nicht, daß Maxine dort war.«

»Und warum sind Sie hier?«

»Wenn dieser Bursche es nicht getan hat, muß jemand anderes meinen Freund Rusty umgebracht haben, und es sieht so aus, als könnte er damit durchkommen.«

»Oder sie.«

Hardy hob die Dose, schüttelte sie und vergegenwärtigte sich, daß sie leer war. Er sah zu ihr auf. »Erzählen Sie mir von Ray Weir?«

Sie zog eine neue Zigarette heraus und steckte sie an. »Was wollen Sie wissen?«

»Ob er ein eifersüchtiger Typ ist, zum Beispiel.«

Sie blies den Rauch nach oben. »Es hat ihm das Herz gebrochen.«

»Die Sache mit Maxine und Rusty?«

Sie nickte. »Er konnte es einfach nicht fassen. Er war fest davon überzeugt, daß es vorübergehen würde. Dabei lebte Maxine praktisch mit ihrem neuen Kerl zusammen, war längst ausgezogen ... Was hat Ray sich nur gedacht? Na, er konnte es nicht akzeptieren. Haben Sie den Schrein da drinnen gesehen? All diese Bilder ... Ich glaube, jedes verdammte Foto, das je von ihr gemacht worden ist, hängt dort. Sogar jetzt noch, wo sie tot ist.« Sie erschauerte. »Verrückt, finden Sie nicht?«

Hardy wußte nicht, ob es verrückt war. Er wollte wissen, ob Ray jemals geäußert habe, er werde wegen Maxine etwas unternehmen. Losgehen und sie zurückholen, zum Beispiel.

Courtenay schüttelte den Kopf. »Dazu hätte er es erst verstehen müssen, und das konnte er nicht.« Sie blies den Rauch aus, versuchte sich zu erinnern. »Er kam jeden Tag vorbei, während Warren und ich mit dem Schnitt beschäftigt waren, und begann immer ganz ruhig … Wie geht der Film voran und so. Und dann sah er Maxine und drehte durch.«

»Er drehte durch?«

»Sprach mit ihr, als wäre sie da. Stritt mit ihr, überredete sie, zu ihm zurückzukommen, bat sie um ein Treffen. Ziemlich eigenartig. Er ging uns unglaublich auf die Nerven. Ich meine, wir versuchen, einen Film zu schneiden, und das ist verdammt anstrengend, und Ray … Letzte Woche platzte Warren dann der Kragen, er sagte ihm, er solle verschwinden, bis er die Sache überstanden habe. Geh zu ihr, sagte er, sieh sie dir an, stell dir vor, was da abläuft, und werde endlich damit fertig.«

»Und dann?«

»Er ging. Dann hörten wir, daß Maxine tot war.«

»Ermordet mit Rays Waffe.«

Sie richtete die Augen auf ihn. »Ist das wahr?«

»Er hat behauptet, sie habe ihn zu ihrem Schutz um die Waffe gebeten, als sie ausgezogen war.«

Sie schien mit etwas zu ringen. »Davon weiß ich nichts … Aber warum hat ihn die Polizei nicht verhaftet?«

»Sie sind der Ansicht, sie hätten einen besseren Verdächtigen. Ich habe es vorhin erwähnt.«

Sie dachte nach. »Dann muß eine Menge gegen ihn sprechen.«

»Ein Schwarzer, der auf Bewährung draußen ist und gedroht hat, Rusty umzubringen, und dessen Fingerabdrücke in Rustys Wohnung waren.«

»Ja, das klingt ziemlich überzeugend. Ich glaube nicht, daß Ray Maxine hätte umbringen können. Warren glaubt, er hat es getan, aber ich … ich weiß nicht …«

»Sehen wir zu, ob wir's herausfinden«, sagte Hardy.

Wie in alten Collegezeiten. Es war nach Mitternacht, sie saßen bei Kerzenlicht auf dem Boden, Van Morrison klang leise aus der Stereoanlage. Das Lambada-Volk war nach Hause gegangen, nur Courtenay, Warren, Ray und er waren noch da. Die drei anderen rauchten Marihuana, was Hardy in der letzten Zeit nicht mehr oft zu sehen bekommen hatte. Er erklärte ihnen, er habe Lungenprobleme.

Sie saßen in einem Winkel des Zimmers, Courtenay und Warren verschlungen in einem Knautschsessel, Ray und Hardy auf dem Fußboden. Hardy war nach dem vierten Bier zu Wasser übergegangen und hatte sich die Dose bestimmt ein halbes Dutzend Male nachgefüllt.

Das Gespräch drehte sich ums Filmgeschäft. Warren hatte vier oder fünf Investoren und etwa zweihunderttausend Dollar aufgetrieben, was in Hollywood nicht einmal für einen Kurzfilm reichte, aber für die vierzig Minuten Softporno mit Maxine, die sie vorhin gesehen hatten, war es genug. Rays Skript war ein Anfang und konnte ihm die Türen zu den ›richtigen‹ Studios unten in Los Angeles öffnen. Warren zahlte sich und Courtenay ein Gehalt für die Regie und den Schnitt, und Warren machte Punkte bei den Produzenten. Das erklärte die nagelneue Kleidung, die *Movado*-Uhr und, dachte Hardy, den Arm, den er um Courtenay gelegt hatte.

Hardy begriff schnell, daß für diese Leute nur das Filmemachen existierte. Alles wurde daraufhin geprüft, ob es für einen Film taugte oder nicht.

Er streckte sich auf dem Boden aus. Courtenay berührte seinen Fuß mit ihrem, darauf bedacht, es als zufällig erscheinen zu lassen.

»Warum sagt man eigentlich Film?« fragte Hardy. »Was ist mit dem guten alten Kino passiert? Ich dachte immer, Film sei das Zeug in der Kamera.«

Warren wirkte verletzt. »Nein. Film ist Video. Fernsehen. Gott im Himmel.«

»Tut mir leid.«

»Ein wichtiger Unterschied«, sagte Ray.

»Sicher«, erwiderte Hardy. »Ich habe es begriffen. Film ist das Negativ des Videos. Und das Negativ ist der Film, den man braucht, um einen Film zu machen. Einen richtigen Film. Einen Kinofilm, zum Beispiel.« Courtenay trat auf seinen Fuß. »Mit der Kamera, meine ich.« Hardy fürchtete, er sei vom passiven Rauchen ein wenig high geworden. Er wackelte mit den Zehen.

»Beim Jupiter, jetzt hat er's!« rief Courtenay wie Henry Higgins in *My Fair Lady*.

Einen Augenblick herrschte Stille, als das Lied zu Ende war. Dann begann tief und seelenvoll ein Saxophon zu spielen.

»Klingt, als würde jemand weinen«, sagte Ray.

»Kannst du ihr das vorwerfen?«

Ray setzte sich auf. »Wem?«

»Wem wohl?« schnarrte Warren.

»Hör auf!«

»Du hast sie umgebracht, Ray«, sagte Warren. »Also hör du auf.«

»Sie ist nicht hier.« Ray war völlig bekifft. »Wovon zum Teufel redest du?«

»Sieh dich um«, sagte Warren. »Sie ist mehr hier als wir.«

Das Saxophon wurde lauter. Hardy bemerkte, daß er wie die anderen auf die unzähligen Fotos mit dem Körper, dem Gesicht und den Posen von Maxine Weir starrte. Es war unheimlich. Im Licht der Kerzen schienen ein Auge plötzlich zu blinzeln, eine Wange sich zu verziehen.

»Ich habe es nicht getan«, sagte Ray.

Courtenay faßte sich wieder. »Er war es nicht«, sagte sie zu Warren.

Warren erhob sich, um einen neuen Joint zu holen. »Komm schon. Das mit der Halsstütze war zu offensichtlich. In einem Film würde ich dir das nie durchgehen lassen.«

»Was ist daran offensichtlich?« fragte Ray.

»Genausogut hättest du erzählen können, daß du es warst.«

Hardy paßte genau auf. Ray schüttelte nur den Kopf, nahm den Joint, den Warren ihm reichte.

Warren fuhr fort: »Jeder wußte, daß sie die Stütze nicht mehr brauchte. Sie ihr anzulegen …« Erklärend wandte er sich an Hardy. »Die ganze Sache fing mit dem anderen Kerl an – Rusty – und mit dieser Versicherung und dem Unfall, wissen Sie?« Er wandte sich wieder zu Weir: »Es ist zu offensichtlich, Ray. Du mußt subtiler werden.«

Hardy fragte sich, ob Warren Maxines Tod für eine Art Spiel hielt, einen Entwurf für eine Szene. Hardy hatte sie gesehen, nackt und tot, die Halsstütze und das alles, und nichts an ihr war komisch oder sexy gewesen. Aber er hielt den Mund.

»Er hat es nicht getan«, beharrte Courtenay. »Laß ihn in Ruhe, Warren.«

»Ich war die ganze Nacht hier«, sagte Ray.

»Das warst du nicht. Ich war hier. Ich habe auf der Treppe gesessen, ein Sechserpack ausgetrunken und darauf gewartet, daß du nach Hause kommst.«

Auch in der Dunkelheit konnte Harry sehen, wie Weirs Augen aufgeregt hin und her glitten. »Vielleicht habe ich geschlafen. Ich weiß es nicht mehr.«

»Wie viele Leute wissen nicht, was sie in der Nacht gemacht haben, in der ihre Frau starb?«

»Laß ihn in Ruhe, Warren.«

»Dann bin ich eben einer von ihnen«, sagte Ray. »Ich weiß nur, daß ich hier war und das Haus nicht verlassen habe. Das habe ich auch der Polizei gesagt.«

»Die Polizei hat einen anderen festgenommen«, erzählte Courtenay.

»Die haben keine Ahnung«, sagte Warren.

Das ganze Gespräch wurde in einem gleichmütigen, fast freundschaftlichen Ton geführt. Der Joint wanderte hin und her. Hardy sah zu, wie die drei sich die Bälle zuwarfen, als sei das Ganze rein hypothetisch. Ihn irritierte vor allem, daß Ray nicht traurig wirkte, obwohl er seine Frau angeblich über ihren Tod hinaus liebte und ihre Leiche noch nicht einmal kalt war und morgen feuerbestattet werden sollte. Kein bißchen traurig.

Endlich äußerte auch er sich. »Ich kenne den Burschen, den man festgenommen hat. Die wissen schon, was sie tun.«

Warren atmete hörbar aus und steigerte sich wieder in seine Theorie hinein. »Sehen Sie, Maxine stirbt, Ray ist nicht dort, wo er sagt, legt ihr die Halsstütze an, um seinen Freunden zu zeigen …«

»Das ist Blödsinn, Warren.«

Warren winkte ab und fuhr fort: »… um seinen Freunden zu zeigen, was er getan hat, was für ein Mensch er ist … Legt euch nicht mit Ray Weir an, lautet seine Botschaft. Vor allem: Laßt die Finger von seinem Eigentum.«

Ray stand schwankend auf. »Geht nach Hause«, sagte er. Der gleichmütige Tonfall war verschwunden.

Warren ignorierte ihn. »Und um all dem die Krone aufzusetzen, bekommt Ray die fünfundachtzigtausend aus der Versicherung allein und kann damit seinen nächsten finanzieren. Wir haben schon darüber gesprochen.«

»Was willst du erreichen, Warren? Daß Ray verhaftet wird?«

»Wieso?« Auf einmal klang Warren erschrocken. »Wer soll ihn verhaften?«

Hardy, der aufgestanden war, stellte fest, daß er plötzlich im Mittelpunkt des Interesses stand. »Ich nicht, Leute. Ich bin kein Bulle. Pfadfinderehrenwort.«

»Verdammt«, sagte Ray. »Ich habe genug davon. Ich bin müde.«

»Bekommen Sie tatsächlich fünfundachtzigtausend Dollar?«
fragte Hardy.

Ray zuckte die Schultern. »Maxines Versicherung. Das ist kein
Geheimnis.«

Warren und Courtenay waren ebenfalls aufgestanden. Hardy
trat einen Schritt zurück und musterte das Trio. »Wenn Sie so sicher
sind«, fragte er Warren, »warum zeigen Sie ihn dann nicht an?«

Warren ging hinüber zu Ray und legte ihm den Arm um die
Schultern. »Seine Freunde zeigt man nicht an, und Ray und ich
sind Freunde. Jetzt arbeiten wir auch noch zusammen. Ich möchte
einfach, daß er als mein Partner ehrlich zu mir ist, das ist alles.«

»Ich bin ehrlich«, sagte Ray wimmernd.

Warren musterte ihn. »Ich liebe dich, Mann, aber ehrlich bist du
nicht.«

Ray warf Courtenay einen flehenden Blick zu.

Sie steckte die Hände in die Hosentaschen und verdrehte die Augen. »Komm, Warren«, sagte sie. »Du siehst doch, daß es gar nicht
um Maxine geht. Laß ihn ein paar Geheimnisse haben.«

»Genau. Habe ich kein Recht auf ein Privatleben? Ein kleines Liebesleben?«

»Natürlich. Aber wenn es das ist, warum erzählst du mir dann
nicht davon?«

Ray sah auf seine Schuhe. »Ich bin nicht gerade stolz darauf,
Warren, aber gut, vielleicht solltest du es wissen. Schließlich sind
wir Partner … Ich habe dein Klopfen gehört in jener Nacht. Aber
ich … ich hatte jemanden bei mir. Eine Frau.«

Warren trat einen Schritt zurück. »Dann begreife ich das Problem
nicht. Du hast dich nicht getraut, mir zu erzählen, daß du eine Frau
hier hattest? Kenne ich sie?«

Ray schüttelte den Kopf. »Sie war eine …« Er unterbrach sich.
»Ich habe sie bezahlt.«

Courtenay sprang ein. »Ray hat sich geschämt, Warren. Kannst
du das nicht verstehen?«

»Aber dir hat er es erzählt?«

»Es ist ihm rausgerutscht.«

Warren legte wieder einen Arm um Ray. »Warum schämst du
dich, Mann? Wir sind Freunde. Du kannst mir vertrauen.«

Ray zuckte die Schultern. »Wegen Maxine und dieser ganzen Geschichte, verstehst du …«

Warren blieb sachlich. »He, sie hat dich verlassen, erinnerst du

184

dich? Du konntest schließlich nicht wissen, daß sie in dieser Nacht ermordet werden würde.«

»Sicher, aber … aber ich wollte dir und Court mit meinen Problemen nicht noch mehr auf die Nerven gehen. Aber ich habe jemanden gebraucht. Also …«

»Wir brauchen alle jemanden, nicht wahr? So ist es mir lieber, als wenn ich glauben müßte, daß du jemanden ermordet hättest. Ich konnte gar nicht verstehen, daß die Polizei dich noch nicht verhaftet hatte.«

»Ich habe der Polizei alles erzählt. Und Court auch. Ich wollte nur nicht, daß es sich herumspricht. Jetzt brauche ich wirklich ein wenig Schlaf, okay? Morgen wird ein anstrengender Tag.«

Noch immer produzierte die Autoheizung keine warme Luft, und bis zu Frannies Wohnung waren es nur noch ein paar Querstraßen. Hardy fragte sich, ob Luxusautos Heizungen hatten, die wirklich wärmten. Dann, so vermutete er, war den Leuten, die sich ein Cabriolet mit Stoffdach und Vierradantrieb kauften, wie er es getan hatte, Wärme nicht so wichtig.

Ray Weir log. Er hatte der Polizei nicht gesagt, daß er ein Alibi besaß. Eher das Gegenteil, um genau zu sein. Wenn Louis Baker irgendwie aus der Sache herauskommen würde, wäre Ray Weir der neue Spitzenreiter in der Verdächtigen-Hitparade – vor allem wegen des finanziellen Aspekts. Er war eifersüchtig, in gewissem Maße auch geldgierig und darüber hinaus der Eigentümer der Mordwaffe. Warren hatte seinen Freund richtig eingeschätzt. Ganz abgesehen von dem Alibi, war Ray als Täter wie geschaffen.

In jedem seiner Knochen spürte Hardy, daß Ray bezüglich den Alibis gelogen hatte, auch wenn Courtenay ihm zu glauben schien. Die Menschen neigten dazu, die Geheimnisse zu glauben, die man ihnen anvertraute, besonders dann, wenn diese Geheimnisse, oberflächlich betrachtet, nicht unbedingt für den Gestehenden sprachen. Aus diesem Grund vertrauten clevere Leute – und in diese Kategorie mußte man Ray Weir allmählich einordnen – anderen mit Vorliebe intime Lügen an.

Eine wirkungsvolle Technik – Ray hatte Courtenay auf seine Seite bekommen, unterstützt vielleicht von ihrer Voreingenommenheit. Hardy fragte sich, ob sie Ray gefragt hatte, wer bei ihm gewesen war, aber er konnte es sich nicht vorstellen. Die Tatsache, daß

Ray sich ihr ›anvertraut‹ hatte, hatte ihr genügt. Einzelheiten waren nicht wichtig. Ray fühlte sich schuldig, weil er mit einer anderen geschlafen und seine angebetete Maxine betrogen hatte – und das auch noch, wie sich herausgestellt hatte, in der Nacht ihres Todes. Natürlich mußte er es sich von der Seele reden, und am besten bei seiner engen Freundin Courtenay. Es verfolgte ihn. Machte ihn fertig. Na klar.

Hardy parkte gegenüber von Fannies Haus und schlug die Vorderräder quer ein, damit der Wagen nicht davonrollen konnte. Frierend saß er da, wärmte die Hände unter den Achseln und fragte sich, ob Glitsky sich wieder um die Sache kümmern würde, wenn er von den fünfundachtzigtausend Dollar erfuhr. Es konnte nicht schaden, ihn davon zu unterrichten …

Aber Warum? Warum nicht einfach zufrieden sein damit, daß Louis Baker wieder im Gefängnis war? War das nicht Hardys Ziel gewesen? Sollte er nicht einfach zurück nach Hause ziehen, am Dienstag wieder mit der Arbeit im *Shamrock* beginnen, sein Leben an jener Stelle wiederaufnehmen, an der er es unterbrochen hatte, und dankbar dafür sein, daß er noch lebte?

Aber was genau sollte er wieder aufnehmen? Frannie mochte das, was zwischen ihnen passiert war, ›Urlaub von der Wirklichkeit‹ nennen und konnte vielleicht in den alten Trott zurückkehren. Er nicht. Sie war ein Teil seines Lebens geworden. Was geschehen war, hatte Janes Position in seinem Leben verändert, die er ihr in den letzten Monaten so sorgfältig eingeräumt hatte.

Und was war mit dem alten Diz selbst? Er hatte sich immer für einen guten, anständigen Menschen gehalten, einen Mann mit Prinzipien, der vielleicht nicht zu einer Lösung beitragen konnte, aber wenigstens auch nicht zum Problem.

Jetzt war sein Leben ein bißchen in Unordnung geraten, und schon war er, Hardy, der weiße Ritter, bereit, Louis Baker zu opfern, weil der irgendwann einmal ein Verbrechen begangen hatte. Vielleicht nicht das Verbrechen, für das man ihn jetzt dranbekommen hatte, aber etwas anderes. Nicht zum erstenmal fragte sich Hardy, ob er anders empfinden würde, wenn Baker nicht schwarz wäre.

Wenn er ehrlich war, wußte er genau, was er jetzt, in diesem Moment, in dem er hier in seinem Suzuki Seppuku vor sich hin fror, empfinden würde – Zorn. Zorn darüber, daß Baker ein fairer Prozeß verweigert wurde, weil man ihn aufgrund seiner Herkunft und seiner Hautfarbe schon im vorhinein verurteilt hatte. Vielleicht, würde er denken, war er tatsächlich schuldig – aber ob schuldig oder unschuldig: Der Fall wurde nicht untersucht, wie man es hätte verlangen können.

Warum also war er nicht zornig?

Vielleicht, Diz, weil der Unterschied zwischen Schwarzen und Weißen heute, in den liberalen Neunzigern, nur noch graduell besteht? Vergiß deine Ängste für einen Moment und sieh dir deine persönlichen Tatsachen an … Hardy muß an sein Leben denken, das von Baker bedroht wird, und sich – ob die Drohung nun ernst gemeint ist oder nicht – schützen. Also ist er froh, daß Baker für den Rest seines Lebens hinter Gitter wandert oder gleich in die Gaskammer kommt.

War das nicht immer der Grund? Man fürchtet, daß sein Leben, seine Nachbarschaft bedroht sind, und der Instinkt rät einem, sich zu schützen. Man schert sich nicht mehr um Gerechtigkeit, will nur der verdammten Drohung entgehen, die Angst loswerden. Ob die Angst unbegründet ist, interessiert einen nicht wirklich – man will ihr einfach nicht begegnen. Will nicht mit ihr leben, sie nicht wahrnehmen. Also läßt man die Leute, die einem angst machen könnten, nicht in seinen Bus, in seine Nachbarschaft und verbietet ihnen, sich mit seiner Tochter zu treffen.

Hardy rieb sich die Augen. Er fühlte die Abwehr gegen diese ernüchternde Feststellung in sich hochsteigen. Er war nicht so. Er war anders. Einige seiner besten Freunde … und so weiter, und so weiter. Abe Glitsky, verdammt noch mal.

Erinnere dich! Louis hatte tatsächlich bei dem Einbruch in Janes Haus auf die Polizisten geschossen, war beim besten Willen kein Unschuldslamm. Gut, das sei zugestanden. Aber ist er deshalb ein Mörder? Oder genauer: Hat er Rusty und Maxine ermordet? Was draußen in Holly Park geschehen ist, hat, zum Teufel, ja nichts mit Dismas Hardy zu tun, oder, Diz?

Aber es hatte doch etwas mit ihm zu tun: Falls – *falls* – Baker Rusty nicht getötet hatte, befand Hardy sich in einer Position, die ihm überhaupt nicht behagte. Denn dann hätte jemand ihn in diese Affäre hineingezogen und auf Baker gehetzt, um ihn zu Fall zu bringen. Hardy dachte, er wüßte gern, wer das war, damit er ihm in den Hintern treten konnte.

Er öffnete die Tür und trat auf die Straße. Er hatte keine Lust, nach Hause zurückzuziehen oder in zwei Tagen wieder an der Bar zu stehen. Er war es sich schuldig, herauszubekommen, was hier eigentlich gespielt wurde.

Er sah zu den Sternen hinauf. Wenn es nach ihm ging, konnte Louis Baker ruhig verfaulen. Aber die Frage nach der Wahrheit legte ihn in Fesseln, und solange er nicht in der Lage war, ein paar von ihnen wieder zu lösen, würde es ihm nicht gelingen, zu seinem normalen Leben zurückzukehren.

16

»Das ist eine fantastische Gelegenheit!«

Manny Gubicza hatte diese Reaktion befürchtet. Treadwell war erregt und schien Mannys Zögern nicht zu verstehen. Manny hätte ihn auffordern sollen, am Mittag herzukommen, um die Sache persönlich zu besprechen, aber er war zum Essen verabredet. Bei seiner Überzeugungskraft hätte er Treadwell das Angebot des Staatsanwalts lediglich erklären und dann darauf hinweisen müssen, wie dumm es war – wenn Treadwell zugehört hätte.

»Es ist eine Falle«, sagte Gubicza.

»Wie kann es eine Falle sein? Ich habe mir das nicht ausgedacht, vergiß das nicht. Der Bastard hat meinen Poppy umgebracht.«

»Ich weiß.«

»Und?«

Fred hatte wirklich Feuer gefangen. Der Anwalt sprach mit ruhiger Stimme. »Ich denke, wir können davon ausgehen, Fred, daß der Staatsanwalt keinen Lügendetektortest vorgeschlagen hat, um uns zu helfen.«

»Aber das macht nichts. Wenn ich erst einmal …«

»Laß mich bitte ausreden. Der Vorschlag lautet, daß du hingehst und die Aussage, die du bereits gemacht hast, unter dem Lügendetektor wiederholst. Wenn der Detektor beweist, daß sie wahr ist, werden sie sich Medina vornehmen.«

»Richtig. Deshalb will ich es machen.«

»Nein, du willst nicht.«

»Manny …«

»Fred, hör zu. Sie werden auf jeden Fall eine Anhörung machen und wahrscheinlich auch eine Anklageerhebung einleiten müssen.

Sie haben deine Aussage bereits. Medina hat es getan, und er wird dafür bestraft werden.«

»Aber sie haben gesagt, sie würden es fallenlassen. Sie glauben mir nicht mehr. Medina hat alles geleugnet, und da es keine Beweise gibt, wollen sie die Sache fallenlassen.«

»Vielleicht versuchen sie es. Aber haben wir nicht wie bei der anderen Geschichte auch die Medien benutzt, um unsere Version zu erzählen, und hat es nicht prächtig funktioniert?«

Er hörte die Veränderung im Ohr, als Treadwell die Lautsprechtaste einschaltete. »Schau, Manny, diese Sache stärkt meine Glaubwürdigkeit«, sagte Treadwell drängend. »Glaubst du wirklich, ich lasse es zu, daß sie mich zu Raines und Valenti befragen? Bestimmt nicht! Wenn du weißt, daß es eine Falle ist, dann nutze sie zu unseren Gunsten. Oder glaubst du, daß nur Anwälte bei Verhören gut sind?«

»Aber nein, Fred«, log Manny.

»Ich erzähle ihnen einfach noch einmal, was passiert ist, und danach müssen sie zugeben, daß es die Wahrheit ist. Stell dir vor, was die Medien damit anfangen können! Das ist perfekt für uns!«

Manny drückte auf seine eigene Lautsprechertaste, stand auf und begann, hinter dem Schreibtisch auf und ab zu gehen. »Fred, die Realität sieht doch so aus: In der Welt da draußen kann sich alles, was du nicht vollkommen unter Kontrolle hast, gegen dich wenden und dir schaden. Das hier ist kein freundschaftliches Wortgeplänkel. Mehrere Leben hängen davon ab. Deines zum Beispiel, das von Valenti, Raines und Medina. In solchen Situationen betrügen die Menschen.«

Manny nahm nicht an, daß er noch einmal ausführen mußte, daß er und Fred von Anfang an betrogen hatten. Darum ging es nicht. Es ging darum, einen Fall auf den Fakten aufzubauen, die zu benutzen man sich entschlossen hatte, und das machten sie ausgezeichnet. Er wollte Fred auf keinen Fall in der Nähe eines Lügendetektors haben. Auch wenn die Ergebnisse eines solchen Tests vor Gericht nicht benutzt werden durften, konnte es einen verheerenden Eindruck hinterlassen, vor allem jetzt, im Stadium der Voruntersuchung. Er blieb vor dem Fenster stehen und sah auf die Straße, hinüber zur Pyramide. Dann ging er wieder zum Tisch zurück. »Ich kann dir das nicht erlauben, Fred.«

»Das bedeutet, wir stecken einfach auf und geben zu, daß wir lügen.«

»Ganz und gar nicht.«

»Sogar für mich würde es so aussehen. Und stell dir vor, was der Staatsanwalt erst daraus machen wird.«

»Der Staatsanwalt wird einfach weiter herumlavieren.«

»Und Medina laufen lassen.«

Gubicza senkte den Kopf und stützte sich auf die Stuhllehne. »Wahrscheinlich werden sie die Sache nicht besonders eifrig verfolgen«, gestand er ein.

»Aber Medina muß bestraft werden.«

»Fred, was hast du davon, daß Medina bestraft wird, wenn du wegen Mordes ins Gefängnis gehst?« Er haßte es, die Stimme zu heben, aber er sprach jetzt lauter. »Wenn sie dir mit Raines und Valenti eine Falle stellen, kommen die beiden Kerle davon, und du wirst mit größter Wahrscheinlichkeit verurteilt. Wenn sie dich erst einmal unter dem Detektor haben, können sie dich fragen, was sie wollen. Gut möglich, daß sie gar nicht vorhaben, über Poppy und Medina zu sprechen.«

»Dann laß sie zusichern, daß sie nichts anderes fragen werden.«

Gubicza räusperte sich. »Laß sie zusichern, daß sie nichts anderes fragen werden?« wiederholte er.

»Genau, mach das zur Bedingung.«

»Findest du nicht, durch diese Forderung lassen wir sie ein bißchen weit in unsere Karten blicken?«

»Wieso?« Wenn Treadwell in Fahrt war, ließ er nicht locker. »Sie wollen über Hector Medina sprechen, und damit erklären wir uns einverstanden, aber das ist auch alles. Sie werden das verstehen. Wir sagen, wir wollen mit einer Morduntersuchung keine Spielchen treiben. Es sind einfach zwei unterschiedliche Fälle. Vielleicht miteinander verknüpft, aber unterschiedlich. Wir stärken meine Glaubwürdigkeit und bekommen Hector dran … Es ist einfach perfekt.«

»Sag das nie wieder, Fred. Nichts ist perfekt.« Manny setzte sich wieder in seinen Ledersessel. »Bei Gott, ich hasse Montage wie diesen«, murmelte er.

Fünfzehn Blocks weiter in Richtung Innenstadt legte Art Drysdale wenig später den Telefonhörer auf und machte sich auf den Weg zum Büro seines Chefs. Er nickte Dorothy, Lockes Sekretärin, zu, und ging gleich in dessen Büro. Christopher Locke, gewählter Generalstaatsanwalt von Stadt und Bezirk San Francisco, telefonierte selbst gerade. Er saß am Schreibtisch und bedeutete seinem alten Freund mit der Hand, sich zu setzen, doch Drysdale ging noch einmal hinaus und nahm sich eine Tasse Kaffee.

»Was macht die Arbeit?« fragte er Dorothy und setzte sich auf eine Ecke ihres Schreibtischs.

Bevor sie antworten konnte, rief Locke aus dem anderen Raum: »Art!«

Drysdale zuckte die Schultern. »Wir sollten öfter miteinander sprechen«, sagte er. Dann flüsterte er: »Tun Sie mir einen Gefallen, Mädchen: Halten Sie das Telefon für zwei Minuten ruhig, ja?« Er zog die Tür hinter sich zu.

»Was gibt's?« fragte Locke, der über eine Akte gebeugt saß und nicht aufblickte.

»Dafür hat man Sie gewählt«, sagte Drysdale. »Für Ihr warmes, charmantes Auftreten. Der Mensch hinter der Institution.«

Locke seufzte, schüttelte den Kopf, hielt ihn aber gesenkt. »Was gibt's?« wiederholte er.

»Sie schulden mir einen Dollar«, sagte Drysdale.

Es dauerte noch eine Sekunde, dann hörte Locke auf zu lesen und hob den Blick. »Verschwinden Sie.«

»Ich schwöre bei Gott.«

»Gubicza hat zugestimmt?«

»Unter einer Bedingung.«

»Welcher? Daß wir keine Fragen stellen?«

»Keine über Raines und Valenti.«

»Und was haben Sie gesagt?«

»Ich habe eingewilligt.«

»Und jetzt?«

»Ich habe ihm gesagt – und ich zitiere wörtlich: Beim Grabe meiner Mutter will ich diese Namen nicht in den Mund nehmen oder irgend etwas erwähnen, das mit diesen Fällen zu tun hat.«

»Und wie wollen Sie sie dann zur Sprache bringen?«

Drysdale nippte an seinem Kaffee. »Ich habe mir gedacht, ich werde den Detektor hier im Haus aufstellen lassen. Auf diese Weise widerstehe ich der Versuchung am Grab meiner Mutter – sie möge in Frieden ruhen. Denn schließlich habe ich geschworen, die Morde dort, beim Grabe meiner Mutter, nicht zu erwähnen.«

Samson hatte nicht die Klasse von Dido oder Louis Baker. Er war schlampig, kräftig, aber nicht sehr muskulös, und hatte lange, nicht besonders saubere Locken. Er besaß nicht das Charisma von Dido, mit dem man ganz gut hatte auskommen können, wenn es nicht gerade ums Geschäftliche gegangen war. Dido konnte lachen und Blödsinn machen. Er hatte Lace die Schuhe gekauft. Solche Dinge.

Sogar mit Baker hatte man reden können. Über den Bereich, dies und das, den Anstrich des Hauses, Mama. Wenn Dido hätte gehen müssen, hätte Lace es mit Louis schon ausgehalten. Zumindest, bis Louis Dido umgebracht hatte. Danach wahrscheinlich nicht mehr. Aber wenn Dido einfach gestorben oder weggezogen wäre, ohne daß Louis etwas damit zu tun gehabt hätte …

Aber so war es nicht gekommen. Jetzt waren beide weg, und mit Samson kam ein Übel völlig neuer Art auf ihn zu.

Am Montag vormittag, zum Beispiel, hatten Lace und Jumpup auf der Bordsteinkante gesessen, als er arrogant wie ein Herzog rübergekommen war und sie mit Tritten die Straße hintergejagt hatte. Was sollte dieser Mist?

»Das ist jetzt mein Bereich«, hatte er gesagt. Sie hatten ihm zugesehen, wie er von einem Ende des Bereichs zum anderen marschiert war, mit ein paar von seinen Leuten im Gefolge.

Sollten sie – er und Jumpup – auch fortgehen?

Nat Glitsky war zweiundsiebzig Jahre alt und verbrachte, seit Emma gestorben war, den größten Teil seiner Zeit in der Synagoge in der Fulton Street, wo sein Sohn Abe ihn vorhin abgeholt hatte.

Sie fuhren nach Norden, über den Park Presidio Boulevard durch die Stadt, nahmen die Lombard Street zur Van Ness, kamen zum Broadway, durch den Tunnel und nach North Beach. Nat hatte eine Vorliebe für umfangreiche italienische Mahlzeiten, und wenn sein Sohn bezahlte, gab es nichts Besseres als das *Capp's,* das noch die gleichen Gerichte servierte wie damals, als er Emma den Hof gemacht hatte. Es war eines der wenigen guten Restaurants, in das er sie führen konnte, weil man dort nichts dagegen hatte, wenn eine schwarze Frau an einem Tisch mit den Weißen saß. Doch jetzt fiel es ihm schwer, sich an jene Zeiten zu erinnern, denn an den Tischen saßen Menschen aller Hautfarben und Nationalitäten.

Nat behielt seine Gebetsmütze auf und hängte sein Jackett über die Stuhllehne. Der Kellner kam, und er bestellte sich einen *Negroni* – Campari, Bitter Lemon und Gin.

»Wie kannst du das nur trinken? Es schmeckt wie Medizin«, sagte Abe, der sich einen Eistee bestellt hatte.

Nat tätschelte die Hand seines einzigen Kindes, das zweifellos eine Menge von Emma geerbt hatte. Auch Emma hatte sich nichts aus *Negronis* gemacht. Er fragte sich, ob das vielleicht etwas damit zu tun hatte, daß Emma und Abe ganz beziehungsweise zur Hälfte Schwarze waren. *Negroni*. Würde er Geschmack an einem Getränk mit einem Namen wie *Israeli* oder *Itzig* finden?

Aber sein Sohn hatte ganz andere Probleme. Während der Fahrt hatten sie über Abes geplanten Umzug nach Los Angeles gesprochen. Nat war dagegen. Was würde er ohne seine Familie anfangen? Aber er erwähnte es nicht. Es war unsinnig, eine lange Diskussion anzufangen, während noch gar nichts feststand. Außerdem sprach Abe ununterbrochen. Er hatte sich noch nicht entschließen können, glaubte Nat. Noch nicht ...

Wie Nat Abe kannte, war es nicht nur der Umzug nach Los Angeles, über den er mit jemandem sprechen mußte. Das war lediglich eine Entscheidung, und Entscheidungen hatten Abe noch nie Probleme bereitet. Zumindest hatte er nie mit seinem Vater über irgendwelche Entscheidungen gesprochen. Probleme hatte Abe manchmal damit, die Fäden zu entwirren, damit er seine Aufmerksamkeit dem tatsächlichen Kern einer Sache zuwenden konnte. Aber dieses Problem hatte jeder, dachte Nat. Entscheidungen ließen sich wie von selbst treffen, wenn man erst einmal die Fäden entwirrt hatte. Die meisten Leute ließen sich dafür nur einfach keine Zeit, handelten zu impulsiv und machten die falschen Schritte.

Nicht so Abe, jedenfalls normalerweise nicht. Und aus eben diesem Grund saßen sie jetzt hier.

Die Getränke kamen, sie stießen miteinander an. »L'chaim.« Nat trank, stellte das Glas ab, gab ein paar kußähnliche Geräusche von sich, als er den Geschmack im Mund prüfte. Wenigstens sah Abe gesund aus. Und warum auch nicht? Er hatte Flo und die großartigen Kinder. Das Wichtigste funktionierte. Trotzdem hörte er natürlich zu, während Abe immer wieder von seinem Job hier und seinem Job da sprach, davon, daß niemand sich wirklich kümmere, und von einem seiner Freunde, Hardy, der ein Problem habe.

Endlich hob Nat die Hand.

»Was willst du mir damit sagen?« fragte er. »Der Job ist nicht gut? Dann such dir einen anderen. Aber fang nicht mit demselben Job woanders von vorne an.«

»Ich bin Polizist, Dad. Das ist mein Beruf.«

»Such dir einen anderen Beruf. Zuerst bist du ein Mann, habe ich recht?«

»Ja, aber …«

»Natürlich habe ich recht. Jetzt wirst du mir zuhören. Wie alt bist du? Kein Kind mehr, okay? So. Du hast einen Job. Ein Job ist immer derselbe Job, ganz egal, wo man ist. Willst du mir erzählen, Polizist in New York oder Tel Aviv zu sein sei etwas anderes als in San Francisco? Nein. Ich glaube das nicht. Mehr noch, ich weiß, daß es nicht so ist. Sieh mich an. Ich hatte – bevor ich in Rente ging – durch Gottes Gnade eine Begabung: Ich konnte Dinge reparieren. Zuerst war ich ein Junge in Delaware – Delaware! Ich weiß, du kennst die Geschichte, aber hör trotzdem zu. Ich habe Fahrräder und Nähmaschinen in Delaware repariert, bin zur Schule gegangen, konnte mit Motoren umgehen. Also nannte man mich Spezialist für Motoren. Ich bekam einen Job in einem kleinen Laden in Kalifornien, der Laden wuchs, wurde an jemand anderen verkauft. Mir gefiel es nicht, wie die neuen Besitzer Geschäfte machten, also wechselte ich die Stelle. Ein anderer Laden, dann ein dritter. Während der ganzen Zeit habe ich dich aufgezogen und versucht, deine Mutter glücklich zu machen, was, wie wir beide wissen, ein Ganztagsjob war. Und weißt du, was ich festgestellt habe? Der Job ist ein Job. Für mich ist es egal, ob ich im Laden vom alten Mr. Levine in der Du Pont Street arbeite oder in der Lockheed unten in San Carlos. Man macht seine Arbeit und wird dafür bezahlt, so daß man sein Leben führen kann. Aber die Arbeit ist nicht das Leben.«

Nat hob sein Glas, runzelte die Stirn und drohte seinem Sohn mit dem Zeigefinger. »Das solltest du wissen, Abraham. Wir sprechen nicht über Nuklearphysik.«

Abe grinste, so daß sich die Narbe auf seinen Lippen straffte. »Okay. Was soll ich tun?«

»Was willst du denn tun?«

»Ich will Polizist sein.«

»Und hier in San Francisco kannst du nicht Polizist sein?«

»Was habe ich gerade gesagt?«

»Sag, wie es wirklich ist. Ich weiß es nicht. Manche Leute arbeiten hart, andere gehen den bequemsten Weg … Na und? Was hat das mit dir zu tun?«

»Es wirkt sich auf meine Arbeit aus.«

»Warum? Sag mir, warum das so ist.«

»Ach komm, Dad. Um einen Fall – irgendeinen Fall – abzuschließen, sind die verschiedensten Arten von Kooperation nötig.«

»Schwachsinn. Entschuldige, Abraham, aber das ist purer Schwachsinn.«

Abe schüttelte den Kopf. »Du kennst dich damit nicht aus.«

»Ich kenne mich damit nicht aus. Du willst mir erzählen, daß ich mich nicht auskenne?« Nat griff über den kleinen Tisch und legte die Hand auf die seines Sohnes. »Junge, vor zwanzig Jahren bist du zur Schule gegangen, und deine Mutter ist krank geworden. Damals haben sie bei Ford einen neuen Aufseher eingestellt, den sie Vizepräsident nannten. Drüben im Werk in Fremont, du erinnerst dich vielleicht. Der neue Mann hat mir erklärt – ich war zu der Zeit Manager in der Qualitätskontrolle –, er erklärte mir also, wir müssen die Kosten senken und dürfen nicht mehr so viel Zeit damit verschwenden, alles zu prüfen. Ich habe ihm geantwortet, Kosten senken darf nicht heißen, Qualität zu senken. Er hat mich angesehen, als käme ich vom Mars. Wir müssen die Kosten senken, hat er gesagt. Basta. Punkt. Es war mein Job, ich konnte nicht kündigen. Ich meine, gekonnt hätte ich schon, aber war es die Sache wert, dich und deine Mutter in Schwierigkeiten zu bringen? Nein. Das war es nicht.«

»Und die Moral von der Geschichte?«

»Dieser Mann hat es mir schwer gemacht, meine Arbeit ordentlich zu tun. Er hat das Team verkleinert und die Zeit gekürzt und die Produktionspläne erweitert. Verdammt, es war fast unmöglich. Nehmen wir das Menü?«

Der Kellner stand neben ihnen und notierte ihre Bestellung. Das Menü bestand aus Suppe und Brot als Vorspeise, ging weiter mit Pasta, einem Hauptgericht – Schweinebraten an diesem Tag –, *Spumoni*-Eis und Kaffee.

»Was ist dann passiert?« fragte Abe.

»Etwas später haben sie das Werk geschlossen.«

Abe kaute eine Minute lang auf seinem Brot. »Habe ich was verpaßt?«

»Der Punkt ist, solange es dort Arbeit gab, habe ich sie getan. Egal, wo du hingehst – irgendwas wird dich immer stören.«

Er bestrich sich ein Stück Brot mit Butter. »Ich sage lediglich … wenn du Polizist sein willst, betrüge dich nicht selbst, indem du dir einredest, in Los Angeles wäre es anders. Ob du nun Unterstützung findest oder nicht – was macht das schon? Du ernährst deine Familie, tust etwas, das die Mühe wert ist.«

»Aber ...«

»Aber eines solltest du nicht tun«, unterbrach ihn Nat. »Du solltest es nicht halbherzig tun.« Er sah nach dem Kellner, der die Suppe und eine Karaffe mit rotem Wein gebracht hatte. »Bitte bringen Sie noch ein Glas für meinen Sohn«, sagte er. »Er nimmt sich den Tag frei.«

»Siehst du?« fragte Abe. Er hatte den Löffel voll *Spumoni* zum Mund geführt und in der Bewegung innegehalten. »In den Fall verwickelt, von dem ich gesprochen habe.« Er wies auf einen stämmigen, jungen Mann, der in seine Richtung nickte. Nat sagte immer, die Welt sei doch manchmal sehr klein.

»Iß dein Eis. Trink noch eine Tasse Kaffee. Ich werde mal ein Wort mit ihm reden.«

Nat zuckte die Achseln. »Was kann das schaden?«

Der Mann sprach mit dem Kellner. Abe ging hinüber, zog sich einen Stuhl heran und setzte sich rittlings darauf. »Lassen Sie sich nicht stören«, sagte er. Dann wandte er sich an den Kellner: »Ich hätte gern einen Kräutertee, bitte. Auf seine Rechnung. Geht das in Ordnung, Johnny?«

»Gewiß doch, Sergeant.«

Glitsky lächelte und fragte Johnny LaGuardia, wie es ihm gehe. Es ging ihm gut. Er band sich die Serviette über die Krawatte und ordnete das Besteck, das vor ihm lag. Er hatte seinen Mantel nicht ausgezogen, wahrscheinlich aus dem gleichen Grund wie Abe. Es wäre rücksichtslos, an einem öffentlichen Platz seine Waffe zu zeigen.

Als Teenager mochte er ein nettes Gesicht besessen haben, vermutete Abe, aber jetzt, mit Ende Zwanzig, waren die Wangen fleischig, und man sah, daß er bald ein Doppelkinn bekommen würde. Die Augenbrauen über seiner Boxernase waren fast zusammengewachsen, und die niedrige Stirn unter dem vollen schwarzen Haar glänzte ölig. Er war sorgfältig rasiert. Abe konnte die feinen Äderchen unter der gespannten Haut seines Gesichtes erkennen und roch das übertrieben starke Rasierwasser. Johnny griff nach dem Wasserglas und spielte damit. An der rechten Hand trug er drei schwere Ringe.

»Ich bin mit meinem Vater hier«, sagte Abe und wies auf Nat.

Johnny schüttelte den Kopf. »Banken verleihen kein Geld für Pferdewetten.«

»Ingraham setzte auf Pferde?«

Ein Schluck Bier. »Der Trottel war von Pferden besessen. Er war eine Katastrophe.« Johnny senkte den Löffel. »Einer dieser Kerle, die behaupteten, sie machen jeden Tag das Doppelte. Er stand herum, hat sich die letzten Quoten angehört und dann noch mehr Geld gesetzt.«

»War er gut?«

»Kerle wie der sind nie gut. Etwas anderes treibt sie … Es ist, als wären sie krank. Ich habe die Gebühr von ihm kassiert, seit ich angefangen habe, bei Mr. Tortoni zu arbeiten. Sie wuchs und wuchs.«

»Zurückgezahlt hat er nie?«

»Die Kreditsumme? Gar nicht daran zu denken. Sobald er Geld in die Hand bekam, hat er es auf irgendeinen Gaul gesetzt.«

Abe hatte den Tee ausgetrunken. Der Kellner kam, brachte einen dampfenden Teller Ravioli und nahm die Suppenschüssel mit. »Wie ist er so tief gesunken?«

Johnny hob die Schultern. »Ich habe Ihnen gesagt, er konnte nicht anders. Wenn er Geld hatte, mußte er es verspielen, verstehen Sie? Mit ein paar hundert, die ihm fehlten, fing es an. Die Gebühr betrug zwanzig die Woche, kein Problem, das kann man aufbringen. Dann stieg die Gebühr auf hundert. Er konnte eine Rate nicht bezahlen, also machte er weiter, lieh sich mehr, um die Gebühr zu bezahlen. Selbstmord, unter uns gesagt. Er zahlte immer weiter, und die Gebühr wurde immer höher.«

»Und was ist auf seinem Kahn passiert?«

Johnny musterte die Raviolis auf seiner Gabel. »Ich hatte vor kurzem ein bißchen Streit mit Mr. Tortoni. Ein paar Jungs haben mich hereingelegt, zu wenig gezahlt.« Er zuckte die Schultern, versuchte, gleichmütig zu wirken, aber Abe sah, daß er Angst hatte. »Geschäfte, verstehen Sie, und Mr. Tortoni gehört zu denen, die ihre Geschäfte äußerst ernst nehmen.«

»Und?«

»Und ich muß Mr. Tortoni erklären, daß bei Ingraham eine Leiche herumlag, aber kein Geld. Ich bringe ihm also sechshundert zuwenig, nachdem ich …« Er machte eine kurze Pause. »Nachdem ich vorher schon von anderen zuwenig gebracht habe.« Er senkte die Gabel, ohne gegessen zu haben. Abe hatte das Gefühl, daß Johnny drauf und dran war, ihm etwas Persönlicheres zu erzählen, aber der Augenblick verstrich. Er hob erneut die Schultern und wandte sich wieder seiner Mahlzeit zu. »Also bin ich durchgedreht. Ich war in Schwierigkeiten, verstehen Sie?«

»Und was haben Sie getan? Zuerst sind Sie eingebrochen.« Die Miene wurde verschlossen. »Johnny, auch ein Einbruch ist kein Mord. Es interessiert mich nicht, ob Sie die Tür eingetreten haben.«

»Wir hatten eine Verabredung. Er hätte da sein müssen.«

»Okay.«

»Also ging ich hinein, und da lag diese Leiche. Ich wußte sofort, hier kriegt Mr. Tortoni kein Geld, und das hat mich rasend gemacht. Ich wollte etwas gegen die Wände werfen, etwas zerstören.«

»Also haben Sie sich die Lampe geschnappt.«

»Ja. Ich habe sie auf den Boden geworfen. Hat nicht viel geholfen.«

»Haben Sie Ihren Zorn inzwischen überwunden?«

Johnny schien sich an etwas zu erinnern. Er atmete aus. »Ich glaube, dafür wurden die Weiber erfunden«, sagte er.

17

Hardy dachte an die Tage bei der Staatsanwaltschaft, an denen er so in Arbeit vertieft gewesen war, daß die Stunden unbemerkt verstrichen, während er versuchte, Teile zusammenzusetzen, die einfach nicht passen wollten, sich Strategien für ein Verhör zurechtlegte, ein Eröffnungs- oder Schlußplädoyer formulierte. Intensiv nachdachte. Sich so verdammt bemühte.

Er stand an der Tür zu Tony Feeneys Büro. Der Staatsanwalt, der glaubte, gute Kleidung mache erfolgreich, und Rusty Ingraham gehaßt hatte, schien in tiefes Grübeln versunken zu sein. Er saß halb dem Fenster zugewandt, hatte die Füße auf den Schreibtisch gelegt und war weit weg von allem, was sich hier und jetzt abspielte. Hardy zögerte, ihn aus seinen Gedanken zu reißen. Dann klopfte er doch.

Die Füße wurden heruntergenommen, eine Hand über den Tisch hinweg ausgestreckt.

Hardy ergriff sie und sagte: »Dismas Hardy, ich war neulich schon mal hier.«

»Ich weiß. Wie geht's?«

Hardy sagte, er fühle sich wieder wie ein Polizist, der Knochenarbeit leistete.

»Sind Sie mal draußen bei Hector Medina gewesen?«

»Er ist kein glücklicher Mann.«

Feeney setzte sich ein wenig im Stuhl zurück. »Nein. Nein, ich vermute, das ist er nicht. Haben Sie das Neueste über ihn gelesen …?«

»Ja. Interessant.«

»Hat es irgendwas mit Ihrem Besuch bei ihm zu tun?«

»Ich weiß es nicht. Aber ich bezweifle es. Vergangene Woche der Anruf bei Rusty, jetzt diese Hundegeschichte … Sieht so aus, als gehe in ihm etwas vor.«

Feeney setzte sich auf. »Er hat Ingraham angerufen? Im Ernst?«

»Ja, im Ernst.« Hardy zog sich einen Metallstuhl heran und setzte sich. »Aber ich wollte Sie nach etwas anderem fragen, nach etwas, das Sie neulich erwähnt haben.«

»Ich habe gepokert …«, scherzte Feeney, hob die Hände, lächelte. Dann fragte er: »Was habe ich gesagt?«

»Sie haben mir erzählt, Rusty habe Medina all das eingebrockt. Da sei eine Frau gewesen, sagten Sie, der er was beweisen wollte.«

Feeney mußte nicht nachdenken. »Karen Moore«, sagte er. »Aber sie paßt nicht in diese Sache, die Geschichte zwischen ihr und Rusty liegt Jahre zurück.«

»In dieser Geschichte liegen alle Verbindungen Jahre zurück.« Hardy informierte ihn über die neuesten Ergebnisse in der Baker-Ermittlung. Wenn man von Ermittlung sprechen konnte. »He, niemand sonst überprüft es. Dieses alte Zeug könnte doch irgendeinen Hinweis enthalten, oder nicht?«

Feeney nickte. Er steckte einen Kaugummi in den Mund. »Ein völlig abwegiger Gedanke, aber es liegt doch eine verdammt lange Zeit zurück. Sind Sie noch immer der Ansicht, Ingraham sei tot?«

»Er ist tot.«

»Das haben Sie das letzte Mal auch gesagt.«

Hardy lehnte sich zurück. »Wie kommt es, daß niemand an den Tod dieses Mannes glauben will?«

»Oh, ich würde gern daran glauben, für meinen inneren Frieden wäre es wundervoll, wenn er tatsächlich tot wäre … Aber wir stehen nun einmal auf Leichen. Ohne Leichen ist ein Mordfall so unvollkommen.«

Hardy wußte, was er meinte. Der Verdacht gegen Baker gründete sich auf dessen Motiv für den Mord an Ingraham. Nicht für den an Maxine. Und ohne den offiziellen Befund, daß Rusty tot war, würde der Staatsanwalt der Jury beweisen müssen, daß Baker Maxine getötet hatte. Die Jury würde sich vielleicht schwertun, das zu glauben, weil Baker kein erkanntes Motiv besaß und Maxine ja nicht einmal gekannt hatte. Der Tod von Ingraham wäre in dieser Situation irrelevant. Wenn Baker Maxine umgebracht hatte, weil sie ihm im Weg gewesen war, als er Ingraham getötet hatte, war alles okay. Aber wenn Ingraham offiziell nicht einmal tot war, wurde die Sache schwierig.

»Ich bin von Rustys Tod überzeugt«, sagte Hardy. »Sein Blut war überall auf dem Schlepper. Er fiel über Bord und wurde in die Bucht hinausgetrieben.« Er merkte, daß er wieder dabei war, Baker ans Messer zu liefern. Aber er mußte seine Zweifel für einen Moment außer acht lassen.

»Vielleicht hat er Angst und hält sich versteckt.«

»Und vielleicht ist er Fischfutter.«

Feeney lächelte. »Ich kauf's Ihnen ab. Es ist möglich, sogar wahrscheinlich. Aber Sie glauben nicht, daß Baker es getan hat?«

Hardy zögerte eine Sekunde. »Das ist das Eigenartige. Wenn ich den Fall bekommen hätte, als ich noch hier gearbeitet habe, nur die Akte Baker, die anderen Verdächtigen lassen wir mal beiseite … dann hätte ich meinen Kopf darauf verwettet, daß er es war. Wie Glitsky sagt, wenn er richtig professionell wird: Alles da, bis auf die Leiche.«

»Nicht gerade eine Kleinigkeit.«

»Ein Experte als Zeuge – jemand wie ich zum Beispiel – sollte ein Gericht davon überzeugen können, daß Rusty über Bord gegangen und von der Strömung hinausgetrieben worden ist.«

»Das ist Ihre Vermutung.«

Hardy kaute auf der Innenseite seiner Wange. »Ich bin überzeugt davon.«

»Na gut, aber wenn Sie davon ausgehen, daß Baker dort war, was Sie wohl tun müssen – wo liegt das Problem?«

»Ich kann mich einfach nicht davon überzeugen, daß er es gewesen ist. Mein Problem ist: Ich spiele in einem Spiel und weiß nicht, in welchem. Das macht mich nervös.«

Feeney nickte.

»Also habe ich mir gedacht, ich fange von vorne an. Sie haben gesagt, es habe damals eine Frau gegeben, was bei Ingraham immer so ...«

»Richtig.«

»Und auf seinem Kahn lag die tote Maxine Weir.«

»Nach dem, was Sie mir erzählt haben, würde ich mit ihr anfangen.«

»Mit ihrem Ehemann, meinen Sie?«

Feeney nickte. »Sprichwörter lügen nicht: Schau nach dem Ehepartner. Vor allem in diesem Fall. Geld, Eifersucht, die gemeinsame Arbeit. Warum hat Glitsky ihn nicht verhaftet?«

»Nun, vielleicht hatte er ein Alibi. Ich bin nicht sicher, ob er es Abe gegenüber erwähnt hat ... Außerdem haben sie ja Baker inzwischen verhaftet.«

»Richtig. Ein Glück, daß es Baker gibt.«

»Warum sagen Sie das?«

»Weil Baker zwei ungeklärte Mordfälle löst – drei, wenn Sie Ingraham mitrechnen. Das ist gut für die Statistik der Abteilung.« Er fuhr sich mit den Fingern durch das dichte Haar. »Vielleicht liegt es nicht an der Bequemlichkeit unserer Leute ... Auf dem Papier ist Baker zu Recht ein Verdächtiger.«

»Aber Sie halten ihn nicht für schuldig?«

Feeney hob eine Hand. »Ich spiele einfach mal den Advocatus Diaboli. Beides können Sie nicht haben. Wenn Ingraham tot ist – ich sage nicht, daß er es nicht ist –, dann ist Baker ein guter Tip. Vielleicht auch Maxines Ehemann. Aber wenn Ingraham nicht tot ist, öffnet das ein paar andere Dosen mit Würmern.«

»Ich bin sicher, daß er tot ist. Baker oder Weir, einer von beiden war's.«

»Sie haben gesagt, Weir hat ein Alibi.«

»Hat vielleicht ein Alibi ...«

»Finden Sie das heraus. Warum verschwenden Sie Ihre Zeit mit Karen Moore?«

»Vielleicht führt alles zurück zu Medina. Warum spielt er ausgerechnet jetzt wieder eine Rolle in dem Stück?« Hardy bemerkte Feeneys skeptischen Blick, ging aber darüber hinweg. »Was immer hier gespielt wird, begann mit Ingraham. Seinetwegen hänge ich mit drin. Medina, Baker, Ingraham, ich. Vor neun Jahren hat das alles angefangen. Falls mich die Spuren wieder zu Maxine Weir führen, werde ich mich um Rays Alibi kümmern.«

»Und Sie glauben, Karen Moore könnte etwas wissen?«

Hardy schüttelte den Kopf. »Keine Ahnung. Vielleicht weiß sie gar nicht, daß sie was weiß.«

Karen Moore war Mitarbeiterin der Staatsanwaltschaft, einer Abteilung, die selbständig und unabhängig von der Polizei arbeitete. Einer ihrer Kollegen berichtete Hardy, Karen sei unten in Hunter's Point und versuche, einen jugendlichen Zeugen ausfindig zu machen. Sie werde am Nachmittag zurücksein, wann genau, wisse er nicht.

Hardy war auf dem Korridor, als die Mittagspause gerade vorbei war. Die Leute strömten zurück in die Gerichtssäle, und die Flure waren überfüllt. Er ging zur Telefonzelle und rief Frannie an ihrem Arbeitsplatz an.

»Bist du noch böse auf mich?« fragte sie.

»Ich war nicht böse auf dich. Ich mußte weg.«

»Das hat Eddie auch gesagt, bevor er ging. Er wurde ermordet.«

»Ich bin nicht Eddie, Frannie. Und ich werde nicht ermordet.«

»Du bist immer noch weg.«

»Ja.«

Sie schwieg. »Ziehst du wieder in deine Wohnung?«

»Wahrscheinlich.«

»Heute abend?«

Hardy dachte nach. »Ich weiß es nicht. Was meinst du? Ich möchte mich nicht jedesmal mit dir streiten, wenn ich weggehe.«

»Ich würde mich freuen, wenn du heute nacht zu mir kämst.«

»Du weißt, daß ich mit diesem Zeug weitermachen muß, bis es geklärt ist?«

»Okay. Paß auf, daß dir nichts passiert, ja?«

Hardy lächelte. »Das ist im Stück nicht vorgesehen.«

Lanier, der im verlassenen Morddezernat einen Bericht schrieb, hatte ihm den Code genannt. Eigentlich war Hardy gekommen, um zu sehen, ob Abe sich ein Herz gefaßt hatte und im Büro erschienen war. Aber er hatte sich krank gemeldet.

Hardy sagte, er sei im Auftrag von Tony Feeney hier, hinterließ eine Nachricht für Karen Moore, damit sie, wenn sie zurückkam, wußte, wo er zu finden war, und besorgte sich eine Cola light. Er fand den Raum sofort – ein gewöhnliches Büro mit einem einsamen Computer auf einem zerkratzten Tisch.

San Francisco Computer mit den Daten von Verdächtigen, Häftlingen, aktuellen Fällen. Nur ein Terminal, und niemand, der ganztags daran arbeitete. Aufs Geratewohl erstellte, ungeordnete Angaben. Als Hardy hier gearbeitet hatte, hatte es so ein Ding nicht gegeben, also fand er, daß es ein Fortschritt war. Aber vom neuesten Stand der Technik waren sie noch weit entfernt.

Er suchte nicht nach etwas Bestimmtem, schlug einfach die Zeit tot, aber das konnte manchmal äußerst produktiv sein. Er gab Louis Bakers Namen ein und bekam einen interessanten Hinweis. Nach Aussage des Computers war Louis Baker, alias Lou Brock, Louis Clark, Lou Rawls – der Kerl hatte tatsächlich Sinn für Humor –, Straßenname Puffer – was immer das bedeuten mochte –, noch im Gefängnis von San Quentin.

Hardy fragte sich, wie veraltet das Wissen des Computers war. Er gab ›Hector Medina‹ ein, aber diesen Namen kannte der Computer nicht. Nun gut, das ergab einen Sinn – Medina war zweimal freigesprochen worden.

Ray Weir jedoch war verfügbar. Vor neun Jahren – schon wieder diese Zahl – war er wegen einer Rauferei während eines Spiels der 49er festgenommen worden. Der Beamte, der ihn verhaftet hatte, war nicht Medina. Einen Hinweis, daß Ingraham damit zu tun gehabt hatte, fand Hardy nicht. Ray hatte Reue gezeigt und war mit einem Bußgeld in Höhe von zweihundert Dollar davongekommen. 1985 war er mit Marihuana geschnappt worden – wieder ein Bußgeld, diesmal hundert Dollar. Ein Urteil wegen eines nicht bezahlten Strafzettels stand noch aus.

Hardy trank seine Cola. Also war auch Ray ein Schläger, oder es zumindest gewesen. Daß er reichlich Marihuana konsumierte, wußte Hardy bereits, vielleicht nahm er auch andere Drogen. Er war impulsiv genug, vor anderen Leuten um seine geliebte, verlorene Frau zu weinen. Wie labil war er? Was, wenn er im Drogenrausch, gereizt und voller Aggressionen, losgezogen war, wie Warren spekuliert hatte, um die Dinge mit Maxime ›zu bereinigen‹? Hoffentlich ließ sich Rays Alibi nachprüfen, dachte Hardy. Er schrieb sich ein paar Angaben vom Bildschirm auf seinen gelben Notizblock.

Rustys Auto – ein blauer VW Jetta, Baujahr 1987 – war tatsächlich am 29. August gestohlen worden. Das war alles, was der Computer über Rusty vorzuweisen hatte. Also hinkten die Dateien nicht mehr als drei Wochen hinterher, was – fand Hardy – doch gar nicht so schlecht war. Er wollte sich gerade die Angaben bezüglich des Autos notieren, als es an der Tür klopfte.

»Mr. Hardy?«

Hardy stand auf.

»Sergeant Moore.«

Sie lachte. Perfekte weiße Zähne und das Gesicht eines Models. »Nennen Sie mich bitte Karen … Tony Feeney winkt, und ich springe. Womit kann ich Ihnen helfen?«

Sie setzte sich wie ein Schulmädchen auf die Tischkante. Sie trug eine Art Uniform, die den blauen der Streifenpolizisten aber in keiner Weise glich. Die Hose war weit geschnitten, eine Lederjacke mit den Sergeantenstreifen bedeckte ihre Bluse. Sie wirkte kräftig, was aber wohl eine absichtliche Täuschung war. Ein genauerer Blick ließ auf einen wohlproportionierten Körper schließen, für den die Kleidung eine Nummer zu klein war. Mit etwas Make-up würde Karen Moore Verkehrsstaus verursachen, doch so – ohne die hohen Wangenknochen, die tiefen, dunklen Augen und den großen, sinnlichen Mund zusätzlich zu betonen – war sie einfach nur hübsch. Sehr hübsch.

»Ich weiß nicht, ob Sie mir helfen können. Ich suche nach etwas, das vor langer Zeit passiert ist.«

»Für Tony? Ist es ein aktueller Fall?«

»Nein, nicht direkt für Tony. Er nannte mir nur Ihren Namen.«

Sie wartete ab.

»Es ist was Persönliches«, sagte Hardy. »Rusty Ingraham.«

Sie war wachsam. »Rusty Ingraham. Ein Ruf aus der Vergangenheit … Wie geht's ihm?«

»Rusty ist tot, jedenfalls spricht einiges dafür, daß er tot ist.« Er erklärte ihr die Zusammenhänge.

»Tut mir leid, das zu hören«, sagte sie, nachdem er fertig war.

»Wirklich?«

»Rusty und ich, das ist längst vorbei. Wir sind als Freunde auseinander gegangen.«

»Als Tony Feeney von Rustys Tod erfuhr, benahm er sich, als hätte er im Lotto gewonnen.«

Sie nickte. »Das glaube ich. Tony hat Rusty gehaßt. Eine Menge Leute haben Rusty gehaßt. Ich nicht. Mir hat er am Ende nur leid getan.«

»Am Ende?«

»Am Anfang fühlte ich mich sehr zu ihm hingezogen. Kennen Sie ihn?«

Hardy nickte.

»Dann wissen Sie Bescheid. Er war ziemlich charismatisch. Sehr charismatisch. Er verlor nie einen Fall, war der Star der Bühne. Und ich war eine alleinerziehende schwarze Mutter mit einer zehnjährigen Tochter und …«

»Entschuldigung … Wann war das?«

»Vor neun oder zehn Jahren.«

»Sie hatten damals schon eine zehnjährige Tochter?« Hardy hatte sie für Ende Zwanzig gehalten.

Karen lachte. »Ich bin sechsunddreißig, Mr. Hardy, und Großmutter, aber trotzdem vielen Dank.«

»Wie eine Großmutter sehen Sie nicht aus.«

»Nein, ich weiß. Ich gebe mir Mühe. Ich gebe mich der Hoffnung hin, meiner Tochter an guten Tagen noch ernsthaft Konkurrenz machen zu können.«

»Ich würde auf Sie setzen. Ihre Tochter war also zehn, als Sie diese Sache mit Rusty hatten?«

»Ich fühlte mich geschmeichelt. Er war außerdem der erste weiße Mann, mit dem ich etwas hatte, und zu dieser Zeit kam mir das wie der große Wurf vor. Mir war nicht klar, daß es für Rusty ähnlich war – das knackige, junge schwarze Hühnchen. Eine Eroberung. Ein weiterer Schlag.«

Er suchte in ihren Augen nach einem Anzeichen von Schmerz oder Verlust, aber er fand keines. Ingraham hätte ein alter Schullehrer sein können, an den sie sich hin und wieder erinnerte.

»Wie lange waren Sie zusammen?«

Sie sah zur Decke hinauf. »Ein knappes Jahr, vielleicht zehn Monate. Ein Jahr war sein Limit, danach war man unweigerlich das Modell des vergangenen Jahres. Es gab keinen Grund mehr für ihn, sich mit mir zu beschäftigen.«

»Haben Sie's ihm sehr übelgenommen?«

»Nein. Ich wußte, daß es so kommen würde. Ich hatte ihn zu dieser Zeit längst durchschaut und fing an, Mitleid mit ihm zu haben. Und jemanden, mit dem man Mitleid hat, kann man nicht lieben.«

»Warum tat er Ihnen leid? Ich dachte, er wäre so erfolgreich gewesen?«

»Gerade deshalb. Es war eine Krankheit. Ich glaube wirklich, er war ein kranker Mann. Er ertrug es nicht zu verlieren, ertrug nicht einmal mehr das Gefühl, daß er verlieren könnte. Er kümmerte sich nicht mehr um die Wirklichkeit. Alles war nur noch Illusion.«

»Und was war mit Hector Medina?«

»Ich glaube, hauptsächlich deshalb habe ich Schluß gemacht. Er mußte mir unbedingt beweisen, daß er recht hatte in Sachen Medina. Er beschuldigte Medina vor mehreren unserer Bekannten und war nicht bereit, es zurückzunehmen. Wir haben uns deswegen gestritten. Ich wollte, daß er die Sache einfach auf sich beruhen ließe, ich meine, was hätte es schon ausgemacht? Medina war bestimmt kein großartiger Polizist, aber er war auch nicht schlechter als die anderen. Er hatte Familie, all das. Warum das Ganze wieder aufwirbeln, wo sie ihn doch in der ersten Untersuchung von dem Vorwurf freigesprochen hatten? Aber Rusty saß auf seinem hohen Roß und war nicht herunterzubekommen.«

»Und warum?«

»Das ist die Frage, nicht wahr? Zuerst dachte er wohl, er könne mich beeindrucken. Ein kleiner Strafverfolger stellt Polizei und Staatsanwaltschaft in den Schatten und bringt eine gerechtfertigte Anklage vor. Er glaubte, es lasse ihn romantischer erscheinen. Der *Serpico* von San Francisco …«

»Aber das ging vorüber? Der Wunsch, Sie zu beeindrucken, meine ich?«

»Es hat ja nie richtig funktioniert … Aber nachdem er die Aussage einmal gemacht hatte, konnte er nicht mehr zurück.« Sie hob die Schultern. »So war Rusty. Sein Ego war das Problem.«

»Und zum Teufel mit Medina, was?«

»Oh, Medina schien für Rusty nicht einmal zu existieren. Er war nur eine weitere Trophäe, so wie ich. Später wurde er dann ja freigesprochen.«

»Aber er verlor seinen Job.«

»Ich weiß. Nach der zweiten Untersuchung glaubte ihm niemand mehr, aber es gab nicht genug Beweise, um ihn vor Gericht zu stellen, also kam er davon. Doch jeder hielt ihn für einen Mörder.«

»Glauben Sie, er war einer?«

»Er stand in dem Ruf, brutal zu sein. Kleinigkeiten, wie sie bei vielen der Jungs vorkommen. Ein zusätzlicher Schlag mit dem Gummiknüppel, die Handschellen so fest anlegen, daß sie einschneiden … Nichts Schwerwiegendes, aber es kam während der Untersuchung alles heraus.«

»Haben Sie von der neuen Beschuldigung gegen ihn gehört?«

»Die Geschichte mit dem Hund? Das traue ich ihm zu.«

»Und wie steht's mit Rusty? Trauen Sie ihm das auch zu?«

»Nach all dieser Zeit?«

Hardy erzählte ihr von der Verbindung zu Raines und Valenti, die Medina wieder auf die Bühne gebracht hatte.

»Ich weiß nicht«, sagte sie. »Es könnte ihm vielleicht in den Sinn gekommen sein. Aber wenn er es damals nicht getan hat, warum dann jetzt?«

»Vielleicht, weil er damals verheiratet war, eine gute Stellung und eine Zukunft hatte. Jetzt ist er geschieden, zieht seine Tochter allein groß, und sein Job taugt nichts. Vielleicht ist ihm alles, was er verloren hat, wieder in den Sinn gekommen, alles, was Rusty ihm genommen hat. Er hat darüber nachgedacht und …«

Karen glitt vom Tisch und ging zum Fenster. »Es sind schon seltsamere Dinge passiert, aber man sollte doch annehmen, daß die Zeit wenigstens ein paar Wunden heilt. Wenn Rusty Medina später noch einmal etwas angetan hätte, würde es mir einleuchten. Gibt es dafür irgendwelche Anzeichen?«

»Nein. Medina hat mir erzählt, er habe von Rusty seit Jahren nichts mehr gehört, bis er ihn vor kurzem angerufen habe.«

»Was wollte er von ihm?«

»Nichts. Er sagt, er habe es sich anders überlegt und eingehängt.«

In ihren Augen stand noch eine Frage, aber sie stellte sie nicht. Statt dessen sagte sie: »Es könnte sich lohnen, sein Alibi zu überprüfen.«

Hardy fuhr im Sitzen mit den Fingern über die Tastatur des Terminals. »Das werde ich tun«, stimmte er zu.

Sie trat hinter ihn und sah über seine Schulter auf den Bildschirm, auf dem noch immer die Information über Rustys Auto stand. »Zurück zu den Anfängen? He, er fuhr einen alten Volkswagen?«

Hardy starrte auf das flimmernde grüne Bild. »Hat das was zu bedeuten?«

»Es bedeutet, daß er bei den Pferden eine Pechsträhne gehabt haben muß. Er sagte immer, unter einem Lincoln würde er es nicht machen. Lieber würde er laufen.«

»Und was hat das mit Pferden zu tun?«

»Ich denke, Sie kannten ihn?«

Für Hardy war Rusty ein junger, heißblütiger Staatsanwalt wie er selbst gewesen, der sich in seine Fälle verbissen und mit allen Mitteln versucht hatte, sie zu gewinnen, die Verbrecher hinter Gitter zu bringen. Sie waren in ihrem gemeinsamen Büro ganz gut miteinander ausgekommen, gelegentlich zusammen auf einen Drink ausgegangen und hatten über ihre Arbeit gesprochen. Das war der Punkt. »Ich fürchte, nein«, sagte er.

»Wenn Sie nicht wußten, daß er spielte, wissen Sie nichts von ihm«, sagte Karen und setzte sich wieder auf den Tisch. »Seine Spielsucht zerstörte unsere Beziehung mehr als die Sache mit Medina – auch wenn all diese Dinge zusammenhingen. Ich vermute, es ging ihm um den Rausch des Sieges. Er sagte, Pferderennen seien die höchste Herausforderung, und war überzeugt davon, daß man die Pferde und die Jockeys so genau studieren könne, daß man nie mehr verlieren würde. Er sagte immer, es sei kein Spiel, sondern eine sichere Sache, wenn man sich Mühe gebe. Nicht bei jedem Rennen. Aber sobald man sicher sei, könne man zuschlagen.«

»Hatte er Erfolg?«

»Er war ziemlich gut.« Sie warf erneut einen Blick auf den Schirm. »Wenn er nicht gerade verlor.«

»Was oft vorkam?«

»Nein, aber wenn er verlor, dann eine Menge.« Sie schüttelte den Kopf. »Ein Volkswagen … wer hätte das gedacht? Er muß sehr viel verloren haben.«

Hardys Finger trommelten schneller auf den Tisch. »Und das hat Sie auseinandergebracht?«

»Es hat mir einfach klargemacht, wer er war. Deshalb hat er mir ja später so leid getan. Niemand kann immer gewinnen, selbst wenn er noch so gut ist, noch so viel weiß. Aber er empfand jede Niederlage wie eine persönliche Beleidigung. Er wurde fast verrückt. Das Universum war gegen ihn.«

Sie war jetzt völlig in der Erinnerung versunken. »Ein paarmal wollte er meinen Gehaltsscheck haben, nachdem er seinen verspielt hatte, verloren bei dem, was er für eine sichere Sache hielt. Er wollte einfach nicht glauben, daß er meinen Scheck im nächsten Rennen ebenso verlieren könnte wie seinen.« Sie sah Hardy in die Augen. »Es war wirklich traurig mit dieser Sucht. Fast hatte ich den

Eindruck, er, der sonst immer gewann, habe sich mit Absicht etwas gesucht, wo er auf Dauer nicht gewinnen konnte, damit er beweisen konnte, daß er eigentlich der geborene Verlierer sei. Denn so sah er sich.« Abrupt fuhr sie sich mit den Händen durchs Haar, als sei etwas von Rusty darin, das sie herausreißen wolle. »Nur mein dilettantischer Versuch, seine Psychologie zu ergründen, aber für mich ergibt es einen Sinn.«

»Glauben Sie, er war ein Verlierer?«

»Bis in die letzte Faser seines Körpers. Es gab nur Gewinnen und Verlieren, er selbst existierte ganz einfach nicht, hatte keine Identität, die ihn zusammenhielt, dem Ganzen eine Richtung gab. Seine größte Angst, glaube ich, war die, daß jemand herausfinden könnte, daß er nicht der große Sieger war, für den ihn alle hielten. So konnte er es sich einfach nicht leisten zu verlieren.«

»Und trotzdem riskierte er es bei den Pferden immer wieder?«

»Ich sage doch, es war eine Krankheit. Die Rennen waren seine Meßlatte. Wenn er die Rennbahn besiegte, würde er jeden schlagen; wenn sie ihn besiegte, war er am Boden. Als er wieder einmal auf dem Weg nach unten war, haben wir uns getrennt.«

Hardy erinnerte sich, wie Rusty in der vergangenen Woche ins *Shamrock* gekommen war – ein bißchen abgerissen, die Kleidung nicht gebügelt, mit dem Bus, weil sein Auto gestohlen worden war. Er hatte immer noch eine gewisse Ausstrahlung gehabt, eine Linie, ein geschicktes Mundwerk – aber wie ein Mann, der es mit dem Universum aufnahm, wie ein Sieger, hatte er nicht mehr ausgesehen.

Karen sprang vom Tisch. »Aber die Pferde haben ihn nicht umgebracht, oder?«

»Nein«, sagte Hardy. »Jemand mit einem biegsamen Zeigefinger.«

18

In Ordnung, dachte Ray Weir. Er hatte lange genug gewartet.

Er war heute morgen in den Gottesdienst gegangen und hatte mit Courtenay und Warren gewartet, bis sie die Urne gebracht hatten, die alles enthielt, was von Maxine übrig war. Dann waren sie unter die Golden Gate Bridge gefahren, wo einer von Warrens reichen Freunden eine Jacht liegen hatte, und hatten zur Erinnerung an Maxine Champagner und Toasts zu sich genommen … Dann hatten sie die Asche ins Meer geschüttet und sich dabei den Hintern abgefroren.

Jetzt war er wieder zu Hause und hatte lange genug gewartet. Es war legitim, und vor ihm lag der ganze Papierkram.

Er wurde mehrmals verbunden, bis er endlich jemanden an den Apparat bekam, mit dem er reden konnte. Er gab die Nummer von Maxines Lebensversicherung an, außerdem beide Daten des Unfalls und der Vertragsunterzeichnung. »Ich wüßte nur gern, wann das Geld ausgezahlt wird«, sagte er.

Die Frau bat ihn zu warten und war erst wieder zu hören, als das Lied *I Write The Songs* fast verklungen war. Aufgrund der großen Entfernung war ihre Stimme leise und dünn. »Haben Sie den Scheck nicht erhalten?«

»Deshalb rufe ich an.«

»Er kommt mit der Post«, sagte sie.

Rays Hand verkrampfte sich um den Hörer. »Der Scheck kommt mit der Post? Wann ist er abgeschickt worden?«

Sie räusperte sich, sprach aber auch danach nicht lauter. »Einen Moment, bitte.« Ein Radiosender in Connecticut spielte *Soft Hits All The Time* – weiche Hits für weiche Hirne, dachte Ray, und dann erklang eine schnulzige Version von *I Am, I Said*.

»Sir?«

»Ich bin noch dran.«

»Da muß ein Irrtum vorliegen. Wir haben Ihnen den Scheck über die Gesamtsumme in Höhe von fünfundachtzigtausend Dollar vor zehn Tagen geschickt, persönliche Zustellung mit Rückschein. Der Rückschein wurde unterzeichnet von …« Sie seufzte. »… Maxine Weir.«

Ray war plötzlich schwindlig, und er mußte sich setzen. »Was meinen Sie damit?« fragte er.

»Wie bitte?«

»Ich meine … *Wann* war das?«

Sie dachte nach. »Wir haben ihn Freitag abgeschickt, also ist er wahrscheinlich … ja, da habe ich's. Er ist am Montag letzter Woche zugestellt worden. Heute vor einer Woche.«

»An Maxine Weir?«

»Ja, Sir. Die Unterschrift ist deutlich lesbar. Soll ich Ihnen eine Kopie des Rückscheins schicken?«

Ray hätte beinahe laut gelacht. Er hängte ein.

Immerhin, es war möglich, daß der Scheck noch in ihrer Wohnung lag. Die Versicherung war in ihrer beider Namen abgeschlossen worden, jeder von ihnen konnte unterschreiben. Vielleicht hatte die Polizei den Scheck gefunden und ihn noch nicht benachrichtigt.

Oder sie hatte ihn zur Bank gebracht. Sie hatten noch immer ein Gemeinschaftskonto, das aber so gut wie leer war. Er würde bei der Bank anrufen.

Er steckte sich einen Joint an und wählte. Auf dem Konto sei kein Eingang vermerkt, sagte der Angestellte, ob er einen Vorgesetzten sprechen wolle?

Er wußte nicht, was er wollte. Alles drehte sich vor seinen Augen.

Obwohl er im Justizgebäude war, meldete sich Glitsky nicht im Morddezernat. Wenn er Batiste oder einem der anderen begegnete, würde er sagen, daß er sich besser fühle und den Dienst wieder antreten könne. Vielleicht könnte er ein wenig arbeiten. Er dachte zwar noch immer an Los Angeles, aber es gab Dinge, die hier ausgetragen werden mußten, sein Vater hatte recht. Wenn man etwas tat, durfte man es nicht halbherzig tun.

Der Filipino aus dem Labor, Ghattas, hatte ihm am Samstag schon einmal geholfen und keine Schwierigkeiten, die Waffe – Ray Weirs Waffe – und den Bericht noch einmal herauszusuchen. Er stand auf der anderen Seite des Tisches, während Abe eilig einen Blick auf die Ergebnisse warf ...

»Sie ist im Schlamm in vierzig Meter Tiefe gefunden worden, Sie verstehen, Sir ...«

»Also keine Fingerabdrücke?«

»Mit den Fingerabdrücken ist es so eine Sache, Sir. Sie basieren auf Fett, und da kann man nicht sagen, ob man welche erwarten kann. Entweder sie sind noch drauf oder eben nicht.«

Abe sah von dem Bericht auf. Der Junge hatte noch etwas zu sagen. »Aber?«

»Sie waren nicht mehr drauf.«

Abe versuchte, seine Enttäuschung zu verbergen.

»Aber ich habe angefangen nachzudenken.«

Abe fing an, diesen Burschen zu mögen. Er grinste sein von der Narbe verzerrtes Grinsen.

»Und worüber haben Sie nachgedacht?«

»Wie ich schon sagte, auf der Waffe waren keine Fingerabdrücke. Aber – es waren auch keine Fettspuren drauf. Sie wirkte, als hätte sie noch nie jemand in der Hand gehalten.«

»Aber sie ist abgefeuert worden.«

»O ja, da besteht kein Zweifel. Aber trotz Schlamm und Salzwasser … Irgendwas erwartet man. Irgendwelche Fettrückstände.«

»Und?«

»Keine. Weil das vielleicht ein bißchen vage ist, habe ich einen Test mit *Armor All* gemacht.«

»*Armor All?*«

»Ein Autoputzmittel. Sagt Ihnen nichts? Die Hell's Angels sind Spezialisten für das Zeug. Sie reiben eine Waffe sauber, sprühen sie mit *Armor All* ein und hinterlassen garantiert keinen Fingerabdruck.«

»War *Armor All* auf dieser Waffe?«

»Exakt.«

»Und?«

»Das bedeutet, daß der, der die Waffe abgefeuert hat, über *Armor All* Bescheid wußte.«

»Und weiter?«

Der Junge beugte sich über den Tisch, und seine Augen leuchteten vor Erregung. »Es bedeutet, daß der Täter ein Profi war. Denn wenn er kein Profi wäre, hätte er die Waffe hinterher einfach abgewischt, meinen Sie nicht?«

Glitsky nickte. »Okay.«

»Also stammt Ihr Schütze aus unserer Branche. Es ist zwar nicht der Stein der Weisen, aber ich würde auch nicht behaupten, daß es zum Allgemeinwissen gehört. Falls Sie also zwei Verdächtige haben und einer von beiden ist, sagen wir, ein Zivilist, dann ist es eher unwahrscheinlich, daß das Ihr Mann ist.«

»Ray Weir«, sagte Abe, »der Ehemann. Durch und durch Zivilist.«

»Vielleicht lohnt es sich, darüber nachzudenken.«

Drysdale erläuterte noch einmal den Ablauf.

Draußen, unter den Fenstern, fuhren die Wagen auf den Freeway Richtung Bay Bridge. Gubicza lehnte sich zurück. Auf der Uhr des Union Squares war es zwanzig vor fünf – wegen dieser idiotischen Idee ein verlorener Tag, und er war noch nicht vorbei.

Fred, noch immer begeistert und zuversichtlich, wurde von der

Technikerin, einer uniformierten Beamtin, an den Detektor ange-schlossen. Sie und Drysdale würden als einzige anwesend sein, und das war Mannys größte Sorge. Bei Störungen funktionierten Lügendetektoren nicht, und bei einer geübten Person funktionier-ten sie überhaupt nicht, aber Manny würde während der Prozedur nicht im Zimmer sein. Kein Gerichtsreporter, keine anderen An-wälte, niemand würde da sein, nur Fred, Drysdale und diese Frau, die vermutlich hinter ihm – außerhalb seines Blickfeldes – sitzen würde.

Ganz so schlimm, wie es hätte sein können, war das Ganze aber wohl nicht, denn Drysdale hatte Manny und Fred bereits eine voll-ständige Liste der Fragen, die er stellen würde, übergeben. Alle wa-ren mit ja oder nein zu beantworten, und Manny und Fred waren sie während der vergangenen Stunde miteinander durchgegangen, um sicherzugehen, daß Fred über nichts stolperte.

Manny hörte nur mit halbem Ohr zu. Wenn Drysdale einen Hin-terhalt plante, würde er mit größter Wahrscheinlichkeit nicht jetzt losschlagen.

»Wie ich gesagt habe«, dröhnte die Stimme Drysdales, »das ist kein formeller Vorgang, aber die Art Ihrer Beschuldigungen ...« – hier lächelte er erst Treadwell und dann Gubicza zu – »ist so ... so ungewöhnlich, daß ich glaube, Sie werden ...« – wieder schien er nach dem richtigen Wort zu suchen –, »unsere Behörde wird koope-rationsbereiter sein, wenn Sie ...« Drysdale streckte die Hände aus, lächelte, war jedermanns Freund. »So kenne ich mich gar nicht, meine Herren. Ich muß den Fall sowohl vor meinem Boß als auch vor meiner Mannschaft vertreten, und es gibt da gewisse Bedenken, die in diesem Stadium vielleicht auch nicht ganz ungerechtfertigt sind, fürchte ich. Nun gut ... Lassen Sie uns einfach festhalten, Manny, daß unsere Zusammenarbeit hier die Glaubwürdigkeit Ihres Klienten ebenso wie die Ihre beträchtlich erhöhen wird.«

»Sie glauben mir nicht, oder?« fragte Treadwell.

»Fred, bitte.« Gubicza war nicht bereit, seinen Klienten in eine unvorhergesehene Diskussion mit Drysdale eintreten zu lassen. Art Drysdale war trotz seiner friedfertigen Erscheinung einer der ge-schicktesten Staatsanwälte, denen Gubicza je gegenübergestanden hatte.

»Ich?« Drysdale gab sich erschrocken. »Ich glaube Ihnen voll-kommen. Aus diesem Grund bin ich hier, sind wir hier.« Er legte ein Bein über die Ecke des Tischs, auf dem der Detektor stand. Auf seinem Gesicht zeigte sich keine Regung, er versuchte nicht, ihnen etwas einzureden, gab nur Informationen weiter. »Natürlich ist es richtig, Manny, die Sache anzugehen, als stünden wir uns hier als Gegner gegenüber. Ich vergebe mir nichts dabei, wenn ich Ihnen – ohne Namen zu nennen – sage, daß gewisse Mitglieder meines Teams reichlich skeptisch sind. Was wir jetzt hier machen werden, ist eine Waffe gegen diese Leute, und damit stehen wir wenigstens für heute auf derselben Seite. Fred, Sie erzählen mir, wie sich die Sache mit Hector Medina zugetragen hat, der Detektor prüft es. Okay, juristisch gesehen sind die Ergebnisse nicht verwertbar, aber wir bekommen die Mannschaft wenigstens auf unsere Seite. Das liegt in unser aller Interesse und erleichtert mir meine Arbeit erheblich.« Er breitete die Arme aus und lächelte sein offenes, ehrliches Lächeln.

Die Technikerin war fertig. Manny trat hinter Fred und flüsterte ihm zu, er solle sich an die gestellten Fragen halten und vor allem ruhig bleiben.

»Sie können sich bequem hinsetzen, wenn Sie möchten«, sagte Drysdale. Er selbst zog sich einen alten, mit gelbem Leder gepolsterten Bürostuhl heran und schlug die Beine übereinander. »Wie Sie wissen, stellen wir nur Fragen, auf die mit ja oder nein zu antworten ist. Wir fangen mit den einfachen Dingen an, um uns daran zu gewöhnen. Sie heißen Fred Treadwell?«

Fred nickte.

»Bitte sagen Sie ja oder nein.«

»Entschuldigung. Ja.«

»Sie heißen Fred Treadwell?«

»Ja.«

Sie gingen die üblichen Eröffnungsfragen durch – Name, Adresse, Datum – und gewöhnten sich allmählich an das leise Kratzen des Schreibers auf dem linierten Papier und das Summen der Maschine.

»Gar nicht so schlimm, oder?« fragte Drysdale.

»Nein«, sagte Fred, und Drysdale sah, daß die Schreibfeder ausschlug. Also funktionierte es bei ihm. Im Grunde brauchte der Befragte nicht zu sprechen – er wurde trotzdem überprüft, denn der Körper reagierte natürlich auch, wenn nichts gesagt wurde. Drysdale wußte das und zählte darauf. Und darauf, daß Treadwell nichts davon verstand.

»Okay, lassen Sie uns jetzt ein paar Lügen erzählen.«

»Aber wenn ich weiß, daß ich nicht versuche zu betrügen, wenn ich die falsche Antwort gebe, reagiert die Maschine nicht, oder?«

Drysdale schenkte ihm ein breites Grinsen. »Sie haben Ahnung von diesem Zeug, was? Sie haben recht. Also versuchen Sie, mich in der nächsten Runde ein wenig zu betrügen, einverstanden?« Er beugte sich vor. »Wir befinden uns noch immer in der Testphase, in Ordnung?«

Fred nickte und befeuchtete seine Lippen. Er sah an Drysdale vorbei zur Tür, als wolle er sich vergewissern, daß Manny dort wartete und ihm zu Hilfe kommen würde, wenn er ihn brauchte.

»Sie sind an Ihrem jetzigen Arbeitsplatz seit acht Jahren beschäftigt, ist das richtig?«

»Ja.« Wahr.

»Und in Ihrer Wohnung wohnen Sie seit zwanzig Jahren?«

»Ja.« Falsch.

»Zwei Jahre?« Halt dich an der Unwahrheit fest und warte ab, was er tut. »Haben Sie während dieser Zeit renoviert?«

»Während der Zeit, in der ich dort wohne, oder in den letzten zwei Jahren?«

Sehr gut, Fred, dachte Drysdale. Er sagte: »Tut mir leid. Haben Sie in den letzten zwei Jahren Ihre Wohnung renoviert?«

»Nein.« Wahr.

»Die Wohnung liegt im zweiten Stock?«

»Nein.« Wahr.

»Also im dritten Stock?«

Pause. »Ja.« Falsch.

»Aber wenn Sie aus dem dritten Stock gefallen wären, hätten Sie sich dann nicht mehr als nur den Knöchel gebrochen?«

»Das gehört nicht zu den Fragen.« Auf Freds Stirn brach Schweiß aus.

Voller Unschuld streckte Drysdale die Hände aus. »Hat sich aus Ihren Antworten so ergeben.« Ohne Eile sah er nach dem Detektor. »Sehen Sie, auf jeden Fall scheint die Maschine ordnungsgemäß zu arbeiten.« Er wandte sich wieder Fred zu. »Sie leben nicht seit zwei Jahren in Ihrer Wohnung, und Ihre Wohnung liegt nicht im dritten Stock. Sind diese zwei Aussagen richtig?«

»Ja.«

Drysdale sah noch einmal nach der Maschine, atmete ein und hielt den Atem eine Minute lang an. Lautstark ließ er ihn hinaus.

Dann sagte er: »In Ordnung, der Test ist vorbei. Lassen Sie uns anfangen.«

Drysdale hatte die auf der Schreibmaschine getippten Fragen vor sich liegen, außerdem Freds Aussage über Medinas Angriff, die er benutzt hatte, um Fragen daraus zu entwickeln. Er fing vorne an und stellte die Fragen in der richtigen Reihenfolge, um Fred in Sicherheit zu wiegen. Dessen Zuversicht wuchs mit der Unterstützung des Detektors, so daß er sich der Kabel bald kaum noch bewußt war. Es war lediglich ein Gespräch zwischen Drysdale und ihm, auch wenn seine Beiträge nur aus ›ja‹ oder ›nein‹ bestanden.

Drysdale unterbrach die Befragung. »In Ordnung«, sagte er. »Jetzt sind wir an der Stelle, wo Ihr Gespräch mit Medina sich dem Angriff von Raines und Valenti gegen Sie zuwendet. Ist das richtig?«

Diese Frage stand nicht auf der getippten Liste, aber Fred schien es nicht zu bemerken.

»Ja.« Wahr.

»Und Mr. Medina behauptete, er vertrete Mr. Raines?«

Fred antwortete nicht.

»Mr. Treadwell?«

»Das ist keine von den Fragen.«

Drysdale lächelte. »Kommen Sie, Fred. Dann habe ich eine vergessen. Ich habe einen Fehler gemacht, und wenn Sie wollen, können wir aufhören. Wenn Sie auf diese Frage nicht antworten, weiß ich nicht, wie wir weitermachen sollen.«

Wieder trat Treadwell der Schweiß auf die Stirn. »In Ordnung«, sagte er endlich. »Wie war die Frage noch mal?«

»Medina sagte, er vertrete Raines, ja oder nein?«

»Ja.« Wahr.

»Aber er erzählte Ihnen, formal habe er keine Verbindung zu dem Fall.« Drysdale wandte sich von der Fragenliste zu der Aussage. »Er sagte, er wolle, daß Sie über den Schaden Bescheid wissen, den eine solche Beschuldigung im Leben eines Menschen anrichten kann?«

»Ja.« Wahr.

»Und er wollte, daß Sie das wissen, weil er glaubte, daß Ihre Anschuldigung gegen Raines und Valenti, Sie verprügelt zu haben, eine Lüge sei?«

»Ja.«

»Und dann packte er Ihren Hund, hieß er nicht Poppy?«

Treadwell schluckte, hielt sich nun selbst nicht mehr an die Liste. »Ja. Er hat ihn nur gestreichelt …«

»Und ihm das Genick gebrochen?«

»Ja. Ja. Er hat einfach …« Er senkte, von der Erinnerung übermannt, den Kopf.

»Er brach Ihrem Hund das Genick, weil er glaubte, daß Ihre Anschuldigung gegen Raines und Valenti falsch war?«

»Nein! Ich meine, ja!«

»Ja, das glaubte er, oder ja, Sie haben sie fälschlich beschuldigt?«

Treadwells Blicke irrten durch den Raum. Panik stieg in ihm auf. »Er tat es, um mich zu bedrohen«, sagte er, »um mir mit dem Tod zu drohen.«

»Für den Fall, daß Sie Ihre Geschichte nicht zurücknähmen?«

»Ja.« Wahr.

»Ihre Geschichte? Ihre wahre Geschichte über Valenti und Raines?«

»Ja, er hat einfach …«

»Ihre Geschichte über Valenti und Raines ist also wahr, ist das richtig?«

»Ja! Ja, sie ist wahr. Dieser Teil ist wahr.«

Falsch, falsch, falsch.

»Die beiden haben Sie geschlagen?«

»Ja.« Falsch. »Er hat Poppy umgebracht, und sie haben mich geschlagen.« Falsch. »Warum glauben Sie mir nicht? Er hat meinen Poppy umgebracht!« Freds Kopf fiel auf seine Arme, die auf dem Tisch lagen. Er sah wieder auf. »Er hat meinen Poppy getötet.«

Drysdale tätschelte ihm die Hand. »Ich glaube Ihnen, Fred. Er hat Ihren Poppy getötet.«

Fred legte seinen Kopf wieder auf den Tisch. Drysdale tätschelte ihm noch immer die Hand, wobei er sich schmutzig und traurig fühlte. »Wir sind fertig«, sagte er zu der Technikerin. »Sie können ihn losmachen.«

Der rötliche Himmel kündigte eine stürmische Dämmerung an.

Lace trug eine Allwetterjacke der US Army und hatte gegen die Kälte den Kragen hochgestellt. Allein ging er am Rande von Holly Park entlang, nickte von Zeit zu Zeit einem der jüngeren Männer zu, die in kleinen Gruppen auf Baumstümpfen oder bei ihren Rädern hockten. Niemand forderte ihn auf, sich zu ihnen zu gesellen, oder schenkte ihm mehr als eine Kopfbewegung. Jumpup war hinüber zu Lorethas Haus gegangen, war jetzt drinnen mit ihr, ihrer Mutter und den Kleinen. Lace hatte bei Mama reingeschaut, aber sie war mit einer Flasche aus dem Krankenhaus zurückgekommen, und die Flasche war schon leer.

Er kam an Didos – und seinem – alten Bereich vorbei, überquerte die Straße, entfernte sich und demonstrierte, daß er die neue Gebietsaufteilung begriffen hatte. Mit den Händen in den Taschen blieb er stehen. Erschrocken fuhr er herum, als er eine Hand auf seiner Schulter spürte.

»Ruhig, Junge.«

Samson war drei Schritte zurückgetreten. Seine Locken hingen wie dicke Spinnweben um das obsidiandunkle, ausdruckslose Gesicht mit den kleinen Augen. Laces Herz pumpte nicht schlecht.

Als hätten sie die ganze Zeit über ein Gespräch geführt, sagte Samson: »Drei Wege kann man gehen.«

Lace schüttelte wie in einer zufälligen Bewegung seine Schultern. Er wußte, wie Samson war – wie ein Tier. Zeigte man ihm, daß man Angst hatte, griff er an. »Was ist los?« fragte Lace.

»Man hört sich ein bißchen um, fragt hier und da, und manchmal kommen die falschen Geschichten heraus.«

»Ich kenne keine Geschichten.«

»Nein. Siehst du? Das ist einer der Wege, die man gehen kann. Du kennst keine Geschichten, dann bleibst du vielleicht im Bereich, arbeitest mit mir.« Samson zeigte seine gelblichen Zähne. »So wie immer. Kommst zurück, okay?«

Er kam näher. In seinen kleinen Augen war ein Schimmer, als hätte er sich ein bißchen was von dem Stoff gegönnt, den er verkaufte. Dido hatte das nie getan, während er arbeitete. Aber Samson war nicht Dido, und daran mußte Lace sich gewöhnen.

»Eine andere Sache«, begann Samson wieder, »ist der Sträfling – redet darüber, wie er den Bereich übernehmen kann, wie man Dido am besten wegbekommt, so was. Geht Dido an den Kragen.«

Lace dachte, wenn Louis Baker Dido umgebracht hatte, um den Bereich zu bekommen, wäre er dann nicht hier geblieben, um seinen Anspruch geltend zu machen? Aber er fragte: »Und das dritte?«

Ein kalter Wind in Laces Rücken blies ein paar Blätter und Papierfetzen über die Straße. Samson fixierte Lace, seine glühenden Augen wurden noch kleiner. »Keine drei Geschichten«, sagte er. »Nur zwei. Ich sage dir, erzähl niemandem von einer dritten.«

Lace fragte sich, ob die Waffe, mit der Dido erschossen worden war und von der er ursprünglich angenommen hatte, sie gehöre Louis Baker, ob diese Waffe – Samsons Waffe – sich noch im Bereich befand. Und ob er sie finden würde. Er ballte die Fäuste in den Jackentaschen, löste sie wieder und kämpfte gegen das Frösteln an, das ihn zu übermannen drohte. »Ich habe verstanden«, sagte er. »He, ich habe dich verstanden. Es ist Zufall.«

19

Das Bild von Eddie stand noch immer auf Frannies Kommode. Sie war von der Arbeit nach Hause gekommen, zog sich jetzt um, Jeans und Sweatshirt, und bemerkte zum erstenmal, daß ihr die Kleider nicht mehr richtig paßten. Sie wollte nach einer Parfümflasche greifen, als ihr Blick auf das Foto von Eddie fiel. Die Hand noch ausgestreckt, erstarrte sie.

Der Schnappschuß zeigte Eddie, wie er unten bei Dune Beach in den Wagen eines Freundes stieg. Ein Bein schon im Inneren des Autos, hatte er sich noch einmal umgedreht, um auf eine Bemerkung zu antworten, die Frannie ihm zugerufen hatte. Er lächelte sein strahlendes Lächeln, der Wind wirbelte sein Haar durcheinander, der Kragen seiner Jacke war hochgestellt. Sie hatte das Bild vergrößern lassen, und es war ein wenig unscharf, was den Eindruck der Flüchtigkeit verstärkte.

Sie ließ das Parfüm, sah ihrer Hand zu, die den Rahmen des Bildes umfaßte. Sie nahm es mit zum Bett, setzte sich, hielt es in ihrem Schoß. Eddie wirkte auf der Fotografie so jung, wie achtzehn vielleicht. Sie schloß die Augen. Es war schwer, sich vorzustellen, daß sie gleich alt gewesen waren und daß Eddie für immer acht Monate älter bleiben würde als auf der Fotografie. Frannie dagegen fühlte sich, als wäre sie um ein ganzes Leben gealtert.

Aber die Schwangerschaft half ihr, ihr Zeitgefühl in Ordnung zu halten. Das Baby, Eddies Baby, wuchs so langsam, daß es sie bisher kaum verändert hatte. Sie sah auf das Foto, da war er wieder, ihr Mann, winkte ihr zu, meldete sein Recht auf ein wenig Raum in ihrem Leben an, umgab sie mit seinem Charme, und sie ließ ihn wieder ein Stück hinein.

Die Trauer über Eddies Tod hatte eine andere Wirkung auf sie gehabt, als sie erwartet hatte. Sie hatte festgestellt, daß es nur eine Möglichkeit für sie gab, damit fertig zu werden, ohne die ganze Zeit zu weinen: Sie durfte nicht mehr an ihn und ihr gemeinsames Leben denken, durfte sich nicht daran erinnern, wie es gewesen war, wie sie zusammen gewesen waren. Sie mußte weiterleben, nach vorn schauen.

Wenn sie sich – was selten vorkam – der Erinnerung an ihn überließ, ihn für einen Moment in ihre Gedanken zurückkehren ließ, übermannte sie der Zorn. Warum hatte er sich in Dinge einmischen müssen, die ihn nichts angingen? Sie hatte gedacht, sie hätte seinen Idealismus geliebt, aber genau der Idealismus hatte ihn umgebracht, und so versuchte sie sich einzureden, sie hasse Eddie dafür, daß er war, wie er war. Denn durch diesen Idealismus hatte sie ihn verloren. Warum war sie ihm überhaupt begegnet? Es war nicht fair.

Eddies Lächeln verschwand nicht, veränderte sich nicht. Es war verschwommen wie eine alte Fotografie, und mit jedem Tag wurde es älter. Er lächelte, schmeichelte, neckte sie – ich bin noch hier, Frannie, und du wirst mich nie vergessen können. Ich wette, das Kind wird genauso aussehen wie ich.

Eine Träne fiel auf das Glas über dem Bild.

Das Kind.

Sie hielt das Foto in der einen Hand, preßte die andere gegen den Leib unter dem Sweatshirt.

Gott, Eddie, dachte sie, komm, das ist nicht fair.

Was ist nicht fair? fragte er. Daß ich in dir bin? Daß all dies ›Weiterleben‹ und ›nach vorne Schauen‹ und die Sache mit Diz … ist ja in Ordnung, ich weiß, daß ich fort bin … Ich will dich nur auf später vorbereiten. Du mußt einen Platz finden, wo du mich lassen kannst. Ich war dein Mann, bin der Vater des kleinen Menschen da drinnen. Versteck mich nicht, schließ mich nicht aus, das habe ich nicht verdient. Wenn es schmerzlich ist, tut es mir leid, aber ich vermisse dich auch. Weißt du nicht, wie sehr ich mir wünsche, da zu sein?

»Doch, das weiß ich.«

Also dann?

Hardy setzte sich neben sie. Sie lag auf dem Bett, das Haar auf dem Kissen ausgebreitet, das Gesicht leicht geschwollen, und hielt das

Bild von Eddie Cochran mit dem Gesicht nach unten gegen den Bauch gepreßt.

»Was ist?« fragte er.

»Es ist zu früh.«

»Ja, ich weiß. Ich habe dasselbe gedacht.« Sie legte die Fotografie auf den Boden, schmiegte sich an ihn. Er streichelte ihr den Rücken unter dem Sweatshirt.

»Du bist mein einziger männlicher Freund, Dismas.«

»Und?«

»Ich weiß nicht, was ich tun soll. Was habe ich mit Eddie gemacht?«

Hardy streichelte ihren Bauch. »Eddie ist hier.«

»Das meine ich. Ich bin nicht einfach einsam.« Sie dachte nach. »Ich bin überhaupt nicht einsam. Ich versuche, Eddie zu finden, und das ist dir gegenüber nicht fair.«

»Komm her«, sagte Hardy.

Sie legte den Kopf in seine Armbeuge.

»Denn irgend etwas in mir liebt dich«, sagte sie. »Liebt dich sehr.«

»Aber da ist auch noch was anderes.«

»Ja.«

Er blies den Atem zur Decke. »Das ist ganz natürlich. Du baust ein Nest, möchtest es mit einem Mann teilen. Mir vertraust du, und dann tauche ich hier auf und brauche einen Platz, wo ich bleiben kann. Ein hübscher, kleiner Traum.«

»Es ist mehr als das.«

Hardy legte sich auf die Seite, öffnete erst den Knopf, dann den Reißverschluß ihrer Jeans.

»Endlich sitzen sie ein bißchen enger.«

Sie biß ihn zärtlich in die Unterlippe, stieß ihre Zungenspitze gegen seine. Seine Hand, unten in ihrer Hose, preßte sich gegen sie.

»Auch das ist wirklich«, sagte sie. »Dieser Teil.«

Sie gab ihm einen Kuß, befreite ihn von seiner Hose.

Wieder ein Kuß, tief und langsam, dann fielen die übrigen Kleidungsstücke. Er drang in sie ein, atmete ihren Duft, ihre Münder berührten sich, die Körper preßten sich hart und dicht aneinander, und ihre Beine umschlangen ihn, hielten ihn so tief wie möglich in ihr.

Im Haus war es kalt. Er ging durch den langen Gang und prüfte den Thermostat – vierzehn Grad Celsius. Als er in die Küche kam, knarzte das Holz unter seinen Schritten. Im Schlafzimmer fiel ihm ein, daß er die Fische seit Tagen nicht gefüttert hatte. Schlecht. Er schüttete etwas Futter auf die Wasseroberfläche, und sie warteten nicht einmal ab, bis er das Becken wieder geschlossen hatte.

»Tut mir leid, Jungs.«

Er schob den Vorhang vor einem der Fenster seines Büros beiseite, sah auf die blinkenden Lichter der Innenstadt, erkannte über der schattigen Linie der Jackson Heights die Spitze der Pyramide, die ihm letzte Woche wie der Sitz des Bösen vorgekommen war, wie das dreieckige Auge des Zyklopen auf der Dollarnote. Er blickte nach rechts, warf einen Blick auf den einstmals so spektakulären Sutro Tower, der jetzt fast gütig und sanft seine Finger nach ein paar Wolken reckte. Der Mond schien, er war fast voll.

Hardy wunderte sich über seine veränderte Wahrnehmung der Dinge, lauschte auf das Knarren überall im Haus, als sich endlich die Wärme in den Heizungsrohren ausbreitete. Das Geräusch war nicht unheimlich.

Als das Kohlefeuer ordentlich brannte und die Heizung wärmte und er am Schreibtisch, im Lichtkegel der grün schimmernden Messinglampe, die Post – abgesehen von einer Postkarte – durchgesehen hatte, schaltete er im Zimmer das Deckenlicht ein und nahm seine Dartpfeile vom Sims über dem Kamin.

Seine Büropfeile, die gleichen zwanzig Gramm schweren Schönheiten aus Wolframstahl wie jene, die er fast immer mit sich herumtrug. Er hatte nicht mehr geworfen, seit er sein Haus verlassen hatte. In der ersten Runde, als es darum ging, wieder ein bißchen hineinzukommen, traf er einmal die Zwei, und der letzte Pfeil blieb unten in der Zwanzig stecken.

Er nahm die Postkarte. Hongkong bei Nacht.

Seine Ex-Frau.

Er ging mit der Karte durchs Schlafzimmer in die Küche. Er hatte keine harten alkoholischen Getränke im Haus, aber in der Kühlschranktür standen vier Flaschen *Anchor Steam*. Im Tiefkühlfach fand er gefrorene Hühnerbrust, im Schrank eine Dose mit Pilzrahmsuppe und eine Dose grüne Bohnen. Er legte die Hühnerbrust in seine schwarze, gußeiserne Allzweckpfanne, schüttete die Suppe und die Bohnen darüber, gab einen Schluck Bier dazu, deckte das

Ganze zu und stellte die Flamme auf eine niedrige Stufe. Jane war sehr angetan von seinen Kochkünsten. Frannie hatte in den letzten Tagen für ihn gekocht.

Am Küchentisch las er, das Bier in der Hand, die Postkarte. Wo bist du? Wirst du daheim sein und die Karte bekommen? Na, nächste Woche werde ich es sicher erfahren … Es schien nicht direkt ein Scherz zu sein, aber ernst war es auch nicht.

Das war Jane. Wenn es ihr ernst mit ihm war, würde sie sich das nicht eingestehen können. Vielleicht konnte sie nach ihrer Ehe und dann der zweiten, die weniger als zwei Monate gedauert hatte, die Dinge nicht mehr ernster werden lassen, ohne sich automatisch zurückzuziehen. Auch sie hatte den Tod von Michael erlitten, daran mußte er sich erinnern. Manchmal schien es ihm, als sei es allein er gewesen, aber nur, weil Jane nicht hier gewesen war. Und weil er für alles andere blind gewesen war.

Gönn ihr eine Pause, Diz.

Aus der Küche drang der Duft des Essens. Er stand auf, sah nach, ob es schon angebrannt war, und drehte die Flamme aus. Er öffnete ein zweites Bier.

Jane war gut in ihrem Job und mochte ihn. Sie mochte auch Hardy, das auf jeden Fall. Sie wußte, wer sie war. Er fragte sich mit einem kleinen Stich im Herzen – und obwohl es ihm nie zuvor in den Sinn gekommen war –, ob sie ihm noch immer treu war.

Er hatte nicht einfach nur mit Frannie geschlafen. Frannie hatte ihm heute abend, bevor sie miteinander ins Bett gegangen waren, und hinterher wieder, erklärt, daß sie Zeit brauche, daß sie beide Zeit brauchten, um nachzudenken. Sie hatte ihn gebeten, wieder nach Hause zu gehen.

Und er wollte nach Hause gehen. Nicht, um von Frannie fortzukommen, auch nicht, um über irgend etwas nachzudenken – einfach nur, um zu Hause zu sein. Was zum Teufel bedeutete das? Daß er Frannie nicht liebte? Oder Jane?

Frannie zeigte ihm im Gegensatz zu Jane, daß sie ihn brauchte. Vielleicht nicht für alles, vielleicht im Moment nur für den körperlichen Trost, die vertraute Wärme, aber die Tür stand offen. Jane mochte ihn lieben, aber er hatte nicht das Gefühl, daß sie jemanden brauchte.

Was war los mit dem Monster Hardy? Ging es nur darum, gebraucht zu werden? Andererseits: Konnte Liebe, wenn man einander nicht brauchte, denn existieren? Brauchte Frannie nur verzweifelt einen Vater für ihr Baby, egal, ob das nun Dismas Hardy war oder nicht? Es wäre Pech, wenn er sie mißverstehen würde.

Als er und Jane zum erstenmal wieder zusammen gewesen waren, hatten sie eine prickelnde Spannung gespürt. Die Anziehungskraft zwischen ihnen hatte immer existiert und war sofort wieder da gewesen, auch wenn Jane zu dieser Zeit vielleicht nur das Bedürfnis gehabt hatte, die Geister ihrer gescheiterten Ehe verschwinden zu lassen und zu begreifen, daß es wirklich der Tod ihres Sohnes Michael gewesen war, der ihren Mann Dismas zerstört hatte, und nicht ihr Versagen.

Jetzt, wo das klar, wo dieser Punkt abgehakt war, war es Zeit, an Land zu gehen. Das Problem bestand darin, daß Hardy bis vor ein paar Monaten, als er mit Jane wieder zusammengekommen war, beinahe ein Jahrzehnt an einer Anlegestelle verbracht und vom Anlegen genug hatte. Er war endlich in Gang gekommen, war bereit loszusegeln.

Er dachte daran, ein drittes Bier zu trinken, entschied sich dagegen. Er füllte einen Teller mit *Chicken McHardy*. Es schmeckte großartig.

Als einziger im Morddezernat besaß Frank Batiste ein richtiges Büro, nämlich eines mit Tür. Jetzt saß er an seinem Schreibtisch, und die Tür stand einen Spaltbreit offen. Zum erstenmal in dieser Zeit, die schon Monate anzudauern schien, empfand er so etwas wie Befriedigung über seine Position, die Abteilung und die Art, wie die Dinge wieder ins Lot kamen. Ausnahmsweise, dachte er, wurde den braven Kerlen eine Atempause gegönnt.

Die Nachricht, daß die Beschuldigungen gegen Raines und Valenti zurückgezogen worden waren, hatte sich wie ein Lauffeuer verbreitet, die Männer riefen einander sogar zu Hause an, um darüber zu sprechen. Frank hatte Valenti und Raines persönlich angerufen und ihnen mitgeteilt, daß sie unverzüglich wieder zum Dienst eingeteilt würden und den Lohnausfall erstattet bekämen.

Was er dann auf Clarence Raines Vorschlag hin noch getan hatte, erfüllte ihn mit ebenso viel Befriedigung: Er war zu Richter Lyons gegangen und hatte die Zusammenhänge zwischen den Fällen Raines/Valenti und Treadwell erläutert. Er hatte einen Haftbefehl gegen Treadwell beantragt, und er hatte ihn bekommen. Treadwell hatte rotgesichtig und zitternd in Drysdales Büro gesessen. Er hatte den Haftbefehl herausgeholt, und Treadwells Anwalt hatte einen Tobsuchtsanfall erlitten, was Balsam für Batistes Seele gewesen war. Aber auch Gubicza hatte es nicht mehr ändern können: Seit heute morgen, neun Uhr dreißig, saß Fred Treadwell unter Mordanklage in einer Zelle. Auf jeden Fall bis zum nächsten Morgen, wenn die Kaution festgesetzt werden würde.

Batistes rasches Vorgehen gegen Treadwell hatte sich natürlich herumgesprochen. Zu zweit und in kleinen Gruppen waren seine Leute wieder und wieder in sein Büro gekommen, um sich genauer zu informieren, und hatten dann auch gleich noch erfahren, daß Frank Batiste persönlich die Überstunden absegnete, die anfielen, wenn sie Vorladungen überbringen oder Berichte schreiben mußten, um ihre Arbeit verantwortungsbewußt zu erledigen. Wenn er deshalb seinen Job verlieren würde, ließ sich das eben nicht vermeiden. Man konnte diese Truppe von Männern nicht wie einen Kindergarten führen, ohne zu riskieren, daß man sie verlor, und wenn er diese exzellenten, sorgfältig ausgesuchten Profis verlor, würden seine eigene Position und vielleicht sogar sein Job den Bach hinuntergehen.

Jetzt saß Frank Batiste in seinem Büro und genoß die geschäftigen Geräusche seiner arbeitenden Männer – Leute aus der Tagesschicht, die zurückkamen, fluchten, Kaffee kochten, Post durchsahen, Papierkram erledigten. Er fühlte noch immer das Adrenalin, das durch seinen Körper geschossen war, als er den Haftbefehl beantragt, Treadwell festgenommen und damit Entscheidungen getroffen hatte, wie Führungskräfte sie treffen mußten. Jetzt schrieb er seinen Bericht für Rigby, den Chef. Er war zuversichtlich, daß die Stadt und der Verwaltungsbezirk nächste Woche einen Weg finden würden, um das Geld für Überstunden aufzutreiben. Wenn es im Budget nicht vorgesehen war, würden sie es aus einem anderen Topf nehmen. Batiste war überzeugt, daß selbst die größten Schreibtischhengste unter den zuständigen Verwaltungsbeamten einsehen mußten, daß es die vorrangige Aufgabe des Morddezernats war, Mörder aus dem Verkehr zu ziehen.

Es war nicht einfach, eine Abteilung wie das Morddezernat zu leiten, und es wäre dumm gewesen, sich etwas anderes vorzumachen. Natürlich konnten ihm die Mächtigen dieser verrückten Stadt wegen der Sache mit den Überstunden in den Hintern treten.

»Scheiß drauf«, murmelte er.

»Scheiß auf was?«

Abe Glitsky war zurück. Er stand in der Tür und sah nicht besonders krank aus, aber Batiste hatte nicht vor, das zu erwähnen.

»Weiß' nicht. Such dir was aus: Scheiß auf die Beamten, auf Rigby, auf seine Hühnerpatrouille.« Batiste steckte die Kappe seines Kugelschreibers in den Mund. »Da ich gerade daran denke, sollte ich es vielleicht erwähnen: Sie machen ein bißchen Geld für die Überstunden locker.«

»Na fein«, sagte Abe und zog sich von der Wand einen Stuhl herüber. »Hör zu, Frank, damit du's weißt: Ich habe meinen Antrag für Los Angeles abgeschickt.«

Der Lieutenant ließ den Stift fallen. »Tu's nicht, Abe.«

Glitsky richtete sich auf. »Schon passiert.«

»Ich meine, geh nicht. Was machst du in Los Angeles?«

»Was mache ich hier?«

»Du weißt, was du hier machst. Wir brauchen dich.«

Glitsky lächelte.

Batiste streckte die Hand aus. »Das ist kein Spaß, Abe. Ich werde von meinen Vorstellungen nicht abrücken, das weißt du, und deshalb brauche ich dich hier.«

»Danke, Frank, schön, das zu hören. Aber wenn man dich wegen einer Referenz anruft, sag ihnen trotzdem was Nettes. Tust du das für mich?«

Batiste nickte. »Natürlich. Aber warum nimmst du nicht lieber ein paar Tage frei und denkst noch mal darüber nach? Vielleicht bist du einfach ausgebrannt. Mach Urlaub, Abe.«

»Ich habe mir heute freigenommen und darüber nachgedacht, Frank. Ich bin nicht ausgebrannt, ich will immer noch Polizist sein. Schlimmer: Ich fürchte, ich bin Polizist, ob es mir gefällt oder nicht. Aber ich möchte die Möglichkeit haben, meine Arbeit ordentlich zu machen.«

Batiste zählte die Verbesserungen auf, die dieser Tag gebracht hatte.

»Ja, ich hab's gehört. Aber es ist nur ein Notverband.«

»Ach komm, ganz so schlimm ist es hier auch nicht. Bürokratie, Abe, und die hast du überall. Glaubst du wirklich, in Los Angeles wäre es besser? Los Angeles ist größer, es könnte dort auch schlimmer werden.«

»Ich glaube nicht, daß der Chef in Los Angeles das Labor anweist, Mordfälle liegenzulassen, weil ein paar Idioten sich einen Scherz mit Kuhscheiße erlaubt haben.«

»Hühnerscheiße«, verbesserte Frank, und Abe mußte lächeln.

»Das System verfault von oben, Frank, und ich bin mir nicht sicher, ob das nur an der Bürokratie liegt.«

»Was es auch gewesen sein mag, es ist vorbei, Abe.« Batiste trat hinter dem Schreibtisch hervor und öffnete die Tür. »Vergiß die vergangenen Wochen und sieh dir das an. Alles wie früher.«

Abe wandte sich halb um und warf einen Blick hinaus. »Was machst du, wenn du erfährst, daß deine Frau eine Affäre hatte? Tust du so, als wäre nichts geschehen?«

»Manchmal ist das besser.« Frank schloß die Tür wieder. »Aber du bist nicht gekommen, um mich um Rat zu fragen. Du hast was anderes im Kopf.«

»Du solltest wieder auf die Straße, Frank. Dein Instinkt funktioniert.« Batiste setzte sich wieder hinter seinen Schreibtisch, nahm einen Schokoriegel aus der obersten Schublade, packte ihn aus und biß hinein. »Du hast gearbeitet?« fragte er mit Genugtuung.

»Rusty Ingraham.« Glitsky zog eine Grimasse. »Ich weiß, ich höre mich schon wie Hardy an, aber Maxine Weir ...«

»Ja? Wir haben den Täter, oder nicht?«

»Wir haben jemanden verhaftet, richtig.«

»Aber?«

»Es sind ein paar neue Aspekte aufgetaucht.«

Abe erzählte Batiste von seinem Gespräch mit Johnny LaGuardia und erklärte, daß ein Profi Maxine Weir erschossen haben mußte, was auf Medina und Johnny LaGuardia deute, nicht aber auf den Ehemann.

»Moment, Moment.« Batiste hob die Hand. »Das ist ja alles sehr interessant, aber was ist mit dem verhafteten Mann, wie war noch mal sein Name?«

»Baker.«

»Richtig, Baker. Was ist mit Baker? Er könnte den *Armor-All*-Trick im Knast aufgeschnappt haben, meinst du nicht?«

Glitsky dachte nach. »Vielleicht. Das Problem ist mein Gefühl dabei ... Rusty Ingrahams vermißte Leiche, das lausige Alibi des Ehemanns, Baker und das *Armor All*. Dann stellt sich heute raus, daß ausgerechnet unser Hector Medina in ein anderes Verbrechen verwickelt ist. Irgendwas sehr Eigenartiges läuft hier.«

Batiste kaute schmatzend auf seiner Schokolade herum. »Wenn du meine Meinung hören willst: Du hast den richtigen Mann erwischt. Verdammt, Abe, ein paar lose Enden gibt es immer.«

»Das ist kein loses Ende, Frank«, erwiderte Abe, »das ist ein ganzes Knäuel.«

Louis Baker würde nicht wieder ins Gefängnis gehen.

Gut, jetzt hatten sie ihn. Er hatte geglaubt, er könnte es schaffen, aber bei dem Schußwechsel hatte er keine Chance gehabt. Allein diese Geschichte, Ingraham und Hardy einmal beiseite gelassen, reichte aus, um ihn wieder in den Knast zu bringen. Aber er würde nicht gehen.

Die Farce einer weiteren Verhandlung wollte er nicht erleben. Vom ersten Tag an hatte alles gegen ihn gesprochen, jetzt war er nach Hardys Worten auf dem Weg in die Gaskammer.

Nicht mit ihm.

Das Krankenzimmer selbst war dunkel, doch aus dem Flur drang durch die geöffnete Tür Licht. Er wußte, daß draußen der Bulle saß.

Mit ruhigen Bewegungen zog er das Bettlaken über einem spitzen Stückchen Metall hin und her, das aus dem niedrigen Gitter an der einen Seite des Bettes ragte. Draußen ging eine Schwester vorbei, wechselte ein paar Worte mit dem Bullen. Er sah ihren Schatten vor der Tür und lag still. Dann war sie fort. Er wartete eine Minute und lauschte. Im Flur knarrte der Stuhl, der Bulle machte es sich bequem. Endlich war das Laken oben eingerissen. Er achtete darauf, nur die Hände zu bewegen, und riß langsam einen Streifen ab. Drei Streifen brauchte er, alle von oben nach unten gerissen. Das schwierigste war immer der Anfang, der erste Riß mit dem Stückchen Metall. Wieder und wieder zog er das alte Krankenhauslaken darüber, bis er einen zweiten Streifen abtrennen konnte, nur mit der Kraft seiner Hände, so daß außerhalb der Decke keine Bewegung sichtbar war. Er schaffte zehn Zentimeter, dann begann er oben von neuem.

Drei Streifen brauchte er.

Diese drei Streifen flocht man dann zu einem Seil von etwa zwei Meter Länge und machte eine Schlinge in das eine Ende des Seils und knotete das andere Ende an dem Gitter fest, das man zum Einreißen benutzt hatte. Man legte sich die Schlinge um den Hals und rollte sich auf der anderen Seite vom Bett herunter.

Er würde nicht wieder ins Gefängnis gehen.

20

Kevin Driscoll war zweiundvierzig Jahre alt, und seine Ehe mit May war an dem Tiefpunkt angelangt, den man erreichte, wenn man zwei Kinder im Alter von einem und zwei Jahren hatte, die einen kaum schlafen ließen. Außerdem hatte seine Frau ihn seit drei Wochen nicht mehr rangelassen, und das verdroß ihn zusehends. An diesem Morgen war er um Viertel vor fünf von Jasons völlig grundlosem Gebrüll erwacht.

Kevin Driscoll hatte chronische Halsschmerzen. An diesem Morgen tat es besonders weh.

Er war Filialleiter der *Wells Fargo Bank* und fragte sich gerade, während er seinen Blick über die Kunden, die Schalterbeamten, die Assistenten des Vizepräsidenten – und diesen Rang hatten alle oberhalb der Schalterbeamten – schweifen ließ, ob die Welt schon immer so gewesen war oder ob er sie nur zum erstenmal klar sah. Ein Sprichwort sagte, daß sich der eigene Charakter am deutlichsten offenbare, wenn man eine harte Zeit durchmachte. Vielleicht war das ja übertragbar, und der Charakter der ganzen Welt offenbarte sich, wenn man eine harte Zeit durchmachte.

Was er sah, deprimierte ihn noch mehr.

Sieben Kunden warteten an den Schaltern. Früher hätte er keinen einen Gedanken darauf verschwendet, aber jetzt fragte er sich, wie viele von ihnen Eltern waren. Mindestens drei, vielleicht vier. Kein Wunder, daß die Kunden jenseits der Schalterfenster immer schlecht gelaunt waren.

Nur zwei Schalter waren besetzt. Vier Beamtinnen scharten sich um den Schreibtisch von Marianne, der Schalteraufsicht, taten geheimnisvoll und tauschten Klatsch aus.

Wieder stellte sich ein Kunde an, jetzt waren es acht. Wie üblich herrschte am Dienstag morgen Hochbetrieb, aber keine der Schalterbeamtinnen kam auf die Idee, sich an ihren Arbeitsplatz zu begeben. Laßt die Leute doch warten. Das war ihre Mentalität.

Kevin hustete und räusperte sich in der Hoffnung, Marianne oder eine der anderen Damen würde den Wink verstehen. Er haßte diese primitive Prozedur, aber um die Damen in Bewegung zu setzen, bedurfte es manchmal einer plumpen Aktion. Das Problem war nur – er durfte auf keinen Fall wütend wirken, auch wenn er in seiner momentanen Stimmung wütend war. Bankdirektoren haben keine Persönlichkeit. Sie sind die Ruhe selbst.

Er stand auf, sah die Blicke der Kunden, ihre verdrehten Augen und hilflosen Gesten. Sie ruckten vor und zurück wie Rinder auf einem Viehtransport.

»He! Wie wäre es, wenn Sie noch einen Schalter öffnen? Was stehen Sie da hinten rum?«

Kevin fluchte innerlich. Er hob die Hand, damit der Sicherheitsbeamte nicht einschritt, weil er verstehen konnte, daß der Kunde laut geworden war. Er wäre selbst gern laut geworden.

Er ging zu der Klatschrunde hinüber. »Marianne«, sagte er ruhig.

Sie blickte auf. Immer gelassen, immer sitzend, seit sieben Jahren Schalteraufsicht, einhundertachtzig Pfund pure Dummheit, aber süß. So süß, daß er sie hätte umbringen können. Sie lächelte. »Ja, Kevin?«

Er zeigte auf die Schlange und rang sich ein geduldiges Lächeln ab. Jeder Muskel seines Gesichts schien sich dabei zu verkrampfen.

Seufzend schickte Marianne eine ihrer Damen hinüber. Eine. Das Mädchen hatte keine Eile, es brachte erst einmal sorgfältig seinen Arbeitsbereich in Ordnung.

»Verdammt«, sagte der Kunde, der geschrien hatte, und verließ die Schlange.

Ein weiterer zufriedener Kunde.

»Marianne«, wiederholte Kevin.

Sie winkte ab und murmelte: »Die werden schon warten.«

»Gehören Sie zur Direktion?«

Erst Viertel nach zehn. Kevin drehte sich um und konzentrierte sich. Was auch passiert, sagte er sich, geh nicht auf den Kunden los.

»Ja?« Diesmal verkrampften sich die Gesichtsmuskeln beim Lächeln definitiv. »Wie kann ich Ihnen helfen?«

Der Mann hatte auf die anderen, die vor ihm in der Schlange gestanden hatten, keine Rücksicht gekommen. Vielleicht wollte er ein Konto eröffnen, dann konnte Kevin ihn an einen der Angestellten verweisen, die zur Zeit am Klatschtisch der Assistenten des Vizepräsidenten Kaffee tranken. Er wußte nicht, ob er zu einem normalen Gespräch noch in der Lage wäre. Vielleicht sollte er sagen, ihm sei übel, und sich in einem Motel einmieten und sechzehn Stunden am Stück schlafen.

Der Kunde war offensichtlich bemüht, den Eindruck zu erwecken, er sei etwas Besonderes, aber Kevin konnte ihn nicht einordnen. Wollte er als Geschäftsmann durchgehen? Als Künstler? Er wirkte eher wie die Imitation eines Künstlers – Hosen und

Mantel paßten nicht zusammen, die grüne Krawatte über dem hellblauen Hemd war zu breit, und er trug Wanderstiefel. Sein Haar war zu lang, außerdem stark pomadisiert oder einfach fettig. Auf alle Fälle war er sehr erregt und sprach von fünfundachtzigtausend Dollar.

Die Summe vertrieb Kevins Müdigkeit ein wenig. Er unterbrach den Mann mitten im Satz. »Ja, Sir. Wollen wir uns nicht bitte setzen? Kommen Sie hier entlang, dort können wir in Ruhe reden. Darf ich Ihnen einen Kaffee anbieten?«

Die Schalterhalle hatte für einen Tag genug erhobene Stimmen erlebt. Er wollte ihn in einen der Konferenzräume lotsen.

Kevin ging einfach los, und der Kunde mußte, wenn er weiter mit ihm sprechen wollte, folgen. So hatte Kevin auch ein bißchen mehr Zeit, um sich wieder unter Kontrolle zu bekommen und sich ein paar Gedanken zu machen.

Selbstverständlich erinnerte er sich an Maxine Weir. Wer hätte sich nicht an sie erinnert? Selbst wenn er die fünfundachtzigtausend Dollar ignorierte – was er natürlich nicht tat –, konnte er, ein Mann, der seit drei Wochen keinen Sex gehabt hatte, unmöglich ihre schwarzen Strümpfe und die hohen Absätze vergessen. Und selbst wenn er vor fünf Minuten Sex gehabt hätte, würde ihn der Gedanke an ihre spitzen Brustwarzen, die sich durch die Löcher des großmaschigen, hautfarbenen Pullovers bohrten, wieder in Fahrt bringen.

Kevin hielt dem Mann die Tür auf, die hinter ihnen zuschwang. Der Mann machte keine Anstalten, sich zu setzen.

»Wie kann ich Ihnen also behilflich sein?« fragte Kevin.

Die fast private Atmosphäre des Konferenzzimmers verfehlte nicht ihre Wirkung auf den Mann. Er war zwar immer noch erregt, aber der grobe Ton war aus seiner Stimme gewichen. »Mein Name ist Ray Weir. Meine Frau und ich haben … hatten ein Konto bei Ihnen …«

»Sie haben das Konto nicht mehr?«

»Doch. Wir haben es noch. Ich meine, ich habe es. Meine Frau …« Er hielt inne. »… meine Frau ist letzte Woche gestorben. Ermordet worden.«

Kevin atmete hörbar aus. »Das tut mir sehr leid, Mr. Weir. Und Sie ordnen jetzt …«

»Ich ordne gar nichts. Ich bin hier, um herauszufinden, was mit einem Scheck über fünfundachtzigtausend Dollar passiert ist. Die

Versicherungsgesellschaft behauptet, meine Frau habe ihn letzte Woche entgegengenommen, aber ich habe hier angerufen, und hier ist kein Eingang vermerkt. Dann habe ich die Polizei angerufen und gefragt, ob man den Scheck unter ihren Sachen gefunden habe, aber bisher ist er nicht aufgetaucht.«

»Nein«, erwiderte Kevin, »und ich fürchte, er wird auch nicht auftauchen. Ihre Frau hat sich das Geld in bar auszahlen lassen.«

»Was, zum Teufel, heißt das?«

Kevin hustete, um Zeit zu schinden. Seine Kehle würde ihn noch umbringen. Wahrscheinlich hatte er wieder eine Grippe. »Ihre Frau kam letzte Woche mit dem Scheck und ihrem Anwalt.«

»Und Sie haben es ausgezahlt? Einfach so?«

Kevin trat ein paar Schritte zurück. »Nein, nicht einfach so. Ich habe ihr vorgeschlagen, das Geld hier zu deponieren. Wir hätten das Konto dann mit einer Sperre belegt, bis der Scheck bestätigt worden wäre. Aber ihr Anwalt veranlaßte mich, den Aussteller anzurufen, damit der die Summe bestätigte, was im Grunde nicht nötig war, weil es ja ein Barscheck war. Aber ich konnte die Auszahlung dann natürlich nicht mehr verweigern.«

»Also haben Sie es ausgezahlt?«

Das ließ sich nicht leugnen. »Ja.«

»Hier? An Ort und Stelle?«

»Ja. Sie hat ein Drittel der Summe abgezählt und es ihrem Anwalt, der wohl die Einigung mit der Versicherung erzielt hatte, ausgehändigt. Ich vermute, das sind die üblichen Gebühren. Ein Drittel der Gesamtsumme.«

»Aber in bar?« Ray Weir mußte sich setzen. Er hatte keine Kraft mehr zu kämpfen. »Ich gab ihr, unter vier Augen, zu verstehen, daß es sehr unüblich sei und ich die Auszahlung – wie jeden Barbetrag über zehntausend Dollar – der Polizei melden müsse. Wegen der Drogen, Sie wissen ja. Aber sie hatte sich entschlossen – sie wollte das Geld mitnehmen. Und da es ihr gehörte, der Scheck gedeckt und sie eine Kundin war … Was hätte ich tun können?«

»Aber das Geld gehörte zur Hälfte mir … *Mir!*«

»Das tut mir leid, aber der Scheck war auf sie ausgestellt, nicht auf Sie beide.«

»Wir waren verheiratet. Wir lebten getrennt, waren aber verheiratet, als der Unfall geschah.«

Kevin überlegte fieberhaft, was er tun könnte, denn der Mann wollte nicht aufhören zu reden.

»Wir sind als Freunde auseinander gegangen und haben uns geeinigt, alles zu teilen. Wir hatten noch nicht einmal die Scheidung beantragt ... Vielleicht hätten wir uns wieder zusammengerauft!«

Kevin erinnerte sich, wie diese Frau an ihrem Anwalt gehangen und ihm strahlend beinahe dreißigtausend Dollar in bar ausgehändigt hatte. Abgesehen von den paar Minuten, die Kevin unter vier Augen mit ihr gesprochen hatte, hatte sie keinen Moment lang den Körperkontakt mit dem Anwalt verloren. Ray Weir und seine Frau hätten sich nie wieder zusammengerauft. Sie war mit ihrem Anwalt zusammen, und sie hatte sich eng an ihn geschmiegt.

Kevin fühlte eine Welle der Verachtung, dann holte ihn von neuem die Müdigkeit ein. Er saß zwei Stühle entfernt von Ray Weir, der in sich zusammengesunken war.

Plötzlich hob der Kunde den Kopf. »Was kann ich jetzt tun?« fragte er.

Auf dem Konferenztisch aus glänzendem Mahagoni tanzten die Lichtreflexe der hellen Morgensonne. Kevin schloß die Augen vor dem blendenden Licht, zwang sich aber, sie wieder zu öffnen, um Ray Weir zu antworten. »Ich kann Ihnen in dieser Angelegenheit nicht helfen«, sagte er.

Hardy war joggen gewesen und hatte Glitskys Anruf verpaßt. Als Glitsky ihn endlich erreichte, beschwerte er sich, daß Hardy soviel unterwegs und so schwer zu erreichen sei, und berichtete dann von Bakers Selbstmordversuch.

In Shorts und Sweatshirt stand Hardy schwitzend im Büro. Draußen war es wieder warm.

Warum hatte Baker versucht, sich umzubringen?

Der erste Gedanke war natürlich: Es kam einem Geständnis gleich. Doch wie Abe, wurde auch er die ambivalenten Gefühle den alten Louis betreffend nicht los. Seit er mit Baker gesprochen und Ray Weir kennengelernt hatte und wußte, daß Hector Medina Hunde umbrachte, war Hardy beinahe überzeugt davon, daß Baker Maxine Weir nicht umgebracht hatte. Er hatte sicher eine Menge angestellt, aber der Mord ging nicht auf sein Konto.

Hardys Zweifel resultierten nicht so sehr daher, daß er Bakers Unschuldsbeteuerungen Glauben geschenkt hätte. Nein. Aber

Baker hatte definitiv nicht gewußt, daß Maxine auf dem Kahn war, denn man sollte doch annehmen, daß Menschen, die daran gewöhnt sind, Menschen zu töten, diese Menschen wenigstens wahrnehmen. Das war das ausschlagende Moment.

Aus der Vermutung, daß Baker Maxine nicht getötet habe, ließ sich zwar nicht mit Sicherheit ableiten, daß er auch Rusty nicht getötet habe, aber diese Möglichkeit schien Hardy zu weit hergeholt zu sein.

Das warf die Frage auf, warum Baker dann überhaupt auf Rustys Lastkahn gewesen war. Bakers Version kam ihm reichlich dünn vor. Er versuchte sich vorzustellen, wie Rusty, eine Waffe in der Hand, Baker auf den Kahn zwang. Besonders plausibel fand er es nicht. Aber andererseits: Warum nicht? Wie gut hatte er Rusty denn letztendlich gekannt? Er war davon ausgegangen, Rusty sei ihm selbst sehr ähnlich – ein ehemaliger Staatsanwalt, aus derselben Abteilung, der schlimme Zeiten durchgemacht hatte und jetzt nur noch in Ruhe gelassen werden wollte. Deshalb war er zu Hardy gekommen. Er hatte Angst, schien jedenfalls soviel Angst zu haben, daß Hardy, der keinen Anlaß zur Skepsis sah, sich überzeugen und sogar von der Angst anstecken ließ. Also …?

Aber war Rusty ihm wirklich so ähnlich gewesen? Die äußeren Biografien ähnelten sich vielleicht, doch Karen Moores Beschreibung ergab ein ganz anderes Bild von Rusty und zeigte ihn als verwirrten, von der Spielsucht getriebenen Mann, als Weiberheld.

Es hing also offensichtlich davon ab, wem Hardy glaubte – Rusty oder Louis Baker. Nicht gerade einfach. Nicht mehr.

Er glaubte nicht, daß Rusty eine Waffe besessen hatte – warum hätte er sonst bei der Waffenhandlung Station machen und eine zweite bestellen sollen, die er erst drei Tage später hätte abholen können? Es sei denn, die Ereignisse, die Louis geschildert hatte, stünden in irgendeiner Beziehung zu der zweiten Waffe. Louis' Geschichte war viel zu weit hergeholt, als daß sie komplett erfunden sein konnte, wenigstens einen wahren Kern mußte sie enthalten … Rusty, der an der Busstation auf Baker wartete, um mit ihm zum Lastkahn zu fahren …

Zu fahren?

Womit fuhren sie? Zum *Shamrock* war Rusty mit dem Bus gekommen, weil sein Auto gestohlen worden war. Hardy setzte sich auf die Schreibtischecke. Das Auto. Vielleicht war das Auto der Schlüssel. Angenommen, Hardy würde Louis nach dem Auto fragen, und Louis würde antworten, sie seien in einem blauen VW Jetta gefahren …

Das wäre interessant.

Irgendwie waren ihm die Dartpfeile unter die Hände gekommen, und so fing er an, mit ihnen zu werfen. Eins, zwei, drei. Hol sie dir, geh zurück an die Linie, wirf, ohne zu zielen, arbeite nicht an deiner Form. Zen und Dart.

Und wenn Baker sich nur an die Farbe oder die Marke erinnerte? Er mußte ihn fragen. Er mußte Baker fragen, in was für einem Auto sie gefahren waren. Nach der Farbe, nach allem. Mal sehen, wohin das führte.

Er nahm das Telefon, suchte die Nummer des County Hospitals heraus, wählte, hielt inne. Das letzte Mal hatte er Glitsky gebraucht, um Baker sprechen zu können.

Hardy rief im Justizgebäude an, aber sie sagten, Abe sei nicht dagewesen, und es gebe keinen Hinweis darauf, wann er komme. Hardy überlegte, von wo Abe ihn angerufen haben mochte und was er wohl gerade machte, dann sprach er mit Flo und erfuhr, daß Abe sich freigenommen habe. Sie diskutierten noch immer über Los Angeles, und Abe, sagte Flo, sei auf Distanz zum Morddezernat und zu seinen Kollegen gegangen, noch mehr als sonst. Sie versprach, falls sie von ihm hören sollte, würde sie ihm ausrichten, er möge Hardy anrufen.

Das Auto ging ihm nicht aus dem Sinn. Nach einer Dusche und einer Dose Sardinen kehrte er ins Büro zurück und sah die Notizen durch, die er sich am Polizeicomputer gemacht hatte, aber sie waren nicht besonders aufschlußreich, weder für Analysen noch für Spekulationen.

Er nahm einen Stift und begann, alles über den vergangenen Mittwoch aufzuschreiben, was ihm einfiel: Rusty war aus dem Bus gestiegen, ins *Shamrock* gekommen. Hardy hatte sich an seinen Drink erinnert – *Wild Turkey*. Rusty hatte ihm von Louis Bakers Entlassung erzählt und daß er in San Quentin angerufen habe, um die genaue Uhrzeit zu erfahren. Dann hatte er seinen Vorschlag mit den Kontrollanrufen erläutert. Am Ende die Sache mit der Waffe – ob er sich vielleicht eine Schußwaffe kaufen solle und welche Hardy empfehlen könne.

War das alles?

Hardy stand auf, ging um den Schreibtisch herum und öffnete

das Fenster. Es war nach ein Uhr, und ein leichter, warmer Wind erfrischte die Luft im Raum. Er steckte den Kopf hinaus, um den Rosenduft zu riechen, aber in der Gegend gab es keine Rosen.

Er setzte sich wieder und las noch einmal durch, was er geschrieben hatte. Okay, als nächstes seine Eindrücke. Rusty wirkte niedergeschlagen, abgebrannt. Benutzte öffentliche Verkehrsmittel. Erzählte, er habe den Gefängnisdirektor angerufen und von ihm erfahren, Louis Baker habe sich geändert, aber das habe er nicht geglaubt. Er sagte, Waffen seien was für ›harte Jungs‹ wie Hardy, kurz danach wollte er sich eine Waffe kaufen.

War ihm diese Idee ganz plötzlich gekommen? Hatte er spontan seine Meinung geändert, überlegt, daß Waffen nicht nur etwas für harte Jungs seien, sondern auch für ihn?

Hardy kam keinen Schritt voran …

Rusty war mit dem Bus aus der Innenstadt gekommen … Vorher hatte er sich diese Sache mit den Telefonanrufen überlegt, dann über gemeinsame alte Bekannte herausgefunden, wo Hardy arbeitete. Aber all das klang nicht nach Angst, sondern eher nach einer Vorsichtsmaßnahme. Rusty war nicht wirklich verängstigt gewesen, immerhin hatte er vorgehabt, nach Hause zu gehen. Und er war ja nach Hause gegangen! Aber in San Quentin anzurufen und den Zeitpunkt von Bakers Entlassung zu erfragen schien in Hardys Augen mehr als Vorsicht zu sein. Das sah wirklich nach Angst aus. Oder nicht?

Er starrte aus dem Fenster, dann wieder auf seine Notizen. Rusty hatte zwei Dinge erwähnt, die er vom Gefängnisdirektor erfahren hatte – die Angaben bezüglich Louis' Entlassung und daß er ein vorbildlicher Häftling gewesen sei. Wenn Rusty aus Furcht dort angerufen hatte, um herauszufinden, ab wann er sich ernsthaft Sorgen machen mußte – hätte er sich dann auf eine Diskussion darüber eingelassen, was für ein Mann aus Louis Baker geworden war? Wenn man auf Schienen gefesselt ist und den Zug heranrasen sieht, fragt man sich dann, ob er Güter oder Personen transportiert?

Hatte er zweimal in San Quentin angerufen? Und wenn ja: Was war dabei?

Lange starrte Harry auf das stumme Telefon und tat weiter gar nichts.

Dann rief er an. Er sprach mit vier Beschäftigten, wahrscheinlich Häftlingen, erzählte ihnen, er sei Staatsanwalt – wahr genug – und daß es um Louis Baker gehe, bevor er endlich mit Jack Hazenkamp, dem Direktor, verbunden wurde. Hardy war Hazenkamp in seiner Funktion als Bezirksstaatsanwalt ein paarmal begegnet und hatte mit ihm über die Bedingungen im Gefängnis, die Rückfallquote und das Übliche gesprochen. Hazenkamp war lange beim Militär gewesen, aber in ihren Gesprächen hatte Hardy ihn als erstaunlich ... nun, nicht gerade als liberal, aber als sehr verständnisvoll erlebt. Er packte die ihm anvertrauten Häftlinge nicht in Watte, aber er behandelte sie wie Menschen, nicht wie Nummern.

Hardy saß an seinem Schreibtisch und hatte seinen gelben Notizblock aufgeschlagen vor sich liegen.

»Hazenkamp«, sagte der Direktor kurzangebunden.

»Ich würde Sie gerne ein paar Dinge bezüglich Louis Baker fragen ...« sagte Hardy, nachdem er seinen Namen genannt hatte.

»So schnell? Was hat er getan?«

Hardy hatte in kurzen Zügen die ganze Geschichte bis hin zu Bakers Selbstmordversuch umreißen wollen, aber Hazenkamp unterbrach ihn, als er Rusty Ingrahams Namen hörte.

»Ingraham ist tot?«

Hardy schwieg.

»Um Gottes willen«, sagte der Direktor. »Dann habe ich einen schweren Fehler begangen.«

»Wie meinen Sie das?«

»Ingraham hat mich vergangenen Monat ein paarmal angerufen.«

»Ein paarmal?« wiederholte Hardy.

»Ja, zweimal glaube ich. Er schien große Angst zu haben, und jetzt sieht es so aus, als sei sie gerechtfertigt gewesen. Ich habe zu ihm gesagt, er brauche sich keine Sorgen zu machen, Baker stelle keine Bedrohung mehr dar.« Hazenkamp fluchte leise. »Und trotzdem muß ich sagen, daß ich überrascht bin. Wieder ein paar Illusionen weniger.«

»Weshalb das?«

»Nun, Sie wissen, daß die meisten zurückkommen oder bei einem Verbrechen getötet werden ...«

Hardy wartete.

»Aber Louis Baker ... Sehen Sie, auf ein paar von ihnen muß man seine Hoffnung setzen, sonst wird man verrückt.«

»Und einer von ihnen war Baker?«

»Entweder man glaubt an Rehabilitation oder eben nicht.«

»Und Sie glauben daran?«

»Nicht gerade aus tiefstem Herzen. Aber manchmal hat man ein gutes Gefühl. Wir entlassen die Burschen ja nicht vorzeitig, wenn wir nicht zuversichtlich sind, daß sie versuchen werden, anständig zu bleiben.«

»Also haben Sie Baker persönlich gekannt?«

»Ich kenne die meisten von ihnen persönlich. Ich lege Wert darauf, Zeit für sie zu haben, mit ihnen zu sprechen.«

»Und Baker …?«

Hardy konnte hören, wie Hazenkamp ausatmete.

»Baker war eine harte Nuß. Sehr hart. In seinem Kopf war so ziemlich alles falsch gepolt, als er hergebracht wurde. Aber, wie ich schon sagte, wenn man so lange drinsteckt wie ich, will man einfach glauben, daß man ein Gefühl für diese Dinge entwickeln kann. Bei Baker war ich tatsächlich überzeugt davon, daß er sich geändert hätte. Er war kein Psychopath. In seinem Fall, und ich sage das wirklich nicht oft, war ich der Ansicht, er sei so hart und brutal geworden, weil er anders nicht überlebt hätte.«

»Ich habe ihn damals erlebt, Mr. Hazenkamp. Er war ein verdammt schwerer Junge.« Hardy wußte zuviel über die Verbrechen, die Baker begangen hatte, um an die Milieutheorie zu glauben.

»Oh, das bestreite ich nicht. Er wird nie ein ruhiger, anständiger Bursche sein. Aber« – Hazenkamps Stimmlage stieg an, seine Hoffnung widerspiegelnd – »er war nicht drogensüchtig, sein Hirn war nicht zerstört. Er kam gut mit den anderen Jungs zurecht, war in der Basketballmannschaft, gab Boxunterricht … Sicher ein Einzelgänger, aber einer, der mit anderen Menschen umgehen konnte. Kein Mörder. Wenigstens habe ich das geglaubt …«

»Vielleicht ist er auch kein Mörder.«

»Aber haben Sie nicht gesagt …«

Hardy fuhr mit seinem Bericht fort – Maxine Weir, der Mann in Holly Park, die Schießerei mit den Polizisten, der Selbstmordversuch … »Meine Frage an Sie«, schloß er, »lautet: Ergibt das für Sie einen Sinn? Hat ihn der Bewährungsausschuß nicht Tests unterzogen, Gespräche mit ihm geführt, so etwas in der Art?«

»Natürlich. Und nach langer Begutachtung empfohlen …«

»… ihn freizulassen?«

»So ist es.«

»Wie oft kommt es vor, daß Sie sich irren?«

Hardy bereute die Frage sofort. Hazenkamp zog sich zurück,

von seiner sympathischen, resignierten Offenheit war nichts mehr zu spüren. Er antwortete jetzt als korrekter, pflichtbewußter Polizist, der in die Defensive gedrängt worden war.

»Die Rückfälligkeit ist ein großes Problem, das wissen Sie. Aber wenn man überzeugt davon ist, daß Rehabilitation möglich ist, und sich prinzipiell entschließt, Häftlinge vorzeitig aus der Haft zu entlassen, tut man es in dem Moment, wo die Wahrscheinlichkeit …«

»Das verstehe ich ja alles. Ich hatte nur den Eindruck, daß Sie in Bakers Fall noch etwas anderes empfunden haben. Etwas Persönliches.«

Eine lange Pause entstand. Hardy sah aus dem Fenster. Vielleicht, dachte er, tat Hazenkamp dort oben in Marin dasselbe.

»Wissen Sie, Mr. Hardy, beim Militär gibt es einen Haufen Kerle wie Baker – harte, brutale junge Burschen, die nichts anderes wollen als zerstören … Sie wollen die Stärksten sein, nie zeigen, daß sie Schwächen haben, denn dort, wo sie herkommen, wird man, wenn man Schwächen hat, zusammengeschlagen. Zwischen Schwarzen und Weißen gibt es da keinen Unterschied, der springende Punkt scheint die Armut zu sein. Keine Perspektiven zu haben. Für eine Zeitlang gewinnen wir als Autoritätspersonen – ob im Gefängnis oder in der Armee – ihre Aufmerksamkeit. Wir stampfen sie ein, bis sie ganz klein sind, damit wir sie hinterher wieder aufbauen können.«

»Ich war auch bei der Marine, Sir«, sagte Hardy.

Wieder eine Pause, diesmal kürzer. »Dann erinnern Sie sich bestimmt. Sie sind wie tolle Hunde. Dann passiert etwas, und sie werden zu einem Team. Einer rettet ihnen das Leben, oder sie retten jemandem das Leben.«

Hardy erinnerte sich daran, wie er nach dem Tod seiner Eltern gewesen war, als er zu den Marines gegangen war und sich ausgetobt hatte. Dann schickten sie ihn nach Vietnam, und er zog Moses McGuire, der jetzt sein bester Freund war, bei Chi Leng aus dem Kugelhagel. Hazenkamp hatte recht: Es konnte einen verändern.

»Und dasselbe geschah mit Baker?«

»Jedenfalls habe ich es geglaubt. Wissen Sie, Mr. Hardy, es gibt Jungs, die durch und durch Sträflinge sind, und es gibt andere, bei denen man schwören könnte, daß sie sich bessern würden, bei denen man irgendwann fast vergißt, daß sie überhaupt Sträflinge sind. So war Baker. Er war natürlich noch immer ein harter Kerl, mit dem man sich besser nicht anlegen sollte, aber er mußte sich nicht mehr beweisen. Verstehen Sie, was ich meine? Nun, das gleiche habe ich Ingraham gesagt – lassen Sie ihn in Ruhe, und Sie werden keine Probleme mit ihm haben.«

»Ingraham hat ihn nicht in Ruhe gelassen.«

»Ich bekomme langsam das Gefühl, daß jemand mit Louis Baker ein verdammt mieses Spiel getrieben oder ihn unter starken Druck gesetzt haben muß, bevor er bereit war zu kapitulieren.«

»Was wäre geschehen, wenn Sie recht hätten?«

»Er wäre rückfällig geworden. Wenn man bedrängt wird, kehrt man zu dem zurück, was man kennt.«

Das leuchtete Hardy ein. Wenn Baker nach der langen Haftstrafe in San Quentin und wenigen Tagen in Freiheit dreier Morde beschuldigt wurde, die er tatsächlich nicht begangen hatte, war es verständlich, daß er sich verfolgt fühlte. Er würde versuchen sich zu wehren und vielleicht auf jemanden losgehen, der die repräsentierte, die ihm das alles angetan hatten – Hardy. Aber dann hatte er es vermasselt, weil er aus der Übung war, und all die Fortschritte der vergangenen neun Jahre waren ausgelöscht. Hoffnung auf ein normales Leben gab es nicht mehr, und so hatte er versucht sich umzubringen. Konnte das die Antwort sein?

Hardy sah auf seinen Notizblock, während er Hazenkamp noch in der Leitung hatte. Oben auf die Seite hatte er die Zahl ›zwei‹ geschrieben und mit einem Ausrufungszeichen versehen.

»Ein letzter Punkt, wenn Sie noch eine Sekunde Zeit haben, Sir. Als Ingraham Sie angerufen hat – ging es da beide Male um die gleiche Angelegenheit?«

»Ja. Beim ersten Mal eher generell. Er wollte wissen, ob er sich Sorgen machen müsse und wie Baker sich verhalte, weil er gehört habe, daß Louis früher entlassen werden solle, und so weiter.«

»Und beim zweiten Mal?«

»Letzte Woche fragte er nach den Einzelheiten – wann Louis entlassen und wo er hingehen werde. Ich dachte mir, es könne nichts schaden, es ihm zu sagen. Er schien ziemlich erledigt, und ich versuchte ihn zu beruhigen. Ich habe ihm noch einmal erklärt … wirklich, ich habe nicht geglaubt, daß Baker etwas von ihm wollte.« Er seufzte. »Aber ich habe mich wohl getäuscht.«

»Führen Sie ein Telefonprotokoll? Wissen Sie das Datum von Ingrahams erstem Anruf?«

»Wozu?«

Durch die Leitung hört Hardy das Blättern von Papier. »Nur, um die Lücken zu füllen.«

»Hier ist es. Am 26. August. Füllt das eine Lücke?«

Hardy schob den Briefbeschwerer auf seinem Schreibtisch hin und her, das Löschpapier, den Radiergummi. Die Zettel mit anderen Notizen von anderen Tagen. Draußen flog ein Schwarm Blauhäher vorbei. Er suchte die Seite, die er vorhin beschriftet hatte, und legte sie neben die, auf die er jetzt schrieb.

Drei Tage nach Ingrahams Anruf in San Quentin war sein Wagen als gestohlen gemeldet worden. »Könnte sein«, sagte er.

Er dankte Hazenkamp und legte auf.

Von einem Freund im Bewährungsamt wußte Rusty, daß Louis Baker entlassen werden sollte. Ungefähr zur selben Zeit erfuhr er, daß er ein Drittel der Versicherungssumme über fünfundachtzigtausend Dollar von Maxine Weir bekommen würde. Drei Tage später wurde sein Auto gestohlen, aber er mietete sich keinen Leihwagen, was mit dem Versicherungsgeld als Sicherheit möglich gewesen wäre.

Baker hatte erzählt, Rusty habe ihn aufgelesen und zu seinem Kahn gefahren – am selben Tag, an dem Rusty mit dem Bus zum *Shamrock* gekommen war.

Hardy fragte sich, wie viele Autos als gestohlen gemeldet wurden, die nicht gestohlen, sondern versteckt, verschrottet oder umgespritzt worden waren. Es gab die verschiedensten Gründe dafür, und der naheliegendste, aber mit Sicherheit nicht der einzige, war Versicherungsbetrug. Um die anderen möglichen Gründe aufzuzählen, würde Hardy Stunden brauchen.

Das Telefon, dieses stumme, unkooperative Spielzeug, das ihn schweigend angestarrt hatte, seit er zu Hause war, läutete schrill, schrie nach Beachtung. Hardy, sein Sklave, hob den Hörer ab.

21

Abe Glitsky kaute Eis. Er saß in Geary im *David's* am Fenster. Ein Transparent vor dem Curran Theatre auf der anderen Straßenseite pries Saisonkarten für das American Conservatory Theatre an. Abe dachte an die ersten Jahre mit Flo, als sie oft im ACT gewesen waren und die Angebote, die das Stadtleben bot, intensiv genutzt hatten. Jetzt waren sie damit beschäftigt, ihre Kinder aufzuziehen, gingen gelegentlich zum Essen. Im vergangenen Jahr waren sie vielleicht dreimal im Kino gewesen. Lag es an ihnen, oder war das Theater wirklich tot? Über diesen Gedanken mußte er lächeln. Hatte die Stadt sich verändert? Würde Los Angeles anders sein?

Er winkte Hardy herüber, der in der Tür zum Saal stand und sich kurz darauf ihm gegenüber auf den Stuhl setzte.

Bei seinem zweiten Anruf hatte er Hardy erreicht. Er hatte nach seinem eigenen Zeitplan gearbeitet, war nicht daran interessiert, zum Dienst zurückzukehren und Batiste eine weitere Genugtuung zu verschaffen. Hardy hatte sich erkundigt, ob Baker noch am Leben war. Er hatte einiges über Ingraham herausgefunden. Dies und das, nichts davon schien zusammenzupassen, aber dann hatte Hardy die Spielsucht angesprochen, von der Johnny LaGuardia Abe gestern erzählt hatte.

Glitsky hatte gefunden, daß sie sich treffen und noch ein paar Bäumchen schütteln sollten. Vielleicht könnte ihnen einer ein paar Namen nennen oder Neuigkeiten erzählen. Hardy war von dem Vorschlag begeistert gewesen, und hier war er nun endlich.

»Abraham, *que tal? Como va?*« fragte er gutgelaunt.

Abe kaute auf seinem Eis herum. »Ehrlich gesagt, ich weiß nicht, warum wir hier sind«, sagte er dann. Das Treffen kam ihm jetzt, da er dem fröhlichen Freund in seiner eigenen trüben Stimmung gegenübersaß, blödsinnig vor.

Hardy griff hinüber, nahm Abes Käsesandwich und biß ab. »Bist du fertig?« fragte er.

»Jetzt schon.«

»Die Sache stinkt«, sagte Hardy zwischen den Bissen. »Baker hat es nicht getan.« Er hob die Hand, um jeden Widerstand im Keim zu ersticken. »Vergiß nicht, ich wollte, daß er es war, aber es paßt eben einfach nicht zusammen.«

»Du glaubst wirklich, daß Baker unschuldig ist?«

»Du auch, sonst würden wir an diesem schönen Nachmittag nicht hier sitzen.«

Glitsky bekam einen neuen Eistee, und Hardy bestellte sich eine Tasse Kaffee. »Okay, du zuerst«, sagte Abe endlich.

»Er war dort, stimmt's?«

»Abaloolie.« Abe grinste. »Eines von O. J.'s Worten.«

Hardy war in Fahrt. »Wenn er zu Rusty gegangen wäre, um ihn

zu töten, hätte er eine Waffe mitgenommen, richtig? Richtig. Er kann es unmöglich dem Zufall überlassen und gehofft haben, daß Rusty eine Waffe an Bord hatte, die er vertrauensvoll jemandem leihen würde, damit der ihn damit erschießen könnte.«

»Ich habe immer noch dieses Problem mit dem Mord an Rusty«, sagte Abe.

»Das heben wir uns für später auf. Ich habe ein Problem mit dem Umstand, daß der alte Louis nicht wußte, daß eine Frau an Bord gewesen ist. Schon gar nicht eine nackte, die er mit drei Löchern ins Jenseits befördert haben soll.«

»Ja«, stimmte Abe zu, »das paßt nicht so ganz.«

»Also?« fragte Hardy.

»Also was?«

»Was sagt uns das?«

»Daß noch jemand dort gewesen ist?«

»Gut, Abe.«

»LaGuardia ist dort gewesen.«

»Und warum?«

»Um Rustys Leihgebühr zu kassieren. Aber er behauptet, das Mädchen sei schon tot gewesen, als er dort ankam. Und Johnny LaGuardia, Diz, erschießt ganz bestimmt niemanden mit einer .22er.«

»Ray Weirs Waffe.«

»Richtig.«

»Also ist Ray auch dort gewesen?«

»Könnte Ray sich mit *Armor All* auskennen?« Glitsky erklärte ihm den Zusammenhang.

»Aber er ist auf dem Schlepper gewesen? Wir wissen nicht, wo er war, oder? Wir wissen nur, daß er nicht zu Hause war.«

»Woher wissen wir das?« fragte Abe.

Hardy erzählte ihm, daß Warren in der Nacht auf den Stufen vor Rays Tür auf seinen Freund gewartet hatte, mit dem Sechserpack, um ein paar mit ihm zu heben und seine Trauer wegen Maxine zu vertreiben.

Abe führte das Glas zum Mund und klopfte mit einem Finger darauf, bis der letzte Eiswürfel in seinem Mund verschwunden war.

»Sind wir an dem Punkt des Falls angekommen, den man Wendepunkt nennt?« fragte er.

Ray Weir betrachtete seine Augen im Badezimmerspiegel und stellte fest, daß sie stark gerötet waren. Wahrscheinlich lag das an der Mischung aus Tränen und Marihuana. So sollte er niemandem gegenübertreten. Schon gar nicht der Polizei.

Sie warteten draußen auf der Treppe.

Er hatte ihnen gesagt, er komme in einer Minute. Er träufelte sich *Visine* in die Augen. *Listerine.* Öffnete die Jalousie vor der hellen Nachmittagssonne. Schon Nachmittag. Er machte das Fenster auf. Der Rauch zog ab.

Wieder klopfte es.

»Kommen Sie schon, Ray.«

Plötzlich saß er auf dem Boden. Die Hälfte der Bilder von Maxine lag, von der Wand gerissen, um ihn verstreut. »Ich kann nicht«, sagte er. »Ich kann nicht.«

»Was?« klang es durch die Tür.

»Ich kann einfach nicht.«

Gemurmel. Wieder klopfte es. »Machen Sie jetzt auf, sonst treten wir Ihnen die Tür ein.«

»Lassen Sie mich in Ruhe!« schrie er, fiel auf sein Gesicht und schirmte sich gegen die Sonne ab, indem er die Arme über seinen Kopf hob. »Bitte, bitte, lassen Sie mich in Ruhe.«

»Was macht er?« fragte Hardy.

Glitsky zuckte die Achseln.

Im Treppenhaus, wo Warren wartend mit seinem Bier gesessen und Courtenay Hardy geküßt hatte, gab es kein Fenster. Vom Eingang unten drang ein wenig Licht nach oben, und unter der Wohnungstür schimmerte ein Streifen Helligkeit. Die mit Teppich ausgelegten Stufen führten zu den nackten Treppenabsätzen, die Luft war schwer und muffig und mit Marihuanageruch erfüllt.

»Ray, machen Sie die Tür auf!« Vieles an Glitsky überraschte Hardy, aber am meisten staunte er über dessen Geduld. »Wir sind nur gekommen, um zu reden.« Er legte Hardy die Hand auf den Arm und nickte ihm zu.

Zwanzig Sekunden später hörten sie erneut ein Rumpeln von drinnen, und dann wurde die Türkette gelöst. Die Tür öffnete sich. Ray ging gleich wieder zurück in den Raum, der voller Rauchschwaden war, und zur Couch hinüber. Hardy und Glitsky folgten ihm, stiegen über die Bilder von Maxine. Wie über gefallene Blätter.

Ray kauerte in einer Ecke der Couch, die Beine an die Brust gezogen. Glitsky forderte Hardy auf, sich in den Regiestuhl zu setzen, und nahm selbst auf der Couch, einen halben Meter von Ray entfernt, Platz. Er faltete die Hände, stellte die Füße flach auf den Boden.

Eine der Lampen war umgestoßen worden. Nicht *vu jade*, sondern *deja vu*. Zerrissene Bilder, zerbrochene Lampen – verdiente hier in der Gegend jemand sein Geld damit, daß er Lampen kaputt machte?

»Sie hat alles genommen.«

Ray hatte endlich den Kopf gehoben. Die Augen! Gott im Himmel ... Das Gesicht versteinert. In den Gesichtern von Schaufensterpuppen war mehr Leben als in diesem.

»Was genommen?« fragte Abe ungerührt, aber freundlich.

Ray ließ den Kopf wieder auf die Knie sinken, und Hardy bemerkte, daß seine Finger sich fest um die Beine krallten. Er versuchte sich zu sammeln, sah wieder auf und blickte zu Hardy. Er wirkte nicht überrascht – er kannte ihn, konnte aber offensichtlich nicht sagen, woher.

»Was genommen, Ray?« fragte Glitsky wieder.

»Alles«, antwortete er. »Sie hat alles genommen.«

»Die Versicherungssumme?« fragte Hardy.

Ray schüttelte den Kopf, völlig in sich versunken. »Wir wollten es teilen. Das war unsere Abmachung. Wir wollten Freunde bleiben.«

Hardy und Glitsky tauschten Blicke.

Abe lehnte sich auf der Couch zurück. »Was ist mit dem Geld geschehen, Ray?«

»Sie hat es sich auszahlen lassen.« Rays Augen wanderten zu der Wand mit ihren Fotos, die jetzt zur Hälfte leer war. »Sie hat es mit Ingraham geteilt. Sie haben es einfach genommen.«

»Was uns dazu bringt ...«, begann Hardy, aber Glitsky hob die Hand.

»Wohin haben sie es gebracht, Ray?« Die Wiederholung des Vornamens klang wie eine Beschwörungsformel, die dafür sorgte, daß die Verbindung zwischen ihnen nicht abriß.

»Sie müssen es zu Ingraham gebracht haben.« Ray begegnete Abes Blick. »In ihrer Wohnung ist nichts gefunden worden.«

»Auf den Schlepper, meinen Sie?«

Ray nickte.

»War es dort, Ray?«

Keine Antwort.

»Ray? Waren Sie dort?«

»Nein, war ich nicht. Ich weiß nicht einmal, wo er liegt.«

»Vielleicht haben sie es auf die Bank gebracht«, warf Hardy ein.

Ray wandte sich ihm zu. »Nein, ich bin zur Bank gegangen. Sie haben es sich in bar geben lassen.«

Glitskys Augen bedeuteten Hardy, still zu sein. »Sie sind also in der letzten Woche nicht zu Ingraham gegangen? In der Nacht, in der Maxine ermordet wurde?«

»Nein, das habe ich Ihnen doch gesagt. Nein. Ich bin nie dort gewesen.«

»Aber Ihre Waffe war dort. Mit Ihrer Waffe wurde Maxine getötet.«

»Auch das habe ich Ihnen gesagt. Ich habe sie ihr gegeben. Das sagte ich Ihnen doch schon …«

Glitsky beugte sich vor und strich Ray übers Knie. »Ich weiß, Ray. Ich weiß, was Sie mir erzählt haben. Das Problem ist, daß Sie mir auch erzählt haben, Sie wären in jener Nacht allein zu Hause gewesen, und wir sind auf jemanden gestoßen, der behauptet, daß das nicht stimmt.«

»Ihr Freund Warren«, fügte Hardy hinzu.

Die Erkenntnis dämmerte Ray, und er starrte Hardy an. »Das letzte Mal waren Sie kein Polizist. Sie waren mit Court hier.«

Glitsky meldete sich wieder zu Wort. »Das spielt alles keine Rolle, Ray. Wichtig ist nur, was Sie in jener Nacht getan haben, wenn Sie nicht hier waren.«

»Ich war hier.«

»Vielleicht sollten wir alle zusammen Warren besuchen?«

»Nein, das können wir nicht tun!«

»Warum nicht, Ray? Lügt er?«

»Ich weiß es nicht. Ich kann nicht nachdenken.« Er legte den Kopf wieder auf seine Knie.

»Sie müssen nachdenken, Ray«, sagte Glitsky. »Lügt Warren? Wir werden Sie alle in einem Raum zusammenbringen und unter Eid stellen, wenn Sie das wollen.«

Rays Augen bewegten sich hektisch hin und her, von Hardy zu Glitsky, durch den Raum, als spiele er mit dem Gedanken zu fliehen.

»Kommen Sie, Ray. Erzählen Sie's uns einfach. Warren oder Sie – einer von Ihnen war hier. Wer?«

»Sie können es ihm nicht sagen.«

»Wem was sagen, Ray?«

»Warren.« Weir schüttelte den Kopf. »Nein, ich habe versprochen, daß ich es niemandem erzähle. Wir dürfen nicht.«

Da ging Hardy ein Licht auf. »Sie waren beide hier«, sagte er. »Er auf der Treppe, und Sie waren mit Courtenay im Bett ... Sie konnten ihm nicht öffnen, weil er es sonst herausgefunden hätte.«

Ray nickte. »Er hätte den Film vielleicht nicht fertiggestellt. Er hätte gedacht, wir hätten ihn betrogen.«

»Haben Sie ja auch«, erwiderte Hardy.

»Nein! So war's nicht. Court kam, um zu sehen, wie es mir geht. Sie machte sich Sorgen, weil ich so fertig war wegen Maxine. Dann haben wir ein Glas Wein getrunken und waren in bißchen benebelt und dann ...« Er sah von Glitsky zu Hardy. »Sie werden es Warren nicht erzählen, oder?«

»Gehen wir, Diz.« Glitsky stand auf, der nette Junge, der mit dem Luftzug verschwand. Er war schon auf halbem Weg zur Tür. Hardy folgte ihm.

»Ich habe es Courtenay versprochen«, wimmerte Ray. »Sie werden es Warren nicht erzählen, nicht wahr?«

Glitsky wandte sich an der Tür um. »Nicht, wenn es nicht nötig ist«, sagte er.

»Lassen wir das mit Warren und Courtenay mal für einen Moment außer acht ... Wenn Ray es getan hätte, hätte er den Kahn nach dem Geld durchsucht, und dafür gibt es kein Anzeichen. Ich glaube, daß Ray das Geld nicht hat.«

»Ich auch.« Glitsky behielt die Straße im Auge. Sie fuhren durch die Innenstadt zurück nach Geary.

»Also, wo ist das Geld dann?«

»Habe ich mich auch gerade gefragt«, antwortete Abe. »Das mit dem Geld ist ein völlig neuer Aspekt.«

»Werden nicht öfter Leute wegen Geld ermordet?«

Glitsky hielt an einer Ampel. »Ich habe so was gehört.« Die Ampel sprang um.

»Bei Grün darf man fahren«, sagte Hardy.

Der Wagen schoß vorwärts. Hardy wollte ins Krankenhaus zu Louis, um ihn wegen des Autos zu sprechen, aber Glitsky hörte nicht genau zu. Seine Gedanken waren noch bei dem Geld.

»Baker hat das Geld nicht«, sagte er. »Er hatte noch nie irgendwelches Geld.«

»Aber er kann uns vielleicht erzählen, was für ein Auto Rusty Ingraham fuhr.«

Abe antwortete nicht.

»Aber er kann uns erzählen, was für ein Auto ...«

»Ich habe dich schon verstanden«, sagte Abe. Wieder mußte er an einer Ampel halten. »Folgendes, Diz ... Bleiben wir bei der Frage, wer auf dem Lastkahn gewesen ist. Baker, okay. Aber er ist in Gewahrsam, für den Moment auf jeden Fall. Eine Zeitlang haben wir angenommen, Ray könnte es getan haben, aber Ray hat Maxine angehimmelt, und ich glaube ihm, wenn er sagt, er war's nicht. Glaubst du ihm auch?«

Hardy nickte.

»Okay. Damit bleiben Hector Medina und Johnny LaGuardia.«

»Hector war auf dem Kahn?«

»Er sagt, nein, er habe eine Doppelschicht gemacht. Aber weißt du was? Weil wir heute unseren gründlichen Tag haben und sowieso dort vorbeikommen ...«

Das *Sir Francis Drake* hatte sich nicht sehr verändert, seit Hardy vor einer Woche dort gewesen war. An einer Tür am Ende eines langen Ganges im dritten Stock hing ein Schild mit der Aufschrift ›Sicherheitsdienst‹.

Hector saß am Schreibtisch und las Zeitung. Ein Vorzimmer gab es nicht, eine Sekretärin schon gar nicht.

»Ich weiß nicht, ob Sie davon gehört haben«, begann Abe. »Treadwell ist im Gefängnis, jedenfalls war er dort heute morgen noch.«

Hector hatte die Hände über der Zeitung gefaltet. »Ja, Clarence hat angerufen, um mir die gute Nachricht mitzuteilen.« Er sah Hardy an. »Ich dachte, Sie wären nicht bei der Truppe.«

»Ich verbringe nur den Tag mit meinem Kumpel Abe.«

Abe ignorierte den Wortwechsel. »Das Verrückte ist ... Sie werden nie erraten, was im Zuge der Rehabilitation von Clarence und Mario herauskam.«

Hector starrte auf seine Hände.

»Er rät ja gar nicht«, sagte Hardy.

»Sie sind doch wohl nicht deswegen hier? Wegen dieser Hundegeschichte?« Hector drehte seine Hände um. »Mein Gott, Leute. Ich wollte ihm ein bißchen Gottesfurcht beibringen, und es hat funktioniert. Wo liegt das Problem?«

»Das Problem«, begann Abe, »liegt darin, daß mein Freund Hardy und ich uns über Rusty Ingraham unterhalten haben, und da ist uns aufgefallen, daß Sie Leute bedrohen, die Sie nicht mögen. Auch Rusty Ingraham mögen Sie nicht besonders, habe ich recht?«

»Was wollen Sie damit sagen?«

»Ich will damit sagen, daß es nicht zu Ihrer Persönlichkeit, zu Ihrer Art, mit den Dingen umzugehen, zu passen scheint, daß Sie Rusty anrufen, kalte Füße bekommen und auflegen. Sie sind jemand, der zu ihm geht, wenn Sie ihm was zu sagen haben.«

Medina rückte vom Schreibtisch ab. »Ich hatte ihm ja im Grunde nichts zu sagen. Nicht wie bei Treadwell. Und als ich ihn anrief, wurde mir das klar.«

»Sie bleiben weiterhin dabei, daß Sie ihn nicht gesehen haben?«

»Seit vielen Jahren nicht. Was nicht heißt, daß ich ihm nicht in den Hintern getreten hätte, wenn ich ihn gesehen hätte.« Die Hände über dem Bauch gefaltet, rückte Medina weiter vom Schreibtisch weg, legte die Beine darauf und schlug sie übereinander. Die gleichmütige Haltung wirkte gekonnt, vielleicht sogar einstudiert. »Falls es um den Mord an Rusty geht, wiederhole ich es gern: Ich hatte eine Doppelschicht. Sie können im Dienstplan nachsehen.«

»Nein, danke. Ich bin sicher, daß es drinsteht.«

»Dann lassen Sie mich in Ruhe. Was wollen Sie?«

»Kennen Sie Johnny LaGuardia, Hector?«

»Natürlich. Jeder kennt Johnny. Was hat er mit der Sache zu tun?«

Hardy beugte sich vor. Abe stand abrupt auf, streckte sich und fragte Hector, ob er sich aus der Kanne am Fenster eine Tasse Kaffee nehmen könne. Während er den Kaffee einschenkte, wandte er sich an Hardy. »Wie hört sich das an, Diz? Hector ruft bei Rusty an, um ein Treffen zu vereinbaren, damit er ihm in den Hintern treten kann. Rusty ist in Hochstimmung, weil er gerade einen Haufen Geld von der Versicherung bekommen hat, und das schmiert er Hector genüßlich unter die Nase.«

»Wovon *reden* Sie bloß? Was für einen Haufen Geld?«

Abe fuhr fort: »Also ruft Hector seinen alten Freund Johnny LaGuardia an ...«

»Ich habe nicht gesagt, daß er ein Freund ist. Ich habe nur gesagt, ich kenne den Kerl ...«

»... und erzählt ihm, daß er einen Batzen Geld machen könne, wenn er zu Rusty gehen und ihn erledigen würde. Wie hört sich das an?«

»Gefällt mir«, sagte Hardy. »Klingt wie Musik in meinen Ohren. Ich würde darauf wetten.«

Glitsky wandte sich an Medina: »Wie steht's mit Ihnen, Hector? Kommt es der Wahrheit nahe?«

Medina hatte sich wieder hinter den Schreibtisch gesetzt und die Hände über der Zeitung gefaltet. »Haben Sie einen Haftbefehl?«

Abe sah Hardy an. »Hast du einen Haftbefehl? Ich habe keinen.«

»Ich sage Ihnen was«, erklärte Medina. »Kommen Sie wieder, wenn Sie einen Haftbefehl haben. Ich werde Ihnen den Dienstplan zeigen, der beweist, daß ich die ganze Nacht hier gearbeitet habe. Und Johnny LaGuardia habe ich seit sechs Monaten weder gesehen noch gesprochen.« Er nickte ihnen zu. »Gehen Sie, und suchen Sie sich einen anderen Trottel. Es war nett, mit Ihnen zu sprechen.«

»Ich glaube nicht, daß er die Wahrheit gesagt hat«, sagte Hardy.

»Wann?«

»Als er sagte, es sei nett gewesen, mit uns zu sprechen.«

Glitsky knallte die Autotür zu und steckte den Schlüssel ins Zündschloß. »Manche Leute haben einfach keinen Humor …«

»Und wohin jetzt?«

Die Straße war vom Feierabendverkehr verstopft. Sie kurbelten die Fenster herunter, warteten, bis die Ampel an der Ecke umspringen und eine Lücke entstehen würde.

»Kennst du Johnny LaGuardia?« fragte Abe.

»Nein.«

»Er arbeitet für Angelo Tortoni …«

»Ich kenne auch Angelo nicht.«

Abe fuhr mit quietschenden Reifen aus der Parklücke. »LaGuardia könnte unser Mann sein, selbst wenn er unter normalen Umständen nie jemanden mit einer .22er erschießen würde. Vielleicht war Rays Waffe dort, und da dachte er sich, er könne jemanden wie mich auf die falsche Fährte locken.«

»Jemanden wie dich?«

»Du weißt schon, einen ausgebildeten Polizeibeamten mit jahrelanger Erfahrung.«

»Ah, so jemanden.«

Abe fuhr weiter.

»Also, wohin fahren wir? Hat LaGuardia ein Büro?«

»Nein. Tortoni hat eines, aber der ist wahrscheinlich schon nach Hause gegangen. Ich werde ihn morgen besuchen. Jetzt zu ihm nach Hause zu fahren hat keinen Sinn. Jedenfalls nicht ohne einen Haftbefehl.«

»Jeder will einen Haftbefehl.«

»Wir leben in einer kleinlichen Welt.«

Sie überquerten die Market in Richtung Süden. Hardy nahm einen schwachen Duft von chinesischem Essen wahr und sah zu ein paar Rappern hinüber, die die Passanten provozierten. Die Sonne stand niedrig und warf lange Schatten, aber es war noch warm.

»Hast du's mitbekommen?« fragte Abe. »Wir sind wieder bei dieser Leihgebühr.«

Hardy blinzelte in die Sonne, wandte sich dann zu Glitsky. »Scheint so. Meinst du, Rusty ist diesbezüglich unter Druck geraten?«

Ein Nicken. »Ich habe mir folgendes überlegt: Nimm an, Rusty konnte die Gebühr eine Zeitlang nicht bezahlten, und Johnny La-Guardia hat ihn vielleicht ein paar Wochen gedeckt, ihm aus der eigenen Tasche ausgeholfen, weil er wußte, daß Rusty diese große Versicherungssumme erwartete. Vielleicht wollte er sich einen eigenen Klientenstamm aufbauen. Aber als Johnny dann kommt, läuft alles schief – Maxine spielt nicht mit, Rusty hat das Geld schon auf der Rennbahn verspielt, was auch immer.«

»Oder«, erwiderte Hardy, »Johnny hat das Geld gesehen und sich einen Weg überlegt, um alles zu bekommen.«

Die Narbe über Abes Mund straffte sich. »Das ist noch besser. Johnny kommt, um die übliche Gebühr zu kassieren, und Rusty prahlt damit, daß er die geliehene Summe endlich zurückzahlen kann, daß er ein gemachter Mann ist. Nach allem, was wir von ihm gehört haben, hätte das zu ihm gepaßt, oder?«

»Ja. Er hat seine Erfolge immer an die große Glocke gehängt.«

»Und Erfolg hatte er. Also prahlte er ein bißchen vor Johnny, bezahlt, natürlich in bar, und Johnny sieht den Packen Geld oder vermutet, daß noch mehr an Bord ist. Er geht nach draußen, wartet, will zurückkommen, wenn Rusty fort ist. Aber statt dessen taucht Maxine auf. Johnny gibt ihnen eine halbe Stunde, sieht das Licht im Schlafzimmer an- und aus- und wieder angehen, schaut vielleicht durchs Fenster, als sie gerade dabei sind, das Geld zu zählen … Er tritt die Tür ein, peng, peng, schnappt sich den Zaster, weg ist er.«

»Und die Halsstütze?« fragte Hardy.

»Vielleicht haben sie gefeiert. Vielleicht hat sie sie ein letztes Mal angelegt, einfach so, während sie das Geld zählte, das ihnen die Stütze eingebracht hat.« Er sah Hardy an. »Ich habe gesagt: Vielleicht.«

»Mehrmals.«

»Richtig.«

»Und Hector?«

Glitsky schüttelte den Kopf. »Das war nur ein Versuch. Hector hat recht – Johnny kommt herum, jeder kennt ihn.«

»Und Louis?«

Sie fuhren auf den Parkplatz des County General Hospitals. »Louis weiß vermutlich nicht, was er weiß. Auch Louis bekommt ein ›vielleicht‹, allerdings ein großes: Vielleicht hat er es doch getan.« Abe zog die Handbremse und wandte sich Hardy zu. »Er war dort, er hatte ein Motiv, die Waffe war schon da. Der ausgebildete Polizeibeamte versucht, diese Dinge im Gedächtnis zu behalten. Motiv, Mittel und Gelegenheit: das Einmaleins des Recherchierens.«

Über dem Parkplatz hing ein starker Geruch von heißem Teer.

»Wofür war denn der andere Mist gut, den wir den ganzen Tag über gemacht haben?«

Abe hielt inne. »Das war kein Mist. Wir legen das Fundament. Wir nageln es fest. Wir finden heraus, wo die in den Fall involvierten Personen gewesen sind, was sie gemacht haben, eliminieren unsere Zweifel …«

»Dann glaubst du immer noch, daß Baker es getan hat?«

»Ich denke, er ist in der Tat verdächtig. Würdest du ihn laufenlassen?«

»Nein.«

»Na also.«

»Aber nur, weil er hinter mir her war. Das bedeutet nicht, daß er Rusty getötet hat.«

»Weißt du was?«

»Was?«

»Rein technisch betrachtet, ist die Frage, ob Rusty tot ist, noch immer offen.«

Eine Minute lang fragte sich Louis Baker, ob er tot sei. Wenn ja, war er mit Sicherheit in der Hölle.

Aus halb geöffneten Augen sah er den Mann aus der Siedlung und Hardy mit verschränkten Armen am Ende des Bettes stehen. Sie musterten ihn. Ein dumpfes Husten grollte in ihm und schien seine Lungen sprengen, den Lungenflügel, in dem das Loch von der Kugel war, noch weiter zerreißen zu wollen. Seine Kehle brannte, und die leichte Bewegung durch das Husten ließ ihn die Hautabschürfungen am Hals spüren. Er versuchte, die Hand zu heben, und merkte, daß er an beiden Seiten des Bettes festgebunden war.

Der Mann sagte: »Louis, hören Sie mich?«

Er versuchte, die Augen weiter zu öffnen. Sie waren verklebt. Es würde ihn zuviel Anstrengung kosten, sie zu öffnen. Er ließ sie zu.

»Ich glaube, er ist bewußtlos.«

»Louis«, wiederholte der Mann. Dieselbe ruhige Stime. Was konnten sie ihm noch antun, das sie ihm noch nicht angetan hatten? Er machte einen neuen Versuch mit den Augen. Sie waren näher gekommen. Hardy, der weiter hinten stand, vielleicht einen Schritt, während der Mann – eine böse Narbe zog sich von oben nach unten durch böse Lippen – über ihm schwankte wie der Teufel selbst.

»Möchten Sie etwas Wasser?«

Der Mann führte ein Glas an seine Lippen und kippte es. »Jetzt langsam.«

Das Zeug brannte. Alles brannte da drin. Beim zweiten Versuch ging es ein wenig besser. Er behielt das Wasser im Mund, ließ es tropfenweise in seine Kehle rinnen. Beim Schlucken begann der Schmerz.

»Können Sie sprechen?«

Er öffnete die Augen und schloß sie wieder. Der Mann wollte immer sprechen, und Louis hatte nichts zu sagen. Wollte nur hier heraus und zurück nach Hause.

Wieder ein Geräusch. Er hob die Lider. Eine Frau in weißer Kleidung erklärte, er stehe unter Sedativa, sie sollten besser morgen wiederkommen. Vielleicht war sie die ganze Zeit über hier gewesen, auf der anderen Seite des Bettes. Er fühlte etwas Kühles auf der Stirn, es tat ihm gut. Weiße Frau in Weiß. Sie hatte gute Hände, in denen sie etwas wie ein Handtuch hielt.

Der Mann trat zurück. »Wie stehen seine Chancen?«

»Wenn keine Komplikationen auftreten, sollte er in ein paar Wochen wieder auf den Beinen sein. In ein paar Tagen kann er wieder sprechen, jedenfalls besser als jetzt.«

»Gut.«

Dann eine andre Stimme, Hardy. »Kann er überhaupt nicht sprechen?« Er sah ihn undeutlich über die Schulter der Frau hinweg. »Ich brauche nur ein oder zwei Worte.«

Er kam wieder näher, wie vorher. »Louis«, sagte er, »Sie mögen mich nicht, und ich mag Sie auch nicht besonders. Aber ich glaube nicht, daß Sie Rusty Ingraham getötet haben, hören Sie?«

Ja, er hörte das. Woher kam dieser Mist auf einmal? Warum war er hier, wenn sie das nicht glaubten? Seit wann glaubten sie es nicht mehr?

Er öffnete die Augen, so weit er konnte, und sah Hardy an. Wenigstnes sah er im Gegensatz zu dem anderen nicht wie der Teufel aus.

»Wa …«, sagte er krächzend.

»Er möchte Wasser.« Die Schwester paßte auf ihn auf.

Er hatte ›Was?‹ sagen wollen. Aber er nahm das Wasser trotzdem.

Hardy wandte sich ihm wieder zu. »Sie haben mir erzählt, wie Rusty Sie zu seiner Wohnung gefahren hat, erinnern Sie sich?«

Er schloß die Augen halb, deutete ein Nicken an.

»Das Auto, mit dem Sie gefahren sind – welche Farbe hatte es?«

Was war das wieder für ein Mist? Was für ein Spiel spielten diese Idioten? Er öffnete die Augen wieder. Alles war wie vernebelt. Seine Lunge schmerzte, die Kehle brannte, aber Hardy wartete auf eine Antwort. Louis atmete mühevoll ein. Zum Teufel, er hatte nichts zu verlieren. »Blau«, sagte er und hustete wieder.

»Laß uns gehen«, sagte der Mann.

Dann waren sie fort.

Ein Zufallstreffer?

Hardy könnte die Darts werfen und versuchen, den Zen-Zustand hundertprozentiger Konzentration zu erreichen, oder mit den Stammkunden des *Shamrock* an der Bar sitzen und vier irische Whiskeys trinken. Sechs, denn Lynne und Moses schenkten gut ein.

Als Hardy um halb sieben gekommen war, war er noch nicht viel weiter gewesen. Lynne Leish, der seinetwegen Überstunden machte, hatte an der Bar bedient und ein bißchen beleidigt auf Hardys Lebenswandel, seine freien Tage, seine Begeisterung für andere Interessen geschimpft.

Dann war Moses McGuire zur Spätschicht gekommen. Moses war aus anderen Gründen auf Hardy wütend gewesen.

Die beiden Männer, beste Freunde und gemeinsame Besitzer der Bar, hatten sich an einen der kleinen Tische hinten bei den Dartbrettern gesetzt. Hardy war bei seinem ersten Whiskey gewesen, Moses hatte sich wie immer an seinen *MaCallan* gehalten.

»Muß ich erst fragen?«

Hardy erinnerte sich, wie er Moses, dem sie die Beine zerschossen hatten, unter den feindlichen Kugeln weggezogen hatte, und dabei selbst von einer Kugel in der Schulter getroffen worden war. Moses, der ihm Arbeit gegeben hatte, als er nach dem Tod seines Sohnes den Beruf aufgegeben hatte.

»Ich spiele nicht mit ihr, falls du das meinst.«

»Wenn ich das denken würde, hätte ich dir schon das Gesicht zerschlagen.«

Moses hatte keine Angst vor einer Faust im Gesicht. Als Besitzer einer irischen Bar kam man immer wieder mal in Schwierigkeiten, selbst wenn man wie Moses einen Doktortitel in Philosophie hatte. Seiner Nase, pflegte er zu sagen, gefiel es, einmal im Jahr in Ordnung gebracht zu werden, ob es nun nötig war oder nicht.

»Irgendwas passiert, Moses. Ich glaube, sie weiß auch nicht, was. Hat sie dich angerufen?«

»Nein. Ich habe sie angerufen. Ich hatte vier oder fünf Tage lang nichts von ihr gehört und fing an, mir Sorgen zu machen.«

Moses hatte seine Schwester großgezogen. Hardy wußte, daß ihm nur zehn Dinge im Universum wirklich etwas bedeuteten. Acht davon waren Frannie.

»Was hat sie gesagt?«

»Daß du dich eine Weile bei ihr versteckt hast.« Moses beugte sich vor und stützte die Ellenbogen auf den kleinen Tisch. »Aber da war so ein Ton in ihrer Stimme.«

Hardy trank seinen Whiskey aus, entschied, daß die kommende Nacht keine Nacht der Vernunft werden würde, und gab Lynne ein Zeichen, eine neue Runde zu bringen.

Er steckte den Zeigefinger in den neuen Drink und rührte um.

»Auf jeden Fall«, sagte Moses, »ist es rausgekommen.«

»Was willst du mir sagen?«

»Diz, sie ist mein Baby. Es fällt mir noch immer schwer, sie als Erwachsene zu sehen, auch wenn ich weiß, daß sie längst erwachsen ist.« Die Fältchen unter Moses Augen vertieften sich. Mit dem schwarzen, von grauen Stellen durchzogenen Bart sah Moses aus, wie Hardy sich Gott in seinen jüngeren Jahren vorstellte. Er zuckte die Achseln. »Ich mache mir Sorgen. Ich will nicht, daß ihr noch einmal weh getan wird.«

»Ich werde ihr nicht weh tun, Moses. Was immer bei der Sache herauskommt: Ich werde ihr nicht weh tun.«

»Ich meine, vermutlich will sie das, was sie mit Eddie hatte – Pläne für die Zukunft, eine Familie. Einen Mann, der jeden Abend nach Hause kommt.«

»Vielleicht. Aber ich glaube nicht, daß sie im Moment weiß, was sie will.«

»Sie will das Baby und, vermute ich, einen Vater für das Baby.«

»Eddie war der Vater, Moses. Daran wird sich nie etwas ändern.«

»Du weißt, was ich meine.«

Hardy wußte es. Er nippte an dem Whiskey. »Sie wird mich anrufen, wenn sie nachgedacht hat.«

»Und dann?«

»Dann denke ich nach. Und dann geht es weiter oder auch nicht. Richtig? Wir haben nichts geplant oder bewußt herbeigeführt, Moses. Es ist einfach geschehen. Es ist wundervoll, aber Frannie weiß nicht, was sie damit anfangen will, und ich bin mir auch nicht sicher. Ich weiß nicht, wohin Jane gehört. Ich bin total durcheinander. Was soll ich dir sagen?«

Moses leerte sein Glas. Es war kurz vor sieben, und er wußte, daß Lynne nach Hause gehen wollte. »Du kannst mir sagen, wann du wieder arbeitest«, sagte er und wandte sich Richtung Bar. »Du warst mir sympathischer, als du nicht hinter Frannie her warst …«

Drei Stunden später setzte Hardy, in hochkomplizierte geistige Arbeit versunken, ein weiteres leeres Glas sanft auf der Theke ab. Er saß jetzt vorne, beim Fenster. Wann immer Moses ein wenig Luft hatte, kam er herüber und setzte sich neben ihn.

»Wahrscheinlich war es einfach ein Zufallstreffer.«

»Besonders viele Farben hat er ja nicht zur Auswahl gehabt.«

Moses schenkte ihm nach, gab Eis dazu, und die Flüssigkeit stieg fast bis zum Rand. »Hardy«, sagte er, beugte sich vor und sprach leiser, »wir wissen beide, daß es nur drei Farben gibt, an die die Leute spontan denken. Paß auf.«

Moses ging die Theke entlang, an der noch etwa ein Dutzend Gäste saßen, redeten, tranken oder Karten spielten. Vor jeden legte er eine frische Serviette und einen Stift. »Verehrte Herrschaften«, rief er, ganz der gesellige Barkeeper, »hören Sie mir eine Sekunde lang zu. Ein Wettbewerb um ein Freigetränk.« Das weckte die Aufmerksamkeit. »Denken Sie nicht nach: Schreiben Sie einfach die Farbe auf, die Ihnen als erste in den Sinn kommt. Schnell!« Schon sammelte er die ersten Servietten ein.

»Wer hat den Drink gewonnen?«

»Moment, Moment.«

Er ging zurück zu Hardy. »Okay, du bist der Schiedsrichter.«

»McGuire, wie funktioniert der Wettbewerb? Wer kriegt den Drink? Können wir trinken, was wir wollen?«

»Siebenmal blau, viermal grün, zweimal rot«, sagte Hardy.

Moses hob die Hände. »Tut mir leid, niemand hat den Drink gewonnen, aber vielen Dank fürs Mitspielen.«

»Das war kein fairer Wettbewerb«, beschwerte sich eine Frau. »Worum ging's denn?«

»Alles außer Rot, Grün und Blau hätte den Drink gewonnen«, sagte Moses.

Ein paar der Gäste erklärten noch, sie hätten daran gedacht, Gelb zu nehmen, dann erstarb das Gemurmel allmählich, und Moses ging wieder zu Hardy und sagte, daß manchmal auch Gelb rauskommen könne.

»Schön, es hat ja Spaß gemacht«, erwiderte Hardy, »aber den Sinn des Ganzen habe ich noch nicht verstanden.«

»Der Sinn ist der, dir zu beweisen, daß die Wahrscheinlichkeit sehr hoch war, daß Baker ›blau‹ sagen würde, selbst wenn er das Auto deines Freundes nie gesehen hat.«

»Aber das Auto war blau.«

»Na und?«

»Wenn es kein Zufallstreffer war, heißt das, daß Rusty mich belogen hat und das Auto gar nicht gestohlen war.«

Jemand rief nach einem Drink, und Moses wandte sich ab.

Aber warum, zum Teufel, sollte Rusty, den Hardy seit Jahren nicht gesehen hatte, aus heiterem Himmel bei ihm auftauchen und ihm eine Lüge auftischen? Hardys Gehirn bekam langsam Muskelkater. Er schob sein Glas an den Rand der Theke.

Augenblick, dachte er. Vielleicht hatte Rusty sein Auto zufällig ausgerechnet an diesem Nachmittag irgendwie wiederbekommen? Er stieg hier in den Bus, fuhr in die Innenstadt, stieg bei einer Waffenhandlung aus, um eine Waffe zu bestellen, auf die er drei Tage lang würde warten müssen.

Der Computer hatte das Auto noch als vermißt registriert, aber der Computer hinkte mehrere Tage hinterher. Wenn er Louis Baker noch als Häftling in San Quentin gemeldet hatte, wäre auch die Rückgabe des Autos noch nicht vermerkt. Vielleicht sollte er das morgen noch einmal überprüfen.

Wieder setzte Moses sich zu ihm. Hardy blickte auf. »Ich habe eine Idee«, sagte er.

»Dann prüf sie sorgfältig. Das hier ist kein guter Ort für Ideen.«

Hardy hob sein Glas, bewegte es in der Hand. »Rusty hatte eine immense Leihgebühr zu bezahlen.«

Moses nickte.

»Er kommt durch die Versicherung zu einem Haufen Geld. Jetzt erfährt er, daß Louis Baker bald aus dem Gefängnis entlassen wird, und erinnert sich an die Drohung von damals. Vielleicht fängt er an herumzuspinnen, überlegt, daß es eigentlich gar nicht so schlecht wäre, wenn Louis ihn töten würde – es würde ihn von der Gebühr befreien …«

»Also arrangiert er seinen Tod mit Absicht? Das ist nicht dein Ernst.«

Hardy schüttelte den Kopf. »Er arrangiert seinen vermeintlichen Tod. Die ganze Sache ist ein Trick. Er will als tot gelten, um die Kredithaie loszuwerden.«

»Warum zieht er nicht einfach um? Macht sich aus dem Staub?«

»Weil du diesen Geldtypen nicht entkommen kannst. Sie finden dich, egal, wo du bist, das ist für die eine Sache der Ehre. Aber wenn du tot bist …«

»Wenn du tot bist, suchen sie dich nicht …«

»Richtig. Bringst du mir einen Kaffee? Und nimm das Glas hier mit.«

Hardy sah zu, wie Moses, während er an der Theke vorüberging, ein paar Drinks ausschenkte und dann den Kaffee herrichtete. Er nahm seine Dartpfeile aus der Tasche, öffnete auf der Theke die Ledertasche und fuhr mit den Fingern zärtlich über das abgeschabte Samtfutter.

Der großartige Kaffee gehörte zu den Dingen, die das *Shamrock* unsterblich gemacht hatten. Zu neunzig Prozent wurde er in einem Getränk serviert, das allgemein ›Irish Coffee‹ genannt wurde und das Hardy zum Erbrechen fand. Drei herrliche Getränke zusammengepanscht zu einem üblen Gesöff … Aber wenn man einfach nur eine Tasse Kaffee wollte, war das starke Zeug aus dem *Shamrock* unschlagbar.

»Ich weiß nicht, Diz … Es gibt noch zu viele Lücken. Warum, zum Beispiel, ist er zu dir gekommen?«

»Weil ich seine Verbindung zu Baker bin. Wenn ich nicht in die Sache verwickelt bin, wer kommt dann auf Baker?«

»Waren nicht Bakers Fingerabdrücke in Rustys Wohnung? Reicht das nicht?«

»Nein, ein ehemaliger Staatsanwalt ist bedeutend besser. Ich war der Hinweis auf Bakers Motiv. Baker war gerade aus dem Gefängnis entlassen worden, und ich würde, weil ich mich ja selbst bedroht fühlen müßte, Himmel und Hölle in Bewegung setzen, um Baker wieder hinter Gitter zu bringen, was ich auch getan habe, oder?«

»Er war hinter dir her.«

»Ich habe nicht gesagt, daß er nicht hinter mir her war. Mose … Damit sich Rusty die Leihgebühr vom Hals schaffen konnte, mußte er offiziell für tot erklärt werden, nur als vermißt zu gelten, reichte nicht. Ohne Bakers Drohung wäre er jetzt vermißt, aber so … Und ich diene ihm als ›Beweis‹, bin der beste Zeuge für seine angebliche ›Ermordung‹, denn ich verbreite überall die These von der Rache Bakers.«

»Sein Blut war auf dem Bett, Diz … Und warum hat er eine Waffe gekauft, wenn er sie nie benutzen wollte?«

Hardy beugte sich über die Bar. »Rusty war der große amerikanische Staatsanwalt, der nie einen Fall verloren hat. Du kannst darauf wetten, daß er ein verdammt gründlicher Bursche ist und an alles denkt, damit sein Betrug funktioniert. Du weißt, was ein Genie ausmacht, Moses: die Liebe zum Detail.«

Moses wandte sich ab, um einen Gast zu bedienen.

Hardy spielte mit den Pfeilen, nippte am Kaffee und versuchte, sich Rusty Ingraham auf dem Grund des Meeres vorzustellen. Es gelang ihm nicht.

Nicht mehr.

22

Vorsichtig entfernte Lace das Brett aus der Holzterrasse des Hauses, in dem Samson sich meistens aufhielt. Es war noch vor Sonnenaufgang, aber er hatte sowieso nicht schlafen können. Und er brauchte die Dunkelheit.

Jumpup war, nachdem sich die Dinge so zugespitzt hatten, zu seinem Cousin nach Hunter's Point gezogen, aber Lace war hiergeblieben und würde nicht weggehen. Hier war seine Heimat, und er hatte inzwischen verstanden, daß es seiner Heimat nicht mehr gutging, weil dieser Mann dabei war, sie zu zerstören.

Er unterdrückte seine Furcht vor Ratten – oder was sonst dort unten leben mochte –, steckte die Hand tief in das dunkle Loch unter der Treppe und suchte zitternd den Boden ab. Hoffentlich hörte ihn niemand von denen im Haus.

Nichts.

Er setzte sich, schlang die Arme um die Beine, verkroch sich tief in seine Jacke und wartete, bis die Furcht nachließ.

Es war unmöglich. Er hatte sich nicht geirrt.

Noch immer zitternd zwang er sich, seine Hand wieder in die kalte, schweigende Höhle zu schieben, tastete den Boden erneut ab, strich über verrottete Holzbalken und dann über ein Stück vermoderten Stoff, das sich anfühlte wie ein totes Tier. Er berührte es von allen Seiten, sah die gelben Augen der Ratte vor sich, die sich da unten bereit machte zuzuschnappen, sich einen Finger zu nehmen, und geriet fast in Panik. Er schloß die Augen und tastete weiter.

Weiter vorne, eingewickelt in das kalte, fettige Tierfell, fühlte er die Waffe. Sie lag schwer in seiner Hand.

Der Streifen Licht im Osten war noch nicht breiter geworden. Lace hatte das Brett wieder über die Öffnung gelegt, seine Tasche war schwer, um seine Füße schlenkerten die Schnürsenkel.

Er ging hinüber zu Mamas Haus, damit man ihn vom Bereich aus nicht mehr sehen konnte. Niemand war auf der Straße. Nichts bewegte sich.

Er klopfte ein paarmal, dann hörte er drinnen Geräusche. Mama, im weißen Hausmantel, öffnete einen Spaltbreit die Tür. Als sie sah, daß es Lace war, ließ sie ihn ein.

»Wie spät ist es, Kind? Alles in Ordnung?«

Lace zog die Tür hinter sich zu und wartete, bis Mama sich neben der Lampe auf der Couch niedergelassen hatte, dann setzte er sich ans andere Ende. Er bemerkte, daß das zerstörte Fenster mit Pappe verschlossen worden war. Mama bettete eine Wolldecke über sich und schob die Füße unter die mächtigen Schenkel.

»Und«, fragte sie, »was machst du hier?«

Lace nahm die Waffe, die in einen alten Hemdsärmel gehüllt war, aus der Tasche und wickelte sie aus dem Stoff. »Wir müssen es jemandem erzählen«, sagte er.

Mama wandte die Augen nicht von der Waffe.

»Damit wurde Dido getötet, Mama«, sagte Lace. »Und Louis Baker hat ihn nicht getötet. Es ist Samsons Waffe.«

Die Mama nickte. »Wem sollen wir es erzählen? Legst du sie hin, bitte?«

»Sie ist noch geladen«, sagte Lace. Er richtete die Waffe auf sich.

»Nicht!«

Er erstarrte. »Was?«

»Leg sie auf den Boden. Leg sie einfach hin! Das Ding geht von selbst los, und was dann? Leg das Ding weg! Auf den Boden!«

Er beugte sich vor und legte sie auf den Boden.

Mama atmete erleichtert auf. »Solche Waffen sind gefährlich. Wo hast du sie her?«

»Sie gehört Samson. Gehörte Samson.«

»Das hast du schon gesagt.«

»Und das heißt, daß Louis Dido nicht umgebracht hat.«

»Kind, das wußte ich. Louis tut keinem mehr weh. Er will bloß das Haus in Ordnung bringen, aber sie lassen ihn nicht in Ruhe.«

»Er ist geflohen.«

»Du würdest auch fliehen, Kind, wenn sie hinter dir her wären.«

Lace lehnte seinen Rücken gegen die Polster. Seine Augen brannten. Er hatte die ganze Nacht wach gelegen und auf den Moment gewartet, in dem es genug Licht geben würde, um zu sehen, und genug Dunkelheit, um zu entkommen.

Bei Mama war er sicher, und Samson hatte die Waffe nicht mehr. Er – Lace – hatte sie. Das änderte die Lage der Dinge.

»Weißt du, Mama, wenn einer flieht, müssen sie dann nicht denken, daß er es getan hat?«

In die Decke gehüllt, wackelte sie mit dem Kopf. »Das stimmt.«

»Und wenn Louis abhaut, sagt er damit, ich war's.«

»Aber wenn er nicht abgehauen wäre, hätten sie ihn verhaftet.«

»Er ist abgehauen, und sie haben ihn trotzdem verhaftet.«

»So was kommt vor, Kind.« Sie machte ein schnalzendes Geräusch und richtete ungeduldig ihre massigen Leib auf. »Das ist nichts Neues. Kriegst du einmal Schwierigkeiten mit den Bullen, hast du immer Schwierigkeiten mit ihnen. Dann bist du der erste, den sie sich holen.«

»Aber sie haben Louis wegen Dido verhaftet, und er hat Dido nicht getötet. Die Waffe beweist das.«

»In Ordnung«, erwiderte Mama. »Und?«

»Wir sagen es den Bullen.«

Sie kämpfte sich hoch. »Ich sage dir, was dann passiert. Hör gut zu. Die Bullen kommen her, und du redest über Louis und dieses Schießeisen hier. Sie sagen, interessant, und wieso hast du die Waffe? Und schon sitzt du neben Louis im Knast. Gefällt dir das?«

»Es wird nicht …«

Sie beugte sich vor und legte ihre fleischige Hand auf sein dünnes Bein. »Keiner denkt soviel an Louis wie ich. Er hat Dido nicht umgebracht, und vielleicht kommt es eines Tages raus, aber er kommt nicht raus, wenn du zu den Bullen gehst. Sie nehmen dir nur übel, daß du dich einmischst. Um seine Probleme muß man sich selbst kümmern.«

»Und Louis …?«

»Louis kümmert sich um sein Problem.«

»Aber ich habe das Gefühl, daß ich mit jemandem reden sollte. Hilfe suchen sollte. Louis da raushelfen.«

Sanft verstärkte sie den Griff um seinen Schenkel. »Ich weiß, daß du dieses Gefühl hast«, sagte sie, »aber so funktioniert es nicht.«

Abe glaubte an den Zufall. Man summte ein Lied, kurz darauf lief es im Radio. Man ging zum Telefon, um einen Freund anzurufen, das Telefon klingelte, es war der Freund. Und so weiter.

Aber wenn man einem potentiellen Mordverdächtigen, sagen wir: Hector Medina, von einem Kerl namens, sagen wir: Johnny La-Guardia, erzählte und sich am nächsten Tag auf einer Schutthalde hinter dem Wachsfigurenkabinett in Fisherman's Wharf wiederfand und die Einschußlöcher in Johnnys Schädel betrachtete, dann wunderte man sich doch.

Zwei Löcher. Eines am Hinterkopf, eines an der Schläfe, jedes für sich hätte seinen Zweck erfüllt.

Abe fragte sich, ob in Medinas Dienstplan wohl vermerkt sein würde, daß er in der vergangenen Nacht eine Doppelschicht gemacht hatte, und ob Medina, falls er heute arbeitete, ein bißchen zusätzliches Geld herumliegen hatte.

Er bahnte sich einen Weg durch die Beamten der Spurensicherung, verließ den morgendlichen Schatten der Gasse und stellte sich auf dem Bürgersteig in die helle Sonne. Batiste, der wußte, daß Abe Johnny vor kurzem verhört hatte, hatte ihn zu Hause angerufen, sobald die Meldung mit der Identifikation gekommen war, und Abe hatte Hardy angerufen, um ihm einen Gefallen zu tun. Hardy war verschlafen, vielleicht verkatert gewesen, hatte aber gesagt, er werde kommen, und da kam er, in Kordhosen, Wanderstiefeln und einer *Members-Only*-Jacke über dem Rollkragenpullover. Abe deutete mit dem Kopf auf die Gasse und ging hinüber. Hardy holte ihn ein, sie schlüpften unter dem gelben Band durch.

»Johnny LaGuardia?« fragte Hardy.

»Höchstselbst und verblichen.«

Sie sahen auf die Leiche hinunter, die jetzt, noch immer unbedeckt, auf der Bahre lag. Ein Fuß steckte in einem braunen Schuh mit Quasten, die Sportjacke stand offen und zeigte ein zartrosa Hemd, das zur Hälfte in einer modischen, gut gebügelten italienischen Hose steckte. Sein Schulterhalfter war leer.

»Er hatte die Waffe bei sich, als wir kamen«, sagte Abe. »Nur für den Fall, daß du dich wunderst.«

»Also hat er seinen Mörder gekannt.«

Abe nickte. »Darauf kannst du wetten.«

Johnnys Gesicht wies, zu Hardys Überraschung, keine größeren Wunden auf. »Kleines Kaliber, was?«

»Sieht nach einer .22er oder .25er aus«, erwiderte Abe.

»Schon wieder«, sagte Hardy.

»Hab' ich mir auch gedacht. Es ist nicht hier geschehen, er wurde hergebracht.« Er wies auf die Schutthalde. »War vielleicht symbolisch gemeint.«

Hardy sah sich noch eine Weile um. »Hast du schon Kaffee getrunken?«

Ein schwarzer Crysler LeBaron bog in die Gasse ein, hielt. Ein Chauffeur stieg aus und ging vorne um den Wagen herum. Abe sah zu.

»Wer ist das?« fragte Hardy.

Der Engel saß auf dem Rücksitz und hielt Doreen Biaggis Hände in den seinen. Seit Sonntag wohnte sie im Dachzimmer seines Hauses und nahm die Mahlzeiten mit seiner Familie ein. Sie trug eine Sonnenbrille, um das blaue Auge zu verbergen, die Schwellung auf ihrer Wange aber war deutlich zu erkennen.

Tortoni drückte ihre Hand. »Va bene?«

Sie nickte. Matteo kam zur Tür, öffnete sie und nahm Doreens Hand, um ihr aus dem Wagen zu helfen. Tortoni stieg auf seiner Seite aus. Er warf einen Blick auf das Areal, das mit dem gelben Band abgesteckt war, zog eine dünne Zigarre aus der Innentasche seines Jacketts und rieb sie zwischen den Fingern. Der Müll- und Krabbengeruch drang in seine Nase. Er zündete die Zigarre an und gab sich für einen Moment innerlich dem Vergnügen hin, das dieser perfekte Morgen ihm bereitete. Sein Gesicht blieb ausdruckslos, man erwartete von ihm, daß er Trauer zeigte.

Er machte eine Kopfbewegung zu Matteo, der Doreens Hand wieder nahm und sie zu ihm führte. Sie trafen sich vor dem Wagen.

Zwei Männer kamen auf sie zu, der Schwarze vorneweg, als wäre er der Verantwortliche. Tortoni war ihm bereits begegnet. Die meisten Schwarzen sahen für ihn gleich aus, aber dieser – mit der Narbe durch die Lippen, der Hakennase und den blauen Augen – unterschied sich von den anderen. An seinen Namen erinnerte Tortoni sich nicht. Den zweiten Mann hatte er noch nie gesehen.

Der Schwarze ließ die Hände in den Hosentaschen. »Angelo«, sagte er mit leiser Stimme. »Wie geht es Ihnen?«

Tortoni bemerkte, daß Matteos Mund schmal wurde. Sein Sohn erwartete von den Leuten, daß sie seinen Vater Mr. Tortoni oder Don Angelo nannten. Tortoni hob leicht die Hand, als halte er einen wohlerzogenen Hund zurück, und Matteo entspannte sich wieder.

»Besonders gut geht es mir nicht«, sagte er so leise, daß er sich selbst kaum hörte. Er führte die Zigarre zum Mund und zog den Rauch in. »Nicht besonders gut, wenn wahr ist, was ich gehört habe.«

»Wenn Sie Johnny meinen …«

Angelo richtete den Blick scheinbar ziellos ins Leere, ließ die Hände an den Seiten herunterfallen und senkte den Kopf. »Weiß man, wer es getan hat?« flüsterte er. Doreen, die dicht neben ihm stand, nahm seinen Arm, stützte ihn in seinem Schmerz. Er blickte auf. »Johnny war wie ein Sohn für mich.«

»Bis jetzt wissen wir noch nichts, Angelo. Übrigens hatte ich ohnehin vor, mich demnächst einmal mit Ihnen zu unterhalten.«

»Jetzt ist er hier«, sagte Doreen. »Sprechen Sie jetzt mit ihm.«

Gut, dachte Tortoni, sie bemühte sich schon, ihn zu beschützen. Er streichelte ihren Arm und sagte auf italienisch: »Beachte diese Clowns nicht.«

»Was haben Sie zu ihr gesagt?« fragte der Polizist.

Angelo lächelte hinter der Fassade seiner Trauer. »Ich habe gesagt, daß Sie nur Ihre Arbeit tun.« Er tätschelte Doreens Arm. »Sie ist sehr mitgenommen. Sie standen einander nahe, Johnny und sie. Sie haben noch keine Vermutung, wer es getan haben könnte?«

»Ich habe Vermutungen. Zum Beispiel glaube ich nicht, daß er sich selbst getötet hat, und er ist auch nicht von einem Laster überfahren worden. Solche Vermutungen.« Der Polizist – Glitsky, das war der Name – gluckste. »Nein. Meine Vermutung sagt, daß sein Tod Ihre Handschrift trägt.« Er legte den Zeigefinger an seine Schläfe und knickte den Daumen ein.

Tortoni, Inbegriff der Geduld, schüttelte den Kopf. »Ich bin Geschäftsmann, Officer. Die Gewalt ist nicht mein Geschäft.«

»Johnny war Ihr Mann, und er trug eine Waffe bei sich.«

Tortoni gestikulierte sanft wie ein vergebender Vater. »Kannten Sie Johnny? Er war wie ein kleines Kind. Er hat sich eingebildet, er müsse mich beschützen.« Er lächelte. »Was konnte das schaden …? Würde es Ihnen etwas ausmachen, uns zu ihm zu führen?«

Sie gingen in die Gasse. Tortoni ließ sich auf ein Knie nieder und bekreuzigte sich vor dem Toten. Eine halbe Minute lang verharrte er in dieser Position. Ein guter, sauberer Job, dachte er. Er beugte sich vor und küßte Johnnys glattrasierte Wange.

Doreen hatte ihre Stirn an Matteos Schulter gelegt. Angelo erhob sich. Wenn sie nicht die Kraft besaß hinzusehen, war das nicht weiter schlimm, aber es war wichtig, daß sie verstand, wozu er in der Lage war.

Sie waren lange genug hier gewesen. Mit einer leichten Kopfbewegung wies er Matteo an, Doreen zum Auto zurückzubringen. Er sah ihnen nach, an seiner Zigarre paffend. *Che bello giorno!*

»Haben Sie eine Vermutung, Angelo?«

Die Sonne stand tief und blendete ihn, so daß er blinzeln mußte, als er zu Glitsky sah. Er zuckte die Schultern, streckte die Hände aus. »Johnny war jung, manchmal hitzig. Aber er war ein guter Junge.«

»Sie wissen nicht, ob er sich in der letzten Zeit Feinde gemacht hat? Vielleicht, *indem* er Sie beschützte?«

»Es hat nie Schwierigkeiten gegeben«, sagte Angelo. »Ich begreife das nicht.«

»Und persönliche Probleme? Geld? Mädchen?«

Tortoni schüttelte den Kopf.

»Haben Sie etwas mit Hector Medina zu tun?«

»Wer ist Hector Medina? Ich habe den Namen nie gehört.«

Glitsky zuckte die Achseln. »Er kannte Johnny, das ist alles. Ich frage mich, wie gut.«

»Sie glauben, er – dieser Hector Medina – hat das getan?«

Der weiße Polizist, der die ganze Zeit geschwiegen hatte, mischte sich ein. »Ich weiß, wer es nicht getan hat.«

»Und wer?« fragte Glitsky und sah den anderen Mann an.

»Louis Baker.«

Tortoni musterte sie. Er mußte herausfinden, wer diese Leute – Hector Medina und Louis Baker – waren.

Glitsky übernahm wieder. Er sagte zu Tortoni: »Ich habe neulich mit Johnny gesprochen, und er sagte mir, Sie hätten Probleme – er und Sie.«

Tortoni sah keinen Sinn darin zu antworten.

»Rusty Ingraham scheint ein Teil dieser Probleme gewesen zu sein, und die Leihgebühr, die er Ihnen schuldig geblieben war. Auch Medina hatte mit Ingraham zu tun. Was für ein Zufall, finden Sie nicht?«

Tortoni nickte. »Ich an Ihrer Stelle würde dieser Spur nachgehen. Aber Johnny hat mir erzählt, Ingraham sei tot.«

Die beiden Polizisten tauschten einen Blick. Wieder sprach der Weiße. »Johnny hat Ihnen das erzählt? Hat er Ingrahams Leiche gesehen?«

Wenn Johnny, sagte Tortoni, ihm berichte, daß jemand tot sei, entspreche das gewöhnlich auch den Tatsachen. »Warum fragen Sie? Haben Sie seine Leiche nicht gesehen?«

»Er wird vermißt«, erwiderte Glitsky. »Würden Sie wegen ihm viel Geld verlieren?«

»Einiges. Ein gewisses Risiko ist eben immer dabei.«

»Ist Ihnen bekannt, daß Ingraham letzte Woche dreißigtausend Dollar erhalten hat?«

Er mußte Johnnys Wohnung durchsuchen lassen, dachte Tortoni, die Wohnung seiner Mutter, seiner Freunde. Dieser Hurensohn.

Aber er sagte nur: »Schön für ihn.«

Der weiße Polizist fragte: »Sie haben von diesem Geld nichts gesehen, oder?«

Tortoni blickte die Gasse hinunter. Sein Sohn hatte Doreen wieder ins Auto gesetzt und lehnte wartend mit verschränkten Armen an der Kühlerhaube. Er machte einen Schritt in diese Richtung. »Ich habe einen Buchhalter, der sich um solche Dinge kümmert. Wenn Sie Fragen haben, machen Sie einen Termin aus. Über jeden Penny, den ich einnehme, wird Buch geführt.« Er hielt inne und wies auf die Leiche am Boden. »Ich unterhalte mich so freundlich mit Ihnen, weil ich helfen möchte, den Schweinehund zu finden, der meinen Jungen hier ermordet hat. Wenn Sie meine Hilfe brauchen, vielleicht später einmal … Ich habe Beziehungen, die nützlich sein könnten. Man kooperiert mit mir. Werden Sie mit diesem Kerl, Medina, reden?«

Glitsky nickte. »Er arbeitet im *Drake*. Ich werde heute nachmittag vorbeifahren.«

»Ich würde es als persönlichen Gefallen betrachten, wenn Sie mich wissen ließen, was Sie erfahren haben.« Tortoni überlegte, ob er noch einmal zur Leiche hinübergehen sollte, aber das wäre wohl zu dick aufgetragen. Er hielt den Rücken gerade, trug schwer an seinem Verlust, nickte den beiden Polizisten zu und ging zu seinem Wagen zurück.

Hardy dachte über den Unterschied zwischen Abes professionellem und seinem eigenen Verhalten nach, der dazu geführt hatte, daß Abe jetzt auf dem Weg zu Hector Medina war und Hardy im *Gelato*, kurz hinter dem Stanyan Boulevard, vor einem Eis saß und auf Courtenay Moran wartete.

Abe hatte einen weiteren Mordfall, der wahrscheinlich in seinem Zuständigkeitsbereich begangen worden war, und der Mörder lief frei herum. Also war es seine Aufgabe, den Spuren zu folgen und den Täter zu finden. Hing die Sache mit Maxines Tod zusammen – um so besser. Die Tatsache, daß Louis Baker es nicht gewesen sein konnte, schien für ihn keinen großen Unterschied zu machen. Irgend jemand hatte Johnny getötet, und Abes Aufgabe war es, diese Person zu finden. Da Louis sowohl wegen des Mordes in Holly Park als auch wegen des Mordes an Maxine Weir in Haft war, beließ Abe es dabei.

Seine Theorie, die er Moses letzte Nacht unterbreitet hatte, wurde immer wahrscheinlicher, je länger er darüber nachdachte. Er war in diese ganze Sache nur deshalb verwickelt, weil Rusty zu ihm gekommen war. Und warum war er gekommen?

Weil er einen friedliebenden, gutgläubigen Mann mit tadellosem Ruf brauchte, einen Mann wie Dismas Hardy, der die Gebete für einen toten – nicht nur vermißten – Rusty Ingraham sprechen würde.

Ein Toter mußte keine Gebühren zahlen.

So lieferte Ingraham Louis Baker ans Messer, aber das fand er vielleicht nicht weiter schlimm, denn Baker verdiente es, den Rest scines Lebens hinter Gittern zu verbringen. Ausgerechnet Baker nach neun Jahren vorzeitig zu entlassen war eine Verhöhnung des Rechtssystems, oder nicht? Nach all den Verbrechen, die er ungestraft begangen hatte, konnte man ihn ruhig für eines verurteilen, das er nicht begangen hatte.

Sprich mit Hardy, der erledigt das.

Das Ganz sah also ungefähr so aus: Man ruft in San Quentin an um sicherzugehen, daß Baker rauskommen wird. Drei Tage danach – der Plan steht – wird das Auto versteckt und als gestohlen gemeldet. Das bringt für ein paar Wochen Unannehmlichkeiten mit sich, man muß den Bus benutzen, um die Glaubwürdigkeit zu untermauern. Dann besucht man seinen Freund Hardy und erzählt ihm, Baker werde entlassen und habe vor, sie beide zu töten. Man gibt sein Bestes, um Hardy zu Tode zu erschrecken, dann bestellt man eine Waffe. Der Inbegriff eines Mannes, der um sein Leben fürchtet.

Man greift sich Louis Baker an der Bushaltestelle, begeht dabei den einzigen Fehler: Man fährt mit dem eigenen Auto, riskiert, entlarvt zu werden, vor allem, wenn Baker eines Tages verhört wird. Der nächste Schritt besteht darin, einen Beweis zu schaffen, daß Baker auf dem Schlepper gewesen ist – ein kleiner Fingerabdruck für die Polizei, die aufgrund von Hardys Aussage ohnehin geneigt ist zu glauben, daß der Ex-Sträfling wieder zugeschlagen hat.

Und dann?

Man erschießt Maxine, bringt sich selbst eine Fleischwunde bei, hinterläßt eine Blutspur bis zur Reling des Schleppers, wirft die Waffe über Bord, verbindet die Wunde, steigt ins Auto und fährt davon. Aber wohin? Offiziell ist man tot. In der Tasche steckt ein Haufen Geld. In San Francisco ist man erledigt, aufgefressen von der Leihgebühr. Die alten Freunde haben einen abgeschrieben. Also geht man woanders hin. Fängt von vorne an …

»Ein Mann in tiefe Gedanken versunken.«

Ein glänzender schwarzrosa Gymnastikanzug, einhundertachtzig Zentimeter eindrucksvolle Weiblichkeit. Als Courtenay gesagt
hatte, sie werde laufen, um ihn hier zu treffen, hatte sie das wörtlich gemeint. Ihr Gesicht war von einem dünnen Schweißfilm bedeckt, das rosa Stirnband war naß. Die Stoppeln des blonden Haa-
res erschienen im hellen Tageslicht beinahe weiß.

Sie setzte sich ihm gegenüber auf einen Stuhl am Fenster. »Sie
haben schon ein Eis gegessen?«

Hardy sah auf die leere Schale hinab. »Ich esse noch eins mit Ihnen. Was wollen Sie haben?«

Er ging zur Theke und holte zwei Schokoladenbecher.

Als er zurückkam, sagte sie: »Ich war furchtbar wütend auf Sie.«

»Warum sind Sie dann gekommen?«

»Ich mußte. Sie haben mir nicht gesagt, daß Sie bei der Polizei
sind.«

Hardy steckte einen Löffel Eis in den Mund. »Das bin ich auch
nicht.«

Sie atmete noch immer schwer vom Laufen. Nach einer Minute
sagte sie: »Ich bin gekommen, um Sie zu bitten, Warren nichts zu
erzählen. Ray hat Ihnen gesagt …«

Er hob die Hand.

»Vergessen wir Ray. Ray ist nicht wichtig.«

»Er ist wichtig, wenn Warren es herausbekommt.«

»Ich dachte, Sie hätten eine offene Beziehung, Sie und Warren.«

»Lassen Sie es mich so ausdrücken: Wir fragen einander nicht.
Manchmal hat einer von uns einen Verdacht, aber es ist besser, den
Verdacht zu haben, daß der Partner untreu ist, weil es wahrschein-
lich zutrifft. Aber damit konfrontiert zu werden, ist was anderes.
Vor allem, wenn einer Ihrer besten Freunde beteiligt ist.«

»Und vor allem, wenn Sie und Ihr Partner beruflich zusammenarbeiten.«

»Ja.« Sie ließ den Löffel sinken. »Sehen Sie, ich versuche nicht,
mich rauszureden. Ray und ich haben getan, was wir getan haben.
Vielleicht hat es ihm ein bißchen geholfen, sich besser zu fühlen.
Daß es ausgerechnet in der Nacht von Maxines Tod passiert ist, tut
mir leid, aber das konnten wir zu dieser Zeit ja nicht wissen.«

»Sie haben also keine richtige Affäre mit ihm?«

Sie lächelte amüsiert. »Warum? Sind Sie interessiert? Ich dachte,
Sie wären nur ein Polizist. Neulich, jetzt.«

Hardy zuckte die Schultern. »Ich habe Ihnen gesagt, daß ich keiner bin. Ich war Polizist. Aber um diese Sache mit Maxine und Rusty Ingraham haben sich ein paar unschöne Dinge ereignet, die …«

»Was zum Beispiel?«

Hardy nahm einen Bissen Eis. Er war sich darüber im klaren, daß es melodramatisch klang, aber es entsprach der Wahrheit. »Menschen werden ermordet. Der Gedanke, ich könnte auch auf der Liste stehen, macht mich nicht allzu glücklich. Wenn meine Vermutungen stimmen, bin ich in Gefahr.«

»Erzählen Sie mir davon.«

Hardy berichtete ihr kurz von den Ereignissen der vergangenen Woche. Dann schwieg er, und sie legte die Hände über seine.

»Glauben Sie, daß wir auch in Schwierigkeiten sind? Immerhin haben wir sie gekannt, Rusty und Max …«

»Ich weiß nicht. Der Zug scheint sich in eine andere Richtung zu bewegen. Rusty war offensichtlich bis über beide Ohren bei einem Kreditwucherer verschuldet.«

»Aber warum Sie? Was haben Sie mit solchen Leuten zu tun?«

»Das ist die große Frage. Ich geriet an dem Tag hinein, an dem alles anfing. Ich bin ein Teil davon.« Sie wartete, und er wurde deutlicher: »Angenommen, Rusty ist noch am Leben … Er hat Maxine umgebracht und will es Louis anhängen. Glauben Sie wirklich, daß er mich unbehelligt durch die Gegend laufen läßt? Ich bin der einzige, der die Puzzleteile zusammensetzen kann, und das bedeutet – ich bin der einzige, der für ihn eine Bedrohung darstellt. Auch wenn ihm das jetzt vielleicht noch nicht bewußt ist, wird es ihm mit Sicherheit irgendwann dämmern, und ich ziehe es vor, nicht zu warten, bis dieser glorreiche Moment gekommen ist.«

»Aber Rusty lebt nicht mehr. Sie haben gesagt …«

Hardy hob die Hand. »Niemand hat Rustys Leiche je gesehen. Ich habe eine Menge Unannehmlichkeiten auf mich genommen, um zu beweisen, wie sie verschwunden sein könnte, weil ich davon überzeugt war, daß er tot sei. Es war möglich, naheliegend, sogar vernünftig, vor allem aber war es das, was ich glauben wollte. Ich hatte eine vorgefertigte Meinung, weil Rusty mich manipuliert hatte, und habe mich daran geklammert.«

Nachdenklich leckte sie das Eis von ihrem Löffel. »Und warum wollten Sie mich sprechen?« fragte sie.

»Weil Sie möglicherweise etwas wissen, von dem Sie nicht wissen, daß Sie es wissen.«

»Worüber?«

»Maxine. Rusty. Alle beide.«

Wieder leckte sie den Löffel ab. Ein wenig Eis blieb an ihrer Unterlippe hängen. Hardy hatte Lust, die Hand auszustrecken und es abzuwischen.

»Ich habe Rusty nicht besonders gut gekannt. Es war ein bißchen problematisch wegen Ray, er war oft bei uns. Ich meine, mit wem waren wir denn befreundet?«

»Aber Maxine kam mit Rusty vorbei?«

»Ja, natürlich. Sie hat in dem Film mitgespielt und wollte sehen, wie er geworden ist.«

»Und sie kam mit Rusty?«

»Anfangs oft, dann immer seltener. Ich glaube, Maxine hatte ihren Traum verloren.« Sie lächelte. »Die Sache mit der Vision, wissen Sie?«

»Nein, eigentlich nicht.«

Sie schob ihre wunderschöne Oberlippe vor. »Früher war es ihr Traum, Filme zu machen ...«

Hardy lächelte. »Und keinen Kinofilm?«

»Stop.« Sie hob drohend den Zeigefinger. »Nachdem sie Rusty getroffen hatte, schien es, als hätten sie beide für sich erkannt, daß das, was sie taten, nicht funktionierte. Maxine war dreiunddreißig, und das ist ziemlich alt für eine Schauspielerin, ich meine für die Art von Schauspielerin, die sie war – die Sache mit dem Aussehen, Sie wissen schon. Und Rusty sagte plötzlich, er habe keine Lust mehr, Staatsanwalt zu sein, wolle fortgehen, ein anderes Leben führen, dem ganzen Streß entkommen. Ich glaube, sie haben sich gegenseitig damit hochgeschaukelt.«

»Haben sie gesagt, was sie tun wollten?«

»Das Geld nehmen und abhauen. Am Strand leben, nichts tun, braun werden.«

Hardy schüttelte den Kopf. »Das klingt nicht nach Rusty. Er war verdammt ehrgeizig, wollte immer ganz oben sein, der Star.«

»Deshalb haben sie sich wahrscheinlich Acapulco ausgesucht.« Sie kratzte sorgfältig den letzten Rest Eis vom Boden der Schale. »Rusty wäre beim Spielen der Star, auch wenn ihn das Spielen fertigmachte und nicht entspannte, wie er immer behauptete, und Maxine würde am Strand liegen und *Margueritas* trinken.«

»Gibt es in Acapulco Kasinos?«

»Ja, aber um Kasinos ging es nicht. Sie haben von *Jai Alai* gesprochen, einer Art Pferderennen, nur mit Menschen. Rusty wollte ihren Lebensunterhalt beim *Jai Alai* verdienen.«

»Das hatten sie vor? Warum haben Sie das nicht schon früher erwähnt?«

»Weshalb? Ich dachte, sie wären tot. Was mit ziemlicher Sicherheit bedeutet hätte, daß sie nicht in Acapulco leben, oder? Übrigens war es nicht ihr gemeinsamer Plan, zumindest anfangs nicht. Es war vor allem Maxines Idee. Noch ein Traum von ihr, der sich nicht erfüllt hat.«

23

Hardy fühlte sich wie ein Idiot. Warum zum Teufel wartete er in einem Restaurant auf den Klippen Acapulcos auf den Sonnenuntergang und sah den Jungen zu, die mit Fackeln von den Klippen hinunter in die Brandung sprangen?

Eine Mariachi-Band spielte Serenaden für ein amerikanisches Paar am Nebentisch. Hardy goß *Tecate*-Bier in sein Glas und preßte Zitronensaft darüber. Er mochte *Tecate* nicht besonders, aber *Corona* mochte er noch weniger, und etwas anderes gab es nicht.

Manchmal, dachte er, mußte man einfach was unternehmen. Und er war überzeugt gewesen, daß er recht hatte.

So überzeugt, daß er das Risiko eingegangen war, mit einer .38er *Spezial* unter dem Kotflügel die Grenze zu überqueren. Er wollte nicht daran denken, was geschehen wäre, wenn sie ihn in Tijuana angehalten und den Wagen durchsucht hätten. Aber er war schon mindestens zwanzigmal mit dem Wagen nach Mexiko gefahren und hatte nie Probleme bei der Einreise gehabt. Bei der Rückfahrt würden sie ihn gründlich durchsuchen. Wer nach Mexiko kam und etwas mitbrachte – egal was – wurde mit *bienvenidos* begrüßt. Mexiko war ein armes Land, es nahm alles, was man ihm gab. Dachte jedenfalls Hardy in diesem Moment.

Zweieinhalb Tage war er unterwegs gewesen, hatte nur einmal am Straßenrand eine Stunde im Auto geschlafen, und in dieser Zeit war aus seiner Ahnung mehr und mehr eine Überzeugung geworden: Rusty Ingraham war am Leben, und er war in Acapulco.

Rusty Ingraham war zu ihm gekommen, um ihn dazu zu bewegen, Louis Baker ins Spiel und die Sache ins Rollen zu bringen. Mit Hilfe der anderen cleveren Spielchen – wie zum Beispiel dem Kauf der Waffe, die ihn vor Baker schützen sollte und nie abgeholt worden war – mußte unweigerlich der Eindruck entstehen, daß Rusty tot war. Ermordet von Louis Baker. So würde Rusty der erdrückenden Leihgebühr entkommen und Louis zurück in den Knast wandern, wo er hingehörte. Oder in die Gaskammer. Louis Baker war der Bauer, Dismas Hardy das Werkzeug, und Rusty Ingraham würde den Traum der armen Maxine leben.

Die Sonne küßte den Pazifik. Flammendrote Bougainvilleas bedeckten den Zaun, der den Hof, in dem er saß, umgab. Ein warmer Wind vom Meer machte ihn schläfrig. Er nippte an seinem *Tecate*.

Jenseits der Schlucht, die ihn von den waghalsigen Jungen trennte, ließ einer der Springer sich ohne Fackel fallen. Hardy beobachtete, wie der Junge sich vom Felsen abstieß, in einem weiten Bogen und dann steil den langen Weg in die Tiefe fiel. Es war der vierte Junge, den er seit seiner Ankunft hatte springen sehen, und er verspürte alles andere als das distanzierte Prickeln schaulustiger Touristen. Er beugte sich über das Gitter und vergewisserte sich, daß die Brandung da vorhanden war, um den Jungen aufzufangen. Keine besonders entspannende Freizeitbeschäftigung, fand er.

Er ließ ein Trinkgeld bei seinem Glas und machte sich auf den Weg zurück in die Stadt. Ein halbes Dutzend Taxis warteten in einer Reihe vor dem Restaurant, aber er steckte die Hände in die Taschen und begann, den Hügel hinunterzugehen.

Auf den Straßen lagen noch immer Palmenblätter und -zweige verstreut. Vor zwei Tagen hatte der Hurricane *Carmine* zugeschlagen. Er hatte zwar nicht allzuviel Schaden angerichtet, aber die Aufräumarbeiten gingen langsamer voran als zu Hause. Kein Wunder, wenn man sie nicht bezahlen konnte. Das Telefon in seinem Hotel – zum Beispiel – funktionierte noch nicht wieder. Aber er wohnte schließlich auch nicht im *Princess*.

Er war gestern angekommen und hatte siebzehn Stunden geschlafen, vom späten Nachmittag an und die ganze Nacht hindurch. Am Morgen war er von seinem Hotel, dem *El Sol* – in der Tat nicht das *Princess*, achtzehn Dollar bezahlte er pro Nacht – am Fuß der Berge entlanggegangen, durch die erwachende Stadt zur Esplanade. Er hatte sich auf die Terrasse eines Restaurants mit Blick auf den Strand gesetzt, Ananassaft und einen jämmerlichen Kaffee getrunken und *Huevos Rancheros* gegessen. Er hatte es langsam angehen lassen, gewartet, bis die Sonne heiß herunterbrannte und die Surfer in der Bucht herumschossen wie bunte Ballons.

Sonntag morgen. Kirchenglocken.

Auch zum *Jai-Alai*-Stadion ging er zu Fuß, er wollte ein Gefühl für den Ort bekommen. Er machte bei einer Kirche halt, lauschte von hinten einer spanischen Messe. Das Ritual zog ihn in seinen Bann, aber eine lateinische Messe hätte ihm besser gefallen. An dieser Messe war nichts Allgemeingültiges, fand er, nichts Katholisches, und er fühlte sich wie der Fremde, der er war. Während der Kommunion schlich er hinaus.

Die Sonne brannte heiß. Er kaufte sich einen Hut für einen Dollar und ging weiter.

Hardy liebte Mexiko. Er kam jedes Jahr her, um zu angeln oder zu tauchen, die Sonne zu genießen, sich austrocknen zu lassen oder aufzutanken. In Mexiko war alles möglich. Jane und er hatten die Flitterwochen in Cabo San Lucas verbracht, als es noch ein schläfriges Fischerdörfchen mit einem strohgedeckten Flughafengebäude war. Lange Spaziergänge an leeren Stränden … Riesige, fast kostenlose *Margueritas* im Finis Terra, die leeren Gläser warfen sie über die Klippen hinunter ins Meer … Und Liebe zu jeder Tages- und Nachtstunde.

Jane.

Auf der Fahrt hierher hatte er Zeit gehabt, über sie nachzudenken. Und über Frannie. Natürlich war er wegen Rusty Ingraham nach Mexiko gefahren, aber Janes bevorstehende Rückkehr aus Hongkong hatte ihn in seinem Entschluß bestärkt. Ein paar Tage mehr zum Nachdenken. Er war nicht stolz darauf, aber auch das hatte eine Rolle gespielt.

Sie hatten beide auf eine beinahe unbekümmerte Weise angenommen, daß sie wieder auf eine Ehe zusteuerten. Sie würden nie wieder über ein zweites Kind sprechen, Janes Alter, ihre Karriere, Michaels Tod standen dem unüberwindbar entgegen. Jane sehnte sich nach Trost, Respekt, Harmonie, und Hardy machte ihr keine Vorwürfe deswegen. Ein zivilisiertes Leben. Er machte ihr keine Vorwürfe, aber er wollte nicht das gleiche.

Sie hatte mehr als einmal angedeutet, daß Hardy sicher eines Tages zur Justiz zurückkehren werde, sich ein paar Anzüge kaufen, wieder regelmäßig arbeiten werde. Sie werde ihn nicht drängen, denn es werde ganz von selbst so kommen, und genau das schien jetzt tatsächlich zu geschehen. Hardy fühlte, daß er nach den gedankenlosen Jahren hinter der Bar des *Shamrock* eine bestimmte Richtung einschlug, sich auf einen bestimmten Ort zubewegte, und das war das Problem. Denn was ihn führte und bewegte, war nicht das Bedürfnis nach Alltag und Bequemlichkeit, nach dreiteiligen Anzügen und einer besseren Sorte Brie.

Vor vier, fünf Monaten, angesichts von Eddies Tod, hatte er plötzlich begriffen, daß ein Mensch, daß auch er, Dismas Hardy, etwas verändern konnte und daß das wichtig war. Jahrelang hatte er diese Möglichkeit geleugnet.

Weshalb war er sonst hier?

Abes Tragiktheorie fiel ihm ein. War er hier, um die Ordnung des Kosmos wiederherzustellen? Er mußte lachen. Falls Rusty Ingraham hier war, würde er ihn sich kaufen. Dann würde er dafür sorgen, daß die Anschuldigungen gegen Baker – die er aufgebracht hatte – fallengelassen wurden. Das war seine Mission.

Frannie würde diese Haltung nie akzeptieren, ihn vielleicht von Zeit zu Zeit hassen, weil er so dachte. Aber Frannie wußte, wer er war, woher er kam. Er war, hatte sie gesagt, was das betraf, wie Eddie.

Jane würde ihn nicht verstehen.

Komm, Diz, ist das fair?

Gut, sie würde es auf einer theoretischen Ebene verstehen, würde zustimmen und sagen, daß die Welt besser wäre, wenn jeder immer das Richtige tun würde. Natürlich. Aber überall, wo man hinsah, warteten Aufgaben, und man mußte herausfinden, welche Aufgaben die eigenen waren. Das ging am besten, wenn man sich überlegte, was unter dem Strich für einen herauskommen würde. Eine Kosten-Nutzen-Analyse. Erwachsene begriffen das. Man konnte nicht losgehen und sein eigenes Leben als einen einzigen Kreuzzug führen. Professionelle Wohltäter, das war bekannt, brachten nicht viel zustande.

Aber er war nicht auf einem Kreuzzug, wollte nur diese eine Sache klären, die in sein Leben gesprungen war. Seine Aufgabe.

Er kannte Janes Reaktion darauf. Warum das Risiko eingehen? Was würde es schon ausmachen, wenn du nichts tun würdest? Louis Baker im Gefängnis, na und, er hat es doch verdient, ist er nicht in mein Haus eingebrochen, hat er nicht versucht, dich zu töten? Und wenn Rusty Ingraham abgehauen ist, laß ihn doch, wen kümmert es? Er ist fort, er ist vergessen.

Aber Jane, er hat Maxine Weir umgebracht.

Tut mir leid. Das ist Sache der Polizei. Nicht deine. Vergiß es …

Er hatte das leere, verlassene Stadion erreicht und warf einen Blick auf seine Uhr. Das erste Spiel begann erst in ein paar Stunden. Er schüttelte den Kopf – schlechte Zeitplanung. Er ging zurück Richtung Stadt.

Er setzte sich in einem der Straßencafes, an denen er vorhin vorbeigekommen war, unter die Markise. Der *Tecate* war warm, nicht einmal mit Zitrone genießbar. Er las die *Los Angeles Times* von vorgestern.

Er hatte die Hoffnung noch nicht aufgegeben. Er war hier, er würde Rusty Ingraham finden. Dann nach Hause fahren und Jane die Lage der Dinge erklären und Frannie sagen, daß er in sie verliebt war, und fragen, was sie diesbezüglich unternehmen wollte.

Als er wieder im Stadion war, war alles anders, der Nachmittag voller Hoffnung war vorbei. Er kickte wieder Palmblätter und fragte sich, wie er Rusty hier jemals finden sollte.

Das *Jai-Alai*-Stadion war bei weitem nicht so groß wie der Candlestick-Park, aber fünfzehntausend Zuschauer paßten schon hinein. Ein vergnüglicher Ort. Hardy war überrascht, daß er niemanden kannte, der je ein *Jai-Alai*-Spiel besucht hatte. Überall gab es Bier und Tequila, außerhalb der Eingangstore standen halbierte Fünfzehn-Gallonen-Ölbehälter, in denen gegrillt wurde. Sie waren mit den verschiedensten Köstlichkeiten gefüllt, eigenartigen Dingen, die aussahen wie geflochtene Kleiderbügel oder Wellblech, beladen mit Shrimps, Krebsen, Chorizo, Bergen von grünen Zwiebeln, Paprika, geheimnisvollen Fleischstücken. Auf die Tortilla damit, Soße drüber, wer fragt, wen kümmert's? Ein fantastisches, überwältigendes Gewirr von verschiedenen Gerüchen, und Hardy, der an einem Shrimpburrito kaute, ging mitten hindurch, mischte sich hinein, nahm es in sich auf.

Das Stadion selbst war gerammelt voll. Die erste große Enttäuschung war, daß es keinen einzigen Wettschalter gab. Hardy verfluchte sich selbst, weil er sich nicht besser informiert hatte. Er hatte einfach angenommen …

Aber das ließ sich jetzt nicht mehr ändern. Beim *Jai Alai* lief es mit den Wetten anders: Für jeden Block gab es zwei Läufer – die Buchmacher, einen mit einer roten, einen mit einer grünen Mütze.

Wie die Erdnußverkäufer in den Staaten rannten sie zwischen den Blöcken hoch und runter, riefen die ständig wechselnden Wettquoten aus und warfen den Wettwilligen eine Art Ball zu. Die Wetter steckten ihren Einsatz in einen Schlitz in diesem Ball und zogen einen Wettschein heraus.

Hardys ursprüngliche Idee, bei den Wettschaltern zu warten, bis Rusty auftauchte, war also überholt. Er sah sich im Stadion um. Durch alle Blöcke hüpften und tanzten die Roten und grünen Hüte. Einem von ihnen zu folgen wäre verdammt anstrengend. Er sah sich zwei Spiele an und hoffte – wider besseres Wissen –, daß das Glück helfen würde, wo die Intelligenz versagt hatte, und Rusty sich aus der Menge lösen und einfach in ihn hineinlaufen würde.

Das Spiel gefiel ihm. Mann gegen Mann. Handball ohne Regeln. Ein Haufen Gladiatoren in einem Spiel auf Leben und Tod.

Oben beim Büro der Stadionverwaltung kam ihm die Idee, Rusty ausrufen zu lassen. Eine idiotische Idee. Wenn Rusty hier war und seinen Namen hörte, würde er wissen, daß jemand ihn für keineswegs tot hielt. Er würde sich aus dem Staub machen, und alles wäre vorbei.

Nach zwei weiteren Stunden, fünf Flaschen Orangensprudel und fünfunddreißig Dollar, die er in den letzten Spielen gesetzt hatte, leerte sich das Stadion allmählich. Hardy stand bei einem der insgesamt elf oder zwölf Eingangstore. Eine Menge Leute gingen an ihm vorbei. Zwei ähnelten Moses McGuire. Keiner sah aus wie Rusty Ingraham.

Gut. Als nächstes würde er sich die berühmten Klippenspringer von Acapulco anschauen.

Das hatte er getan. Und nun?

Er fand sich auf der Esplanade wieder. Obwohl am Horizont noch ein dünner, korallenroter Streifen Himmel sichtbar war, leuchteten schon Millionen von Sternen. Gutgekleidete Amerikaner – meistens Paare, jedenfalls sahen sie für Hardy wie Paare aus – setzten sich mit Aperitifs draußen an die Tische. Der Wind hatte sich gedreht, blies jetzt von der Stadt her in Richtung Meer. Die Nacht roch schwach nach Öl und Urin.

Hardy saß am Strand, mit dem Rücken zu den Lichtern, lauschte dem Plätschern des Wassers, das auf dem Sand auslief. Hinter ihm spielten Gitarren, sangen von weither sanfte Männerstimmen.

Auch in Las Vegas, Nevada, gab es *Jai Alai*. In Tijuana, fünfzehnhundert Kilometer näher an San Francisco, aber noch jenseits der Grenze, war ein Stadion. In Puerto Vallarta vielleicht. Oaxaca? Ixtapa? In wie vielen Städten noch?

Falls Rusty in Acapulco war und regelmäßig zum *Jai Alai* ging, müßte Hardy an jedem Eingang mindestens eine Person plazieren, um eine Chance zu haben, ihn zu erwischen. Falls Rusty hier war … Langsam kamen ihm Zweifel.

Die Möglichkeit, ein Dutzend Leute anzuheuern, hatte Hardy natürlich nicht. Er hatte weder genug Geld noch entsprechende Kontakte. Vielleicht konnte Abe die örtliche Polizei informieren, ein Foto von Rusty heruntersenden …

Richtig, Diz. Hoffe darauf.

Er legte sich im Sand zurück, kreuzte die Hände unter dem Kopf und starrte hinauf zum Mann im Mond.

Das *El Sol* lag ein gutes Stück vom Strand entfernt.

Die Eingangstüren zu den Zimmern der beiden Flügel des Erdgeschosses gingen zur Straße hinaus, hinten führten gläserne Schiebetüren auf eine rotgefliste Terrasse mit Blick auf den Pool. Das schmiedeeiserne Geländer der Außentreppe zum zweiten Stock war mit Bougainvilleas bewachsen. Im Innenhof standen Palmen und Bananenbäume, durch ihre Lage vor dem Wüten des Hurricanes geschützt.

Hardy saß mit einer Flasche Brandy – *El Presidente* – auf seiner Terrasse und rauchte, was selten vorkam, eine Zigarre. Er trank nicht wirklich – vor etwa vierzig Minuten hatte er sich ein paar Tropfen in das Saftglas aus dem Badezimmer gegossen, und die Hälfte davon war noch immer darin. Er war oft genug in Mexiko gewesen, um zu wissen, daß man das Leitungswasser wirklich nicht trinken sollte – auch wenn das die Klischees bestätigte. Den Orangensprudel konnte er nicht mehr sehen.

Da ein Telefon in jedem Zimmer zu den ausgewiesenen Leistungen des *El Sol* gehörte – in Neonschrift stand es über dem Eingang der Halle –, hatte Hardy ein Telefon. Er hatte auch einen Fernseher. Die Tatsache, daß beide nicht funktionierten, war nicht weiter überraschend. Es könnte Spaß machen, überlege er, sich eines Tages in Mexiko niederzulassen und ein Luxushotel zu eröffnen – Eismaschinen! Flipper! Kabelfernsehen! Videospiele! Und natürlich Telefon. Nichts davon mußte funktionieren, die Tatsache, daß es da war, genügte.

Er hatte Glück gehabt und vorhin von einer der Telefonzellen bei der Post aus San Francisco erreicht. Er hatte auf Janes Anrufbeantworter gesprochen, wo er sei und daß er in etwa einer Woche zurück sein werde. Der geheimnisvolle, rätselhafte Hardy.

Isaak Glitsky, Abes Sohn, hatte gesagt, daß Abe und Flo seit Freitag in Los Angeles seien. Gespräche wegen des neuen Jobs, vermutete Hardy, und bei der Gelegenheit ein verlängertes Wochenende. Würden sie es wirklich tun? Abe wußte nicht, daß er nach Süden aufgebrochen war. Er hatte keine Lust gehabt, seine vagen Gründe erklären und den .38er unter dem Kotflügel des Samurai rechtfertigen zu müssen. Abe wäre durchgedreht. Aber weil Isaak beauftragt war zu fragen, wo Hardy schon wieder steckte, erzählte er es ihm und sagte, er werde am nächsten Tag wieder anrufen.

Frannie war nicht zu Hause gewesen.

Von einer der anderen überdachten Terrassen drang Lachen herüber. Jemand war in den Pool gesprungen. Er hörte in der Halle leise ein Telefon klingeln. Er zog an seiner Zigarre und nippte am Brandy.

Das Telefon!

Er hatte sein Telefon mit auf die Terrasse genommen und von Zeit zu Zeit den schweigenden Hörer abgenommen. Jetzt war ein Freizeichen zu hören. Er wählte Frannies Nummer, wartete. Wartete noch etwas länger.

»Hallo.«

»Ich kann es nicht glauben.«

»Dimas?«

»C'est moi. Nein, warte, das ist die falsche Sprache. *Soy yo* muß es heißen.«

»Bist du in Ordnung? Abe hat angerufen. Er wußte nicht, wo …«

»Ja. Aber du wußtest es. Ich bin hier. Es geht mir gut.«

Sie sprachen eine Weile zärtlich, gewöhnten sich an die Distanz, die Trennung. Die Fahrt hierher, der Hurricane, die lahmgelegten Telefone. »… deshalb hat es so lange gedauert durchzukommen«, vollendete Hardy. »Wie fühlst du dich?«

»Okay.«

Nicht allzu überzeugend. »Okay?«

Das Summen der Entfernung in ihrem Schweigen.

»Ich bin okay. Ich war am Freitag beim Arzt und habe die Herztöne gehört.« Das Herz des Babys. Sie holte Luft. »Es ist wirklich da und am Leben.« Er konnte fast hören, wie ihre Augen sich mit Tränen füllten. »Ich habe Eddie vermißt, ich habe dich vermißt, ich hatte eine üble Nacht. Ich fürchte, ich bin im Moment ziemlich verwirrt.«

Hardy trank Brandy. »Willst du, daß ich zurückkomme?«

»Ich glaube nicht … Ich wüßte nicht, was ich im Moment mit dir anfangen sollte. Aber ich weiß, daß ich möchte, daß du vorsichtig bist.«

»Ich bin immer vorsichtig. Ich benutze Sonnenschutzmittel, trage einen Hut, trinke kein Wasser, all das.«

»Weißt du schon, was du tun wirst, wenn du zurückkommst?«

Hardy schüttelte den Kopf, als würde sie vor ihm sitzen. »Nein. Im Moment versuche ich herauszufinden, welcher Wahnsinn mich zu der Annahme trieb, ich könnte Rusty Ingraham hier unten finden, wenn er noch lebt und wenn er hier ist.«

»Könnte Abe die Polizei da unten nicht dazu bringen, dir zu helfen?«

»Wer würde einem Zivilisten ohne handfeste Beweise helfen, einen Mann zu finden, den man für tot hält? Abe bestimmt nicht.«

»Vielleicht doch. Als er anrief …« Sie hielt inne. »Er ist dein Freund, Diz. Er klang wirklich besorgt, wollte wissen, wo du hingefahren bist, warum du ihm nichts gesagt hast und so weiter.«

»Er hätte es einfach nicht verstanden. Deshalb wird er für das bezahlt, was er tut.«

»Er hat mich gebeten, dir zu sagen, daß du nach Hause kommen sollst, der Fall sei abgeschlossen.«

In einer der Palmenkronen kreischten Papageien. Hardys Magen zog sich zusammen. »Hat man Rustys Leiche gefunden?«

»Nein, das nicht. Warte eine Sekunde, ich habe es mir notiert.«

Die Zigarre war ausgegangen. Die Wellen, die der Schwimmer verursachte, schwappten über den Rand des Pools. Hardy schwitzte und umklammerte den Hörer.

»Okay«, sagte sie, »bist du noch da?«

Sie berichtete ihm, Glitsky habe wie vorgesehen einen Mann namens Hector Medina verhört. Am nächsten Tag, dem Tag, an dem Hardy nach Mexiko aufgebrochen war, sei Medina von der Spitze des *Drake* auf eines der unteren Dächer gesprungen. Man habe zwischen zwei- und dreitausend Dollar in bar bei ihm gefunden.

»Abe nimmt an, Medina habe diesen Mann namens Johnny LaGuardia getötet, weil er Johnny dafür bezahlt habe, Rusty Ingraham zu töten.«

»Und das Mädchen, das bei ihm war?«

»Er sagt, er glaube, sie habe einfach Pech gehabt. Und in bezug auf Medina vermutet er, daß dem klar geworden sei, daß man ihn schnappen würde, und das hätte er nicht ertragen.«

»Gab es einen Brief? Hatte er nicht eine Tochter oder so?«

»Ich weiß es nicht. Kein Brief, glaube ich. Abe hätte das erwähnt, oder? Ich meine, in seiner Nachricht für dich.«

»Und Abe hat gesagt, er glaubt wirklich, daß es so gewesen ist?«

»Er hat gesagt, so paßt alles ziemlich gut zusammen.«

Das Schlagen des Wassers, das Kreischen der Papageien, das Summen der Fernverbindung.

»Diz?«

»Er ist in Los Angeles und führt Gespräche über einen Job dort unten. Ich frage mich, ob er nicht einfach nur das Gefühl haben wollte, seine Fälle seien geklärt.«

»Für dich ergibt es keinen Sinn?«

»Nein. Nicht wirklich.«

»Abe hat erzählt, daß du ziemlich sicher warst, daß Rusty tot sei.«

»Ich weiß. Das war ich.«

»Aber jetzt glaubst du es nicht mehr?«

»Vor vier Tagen und zweitausendzweihundert Kilometer von hier entfernt war ich nicht sicher, daß ich es glaubte. Jetzt bin ich hier und kann ebensogut noch einen oder zwei Tage dranhängen, aber ich gebe zu, daß die Chancen, ihn zu finden, selbst wenn er am Leben ist, nicht sehr vielversprechend aussehen.«

»Und was wirst du tun, wenn du ihn doch findest?«

»Keine Ahnung. Hängt davon ab. Feiern, mich betrinken, ihn fesseln und zurück nach San Francisco bringen. Oder ich übergebe ihn gleich hier der Polizei und versuche, eine Auslieferung zu erreichen …«

»Würdest du dich bitte daran erinnern, daß er gefährlich sein könnte?«

»Hab' ich schon getan.«

»Ich meine es ernst, Dismas.«

»Ich auch, Frannie. Was soll ich denn noch sagen?«

Sie zögerte einen Moment lang. »Daß du nach Hause kommst, Daß wir uns wiedersehen.«

»Okay. Das sage ich.«

Wieder eine Sekunde Schweigen. »Wirklich?«

»Wenn Gott einverstanden ist und die Flüsse nicht aussteigen«, antwortete er.

24

Er öffnete die Augen in der Dunkelheit. Drüben bei der Fensteröffnung, wo später das Licht beginnen würde, war nichts. Langsam nahm er die unterschiedlichen Nuancen der Dunkelheit wahr, die Schattierungen von Schwarz und Grau – die Umrisse des Schreibtischs, das Poster, das Fenster, einen der Stühle. Am schwarzen Himmel flackerten blasse Sterne.

Rusty Ingraham setzte sich auf dem harten Bett auf. Das Mädchen neben ihm schlief, ihr langes Haar lag auf dem Kissen ausgebreitet. Mit seinem unverletzten rechten Arm klopfte er leicht auf die Matratze, als fordere er sie auf, nicht länger so unfreundlich unbequem zu sein. Er stand auf und ging ins Badezimmer, ertastete sich den Weg durch das noch immer ungewohnte Haus. Er schloß die Tür hinter sich, schaltete das Licht ein und betrachtete die Kakerlaken.

Draußen war kein Geräusch, nicht einmal die Vögel ließen sich hören, die sonst die anbrechenden Tage begrüßten, Stunden bevor die Sonne aufging. Also war es sehr früh, besser: sehr spät. Wie lange hatte er geschlafen?

Er schaltete das Licht wieder aus, stand still und lauschte sorgfältig. Immer sorgfältig lauschen, die Augen offen halten. Er hatte es allmählich über.

Er nahm nur die Geräusche des Meeres in der Bucht wahr – das Klatschen des Wassers, das gegen die Boote und Pfähle schlug, das sanftere Rauschen, wenn es auf den Sand lief. Das Haus stand im Norden der Stadt am Strand.

Irgend etwas – eine Eidechse, eine Baumratte? – bewegte sich auf dem Dach. Weiter entfernt startete ein Motor, keuchte auf, verstummte. Ein Auto oder ein Fischerboot. Er schaltete das Licht wieder ein. Die Porzellantoilette hatte keinen Sitz. Das Glas des Spiegels über dem Waschbecken war von Rostflecken überzogen. Vor der Dusche gab es keinen Vorhang.

Nun gut, was hatte er auf die Anzeige hin erwartet? Er hatte Zeit und Geld und würde etwas Besseres finden.

In seinem Arm pulsierte es leicht, und er versuchte sich zu erinnern, ob er die Antibiotika genommen hatte, bevor er ins Bett gegangen war. Mit … wie immer sie auch heißen mochte.

Wer immer sie war, sie war genau das gewesen, was ihm gefiel – hübsch, begeistert, ein Spiel für eine vergnügliche Zeit. Und heute würde sie nach Hause fahren, nach Atlanta. Eine andere würde kommen, war vielleicht schon da, wartete auf ihn. Mit diesen Urlaubsmädchen lief es gut. Keine Versprechungen, kein Theater. Keines der Probleme, die eine Frau einem auf Dauer bereiten konnte.

Er berührte vorsichtig den Verband, versuchte festzustellen, ob das Pochen den Beginn einer Infektion bedeutete und damit Schwierigkeiten, oder nur der Schmerz der zurückstauenden Bandage war. Er versuchte, den Arm zu biegen, aber davon war er noch weit entfernt.

Nein, es war ein guter, solider, dumpfer Schmerz. Er sah in den Spiegel, grinste sein Ladykiller-Grinsen. Seine Augen waren klar. Kein Fieber, also keine Infektion.

Er ging zum Bett zurück und streckte sich neben dem Mädchen aus. Das Fenster war ein schwarzes Loch in der noch tieferen Schwärze. Ein knackender Laut, vielleicht ein brechender Zweig, ließ ihn hochfahren. Das Mädchen neben ihm rührte sich. Dann herrschte wieder Stille.

Es waren nur die Geräusche des Hauses.

Er sank zurück in den Schlaf.

Es war zwar keine Eingebung, aber immer noch besser, als zu rennen und zwölf Ausgänge zu bewachen, fand Hardy.

Er hatte beschlossen, zwei weitere Tage zu bleiben und dann den langen Weg nach Hause anzutreten. Heute morgen hatte er, noch immer müde von der Herfahrt, verschlafen, aber morgen würde er mit den Tiefseefischern hinausfahren. Vielleicht bekam er für das *Shamrock* ein hübsches Bild von sich selbst mit einem Segelfisch.

Als er am Stadion ankam, hatten die Spiele längst begonnen. Vom Parkplatz hörte er die Lautsprecher und den Applaus. In der Straße, die zum Stadion führte, hatte er keinen blauen VW Jetta gefunden. Morgen wollte er – vorausgesetzt, heute ergab sich nichts mehr – einen Taxifahrer glücklich machen und ihn ein paar Kilometer durch die weitere Umgebung fahren lassen. Aber jetzt war erst einmal der Parkplatz dran.

Der Parkplatz war nicht betoniert und bestand aus einem Ring von staubigen, quadratischen Feldern, ohne Gras, übersät mit Schlaglöchern, auf denen die Zuschauer nach dem Zufallsprinzip geparkt hatten. Wer seinen Wagen nah beim Stadion abgestellt hatte, mußte, überlegte Hardy, mindestens eine Stunde warten, bis der Platz sich soweit geleert hatte, daß er hinausfahren konnte. Etwas wie eine Verkehrsführung gab es nicht, auch keine weißen Linien, um die Parklücken zu markieren. Wenn dein Auto nicht zu breit ist, rammst du es hinein.

Fünfundzwanzig Minuten in der heißen Sonne herumzulaufen war ziemlich deprimierend. Volkswagen war in Mexiko eine beliebte Marke – auf den Käfer traf man so häufig wie in den sechziger Jahren in den Staaten, aber auch andere Modelle waren beliebt. Unglücklicherweise auch Jettas. Hardy hatte schon bei seiner ersten Runde am Rand des Parkplatzes entlang zwei blaue Jettas entdeckt.

Wundervoll, dachte er. Ein Dutzend Ausgänge im Stadion, vermutlich ein Dutzend blaue Jettas auf dem Parkplatz. Zwanzig Männer wären eine Woche lang beschäftigt, und auch dann brauchte er noch eine Menge Glück. Und sogar mit Glück …

Er saß auf einem Kotflügel nahe bei der Einfahrt des Parkplatzes, trank eisgekühlte Fanta und versuchte, einen Plan zu entwickeln, der funktionierte. Die Autos glänzten und schimmerten in der Helligkeit.

Kalifornische Nummernschilder.

Acapulco war weit weg von Kalifornien, und nur Wahnsinnige wie Hardy selbst nahmen die Fahrt hierher in Kauf. Er war sicher, auf dem Parkplatz nicht mehr als zwanzig Autos mit kalifornischem Nummernschild zu finden, und die Chancen, darunter nicht mehr als einen blauen VW Jetta zu entdecken, standen gut.

Pfeifend schlenderte er über den Parkplatz.

»Puh, ist mir schwindlig.« Sie schmiegte ihren Körper gegen seine unverletzte Seite. Sie war fantastisch. Groß, langbeinig, mit einem Gesicht, das wie geschaffen schien für den Film. Das Haar kastanienrot, die Augen grün. Sie war Sekretärin in Washington D. C. und trug ein weißes T-Shirt aus dem *Hard Times Cafe*, auf dem stand: »Ich mag es feucht.« Es war sehr knapp, und ihre Brüste hielten es hoch genug, um den Nabel auf ihrer schlanken Taille zu entblößen. Sie war etwa zweiundzwanzig und hatte bereits ein paar *Margueritas* intus. Mal sehen.

»Paß auf die Schlaglöcher auf.« sagte Rusty. »Lehn dich einfach an mich.«

»Diese Körper, fantastisch, was?« fragte sie.

»Allerdings.«

»Ich habe ja schon einige Sportler gesehen, aber diese Typen ...«

Er ließ sie reden. Träum ruhig ein bißchen, dachte er. Er hatte die Männer selbst beobachtet, sie einzuschätzen und zu lernen versucht, worauf man achten mußte. Und er hatte Glück gehabt, erst zwei, dann drei, dann vier in einer Runde richtig getippt, hatte mehr als tausend Dollar gemacht. Das wog die Katastrophe der letzten Woche auf.

Er war froh, daß ihn der Hurricane zur Pause gezwungen hatte, denn er hatte es zu eilig gehabt, hatte es überstürzt. Der Gedanke, daß er unverzüglich seine Wetten machen mußte ... Falsch. Er hatte Zeit. Das sagte er sich immer wieder: Er hatte Zeit. Alle Zeit der Welt. Also machte er ein paar Tage blau, lernte Atlanta kennen, blieb im Haus, und das hatte ihm gutgetan. Er war frisch in die neue Woche gestartet und hatte sofort einen Treffer gelandet.

Der Parkplatz war schon beinahe leer. D. C. und er lachten, während sie nach Schlaglöchern Ausschau hielten. Sie würden hinunter zur Esplanade fahren, Schildkrötensuppe und Hummer essen, ein bißchen Geld unter die Leute bringen und dann vielleicht zusehen, wie die Hähne aufeinander losgingen, und wieder ein bißchen wetten. Oder selbst ein bißchen aufeinander losgehen.

Er lächelte. Egal, was sie taten, seine Taschen waren wieder gefüllt. Nach zehn Tagen hier unten waren sie voller als am ersten Tag, und so würde es weitergehen, er würde nicht mehr abstürzen. Das Spiel studieren, vorsichtig wetten, bis er reingekommen war, und dann, wie heute, zuschlagen. Das war das Rezept.

Er konnte schon ein Schema erkennen, einen Weg, ein beständiges Einkommen zu erzielen. Bei den Pferden war es anders, da gab es immer wieder Unbekannte. Pferde waren törichte Tiere. Beim *Jai Alai* traten Menschen an, die man verstand, und man konnte vorhersagen, was geschehen würde.

»He, Rusty! Rusty!« Hardy ging langsam hinüber, verringerte den Abstand. Er nahm die Sonnenbrille ab. »Bist du's wirklich?«

Rusty war gut, das mußte Hardy ihm lassen. Er zeigte kaum eine Spur von Panik.

»Diz!« Rusty streckte den gesunden Arm aus und zog Hardy in eine Umarmung. »He, schön, dich zu sehen.«

»Schön, *dich* zu sehen«, erwiderte Hardy. »Ich dachte, du wärest tot.«

»Tot?« fragte das Mädchen.

»Ach, entschuldige, das ist D. C. – D. C., ein alter Freund von mir, Dismas Hardy.«

Sie nickte. »Was meinen Sie mit ›tot‹?«

Rusty lachte. »Gott sei Dank bin ich nicht tot.«

»Ich auch nicht«, sagte Hardy.

»Das sehe ich. Was treibst du hier unten?«

»Vielleicht haben große Geister dieselben Gedanken. Ich habe auf deinen ersten Anruf gewartet und die Nachrichten gesehen und erfahren, daß da irgendein Mädchen auf einem Lastkahn im China Basin ermordet worden ist, und …«

»Was? Wer ist ermordet worden?«

Hardy zuckte die Achseln. »Ich habe keine Ahnung. Aber weil ich wußte, daß du dort gewohnt hast, bin ich hingefahren, um nachzusehen, und es war tatsächlich dein Boot. Ich wollte nicht warten, bis Louis Baker mich gefunden hatte, also bin ich nach Hause gefahren, habe ein paar Sachen gepackt und bin abgehauen.«

»Es war Maxine …« Rusty lehnte sich gegen den Kühler seines Wagens. Er hob die Hand, schirmte die Augen gegen die Sonne ab.

»Wer ist Maxine?« fragte D. C.

»Eine Freundin, nur eine Freundin.« Rustys Augen glitzerten wirklich, er schien den Tränen nah zu sein. »Gott, Diz, sie muß herübergekommen sein, um mich zu besuchen, und da tauchte Baker auf …«

»Das habe ich mir auch gedacht, und da bin ich durchgedreht. Vor allem, als du nicht angerufen hattest, ich dachte …«

»Ja, ich weiß. Bei mir war's genauso, ich bin auch durchgedreht. Als ich von deiner Bar nach Hause kam, saß ich eine Stunde lang herum, und mir wurde klar, daß ich kurz vorm Ausrasten war … Einfach dazusitzen, bis Baker kommen und mich umbringen würde … Es hatte keinen Sinn, es machte mich bloß fertig. Aber ich hätte dich anrufen sollen. Tut mir leid.«

»Wovon redet ihr Typen eigentlich?«

Rusty kam wieder auf Maxine zu sprechen, schien sich nur langsam vom Schock über ihren Tod zu erholen, aber dann kam er in

Fahrt und wurde richtig gut. Er erzählte ihnen eine romantische, beängstigende, aufregende Geschichte, und Hardy und D. C. hörten ihm gebannt zu.

»Und was ist mit diesem Baker passiert?« fragte D. C.

Hardy sah Rusty an und zuckte die Achseln. »Ich weiß es nicht. Ich hoffe, er ist wieder im Gefängnis. Er hat wahrscheinlich Fingerabdrücke hinterlassen, was meinst du, Rusty?« Er wandte sich an das Mädchen. »Tun sie meistens. Ich habe mir gedacht, ich nehme Urlaub und gebe der Polizei einen Monat, die Sache aufzuklären. Wenn sie es nicht schaffen, fahre ich zurück und sage ihnen, was ich denke, und dann nehmen sie ihn fest. Aber ich dachte, es sei sicherer, erst mal zu verschwinden. Also habe ich mich für ein paar Wochen nach Mexiko abgesetzt.«

»Es ist erst mein zweiter Tag«, sagte sie.

»He, hast du schon gegessen, Diz? Wir wollten gerade in die Stadt fahren und etwas von meinem Gewinn verprassen. Kommst du mit?«

»Du gewinnst bei diesem Spiel?«

Jetzt grinste Rusty. Er öffnete die Beifahrertür. »War ein guter Tag.«

Sie verließen den Parkplatz, rumpelten über den Schotter. »Was ist denn mit deinem Arm passiert?« fragte Hardy.

Nachdem er das Auto gefunden hatte, hatte Hardy längere Zeit damit verbracht, einen Plan zu entwickeln. Auch wenn es noch früh genug gewesen war, zum *El Sol* zu gehen, um die Waffe zu holen – wäre das sinnvoll gewesen? Er hatte nicht vor, Rusty zu kidnappen. Es war ein langer Weg zurück nach Hause, und sie würden fahren müssen, mit der Waffe würde Hardy in kein Flugzeug kommen.

Zur örtlichen Polizei konnte er auch nicht gehen. Rusty wurde nicht gesucht, weder hier noch in den Staaten, und selbst wenn – Hardy war kein Polizist. Es gab nur einen Weg: Hardy mußte Abe informieren und die Sache irgendwie offiziell machen.

Aber zuerst wollte er sichergehen, daß Rusty nicht plötzlich zustimmen und nach Hause fliegen wollte, um alles aufzuklären, in der Annahme, er könne damit durchkommen. Er wollte nicht, daß Abe herflog, nur um Rusty sagen zu hören: Klar, Jungs, ich komme mit euch nach Hause. Hardy wollte sichergehen, daß Rusty leugnete. Dann konnte Abe kommen.

Das Risiko, das er einging, indem er sich Rusty zeigte, minimierte er durch sein kleines Spielchen. Sie würden zusammen ein bißchen herumhängen, vielleicht ein, zwei Tage, Hardy immer dicht an Rusty dran, bis Abe hier wäre. Dann würden sie ihn festnageln.

Rusty zeigte ein charmantes Lächeln. »Ich sage dir, langweilig ist mein Leben nicht«, sagte er. »Das mit dem Arm ist mir am dritten Tag hier passiert. Ich war draußen beim Fischen, schwitzte wie ein Schwein und sprang ins Wasser, um mich abzukühlen. Dann wollte ich wieder an Bord und griff nach der Gaffe, um mich hochzuziehen, rutschte ab, und das verdammte Ding fuhr mir in den Arm.«

»Ganz durch?«

»Ja.«

»Autsch«, sagte D. C.

Hardy hatte Rustys Show genossen. Er versuchte, alles so zu sehen, wie Rusty es erzählte, und jedes kleine Stück fügte sich nahtlos ans andere. Wenn er die Wahrheit nicht gekannt hätte, hätte Hardy ihm geglaubt – die Flucht vor dem rachsüchtigen Louis Baker, die Versicherung, durch die er an ein bißchen Bargeld gekommen war, der Unfall mit dem Gaffelsegel. Einmal, beim Abendessen, ein weiterer Flirt mit den Tränen wegen des Todes von Maxine.

Es kostete Hardy einige Anstrengung, sich zurückzuhalten, sich auf die Zunge zu beißen, nie zu vergessen, daß er nicht auf dem Schlepper gewesen war und Rustys Blut auf dem Bett, Maxines Leiche, die die Tür blockiert hatte, nicht gesehen hatte. Ebenso, daß er Louis Baker nicht im Krankenhaus besucht und nie etwas von Johnny LaGuardia und Ray Weir oder sonstwem gehört hatte.

Das Mädchen war fort, sie hatten sie nach dem Abendessen in ihr Hotel gebracht, sie war stockbetrunken gewesen. Sie waren wieder in das Restaurant auf den Klippen gefahren, um sich ein paar Nachtdrinks zu Gemüte zu führen, Tequilas auf Zitrone. Hardy wollte Rusty betrunken machen, ihn nach Hause fahren, die Schlüssel verstecken und dann Abe anrufen.

Sie gingen auf die Seite, wo die Jungen sprangen. Tief unter ihnen grollte die See. Für die Gebete vor dem Sprung gab es eine kleine Grotte mit der Jungfrau Maria darin. Der Petroleumgeruch – von den Fackeln – überlagerte die Seeluft. Hoch über dem Meer hing die Sichel des Mondes. Die Springer waren längst fort.

»Das hat was«, sagte Hardy. »Ich war gestern drüben in dem Restaurant und konnte nicht zuschauen.«

»So ist Mexiko. Ein Leben ist nicht viel wert.« Rusty stand neben ihm. Er hatte eine Flasche mitgebracht.

»Trotzdem. Mit ein paar Worten ist es nicht getan.«

Rusty hob die Flasche, zuckte die Achseln. »Ein paar Spinner weniger. Wen stört's?«

»Nicht gerade die Worte des glühenden Idealisten, der einst für die Staatsanwaltschaft ins Feld gezogen ist.«

Rusty klang, als hätten die Drinks ihre Wirkung getan. »Diz, ich will dir was sagen. Ich wollte einfach meine Fälle gewinnen. Genau wie jeder andere.«

»Ich weiß nicht. Ich rede mir zuweilen ein, daß ich mich ein wenig um Gerechtigkeit bemüht habe.«

»Warum hast du dann aufgesteckt? Bei dieser Leidenschaft für die Gerechtigkeit?« Hardy warf Rusty einen Seitenblick zu und stellte fest, daß er nicht mehr versuchen mußte, ihn betrunken zu machen. Rusty schwankte ein paar Schritte weiter auf den Rand der Klippe zu, und Hardy folgte ihm.

Mit der gesunden Hand hielt Rusty die Flasche an seine Brust gepreßt. Er drehte sich um, stand mit dem Rücken zur Klippe, trank wieder und taumelte ein paar Schritte zurück. »In gewisser Weise hat Baker mir einen Gefallen getan, weil er mir eine Gelegenheit gegeben hat zu verschwinden.«

Hardy trat neben ihn. »Paß auf«, sagte er. »Es ist ein weiter Weg nach unten.« Es war Zeit, ihn zurück zum Auto zu lotsen. Unschuldig fragte er: »Gehst du nicht nach San Francisco zurück?«

Wieder drehte Rusty sich um. Er schien den Mond anzustarren. »Brich die Brücken hinter dir nicht ab, heißt es, erinnerst du dich? Aber ich habe es getan. Ich habe alle Brücken hinter mir abgebrochen. Ich bin tot, Diz. Niemand auf dieser Welt weiß, daß ich lebe. Nur du.«

»Und das gefällt dir?«

»Das ist Freiheit. Mir ist nie bewußt gewesen, wie das, was ich früher getan habe, mich aufgehalten hat. Die Gewohnheiten, die Erwartungen anderer, ich weiß nicht, was schlimmer ist. Jetzt gibt es beides nicht mehr. Es ist, als hätte man eine zweite Chance bekommen. Eine Wiedergeburt.«

»Davon sprechen die Leute, die an Jesus glauben, auch.«

Rusty lachte. »Das hat nichts mit Vergebung zu tun, Diz. Es ist ein sauberer Schnitt.« Er nahm einen Schluck aus der Flasche. »Wie steht's mit dir? Weiß irgendwer, daß du hier bist?«

Hardy entschied sich, sein Spiel fortzusetzen. »Keine Menschenseele«, log er, »aber ich fühle mich noch immer wie Dismas Hardy. Mit einer Menge Gepäck.«

»Nur, wenn du dich nicht davon löst.«

Mit der Flasche in der Hand ging er zum Rand der Klippe. Hardy blieb im Abstand von vier oder fünf Schritten hinter ihm, nahe genug am Rand, um eine glitzernde Welle zu sehen, die sich tief unten mit fernem Donner brach.

»Vielleicht hast du einfach nichts, was dich aufrechthält«, sagte Hardy.

Rusty kicherte. »Darauf kannst du wetten.« Er drehte sich um und sah Hardy an. »Glaubst du denn, es gibt etwas, das einen aufrechthält? Zehn Jahre, Diz, habe ich es damit versucht. Es hat mich fertiggemacht.«

»Ich habe es zehn Jahre lang aufgegeben, und das hat mich fertiggemacht.«

Rusty nahm einen tüchtigen Schluck. »Da hast du's«, sagte er. Er ging zum Rand der Klippe und beugte sich vor, um hinunterzusehen. Dann richtete er sich auf und drehte sich halb um. »Ich will einfach nicht mehr so viel nachdenken. Oder versuchen, etwas zu tun. Mein Ehrgeiz ist den Bach hinunter, vor allem, seit ich hierher gekommen bin. Ich mache meine Wetten, studiere die Spiele, reiße ein paar Hühner auf. Wenn du wissen willst, was es heißt zu leben, dann hör auf mich: Geh nicht zurück nach San Francisco. Blieb hier. Laß dich fallen.«

»Nein.«

Rusty zuckte die Schultern, führte die Flasche erneut an die Lippen. Dann setzte er sich abrupt nieder und hängte die Beine über die Kante. Er klopfte neben sich auf den Boden. »Setz dich, Diz. Nimm einen Schluck.« Er hielt ihm die Flasche entgegen.

»Mir geht's gut«, sagte Hardy. »Was hältst du davon, wenn wir nach Hause gehen?«

Die Versuchung überkam Hardy. Rusty hatte Maxine Weir ermordet und ihr Geld gestohlen. Er hatte dafür gesorgt, daß Louis Baker neun Jahre Rehabilitation im Gefängnis ausradiert waren. Er selbst, Hardy, würde seines Lebens nicht sicher sein, solange Rusty frei war. Rusty konnte ihn nicht zurückkehren lassen, irgendwann würde es sich herumsprechen, daß er hier war. Rusty hatte für das

Leben, das er führen wollte, getötet, und Hardy hatte keinen Zweifel daran, daß er es wieder tun würde. Und jetzt saß der Kerl am Rand der Klippe, baumelte mit den Beinen über dem Abgrund und war halb weggetreten. Ein kleiner Stoß, und Abes kosmische Ordnung wäre wiederhergestellt.

Hardy sah sich auf dem Plateau um. Abgesehen von ihm und Rusty war niemand hier. Er atmete ein und machte eine tiefe Kniebeuge, bis er den Boden berührte. »Komm«, sagte er, »ich bin reif fürs Bett.« Er würde ins *El Sol* zurückkehren, Abe anrufen und die Dinge für morgen oder übermorgen in Gang bringen und sich inzwischen überlegen, wie sie Rusty zurück in die Staaten bekommen würden.

Aber Rusty machte keine Anstalten aufzustehen. Statt dessen saugte er wieder an der Flasche und hob den Kopf kaum weit genug, um Tequila in den Mund zu bekommen. Hardy fragte sich, wie er noch funktionieren konnte mit all dem Alkohol, den er in sich hatte. Und er fragte sich, ob er selbst noch funktionierte.

Er trat einen Schritt näher. »Rusty?«

Plötzlich schüttelte Rusty den Kopf wie ein nasser Hund und stellte die Flasche auf dem Fels ab. Er schien zu versuchen, mit dem gesunden Arm sein Gleichgewicht zu halten, sich hochzustemmen, aber die Mühe war zu groß. Schwer sackte er zurück und fluchte.

Hardy wartete.

Rusty sank auf den Rücken, sah hinaus in die Sterne, ließ die Beine über die Klippe hängen. »Ich bin erledigt«, sagte er. Die Worte kamen nur noch lallend aus seinem Mund. »Völlig fertig, nichts mehr zu machen.«

Hardy nickte, näherte sich aber nicht. »Dann fahre ich eben allein«, sagte er. Er drehte sich um und ging los.

Es war Viertel nach zwölf, als er das Auto erreichte. Er setzte sich auf die Kühlerhaube und stützte die Füße auf den Kotflügel. Eine Viertelstunde später überlegte er, ob er nach Hause laufen solle. Aber er wußte noch nicht, wo Rusty wohnte, und wollte seine Spur nicht verlieren. Natürlich konnte er ihn draußen auf der Klippe lassen, hoffen, daß er schlafwandelte und so dem Ganzen selbst ein Ende setzte, aber das war wohl kein sehr vielversprechender Plan. Nein, er mußte Rusty im Auge behalten, seine Rolle als Freund weiterspielen, Abe hierher lotsen und Rusty dann hochnehmen.

Er ging wieder über das Plateau. Rusty hatte sich keinen Zentimeter weit bewegt. Die Flasche glänzte neben ihm im Mondlicht, sein gesunder Arm war ausgestreckt, er atmete schwer und laut. Sein Mund stand offen.

»Verdammt, Rusty.« Hardy trat hinter seinen Kopf und stieß ihn mit dem Fuß an. »Komm schon, gehen wir.«

Rusty bewegte sich nicht. Einen Moment lang dachte Hardy, er sei tot. Dann erinnerte er sich, daß Tote selten so laut atmeten. Er schüttelte den Kopf und überdachte die Situation. Rusty hatte einen verletzten Arm in der Schlinge und war voll wie ein Eimer. Er war keine große Bedrohung, oder, Diz? Er mußte Rusty am gesunden Arm packen, ihn wie einen Sack voller Steine vom Rand der Klippe wegziehen und irgendwie zum Auto schleppen, wenn er nicht die ganze Nacht hier herumsitzen oder nach Hause laufen und ihn möglicherweise aus den Augen verlieren wollte.

Er beugte sich vor und griff den gesunden Arm mit beiden Händen am Handgelenk. Der Arm blieb leblos, leistete keinen Widerstand. Hardy stemmte die Schuhe gegen den Felsen und begann zu ziehen. Endlich gab Rusty ein Geräusch von sich und drehte sich ein wenig. Hardy trat zurück, ließ ihn los. »Komm schon, steh auf.«

Rusty rollte sich wieder auf den Rücken. Es wurde langsam lästig. Verdammt, dachte Hardy und packte Rusty unter beiden Armen, beugte sich vor, um zu ziehen, und verlor für eine Sekunde die Balance.

Da bewegte sich Rusty. Seine Arme schnellten in die Höhe, packten Hardy bei den Schultern und zogen ihn vornüber, in einem Purzelbaum über Rustys Körper hinweg. Hardys Beine schossen ins Leere, er streckte die Arme, versuchte sich an Rusty festzuklammern, an irgend etwas, aber da waren nur noch die Nachtluft und der kalte, ferne Mond. Dann spürte er etwas unter seinem Fuß, einen schmalen Felsvorsprung, und sah einen von Rustys Füßen, der noch immer über dem Klippenrand baumelte, knapp über ihm, in Reichweite. Aber der Fuß bewegte sich, trat nach ihm, traf ihn an der Schulter und stieß ihn hinaus in die Dunkelheit.

Eine großartige Idee, die Flasche mit zu den Klippen zu nehmen. So hatte er es leichter vortäuschen können, daß er schwer betrunken sei. Er hatte sie nur alle paar Minuten an die Lippen heben und mit der Zeit ein wenig schwerzüngig sprechen müssen. Es hatte prächtig funktioniert.

Auf der Fahrt nach Hause war Rusty noch nicht sicher, wie Dismas Hardy sich auf sein Glück auswirken würde. Der Plan, ihn in San Francisco zu benutzen, um Baker zu beschuldigen und die Nachricht verbreiten zu lassen, daß er tot sei, hatte offenbar nicht funktioniert, Hardy war zu feige gewesen. Rusty hatte ihn eigentlich als zähen Burschen in Erinnerung und hätte geschworen, Hardy wäre zur Polizei gegangen, hätte seine Geschichte erzählt.

Aber nein, er war abgehauen ... Gut, er hatte nicht für alle Eventualitäten Vorsorge treffen können. Wenigstens das hatte das Spielen ihn gelehrt.

Er entschied, daß die Begegnung mit Hardy in Acapulco ein Glücksfall war, ein Zeichen wie die Gewinne heute beim Spiel, daß er auf dem aufsteigenden Ast war. Es tat ihm leid, daß er D. C. hatte aufgeben müssen, aber er wußte, in welchem Hotel sie wohnte, und konnte, wenn er wollte, dort jederzeit vorbeigehen. Aber das wäre vielleicht nicht besonders klug, immerhin hatte sie ihn mit Hardy gesehen. Je weniger man sie miteinander in Verbindung bringen konnte, desto besser.

Er fuhr auf die Straße, an der Bucht entlang, bog dann nach Norden ab. Zu schade. D. C. war wirklich eine Frau nach seinem Geschmack – jung, leidenschaftlich, schön, nicht zu tiefsinnig. Nach Acapulco gekommen, um sich zu vergnügen, und entschlossen, sich das Vergnügen zu verschaffen. Aber mit dem Alkohol hatte sie Probleme.

Rusty bog von der Straße ab und sah auf die Uhr. Fast ein Uhr nachts. Hardy und er hatten D. C. um halb zehn in ihr Zimmer im *Las Brisas* getragen.

Er war in Hochstimmung. Die Dinge liefen perfekt, und das war genau der richtige Moment, um zuzupacken. Verlierer waren die, die nicht losrannten, wenn sie den Ball in die Hände bekamen, und er war kein Verlierer. Nicht mehr. Er war unbesiegbar.

Diesmal nahm er tatsächlich einen Schluck aus der Flasche, dann wendete er und fuhr zurück in Richtung Stadt, Richtung D. C. und dem entgegen, was seinem Gefühl nach jetzt für ihn das richtige war.

Morgen früh würde er sich um die Leiche am Fuß der Klippen kümmern. Er würde zu dem Restaurant gehen, wo sie den Abend begonnen hatten, und fragen, ob jemand seinen Freund gesehen hatte. Die ersten Springer würden ihn finden – wenn die Flut ihn nicht fortgespült hatte.

Er dachte über Hardy nach. Anfangs hatte er eigentlich nicht vorgehabt, seinetwegen etwas zu unternehmen, aber so wie die Dinge sich im Lauf der Nacht entwickelt hatten, war es unvermeidlich geworden. Hardy wäre nach San Francisco zurückgekehrt, hätte jemandem erzählt, er habe Rusty gesehen ... Verdammt, der Kerl war Barkeeper, und es war eine großartige Geschichte. Irgendwann würde die Nachricht dann zu Tortoni gelangen oder sogar zur Polizei, was noch ein bißchen schlimmer gewesen wäre.

Manchmal war ihm gar nicht mehr bewußt, daß er Maxine getötet hatte.

Man stelle sich vor – so etwas zu vergessen. Wie die Sache mit Hardy heute nacht war es impulsiv geschehen, aus der Situation heraus. Er hatte Louis einen schönen Schrecken eingejagt, hatte ihm mit der Waffe den Mut genommen. Auch mit einer lächerlichen .22er ließen sich höllische Wunden verursachen. Baker ging, Maxine tauchte auf. Er hatte das Geld in der Aktentasche, fast dreißigtausend, und das hätte ihm auch gereicht, wenn ihm nicht die restlichen sechzigtausend geradewegs ins Gesicht gesprungen wären.

Nein. Die Sache mit Maxine war sowieso zu kompliziert geworden. Er wollte einfach tot sein, für sie wie für alle anderen. Aber dann war die dämliche Kuh einen Tag vor ihrer gemeinsamen Abreise mit ihrem Geld im Seesack erschienen ...

Er parkte vor D. C.'s Bungalow. Jeder Gast des *Las Brisas* hatte seinen eigenen Parkplatz. Er trank noch einen Schluck Tequila, dachte wieder an Maxine. Eigenartig, er hatte es sich vorher nicht weiter überlegt. Seine spontanen Reaktionen waren großartig, von einer Sekunde zur nächsten zu entscheiden, das lag ihm. Deshalb hatte er vor Gericht so brilliert.

An jenem Mittwoch abend war Maxine unerwartet gekommen. Sie war unbeschwert, glücklich, endlich San Francisco und diese toten Träume hinter sich zu lassen. Ist das nicht wundervoll, Rusty?

Gewiß, wundervoll.

Aber er erwartete in zwei Stunden Johnny LaGuardia wegen der Leihgebühr, und vorher mußte Rusty Ingraham tot sein, mußte eine Blutspur zur Reling führen, ein Körper in die Bucht treiben.

Sie war in Fahrt, erregt, wild auf ihr neues Leben, fing an, ihn zu necken, und das hatte sie wirklich gut gekonnt. Okay, ein bißchen Sex würde nicht schaden, würde etwas von seiner Anspannung lösen. Es dauerte nicht lange.

Er wartete auf dem Bett, während sie duschte. Das Wasser wurde abgestellt, sie kam heraus, tanzte, posierte mit der Halsstütze, diesem Ding, das ihnen das Geld verschafft, das alles überhaupt erst möglich gemacht hatte. Als sie Rays Waffe in seinen Händen bemerkte, sah sie ihn fragend an. Warum …?

Er öffnete die Autotür. Wenn D. C. noch betrunken war, würde es leicht sein. Hardy und er hatten sie aufs Bett gelegt, die Tür nur zugezogen. Wenn sie noch unverschlossen war, konnte er einfach hineingehen. Selbst wenn D. C., was aber nicht besonders wahrscheinlich war, aufgestanden, zur Tür gegangen war und die Kette vorgelegt hatte, würde er sie spätestens nach zwei Minuten charmanten Geplauders ins Bett bekommen. Er war gut in Form.

Sechsundzwanzig Minuten, sagte Hardy später, habe der Fall gedauert, er habe die Zeit gestoppt.

Bei den Marines hatte er vor langer Zeit gelernt, mit dem Fallschirm zu springen. So drückte er sich, obwohl er das Gleichgewicht verloren hatte und überzeugt war, tot zu sein, im Reflex von dem Felsen ab, sprang irgendwie noch kontrolliert, und das rettete ihn.

Er hatte gesehen, wie die Jungen gesprungen waren, daß es darauf ankam, erst einmal von den Felsvorsprüngen wegzukommen. Sie waren nicht weit geflogen. Die Dauer des Falls war das Eindrucksvolle.

Also bemühte er sich, obwohl er panische Angst hatte, nicht zu zappeln oder sich zu drehen, sondern sich einfach fallen zu lassen, den Blick auf die glänzende Fläche unter sich gerichtet, die immer näherkam.

Er schlug auf, fühlte den Aufprall von den Füßen bis zu den Schultern und wurde sofort von der ankommenden Welle auf den Sand des Grundes gedrückt. Er kämpfte sich in die Richtung, in der er die Wasseroberfläche vermutete, ohne zu wissen, wo oben und unten war, ohne eine Möglichkeit, Atem zu holen.

Salzwasser in den Lungen. Aufprall auf einen Felsen. Wieder unter Wasser.

Dann war er auf dem Sand und erbrach sich.

Das Zeug, das an seinen rechten Arm hinunterrann, fühlte sich warm an und wirkte in der Dunkelheit schwarz. Dort oben stand noch derselbe Mond. Die Kanten der Klippen konnte er vom Strand aus nicht sehen. In seinem Arm begann es zu pochen. Er hatte seinen rechten Schuh verloren. Er griff hinunter und fühlte noch mehr Blut. Er versuchte aufzustehen, aber die nächste Welle kam und warf ihn wieder nieder.

Schwankend kämpfte er sich hoch. Er streifte den anderen Schuh ab, der voller Sand war. Der Schmerz in seinem Arm brachte ihn beinahe um den Verstand, und er hatte Angst, sich den Arm anzusehen. Er setzte sich in die nächste Welle und ließ das Salzwasser das Blut abspülen.

Seine Augen gewöhnten sich langsam an die Dunkelheit, und er erkannte in der felsigen Klippenwand schemenhafte Umrisse – Stufen. Nur ungefähr fünfhundert. Er stellte den Fuß auf die erste Stufe, den anderen auf die nächste. Der rechte Fuß war mindestens verstaucht, aber er stützte sich darauf, und der Fuß hielt stand, auch wenn der Schmerz ihm den Atem nahm. Seine Zähne begannen zu klappern. Er versuchte einen weiteren Schritt.

»Okay, Rusty«, murmelte er. »Du willst es ja nicht anders.«

Auf Hardys Uhr war es Viertel nach drei, als er das *El Sol* erreichte. Das Büro war ein kleiner Raum mit Rattanmöbeln und einer Rezeption aus Bambus, unter deren Glasplatte Sehenswürdigkeiten Acapulcos ausgelegt waren.

Hardy lehnte sich gegen den Bambus, drückte die Klingel und starrte auf einen Mann, der unter dem Glas neben einem zwei Meter langen Segelfisch stand. Er schob die Klingel ein Stück zur Seite, so daß sie einen Teller mit Meeresfrüchten freigab. Er klingelte noch einmal.

Er schloß die Augen, fühlte sich plötzlich schwindlig. Die Schnitte in seinem Arm waren wohl eher schmerzhaft und blutig als tief, und das Blut war schon weitgehend geronnen. Trotzdem fielen ein paar Tropfen auf den Boden. Sein Fuß taub, auch den Schmerz nahm er nicht mehr wahr. Er würde, dachte er, für den Rest seines Lebens hinken.

Noch einmal schlug er auf die Klingel, dann gab er es auf und ging um die Rezeption herum. Dort fand er eine alte, grüne Metallkiste mit einem roten Kreuz darauf, nahm sie mit und hinkte barfuß, auf blutenden Füßen, zwischen Bananenbäumen und Bougainvilleas zu seinem Zimmer.

»Wer war das?« Flo Glitsky setzte sich im Bett auf. »Wie spät ist es?«

Abe war dabei, sich die Hose anzuziehen.

»Wohin gehst du?«

Normalerweise fragte Flo nicht, rührte sich nicht einmal, wenn Abe mitten in der Nacht aufstand und fortging, um – beispielsweise – einen Verdächtigen zu verhören. Aber sie waren erst an diesem Tag aus Los Angeles zurückgekommen, und Abe schien sich für den Job zu interessieren, den sie ihm angeboten hatten – irgendeine Art von Sondereinheit, Koordination, Beratung. Er hatte gesagt, seine aktuellen Fälle seien gut aufgehoben. Wohin also ging er mitten in der Nacht?

»Hardy«, sagte er.

»Was ist mit Hardy? Wo ist er?«

»Er ist in Acapulco. Rusty Ingraham hat versucht, ihn umzubringen.«

Während er ein paar Kleidungsstücke in eine Tasche warf, berichtete er, was Hardy erzählt hatte. Sie zog die Decke um sich und schlug die Beine unter.

»Was erwartet er jetzt von dir?«

»Daß ich hinfahre.«

»Wozu?«

Abe setzte sich auf das Bett und band sich den Schuh. »Rusty abholen.«

»Rusty abholen«, wiederholte Flo, »in Acapulco? Wie stellst du dir das vor?« Dann fragte sie, als würde sie sich erst jetzt an alles erinnern: »Ist Dismas in Ordnung?«

»Es scheint im gutzugehen.« Er wandte sich zu ihr um. »Würdest du den Flughafen anrufen und fragen, wann die nächste Maschine geht?«

Er ging ins Badezimmer, um sich zu rasieren. Als er zur Hälfte fertig war, trat Flo neben ihn. »Mexicana, zwanzig nach sieben.«

»Gut, dann habe ich noch etwas Zeit. Wie wär's mit einem kleinen Frühstück?«

»Du hast mir noch nicht erzählt, wie du das mit Rusty machst.«

Abe verzog das Gesicht zu Grimassen, als er vorsichtig um die Narbe herum rasierte.

»Weise Voraussicht«, sagte er endlich. Er spritzte sich Wasser ins Gesicht, tastete blindlings nach einem Handtuch. Flo nahm eines vom Haken und legte es ihm in die Hände. »Ich weiß es nämlich nicht. Ich weiß nur, daß wir ziemlich geschickt vorgehen müssen.«

Im Schlafzimmer nahm er ein langärmeliges purpurrotes T-Shirt aus einer Schublade. »Hardy kennt mich ziemlich gut«, sagte er. »Rusty gehört mir.«

»Aber du hast da unten doch überhaupt keine Befugnisse. Warum beantragst du nicht einfach einen Haftbefehl und läßt ihn ausliefern?«

»Weswegen?«

»Wie wär's mit Mord?«

»Mord ist gut«, stimmte Abe zu, »nur daß er nicht wegen Mordes gesucht wird. Wir könnten sagen, wir wollen ihn in einem Mordfall verhören, aber dafür liefern sie ihn nicht aus. Ganz abgesehen davon, daß eine Auslieferung, wenn man Pech hat, ein Jahr dauern kann. Haben wir Fisch? Ein Sandwich mit Frischkäse und Fisch wäre jetzt genau das Richtige. Und ein bißchen schwarzen Tee könnte ich auch vertragen.«

»Abe.«

Er klopfte neben sich auf das Bett, und Flo setzte sich. Er legte den Arm um sie. »Er gehört mir. Er ist am Leben und hat versucht, Diz umzubringen, und das weist stark darauf hin, daß er Maxine Weir getötet hat. Das hast du eben selbst angedeutet. Hätte er nicht versucht, Diz zu töten, wäre ich immer noch nicht sicher. Aber er hat es versucht …« Abe zuckte die Schultern. »Wenigstens meinem Seelenfrieden zuliebe muß ich mit ihm sprechen.«

»Nimmst du deine Waffe mit?«

»Hardy hat eine.«

»In Mexiko? Wie hat er …?«

Er streichelte ihre Schulter. »Er ist ein findiger Bursche, unser Diz. Und erspart mir damit den Ärger mit der Fluggesellschaft, den bürokratischen Mist wegen einer Erlaubnis und so weiter.«

»Aber wie erklärst du, woher die Waffe kommt, wenn du sie benutzt?«

Abe stand auf. »Wir stecken voller guter Fragen heute.«

»Also?«

»Also werden wir darüber nachdenken müssen.«

Hardy hörte in der Ferne einen Hahn krähen. Es war noch dunkel. Die Socke, die er über seinen rechten Fuß zu streifen versuchte, verstärkte den Druck des Verbandes. Der Schnitt an der Seite des Fußes, vom Knöchel bis zum kleinen Zeh, war tiefer, länger und häßlicher als die Schnittwunden am Arm. Die Sohlen beider Füße waren vom Laufen aufgeschürft.

Er war ein bißchen nervös, weil er Abe nicht gesagt hatte, daß er nicht wußte, wo Rusty jetzt war. Beim Abendessen hatte Rusty geprahlt, er habe ein Haus direkt am Strand, acht Kilometer nördlich der Stadt. Also hatte Hardy beschlossen, die Küstenstraße hochzufahren und nach dem verräterischen Volkswagen Ausschau zu halten. Natürlich konnte der Wagen auch in einem Schuppen, einer Garage oder im Gelände oder sonstwo stehen. Dann mußte er zurück zum Stadion, denn Rusty hielt ihn für tot und würde wahrscheinlich einfach zu seinem gewöhnlichen Tagesablauf zurückkehren. Falls er ihn für tot hielt …

Er hielt inne.

Er überlegte, ob er Abe noch einmal anrufen sollte … Vergiß es. Geh zur örtlichen Polizei, berichte von Rustys Mordversuch, erstatte Anzeige. Die sollen sich darum kümmern. Zum Teufel mit Rusty.

Aber wenn es vorher schon eine persönliche Angelegenheit zwischen ihnen gewesen war, dann war es das jetzt, nach der Begegnung mit Rusty, erst recht. Er wollte ihn kriegen, wollte ihn für seine Intrige dranbekommen, nicht nur für die Verbrechen, die er begangen hatte. Außerdem hatte auch Abe eine Chance verdient, nachdem er sich die ganze Zeit mit Ray Weir und Johnny LaGuardia und Hector Medina und Louis Baker hatte herumschlagen müssen. Hardy würde sich Rusty holen und ihn Abe bringen.

Er hatte Abe gebeten, gleich nach seiner Ankunft ins *El Sol* zu kommen. Abe erwartete wahrscheinlich, Rusty hier im Zimmer vorzufinden, gefesselt und fertig zum Abtransport. Er würde Hardy vergeben, wenn Rusty tatsächlich hier wäre.

Hardy trug trockene Jeans, Turnschuhe, die ein bißchen eng waren, und ein langärmeliges *Armani*-Hemd, das Jane ihm geschenkt hatte. Vermutlich war es für immer von dem Blut ruiniert, das durch den Verband drang, den er sich um den Arm gelegt hatte. Zu schade. Er musterte sich in dem bräunlichen, angeschlagenen Spiegel. Er hätte gut zu *Miami Vice* gepaßt. Er gefiel sich. Auf dem Weg nach draußen schnappte er seine hellbraune Windjacke.

Der Samurai stand ein ganzes Stück den Hügel hinauf an der Straße, die beim Büro des *El Sol* begann. Ein langer Weg durch die stille, dunkle Straße.

Er tastete unter den Kotflügel auf der Fahrerseite. Noch da. Er setzte sich auf den Fahrersitz und schob die Patronen, die er unter dem Boden des Handschuhfachs verborgen hatte, in die Kammern. Er glaubte nicht, daß er auf Rusty schießen würde, wenn er ihn traf, aber es war besser, endlich zu begreifen, daß Rusty sich verändert hatte, und ihn nicht mehr zu unterschätzen. Der nette Bursche von damals, der nur ein bißchen gestolpert war, hätte ihn gestern nacht fast umgebracht, und er hatte nicht vor, das noch einmal geschehen zu lassen.

Der Himmel hinter ihm wurde heller. Er hörte, wie etwas auf das Stoffdach des Autos fiel. Ein langer, dunkler Umriß erschien oben an der Windschutzscheibe, und Hardy klopfte mit der Hand dagegen. Eine Eidechse. Sie flitzte von der Kühlerhaube hinunter in das Laub am Straßenrand. Hardy fröstelte. Fahr endlich los, dachte er, auch wenn du nicht weißt, wohin.

Der Motor sprang sofort an, und Hardy legte den ersten Gang ein. Nur zu sitzen und zu warten, und sei es auch nur für einen kurzen Moment, raubte ihm die Energie. Er mußte eine Menge Blut verloren haben, aber nicht soviel, daß es ihn wirklich schwächte. Er war müde, weil er seit fast vierundzwanzig Stunden auf den Beinen war und in dieser Zeit viel erlebt hatte, mehr als sonst. Aber er war an langes Aufbleiben gewöhnt, denn mindestens einmal im Monat verbrachten Moses und er eine ganze Nacht im *Shamrock* und unterhielten sich bis zur Morgendämmerung.

Jedenfalls hoffte er, daß er daran gewöhnt war.

An der Ecke bremste er, weil ihm eingefallen war, daß es eine Person in Acapulco gab, die vielleicht eine Ahnung hatte, wo Rusty steckte.

Er wußte, wo er sie finden würde. Das Problem war, daß es vielleicht schwierig werden könnte, sie zu wecken.

Wann hörte nur endlich dieses Klopfen auf!

Zwischen den Rändern der Vorhänge schimmerte schwaches Licht hindurch, das dumpfe graue Licht eines frühen Morgens, trotzdem konnte er alles im Zimmer sehen. Er fühlte sich, als hätte er höchstens zwei Stunden geschlafen. D. C., die es hundertprozentig wert gewesen war zurückzukommen, lag neben ihm, auf die andere Seite gedreht, nackt, unbedeckt. Er strich mit der Hand über ihre Taille, und sie gab ein verschlafenes, schnurrendes Geräusch von sich.

Wieder klopfte es. Rusty lauschte. Irgendwer war schon aufgestanden und spielte Tennis, und er hörte das rhythmische *Plopp*, mit dem der Ball geschlagen wurde. Das also war das Klopfen.

Nein, es kam von der Tür. Jemand klopfte an die Tür. Zum Teufel, wie spät war es.

»*Si?*«

»*Servicio, señor.*«

D. C. rührte sich. »Was ist?« fragte sie.

»Der Zimmerservice.«

Sie murmelte, die hätten sich im Zimmer geirrt. Rusty versuchte, ›falsches Zimmer‹ auf Spanisch zu sagen, aber es klappte nicht. Der Kerl klopfte wieder.

D. C. stöhnte und rollte sich aus dem Bett. »Ich sag's ihm.«

Rusty sah zu, wie sie durchs Zimmer ging, und fragte sich, wie Brüste von solcher Größe so fest sein konnten. Ihm gefiel es, wie sie aussah, als sie nach der Kette griff, sie öffnete, die Tür einen Spalt weit aufzog, um dem Kerl zu sagen, daß …

Sie trat einen Schritt zurück und schlug die Hände vors Gesicht, und bevor Rusty reagieren konnte, war Dismas Hardy im Zimmer. Er schloß die Tür und richtete eine Waffe auf Rustys Kopf.

»Erinnerst du dich, daß ich dir empfohlen habe, eine .38er *Special* zu kaufen?« fragte er. »Ich dachte mir, du wüßtest vielleicht gern, wie so was aussieht.«

26

»Du kannst mich nicht erschießen.«

»Nein?«

»Um Gottes willen, bitte erschießen Sie uns nicht«, flehte D. C.

Hardy nahm das Laken, das Rusty bedeckte, und warf es D. C. zu. »Wickeln Sie sich ein, und setzen Sie sich hin«, sagte er. Mit dem Kopf deutete er auf einen Stuhl. Die Waffe blieb auf Rusty gerichtet, der sich aufsetzte, nackt, und seine Blöße zu bedecken versuchte. »Entschuldige, wo waren wir gerade?«

»Wie willst du erklären, woher die Waffe kommt?«

»Die hier? Die du mir in San Francisco gestohlen hast?«

»Wovon sprichst du?«

Sie beachteten sie nicht. Hardy fuhr fort: »Du meinst die Waffe, um die wir kämpften und die aus Versehen losging? Diese Waffe?«

»Das wird man dir niemals glauben.«

»Man wird, wenn ein Bulle aus San Francisco ihnen erzählt, daß du ein Mörder bist.«

»Rusty, wovon redet er?«

Hardy sah nach dem Mädchen, das zitternd auf dem Stuhl kauerte. »Vor vier Stunden hat Ihr Freund Rusty mich von einer ziemlich hohen Klippe gestoßen.«

Sie sah Hardy an, als wäre er verrückt. »Nein. Er war die ganze Nacht hier. Ich erinnere mich, Sie sind beide mit mir in dem Auto gefahren und ...«

»Falsch«, unterbrach Hardy. »Sie waren hinüber, und wir genehmigten uns einen Nachttrunk. Dann versuchte Rusty, mich umzubringen.«

Sie blickte zu Rusty. »Wovon redet der?« Rusty zuckte die Schultern. »Diz, gib auf. Was hast du vor?«

Hardy sprach langsam, betonte einzeln jedes Wort. »Ich werde dich erledigen.« Er entsicherte die Waffe. »Es ist mir zuwider, so melodramatisch zu sein, aber du solltest dir jetzt lieber was anziehen, Russ.«

»Sie dürfen das nicht tun«, sagte D. C. »Das ist Entführung oder so was in der Art. Er war hier. Ich weiß, daß er hier war.«

Hardy hielt die Waffe auf Rusty gerichtet, trat einen Schritt näher und schob das Bündel Kleider, das neben dem Bett lag, in die Mitte des Zimmers. »Brauchst du mit deinem verletzten Arm Hilfe?«

Rusty bewegte vorsichtig den verbundenen Arm und zog eine Grimasse. »Ich werde die Schlinge brauchen.«

»Zuerst die Hose«, sagte Hardy. Er befühlte die Taschen, durchsuchte sie nach einer Waffe, dann warf er sie aufs Bett.

Ingraham schwieg.

»Erinnern Sie sich an die Frau – Maxine –, die ich gestern abend erwähnte? Die Freundin von Rusty, nur eine Freundin?«

Sie nickte.

»Unser Rusty hat sie umgebracht. Er hat aus geringer Distanz dreimal mit einer Kleinkaliberwaffe auf sie geschossen. Sie ist noch sieben Meter gekrochen, bevor sie starb. Ich wette, es waren sieben lange Meter.«

Jetzt war es an D. C. zu schweigen.

Hardy warf Rusty das Hemd zu. »Und diese schreckliche Gaffe-Wunde an seinem Arm? Bist du schon mal auf einem richtigen Fischerboot gewesen, Rusty? Kein Seemann im ganzen Universum würde eine Gaffe benützen, um einen Menschen damit aus dem Wasser zu ziehen. Im Prinzip eine gute Idee, wenn man bedenkt, wie spontan sie entwickelt wurde. Kreativ.« Hardy wandte sich wieder an D. C. »Er mußte die Wunde irgendwie erklären, denn in Wahrheit hat er sich selbst durch den Arm geschossen, damit es aussah, als hätte jemand ihn getötet. Sein Blut war in der ganzen Wohnung, und eine dünne Spur führte zum Rand seines Schleppers und verlor sich auf den Schaumkronen.«

»Du hast das Puzzle zusammengesetzt, was?« fragte Ingraham.

»Ja«, erwiderte Hardy kurzangebunden. »Schuhe«, sagte er. Dann dachte er an seine eigenen schmerzenden Füße und korrigierte sich: »Lieber keine Schuhe. Steh auf.«

»Ist das alles wahr?« D. C. hatte die Füße unter sich auf den Stuhl gezogen und hielt das Laken fest um sich.

»So wahr wie das Evangelium«, antwortete Hardy. »Gehen wir, Russ.« Er warf ihm die Schlinge zu, und Rusty legte sie sich um den Nacken. Dann beugte er sich vor und griff nach einem seiner Schuhe.

Hardy zielte schnell, aber sorgfältig und schoß. In dem kleinen Zimmer glich der Schuß einer Bombendetonation. Die Schuhe wurden zerrissen, im Boden war ein Loch, und von der Wand bröckelte Putz, wo der Querschläger durchgeschlagen war. Hardy roch den Pulvergeruch. D. C. schrie auf und verfiel in ein leises Schluchzen.

»Himmel, Hardy, du bist verrückt.«

»Nein, aber ein bißchen verärgert. Keine Schuhe.«

Er ging zur Tür, öffnete sie und richtete die Waffe auf Rusty. »Wir gehen besser. Ich könnte mir vorstellen, das ein paar Nachbarn aufgewacht sind.« Er kicherte und sah zu D. C. »Schrecklich, daß diese Mexikanerkinder zu jeder Tageszeit ihre Knallfrösche in die Luft jagen müssen, was? Haben Sie verstanden?«

Das verschreckte Mädchen nickte. Er hoffte es, sagte Hardy.

Rusty stand an der Tür. Hardy sah sich nach D. C. um. »Das alles geschieht wirklich«, sagte er. »Und ich möchte, daß Sie in diesem Stuhl sitzen bleiben, bis Sie sehr langsam bis dreihundert gezählt haben. Öffnen Sie niemandem die Tür. Machen Sie kein Geräusch. Machen Sie gar nichts. Haben Sie das verstanden?«

Sie nickte wieder, und Hardy schloß die Tür. Andere Türen wurden geöffnet. Hardy hielt die Waffe unter der Windjacke verborgen. Er grinste.

»Das ist ein Spaß, was? Jetzt gehen wir zu dem Auto neben deinem, sieht aus wie ein Jeep, steigen ein und fahren in den Sonnenaufgang hinein. Ist alles klar? Wenn es nämlich nicht klar ist, könnte ein Mißgeschick passieren.«

»Diz, ich habe eine Menge Geld, wir könnten ...«

»Vielleicht, aber laß uns das später besprechen. Möglicherweise essen wir ja zusammen zu Mittag.«

Wenn man in Eile ist, kann es vorkommen, daß man sich keine Zeit zum Denken nimmt.

Abe Glitsky war nicht in Eile. Er hatte drei Stunden im Flugzeug verbracht, drei Stunden, um pausenlos die Fakten zu durchdenken. Jetzt, da sie zur Landung in Acapulco ansetzten, trank er ein Glas Papayasaft mit Eis und fragte sich, wie er sich in den letzten Wochen so hatte gehenlassen können.

Vielleicht war es einfach die Konsequenz aus den Problemen im Dezernat – der Ärger, die bürokratischen Gängeleien. Dazu die Frage, ob Laniers Fälle sich mit seinen überschnitten, und der Wunsch, seine Untersuchungen abzuschließen, bevor er ging.

Falls er ging.

Er überlegte, was die Tatsache, daß Ingraham lebte, für sein hübsch verschnürtes Päckchen bedeutete, in dem er den Mordfall Maxine Weir ad acta gelegt hatte.

Nach dem Selbstmord von Hector Medina – der zumindest aussah wie ein Selbstmord – schien alles geklärt zu sein, und er hatte während der vier Tage in Los Angeles keinen Gedanken an diesen Fall verschwendet. Er war so zufrieden gewesen mit dem, was sich offensichtlich abgespielt hatte.

Endlich hatte er sich durchgerungen zu glauben, daß Medinas Haß auf Ingraham durch die Untersuchung gegen Raines und Valenti wieder geweckt worden war. Medina, so die These, hatte Johnny LaGuardia angeheuert, um Rusty zu töten. LaGuardia war irgendwie – wie leicht schlich sich dieses ›irgendwie‹ ein, wenn man um etwas Störendes herumkommen wollte! – an Ray Weirs Waffe gekommen und hatte damit Rusty und Maxine, deren Anwesenheit einfach Pech war, erschossen. Dann hatte Medina Johnny erledigt, weil nur Johnny ihn mit dem Verbrechen in Verbindung brachte. Aber dann tauchte Abe Glitsky auf und verdächtigte Medina. Hector begriff, daß sie erneut wegen Mordes gegen ihn ermitteln würden, daß er seinen Job und seinen Ruf nochmals, wie früher schon einmal, verlieren würde. Das verkraftete er nicht. Also sprang er vom Dach des *Sir Francis Drake*.

Es hatte plausibel geklungen.

Doch jetzt war Ingraham gar nicht tot und hatte noch dazu versucht, Hardy zu töten, und das warf die Frage auf, ob nicht alles ganz anders war. Aber von wem stammten dann die Kugeln in Johnny LaGuardias Kopf? Und was war mit Medina? Vielleicht immer noch Selbstmord, vielleicht auch nicht. Abe kaute Eis, während das Flugzeug landete, und spielte eine andere Möglichkeit durch.

Er selbst hatte Angelo Tortoni den Namen Hector Medina genannt und so einem Mafioso einen Weg gezeigt, um die Exekution seines in Mißkredit gefallenen Revolverhelden zu vertuschen. Schlau, Abe, dachte er verärgert, wirklich schlau. Er hatte Tortoni erzählt, daß er Medina verdächtige. Wie wäre also folgendes, Abe? Tortoni schickt einen seiner Söhne und läßt Medina von einem Dach herunterstoßen. Fall abgeschlossen, dank Ihres San Francisco Police Departments.

Irgendwie – schon wieder dieses Wort – hatte Glitsky beschlossen, eine wichtige psychologische Überlegung im Hinblick auf Medina außer acht zu lassen. Als einzige Beziehungsperson einer leicht zurückgebliebenen Tochter würde er sich niemals umbringen. Er hätte es durchgestanden, ganz egal, was. Abe hatte Medina nicht gemocht. Er war ein schlechter Polizist gewesen, aber niemand, der einfach aufsteckte. Er wäre vor einer neuen Untersuchung nicht geflüchtet. Er hätte sie mit der gleichen Kampfbereitschaft durchgefochten, mit der er sich für Raines und Valenti eingesetzt hatte. Vielleicht spielte er mit miesen Tricks, vielleicht log er, betrog, stahl, war gewalttätig – aber aufstecken würde Medina nicht. Er würde sich nicht das Leben nehmen.

Doch genau das hatte Abe am Ende geglaubt. Es hatte so überzeugend geklungen und seinen Fall abgeschlossen. Ein süßer, süßer Schokoriegel.

Wieder San Francisco und seine Fälle.

Seine Stadt. Seine Heimat.

Er wußte, warum er hier war. Weil er ein Polizist aus San Francisco und Rusty Ingraham, wie er zu Flo gesagt hatte, sein Fall war. Sein persönlicher Fall.

»Wieviel Geld?« fragte Hardy.

Rusty Ingrahams Füße waren an den Pfosten von Hardys Bett im *El Sol* gebunden. Hardy saß in einem Sessel, hatte die Rollos heruntergezogen, hielt die Waffe in der Hand und versuchte wachzubleiben.

Sein Fuß schmerzte, und er wußte, daß er Fieber bekam.

Auch wenn er es eigentlich hatte vermeiden wollen – falls Abe nicht in der nächsten Stunde auftauchte, mußte er die mexikanische Polizei einschalten. Und einen Weg finden, dennoch nicht wegen Waffenbesitzes verhaftet zu werden. Wenn er die Waffe auch nur für eine Minute von Rusty abwandte, würde sich der aus dem Staub machen.

Noch schlimmer war, daß Rusty mehr als zwei Stunden geschlafen hatte, nachdem sie hierher gekommen waren. Mit den Füßen an den Pfosten gefesselt, hatte er sich rücklings aufs Bett gelegt und nach fünf Minuten angefangen zu schnarchen.

Hardy hatte aus der Küche eine Kanne Kaffee bestellt und die Tür einen Spaltbreit geöffnet, um sie entgegenzunehmen. Rusty hatte sich nicht gerührt.

Jetzt lag Rusty auf seinen gesunden Ellbogen gestützt, mit wachen und scharfen Augen. »Fast fünfzigtausend …«

Hardy staunte. Der Kerl würde seine verstorbene Mutter belügen. »Was ist mit den restlichen fünfunddreißigtausend passiert?« fragte er.

Rusty brauchte eine Minute. »Himmel, du weißt ja alles.«

Hardy nickte. »Ich weiß, daß Maxines Scheck auf fünfundachtzigtausend ausgestellt war und daß ihr Mann davon keinen Cent gesehen hat.« Er benötigte ein paar Minuten, um Rusty von den anderen Dingen zu erzählen, die er wußte, und von dem, was er unternommen hatte, seit Rusty verschwunden war.

»Ich bin beeindruckt. Du hast dich tatsächlich durch den Kanal treiben lassen, um die Strömung zu prüfen?«

»Ich habe eine Menge Zeit verschwendet. Und nicht nur das.«

Rusty schien keine Angst mehr zu haben, sondern wurde zusehends vergnügter, während sie über die Sache sprachen. »Wäre vielleicht besser gewesen, dich aus dem Plan rauszuhalten. Aber ich brauchte eben jemanden, der – nur am Rande – von der Angelegenheit betroffen war. Ich meine, wir beide, du und ich, waren nicht unbedingt die besten Freunde. Man hätte dir geglaubt.«

»Sie wären irgendwann drauf gekommen.«

»Warum hast du es dann nicht dabei belassen?«

Hardy fiel keine Antwort ein. Wie konnte man einem farbenblinden Menschen erklären, was Rot war? Er hörte sich sagen: »Weil es nicht die Wahrheit war. Weil ich fast meinen besten Freund erschossen hätte. Weil ich mich eine Woche lang zu Tode geängstigt habe. Wegen Frannie und Jane …« Er trank den Rest des Kaffees, der bitter und lauwarm war.

»Was soll's?« fragte Rusty trocken.

»Ich begreife nicht«, sagte Hardy statt einer Antwort, »warum du nicht einfach bezahlt hast. Du hattest das Geld, ich meine, auch bevor Maxine kam. Wieviel war's? Fünfundzwanzigtausend? Warum hast du Johnny LaGuardia nicht seine fünf oder sechs Tausender gegeben? Du wärest rausgewesen und hättest die Angelegenheit vergessen können.«

Rusty antwortete sofort. »Du kannst nicht vergessen, Diz. Du kommst nicht raus, nie mehr. Weißt du, wieviel ich dem verdammten Angelo Tortoni während der letzten fünf, sechs Jahre gezahlt habe? Zwischen fünfhundert und tausend pro Woche, etwa zweihundertfünfzig Wochen lang, und das ist allein die Gebühr. Etwa eine Viertelmillion Dollar … Und diese Leute wissen alles, Diz – nach jedem Fall, den ich gewinne, nach jedem Rennen, das mir was einbringt, steht Johnny LaGuardia da und streckt seine Hand aus. Weißt du, was das für ein Gefühl ist, ihnen jeden Monat ein paar tausend Dollar in den Rachen schmeißen zu müssen?« Er schüttelte den Kopf. »Ich wollte ihm um keinen Preis der Welt auch nur einen weiteren Penny geben. Dann kam Maxine mit dem Geld. Noch mehr Geld … Das Mädchen hatte schon immer ein lausiges Timing.«

»Also hat es sich erst in diesem Moment ergeben? Die Idee, sie umzubringen?«

Rusty zuckte die Achseln. »Mitnehmen konnte ich sie nicht. Erstens kann sie ihren Mund nicht halten, erzählt es ihren Freunden, ihrem Mann, irgendwem, und plötzlich ist Johnny hier und macht mich kalt. Und außerdem, Diz, du weißt doch …«

»Was weiß ich?«

»Frauen. Man kommt an einen bestimmten Punkt …«

»Und dann bringt man sie um?«

Rusty lachte. »He, wichtig ist doch, daß wir hier sind, mit dem Geld. Fünfundzwanzig könntest du schon bekommen …«

»Ich könnte vielleicht alles bekommen, was ich haben will. Ich könnte alles nehmen. Wo ist es?«

»Nein, nein, nein, so nicht. Verstehst du nicht? Ich würde mir meine Chancen vermasseln.«

Hardy entsicherte die Waffe. Der Kerl besaß kolossalen Mut. »Du hast dir deine Chancen schon vermasselt, Russ. Wo ist das Geld?«

Rusty schüttelte nur den Kopf. »Nein. Wenn du mich erschießt, bekommst du nichts. Und wenn du mich vor Gericht bringst, werde ich alles für meine Verteidigung brauchen.«

»Was für eine Verteidigung? Tortoni wird herausfinden, wo du bist, und dich zu Hackfleisch verarbeiten.«

»Wenn es dazu kommt, werde ich gegen Tortoni aussagen, ein Geständnis ablegen, und alles sieht wieder ganz anders aus.«

Hardy sicherte die Waffe wieder. »Du bist schon erstaunlich, Rusty. Du wirst des Mordes an Maxine angeklagt und hast außerdem versucht, mich umzubringen. Ich habe nicht vor, das alles auf sich beruhen zu lassen.«

»Warum nicht, Diz? Nein, ich meine es ernst. Es war nicht persönlich gemeint, ich mag dich. Also bezahle ich für deine Unannehmlichkeiten. Ich gehe fort, und wir vergessen die ganze Sache.«

»Wir vergessen, daß du versucht hast, mich zu töten?«

»Genau.«

»Wir vergessen, daß du mich dazu benutzt hast, Louis Baker reinzulegen und sein Leben zu zerstören?«

Rusty Ingraham verdrehte die Augen. »Ich bitte dich.«

»Er ist nur ein dreckiger schwarzer Ex-Sträfling, was?«

»Im günstigsten Fall.« Rusty setzte sich auf und beugte sich auf dem Bett vor. »Komm, Diz. Was habe ich dem Kerl getan, das er nicht sowieso verdient hat? Er hätte seine dreizehn Jahre für das Verbrechen absitzen sollen, für das wir ihn damals verurteilt haben. Wenn sie ihn schon nach neun Jahren rauslassen, ist das ihr Problem. Scheiß auf Louis Baker. Nicht mal dreizehn Jahre waren genug. Sie hätten den Schlüssel wegschmeißen sollen.«

»Das werden sie bei dir tun, Rusty. Wie hört sich das an?«

Rusty schüttelte lächelnd den Kopf. »Ich halte das für unwahrscheinlich. Hör zu, Diz. Wer außer dir und mir weiß, was wirklich passiert ist? Ich garantiere dir, Baker war da. Also hat er auf mich und Maxine geschossen. Ich bin verletzt, kann entkommen. Es klappt noch immer. Ich gebe dir die Hälfte des Geldes.«

»Und der weiße Mann kommt davon?«

Rusty hob seine gesunde Hand und gestikulierte, noch immer verschwörerisch lächelnd. »Um Schwarz oder Weiß geht es nicht«, sagte er. »Es geht darum, wer ich bin und wer Baker ist.«

Hardy leerte seine Kaffeetasse in einem langen, langsamen Schluck. »Das ist richtig, Rusty. Genau darum geht es.«

Nachdem er vom Flughafen zu Hardy ins *El Sol* gefahren war, machte Abe sich auf den Weg, um eine Rolle Seil, ein Paar billige Sandalen und – auf dem Schwarzmarkt – ein paar *Tetracyclin* zu besorgen. Mexiko war schwierig in solchen Dingen.

Hardy hatte erklärt, er könne nichts tun, bevor er nicht ein wenig Schlaf bekommen habe, also hatte Abe Ingraham trotz dessen höflicher Proteste an einen Stuhl gebunden, während Hardy seine Kissen nahm und auf das Bett krachte. Ingraham hatte wenig gesprochen, auch er schien ziemlich angeschlagen zu sein. Er hatte keinen Versuch gemacht, den Mord an Maxine Weir zu leugnen. Später war er eingedöst.

Abe hatte den Nachmittag auf der Terrasse verbracht, Loren Estlemans *Bloody Season* gelesen und sich gefragt, wie Wyatt Earp zu so hohem Ansehen hatte gelangen können. Alle zehn Minuten hatte er hinter den Doppeltüren nach dem rechten gesehen.

Kurz nach drei war er am Ende des Buches angelangt und hatte Hardy geweckt. Der hatte Fieber, war aber sonst okay. Er hatte noch ein paar Tabletten genommen, dann setzten sie sich einander gegenüber auf die Terrasse.

»Okay«, sagte Abe, »und jetzt?«

»Ich hatte gehofft, das würdest du mir sagen.«

Abe lehnte sich zurück und sog durch die Vorderzähne Luft ein. »Du willst mit ihm zurückfahren, wir alle zusammen?«

»Drei Tage in einem kleinen Auto, und ich weiß nicht, wie ich mich fühlen werde«, antwortete Hardy. »Es ist mir schon mal besser gegangen.« Er dachte einen Moment nach. »Besteht keine Möglichkeit, daß sie ihn hier behalten?«

Abe schüttelte den Kopf. »Ich weiß nicht. Ich bin nicht offiziell hier. Festnehmen kann ich ihn nicht.«

»Aber sie können ihn festnehmen, oder?«

Abes Narbe straffte sich. »Hier geht das Gerücht um, jeder könne für alles mögliche verhaftet werden. Ein unterwürfiger, kooperativer Polizeibeamter aus Kalifornien wie ich, zum Beispiel, könnte wahrscheinlich mit den örtlichen Behörden sprechen und etwas arrangieren.« Abe stand auf, gähnte und sah in das Zimmer. »Er ist gut festgebunden, Diz. Laß uns hinunter zum Pool gehen.«

Sie hatten ihn bis jetzt nicht erwischt, weil sie nicht allzu schlau waren.

Gut, sie hatten die Waffe. Aber eine Waffe hat keinen Sinn, wenn man sie nicht benutzen kann. Hardys Schuß heute morgen hatte ihn ein wenig erschreckt und für einen Moment vergessen lassen, wo sie sich befanden. Es war möglich, daß Hardy verrückt genug war, auf ihn zu schießen, und die Konsequenzen wären fatal.

Jetzt aber, wo Glitsky hier war, würde es nicht dazu kommen. Glitsky war ein guter Polizist und würde versuchen, ihn offiziell verhaften zu lassen und eine Auslieferung zu erreichen. Wenigstens hatten sie das draußen bei offener Tür gesagt, in der Annahme, daß er noch schliefe. Nicht allzu schlau.

Es war überraschend bequem mit den Kissen und der Decke. Rusty überdachte seine Möglichkeiten.

Wenn sie ihn losbanden, würden sie ihn vermutlich zu Hardys Wagen bringen und dort wieder verschnüren. Selbst wenn die Fahrt lang war, war es ihre einzige Chance. Aber er hatte keine Lust, drei oder vier Tage in Fesseln zu verbringen und in Richtung Grenze zurückzufahren.

Auf der anderen Seite könnte er vorgeben mitzuspielen, sich zahm verhalten, ihnen erlauben, ihn zur mexikanischen Polizei zu bringen, und dann freundlich darauf hinweisen, daß die Herren Glitsky und Hardy ihn gekidnappt hatten. Schauen Sie sich das an: Unerlaubter Waffenbesitz! Bereitet es Ihnen, den mexikanischen Behörden, nicht das größte Unbehagen, bewaffnete Zivilisten zu begegnen, besonders ausländischen? Und ganz besonders großschnäuzigen nordamerikanischen Polizisten, die sich einen Teufel um die Auslieferungsformalitäten kümmern und die Mexikaner für stinkende Hunde halten? Die sich hier – ohne Absegnung von oben – illegal bewegen? Jeder normale, anständige Chico, der etwas auf sich hielt, würde bei einer solchen imperialistischen Arroganz in Weißglut geraten.

Keine Frage. Sie würden sich Glitsky und Hardy zuerst vornehmen.

Seine Chancen standen in diesem Fall weitaus besser als bei einer Autofahrt in Richtung Grenze.

Sie würden ihn nicht auf Glitskys Aussage hin festhalten. In den

Vereinigten Staaten lag nicht einmal ein Haftbefehl gegen ihn vor. Hatten sie vergessen, daß er sich mit dem Kram auskannte? Ich bin Jurist, Jungs, das ist mein Beruf.

Er lächelte unter seiner Decke.

Hardy und Glitsky kamen ins Zimmer zurück.

Hardy sagte: »Riskant ist es trotz allem.«

Glitsky trat ihn mit dem Fuß und zog die Decke weg.

Er rührte sich, stöhnte, zog eine prächtige Show ab. »Das war eine gute Erholung«, sagte er. »Wie spät ist es?«

Am späten Nachmittag saßen sie unter freiem Himmel an einem Tisch an der Esplanade, drei amerikanische Touristen, die hinaus auf die Bucht schauten, auf die Gestalten in den Badeanzügen, die Bettler. Hardy trug seine geladene Waffe im Gürtel unter der Windjacke.

Sie aßen Krabbencocktails und tranken *Heineken* vom Faß. Rusty sagte, er werde mit seinen Gewinnen vom Vortag bezahlen. Er war erholt und schien in Hochstimmung zu sein.

Hardy entschuldigte sich und ging zur Toilette.

»Ich weiß das letzte Mahl zu schätzen«, sagte Rusty.

Abe nickte gleichmütig. »Geht auf Ihre Rechnung.«

»Ich habe Geschichten über mexikanische Gefängnisse gehört. Soll wie im Hotel sein. Man kauft sich sein Essen, läßt sich Frauen schicken, genau wie im Hotel. Hängt nur davon ab, wieviel Geld man hat.«

Abe saugte das Fleisch aus dem Schwanz einer Krabbe. »Das ist schön«, sagte er. »Und Sie haben Geld, nicht wahr?« Er trank. »Ich glaube allerdings nicht, daß Sie allzu lange dort bleiben werden.«

»Ja, vielleicht, aber man muß das Beste aus seinen Karten machen.«

Glitsky widmete ihm nicht viel Aufmerksamkeit. Er aß hungrig. Hardy kam an den Tisch zurück.

»Hast du ihn bekommen?« fragte Abe.

Hardy nickte, und Abe stand auf. »Bis später«, sagte er.

»Gutaussehender Mann«, sagte Rusty und sah hinter ihm her. »Sehr gutaussehend.«

Hardy nahm seine Gabel. »Ich glaube nicht, daß er dich mag.«

Mit zwei Krabbencocktails, zwei Bier und einem Kaffee im Magen fühlte Rusty sich gut, aber Hardy war nicht gerade ein angenehmer

Gesellschafter. Abe war seit einer halben Stunde fort. Rusty schob seinen Stuhl zurück in den Schatten des Schirms über ihrem Tisch. Es war noch heiß, aber die Sonne stand jetzt tiefer.

»Wo bleibt er?«

»Machst du dir Sorgen? Hast du's eilig?«

Rusty lächelte. »Nein, ich glaube nicht. Aber er hätte mich doch einfach direkt hinbringen können.«

»So einfach nicht. Er muß vorher ein bißchen was erklären.« Er sah die Straße hinunter. »Da kommen sie.«

Zwei Polizisten in grünen Uniformen, bewaffnet mit Maschinenpistolen, folgten Glitsky in ein paar Schritten Abstand. Neben ihm ging ein sehr großer, magerer Mann in einem schwarzen Anzug und einem weißen Hemd mit stahlblauer Krawatte.

»Eine richtige Party«, sagte Rusty.

Die Polizisten blieben auf dem Bürgersteig stehen, Glitsky und der große Mann schoben sich zwischen den Stühlen hindurch. »Das ist Lieutenant Mantrillo«, sagte Abe. Er wandte sich an Hardy. »Wir hatten ein angenehmes Gespräch.«

Aus der Nähe betrachtet, war Mantrillos Gesicht gelblich und von Narben übersät. Er zog ein Paar Handschellen aus der Tasche und warf sie auf den Tisch. Mehrere andere Gäste sahen zu ihnen herüber.

»Sprechen Sie englisch?« fragte Rusty.

Mantrillo nickte. »Ziemlich gut.«

Rusty lächelte und wies mit dem Finger auf Hardy. »Dieser Mann hat eine Waffe bei sich. Unter der Jacke.«

Mantrillos schwarze Augen flackerten in dem traurigen Gesicht auf. Gut, dachte Rusty, auf diese Reaktion hatte er gehofft. Mantrillo wandte sich zu Hardy, dann wieder zu Glitsky, der müde den Kopf schüttelte.

»Er ist freiwillig mit uns gekommen«, sagte Abe. »Wie ich es Ihnen erzählt habe.«

Rusty geriet in Fahrt. Er warf den Kopf vor und zurück. »Nein! Durchsuchen Sie ihn! Ich bin mit ihnen gegangen, weil ich glaubte, das sei meine einzige Chance, ihnen zu entkommen. Sie haben den ganzen Tag eine Waffe auf mich gerichtet!« Rusty sah Mantrillo in die Augen. »Lieutenant, sie haben eine Waffe. Sie brechen Ihre Gesetze, nicht ich!«

Verdammt, dachte er, ich bin gut. Wie vor Gericht. Er sah wieder zu Hardy. »Bitte durchsuchen Sie ihn.«

Hardy machte es Mantrillo leicht. Er stand auf, öffnete ein paar

Knöpfe, zog die Jacke aus, drehte sich einmal um sich selbst. »Lieutenant, ich weiß nicht, wovon er spricht«, sagte er mit einem Blick auf Rusty. »Zuviel Bier, Kumpel. Keine Waffe da.«

Mantrillo drängte zur Eile, griff nach den Handschellen. »Gehen wir«, sagte er. »Wir bekommen den …«

Aber das war doch unmöglich! Hardy hatte die Waffe. Er hatte sie den ganzen Tag über bei sich gehabt, außer …

»In der Toilette!« rief er. »Er hat sie in der Toilette gelassen.« Er hatte die Waffe versteckt, um ihn hereinzulegen.

Hardy lächelte ihn an. Rusty wollte sich umdrehen, zur Toilette laufen und selbst nachsehen, aber Mantrillo packte ihn an seinem gesunden Handgelenk.

Er hörte Glitsky sagen: »Der arme Junge ist enttäuscht.«

Mantrillo zog ihn herum, nahm das andere Handgelenk. »Gehen wir«, sagte er barsch.

Rusty riß seine Arme nach hinten, um sich zu befreien. »Nein! Nein, das dürfen Sie nicht tun …«

Ein Gast drehte sich um, als Rusty gegen seinen Tisch stieß. »He, passen Sie auf!«

Hardy kam von der Seite, um ihm den Weg abzuschneiden. Rusty machte einen Schritt nach vorne und ergriff mit seiner gesunden Hand ein Messer, das auf dem Tisch lag. Er kippte den Tisch um, rollte ihn gegen Mantrillo und Glitsky, dann schwang er das Messer in Hardys Richtung. Die Polizisten näherten sich von der Straße. Es gab nur einen Weg für Rusty, und den nahm er – durch den Eßbereich, über das niedrige Gitter, den Bürgersteig entlang.

Die Aufregung in dem Lokal verschaffte Rusty einen guten Vorsprung. Mantrillo blies in seine Pfeife, und die beiden Polizisten rannten mit donnernden Schritten hinter ihm her, ihrerseits auf Pfeifen trillernd, um die Menschenmenge zurückzutreiben. Mehrere Leute gingen zu Boden.

Hardy, der höllische Schmerzen im Fuß spürte, versuchte mit Mantrillo und Glitsky Schritt zu halten. Aus den engen Straßen, die in die Stadt führten, tauchten weitere Polizisten auf.

An der Strandpromenade waren zu viele Menschen. Ein Geräusch wie von Feuerwerkskörpern und ein Schrei ertönten weiter vorn. Die Menschen warfen sich zu Boden, rollten vom Bürgersteig in den Sand. Weit vor ihm war noch immer ein Meer von Leibern sichtbar, das sich teilte, um die Läufer durchzulassen. Jetzt entdeckte Hardy Rusty etwa hundert Meter weiter vorne am Strand, offenbar von der dichten Menge dorthin abgedrängt, oder er hatte überlegt, daß sie ihn zu sehr behindern würde.

Rusty kam ins Stolpern, strauchelte im Sand, warf über die Schulter einen Blick auf die Strandverkäufer und die Badenden. Glitsky und Mantrillo waren zwanzig Meter vor Hardy, auch sie rannten über den Strand. Hardy sprang vom Bürgersteig auf den Sand, während von der Straße ein Dutzend Polizisten kamen.

Rusty lief zu dem festen Sand nahe am Meer, drehte ab und rannte auf Hardy zu, durch eine weitgehend verlassene Zone. Die Leute waren auf die andere Seite geeilt, um nach dem Grund für die Aufregung zu sehen. Als eine dunkle Silhouette vor dem roten Abendhimmel lief Rusty über den nahezu menschenleeren Streifen des Strandes.

Überall schienen Feuerwerkskörper gezündet zu werden. Rusty geriet ins Wasser, rannte wieder nach oben, warf beim Rennen die Beine in die Höhe.

Eine weitere Explosion schlug eine Linie in den Sand, die auf ihn zukam, und er blieb abrupt stehen. Er wollte die verletzte Hand heben, die in der Schlinge. Er wandte sich um. Etwa vierzig Meter oberhalb des Strandes, rechts von Hardy, explodierten kleine rote Feuerblitze.

Rusty Ingraham lag in einer Kuhle. Als Hardy bei ihm ankam, knieten Glitsky und Mantrillo neben ihm im Sand. Der Lieutenant hatte ihn auf den Rücken gerollt, eine Welle ging über ihn hinweg, und als sie zurückspülte, war ihr Schaum rosa.

»Dieser dumme Scheißkerl«, sagte Glitsky.

Hardy verlagerte das Gewicht von seinem verletzten auf den gesunden Fuß und ließ sich auf ein Knie nieder.

Rusty schlug die Augen auf. Er starrte in den Himmel, dann richtete er den Blick auf Hardy. »He, Diz«, sagte er, »laß dir von niemandem einreden, daß Spieler gebrochen sterben.« Er lächelte das Lächeln, das ihm vor den Jurys so großen Erfolg gebracht hatte. »Ich bin obenauf.«

»Wo ist es, Rusty?« fragte Hardy. »Wo ist das Geld?«

Rusty schloß die Augen und öffnete sie wieder. »Ich habe dir gesagt, ich würde meine Chancen vermasseln, wenn ich es dir erzähle«, sagte er. Er begann zu lachen, dann hustete er. In dieser Haltung erstarrte sein Gesicht, und dann sahen seine Augen, die noch immer offenstanden, nichts mehr.

Epilog

Marcel Lanier legte ein Bein über die Ecke von Abe Glitskys Schreibtisch. »Das wird dich freuen«, sagte er.

»Worum geht es?«

»Um Louis Baker.«

Abe legte den Stift nieder. »Louis ist wieder in Quentin.«

»Ja, ist er.«

»Und das soll mich freuen?«

»Nein. Freuen wird dich, daß der Staatsanwalt ihn nicht wegen der Holly-Park-Sache belangen konnte – keine Beweise, daß er Dido umgebracht hat.«

Abe unterdrückte ein kleines Lächeln. »Ja. Die Gerechtigkeit setzt sich durch.«

»Und du glaubst, er hat es wirklich nicht getan?«

Abe zuckte die Achseln. »Beweise sprechen, alles andere schweigt. Nicht, daß ich für Louis Baker eine Kerze anzünde, aber in Maxine Weirs Fall paßte er als Täter besser als in Didos.«

Lanier verteidigte sich ein wenig. »Er hat gut zu Didos Fall gepaßt.«

»Na schön, Marcel, aber wir sind in Amerika. Laß uns annehmen – wenn man es nicht beweisen kann, hat er es nicht getan, einverstanden?«

»Ja. Das ist der Punkt: Er hat's nicht getan.«

Abe lehnte sich zurück. »Kein Witz?«

»Ein anderer Kerl, Straßenname Samson, hat Didos Bereich übernommen und ist offensichtlich auf einen fixen Jungen gestoßen – Lace heißt er. Woher kriegen diese Leute ihre Namen, Abe?«

»Sie denken sie sich aus, Marcel. Was ist passiert?«

»Dieser Junge holt sich die Waffe von Samson, wird fortgejagt und weiß nicht, wo er hingehen soll. Also erschießt er Samson. Das ist kein Geheimnis, er hat es vor etwa vierzig Leuten getan, zwei davon haben etwas gesehen. Zwei ist in Ordnung. Mit zweien kann ich leben.«

»Und?«

»Die Ballistiker sagen, es ist die Waffe, mit der Dido erschossen wurde. Wie gefällt dir das?«

»Lace – der Junge – hat Dido getötet?«

»Nein. Samson hat er getan. Er wollte den Bereich übernehmen. Wählte geschickt den Zeitpunkt und dachte, wir würden es Baker anhängen.«

»Was wir auch taten.«

»Aber wir haben ihn nicht dafür verurteilt, oder? Ein Punkt für die guten Jungs.«

Abe sah aus dem Fenster in den Oktobernebel, klopfte mit dem Stift auf den Tisch. »Wenn du es sagst, Marcel. Wenn du es sagst.«

Die Bäume auf der anderen Straßenseite, dort, wo der Golden-Gate-Park begann, bogen sich im frischen Wind. Hardy zapfte ein *Bass Ale* für einen Kunden und hinkte dann hinüber auf die andere Seite der Theke zu seinem Stuhl. Dort saß Frannie mit einer Club Soda. Sie sah auf die Uhr. »Zehn Minuten. Wo ist mein Bruder?«

Hardy nahm ihre Hand. »Er wird gleich kommen. Er kommt immer.«

Hardy war seit drei Wochen zurück. Er hatte es Jane erzählt. Jane hatte in Hongkong jemanden kennengelernt und es gerade Hardy erzählen wollen. Sie hatten darüber gelacht. Dann waren sie miteinander ins Bett gegangen und hatten geweint und Schluß gemacht. Als Freunde. Zweifellos für immer. Vielleicht.

Er drückte Frannies Hand. Man sah es jetzt. Noch immer sah sie strahlend aus, blühend. Manchmal in den letzten Tagen hatte Hardy nicht gewußt, wie er damit umgehen sollte. »Wie fühlst du dich?« fragte er.

»Okay. Nervös. Meinst du, er weiß es?«

Wieder drückte er ihre Hand. »Ich glaube, er ahnt es.«

»Findest du es zu früh?«

»Nein. Du?«

»Nein«, sagte Frannie.

»Ich bin froh, daß du sicher bist. Irgendwie brauche ich das, daß du sicher bist.«

Hardy sah zu, wie der Wind die Bäume zur Seite bog. Der Nebel vor dem Fenster wurde in die nahende Dämmerung gewirbelt. Aus der Musikbox erklang *'bout last night* von den *Traveling Wilburys*. Hardy dachte an die letzte Nacht in Frannies Wohnung, als er überlegt hatte, ob es ihr gefallen würde, mit ihm verheiratet zu sein.

Er dachte an ihre Antwort, glitt vom Hocker, blieb auf dem gesunden Fuß stehen und beugte sich über die Theke. Er küßte sie. »Ich bin sicher«, sagte er.

Das Urteil

Für meine Brüder,
Michael und Emmett

Danksagung

Viele Leute haben mit ihrer Unterstützung und mit ihrem Wissen zu diesem Buch beigetragen. Als erste zu nennen ist meine Frau Lisa Sawyer – der Fixpunkt meines Lebens. Wieder einmal hat sich Al Giannini von der Staatsanwaltschaft von San Francisco als treuer Freund und Orientierungshelfer erwiesen. Bei der Staatsanwaltschaft gilt mein Dank ferner Laura Meyer, Mercedes Moreno, Candace Heisler und Diane Knoles, deren Kommentare zum Problem mißhandelter Frauen aufschlußreich und anregend waren.

Ebenfalls möchte ich mich bei Dr. Boyd Stephens bedanken, dem amtlichen Leichenbeschauer von San Francisco, dann bei Justizwachtmeister Bruce McMurtry, bei Jim Costello, bei Frank vom Restaurant Zuka's, dem wirklichen Lou dem Griechen, bei Mike Hamilburg und Joanie Socola, bei Maureena Moore vom Federal Express, bei Kelly Talbot, Steve Martini, Dick Herman, Kathryn und Mark Detzer, bei Peter Diedrich und Peter Bransten, dann bei meiner Anglerfreundin Jackie Cantor für ihren nie versagenden Sinn für Humor und ihre Unterstützung auf allen Gebieten, und schließlich bei Arthur Ginsburg.

Mein Lektor (und Verleger) Don Fine hat unschätzbare Dienste geleistet und das überbordende Manuskript bis zu seiner endgültigen Gestalt zusammengestutzt, verknappt und präzisiert; ich bin ihm für seine unermüdlichen Bemühungen und seine Hilfe sehr dankbar.

Abschließend gebührt mein Dank einigen Leuten – ihr wißt, wen ich meine –, die sich regelmäßig mit mir zum Essen und zum Reden trafen und die schwere Last merklich leichter werden ließen; und, keine Frage: Don Matheson. Danke.

Wenn wir wüßten, wie schwer es ist,
eine Frau zu sein,
würden wir mehr Nachsicht üben,
wenn wir eine Frau beurteilen.

– P. GERALDY

Dem Wankelmut der Frauen, die ich liebe,
kommt einzig und allein
die teuflische Beharrlichkeit der Frauen gleich,
die mich lieben.

– GEORGE BERNARD SHAW

Teil eins

Jennifer Witt überprüfte noch einmal den gedeckten Tisch. Alles sah vollkommen aus, doch wenn man nicht wußte, was vollkommen war, konnte man sich nie sicher sein. Sie hatte zwei neue rote Kerzen – Larry konnte halb abgebrannte, tropfende Kerzen nicht ausstehen – in hochglanzpolierten silbernen Leuchtern aufgestellt.

Sie hatte erst daran gedacht, eine rote und eine grüne Kerze aufzustellen, weil Weihnachten vor der Tür stand. Aber Larry mochte kein Durcheinander unterschiedlicher Farben. Das Wohnzimmer war ganz in Champagnertönen gehalten – was nicht gerade einfach sauberzuhalten war, besonders mit einem sieben Jahre alten Jungen im Haus –, aber sie würde das nicht ändern. Sie erinnerte sich daran, wie sie damals den Van-Gogh-Druck gekauft hatte (EIN DRUCK, UM HIMMELS WILLEN! DU WILLST MIR EINEN DRUCK IN MEIN WOHNZIMMER HÄNGEN?) und wie die Farben Larry wirklich gestört hatten.

Er hatte gern alles geordnet, akkurat. Er war Arzt. Menschenleben hingen von seinem Urteil ab. Er konnte sich nicht mit Müll in seinem eigenen Haus herumärgern, hatte er zu ihr gesagt.

Also hatte sie sich für die roten Kerzen entschieden.

Und für das Porzellangeschirr. Er mochte das Porzellangeschirr, aber andererseits regte er sich darüber auf, daß es bei ihnen zu Hause so steif zuging. Konnte sie nicht einfach mal halblang machen und ihnen irgendwas Schlichtes auf dem weißen Steingut aus dem Pottery Barn auftischen? Vielleicht einfach Hot Dogs und Bohnen? Sie mußten doch nicht jeden Abend wie die Gourmets speisen. Sie tat ihr Bestes, um ihn zufriedenzustellen, aber bei Larry wußte man nie.

Einmal hatte er keine Lust auf Hot Dogs und Bohnen gehabt, er hatte einen besonders schweren Tag hinter sich und Appetit auf Essen für Erwachsene. Und Matt hatte einen schlechten Tag in der Schule gehabt und quengelte, und einer der Teller war angestoßen.

Sie schüttelte den Kopf, um die Erinnerung loszuwerden.

Heute abend wollte sie es wieder wettmachen, es zumindest versuchen, also hatte sie sich für das Porzellangeschirr entschieden. Sie spürte, daß er unzufrieden war ... der Zustand verschlimmerte sich jedesmal, bevor er explodierte … und sie versuchte die Explosion noch ein paar Tage hinauszuschieben, wenn sie konnte.

Also hatte sie sein Lieblingsessen zubereitet – den speziellen Kalbsnierenbraten, den man bei Little City Meats in North Beach kaufen mußte. Und den Dezemberspargel von Petrini's für 4 Dollar 99 das Pfund. Und sie hatte Matt früh ins Bett gesteckt.

Sie betrachtete sich im Spiegel und fand es sonderbar, daß so viele Männer sie für attraktiv hielten. Ihre Nase hatte auf halber Höhe einen kleinen Höcker. Ihre Haut kam ihr beinahe durchsichtig vor, beinahe wie eine Totenmaske. Man konnte überall ihre Knochen sehen, und sie war zu mager. Und das Blau ihrer Augen war zu hell für ihre olivfarbene Haut. Sie lagen tief in den Höhlen, sahen irgendwie fremdländisch aus, als ob ihre Vorfahren aus Sizilien oder Neapel stammten statt aus Mailand, wo sie tatsächlich herkamen.

Sie beugte sich vor und sah genauer hin. Ein Äderchen war noch immer geplatzt, aber der Lidschatten verdeckte den letzten der gelbgrünen Flecken. Als sie darauf wartete, daß er heimkam, alles überprüfte und noch einmal überprüfte, hatte sie sich wieder auf die Unterlippe gebissen. Gott sei Dank bemerkte sie den korallenroten Lippenstiftfleck auf dem Zahn, die leichte Schmierspur, wo der Rand verwischt war.

Rasch und mit einem Ohr auf die Haustür lauschend, stieg sie aus ihren Schuhen und huschte auf Zehenspitzen über das Hartholzparkett – sie wollte Matt nicht wecken – ins Bad, wo das Licht besser war. Sie nahm ein bißchen Kleenex und tupfte die Lippen ab, zog mit dem Konturenstift erneut die Lippen nach und trug dann das Lipgloss auf. Larry mochte es, wenn die Lippen feucht schimmerten. Aber nicht zu stark. Zu stark sah billig aus, als lege man es darauf an, sagte er.

Sie ging zurück zum Eingangsbereich des Hauses. Als sie auf dem champagnerfarbenen Teppichboden angelangt war, schlüpfte sie wieder in ihre Pumps.

Der Olympia Way, oben beim Sutro Tower, lag ruhig da. Heute war der kürzeste Tag des Jahres, der erste Wintertag, und die Straßenlaternen leuchteten, seit sie um fünf vom Einkaufen zurückgekommen war. Sie sah auf die Uhr. Viertel nach sieben.

Das Abendessen würde um Punkt zwanzig nach sieben fertig sein, zu der Zeit, zu der sie immer aßen. Larry kam jeden Tag zwischen zehn vor sieben und fünf nach sieben aus der Klinik nach

Hause. Na ja, fast jeden Tag. Wenn er heimkam, freute er sich auf seinen Laphraoig – sechs Zentiliter – mit einem Eiswürfel darin, während sie das Essen auf den Tisch brachte.

Achtzehn nach sieben.

Sie fragte sich, ob sie den Herd ausschalten sollte. Würde Larry immer noch zuerst seinen Drink haben wollen? Falls ja, was war dann mit dem Essen? Sie konnte es auf den Tisch stellen, aber dann wäre es kalt, wenn er sich auf seinen Stuhl setzte. Larry konnte es auf den Tod nicht ausstehen, wenn sein Essen kalt war.

Schlimmer noch, er könnte denken, sie wolle ihn drängeln. Das konnte er nach einem langen Tag mit seinen Patienten überhaupt nicht brauchen, daß ihm jemand in seinem Haus sagte, er solle sich beeilen.

Der Spargel war das Problem.

Wenn Larry nun in genau einer Minute zur Tür hereinspazierte und sich sofort zu Tisch setzen wollte, und der Spargel war noch nicht fertig? Er mußte genau neunzig Sekunden im Dämpfer bleiben – wenn es etwas gab, das Larry partout nicht ertrug, war es schlaffer, triefender Spargel. Vielleicht konnte sie, wenn er hereinkam, beim Auftragen des übrigen Essens ein bißchen trödeln, und dann wäre der Spargel genau zum richtigen Moment perfekt. So würde sie es machen.

Es war ein bißchen riskant, aber besser, als ihn jetzt in dem Glauben aufzusetzen, Larry würde rechtzeitig heimkommen und sich gleich zu Tisch setzen wollen, und dann käme er verspätet, und der Spargel wäre zerkocht.

Kein Anzeichen, daß sein Lexus die Straße hochfuhr. Kein Mensch fuhr die Straße hoch. Wo steckte er? Verdammt, sie biß sich schon wieder auf die Unterlippe.

Zwanzig nach sieben. Sie drehte die Flamme unter dem Reis aus. Zumindest der würde noch ein Weilchen akzeptabel bleiben, wenn sie den Topf abdeckte – jedes Korn für sich, genau wie Larry es mochte.

Sie vergewisserte sich, daß das Wasser kurz vorm Sieden stand und daß genug davon im Dämpfer war. Alles hing davon ab, daß sie den Spargel aufsetzen konnte, sobald Larry zur Tür hereinkam. Noch besser, sobald sie ihn hörte. Wenn das Wasser nicht vor dem Siedepunkt war oder sich unten im Dämpfer sammelte, wäre alles verdorben.

Um Viertel nach acht hatte sie den Braten aus dem Herd genommen, das Wasser im Dämpfer dreimal nachgefüllt und Butter zum Reis getan, damit er nicht klebrig wurde, aber jetzt bestand keine Hoffnung mehr. Um fünf nach halb acht hatte sie Larry seinen Whisky eingeschenkt und den Eiswürfel ins Glas getan, der jetzt längst geschmolzen war. Um Punkt acht goß sie den verwässerten Drink in die Spüle.

Sie hörte seine Schritte draußen auf dem Gehweg. Mein Gott, sie hoffte, daß er einen Parkplatz in der Nähe gefunden hatte. Manchmal gab es, wenn man spät nach Hause kam, einige Querstraßen weit nirgends einen freien Platz, und dann war er immer richtig schlecht gelaunt.

Das Essen konnte vielleicht noch gerettet werden. Sie wußte, was sie tun konnte … sie würde ihm gleich jetzt den neuen Whisky einschenken und einen neuen Eiswürfel dazutun, ihn an der Tür begrüßen und zwanzig Minuten zur Ruhe kommen lassen, bis die zweite Ladung Reis gar war. Sie konnte den Braten in der Mikrowelle auf niedriger Stufe wärmen, und dann würde er wahrscheinlich nicht zu trocken. Der Spargel war kein Problem.

Sie hielt seinen Drink in der Hand, als Larry die Tür aufmachte. Er war groß und sah sehr gut aus – mit dem Grübchen im Kinn und der straffen Figur jung für seine einundvierzig Jahre. Er hatte noch alle Haare auf dem Kopf und trug sie wellig und modisch lang. Ein italienischer Anzug, eine bunte Krawatte zu einem schneeweißen Hemd – Farben, sagte er, waren bei einer Krawatte in Ordnung, solange sie sich nicht bissen. Sie drückte ihm den Drink in die Hand, gab ihm ein Küßchen auf die Wange, lächelte ihn an.

»Wo bist du gewesen?«

Mein Gott, das hatte sie nicht sagen wollen. Es war ihr einfach so herausgerutscht, und auf der Stelle wünschte sie, sie könnte den Satz zurücknehmen.

»Was soll das heißen, wo bin ich gewesen? Was denkst du denn, wo ich gewesen bin?«

»Na ja, es ist spät, will ich damit nur sagen. Ich hab gedacht … ich hab mir Sorgen gemacht.«

»Du hast dir Sorgen gemacht. Na prima.« Er schien den Drink erst jetzt zu bemerken. »Was ist das?«

»Dein Whisky, Larry. Warum setzt du dich nicht hin und entspannst dich?«

»Wie spät ist es? Du weißt doch, daß ich keinen Drink vor dem Essen mag, wenn ich so spät heimkomme. Ich möchte etwas in den Magen kriegen.«

»Ich weiß, aber ich habe mir gedacht …«

»Na, Klasse, du hast dir was gedacht. Du strengst dich an. Ich weiß das zu schätzen. Aber ich bin am Verhungern. Laß uns einfach gleich essen, klar?«

Sie trat einen Schritt zurück, nicht zu weit, nicht, als ob sie den Rückzug antreten wollte. »Das Essen ist in ein paar Minuten fertig, Schatz.«

Er machte halt. »Was soll das heißen, in ein paar Minuten? Ich komm zur Tür rein, und es gibt kein Abendessen? Ich schufte den ganzen Tag und komme heim, und es gibt kein Abendessen?«

»Larry, das Abendessen war vor einer Stunde fertig. Ich wußte ja nicht, daß du dich so verspäten würdest …«

»Ach, jetzt habe ich mich also verspätet. Und irgendwie habe ich das Abendessen verpatzt. Irgendwie ist alles meine Schuld.«

»Nein, Larry, das stimmt nicht. Es muß nur aufgewärmt werden, es ist alles fertig. Warum trinkst du nicht einfach deinen Whisky? Ich ruf dich in ein paar Minuten.«

Sie konnte den alten Reis nehmen. Ein Glück, daß sie ihn nicht weggeworfen hatte. Vielleicht würde Larry es gar nicht merken. Und wenn sie den Spargel sofort aufsetzte und das Fleisch auf etwas höherer Stufe in die Mikrowelle schob, dann sollte alles in fünf Minuten fertig sein, vielleicht noch schneller.

Sie sah, daß er die Zähne zusammenbiß, die Faust ballte. Die Faust öffnete, ballte, öffnete, ballte. Sie zuckte zusammen und wich nach hinten aus, lächelte ihm dann rasch zu, als sie merkte, was sie tat. »Wirklich«, sagte sie, »fünf Minuten. Das geht ruckzuck. Versprochen. Laß dir den Drink schmecken.«

Er wandte den Blick nach unten, besah sich das Glas. »Erzähl mir nicht, was ich tun soll, Jenn, klar? Den ganzen Tag lang liegen mir die Patienten in den Ohren mit ihren Ansichten über Dinge, von denen sie absolut keinen Schimmer haben. Klar?«

»In Ordnung, Larry, in Ordnung. Tut mir leid.«

Er schüttelte den Kopf. »Und bitte hör auf, in einer Tour zu sagen, daß es dir leid tut.«

»In Ordnung.« Sie wollte schon wieder sagen, daß es ihr leid tue, und beherrschte sich gerade noch rechtzeitig.

Er nippte an seinem Drink. Und er hatte aufgehört, die Faust zu ballen. Es sah so aus, als ob es klappen würde.

Ein Aufschub.

Diesmal.

Vielleicht.

1

An dreiundvierzig Werktagen in Folge hatte Dismas Hardy Anzug und Krawatte angelegt und sich unverdrossen auf den Weg in sein Büro in der Innenstadt gemacht, das er angemietet hatte. Das Büro war ein vorläufiger Schritt, nichts Verbindliches. Hardy war einfach noch nicht bereit, für eine der großen Anwaltskanzleien zu arbeiten – zumindest jetzt noch nicht, nicht ohne zunächst einmal zu versuchen, ob er sich nicht selbständig machen und seinen Lebensunterhalt mit Aufträgen als Jurist verdienen konnte.

Er bekam allmählich Zweifel, ob er es packen würde.

Sein Vermieter war David Freeman, genau wie er ein Rechtsanwalt, der ein Kanzleischild hatte anbringen lassen, um sein Glück zu versuchen – mit dem Unterschied, daß Freeman es geschafft hatte. Sechzig Jahre alt und kerniger als das Sauerteigbrot, das es in San Francisco zu kaufen gab, war der alte Mann in der Stadt zur Legende geworden. Heute hing sein Kanzleischild, eine polierte Messingtafel mit der Aufschrift *David Freeman & Associates*, an der Vorderfront des Freeman Building, eines eleganten vierstöckigen Gebäudes in der Sutter Street im Herzen des Bankenviertels.

Freeman und Hardy hatten sich vor einem Jahr als Gegner in einem Mordprozeß kennengelernt. Bevor der Prozeß vorbei war, hatten sie nicht ohne anfänglichen Widerwillen eine gewisse Bewunderung füreinander entwickelt, und zwar aufgrund gemeinsamer Charaktereigenschaften – einer bestimmten halsstarrigen Unbeirrbarkeit, einem Hang zur Mutwilligkeit, was die Spielregeln der Juristerei anging, einer Leidenschaft fürs Detail, einem persönlichen Bedürfnis nach Unabhängigkeit. Die Bewunderung hatte sich allmählich zur Freundschaft entwickelt.

Im Lauf der darauffolgenden Monate hatte Freeman Hardy dezent umworben, indem er ihm Ratschläge über die Haken und Ösen des Lebens in den großen Anwaltskanzleien erteilte. Na klar, das Geld stimmte, und zwar nicht zu knapp, aber da war auch der ermüdende Papierkram, die lästige Pflicht, Woche für Woche vierzig anrechenbare Stunden runterreißen zu müssen, die Abhängigkeit von irgendeinem Sozius, dem man den Hintern küssen mußte (und der höchstwahrscheinlich jünger war als Hardy mit seinen einundvierzig Jahren). Man lebte in einem Bienenstock, und jede Entscheidung, die man traf – angefangen bei der Gestaltung der Absätze in den eigenen Schriftsätzen bis hin zur Überlegung, wie man seine Mandanten vor Gericht vertreten wollte –, mußte von irgendeinem Gremium abgesegnet werden. War es etwa *das*, was Hardy wollte?

Warum gab er nicht seinen wirklichen Träumen und Instinkten eine Chance? Freeman würde ihm ein Büro in einem der oberen Stockwerke vermieten, ihn die Bibliothek benutzen lassen, ihm die Empfangssekretärin ausborgen und eine minimale Miete erheben, zumindest so lange, wie Hardy sich die Sache noch überlegte.

Also war Hardy seit dreiundvierzig Tagen dabei.

Seither war er viermal im Justizpalast zu Verhandlungen gewesen. Drei dieser Fälle – von denen ihm David zwei vermittelt hatte – waren Verfahren wegen Trunkenheit am Steuer gewesen, wo Hardys Rolle bestenfalls nebensächlich gewesen war. Die Mandanten bezahlten am Ende ihre Strafe und gingen wieder nach Hause. Beim vierten Fall ging es um den Freund eines Bekannten von Hardy namens Evan Peterson, bei dem fünfzehn Verwarnungen wegen Falschparkens offenstanden. Als man Peterson herauswinkte, weil er über ein Stoppschild gerauscht war, hatten sie ihn wegen des Vollstreckungsbefehls auf der Stelle verhaftet. Peterson hatte seinen Freund kontaktiert, der wiederum Hardy anrief und ihn bat, Peterson im Gerichtsgebäude aufzusuchen und durchs Labyrinth der Amtswege zu geleiten, was Hardy tat.

Ein Leben auf des Messers Schneide.

Es war früher Nachmittag. Mittags war er nach Hause gefahren, zu seiner Frau Frannie und seinen zwei Kindern, Rebecca und Vincent. Nach dem Mittagessen hatte er einen Dauerlauf über vier Meilen gemacht, erst am Strand entlang, dann durch den Golden Gate Park und anschließend über die Avenues zurück zu seinem Haus in der 34th Street. Anschließend hatte er seinem altbewährten katholischen Schuldbewußtsein nachgegeben – was wäre, wenn ein Mandant an seine Tür klopfte und er war nicht da? –, seinen Anzug wieder angezogen und war zurück in die Innenstadt gefahren.

Hardy hatte die Beine auf den Schreibtisch gelegt und las. Er sah vom Buch auf und holte tief Luft, versuchte, das Ganze philosophisch zu nehmen und sich einzureden, daß heute eben der dreiundvierzigste Tag vom Rest seines Lebens sei.

»Mr. Hardy.«

Phyllis, Freemans Empfangssekretärin, stand in der Tür zu seinem Büro. Sie war eine stocksteife, aber nach Hardys Einschätzung im Grunde herzensgute Frau Mitte Fünfzig, die ihn jetzt zaghaft anlächelte. Hardy nahm die Beine vom Schreibtisch, legte sein Buch *Ein Jahr in der Provence* weg – Träume, Träume – und winkte sie herein.

»Sie haben doch nicht viel um die Ohren? Ich störe Sie doch nicht?«

Er räumte ein, daß er durchaus ein paar Sekunden erübrigen konnte.

»Eben rief eine Frau namens Jennifer Witt an. Wissen Sie, wer sie ist?«

Hardys Füße waren mit einemmal auf dem Boden. Phyllis machte einen Schritt in sein Büro. »Sie wurde heute früh verhaftet und wollte mit David sprechen, doch der ist bei Gericht.« Freeman war immer bei Gericht. »Und keiner seiner Mitarbeiter ist hier.«

Freeman hielt sich einen kleinen Trupp von jungen Rechtsanwälten, die für ihn arbeiteten, und es gelang ihm auch, sie alle auf Trab zu halten.

»Will David, daß ich hinfahre?« Hardy war bereits aufgestanden.

»Ich habe ihn angepiepst, und er hat mich gerade zurückgerufen. Aus einer Beratungspause. Er befürchtet, daß Mrs. Witt zu jemand anderem geht, wenn wir nicht rasch einen Vertreter zu ihr schicken, und läßt fragen, ob es Ihnen etwas ausmachen würde …«

»Jennifer Witt?« wiederholte Hardy.

Phyllis nickte. »Ich glaube, das ist vielleicht eine große Sache«, sagte sie.

Überall war in den Zeitungen und im Fernsehen groß und breit über das Verbrechen berichtet worden. Das war die Art Stoff, von dem die Lokalreporter träumten – der Arzt Larry Witt und sein siebenjähriger Sohn Matt waren zu Hause erschossen worden. Die Mutter war währenddessen beim Joggen gewesen. Eine Nachbarin hatte Schüsse gehört und über 911 den Notruf gewählt. Als die Mutter vom Joggen zurückkam, war gerade ein Polizist vor der Haustür eingetroffen, der zu ihr gesagt hatte, sie solle unten warten, während er sich oben umsehe. Dann hatte er das Blutbad entdeckt.

In den ersten Wochen hatten einige Nachrichtenmeldungen die

Theorie unter die Leute gebracht, daß aus unbekanntem Grund ein Profikiller angeheuert worden war, um alle Mitglieder der Familie Witt um die Ecke zu bringen. Mrs. Witt hatte am fraglichen Morgen angeblich einen verdächtigen Mann – ein Latino oder ein Afroamerikaner? – in der Nachbarschaft gesehen.

Jennifer Lee Witt, die Ehefrau, war ihrerseits ein gefundenes Fressen für die Presse. Selbst die schlechtesten Abbildungen von ihr, nämlich ein zweispaltiges Foto im Chronicle oder ein Standbild als Aufmacher für die Achtzehn-Uhr-Nachrichten, wo sie in Tränen aufgelöst war oder augenscheinlich unter Schock stand, zeigten das fotogene Gesicht einer jungen Frau, die gerade erst ihre Unschuld verloren hat. Die gelungenen Aufnahmen dagegen waren in der Regel derart bezaubernd, daß es beinahe den Anschein machte, als habe sie sich für den Fotografen in Pose geworfen.

Sie trug einen gelben Trainingsanzug wie alle anderen Häftlinge im sechsten Stock. Obwohl ihr blondes Haar kurzgeschnitten war, fielen die Fransen des Ponys ein wenig nach vorn und verdeckten teilweise das Gesicht. Beim Gehen starrte sie auf den Fußboden.

Dismas Hardy beobachtete durch das Fenster aus Sicherheitsglas, wie sie sich dem Besucherzimmer näherte, dann kehrtmachte und am Tisch Platz nahm, abwartete, bis die Gefängniswärterin die Tür öffnen und sie hereinführen konnte.

Man hörte, wie sich ein Schlüssel drehte, und Hardy stand auf.

»Mrs. Witt?«

»Mr. Freeman?« Sie streckte zögernd die Hand aus.

»Nein.«

Aus der Fassung gebracht, ließ sie jetzt die Hand fallen und machte einen Schritt zurück. Hardy hatte den Eindruck, daß sie kurz vor einem Zusammenbruch stand. Rasch ergriff er das Wort. »Ich bin ein Mitarbeiter von Mr. Freeman.« Was nicht ganz der Wahrheit entsprach. »Er hat eine Verhandlung bei Gericht und kann nicht weg.«

Sie regte sich nicht. »Was macht ihr Rechtsanwälte eigentlich, reicht ihr die Leute immer nur weiter? Ich rufe die Anwälte meines Mannes an, und sie sagen, sie können mir nicht weiterhelfen, aber David Freeman kann's. Er ist der beste, sagen sie.«

»Er ist sehr gut.«

»Also stimme ich zu, sie sollen ihn anrufen, prima, und ehe ich mich's versehe, stehen *Sie* da. Ich hatte nie von Mr. Freeman gehört.

Ich habe nie von Ihnen gehört. Ich kann einfach nicht glauben, daß man mich verhaftet hat. Wegen Mordes an Larry und an meinem Sohn Matt, um Himmels willen. Die können doch nicht im Ernst glauben, daß ich meinen kleinen Jungen ermordet habe.« Bei der Erwähnung ihres Sohnes fingen ihre Lippen zu zittern an. Sie wandte sich ab, hielt die Hand vors Gesicht. »Ich werde nicht weinen.«

Hardy nickte der Wärterin zu, die das Zimmer verließ und die Tür hinter sich schloß. Es war ein kleiner Raum, ein Meter fünfzig mal zwei Meter fünfzig, wobei ein verschrammter Schreibtisch und drei Klappstühle aus Metall am meisten Platz in Anspruch nahmen. Das Fenster ging hinaus aufs Wachzimmer für das Frauengefängnis. Zwei uniformierte Wärterinnen kamen dort auf dem Weg zu ihren vollgepackten Schreibtischen in Sicht und verschwanden wieder, gingen hierhin und dorthin, kamen erneut in Sicht. Die Gemeinschaftszellen lagen gleich um die Ecke. Als die Türe offengestanden hatte, war fast ständig eine laute Geräuschkulisse zu hören gewesen. Metallisches Scheppern, Schluchzen, Stimmen. Jetzt schluckte die Tür den Großteil des Lärms.

Hardy wartete ab, daß sich Jennifer Witts Atem wieder beruhigte. Endlich drehte sie sich zu ihm um. Er saß auf dem Schreibtisch, hatte ein Bein über die Kante gelegt. »Sie können mit Mr. Freeman verhandeln, wenn Sie dies wünschen, aber er wird noch eine ganze Weile unabkömmlich sein. Bei Ihnen geht es um eine Anklage vor der Grand Jury. Es wird keine Kaution geben.«

»Sie meinen, ich muß hierbleiben? Mein Gott ... wie lange denn?« Es kostete sie Mühe, die Worte herauszubringen. Mit einemmal ließ sie den Kopf hängen und setzte sich.

Hardy kam sich wie ein Eindringling vor. Er ließ eine endlos lange Minute verstreichen.

Sie seufzte tief, als hätte sie die Luft angehalten. »Tut mir leid, es ist meine Schuld. Ich wollte einfach nicht noch mehr Scherereien bekommen und dachte mir, ich sollte einen Anwalt hinzuziehen.«

»Na schön.« Hardy hatte sich vom Schreibtisch erhoben und setzte sich ihr gegenüber auf einen Stuhl.

»Nicht, daß es eine Rolle spielt.«

»Vielleicht doch«, sagte Hardy.

Ihr war nicht danach, sich darüber zu streiten, ob die Hinzuziehung eines Rechtsanwalts nun eine gute Sache war oder nicht.

Müde schüttelte sie den Kopf. »Ich denke mir immer, irgendwas wird helfen, irgendwas wird es besser machen.«

Hardy fing an zu erklären, daß der richtige Rechtsbeistand einen Riesenunterschied machen konnte. Aber ihr Blick war ausdruckslos. Was er sagte, kam überhaupt nicht bei ihr an. »Mrs. Witt?«

Sie war abwesend. Oder vielmehr war Hardy, was sie anging, abwesend. Sie schüttelte nur immerzu den Kopf. Irgendwann hörte sie damit auf, wie ein Pendel, das keinen Schwung mehr hat. »Nein«, sagte sie. »Ich meine Matt. Mein Kleiner.«

Hardy holte seinerseits tief Luft und hielt einen Augenblick den Atem an. Auch er hatte einen Sohn verloren. Im Lauf der Jahre war es ihm ansatzweise gelungen, das aus seinen Gedanken zu verdrängen. Aber er würde es nie vergessen, nie auch nur in die Nähe des Vergessens kommen.

Als er diese Frau ansah – jetzt zu zerbrechlich in ihrer Gefängniskluft –, spürte er plötzlich eine starke Verbundenheit zu ihr. Das Gefühl war ganz spontan und vielleicht für einen Anwalt unangebracht, aber es konnte nichts schaden, wenn die juristischen Formalitäten ein paar Minuten warteten. Sobald sie einmal begonnen hatten, würden sie weiß Gott genug Zeit in Anspruch nehmen. »Wie lange ist es jetzt her?« fragte er.

Sie zupfte an einer Strähne ihres Haars. »Ich kann mich einfach nicht damit abfinden.« Ihre Stimme war jetzt heiser, die Augen blickten in die Ferne. »Nichts scheint mehr wirklich zu sein, wissen Sie?« Ihre Handbewegung galt dem winzigen stickigen Raum. »All dies hier. Ich habe das Gefühl, daß ich als Schlafwandlerin in einem Alptraum unterwegs bin ... ich möchte aufwachen ... ich möchte, daß Matt wieder bei mir ist ...« Sie schluckte, schien nur mit Mühe und Not Luft zu bekommen. »Mein Gott, ich weiß auch nicht. Was können *Sie* schon tun? Was kümmert es Sie?«

»Es kümmert mich sehr wohl, Mrs. Witt.«

Sie nahm das zur Kenntnis, ohne mit der Wimper zu zucken, ohne zu seufzen, ohne zu ihm hinüberzusehen. Sie war wieder völlig in sich gekehrt.

Hardy sah auf seine Hände, die er auf dem Tisch zwischen sich und Mrs. Witt verschränkt hielt. Jennifer Witt machte sich keine Sorgen über ihre Rechtsanwälte und deren Spielchen, über ihre Kaution und ihren ausgeleierten gelben Trainingsanzug. Sie hatte ihren Sohn verloren, und nichts würde ihn ihr zurückbringen. Sie hatte recht. Nichts, was Hardy tun konnte, würde etwas daran ändern.

Ein Streifen Sonnenlicht lag auf einem der Schreibtische der Wärterinnen. Er war beinahe dreißig Zentimeter weitergewandert, seit man Jennifer hereingebracht hatte.

Sie hatte angefangen, sich zu öffnen, zuzuhören. Nachdem sie fürs erste akzeptiert hatte, daß Hardy als stellvertretender Rechtsbeistand einsprang, kamen sie endlich doch noch zur Sache. Sie hatte keine Lust, den Rest ihres Lebens im Gefängnis zuzubringen, oder etwa doch?

»Nicht für etwas, das ich nicht getan habe, Mr. Hardy.«

»Na prima. Aber lassen Sie mich Ihnen die Frage stellen, was Sie damit meinten, als Sie sagten, Sie hätten es verdient. Hätten *was* verdient?«

In einer Reaktion, die Hardy theatralisch vorkam, duckte sie sich, als sollte sie geschlagen werden. »Nichts, alles ... das hier ...«

»Also was?«

»Ich hätte es nicht geschehen lassen dürfen. Ich war nicht da. Vielleicht, wenn ich dagewesen wäre ...« Erneut schüttelte sie den Kopf.

»Was *ist* denn geschehen? Wieso glaubt die Polizei, daß Sie das angestellt haben?« Hardy wollte ihre Version hören. Er hätte es sich nie träumen lassen, daß er irgend etwas mit der Sache zu tun bekommen könnte und hatte die Nachrichten über das Verbrechen beiläufig verfolgt, wie sie eben in den Zeitungen oder im Fernsehen auftauchten, nichts weiter als noch eine der vielen Geschichten privaten Unglücks, die kamen und gingen und mithalfen, Seife oder Hamburger oder Zeitungen zu verkaufen.

»Ich *weiß* es nicht. Ich begreife es nicht. Als sie kamen, um mich zu verhaften, habe ich sie gefragt ...«

»Und was haben sie gesagt?«

Sie zuckte die Achseln und war offenbar überfragt. »Sie haben angefangen, mich über meine Rechte zu belehren, haben mich gewarnt, daß alles, was ich sage, gegen mich verwendet werden kann, daß ich Anspruch auf einen Anwalt habe, solches Zeug.«

»Aber Sie haben gewußt, daß dies passieren würde? Sie müssen doch ...«

Sie fiel ihm ins Wort, unterbrach ihn mit einem knappen Geräusch, das ziemlich bitter klang, als es herauskam. »Ich habe

341

über *gar nichts* nachgedacht, begreifen Sie das nicht? Ich hab' nur versucht, die Tage heil zu überstehen.«

Hardy wußte, was sie meinte. Sie kratzte mit einem Fingernagel über die Tischplatte und starrte auf den gelblichen Streifen Lack, der sich abschälte und abblätterte. Wieder schluckte sie – als müßte sie all ihre Kraft aufbringen, um nicht zusammenzuklappen. Aber ihre Stimme – ihr Klang – hörte sich beinahe sachlich an, wenn auch müde. Er war sich sicher, daß die Klangfarbe eine Schutzmaßnahme darstellte. Tja, sie würde versuchen müssen, das Timbre weicher hinzubekommen, sofern ihr Fall zur Verhandlung kommen sollte, sofern sie aussagen mußte. Sie würde abgebrüht wirken. Sogar kaltschnäuzig.

Doch das war, falls überhaupt, noch weit weg.

»Ich hab' einfach versucht, mich allmählich an die ganze schreckliche Sache zu gewöhnen. Ich meine, na gut, ich könnte verstehen, daß vielleicht irgendwer auftaucht, der ins Haus einbricht oder irgendwelchen Ärger mit Larry hat – ich weiß nicht was. Und Larry wird erschossen. Larry, mein Gott … Aber *Matt* …?«

Sie war im Begriff, den Kampf gegen die Tränen zu verlieren.

Hardy fühlte mit ihr. »In den Zeitungen hieß es immer, daß die Sache mit Matt ein Unfall gewesen sein muß, daß er in einem unpassenden Moment hereinspaziert kam, irgend so was.«

Sie nickte. »Genau *darüber* habe ich nachgedacht, Mr. Hardy. Wenn er bloß nicht dort gewesen wäre, wenn es ein Schultag gewesen wäre, wenn Matt nicht hereinspaziert gekommen wäre oder irgendwas gesagt hätte oder was immer es war, das er getan hat … Oder wenn ich zu Hause geblieben wäre, hätte ich ihn dann beschützen können?« Sie biß sich auf die Lippe, schlug mit der zierlichen Faust auf den Tisch. »Darüber habe ich nachgedacht, nicht über die gottverdammten *Gründe*, warum irgendwer auf die Idee kommen könnte, daß ich es gewesen bin. Und das ist auch schon *alles*, worüber ich nachgedacht habe.« Eine Träne fiel auf den Tisch, und sie schlug mit der Hand danach. »Verdammt noch mal«, sagte sie. »Verdammt noch mal.«

Wieder klang sie abgebrüht.

»Ist schon gut«, sagte Hardy und meinte ihr Fluchen, die Tatsache, daß sie die Beherrschung verloren hatte.

»Nichts ist gut.«

Hardy lehnte sich in dem unbequemen Stuhl zurück. Sie hatte recht. Und er glaubte ihr.

Schließlich fiel ihr doch noch etwas ein.

»Möglicherweise haben sie gedacht, es geht um die Versicherung, aber es geht nicht ...«

»Wie hoch war die Versicherung?«

»Nun, Larry ... er war Arzt, und Sie wissen ja ... vielleicht wissen Sie es nicht, aber alle Ärzte sind ganz wild, was Versicherungen angeht. Sie müssen es sein, wegen etwaiger Kunstfehler und überhaupt. Jedenfalls hatte Larry eine Versicherung über zweieinhalb Millionen Dollar.«

Hardy nahm das zur Kenntnis. »Die doppelte Summe im Falle eines gewaltsamen Todes oder Unfalltods?«

Jennifer nickte. »Larry wollte sichergehen, daß ... das Haus abbezahlt werden könnte, falls er sterben sollte, und daß ich und Matt finanziell abgesichert wären. Es schien nicht übertrieben hoch, als wir den Vertrag abschlossen, und Larry konnte es sich leisten. Aber jetzt denken sie, ich hätte ihn« – sie stockte, kämpfte dagegen an –, »hätte ihn wegen des Geldes getötet, was einfach lächerlich ist. Wir hatten genug Geld. Hören Sie, Larry hat weit über hunderttausend Dollar im Jahr verdient.«

»Aber Sie hätten mehr, falls er nicht mehr mit von der Partie war?« Er wollte vorfühlen. Er hatte den Eindruck, er mußte es tun.

»Ja, aber ...« Sie streckte die Hand aus und berührte ihn am Ärmel. »Ich schätze, das ist die andere Sache. Wir haben uns gestritten.«

Sie zuckte die Achseln. Ihr Mund klappte auf und wieder zu. »Ich war bei einem Psychiater in Behandlung, und Larry ... jedenfalls hatten wir uns ein paarmal gestritten, aber es war überhaupt gar keine Rede von einer Trennung. Keiner von uns wollte das. Wir hatten ja Matt.«

»Wie lange waren Sie verheiratet?«

»Acht Jahre.«

Hardy hatte seinen Notizbock herausgenommen, aber vorwiegend hörte er zu, wartete auf einen falschen Ton. Jetzt unterbrach er sie, weil ihm bewußt wurde, daß sie den wichtigsten Punkt ausgeklammert hatten. »Man hat Sie doch nicht verhaftet, weil Sie sich ein paarmal mit Ihrem Mann gestritten haben, Mrs. Witt. Es muß irgend etwas geben, das Sie direkter mit dem Verbrechen in Verbindung bringt, oder es gibt keinerlei Basis für die Anklage. Hat man Ihnen gesagt, was das sein könnte?«

Sie biß sich auf die Unterlippe. »Es muß die Waffe gewesen sein, aber der Inspektor hat mich darüber ausgefragt, als sie sie gefunden haben, und ich habe ihnen gesagt, daß ich keine Ahnung davon hatte.«

»Was war mit der Waffe?«

»Es war Larrys Waffe ... er wurde mit seiner eigenen Pistole erschossen. Aber zuerst wußten sie nicht, daß es unsere Pistole war, man hat sie nicht im Haus gefunden.«

»Das verstehe ich nicht.«

»Wir haben sie in der Klappe am Kopfende des Bettes aufbewahrt, aber sie haben sie ungefähr zwei Wochen später gefunden. Der Inspektor hat gesagt, irgendwer hätte sie unter einem Müllcontainer gefunden und meine Fingerabdrücke seien darauf. Ich habe zu ihm gesagt, natürlich seien meine Fingerabdrücke darauf, ich nähme sie schließlich alle paar Wochen in die Hand, wenn ich das Kopfbett abstaube.«

Hardy schwieg als Antwort.

Sie schüttelte den Kopf. »Ich war beim Joggen. Wir wohnen, haben gewohnt ...« Sie ballte die Faust und schlug auf den Tisch. »Sie wissen, was ich sagen will.«

»Sie machen das alles ganz prima«, sagte er. »Erzählen Sie mir einfach, was passiert ist.«

Jennifer starrte auf ihre Hand, auf die geballte Faust. Sie deckte die andere Hand darüber und zog beide wieder näher zu sich heran. »Das Haus liegt oben auf den Twin Peaks, wissen Sie, ziemlich hoch oben. Es war Vormittag, vielleicht halb zehn oder zehn. Larry läßt mich ... ich will sagen, ich gehe für gewöhnlich dreimal in der Woche zum Laufen. Als ich heimkam, stand ein Polizeiauto vor dem Haus, und der Beamte stand vor der Haustür, was ich, wie ich mich erinnere, komisch fand, denn wenn er geklopft hatte, warum hatten dann Larry oder Matt nicht aufgemacht, stimmt's?«

»Stimmt.«

»Aber er *stand* einfach da, also habe ich das Gartentor aufgemacht und gefragt, ob ich ihm helfen kann, und er sagte, jemand habe auf dem Revier angerufen und von ein paar Schüssen erzählt. Erst Geschrei und dann ein paar Schüsse.«

»Hatten Sie sich an jenem Morgen gestritten? Sie und Larry?«

Sie schien sich wieder zu ducken, und Hardy merkte, daß er allmählich ein bißchen unduldsam wurde. Aber ihre Hand griff wieder nach seinem Ärmel und bat ihn stumm um Nachsicht. »Wie lange waren Sie denn weg?« fragte er.

»Wann? Oh, eine Stunde. Ich mußte innerhalb einer Stunde zurück sein.« Als sie Hardys Reaktion sah, redete sie schnell weiter. »Larry machte sich Sorgen, wenn ich nicht zu Hause war. Er wußte, wo ich hinlief und wie lange es dauern sollte, damit ... die Sache mit der Stunde ... es war so etwas wie eine feste Abmachung.«

»In Ordnung, fahren Sie fort. Der Polizist wartete also vor Ihrer Tür.«

»Also habe ich ihn gefragt, ob er geklopft hat, und er sagte, ja, aber es sei niemand gekommen, und ich sagte zu ihm, das kann doch nicht sein. Ich will damit sagen, ich war sicher, daß Larry nicht weggegangen war. Es war die Woche nach Weihnachten, seine erste freie Woche seit letztem Sommer. Jedenfalls fange ich jetzt an, mir Sorgen zu machen. Aber vielleicht steht Larry unter der Dusche, oder Matt macht solchen Krach, daß sie es nicht hören können oder sonstwas, stimmt's? Aber es kommt immer noch niemand, also hole ich meinen Schlüssel, und wir gehen ins Haus, und ich rufe ›Larry‹ und ›Matt‹ und will nach oben gehen, aber der Polizist sagt zu mir, ich soll lieber warten, und ich gehe hinüber zum Sofa. Dann steht er oben auf der Treppe und sagt: ›Kommen Sie nicht rauf, rühren Sie sich jetzt nicht vom Fleck.‹ Und ich weiß es. Mein Gott, in dem Moment weiß ich es.«

Ihr Mund ging auf, wieder zu, dann wieder auf. Zuletzt gab sie es auf, dagegen anzukämpfen. Sie saß da und hatte die Hände vor sich verschränkt, die Tränen liefen ihr über die Wangen und bildeten kleine Pfützen auf dem Tisch.

2

Hardy war im zweiten Stock des Justizpalasts alles andere als beliebt. Im vorigen Sommer hatte er sich mit Christopher Locke, seinem damaligen Chef, dem Bezirksstaatsanwalt der Stadt und des County San Francisco angelegt. Sie hatten einander ziemlich unjuristische Neckereien an den Kopf geworfen, woraufhin Hardy die Brocken hinschmiß, ins Lager der Strafverteidiger wechselte und die stellvertretende Bezirksstaatsanwältin, die ihm zuvor einen Fall weggeschnappt hatte, vor Gericht besiegte – und damit indirekt auch Locke.

Jetzt spürte er ein Fadenkreuz im Nacken, sooft er Gelegenheit hatte, in den einst so vertrauten Fluren herumzuspazieren. Trotzdem war er es sich und David Freeman – und auch Freemans Mandantin, sofern sie das weiterhin bleiben sollte – schuldig, auszuloten, wie die Dinge hier standen.

Am Ende des für die allgemeine Öffentlichkeit zugänglichen Korridors machte er vor dem panzerglasgesicherten Empfangsbereich halt und fragte nach Art Drysdale, dem Chefassistenten des Bezirksstaatsanwalts, zu dem er immer eine herzliche, ja freundschaftliche Beziehung unterhalten hatte, obwohl diese von den Ereignissen des letzten Jahres ebenfalls in Mitleidenschaft gezogen worden war.

»Ist das alles, was sie dir erzählt hat?« Drysdale hatte sich von seinem Schreibtisch zurückgeschoben und aufgehört, mit seinen Baseballbällen zu jonglieren, hielt sich aber drei davon in einer riesigen Hand an die Wange. »Ich schätze, da hat sie eine winzige Kleinigkeit ausgelassen.«

»Art, ich habe mich soeben eine Stunde lang mit ihr unterhalten. Sie hat ihren Sohn nicht umgebracht.«

Drysdale, der dies mehr oder weniger erwartet hatte, nickte. »Vielleicht nicht absichtlich.«

»Was soll das heißen?«

»Es heißt, sagen wir mal, daß der Kleine im Weg stand.«

»*Wobei*?«

»Als Mrs. Witt ihren Mann erschoß.«

Hardy drehte sich halb um die eigene Achse. »Also hör mal …«

Drysdale beugte sich vor und sagte: »Hör mal selbst, Diz, diese Anklage ist hieb- und stichfest. Der Junge war da und kam ums Leben, als sie das Verbrechen beging, ihren Ehemann umzubringen. Und du weißt ganz genau, daß es damit bei dem Sohn ebenfalls Mord ist. Genau, wie wenn der Bankräuber versehentlich einen Wachmann erschießt. Tut mir leid, aber Mord.«

»Hast du mit ihr gesprochen?«

»Aber klar doch. Sobald jemand verhaftet wird, laufe ich rauf und kümmere mich um den Schutz seiner Bürgerrechte, bis aller Amtskram geklärt und erledigt ist. Dann halte ich sein Händchen, bis es Zeit ist, in die Heia zu gehen, und überzeuge mich davon, daß man ihn schön kuschelig in die Federn packt. Sei nicht albern, Diz.«

Hardy wußte, daß Drysdale recht hatte – natürlich hatte dieser keinerlei Veranlassung gehabt, mit Jennifer Witt zu sprechen. Aber Hardy konnte nicht ohne Widerrede schlucken, was Drysdale gesagt hatte. »Sie hat es noch nicht mal aus Versehen getan, Art.«

Es wurde wieder mit Baseballbällen jongliert, ein schlechtes Zeichen. »Deshalb gibt es ja Gerichtsverfahren, mein Lieber. Um rauszufinden, was wirklich passiert ist.«

»Aber ihr habt Anklage gegen sie erhoben.«

Erneut unterbrach Drysdale widerstrebend seine Nummer. »Herkömmlicherweise kommt das vor der Verhaftung. Wenn du willst, kannst du eine Kopie der Ermittlungsakte zum Fall Larry Witt und Matt Witt bekommen. Lies das Ganze doch selbst.«

»Willst du mir Näheres erzählen?«

Art Drysdale, sein alter Mentor, der Mann, der ihn vor einem Jahr erneut bei der Staatsanwaltschaft eingestellt hatte, sagte: »Würde ich gerne, Diz, aber ich bin nicht zuständig für den Fall. Ich weiß nicht viel darüber.«

Quatsch. Art Drysdale wußte allemal Bescheid über jeden wichtigen Fall, bei dem Anklage erhoben wurde, besonders über jeden Mordfall. »Dean Powell ist zuständig. Du weißt ja, wo sein Büro ist, oder nicht?«

Mit anderen Worten, tschüs, und schau auf dem Rückweg nicht noch mal rein. Du gehörst jetzt zur Gegenseite. Dann bis zum nächsten Mal.

Hardy beschloß, daß er keine Lust hatte, mit Dean Powell zu reden, noch nicht. Statt dessen ging er hinauf zur Mordkommission, weil er hoffte, auf Sergeant Inspector Abe Glitsky zu treffen. Hardy und Abe hatten gemeinsam als Streifenpolizisten angefangen. Während Hardy später Jura studierte und dann zur Staatsanwaltschaft ging, hatte sich Abe beinahe zehn Jahre lang beim San Francisco Police Department nach oben gearbeitet, bis er bei der Mordkommission gelandet war, wo er sich zu Hause fühlte. Falls Drysdale nicht länger als interne Quelle in Frage kam, rechnete Hardy fest mit Abe, der an seinem Schreibtisch saß, sich ein paar Unterlagen ansah und dabei auf Eiswürfeln aus einem Styroporbecher herumkaute.

Hardy spazierte durch das offene Großraumbüro der Mordkommission, schenkte sich eine Tasse kalten Kaffee ein, schnappte sich einen Stuhl und wartete. Nach einem Augenblick oder auch zweien nahm er mit lautem Schlürfen einen Schluck zu sich. Abe sah auf. Dann wieder auf seine Papiere, ohne die Miene zu verziehen. »In den richtigen Händen«, sagte er, »kann das Überraschungsmoment eine wirkungsvolle Waffe sein.«

Hardy nahm erneut einen Schluck, noch lauter als zuvor. Glitsky hob den Kopf und kaute mit offenem Mund auf seinen Eiswürfeln herum. Einer der Detectives ging hinter Hardy vorbei und blieb stehen. »Ich würde Glitsky zum Sieger nach Punkten erklären«, sagte er. »Das sind wirklich interessante Geräusche.«

Hardy schluckte den Kaffee hinunter und zog die Akte hervor, legte sie auf den Schreibtisch. »Was weißt du über Jennifer Witt?«

Nach einem letzten Blick auf die Unterlagen vor sich klappte Abe den Ordner zu. »Ich hatte ohnehin nichts zu tun.«

Hardy lächelte. »Du hast mir oft genug erzählt, daß nichts, was du im Büro tust, wichtig sei, ist das etwa keine Tatsache?«

Glitsky fuhr sich mit dem Finger über den ausdrucksvollen Mund, streichelte die Narbe, die senkrecht über seine Lippe lief. »Es gefällt mir, wie du ›ist das etwa keine Tatsache?‹ sagst, statt ›stimmt's etwa nicht?‹, wie der Rest der Menschheit. Paßt gut zu einem Rechtsanwalt. Witt fällt nicht in mein Ressort. Vertrittst du sie? Natürlich tust du das«, beantwortete sich Abe seine Frage selbst.

»Nicht ganz richtig.«

»Zu vierzig Prozent richtig?«

Hardy gab vor, über die Antwort nachzudenken. »Sie gehört David Freeman, aber er war bei Gericht. Er hat mich gebeten, bei ihr vorbeizuschauen, damit sie sich besser fühlt.«

»Was du selbstredend geschafft hast.«

Hardy zuckte die Achsel. »Das ist ein bescheidenes Talent.«

Glitsky schien Lust zu haben, weiter nachzufragen und herauszufinden, wie sein Freund es geschafft hatte, auch nur soviel mit dieser speziellen Mandantin zu tun zu bekommen, doch er widerstand der Versuchung. Er würde es ohne Zweifel irgendwann erfahren. Er zog sich die Akte heran und blätterte ein paar Seiten um. »Terrell hat sie verhaftet.« Er machte den Hals lang und sah sich im Zimmer um. »Ist Terrell da?« rief er.

»Wer ist denn Terrell? Kenn ich den?«

»HSV«, gab jemand zur Antwort.

»HSV?«

»Geheimer Polizeicode, den ich bei Todesstrafe nicht weitersagen darf.« Er beugte sich vor und flüsterte. »Hat sich verpißt.« Er widmete sich wieder der Akte. »Du hast Terrell bestimmt schon mal gesehen. Ein Weißer, braunes Haar, Schnurrbart.«

»O ja, der. Als ich auf der Uni war, gab's einen Typen wie den.«

Glitsky selbst war halb Jude, halb Afroamerikaner. Er war über eins achtzig groß, wog gut zwei Zentner und hatte blaue Augen in einem hellbraunen Gesicht.

»Terrell ist in Ordnung«, sagte Glitsky.

»Aber …«

»Ich habe nichts gesagt. Ich habe gesagt, er ist in Ordnung.«

»Ich habe ein ›aber‹ rausgehört.«

Abe kaute auf einem neuen Eiswürfel herum, sprach dann halblaut. »Wenn der liebe Gott im Detail steckt, dann sind Wally und der liebe Gott keine besonders engen Freunde.« Er lehnte sich zurück und sprach wieder mehr im Konversationston. »Er ist ein Vertreter des großen Ganzen, noch nicht lange bei der Mordkommission, vielleicht seit einem Jahr. Er bekommt eine Idee, eine Theorie, eine *Vision* – keine Ahnung –, aber das scheint ihn dann auf Trab zu halten.«

»Macht ihr Burschen das nicht alle so?«

»Nein. Die meisten von uns machen es so, daß wir uns mit Leuten unterhalten und Beweismaterial sammeln, daraus ergibt sich vielleicht irgendein Gesamtbild. Wally ist ein bißchen sehr auf Motive aus, aber das Motiv bringt einen nur bis zu einem bestimmten Punkt. Ich meine, bei jedem Mordopfer, das einen zweiten Blick lohnt, gibt's fünf Leute, die ein Motiv hatten, ihn umzulegen. Wally findet ein paar Motive und fängt an, um sie herum zu buddeln, statt andersherum.«

»Wieso ist er also noch hier?«

»Er hat Glück gehabt. Zweimal hat er Burschen aufs Geratewohl hopsgenommen – Frank hat ihm eine Abmahnung verpaßt, so schlampig war die zweite Sache gemacht –, und beide Male, rate mal, stellt sich raus, daß er recht hatte. Also was soll man machen, ihn degradieren? Er fällt schon noch auf die Fresse.«

Hardy klopfte mit dem Finger auf die Akte. »Vielleicht ist's ja diesmal passiert.«

Abe warf einen Blick auf die Unterlagen, blätterte ein paar Seiten um, schüttelte den Kopf. »Das bezweifle ich«, sagte er. »Jennifer

Witt ist zu Recht verhaftet worden. Siehst du das hier? Polizeiberichte, Zeugen, Beweismaterial. Plus, wie dir vielleicht aufgefallen ist, man hat das breite Publikum bereits mit ihr bekanntgemacht. Sie sieht nicht schlecht aus.«

»Ich dachte, es könnte nicht schaden, wenn ich mich mal mit Terrell unterhalte.«

Glitsky zog eine Augenbraue hoch. »Ich weiß nicht, ob du dich erinnerst, aber sobald du es mit den Strafverteidigern hältst, sind meine Kollegen hier nicht geneigt, dich als Verbündeten anzusehen.«

»Vielleicht könntest du ein gutes Wort für mich einlegen – du weißt schon, Charakter, Urteilskraft, Geschmack, insgesamt kultivierte Erscheinung. Manchmal landet ja nicht alles in der Ermittlungsakte.«

»Du schockierst mich.« Er klappte die Akte zu und schob sie ihm über den Schreibtisch zurück. »Ich werde sehen, was ich tun kann, aber wie immer ...«

Hardy war schneller. »Versprich mir nicht zuviel davon.«

Glitsky nickte. »Weise Worte«, sagte er.

Obschon Hardy formal noch nicht dazu berechtigt war, hatte Art Drysdale ihm den Gefallen getan und veranlaßt, daß Hardy die Ermittlungsakte zur Mordsache Witt mitnehmen konnte, was im Grunde einer Kopie der Unterlagen der Staatsanwaltschaft zu dem Fall entsprach.

Drysdale, so stellte sich heraus, hatte halb recht und halb unrecht gehabt, als er sagte, daß Jennifer Witt ein paar winzige Dinge ausgelassen habe. Recht hatte er, daß sie ein paar Dinge ausgelassen hatte, unrecht damit, daß sie winzig waren.

Unter anderem gab es die Aussage eines Augenzeugen namens Anthony Alvarez, eines pensionierten Feuerwehrmannes, mit einer Schublade voller Medaillen und Auszeichnungen. Er war vierundsechzig Jahre alt und wohnte mit seiner invaliden Frau auf der anderen Straßenseite direkt gegenüber von den Witts und hatte zwei Schüsse gehört. Falls es nur einer gewesen wäre, hätte er sich vielleicht gedacht, es sei eine Fehlzündung gewesen und sich nicht einmal die Mühe gemacht nachzuschauen. Tatsächlich hatte er, selbst nachdem er sie gehört hatte, nicht wirklich den Verdacht gehabt, daß es Schüsse gewesen seien – es war eher Neugier gewesen, so ein sonderbares Geräusch. Er war ans Fenster gegangen und hatte Jennifer Witt vor dem Gartentor ihres Hauses gesehen, die zurück zur Eingangstür schaute. Sein erster Gedanke war, daß sie haltgemacht hatte und sich ihrerseits fragte, was das wohl für Geräusche gewesen sein mochten. Sie blieb ein paar Sekunden stehen und fing dann zu laufen an.

Es gab noch eine weitere Zeugin, Mrs. Barbieto, die unmittelbare Nachbarin, die die Schüsse ebenfalls gehört hatte. Sie war es auch gewesen, die bei der Polizei angerufen hatte. Larry und Jennifer Witt hätten sich seit Wochen gestritten, sagte sie. Ihr Sohn sei ein kleiner Unglückswurm. Er weine in einer Tour. Am Abend zuvor; an jenem Morgen; »sie hätten die drei mal an Weihnachten hören sollen« (drei Tage zuvor) – wie es aussah, hatten die Witts der Familie Barbieto beinahe das festliche Abendessen verdorben.

Hardy hatte die erste Lektüre der Akte auf gut Glück begonnen und sich sofort an das Registerstichwort »Nichtamtliche Zeugen« gemacht. Offenbar gab es Augenzeugen. Wenn man es aus der Perspektive der Verteidigung betrachtete, waren Augenzeugen alles andere als ermutigend.

Er saß seitlich auf den Steinstufen vor dem Gerichtspalast an der Ecke 7th Street und Bryant. Der Tag war kühl und sonnig mit einer leichten Brise, die sich bis fünf Uhr nachmittag vermutlich zu einem kräftigen Sturm auswachsen würde. Jetzt war es aber angenehm, selbst in Anbetracht der Auspuffschwaden der Autobusse und der Einwickelpapiere der Hamburgerbuden, die anfingen, auf den Stufen im Wind zu tanzen.

Er blätterte zurück zum Bericht des Beamten, der die Verhaftung vorgenommen hatte. Inspektor Terrell hatte Verdacht gegen Jennifer geschöpft, nachdem sie ihm eine Inventarliste der Gegenstände gab, die möglicherweise aus dem Haus entwendet wurden und dabei die Mordwaffe ausließ. Sie hatte das Haus sorgfältig durchsucht und berichtet, daß nichts fehle. Das war gewesen, noch ehe man die Pistole der Witts unter dem Müllcontainer gefunden hatte.

Danach hatte Terrell Jennifer zu dieser Auslassung befragt, und Jennifer hatte gesagt, sie müsse das Fehlen der Waffe einfach übersehen, irgendwie verdrängt haben. Hardy erinnerte sich nicht, daß irgendeine Nachrichtenmeldung diese Tatsache erwähnt hätte, und es war nicht angenehm, jetzt auf sie zu stoßen. Er klappte die Akte zu.

»Hardy.«

Er blinzelte gegen die Sonne und stand auf. Ein großgewachsener Mann, nur wenig älter als Hardy selbst, stand in einem anthrazitfarbenen Sommeranzug neben ihm und hielt ihm die ausgestreckte Hand hin.

Hardy ergriff die Hand.

»Ich hab Sie eben hier sitzen sehen, Diz. Es geht das Gerücht, daß Sie Jennifer Witt verteidigen.«

»Sie wissen ja, wie das mit Gerüchten ist, Dean. Sie stimmen nie so ganz.« Er erklärte seinen Status als Lückenbüßer, der für seinen Vermieter eingesprungen war, den berühmten Strafverteidiger David Freeman.

Dean Powell ließ sein Gebiß blitzen. Er besaß eine prächtige weiße Mähne, eine gesunde Gesichtsfarbe und ein imposantes Auftreten. Hardy hatte vorhin keine Lust gehabt, Powell aufzusuchen, und er war auch jetzt nicht sehr erpicht darauf, mit ihm zu plaudern. Aber da stand er nun, lächelte und redete.

»Art wollte mich möglichst früh warnen, daß Sie den Fall übernommen haben. Damit ich die Sache ernster nehme.« Er ließ noch ein paar Zähne mehr blitzen, um dem Kompliment die rechte Würze zu geben. »Aber es ist Freeman, wie?« Sein Gesicht bewölkte sich für einen kurzen Moment. Powell mochte Hardy Artigkeiten sagen und ihm schmeicheln, wie gut er seine Sache machen würde, aber sobald Freeman erwähnt wurde, sah das Ganze gleich viel dramatischer aus. Freeman verlor nicht allzu oft.

Powell zeigte auf die Treppenstufe. »Ist das die Akte über Mrs. Witt?«

Hardy klopfte auf den Ordner. »Die Unterlagen geben recht wenig her, was das Motiv für den Mord an Matt angeht – das ist der Junge. Ich habe das auch gegenüber Art erwähnt, und er hatte anscheinend keine Lust, sich dazu zu äußern.«

Powells Grinsen verschwand. »*Ich* werde mich dazu äußern. Das Motiv war das Geld des Ehemannes. Der Junge kam ihr dabei in die Quere. Punkt.«

Hardy wandte sich ein wenig ab, um nicht gegen die grelle Sonne sehen zu müssen. »Glauben Sie das wirklich?«

»Glaube ich das *wirklich*? Ich will Ihnen was sagen, meiner Meinung nach ist es von der inneren Logik her glaubhaft.«

»Danach habe ich Sie nicht gefragt.«

Der Staatsanwalt fuhr sich mit der Hand durch die wallende Haarpracht. »Ob ich persönlich glaube, daß sie ihren Jungen kaltblütig erschossen hat? Um die Wahrheit zu sagen, ich weiß es nicht. Wir haben im Laufe der letzten zwei Jahre gegen vier Frauen Anklage wegen genau dieses Verbrechens erhoben, also kommen Sie mir nicht damit, daß es einfach zu abscheulich sei, sich auch nur vorzustellen, daß eine Frau so etwas tun könnte.«

Hardy blieb hartnäckig. »Ich will nur sagen, daß *sie*, Jennifer, es nicht getan hat. Ich habe mich gerade eben eine Zeitlang mit ihr unterhalten.«

»Sie war *traurig*, oder?« Powell schüttelte den Kopf. »Erinnern Sie sich an Wanda Hayes, Diz?« Er bezog sich auf einen Fall, der vor ein paar Monaten für viel Presserummel gesorgt hatte. Hardy nickte, er erinnerte sich daran. »Tja, Wanda war fix und fertig, weinte die ganze Zeit. Und sie *gab zu*, daß sie zwei ihrer Kinder umgebracht hatte. Wie sie sagte, hatte sie eines Tages einfach die Beherrschung verloren, es tat ihr *wirklich* leid.«

»Na schön, Dean, aber ...«

»Kein aber, Diz. Ich will gar nicht sagen, daß Jennifer vorhatte, ihren Sohn zu töten. Was sie getan *hat* und was wir beweisen können, ist, daß sie vorhatte, ihren Mann zu töten und sich nicht die Zeit nahm oder was auch immer, um sicherzustellen, daß ihr Sohn nicht im Weg war. Vielleicht war sie einfach *unachtsam*. Ich weiß es nicht, und es kümmert mich auch nicht. Es bleibt dabei, der Sohn ist tot, und sie wird dafür bezahlen.«

Nachdem er seinen Ärger abgelassen hatte, atmete Powell plötzlich tief aus, als sei er überrascht über seinen Gefühlsausbruch. Er riß sich wieder zusammen. »Hören Sie«, sagte er, »ich bin gerade auf dem Weg rüber zu Lou. Hätten Sie Lust auf einen Drink?«

Lou war Lou der Grieche, das nächstgelegene Wasserloch für die Polizisten und die Leute von der Staatsanwaltschaft.

Hardy wies erneut auf seine Akte, schüttelte den Kopf. »Ein andermal.«

Das Gesicht des Staatsanwalts nahm einen angespannten Ausdruck an. Wie es hieß, überlegte Powell, bei den diesjährigen Nachwahlen als Generalstaatsanwalt des Staates Kalifornien zu kandidieren, und offensichtlich hatte er daran gearbeitet, wie er in der Öffentlichkeit auftrat – diese Einladung zu einem Drink zum Beispiel trug den Unterton von Aufrichtigkeit –, aber gerade deshalb war Hardy auf der Hut. Wie Hardy wußte, vertrat Powell den Standpunkt, daß es zu den Pflichten des Anklägers gehöre, dem Team der Verteidiger vollständigen und freien Aktenzugang zu gewähren. »Wissen Sie, vielleicht lohnt es sich, wenn Sie noch einmal bei Art vorbeischauen. Wir wollen nicht, daß Sie irgendwelche Überraschungen erleben.«

Hardy kniff die Augen zusammen und tat einen Schritt zur Seite. »Ich habe die Akte erst vor einer Stunde bekommen.«

»Na ja, Art und ich haben uns über den Fall unterhalten, nachdem Sie bei ihm vorbeigekommen waren, und wir haben beschlossen, daß es besser ist, wenn wir gleich von Anfang an alle Karten auf den Tisch legen. Wie ich schon sagte, wollen wir nicht, daß es irgendwelche Überraschungen gibt.«

»Was denn für Überraschungen?«

Powells Miene nahm einen ernsten Ausdruck an. »Sie haben die Anklageschrift noch nicht gesehen. Wir haben gegen Mrs. Witt noch wegen eines dritten Mordes Anklage erhoben.«

»Was denn für ein dritter Mord?«

»Ihr erster Mann starb vor neun Jahren mit dem Verdacht auf eine Überdosis. Wußten Sie das? Ich weiß nicht, warum die Medien das bisher nicht aufs Tapet gebracht haben, aber ich bin mir sicher, sie tun es noch.«

Hardy stand stumm und steif da. Er fragte sich, ob sein vormaliger Freund Art Drysdale ihm absichtlich nur die Hälfte der Ermittlungsergebnisse mitgeteilt hatte – juristisch gesehen, brachte das eigentlich keinerlei Vorteil, aber jeder wußte, daß Drysdale bereits früher seine Spielchen mit Strafverteidigern getrieben hatte, nur um sie zu verunsichern. Es war ein guter Denkzettel für Hardy – er stand *tatsächlich* auf der anderen Seite.

»Wie auch immer«, fuhr Powell fort, »Inspektor Terrell, das ist, glaube ich, der Beamte, der die Verhaftung durchgeführt hat? Er hat sich um eine Exhumierung bemüht und Strouts Zustimmung bekommen.« Das bezog sich auf John Strout, den Gerichtsmediziner. »Es sieht so aus, daß Mrs. Witt bei dem Todesfall ebenfalls ganz gut abgesahnt hat. So ungefähr fünfundsiebzigtausend Dollar, was damals ein ziemlicher Batzen Geld war. Terrell hat herausgefunden, daß sie mit einem Zahnarzt befreundet war, als Ned – das ist Ehemann Nummer eins – ins Gras biß. Befreundet mit diesem Zahnarzt, während die beiden noch verheiratet waren? Schlechter Stil. Jedenfalls sah es, als Ned starb, ganz nach einer Überdosis Drogen aus – also führte der Gerichtsmediziner den Niveau-A-Test durch, fand Kokain und Alkohol und befand auf eine unabsichtliche Überdosis.«

Hardy wußte, daß der medizinische Sachverständige Tests auf drei unterschiedlichen Ebenen vornahm, um in Leichen nach Giften zu suchen. Niveau C beinhaltete eine Menge zusätzlicher verschreibungspflichtiger Substanzen – Barbiturate, Methamphetamine –, ferner die Prüfung auf flüchtige Stoffe – im wesentlichen Alkohole –, was bei einem Niveau-A-Test ans Licht kam. Doch die Durchführung dieses Tests kostete auch eine ganze Stange mehr, und wenn die offensichtliche Todesursache bereits auf Niveau A festgestellt wurde, ließ es der Gerichtsmediziner in aller Regel dabei bewenden, sofern es nicht einen Ermittlungsbericht gab, der darauf hindeutete, daß irgend etwas faul war.

Hardy wußte all das, aber er mußte fragen: »Er hat nach nichts anderem gesucht?«

»Warum sollte er? Sie haben gefunden, wonach sie suchten, Kokain und Schnaps und alle Anzeichen einer Überdosis ... zum Teufel, Sie wissen schon. Und Ned hatte beides intus, also klappte man die Akte zu. Aber raten Sie mal?«

»Nicht die leiseste Ahnung.« Hardy fühlte sich wie betäubt.

»Atropin.«

»Was?«

»Atropin. Der Stechapfel. Ein tödliches Nachtschattengewächs.«

»Und was heißt das?«

»Atropin ist der Stoff, der ihn umgebracht hat. Wir haben die Leiche auf Terrells Vermutung hin exhumiert, und schon kam's raus.«

»Also hat er sich eine Überdosis Atropin verpaßt.«

Powell schüttelte den Kopf. »Man verpaßt sich schlicht keine Überdosis Atropin. Atropin macht einen nicht high. Es ist kein Rauschmittel, aber Ned hatte jede Menge von dem Zeug intus.«

»Das ist nicht notwendigerweise Mord ...«

»Ich denke, daß es das im Zusammenhang mit den beiden letzten doch ist.«

»Sie hat auch die nicht begangen.«

Powell bedachte Hardy mit seinem typischen abgeklärten Blick, der besagte, na schön, das ist die Antwort eines Strafverteidigers auf Fragen, die seinen Mandanten betreffen, aber unter uns Leuten vom Fach kennen wir doch die Wahrheit. Was er sagte, war folgendes: »Ihre Mrs. Witt ist eine schwarze Witwe, Hardy. Wir plädieren jeweils auf vorsätzlichen Mord. Auf die Todesstrafe. Hier geht es um ein Kapitalverbrechen.«

»Das kann doch nicht Ihr Ernst sein ...«

Alle Farbe war aus Jennifers Gesicht gewichen. Sie ließ einfach den Kopf hängen, schüttelte sich dann nach einem kurzen Moment, stand auf und ging hinüber zu dem Fenster im Besucherzimmer, durch das sie ins Büro der Gefängniswärterinnen starrte. »Ned hat sich selbst umgebracht, vielleicht aus Versehen ... Aber jemand anders hat Larry und Matt umgebracht. Ich schwör's bei Gott ... *Ich hätte doch meinen kleinen Jungen nicht töten können.*«

Hardy fiel auf, daß sie über ihren Mann nicht dasselbe sagte. Er saß mit hochgezogenen Schultern da, hatte die Finger verschränkt vor sich auf dem Tisch liegen. »Erzählen Sie mir was über Anthony Alvarez«, sagte er.

Sie kämmte sich die Ponyfransen mit den Fingern zurück, zweimal, sah immer noch durchs Fenster. »Ich kenne keinen Anthony Alvarez ...«

Hardy sprach leise weiter. »Laut Polizeibericht ist er Ihr Nachbar, wohnt auf der anderen Straßenseite.«

Jetzt drehte sie sich um. »Mr. Alvarez? Ach, das ist *Anthony* Alvarez? Ich habe seinen Vornamen nie gehört. Was ist mit ihm?«

»Was mit ihm ist? Zu einem Gutteil ist er der Grund dafür, warum Sie hier sind.« Hardy faßte Alvarez' Aussage für sie zusammen. Während er redete, kam Jennifer an ihr Ende des Tisches zurück und setzte sich wieder hin, Hardy schräg gegenüber.

»Aber ich habe das nicht getan. Ich fange immer damit an, daß ich ein paar Querstraßen weit spaziere, um warm zu werden. Ich hätte nicht einfach das Gartentor geschlossen und zu laufen angefangen. Nicht nur hätte ich das nicht, ich *habe* es nicht getan.«

Hardy nickte. »Warum behauptet er Ihrer Meinung nach, daß Sie es waren? Hatten Sie Streit mit ihm, irgendwas in der Richtung?«

»Ich *glaube* das einfach nicht.« Jennifer holte Luft, schüttelte sich, atmete mit einem Seufzer aus. »Ich habe in den vier Jahren vielleicht hundert Worte mit dem Mann gewechselt. Ich glaube nicht, daß ich ihn erkennen würde, wenn er nicht vor seinem Haus steht. Warum tut er mir das an?«

»Keine Ahnung«, sagte Hardy, »aber fürs erste habe ich den Eindruck, daß wir uns lieber auf irgendwas konzentrieren sollten, das Ihnen helfen könnte. War jemand da, der Sie vielleicht losspazieren gesehen haben könnte? Ein anderer Nachbar?«

Jennifer schloß die Augen und lehnte sich in ihrem Stuhl zurück, gab dabei den Blick auf die Umrisse ihres Körpers, auf die feingeschnittenen Wangenknochen frei. Hardy wurde sich plötzlich bewußt, wie attraktiv sie selbst in der Gefängniskluft war. Volle Lippen, eine kräftige Nase. Wohlgeformte Gliedmaßen.

»Ich bin einem Mann begegnet«, sagte sie mit immer noch geschlossenen Augen. »Ein älterer Mann, vielleicht ein Schwarzer oder ein Mexikaner, jedenfalls dunkelhäutig.«

»Ich habe davon gelesen.« Hardy rückte jetzt nach vorn. »Ich glaube nicht, daß Ihnen das jemand abkauft.«

»Was wollen Sie damit sagen? Ich *habe* jemanden gesehen. Meiner Ansicht nach war er, ich meine, er könnte derjenige gewesen sein, der ...«

Hardy schüttelte den Kopf. Sie streckte eine Hand über den Tisch nach ihm aus. »Nein, nein. Nein, hören Sie mir zu. Es war die Woche nach Weihnachten, kein Verkehr, kein Mensch in der Nähe, und da geht dieser Mann die Straße entlang, hat diesen schweren Trenchcoat an und schaut aus, als prüfe er die Hausnummern. Ich wäre um ein Haar stehengeblieben und hätte gefragt, ob ich ihm helfen kann, aber ich wollte mich nicht verspäten, also ging ich weiter.« Sie hörte zu sprechen auf, starrte Hardy an. »Es könnte wirklich *er* gewesen sein, derjenige ... Ich meine *irgendwer* muß es ja getan haben ...«

»Ist Ihnen aufgefallen, ob dieser Mann eine Waffe dabei hatte?«

»Nein, aber ...«

»Haben Sie haltgemacht und gesehen, wie er in Ihre Auffahrt eingebogen ist?«

»Nein, ich hätte ja ...«

»Haben Sie irgendeine Idee, wieso jemand, der Larry überhaupt nicht persönlich kannte, ihn hätte erschießen wollen? Oder Ihren Sohn?«

Ihre Augen starrten in den leeren Raum zwischen ihnen. »Wenn Ihnen ein Ja auf Fragen wie diese einfällt, Jennifer, dann können wir uns wieder konstruktiv über den Mann unterhalten, aber ich fürchte, jetzt im Moment hilft er uns nicht weiter.«

»Aber es könnte doch ...«

»Wenn es das *tut*« sagte Hardy, »dann schauen wir uns die Sache noch einmal an. Abgemacht? Ich versprech's.«

Hardy hielt sich erneut vor Augen, daß er nicht hier war, um sie aus der Fassung zu bringen. Trotzdem hatte er das Gefühl gehabt, er sollte ihr mitteilen, daß die Staatsanwaltschaft die Todesstrafe beantragen würde. Im Grunde bliebe es nach wie vor Freemans Fall, aber es konnte nicht schaden, noch mehr Eindrücke über Jennifer zu sammeln. »Lassen Sie uns weitermachen. War da sonst irgendwas an diesem Morgen, sonst irgendwer, der Sie vielleicht gesehen haben könnte?«

»Aber dieser Mann da, er könnte doch vielleicht …«

Hardy tätschelte ihr die Hand, hielt sie auf dem Tisch fest. »Lassen Sie uns über was anderes reden, abgemacht?«

Sie zog die Hand weg. »Sie müssen mir glauben, ich habe das nicht getan. Falls es dieser Mann da gewesen ist …«

»*Falls* es dieser Mann gewesen ist«, sagte er. »Es könnte durchaus so jemand im Spiel sein, das stimmt schon, womöglich hat er sogar Larry erschossen, aber vielleicht war der Mann auch einfach irgendwer – ein Nachbar, ein Tourist, irgendein Typ, der bloß ein bißchen herumspazierte.«

Ihre Augen funkelten ihn an. »Er hatte die Hand in der Hosentasche, beide Hände. Vielleicht hatte er ja eine Waffe in der Hand.«

Hardy hätte um ein Haar erwidert: Wenn wir einmal davon absehen, versteht sich, daß Ihr Mann mit seiner eigenen Waffe erschossen worden ist. Er verkniff sich das. »Machen wir mal kurz Pause. Schauen Sie, wir sind doch nicht hier, um uns zu streiten. Wir kommen später wieder auf den Mann zurück. Fürs erste müssen wir uns anderen Themen zuwenden, er wird uns nicht helfen, es sei denn, er wohnt in Ihrer Nähe, und wir können ihn ausfindig machen. Jetzt im Augenblick versuche ich, irgendwas zu finden, an dem wir Ihre Verteidigung aufhängen können, und der Kerl da bringt's einfach nicht.«

Ihr Gesicht sank bis auf den Tisch hinunter, hinein in den Kreis, den ihre Arme bildeten. Ihr Körper zitterte, als sie ihre Stirn hin und her rollte.

»Haben Sie beim Laufen irgend etwas Ungewöhnliches gemacht? Irgend etwas, das Sie vielleicht bereits den Polizisten erzählt haben? Oder vergessen haben, ihnen zu erzählen?«

Sie hörte auf, hin und her zu zappeln. Als müßte sie gegen sein Gewicht ankämpfen, hob sie den Kopf und seufzte erneut. »Die Polizisten haben mir keine derartigen Fragen gestellt«, sagte sie. »Ich hatte nicht angenommen … ich meine, ich hatte keine Ahnung, daß ich in ihren Augen als Tatverdächtige galt. Man hat mich an der Nase herumgeführt, hat mir nie so eine Frage gestellt.«

Hardy sagte ruhig: »Ich stelle sie jetzt, in Ordnung? Lassen Sie uns versuchen, irgend etwas in die Hand zu bekommen.«

Jennifer nickte und erinnerte sich dann daran, daß sie beim Geldautomaten ihrer Bank in der Haight Street haltgemacht hatte. Was Hardy merkwürdig vorkam. »Sie sind zum Laufen los und haben zufällig Ihre Scheckkarte für den Geldautomaten dabeigehabt?«

»Was ist daran so komisch?« Und sie erklärte, daß die meisten ihrer Laufanzüge Taschen mit Klettverschlüssen hatten und sie sich ganz selbstverständlich ihren Hausschlüssel und die Geldbörse für Kleingeld – in der sie die Scheckkarte aufbewahrte – schnappte, sobald sie aus dem Haus ging. Sie erzählte Hardy, daß sie an jenem Morgen bis zur nächsten Ecke spaziert und dem Mann im Trenchcoat begegnet sei, dann ein paar Querstraßen weit gerannt sei und haltgemacht habe, um Geld zu ziehen – »Es war der Montag nach Weihnachten, wir waren drei Tage lang nicht auf der Bank gewesen.«

Zumindest war das ein Anfang.

In mancher Hinsicht war es für Hardy leichter, Jennifer Witt, also der Mandantin, seine Rolle in ihrem Fall zu erklären als seiner Frau.

Nach dem erfolgreichen Abschluß seines ersten Mordprozesses – in dem er Andy Fowler verteidigt hatte, einen vormaligen Richter beim Superior Court – war Hardy überrascht gewesen, daß er in der kleinen Welt der Juristenszene von San Francisco mit einemmal einiges Kapital verkörperte. Strafverteidiger, die bei Gericht auftraten – Männer und Frauen, die vor einer Geschworenenbank eine gute Figur machten –, waren, wie es aussah, sehr gefragt. Selbst bei den großen Anwaltskanzleien ruhte das endgültige Ergebnis der immensen Arbeit, die ganze Bürofluchten voller Erbsenzähler und Zahlenfuchser, Leseratten, Schriftsatzformulierer und Strategieplaner, Anwaltsgehilfinnen und sonstigem Büropersonal geleistet hatten, oft genug auf den Schultern der Person in der Sozietät, die das alles vor einem Richter oder einer Geschworenenbank oder vor beidem überzeugend darzulegen verstand.

Da die Mehrzahl der Anwälte in den großen Kanzleien nur selten, falls überhaupt jemals, einen Gerichtssaal von innen zu Gesicht bekam, heuerten viele Kanzleien Strafverteidiger, die vor Gericht auftraten, nach demselben Muster an, wie Baseballmannschaften Spieler einkauften, die als Schlagmann vorgesehen waren – der Part hatte seine Grenzen, aber wenn es erst einmal dazu kam, war das Klassen besser, als wenn der Werfer ans Schlagmal mußte und das ganze Spiel auf des Messers Schneide stand.

Weil der Prozeß gegen Richter Fowler großes Aufsehen erregte und weil Hardys Rolle die eines unbekannten und allem Anschein nach klar unterlegenen Strafverteidigers war, der zum erstenmal vor Gericht auftrat, sah es ganz danach aus, als hätte Hardy – ohne es zu wissen und zu wollen – bei der Hälfte der großen Anwaltskanzleien in der Bay Area vorgesungen. Als das Urteil zugunsten seines Mandanten ausfiel, hatte sein Telefon zu läuten angefangen.

Noch ein Ereignis war zufällig zeitgleich mit dem Ende des Prozesses gegen Fowler eingetreten, nämlich die Geburt von Vincent, Hardys und Frannies Sohn. Also hatte Hardy im Lauf des ersten Monats etliche der Vorstellungsgespräche abgewimmelt und seine neue Vaterrolle sowie Frannies Wunsch, ihren Mann noch eine Weile im Hause zu haben, ins Feld geführt.

Jetzt, drei Monate später, hatte er elf Sozietäten einen Besuch abgestattet, war in seinem einzigen dreiteiligen Anzug im Lift in luxuriöse Büros hochgeschwebt und hatte gut mit Männern und Frauen zu Mittag gegessen, zu denen er keinerlei Draht verspürte – nette Leute, keine Frage; intelligent, in guter Position, selbstbewußt, finanziell abgesichert, politisch aufgeschlossen, all das. Aber da war niemand, zu dem er sich menschlich hingezogen fühlte.

Sieben der Kanzleien hatten ihm Stellen angeboten, wobei sich die Gehälter zwischen einem Minimum von 83 000 Dollar im Jahr und einem Maximum (Engle, Matthews & Jones) von 115 000 Dollar im Jahr bewegten. Sämtliche Angebote waren darauf zugeschnitten, ihm den späteren Einstieg als Sozius zu erleichtern und hatten ihm bis zu sechs Jahre Firmenzugehörigkeit gutgeschrieben. Was bedeutete, daß er innerhalb von maximal drei weiteren Jahren (und nach minimal einem Jahr) in jeder der sieben Sozietäten Teilhaber werden und damit ein Jahreseinkommen im Größenmaßstab von 300 000 bis 500 000 Dollar erwarten konnte.

Frannie hatte eine Versicherungszahlung in die Ehe eingebracht. Hardy besaß zusätzlich zum Honorar des Fowler-Prozesses, das ein wenig über 100 000 Dollar betragen hatte, einen Viertelanteil an der Bar »Little Shamrock«. Die Hypothekentilgung für ihr Haus lag bei unter 600 Dollar pro Monat. Also ging es Hardy und Frannie nicht allzu schlecht. Trotzdem war der Batzen Geld, den die großen Kanzleien ihm vor die Nase hielten, kein Pappenstiel, wirkte sogar verlockend.

Ihr Haus in den Avenues kam ihnen bereits jetzt, nachdem die beiden Kinder dazugekommen waren, ein wenig eng vor. Sie konnten sich durchaus was Besseres vorstellen; sie hatten es sogar beiläufig besprochen, nachdem Hardy die ersten Jobs angeboten worden waren. Sie hatten sich mehr oder weniger stillschweigend verständigt, daß Hardy eine der Kanzleien auswählen, Karriere machen, erwachsen werden würde.

Doch dann hatte er einfach noch keine Lust gehabt, sich auf eine der großen Sozietäten festzulegen – irgend etwas Besseres würde sich vielleicht ergeben, irgendwelche Leute auftauchen, bei denen er ein besseres Gefühl hatte, wenn er mit ihnen zusammenarbeiten sollte. Also nahm er sich fürs erste einen unmöblierten Büroraum und bezahlte eine minimale Miete in dem Gebäude, das David Freeman gehörte, und dort hatte er auch herumgesessen und im Grunde Däumchen gedreht, als David Freeman anrief und ihm Jennifer Witt weiterreichte.

»Es bringt wahrscheinlich eine ganze Menge Geld ein«, sagte Hardy.

»Aber es ist ein weiterer *Fall*. Es ist kein Job.«

»Und es ist noch nicht mal wirklich meiner. Es ist Freemans Fall.«

»Aber es ist auch was drin für dich.«

Hardy öffnete die Hände, die er vor sich auf dem Tisch verschränkt hatte. »Vielleicht. Könnte sein.«

Frannie versuchte es zu begreifen, und er konnte es ihr nicht verdenken, daß sie ein wenig aufgebracht war. Er könnte vor sich selbst ins Feld führen und auch ihr weismachen wollen, daß er von dem grundsätzlichen Plan, den sie besprochen hatten, nicht wirklich wich, doch sie beide wußten, daß dies nicht der Wahrheit entsprach. Daß man als Mitglied eines Teams von Verteidigern an einem potentiell lukrativen Fall arbeitete, war noch nicht einmal entfernt damit vergleichbar, als Anwärter auf Teilhaberstatus in eine der berühmten großen Anwaltskanzleien der Stadt einzusteigen, und folglich ging Frannie der Sache auch nicht auf den Leim.

»Es ist ein Fall, der ein Jahr dauert, vielleicht auch zwei. Wer weiß, das ist vielleicht genauso lang, wie einer der anderen Jobs dauern würde, Frannie. Das Leben ist nun mal ungewiß.«

Frannie rollte die grünen Augen – als ob er ausgerechnet mit dieser Weisheit kommen müßte.

Hardy blieb hartnäckig. »Mrs. Witt besitzt zwei Millionen Dollar, vielleicht mehr …«

»Die ihr die Versicherung jetzt nicht auszahlen wird, nachdem man sie wegen der Morde angeklagt hat.«

Das war ein Aspekt, von dem er gehofft hatte, daß sie ihn nicht zur Sprache bringen würde. »Es sind schon merkwürdigere Sachen passiert.« Er versuchte zu grinsen. »Vielleicht tun sie's ja doch.«

»Tust du mir bitte einen Gefallen, Dismas? Find's raus. Zumindest das bist du *uns* schuldig.«

Nachdem das Abendessen vorbei war und beide Kinder schliefen, saßen sie sich am Eßzimmertisch gegenüber, tranken den Rest ihres Rotweins aus und naschten dazu ein paar Schokoladenbonbons – Frannies jüngste kulinarische Entdeckung, die beide hatte süchtig werden lassen. Zwei beinahe abgebrannte Kerzen flackerten mal mehr, mal weniger hell.

Frannie seufzte. »Du hast keine Lust, für jemand anderen zu arbeiten, stimmt's?« Sie hob die Hand, schnitt ihm die Antwort ab. »Wenn du keine Lust dazu hast, ist das gebongt, aber dann sollten wir nicht so tun, als hättest du Lust dazu.«

»Darum geht es gar nicht.«

»Aber sicher tut es das. Du nennst all diese Leute, bei denen du dich vorgestellt hast, Kanzleiratten. Ich denke, der Ausdruck verrät eine gewisse Voreingenommenheit.«

Hardy schob sich einen Schokoladenbonbon in den Mund, nahm einen Schluck Wein. »Ich weiß wirklich nicht, worum es geht. Diese Sache mit Jennifer Witt ist heute früh einfach in mein Leben hereingeplatzt. Was soll ich denn machen? Freeman hat mich um Hilfe gebeten. Er übernimmt das Ganze sowieso morgen früh.«

»Aber du bist interessiert, oder nicht?«

»Keine verbindliche Aussage«, sagte er. »Aber ja, es ist interessant. Ich habe mir die Akte angesehen.«

»Du meinst die Akte, aus der du die Nase überhaupt nicht mehr rausbekommen hast, die du auswendig gelernt zu haben scheinst?«

Hardy gab auf. »Jaa, diese Akte.«

»Und was ist, wenn sie's getan hat?« Frannie haschte jetzt nach jedem Strohhalm und wußte es.

Hardy lehnte sich zurück. »Dann hat sie immer noch das Recht auf einen Anwalt.«

Frannie sah ihn von der Seite her an. »Was hat das mit dir zu tun?«

»Ich bin Anwalt.«

Beide lachten, und die Atmosphäre entspannte sich ein wenig. Eine der Kerzen gab den Geist auf, und eine Rauchfahne stieg steil im stillen Zimmer hoch.

Frannie griff über den Tisch und nahm ihren Mann bei der Hand. »Schau mal. Du weißt, ich halte zu dir. Ich will einfach nur, daß du dir sicher bist, du machst eine Arbeit, mit der du glücklich wirst. Das hier ist nicht nur ein einzelner Fall. Wenn du den hier annimmst, dann machst du das auch in Zukunft, Fälle übernehmen. Vielleicht andauernd irgendwelche Leute verteidigen.«

Hardy war früher einmal Polizist gewesen, und zweimal hatte er längere Zeit für die Staatsanwaltschaft gearbeitet. Frannie war davon überzeugt, daß – sofern es überhaupt jemanden gab, der für die Rolle eines Anklagevertreters geschaffen war – dieser Jemand ihr Mann war. Sie hatte seine Schimpftiraden und/oder verächtlichen Seitenhiebe gegen Strafverteidiger gehört, gegen die »Typen, die den Krankenwagen hinterherhecheln«, gegen den »Abschaum«, der jeden vertrat, solange er nur vorweg das Honorar hinblätterte.

»Es *muß* nicht unbedingt anrüchig sein«, sagte Hardy. Frannie lächelte ihn an. »Ich frage mich nur, ob es das Leben ist, das du dir wünschst.«

»Das Leben, das ich mir wünsche, ist an deiner Seite.«

Sie drückte ihm die Hand. »Du weißt, was ich meine.«

Er wußte, was sie meinte. Auch ihm machte die ganze Sache Kopfzerbrechen. Doch er wußte, daß er zusagen würde, falls David Freeman ihn um Hilfe beim Prozeß gegen Jennifer Witt bitten sollte, beinahe egal, um welche Aufgabenstellung es sich drehen mochte, und er konnte sich auf Anhieb mehrere solcher Aufgaben vorstellen. Was hieß, daß er auf keinen der angebotenen Jobs zurückkommen würde. Was wiederum hieß …

Er wußte es nicht.

Die zweite Kerze ging aus. »Lassen wir das Geschirr einfach stehen«, sagte er.

4

Der Justizpalast von San Francisco, die Hall of Justice in der Nähe des Freeway 101 – beinahe unter ihm – an der Ecke von 7th Street und Bryant ist ein grauer Monolith von überwältigender Unpersönlichkeit. In den unteren Stockwerken sind verschiedene Behörden der Stadt und des County untergebracht, darunter die Polizei und der für die Leichenbeschau zuständige Coroner, die Staatsanwaltschaft sowie Gerichtssäle und Warteräume für die Verfahren zur Auswahl von Geschworenen. Das Gefängnis, das sich im fünften und sechsten Stock befindet, untersteht dem San Francisco County Sheriff und nicht etwa der Stadtpolizei. Hinter dem Gebäude wächst auf einem ehemaligen Parkplatz langsam das neue Gefängnis in die Höhe.

Hardy betrat den Bau durch den Hintereingang, passierte den Metalldetektor, stieg dann, nachdem er beschlossen hatte, den langsamsten Aufzug Amerikas nicht zu benutzen, durchs Treppenhaus hoch bis in den zweiten Stock und befand sich schon mitten in dem vertrauten Tohuwabohu, das in dem hohen und weitläufigen Flur herrschte.

Neben dem üblichen Zirkus war die besondere Attraktion dieses Vormittags eine Versammlung von rund zwanzig Roma. Polizeibeamte in Uniform redeten eindringlich auf mehrere Frauen ein, die Benutzung eines Butangaskochers, mit dem diese ihren Kaffee kochen wollten, zu unterlassen. Hardy fragte sich zunächst einmal, wie es ihnen gelungen sein mochte, eine Gasflasche durch den Metalldetektor zu schleusen, und sah dann eine Zeitlang dem Spektakel zu, wie so oft fasziniert von der kunterbunten Mischung, die man in den grüngetünchten Fluchten dieses Amtsgebäudes fast täglich zu Gesicht bekam.

Es schien eine vernünftige Diskussion zu sein – bis jetzt hatte noch niemand angefangen, laut loszuzetern. Doch ebensowenig war die Flamme unter dem Kaffeetopf erloschen. Während eine Frau mit der Streiterei beschäftigt war, goß eine zweite Flüssigkeit in kleine Porzellanschälchen und reichte sie an ein paar Männer weiter, die sich Zuckerklumpen in den Mund steckten, bevor sie an dem Getränk zu nippen begannen.

»Man sollte einfach eine Fernsehkamera aufbauen und diesen Flur live übertragen.« Es war David Freeman, der wie üblich einen zerknautschten, billigen Anzug von der Stange anhatte und aussah, als hätte er eine Woche lang nicht geschlafen. »Brächte wahrscheinlich eine Einschaltquote von dreißig Prozent.«

Hardy zeigte um sich. »Man bräuchte einen Kommentator, der erklärt, was passiert. Hier zum Beispiel« – er zeigte auf die Szene – »ist es ein bißchen zweideutig.«

Freeman ließ sich den Gedanken durch den Kopf gehen. »Das mit dem Moderator ist eine gute Idee. Vielleicht könnten das reihum die Richter übernehmen, wie sie es mit dem Geschäftsplan machen. ›Diese Woche ist laut Geschäftsplan Marian Braun zuständig, und hier im Flur, MEINE DAMEN UND HERREN, LIVE ÜBERTRAGEN, SEHEN SIE DEN RICHTER OSCAR THOMASINO!‹«

Sie machten sich auf den Weg in die Kammer 22, zu dem Gerichtssaal, wo Jennifer Witt in einer Stunde dem Haftrichter vorgeführt werden sollte. Das war auch die gesamte Zeitspanne, die Freeman vorgesehen hatte, um sich über die Einzelheiten des Falles informieren zu lassen. Es hatte keinen Zweck, Zeit zu verplempern. »Wie sieht's aus?« fragte er.

»Sie wollen die Todesstrafe beantragen.«

»Todesstrafe. Powell sollte losziehen und sich ein paarmal zu den Zeugen vor der Gaskammer stellen, das würde ihn ein bißchen bremsen.«

»Powell findet vielleicht Gefallen daran, wenn Sie mich fragen.«

Freeman war der Meinung, darüber lasse sich streiten. Er hatte sechs Hinrichtungen in mehreren Staaten als Zeuge beigewohnt – kein Mensch, der bei Trost war, konnte Gefallen daran finden, und er hatte nicht den Eindruck, daß Powell verrückt sei. Ganz und gar nicht.

»Na ja, sie machen in zweifacher Hinsicht besondere Umstände geltend – mehrfacher Mord und Tötung aus Gewinnsucht. Wissen Sie, daß sie drei Fälle vorbringen wollen?«

»Drei?«

Wie Hardy war auch Freeman überrascht, als er von dem letzten Anklagepunkt gegen Jennifer erfuhr, daß sie vor neun Jahren Ned Hollis, ihren ersten Ehemann, ermordet haben sollte. »Das heißt doch, ziemlich alte Kamellen ans Licht zu holen, meinen Sie nicht auch?«

»Sie lesen sich besser die Akte durch.«

Sie kamen zu der massiven, vier Meter hohen, zweiflügeligen Holztür, die in den Gerichtssaal von Richter Oscar Thomasino, Kammer 22, führte.

»So schlimm?«

»Zumindest haben sie einige Anhaltspunkte. Es ist jedenfalls nicht an den Haaren herbeigezogen. Aber sie sagt, daß sie es nicht getan hat.«

Freeman bahnte sich den Weg durch die Tür. »Tja, immerhin ein Anfang.«

»Vielleicht hat sie es nicht getan.«

»Vielleicht«, pflichtete Freeman bei. »Andererseits vielleicht doch.« In dem leeren Gerichtssaal mit der hohen Decke hallte sogar Geflüster. Dismas Hardy und David Freeman saßen in der letzten Bankreihe auf einer langen, harten, kalten Bank aus hellem Holz. Freeman, die Beine übereinander geschlagen und eine nicht angezündete Zigarre im Mund, fing an, die Akte durchzublättern, zog Papiere und Hefter aus Hardys extrageräumiger Aktentasche hervor.

»Es ist richtig ermutigend, sich mit Ihnen zu unterhalten. Hat man Ihnen das schon mal gesagt?«

Freeman zuckte die Schultern, während er die Seiten überflog. »Meine Mandanten lieben mich. Warum? Ich haue sie raus. Gehe ich davon aus, daß sie schuldig sind? Scher ich mich drum? Wahrscheinlich ja – auf beide Fragen. In den meisten Fällen.«

»In den meisten Fällen gehen Sie davon aus, daß sie schuldig sind?«

Jetzt sah Freeman auf. »In den meisten Fällen *sind* sie schuldig, Diz. Unsere Aufgabe ist es, sie rauszuhauen, also versuche ich genau das.«

»Na ja«, sagte Hardy, »ich jedenfalls verspüre mit einem Mal sehr deutlich den Wunsch, ihr zu glauben. Sie war verzweifelt, in Tränen aufgelöst, wirklich am Ende.«

»Wegen des Verlusts oder weil man sie erwischt hat?« Freeman schob einen Finger als Lesezeichen zwischen die Seiten. »Ich weiß, ich weiß, ich bin grausam und zynisch. Aber Tränen fließen aus allen möglichen Gründen, und nicht der unwichtigste davon ist Selbstmitleid. Und wenn jemand im Gefängnis sitzt, glauben Sie mir, dann tut er sich über kurz oder lang schrecklich leid. Es kann manche Leute ernstlich zur Verzweiflung bringen, ich habe das schon mit angesehen.« Er machte sich wieder an die Lektüre, blätterte ein paar Seiten um, hielt inne.

»Sie ist eine attraktive Frau, stimmt's?«

Hardy nickte.

»Jung?«

»Laut Akte achtundzwanzig.«

»Achtundzwanzig ist jung, keine Frage. Darin stimmen Sie mir doch wohl zu.« Freeman selbst war vielleicht fünfundfünfzig. Hardy dachte bei sich, daß Freeman keinen Tag älter als achtzig aussah. »Na schön, sie ist also jung und eine attraktive Frau und in Tränen aufgelöst – selbstverständlich wollen Sie ihr glauben. Und raten Sie mal? Sie *weiß*, daß Sie ihr glauben wollen. Ob sie nun ihren Ehemännern diese schrecklichen Sachen angetan hat oder nicht, sie ist sich des Effekts bewußt, den Tränen auf einen normalen heißblütigen Mann wie Sie haben. Und dieser Effekt ist … Sie wollen ihr glauben, wollen dafür sorgen, daß sie sich besser fühlt. Sie wollen vor allem, daß sie zu weinen aufhört, oder etwa nicht?«

Freeman nahm die Zigarre aus dem Mund, spuckte ein Stückchen eines Tabakblatts aus, schob sich die Zigarre erneut zwischen die Lippen. »Und wenn wir schon mal dabei sind«, sagte er, »sagen Sie es mir ganz ehrlich. Dies hier ist meine ganz persönliche Meinungsumfrage. Hat sie's getan, ja oder nein?«

»Ich weiß es nicht. Ich neige zu nein.«

»Nein zu allen Anklagepunkten?«

»Ich weiß es nicht.«

»Bei welchem Punkt wissen Sie es nicht?«

»Der Junge … Matt. Und wenn sie ihn nicht erschossen hat, dann haut der ganze Rest nicht mehr hin, stimmt's?«

»Sie glauben nicht, daß sie ihr Kind erschossen hat?«

»Ich kann es mir einfach nicht vorstellen.«

»Warum? Und kommen Sie mir nicht damit, daß sie Ihrer Meinung nach nicht der Typ dafür ist.«

»Na schön, zwei Gründe«, sagte Hardy. »Erstens hat sie es nicht einfach abgestritten; ich hatte den Eindruck, sie schien regelrecht sprachlos, daß irgendwer überhaupt auf die Idee kommen konnte, sie hätte es getan. Sie wollte noch nicht mal darüber reden, David. Ich will damit sagen, sie hat so getan, als sei das alles ein sonderbarer Irrtum, der ausgeräumt würde. Und was das Umbringen ihres eigenen Sohnes angeht, wie konnte *irgendwer* nur so etwas glauben?«

»Diz, Diz. Lassen Sie uns rein theoretisch einmal sagen, daß sie es getan hat. Und wenn sie es getan hat, dann wegen des Geldes von der Versicherung. Sind wir uns soweit einig? Prima. Na schön.

Es ist eine riskante Sache, wenn man sich vornimmt, jemanden umzubringen. Die Leute tun es andauernd, aber die Leute, die es wegen des Geldes machen, sind eine Klasse für sich. Jennifer Witt faßt also kaltblütig den Beschluß, diese Sache durchzuziehen, dann wird sie es doch todsicher nicht zugeben. Sie geht ein Risiko ein – ist es bereits eingegangen –, und sie sahnt entweder ganz groß ab, oder geht mit fliegenden Fahnen unter. Glauben Sie mir. Schön, was ist der zweite Grund?«

Hardy hatte gesagt, es gebe zwei Gründe, weswegen er der Ansicht sei, daß Jennifer es vielleicht nicht getan habe – Freeman hatte den ersten Grund mit sachlichen Argumenten verworfen und wollte jetzt den zweiten wissen. »Meiner Meinung nach ist sie einfach nicht der Typ dafür.«

Freeman machte sich wieder an die Lektüre. »Ich berechne mein Honorar nach Stunden«, sagte er, »und ich verlange nicht genug.«

Hardy akzeptierte den Tadel gutgelaunt. »Wenn wir den Sohn Matt ausklammern, sieht der Fall gegen sie nicht besonders überzeugend aus.«

»Wir können Matt nicht ausklammern. Matt war da, Diz. Ich wünsche mir, zum Teufel noch eins, daß er nicht dagewesen wäre, aber so sieht's nun mal aus. Powell wird das nicht auf sich ruhen lassen – das ist es, was unser Mädchen mit der Gaskammer konfrontiert. Es wird Einfluß auf den Richter haben.«

Hardy hatte diese Diskussion bereits hinter sich. Selbst wenn Jennifer ihren Mann Larry umgebracht hatte, und Hardy war davon nicht überzeugt, dann war er sich zumindest sicher, daß Matts Tod irgendwie ein Unfall gewesen war, ein blinder, tragischer Zufall. Aber jetzt mußten sie von diesem Punkt aus weitersehen, ob ihnen das gefiel oder nicht. Das war es, wovon sie auszugehen hatten, und sie mußten sehen, wie sie damit klarkamen. »Ich bin immer noch der Ansicht, daß die richtige Jury sie vielleicht freisprechen wird«, sagte er.

»Die richtige Jury würde vielleicht sogar Attila den Hunnenkönig freisprechen. Aber verlassen Sie sich in diesem Fall nicht darauf.«

Freeman beugte sich vor und legte Hardy onkelhaft die Hand auf die Schulter. Nicht zum erstenmal staunte Hardy darüber, daß Freeman so erfolgreich und sogar regelrecht liebenswert war. Wie immer hätte er eine Rasur dringend nötig gehabt. Seine Lippen waren dick und ein wenig lila. Das Weiße in seinen wäßrigen Augen sah eher gelblich aus, und die Haut ringsherum war von Leber-flecken übersät. Er war so hübsch wie ein leprakrankes Warzen-schwein, sofern Warzenschweine überhaupt Lepra bekommen können. »Wer Grips hat, setzt nicht allzuviel auf die Jury. Wissen Sie, wenn ich Ihnen beipflichte und glaube, daß sie unschuldig ist, schmälere ich letztlich ihre Chancen. Sind Sie sich dessen eigentlich bewußt?«

»Inwiefern tun Sie das?«

Freeman blickte sich in dem leeren Saal um, um sich zu verge-wissern, daß niemand zuhörte. »Es ist ein Balanceakt auf dem Hochseil. Man möchte sich selber einreden, daß man einen Un-schuldigen verteidigt – soweit ist alles in Ordnung, das gehört dazu. Aber sobald man tatsächlich *glaubt*, daß der Mandant un-schuldig ist, dann geht man über kurz oder lang davon aus, daß die Jury das sehen wird, was man selbst sieht. Man redet sich selbst ein, daß die Geschworenen einem glauben wollen, der Interpreta-tion der Fakten glauben wollen, die man vorbringt.«

Hardy spann den Faden weiter. »Und diese Argumente werden einfach nicht so schlagend ausfallen, weil man sich nicht erst selbst davon überzeugen muß.«

»Sehen Sie? Diz, ich glaube, Sie haben ein Händchen für dieses Metier.« Freeman schob die Zigarre im Mund hin und her. »Wenn die Sache vor ein Geschworenengericht kommt, steckt Ihre Man-dantin bereits dick in der Tinte, und es empfiehlt sich, die Sache so ernst zu nehmen wie möglich.«

»Ich nehme sie auch ernst, David. Sie haben mich gefragt, ob ich im Innersten glaube, daß sie es getan hat. Zumindest kann ich sa-gen, daß ich mir nicht sicher bin, ob die Anklage auf festen Füßen steht ...«

»Ist das etwa der Grund, warum die Gegenseite auf die Todesstrafe plädiert? Ist das etwa der Grund, warum Powell mit seinen politischen Ambitionen der Fall zugeteilt wurde? Braucht er womöglich ein bißchen Übung vor Gericht? Ich be-zweifle das.«

Hardy konnte sich ein Lächeln nicht verkneifen. »Sie müssen ler-nen, Ihren Gefühlen Ausdruck zu verleihen, David. Es wird Ihnen eines Tages schlecht bekommen, wenn Sie alles nur in sich hinein-fressen.«

Freeman nickte. »Ich weiß. Ich versuch's. Ob es den Leuten wohl etwas ausmacht, wenn ich hier drin rauche?«

Freeman saß unter dem international gebräuchlichen Zeichen für ›Rauchen verboten‹.

»Jede Wette«, sagte Hardy.

»Ich hatte ohnehin die ganze Zeit angenommen, daß Sie mit von der Partie sein würden, um die Wahrheit zu sagen.«

Hardy hatte sich noch für keine Strategie entschieden, wie er seine zukünftige Beteiligung an der Verteidigung Jennifer Witts zur Sprache bringen wollte, doch wie es einem so oft bei David Freeman erging, nahm dieser die Frage vorweg.

In Kalifornien umfassen alle Gerichtsverfahren, in denen die Todesstrafe droht, zwei getrennte Schritte vor derselben Jury – die Ermittlung der Schuld und die Ermittlung der Strafe. In der Praxis tritt der Verteidiger, der die erste Phase zur Klärung der Schuldfrage übernimmt, nicht auch in der zweiten Phase auf, wenn es um die Festsetzung der Strafe geht. Die Geschworenen werden zynisch, wenn jemand zuerst leidenschaftlich die These verficht, daß sein Mandant es nicht getan hat, und dann – nachdem durch das Verfahren geklärt ist, daß er es doch getan hat, ja, allerdings eine Kehrtwendung vollzieht und im Endeffekt sagt: Na schön, mein Mandant hat es also getan. Ich weiß, daß ich gesagt habe, das stimmt nicht, aber ich habe gelogen. Jetzt lassen Sie uns aber zumindest darüber reden, was für ein netter Mensch mein Mandant ist und warum eine Hinrichtung wirklich zuviel des Guten wäre …

Zur Vermeidung dieses Eindrucks von Wankelmütigkeit gibt es deshalb immer einen Anwalt, der die Phase der Straffestlegung übernimmt. Er wird üblicherweise als »Keenan counsel« bezeichnet, und diese Rolle hatte Freeman nun Hardy angetragen, falls Jennifer für schuldig befunden werden und es zu dieser Phase des Prozesses kommen sollte. »Selbstverständlich unter der Annahme, daß sie bezahlen kann.« Es schien ihm ernst damit, als er das sagte.

Jennifer Witt hatte das Recht auf einen Strafverteidiger, doch sofern sie nicht über die nötigen Mittel verfügte, um die Kosten zu tragen – und im Falle der Androhung der Todesstrafe würden das enorme Kosten sein –, ernannte das Gericht einen Pflichtverteidiger. Und selbst falls sich der Pflichtverteidiger auf irgendeinen Interessenkonflikt berufen sollte, gab es keinerlei Garantie, daß man Freeman und Hardy mit der Verteidigung betrauen würde.

Freeman war selbstredend ein über lange Jahre hinweg vom Gericht anerkannter Strafverteidiger, doch Hardy hatte noch nicht einmal den Zulassungsantrag gestellt, und in jedem Falle würden auch die anderen Geier ihre Kreise ziehen, wenn es um ein solch hochkarätiges Verfahren ging. Es sah ganz danach aus, als würde der Fall für einigen Wirbel sorgen – die allerbeste Reklame in diesem Metier. Doch wenn Freeman und Hardy Jennifer verteidigen sollten, dann mußte sie persönlich für ihr Honorar aufkommen. Da führte kein Weg dran vorbei.

»Und ich sage Ihnen noch etwas«, sagte Freeman. »Ich geb Ihnen ein kleines Privatissimum zum Thema Führung einer eigenen Anwaltskanzlei. Selbst wenn Mutter Teresa Ihre Mandantin sein sollte, Sie bekommen Ihr Geld vorweg.« Es schien ihm überaus ernst damit zu sein. Und das irritierte Hardy.

Der Protokollführer betrat den Raum durch die Vordertür des Gerichtssaals und unterhielt sich mit dem Gerichtsstenographen. Während die beiden leise miteinander redeten, machten sie sich daran, ihre Arbeitsmaterialien zurechtzulegen und auch sonst alles vorzubereiten. Im Parkett für die Zuhörer waren ein paar Leute eingetroffen, anscheinend Rechtsanwälte – Freeman nickte einigen von ihnen zu. Andere Leute, die keine Anwälte waren, vielleicht Verwandte von Angeklagten oder Opfern, drängten nach und nach in den Saal.

Dies war der Superior Court. Wer in diesem Gerichtssaal vor den Richter trat, war nicht wegen eines Verstoßes gegen die Straßenverkehrsordnung erschienen. Hardy überließ Freeman seinem Aktenstudium, stand auf und spazierte zu der Schranke vor, die das Parkett von den Gerichtsparteien trennte.

Dean Powell, der Vertreter der Anklage, tippte ihm auf die Schulter. »Ich habe mir schon gedacht, daß ich Sie heute morgen hier treffen würde.«

»Ich dachte, ich hätte bereits erwähnt, daß David Freeman diesen Fall betreut, Dean. Da hinten sitzt er und macht etwas Morgengymnastik.« Freeman zog sich eben am Ohr, war in seine Papiere vertieft, hatte die Welt ringsum vergessen. »Ich bin eigentlich mehr zum Spaß mit dabei.«

»Hat Freeman eine Verteidigung festgelegt?«

»Nein, aber Jennifer. Es ist Ihr Lieblingsplädoyer.«

»Nicht schuldig? Keine Unzurechnungsfähigkeit? Nicht einmal Totschlag?«

»Mrs. Witt sagt, sie hat nichts von alledem getan.«

Powell nickte, behielt sein Pokerface bei. Aber Hardy hatte den Eindruck, daß der Staatsanwalt entzückt war. »Aber sicher hat sie das«, sagte er.

Der Richter Oscar Thomasino, ein Mann mit kurzem Bürstenschnitt und dunklem Teint, legte in seinem Gerichtssaal, in dem er seit zehn Jahren den Vorsitz innehatte, ein äußerst geschäftsmäßiges Verhalten an den Tag. Ihm war heute früh wieder eine dieser Überraschungen widerfahren, die das Leben hinter der Holzbarriere, wo das Hohe Gericht saß, kennzeichneten.

»Bevor wir heute anfangen«, sagte er, »fährt jemand in diesem Gerichtssaal einen grünen Chevy Lumina mit dem Kennzeichen 1NCV722?«

Ein Latino um die Mitte Zwanzig hob die Hand und stand in der dritten Reihe des Zuhörerraums auf.

Thomasino winkte ihn zu sich nach vorn. Widerwillig leistete der Mann der Aufforderung Folge, und der Richter besah ihn sich von oben herab mit einem Stirnrunzeln. »Mein Herr, ist Ihnen zufällig das große Schild draußen auf dem Parkplatz, wo Sie Ihr Auto abgestellt haben, aufgefallen, auf dem steht: ›Reserviert für den Vorsitzenden Richter‹?«

Der junge Mann zog den Kopf ein und wandte sich halb ab, suchte bei den Zuhörern Unterstützung. »He, was denn, krieg' ich jetzt Ärger, weil ich auf Ihrem Parkplatz steh?«

»Nicht unbedingt«, sagte Thomasino, »obwohl das ein Teil davon ist. Ihr großes Problem ist, daß das Auto gestohlen ist.« Thomasino gab dem Gerichtsdiener Weisung, den Mann in Gewahrsam zu nehmen. Sie würden sich oben schon darüber Gedanken machen, was sie mit ihm anstellen sollten. Das Auto hatte man auf den Parkplatz der Stadtverwaltung geschleppt.

Hardy mußte immer noch wegen der Geschichte kichern, als Jennifers Aktenzeichen aufgerufen wurde – die Computernummer. Daraufhin gingen Freeman und Hardy durch die Holzbarriere nach vorn. Dean Powell und ein milchgesichtiger Referendar kamen von der Geschworenenbank herunter, und man geleitete Jennifer Witt auf das Podest, das vor dem Richter stand. Hardy dachte bei sich, daß Jennifer, niedergeschlagen und kaputt, wirklich wie eine Angeklagte aussah, aber der Trainingsanzug konnte das selbst einer Cindy Crawford antun. Er stellte sie Freeman vor.

Sie quittierte die abgerissene Erscheinung ihres Anwalts nicht gerade mit Begeisterung – eine Reaktion, die Freeman gewohnt war. Sie schnitt Hardy eine Grimasse – ist das etwa mein Anwalt? –, und sah dann den Richter an. Wie bei allen Mordanklagen verlas der Protokollführer die vollständige Anklage.

»Jennifer Lee Witt, Sie sind wegen dreier Verbrechen angeklagt, nämlich wegen Vergehens gegen Abschnitt 187 des Strafgesetzbuches, indem Sie in der Stadt und im County von San Francisco im Staate Kalifornien am oder um den 17. September 1984 herum absichtlich, unter Bruch des Gesetzes und mit Vorsatz Edward Teller Hollis umgebracht haben.« Der Protokollführer verlas die besonderen Umstände und fuhr fort, indem er die Anklagen wegen Mordes an Larry und Matt Witt anfügte. Als er zu Ende gelesen hatte, nickte Thomasino in Richtung des Podestes und sagte, daß er angesichts der Anwesenheit der Herren Freeman und Hardy annehme, daß Jennifer anwaltlich vertreten werde. Er fragte Jennifer, wie sie plädieren wolle.

»Nicht schuldig, Euer Ehren.«

Thomasino machte sich eine Notiz auf seinem Computerausdruck und schielte dabei über seine Lesebrille, die schwach getönt und halbmondförmig war. »Mr. Powell. Spricht sich die Staatsanwaltschaft gegen eine Kaution aus?«

Powell stand auf. »Sehr richtig, Euer Ehren. Dies ist ein Fall mit besonderen Umständen. Der Tatvorwurf lautet auf mehrfachen Mord und Mord aus Gewinnsucht. Die Angeklagte hat bereits mehrfach Menschen getötet ...«

»Euer Ehren!« So etwas ließ sich Freeman nicht bieten. Bis jetzt war keineswegs erwiesen, daß Jennifer irgendwen getötet hatte. Genau darum ging es schließlich hier.

Der Richter sah den Vertreter der Anklage finster an. »Mr. Powell, bitte.«

Powell setzte eine zerknirschte Miene auf, verlor aber keine Zeit, weiterzubohren.

»Tut mir leid, Euer Ehren. Aber dies hier ist ein Fall, bei dem es um die Todesstrafe geht. Das Gesetz sieht vor, daß die Angeklagte in diesem Fall ohne Möglichkeit einer Kaution inhaftiert wird. Zudem geht die Staatsanwaltschaft davon aus, daß erhebliche Fluchtgefahr besteht.«

Freeman meldete sich ganz sachlich zu Wort. »Euer Ehren, Mrs. Witt wird ihren Reisepaß aushändigen. Sie ist bisher noch nie wegen eines Verbrechens angeklagt, geschweige denn verurteilt worden. Es findet sich in der Vergangenheit von Mrs. Witt keinerlei Grundlage für die Behauptung der Staatsanwaltschaft, daß Fluchtgefahr gegeben ist. Mrs. Witt ist seit Dezember in der Stadt geblieben, und sie muß zumindest geahnt haben, daß sie zu der Zeit unter Verdacht stand. Sie hat sich der Verhaftung nicht widersetzt.«

»Na schön, na schön.« Thomasino lugte über seine Brille. »Trotzdem hatte man, Mr. Freeman, damals noch nicht Anklage gegen sie wegen irgendeines Verbrechens erhoben, geschweige denn wegen drei Fällen von Mord, auf den die Todesstrafe steht. Jetzt haben wir eine andere Situation, würden Sie mir da nicht zustimmen?«

»Euer Ehren, Mrs. Witt hat diese Verbrechen nicht begangen, und ihr ist viel daran gelegen, daß die Sache vor Gericht geklärt und ihr Name von jedem Verdacht reingewaschen wird.«

Thomasino hätte beinahe gelächelt. »Ja. Nun, sie wird die Gelegenheit dazu bekommen, doch ich bin beinahe geneigt, der Staatsanwaltschaft beizupflichten, daß sie angesichts der Möglichkeit der Todesstrafe zumindest versucht sein könnte, diese Gelegenheit verstreichen zu lassen. Und ohne alle verbliebenen Bande zu dieser Stadt und ohne direkte Familienan...«

»Euer Ehren!« Jennifers Stimme war eine Überraschung für jedermann im Gerichtssaal. Schließlich waren Angeklagte üblicherweise von dem ganzen Geschehen und von der Tatsache, daß man sich in ihrer Gegenwart in der dritten Person auf sie bezog, so eingeschüchtert, daß ihnen nur selten in den Sinn kam, daß sie ja auch für sich selbst sprechen konnten. Jennifer tat dies. »Heute sind sehr wohl Familienangehörige von mir zugegen.«

Hardy wandte sich um. In der zweiten Reihe war ein Mann mit ergrauendem Haar, der Thomasinos Bruder hätte sein können, halb aufgestanden. Ein zweiter, jüngerer Mann machte den Eindruck, als überlege er sich, ebenfalls aufzustehen. Zwischen den beiden saß eine Frau in mittlerem Alter.

Hardy bemerkte ferner einen Blickkontakt zwischen Jennifer und einem gutgekleideten Mann mit Bart, der ein paar Reihen weiter hinten im Parkett Platz genommen hatte. Wer war er? Und warum machte Jennifer nicht irgendeine freundliche Geste zu ihrem Vater, ihrer Mutter, ihrem Bruder? Sie machte Thomasino auf sie aufmerksam, in der Hoffnung, sie könnten vielleicht dazu beitragen, daß sie auf Kaution freikam, aber sie nickte nicht einem von ihnen zu.

Thomasino erholte sich rasch wieder. »Na schön, ich danke Ihnen. Die Herrschaften da hinten, bitte nehmen Sie wieder Platz.«

»Mit der Erlaubnis des Hohen Gerichts.« Dean Powell war aufgestanden. »Ich möchte Mrs. Witt gerne fragen, wann sie ihre Familie zuletzt gesehen hat.«

»Euer Ehren, bitte!« Hardy war sich sicher, daß Freeman ebensowenig wie er selbst auch nur die geringste Ahnung hatte, wovon Powell soeben sprach, aber David war jedenfalls nicht gewillt, solch ein Ansinnen ohne Widerspruch durchgehen zu lassen. Sie waren hier vom eigentlichen Prozeß noch weit entfernt, und die Befragung der Angeklagten kam überhaupt nicht in Frage.

»Worauf wollen Sie hinaus, Mr. Powell?«

»Euer Ehren, im Verlauf der Ermittlungen ist klargeworden, daß Mrs. Witt keine Bindungen zu ihrer Familie unterhält. In Wahrheit sind sie einander seit langem fremd ...«

Freeman schoß aus der Hüfte. »Und ist das der Grund, weshalb sie heute hier sind, Dean?«

Der Hammer knallte auf den Tisch. »Mr. Freeman, Sie werden *sämtliche* Bemerkungen an das Gericht wenden. Klar?«

»Selbstverständlich, Euer Ehren, tut mir leid.« Wie die meisten der Schachzüge Freemans war auch dieser genau berechnet. Nichts wie weg von einem Punkt, wo man keine Chance hatte, und die Aufmerksamkeit woandershin gerichtet, selbst wenn es einem eine Verwarnung wegen Mißachtung des Gerichts einbrachte. Und Thomasinos Tadel gab ihm ein paar zusätzliche Augenblicke, in denen er sich etwas Neues ausdenken konnte. »Aber Mr. Powell sollte es besser wissen. Die Familie von Mrs. Witt ist *hier und heute* zugegen und unterstützt sie ganz *offensichtlich*. Was wollen wir mehr?«

Thomasino winkte ihm zu, er solle sich setzen und verschränkte die Hände über seinem Hammer. »Mrs. Witt, von der Gegenwart Ihrer Familie wird Notiz genommen, doch das ändert nicht das Gesetz. Dies ist ein Fall, in dem eine Kaution nicht in Betracht kommt.«

»Euer Ehren ...« Freeman, ein letztes Mal.

Aber Thomasino hatte jetzt genug. Der Hammer wurde mit einem richterlichen Drohblick hochgenommen. Der Richter pochte sachte damit auf den Tisch und verkündete dann: »Haftentlassung gegen Kaution wird abgelehnt.«

5

Im Flur vor der Kammer 22 waren die Roma verschwunden, aber man hörte noch immer das übliche Stimmengewirr, das von den kahlen Wänden widerhallte.

»Wieso können sie ihr die Kaution verweigern?« fragte Phil DiStephano, Jennifers Vater. Er hatte sich mit zehn Zentimeter Abstand vor Freeman postiert, nicht unbedingt kampfeslustig, aber gewiß ohne große Herzlichkeit.

»Wir können Einspruch einlegen«, sagte Freeman, »aber ich warne Sie, daß wir verlieren werden. Und selbst falls wir gewinnen sollten, würde der Richter eine unverschämt hohe Kaution ansetzen.«

Die attraktive Mrs. DiStephano meldete sich leise hinter ihrem Ehemann zu Wort. »Wieviel, Mr. Freeman?«

Phil DiStephano wandte sich an seine Frau. »Ist doch egal, Nancy. Das können wir eh nicht bezahlen.« Allem Anschein nach hatte er wohl recht. Einerlei, wie hoch die Kaution ausfallen mochte, sofern sie tatsächlich mit ihrem Einspruch durchkommen sollten, die DiStephanos sahen nicht so aus, als ob sie das Geld aufbringen könnten.

Phil trug einen einfachen schwarzen Anzug, der nicht so aussah, als sei er in letzter Zeit gebügelt worden, dazu ein weißes Hemd, gebügelt, aber nicht neu, und eine schmale Krawatte. Die Kleidung der Mutter, allerdings nicht der Rest, erinnerte Hardy an Pat Nixon während der Checkers Speech. Sie war attraktiv genug – sogar noch immer eine Schönheit, wie einige Leute wohl sagen würden, genau wie ihre Tochter – aber irgend etwas an ihrer Haltung, in den zusammengekniffenen Lippen verriet, daß ihr Leben kein Zuckerlecken gewesen war. Der Sohn, der vielleicht dreiundzwanzig war, hatte Jeans an, Arbeitsstiefel, lange Haare, dazu ein in den Bund gestecktes Pendleton, und er kam sich reichlich großartig vor.

Eine Arbeiterfamilie, und das überraschte Hardy ein wenig.

Jennifer war in den Medien nie anders als aus der Oberschicht stammend porträtiert worden, und als Hardy gestern mit ihr gesprochen hatte, wirkte sie auf ihn – selbst in ihrer Gefängniskluft und mit all ihrem Kummer – wie die im Wohlstand lebende Frau eines erfolgreichen Arztes. Ihre Familie legte eine andere Herkunft nahe.

Als Freeman ihnen als nächstes sagte, daß sie mit einer Kaution in Höhe von einer Million Dollar oder mehr rechnen könnten, falls Jennifer überhaupt eine Kaution eingeräumt werde, platzte dem Sohn der Kragen. »Verdammte Scheiße, wo soll sie das denn herkriegen?«

»Tom!«

Freeman hob beschwichtigend die Hand. »Sehr richtig, mein Sohn. Der Punkt ist, daß sie überhaupt kein Interesse daran haben, daß sie rauskommt. Sie sind der Ansicht, daß sie einen langen Spaziergang macht und verschwindet.«

»Ich glaube nicht, daß sie das tun wird. Sie hat eine sehr überzeugende Verteidigung.« Der Mann, dem diese neue Stimme gehörte, kam nach vorn und streckte Freeman die Hand entgegen. »Ken Lightner.« Als ob der Name einiges erklären würde. »Ich bin Jennifers Psychiater«, fügte er hinzu.

Es war der andere Mann, der Hardy im Zuhörerraum aufgefallen war. Er sah einigermaßen gut aus, wirkte selbst in seinem maßgeschneiderten Anzug ein wenig stämmig und trug unter dunkelbraunem Haar einen schick getrimmten roten Bart zur Schau. Es war eine ins Auge fallende Kombination, die nach Hardys Ansicht gut aus einem Fläschchen stammen konnte.

»Wozu braucht Jenny 'nen Seelenklempner?« sagte Tom DiStephano.

Nancy DiStephano legte ihrem Sohn die Hand auf den Arm, als Lightner das Wort an ihn richtete. »Sie müssen Tom sein.«

»Nein. Ich bin die Königin von England.«

Sie stellte sich zwischen die beiden. »Sei nicht unverschämt, Tom.«

Hardy fragte sich, ob Tom DiStephano sich überhaupt genug im Griff hatte, daß er mit voller Absicht irgendeine klare Haltung – selbst Unverschämtheit – an den Tag legen konnte. Was auch immer die Ursache seines Zornes war, er machte ihm offenbar reichlich zu schaffen. Tom blickte im ganzen Flur um sich, als ob er nach einem Ausgang, einer Fluchtmöglichkeit suchte. Seine Mutter hielt ihn immer noch am Arm fest, aber er schüttelte sie ab und wandte sich an Hardy. »Versucht ihr Burschen, sie als verrückt hinzustellen? Läuft die Sache darauf hinaus? Glaubt ihr, daß sie verrückt ist?«

»Nein, keineswegs.« Lightner schien sich um einen verständnisvollen Ton zu bemühen, wollte jedermann einbeziehen.

Doch dies hier war Freemans Show, und er war nicht gewillt, die Hauptrolle freiwillig abzugeben. »Wir haben uns noch nicht für eine Strategie entschieden«, sagte er. »Jennifer ist unschuldig, bis ihre Schuld bewiesen ist. Ich kann doch davon ausgehen, daß wir uns hierin alle einig sind?«

Es war eine vielschichtige Szene – Zorn, Machtkampf, Sorge, Trauer, Macht. Bruder Tom stand im Mittelpunkt des Ganzen, vielleicht ein wenig entschärft, doch Hardy hoffte, daß niemand diesen Augenblick wählte, um ihn weiter zu bedrängen. Er würde ausrasten.

Jetzt allerdings, weil keiner da war, dem er seine Wut an den Kopf werfen konnte, stand Tom da und ballte die Fäuste, hatte die Füße auf den Boden gestellt, atmete schwer. »Na ja«, er hielt kurz inne, suchte in dem breiten und hallenden Flur mit seinem Linoleumboden, an der hohen Decke nach einer Antwort auf irgendwas. »Na ja, einfach alles Scheiße.«

»Wir alle müssen mit dem hier klarkommen«, sagte Lightner. »Dies hier ist eine Situation, die einen sehr mitnimmt, und es ist ohne Frage ganz in Ordnung, wenn man wütend wird, wir alle werden wütend …«

Hardy warf Freeman einen kurzen Blick zu. Alle Berufe hatten ihren eigenen Jargon. Das da galt unter Lightners Kollegen wahrscheinlich als normale Unterhaltung. Aber Nancy machte sich weder etwas aus Wut noch aus Jargon. »Die werden doch nicht wirklich die …«, sie bekam das Wort Todesstrafe nicht über die Lippen, »… für meine Tochter beantragen, oder?« Sie war den Tränen nahe, umklammerte die Hand ihres Mannes.

Hardy dachte sich, er würde ein wenig Aufmerksamkeit von Freeman abziehen, den Druck rundum verteilen. »Wir sind noch ein ganzes Stück weit davon entfernt, Mrs. DiStephano, daß es überhaupt zu einem Prozeß kommt, geschweige denn zu einem Urteil und einer Strafe. Wir müssen uns darüber noch gar keine Gedanken machen …«

»Darüber machen wir uns verdammt noch mal besser Gedanken«, sagte Tom. »Wenn wir uns nicht jetzt gleich darum kümmern, passiert's auf jeden Fall.«

»Tom, wissen Sie etwas, das ich nicht weiß?« sagte Hardy.

Jetzt, da er ein Ziel hatte, zog Tom vom Leder. »Ja doch, ich weiß was. Ich weiß, Leute wie wir kriegen keinen fairen Prozeß, das weiß ich. Nicht gegen die da.«

»Nicht gegen wen? Was denn für Leute wie Sie?«

»Arme Leute, Arbeiter, verdammt noch mal. Gegen die Leute, die Geld haben.«

»Jennifer hat etwas Geld, Tom«, sagte Phil.

»Es ist nicht ihr Geld, Pop, und du weißt das. Es ist Larrys Geld. Genau darum geht's hier, der Rest ist alles nur Scheißdreck! Die wollen ihr Geld zurückhaben.«

»Wer will das?« fragte Hardy.

»Sie lassen sie nicht rein. Sie paßt einfach nicht zu den feinen Leuten, oder? Genau wie wir nicht dazu passen, wie Larry uns kaltgestellt hat. Außer, daß Jen versucht hat, sich gewaltsam zu ihnen reinzudrängeln, oder nicht? Hat ihren schicken Doktor geheiratet. Ist in ihrem schicken Auto rumkutschiert. Hat versucht, eine von ihnen zu sein. Und das lassen sie einem nicht durchgehen, oder? Dafür wollen sie einem an den Kragen …«

»Kein Mensch will ihr an den Kragen, Tom …«

»Mom, du *kapierst* es einfach nicht. Du schluckst ihren Scheiß. Deshalb haben wir es zu nichts gebracht …«

»Tom, Schluß jetzt!« Phil stellte sich zwischen seinen Sohn und seine Frau, aber jetzt bekam er von Tom sein Fett ab. »Aber ja doch, klar. Und du schluckst einfach alles, Pop, oder nicht?«

Es passierte blitzschnell. Phils Hand zuckte vor und verpaßte seinem Sohn mit der vollen Handfläche eine feste Ohrfeige hoch oben auf der Backe. Der Knall hallte im Flur. »Untersteh dich, in diesem Ton mit mir zu reden!«

Die Männer standen sich wie Boxer gegenüber, Nancy hatte sich zwischen sie gestellt. Sie hatte zu weinen angefangen. Tom trat den Rückzug an, funkelte seine Eltern an. »Ach, scheiß drauf«, sagte er schließlich, drehte sich um und lief den Flur hinunter.

Seine Mutter wandte sich an die zwei Anwälte. »Tut mir leid mit meinem Sohn. Er glaubt, die Welt …« Sie ließ es ungesagt, hatte Tränen in den Augen.

Das war der richtige Augenblick. Die Schutzmaßnahmen waren außer Kraft gesetzt. Freeman fand, daß er das ausnutzen konnte. Er knöpfte sich Phil vor. »Haben Sie Jennifer oft zu Gesicht bekommen, Mr. DiStephano? Ich meine, besuchen Sie einander?«

»Na ja, sicher. Sie ist meine Tochter, oder nicht? Wir mögen uns alle sehr, selbst Tom … er ist einfach ein Hitzkopf. Wie Sie da drin gesagt haben, genau deswegen sind wir ja heute hier.«

Freeman wandte sich an Mrs. DiStephano.

Sie schüttelte den Kopf. »Wir haben sie seit Jahren nicht mehr zu Gesicht bekommen.«

Phil versuchte abzuwiegeln. »He, Larry hat eine Menge um die Ohren. Es lag nicht daran, daß er keine …«

Nancy schnitt ihm das Wort ab. »Larry erlaubte es ihr nicht. Wir haben die drei nie zu Gesicht bekommen. Nie.«

Hardy, Freeman und Lightner sahen zu, wie Jennifers Mutter steif wegging, einen Schritt hinter ihrem Mann. Ein junges Pärchen tauchte hinter den beiden aus einer der Türen auf, lachend und einander umarmend – vielleicht hatte Thomasino einem von ihnen noch einmal eine Chance gegeben.

Freeman, diesmal ganz Mr. Small Talk, wandte sich an den Psychiater Lightner: »Also, wie sieht Jennifers Verteidigung aus, Doktor?«

Entspannt, die Hände in den Hosentaschen, mußte Lightner gar nicht erst darüber nachdenken. Er wies mit dem Kinn auf Jennifers Eltern weiter vorne im Flur. »Ein wenig verhaltensauffällig, meinen Sie nicht auch? Ich hatte mir das schon in etwa so gedacht.«

»Sie hatten sich das schon in etwa so gedacht«, wiederholte Hardy. Die drei Männer bahnten sich den Weg durch die Menge zum Lift. Hardy und Freeman wollten noch nach oben fahren, um mit Jennifer zu reden, wollten herausfinden, ob sie überhaupt eine Mandantin hatten.

Lightner nickte. »Sie haben soeben ein schönes Anschauungsbeispiel gesehen. Es wird über Generationen hinweg weitergegeben, wissen Sie. Der Vater verprügelt Mutter und Kinder. Die Kinder wiederum verprügeln ihre eigenen …«

»Wer verprügelt wen?« fragte Freeman.

Lightner machte halt. »Nein, *nein* … ich will damit sagen, Larry natürlich.«

»Larry hat Jennifer verprügelt?« Das war neu für Hardy. Wahrscheinlich auch für Freeman. Vielleicht nicht für Powell. Jedenfalls hatte Jennifer nichts dergleichen erwähnt.

Freeman war schon einen Schritt weiter. »Wenn Sie vom heißen Bett reden, ist der Junge meiner Meinung nach ein großes Problem.«

Das »heiße Bett« hatte in Juristenkreisen einige Furore als brauchbare Verteidigungsstrategie bei Mord gemacht. Wenn ein Ehepartner lange genug mit Prügeln malträtiert worden war, dann war es – diese Entscheidung hatten einige Jurys gefällt – gerechtfertigt, den Ehepartner, der einen mißhandelte, in einer Art Notwehrhandlung umzubringen, selbst wenn das Ereignis als solches in eine Zeit relativer Ruhe fiel, etwa wenn der Betreffende schlief. Dies ging weit über den üblichen juristischen Standard der Notwehr hinaus, demzufolge die angegriffene Person in unmittelbarer Lebensgefahr schweben mußte.

»Wieso ist Matt ein Problem?« fragte Lightner.

»Weil mißhandelte Ehefrauen ihre Kinder nicht umbringen«, sagte Freeman. »Falls sie überhaupt eine mißhandelte Ehefrau war.«

»Das *war* sie. Und vielleicht geschah es ja unabsichtlich, wenn es passiert ist, während sie sich verteidigte.«

»Das würde einem eine Jury nicht abkaufen«, sagte Freeman.

»Glauben Sie, daß sie es gewesen ist?« fragte Hardy abrupt.

Zum erstenmal schien Lightner sorgsam über eine Antwort nachzudenken. »Sie hatte guten Grund dazu«, sagte er.

Das gefiel Hardy nicht. Noch jemand, diesmal nicht einmal mit der Staatsanwalt assoziiert, der die sogenannte sachlich begründete Meinung vertrat, daß seine Mandantin »guten Grund hatte«, ihren Mann umzubringen. »Weil ihr Mann sie verprügelt hat?«

»Das heißt natürlich nicht, daß sie es wirklich getan hat«, fügte Lightner schnell hinzu.

Hardy nahm den Psychiater aufs Korn. »Was genau *sagen* Sie denn nun eigentlich?«

»Ganz gewiß sage ich *nicht*, daß sie es getan hat, Mr. Hardy. Ich *sage* aber, daß Sie sich vielleicht die einschlägige Literatur durchlesen sollten. Die Leute drehen durch in einer Situation wie der, in der sich Jennifer befand. Und dies verständlicherweise. Ich sage nur, daß, *falls* dies Jennifer widerfahren ist, *falls* sie so schrecklich mißhandelt wurde, wie ich vermute ...«

»Ich dachte, Sie hätten soeben gesagt ...«

»... dann sollte dies ein Kernpunkt ihrer Verteidigung sein. Und das ist *alles*, was ich sage, Mr. Hardy.«

Er nimmt sie nach beiden Seiten in Schutz, dachte Hardy bei sich.

Der Aufzug kam. »Wir fahren nach oben.« Freeman verabschiedete ihn, schwächte es dann ab. »Danke für die Information.«

»Gern geschehen. Bitte melden Sie sich jederzeit bei mir.« Und Lightner verschwand hinter der zugleitenden Tür.

Sie warteten darauf, daß Jennifer in das Besucherzimmer der Frauen gebracht würde. Freeman las sich weitere Teile der Akte durch; Hardy saß auf der anderen Seite des kleinen Tischs und genoß die Aussicht durch das Fenster – eine Gefängniswärterin, die Papiere in einen vorsintflutlichen Metallschrank einsortierte.

»Wissen Sie« – er drehte sich nicht um –, »ein Mann mit Ihrem Einfühlungsvermögen und Ihrer Erfahrung sollte das hier eigentlich allein durchziehen können.« Hardy hatte erst überredet werden müssen, erneut ins sechste Stockwerk hochzufahren. Es war kein angenehmer Ort.

»Sie hat mich noch nicht kennengelernt.« Freeman unterbrach seine Lektüre nicht.

»Sie hat Sie soeben unten kennengelernt, wissen Sie das noch? Kammer 22. Großer Saal, ein Richter ganz vorne.« Freeman hob die Triefaugen. Hardy kam um den Tisch herum, beugte sich über den Anwalt. »Wissen Sie, eine der Sachen, an die ich glaube, ist die, daß alle Leute versuchen sollten, jede Nacht ein bißchen zu schlafen.«

»Ich kriege genug Schlaf«, knurrte Freeman.

»Dann eben ein Schönheitsschläfchen, Sie könnten mehr davon gebrauchen.«

»Hören Sie.« Er wechselte die Strategie. »Vielleicht übernehmen wir die Sache gar nicht. Ich möchte schon, verstehen Sie mich nicht falsch, aber wenn es kein Honorar geben sollte … und außerdem ist da noch die Tatsache, daß ich es ihr nicht verübeln würde, wenn sie mich jetzt gleich aus eigenem Antrieb abserviert. Ihre Reaktion auf mich war alles andere als herzlich. Um *diese* Möglichkeit auszuschalten, habe ich Sie gebeten, mich zu begleiten – Sie schien aus irgendeinem Grund einen Draht zu Ihnen zu haben. Vielleicht können Sie hier zumindest die Rolle des Puffers übernehmen. Ich habe das schon mal erklärt.«

»Ich weiß. Ich hab es sogar kapiert.«

»Also worum geht's?«

»Ich versuche bloß, Sie etwas aufzuheitern, David. Wir haben unten schon eine Runde verloren. Wenn wir scharf auf diesen Fall sind, dann empfiehlt es sich vielleicht, ein bißchen verbindlich aufzutreten.«

Freeman schnitt ihm eine Grimasse. »Verbindlichkeit gibt's bei mir nicht.« Trotzdem quälte er sich ein müdes Lächeln ab. »Deshalb brauche ich Sie ja.«

Sie quälten sich durch die ersten Minuten. Jennifer, angespannt, sagte nichts, während Freeman die Sache mit der Kaution erklärte – daß es einfach nicht viel gab, was ein Anwalt bei einem Mordfall wie dem ihren tun konnte. Das Ganze war außerdem eine Art Verkaufskampagne – die Strafverteidigung mochte Freemans innere Berufung sein, aber er verdiente sich auch seinen Lebensunterhalt damit und fühlte sich dazu verpflichtet, zunächst einmal klarzustellen, wie sehr er sich ins Zeug gelegt hatte, bevor er weitermachte, aber das einzige, was sie von ihm wollte, war, daß er Berufung gegen die Ablehnung der Kaution einlegen sollte.

»Sie können doch nicht wollen, daß ich hier *drinbleiben* muß?«

Hardy stand mit dem Rücken zur Tür, die Hände in den Hosentaschen. Nach einer Nacht im Gefängnis war Jennifer mehr denn je davon überzeugt, wie wichtig es für sie war, Kaution stellen zu dürfen, und das verstand er gut.

Freeman verschränkte vor sich die Hände auf dem Tisch und sprach ganz ruhig. »Natürlich nicht, Mrs. Witt. Aber wir müssen uns mit den Gegebenheiten auseinandersetzen, und ich fürchte, eine davon hat mit Geld zu tun.«

»Geld. Es geht immer ums Geld, oder etwa nicht?«

Einen Augenblick lang dachte Hardy, daß sie sich beinahe wie ihr Bruder anhörte.

Freeman öffnete die Arme zu einer entschuldigenden Geste. Allerdings, dachte er, oft geht es ums Geld. Er fühlte sich verpflichtet, ihr die Lage jetzt gleich zu verdeutlichen, wie unangenehm dies auch sein mochte. »Sie könnten auf die Berufung hin vielleicht eine Kaution in Höhe von einer Million Dollar bekommen. Das bedeutet hunderttausend für den Kautionssteller, der das übernimmt. Plus die Kosten für die Berufung. Wenn Sie das nicht hinkriegen, müssen Sie sich beim Prozeß mit einem Pflichtverteidiger begnügen.«

Ihr Blick – schnell und erschrocken – wandte sich zur Tür. »Warum nicht Sie und Mr. Hardy?«

Freeman verschränkte erneut die Hände. »Offen gesagt, beläuft sich unser Vorschußhonorar ... es ist *meine* Entscheidung ... auf zweihunderttausend Dollar, und jeder andere würde dasselbe verlangen. Also halten Sie sich an den Pflichtverteidiger, wenn Sie das Geld nicht aufbringen können.« Freeman glaubte nicht nur, es sei besser, von vornherein notfalls brutal offen aufzutreten, sondern neigte auch zu der Ansicht, daß es für den Mandanten besser war, wenn man seine Zähne zeigte, damit er eine Vorstellung davon bekam, wie knallhart man erst mit seinen Feinden umspringen würde, wenn man schon bei den eigenen Leuten keine Milde walten ließ. Er hatte längst aufgehört, sich zu fragen, ob das eine Ausrede war. Er konnte sich solche Überlegungen gar nicht leisten, sagte er sich.

»Aber ist ein Pflichtverteidiger nicht einfach irgendwer?«

»Nein, Pflichtverteidiger müssen gerichtlich bestellt sein. Und bei Mordfällen kann man von einem beträchtlichen Kompetenzniveau ausgehen.«

»Ein Kompetenzniveau«, murmelte sie und schüttelte den Kopf.

»Es tut mir sehr leid, aber so sieht die Sache aus ...«

»Aber das hier ist mein *Leben!*«

»David.« Hardy hatte das Gefühl, er müßte sich an diesem Punkt einmischen. Alles, was Freeman gesagt hatte, mochte wichtig und sogar wahr sein, aber Hardy ging es nicht primär ums Geld, und er hatte den Verdacht, daß es Freeman im Grunde ebensowenig darum ging, obgleich er das Gegenteil überzeugend vorzuführen verstand.

Jetzt hob der alte Mann die Augen mit den Tränensäcken. »Was gibt's?«

»Lassen Sie uns einen Augenblick nach draußen gehen.«

Sie ließen Jennifer an dem Tisch in dem winzigen Zimmer sitzen. Draußen, in dem kahlen Flur, wo der Lärm aus dem Gefängnis jetzt viel lauter zu hören war, kam Hardy zur Sache. »Wie wär's, wenn wir die Sache mit dem Geld später ansprechen?«

»Wann?«

»Später.«

»Die Sache muß geklärt werden, Diz. Sie hat keine Lust, den Anwalt zu wechseln.« Er kratzte an den Falten um sein rechtes Auge. »Wenn sie nicht genug hat, dann hat es nach den Standesrichtlinien überhaupt keinen Sinn, daß wir loslegen. Ich will es einfach herausfinden, die Sache klarstellen.«

»Sie nehmen Sie in die Zange, nichts weiter.«

Freeman wischte das beiseite. »Zange, Schlange, wir müssen wissen, was Sache ist, und wir müssen es jetzt wissen.« Er klopfte Hardy auf die Schulter. »Schauen Sie, ich weiß, daß es ein attraktiver Fall ist. Zum Teufel, wir könnten es zu Reklamezwecken *pro bono* machen. Aber ich will wissen, woran wir sind, und jetzt ist der Zeitpunkt, es herauszufinden. Anschließend … nun, ich werde es wieder wettmachen.« Er senkte den Kopf. »Lassen Sie uns wieder reingehen. Ich mach's kurz und schmerzlos. Ehrenwort.«

Freeman saß Jennifer gegenüber. »Mr. Hardy und ich bedauern, daß wir Ihnen dies hier nicht ersparen können, Jennifer, aber wir müssen über Ihre finanzielle Lage Bescheid wissen. Das wird uns bei der Klärung helfen, wie wir weitermachen.«

Jennifers Kiefermuskeln traten hervor, ihr Gesicht blieb ausdruckslos. »Nun, ich glaube nicht, daß Geld ein Problem ist … die Versicherung, wissen Sie.«

Freeman schüttelte den Kopf. »Nein, Jennifer. Die Versicherung wird das Geld einbehalten, bis Sie dies hier durchgestanden haben. Wenn man Sie verurteilt, wird sie nicht bezahlen.«

Hardy konnte es nicht glauben, versuchte sie tatsächlich zu lächeln? »Aber Sie werden dafür sorgen, daß man mich nicht verurteilt.«

Freeman schüttelte den Kopf. »Ich bin leider nicht interessiert an Glücksspielen, wenn es um mein eigenes Geld geht, Jennifer.« Hardy dachte bei sich, daß sein Partner nicht gelogen hatte – Verbindlichkeit gab's bei ihm nicht. »Also lassen wir das beiseite«, sagte Freeman gerade. »Was noch? Abgesehen von der Versicherung, will ich damit sagen.«

Sie wohnten jetzt seit fünf Jahren in ihrem Haus, sagte sie, aber sie hatten es teuer gekauft, genau zu dem Zeitpunkt, als der Markt wieder ein wenig nachgab. Der reine Wert nach Abzug aller Verbindlichkeiten lag wahrscheinlich bei siebzigtausend Dollar oder ein bißchen weniger. Vorausgesetzt, daß sie das Haus verkaufen konnte. Das laufende Konto belief sich auf rund zwanzigtausend Dollar. Sie hatten ein paar Aktien, weitere fünfundsechzigtausend. Möbel, ein bißchen Schmuck, zwei Autos. Zu Flohmarktpreisen, nahm Freeman an.

»Was passiert, wenn man gegen Kaution rauskommt und … wie

sagt man? ... sie sausen läßt?« fragte Jennifer. Dann, auf Freemans finsteren Blick hin, »rein theoretisch, meine ich.«

»An so etwas sollten Sie noch nicht mal *denken*. Und lassen Sie niemanden hören, daß Sie danach fragen. Apropos, reden Sie hier im Gefängnis mit *niemandem* über *irgend etwas*. Das ist ein guter kostenloser Ratschlag. Also, wenn Sie sie sausen lassen – erstens verlieren Sie das Geld, das Sie verauslagt haben. Und zwar die *ganze* Summe, und dann wird man Sie schnappen, glauben Sie mir, man schnappt Sie. Dann kriegen Sie nie im Leben einen neuen Kautionssteller. Und schließlich haben Sie den ganzen Justizapparat davon überzeugt, daß Sie schuldig sind, und zweitens ...«

»B«, warf Hardy ein.

»Und zweitens, hat man daraufhin ein höllisches Vorurteil gegen Sie. Es ist eine ganz, ganz schlechte Idee. An so etwas sollten sie noch nicht einmal denken.«

»Dabei hat sie gar keine Kaution, die sie sausen lassen könnte«, erinnerte ihn Hardy.

»Probt ihr Typen das eigentlich?« fragte sie.

Freeman kritzelte auf seinem Notizblock herum. Er sah hoch. »Hier steht, was ich bekomme – selbst wenn Sie Ihr Haus verkaufen und alles übrige versilbern, reicht es immer noch nicht. Wir wollen Ihnen helfen, aber ich fürchte, ich muß dem Richter mitteilen, daß wir den Fall abgeben ...«

Jennifer sah ihnen trotzig ins Gesicht. »Ich habe noch mehr«, sagte sie. »Es gibt noch ein anderes Konto.«

Freeman hielt im Zusammensuchen seiner Papiere inne. Hardy zog einen Stuhl heran und setzte sich rittlings darauf. »Was meinen Sie damit, ein anderes Konto?« fragte Freeman.

Jennifer sah zu Boden, schluckte. War offensichtlich nervös. »Manchmal ... hatte ich einfach nicht den Eindruck, daß Larry und ich es packen würden, wissen Sie? Und ich dachte mir, na ja, falls ich auf eigenen Beinen stehen müßte, mit Matt, meine ich ...« Sie sah erst den einen Mann an, dann den anderen. »Ich meine, ich hatte einfach das Gefühl, daß ich mir lieber etwas für mich und Matt zurücklegen sollte. Nur für den Fall, daß ...«

»Nur für den Fall, daß was?« Freeman starrte sie an.

»Na ja. Sie wissen schon, wie ich gesagt habe, für den Fall, daß es nicht klappen sollte mit Larry und mir. Falls ich weglaufen müßte oder sonstwas ...«

»Weglaufen *wovor*?« Freeman erinnerte sich daran, was der Psychiater Lightner über körperliche Mißhandlung gesagt hatte.

»Wollen Sie damit sagen, daß Ihr Mann Sie verprügelt hat?« fragte Hardy. »Das haben Sie nie …«

Jennifer hob die Hand ans Gesicht, als wollte sie nach blauen Flecken fühlen, die ihr wieder in den Sinn gekommen waren. »Nein, das hat er nicht, nicht wirklich, aber, Sie wissen schon … trotzdem, falls ich es jemals wirklich brauchen sollte …«

Sie brachte es unter Gestotter ans Licht. Sie hatte seit rund neun Jahren Geld abgezwackt und gehortet. Trotz Larry, der alles im Griff behielt, war es ihr gelungen, »hier ein bißchen, da ein bißchen« abzuzweigen, ein bißchen zu übertreiben, was sie für Matt ausgegeben hatte, für Spielzeug, Bekleidung, Make-up, Inneneinrichtung, alles, was ihr einfiel. Die Zahlen hatten sich zuletzt bis auf rund tausend Dollar pro Monat summiert, und sie hatte gelernt, das Geld in riskante Aktiengeschäfte zu investieren, so daß sich das Konto jetzt auf beinahe dreihunderttausend Dollar belief, unbelastet und flüssig.

»Nun«, sagte Freeman und erlaubte sich ein Lächeln, »wenn Sie uns immer noch haben wollen, Mrs. Witt, dann können Sie auf uns zählen.«

Hardy lächelte nicht. Jennifers Enthüllung, egal wie gerechtfertigt Jennifer sie hinstellen mochte, lag ihm noch immer im Magen. Um die Wahrheit zu sagen, er hätte lieber gar nichts davon gewußt.

6

»Erzählen Sie mir was über Larry Witt.«

Jennifer und Freeman saßen einander am Tisch gegenüber. Hardy spielte an der Innenseite der Tür Mäuschen. Freeman hatte aus seiner Aktenmappe eine Thermoskanne Kaffee hervorgezogen, und jetzt standen drei dampfende Styroporbecher auf dem Tisch.

»Was wollen Sie wissen? Über ihn und mich?«

»Ich will alles wissen.« Freeman hatte sein Sakko und einen Arm über die Stuhllehne drapiert. Er saß krumm und schief da, sein

Hemd war ihm halb aus der Hose gerutscht. »Aber ich schätze mal, wir sollten damit anfangen, wie oft er Sie verprügelt hat.«

Jennifer blinzelte, fing sich dann wieder. Sie riß die Augen auf, richtete sie auf Freeman, bevor sie auf Hardy zur Ruhe kamen. »Ich habe gesagt, daß wir uns gestritten haben, nicht, daß Larry mich verprügelt hat.«

Freeman streckte die Hand aus, nach hinten, wo Hardy stand, verwehrte ihm die Antwort. Er sprach in beruhigendem Ton. »Aber er hat Sie verprügelt?«

»Ich sehe nicht, wieso das eine Rolle spielen sollte.«

Freeman sprach mit leiser, überzeugender Stimme weiter. »Es spielt eine Rolle, Jennifer, weil es Ihnen eine Verteidigung ermöglicht. Es gibt den Geschworenen etwas, an das sie sich halten können.« Hardy mußte notgedrungen Notiz davon nehmen, daß dies ganz anders klang als das, was Freeman vorhin unten zu Dr. Lightner gesagt hatte. Vorhin nämlich hatte Freeman angemerkt, daß es einem angesichts des Todes von Matt schwerfallen würde, den Geschworenen mit der Argumentation zu kommen, man habe als verprügelte Ehefrau in Notwehr gehandelt. »Hat er Sie also in der Tat verprügelt?«

Sie nahm sich einen Augenblick Zeit, und man sah, daß sie die Zähne zusammenbiß. »*Ich habe Larry nicht umgebracht*, Mr. Freeman. Es ist mir egal, was für Gründe Sie sich zusammenreimen, wieso ich es getan haben könnte, ich *habe es nicht getan* ... Was ist mit Matt? Mein Gott, wollen die etwa auch noch behaupten, daß ich Matt umgebracht habe?«

»Das behauptet man bereits, Jennifer.«

Ihr Lachen war so schneidend, daß die Stimme überschnappte. »Und was geben sie als Grund an? Wieso sollte *ich so was* tun? Haben Sie sich das schon mal überlegt? Wie kommen die eigentlich darauf, daß ich meinen Sohn umgebracht hätte?«

Freemans Stimme blieb weiterhin tonlos, ruhig. »Wir sprechen nicht von Matt, Jennifer. Jetzt im Moment sprechen wir von Larry.«

»Larry ist mir *egal*.« Jennifer schlug mit der Faust auf den Tisch. »*Ich habe Matt nicht umgebracht.* Begreifen Sie das denn nicht?« Sie sah auf und Hardy an.

Er hatte das Gefühl, daß er ihr antworten mußte. »Man wird vorbringen, daß Matt rein zufällig aufgetaucht ist, daß Sie Panik bekommen haben oder daß er Ihnen irgendwie in die Quere kam, als Sie Larry erschossen haben.«

Sie schloß die Augen, holte tief Luft. »Aber ... aber wenn es ein Zufall war, dann ist es doch kein vorsätzlicher Mord, oder? Ich meine, es ist nicht passiert, aber wenn sie behaupten, es sei passiert, dann ist es doch nicht dasselbe wie bei Larry ...« Ihr Gesicht war leichenblaß.

Hardy war versucht, es ihr zu erklären, wie Drysdale und Powell es ihm dargestellt hatten. Er widerstand dem Impuls, aber es beunruhigte ihn ein wenig, daß sie überhaupt danach gefragt und das Ganze dann schnell abgestritten hatte.

Zur gleichen Zeit, als hätte sich soeben eine Vermutung bestätigt, nickte Freeman und richtete sich auf, beugte sich etwas nach vorn, wobei er die Hände auf dem Tisch verschränkte. Wieder klang seine Stimme sorgfältig moduliert, doch sie war das Instrument eines Virtuosen, und diesmal schwang unter dem beschwichtigenden Ton eine leise Drohung mit. »Ich möchte, daß Sie sich über eines völlig im klaren sind, Jennifer. *Ich* unterstelle Ihnen überhaupt nichts. Aber Sie sollten wissen, daß ich alles, was Sie mir erzählen, weder glauben noch anzweifeln werde. Alles. Ob Sie die Tat nun begangen haben oder nicht. Weshalb oder weshalb nicht.«

»Aber ich habe ...«

Freeman hielt ihr eine nach vorn gedrehte Handfläche entgegen. »Sie müssen mir glauben, daß die Anklage, falls Ihr Mann Sie tatsächlich geschlagen hat, wieder und wieder auf diesem Punkt herumreiten wird, weil es ein Motiv für Sie war, ihn zu töten. Nun, wenn Sie und Larry sich *ein einziges Mal* in die Wolle gerieten und er Ihnen eine runtergehauen hat, dann wird das die meisten Jurys nicht überzeugen, daß er Ihnen damit einen Grund gegeben hat, ihn umzubringen. Aber wenn wir Kontra geben und zeigen können, daß das in Ihrer Ehe regelmäßig vorkam und daß Sie unter ständiger Furcht und ständigem Streß lebten, dann haben wir zumindest das Argument der Anklage widerlegt. Einerlei, ob Sie ihn nun getötet haben oder nicht ...«

Jennifer schüttelte den Kopf. »Ich habe ihn nicht umgebracht, aber falls ich es getan hätte, dann wäre es gerechtfertigt gewesen? Geht es darum?«

Hardy richtete sich auf. Er hatte soeben dasselbe gedacht, daß man schlicht nicht beides haben konnte. Grund oder kein Grund, entweder hatte sie ihn umgebracht oder nicht.

Jennifer begriff den Unterschied, und er war ihr wichtig. Gut, dachte Hardy. Doch dann mußte er sich wieder mit einem anderen ketzerischen Gedanken herumschlagen … eine Frau, die Geld unterschlug und einen logischen Verstand besaß, die auf lange Sicht planen und diesen Plan in die Tat umzusetzen vermochte? Zählte Jennifer Witt womöglich zu der Sorte Mensch, die straffrei einen Mord begehen konnte?

Freeman aber ließ nicht locker. »Wir werden uns aus alldem schon *irgendeine* Verteidigung zusammenbasteln, aber wir sollten, verdammt noch mal, auf alle Argumente vorbereitet sein. Und ich fürchte, wenn Sie nur immerzu wiederholen, ›ich habe es nicht getan‹, dann wird das wenig helfen.«

Hardy kam vor zum Tisch. Jennifers Gesicht war verschlossen, ihre Augen funkelten zornig. Es sah aus, als ob sie gleich weinen würde. Unversehens griff Freeman über den Tisch und legte seine Hände über die Jennifers. »Lassen Sie uns einfach miteinander reden, Jennifer, abgemacht? Hat Larry Sie geschlagen?«

Sie nickte. »Aber es war nicht – na schön, es gab ein paar Male, da hat er zugeschlagen, aber … ich schätze, es war meine Schuld …«

»Inwiefern sollte es denn Ihre Schuld gewesen sein?« fragte Hardy.

»Na ja, ich hab Mist gebaut. Ich machte einfach, ich weiß auch nicht, machte einen Fehler und …«

»Und dann hat Ihr Mann Sie geschlagen?« Freeman, der dies alles bereits von vielen Mandanten gehört hatte, klang noch immer ungläubig.

Jennifer machte eine Faust und schlug damit auf den Tisch. War das Schauspielerei? Hardy konnte es nicht sagen.

»Schauen Sie, bitte hören Sie auf zu sagen, daß er mich geschlagen hat. Vielleicht hat er mir ein paarmal eine Ohrfeige verpaßt, aber es war nicht, als ob er … er mich verprügelt hätte. Er wurde oft wütend, das schon. Aber er hat mich geliebt, und ich habe ihn einfach enttäuscht, weil ich das nicht schaffte, was ich hätte schaffen sollen.«

»Und dann was?« sagte Freeman.

»Was und dann was?«

»Was ist dann passiert, nachdem Larry Sie geschlagen … Ihnen eine Ohrfeige verpaßt hat?« Er fügte nicht hinzu, zu Ihrem Besten. Er wartete ab. Das Ganze wurde jetzt allmählich ernst.

Sie duckte erneut den Kopf – die Angewohnheit legte eine unterdrückte, geprügelte Grundeinstellung nahe, und die Geste kam einem schon beinahe vertraut vor. »Er fühlte sich schrecklich, ich weiß es. Ich konnte nicht glauben, daß ich bei ihm solche Gefühle geweckt hatte …«

»*Sie* haben solche Gefühle bei ihm geweckt? Wie denn?«

»Indem ich Mist gebaut habe. Wenn ich das nicht …«

»Dann hätte er Sie nicht geschlagen?«

»Ja. Verstehen Sie?«

Hardy und Freeman tauschten einen Blick, dann fragte Freeman weiter. »Also war Larry schrecklich zumute, nachdem er Sie geschlagen hatte?«

»Entsetzlich. Wirklich. Er hat mich wirklich geliebt, wissen Sie. Ich weiß, was Sie jetzt denken, aber es stimmt einfach nicht. Er war der einzige, der mein wahres Ich kannte. Hinterher war er immer so liebevoll, brachte mir am nächsten Tag Blumen mit.« Jetzt schien ihr irgend etwas peinlich zu sein. »Manchmal war das die schönste Zeit. Hinterher, meine ich.«

»Nachdem er Sie geschlagen hatte?«

»Aber es kam nur ein paarmal vor, stimmt's? Das haben Sie eben gesagt. Und ein paarmal heißt zweimal oder dreimal?« fragte Freeman.

Sie gab nicht nach. »Nein, nein, es war zweimal. Ich meinte nicht manchmal, ich meinte beide Male.« Sie nickte. Es sah so aus, als wäre dies das Ende vom Lied. Aber daß sie so damit zögerte, die Mißhandlungen zuzugeben, war schwer zu begreifen.

Freeman warf einen Blick auf den Hefter, der vor ihm auf dem Tisch lag. »Lassen Sie uns darüber reden, wer Larry erschossen hat, wenn Sie es nicht waren. Ich will damit sagen, *weil* Sie es nicht waren. Irgendeine Idee?«

Es dauerte einen Moment, bis sie umgeschaltet hatte, dann griff sie nach dem Kaffee. Ihre Augen sahen besser aus. »Er hat viel gearbeitet, er war Arzt.«

»Ja, aber hatte er Feinde, irgendwen, der ihm an den Kragen wollte?«

»Na ja, vielleicht seine erste Frau … Ich weiß, es klingt lächerlich, ich will seine erste Frau nicht beschuldigen oder sonstwas. Ich weiß, daß sie ihn nicht umgebracht hat.«

»Woher wissen Sie das, Jennifer?«

»Na ja, ich meine, sie würde es einfach nicht tun, nicht nach all der Zeit. Es hätte doch gar keinen Sinn.«

»Hätte es den denn früher gehabt?«

Sie fummelte an dem Styropor herum, zupfte daran herum, setzte sich auf dem harten Stuhl anders hin. »Na ja, wissen Sie, es war eine von den Geschichten, wo sie arbeiten ging, während er Medizin studierte, und dann machte er Examen, und sie vertrugen sich einfach nicht mehr. Ich schätze, sie war damals sehr unglücklich deswegen.«

»Spielten Sie denn eine Rolle dabei?«

Sie zog einen Flunsch, was Hardy ein bißchen affektiert vorkam. Schauspielerei. Jennifer Witt war nicht leicht zu durchschauen.

Freeman stocherte weiter. »Also Larrys Ex-Frau, wie hieß sie?«

»Molly.«

»Und, ich frage erneut, waren Sie denn auf der Bildfläche aufgetaucht, als Molly und Larry sich trennten?«

»Na ja, sie hatten bereits ihre Schwierigkeiten.«

Womit diese Frage beantwortet war.

»Haben Sie Molly der Polizei gegenüber erwähnt?«

»Nein. Ich habe Ihnen ja gesagt, sie würde doch nicht ...«

»Ich versuche nur, alle Eventualitäten abzudecken, Jennifer.« Freeman kritzelte irgend etwas auf seinen Notizblock, und Hardy kam heran und setzte sich wieder an den Tisch. »Sonst jemand, der Larry nicht leiden konnte? Was ist mit Tom?« Jennifers heißblütiger jüngerer Bruder hatte einen bleibenden Eindruck hinterlassen.

Wieder wäre sie um ein Haar aufgesprungen, mußte sie blinzeln, fuhr sie hoch, als hätte Freeman ihr eine Ohrfeige verpaßt. »Was ist mit Tom? Wieso wissen Sie von Tom?«

Freeman ignorierte ihre Reaktion. »Was war mit ihm und Larry?«

Sie zuckte die Achsel. »Larry und ich haben uns nie viel aus Tom gemacht. Er fühlt sich andauernd auf den Schlips getreten.«

»Ging's dabei um Geld?«

»Ich weiß nicht, worum genau es ging. Vielleicht war er eifersüchtig auf Larry.«

Auf Freemans Blick hin verbesserte sie sich rasch. »Nein, nicht die Sorte Eifersucht. Wirklich, was denken Sie eigentlich von mir?«

Freeman beugte sich vor. »Ich weiß es nicht, Jennifer, das ist es ja, was ich herauszubekommen versuche. Sie sagen zu mir, daß Tom eifersüchtig war. Eifersüchtig genug, um Larry zu töten?«

Die Schauspielerei, sofern es sich um solche handelte, hörte mit

einem Mal auf, ebenso das Herumgezappel. »Tom hat eine Stinkwut auf sein Leben, glaube ich. Er hatte kein Geld, ist nicht aufs
College gegangen. Er hat das Gefühl, daß er keine Chance hat und
nie eine gehabt hat, aber das heißt noch nicht ...«

»Wie Ihr Vater?«

»Ich schätze mal, das ist es, wovor Tom Angst hat, daß er so wird
wie Dad. Außer daß mein Dad nie soviel haben wollte. Außerdem
war es damals viel einfacher, ein Haus zu kaufen, selbst wenn man
ein Arbeiter war, und das Haus reichte Dad. Aber ich denke, Tom
betrachtete es als ... als eine Art Gefängnis. Auch ich habe das auf
gewisse Weise so gesehen, aber ich habe den Absprung geschafft.«

»Was macht er? Tom?«

»Ich glaube nicht, daß er irgendwas Festes hat. Ich weiß, daß er
manchmal als Gabelstaplerfahrer arbeitet. Auf dem Bau jobbt. Was
er so findet, nehme ich an.«

»Und er hat Sie und Larry gehaßt, weil Sie Geld hatten?«

»Wir hatten nicht so sehr viel, aber ich schätze mal, ja. Und daß
ich nicht dafür arbeiten mußte.«

»Aber jetzt haben Sie es?«

»Was?«

»Geld. Eine Menge Geld.«

Sie biß sich auf die Lippe, vielleicht weil sie Freemans still-
schweigende Forderung nicht begriff? Vielleicht, weil sie sie nur zu
gut begriff?

»Was hat das mit Tom zu tun?«

»Vielleicht hat er sich Geld borgen wollen, und Larry wollte
nichts davon wissen. Wenn Larry weg ist, hat er eine größere
Chance, etwas von seiner Schwester zu bekommen.«

Sie schüttelte den Kopf. »Nein.«

Freeman machte sich erneut eine Notiz. Hardy beschloß, daß er
wohl besser ein paar Alibis überprüfen sollte. Vielleicht konnte
sich auch Glitsky umhören – Abe sagte oft, daß das Umgehen des
Amtswegs genau das war, was er brauchte, um etwas Würze in
die sonstige fade Routine des Lebens als Inspektor bei der Mordkommission zu bringen.

Freeman legte seine gichtigen Hände auf Jennifers manikürte
Finger. »Wissen Sie«, sagte er, »ich bin freundlicher und sanftmüti-
ger, als jeder Staatsanwalt es sein wird. Das hier sind noch nicht
einmal die unbequemen Fragen, Jennifer. Die hier sind zu Ihren
Gunsten. Die des Anklägers werden es nicht sein.«

Sie drehte sich halb um, wobei sich der Trainingsanzug an ihren Körper schmiegte und eine gute Figur zeigte. Sie lächelte verhalten – wollte sie sehen, welchen Eindruck es machte? »Das ist wirklich gut zu wissen«, sagte sie. »Ich kann die unbequemen gar nicht abwarten.«

»Na schön.« Freeman zog die Hände zurück, und sein Lächeln war nicht länger freundlich. »Da Sie es gar nicht erwarten können, wie wär's damit? Hatten Sie eine Affäre?«

Jennifers Schock kam einem fast grotesk überzogen vor. »Was? Wann? Mit wem?«

»Wann auch immer. Mit wem auch immer.«

Sie sah Freeman an, als wollte sie ihn mit ihrem Blick aufspießen. »Nein. Natürlich nicht. Absolut nicht.«

»Wann?«

»Wann was?«

»Wann hatten Sie keine Affäre?«

Aber das hatten sie bereits durchexerziert. Jennifer warf dem alten Anwalt erneut einen vernichtenden Blick zu. »Wann haben Sie aufgehört, Ihren Hund zu prügeln, stimmt's?«

Freeman, ganz sachlich. »Manchmal klappt's.«

Sie hob den Becher mit Kaffee und trank ihn aus, zog eine Grimasse angesichts der kalten Plörre. »Manchmal nicht, Mr. Freeman.«

Erneut ertappte sich Hardy dabei, daß er gewünscht hätte, sie hätte nichts gesagt. Wollte sie ihnen, vielleicht unabsichtlich, sagen, daß sie die Wahrheit erfahren hätten, wenn der Trick geklappt hätte? Oder daß sie einfach begriff, wie das Spielchen gespielt wurde und ohnehin die Wahrheit sagte?

Freeman fing an, seine Papiere zu ordnen, und steckte sie in den Hefter. »Na gut«, sagte er. »Ich denke, wir haben genug, um anfangen zu können. Lassen Sie uns das Ganze verdauen und uns morgen wieder treffen.«

»Um welche Uhrzeit?« fragte sie.

Freeman zuckte die Achsel. »Wann immer es Ihnen paßt, Jennifer.«

Jetzt zeigte sich die Angst ... die Angst, allein gelassen zu werden, vor der Nervenprobe, die ihr bevorstand. »Dann also ziemlich früh, abgemacht?«

Freeman gab ihr einen Klaps auf die Schulter. »Im Morgengrauen«, sagte er.

7

Um sieben Uhr saß Hardy über einem Guinness und wartete
darauf, daß Frannie im Taxi beim *Little Shamrock* vorgefahren kam,
der Kneipe an der Ecke von 9th Street und Lincoln, die ihm und
Moses McGuire, seinem Schwager, gehörte. Mittwochs war nach
heiliger Tradition der Tag, an dem die Hardys miteinander ausgingen.

Bevor Hardy sich wieder auf die Juristerei verlegte, hatte er
zehn Jahre lang im Shamrock als Barkeeper in der Tagesschicht gearbeitet. Vorher war er ein junger dynamischer Assistent bei der
Staatsanwaltschaft gewesen, der mit der Tochter eines Richters
verheiratet und im Begriff war, eine Familie zu gründen – Hardy
und Jane Fowler und ihr Sohn Michael.

Michael sollte mit seinen fünf Monaten noch gar nicht imstande
sein, sich hinzustellen, also hatten weder Jane noch Hardy sorgfältig
darauf geachtet, ob das Schutzgitter des Kinderbettchens ganz oder
nur halb hochgezogen war. Dieses Versäumnis raubte ihnen den Jungen. Er schaffte es nämlich doch, über das Gitter zu klettern und auf
den Kopf zu fallen. Der Sturz kostete ihn das Leben.

Nach Michaels Tod ging Hardys Welt nach und nach zu Bruch,
innen und außen. Jetzt, nachdem er wieder verheiratet war und
mit Frannie zwei neue Kinder hatte, kam es ihm nicht so vor, als
ob er zurückzugewinnen versuchte, was er besessen hatte – das
war endgültig weg –, aber es gab wieder Hoffnung, eine Zukunft.
Einen Sinn? Das war nicht unbedingt Hardys Sache, aber es vergingen nicht viele Tage, an denen er nicht darüber nachdachte, wie
leer sein Leben früher gewesen war und daß es jetzt nicht mehr so
war.

Er begriff nicht recht, wie all das zu der beruflichen Kehrtwendung paßte, die er im letzten Jahr vollzogen hatte, aber es gab wohl
irgendeinen wichtigen Zusammenhang, der dabei eine Rolle
spielte, nahm er mal an. Vor einem Jahr hatte er plötzlich zum ersten Mal in seinem Leben die Verteidigung bei einem Mordfall
übernommen, weil er zu der Überzeugung gelangt war, daß der
Angeklagte unschuldig war.

Mehrere Faktoren fielen während des Prozesses zu seinen Gunsten aus – ein unerfahrener Richter ließ ihn seine Argumente ungewohnt ausführlich darlegen, eine allzu ehrgeizige Staatsanwäl-
tin brachte einen Fall zur Verhandlung, der noch nicht wirklich

Hand und Fuß hatte, und Hardy selber hatte sich genügend über die Bürokratie der Staatsanwaltschaft geärgert, daß er mit Leib und Seele bei der Sache war. Aus all diesen Gründen und weil sich zusätzlich herausstellte, daß jemand anderer den Mord begangen hatte, hatte er gewonnen. Jetzt, nachdem er so lange auf der Seite der Anklagebehörde gestanden hatte, trat er unversehens zum zweiten Mal als Strafverteidiger auf.

»Kein Grund zur Entschuldigung«, sagte Moses McGuire. »Du bist zum Sensibelchen geworden. Das geht schon in Ordnung. Du gehörst immer noch zur Familie. Wir mögen dich immer noch.«

Hardy sah auf die Uhr. »Wo könnte Frannie denn stecken?«

Moses schwenkte seinen Macallan, eine feste Größe im Getränkerepertoire der Kneipe. »Sie ist zweifelsohne unterwegs, um bald durch die Tür spaziert zu kommen und dich davor zu retten, deine im Grund unhaltbare Position gegen jemanden verteidigen zu müssen, der mehr Grips hat als du.«

»Was ist unhaltbar?«

»Die Strafverteidigung.« Moses hielt einen krummen Finger hoch. »Nix da, du hast dir genau das bereits selber vorgehalten. Mehr als nur einmal.«

Er hörte sich sagen, daß er von Jennifers Schuld nicht recht überzeugt sei.

Moses schnaubte die Nase. »Wiederum zitiere ich eine verläßliche Quelle, die jetzt im Augenblick zufällig mir gegenüber sitzt: ›Wenn sie erst einmal verhaftet werden, dann haben sie's auch getan.‹«

Hardy lächelte. »Ich war nichts als ein grüner Junge, als ich das gesagt habe.«

»Und jetzt bist du ein reifer Mann?«

»Natürlich. Ich habe deine Schwester geheiratet, eine Familie gegründet und bin seßhaft geworden. Ich bin ein Musterbürger, und manchmal werden Leute verhaftet, auch wenn sie es nicht getan haben.«

»Wie oft?«

Hardy dachte nach. »Zweimal, glaube ich.«

Nachdem er diese Debatte gewonnen hatte, nickte Moses sich zu und ging dann ans andere Ende der Theke, wo er mit den acht zahlenden Gästen plauschte. Am Mittwochabend ging der Betrieb nicht vor neun Uhr los, wenn sie mit dem Dartturnier anfingen. Hardy trank ein Stout.

Auch wenn er selbst vor ein paar Jahren gesagt hätte, daß er auf der falschen Seite stehe, hatte er nicht länger das Gefühl, daß dem so war. Er hätte Moses entgegenhalten können, daß er miterlebt hatte, was alles passieren konnte bei einer Polizei mit zuviel Arbeit und zuwenig Leuten und dazu einer Staatsanwaltschaft, die auf »Zahlen« erpicht war – sprich Verurteilungen. Die Leute machten Fehler, schlichte Bestechlichkeit oder Faulheit oder Inkompetenz schlich sich ein – vielleicht nicht oft, aber oft genug. Und er bekam allmählich den Eindruck, daß das der Grund war, weshalb er überhaupt dabei war – wenn die Wahrheit den ganzen Heckmeck eines Prozesses brauchte, um ihr Gesicht zu zeigen, und wenn das manchmal die einzige Möglichkeit dazu war, dann wollte er ein Teil davon sein. Gleichgewicht der Kräfte. Der Mensch gegen die Maschine, nichts anderes war ja die Bürokratie der Strafverfolgung. Abe Glitsky hatte ihm gesagt, er, Hardy, leide an dieser tragischen Macke, dem elementaren Bedürfnis, fortwährend in einem chaotischen Universum die Ordnung wiederherstellen zu wollen. Glitsky hatte bisweilen seltsame Ideen. Hardy war sich nicht sicher, ob er so weit gehen würde, aber vielleicht war ja doch was dran.

Hardy und Frannie saßen mit den Füßen in der Aussparung unter dem Tisch eines winzigen Restaurants namens Hiro in der Judah Street, ein paar Häuserblocks südlich des *Shamrock*. Frannie trank Tee und aß Tempura und verzichtete auf Sashimi und Sake, weil sie noch immer stillte, doch die Platte mit Ahi, Oni, Wachteleiern und honiggebeizter Ente vor Hardy war beinahe leer.

Frannie brauchte kein Schummerlicht, um attraktiv auszusehen, aber das Flackern der Kerze schmeichelte ihr aufs wunderbarste. Hardy konnte die Augen überhaupt nicht mehr von ihrem Gesicht abwenden. Sie hielt seine Hand über dem Tisch und erzählte, was Vinnie heute alles angestellt hatte und daß Rebecca laufend neue Wörter lernte.

Er ließ sie fabulieren und hatte das Gefühl, daß er frohen Herzens sterben würde, falls der große Knall – das Erdbeben, das ganz Kalifornien jeden Moment erwartete – auf der Stelle käme und sie beide vom Erdboden verschlänge.

»Und sie hat, hör dir das an, außer ihrem ersten Viersilber ›Fingernagel‹ auch noch ›Schwerkraft‹ gesagt.«

»Willst du mir erzählen, in welchem Zusammenhang sie

›Schwerkraft‹ benutzt hat?« The Beck – Rebecca – war vierzehn Monate alt. Bis zu diesem Zeitpunkt hatte sie so gut wie kein Interesse für Physik an den Tag gelegt.

»Ihre Schnabeltasse ist vom Tisch heruntergefallen, und sie fing an zu weinen, und ich hab zu ihr gesagt, das sei doch nicht weiter schlimm, es sei bloß die Schwerkraft, also nickt sie und hört sofort zu weinen auf und wiederholt ›Schwerkraft‹. Natürlich hat sie dann gut zweihundertmal damit herumexperimentieren wollen.«

»Natürlich. Kein Mensch würde ein Konzept wie dieses sofort wieder vergessen wollen. Was wäre, wenn Newton das getan hätte?«

»Das haben wir nicht weiter diskutiert. Ich habe ihr einfach die Tasse weggenommen.«

Hardy hob anklagend den Zeigefinger. »Negative Verstärkung, Fran. Wir haben uns bereits früher darüber unterhalten. Wenn sie später beim Thema Schwerkraft nicht Bescheid weiß, bist einzig und allein du schuld daran.«

Frannie nippte an ihrem Tee. »Ich werde damit leben können.« Plötzlich hatten sie genug über die Kinder geredet – der Augenblick war beinahe greifbar. Es standen noch andere Punkte auf der Tagesordnung. »Und wie war's heute bei *dir*? Wirst du mit David zusammenarbeiten?«

Vor dem Geklimper der Musik im Hintergrund berichtete Hardy von seiner Rolle im Fall Jennifer Witt, von der Verweigerung der Kaution, von allem – oder beinahe von allem. Er brachte den nagenden Zweifel nicht zum Ausdruck, daß bei der neuen Mandantin nicht alles so sein mochte, wie es den Anschein hatte. Aber er erzählte ihr von dem Bankkonto, das Jennifer besaß. »Also hat sie das Geld, um uns zu bezahlen.« Dann versuchte er zu erklären, wie sie zu dem Geld gekommen war.

Frannie hörte auf, an ihrem Tee zu nippen. »Willst du damit sagen, daß sie es … gestohlen hat? Das Geld, mit dem sie euch bezahlt?«

»Nein. Nicht eigentlich gestohlen.« Hardy zeigte mit dem Finger. »Es gefällt mir, wie du das mit den Augenbrauen machst. Abscheu und Ablehnung. Sehr wirkungsvoll.«

»Sie hat es nicht *eigentlich* gestohlen? Ich bitte dich.«

Er gab auf. »Na schön, sie hat es gestohlen. Sie hatte Gründe dafür. Es heißt nicht, daß sie ein schlechter Mensch ist.« Wieder

der Versuch, es leichthin klingen zu lassen, und wieder scheiterte er wie ein Trecker, der im Wind abheben soll. »Jedenfalls«, fuhr er fort, »bedeutet es Arbeit für mindestens ein Jahr. Und hält mich im Geschäft. Und wenn David sie herauspaukt, was ihm bei seinen Mandanten oft gelingt, ist es eine gute Sache für alle Beteiligten.«

»Was, wenn er es nicht schafft?«

»Na ja, wenn er es nicht schafft, dann ist es meine Aufgabe, dafür zu sorgen, daß sie nicht in der Gaskammer landet.«

Frannie wußte wie die meisten Leute nicht genau darüber Bescheid, wie in Kalifornien Prozesse abliefen, bei denen die Todesstrafe drohte. Hardy erklärte, daß Freeman für die erste Phase des Verfahrens zuständig sei, in der Jennifers Schuld oder Unschuld festgestellt würde. Wenn diese Phase vorbei war und *falls* Freeman verlieren sollte, folgte eine zweite Phase, letztlich ein zweites Gerichtsverfahren, um eine der beiden möglichen Strafen zu bestimmen – lebenslange Haft ohne Möglichkeit einer Entlassung auf Bewährung oder aber die Hinrichtung.

Hardy würde die zweite Phase übernehmen, sofern es zu ihr kommen sollte.

Frannie schüttelte ungläubig den Kopf … »Du machst wohl Witze. Das soll eine gute Sache sein? Das ist meine Vorstellung von der Hölle.«

Aber überhaupt nicht.

»Soweit wird es gar nicht kommen. Mach dir keine Sorgen deswegen.«

»Können wir das schriftlich festhalten? Dismas Hardy sagt, soweit werde es gar nicht kommen. Ich soll mir keine Sorgen deswegen machen. Ich hätte gerne eine Abschrift für meine Unterlagen.«

Hardy hob sorgsam eine Oni mit Wachtelei von der Platte vor sich hoch und steckte sie in den Mund, genoß den Moment, in dem das Aroma explodierte. »Ich werde meine Sekretärin eine Abschrift anfertigen lassen. Schau mal, Frannie, David ist der beste Strafverteidiger in der Stadt. Er gibt mir einen Knochen ab, weiter nichts. Einen dicken Knochen mit Fleisch daran.«

»Und was ist, wenn sie's getan hat? Was dann?«

Hardy schüttelte den Kopf. »Sie hat ihren Sohn nicht umgebracht.«

»Irgendwer muß glauben, daß sie's getan hat. Ich hab' dich

sagen hören, daß man keine Leute verhaftet, wen sie nicht *irgend-was* ausgefressen haben …«

»Ich habe mich geirrt. Jetzt ist mir ein Licht aufgegangen.«

Frannie fummelte einen Moment an ihrem Glas herum und sah schließlich auf. »Das alles ist im Grunde nicht so komisch. Sieh mal, stimmt es denn nicht, daß man die Ansicht vertreten kann, daß sie ihren Sohn umgebracht hat, selbst wenn es ein Unfall oder sonst-was gewesen ist?«

Er mußte nicken.

»Und daß man sehr wohl die Ansicht vertreten kann, daß sie ihren Mann umgebracht hat?«

»Nun, eine Anklageerhebung durch die Grand Jury heißt noch nicht notwendigerweise …«

Aber Frannie kannte dieses Lied bereits und fiel ihm ins Wort. »Und was war mit ihrem ersten Mann?«

Hardy winkte ab. »Das ist bloß ein Schuß ins Blaue, den der Staatsanwalt probiert. Sie sind hergegangen und haben das Ganze buchstäblich ausgegraben. Sie haben beim ersten Mal keine An-klage erhoben, also werden sie es jetzt nach zehn Jahren nicht be-weisen können.«

»Noch mehr berühmte letzte Worte«, sagte Frannie. »Aber was ist, wenn doch? Was ist, wenn das alles nicht so läuft, wie du es vor-hersagst? Was dann? Oder schlimmer noch, was ist, wenn sich her-ausstellt, daß sie es tatsächlich getan hat, ich meine, sowohl ihre Männer *als auch* ihr Kind umgebracht hat?«

Hardy gefielen diese Fragen nicht, vor allem, weil er sie sich erst vor so kurzem selbst gestellt hatte. Jennifers Talent zur Schauspie-lerei, zum Posieren und Ränkeschmieden und ihr Verstand waren alles andere als unerheblich. Er hatte natürlich keine Lust, für je-manden um Mitleid zu werben, der keines verdiente, und wenn auch nur eine geringe Chance bestand, daß Jennifer die Schuld an allen diesen Dingen traf, dann verdiente sie es weder heute noch sonst irgendwann, Dusel zu haben.

Aber indem er sich in einen tüchtigen Rechtsanwalt verwan-delte, hatte er sich zumindest eine Antwort zurechtgelegt, von der er hoffte, daß sie bei dem Verfahren zur Straffestlegung funktio-nieren würde. »Falls sie ihren Mann umgebracht hat, kann ich vorbringen, daß er sie verprügelt hat, was er offenbar getan hat.«

»Du weißt das?«

»Ich nehme es an. Obwohl sie es mehr oder weniger abstreitet.«

»Nun, das ist ermutigend. Sehr eindrucksvoll.«

»Junge, Junge, macht das Spaß.«

»Ich bin auch ein alter Spaßmacher. Eben noch tote Hose, und dann zack, plötzlich jagt ein Spaß den anderen.« Sie saßen in ihrem neuen Honda Accord – der jeepähnliche Suzuki Samurai war den kleinen Kindern geopfert worden – und fuhren um zehn Uhr abends in gemächlichem Tempo die Haight Street entlang. Er nahm ihre Hand. Sie entzog sie ihm sacht.

»Gleich haben wir's«, sagte er. Es war eine Entschuldigung.

Nach dem Essen bei Hiro hatten sie sich entschlossen, zurück ins *Shamrock* zu gehen, um ein bißchen mit Moses zu quatschen. Frannie hatte ihren Bruder vermißt, die ganze Woche hatte sie ihn nicht gesehen.

Doch zuerst …

David Freeman griff nur ungern auf Privatdetektive zurück und zog es vor, die Ermittlungsarbeit selbst in die Hand zu nehmen. Und weil der gerade laufende Prozeß soviel von seiner Zeit beanspruchte, hatte er Hardy gebeten, ein paar Details in Sachen Jennifer Witt zu prüfen.

Also hatte Hardy vorgeschlagen, daß sie vor dem Besuch im *Shamrock* schnell mal bei dem Haus vorbeischauten, wo Jennifer, Larry und Matt gewohnt hatten, nur um es einmal gesehen zu haben. Seine Kopie der Akte lag noch immer im Auto, also sahen sie die Adresse auf den Twin Peaks nach, und es dauerte beinahe zwanzig Minuten, bis sie es gefunden hatten – Olympia Way. Und dann hatte Hardy gesagt, weil es ohnehin auf dem Weg lag, könnten sie ebensogut die Entfernung zu Jennifers Bank ausmessen, wo Jennifer Geld aus dem Automaten abgehoben hatte.

Leider gab es vier Banken auf der neu aufgemöbelten alten Hauptstraße der Hippies, und alle hatten sie Geldautomaten. Also notierte sich Hardy die Entfernungen vom Kilometerzähler, während Frannie kommentierte, wie prächtig sie sich in der letzten Dreiviertelstunde unterhalten hätten.

Die Bank in der Haight Street, die dem Haus der Witts am nächsten lag, war nur ein bißchen weiter als eine Meile von ihrer Haustür entfernt. Und bis zu der Bank, die am weitesten weg lag, waren es rund zwei Meilen. Hardy hatte keine Ahnung, ob diese Daten sich jemals als wichtig erweisen sollten, aber es war ihm wohler zumute, als er sie hatte. Er ging gerne nach der Devise vor, daß gesicherte Daten einen Unterschied ausmachten, auch wenn man nicht immer wußte, was genau eigentlich der Unterschied war.

»Prima. Jetzt, wo wir das wissen«, rief Frannie aus, als Hardy sich die letzte Zahl aufgeschrieben hatte, »kann ich heute nacht beruhigt schlafen.«

8

Hardys Morgengrauen war ganz wortwörtlich zu nehmen. Das Telefon neben seinem Bett begann um zwanzig nach sechs zu läuten, als sich eben der schmalste Streifen Rosa vor seinem Schlafzimmerfenster zeigte. Hardy nahm den Hörer beim ersten Läuten ab.

»Hier spricht Walter Terrell. Habe ich Sie geweckt? Tut mir leid. Abe Glitsky hat mich gebeten, Sie anzurufen. Was kann ich für Sie tun?«

Hardy hörte die junge Stimme und registrierte erneut die Neigung mancher Polizisten, sich bei einem zu melden, wenn man nicht darauf vorbereitet war. Er hätte darauf gewettet, daß Terrell weder wirklich überrascht war, noch daß es ihm leid tat, Hardy geweckt zu haben. Zwanzig nach sechs war ein bißchen früh für alle Leute außer Fischern, und die meisten Menschen schienen das zu wissen. Selbst Hardys Kinder schliefen noch.

Aber er hatte ihn jetzt am Telefon, und dies war vielleicht die einzige Gelegenheit, also schwang er sich aus dem Bett und tapste mit dem Apparat in die Küche. »Ich habe mir gedacht, wir könnten uns vielleicht mal treffen, uns ein wenig über Jennifer Witt unterhalten.«

Es folgte eine Pause. Vielleicht hatte Glitsky Terrell nicht so ganz genau erzählt, wer Hardy war. Oder was er mit Jennifer zu schaffen hatte. Eine Sache jedenfalls war klar – Terrell wußte, daß Hardy nicht bei der Staatsanwaltschaft war.

»Übernehmen Sie ihre Verteidigung?« fragte Terrell schließlich.

»Ich bin der Keenan Counsel.« Hardy goß sich alten Kaffee in eine Tasse und drückte ein paar Knöpfe an der Mikrowelle. »Der Anwalt beim Verfahren zur Strafzumessung.«

»Ja, ich hab' gesehen, daß man die Todesstrafe beantragt hat. Ihr

Jungs habt euch 'ne schöne Katastrophe an Land gezogen. Den Fall, will ich damit sagen. Die Straftäterin allerdings ebenfalls.«

Hardy verkniff sich die automatische Reaktion »angebliche« Straftäterin. Hardy erinnerte sich noch daran aus der Zeit, als er Streifendienst schob – sobald man anfing, Polizisten, die jemanden verhaftet hatten, mit dem Wörtchen »angeblich« zu kommen, stellte man fest, daß man es sich mit ihnen verdorben hatte. Er wollte Terrell auf seiner Seite behalten.

»Na ja, diese Straftäterin hat vielleicht einen wirksamen Verteidigungsgrund, aber sie will ihn nicht benutzen. Ich will damit sagen, daß es ganz so aussieht, als ob ihr Mann sie andauernd verprügelt hat.

Dies änderte offensichtlich nichts an Terrells Sicht der Welt. »Na und?«

»Sie wußten das?«

Hardy meinte beinahe, das Achselzucken zu hören. »Von den Typen, die ihre Frau prügeln, werden die meisten nicht umgebracht.«

»Was ich damit sagen will« – Hardy holte sich die Kaffeetasse aus der Mikrowelle und tat Zucker hinein, rührte um – »ist, daß sie sich auf eine Notwehrsituation als mißhandelte Ehefrau berufen könnte und bessere Aussichten hätte davonzukommen, es aber trotzdem nicht tut.«

Terrell blieb stumm. Für ihn waren das juristische Tricksereien. Sein Job war es, jemanden der Staatsanwaltschaft zu übergeben, wenn es Beweise gab, daß er oder sie ein Verbrechen begangen hatte. Was die Staatsanwaltschaft anschließend tat, war nicht sein Problem. Schließlich fragte er: »Also weswegen wollten Sie mich sprechen? Ich nehme an, daß Sie die Akte gelesen haben.«

»Sicher.«

Terrell blieb bei der langsamen Reaktion. »Die Akte ist das amtliche Ermittlungsergebnis. Meine Aussagen stehen mit drin. Heißt es irgendwo, daß es Prügel gab?«

»Es heißt, daß die beiden sich gestritten haben.« Hardy fühlte sich hilflos, bemühte sich sein Hirn auf Trab zu bringen.

»Na bitte. Sonst noch was? Ich hab heute früh 'ne Menge zu erledigen.«

»Haben Sie irgendwas über diesen Killer herausgefunden?«

Die Stimme troff vor Hohn. »Stimmt, der Killer. In der ganzen Stadt wimmelt es von ihnen. Nein. Ich hab' ihn aus demselben Grund nicht erwähnt, wie ich das Motorboot nicht erwähnt hab'.«

»Was für ein Motorboot?«

»Das, das nicht da war, genau wie der beschissene Killer. Es gibt 'ne Menge Sachen, die ich nicht vermerkt habe – Marsmenschen zum Beispiel. Wenn Sie sich die Akte anschauen, dann finden Sie den Killer in ihrer Aussage. Zum Teufel, sie muß irgendwas beibringen, wenn ihre Geschichte darauf hinausläuft, daß es jemand anderes war. Was soll sie denn sagen?«

»Es ist derart schwach, daß man denken möchte ...«

»Nein. Es ist schwach und sonst nichts, das stimmt, aber das besagt noch nicht, daß sie es sich nicht trotzdem ausgedacht hat. Kriminelle denken sich jeden Tag dumme Lügen aus.«

»Aber Mrs. Witt wirkt nicht gerade dumm, oder?«

»Nein«, stimmte Terrell zu, »nein, ich glaube nicht, daß sie dumm ist. Aber wissen Sie, wir haben unsere Leute an eine Menge Haustüren geschickt und jede Menge Fragen gestellt, und niemand hat irgendwas gesehen, außer dem Federal-Express-Lieferwagen um halb zehn und dem Nachbarn, der Jennifer nach den Schüssen sah. Nach den zwei Schüssen.«

»Was ist mit dem Fahrer vom Federal Express?«

»Das *steht* alles in der Akte. Was soll sein mit dem Fahrer vom Federal Express? Glauben Sie, er ist 'ne Art Auftragskiller, der sich um den Fahrerjob als Tarnung beworben hat?«

»Nein, ich ...«

»Na ja, wie es so unsere Art ist, haben wir auch ihn überprüft. Er ist schon seit ein paar Jahren dort, ist wahrscheinlich immer noch dabei.«

»Nein, ich frage mich, ob er Mrs. Witt im Haus gesehen hat, als er sein Paket abgab. Was übrigens hat er denn abgegeben?«

»Das war am Montag nach Weihnachten, was meinen Sie denn? Wahrscheinlich ein verspätetes Weihnachtsgeschenk. Sie können ihn ja fragen. Ob er Mrs. Witt gesehen hat? Keine Ahnung. Mr. Witt hat unterschrieben, was immer es auch gewesen sein mag.«

Hardy konnte so weitermachen, bis Terrell in ungefähr sechs Sekunden auflegen würde. Ein Detective der Mordkommission mit zuviel Arbeit und ein Strafverteidiger waren von vornherein kein Gespann. Aber er erinnerte sich an Glitskys Bemerkung, daß Terrell eine Schwäche für Theorien hatte und überlegte sich, daß das seine einzige Chance war, Terrell wenn schon nicht auf seine Seite, so wenigstens von offener Feindseligkeit abzubringen. Man wußte schließlich nie, wann einem ein Detective etwas Wichtiges berichten konnte, das man sonst nie erfahren würde. Wie Glitsky angemerkt hatte, landeten manche Sachen einfach nicht in der Akte.

Hardy begann erneut. »Eins noch, wenn es Ihnen nichts ausmacht. Wie sind Sie denn auf den ersten Ehemann gekommen?«

»Tja, vielleicht deshalb, weil es eben mein Job ist, wenn ich schon mal bei der Polizei bin.«

Die Lunte wurde jetzt verdammt kurz. Hardy mußte sich irgendwas ausdenken, sonst konnte er den Typen abschreiben. »Hören Sie, Terrell, ich will nur herausfinden, was ich wissen muß. Ich brauche ein bißchen Hilfe, von Polizist zu Polizist.« Auf das Schweigen hin fuhr Hardy fort. »Ich war bei der Polizei, bevor ich Anwalt wurde.«

»Ah, ist das die Verbindung zu Glitsky?«

Hardy gab zu, daß er nach Vietnam und vor dem Jurastudium mit Abe Glitsky Streifendienst geschoben hatte. Er kam sich ein bißchen dämlich vor, daß er mit seinem Lebenslauf aufwarten mußte, aber er wußte, welche Knöpfchen bei einem Polizisten vermutlich funktionieren könnten. Manchmal half es, sie zu drücken. »Wie auch immer, dieser erste Mann, der Typ wurde vergiftet ...«

»Ned. Yeah.«

»Und wie lief das ab? Ich meine, wie kamen Sie darauf? Eine Schußwaffe und Gift deuten nicht unbedingt auf ein und denselben Täter.«

Der Streifen Rosa über dem Stadtzentrum hatte sich zu einem blauen Band unter tiefhängenden Wolken ausgewachsen. Die Sonne ging über den Hügeln von Oakland auf. Der Kaffee, alt und stark, begann zu wirken. Im Kinderzimmer hinten im Haus ließ Vincent einen Ich-hab-Hunger-Schrei ertönen, und Hardy hörte die sanfte Stimme Frannies, als sie dem Baby die Brust gab.

Hardy hatte ein paar Wörter verpaßt, aber mitten in der Antwort war er wieder dabei.

»... Versicherung in beiden Fällen. Ich dachte mir einfach, daß es sich lohnt, bei Ned noch mal nachzuschauen. Und ausgezahlt hat es sich ja.«

»Und Sie denken, es war Jennifer?«

»Das ergibt die Verbindung. Ned *wurde* ermordet. Dann Larry und der Junge. Ihr eigener Junge. Scheiße, auf den elektrischen Stuhl mit ihr, sag' ich.«

Rebecca kam im Schlafanzug mit den Teddybärchen drauf durch die Küchentür gelaufen und klammerte sich an Hardys Bein fest, verkündete ihre Wahl fürs heutige Frühstück – Sirup, Saft, Apfelkompott, Sirup, Pfannkuchen, Sirup und Ahornsirup.

»Tut mir leid«, sagte Hardy in den Hörer, »hier kommt gerade der Nachwuchs anmarschiert. Aber ich würde mich gern mal mit Ihnen unterhalten, wie Sie darauf gekommen sind. Ob das so ganz das Richtige ist … keine Ahnung. Ich würde es einfach gern herausfinden.«

Schmeichelei, die beste Motivation. Terrell sagte, daß sich Hardy ja einen guten Zeitpunkt aussuchen könne, dann würden sie sehen, ob sie sich verabreden könnten.

Als er aufhängte, fragte Hardy seine Tochter, ob sie Sirup zu den Pfannkuchen wolle. Sie sagte ja doch, Sirup möchte sie am liebsten.

Es stand alles in der Akte. Obwohl Terrell zu Hardy gesagt hatte, daß sie eine Menge Leute losgeschickt hätten, um die Nachbarn und sonstige Zeugen zu befragen, hatte er zwei Tage, nachdem man Larry Witt ermordet hatte, höchstpersönlich den Fahrer vom Federal Express vernommen.

Frederico Rivera, sechsundzwanzig Jahre alt, männlichen Geschlechts und lateinamerikanischer Abstammung, hatte am Montag, dem 28. Dezember, um 9:30 das Paket bei den Witts abgeliefert. Er wußte aus mehreren Gründen, daß es genau um 9:30 gewesen war. Erstens hatte Larry Witt unterschrieben, dann auf die Uhr gesehen (»ein total akkurater, verklemmter Typ«) und die Zeit neben der bereits von Fred auf der Lieferquittung eingetragenen Uhrzeit notiert – also gab es zwei Leute, die 9:30 bekräftigten. Aber Fred hatte außerdem die Sendung »Holiday Madness« im Sender KFWB angehört, wo sie einem eine Reise nach Hawaii schenkten, wenn man der neunte Anrufer war, nachdem sie den »Solid Gold Oldie« des Tages gespielt hatten, am fraglichen Tag Lou Christies Lied »Two Faces Have I«. Und sie spielten besagten »Solid Gold Oldie« immer exakt um 10:30. Fred erinnerte sich an all das, weil es erst vor zwei Tagen gewesen war und der Diskjockey ein Mordstamtam gemacht hatte, daß es jetzt noch GENAU EINE STUNDE bis zum großen Augenblick dauere – also mußte es 9:30 sein –, und zwar war das gerade, als er wieder in den Lieferwagen kletterte und sich überlegte, wie er wohl seine Route legen müßte, damit er in diesem letzten entscheidenden Augenblick in der Nähe einer Telefonzelle sein würde.

Hardy saß mit seiner Fotokopie des Protokolls, die er am Tag zuvor in Freemans Büro gemacht hatte, am Eßtisch und brüllte Frannie zu, ob sie wüßte, wer »Two Faces Have I« gesungen hatte, und sie antwortete, das sei vor ihrer Zeit gewesen.

Es war noch immer keine sieben Uhr.

»Ich bin erst siebenundzwanzig, Dismas. Kein Mensch in meinem Alter kennt diese Schoten.«

»Fred Rivera schon.« Er erzählte ihr von Lou Christie, von »Two Faces Have I«, einem der großen Klassiker der Pop-Ära. Er mußte ihr den Song irgendwann einmal vorspielen, sofern er ihn unter seinen uralten 45er Scheiben ausfindig machen konnte. Sie erwiderte, daß sie es überhaupt nicht erwarten könne. Er fragte sie, ob sie jemals die lange Version gehört habe, setzte sich dann mit einem Lächeln wieder an die Akte.

Und stellte fest, daß keine der Aktionen von Fred oder Larry nötig gewesen wäre, um die Zeit exakt bestimmen zu können – Federal Express setzt Lieferwagen ein, die mit Computern ausgerüstet sind, und nach jedem Stop tippt der Fahrer die Daten der Lieferung ein. Terrell hatte es nachgeprüft – er mochte einen Hang zu Theorien haben, aber er war auch gründlich –, und der Computer hatte den Eintrag um 9:31 registriert, was Fred eine Minute gab, um die Sache mit Larry abzuschließen und sich wieder in seinen Wagen zu setzen.

Fred Rivera hatte Jennifer um 9:30 nicht im Haus gesehen, aber da ihm sowieso nur der »Solid Gold Oldie« im Kopf herumging, hielt Hardy es für unwahrscheinlich, daß er es mitbekommen hätte, selbst wenn sie nackt hinter Larry herummarschiert wäre. Na ja, dann vielleicht schon. Hardy fragte sich, wo Matt gesteckt hatte.

Also hatte Fred Rivera niemanden gesehen. Ebensowenig hatte er irgendwelche verdächtigen Personen die Straße entlangspazieren sehen – nicht daß er darauf geachtet hatte, mußte man wiederum dazusagen.

Mrs. Florence Barieto hatte die Polizei um 9:40 angerufen, »zwei Minuten«, nachdem sie die Schüsse gehört hatte. Die Häuser auf der Olympia Street, obwohl sie groß waren, waren beinahe in fortlaufender Reihe erbaut, es lagen gerade mal fünf Meter zwischen den einzelnen Gebäuden. Sie hatte Schüsse gehört und dann aus ihrem Fenster zum Nachbarhaus hinübergeschaut, ein Weilchen nachgedacht und war dann nach nebenan gegangen und hatte an der Türklingel der Witts geläutet. Als niemand aufmachte, ging sie zurück nach Hause und rief die Polizei an.

Hardy dachte sich, daß sich das eher nach fünf Minuten anhörte, als nach zwei. Was bedeutete, daß die Schüsse entweder um 9:38 fielen oder aber ungefähr drei Minuten früher. Konnte so ein winziges Detail irgendeinen Unterschied machen? Vielleicht. Vielleicht auch nicht.

Die Fakten begannen langsam einzutrudeln. Und die denkbaren Interpretationen ebenso.

9

Jennifer wurde klar, daß sie und die Leute hier sich gar nicht so sehr unterschieden. Das hatte sie nicht erwartet. Die anderen waren nicht so abgebrüht oder furchteinflößend, wie sie ihr anfangs vorgekommen waren, als man sie hierher gebracht hatte. Und sie waren niedergeschlagen, eingesperrt, vorwiegend lammfromm. Genau wie sie.

Nicht daß es ein Häkelkränzchen gewesen wäre. Immer ging es ordinär zu, aber sie empfand das als beinahe tröstlich – ein Eingeständnis gemeinsamer Gefühle, der Tatsache, daß man hier gemeinsam in der Tinte saß. Dies war ihre Sprache in ihrer Welt, und zum Teufel mit jedem, dem das nicht paßte.

Keine der Frauen schien es auch nur im geringsten zu kratzen, ob Jennifer nun ihren Mann umgebracht hatte oder nicht. Doch sobald sie von ihrem Sohn erfuhren … nun, dann reagierten sie betroffen. Sie bekam es mit und konnte ihnen keinen Vorwurf daraus machen. Trotzdem kam ihr die ganze Sache noch immer unwirklich vor.

Am Abend zuvor hatte sie, nachdem der ältere geldgierige Rechtsanwalt mit dem netten jüngeren weggegangen war, stundenlang auf dem obersten Stockbett ihrer Zelle geweint. Um 15 Uhr hatte man alle Insassen wieder in den Zellen eingesperrt und das durchgeführt, was Zählappell hieß, um sich zu vergewissern, daß keine der Frauen fehlte. Das dauerte beinahe eine geschlagene Stunde, und dann brachte man das Essen.

Zu dem Zeitpunkt hatte Jennifer das Gefühl, daß sie sich ausgeweint hatte. Ohne wirklich darüber nachzudenken, nahm sie ihr Tablett und ihr Plastikbesteck in Empfang und folgte einigen der anderen Frauen hinaus in den großen Gemeinschaftsraum, den *tank*. Sie setzte sich an einen der Tische unter dem Fernseher.

Sie bekam nichts davon herunter – Hackbraten, Soße, Kartoffelbrei aus der Tüte, Erbsen, drei Scheiben Brot. Larry hätte den Teller quer durchs Zimmer geworfen, zumal die Soße in die Erbsen und aufs Brot schwappte. Sie mußte mit einemmal wieder weinen.

»Du ißt das besser auf, Schätzchen. Es gibt schlimmere Scheiße als das hier.« Es war eine große, geradezu stattliche Schwarze. »Ist das das erste Mal für dich?«

Jennifer war sich nicht einmal sicher gewesen, wovon sie überhaupt sprach. Das erste Mal, daß sie Hackbraten aß? Das erste Mal, daß sie weinte? Sie ließ den Kopf hängen, schüttelte ihn von links nach rechts. »Ich weiß nicht, ich weiß es einfach nicht …«

Die Frau, Clara, drang nicht weiter in sie. Was immer Jennifer nicht wußte, ihr war es recht. Clara setzte sich neben sie, bat sogar erst um Erlaubnis und fing dann zu essen an, sagte, daß man sie – wieder einmal – wegen Diebstahls eingesperrt hatte. »Weshalb sitzt du?«

Jennifer steckte die Gabel ins Fleisch und führte sie zum Mund. Es schmeckte nach nichts, weder gut noch schlecht. »Sie glauben, daß ich meinen Mann umgebracht habe.«

Clara nickte unbeeindruckt. »Der Scheißer hat's wahrscheinlich verdient, hab' ich recht? Wie schlimm hat er dich denn verprügelt?«

»Das habe ich nicht gesagt. Er war ein guter Mensch, ein Arzt, und ich habe ihn nicht umgebracht.«

»Natürlich hast du das nicht.« Clara wandte sich wieder ihrem Teller zu. »Mach dir keine Sorgen. Sag, daß er dich verprügelt hat, dann lassen sie dich raus. Wirst sehen. Du schwirrst wieder ab, kein Problem. Das klärt sich alles. Kein Grund zum Weinen.«

Jennifer wollte es gar nicht sagen, aber es rutschte ihr einfach raus. »Mein Sohn fehlt mir so.«

Clara senkte die Gabel. »Ich weiß, auch mir fehlt mein Kleiner – Rodney ist erst zwei, aber er ist echt 'n Schatz. Sie brummen mir nicht mehr als ein Jahr auf, also sitz ich fünf Monate und zwanzig Tage ab, und Rodney bleibt bei Else, meiner Schwester. Sie ist lieb zu Rodney. Manchmal schafft er mich, also ist das vielleicht eine

Art Ferien. Für uns beide. Vielleicht ist es das, was Gott im Sinn hatte.«

Jennifer schüttelte wieder den Kopf. »Mein Kleiner ist fort«, sagte sie. »Er ist tot.« Sie spürte, daß Clara neben ihr zu essen aufhörte. Sie legte Jennifer eine Hand auf die Schulter, ihre schwarzen Augen waren feucht und sanft. »Oh, du Arme.«

»Sie glauben, daß ich ihn auch umgebracht habe. Es ist verrückt … Sie sagen, daß er reinkam, als Larry und ich um die Waffe kämpften oder so was Ähnliches. Es ist bescheuert, echt *verrückt* … Und sie lassen mich nicht gegen Kaution raus.«

Clara nahm ihre Hand weg. Ihre Stimme war heiser und tief. »Ich habe noch nie gehört, daß man nicht gegen Kaution rauskommt.«

Jennifer sagte, dann habe sie es jetzt eben gehört.

»Bist du sicher? War die Haftvorführung schon? Ja, natürlich. Oh, Schätzchen, tut mir wirklich leid. Wie alt war denn dein Junge?«

»Matt. Er war sieben. Sie haben mir gesagt, daß sie die Todesstrafe beantragen wollen.«

»Für dich? Na, da hast du aber Dusel.« Die Nachricht schien sie aufzumuntern. Jennifer starrte sie verständnislos an, und Clara erklärte, was sie meinte. »Du hast die falsche Hautfarbe, Mädchen. Die schicken doch keine Weiße wie dich in die Gaskammer.«

Beim Frühstück saßen dann Clara und die andere neu angekommene Weiße, Rhea (schwerer Diebstahl), am Tisch. Und Mercedes (Mord) und Rosie (schwere Körperverletzung) und Jennifer. Alle Männer und Frauen im sechsten Stock warteten entweder auf ihren Prozeß oder aber, sofern man sie verurteilt hatte, auf ihren Abtransport ins Staatsgefängnis oder in eine andere Strafanstalt.

Der Prozeß von Mercedes würde in ein paar Wochen beginnen, sie war schon vier Monate in Haft. Irgendwann hatte sie ihren Tunichtgut von Ehemann erstochen, weil der sie in einer Tour betrogen hatte. Rosie, die ihrem Freund eins mit dem Nudelholz übergezogen hatte, besaß keine zweitausend Dollar für die Kaution. Ihr Prozeß fing in sechs Tagen an, und sie war sich sicher, daß keine Jury sie verurteilen würde.

Rhea ähnelte Jennifer in Alter, Größe und Haarfarbe, aber alle Schönheit war aus ihr herausgewirtschaftet worden. Wie sie ihnen erzählte, hatte ihr Mann sie auf den Strich geschickt und sie das Glück (oder Pech) gehabt, daß ein Freier seine Brieftasche mit fast tausend Dollar drin verlor. »Deshalb haben sie mich wegen schwerem Diebstahl angeklagt.«

»Das probieren sie immer«, sagte Clara.

»Wie hoch ist deine Kaution?« fragte Jennifer. Sie hatte in letzter Zeit öfter über die Kaution nachgedacht. Wenn sie dreihunderttausend Dollar besaß und für ein Drittel der Summe aus dem Gefängnis herauskommen konnte, konnte sie sich die übrigen zweihunderttausend schnappen und für lange Zeit verschwinden. Für immer. Weshalb sollte sie das Geld für David Freeman ausgeben, ihm einfach in den Rachen werfen? Es kam ihr irgendwie ungerecht vor.

»Fünftausend«, gab Rhea zur Antwort. »Also braucht Jimmy einen Tag oder zwei, bis er es auftreibt. Keine große Sache. Wir haben darüber gesprochen.«

»Willst du damit sagen, daß dein Freund die fünftausend Dollar anschleppt, und du gehst heute abend oder morgen nach Hause, und das war's?«

»Für das Mädchen hier gibt's keine Kaution.« Jennifer war Claras Geschichte, und sie wollte sie loswerden. »Gar keine Kaution.«

Rhea, die Clara ignorierte, schien irgendwie Lunte gerochen zu haben. Irgendwas war mit Jennifer los. »Du kriegst keine Kaution? Ist das wahr? Willst du denn nicht raus hier?«

»Aber ja und amen«, sagte Mercedes. »Alle wollen raus hier.«

»Außer mir.« Rosie, die um ein Haar ihren Freund getötet hätte, war die Jüngste von ihnen, eine zierliche Latina mit einem Engelsgesicht. »Ich bleib' hier drin, solange sie mich lassen.«

»Das willst du?«

Rosies schwarze Augen funkelten Jennifer an. »Ich will wo sein, wo ich keine Prügel mehr beziehe.«

»Du sagst es«, sagte Mercedes. »Amen, du sagst es.«

»Ich komm' hier raus«, fuhr Rosie fort, »und am nächsten Tag verpaßt mir irgendwer Prügel. Das nächste Mal, wenn mich irgendein Schweinehund schlägt, dann bring' ich den um, glaub' ich. Also bin ich hier drin« – und ihre Miene hellte sich auf – »sicher. Keiner schlägt mich. Und ich kann nicht zurückschlagen. Ich bleib' ein Weilchen hier. Glaub' ich.«

Eine der Wärterinnen, auf deren Namensschild auf der Brust

»Jessup« zu lesen stand, kam auf sie zu. Die Unterhaltung versiegte.

Sie kam zu ihnen herüber. »Amüsieren sich die Damen gut? Hört sich jedenfalls ganz danach an.« Sie klopfte mit dem Holzknüppel sachte auf den Tisch, wobei ihr Mund zu einem dünnen Strich wurde, der beinahe unsichtbar war. »Schluß jetzt. Eßt langsam auf.«

Jennifer hörte, wie ihr Name über den Lautsprecher aufgerufen wurde.

Freeman hatte sich nicht hingesetzt. Hardy auch nicht. Jennifer schaute streitlustig zu ihnen auf. Freeman, der diese Szene offenbar bereits oft miterlebt hatte, sprach ganz nüchtern. »Typischerweise beläuft sich ein Mordprozeß über alle Instanzen auf Anwaltsgebühren von einer halben bis einer Million Dollar, also würde ich schon sagen, daß Ihre Anzahlung aufgebraucht wird.«

»Und was dann?«

»Was und was dann, Jennifer?«

»Nachdem das Geld alle ist.«

»Dann wenden wir uns ans Gericht und werden vom Staat bezahlt.«

»Könnten sie dann nicht immer noch einen Pflichtverteidiger bestellen?«

Freeman nickte. »Könnten sie, machen sie aber nicht. Sie haben kein Interesse daran, daß ein neues Team von Verteidigern kommt und ein Jahr braucht, bis es in die Gänge kommt. Zu dem Zeitpunkt kennen wir den Fall in- und auswendig, und dann wird sich das Gericht an uns halten.«

»Wie wär's, wenn wir mein … mein Geheimkonto einfach nicht erwähnen?«

Freeman schüttelte den Kopf und fing an, auf und ab zu gehen. »Jennifer. Ohne Ihr Geheimkonto gibt es von vornherein kein Geld, also beruft das Gericht sowieso, wen es will, und Sie haben bereits erklärt, daß Sie das nicht wollen. Wissen Sie, ich fürchte, ich begreife Ihr Problem nicht so recht. Sie haben einen Prozeß vor sich, Jennifer, bei dem es um Ihr Geld geht. Und Sie reden von Geld, das Sie nie ausgeben werden können, sofern Sie nicht die bestmögliche Verteidigung bekommen, und offen gesagt, vielleicht noch nicht einmal damit.«

So ist's richtig, David, dachte Hardy bei sich, pack Zuckerguß auf die bittere Pille. Er begriff, daß Freeman den Eindruck hatte, er müsse Jennifer eine Dosis Wirklichkeit verabreichen, aber ihre Reaktion machte auf Hardy den Eindruck, daß Freeman zu weit ging. Sie kuschte wieder, zog den Kopf ein, wie sie es immer machte, hielt neue Tränen zurück.

Freeman schien von diesem Verhalten unberührt zu bleiben, aber er machte vor ihr halt und sprach leiser. »Jennifer, sehen Sie mich an, abgemacht? Sehen Sie hoch. Prima, jetzt hören Sie mir zu. Wir versuchen unser Bestes, um Sie hier rauszuholen. Das ist mein Beruf – darin bin ich Experte, könnte man sagen. Und sobald man Sie für unschuldig erklärt hat, streichen Sie rund fünf Millionen Dollar von der Versicherung ein. Aber wenn man Sie nicht für unschuldig erklärt … nun, dann bekommen Sie keinen Pfennig von Ihrem Geld, weder von der Versicherung noch von Ihrem Geheimkonto. Und es steht Ihnen womöglich die Höchststrafe bevor. Also, was soll es sein? Die Entscheidung liegt bei Ihnen.«

Sie schluckte kräftig und besah sich einen Augenblick lang den Tisch. »Die Sache ist nur die, Mr. Freeman«, flüsterte sie, »ist es nicht so, daß ich nicht mehr genug Geld für die Kaution haben werde, wenn ich Ihnen Ihre Anzahlung gebe?«

Zuerst merkte man es überhaupt nicht. Vor einer Minute war Jennifer Witt erschüttert gewesen. Oder schien es zu sein. Jetzt waren ihre Augen klar, war ihr Kopf wieder oben.

Auch Freeman bemerkte es. Diese Lady ließ sich von niemandem zum Narren halten. Jetzt war plötzlich ein wenig Kampfgeist in dem winzigen Zimmer zu spüren. Hardy war außen vor, aber Freeman setzte sich hin und beugte sich zu Jennifer vor. »Gut«, sagte er, »sehr gut«.

»Was ist gut?« Sie lehnte sich in ihrem Klappstuhl weg von ihm, legte einen Ellbogen hinter die Lehne.

Freeman ignorierte die direkte Frage. »*Falls* man Sie gegen Kaution freiläßt, was man bereits einmal abgelehnt hat, wie Sie sich erinnern werden. Sie glauben also, hunderttausend Dollar reichen für den Kautionssteller, und Sie können hier raus und die Fliege machen, nicht wahr?«

Jennifer, die immer noch nach hinten gelehnt saß, hielt stumm seinem Blick stand.

»Sie glauben, daß Ihr Haus eine Million wert ist? Ich möchte Sie daran erinnern, daß Sie das gestern nicht geglaubt haben. Die dreihunderttausend auf Ihrem Geheimkonto reichen nicht. Und auch die Versicherung reicht nicht. Sie brauchen mindestens eine Million, die relativ flüssig ist. Und egal, wer Sie verteidigt und welches Honorar Sie dafür bezahlen, so sieht es aus. Kaution ist Zeitverschwendung. Selbst wenn man sie Ihnen gewährt, können Sie sie nicht bezahlen.«

»Was bedeutet, daß ich hier drinbleibe, bis mein Prozeß vorbei ist?«

Freeman nickte. »Ich fürchte, es bedeutet genau das.«

Jennifer nahm das zur Kenntnis, rückte näher an den Tisch heran und faltete die Hände vor sich. Nach einer Minute begann sie überraschenderweise zu lächeln. Es war das erste Lächeln, das Hardy bei ihr gesehen hatte, und es war ganz bezaubernd. »Darüber muß ich noch etwas nachdenken.«

Hardy wollte unterbrechen, aber Freeman hob abwehrend die Hand. »Schön, Jennifer, schön. Sollen wir uns einfach als Ihre Anwälte zurückziehen?«

»Nein! Das will ich nicht. Kann ich nicht noch ein bißchen mehr Zeit haben, um ganz sicher zu sein?«

»Jennifer, eine Anzahlung ist erforderlich. Das Gericht wird wissen wollen, daß Sie jederzeit juristischen Beistand haben. Wenn ich es nicht übernehme, wie ich Ihnen bereits gesagt habe, bestellt man irgend jemanden, und bis Ihr eigenes Geld verbraucht ist, müssen Sie die ebenfalls bezahlen.«

»Könnte ich Ihnen jetzt beispielsweise fünfundzwanzigtausend bezahlen und den Rest am Montag, wenn ich mich dazu entschließe weiterzumachen ...«

»Statt was? *Nicht* weiterzumachen? Wollen Sie sich schuldig bekennen? Falls, und das ist überaus fraglich, sich der Staatsanwalt auf ein Geschäft einläßt, bedeutet das wahrscheinlich lebenslänglich ohne Möglichkeit der Entlassung auf Bewährung.«

Wieder wurde Hardy nicht aus ihr schlau. Ihre Augen funkelten hell, lebendig. Verschreckt, eine tapfere Fassade? Oder ...

»Ich weiß nicht.«

Jetzt hatte Hardy das Gefühl, daß er etwas sagen mußte. »Jennifer, wenn Sie sich schuldig bekennen, bedeutet es, daß Sie sagen, Sie haben es getan, um mit einer geringeren Strafe davonzukommen. Ist Ihnen das klar?«

Sie nickte langsam.

»Aber Sie sagen zu uns – eisern und unbeirrt –, daß Sie es nicht getan haben. Also was stimmt nun?«

»Diz, es spielt keine Rolle«, sagte Freeman. »Nicht jetzt.«

Aber Hardy hatte inzwischen genug von Freemans »professioneller Einstellung«. Er fing an, sich auf die Fakten einzulassen, auf Glauben oder Zweifel, auf seine eigene Motivation und auf Jennifers Lebensgeschichte. Er knallte die flache Hand auf die Tischfläche und sprach lauter. »Verdammt noch mal, David, für mich spielt es eine Rolle!« Er wandte sich wieder an seine Mandantin. »Also welche Version stimmt jetzt, Jennifer? Und welche auch immer es ist, lassen Sie uns dabei bleiben.«

Jennifer ließ den Kopf für einen Moment oder zwei hängen und hob dann die Augen. »Vielleicht glaube ich nicht, daß ich gewinnen kann. Wäre das kein guter Grund, um mich schuldig zu bekennen?«

Freeman sagte »ja« im selben Augenblick, als Hardy erwiderte: »Nicht, wenn Sie es nicht getan haben.«

»Nun, ich *habe* es *nicht* getan.«

Hardy richtete sich auf. »Nun gut.«

Und als ob sie das längst schon beschlossen hätten, klappte Freeman seine Aktenmappe auf und holte Papier heraus. »In Ordnung, Jennifer, damit sind wir im Geschäft.«

10

Hardy saß bei Lou dem Griechen und trank seinen Kaffee aus, der jetzt sein ganzes Mittagessen sein würde, nachdem er längst die Hoffnung aufgegeben hatte, daß das, was er bestellt hatte, sich doch noch als eßbar entpuppen würde. Lous Frau war Chinesin, und sie übernahm die Küche – manches davon köstlich, alles einzigartig –, aber das heutige Tagesgericht von Weinblättern süßsauer war echt nicht das Wahre.

Im Verlauf eines beinahe zweistündigen Gesprächs mit Freeman und ihm war Jennifer hart geblieben – sie war unschuldig. Jennifer würde sich nicht schuldig bekennen, selbst wenn es eine mögliche Strategie war. Was auf gewisse Weise gut war. Zumindest schaltete es alle Zweideutigkeit aus. Jennifer trug ihren Anwälten die klassische passive Verteidigung auf – bei jeder Wendung des Geschehens mußten sie aufzeigen, wie schwach die Argumente des Anklägers ausfielen, dem schließlich die Beweislast zukam; und Freemans

Standpunkt würde sein, daß die Anklagevertretung ihre Beweispflicht nicht erfüllt hatte. Ende.

Außer daß in Wirklichkeit natürlich nichts auf der Welt derart simpel war. Wie sowohl Hardy als auch Freeman Jennifer klarzumachen suchten, war es so, daß die Argumente der Anklage auf den ersten Blick so schwach nicht ausfielen. Die Staatsanwaltschaft verfügte über Beweismittel, über ein mutmaßliches Motiv, sogar über Augenzeugen. Kein Mensch hatte es darauf angelegt, Jennifer Witt an den Kragen zu gehen – die Beweislage hatte die Grand Jury überzeugt, Anklage zu erheben, und sie würde vielleicht eine Jury überzeugen, Jennifer schuldig zu sprechen.

Die Anklage wegen Mordes an ihrem ersten Ehemann Ned machte alles noch viel schlimmer. Das Beweismaterial mochte älter sein, doch es würde alles andere als ein Kinderspiel sein, den Faktor der zufälligen Übereinstimmung, falls man es so nennen konnte, geschweige denn die Tatsache, daß in beiden Fällen eine beträchtliche Versicherungssumme im Spiel war, zu entkräften.

Gleichzeitig verhalf Jennifers Position allerdings Freeman zu einer Strategie und Hardy zu einer konkreten Richtung für sein weiteres Vorgehen. Angesichts der Forderungen ihrer Mandantin gab es nur einen Weg, altbewährt und gut, den sie einschlagen konnten. Sie mußten die Löcher finden, wenn schon nicht in den Fakten, dann in den Interpretationen, die dazu vorgebracht wurden.

Die Nebel hatte sich zwar gelichtet, dafür war der Wind vom Meer jetzt kräftig, damit San Francisco gar nicht erst Gefahr lief, in sonniger Wärme zu schmoren. Hardy stand im vierten Stock des dem Gerichtsgebäude vorgelagerten Treppenhauses und hörte zu, wie die Böen durch den Rohbau pfiffen, der eines Tages das neue Gefängnis gleich gegenüber sein würde.

Abe Glitsky machte die Tür auf und trat nach draußen. Papier flatterte hoch, Staub wirbelte im Kreis. Glitsky besah sich die Szene. »Ich habe ein hübsches Büro keine dreißig Meter von hier, weißt du noch?«

»Powell sitzt dort drin.«

Glitsky nickte. »Stimmt genau. Er arbeitet hier in diesem Gebäude. Was du, wie ich hinzufügen darf, nicht tust. Was genau machen wir hier eigentlich, Diz?«

»Wir haben ein geheimes Treffen, Abe. Ich habe mich gefragt, ob du nicht Lust hast, mit mir eine kleine Spazierfahrt zu unterneh-men.«

Glitsky hatte die Hände in den Taschen seines Parka stecken. Er schürzte die Lippen, und die Narbe, die quer durch seine Lippen verlief, trat grellweiß hervor. »Mitten in der Woche, mitten am Tag, klar, ich schieb einfach ab. Kein Mensch wird mich vermissen. Ich drehe sowieso nur Däumchen.«

»Abe, ich brauche dich, damit ich kein Verbrechen begehe, was, falls ich es tue und dabei geschnappt werde ...«

»Falls du es tust und falls du dabei geschnappt wirst ...«

Hardy fiel ihm ins Wort. »Bitte, Abe, dies ist ein entscheidender Moment in meinem Leben und in meiner beruflichen Karriere. Falls ich dieses Verbrechen begehe und falls ich dabei geschnappt werde, dann verliere ich meine Zulassung und werde aus dem Anwalts-register gestrichen, Frannie wird sich vermutlich von mir scheiden lassen, und die Kinder werden mit dem Wissen leben müssen, daß ihr Vater ein Verbrecher ist. Selbst wenn ich nur davon rede, läuft mein ganzes Leben wie ein Film vor meinen Augen ab ...«

»Vor deinen Augen.« Glitsky schüttelte den Kopf, und ein Wind-stoß fauchte ums Haus.

»Na los«, sagte Hardy. »Es dauert noch nicht mal eine Stun-de.«

»Warum mache ich so was überhaupt?« fragte Glitsky.

»Ich glaube, du hast diesen tiefverwurzelten Drang, dich bewei-sen zu müssen. Ich mache mir manchmal richtige Sorgen deswe-gen. Im Ernst. Ein Bursche in deinem Alter.«

»Mein Alter entspricht deinem Alter.«

»Ich weiß, aber ich bin jünger. Ich sehe auch besser aus. Es ist ko-misch, aber wahr.«

Glitsky biß sich auf die Zunge. »Traurig.«

Sie standen in der Eingangshalle der Bank of America an der Straßenecke Haight und Cole. Hardy hatte der stellvertretenden Filialleiterin, einer jungen Schwarzen namens Isabel Reed, die al-lem Anschein nach keinerlei Probleme mit Glitskys Alter oder Aussehen hatte, Jennifers Anwaltsvollmacht ausgehändigt. Ms. Reed hatte die Abhebungen aus dem Geldautomaten vom Vormit-tag des 28. Dezember überprüft und kam mit der Mitteilung zurück, daß die Abhebung vom fraglichen Konto um 9:43 Uhr er-folgt sei und daß sie, weil sie gerade von der Uhrzeit sprächen, um halb fünf Feierabend hätte, falls es noch etwas gäbe, worüber sie mit ihr sprechen müßten …

Hardy sagte nein, er denke, das sei wohl alles gewesen und sie habe ihnen einen großen Dienst erwiesen. Er stieß Glitsky an, und die beiden wandten sich zum Gehen.

»Ich bin täglich hier anzutreffen«, setzte Ms. Reed nach, »falls Sie sonst noch etwas brauchen.«

»Wissen Sie …« Hardy hielt inne, weil ihm eben etwas eingefallen war. »Da ist noch eine Sache, wenn es Ihnen nichts ausmacht. Abraham, meinst du, wir sollten die Maschine da eichen?«

Dies war, wie Hardy Glitsky auf dem Weg hierher erklärt hatte, der Grund, warum dieser mitkommen mußte. Glitskys Dienstmarke eröffnete ihnen den Zugang nicht nur zu Jennifers Konto, sondern zu dem gesamten Geldautomatensystem. Während ein hilfsbereiter Bankangestellter Quittungen aus dem Geldautomaten ausdrucken ließ, wählte Hardy POPCORN – die Nummer, die der Polizei von der Telefongesellschaft Pacific Bell zur Verfügung gestellt worden war, damit sich die »offizielle Zeit« der Anrufe bei der Notrufnummer 911 feststellen ließ – und verglich das Ergebnis mit der Uhrzeit des Computers des Geldautomaten.

Sie stellten fest, daß es eine Differenz von drei Minuten zwischen den beiden Uhrzeiten gab – 14:11 bei der Bank und 14:14 bei Pacific Bell.

»Ist das wichtig?« wollte Ms. Reed von Abe wissen. Hardy hatte völlig aufgehört zu existieren.

»Es kann entscheidend sein«, gab Glitsky zu, »zumindest in diesem Fall. Aber Sie hätten das ohnehin überprüfen sollen. Aufzeichnungen taugen nicht viel, wenn sie nicht präzise sind.«

Ms. Reed, die dazu genickt und überhaupt der Verkündung dieser Weisheit aufmerksam gelauscht hatte, bedankte sich bei den beiden Männern und überreichte Glitsky ihre Visitenkarte. Dann, nachdem sie offensichtlich noch ein zweites Mal nachgedacht hatte, zog sie auch eine für Hardy hervor.

Draußen blies der kräftige Wind, und die beiden Männer stemmten sich dagegen. »Also *deshalb* machst du all das hier mit«, knurrte Hardy durch die zusammengebissenen Zähne. »Aufzeichnungen taugen nicht viel, wenn sie nicht präzise sind.«

Glitsky, der glücklich verheiratet war und drei Kinder hatte, konnte gar nicht mehr aufhören zu lächeln, was er sonst vielleicht zweimal im Jahr tat.

Als sie wieder zurück ins Zentrum fuhren, machte Glitsky schließlich wieder den Mund auf. »Ich geb's auf«, sagte er. »Welches Verbrechen habe ich nun eigentlich durch dieses scharfsinnige Stück Polizeiarbeit verhindert?«

Hardy antwortete mit unbewegter Miene: »Plan B hatte vorgesehen, daß ich mich als Ninja verkleide und mitten in der Nacht in der Bank einbreche, um die Angaben zu überprüfen. Plan B war nicht besonders gut. Ich hatte nicht den Eindruck, daß er funktionieren würde.«

Glitsky schüttelte den Kopf und gab keinen weiteren Kommentar ab.

Hardy rechnete einiges im Kopf durch. Wenn Mrs. Barbieto um 9:40 den Notruf 911 angerufen hatte, war es an der Ecke von Haight Street und Cole 9:37 gewesen. Wenn Jennifer zwei Minuten vor dem Notruf losgelaufen war, wie es sich aus Mrs. Barbietos Aussage ergab, also um 9:35, dann hätte Jennifer 1,7 Meilen laufen müssen, damit sie um 9:43, acht Minuten später, am Geldautomaten Geld von ihrem Konto abheben konnte. Das hätte sie niemals geschafft. Wenn andererseits, wie Hardy vermutete, eher fünf Minuten zwischen den Schüssen und Mrs. Barbietos Anruf bei der Polizei verstrichen waren, dann hätte Jennifer elf Minuten zur Verfügung gehabt, drei plus acht, was zwar knapp, aber, wie Hardy dachte, durchaus machbar war.

Glitsky, der nicht wußte, warum, hatte Recht gehabt. Ms. Reeds Informationen über den Geldautomaten konnten sich als wichtig erweisen, vielleicht sogar als entscheidend.

Er mußte erneut nach oben ins Gefängnis fahren, weil er – obwohl ihm Jennifer die Erlaubnis zum Betreten ihres Hauses gegeben hatte – den Schlüssel, den der Sheriff zusammen mit ihrer sonstigen persönlichen Habe verwahrte, abzuholen vergessen hatte. Hardy benötigte Jennifers Unterschrift, damit ihm der Sheriff den Schlüssel aushändigen würde.

»Mr. Hardy, richtig?«

Die Hand war vorgestreckt, und Hardy ergriff sie. Es war ein überraschend schlaffer Händedruck für solch einen stattlichen Mann – Ken Lightner, Mr. Clairol mit seinem braunen Haar und roten Bart, Jennifers Psychiater, stand innerhalb der Absperrschranke neben dem Aufzug, als die Tür aufging.

»Ich habe soeben einen Besuch bei Jennifer gemacht. Wir müssen sie hier herausholen. Sie gehört nicht in dieses … Sie sind hier, um sie zu besuchen, nicht wahr?«

Hardy erklärte die Sache mit dem Schlüssel. Er wurde mit dem Mann zwar nicht warm, aber er konnte höflich sein.

»Eigentlich«, sagte Lightner, als die Fahrstuhltür zuging, »ist es vielleicht ein glücklicher Zufall, daß Sie hier sind. Ich wollte Sie ohnehin anrufen.«

»Sofern es sich um Jennifer handelt, sollten Sie Mr. Freeman ersuchen. Er ist ihr Anwalt in dieser Angelegenheit.«

»Nun, Freeman«, Lightner machte eine Pause und setzte neu an. »Jennifer scheint eine höhere Meinung von Ihnen zu haben.«

Hardy zuckte die Achseln. Was sollte er darauf antworten? Er würde Lightner selbst herausfinden lassen, wie die Sache weiterging.

»Ich meine, Sie vertreten sie doch ebenfalls, nicht wahr?«

»Ich muß Ihnen sagen, daß Sie sich beide täuschen, falls Sie oder Jennifer denken, daß ich auch nur annähernd der Strafverteidiger bin, der David Freeman ist. David ist ein wenig ungehobelt, na schön, aber das ist zum Großteil sein persönlicher Umgangston. Er zieht nicht allzuoft den kürzeren, und das ist es, was Jennifer interessieren sollte.«

»Was, wenn sie einfach gerne … sich bei Ihnen wohler fühlt?«

Es gab nicht viel Platz zwischen der Aufzugstür und der Absperrschranke, aber Hardy trat einen Schritt zurück. »Dies hier ist keine angenehme Situation, Herr Doktor. Ich arbeite mit David zusammen, für ihn, ich habe während des Verfahrens zur Klärung der Schuldfrage nicht so sehr viel mit Jennifers Verteidigung zu tun und bin ein wenig verwirrt, was Ihre Rolle bei all dem angeht. Hat Jennifer Sie gebeten, mit mir zu reden?«

»Nicht direkt, nein. Ich habe kein Interesse daran, Sie zu verärgern, Mr. Hardy, aber meine Hauptsorge gilt Jennifer. Sie ist ratlos, durcheinander, tiefbetrübt … sie ist sehr, sehr unglücklich …«

»Sie sitzt im Gefängnis, Herr Doktor.«

Lightner wandte abrupt den Kopf ab. Ungeduldig. »Nein, nein. Ich meine nicht die Situation jetzt und hier.« Er riß sich wieder zusammen, sprach leiser. »Sehen Sie, Mr. Hardy, sie kann hier nicht bleiben. Ich glaube nicht, daß sie hier drin ein Jahr lang, wie lange auch immer der Prozeß dauern mag, überleben würde. Haben Sie gesehen … natürlich haben Sie das. Sie wissen, wie es ist. Und Mr. Freeman sagt zu ihr, sie solle sich die Sache mit der Kaution aus dem Kopf schlagen. Warum? Ist das wirklich in ihrem Interesse?«

Hardy verlor nun seinerseits ein wenig die Geduld. »Es ist eine Frage der Tatsachen, Herr Doktor. Ich würde dasselbe raten, wenn ich der Anwalt wäre, der Jennifer im ersten Verfahren vertritt. Ich fürchte, sie wird keine Haftentlassung auf Kaution bekommen. Sie kommt nicht raus.«

Lightner schüttelte den Kopf. »Wenn sie im Gefängnis bleibt, ist es meiner Ansicht nach nicht unwahrscheinlich, daß sie sich umbringt.«

»Sie unterhalten sich mit der falschen Person. Sie sollten mit dem Richter sprechen … oder mit dem Gesetzgeber. Außerdem meine ich, daß Sie ein bißchen übertreiben. Das Gefängnis ist kein Zuckerlecken, keine Frage, aber ich habe heute früh jedenfalls keinerlei Anzeichen für eine suizidale Depression bemerkt, und ich war zwei Stunden mit ihr zusammen.«

»Würden Sie diese Anzeichen denn erkennen, wenn Sie sie sähen, Mr. Hardy?«

Hardy wußte, daß der andere in diesem Punkt recht hatte, aber der Mann ging ihm auf die Nerven. »Ich denke schon. Wenn Sie mich jetzt bitte entschuldigen wollen …«

»Nein, hören Sie zu, hören Sie *bitte* zu.«

Hardy wartete.

»Tut mir leid. Vielleicht haben wir das Ganze ungeschickt aufgezäumt, aber irgendwer muß begreifen, was hier wirklich abläuft«, sagte Lightner.

»Und Sie wissen es?«

»Ich weiß es. Ich behandle diese Frau seit vier Jahren. Ich mußte während einiger Krisen Antidepressiva verschreiben. Jennifer leidet an einer klinischen Depression.«

Hardy hatte einen offensichtlichen, aber dennoch genialen Einfall. »Nun, Herr Doktor, wenn sie seit vier Jahren schon depressiv ist, dann ist es nicht das Gefängnis, das ihr so zusetzt.« Hardy blickte auf die Uhr. »Jetzt muß ich aber wirklich gehen. Tut mir leid.«

Lightner faßte ihn am Arm und holte tief Luft, als müsse er zu einem sehr wichtigen Entschluß kommen. »Nehmen wir einmal an«, sagte er mit nunmehr leiser Stimme, »daß sie die Tat vielleicht wirklich begangen hat. Wollen Sie dann nicht wissen, *wieso*? Darum geht es mir hier.«

»Sie sagten, daß es Ihnen selbst aufgefallen ist … in der einen Minute ist sie so lebhaft, beinahe mutwillig, in der nächsten verhält sie sich wie ein geprügeltes Opfer – mit gebeugtem Kopf, unbeteiligt, völlig verloren. Sie hat keinen Appetit, unterliegt extremen Stimmungswandlungen, von lethargisch bis hyperaktiv. Alpträume lassen sie nachts nicht zur Ruhe kommen. All das sind klassische Anzeichen einer klinischen Depression.«

Hardy war mit Lightner losgegangen, um den Schlüssel auszulösen – der Grund, weshalb er überhaupt hierhergekommen war –, und dann waren sie gemeinsam hinunter in den zweiten Stock gefahren, wo die Büros der Staatsanwaltschaft lagen. Hardy, der früher in dem Gebäude gearbeitet hatte, kannte einige der nichtöffentlichen Räume, und jetzt brachte er Lightner in den Raum der Protokollführer, der sich gleich neben den Aufzügen befand.

Hier war es am Donnerstagnachmittag friedlich und still. Keine Protokollführer, auch sonst niemand. Ein gemütliches Durcheinander zwischen ausgemusterten, neuer Verwendung zugeführten Schulbänken und harten, vernarbten Bibliothekstischen.

Hardys Hauptinteresse bezog sich aber nicht auf Lightners Diagnose von Jennifer. »Das heißt aber noch nicht, daß sie jemanden umgebracht hat.«

Lightner saß vornübergebeugt auf einem der Tische neben dem Fenster mit den Jalousien. »Nein, das heißt es nicht automatisch, aber ich sage Ihnen jetzt etwas … ich fürchte, daß sie ihren Mann erschossen hat.«

»Sind Sie sicher? Hat sie es Ihnen gesagt?«

»Nein, aber ich weiß es.«

»Und Ihr Sohn?«

»Ich habe keine Ahnung, wie das passiert ist. Es könnte ein Irrtum gewesen sein. Sie hat vielleicht gedacht, es wäre Larry.«

»Ein siebenjähriger Junge? Ihr eigener Sohn?«

»Ich habe ja gesagt, daß ich keine Ahnung habe, wie das passiert ist. Der Junge kam vielleicht zwischen die beiden, die Waffe ging los, ich weiß nicht, irgendein schrecklicher Unfall.«

Hardy gab es nur ungern zu und hatte diesen Schluß jedesmal weit von sich gewiesen, sooft er vorher aufgetaucht war, aber Lightner hatte recht. Jeden Tag kamen irgendwelche Leute versehentlich im Umgang mit Waffen ums Leben. Sobald eine Schußwaffe im Spiel war, gab es die Möglichkeit eines Unfalls.

Hardy konnte sich ohne weiteres selbst ein halbes Dutzend Szenarios ausdenken, die zum Tod von Matt geführt haben könnten.

»Nur, daß sie es abstreitet«, sagte Hardy. »Aber, rein interessehalber, *woher* wissen Sie es denn? *Warum?*«

Endlich also eine offene Frage. Lightner schob seinen Körper im gutgeschnittenen Maßanzug zurück auf den Tisch. Die Sonne schien bei dem einen Fenster grell durch die Staubkörnchen und fiel auf das Gesicht des Psychiaters, unterstrich die Rottöne in dem hübschen Bart.

Er seufzte, hatte die Fäuste geballt. »Die einfache Antwort lautet«, sagte er, »*damit Larry aufhört, sie zu verprügeln.*«

Hardy saß eingezwängt in der engen Sitzfläche einer altmodischen Schulbank mit dazugehörigem Pult samt eingebautem Tintenfaß, über das er jetzt mit den Fingern strich, lehnte sich mit gerade vor sich ausgestreckten, an den Knöcheln überkreuzten Beinen zurück. »Sie sagt, daß er sie nicht geschlagen hat. Sie sagt, sie hätten sich gestritten wie alle anderen Leute, aber ...«

»Natürlich sagt sie das. Aber es ist nicht wahr.«

»Es ist nicht wahr«, wiederholte Hardy. »Woher weiß ich denn, daß es nicht wahr ist?« Er hob die Hand, die er um das Tintenfaß gelegt hatte. »Nein, ich will nicht wieder damit anfangen. Ich frage, ob Sie irgendeinen Beweis haben, das Ganze untermauern können. Jennifers Eingeständnis? Irgendwas? Ich nehme an, Sie erzählen mir all das, um ihr einen Ausweg zu eröffnen, eine Rechtfertigung, die sie entlasten könnte, falls sie die Tat begangen hat.«

Lightner nickte. »Ja, aber ich befinde mich hier auf schwankendem Boden, Mr. Hardy. Ich weiß das. Nun, ich habe mich dazu durchgerungen, daß ich Ihnen manches von dem, was ich weiß, erzählen kann, Dinge, die Sie mit genügend Zeit Ihrerseits aus anderen Quellen erfahren könnten. Aber ich fürchte, ich kann Ihnen nicht verraten, *woher* ich es weiß.«

Es dauerte einen Augenblick, ehe Hardy sagte: »Schweigepflicht.«

Da war es, das vertraute zweischneidige Schwert. Lightner senkte ein wenig den Kopf. »Auch ohne meine Informationen sollte es Unterlagen geben, die darauf hinweisen. Sie hat es nie gesagt, aber ich denke, daß sie den behandelnden Arzt gewechselt haben muß. Sie sind verpflichtet, solche Sachen zu melden.«

Da hatte er recht, wie Hardy wußte. Wenn eine Person, sagen wir eine Frau oder ein Kind, häufiger einen Arzt aufsuchte und Verbrennungen, Prellungen, Hautabschürfungen, blaue Flecke aufwies und berichtete, daß sie vom Fahrrad gefallen oder die Treppe hinuntergestürzt oder gegen eine Tür gerannt sei, was auch immer – wenn es dem Arzt verdächtig vorkam, war er gesetzlich dazu verpflichtet, es behördlich zu melden. Das war ein zwingender Grund, eine Mißhandlung zu vermuten.

Hardy stellte die naheliegende Frage. »Aber Sie *wußten*, daß Jennifer mißhandelt wurde. Wieso haben Sie es denn nicht gemeldet?«

Lightner stützte sich noch immer auf die Hände, sah unglücklich drein. »Auf uns trifft diese Verpflichtung nicht zu. Sie hat nicht zugelassen, daß ich es melde. Sie war meine Patientin. Ich war ihr Psychiater. Es war ihr Recht.«

»Also hat sie den Arzt gewechselt, damit niemand Verdacht schöpft. Oder es meldet. Sonst noch was?«

»Die Nachbarn könnten was mitbekommen haben. Wie oft sind die beiden umgezogen? Manchmal gibt das einen Hinweis.«

Hardy wies darauf hin, daß all das stimmen konnte, aber daß Jennifer selbst die nächstliegende Quelle sei, um zu bestätigen, ob sie nun von ihrem Ehemann mißhandelt worden sei oder nicht, und daß *sie* es abstreite. »Sie werden mir zustimmen«, sagte er, »daß uns dies ein gewisses Problem bereitet.«

»Ja, das sehe ich natürlich.«

»Nun?«

»Ich habe mir einfach gedacht, daß Sie es wissen müssen. Wie Sie gesagt haben, es *muß* einfach ihre Verteidigung sein. Es ist der Grund, *warum* sie es getan hat.«

Hardy versuchte, sich in der winzigen Bank aufzurichten. Er legte die Ellbogen auf das Pult. »Dr. Lightner, ich muß Sie daran erinnern, daß sie sowohl abstreitet, daß man sie mißhandelt hat, als auch, daß sie jemanden umgebracht hat. Wir haben das heute früh wieder und wieder mit ihr durchgekaut, und sie wird sich nicht auf die Notwehrsituation einer mißhandelten Ehefrau berufen – weder mit Freeman noch mit mir oder mit sonstwem. Und das führt mich zu der Frage ... Warum in aller Welt gibt sie nicht einfach zu, daß sie mißhandelt worden ist? Wie Sie gesagt haben, kommen mehr und mehr Leute heutzutage mit dieser Verteidigung straffrei davon. Es gibt einschlägige Präzedenzfälle. Wir haben ihr das gesagt. Also wieso, wenn sie eine gute Chance, vielleicht sogar die beste Chance dazu hat, ihr Leben zu retten, stimmt sie dem nicht zu?«

»Sie schämt sich.«

Eine Sekunde hatte Hardy den Eindruck, er hätte falsch gehört. »Wie bitte?«

»Sie schämt sich. Sie will nicht, daß irgendwer weiß, daß sie die Sorte Mensch ist, die damit leben kann, daß man sie mißhandelt. Warum ist sie nicht einfach weggelaufen?«

»Genau.«

Jetzt beugte sich Lightner mit Nachdruck vor. »Aber begreifen Sie das nicht? Das ist ja das Problem. Sie können nicht weglaufen! Ich weiß, das mag Ihnen vielleicht wie Soziologengewäsch vorkommen, aber in manchen Kulturen ist es gesellschaftlich akzeptabler als in anderen, solche Mißhandlungen durch den Ehemann zu dulden, jedenfalls ist es das nicht bei Weißen der Oberschicht in unserer Kultur. Und jetzt gehört sie selbst zur Oberschicht. Sie hat sich hochgearbeitet und will nicht wieder zurück nach unten.«

»Was, wenn sie verurteilt wird? Was bleibt ihr dann?«

»Dann bleibt ihr immer noch ihre Selbstachtung.«

»Und Sie wollen mir erzählen, daß ist wichtiger als ihr Leben?«

»Ich glaube nicht, daß sie sich das jemals so richtig vor Augen gehalten hat.«

Hardy begriff, daß Lightner recht haben konnte. Er war derart hinter das winzige Pult eingepfercht, daß ihm die Sitzhaltung allmählich auf die Nerven ging. Er zwängte sich aus der Bank und stellte sich hin.

»Also will Jennifer im wesentlichen deshalb, weil sie sich schämt, nicht zugeben, daß sie geprügelt … mißhandelt worden ist.«

»Das stimmt. Sich schämen ist vielleicht ein zu schwaches Wort. Gedemütigt trifft es besser, gedemütigt, daß sie mißhandelt, beinahe rituell verprügelt worden ist und sie es sich hat gefallen lassen, so unfaßbar das auch erscheinen mag.« Lightner glitt vom Tisch herunter.

Hardy rieb sich die Schulter. »Ich will Sie ja nicht beleidigen, Herr Doktor, aber ist manches davon nicht Psychogelaber? Ich will damit sagen, auf wie viele Ihrer Schlußfolgerungen kann ich mich denn verlassen, immer angenommen, daß ich unabhängig von Ihnen einige Tatsachen herausfinden kann?«

Lightner schien nicht beleidigt zu sein. Er nickte. Vielleicht dachte er, daß es eine gute Frage war. »Auf alle, würde ich sagen.«

11

Im schwindenden Tageslicht war das Haus der Witts eindrucksvoll. Am Abend zuvor, als Hardy und Frannie vorbeigefahren waren, hatte Olympia Way, hoch oben auf den Twin Peaks, den Eindruck einer gewissen Gediegenheit vermittelt. Der Großteil der Straße grenzte an den Spielplatz von Midtown Terrace. Es war ruhig gewesen, beinahe gespenstisch. Straßenlaternen, die tatsächlich funktionierten, warfen ihr Licht durch das zarte Laub des eben erst angebrochenen Frühlings auf die Bäume, die über die Straße hingen. Die Hecken schienen frisch gestutzt und ausgewachsen zu sein.

Im Sonnenschein war das Gefühl, daß man sich in einer geschützten Enklave befand, sogar noch ausgeprägter. Hardy stieg aus seinem Auto aus und betrachtete von der Straße aus, von Süden her, das Haus Jennifers, das nur zwei Grundstücke entfernt vom Park lag. Im Westen glitzerte der Pazifik, und ein Stück weiter nördlich reckte der Sutro Tower die rostigen Arme in den Himmel. Hardy dachte bei sich, daß einige der zwei- oder dreistöckigen Häuser ohne weiteres auf der Embassy Row stehen könnten – majestätisch und mit schön angelegten Gärten waren dies die Häuser von Leuten, denen dreihunderttausend Dollar nicht weiter fehlen mochten, wenn sie nur langsam genug verschwanden.

Die Hecke der Witts war nicht so hoch wie manche der anderen, obwohl sie ebenso sorgsam gepflegt war wie alle übrigen. Ein weißgestrichener Lattenzaun bildete die äußere Begrenzung. Das Tor im Zaun war zu, aber die Hecke bildete jeweils einen Winkel von neunzig Grad und verlief dann parallel zu beiden Seiten des kerzengeraden Pfads aus Ziegelsteinen, der zur Haustür führte.

Hardy mußte sich in Erinnerung rufen, daß Jennifer noch bis vor zwei Tagen hier gewohnt hatte, kam und ging und allem Anschein nach keine Ahnung von der bevorstehenden Entscheidung der Grand Jury hatte, daß es genügend Beweismaterial gab, um Jennifer wegen Mordes anzuklagen. Es war ein beunruhigender Gedanke.

Aber nicht so beunruhigend wie der Moment, als er den Schlüssel herumdrehte. Ein Hund irgendwo in der Nähe bellte und hörte nicht wieder auf zu bellen. Hardy blieb stehen und wartete darauf, daß der Besitzer kommen und den Hund beruhigen würde, nachsähe, was der Grund der Aufregung war. Das passierte nicht. Tatsächlich geschah gar nichts, und das Bellen ging immer weiter. Hardy hätte ein Einbrecher mit einem Vorschlaghammer sein können anstelle eines Anwalts mit einem Hausschlüssel, und – wie es aussah – hätte ihm kein Mensch irgendwelche Fragen gestellt.

Und dies war der Häuserblock, in dem sich zwei Augenzeugen für den Zeitpunkt des Mordes und sogar noch mehr Zeugen für den Lieferwagen des Federal Express gefunden hatten? Hardy dachte bei sich, daß Terrell ein As beim Befragen potentieller Zeugen sein mußte.

Als er im Inneren des Hauses war, brach das Bellen nach einer weiteren Minute ab.

Das Haus war weiß. Die Eingangshalle bestand aus weißem italienischen Marmor, der rosageädert war.

Die weichen Polstermöbel waren modern und weiß, die Tische und Garderobenhaken aus schwarzem Gußeisen. Alles vor einem Untergrund aus champagnerfarbenem Teppichboden, der von Wand zu Wand verlief. An den Wänden erkannte Hardy eine der Fotografien von Mapplethorpe, die für solchen Wirbel gesorgt hatte, daneben einen Druck von Goyas *Saturn verschlingt einen seiner Söhne*. Aus unmittelbarer Nähe besah er sich ein paar andere Drucke oder Originale, die er noch nicht einmal in eine abgesperrte Dunkelkammer gehängt hätte, geschweige denn ins Wohnzimmer eines Hauses, in dem ein kleines Kind lebte.

Auf seinem gelben Notizblock machte er einen Vermerk, um sicherzustellen, daß David Freeman die Medien draußen hielt. Er mußte wohl annehmen, daß das Zeug Larrys Geschmack widerspiegelte und nicht den Jennifers.

Im Erdgeschoß war alles makellos, antiseptisch. Die Küche – der Fußboden ein Schachbrettmuster aus schwarzen und weißen Fliesen und die Armaturen ebenfalls schwarz und weiß – sah aus, als ob sie nie benutzt worden wäre. Kupferne Kochtöpfe funkelten an ihren Haken an dem gußeisernen Haltegestell über dem freistehenden Herd.

Es herrschte eine bedrückende Stille – Hardy ertappte sich dabei, daß er auf den Fußballen ging, als er sich durch die anderen Zimmer im Erdgeschoß bewegte. Das Eßzimmer mit dem Tisch aus schwarzem Lack und sechs Stühlen. Eine Bibliothek mit überwiegend medizinischer Fachliteratur. Keine Romane, jede Menge Geschichte und Biographien. Es gab ein kleines Lesezimmer mit einem offenen Kamin und einem zweisitzigen Sofa neben einem Tischchen für Zeitschriften. Doch es gab keine Zeitschriften. Ein Gästezimmer. Hardy hob die Tagesdecke vom Bett, die Matratze darunter war nicht bezogen.

Er blieb am Fuß der Treppe stehen. Jennifer hatte hier gewohnt? Es gab keinerlei Lebenszeichen. Er kritzelte eine zweite Notiz aufs Papier, sie zu befragen, ob sie im Lauf der letzten Monate woanders gewohnt hatte. Und falls ja, wo?

Einen Monat, nachdem Frannie und er zusammengezogen waren, hatte er ihr beim Kunstflohmarkt auf der Ghirardelli Street eine dieser kleinen Kacheln gekauft, auf der zu lesen stand: EIN SAUBERES HAUS IST EIN ZEICHEN FÜR EIN VERGEUDETES LEBEN. Diese Kachel hing stolz in ihrer Küche. Er war sich sicher, daß er nicht suchen mußte, wo Jennifer ihre aufbewahrte.

Im ersten Stock folgte die Fortsetzung. Links lag, was Matts Zimmer gewesen sein mußte, das Bett war diesmal gemacht, die Spielzeuge standen in Reih und Glied. Die Abendsonne ging soeben unter, badete den Raum in einen orangeroten Schimmer. Neben dem Zimmer war ein Badezimmer mit Klo und Dusche, wo jemand mit Schablone Seepferdchen an die Wand gemalt hatte – so minimal dies auch war, war es bislang das einzige Anzeichen für irgendeinen Anflug von Gemütlichkeit im Haus.

Hardy kam erneut am Treppenhaus vorbei und blieb stehen, um sich Wohn- und Eßzimmer direkt unter ihm zu besehen. Weiß. Schwarz. Spiegel und Metall und das zunehmende Halbdunkel der Dämmerung. Was immer er sonst noch zu tun hatte, er wollte es hinter sich bringen und möglichst schnell hier rauskommen.

Das Elternschlafzimmer war eine Überraschung. Das gelbe Absperrband der Polizei lag immer noch da, allerdings nicht mehr quer vor die Tür gespannt, sondern auf den Teppich geworfen. Er stieg darüber hinweg und spazierte in die Mitte des Zimmers.

Nachdem die Beamten von der Spurensicherung mit ihrer Arbeit fertig gewesen waren und die Leute von der Reinigungsfirma den Schaden behoben hatten, hatte Jennifer keinen Fuß mehr in dieses Zimmer gesetzt, dessen war sich Hardy plötzlich gewiß. Zusammengelegte Laken und Decken lagen auf der nackten Matratze des Bettes, Handtücher auf dem Schrank neben der Tür zum Bad, Wollmäuse in den Ecken.

Er wußte nicht recht, ob er sich die Überreste von Blutflecken nur einbildete – es wurde immer dunkler, also schaltete er das Deckenlicht an. Es verlosch mit einem leisen Knall. Es gab noch weitere Lichtquellen auf den Nachttischchen zu beiden Seiten des etwas zurückversetzten Kopfbrettes des Bettes, also ging er rasch – schreckhaft – zu einem der Tischchen und drückte auf den Knopf. Schon besser. Er ging ums Bett herum und schaltete die zweite Lampe ein. Er bückte sich und prüfte den weißen Vorleger, fuhr mit der Hand über das, was ein Fleck gewesen sein mochte. Wie ein Teil von ihm gewußt hatte, blieb nichts haften, und doch empfand er das als eine sonderbare Erleichterung.

Hardy stand wieder auf, hielt sich jetzt sicherer auf den Beinen als vorher. Er schaltete das Licht im angrenzenden Badezimmer an und sah sich um. Wiederum kein Anzeichen dafür, daß irgend jemand es betreten hatte, seit saubergemacht worden war. Nachdem er die Lampen am Bett ausgeknipst hatte, machte er an der Tür zum Gang halt, um einen letzten Blick in das schattenerfüllte Zimmer zu werfen, in dem die Morde passiert waren.

Am Ende des Gangs war noch eine Tür, die letzte Tür auf der linken Seite. Das Deckenlicht, das diesmal anblieb, zeigte ein unpersönliches Arbeitszimmer mit einem Rollcontainer, Karteikästen und einem kleinen Bücherregal, auf dem medizinische Fachzeitschriften und Wirtschaftsmagazine standen. Mittelpunkt des Zimmers war ein tadellos aufgeräumter schwarzer Schreibtisch mit einer neuen, in grünes Leder gebundenen Schreibunterlage. Hardy setzte sich an den Tisch.

Ganz offensichtlich hatte auch dieses Zimmer niemand mehr betreten. Der Staub lag in einer dicken Schicht auf der Schreibtischplatte. Hardy fragte sich, ob die Polizei wohl ein Verzeichnis der Gegenstände in diesem Zimmer erstellt hatte, und begriff, daß das vielleicht gar nicht nötig gewesen war. Jennifer, so fiel ihm wieder ein, hatte dieses verdammte Verzeichnis zur Verfügung gestellt und dabei »vergessen«, daß die Pistole fehlte.

(Und selbstverständlich konnte sie ja gut und gerne annehmen, daß sie gar nicht fehlte, wenn sie nie wieder einen Fuß in das Schlafzimmer gesetzt hatte. Das konnte ein entscheidender Punkt sein. Er mußte sie fragen und machte sich noch eine Notiz.)

Als Hardy jetzt, wo die Sonne so gut wie vollständig hinter dem jalousiebewehrten Fenster über dem Schreibtisch untergegangen war, dasaß, versuchte er sich vorzustellen, wie es gewesen sein mochte, hier zu wohnen. Das Ausmaß an Kontrolle und Disziplin, das überall spürbar war, schuf genau die Art von Umfeld, in dem es unmöglich war, Dampf abzulassen, auch nicht allmählich. Wenn sich hier Emotionen zu sehr anstauten, fanden sie kein Ventil, mußten sie sich in einer Explosion entladen.

Er hatte seinen gelben Notizblock zum Schreiben der letzten Notizen auf die Schreibunterlage gelegt, und als er nun hinaus auf den Streifen Ozean am Horizont starrte, wurde ihm bewußt, daß er mit der linken Hand an der Unterlage herumgezupft hatte. In der oberen linken Ecke, unter dem Dreieck aus Leder, lugte ein Zettel hervor. Er zog ihn heraus.

Es handelte sich um ein Blatt Papier aus einem Spiralblock im Hemdentaschenformat. Die Kante war ausgefranst, wo man den Zettel abgerissen hatte, was einem bei Larry Witt fast ein bißchen untypisch vorkam – diese Unregelmäßigkeiten an der Kante, so hatte Hardy allmählich den Verdacht, müßten für Larry eigentlich unerträglich gewesen sein. Er hätte sie wohl mit der kleinen präzisen Schere an seinem Schweizer Offiziersmesser abgeschnitten.

Hardy sah sich angesichts seiner Phantasien zu einem verächtlichen Lächeln veranlaßt. Es gab Wichtigeres – auf dem Zettel war das Datum vermerkt, »23. Dezember«, dazu das einzelne Wort »Nein!!!«, das zusätzlich zu den drei Ausrufungszeichen noch doppelt unterstrichen und obendrein umkringelt war. Und darunter stand eine Telefonnummer mit der Vorwahl 213 – das Stadtzentrum von Los Angeles.

Hardy wählte die Nummer.

»Anwaltskanzlei.«

Natürlich, dachte er bei sich. Er nannte seinen Namen und bat darum, mit dem Bürovorsteher verbunden zu werden. Laut seiner Uhr war es zehn vor sechs an einem Donnerstag abend, aber Anwaltskanzleien begaben sich nie zur Ruhe – sein Gegenüber zögerte keine Sekunde. Die Empfangsdame sagte, daß Ms. Klein sofort mit ihm sprechen werde.

Es dauerte zwar länger als nur einen Augenblick, war aber bald genug. Entweder hatte Ms. Klein einen außerordentlich schlechten Tag hinter sich oder sie war Hardy herzlich unsympathisch. »Verzeihen Sie bitte«, sagte sie, »aber ich habe unsere Mitarbeiterin nicht recht verstanden. Wie war Ihr Name?«

Hardy erklärte es von neuem – daß er eine Mandantin im Raum San Francisco vertrete und bei den Papieren in ihrem Haus ein Dokument gefunden habe, auf dem die Telefonnummer stand, die er soeben gewählt hatte. Er fragte sich, was wohl die Verbindung sein mochte. Wie hieß die Kanzlei? Er dachte sich, daß er das Spielchen ebensogut beherrschte wie jeder andere.

»Crane & Crane. Und Ihre Mandantin ist?«

»Jennifer Witt.«

Ms. Klein machte eine Pause. »Nun, der Name sagt mir nichts.« Ein mattes Lachen: »Aber das will nichts heißen.«

»Wie ist es mit dem Namen Larry Witt? Er war ihr Ehemann. Vielleicht kennt ihn einer Ihrer Anwälte? Ihr Seniorpartner? Könnte ich wohl …«

Abrupt schien ihr die Stimme zu versagen. »Nein. Nein, das können Sie nicht!« Eine neue Pause, so lange, daß Hardy bereits dachte, sie hätte vielleicht aufgelegt.

»Ms. Klein?«

»Oh, oh, tut mir leid, Sie müssen bitte entschuldigen, ich bin einfach nicht ich selbst. Diese Woche … ich sollte das überhaupt nicht ansprechen …«

»Alles in Ordnung?«

»Nein, Mr. … Hardy war der Name? Nein, gar nichts ist in Ordnung.«

»Tut mir leid«, sagte Hardy. Der Streß in diesen großen Anwaltskanzleien muß so schlimm sein, wie die Gerüchte besagen, dachte er bei sich. »Ich versuche es später noch mal.«

»Nein, später wird auch nichts nützen. Ich meine …« Jetzt hörte er ein Schluchzen. »Es tut mir so leid, ich will damit sagen, Mr. Simpson wird auch später nicht zu sprechen sein. Er ist, er war der Seniorpartner und der Kanzleichef. Er ist tot. Man hat ihn erschossen.«

Gebannt hörte Hardy zu, als die Tatsachen Stück für Stück herüberkamen. Mr. Simpson war Simpson Crane, zuletzt Seniorpartner der Kanzlei Crane & Crane. Vor etwa einer Woche waren er und seine Ehefrau in ihrem Wohnhaus in Pacific Palisades erschossen worden. Simpson Crane war ein Anwalt, der sich auf Prozesse gegen Gewerkschaften spezialisiert hatte, und er hatte soeben Tarifverhandlungen geführt. Man hegte den Verdacht, so sagte Ms. Klein, daß die Gewerkschaft einen Killer angeheuert hatte, der Crane umlegen sollte, aber die Polizei verfügte nur über wenige Anhaltspunkte und war der Meinung, daß dies vornehmlich eine Theorie sei. Simpsons Sohn Todd hatte vorübergehend die Leitung der Kanzlei übernommen, aber, wie Hardy sich vorstellen könne, sei dies eine sehr schwere Zeit.

Als Hardy auflegte, war es draußen völlig dunkel. Er faltete den Zettel und steckte ihn in die Brieftasche. Er ließ das Licht im Arbeitszimmer brennen und ging hinaus auf den Gang und die Treppe hinunter, über den Marmor des Eingangsbereichs und glücklich und wohlbehalten endlich nach draußen.

»Mein Gott«, flüsterte er.

Auf dem Heimweg erlaubte sich Hardy – teilweise, um das ungute Gefühl abzuschütteln, das ihn im Haus der Witts befallen hatte – sich ausgiebig darüber zu ärgern, daß er das Wort »Dokument« zur Beschreibung eines Zettels aus einem Spiralblock benutzt hatte, der jetzt in seiner Brieftasche steckte. Er konnte sich noch genau daran erinnern, wie ihm beim Jurastudium zum erstenmal das Wort »Dokument« untergekommen war. Die Wortwahl, die Arroganz, die hölzerne Wichtigtuerei – kurz, alles an der Definition kam ihm so lächerlich vor, so schlichtweg blöde, daß er das Ganze (die alphabetische Reihenfolge machte es einfacher) auswendig gelernt und sich geschworen hatte, nie ein Anwalt zu werden, der solchen Unsinn in den Mund nahm.

»Dokumente« wird hier im umfassendsten Sinne benutzt und umfaßt jedwede schriftliche, gedruckte, getippte, als Graphik oder sonstwie festgehaltene Sache, egal wie hergestellt oder reproduziert, darunter nichtidentische Abschriften, erste, vorläufige und abschließende Entwürfe, Schriftstücke, Aufzeichnungen und Unterlagen jeder Art und Beschreibung, ob nun per Hand geschrieben oder mechanisch, elektronisch, fotografisch oder per Mikrofilm erstellt, ebenso allerdings auch akustische (wie etwa Tonbandaufzeichnungen) oder visuelle Reproduktionen aller Aussagen, Unterhaltungen oder Vorkommnisse und bezieht sich ohne jede Einschränkung auch auf folgende Dinge:

Abkommen, Adreßbücher, Arbeitspapiere, Arbeitsskizzen und sonstige Arbeitsunterlagen, Aufstellungen, Auswertungen, Auszüge, Briefe, Broschüren, Computerausdrucke, Computerdateien, Diagramme, Disketten, Fernschreiben, Filmaufnahmen, firmeninterne sowie firmenexterne Mitteilungen, Flugblätter, Fotografien, Gebrauchsanweisungen, Genehmigungen, Grafiken, Gutscheine, Handbücher, Hausmitteilungen oder sonstige interne Veröffentlichungen, Hochrechnungen, Kalender, Kassenbücher, Kaufverträge, Kostenvoranschläge, Landkarten, Lizenzen, Meinungen, Memoranden aller Art, Mikrofilme, Normen, Notizen, Notizbücher, Organisationspläne, Patentbeschreibungen, Pläne, Rechnungen, Richtlinien, Schreibtischkalender, Schriftwechsel, Spezifikationen, statistische Auswertungen, Stellenausschreibungen, stenographische Mitschriften, Steuererklärungen oder Steuerunterlagen, Tabellen, Tagebücher, Telegramme, Terminkalender, Tonbandaufzeichnungen, Untersuchungen jeder Art, Verhandlungsprotokolle, Veröffentlichungen, Verträge, Verzeichnisse, Videobänder, Werbematerial, Zeichnungen aller Art, Zeitpläne, Zirkulare, Zusammenfassungen.

Und dazu noch eine Meise im Maulbeerbusch.

Und jetzt hatte er dieses Blatt Papier mit einem Datum, einer Telefonnummer und dem Wort »Nein!!!« darauf als »Dokument« bezeichnet, das Wort war ihm ohne jede Zensur über die Lippen gegangen wie Wasser, das durch ein Sieb geschüttet wird.

Das gefiel ihm ganz und gar nicht.

Rhea, die Frau, die Jennifer Witt ähnlich sah, hatte ihren Jimmy so lange durchs Telefon angebrüllt und angeflucht, daß sie zuletzt, als die Wärterin hereinkam und ihr den Apparat wegnahm und den Hörer auflegte, einfach den Kopf geschüttelt hatte und stumm in ihre Zelle zurückgegangen war. Jennifer, die in der Nachbarzelle saß, stützte sich auf ihrer Pritsche auf dem Ellbogen hoch.

»Das klang aber nicht so sehr gut.«

»Der Scheißer!« Nach einer Pause von 30 Sekunden fand Rhea die Sprache wieder. »Der Schwanzlutscher Jimmy sagt, ich muß hier drin noch ein paar *Tage*, vielleicht eine *Woche* lang abwarten! Vielleicht eine Woche! Scheiße! Wenn er irgend 'ne andere Schlampe bumst, bring ich ihn um, den Hurensohn!«

»Was hat er denn gesagt?« Jennifer hoffte, ihre Ruhe würde ansteckend sein. Diese Art der Sprache war in Ordnung, wenn alle lachten, herumalberten, zusammen waren. Aber sobald sich Wut darunter mischte, erinnerte es sie an zu viele andere Gelegenheiten – mit Larry, mit anderen Männern, mit dem, was als nächstes kam. Allein schon, wenn sie Rhea so herumschreien hörte, krampfte sich ihr der Magen zusammen. Sie zog die Beine an den Körper und versuchte es sich auf der mit Flecken übersäten Matratze bequem zu machen, versuchte zu verhindern, daß der Krampf sich festsetzte. »Ging's um die Kaution?«

»Der Scheißer!« Rhea schnappte sich den Plastikbecher, in dem sie ihr Plastikbesteck und ihren Wegwerfrasierer und ihre Zahnbürste aufbewahrte, und schmiß ihn gegen die Gitterstäbe.

»Rhea, hör auf! Hör bitte auf!«

Sie hörte auf zu toben, hörte auf zu fluchen. Aber als sie das tat, stand sie mit einemmal am Rand ihrer Zelle, wo sie sich auf den Fußboden fallen ließ und leise weinte.

Nach einer Minute oder zweien streckte Jennifer die Beine aus, sprang von der Pritsche hinunter und ging hinüber zur Nachbarzelle. »Hat er etwa die Kaution nicht zusammenbekommen?«

Rhea schüttelte stumm den Kopf. »Er hat gesagt, es würde höchstens ein paar Tage dauern. Jetzt sagt er, daß er ohne mich kaum noch was verdient und es eben länger dauert. Was sagst du dazu? Ohne mich verdient er kaum noch was!« Sie überließ sich wieder ihren stummen Tränen.

»Wieviel brauchst du denn?« fragte Jennifer.

Das Weinen beruhigte sich, wurde zu einem Schniefen, hörte ganz auf. »Was?«

»Wie hoch war denn deine Kaution, was hast du gesagt? Fünftausend?«

Sie nickte. »Wieso?«

Jennifer saß auf dem Fußboden, hatte die Knie an den Körper gezogen, die Arme darumgelegt. Sie hatte bereits eine Menge darüber gelernt, wie es im Knast ablief. Clara kannte sich bestens aus, Mercedes ebenso. Wenn man genug Mumm und Geld hatte und entsprechend verzweifelt war, konnte man die Wärter bestechen, einiges in Bewegung setzen. Es war schon früher geschehen, etliche Male.

»Ich bin mir nicht ganz sicher«, sagte Jennifer, »aber vielleicht kann ich ihm dabei helfen, es zu beschaffen.« Sie sprach so leise, wie sie nur konnte, und wagte einen Seitenblick auf Rhea. Falls

434

sonst irgend jemand sie gehört haben sollte, wollte sie abstreiten können, überhaupt etwas gesagt zu haben. Aber Rhea hörte ihr mit halboffenem Mund und ungläubig zu. »Natürlich müßtest du mir ebenfalls helfen, wenn du kannst.«

12

Auf halbem Wege von der Van Ness Avenue zum Strand war »Miz Carter's Mudhouse« schon seit einem halben Jahrhundert ein Wahrzeichen der California Street. Mud, also Schlamm, besagte Kaffee, der manchmal so dickflüssig war wie türkischer Mokka, und bevor die Yuppies gegen Ende der siebziger Jahre auf Espresso abgefahren waren, galt das Mudhouse als der beste Laden für eine Tasse Java in der gesamten westlichen Hälfte der Stadt. Louanne, Miz Carters Tochter, bereitete ihren *mud* immer noch auf die altbewährte Weise zu, rührte die gemahlenen Kaffeebohnen ins kochende Wasser und seihte dann beim Einschenken ab. Das Zeug konnte einen von den Toten auferwecken.

Was Hardy bitter nötig hatte. Er und Frannie waren nicht weniger als sechsmal von ihren zwei kleinen Lieblingen aufgeweckt worden, die Bäumchen-wechsel-dich-spielten – Rebecca mit einer Ohrenentzündung und leichtem Fieber, und Vincent, der gestillt werden wollte. Es war zwar alles recht lustig mit den Kindern, aber insgesamt waren sich die Hardys einig, daß sie schon bessere Zeiten erlebt hatten.

Glitskys Beschreibung von Walter Terrell – ein Weißer, braunes Haar, Schnurrbart – traf nicht ganz den Nagel auf den Kopf. Er war dunkelhäutiger, irgendwie südländisch, überhaupt nicht der Typ, den Hardy von der Uni her im Kopf gehabt hatte. Hardy hatte seine Aktenmappe als Erkennungszeichen auf den Tisch gelegt, und Terrell kam herein und nahm ihm gegenüber Platz.

Er war jünger, als Hardy erwartet hatte, vielleicht zweiunddreißig oder in dem Dreh. Mit seinen einundvierzig kam sich Hardy nicht alt vor, aber es beunruhigte ihn, daß so viele Leute, mit denen er beruflich zu tun hatte, plötzlich soviel jünger waren und daß es ihm auffiel.

Terrell hatte neue Reeboks an, dazu abgetragene Levis und ein gebügeltes, elegantes Hemd mit schmalen kastanienbraunen

Streifen unter seiner Jacke mit der Aufschrift »Members Only«, die ihm großartig paßte. Trotz Glitskys Gefühlen Terrell und seinen Theorien gegenüber mußte der Kerl irgendeinen Rekord aufgestellt haben, wenn er es bereits jetzt geschafft hatte, bei der Mordkommission zu landen.

Nachdem ihm die Bedienung den Kaffee eingeschenkt hatte, nahm Terrell einen Schluck und schüttelte sich, kippte dann Zucker in die Tasse, als ob es kein Morgen mehr gäbe. »Was für ein Name ist eigentlich Dismas?« Er nippte erneut an seinem *mud*. Und rührte weiter um.

Hardy erklärte zum tausendsten Male, daß der gute Räuber auf dem Kalvarienberg Dismas geheißen hatte. Er ließ unter den Tisch fallen, daß Dismas zudem der Schutzpatron der Mörder war. »Das einzige, was ich mir denken kann, ist, daß mich meine Eltern für irgendwas bestrafen wollten. Wenn ich daran denke, daß sie mich Bill hätten taufen können oder Jack …«

Terrell verzog das Gesicht. »Ja, ich weiß schon, alles außer Sue.« Er probierte erneut seinen Kaffee und legte dann den Löffel aus der Hand. »Das Zeug ist echt scheußlich«, sagte er. »Trinken das die Leute hier jeden Tag?«

»Jeden Tag.«

»Scheußlich.« Er zeigte auf Hardys Aktentasche. »Haben Sie sich die Sache mit Ned schon angesehen?« Hardy nickte. Er hatte sich gestern abend den Exhumierungsbericht des Gerichtsmediziners über Edward (Ned) Hollis durchgelesen, nachdem er und Frannie die Kinder ins Bett gebracht hatten, was ihm bei seiner Frau, die nach einem Tag ohne Gesellschaft von Erwachsenen mehr oder weniger erwartet hatte, daß er den Abend mit ihr verbringen würde, wieder einmal etliche Pluspunkte eingebracht hatte.

Das Lächeln und die lockere Attitüde waren nicht völlig überzeugend. Der Mann hier war ein hochintelligenter Polizist. Er konnte so freundlich auftreten, wie es nur ging, aber er hatte keine Lust, sich von irgendeinem Schlaukopf von Strafverteidiger das Fell über die Ohren ziehen zu lassen, selbst wenn er zufällig ein Freund von Abe Glitsky war.

Aber Hardy nickte nur erneut. Hier gab es keine Schlacht zu gewinnen. »Ich schätze mal, daß ich einfach versuche, Ned irgendwie auf die Reihe zu bekommen. Jennifer scheint nicht viel über ihn zu sagen zu haben. Man hat also das Atropin gefunden?«

Terrell zeigte mit dem Finger auf die Aktentasche. »Steht das da drin?«

»Ja, aber was heißt das?«

Es war das erste Mal, daß Hardy ihn überrascht hatte. »Was wollen Sie damit sagen, was heißt das?«

»Man hat eine Konzentration von Atropin vorne auf dem rechten Oberschenkel gefunden. Was ein Hinweis sein könnte, daß das Mittel gespritzt wurde?«

»Richtig.«

»Na schön, das will ich gerne zugeben, aber was deutet darauf hin, daß Jennifer es ihm gespritzt hat?«

Terrell versuchte erneut den Kaffee, ließ den scheußlichen Geschmack unbeachtet. »Er hat es sich nicht selbst gespritzt. Atropin macht einen nicht high.«

»Na schön, aber noch einmal, was heißt das? Vielleicht wollte er sich umbringen. Vielleicht ist es ihm auch gelungen. Die Frage, die sich mir stellt, ist, ob es noch irgend etwas gibt, das ich überhaupt nicht mitbekommen habe, weil ich nicht begreife, wieso das zu einer Mordanklage geführt hat.«

Terrell mußte offensichtlich an sich halten. Sein Gesicht lief rot an. »Das Ganze hat zu einer Anklage wegen Mordes geführt, weil es Mord *gewesen ist*. Ihre Jennifer hat ihn alle gemacht und fünfundsiebzig Riesen kassiert.«

Hardy versuchte freundlich zu bleiben. »Ich behaupte ja gar nicht, daß sie es nicht getan hat. Ich frage mich nur, was für Beweise … ob Sie Beweise dafür haben, daß sie es war, die Ned die Spritze verpaßt hat. Wie wollen Sie überhaupt wissen, will ich damit nur sagen, daß sie im Zimmer war?«

»Sie war im Zimmer. Sie hat ihm reichlich Alkohol und Koks verabreicht, bis er die Besinnung verlor, und dann hat sie ihm die Spritze reingejagt. Dann war er tot, der Gerichtsmediziner findet eine tödliche Dosis Koka-Ethylen und vergißt, nach anderem Zeug zu suchen, das Ned sonst noch umgebracht haben könnte, wie das Atropin.« Er tippte energisch mit einem Finger auf die Tischplatte. »Das ist es, was passiert ist, Mr. Hardy. Darauf können Sie sich verlassen.«

Daß Terrell wieder »Mr. Hardy« sagte, war kein gutes Zeichen, und es lag keinesfalls in Hardys Absicht, den Mann vor den Kopf zu stoßen. »Ich behaupte ja gar nicht, daß es nicht so war. Den Staatsanwalt hat es überzeugt – er hat deswegen Anklage erhoben.

Aber ich habe den Eindruck, daß die Staatsanwaltschaft noch mehr gehabt haben muß.«

Terrell, der noch ein Neuling bei der Mordkommission war, befand sich jetzt in der Defensive, wurde aber auch etwas umgänglicher und wollte gern zeigen, daß er alles richtig gemacht hatte.

»Es gab auch noch mehr, sie hat doch noch mehr bekommen. Ich hab' der Staatsanwaltschaft doch Harlan Poole besorgt, oder nicht?«

»Ihren Liebhaber, den Zahnarzt? Wie haben Sie denn den aufgetan?«

»Ich hab' seinen Namen ein paarmal in den Aussagen gesehen, die Jennifer in Neds Akte gemacht hatte. Also bin ich los und habe mich mit ihm unterhalten.« Terrell, der ganz heiß darauf war, seine Vorgehensweise zu erklären, beugte sich über den Tisch. »Wenn man bei der Polizei ist, wissen Sie, kommt es manchmal darauf an, den richtigen Riecher zu haben. Ich will damit sagen, manchmal *weiß* man einfach, was abgelaufen ist, stimmt's? Also nimmt man das als Ausgangspunkt und zwickt ein bißchen an der richtigen Stelle, und schon tut sich was.«

»Und Sie haben Poole gezwickt?«

Terrell machte die Erinnerung daran offensichtlich einen Heidenspaß. »Da brauchte man nicht groß zu zwicken. Der Typ ist ein gemachter Mann, vielleicht Anfang Vierzig, hat Frau und drei Kinder. Ich hab' ihm gesagt, daß wir die Sache mit ihm nicht an die große Glocke hängen, sofern er sich kooperativ zeigt und uns erzählt, was er weiß. Der Knabe hat gesungen wie ein Zeisig.«

»Und hat was erzählt?«

»Hat mir erzählt, daß er das Atropin einen Tag, nachdem Jennifer am späten Abend zu einem kleinen Schäferstündchen in die Praxis gekommen war, vermißt hat. Offenbar haben die beiden es im oder auf – das war nicht ganz klar – dem Behandlungsstuhl miteinander getrieben.« Terrell mußte grinsen. »Ich hab' den Eindruck, daß der Knabe und seine Frau es nicht mehr allzuoft auf diese Weise treiben. Jedenfalls konnte er sich auf die ganze Sache keinen rechten Reim machen, bis der Göttergatte Ned mit einemmal tot war, und dann kam er zu dem Schluß, daß Jennifer die Sache auf dem Kerbholz hatte, und daraufhin machte er sich vor Schiß fast in die Hosen und gab ihr nach und nach den Laufpaß, wie er sagt.«

»Weil er glaubte, daß sie Ned umgebracht hatte?«

»Ja, weil sie Ned umgebracht hat.«

Hardy lehnte sich zurück. Um etwas Zeit zu gewinnen, hob er seine Tasse und kippte den Kaffeesatz hinunter, zog eine Grimasse dazu. Irgendein entscheidendes Steinchen fehlte hier noch. »Das muß ich erst auf die Reihe kriegen«, sagte er. »Als Ned tot war, kam Poole zu dem Schluß, daß Jennifer ihn umgebracht hatte, ist das richtig?«

Terrell nickte.

»Na ja, ist das nicht ein ziemlich kühner Gedankensprung? Ich will damit sagen, daß er doch irgendeinen Verdacht gehabt haben muß, daß sie so etwas vorhatte – irgendeinen Hinweis? Hab' ich recht?«

»Sicher. Sie hat davon gesprochen.«

»Davon gesprochen, Ned umzubringen?« Hardy schüttelte den Kopf. »Wenn Poole hinterher Schiß bekam, wieso hat er damals nicht schon früher Lunte gerochen und sie schon vorher abserviert?«

Terrell war jetzt mit ganzem Herzen bei der Sache und überlegte sich die Sache gründlich, stützte sich mit beiden Ellbogen auf die Tischplatte. »Ich schätze mal, er hatte eben nicht früher Lunte gerochen. Sie hat es nicht als Plan oder sonst was dargestellt. Ich glaube, er hat es sich hinterher einfach zusammengereimt.«

»Aber wieso? Wie kam er denn überhaupt auf die Idee?«

»Weil sie davon gesprochen hatte, Ned zu verlassen, ob es nicht wunderbar wäre, wenn er stirbt, die Versicherung, all das.«

»Ihn zu verlassen und sich zu wünschen, daß er sterben würde, ist nicht dasselbe, wie ihn tatsächlich umzubringen.«

»Na schön, aber sie hatte schon früher versucht, ihn zu verlassen – mehrfach –, aber er hatte sie sich geschnappt und sie zusammengeschlagen.«

Bingo. »Ned hat sie ebenfalls verprügelt? Gibt es Beweise dafür?«

»Sie meinen, ob sie Anzeige erstattet hat oder so was in der Richtung? Machen Sie keine Scherze.«

Das war starker Tobak und womöglich wahr, aber Hardy war sich mehr als nur halbwegs sicher, daß nichts davon im Prozeß zulässig wäre, weil es auf Hörensagen beruhte und noch dazu aus zweiter Hand – Dr. Poole behauptete, daß Jennifer ihm erzählt habe, daß Ned sie verprügelt hätte. Trotzdem war es eine psychologische Bombe. Wenn es der Wahrheit entsprach, daß Jennifer Ned umgebracht hatte, weil er sie verprügelte – um ihn daran zu hindern und um die Versicherung zu kassieren, von der sie sich denken mochte, sie stehe ihr rechtmäßig zu –, wer würde dann nicht glauben, daß sie mit Larry ebenso verfahren war?

Weil die logische Schlußfolgerung so zwingend ausfiel, war die Versuchung überwältigend groß, die Umstände des Todes von Larry und Ned zu vergleichen, und Hardy ertappte sich dabei, daß er regelrecht hoffte, Powell und die Anklagevertretung würden sich von der Parallelität der Ereignisse beeindrucken lassen und sich auf dieses Argument versteifen. Denn das gab Jennifer in beiden Fällen ein nachvollziehbares Motiv.

Terrell gegenüber ließ er allerdings nichts davon verlauten. Statt dessen sagte er zu ihm, daß er in der Tat den Eindruck habe, Terrell habe ziemlich gutes Material beigebracht.

Nachdem sie jetzt Freunde oder zumindest einander wohlwollend gesinnte Widersacher waren, standen sie nebeneinander am Tresen und warteten auf ihr Wechselgeld, betrieben derweil unverfängliche Konversation. Hardy fragte Terrell, ob ihm jemals die merkwürdigen Koinzidenzen aufgefallen seien, die anscheinend immer wieder auftauchten, sobald man nur tief genug in einen Fall einstieg.

»Ja, ich weiß«, sagte Terrell, »es ist sonderbar. Vor ein paar Monaten, ich war noch beim Einbruchsdezernat, muß ich mir eine Sache in der Mission Street ansehen, und ich untersuche eben ein eingeworfenes Fenster, als auf der anderen Seite der Gasse ein Fenster aufgeht und irgendein Typ ›He, Wally!‹ ruft. Ich sehe hoch, und da ist es ein Bursche, mit dem ich in der High School Football gespielt habe. Merkwürdig. Aber Sie haben recht. So was passiert am laufenden Band.«

Hardy erzählte ihm von der Ermordung Simpson Cranes in Los Angeles. »Ist das komisch oder nicht? Da sitze ich im Haus eines Mannes, der einem Mord zum Opfer gefallen ist, ich finde eine Telefonnummer und rufe an, und schon habe ich ein zweites Mordopfer.«

Das ließ Terrell an der Tür haltmachen. Vielleicht war er einfach noch nicht so weit, daß er Lust hatte, hinaus in den dichten Nebel zu spazieren, aber Hardy hatte nicht das Gefühl, daß das der Grund war. »Wie haben Sie gesagt, daß dieser Typ – Crane? –, wie hat's ihn erwischt?«

»Man geht anscheinend davon aus, daß die Gewerkschaft irgendwie die Hand im Spiel hatte, einen Profikiller auf ihn angesetzt hat. Genau wie Jennifer es bei Larry behauptet. Höchst sonderbares Zusammentreffen, oder?«

Terrell schüttelte den Kopf, beinah, als wolle er einen freien Kopf bekommen, diesen verqueren Gedanken schnell wieder loswerden. »Nein, bei Larry war kein Profi am Werk. Es gab keinen Profikiller. Jennifer hat Larry umgelegt.«

Hardy wollte nicht unbedingt lächeln, wenn er jemandem den Köder vor die Nase hielt. Gib dem Mann eine Theorie an die Hand, hatte Glitsky gesagt. »Trotzdem müssen Sie zugeben, daß es interessant ist.«

Terrell versuchte das Ganze mit einem Achselzucken abzutun. »Klar, aber wie ich schon sagte, solche Scheiße passiert am laufenden Band.«

»Sie haben recht.« Hardy stieß die Tür auf, machte sich auf die Kälte gefaßt. »Sie haben recht, es passiert andauernd.«

Ein siebenjähriger Matt Witt lächelte in Farbe und gestochen scharf. Wer auch immer die Fotos in der Schule gemacht hatte, hatte gute Arbeit geleistet und die Persönlichkeit hinter dem verschmitzten Gesichtsausdruck eingefangen. Welche Zwänge auch immer Matt in seinem sterilen Elternhaus hatte aushalten müssen, sie hatten ihn offenbar nicht untergekriegt. Es stand ein echtes Lächeln in seinen Augen, ein kindlicher Ausdruck von Selbstvertrauen – vielleicht hatte er eben zu dem Fotografen etwas Witziges gesagt und war stolz auf sich. Aber es lag nichts Altkluges in dem Blick – er war freundlich, offen. Ein netter kleiner Junge, der gefallen wollte.

David Freeman stand in seiner Wohnung unter der Dusche, und Hardy hatte sich tief in einen alten roten Ledersessel neben einem der Wohnzimmerfenster verkrochen, versuchte sich vergebens von Matt loszureißen. Es gab noch eine Menge anderer Fotos in dem Hefter, den er auf dem Schoß hielt, und er hatte sich bereits eine ganze Reihe von Bildern angesehen, als er auf den Jungen gestoßen war.

Er hatte schwarzes Haar, adrett gekämmt und gescheitelt mit Ausnahme eines widerspenstigen Wirbels. Er hatte ein grün-weiß gestreiftes T-Shirt mit weichem Kragen an, der auf der einen Seite hochstand und auf der anderen anlag, genau wie die Ohren eines jungen Hundes. Zwischen den beiden vorderen Schneidezähnen klaffte eine Lücke.

Sommersprossen auf dem Nasenrücken. Lange Wimpern. Die Ansätze zu einem Grübchen. Die lachenden Augen waren dunkelgrün.

Hardy lehnte sich zurück und stierte durchs Fenster hinaus in den Nebel, ohne etwas zu sehen. Er wußte nicht, wieviel Zeit verstrichen war, als er eine Hand auf der Schulter spürte.

»Es gibt nichts, was wir da machen können.«

Freeman, der einen zerschlissenen Frotteebademantel anhatte, drückte erneut Hardys Schulter. Er besaß vielleicht doch, was einen bisweilen überraschen mochte, einiges Mitgefühl – der Tonfall ließ darauf schließen –, aber im Grunde war er doch pragmatisch veranlagt. Wenn man nichts bewirken konnte, nicht eingreifen konnte, dann war nach Freemans Definition eben nichts zu machen. Hardy stimmte dem nicht zu – es mochte kein handgreifliches Resultat bringen, aber er war der Ansicht, daß man zumindest trauern konnte.

Barfuß und unrasiert, das nasse Haar ein einziges grau-braunes Kuddelmuddel, so trabte Freeman quer durchs Wohnzimmer hinüber zur Eßnische, wo er auf einem polierten Mahagonitisch seine Arbeitsunterlagen, Handakten, Ordner und Schachteln voller Diktierkassetten ausgebreitet hatte. Gerade mit dem einen Prozeß beschäftigt zu sein und bereits die Strategie für einen neuen auszuarbeiten, die offenen Fragen um Revisionsverfahren der abgeschlossenen Prozesse zu klären – sollte Hardys Leben zukünftig so aussehen? Er sah es für einen Augenblick aus Frannies Perspektive und fragte sich, ob er einen Fehler beging, wenn er sich mit David und Jennifer einließ.

Dann sah er sich Matt an. Mein Gott … wenn Jennifer ihn erschossen hatte, selbst versehentlich, selbst wenn er ihr nur in die Quere gekommen war …

Aber wenn dem nun nicht so war, wenn Jennifer die Wahrheit sagte? Dann spazierte da draußen irgend jemand anderer herum. Jemand, der den Tod verdiente und frei herumlief, Jennifer diese Höllenqualen antat und Matt ungerächt ließ.

Hardy glaubte an das Konzept der Rache – an strenge, planmäßige Rache. Das war der Grund, weshalb er überhaupt zur Polizei und dann zur Staatsanwaltschaft gegangen war. Aber, und daran erkannte er, daß er tatsächlich ein Rechtsanwalt wurde, jetzt glaubte er, daß er – er höchstpersönlich – vor der Rache erst jeden begründeten Zweifel ausräumen mußte.

Und das war es, was ihn heute antrieb – er wollte nicht seine Seele verkaufen, um das Sprachrohr für irgendeine aufgesetzte Pose der Anklagevertretung oder Verteidigung für irgendeine juristische Meinung zu spielen, er wollte nicht argumentieren, weil er sich durchsetzen konnte, sondern er wollte die Wahrheit ans Licht bringen, egal, wie sie aussah.

Er legte Matts Foto mit der Bildseite nach unten auf den Stapel und griff sich das nächste Foto.

Freeman wohnte an der Ecke von Taylor und Pine Avenue, ein steiles Häuserkarree unterhalb von der Spitze des Nob Hill und ein Stockwerk über einem der ältesten und besten französischen Restaurants der Stadt. Freeman unterhielt in dem Restaurant seinen eigenen Weinkeller und ging dort pro Monat durchschnittlich zehnmal zum Essen.

Seine Wohnung war bescheiden, was Größe und Komfort anging – zwei Schlafzimmer, Wohnzimmer, Küche mit Eßnische. Trotz seines hohen Einkommens machte Freeman in der Wohnung kein Zugeständnis an die moderne Technik. Er benutzte noch immer das an der Küchenwand angebrachte Telefon mit Wählscheibe, und wenn er sich klassische Musik anhörte, andere interessierte ihn nicht, dann spielte er sie auf alten Langspielplatten mit 33 1/3 Umdrehungen pro Minute, die er Anfang der sechziger Jahre zusammen mit der damals brandneuen Stereoanlage gekauft hatte. Die Sofas und Sessel im Wohnzimmer waren bequem, aus altem, rissigem roten Leder; die Couch- und die Beistelltische waren aus irgendwelchem dunklen Holz mit Füßen in der Form von Löwenpranken. Die Lampen besaßen alle Schirme, und die meisten von ihnen verfügten über zwei Glühbirnen, die man jeweils einzeln oder gekoppelt anschalten konnte.

Sein derzeit laufender Prozeß war bis zum kommenden Montag vertagt worden, weil der Staatsanwalt Zahnschmerzen hatte und zum Zahnarzt mußte. Also hatte Freeman in der Sutter Street Nachricht hinterlassen, daß Hardy ihn besuchen kommen solle – es handelte sich nur um einen Spaziergang von sechs Häuserblocks –, um mit ihm noch vor dem Wochenende ein paar Fragen in der Sache Jennifer Witt zu besprechen.

Die Fotos vom Tatort waren selbstverständlich ebenfalls der Akte beigefügt gewesen, und Hardy wußte, daß es Leute gab, die sich zunächst einmal diese Bilder ansahen, bevor sie sich irgend etwas durchlasen. Er hielt es anders.

Es waren siebenundzwanzig Fotos des Zimmers, in dem die Morde begangen worden waren, und sie zeigten das Ganze genau so, wie es die Leute des Fototeams vorgefunden hatten, obwohl viele der Aufnahmen im wesentlichen dasselbe aus leicht veränderter Perspektive zeigten. Diese Aufnahmen waren, wie üblich, kompetent ausgeführt. Absichtlich bemühten sie sich nicht um kunstvolles Arrangement, aber die Bildschärfe war tadellos, die Farben waren präzise, die Parallaxenverschiebung berücksichtigt.

Es gab ferner noch jeweils acht Fotos von Larry und Matt, d. h. der Leichen auf dem Seziertisch und ihrer Wunden.

Hardy und Freeman waren die Bilder jeder für sich eins nach dem anderen durchgegangen. Es war eine wortlose Arbeit.

Als sie damit fertig waren, breiteten sie ein gutes Dutzend der Tatortfotos aus, um sie sich gemeinsam genauer zu betrachten.

Sowohl Vater wie Sohn waren mit jeweils einem Schuß aus einer .38er Automatik getroffen worden. Bei den Kugeln, genau wie bei den übrigen fünf, die man später im Magazin gefunden hatte, handelte es sich um Hohlspitzgeschosse, wie sie gern von Leuten genommen werden, die ihre Waffen zum Schutz gegen Einbrecher kaufen. Manchmal, so lautete das Argument, konnte man nur einen Schuß abgeben, und der mußte dann soviel Schaden anrichten wie möglich.

Nach diesem Kriterium hatten die Kugeln ihre Sache gut gemacht. Larry war durchs Herz geschossen worden. Die Kugel war auf diese kurze Distanz aus dem Rücken ausgetreten, der Geschoßkern war in der Rigipswand steckengeblieben. Es gab eine Nahaufnahme dieses Wandabschnitts, und Hardy war überrascht, daß er die Stelle total übersehen hatte, als er in dem Zimmer gewesen war, doch andererseits hatte er zu diesem Zeitpunkt nicht mehr den kühlsten Kopf gehabt.

Die Wucht des Schusses hatte Larry offenbar rücklings aufs Fußende des Bettes geschleudert, von wo aus er auf den Fußboden gerollt war. Er war auf der rechten Seite liegengeblieben und bereits tot gewesen, bevor er auf dem Teppich auftraf, was man daran sah, daß die Blutflecken unter ihm nicht verwischt waren.

Weder Hardy noch Freeman wollten sich die Fotos von Matt ansehen, der einen Kopfschuß abbekommen hatte. Er stand offenbar in der Tür zum Bad. Gestern abend hatte das Badezimmer antiseptisch gewirkt, aber auf diesen Fotos war der Badezimmerspiegel ein zerfetztes Spinnennetz von Splittern, sah man auf den Wänden überall rote Spritzer.

Die beiden Anwälte legten die Fotos beiseite und sprachen nun über den Geldautomaten, über die Unterhaltung, die Hardy mit Lightner geführt hatte, über Hardys Besichtigung des Hauses der Witts, die Koinzidenz mit dem Mord an Crane und über Terrells Meinung zum Mord an Ned Hollis. Freeman, der in seinem Bademantel in der Küche auf und ab ging, hörte sich alles an. Er schien alles andere als unzufrieden. Als Hardy seinen Bericht beendete, räumte Freeman ein, daß Hardy gute Arbeit geleistet hatte. »Das sieht nicht mehr so schlecht aus, wie es gestern ausgesehen hat. Natürlich kann es morgen noch schlechter aussehen.«

»Da bin ich aber froh, daß Sie das noch gesagt haben. Man hat das ja nicht so gerne, wenn es zwei Tage hintereinander besser aussieht.«

Freeman ignorierte ihn. »Trotzdem ist klar, was wir zu tun haben. Ich hatte Phyllis übrigens angewiesen, das Geld auf unser Konto zu überweisen. Die erste Anzahlung. Die Überweisung ist angekommen.«

»Hatten Sie denn gedacht, das würde Schwierigkeiten geben?«

»Um Ihnen die Wahrheit zu sagen, ich war mir einfach nicht ganz sicher, wie bei so vielen Punkten, die Jennifer angehen.«

Hardy entschloß sich, das Thema nicht zu vertiefen. »Ich habe mir gedacht, ich würde heute früh noch einmal mit Jennifer reden und mir einen Eindruck verschaffen über Larrys Arbeit und über ihre Familie, bei der sie nie zu Besuch waren. Ich wollte mich außerdem wegen der letzten Monate erkundigen. Das Haus wies keinerlei Anzeichen dafür auf, daß jemand dort gewohnt hat. Ich würde gern wissen, ob sie noch einmal nach dem Reinemachen das Zimmer, in dem die Morde geschahen, betreten hat.«

»Nichts davon wird zu ihrer Verteidigung beitragen.«

Hardy war eben im Begriff, die Berichte in seine dicke Aktenmappe zu packen. Er hatte vor, das zu tun, was er zu tun vorhatte, und wollte sich deswegen nicht streiten. »Nein, ich weiß. Aber vielleicht ergibt sich ja irgendwas, das Sie auf Ihre theatralische Weise verdeutlichen können. Damit die Jury weiterhin die verschiedenen Möglichkeiten durchspielen kann.«

»Die verschiedenen Möglichkeiten?«

»Wer sonst noch Larry umgebracht haben könnte.«

Freeman nickte. »Ja, aber es ist nicht unsere Aufgabe, zu beweisen oder auch nur zu zeigen, daß irgendein anderer Larry umgebracht hat. Mr. Powell muß beweisen, daß Jennifer es getan hat.«

»Falls sie das Schlafzimmer nie betreten hat, um für die Inventarliste nachzusehen, was da ist und was fehlt, dann eliminiert das eine der zentralen Behauptungen der Anklage.«

»Nur, falls wir es beweisen können. Wir können es behaupten, aber ein Negativum läßt sich nicht beweisen, und die Behauptung bringt uns nichts.«

»Es könnte gewisse Zweifel aufwerfen. Und wenn man genug Zweifel aufwirft ...«

Freeman blickte mürrisch drein. »Nun ja«, sagte er, »der Prozeß ist noch lange nicht in Sicht. Was immer wir herausfinden, mag in diesem Stadium von Nutzen sein. Ohne Zweifel war diese Sache mit Terrell hilfreich. Sofern Powell dem auf den Leim geht.«

Hardy klappte die Aktentasche zu. »Er hat bereits Mordanklage erhoben. Jetzt macht er keinen Rückzieher mehr. Er hat sich festgelegt.«

Freeman war da nicht so sicher. Noch nicht. »Er muß noch irgendwas anderes in der Hand haben. Das würde ich gern herausfinden. Er muß wissen, daß er mit dem nicht gewinnen kann, was er uns bislang gezeigt hat ...« Er starrte einen Moment lang durchs Küchenfenster. »Jedenfalls werden wir es bald genug erfahren. Und in der Zwischenzeit schaue ich mir mal an, was sie uns tatsächlich aufgetischt haben. Und verstehen Sie mich nicht falsch, Ihre Idee ist gut – auch ich habe das früher schon gemacht –, das alte Verteidigungsargument ›EWEAT‹.«

»Es War Ein Anderer Typ?«

Freeman nickte. »Ganz genau. Man bringt ein paar andere Typen ins Spiel, auf die man mit dem Finger zeigen kann.«

Hardy stand auf und war froh, sich wieder bewegen zu können. »Wissen Sie, es ist gut möglich, daß sie größtenteils die Wahrheit sagt.«

»Oh, da bin ich mir ganz sicher.« Freeman fuhr sich über die Bartstoppeln am Kinn. »Es ist wirklich sehr schwierig, nicht zumindest einen Teil der Wahrheit verlauten zu lassen, selbst wenn man es versucht, sich zu verstellen.« Freeman machte eine Pause und fügte dann, ohne die Miene zu verziehen, hinzu: »Ich sagte, *wenn* ...«

13

»Larry hat also in einer Abtreibungsklinik gearbeitet. Na und?«
Glitsky hörte nur ansatzweise zu und lehnte sich im Sitz neben Hardy zurück. Sie fuhren nach Hause. »He, rate mal«, sagte er. »Es ist Freitag abend. Die Woche ist vorbei.«

Aber Hardy ließ nicht locker. »Also wie viele Todesfälle und Todesdrohungen hat es in diesem Jahr bereits gegen Leute gegeben, die in Abtreibungskliniken arbeiten?«

Glitsky hielt die Augen geschlossen. »Keine Ahnung. Na, sag's schon.«

»Na gut, mache ich. Ich habe es zufällig heute nachmittag nachgesehen. Vier in San Francisco allein seit Dezember.«

Glitsky schlug die Augen auf. Mord und Totschlag waren sein Zuständigkeitsbereich, und die von Hardy genannte Tatsache überraschte ihn. »Todesfälle?«

»Todesfälle und Todesdrohungen zusammengenommen.«

»Wie viele Todesfälle, Hardy?«

»Einer.«

Glitsky grunzte und machte wieder die Augen zu.

»Und mit Larry Witt wären es zwei.«

»Dem wäre so, falls ihn ein rabiater Abtreibungsgegner umgelegt hätte und nicht seine Frau.«

Hardy fuhr weiter Richtung Westen. Der Nebel hatte sich gelichtet, auch der Wind sich gelegt, es war ein wunderschöner Freitagabend, bei dem ein Sonnenuntergang wie von der Postkarte den Himmel vor ihnen färbte. »Du glaubst es mir nicht, was?«

»Nicht, wenn ich Mitglied der Jury bin. Natürlich bin ich ein Cop, also denke ich nicht wie ein Geschworener, aber was willst du denn vorzeigen? Du brauchst etwas Zugkräftigeres als ›Meine Damen und Herren, haben Sie gewußt, daß Dr. Witt am Mittwoch und Samstag Abtreibungen vornahm? Sie wissen ja, wie sehr das manche Leute auf die Palme bringt.‹ Was sollen sie denn damit anfangen? Du hast niemanden, den du aus dem Hut zaubern kannst.«

»Na schön, was ist mit Tom? Ihrem Bruder?«

Hardy hatte sich mit Tom unterhalten, nachdem er morgens Jennifer besucht hatte. Tom hatte Larry ganz offensichtlich gehaßt. Und Jennifer konnte er ebenfalls nicht allzugut leiden. Er hatte keine Ahnung, wo er am Vormittag des 28. Dezember gewesen war – er hatte nicht gearbeitet, also hockte er wahrscheinlich in seinem Apartment herum. Er hatte nie den Versuch unternommen, sich von Jennifer oder aber Larry Geld zu leihen. »Auch von Matt nicht«, hatte er von sich aus, höhnisch grimassierend, hinzugefügt.

Die einzige Information, die Hardy von Tom mitnahm, ohne daß er eine unmittelbare Verwendung für sie gehabt hätte, war die Tatsache, daß Toms Vater regelmäßig seine Frau schlug. Hardy hatte natürlich bereits gesehen, wie Phil Tom eine runtergehauen hatte – die Bestätigung zu bekommen, daß Phil auch Nancy schlug, war demnach nicht unbedingt eine Enthüllung, außer, daß es bestätigte, was Lightner über die Angewohnheit des Prügelns berichtet hatte, daß sie nämlich von einer Generation zur nächsten weitergegeben wurde.

Hardy war immer noch auf der Suche nach einem »anderen Typ«, den Freeman vielleicht ins Feld führen konnte, und suchte nach Leuten, die die Gelegenheit sowie ein Motiv gehabt hätten, Larry Witt umzubringen. Dann testete er Glitskys Reaktion – und Tom war der nächste auf der Liste nach dem »Profikiller«, der Simpson Crane in Los Angeles umgelegt hatte, gefolgt von dem anonymen rabiaten Abtreibungsgegner.

»Also, was ist mit Tom?« Hardy ließ nicht locker. Selbst er gab Tom nicht mehr als zwei von zehn möglichen Punkten.

Glitsky rappelte sich wieder im Sitz hoch. »Na gut, laß mich die Sache hier abhaken, und dann reden wir von etwas anderem, abgemacht? Erstens«, und er hob einen Finger, »hat er Jennifer oder Larry *eben nicht* um Geld angehauen, stimmt's? Stimmt. Wo also ist das Motiv? Der Kerl ist nicht vorbestraft, außerdem fehlt jeder unmittelbare Auslöser – alle Welt stimmt überein, daß sich diese Leute seit einem Jahr oder so nicht mehr zu Gesicht bekommen haben. Erwartest du denn ernstlich von mir, daß ich glaube, Tom wacht eines Morgens auf und sagt sich: ›He, ich denke, heute fahre ich los und bringe meinen Schwager um‹? Zweitens, nirgends Fingerabdrücke – nicht im Haus, nicht auf der Pistole. Der Prozeß geht den Bach runter, wenn du denen irgendwas in der Art auftischst.«

Hardy kniff gegen das Sonnenlicht die Augen zusammen. »Das Problem ist nur, daß dann meine Mandantin übrigbleibt.«

Glitsky blieb ganz sachlich. »Was natürlich der Grund sein könnte, weshalb sie eine Anklage wegen Mordes am Hals hat.«

Am vergangenen Montag waren Hardy und sein Schwager Moses losgezogen, um vor der Küste von Marin County Lachse zu angeln. Sie hatten jeder zwei Stück gefangen. Am selben Abend hatten sie bei Moses einen der Lachse zum Abendessen gebraten. Einen zweiten – den Fünfzehnpfünder, den sie heute abend verspeisen wollten – hatten sie zum Marinieren in die von Moses beinahe zur Patentreife entwickelte Teriyaki-Sauce eingelegt. Die beiden übrigen Fische hatten sie filetiert und dann mit grobem Salz, Zucker und Cognac eingerieben, einige Pfefferkörner sowie ein bißchen Rohzucker dazugegeben, das Ganze in Alufolie gewickelt und mit ein paar Ziegelsteinen beschwert in Hardys Kühlschrank gelegt. Sie hatten die Absicht, Gravedlachs zu essen, bis sie keine Lust mehr darauf hatten oder tot umfielen, was immer zuerst eintreten mochte.

Frannie stand an den Küchentresen gelehnt und trank Mineralwasser aus einem Weinglas. Pico Morales, der Kurator des Steinhart Aquariums und einer von Hardys langjährigen Freunden, stand daneben, hatte seiner Frau Angela den Arm um die Hüfte gelegt und verputzte gerade Hors d'Œuvres.

Das vorerst unverheiratete Paar, Moses und seine Freundin Susan Weiss, war eben dabei, sich hinten an der Tür zum Garten abzuküssen.

Hardy kam mit Abe herein, und alle begrüßten einander. Hardy schlenderte durchs Zimmer und gab seiner Frau einen Kuß, die ihr Gesicht gerade weit genug abwendete, daß er den Wink mitbekam.

Sie war immer noch verärgert.

Hardy wußte warum und verstand sie auch bis zu einem gewissen Punkt. In dieser Woche hatte er einen großen Auftritt hingelegt und abrupt den Berufsweg gewechselt, es würde also wohl noch ein Weilchen dauern, bis sich die Wogen wieder geglättet hatten. Daher machte er Frannie eigentlich keinen Vorwurf – andererseits war er seinerseits ziemlich geschafft nach der schlaflosen Nacht von gestern, der sich ein voller Tag in Sachen Jennifer Witt angeschlossen hatte. Und um dem Ganzen die Krone aufzusetzen, hatten sie diese Party geplant, bei der der Lachs aufgegessen werden sollte, bevor sie ihn einfrieren mußten – Pico und Angela, Moses und Susan, Glitsky und dessen Frau Flo.

Also gab Hardy vor, Frannies Zurückweisung nicht bemerkt zu haben, hob die Alufolie von der Glasplatte auf der Küchenzeile und schnitt dazu eine Grimasse. »Nicht schon wieder Lachs.« Er seufzte. »Ich denke, ich eß einfach 'nen Hot Dog.«

Hardy liebte Lachs bis zur Bewußtlosigkeit – er nahm ein Messer und schnitt sich eine dünne Scheibe herunter. »All ihr jungen Burschen, die ihr das hier zu Hause auf den Bildschirmen anschaut, probiert den Trick lieber nicht aus.« Er schob die Scheibe, so wie sie war, in den Mund und kaute mit zufriedener Miene. »Wißt ihr eigentlich, daß eines der ersten Arbeitsgesetze überhaupt es den Arbeitgebern in Schottland untersagte, ihren Arbeitern an sieben Tagen in der Woche Lachs vorzusetzen?«

Susan Weiss konnte das nicht glauben. »Ist das wahr? Das war echt ein Gesetz?«

»Gesetze sind das Leben dieses Mannes«, sagte Frannie.

Vielleicht hatte sie es spielerisch gemeint, jedenfalls schien keine der anderen Frauen die Bemerkung in den falschen Hals zu bekommen, aber Glitsky warf Hardy einen kurzen Seitenblick zu, der vom Läuten der Türklingel unterbrochen wurde – das mußte Flo sein.

Hardy ging mit Abe hinaus, um aufzumachen.

Moses unterhielt – um bei Susan Eindruck zu schinden – alle Anwesenden mit der Geschichte, wie Hardy ihm in Vietnam das Leben gerettet hatte. Hardy, dem das peinlich war, versuchte die Sache herunterzuspielen.

»Na was denn – da schießen sie dem Kerl da in die Beine, und ich steh bloß fünf Meter weit weg.«

»Und ringsum knallt's und scheppert's, richtig?« Moses ließ rings um sich Granaten und Leuchtspurgeschosse in der Luft explodieren.

»Was sollte ich denn machen, dich liegenlassen? Also saus ich los und schnapp ihn mir, zerr seinen traurigen Arsch zurück in den Graben. Das Ganze hat keine zehn Sekunden gedauert.«

»Er hat nicht gesagt, daß er dabei selbst angeschossen worden ist.«

»Das war nicht geplant, das kannst du mir glauben. Und P. S. – zwanzig Jahre später tut mir die Schulter immer noch weh.«

Moses grinste. »Meine Beine dagegen sind tadellos in Ordnung.«

Als das Telefon läutete, wollte Hardy die Sache zuerst dem Anrufbeantworter überlassen, doch dann erkannte er David Freemans Stimme, stand auf und entschuldigte sich.

»Tut mir leid, daß ich Sie beim Abendessen störe«, fing Freeman an, »aber das hier ist keine gute Nachricht.«

Hardy wartete.

»Man hat eine Frau namens Rhea Thompson am selben Tag ins Untersuchungsgefängnis gebracht, an dem man Jennifer verhaftet hat.« Freemans Stimme klang heiser, kehlig. Er räusperte sich. »Ihre Kaution belief sich auf fünftausend Dollar, und die hat sie heute bezahlt und ist mit ihrem Zuhälter hier rausmarschiert.«

»Prima.«

»Selber prima. Rhea ist ungefähr einssechzig groß, sechzig Kilo schwer, blond, blaue Augen. Kommt Ihnen das bekannt vor? Die Antwort ist ja.«

Hardy wartete. »Was ist also passiert?«

»Also ist Jennifers Foto irgendwie auf Rheas Knastausweis gelandet.«

Der Knastausweis, die Karte mit den Daten der Verhaftung, war im sechsten Stock das Personalpapier, das die Justizwachtmeister mit Vorliebe benutzten. Man sah sich das Foto an, dann musterte man die betreffende Person, und entweder sie paßten zueinander oder nicht. Sowohl Rhea wie Jennifer waren erst zwei Tage im Gefängnis – nicht viele der Wärter kannten sie bereits vom Sehen. Insbesondere nicht die Leute von der Spätschicht.

»Was wollen Sie damit sagen, David?«

»Ich will damit sagen, daß unsere Mandantin uns nur bis einschließlich Montag bezahlt hat, weil sie nicht vorhatte, länger dort oben rumzuhocken. Unser kleiner Liebling hat die Kurve gekratzt.«

»Jennifer ist geflohen? Aus dem sechsten Stock? Sie machen Scherze.«

Freeman seufzte. »Ich wünschte, dem wäre so, mein Sohn. Ich wünschte, dem wäre so.«

Teil zwei

Larry gestand ihr fünfundvierzig Minuten zum Laufen zu, was eine vernünftige Zeitspanne war. Er war ein vernünftiger Mensch, versuchte sie sich einzureden. Er wollte einfach nicht, daß ihr etwas zustieß – falls sie beim Laufen stürzte und es keinen festen Termin gab, konnte sie irgendwo rumliegen, sich vor Schmerzen krümmen, der Gnade von Fremden ausgeliefert sein, und Larry hätte keine Ahnung. Er hätte gar keinen Grund zu der Annahme, daß irgendwas nicht in Ordnung war. Aber so wüßte er es, falls sie nicht rechtzeitig zurück war – er konnte dasein, um ihr zu helfen.

Er liebte sie. Ja, das war der Grund für all die zeitlichen Beschränkungen.

Sie hatte eine halbe Stunde, wenn sie Matt zu seiner Privatschule fuhr – Laguna Honda hieß die Schule, die zwölf Häuserblocks weit weg lag –, und das ließ an manchen Tagen ein bißchen Spielraum für dichteren Verkehr, nicht aber dafür, sich mit den anderen Müttern zu unterhalten. Deshalb, und das leuchtete einem sofort ein, konnte sie nicht irgendwelchen Ärger bekommen, weil sie zuviel redete, wie es manche Frauen machten. Die Witts nahmen in ihrer Umgebung den Rang ein, den sie einnahmen, weil niemand irgend etwas Schlechtes über sie zu berichten wußte, und Larry wollte nicht zulassen, daß das irgendwie gefährdet wurde – auf diese Weise beschützte er sie alle. Nicht nur Jennifer.

Was das Einkaufen anging, da konnte er flexibel sein, solange sie ihn anrief, bevor sie wegfuhr und sich dann wieder meldete, sobald sie zurückkam … bevor sie noch die Sachen ausgepackt hatte. Und sie verstand sich aufs Einkaufen. Sie schaffte es in weniger als einer Stunde, hinunter zum großen Petrini's auf der Ocean Avenue – sie führten einfach alles – zu fahren und einen Einkaufswagen vollzupacken und wieder zu Hause zu sein.

Manchmal mogelte sie. Aber das war deshalb, weil sie im Grunde ihres Herzens böse war. Aufmüpfig. Larry wußte, daß sie mogeln würde, und daher schrieb er ihr Regeln vor, damit sie keine Zeit dazu hatte und gar nicht erst in Versuchung geriet. Trotzdem umging sie die Regeln, obwohl sie wußte, daß sie zu ihrem Besten waren. So war sie eben.

Larry liebte sie trotzdem, obwohl er wußte, wer sie wirklich war. Sie machte ihm deshalb wirklich keinen Vorwurf, wenn er sie ab und zu schlug. Wenn sie es wäre, hätte sie jemanden wie sich selbst wahrscheinlich schon längst totgeschlagen. Manchmal wollte sie sich umbringen, aber das wäre nicht gerecht Matt oder auch Larry gegenüber.

Es war wie damals, als sie wegzulaufen und Matt mitzunehmen versuchte. Was war denn das, wenn nicht ein Schrei um Hilfe? Und Larry hatte ihn gehört – sie hatte das nicht einmal Ken Lightner erzählt. Wer sonst hätte sie genügend liebgehabt, um ihr nachzufahren, sich ein paar Tage in der Praxis freizunehmen, ihr bis hinunter nach Los Angeles zu folgen? Sie machte Larry keinen Vorwurf daraus, daß er sagte, er würde sie umbringen, falls sie das noch einmal versuchen sollte. Sie konnte ihn nicht verlassen. Er brauchte sie, er liebte sie. Er hatte damit nicht sagen wollen, daß er sie tatsächlich umbringen würde. Im Gegenteil, nachdem sie damals nach Hause zurückgekommen waren, hatte er sie ein paar Monate lang noch nicht einmal geschlagen. Ned hatte sie um ein Haar totgeschlagen, als sie bei ihm dasselbe gemacht hatte. Aber Larry schien so glücklich, sie wieder bei sich zu haben.

Und er hatte auch recht, was ihre Familie anging. Sie hatten bei den ein, zwei Besuchen bewiesen, daß sie Larry nicht ausstehen konnten und sie selber auch nicht mehr. Sie waren einfach neidisch. Larry sagte, es tue ihm leid, aber es sei eben eine von diesen Sachen, bei denen man wirklich nichts machen konnte. Man konnte die Leute nicht ändern, sie sollte das wissen. Und sie wußte, daß sie ihre Mutter und ihren Vater nicht ändern konnte. Und vor allem nicht Tom. Nichts und niemand konnte Tom ändern – er war einfach durch und durch eklig und gemein.

Tja, es gab einfach keinen Grund, sich so etwas anzutun. Sie und Larry hatten nicht darum gebeten, keinen von ihnen darum gebeten. Sie hatten Jennifers Familie jede nur denkbare Chance gegeben, dennoch blieben sie genau, wer sie waren. Sie glaubten, Larry hasse sie und hätte Jennifer gegen sie aufgehetzt. Aber das stimmte nicht. Vielleicht hatte sie die Sache etwas klarer durchschaut, nachdem Larry ihr geholfen hatte, den Zusammenhang zu begreifen, ihr geholfen hatte, zwischen den Zeilen zu lesen, wo von Jennifers »Hochnäsigkeit« oder dem »Schnickschnack« der Witts die Rede war. Nein, sie waren, so traurig es war, einfach neidisch, wie sie es immer schon gewesen waren, und es gab einfach keinen Grund, sie zu besuchen und alle Beteiligten vor den Kopf zu stoßen.

Die Sache mit dem Bankkonto und mit Ken ... Dr. Lightner ..., sie hatte einfach Angst. Sie hatte immer Angst gehabt. Das Leben machte einem angst. Die Leute veränderten sich, oder das Leben, das man führte, ging plötzlich vor die Hunde, und manchmal konnte man das einfach nicht vorhersehen oder irgendwas dagegen unternehmen, aber sie wollte die ganze Sache ein bißchen besser begreifen, also war sie zu Ken gegangen – na schön, hatte sie sich heimlich zu ihm hingestohlen. Und er wußte mehr über sie als Larry – wußte von Ned, um die Wahrheit zu sagen –, und trotzdem mochte er sie noch. Sie glaubte das, glaubte, daß Ken sie wirklich mochte. Sie war nicht einfach eine Patientin von ihm. Natürlich, jetzt ...

Na ja, sie mußte nicht zuviel darüber nachgrübeln. Das war einfach eine andere Sache.

Und die Bank. Es war ja nicht so, daß Larry ihr das Geld nicht geben würde, wenn sie ihn darum bäte. Aber es war schwer, ihm eine Überraschung zu kaufen, wenn sie ihm sagen mußte, wofür sie das Geld ausgab. Na ja, wenigstens hatte es so angefangen. Mit dem Bankkonto. Es war leicht, die Kassiererin bei Petrini's zu bitten, ihr einen Kassenzettel über zusätzliche zwanzig Dollar in bar zu geben, dann über fünfzig, dann über zweihundert. Das Einkaufen war ihre Sache, und Larry prüfte die Quittungen nicht nach.

Sie eröffnete die Konten als Mrs. Ned Hollis und benutzte die Sozialversicherungsnummer ihres verstorbenen Mannes, achtete sorgfältig darauf, daß alle Steuern abgeführt wurden. Das hatte sie im ersten Jahr nur mit Mühe und Not hinbekommen. Und nach dieser Erfahrung hatte sie sich das Postfach besorgt und die Steuerformulare dorthin schicken lassen, und dann war es nie mehr ein Problem gewesen.

Außerdem wußte man ja nie. Was wäre denn, wenn Larry irgendwie sein ganzes Geld verlor? Oder wirklich wegen eines Kunstfehlers verklagt wurde, wie er andauernd erzählte? Dann konnte sie sich seine Überraschung und seine Freude vorstellen, wenn sie ihm die Mitteilung machte, daß sie all das zusätzliche Geld hatte, das ihre Rettung war. Sie hatte es getan, um sie alle zu retten, die ganze Familie.

Sie dachte manchmal darüber nach, warum sie damals weggelaufen war. Außer dem Schrei um Hilfe hatte sie ihr Gesicht schützen wollen, und Larry hatte angefangen, sie ins Gesicht zu schlagen.

Eine Zeitlang hatte Ken sie das Ganze in einem anderen Licht sehen lassen – vielleicht lag es daran, dachte sie. Eine Zeitlang hatte er sie glauben gemacht, daß Larry nicht gut für sie war, daß sie ihr eigener Herr war und alles, was sie tun mußte, war, wie er es ausdrückte, sich das klarzumachen, Larry zu verlassen und Matt mitzunehmen. Die Gesetze des Staates Kalifornien würden ihr, so sagte er, das Sorgerecht zusprechen.

Aber Ken hatte ja keine Ahnung – wie hätte er es auch wissen können? Sie fühlte sich einfach … wertlos ohne Larry. Und die Schläge … es war ja nicht Larry, sie war es. Konnte sie nicht die Schläge herausfordern? Indem sie böse war? Oh, es tat weh, geschlagen zu werden, aber es gab ihr auch das Gefühl, daß sie etwas unter ihrer Kontrolle hatte. Larry gab ihr dieses Gefühl, oder etwa nicht? Das tat er doch, oder etwa nicht?

Es war wie damals, als sie die Party zu Matts fünftem Geburtstag plante. Larry erlaubte sogar, daß sie Kinder aus Matts Schulklasse einlud, was er normalerweise nicht mochte, weil – es war nicht ihr Fehler, aber Kinder hatten einfach keinen Respekt vor Eigentum. Larry sagte, der beste Weg, um zu vermeiden, daß alles zu Bruch geht, ist, daß man Kindern gar nicht erst die Gelegenheit dazu gibt. Wenn irgendwas wegen eines Kindes kaputtging, dann waren die Eltern daran schuld – darauf konnte man wetten. Wenn man beispielsweise einen Elefanten im Porzellanladen losließ – tja, wer sollte dem Elefanten einen Vorwurf daraus machen? War denn der Elefant daran schuld? Natürlich nicht, sagte Larry.

Egal, zurück zu der Party. Sie hatte Ken davon erzählt, als er fragte, ob sie denn Angst hätte, daß Larry die Party kaputtmacht, wenn er in Anwesenheit der Kinder wütend wird. Sie hatte gesagt: »Schau mal, das ist doch keine Situation, die außerhalb jeder Kontrolle liegt, Ken. Du sprichst doch andauernd von Kontrolle. Na schön, ich habe dabei alles unter Kontrolle.« Und sie hatte recht gehabt, weil sie wußte, daß es in Larry wieder ziemlich brodelte, wie es immer der Fall war, bevor er explodierte. Also servierte sie drei Tage vorher – es war Mittwoch, die Party war am Samstag – das Abendessen zu spät, und Matt war noch nicht bettfertig, als Larry heimkam, so daß er nach einem langen, anstrengenden Tag mit den Patienten dabei helfen mußte. Und dann hatte sie das billige Kleid vom K-mart an, das Larry auf den Tod nicht ausstehen konnte, wie sie wußte. Und als er sich deswegen beklagte, hatte sie ihm widersprochen, also hatte sie den Stein ins Rollen gebracht, und er schlug sie ein paarmal ziemlich fest.

Und dann – das war das Gute daran – war er bester Laune für die Party, und es gab keine Szene, und sie hatte genau arrangiert … noch so ein Wort von Ken …, wann alles passieren würde. Also zu sagen, daß sie keinerlei Einfluß hatte, solange sie mit Larry zusammenblieb – nun, Ken begriff es einfach nicht, konnte es vielleicht auch gar nicht verstehen.

Aber na ja, die Schläge fielen immer schlimmer aus. Kamen immer öfter. Das war ein Problem. Es war nicht so leicht zu verbergen – jetzt hatte sie die blauen Flecken auf dem Gesicht statt nur auf dem Bauch und auf den Beinen wie früher. In letzter Zeit hatte er sie immer öfter ins Gesicht geschlagen, und das beunruhigte sie wirklich. Ihr Gesicht war ihr wahres Ich.

Als kleines Mädchen hatte sie stundenlang im Spiegel ihr Gesicht angeschaut, das Mienenspiel perfektioniert, daran gefeilt, wie sie aussah, wenn sie bestimmte Dinge sagte. Jetzt machte sie das ganz automatisch – der kleine Schmollmund und das Stirnrunzeln und das rasche Lächeln.

Daß Larry ihr also ins Gesicht schlug – das mußte aufhören. Es mußte wirklich aufhören. Beim letzten Mal, als es soweit gekommen war, da war sie weggegangen, weggelaufen, wenn sie ehrlich sein sollte, und Larry war gekommen und hatte sie zurückgeholt. Er würde das wieder tun, kein Zweifel. Er hatte sogar gesagt, daß er sie umbringen würde, wenn sie es noch mal versuchte.

Wenn sie zum Beispiel, hatte er gesagt, irgendwas mit einem anderen Mann hätte – genau dasselbe, er würde sie umbringen.

Würde er das wirklich tun? Vielleicht schon. Er war stark, er verlor die Beherrschung. Ein Unfall konnte schon vorkommen. Ein schlimmer Unfall. Also mußte sie irgend etwas unternehmen – vielleicht unmittelbar danach mit ihm reden. Dann hörte er am besten zu. Sie würde ihm einfach sagen, daß er aufhören mußte, ihr ins Gesicht zu schlagen.

In dem Punkt hatte Ken recht – darüber hatte sie keine Kontrolle. Jetzt haßte sie Larry manchmal sogar. Haßte ihn von Herzen und wußte es, gestand es sich selber ein. Das machte ihr angst.

Oder falls es je auch Matt betreffen sollte. Falls Matt dabei war, wenn Larry durchdrehte. Sie würde nicht zulassen, daß Larry Matt verprügelte, selbst wenn er ihm einfach irgendwie in die Quere käme, sich zwischen sie stellte oder sonst was. Falls Larry das tat, falls das passieren sollte ...

Was immer ihr passieren mochte, wenn man es sich genau besah, hatte sie es verdient. Warum sonst sollte es passieren? Aber bei Matt war das anders. Er brachte den Stein nicht ins Rollen. Er war ein vertrauensvoller und grundanständiger Junge. Sie würde nie zulassen, daß Larry ihm wehtat.

Nun, wie konnte sie Larry daran hindern? Das war die Frage – falls es je dazu kommen sollte, wie konnte sie ihn daran hindern?

14

Am Samstag, dem 10. Juli, ließ Hardy den sechs Monate alten Vincent auf den Knien hopsen und sang ihm aus voller Kehle ein Lied dazu vor. Er saß fast fünfzehn Meter über dem Erdboden, thronte auf der einen Meter hohen Brüstung, die rings ums Dach des Apartmentgebäudes lief, in dem Moses McGuire wohnte.

Moses machte sich in letzter Zeit ein faules Leben. Als er sich schließlich doch von der Vorstellung verabschiedet hatte, daß Hardy die Juristerei satt bekäme und wieder als Bartender im *Shamrock* anfinge, stellte er einen neuen Mann ein, Alan Blanchard, der Hardys alte Schichten übernahm, und seither hatte Moses viel Zeit zur Verfügung, um seinen sonstigen Interessen nachzugehen, die sich seit einigen Monaten in zwei Worten zusammenfassen ließen: Susan Weiss.

Es war früher Nachmittag, die Sonne stand hoch in einem blauen Himmel, vom Osten wehte eine leichte milde Brise, und Susan saß neben Hardy auf der Brüstung. Sie war eine sehr gefühlsbetonte, dunkelhaarige Frau, Cellistin im San Francisco Symphony Orchestra. Sie trug ihr Haar in einem Pferdeschwanz und sah etwa so alt wie Frannie aus, obwohl sie acht Jahre älter war. Sie hatte ein Top mit Spaghettiträgern an, eine kurze Hose und Sandalen.

Moses stand mit seiner Schwester am Grill und drehte die Rippchen um. Hardy reichte seinen Jungen an Susan weiter, die anfing, den Kleinen anzugurren. Frannie besah sich die Szene. Zuletzt blieb ihr Blick auf Susan haften. »Laß sie nicht zu viele Babys im Arm halten. Damit fängt alles an.«

Moses nahm einen Schluck aus seiner Flasche Sam-Adams-Bier. »Wie sie aussieht, damit fängt alles an«, sagte er, »daraus ergeben sich dann die anderen Sachen.«

»Tja, die anderen Sachen können Babys machen. Ich weiß das aus sicherer Quelle.«

Untypischerweise ließ sich Moses einen Augenblick lang Zeit, ehe er antwortete: »Ich will dir was sagen, Fran, seit ich sie kenne, denke ich manchmal darüber nach.«

Das betrübte Frannie keineswegs – sie mochte Susan und mußte zugeben, daß sie reizend war, auch wenn Moses bereits Mitte Vierzig war. Aber sie wollte es genau wissen. »Ist das dein Ernst?«

Moses bügelte sie mit der Standardantwort ab, die er als Bartender allzeit parat hatte: »Nein, ist er nicht. Ernst ist schon längst
heimgegangen.«

Frannie schmierte ihrem großen Bruder etwas Barbecuesauce auf
den Arm und sah ihn dann feierlich an: »Das hier ist doch nicht
etwa die Verlobungsfeier, oder?«

»Es ist noch nicht mal 'ne Feier.« Moses leckte die Sauce ab. »Es
ist bloß ein Mittagessen.«

Hardy und Susan standen auf. Susan hielt Vincent so, daß er
Frannie sehen konnte und wiegte den Kleinen im Gehen. Frannie
hörte, wie Susan tonlos summte. »Ich hab dich gewarnt«, sagte sie
leise zu Moses.

»Wovor?« Hardy hatte den Arm um seine Frau gelegt.

»Das war nicht für deine Ohren bestimmt. Ich habe nicht mal mit
dir gesprochen.«

Hardy küßte sie aufs Ohr. »Na los, worum ging's?«

Moses mischte sich ein. »Sie glaubt, daß Susan ein eigenes Baby
haben will, bloß weil sie ein anderes im Arm hält.«

Susan nickte. »Sie hat vielleicht recht.« Sie hielt Vincent weg von
sich und schnitt dem Baby eine Grimasse, die es mit einem strah-
lenden Grinsen quittierte. »Mein Gott, das ist echt ein Püppchen!
Ich könnte mich glatt an die Vorstellung gewöhnen, so einen kleinen Kerl zu haben.« Sie stupste Moses mit der Schulter an,
schmiegte sich an ihn. »Ist er nicht süß?«

Mit leidvoller Miene legte Moses den Arm um sie. Er tat so, als
würde er das Baby eingehend betrachten. Er schüttelte den Kopf.
»Nein, er sieht wie Hardy aus. Rebecca dagegen, meine Nichte, die
ist süß. Sie ähnelt meiner Schwester, die wiederum wie ich aussieht.«

Hardy nutzte dieses Herumgewitzel, um aufzustehen und seine
Frau zu küssen, doch Moses stellte sich zwischen die beiden. »Nix
da, nix da. Keine Zungen.«

»Was soll das heißen, keine Zungen? Mammi und Pappi haben
doch Zungen.« Das war Rebecca, die zu den Erwachsenen herübergekommen war, um ebenfalls mit von der Partie zu sein. Sie
sah zu ihnen hoch und war ganz besorgt, wo ihre Zungen abgeblieben sein mochten.

»Onkel Moses macht Quatsch«, sagte Hardy. »Böse. Böse. Böser
Onkel Moses.«

Moses McGuire kauerte sich zu Boden. »In den meisten Gesellschaften, Beck, genießt der Onkel größere Verehrung als alle übrigen Verwandten. Der psychische Schaden, den dein Vater mit diesem Auftritt anzurichten versucht, ist überhaupt nicht auszudenken, sofern du dir den Unfug zu Herzen nehmen solltest, den er da von sich gibt.« Er lächelte seine kleine Nichte lieb an und gab ihr einen Kuß.

»Ich finde nach wie vor, daß der Kleine hier süß ist«, sagte Susan. »Macht es dir was aus, wenn ich ihn noch ein bißchen auf dem Arm behalte?«

Frannie warf ihrem Bruder einen wissenden Blick zu und sagte, sie habe nichts dagegen, solange es Susan Spaß mache.

Man hörte ein leises Piepsen.

»Was ist das?« fragte Moses. »Erzähl mir bloß nicht, daß einer meiner Verwandten tatsächlich einen Piepser hat.«

Hardy hatte das Gerät bereits aus der Tasche geholt. »Und wieder mal muß ein Familiengeheimnis ins Gras beißen. Außerdem hör bitte auf, mich als Verwandten von dir zu bezeichnen. Frannie ist mit dir verwandt.« Er kniff die Augen zusammen, um die Nummer ablesen zu können.

»Laß es doch einfach gut sein«, sagte Frannie. »Ruf am Montag an. Wir sind auf einem Fest.«

»Das hier ist kein Fest«, wiederholte Moses. »Es ist ein Mittagessen.«

»Es ist Glitsky. Es ist Samstag. Es muß wichtig sein.«

»Dismas, laß es doch einfach gut sein …«

»Dauert bloß 'ne Minute.« Er war schon auf dem Weg zur Tür, die vom Dach ins Treppenhaus führte. »Ich muß nur mal nachschauen, worum's geht.«

»Auf Wiedersehen«, sagte Frannie.

»Ich komme gleich wieder. Großes Ehrenwort.«

Hardy kam als erster an, genau wie damals. Anders als damals allerdings war diesmal auch Freeman auf dem Weg hierher. Es war immer noch hell draußen, heiß und jetzt sonderbar ruhig im Frauentrakt des Untersuchungsgefängnisses. Später Samstag nachmittag.

Er mußte an sich halten, um die Ruhe zu bewahren. Man hatte ihn an der Tür gefilzt. Üblicherweise zeigte er, um ins Gefängnis eingelassen zu werden, seinen Anwaltsausweis vor, und dann ließ ihn der Wärter, den er schon oft gesehen hatte, einfach passieren. Heute nachmittag jedoch mußte er sich abtasten lassen, um Jennifer besuchen zu können, und jetzt ließ man ihn auch noch in dem heißen und stickigen Raum warten.

Diesmal erschien Jennifer in Begleitung von zwei Wärterinnen, und sie hatte einen roten, keinen gelben Trainingsanzug an. Außerdem trug sie Fuß- und Handschellen, die an einem Eisenring um ihre Hüfte befestigt waren. Man hatte ihr die Haare geschnitten, sie ungleich abgezwackt, bis ringsum nur zwei bis drei Zentimeter übrig geblieben waren.

Ihr Gesicht war verschwollen, die Lippen aufgesprungen, um beide Augen herum waren lila Blutergüsse zu sehen.

Hardy – in Jeans und T-Shirt – stand auf, und sie stürzte sich geradezu auf ihn, hob die Hände zu ihm hoch, bis die Ketten dem Einhalt geboten. Sie schluchzte.

»Was, zum *Teufel* …!« fing Hardy an.

Eine der Wärterinnen schnappte sich Jennifer und packte sie auf den Stuhl. »Schluß jetzt mit dem Theater, Herzchen.«

»Nehmen Sie die Pfoten von meiner Mandantin.« Die Wärterin starrte ihn finster an. Die Kollegin hatte ihren Gummiknüppel gezogen. »Sie beide bleiben ihr gefälligst vom Leib. Jetzt sofort!«

Die beiden Frauen ließen sich von einem Rechtsanwalt in Bluejeans nicht einschüchtern. Aber es brachte ihnen auch nichts, wenn sie Jennifer in seiner Anwesenheit schikanierten, also zogen sie sich – murrend und zögernd – zurück.

Als sie die Tür geschlossen hatten, beugte sich Hardy vor. »Das haben doch nicht etwa die da getan, oder?«

Sie schüttelte verneinend den Kopf.

»Wer dann …«

»Da unten«, murmelte sie, ohne aufzusehen. Dies war nicht länger der geduckte Blick, den sie früher gezeigt hatte, dachte sich Hardy, sondern echte Angst. Ganz offensichtlich war ihr irgend etwas Schlimmes zugestoßen.

Glitsky hatte ihm bei dem Anruf ein bißchen von dem erzählt, was passiert war – daß Terrell nach Costa Rica geflogen war und sich um die Einzelheiten ihrer Auslieferung gekümmert hatte. Sie würden demnächst im Flughafen von San Francisco/Oakland landen. Vielleicht wäre es ratsam, wenn Hardy und Freeman kurz danach im Gefängnis aufkreuzten.

»Was ist passiert?«

Langsam hob sie den Kopf. Anders als viele Insassen hier waren ihre Augen nicht ausdruckslos. Es stand Schmerz darin geschrieben. Wieder schüttelte sie den Kopf, während ihr die Tränen über die Wangen liefen. »Alles«, sagte sie. »Sie haben alles mit mir gemacht.«

Er kam kurz vor Mitternacht zurück in ihr dunkles Haus in den Avenues. Er machte in der Küche halt und dann den Kühlschrank auf. Aus dem Schlafzimmer hörte er das Blubbern des Aquariums. Er saß am Küchentisch und nippte an seinem Bier.

»Es war doch eine Verlobungsfeier.« Frannie, immer noch in ihrem Sommerkleid und mit schlafzerzaustem Haar, lehnte an der Tür. »Es war nicht einfach bloß ein Mittagessen. Aber du hast es natürlich verpaßt, also ist es eh egal.«

»Frannie, fang nicht ...«

»Nein, natürlich nicht. Stör bloß Dismas nicht. Seine Arbeit ist viel wichtiger als irgendein doofer Familienkram.«

»Das habe ich nicht gesagt. Ich denke das auch nicht.«

»Aber natürlich nicht.«

Er trank einen Schluck Bier. »Willst du dich hinsetzen und darüber reden? Oder willst du mich nur angiften?«

»Ich glaube, ich will dich nur angiften.«

Er setzte das Bier auf dem Tisch ab und sah zu ihr hinüber. Das Leben war nicht so einfach, wie Frannie manchmal gerne glaubte. Sie neigte dazu, die Tatsache aus den Augen zu verlieren, daß noch andere Dinge in der Welt abliefen als zwei kleine Kinder und das Liebesleben ihres Bruders Moses. »Du bringst die Sachen durcheinander«, sagte er zu ihr.

»*Ich* bring die Sachen durcheinander. Das ist klasse. Das ist echt klasse.«

»Danke«, sagte er. »Aber weißt du, in diesem Moment bin ich nicht gerade in Topform. Ich habe keine Lust, mich angiften zu lassen. Ich versuche unseren Lebensunterhalt zu verdienen, damit du hierbleiben und dir einen schönen Lenz machen kannst, und es tut mir schrecklich leid, daß ich manchmal Dinge erledigen muß, die nicht in den Terminplan passen. So was passiert. *Scheiße* passiert, Frannie, und ich muß sehen, wie ich damit klarkomme.«

»Ach, du Armer.«

Er starrte sie an. Das Ganze war einfach zu einem blödsinnigen Streit ausgeartet. Lieber den Rückzug antreten. Er schnappte sich sein Bier, nahm einen tiefen Schluck und stand dann auf, ging durch den langen Gang hinüber ins Wohnzimmer.

Sie kam ihm nicht nach. Prima. Er griff sich eines der kleinen Kissen und stopfte es sich auf dem Sofa, wo er die Nacht verbringen würde, unter den Kopf.

15

Am 11. Juli, einem echten Glückstag, wachte Hardy im Wohnzimmer mit Rückenschmerzen auf. Er blickte auf die Uhr und sah, daß es kurz vor sechs war. Das Haus war still, das Licht gedämpft.

Er machte die Haustür auf und holte die Sonntagszeitung. Dann trottete er in Socken in die Küche und holte die schwarze, gußeiserne Bratpfanne hervor, die er seit seiner Studentenzeit hatte, stellte sie auf eine der Gasflammen und legte ein Pfund Speck hinein.

Er bewegte sich bedächtig, und die Verspannungen in seiner Rückenmuskulatur lösten sich allmählich beim Herumhantieren in der Küche, beim leisen Öffnen der Schranktüren, beim Aufsetzen des Kaffees, dem Mixen des Waffelteigs (Beck mochte für ihr Leben gern Waffeln). Der Speck fing an zu brutzeln und zu duften.

Er setzte sich mit einer Tasse Kaffee an den Küchentisch.

In den vergangenen vier Monaten, während Jennifer flüchtig war, hatte er das Büro in Freemans Kanzleigebäude als Stützpunkt benutzt, und um die Wahrheit zu sagen, ging es ihm alles andere als blendend. David oder dessen Mitarbeiter hatten einige banale Fälle an ihn weitergereicht. Bei vielleicht einem halben Dutzend von ihnen war es ihm gelungen, die Leute vor Gericht freizubekommen. Die anderen zwei – ein strittiger Fall von Trunkenheit am Steuer und ein Ladendiebstahl – kamen im üblichen Schneckentempo dieser Kategorie von Kleinkram voran und würden wohl irgendwann vor Ende des Jahrhunderts zur Verhandlung anstehen.

Noch schlimmer aber war das Gefühl, daß er schlicht und einfach die Zeit totschlug, in der Routine versackte. Es war ganz ähnlich wie bei der Staatsanwaltschaft, wo man mit kleinen Vergehen zu tun hatte und sie durch die Mühlen der Bürokratie schleuste – außer daß er diesmal, von seiner Warte aus betrachtet, auf der falschen Seite stand.

Das nächste Problem – und es war ein massives – hing damit zusammen, daß er vom Gericht auf die Liste der anerkannten Strafverteidiger gesetzt worden war, die als Pflichtverteidiger herangezogen werden konnten, und vor einem Monat hatte Richter Leo Chomorro, der damals im Prozeß gegen Andy Fowler, Hardys Ex-Schwiegervater, den Vorsitz führte, Hardy als einen der drei Pflichtverteidiger in einem Mordfall benannt.

Der Haken an der Sache war, daß Hardy sich die Akte angesehen und den Entschluß gefaßt hatte, daß er lieber zum Henker gehen wollte, ehe er ein halbes Jahr mit dem Versuch zubrachte, eine Jury davon zu überzeugen, daß Leon Richman nicht mit den beiden anderen Angeklagten in einem Ford Escort gesessen und pro Mann rund zehn Schrotladungen in einen gewissen Damon Lapierre geballert hatte, der zufälligerweise mit Leons Ex-Freundin schlief.

Abgesehen von der Tatsache, daß man Leon bereits einmal wegen Totschlags verurteilt und einmal wegen Mordes freigesprochen hatte, waren zwei abgesägte sowie eine reguläre Schrotflinte im Kofferraum des Escort gefunden worden. Unter dem Sitz fanden sich Patronenhülsen. Leon hatte sich zudem vor einer Menge seiner Freunde damit gebrüstet, daß keiner von ihnen Damon wieder zu Gesicht bekommen würde. Und vier Gäste im *Woodshack* hatten gesehen, wie Leon und die beiden anderen Angeklagten in der Mordnacht mit dem nicht gerade kooperativen Opfer die Kneipe verlassen hatten.

Kurzum, Leon war der Täter, und Hardy würde nicht mithelfen, daß er freikam. Ende.

Das hatte Chomorro nicht geschmeckt. Wollte Hardy nun auf der Liste der verfügbaren Pflichtverteidiger stehen oder nicht? Falls nicht, warum stahl er dann allen Beteiligten die Zeit?

Hardy hätte um ein Haar gesagt, daß er kein Interesse daran hatte, Leute zu verteidigen, die schuldig waren, bremste sich aber gerade noch rechtzeitig. Diese Worte hätten ihm im Gerichtsgebäude auf der Stelle den Nimbus des legendären Arsches mit Ohren eingebracht. Statt dessen hatte er im Gespräch mit Chomorro irgend etwas von Terminüberschneidungen gemurmelt, und der kritische Augenblick war vorüber. Aber Hardy wußte, daß er wiederkehren würde, und er wußte auch, daß ihm ähnlich zumute sein, daß er sich ebenso verhalten würde. Das war kein angenehmer Gedanke.

Rebecca, die plötzlich neben seinem Ellbogen auftauchte, unterbrach seine Überlegungen. »Hallo, Daddy. Warum bist du schon so früh wach?«

Er legte den Arm um seine Adoptivtochter – das leibliche Kind von Frannie und ihrem ersten Ehemann Eddie Cochran. Man hatte Eddie an dem Tag ermordet, als Frannie feststellte, daß sie mit Rebecca schwanger war.

Hardy zog die Kleine enger an sich heran. Er konnte sich nicht vorstellen, daß Blutsbande irgendeinen Unterschied machen würden. Rebecca war seine Tochter. Er nahm sie auf den Schoß, und sie kuschelte sich sechs Sekunden – was für sie fast ein Weltrekord war – an ihn, bevor sie wieder zu zappeln anfing. »Warum bist *du* denn schon so früh wach?« fragte er.

Dies war eine ernste Frage, die sorgfältig überlegt sein wollte. »Daddy, du weißt doch, daß ich immer früh wach werde.«

»Und deshalb hast du's heute gemacht?«

Beck nickte. »Mommy schläft noch«, flüsterte sie. Das war offenbar eine vertrauliche Information.

»Dann lassen wir sie weiterschlafen, abgemacht? Wir machen uns eine schöne Zeit, nur du und ich. Wie wär's mit Waffeln?«

»Ahornsirup?«

Hardy zog sie zärtlich an den Haaren, küßte sie auf den Scheitel. »Abgemacht, also Ahornsirup, du Ahornsirupkopf.«

Frannie und Hardy saßen auf einer krümelübersäten Decke im Schatten des auf Stelzen stehenden Anbaus zu ihrem Haus, den sie in Auftrag gegeben hatten, als sie wußten, daß Vincent unterwegs war. Der Garten war lang und schmal, von vierstöckigen Apartmenthäusern eingegrenzt, aber nach Osten hin genossen sie an diesem klaren Tag über ihren Redwoodzaun den Blick bis hinein in die Innenstadt – auf die Transamerica Pyramid, auf den Coit Tower, die Bay Bridge, die Hügel der East Bay. Es war ein schöner Garten für die sechs Tage im Jahr, an denen es warm genug war, um ihn zu nutzen.

Rebecca, ganz ins Spielen vertieft, baute in ihrem Sandkasten irgendwas in Schildkrötenform. Vincent schlief in seinem Autositz, den sie mit in den Garten herausgenommen hatten.

Den ganzen Vormittag hatten sie ihren Streit ignoriert, ebenso beim Mittagessen mit den Kindern. Jetzt, im langen, gemächlichen Verstreichen des warmen Nachmittags, stand er greifbar zwischen ihnen. Hardy starrte hinaus in die Ferne. Frannie pickte einige Krümel auf.

Zuletzt streckte sie die Hand vor und legte sie Hardy aufs Bein. »Ich fand es einfach unfair gegenüber Moses.«

Hardy legte die Hand auf Frannies und fühlte sich mit einemmal sehr erleichtert. »Ich liebe dich, weißt du das?«

»Ich weiß.«

»Ich hatte keine Ahnung, daß es bei Moses und Susan darum ging. Er hat ständig gesagt, daß es einfach ein Mittagessen ist.«

Frannie blieb stumm. Dann: »Er wollte uns überraschen. Ich glaube, es hat ihn etwas gekränkt.«

»Ich ruf ihn an und sag ihm, daß es geklappt hat. Ich bin ziemlich überrascht. Sie wollen wirklich heiraten?«

Frannie nickte. »Im September.«

»Und wollen Kinder haben, all so was?«

»Das haben sie gesagt.« Sie schmiegte sich an ihn. »Ich war einfach sauer.«

Hardy atmete tief aus. »Was soll ich denn deiner Meinung nach in so einer Situation machen? Natürlich ist mir deine Familie wichtig, aber manchmal ...«

»Nein, fang bitte nicht wieder damit an. Das hast du gestern nacht schon gesagt. Nicht·jedesmal, wenn dein Job ruft, mußt du alles stehen- und liegenlassen und losrennen.«

»Das habe ich auch nicht getan. Zumindest nicht in den vergangenen vier Monaten. Nicht wirklich seit der Sache mit Andy Fowler.«

»Aber jetzt geht's wieder um einen Mordprozeß, und es geht von vorne los.«

Hardy wartete einen Moment lang ab. Er hatte keine Lust, dies hier wieder eskalieren zu lassen. Streit mit Frannie bereitete ihm physisches Unbehagen. »Mordprozesse *sind* eine ernste Angelegenheit, Frannie. Mordprozesse sind nicht wie allzu viele andere Sachen. Da geht's nicht einfach um einen Job. Da geht's immerhin um das Leben von jemandem, und du lernst ihn oder sie kennen, und dann rufen sie an und brauchen deine Hilfe, was soll ich denn dann deiner Meinung nach tun? Was denkst du denn, was ich tun soll?«

Mit ihrer freien Hand pickte Frannie ein paar Krümel auf, bürstete über die Decke. »Glaubst du wirklich, daß ich mir hier einen schönen Lenz mache, wenn ich die Kinder großziehe und nicht arbeiten gehe?«

»Ist das eine Antwort auf ›Was denkst du denn, was ich tun soll?‹?«

Sie sah immer noch nach unten, strich die Decke glatt. »Nein. Ich denke, das ist eine völlig andere Frage.«

»Na schön, ich werd deine zuerst beantworten. Ich gebe dir die kurze Antwort. Die kurze Antwort ist nein.«

Er spürte, wie ihre Schultern sich entspannten. »Die lange Antwort lautet, daß wir der Meinung sind, daß ein Elternteil für die Kinder zu Hause bleiben sollte, solange wir es uns leisten können, und das können wir, also übernimmst du das, solange du dazu Lust hast.«

»Ich *habe* auch Lust dazu.«

Er drückte ihre Hand. »Kein Problem. Wenn du es satt hast, machen wir was anderes, abgemacht? Vielleicht bleibe ich dann zu Hause.«

Frannie sah ihn an.

»He, das könnte klappen. Der Punkt ist, daß ich Sachen dann erledigen muß, wenn ich sie erledigen muß, und nicht dann, wenn es uns paßt. Gestern war es wieder mal soweit. Glaubst du, ich gehe lieber am Samstagnachmittag ins Gefängnis als rumzusitzen und mit dir und Moses Rippchen zu essen?«

»Nein.«

»Richtig, das tue ich auch nicht.«

»Aber du willst an der Sache dranbleiben, stimmt's? An Jennifer Witt? Obwohl sie abgehauen ist, geflohen ist. Selbst wenn sie es getan hat?«

»Ihr droht die Todesstrafe, Fran. Ich mach ihr keinen Vorwurf daraus, daß sie abgehauen ist, auch wenn ich es nicht für besonders klug halte. Geschworene machen Fehler, und wenn sie hier einen machen, ist das ziemlich endgültig. Jennifer mag durcheinander sein – zum Teufel, sie *ist* durcheinander, aber sie ist ein Mensch aus Fleisch und Blut, nicht einfach ein Fall.«

»Vielleicht ist es das, was mir Sorgen macht, Dismas – daß sie ein Mensch aus Fleisch und Blut und ziemlich durcheinander ist und womöglich zwei Männer umgebracht hat, mit denen sie liiert war. Plus ihren kleinen Jungen. Vielleicht mache ich mir sogar Sorgen, daß sie irgendeinen Grund findet, dich umzubringen.«

Er legte den Arm um seine Frau. »Mandanten bringen ihre Anwälte nicht um, Fran.«

Das war keine besonders brillante Erwiderung. Erst vor einer Woche war ein Verrückter, der mit seinen Anwälten unzufrieden war, am hellichten Tag ins Gebäude einer der großen Anwaltskanzleien spaziert und hatte angefangen, Leute abzuknallen.

Frannie sah ihn unverwandt an. »Einen Augenblick lang dachte ich, ich hätte dich sagen hören, daß Mandanten ihre Anwälte nicht umbringen.«

»Nicht oft genug, daß man sich darüber Sorgen machen müßte.«

Im Sandkasten, draußen in der Sonne, hatte Rebecca angefangen, die von ihr erbaute Burg kaputtzumachen, sie in Stücke zu stampfen, sich wie ein Kamikazeflieger draufzustürzen. In einem der Apartmenthäuser zur Rechten hatte irgendwer ein Fenster aufgemacht und die Stereoanlage voll aufgedreht – Bonnie Raitt ließ die ganze Nachbarschaft wissen, daß sie gerade noch rechtzeitig die große Liebe gefunden hatte.

Hardy sagte zu Frannie, daß er genauso denke.

16

»Wieso würden Sie jetzt ein Schuldeingeständnis akzeptieren?«

Freeman bezog Hardy in seinem fragenden Blick mit ein. Nachdem Jennifer aus dem Gefängnis ausgebrochen war, hatten beide erwartet, daß der Staatsanwalt sich bei Jennifer noch unerbittlicher zeigen würde, doch jetzt hatte Dean Powell Freeman kontaktiert und seine Bereitschaft signalisiert, sich auf ein Schuldeingeständnis für vorsätzlichen Mord einzulassen – keine Todesstrafe.

Powell öffnete die Arme, freundlich und entspannt. »Zum Henker, Sie wissen doch, David, daß man mit uns *immer* reden kann.« Er hob den Zeigefinger, um diese Aussage zu unterstreichen. »Vergeßt das nicht, Jungs – meine Tür steht offen.«

»Meine Mandantin sagt, daß sie die Tat nicht begangen hat.« Freeman blätterte in einem Heft der Zeitschrift *Sports Illustrated* herum, schenkte Powell so gut wie keine Aufmerksamkeit. Powells Büro war das übliche fünfundzwanzig Quadratmeter große Zimmerchen – zwei Metallschreibtische, Karteischränke, dazu ein zugeschweißtes Fenster mit reizendem Ausblick auf das neue Gefängnis, das in kaum zehn Meter Entfernung hochgezogen wurde.

Powells Zimmergenosse, Paul Bargen, war eine Tasse Kaffee trinken gegangen, damit die drei Männer ungestört waren und etwas mehr Platz hatten. »Wenn sie anbietet, sich schuldig zu bekennen, um lebenslänglich ohne Möglichkeit der vorzeitigen Entlassung zu bekommen, muß ich die Sache natürlich dem Chef vortragen. Aber ich denke, es entspricht der Fairneß, wenn ich sage, daß wir solch ein Angebot ernstlich prüfen würden. Ich habe gehört«, fuhr Powell fort, »daß Ihre Mandantin da unten in Costa Rica ihren Gedächtnisverlust überwunden hat und sich der Gnade des Gerichts überlassen möchte.«

»Ich glaube nicht, daß das stimmt.« Hardy hatte sich ursprünglich auf den zweiten Stuhl vor Bargens Schreibtisch gesetzt, aber der Stuhl hatte ein kürzeres Bein und deshalb Schlagseite, also war er wieder aufgestanden. »Ich glaube einfach nicht, daß das stimmt.«

Powell zuckte die Achseln. »Ich würde sie noch mal fragen, nur um sicherzugehen.«

Freeman hatte bei einer Reklame für Badeanzüge aufgehört weiterzublättern – er hob die Seite in Hardys Blickfeld und richtete jetzt das Wort an Powell. »Ich dachte, Sie seien auf einen Prozeß aus. Übrigens können Sie auf meine Stimme zählen.«

Powell hatte kürzlich seine Kandidatur für das Amt des Generalstaatsanwalts des Staates Kalifornien bekanntgegeben und damit die umlaufenden Gerüchte bestätigt – jetzt fletschte er die Zähne zu seinem typischen Lächeln. Einen Augenblick lang hatte Hardy den Eindruck, Powell würde gleich aufspringen und ihnen beiden die Hand schütteln wollen. »Na, das freut mich aber ganz ungemein, David. Ich kann Ihnen gar nicht sagen, wie sehr.« Er warf Hardy einen Seitenblick zu, der die Arme weiterhin verschränkt hielt, keine Miene verzog und sich gegen einen der Karteischränke lehnte.

Freeman blätterte erneut um und schien einen Leitartikel zu lesen, bei dem Barry Bonds in der Schlagzeile auftauchte. Er sah nicht auf. »Und Sie sind nicht interessiert an einem Prozeß, bei dem die Todesstrafe droht? Meiner Meinung nach macht sich das in den Zeitungen doch ziemlich gut.«

»Das stimmt natürlich, David, aber ehrlich gesagt, glaube ich nicht, daß ich das nötig habe. Um ganz aufrichtig zu sein, würde ich die Zeit lieber nutzen, um Wahlkampf zu machen.«

Hardy fiel auf, daß Powell in zwei aufeinanderfolgenden Sätzen »ehrlich gesagt« und »um ganz aufrichtig zu sein« eingeflochten hatte. Powell belog sie in irgendeinem Punkt – er war offensichtlich nicht der Ansicht, daß Jennifers Verurteilung so unumstößlich feststand.

Aber Freeman ließ sich nicht zum Nulltarif in die Karten schauen. Er kratzte sich übers stoppelige Kinn, blätterte in der Zeitschrift weiter und seufzte. »Das liegt ganz im Ermessen meiner Mandantin.« Jetzt endlich legte Freeman das Heft aus der Hand und sah Powell in die Augen. »Was zum Teufel hat man ihr eigentlich angetan, Dean? Sie behauptet, daß man sie da unten im Gefängnis vergewaltigt hat.«

»Ich hoffe wirklich, daß das nicht stimmt, David, aber sie hätte eben nicht aus der U-Haft fliehen sollen. Das war ihre Entscheidung, ihr Risiko …«

»Ich hätte mir eigentlich gedacht, Sie könnten aus Mitgefühl für das, was sie durchgemacht hat, vielleicht ohne Schuldeingeständnis zumindest die Todesstrafe fallenlassen.«

Powell verriet keinerlei Überraschung. Strategisch war dies kein schlechter Zug von Freeman – seine Mandantin war mißhandelt, vielleicht vergewaltigt worden. Freeman wußte, daß Powell Jennifer Witt besucht hatte, daß sie einem leid tun konnte im Moment. Doch Powell ließ sich all das in der Zeit, die er brauchte, um zweimal zu blinzeln, durch den Kopf gehen. »Ich kann kein Mitgefühl aufbringen für das, was sie durchgemacht hat«, sagte er. »Sie ist selbst schuld daran.«

»Sie hat's darauf angelegt, vergewaltigt zu werden, hmh?«

Wenn Powell irgend etwas in dieser Richtung unter welchen Umständen auch immer verlauten ließ, konnte er seine Chancen, gewählt zu werden, vergessen. »Das habe ich nicht gesagt, David, und Sie wissen das.«

Freeman wußte das natürlich auch. Hardy war nicht zum erstenmal froh, daß er auf der Seite Freemans stand. Die Drohung, daß Freeman Powells Worte vielleicht auf irgendeinem öffentlichen Forum wiederholen würde – daß Jennifer es darauf angelegt hätte, vergewaltigt zu werden –, konnte womöglich den toten Punkt überwinden. Halb erwartete Hardy bereits, daß Powell nachgeben, den Antrag auf die Todesstrafe zurückziehen und eine normale

Mordanklage anbieten würde, vielleicht sogar mit der Möglichkeit der bedingten Strafaussetzung. Wenn sich Jennifer darauf einlassen sollte, gäbe es kein Verfahren zur Klärung des Strafmaßes, und damit wäre Hardy seinen Job los. Er wartete also ab.

Aber Powell hatte seinen Posten als ranghöchster für Mordsachen zuständige Staatsanwalt nicht fürs Schwanzeinziehen bekommen. Er lächelte unbeirrt trotz dieser verdeckten Drohung. »Ich empfinde einfach kein Mitleid mit mehrfachen Mördern, und alles, was ihr außerhalb dieses Gefängnisses oder dieses Landes zugestoßen ist, nun ja« – er spreizte die Finger – »das entzieht sich gänzlich unserer Kontrolle.«

»Ich werde Nachforschungen anstellen, was in Costa Rica passiert ist.«

»Das würde ich ebenfalls tun. Das erwarte ich auch von Ihnen. Lassen Sie es mich wissen, falls ich Ihnen irgendwie helfen kann. Solches Benehmen ist unverantwortlich.«

Zurück zur Possenreißerei und Politik. Hardy griff sich die *Sports Illustrated* aus Freemans Schoß und schlug sie aufs Geratewohl auf. Was immer sonst noch gesagt werden mochte, er brauchte es nicht zu hören.

Die Ärztegruppe Yerba Buena Medical Group verfügte über einen quadratischen Block von Gebäuden eine halbe Meile vom San Francisco County General Hospital entfernt, in dem die verschiedenen Praxen untergebracht waren.

Hardy kam um kurz nach elf an. Er war schockiert – es gab hier tatsächlich einen kostenlosen Parkplatz für Besucher, Ärzte und Patienten. In der Innenstadt, in North Beach, im Golden Gate Park, überall in San Francisco kosteten Parkplätze vier Dollar pro Stunde mit mindestens zweistündiger Parkdauer. Und einfach am Straßenrand fand man keinen Parkplatz – es waren schon Leute wegen vier Meter Bordstein erschossen worden.

Hardy folgte den Schildern durch ein von Landschaftsgärtnern kunstvoll angelegtes Labyrinth aus Sträuchern und Weinranken und stoppte an einem aus Redwood gezimmerten Kiosk, in dem sich ein verglaster Granitsockel befand, das Verzeichnis der Arztpraxen einschließlich eines Pfeils, der den Standort anzeigte. Mehr als vierzig Ärzte praktizierten hier. Larry Witts Name war verschwunden, vermutlich lange schon verschwunden. Es war mehr als ein halbes Jahr vergangen, seit er ermordet worden war – Hardy

dachte darüber nach, daß sich das Räderwerk der Justiz noch keinen Millimeter vom Fleck bewegt hatte, was bei sechs Monaten in
etwa normal war. Und es sah nicht so aus, als ob sich der Gang der
Dinge beschleunigen würde.

Jennifers Flucht hatte niemanden im Justizpalast dazu bewo-
gen, ihr irgendwelche Gefälligkeiten zu erweisen. Sie befand sich
in geschlossener U-Haft, ihre Besuchs- und Telefonprivilegien
waren drastisch beschnitten worden. Sie sagte, daß sogar ihr Essen schlechter geworden sei, sofern das überhaupt denkbar wäre.
Es stand nicht notwendigerweise irgendwo festgeschrieben, aber
was die Praxis anging, stellten Freeman und Hardy zunehmend
fest, daß man eine Menge seiner Rechte über Bord warf, wenn
man aus dem Gefängnis ausbrach. Freeman war mitgeteilt worden, daß es »aufgrund bürokratischer Komplikationen« bezüglich
der Auslieferung noch eine Woche dauere, ehe man Jennifer einen
Bescheid über die vorläufige Festlegung des Prozeßtermins geben
könne.

Das schöne Wetter hielt an, und die Klimaanlage in dem Verwal-
tungsgebäude sorgte für angenehme Luft. Hardy war von dem
ganzen Laden beeindruckt. Das Bild, das er sich von der Welt der
Gesundheitsfürsorge – besonders hier in der Stadt – machte, sah
düster aus. Anonyme Ärzte und Krankenschwestern, die sich in
womöglich antiseptischer, aber jedenfalls unpersönlicher Umgebung um Leute kümmerten, die sie nicht kannten.

Das Empfangsbüro der Yerba Buena Medical Group war rundum mit grün getönten Fenstern ausgestattet. Weiche Kissen lagen
auf Sofas mit farbenbuntem Stoffbezug – Wirbel verschiedener
Töne von Gelb und Orange und Rot und Blau. Ein Berberteppich –
und nicht die allgegenwärtigen, allmählich gelbstichig werdenden
Bodenfliesen, mit denen Hardy stets rechnete – dämpfte die
Schritte, als Hardy zum Empfangstisch hinüberging. Hardy hatte
keinen Termin und mußte also warten, aber Mr. Singh würde sein
Bestes tun, um in Kürze mit ihm zu sprechen.

Erneut *Sports Illustrated*, dasselbe Heft, das Powell in seinem
Büro gehabt hatte. Vergiß den 11. Juli – heute, am 12. Juli, war sein
Glückstag. Hardy überlegte schon, ob er sich einen zusätzlichen
Lottoschein kaufen sollte.

Ali Singh hatte Hardys anfängliche Fragen überaus sachkundig beantwortet, hielt jedoch die winzigen Hände auf seinem leeren

Schreibtisch verschränkt, als würde dies verhindern, daß er mit den Fingern spielte oder einen Bleistift drehte oder sonstwie seine Nervosität verraten. Er trug ein weißes Hemd mit Button-down-Kragen, eine schmale braune Krawatte, ein neues graublaues Sportsakko und nickte in einer Tour zuvorkommend. »Natürlich war die Polizei bereits hier, wissen Sie. Sie haben mir alle diese Fragen gestellt.«

Hardy beugte sich vor. »Ich habe mir alles angesehen, was die Polizei zu den Akten genommen hat, Mr. Singh – Dr. Witts Praxisunterlagen, die Befragungen. Ich interessiere mich mehr für das Persönliche, dafür, wie er sich mit den anderen Ärzten verstand, mit den Schwestern, solche Sachen.«

»Nun, das ist … ich weiß nicht. Ich habe Dr. Witt persönlich nicht wirklich gekannt, wie man so sagt. Wissen Sie, wir haben hier eine Menge Ärzte. Sie arbeiten nicht allzuoft zusammen. Es ist nicht wie in einer Klinik der Kaiser-Gruppe, wie Sie selbst sehen können.«

»Also haben Sie ihn überhaupt nicht gekannt?«

»Nun ja, selbstverständlich haben wir uns über Verwaltungssachen unterhalten, wissen Sie, über sein Praxispersonal und so weiter. Aber er hatte seine Arbeit. Ich habe meine Arbeit.« Singh zog die Augenbrauen in die Höhe, löste die Hände für einen Sekundenbruchteil, verschränkte sie dann wieder.

»Aber keine Schwierigkeiten?«

Singh lächelte. »Manchmal gibt es mit jedermann Schwierigkeiten. Ärzte haben ausgeprägte Egos, wissen Sie. Sie wollen alles auf eine einzige Weise haben, nämlich auf ihre Weise, und ich muß versuchen zu vereinheitlichen, also gibt es natürlich bisweilen Konflikte. Aber nichts besonders Ernstes.«

»Mit Dr. Witt?«

»Ich mochte Dr. Witt. Gelegentlich haben wir uns über Kostenfragen gestritten, darüber, wie wir bestimmte Sachen handhaben.«

»Und wie haben Sie diese Sachen gehandhabt? Inwieweit hat es ihn mehr tangiert als alle anderen?«

»Das hat es nicht. Das war stets meine Rede. Aber die Gruppe…«, er machte eine ausgreifende Geste, die den ganzen Gebäudekomplex einbegriff, »die Gruppe hatte Pläne, hat immer noch *Pläne*. Wissen Sie, uns stehen hier schöne Gebäude zur Verfügung, eine angenehme Umgebung, würden Sie nicht auch sagen?«

Hardy nickte.

»Und das ist kein Zufall, wissen Sie. Es ist die erklärte Geschäftsstrategie der Gruppe, des Aufsichtsrats.«

»Ein ansprechenderes Umfeld zu schaffen?«

»Stimmt genau, sehen Sie. Aber dies hier – die Landschaftsgestaltung, das Mobiliar, selbst die Miete hier –, dies zieht Geld aus dem Grundkapital ab, und ...«

»Und Dr. Witt war der Ansicht, daß *dieses* Geld an die Ärzte ausgeschüttet werden sollte?«

Jetzt strahlte Mr. Singh, weil Hardy begriffen hatte. »Ach, Sie verstehen es. Stimmt genau, das stimmt genau.« Mr. Singh löste die Hände aus ihrer Verschränkung und lehnte sich schließlich in seinem Sessel zurück. »Dr. Witt hatte gerne den Eindruck, daß er bei diesen Fragen mitreden konnte, bei vielen Punkten.« Er winkte ab. »Das soll keine Kritik sein, er war nicht der einzige. Es war ihm ein Bedürfnis, die Gewißheit und das Gefühl zu haben, daß er mit seiner Praxis das Sagen hatte, in welcher Richtung sich die Gruppe weiterentwickelt.«

Das deckte sich bestens mit der Einschätzung Jennifers, der Meinung Lightners und dem Bericht des Federal-Express-Fahrers. Larry Witt war jemand, der alles zwanghaft unter Kontrolle haben mußte. »Und in welcher Richtung hat sich die Gruppe weiterentwickelt?«

»Entwickelt sie sich weiter«, korrigierte Singh. »Die Gruppe wird neuorganisiert als Unternehmen, das Profite erwirtschaftet. Wir sind lange genug gemeinnützig gewesen. Der Aufsichtsrat vertritt die Position, daß man Kapital anziehen muß, wenn man im Gesundheitswesen konkurrenzfähig bleiben will. Um das zu tun, muß man ... attraktiv sein, und leider ist ein Teil davon das physische Umfeld. Man würde denken, die Qualität der medizinischen Versorgung ist der springende Punkt, aber so läuft das Geschäft nun einmal nicht.« Singh seufzte. »Das ist die Realität, und man hat die Mitglieder – also die Ärzte – gebeten, statt einer Einkommenserhöhung kurzfristig Verluste zu akzeptieren, solche Dinge, verstehen Sie.«

Hardy verstand es nur zu gut. Überall herrschten schlechte Zeiten, aber besonders im Gesundheitssektor und besonders in Kalifornien. Der Schritt erschien auf den ersten Blick langfristig sinnvoll, aber Hardy begriff auch, weshalb es kurzfristig Widerstände geben mochte – keine Einkommenserhöhung, weniger Geld, den

Gürtel enger schnallen, abwarten, abwarten, abwarten. Nach allem, was er gehört hatte, zählten Abwarten und Aufschieben nicht zu den Stärken Larry Witts.

»Bekam Dr. Witt wegen dieser Sache mit irgend jemandem Streit? Wurde er wütend, platzte ihm der Kragen?«

»Dr. Witt? Du liebe Güte, nein. Ihm ist nie der Kragen geplatzt. Sie können hier fragen, wen Sie wollen – er war immer höflich, immer vernünftig, selbst wenn er nur ungern einen Rückzieher machte. Hier gab es nichts, weswegen man wütend werden sollte – kleine Meinungsverschiedenheiten unter Standesgenossen. Dr. Witt hatte hier keine Feinde. Man mochte ihn und respektierte ihn.«

»Aber irgendwer hat ihn umgebracht. Hat er vielleicht mit einer Krankenschwester eine Affäre gehabt oder mit der Frau eines Kollegen …?«

Mr. Singh schüttelte den Kopf, sah amüsiert drein. Er war jetzt völlig entspannt, beugte sich nach vorn. »Es war niemand hier bei uns, glauben Sie mir, Mr. Hardy. Ich bin der Ansicht, daß es seine Frau gewesen sein muß, verstehen Sie.«

»Dies hier«, sagte Freeman, »ist eine eidesstattliche Erklärung zu dem expliziten Zweck, daß mir keiner an die Wäsche kann. Und das hier«, er hob die andere Hand, »ist ein Scheck über zweihunderttausend Dollar.«

Hardy saß in seinem Büro, die Füße auf dem Schreibtisch, und überlegte, wo er seine Dartscheibe anbringen konnte. Er hatte sich vor mittlerweile beinahe fünf Monaten in Freemans Kanzleigebäude eingemietet, und in dieser Zeit waren seine Dartkünste – wie ihm jetzt zu Bewußtsein kam –, zum Teufel gegangen, weil er das Gefühl gehabt hatte, daß er angesichts größerer Verantwortung für seine Familie regelmäßige Arbeitszeiten einhalten sollte.

Er hatte eine Runde Darts in die Trennwand aus Rigipsplatten geworfen, und Freeman blieb für einen Augenblick die Spucke weg, als er die Pfeile dort stecken sah.

»Ich mache die Löcher wieder zu und häng meine Dartscheibe über die Stelle.« Dann, das Thema wechselnd: »An Jennifers Stelle hätte ich vermutlich mehr Geld in Costa Rica ausgegeben.«

Freeman ging hinüber zum offenen Fenster, von dem aus man die Gebäude gegenüber und, vier Stockwerke tiefer, das nach der

Mittagspause einsetzende Gedränge auf der Sutter Street sah. »Ich habe den Eindruck, daß sie es bei ihrer Abreise eilig hatte«, sagte er.

»Das könnte wohl der Grund sein.«

»Außerdem hat sie mir erzählt, daß die Bank nicht mehr als zehn Riesen rausrücken wollte. In bar. Ohne Vorankündigung. Also hat sie das eingesackt und ist abgehauen, hat sich wohl gedacht, sie läßt sich den Rest telegraphisch anweisen oder sonst was, was eine schlechte Idee war.«

»Hat man sie so geschnappt?« fragte Hardy.

Freeman nickte. »Sieht so aus. Aber die gute Nachricht ist, daß sie jetzt voll auf unserer Linie ist, uns nicht länger irgendwelchen Schwachsinn auftischt nach dem Motto Warten-Sie-bis-Montag-und-dann-entscheide-ich-mich.«

Hardy setzte sich aufrecht hin, pflanzte die Füße auf den Boden, schob die Schultern nach vorn. »Ich weiß nicht. Sie tut mir ziemlich leid, David.«

Freeman wandte sich vom Fenster ab und sah Hardy unverwandt an. Er schien wenig Mitleid mit Jennifer Witt zu haben. »Warum ziehen Sie nicht los und unterhalten sich mal wieder mit ihr, wie ich es heute früh zwei Stunden lang getan habe?«

Hardy lehnte sich im Schreibtischsessel zurück und verschränkte die Hände hinter dem Kopf. »Erzählen Sie schon.«

»Sie will sich nicht schuldig bekennen. Sie will nicht zugeben, daß ihr Mann sie verprügelt hat. Sie will nicht über ihre Flucht reden, nicht sagen, wer ihr geholfen hat – damit könnte sie sich vielleicht ein bißchen Nachsicht einhandeln, irgendwas in Bewegung setzen, womit man weitersehen könnte. Aber nein, nicht mit unserem Mädel. Sie war es nicht. Ende.«

Hardy zeigte mit dem Finger. »Also wozu die eidesstattliche Erklärung?«

»Die hier?« Freeman ging zu Hardys Couch und nahm darauf Platz. »Das ist die von Jennifer unterschriebene Versicherung, daß ich ihr geraten habe, ihre beste Verteidigungsstrategie sei das BWS ...«

»*Battered* ...?«

»Ja, genau, das *Battered-Wife-Syndrome*, also die Berufung auf Notwehr infolge permanenter Mißhandlungen in der Ehe, und daß sie damit ...«

»Aber Sie glauben doch nicht ...«

»Doch, ich glaube es. Jetzt schon. Sie wird wegen der Morde verurteilt werden, also mache ich mir Gedanken, wie ich möglichst früh auf mildernde Umstände plädieren kann. Ich habe versucht, ihr das deutlich zu machen, und was kam dabei heraus?«

»Nicht viel?«

Freeman schüttelte den Kopf. Er würde die Nichtjuristen nie begreifen. »Ganz genau. Nichts da. Sie war es nicht, sie bekennt sich nicht schuldig.« Er griff in sein zerknautschtes Sakko, zog eine Zigarre aus der Tasche und stopfte sie sich in den Mund. »Ich habe versucht, ihr begreiflich zu machen, daß es einerlei ist, ob sie es war oder nicht. Ich kann sie unter Berufung auf das BWS freibekommen.« Er schüttelte erneut den Kopf, stand auf und ging zurück ans Fenster.

»Vielleicht ist es aber ihr nicht einerlei?«

»Na schön, vielleicht.« Freeman klopfte seine Taschen ab und fand eine Streichholzschachtel, trat vom Fenster zurück, zündete eines an, und hielt die Zigarre in die Flamme.

»Wissen Sie«, sagte Hardy, »Sie sollten die Zigarre drei Zentimeter über der Flamme hin und her schwenken. Und inhalieren Sie nicht, solange Sie beim Anzünden sind.«

Freeman starrte ihn finster durch den dicken blauen Qualm an. »Aber ich will verdammt sein, wenn ich zulasse, daß sie mit der Begründung Revision einlegt, daß ich sie falsch vertreten hätte. Wenn ich weiß, daß man sie mißhandelt hat und es nicht zur Sprache bringe, dann ist das Urteil anfechtbar, und das laß ich mir weder von ihr noch von sonst wem bieten. Deshalb diese eidesstattliche Erklärung, mein Sohn.«

»Wissen Sie denn, daß sie mißhandelt worden ist?«

»Gibt sie es zu? Nein. Aber das ist auch egal. Es ist eine Verteidigungsstrategie. Damit kann ich sie freibekommen, verdammt noch mal. Oder ihr zumindest die beste Chance einräumen, freizukommen.«

»Damit gibt sie freilich auch zu, daß sie es gewesen ist.«

17

Mrs. Nancy DiStephano hatte keine Zeit für Hardy, während sie arbeitete, aber er könne sich hinterher gerne mit ihr treffen, wenn er glaube, daß dies Jennifer helfen könnte.

Weil er gerade dort vorbeikam und ohnehin Zeit totschlagen mußte, war Hardy kurz im Büro des Kurators Pico Morales im Keller des Steinhart Aquariums reingeschneit und hatte ihm gesagt, daß er fett werde und sich mehr Bewegung verschaffen, spazierengehen, Sport treiben solle. Pico hielt dagegen, daß er überhaupt nicht fett werde – er sei in Wirklichkeit in bester Form, wenn man einmal von seinem Wahnsinnsbauch absehe. Trotzdem stand er auf.

Die beiden spazierten auf den Wegen des japanischen Teegartens im Golden Gate Park herum, vom Aquarium aus gesehen jenseits des Geländes für Freiluftkonzerte, keine siebzig Meter Luftlinie vom *Little Shamrock* entfernt. Hier herrschte eine heitere, friedliche Stimmung, wenn kein großer Andrang war, und das war jetzt nicht der Fall. Riesige Karpfen schwammen faul in den künstlichen Bächen, das Wasser plätscherte und gurgelte über bemooste Felsen und kleine Wasserfälle. Das immer noch warme Sonnenlicht drang durch die Zypressen, warf helle Tupfen auf den Boden.

Pico hatte zugehört, während Hardy ihm von dem Geldautomaten erzählte, und war überhaupt nicht der Ansicht, daß bei der Sache alles sonnenklar sei. »Also war Larry Witt um 9:30 am Leben, stimmt's? Weißt du das sicher? Um wieviel Uhr fielen die Schüsse?«

»Sagen wir mal zwischen 9:35 und 9:40.«

»Und wer hat dir von dem Unterschied zwischen der Zeitdurchsage unter 911 und der Zeit der Bank erzählt?«

»Niemand. Ich bin mit Abe hingefahren und ...«

»Also dieser Staatsanwalt – wie heißt er? –, willst du mir etwa erzählen, daß er das nicht weiß? Was ist mit der Polizei?« Pico war schon ein paar Schritte weitergegangen, bevor er merkte, daß Hardy haltgemacht hatte. Er drehte sich zu ihm um. »Was ist?«

»Ich bin wirklich blöd.«

Pico nickte. »Jetzt kommen wir endlich voran.«

Hardy sagte sich das Ganze laut vor, um mitzukriegen, wie es sich anhörte. »Nein, hör zu. Du hast recht, vergiß die Zeitdurchsage, Jennifer ist um 9:43 bei der Bank, stimmt's? Larry ist um 9:30

definitiv noch am Leben. Rechne zwei oder drei Minuten ab, damit Larry wieder in den ersten Stock hochgehen kann, sagen wir also, es ist 9:35 oder später, als er erschossen wird. Jennifer ist am Geldautomaten um 9:43, *nicht* um 9:46 – acht, nicht elf Minuten später.«

Pico schüttelte den Kopf. »Siehst du? Soviel Kopfzerbrechen wegen der Wahrheit. Wenn der Staatsanwalt nichts von den drei Minuten weiß ...«

»Ich bin nicht mal sicher, daß der Staatsanwalt überhaupt von ihrem Stop beim Geldautomaten weiß.«

Pico streckte die Arme von sich. »Na bitte, da hast du's. Du gewinnst.«

»Völlig *unmöglich*, daß sie 1,7 Meilen in maximal acht Minuten geschafft hätte, selbst wenn es immer bergab geht.«

»Ich glaub's dir«, sagte Pico. »Ich, der ich schneller als eine Gewehrkugel bin, hätte es packen können, aber der durchschnittliche menschliche Zweibeiner ...«

Nancy DiStephano versetzte ihn.

Er sollte sie um Viertel nach fünf vor dem Büro des Immobilienmaklers treffen, wo sie als Sekretärin arbeitete. Das Büro befand sich in der Kirkham Street kurz vor der 19th Avenue, und alles war dicht, als Hardy ankam. Er überprüfte noch einmal die Adresse, die Uhrzeit, die Querstraßen. Keine Nancy.

Nach fünfzehn Minuten beschloß er, für heute Schluß zu machen. Er überlegte noch ein bißchen hin und her, ob er beim *Shamrock* vorbeifahren und sich persönlich bei Moses entschuldigen sollte, entschied sich dann aber dagegen, stieg ins Auto und fuhr nach Hause.

»Ich möchte sie kennenlernen.«

»Wen?«

»Du weißt wen. Ich würde sie einfach gern kennenlernen.« Frannies rotes Haar wallte lang und seidig herab, schimmerte in der Abendsonne. Sie gingen die Clement Street entlang – Hardy mit Vincent in einem Tragegestell auf dem Rücken, Rebecca immer vornweg, die an Hauszufahrten, Gassen und Straßenecken anhielt, wie ihre Eltern es ihr beigebracht hatten. Frannie sah Hardy von der Seite an. »Du hast gesagt, sie sei ein Mensch und nicht einfach ein Fall, erinnerst du dich noch? Ich würde mich einfach wohler dabei fühlen. Rebecca!«

»Nicht auf die Straße!«

Rebecca hatte eine Zehe über den Randstein gesetzt. Sie zog sie zurück und drehte sich lächelnd um. »Ich mache bloß Spaß.«

»Damit macht man keinen Spaß«, sagte Hardy. »Die Straße ist gefährlich. Wir halten uns an der Hand, wenn wir über die Straße gehen.«

Rebecca wußte das. Sie warf ihrer Mutter einen verschwörerischen Blick zu und schob ihr winziges Händchen in Hardys Hand. »Ich glaube nicht, daß das eine gute Idee ist«, sagte er.

»Was?«

»Mommy und Daddy reden miteinander, Schatz.«

»Wir könnten uns später darüber unterhalten, Dismas.«

»Nein. Jetzt ist prima. Wir sollten doch imstande sein, uns kurz zu unterhalten, ohne unterbrochen zu werden, meinst du nicht auch? Und ich glaube nicht, daß das eine gute Idee ist. Ich weiß nicht einmal, ob man es dir erlauben würde. Oder ob Jennifer Lust hat, dich zu sehen.«

»Wer ist Jennifer?«

Hardy ließ Becks Hand los. »Lauf ruhig schon voran.«

»Aber wer ist Jennifer? Kenn ich sie?«

»Jennifer ist eine von Daddys Mandantinnen, Liebling.«

»Kann sie dich nicht leiden?«

»Sie kennt mich nicht. Ich möchte sie kennenlernen.«

»He.« Hardy, der Schiedsrichter, machte ein Handzeichen. »Auszeit, abgemacht? Das hier ist unsere Unterhaltung. Beck, genug jetzt, ich mein's ernst.«

»Du mußt sie deswegen nicht gleich anschreien.«

Hardy versuchte, die Lautstärke im Griff zu behalten. »Ich schreie sie überhaupt nicht an. Ich versuche ihr beizubringen, daß sie uns nicht unterbrechen soll. Das ist ein nützliches Sozialverhalten.« Vincent, der plötzlich hochschreckte, plärrte ängstlich los.

»Na großartig«, sagte Hardy. »Einfach großartig.«

Das war zuviel für Rebecca, die die Arme vorstreckte und mit offenem Mund dastand. Sie klammerte sich greinend an Frannies Beinen fest.

»Ich hab' 'ne Idee. Wir schicken sie für zwei Wochen zu Moses und Susan.« Hardy trank ungefähr zweimal pro Jahr Gin, und heute schien ihm genau der richtige Abend dafür zu sein. Bombay Sapphire on the rocks mit zwei Oliven.

Sie hatten die Kinder ins Bett gebracht. Es war immer noch hell draußen, noch vor acht und immer noch mild. Sie saßen gemeinsam auf den Stufen vor dem Haus und warteten, daß die bestellte Pizza geliefert wurde, hielten Händchen. Die Tür hinter ihnen stand offen, damit sie hören konnten, falls jemand rief. Oder weinte – was wahrscheinlicher war.

»Ich glaube nicht, daß zwei Wochen reichen.« Frannie trank ein Glas Weißwein. Das Geplärr der Kinder hatte beinahe eine Stunde lang angehalten. »Wenn die beiden wirklich einen Vorgeschmack haben wollen.«

»Moses wohnt ganz in der Nähe.« Hardy malte es weiter aus. »Wir könnten sie andauernd besuchen.« Er nippte an dem kalten Gin, so weich, daß er kaum zu spüren war.

»Weil wir gerade von Besuchen reden …«

Hardy schüttelte den Kopf. Schon wieder Jennifer. »Ich weiß nicht, Fran. Ich sehe nicht, wozu das gut sein soll, was das bringt.«

»Es wäre eine Erleichterung für mich. Dazu ist es gut.«

»Du glaubst doch nicht wirklich, daß sie versucht mich umzulegen, oder? Ich meine, wir haben doch bei Andy Fowler genau dasselbe erlebt.«

»Ich habe Andy *gekannt*, Dismas, oder wußte zumindest, wer er ist. Ein Richter, dein Ex-Schwiegervater. Außerdem hast du ihn freibekommen. Diese Frau da …« – sie fröstelte, führte das Weinglas an die Lippen – »alles, was ich über sie weiß, ist, was ich gelesen habe, nämlich daß sie geldgierig, kaltblütig, unglaublich schön …«

»Sie ist nicht *so* hübsch – sie ist nicht annähernd so hübsch wie du.«

Frannie schmiegte sich an ihn, machte sich über seine Schmeichelei lustig. »Nun dann, jedenfalls ist sie die photogenste nichthübsche Frau der Welt. Aber was sie für mich nicht ist, ist ein Mensch aus Fleisch und Blut, jemand, vor dem ich keine Angst habe, wegen dem ich mir keine Sorgen machen muß.«

»Was ist, wenn sie dich nicht sehen will?«

»Dann will sie mich nicht sehen.«

Sie hatte recht. Wenn Jennifer keine Lust hatte, Frannie zu sehen, war die ganze Sache sowieso gelaufen. Der Gin, der kaum zu spüren war, ließ Hardys Körperzellen wissen, daß das doch nicht ganz stimmte – der Abend fühlte sich jetzt rundum angenehm an, wohlig warm. Er sagte zu Frannie, daß er fragen würde, sehen wollte, was er tun konnte. Es war letztlich kein so großes Anliegen. Und wenn sich Frannie besser fühlte ...

Was konnte es schaden?

Als er heute Nancy DiStephano zu kontaktieren versuchte und um Rückruf wegen eines Termins für ein Treffen gebeten hatte, wußte Hardy noch nicht, wie sein weiterer Tagesablauf aussehen würde, also hatte er ihr neben der Telefonnummer der Kanzlei auch seine Privatnummer gegeben.

Sie rief kurz nach neun an, ihre Stimme war ein Flüstern, heiser, kaum zu hören. »Mr. Hardy?« Sie sagte ihm, wo sie war und fragte, ob er bitte kommen und sie jetzt gleich treffen könne. Vielleicht gebe es keine andere Gelegenheit mehr. Als er Frannie erzählte, daß er sich auf den Weg machen würde, schlug sie nicht gerade Purzelbäume vor Freude.

Die Ulloa Street lag im Dunkel.

Hardy hatte einen Martini getrunken, war dann zu Preiselbeersaft übergegangen, und mit der Wärme des Abends war auch das wohltuende Gefühl verschwunden. Das Haus der DiStephanos lag im Block mit den Hausnummern ab 4500, zwei Querstraßen vom kalten Pazifik entfernt. Er hielt genau vor dem Haus mit der von ihr genannten Hausnummer an.

Nancy DiStephano hatte einen Anorak an und trug dazu Jeans, war aber barfuß, saß im matten Licht der Veranda auf den Treppen vor dem Haus. Als Hardy aus dem Auto ausstieg, kam sie ihm mit unsicheren Schritten auf dem aus Zement gegossenen Weg entgegen, der mitten durch den Garten ging. Sie berührte Hardy am Ärmel, zog dann aber sofort die Hand weg, als hätte sie sich verbrannt. »Er kann uns hier nicht hören. Nicht daß er es überhaupt könnte. Gott sei Dank ist er völlig hinüber.«

Sie zitterte am ganzen Körper. Hardy fragte sich, ob sie betrunken war. »Wer ist völlig hinüber?«

»Natürlich Phil.« Sie lachte kehlig, nervös. »Was haben Sie denn gedacht, wer? Hören Sie, es tut mir leid wegen unserer Verabredung heute nachmittag.« Sie sprach ganz klar artikuliert. »Ich habe mir gedacht, wir könnten ... aber Phil ...«

Hardy winkte ab. Seine Augen gewöhnten sich an die Dunkelheit – eine dünne Mondsichel gab ein klein wenig Licht. Es steckte viel von Jennifer in Nancys Gesicht – gequält, aber immer noch attraktiv. Es war entnervend.

Sie trat von einem Bein aufs andere, schien es gar nicht zu bemerken. »Aber ich habe mir gedacht, es könnte vielleicht irgendwie meiner Kleinen helfen.«

»Vielleicht. Ich weiß es nicht. Geht's Ihnen gut?«

Sie beugte sich erneut merkwürdig unnatürlich vor, faßte sich an die Seite. »Vielleicht sollten wir uns hinsetzen.«

Ohne auf ihn zu warten, ging sie zurück zur Haustür. Davor befand sich keine richtige Veranda – eher ein vorspringender, überdachter Portikus, der von einer niedrigen Gipswand begrenzt wurde. Nancy DiStephano lehnte sich an einen der Pfosten.

»Mrs. DiStephano?«

Sie streckte die Hand vor, er solle still sein, und atmete vorsichtig, um den Schmerz erträglich zu machen, der sie offenbar quälte. Als sie ihre Fassung wiedergewonnen hatte, versuchte sie sich aufrecht hinzustellen und drehte sich halb zu ihm um. Ihre Augen waren naß, schienen aber völlig leergeweint zu sein.

Sie riß sich zusammen – die Anstrengung war deutlich zu sehen – und richtete sich auf, drehte sich dann vollständig um, um ihm ins Gesicht zu sehen. Sie hob den Kopf und holte tief Luft, rang sich zu einer Entscheidung durch und öffnete dann den Reißverschluß des Anoraks, den sie anhatte. Unter dem Anorak war sie nackt.

Ihr Körper – ihre Brüste, ihre Rippen, ihr Bauch – war grün und blau und zeigte an einem halben Dutzend Stellen dicke Striemen. Hardy stand stocksteif da, kaum mehr als einen halben Meter von ihr weg, und spürte, wie sein Körper vor Wut zu zittern anfing. Faustgroße Schwielen, Blutergüsse, wo Äderchen geplatzt waren, die Abdrücke von Händen über aufgeplatzter Haut. Er machte einen Schritt auf sie zu, faßte den Anorak an den Seiten an und legte ihn sacht um sie. Lightner hatte recht gehabt, was Jennifers Vater anging …

Sie lehnte sich erneut an den Pfosten des Portikus und ließ sich auf die Bodenfliesen sinken, schlang die Arme um ihren Körper.

»Ich habe zu Phil gesagt, daß es für Jennifer ist, daß es Jennifer vielleicht helfen kann. Ich wollte mich nicht heimlich davonschleichen. Er hat gefragt – wieso Sie eigentlich nicht mit *ihm* reden wollen.«

Hardy stützte den Kopf in beide Hände. Dies war verquerer, als er sich hätte träumen lassen. »Jennifer hat den Vorschlag gemacht, daß ich mich mit Ihnen unterhalte. Wenn sie ihn vorgeschlagen hätte, hätte ich nichts dagegen einzuwenden gehabt.«

»Ich weiß. Ich habe ihm das gesagt oder es zumindest versucht.«

»Ich wollte Ihnen nicht solchen Ärger einbrocken.«

Sie faßte Hardy erneut am Arm. »Nein, nein, an Ihnen liegt es nicht. Das passiert einfach.«

Hardy hob den Kopf. »Sie müssen hier raus. Das müssen Sie melden.«

Nancy DiStephano schüttelte den Kopf. Sie hielt sich noch immer fest umschlungen, krümmte sich noch immer von hier nach da, um den wandernden Schmerz auszuhalten. Ihr Blick sagte, daß Hardy keine Ahnung hatte, wovon er sprach. »Wohin sollte ich denn gehen? Was sollte ich denn anfangen?«

»Gehen Sie irgendwohin«, sagte Hardy. »Fangen Sie irgendwas an. Aber leben Sie nicht mit so was.«

Sie schüttelte weiter den Kopf. »Aber Phil würde mich nie lassen. Nie. Er wollte nicht einmal zulassen, daß ich mich mit Ihnen treffe.«

»Sie könnten wegziehen.«

»Ich habe das schon versucht, aber wissen Sie, ich komme doch immer wieder zurück. Es geht knallhart zu da draußen in der Welt, Mr. Hardy. Hier weiß ich zumindest, daß mich jemand lieb hat ...«

»Jemand, der Sie lieb hat, würde Ihnen das hier nicht antun.«

»Es passiert nicht so sehr oft. Ich begreife es ja, er hat vor allem Angst davor, mich zu verlieren. Ich sage ihm, daß er keine Angst haben muß, aber er ist so eifersüchtig ... Ich hätte Sie nicht angerufen, hätte es vielleicht nicht tun sollen, aber wenn es Jennifer helfen kann ...«

»Hat Phil das je mit ihr gemacht?«

»Mit Jennifer? Nein. Er würde sie niemals anfassen. Ich glaube, wenn er das getan hätte, hätte ich ihn verlassen, und er wußte das. Er konnte die Vorstellung nicht ertragen, daß ich ihn verlasse. Nein, all das« – sie zeigte an sich herab – »all das geht nur mich und ihn etwas an. Es hat mit Jennifer nichts zu tun.«

Hardy starrte zu Boden, auf die dünne Mondsichel – diese Frau hier, die den Mann verteidigte, der sie soeben grün und blau geschlagen hatte. »Er ist eben so eifersüchtig ...«

Er versuchte, einen klaren Kopf zu bekommen. »Also was jetzt, Nancy?«

Sie zuckte die Achseln. »Ich wollte eigentlich gar nicht, daß Sie das hier mitbekommen. Es ist nicht der Rede wert.«

»Na schön, es ist nicht der Rede wert.«

»Sie wollten sich mit mir über Jennifer unterhalten, wenn das hier nicht passiert wäre ... Ich schätze mal, ich hätte Phil nichts davon erzählen und mich einfach heimlich mit ihnen treffen sollen. Es ist in Wahrheit mein Fehler.«

Das erneute Erinnern, das Wiederholen, das Ableugnen. »Es ist in Wahrheit Ihr Fehler, was?« War das bei Jennifer ebenso?

Nancy nickte, allem Anschein nach dankbar, daß er zu begreifen schien. »Also können wir das Ganze hier vergessen und uns einfach darüber unterhalten, worüber Sie mit mir sprechen wollten. Können wir uns nicht einfach darauf beschränken?«

Hardy versuchte es. Er atmete einmal tief durch, die Luft war inzwischen reichlich abgekühlt, und versuchte seine Gedanken zu ordnen, um mit ihr über Tom zu reden. Es gelang ihm nicht.

18

Wie er es bisweilen zu tun pflegte, stand Abe Glitsky unangekündigt vor der Tür. Als ihm Frannie aufmachte, trat er einen Schritt zurück und pfiff. »Alle Achtung.« Frannie hatte einen blauen Rock an, dazu eine weiße Bluse, flache Pumps, Seidenstrümpfe. Auf die Wangen hatte sie ein dezentes Rouge aufgelegt, was eigentlich gar nicht nötig war. Ihre Augen sahen aus wie Malachitintarsien im Alabaster ihrer Haut. Das rote, elegant frisierte Haar reichte knapp unter die Schulter. »Was immer auf dem Programm steht«, sagte er, »du bist blendend dafür gerüstet.«

Frannie machte lächelnd einen Knicks. »Es ist nicht zuviel des Guten?«

»Willst du Gold waschen gehen? Fußball spielen? Zum Damenringkampf?«

Frannie schaute ernst. »Nein, ich habe eine Verabredung.«

»Für eine Verabredung reicht's völlig, schätze ich.«

Sie gingen in die Küche. Sie bewohnten ein eher kleines viktorianisches, wie ein Eisenbahnwaggon geschnittenes Haus mit einem langen Flur in der Mitte, von dem es nach rechts ins Wohnzimmer und Eßzimmer, nach links ins Bad abging. Hinten öffnete sich das Haus zu einer Anzahl weiterer Zimmer – eine luftige Küche mit Oberlicht, das Schlafzimmer von Hardy und Frannie mit eigenem Bad, Rebeccas Zimmer (Hardys altes Arbeitszimmer) sich daran anschließend und Vincents Kinderzimmer ganz nach hinten.

Hardy kam eben mit einer großen Tasse voll dampfend heißem Kaffee in der Hand aus dem Schlafzimmer. Er hatte die Hose eines seiner besseren Anzüge an, dazu ein weißes Hemd und eine italienische Seidenkrawatte.

Glitsky blieb an der Tür zur Küche stehen. »Ich muß im falschen Haus gelandet sein. Wo stecken die Kinder?«

»Wir haben einen Tag frei«, sagte Frannie. »Ihre Großmutter ist gekommen und hat sie abgeholt. Ich bin sofort wieder da. Willst du 'ne Tasse Tee?« Frannie verschwand im nächsten Zimmer.

Glitsky griff zum Wasserkessel. »Mit wem seid ihr denn verabredet?«

Hardy war immer noch ziemlich angeschlagen von dem Besuch bei Nancy DiStephano. Er hatte Frannie davon erzählt, als er nach Hause kam, sich dann alleine ins Wohnzimmer gesetzt, konnte lange nicht einschlafen.

Und jetzt stand Abe vor ihm, kam auf einen Sprung vorbei und wollte wissen, mit wem Frannie verabredet war. Abe wäre nicht damit einverstanden, daß Frannie loszog, um Jennifer Witt kennenzulernen. Wenn man Grips besaß und irgendwie mit dem Polizei- und Justizapparat zu tun hatte, hielt man Arbeit und Familienleben feinsäuberlich getrennt. Das Problem war nur, daß Hardy keine große Lust hatte, sich zu rechtfertigen, warum er Frannies Idee unterstützte, wenn er selbst genau wußte, daß es keine gute Idee war. »Ich habe mir gedacht, ich nehme Frannie mit in die Innenstadt, und später gehen wir irgendwo schick zum Mittagessen. Was bringt dich zu uns?«

Hardys Antwort ging glatt durch – Glitsky war nicht in Ermittlungsstimmung, dann nämlich bekam er nur sehr wenig nicht mit. »Ich muß einen Besuch bei einem Ehepaar machen wegen einer Schußwaffe, die sie haben rumliegen lassen, damit ihr Junge sie finden und damit herumspielen konnte.« Er preßte die Lippen zusammen, daß seine Narbe grellweiß hervortrat. Er brauchte nichts weiter zu sagen – Abe war bei der Mordkommission, und das wiederum hieß, das irgendwer nicht mehr am Leben war. »Es ist hier in der Gegend, und da habe ich mir gedacht, ich schau mal vorbei und bringe etwas Abwechslung in euren Vormittag. Vertrittst du wieder Jennifer Witt?«

Frannie und die beiden Männer unterhielten sich zwanzig Minuten, während Glitsky seinen Tee trank, Hardy und Frannie jeweils noch eine Tasse Kaffee leerten. Hardy ließ kein Wort von der dreiminütigen Zeitdifferenz zwischen dem Geldautomaten und der Zeitansage des Notrufs verlauten. Denn inzwischen war er davon überzeugt, daß es sich dabei um ein Beweisstück in einem Mordfall handelte, und wenn er zu erkennen gab, daß es zu einem Teil der Argumentation der Verteidigung würde, wäre Abe, der Polizist, verpflichtet, es der Staatsanwaltschaft zu melden.

»Aber wer sind Sie?« Jennifer in ihrem roten Trainingsanzug schaute durch das Plexiglasfenster im öffentlichen Besuchsraum des Untersuchungsgefängnisses für Frauen.

Frannie war sich ihrer Sache nicht mehr sicher. Die Frau ihr gegenüber stellte jetzt im Augenblick fraglos für niemanden eine Bedrohung dar. Nahezu magersüchtig, mit Blutergüssen im Gesicht, das Haar in unterschiedlicher Länge abgesäbelt, die Augen unruhig. Das war eine Frau, dachte Frannie, die keiner Menschenseele auch nur ein Quentchen Vertrauen entgegenbringt.

»Ich …« Frannie, die einen trockenen Mund hatte, versuchte zu schlucken. »Ich gehöre zu Mr. Hardy.«

»Ich weiß. Das haben Sie bereits gesagt. Deshalb bin ich ja gekommen. Aber wieso sitzen wir dann nicht im Besucherzimmer?«

Frannie wußte es nicht – sie hatte angenommen, dies wäre das Besucherzimmer. Sie wußte nicht, daß dieser lange Tresen mit den Klappstühlen, den Fenstern aus Plexiglas und den Telephonen, durch die man sich unterhielt, nicht das Zimmer war, wo sich Hardy und Jennifer miteinander besprachen. »Ich … ich schätze mal, es liegt einfach daran, daß ich keine Anwältin bin, also ist das Ganze hier nicht dienstlich oder so.« Plötzlich begriff sie, warum Hardy nicht mitgekommen war, um die beiden einander vorzustellen. Was hätte er schon sagen können? »Hallo, meine Frau hier wollte mal vorbeikommen und Sie begutachten, damit sie beruhigt ist. Sie hat sich ein bißchen Sorgen gemacht, daß Sie eines Tages aus dem Gefängnis herauskommen und mich umzubringen versuchen.«

Sie kam sich wie eine Idiotin vor und war wütend.

Dismas hatte sich auf ihre dumme Idee eingelassen, um ihr eine Lektion zu verpassen – eine grausame Lektion, die er ihr hätte ausreden können.

Doch dann wurde ihr klar, daß sie es nicht zugelassen hätte. Sie konnte so eisern und dickköpfig sein wie nur sonst wer. Sie hatte den Entschluß gefaßt, daß sie Jennifer kennenlernen wollte, und davon wollte sie weiß Gott nicht abrücken – das war ihr Standpunkt gewesen, und jetzt mußte sie die Suppe eben auslöffeln.

Jennifer wartete ab, schaute Frannie jetzt unverwandt an. Verquälte Augen. Frannie dachte mit einemmal an Jennifers Sohn Matt. Was, wenn diese Frau niemanden umgebracht hatte? Erst hatte sie ihren Sohn verloren? Und dann hatte man sie im Gefängnis in Costa Rica geschlagen und vergewaltigt?

»Ich weiß, dies hier ist unüblich«, sagte sie. »Ich bin Mr. Hardys Frau. Frannie. Er hat mir erzählt, was Ihnen widerfahren ist, und ich habe mich einfach gefragt, ob ich irgend etwas tun könnte, um Ihnen die Sache leichter zu machen.«

Das städtische Krankenhaus Mission Hills lag etwa auf halbem Wege zwischen dem Justizpalast und dem Gebäudekomplex der Yerba Buena Medical Group an der Mission Street, aber nicht besonders nahe an irgendwelchen Hügeln.

Hardy blieb auf der anderen Seite der vielbefahrenen Straße stehen und sah sich beinahe zehn Minuten lang das Geschehen an. Nach den Plakaten zu urteilen, die die Leute herumschleppten, gab es zwei unterschiedliche Gruppen von Demonstranten und Streikposten – die eine Gruppe protestierte gegen die Abtreibungen, die in der Klinik vorgenommen wurden, und die andere setzte sich aus Angestellten im öffentlichen Gesundheitswesen zusammen, die aufgrund von Kürzungen im Finanzhaushalt der Stadt entlassen werden sollten. Die beiden Gruppen bewegten sich in ihrer jeweiligen Sphäre und machten einen vorsichtigen Bogen um die anderen, marschierten vom einen Vordereingang des Krankenhauses zum nächsten und dann wieder zurück. Es sah beinahe so aus, als folge der Tanz einer ausgefeilten Choreographie.

In den Monaten, in denen Jennifer auf der Flucht gewesen war, hatte Hardy die sich zuspitzende Eskalation der Aktionen der Abtreibungsgegner beiläufig verfolgt. Seit er sich damals mit Glitsky gestritten hatte, war eine städtische Angestellte in der Sunset Clinic ums Leben gekommen, als sie das Pech hatte, Überstunden zu machen. Wahrscheinlich hatten die Bombenleger es überhaupt nicht darauf angelegt, daß sich jemand in der Nähe aufhielt, als das Ding in die Luft ging, man wollte ja bloß seiner Meinung Nachdruck verleihen, würden sie wohl sagen. Trotz der edlen Absichten war die arme Frau nicht einen Deut weniger tot.

Einem Arzt und einer Krankenschwester hatte man die Wohnung verwüstet – die Fenster eingeschmissen, Drohungen an Steine gebunden oder an die Hauswand gesprüht. Außerdem waren mindestens sechs Überfälle auf Krankenhauspersonal verübt worden, das Schichtende hatte, wenngleich niemand sagen konnte, ob es sich dabei um zufällige Gewaltakte handelte, wie sie typischerweise zu später Nachtstunde vorkamen, oder ob sie mit den Krankenhäusern zusammenhingen.

Larry Witt hatte hier als Freiwilliger gearbeitet und – so schätzte Jennifer – pro Woche zwischen zwei und fünf Abtreibungen durchgeführt. Nach Jennifers Worten war dies etwas, woran er glaubte – die Leute sollten keine Babys bekommen, die sie nicht haben wollten, das größte Problem sei die Übervölkerung, und ein Kind, das in ärmlichen Verhältnissen und vernachlässigt aufwuchs, würde höchstwahrscheinlich immer in Elend und Armut leben.

Die ganze Debatte war tragisch, und Hardy stimmte in allen Punkten zu, doch das moralische Dilemma der Frage, wann menschliches Leben eigentlich anfing und – darüber hinaus – welchen Wert ein Menschenleben hatte, war für jemanden irischer Abstammung, der früher einmal katholisch gewesen war, nicht so schnell zu lösen. Hardy war zwar fest davon überzeugt, daß man dem einzelnen die Wahl überlassen mußte, aber andererseits war er kein Anhänger der Abtreibung auf Wunsch als Form der Geburtenkontrolle. Zumindest sollten sich die Leute gehörig ins Zeug legen, um sich an das zu erinnern, was sie am Abend zuvor vergessen hatten. Aber die Leute sollten sich ebenfalls gehörig ins Zeug legen, um sich daran zu erinnern, daß es nicht anging, auf andere Menschen zu schießen, doch auch das schien nicht allzu häufig zu passieren.

Hardy überquerte die Straße und kam sich in seinem Anzug viel zu schick angezogen vor. Im ganzen Block war sonst kein einziger Mann mit Schlips und Sakko zu sehen. Die Demonstranten – Männer wie Frauen – trugen Jeans und T-Shirts und Anoraks mit dem Aufdruck der 49ers oder der Giants, dazu Sportschuhe, feste Stiefel oder Birkenstock-Sandalen. Er paßte den richtigen Zeitpunkt ab, ging an beiden Ketten der Demonstranten vorbei, und gelangte ohne weitere Vorkommnisse ins Gebäude.

Im Inneren sah das Krankenhaus in etwa so aus, wie er es erwartet und bei der Yerba Buena Medical Group nicht zu sehen bekommen hatte – gelbstichige Fliesen, grelles Neonlicht, der altvertraute Geruch nach Krankenhaus.

Im Vorraum der Verwaltung mußte er fünfundzwanzig Minuten lang Schlange stehen und wurde dann zur Sekretärin des Verwaltungschefs geschickt. Als sie von ihrer Mittagspause zurückkam und herausfand, daß Hardy mit ihr über Abtreibungsunterlagen reden wollte, teilte sie ihm mit, er hätte anrufen und herausfinden können, daß die Klinik keinerlei Unterlagen zur Verfügung stellte und auch keinerlei Informationen darüber, was in den einzelnen Karteien festgehalten sei. Wie Hardy gewiß verstehen könne, seien diese Aufzeichnungen streng vertraulich.

Da er frustriert war und noch eine Stunde totschlagen mußte, bis er Frannie abholen konnte, blieb er draußen vor dem Büro noch ein Weilchen in dem riesigen Vorraum stehen und folgte dann den Schildern durch einen langen, hallenden Gang bis zur Abteilung Geburtshilfe/Gynäkologie.

Er zählte acht junge Frauen im Wartezimmer. Alle schienen unter zwanzig zu sein, zwei eher um die fünfzehn. Zwei davon saßen neben ihren – vielleicht – Freunden und hielten Händchen. Ein Mädchen, das weinte, saß zwischen seinen Eltern. Fünf andere saßen allein und hatten jeweils einen Stuhl zwischen sich freigelassen – sie kauten Kaugummi, blätterten in Zeitschriften, hörten sich Musik im Walkman an. Gelangweilt und unbekümmert? Verängstigt und zurückgezogen? Schwer zu sagen.

Der Mann an der Auskunft war ein freundlicher und hilfsbereiter junger Schwarzer mit akkurat gestutztem Bärtchen und Afrofrisur. Er trug einen weißen Kittel mit einer Gay-Pride-Plakette, auf der »Sam« zu lesen stand. Hardy reichte ihm seine Visitenkarte, stellte sich vor und fragte, ob Sam ihn an jemanden weiterverweisen könne, der ihm ein bißchen was über Dr. Witt erzählen könnte.

»Sie können mich fragen. Ich erinnere mich ziemlich gut an ihn. Jammerschade, was passiert ist.«

Hardy pflichtete ihm bei und erläuterte, daß er versuchte, sich darüber Klarheit zu verschaffen.

»Ich habe gedacht, seine Frau wär's gewesen.«

»Das wird behauptet.«

»Sie meinen, sie war's nicht?«

»Sie sagt, daß sie's nicht war, also drehe ich einfach mal ein paar Steine um – vielleicht findet sich ja 'ne Schlange.«

»Hier? Im Krankenhaus?«

»Sieht ganz so aus, als stünden da draußen auf dem Bürgersteig eine Menge wütender Leute.«

Sam winkte ab. »Die Abtreibungsgegner? Nein, die können Sie vergessen. Die *wohnen* quasi da draußen auf der Straße.«

»Man hat Leute umgebracht, Sam, hat sie zusammengeschlagen, als sie von der Arbeit in Krankenhäusern wie diesem nach Hause fahren wollten.«

Sam behielt sein zuversichtliches Lächeln im Gesicht. »Und was ist mit Kassiererinnen im Supermarkt und mit Busfahrern? Auch die werden zusammengeschlagen. Herzlich willkommen in der Großstadt.«

Hardy versuchte es auf einer anderen Schiene. »Na schön, vielleicht war es eine Privatrache. Irgendwer vom Personal? Keine Ahnung. Vielleicht hatte Dr. Witt Streit mit irgend jemandem?«

»Ausgeschlossen. Ausgeschlossen. Das hier ist kein Ort, wo geselliges Beisammensein großgeschrieben wird. Die Ärzte, die freiwillig Dienst tun, kommen, machen ihre Arbeit und gehen wieder. Und Witt noch mehr als die meisten anderen. Keiner von denen schreibt hier Rechnungen – kein Grund, hier unnötig rumzuhängen.« Er wies auf das Wartezimmer hinter Hardy und senkte die Stimme. »Das hier ist weiß Gott nicht die lustigste Ecke in der Stadt.«

Hardy wußte, wann das Ende der Fahnenstange erreicht war. Er zeigte auf seine Visitenkarte, die auf dem Tresen zwischen ihnen lag. »Falls Ihnen doch irgendwas Persönliches einfällt – egal was –, würden Sie mich bitte anrufen?«

Hardy sah zu, wie seine Frau einmal durchs ganze Restaurant ging, sah, wie sich die Köpfe der Leute an der Bar nach ihr umdrehten. Als er angefangen hatte, sich in Frannie zu verlieben, hatte ihm ihr Aussehen einiges Kopfzerbrechen bereitet – sie sah zu gut aus. Er wußte, daß man leicht auf ein hübsches Gesicht hereinfallen konnte. Das war ihm bereits früher passiert.

Und obwohl er Frannie kannte, seit sie ein junges Mädchen war – die jüngere Schwester von Moses –, trat er erst mal kräftig auf die

Bremse, als er anfing, sie näher kennenzulernen, sie wirklich *wahrzunehmen*. Er tat es nicht allzu lange, aber lange genug, um sich davon zu überzeugen, daß zumindest das meiste von dem, was er an ihr liebte, nichts mit ihrem Äußeren zu tun hatte. Er mußte allerdings zugeben, daß selbst nach drei Jahren noch immer eine ganze Menge davon sehr wohl damit zu tun hatte.

Der Kellner stand bereit und zog den Stuhl für sie zurück. Die kleinen Annehmlichkeiten.

»Wieso lächelst du?«

»Ich bin eitel. Oberflächlich. Ich frage mich, ob unsere Beziehung rein körperlich ist.«.

Frannie schob sich stilvoll einen Happen Calamari in den Mund. Sie saßen im Restaurant »Moses'« am Fenster und blickten hinaus auf den Washington Square, der im Sonnenschein lag. »Na ja, wenigstens teilweise.«

Sie hatten nicht darüber gesprochen, aber beide das Gefühl gehabt, sie müßten in ein hübsches Restaurant gehen – hell, gediegen, sorgenfrei –, um den bitteren Geschmack des Morgens wegzuspülen.

Sie faßte über den Tisch und legte einen Finger an Hardys Wange, zeichnete damit sein Profil nach. Sie hob ihr Glas und schwenkte den Chardonnay, starrte in die Flüssigkeit. »Wein an zwei Tagen nacheinander. Meinst du, daß es Vincent nichts schaden wird?« Ihr Sohn ernährte sich von Muttermilch und ein klein wenig Bananenmus.

Hardy beruhigte sie, er glaubte nicht, daß Vincent es mitkriegen würde. Es war ja nicht so, daß sie sich selbst unter den Tisch trank.

»Ich weiß. Manchmal mache ich mir einfach Sorgen.« Sie setzte ihr Weinglas ab und kratzte auf der Tischdecke herum. Aber letztlich machte sie sich auch nicht über Vincent Sorgen – es ging um etwas anderes, und Hardy war sich einigermaßen sicher, daß er wußte worum.

»Ziemlich schlimm?«

Sie nickte. »Du schaust dich hier drin um und siehst all diese gutgelaunten Leute, und dann da drüben, im Gefängnis … du fragst dich, wie die Welt in Wirklichkeit beschaffen ist.«

Hardy legte seine Hand auf die ihre.

»Ich meine, wie isoliert leben wir eigentlich?«

Der Kellner nahm den leeren Teller vom Tisch. Mit einer kleinen

Handbürste fegte er ein paar imaginäre Krümel vom gestärkten Tischtuch. Am Klavier neben der Bar fing irgendwer an, klassische Musik zu spielen.

19

Am Freitag hatte Hardy den Eindruck, daß er viel unternommen und sehr wenig herausgefunden hatte. Freeman hatte wegen der Sache mit dem Geldautomaten wie üblich nur minimale Begeisterung an den Tag gelegt. Trotzdem hatte er – widerwillig – zugegeben, daß es sich irgendwann als nützlich erweisen konnte.

Freemans Haltung ließ in Hardy den Entschluß reifen, daß es höchst nachteilig sei, an die Schuld eines Mandanten zu glauben. Er versuchte möglichst unbefangen zu bleiben. Er hatte Lightners Meinung – daß sich die Angewohnheit zu prügeln und zu schlagen von Generation zu Generation weitervererbte – anhand verschiedener anderer kompetenter Quellen, gedruckter wie ungedruckter, verifiziert. Die Erklärung war jedesmal die gleiche – Jennifer hatte miterlebt, daß ihre Mutter zu Hause Prügel bekam. Ihre Mutter nahm es immer und immer wieder einfach hin, möglicherweise ohne sich bei ihren Kindern zu beklagen. Also wurde dieses Verhalten zu dem, was sich Jennifer vom Eheleben erwartete – wenn das fehlte, war das Ganze einfach nicht ganz in Ordnung. Die richtige Vertrautheit konnte gar nicht erst entstehen.

Demnach hatte Larry, so Hardys Überlegung, Jennifer verprügelt. Und ohne Zweifel ihr erster Mann Ned ebenso. Lightners Theorie zufolge hätte Jennifer Probleme damit gehabt, einen von beiden zu heiraten, wenn er ihr nicht zumindest ein bißchen brutal gekommen wäre, während er ihr den Hof machte – sie hätte nicht den Eindruck gewonnen, daß die beiden aus dem Holz geschnitzt seien, aus dem Ehemänner gemacht wurden.

Ob es nun vor Gericht bewiesen werden konnte oder nicht, Terrells Szenario, demzufolge Jennifer Ned das Atropin gespritzt hatte, war plausibel. Und – so mußte Hardy annehmen – wenn sie Ned umgebracht hatte, dann hatte sie vielleicht auch Larry getötet.

Der nächste Schritt war, daß Jennifer, falls sie *tatsächlich* die beiden Männer umgebracht hatte, zumindest einen guten Grund hatte, und dennoch hatte Hardy massive Schwierigkeiten mit *jeder* Art von vorsätzlichem Mord. Jennifer freilich war keinen Millimeter davon abgerückt, die Prügel schlichtweg abzustreiten, was David Freeman täglich neu auf die Palme brachte, ob er nun ihre eidesstattliche Versicherung in der Tasche hatte oder nicht.

Freeman hatte Angst, daß er verlieren und das Urteil in der Berufung bestätigt würde. Aber er steckte in der Zwickmühle – er konnte das BWS noch nicht einmal zur Sprache bringen. Denn wenn er dies tat, gab er mehr oder minder zu, daß Jennifer die Tat begangen hatte, obwohl sie dies abstritt, und führte sogar noch den Grund dafür an.

Hardy hatte Jennifers Bruder Tom schließlich auf einer Baustelle in der Nähe des Golden Gate Park aufgetan. Weil Hardy tagsüber zu tun gehabt hatte, war er nach Feierabend in schmutzigen Jeans und mit zwei Sechserpackungen Bier der Marke Mickey's Big Mouth in der Hand auf der Baustelle aufgetaucht und hatte Tom dazu bewegen können, sich zwanzig Minuten lang mit ihm zu unterhalten.

Hardy ließ sich bestätigen, was Toms Mutter, Nancy, gesagt hatte – Jennifer und Larry hatten die Familie seit ein paar Monaten nach der Hochzeit nicht mehr besucht. Tom war damals siebzehn gewesen. Hardy konnte sehen, daß es den Jungen damals verletzt hatte, auch wenn es der Erwachsene jetzt abtat und große Töne spuckte.

Das letzte Mal, daß Tom die Witts gesehen hatte, war am Weihnachtsabend gewesen. Niemand hatte das bislang erwähnt, und Hardy fragte, warum nicht.

Tom hatte einfach die Achseln gezuckt. Wen kümmerte das schon? Er war am Weihnachtsnachmittag bei seinen Eltern vorbeigefahren, hatte ein paar Bier getrunken, und dann hatte seine Mutter angefangen, über Jennifer und den Enkel, den sie nie zu Gesicht bekam, zu jammern. Da hatte sie dieses großartige Geschenk für Matt gekauft, und der Junge würde noch nicht mal vorbeikommen, um es sich anzuschauen.

Tom war sauer geworden. Er fuhr mit seinem Motorrad rüber in die Olympia Street in der Absicht – so sagte er – ein bißchen auf den Putz zu hauen, aber als er dort angekommen war, hatte er nicht mehr das Gefühl, daß das irgendeinen Sinn hätte. Er würde die beiden nicht ändern. Er hatte sein eigenes Weihnachtsgeschenk für seinen Neffen abgegeben – einen Softball nebst Schläger –, seiner

Schwester frohe Weihnachten gewünscht und zu ihr gesagt, sie sollte wirklich einmal einen Besuch bei ihren Eltern machen, damit Matt das Geschenk seiner Großmutter in Empfang nehmen könne, und war dann wieder gefahren.

Und, fügte er hinzu – sie sind nicht gekommen, was keine Überraschung war.

Aber hier, dachte Hardy, könnte der Stein des Anstoßes gelegen haben, von dem Glitsky gesprochen hatte. Es war unwahrscheinlich, daß Tom aus heiterem Himmel eines Morgens aufwachte und sich sagte: »Ich denke, heute fahre ich los und bring meinen Schwager um«, aber es war verdammt gut möglich, daß er es getan hatte, kurz nachdem man ihn während der Weihnachtsfeiertage erneut beleidigt hatte, was jahrelangen Groll zur Explosion brachte.

Walter Terrell leistete ihnen Gesellschaft, während sie sich die Beweismittel ansahen, und paßte auf, während Hardy und Freeman in der Asservatenkammer auf dem Computerausdruck die Gegenstände abhakten, die aus den Säcken zum Vorschein kamen.

Da war Larrys blutbespritztes Hemd. Alle übrigen Kleidungsstücke. Das Zeug, das man in den Hosentaschen gefunden hatte – Larry hatte einen Kamm, ein kleines Schweizer Offiziersmesser, Schlüssel, und ein bißchen Kleingeld in der Tasche gehabt, darunter auch ein Fünfundzwanzigcentstück, das mit rotem Nagellack lackiert war.

»Hat sich Larry viel in Bars herumgetrieben?« Das paßte nicht recht zu dem Bild, das sich Hardy bislang gemacht hatte.

Terrell schüttelte den Kopf. »Keine Hinweise darauf.«

»Das ist ein Fünfundzwanzigcentstück, wie man es in Kneipen benutzt.« Sowohl Freeman wie Terrell sahen ihn verständnislos an. »Für die Musikbox«, erklärte er. »Du malst deine Fünfundzwanzigcentstücke mit roter Farbe an, steckst sie in die Musikbox, und wenn sie Geld einsammeln kommen, mußt du nichts bezahlen.«

Freeman war unbeeindruckt. »Also hat er sich am Weihnachtsabend irgendwo einen Drink gegönnt. Vielleicht. Auch ich habe schon solche Fünfundzwanzigcentstücke in meiner Tasche gefunden. Es hat nichts zu sagen.«

Aber die handgreiflichen Ergebnisse waren bisher so mager ausgefallen, daß Hardy sich nicht so leicht abbürsten ließ. »Zwei Tage, bevor man ihn erschossen hat, hat *alles*, was er unternommen hat, irgendwas zu sagen.«

Freeman gab keine Antwort. Er hatte das Kleingeld bereits beiseite geschoben und sich etwas vorgeknöpft, das wie ein Sack voll Müll aussah. »Was ist denn das für Zeug?« Die Spurenermittlung hatte das Zimmer gründlich gefilzt und alles mitgenommen, was von Interesse sein mochte – in diesem Fall den Inhalt des Abfalleimers im Schlafzimmer: benutzte Taschentücher, benutzte Weihnachtsdekorationen und Einwickelpapier, die Sorte von Plastikbeutel, in die man in der Reinigung gebügelte Hemden packt. »Das hier ist Beweismaterial?«

Terrell schob Freeman einen weiteren Sack zu und ließ eine genervte Antwort hören. »Sie wissen ja, wie es läuft, Sir. Es ist alles da, falls Sie darauf zurückgreifen wollen. Es ist Ihre Entscheidung, was Sie für wichtig halten.«

Freeman holte sich den Sack näher heran und ließ die Waffe auf die Tischplatte gleiten. Er hob sie hoch und verglich die Registriernummer mit der Liste des Beweismaterials, die die Staatsanwaltschaft erstellt hatte, roch am Lauf. Er schaute im Bericht über Fingerabdrücke nach und zog die Augenbrauen hoch. »Man hat ihre Fingerabdrücke nicht auf der Waffe gefunden?«

»Auf dem Magazin.« Das war keine Überraschung für Terrell. Er holte einen weiteren Sack hervor und schob ihn den beiden Anwälten zu. »Sie hat die Waffe abgewischt.«

»*Irgend jemand* hat die Waffe abgewischt.« Freeman sah ihn strafend an.

Und Terrell zuckte die Achseln. »Wie Sie meinen.« Es war Freitag nachmittag und wurde bereits spät, außerdem besaß das Zimmer im Keller des Justizpalastes nicht die beste Lüftung.

Freeman kippte den Sack aus und erwartete, daß das Magazin herausfallen würde. Statt dessen erblickten sie alle drei noch eine Pistole. »Was zum Henker ist das? Wo steht das auf der Liste?«

Terrell zitierte aus dem Verzeichnis. »Sack Nr. 37. Inhalt des Müllcontainers. Wollen Sie die Eierkartons sehen, die wir darin gefunden haben?«

»Ja doch, aber was zum Henker ist das hier?« wiederholte Freeman. »Wieso ist das hier drin?«

Terrell hob die Hände. »Es war eben da. Jetzt ist es hier. Woher soll ich das wissen?«

»Aber es handelt sich um eine Schußwaffe.«

Terrell griff hinüber und hob sie hoch. Er schlug einen amtlichen Ton an. »Sir! Bitte beruhigen Sie sich.«

»Ich bin ruhig genug!« Freeman lehnte sich in seinem Stuhl zurück. »Na bitte, mein Sohn, ich bin ganz ruhig.«

Terrell erklärte die Sachlage. »Das ist eine Spielzeugpistole. Es ist eine gut gemachte Spielzeugpistole, aber sie ist aus Plastik. Sehen Sie? Das ist alles. Soweit ich weiß, hat sie mit dem Beweismaterial dieses Falls nichts zu tun.«

»Warum befindet sie sich dann hier?« Hardy konnte den Stichwortgeber spielen, wenn es sein mußte. Die Frage war offensichtlich genug.

»Es befindet sich hier, weil man sie in demselben Müllcontainer gefunden hat wie die andere Waffe, die Mordwaffe. Ich habe mir seinerzeit gedacht, es könnte sich lohnen, das Ding aufzubewahren.«

»Im selben Müllcontainer?«

Terrell nickte. »Beide sind raus auf die Straße gepurzelt. Der Typ, der sie gefunden hat, hat uns angerufen, als er die richtige Pistole gesehen hat.«

»Der Mann von der Müllabfuhr?« fragte Hardy.

»Stimmt.«

»Wie hängt das zusammen?« Freeman saß immer noch zurückgelehnt in seinem Stuhl und versuchte das Ganze irgendwie einzuordnen.

»Gar nicht, das versuche ich Ihnen ja andauernd zu sagen. Ich hatte einfach eine Theorie und habe mir gedacht, ich spiele sie mal durch. Man weiß ja nie.«

Hardy wußte, daß das Terrells Vorgehensweise war. »Wie sah Ihre Theorie denn aus?«

»Ich weiß nicht. Der Täter kommt mit dieser Pistole da herein – sie sieht echt aus, oder nicht? –, vielleicht will er einbrechen und hat sie dabei, damit er die Leute bedrohen kann. Er kommt ins Schlafzimmer, sieht die richtige Waffe, wird von Larry und dem Jungen überrascht, kriegt Panik, *peng peng*. Das war, bevor ich Jennifer überprüft hab.«

»Hat man von dieser Pistole, von der Spielzeugpistole, ebenfalls Fingerabdrücke abgenommen?«

»Klar. Aber Fehlanzeige. Jedenfalls hab' ich mir gedacht, daß sie irgendwie zusammengehören *mußten*, hab' ich recht? Aber ich hatte mich getäuscht. Außerdem hat mir der Typ erzählt, daß Waffen das weitaus häufigste Spielzeug sind, das man in der Müllbranche findet.«

»Müllbranche …?«

»Seine Worte. Eltern wollen nicht, daß ihre Kinder mit Kriegsspielzeug aufwachsen, also schmeißen sie die Sachen weg, wenn ein Verwandter ihnen zu Weihnachten ein Gewehr schickt oder sowas. Der zweithäufigste Artikel sind Barbiepuppen. Können Sie sich das vorstellen? Wer schmeißt denn eine nagelneue Barbiepuppe weg?«

»Können wir bei der Pistole bleiben?« Freeman beugte sich jetzt vor, sah überaus interessiert drein.

Terrell zuckte die Achseln. »He, wenn Sie sie haben wollen, bitte schön. Hier, sehen Sie sich das Ding an.«

Er reichte die Spielzeugpistole an Freeman weiter, der sie sich kurz besah und dann an Hardy weitergab. »Was meinen Sie?«

»Es ist eine Spielzeugpistole aus einem Müllcontainer.«

Freeman dachte ein paar Sekunden angestrengt nach. »Sonst noch irgendwelches Zeug in dem Müllcontainer, das Sie eingetütet haben, weil es mit nichts in Zusammenhang steht, Wally? Wollen Sie noch mehr von unserer Zeit vergeuden?« Freeman nahm die Säcke in die Hände, hob sie hoch, setzte sie abrupt wieder ab. »Wir haben Müll, wir haben Spielzeugpistolen …« Er schüttelte den Kopf. »Herr im Himmel. Wie wär's, wenn Sie uns das Magazin zeigen?«

Anschließend ging Hardy hoch zur Mordkommission und beschwatzte Glitsky zu einem kurzen Stopp bei Lou dem Griechen. Freeman war dorthin gegangen, wohin auch immer er am Freitagabend zu gehen pflegte – die Anhörung von Jennifer war für Montag früh anberaumt, und Hardy dachte, daß Freeman sich vermutlich mit jemandem traf, um hinter den Kulissen irgendwelche faulen Tricks abzuziehen.

Derweil versuchte Hardy Abe davon zu überzeugen, daß Hawaii der richtige Urlaubsort für die Glitskys sei, worauf Glitsky sagte, Hardy sei wohl nicht mehr auf dem letzten Stand, wieviel Gehalt Polizeiangestellte heutzutage nach Hause brächten, wenn er glaube, daß Abe, Flo und ihre drei Kinder vierzehn Tage auf einem Campingplatz zubringen könnten, geschweige denn auf Maui Sonne tanken. Er schloß seine Ausführungen mit den Worten, daß sie am Wochenende wahrscheinlich nach Santa Cruz fahren würden oder vielleicht auch hoch an den Russian River und dann den Rest des Urlaubs damit zubrächten, die Wohnung zu streichen. »Sofern wir uns die Farbe leisten können.«

»Ist die Finanzdecke ein bißchen knapp?«

Glitsky zerbiß die Eiswürfel aus seinem Tee. »Die war schon ein bißchen knapp, bevor man mir freiwillige fünf Prozent Gehaltskürzung aufs Auge drückte.«

»Das hat man dir aufs Auge gedrückt?«

»Jedem, der mehr als fünfzig Riesen verdient. Und jetzt, nach knapp neunzehn Jahren bei der Polizei, nachdem ich es endlich in diese luftige Höhe geschafft habe, gibt man mir tüchtig eins hintendrauf, weil ich soweit kam.«

Abe rieb das Teeglas auf dem Fleck Kondenswasser hin und her, den es auf der Tischplatte hinterlassen hatte, und starrte durchs Fenster. »Erst neulich hab ich zu Flo gesagt: ›He, Schatz, was hältst du davon, wenn ich nächstes Jahr freiwillig zwei Stunden die Woche kostenlos arbeiten gehe?‹ Sie hielt es für eine großartige Idee, weil wir ja sowieso kein Geld zum Leben brauchen.« Er trank etwas Tee. »Weißt du, was ich gemacht hab? Ich bin zu Frank gegangen« – das war Frank Batiste, Glitskys Vorgesetzter – »und habe ihn um eine Gehaltskürzung um 2001 Dollar gebeten, um der Stadtverwaltung ein bißchen Geld einzusparen.«

»Und was hat Frank gesagt?«

»Er hat gesagt, er macht's nicht – es sähe unkollegial aus. Ich erzähl ihm, daß ich 52 000 Dollar verdiene – zieht man die fünf Prozent ab, bleiben mir noch 49 400 Dollar. Und mein Vorschlag mit den zweitausendundeins Dollar bringt mir 49 999 Dollar. Und alles in allem hätte ich lieber die zusätzlichen 500 Dollar.«

»Ich hätt's gemacht.«

Glitsky schüttelte den Kopf. »Nein, hättest du nicht. Und weißt du warum? Weil sich die Differenz auf fünfzig Dollar im Monat beläuft, was nach Abzug der Steuern vielleicht fünfunddreißig Kröten ausmacht – sagen wir mal zwei Hamburger pro Woche. Und dann heißt es, du bist ein schwieriger Zeitgenosse. Nach neunzehn Jahren! Und rate mal, was mit schwierigen Zeitgenossen passiert? Hier ist ein Hinweis: Fünfundachtzig durften sich nicht mal auf ihre freiwillige Gehaltskürzung freuen – man hat ihnen die Kündigung geschickt.«

»Fünfundachtzig Mann?« Die Zahl war höher, als Hardy gedacht hätte. Wie konnte die Stadtverwaltung Polizisten entlassen? Das waren fast fünf Prozent des gesamten Polizeikorps. »Fünfundachtzig?«

»Klar. Wozu brauchen wir Polizisten?«

»Oder Klinikpersonal.« Hardy erwähnte die Protestdemonstration vor der Mission Hills Clinic.

»Aber rate mal? Der Bürgermeister hat immer noch seinen Chauffeur. Das willst du ja wohl nicht, daß der Bürgermeister selbst sein Auto fahren muß, oder etwa doch? Was würden denn die Leute sagen? Wie sähe das denn aus?«

Hardy trank einen Schluck Bier. »Na ja, zumindest weiß er, wo seine Prioritäten liegen. An seiner Stelle würde ich's bestimmt genauso machen – die Polizisten rausschmeißen und meinen Chauffeur behalten.«

»Ich werde mich mal umsehen, ob ich einen privaten Sicherheitsdienst aufmache«, sagte Glitsky. Irgend etwas hinter Hardy stach ihm ins Auge. »Und hier kommt mein erster Mitarbeiter.«

Terrell nahm neben Glitsky und gegenüber von Hardy Platz. »Erster Mitarbeiter bei was?«

»Glitskys Private Sicherheit. Bewaffnete in Minuten zur Stelle.«

Terrell trank einen tiefen Zug aus einer der Flaschen Budweiser, die er mitgebracht hatte. »Dürfen wir Leute umnieten, nix mit Rechte vorlesen und so? Auf frischer Tat ertappt und platt gemacht?«

»Ganz genau. Und bezahlt wird man auch dafür.«

Terrell nickte heftig. »Das gefällt mir. Ich bin dabei.« Er trank einen weiteren Schluck, sah dann Hardy an. »Ihr Sozius mag ja ein berühmter Anwalt sein, aber au Backe!«

»Deswegen ist er ja ein berühmter Anwalt – weil er so ist.« Er sah Glitsky an. »Freeman.«

»Weil er wie ist?« fragte Glitsky.

»Weil er wie ist?« wiederholte Hardy in sanftem Ton und sah Terrell dabei an. »Sie können mit Inspector Glitsky ganz offen reden.«

»Ich hatte da so eine Idee, die beweiskräftig sein könnte oder auch nicht, und der Kerl ballert gleich mit schwerem Geschütz auf mich los. Ich sag' zu ihm, er kann es verwenden oder auch nicht. He, ich hatte eine Idee, die womöglich hingehauen hätte – also? Hat's zwar nicht, aber was soll's.«

Bei Lou wurde es allmählich voller und lauter. Hardy boxte sich mit dem Ellbogen durch bis zur Bar und kaufte eine zweite Runde. Bei seiner Rückkehr war Terrell gerade mitten in einer Sache, die sich vertraut anhörte.

»… bei der Sache mit Crane lohnte es zumindest, einmal genauer nachzuschauen, aber auch da war Fehlanzeige.«

»Wobei?« Hardy schob sich in die Sitzbank und reichte die Getränke herum – zwei weitere Flaschen für Terrell, noch einen Eistee für Glitsky.

»Ich hab' eben Glitsky von dieser Sache da erzählt, von dem Kerl in Los Angeles, den Sie vom Haus der Witts aus angerufen haben.«

»Crane. Der Typ, der erschossen wurde.«

»Ja, Crane. Es ging nur darum, wie sich Ideen manchmal auszahlen und manchmal nicht.«

»Meistens nicht.« Abe wollte keinen Streit beginnen, sondern konstatierte nur eine Tatsache und war bereits damit beschäftigt, die Eiswürfel aus dem neuen Glas Tee zu zerbeißen.

Diese Unsitte machte Hardy verrückt, aber er zog es vor, nicht das Thema zu wechseln, wenn Terrell eine Verbindung zu Simpson Crane entdeckt hatte und darüber reden wollte. Aber er konnte der Versuchung nicht widerstehen, einen Seitenhieb anzubringen. »Wieso sind Sie der Sache überhaupt nachgegangen? Sie haben doch schon eine Tatverdächtige.«

Terrell war nicht im geringsten beleidigt. Statt dessen lächelte er entwaffnend. »He, ich liebe meine Arbeit. Wie haben Sie es genannt – es war eine von diesen Koinzidenzen. Wenn man es nachprüft, was verliert man schon? Man kann einen Mordfall nicht hieb- und stichfest genug absichern, stimmt's, oder hab' ich recht?«

Hierin waren alle einer Meinung. Hardy nippte an seinem Bier und ließ sich Zeit, wollte kein verstärktes Interesse verraten. »Und was haben Sie herausgefunden?«

»Weitgehend das, was Sie mir erzählt hatten. Keinerlei Zusammenhang mit Witt.«

»Na ja, irgendein Zusammenhang muß da gewesen sein – die Nummer klebte auf seinem Schreibtisch.«

»Ich meine, sicher, ja doch, das schon. Aber ich spreche von der Tat an sich, sie wissen, wer es getan hat, oder glauben es zu wissen.«

»Und wer?«

»Irgendein ortsansässiger Totschläger da unten in Los Angeles.« Terrell hatte Spaß an seiner Geschichte gefunden, hielt in jeder

Hand eine Flasche Bier, aus denen er abwechselnd und stetig trank. »Der Kerl Crane da war der größte Widersacher der Gewerkschaften in den neunziger Jahren – strich ungefähr 'ne halbe Million pro Jahr dafür ein, daß er sicherstellte, daß all die kleinen Leute weiterhin übern Tisch gezogen werden. Sobald sie sich gewerkschaftlich organisieren wollten, hat er dafür gesorgt, daß man sie feuert, sich einen Weg ausgedacht, wie die Lektion sitzt. Wenn's an der Zeit war, neue Tarifverträge auszuhandeln, hat er allen Leuten solchen Schiß eingejagt von wegen, daß sie ihren Job verlieren, daß sie klein beigaben. Man sagt, daß ihn der Präsident gern zum Arbeitsminister machen wollte, aber nicht genug hinblättern konnte.«

»Hat er für die Stadtverwaltung von San Francisco gearbeitet?« fragte Glitsky zum Scherz. »Ich denke mir immer, die müssen irgend so einen wie ihn angeheuert haben.«

Terrell schüttelte den Kopf. »Nein, den heuert niemand mehr an, soviel ist sicher.«

»Was ist passiert?«

»Na ja, er hatte bereits ein paar Gewerkschaften in die Pfanne gehauen – die Schlachthofarbeiter, die Hausmeister, solche Sachen –, kleine Fische, und dann hat er sich gedacht, er knöpft sich die Gewerkschaft der Maschinenschlosser vor.«

»Und das hat irgendeinem Macker nicht gepaßt.«

»Das ist die Theorie.« Terrell hielt die leeren Bierflaschen hoch. »Ist da wirklich ein Drittelliter drin?« Er stand auf. »Jedenfalls haben sie es richtig angepackt – haben sich irgendeinen Profi besorgt, kein Papierkram, nichts, was sich nachweisen ließe, keine Anklageerhebung. Diesmal ist's meine Runde.«

Und schon war er unterwegs zur Bar.

»Für mich nichts mehr«, rief Glitsky ihm nach. Er kaute immer noch auf seinen Eiswürfeln herum. »Du bist ein schlauer Fuchs. Er geht deinen Hinweisen nach und checkt's noch nicht mal.«

Hardy verzog keine Miene. »Du hast ihn ja gehört – er liebt seine Arbeit.« Er hob sein Bier in die Höhe. »Es ist aber trotzdem interessant, findest du nicht? Zwei Morde und zwei Profikiller?«

»Eigentlich, wenn du es ganz genau nehmen willst, waren es vier Morde – Cranes Frau.«

Das nahm Abe keineswegs den Wind aus den Segeln. »Hast du denn irgendwas, das einen Zusammenhang zwischen Larry Witt und 'nem Profikiller hergestellt?«

Keine Antwort.

Glitsky schob sich aus der Bank und stand auf, gab Hardy einen leichten Klaps auf die Wange und wünschte ihm ein schönes Wochenende.

20

Die Festlegung des Verhandlungskalenders für den Superior Court war jeweils auf Montag früh um 9:30 Uhr anberaumt. Heute war der 19. Juli, und Jennifers Name stand als erster auf dem Computerausdruck, der neben der Doppeltür im Gang vor der Abteilung 22 angeheftet war.

Da man im *Chronicle* und im Fernsehen über ihre Auslieferung aus Costa Rica und ihre nachfolgende Rückkehr nach San Francisco berichtet hatte, standen die Medien bereit, als Freeman und Hardy um kurz nach neun den Gerichtssaal betraten.

Hardy wußte, daß Freeman für die meisten Reporter herzlich wenig übrig hatte, aber sorgsam darauf achtete, daß sie es nicht mitbekamen – sie mochten in einem Verfahren mit politischen Untertönen hilfreich sein. Der Wahlkandidat Dean Powell hatte keinerlei Lust, die Gelegenheit für Pressefotos verstreichen zu lassen, ohne dies weidlich auszunutzen, und so schwatzten die beiden Vertreter von Verteidigung und Anklage – einer auf jeder Seite des Gerichtssaals – jetzt liebenswürdig mit den Reportern.

Powell wirkte inzwischen weitaus aufrichtiger, als es vor vier Monaten der Fall gewesen war – vielleicht hatte er etwas Nachhilfe bekommen. Die Handbewegungen sahen nicht mehr so einstudiert aus. Er machte einen Schritt auf den Kreis der Reporter zu, die um ihn herumscharwenzelten. »Schauen Sie«, er senkte die Lautstärke, sprach frisch von der Leber weg, »ich bin ein Befürworter der Todesstrafe. Und in diesem Fall haben wir besondere Umstände vorliegen, die – sofern sie nachgewiesen werden – die Todesstrafe verdienen: Zum Teufel, sie schreien danach. Zeigen Sie mir ein bißchen Reue, ein Schuldeingeständnis, selbst einen Schrei um Gnade, auf so etwas kann der Staatsanwalt sehr wohl eingehen. Angeklagte sind für mich keine bloßen Nummern – sie sind Menschen, Menschen aus Fleisch und Blut. Dieser Prozeß hier zählt nicht zu meinem Wahlkampf mit dem Motto ›Werde hart, Kalifornien‹.« Er legte salopp ein Bein über die Kante des Tisches, der in der für die Anklagevertretung reservierten Seite des Gerichtssaals stand. »Hier geht's um ein Glücksspiel der Angeklagten – sie hat gedacht, sie kann aus Gewinnsucht einen Mord begehen und kommt damit durch. Sie hat sich getäuscht. Schrecklich getäuscht. Ich bin kein blutrünstiger Mensch, aber wenn sie für schuldig befunden wird, werden wir die Höchststrafe beantragen. Damit wird der Gerechtigkeit Genüge getan, und sie hat es sich ausschließlich selbst zuzuschreiben.«

Freeman hatte sein eigenes Grüppchen um sich geschart. »Das hier ist leider nur allzu typisch dafür, wie die Dinge behandelt werden. Allein die Tatsache, daß ihr Leute alle hier seid, zeigt, wie verquer die ganze Sache bereits läuft. Kein Mensch spricht vom Gewicht des Beweismaterials, das spärlich genug ist – *verhängnisvoll* spärlich. Das Ganze wäre nie soweit gekommen, wenn nicht dadurch ein paar Namen öfter in der Zeitung auftauchen würden, als es sonst der Fall wäre. Ich bezweifle, daß es überhaupt zu einem Prozeß kommt, nachdem ich meinen Antrag auf Abweisung der Anklage vorgebracht habe.«

»Sie glauben nicht, daß es zu einem Prozeß kommen wird?« Diese Frage stammte von einer Frau mit einem Mikrophon.

Freeman schüttelte den Kopf. »Ich bezweifle es.«

Eine andere Hand, ein anderes Mikrophon. »Aber die Grand Jury hat Anklage erhoben.«

Freeman lächelte. »Die Grand Jury erhebt in der Regel Anklage gegen jeden, bei dem der Bezirksstaatsanwalt es wünscht.«

»Aber sie ist aus dem Gefängnis geflohen, oder nicht? Sie ist weggelaufen.«

»Sie ist eine einfallsreiche Person, *und* sie ist unschuldig, außerdem hat sie kein Vertrauen in ein System, das bereits jetzt soviel Mist gebaut hat. Ich denke, daß ich an ihrer Stelle ebenfalls abgehauen wäre, wenn ich gewußt hätte, wie ich es anstellen kann.«

Powell stand jetzt mit einer Hand in der Hosentasche da und lächelte, was das Zeug hielt. Freeman, ernst und entrüstet über die Ungerechtigkeiten des Systems, machte Aufwärmübungen für den Zeitpunkt, wenn der Richter den Saal betreten würde. Jeder hatte sein eigenes Programm.

Hardy spazierte den Mittelgang hoch und wieder hinaus auf den Flur. Sie hatten noch zwanzig Minuten Zeit.

Die Aktenmappe neben sich und in einige Papiere vertieft saß Ken Lightner auf der Holzbank im Flur gegenüber von der Kammer 22. Hardy setzte sich neben ihn. »Ich möchte mich bei Ihnen entschuldigen. Es sieht ganz so aus, als hätten Sie recht.«

Lightner legte die Papiere aus der Hand. »Womit? Obwohl ich jetzt im Moment wohl alles akzeptieren würde.«

»Damit, daß Jennifers Mutter von ihrem Mann verprügelt wird.«

Der Psychiater nickte und sortierte seine Unterlagen. Dies war offenkundig keine Neuigkeit für ihn.

»Sind Sie enttäuscht?«

»Ich dachte, Sie hätten vielleicht etwas Wichtigeres herausgefunden, irgendwas über Jennifer selbst.«

Hardy schüttelte den Kopf. »Jennifer ist äußerst verschlossen. Besonders nach dem Fiasko mit der Flucht. Freeman rauft sich die Haare, soweit er noch welche hat.«

»Auch ich raufe mir die Haare. Sie hat mir verboten, darüber zu reden, was angesichts ihres Aufenthaltsorts unsere Gesprächsthemen merklich einschränkt. Wie sollen wir denn nicht darüber reden?«

»Worüber genau?«

»Über die Wahrheit. Daß Larry sie geschlagen hat. Sie *mißhandelt* hat. Was sie durchgemacht hat. Um von all dem Irrwitz der letzten Monate zu schweigen. Wie soll sie denn mit all dem klarkommen?« Lightner strich sein Haar mit den Fingern zurück.

»Sie haben Sie demnach besucht?«

»Ich habe sie besucht. Ich versuche beinahe jeden Tag bei ihr vorbeizuschauen.«

»Das muß Ihre Praxis verteufelt teuer zu stehen kommen.«

Hardy hatte es nicht als Vorwurf gemeint, aber Lightner setzte sich unverzüglich kerzengerade hin. »Ich sorge für meine Patienten, Mr. Hardy. Ich sorge mich um sie. Ich versuche, für sie da zu sein, wenn sie mich brauchen. Was ich auch von Ihnen im Umgang mit Ihren Mandanten annehme.«

Hardy schluckte die Zurechtweisung. Lightner hatte recht. Manchmal hielt man sich nicht an die Stechuhr. »Wollen Sie eine zweite Entschuldigung innerhalb von fünf Minuten annehmen? Das kam nicht so rüber, wie ich es gemeint hatte.«

Lightner zuckte die Achseln. »Geht schon in Ordnung. Ich habe selber ziemlichen Streß. Ich will nicht alle Welt anraunzen, aber ich weiß nicht, was ich machen soll, was ich mit Jennifer machen soll. Ihre irrationalen Schuldgefühle, ihre selbstzerstörerische Art ... es läßt mich an meinem Urteilsvermögen zweifeln, ich frage mich, ob ich ihr überhaupt helfen kann.«

»Was könnte ihr denn Ihrer Ansicht nach helfen?«

»Ich weiß es im Moment nicht. Ich weiß es nicht. Das Problem ist, daß ich sie nicht dazu bewegen kann, über ihr wirkliches Problem zu sprechen, ja, es überhaupt zur Kenntnis zu nehmen.«

»Also worüber haben Sie sich denn dann Tag für Tag unterhalten?«

Lightners Miene verriet, daß er wußte, wie es sich unter diesen Umständen anhören mußte. »Wir reden über ihr Selbstwertgefühl, Mr. Hardy. Daß sie endlich erwachsen wird, Verantwortung für sich übernimmt. Über ihre Zukunft.«

»Ihre Zukunft?«

»Ich weiß, ich weiß, wir müssen das nicht näher ausführen.« Lightner hatte seine Papiere weggelegt, rieb sich die Hände. Er hob die Augen und sah Hardy an. »Aber das ist es, worüber sie reden will. Daß sie endlich ihre Sachen geregelt bekommt. Sie sagt, sie weiß, daß sie vermutlich aus dem ganzen Schlamassel herauskommen könnte, wenn sie Larry die Schuld zuschiebt, doch sie wird es einfach nicht tun. Es sei nicht sein Fehler gewesen.«

»Daß er sie verprügelt hat, war nicht sein Fehler? Was ist mit ihrer Behauptung, daß sie die Tat nicht begangen hat und daß eine Berufung auf das BWS ein Schuldeingeständnis wäre?«

Lightner nickte. »Ja, ich fürchte, an dem Punkt ist nichts zu wollen. Solche Einstellungen sind tiefverwurzelt.« Er stand auf und nahm seine Aktenmappe, fragte, wo die Herrentoilette sei und ob ihm noch Zeit bleibe, bevor die Festlegung des Verhandlungstermins anfing.

Er war schon um die Ecke verschwunden, ehe Hardy registrierte, daß Lightner einige der Papiere liegengelassen hatte. Als er einen Blick darauf warf und den Namen Jennifer Witt sah, der mit gelbem Leuchtstift markiert war, nahm Hardy die Papiere an sich.

Die erste Seite war ein Erstanmeldungsbogen aus Lightners Praxis, den Jennifer vor vier Jahren ausgefüllt hatte und der einen Überblick über die bisherigen medizinischen Behandlungen enthielt, dazu die Namen früherer behandelnder Ärzte, Allergien, die bislang erfolgten Operationen und so weiter. Hardy dachte einen Augenblick lang nach, faltete dann das Papier zusammen und steckte es in die Innentasche seines Jacketts.

Jennifer in ihrem roten Trainingsanzug, mit den Handschellen und Fußfesseln, war die erste Computernummer, die aufgerufen wurde.

Irgend etwas lag in der Luft. Richter Oscar Thomasino zeigte keinerlei Interesse an dem Computerausdruck, der vor ihm auf dem Schreibtisch lag – seine Augen folgten Jennifer, als sie zu seiner Linken aus dem Saaleingang für die Justizwachtmeister hereinkam und vorwärtshinkte, bis sie das Podest im Zentrum des Gerichtssaals erreicht hatte, wo sie neben den beiden ihr zugeordneten Wachtmeistern stehenblieb.

Freeman wartete bereits auf sie, wenngleich die Spannung zwischen den beiden beinahe mit Händen zu greifen war. Jennifer schielte hinter Freemans Rücken hinüber zu dem Platz, wo Hardy am Tisch der Verteidigung saß. Sie nickte ihm zu, und ihre Augen sahen dankbar drein oder zumindest erfreut, obwohl er überhaupt nicht sagen konnte, woran das liegen mochte – er hatte sie seit einer Woche nicht mehr gesehen.

Außerdem war er sich nicht so ganz sicher, weshalb er heute gekommen war – dies war der zweite Anhörungstermin für Jennifer, und sie würde mit Sicherheit ihre bisherigen Einlassungen nicht abändern. Vielleicht, so hatte er scherzhaft zu Frannie gesagt, fehlte ihm etwas, wenn er nicht im Gerichtssaal saß. Jetzt fragte er sich, ob in der Aussage nicht ein Funken Wahrheit steckte.

Das Ganze war als mehr oder weniger pro forma erfolgender Verwaltungsakt gedacht, der festlegte, wann Jennifers Verfahren beginnen würde oder genauer gesagt, wann das Verfahren der letztlich zuständigen Kammer zugeteilt wurde. Sobald der vorsitzende Richter und der Gerichtssaal zugeteilt worden waren, was an einem der nächsten Montage bei einer weiteren Anhörung wie dieser erklärt würde, mochte es noch gut und gerne zwischen einem halben und einem Jahr dauern, bis der Prozeß tatsächlich losging.

Aber Thomasino eröffnete das Spiel mit einem Effektball von der Richterbank. Richter verfügten über verschiedene Techniken, der Langeweile der ewig gleichen Routine Paroli zu bieten, und Hardy begriff allmählich, daß Thomasino den Tag gerne mit einem kleinen Drama eröffnete, bevor er sich ins Meer des Papierkrams stürzte. »Mr. Freeman, ist mit Ihrer Mandantin alles in Ordnung?« Er sah sie sich gründlich an – blaß, mager, das Haar ungleichmäßig abgesäbelt.

Dean Powell, der dem Geschehen nur flüchtige Aufmerksamkeit geschenkt hatte, stand auf. »Euer Ehren, wir wollen einvernehmlich festhalten, daß Mrs. Witt womöglich während ihrer Inhaftierung in Costa Rica schlecht behandelt wurde. Sie ...«

Thomasino benutzte seinen Hammer. Alle im Gerichtssaal schreckten hoch. »Das Gericht hat seine Worte an Mr. Freeman gerichtet«, sagte er nachsichtig. »Soweit ich mich erinnere, konnte er beim letzten Mal, als wir so etwas verhandelten, für sich selbst sprechen.« Sein Gesichtsausdruck war streng, aber dahinter lag etwas beinahe Mutwilliges. »Mr. Freeman?«

Sobald die Tür einen Spalt offenstand, entsprach es Freemans Naturell, unverzüglich seinen Fuß hineinzusetzen. »Euer Ehren, meine Mandantin ist schwer mißhandelt worden. Sie bedarf medizinischer Behandlung. Sie ist von all dem, was sie mitmachen mußte, derart eingeschüchtert, daß sie Angst hat, überhaupt etwas zu sagen. Ohne jeden Zweifel sind ihre Bürgerrechte verletzt worden. Die Staatsanwaltschaft hat mit der Art und Weise, wie sie den ganzen Auslieferungsprozeß in Angriff genommen hat, das anstehende Verfahren ad absurdum geführt.«

»Hat diese angebliche Mißhandlung nicht in Costa Rica stattgefunden?«

»Es lag an unserer Vorgehensweise. Das Ganze wäre nicht passiert, wenn wir nicht ...«

Thomasinos Anflug von guter Laune war dahin. »Das Ganze wäre nicht passiert, wenn Ihre Mandantin nicht aus unserem Gefängnis ausgebrochen und außer Landes geflohen wäre.«

»Trotzdem, Euer Ehren ...«

»Trotzdem, Mr. Freeman, habe ich ein volles Programm vor mir und den Eindruck, daß die Klimaanlage wieder einmal Sperenzchen macht. Haben Sie etwas dagegen, wenn wir fortfahren?« Ganz offensichtlich hatte Freeman etwas dagegen – die ersten Worte seiner Widerrede waren schon unterwegs, als sich Thomasino im Sessel nach vorn beugte. »Lassen Sie es gut sein, David.« Zuversichtlich tätschelte Freeman Jennifers Arm. Sie zeigte keinerlei Reaktion.

Thomasino hatte sich wieder seinem Computerausdruck zugewandt, machte sich Notizen. »Ich gehe doch davon aus, daß angesichts der bislang erfolgten ... Unterbrechungen alle Beteiligten bereit sind fortzufahren. Ist das der Fall, Mr. Powell?«

»Jawohl, Euer Ehren.«

»Mr. Freeman?«

Freeman mußte jetzt mit einem zweiten Problem klarkommen. Normalerweise verlegt sich die Verteidigung bei einem Prozeß, in dem Todesstrafe droht, auf Hinhalten und Hinhalten und noch einmal auf Hinhalten. Doch er hatte diesen Punkt mit Jennifer besprochen, und – wie üblich – hatte sie seinem Vorschlag oder seiner Strategie nicht zugestimmt.

Powell war daran gelegen, daß der Prozeß rasch begann und noch vor der Wahl im November beendet war. Schon aus Prinzip war Freeman vehement abgeneigt, irgendeiner Anregung der Staatsanwaltschaft zuzustimmen, aber Jennifer hatte ihm die Hände gebunden. Sie saß in Untersuchungshaft und würde erst rauskommen, wenn man sie für nicht schuldig befand. Aus ihrer Perspektive war es daher nicht unvernünftig, wenn sie wollte, daß der Prozeß so bald wie möglich anfing.

Freeman hatte ihr auseinandergesetzt, daß es alles andere als sicher war, daß man sie freisprechen würde. Man warf ihr drei Morde vor, und er wußte, daß der Staatsanwalt eine derart ernste Angelegenheit nicht leichtfertig zur Anklage bringen würde. Außerdem wußte er, daß bei Jennifers Verfahren, wie es die Anklagevertretung darstellen würde, genau die Art von Motiv und unterstellter Kaltblütigkeit im Vordergrund stehen würde, die Geschworene dazu brachte, eine Verurteilung auszusprechen – Mord, um in den Genuß der Versicherungssumme zu kommen.

Freeman lag daran, daß Hardy Zeit hatte, um »ein paar andere Typen« zu finden. Er wollte Zeit haben, um nachzudenken, Pläne und Intrigen zu schmieden. Er wollte Zeit haben, damit *irgendwas* anderes passieren konnte, damit Powell gewählt wurde und das Gericht einen neuen Anklagevertreter ernennen mußte, der sich nicht das politische Programm Powells auf seine Fahnen geschrieben hatte.

»Mr. Freeman?« wiederholte Thomasino. »Sind Sie bereit fortzufahren?«

Freeman blieb keine Wahl. »Jawohl, Euer Ehren.«

Thomasino blickte überrascht drein, und das war er auch. Er hatte noch nie erlebt, daß ein Fall, bei dem es um ein Kapitalverbrechen ging, bei der ersten Terminfestlegung tatsächlich soweit war, daß man ein Datum für den Prozeßbeginn bestimmen konnte. »Na schön.« Und der Termin für den Prozeß wurde auf Montag, den 13. August, festgesetzt und zwar in der Kammer 25.

»Sie sind es, dem ich bei der Sache vertraue, nicht er.«

Bevor er nach der Anhörung das Gerichtsgebäude verließ, hatte Hardy beschlossen, nach oben zu fahren und mit Jennifer zu bereden, welche Eindrücke sie beide gewonnen hatten. Obendrein hatte er sich ein paar Fragen auf einem Block in seiner Aktenmappe notiert. Jetzt saßen Jennifer und er Knie an Knie in dem winzigen Besucherzimmer neben der Wachstation. Jennifer äußerte ihre Unzufriedenheit mit David Freeman.

»Er ist ein fieser Kerl und glaubt mir kein Wort – nicht einmal, daß man mich dort unten vergewaltigt hat.«

Hardy zog seinen Stuhl ein wenig zurück. Er war sich nicht sicher, wie ihre Knie so eng aneinandergerückt waren, und wollte keine Mißverständnisse aufkommen lassen. »So ist das nun einmal mit den Profis in diesem Geschäft, Jennifer, und das ist auch der Grund, warum David so gut ist. Es ist nicht persönlich gemeint. Wenn die Tatsache Ihrer Vergewaltigung bei Ihrem Prozeß irgendwie hilfreich sein könnte, würde er sich wie wild darauf stürzen. Aber leider ist das nicht der Fall. Ich meine, es ist passiert, weil Sie geflüchtet sind.«

»Wenn ich freikomme, fahre ich wieder da runter, suche den Wärter und bringe ihn um, ich schwör's bei Gott.«

Instinktiv besah sich Hardy die kahlen gelben Wände des Zimmers, obwohl er ziemlich sicher war, daß es keine versteckten Abhörgeräte gab. Hoffte er zumindest. Er beugte sich vor und sprach unwillkürlich leiser. »Es wär eine gute Idee, wenn Sie in den nächsten Monaten die Todesdrohungen auf ein Minimum beschränken, abgemacht?«

Sie lächelte. »Das nennt man eine Redefigur.«

»Ich weiß. Aber manchmal kommen witzig gemeinte Sachen hier nicht so richtig an.«

»Ich paß auf.« Jennifer starrte ein Weilchen durch das Fenster in die verlassene Wachstation. »Ich mag Ihre Frau.«

Hardy nickte und wünschte sich insgeheim, daß dies nicht zur Sprache gekommen wäre, obwohl er wußte, daß es passieren mußte. Vielleicht war das in Wahrheit noch ein Grund, warum er das Gefühl gehabt hatte, daß er Jennifer noch einmal besuchen und sich vergewissern mußte, daß die Verbindung zwischen ihr und Frannie nichts weiter zu bedeuten hatte. »Sie hat mir erzählt, daß sie beide sich nett unterhalten haben.«

Jennifer zuckte die Achseln. »Ja, das haben wir. Es war nett. Vorwiegend belangloses Zeug unter Frauen, aber ich habe mich schon so lange mit niemandem mehr ganz normal unterhalten …«

»Ich dachte, Dr. Lightner hat sich jeden Tag mit Ihnen unterhalten.«

Er sah, daß sie erst einmal verarbeiten mußte, daß er das wußte. Es war nicht klar, was sie davon hielt. »Na ja, sicher … Ken.«

»Ich meine, redet er denn nicht ganz normal mit Ihnen?«

Urplötzlich lächelte sie. Hardy dachte, daß er zu gerne einmal eine Unterhaltung mit ihr auf Video aufnehmen würde, um zu analysieren, wann dieses urplötzliche Lächeln auftauchte, doch er hatte beinahe Angst vor dem, was er dabei vielleicht herausfinden mochte. »Ken zählt nicht«, sagte sie. »Außerdem glaube ich nicht, daß für ihn irgendwer normal ist. Normal besitzt keinerlei Bedeutung für ihn. Es ist eine dieser Vokabeln aus dem Wörterbuch der Psychologen.«

Hardy hatte bereits genug von diesem Jargon gehört, um zu wissen, was sie meinte, doch sie hatte ihm jetzt die Gelegenheit für weitere Fragen gegeben. »Was war denn in Costa Rica? Haben Sie denn da niemanden kennengelernt?«

Sie sah ihn kurz an, dann wieder weg. »Nein. Ich hielt das für keine gute Idee.«

»Was haben Sie also gemacht?«

Erneut schien die verlassene Wachstation ihre Aufmerksamkeit zu fesseln. Sie richtete ihre Antwort an das Fenster. »Die ersten Tage bin ich nur im Hotel geblieben. Dann bin ich zum Strand gegangen, hab ein paar Bücher gelesen.«

Hardy könnte dies überprüfen, indem er sie nach den Buchtiteln fragte, aber es lag nicht in seiner Absicht, sie zu verhören. Wie die Tatsache ihrer Vergewaltigung würde alles, was ihr in Costa Rica widerfahren war, keine großen Auswirkungen auf das haben, was sie im letzten Dezember getan oder auch nicht getan hatte.

»Habe ich Ihnen schon erzählt, daß ich mich mit Ihrer Mutter getroffen habe?« sagte er.

»Sie hatten gesagt, daß Sie das vorhatten. Wie geht's ihr?«

»Ihr ging's nicht gut, Jennifer. Ihr Vater hatte sie verprügelt.« Er hatte nicht den Eindruck, daß sie weitere Details wissen mußte. Er hatte den Anblick des grün und blau geschlagenen Körpers von Jennifers Mutter immer noch vor Augen.

Jennifer sah auf die Tischplatte, hatte den Daumennagel an die Lippen gelegt.

»Wie ich gehört habe, wird dies – diese Angewohnheit, handgreiflich zu werden – in Familien von einer Generation zur nächsten weitergereicht«, sagte er.

Ihre Augen schauten auf, waren schmerzerfüllt. »Das haben wir doch schon alles durchgespielt.« Und wir werden es nicht noch einmal durchkauen, gab sie ihm zu verstehen. Sie klang mit einemmal munter, zackig und sonderbarerweise beinahe heiter. »Sonst noch was? Sie haben gesagt, daß Sie ein paar Fragen hätten.«

Hardy holte seinen Notizblock aus der Aktenmappe. Gestern abend hatte er sich die Notizen von seinem Besuch in Jennifers Haus durchgesehen, die Fragen, die er sich damals aufgeschrieben hatte.

Ja, sie hatte in den Monaten zwischen dem Mord und ihrer Verhaftung in dem Haus gewohnt, es aber nicht über sich gebracht, ins obere Stockwerk zu gehen. Sie war einmal ins Schlafzimmer gegangen, um ihre Anziehsachen und ein paar persönliche Kleinigkeiten zu holen, und die Erfahrung war derart schrecklich gewesen, daß sie seither nicht noch einmal einen Fuß dort hinein gesetzt hatte.

»Wie haben Sie dann die Inventarliste für Terrell geschrieben?«

»Tja, deswegen habe ich es ja verbockt«, sagte sie. »Unten fehlte nichts, mein Schmuck war noch vollzählig da. An die Pistole hab' ich überhaupt nicht gedacht.« Sie hob eine Hand hoch. »Ich weiß. Ein schwerer Fehler.«

Sie mochte bei anderer Gelegenheit nicht die Wahrheit sagen, dachte Hardy, doch dies war keine davon.

»Gab es womöglich noch eine zweite Waffe?« fragte Hardy.

»Was für eine zweite Waffe? Wo?«

»Keine Ahnung. Irgendwo. Hatte Matt vielleicht eine Pistole? Eine Spielzeugpistole?«

Sie schüttelte den Kopf. »Nein. Wir haben das nicht erlaubt. Das war eine Sache, bei der Larry und ich uns einig waren. Er hat immer gesagt, daß er zu viele Unfälle gesehen hat, als er sein Praktikum im Krankenhaus gemacht hat.«

»Also keine Waffe?«

»Keine Waffe. Warum fragen Sie das?«

»Eine Fangfrage. Der Hund, der nachts gebellt hat.«

Diesmal seufzte sie. »Das kann einem ziemlich auf den Wecker gehen, Mr. Hardy.«

»Nur noch eine Frage, eine ganz direkte, abgemacht?«

Sie nickte.

»Crane & Crane?«

Sie schnitt eine Grimasse. »Keine Ahnung. Kramer gegen Kramer? Ist das ein Quiz oder was?«

»Es ist eine Anwaltskanzlei. Haben Sie jemals davon gehört?«

»Warum?«

»Sagen Sie's mir zuerst.«

Sie schüttelte erneut den Kopf. »Klingt mir nicht bekannt, nein. Jetzt also warum?«

Hardy steckte seine Notizen weg. »Könnte sein, daß Larry sie wegen irgendwas angerufen hat.«

Jennifer dachte noch eine Weile darüber nach. Die Gefängniswärterinnen kehrten in ihre Wachstation zurück. Sie ließen eine Tüte Kartoffelchips hin- und hergehen.

»Keine Ahnung, was es sein könnte«, sagte Jennifer. »Nur wieder mal nichts.«

21

Hardy gefiel sein Büro jetzt besser – die Dartscheibe war installiert, übers Wochenende geliefert und angedübelt worden. Es war früher Nachmittag, und er gewann allmählich die alte Form zurück, spielte eine Partie »20 Down«, bei der es darum ging, nacheinander alle Zahlen der Scheibe zu treffen und das Spiel mit einem Wurf ins Zentrum abzuschließen. In seinen besten Zeiten hatte Hardy das oft in weniger als zehn Runden geschafft – dreißig Pfeile –, sein absoluter Rekord lag bei vierundzwanzig. Jetzt hatte er bereits acht Runden hinter sich und steckte bei der »11« fest, die er normalerweise mit links traf und für eine ganze Reihe von Spielen um Geld als »Start- und Endzahl« benutzte.

Freeman trat ohne anzuklopfen ins Zimmer. Hardy warf wieder daneben.

»Das können Sie nicht auf die Rechnung setzen«, sagte Freeman.

»Ich denke nach«, erwiderte Hardy. »Nachdenken wird ange-rechnet.«

Der Ältere schloß die Tür und ging dann durchs Zimmer, setzte sich auf eine Ecke von Hardys Schreibtisch. »Ich denke auch nach. Ich denke, daß wir in zwei Monaten mit dem Prozeß anfangen, da-mit Dean Powell genau rechtzeitig vor der Wahl kostenlose Schlag-zeilen kassiert und gewählt wird, und ich kann nichts dagegen un-ternehmen, weil meine Mandantin mich nicht läßt.«

Hardy versenkte einen neuen Dart in die Scheibe, der endlich die »11« traf. Er nahm den letzten Pfeil und warf ihn aufs Geratewohl – zumindest dachte er, es sei aufs Geratewohl gewesen, bis der Dart mitten in der »10« landete. Er bekam den Bogen langsam wieder raus.

»Und dann«, fuhr Freeman fort, »gehe ich los und schau nach, wie mein handverlesener Spitzenermittler vorankommt, und er wirft Darts. Bin ich der einzige, der hier den Eindruck hat, daß die Sache drängt? Ich denke, das ist eine faire Frage. Zwei Monate für einen Prozeß, bei dem die Todesstrafe droht. Das ist unerhört.«

»Seit der ursprünglichen Anhörung sind fünf Monate vergan-gen.«

»Na und? Wer konnte wissen, daß man sie in Costa Rica auf-spüren würde? Glaubt Thomasino, daß wir uns die ganze Zeit über auf den Prozeß vorbereitet haben? Auf wessen Seite stehen Sie ei-gentlich?«

»Wie immer auf der Seite der Gerechtigkeit und Wahrheit, aber der Prozeß beginnt beileibe nicht in zwei Monaten. Sie fangen ge-rade erst damit an, die Geschworenen auszuwählen.«

Freeman wußte das natürlich, aber Jennifers Prozeß fing schnel-ler an, als er wollte, und er konnte nichts dagegen unternehmen. Mit den Händen in den Hosentaschen stand er am Fenster und be-trachtete sich die Häuser auf der gegenüberliegenden Straßenseite. »Ich brauche irgendeinen Punkt, an dem ich ansetzen kann. Mein Gott, Diz, ich brauche *irgendwas*.«

»Habe ich Sie nicht erst heute früh zu ein paar Reportern sagen hören, daß die ganze Sache hier eine derart gezinkte Kiste ist, daß es noch nicht mal zu einem Verfahren kommen wird?«

»Sie können ein Buch über das Zeug schreiben, das ich Reportern erzählt habe. Sie würden sich wundern.«

»Das bezweifle ich.«

»Manchmal hat's geklappt. Irgendein Grünschnabel von Staatsanwalt liest in der Zeitung, daß ich dieses unglaublich aufregende geheime Beweismaterial auf der Pfanne hab, das den ganzen Prozeß aus den Angeln heben wird, und am nächsten Tag stehe ich im Justizplan und lasse mich auf Totschlag ein, wo mit Fug und Recht Mord zweiten Grades angesagt war. Aber in dem Fall hier …« Er ließ den Satz in der Schwebe, schüttelte den Kopf. »In dem Fall hier haben wir Jennifer und Jennifers Waffe und Jennifers mutmaßliches Motiv. Wir brauchen sehr dringend irgendwen anderen, auf den wir mit dem Finger zeigen können.«

»Der berühmte andere Kerl.« Hardy kam hinter seinem Schreibtisch hervor und blätterte in seinem gelben Notizblock. »Genau das ist es, was ich die ganze Zeit über gemacht habe, David. Das Problem ist nur, daß es nicht gerade eine Menge gibt. Vorerst dürfte es Sie beruhigen, zu erfahren, daß ich nicht nur zum Zeitvertreib Darts werfe. Ich habe eine Verabredung in einer anderen Sache. Tatsächlich war die Verabredung vor rund einer Viertelstunde angesetzt, aber Mr. Frankl hat sich verspätet.«

Freeman, am Fenster stehend, drehte sich halb um. »Wer ist Frankl?«

»Mein Mandant wegen Trunkenheit am Steuer. Er will den Prozeß durchziehen.«

»Der Kerl mit den 1,6 Promille?« In Kalifornien genügten 0,8 Promille, um wegen Trunkenheit am Steuer verurteilt zu werden. Wenn dieser Sachverhalt unstrittig war, war man schuldig.

Hardy nickte. »Er sagt, er hat sich eine überzeugende Verteidigung ausgedacht.«

»Für Trunkenheit am Steuer? Die würde ich gerne hören. Das könnte uns zu reichen Leuten machen.«

Das Telefon auf Hardys Schreibtisch klingelte. »Das ist er. Ich halte Sie auf dem laufenden.«

Freeman verließ gerade den Raum, als Hardy abhob. Aber es war nicht Mr. Frankl. Es war Sam Bronkman von der Mission Hills Clinic, und ihm war soeben etwas Persönliches zu Larry Witt eingefallen, das Hardy interessieren könnte.

Am späten Nachmittag parkte Hardy sein Auto im langen Schatten der Mission Hills Clinic. Der Abendwind zerrte an seinem Sakko, als er ausstieg und sich anschickte, erneut die Reihe der Demonstranten zu durchqueren. Dieselben Leute, dasselbe Gebäude, derselbe Wind.

Im dunklen Warteraum vor der Abteilung Geburtshilfe/Gynäkologie war kein Mensch zu sehen, auch die Jalousie hinter dem Schalter bei der Anmeldung war heruntergelassen. Hardy spürte, wie sich seine Muskeln verkrampften, und um ein Haar hätte er kehrtgemacht, doch dann rang er sich dazu durch, an die Glasscheibe zu klopfen. Nun war er einmal hier. Da konnte er sich ebensogut vergewissern.

Er bemerkte einen Spalt in der Jalousie, und dann gingen die Lamellen auf. Sam lächelte und winkte ihm zu, deutete auf die Tür zu den Verwaltungsräumen und schloß die Lamellen wieder. Hardy durchquerte den Raum.

Die Tür ging einen Spalt auf, und Sams Kopf tauchte auf, wie bei einer Schildkröte, die aus ihrem Fenster vorlugt. Sam packte Hardy am Arm und zog ihn durch die Tür. »Die Luft ist rein«, sagte er. »Sie würden es nicht glauben. Wir machen um halb fünf dicht. Die Leute kommen um fünf Uhr angetanzt und denken sich, wir warten nur auf sie. Wenn man den Schalter besetzt läßt, sitzt man die ganze Nacht hier.«

Sam geleitete ihn unter unablässigem Geplapper in einen Aufenthaltsraum für das Klinikpersonal – gelbe Plastikstühle, weißlackierte Metalltische, Getränkeautomaten, ein Mikrowellenherd. Es war ein Zimmer ohne Fenster, in dem sich niemand aufhielt. Sie setzten sich an einen der Tische.

»Ich hätte mich schon daran erinnern sollen, als Sie das letzte Mal hier waren, besonders als Sie das mit den persönlichen Sachen ansprachen, aber …« – Sam schnippte mit den Fingern … »… das Gehirn, manchmal will's einfach nicht so recht. In einem Moment ist man voll auf Draht, im nächsten …« – seine Hände beschrieben einen Explosionspilz – »*puff*, niemand zu Hause.«

»Geht schon in Ordnung, Sam. Ich bin sehr dankbar, daß Sie mich angerufen haben, als es Ihnen wieder eingefallen ist, und Ihnen ist doch etwas eingefallen?«

Sam nickte nachdrücklich. »Übers Wochenende. Haben Sie den Zeitungsartikel gelesen über den Senator, der nicht erlaubt hat, daß seine Tochter eine Abtreibung vornehmen läßt? Na ja, jedenfalls … ich war bei Jason – Jason ist mein Freund –, und ich habe gelesen, und plötzlich, es war, ich weiß nicht recht, wie eine Vision oder sonst was, einfach, *peng*, da war's wieder.«

Hardy lächelte. »War *was* wieder, Sam?«

»Dr. Witt. Genau dieselbe Sache.«

»Dr. Witt hatte eine Tochter?«

»Nein. Unmöglich.« Sam streckte die Hand vor und patschte Hardy auf den Arm. »Nein, hören Sie, die persönliche Sache, die Verbindung ist folgende – da war dieses junge Mädchen, Melissa Roman, deren Eltern ihr klipp und klar gesagt haben, sie kann sich eine Abtreibung abschminken, sie ihr verboten haben, verstehen Sie.« Er rollte die Augen. »Clever, stimmt's. Diese Leute, ich werde sie nie begreifen ...« Ein tiefer Seufzer. »Jedenfalls hat sie es dann auf eigene Faust probiert – eine Abtreibung –, und das hat nicht so gut hingehauen.«

»Was ist passiert?«

»Was denn sonst?« Erneut die Handbewegung, die das ganze Universum mit einschloß. »Sie landet hier bei uns. Dr. Witt ist der Spezialist für Frauensachen, und er arbeitet ehrenamtlich hier bei uns. Er hat auf der Stelle einen Krankenwagen bestellt. Aber noch bevor der Wagen ankam, war das Mädchen tot.«

»Die Eltern haben Witt die Schuld gegeben?«

Sam nickte. »Mußten sie ja. Sie wollen sich ja nicht selber die Schuld geben, stimmt's? Also brauchen sie sonst irgendwen, und Melissa ist bereits tot – irgendwie unfair, den Frust an ihr auszulassen, finden Sie nicht auch? –, also kommen sie auf Witt. Sie beschließen, daß er irgendwie für die Abtreibung verantwortlich ist, an der ihre Tochter gestorben ist.«

Diese Logik vertrug kein gründliches Nachbohren, aber Hardy nahm an, daß sich das Ganze für die trauernden Eltern Roman überzeugend genug anhörte. Er beugte sich jetzt vor. »Wie sind sie ihm denn auf den Pelz gerückt? Wann ist die ganze Sache passiert?«

Sam nickte, war stolz auf sich. »Ich habe es heute nachgesehen. Es war letztes Jahr genau vor Thanksgiving.«

»Also einen Monat, bevor man Witt erschossen hat.«

»Stimmt.«

»Was haben sie gemacht? Gedroht, ihn zu verklagen? Was denn?«

Sams Handflächen wiesen wieder gen Himmel, demonstrierten die ganze Wahrheit. »Ich weiß nicht alle Details. Ich weiß, daß Vater Roman zweimal hier angetanzt ist – beim zweiten Mal mußten wir den Sicherheitsdienst rufen. Dann, kurz darauf, hat Dr. Witt gesagt, daß er vielleicht aufhört, ehrenamtlich zu arbeiten, es sei einfach zuviel Streß. Irgendwer hat ihm die Scheibe am Auto eingeworfen, und er war sicher, daß es Roman gewesen war.«

»Hat er Anzeige erstattet?«

»Keine Ahnung.«

Das war etwas, das Hardy mit Fug und Recht Terrell oder sogar Glitsky melden konnte. Das hier war ein tätlicher Angriff, der einem Mordopfer weniger als vier Wochen vor seinem Tod gegolten hatte.

Sofern Larry die Sache angezeigt hatte.

»Was das andere angeht«, sagte Sam soeben, »ob Roman ihn oder die Klinik verklagt hat, keine Ahnung. Ich habe nichts davon gehört, aber ich will Ihnen was sagen ...«

Hardy wartete.

»Was halten Sie davon? Wenn man vorhat, jemanden umzubringen, dann verklagt man ihn doch nicht auch noch, oder? Vielleicht ist das der Grund, wieso ich nie von was gehört habe. Wieso hat er sonst nicht einfach die Klinik verklagt?«

Eine interessante Frage.

Niemand war zu Hause, als Hardy heimkam, und er spürte, wie ihm die Leere aufs Gemüt zu drücken versuchte, schwer und kalt wie der für San Francisco typische Nebel.

Er hatte fast zehn Jahre lang alleine in diesem Haus gewohnt, bevor er sich mit Frannie zusammentat, und die Erinnerungen an früher waren nicht allzu angenehm – er vermißte so gut wie nichts aus diesem verlorenen Jahrzehnt. Damals war das Haus kleiner gewesen (ohne das Kinderzimmer für Vincent), dunkler (ohne die Dachfenster), kälter. Einfach irgendwie kälter.

Er pflegte von der Schicht in der Kneipe oder von einem Football- oder Baseballspiel nach Hause zu kommen und in sein Arbeitszimmer zu gehen, wo sich jetzt Rebeccas pastellfarben gestrichenes Kinderzimmer befand. Er holte sich eine Flasche Guinness aus dem Kühlschrank, setzte sich im Licht seiner altmodischen Schreibtischlampe mit dem grünen Glasschirm an den Schreibtisch und las oder warf Darts oder putzte seine (jetzt unbenutzten) Pfeifen oder schnitzte an einem Stück Holz herum. Meistens zündete er sich mit Briketts ein Feuer im Kamin an.

Alles, was er tat, hatte er mutterseelenallein getan, selbst wenn ihm andere Leute Gesellschaft leisteten. Er hatte nicht den Eindruck gehabt, daß er einsam war. Er war nicht einsam, er war nur allein. Und, wie er jetzt wußte, es gab da einen Unterschied.

Frannie hatte nichts davon erwähnt, daß sie fortfahren wollte, und er hatte noch mit ihr geredet, nachdem er Jennifer morgens besucht hatte. Es war gut möglich, daß sie zum Markt gefahren war, obwohl sie ja erst ein gemütliches Wochenende hinter sich hatten, einschließlich einer Einkaufsfahrt am Samstag.

Er hatte keine Ahnung, wo Frannie und die Kinder steckten, und es beunruhigte ihn wider jede Vernunft. Auf dem Heimweg hatte er über Jennifer und Larry und die Romans und das Anamneseblatt nachgedacht, das Lightner – absichtlich? – liegengelassen hatte, damit Hardy es einstecken konnte.

Alle diese Gedanken waren jetzt wie fortgeblasen. Er ging ins Zimmer von Vincent und sah durchs Fenster nach unten, weil er wissen wollte, ob sie vielleicht trotz der Kälte des Juliabends im Garten spielten. Da waren sie aber nicht. Er fütterte die Tropenfische im Elternschlafzimmer und sah auf die Uhr, war schon im Begriff, die Nummer des *Shamrock* zu wählen, entschied sich dann dagegen, sah wieder nach der Uhr. Er hatte keine Ahnung, wo sie stecken mochten. Es war kein Zettel da.

Er hatte keine Lust, hier herumzusitzen und zu warten, sich von der alten Leere durchdringen zu lassen. Das war etwas, das er hinter sich gebracht hatte, und daß es so urplötzlich wieder aufgetaucht war, war ihm unheimlich. Ob mit den Kindern alles in Ordnung war? Mußte Frannie rasch zur Notaufnahme losdüsen, hatte sie nicht einmal die Zeit gehabt, ihm eine Notiz auf einen Block zu kritzeln? Er marschierte von der Küche zur Haustür und wieder zurück durch die einzelnen Zimmer und sagte sich, daß er nicht nach Blutstropfen auf dem Fußboden suchte.

Im Schlafzimmer zog er seinen Anzug aus und kurze Hosen, ein Sweatshirt und Tennisschuhe an. Er hatte eine feste, vier Meilen lange Strecke, die er von zu Hause runter zum Strand und durch den Golden Gate Park entlang der Lincoln Street zum *Shamrock* an der 9th Avenue und von dort wieder nach Hause lief. Er brauchte rund fünfundvierzig Minuten dafür.

Er sah auf die Uhr. Er würde um sieben wieder zu Hause sein. Er schrieb einen Zettel und steckte ihn in der Küche unter einen Salzstreuer. Zumindest würde Frannie wissen, wo er abgeblieben war.

In der Küche begrüßte ihn Frannie mit einem Kuß. Sie war gerade dabei, ihre Spaghettisauce mit Vongole und Weißwein zu rühren und summte ein Lied. Rebecca goß Wasser aus einer Gießkanne und bekam immerhin fast die Hälfte davon in die verschiedenen Pfannen und Tiegel, die sie auf dem Fußboden arrangiert hatte. Vincent saß neben ihr in seinem Hochstuhl. Die Fenster waren vom Dampf des kochenden Wassers beschlagen. Die Sonne stand noch immer am Himmel. In diesem Haus war nichts Leeres oder Unheimliches oder Düsteres.

Hardy ging unter die Dusche, haderte mit sich wegen seiner Paranoia und fragte sich, wie er so alt hatte werden können.

22

Am Mittwoch kurz nach zwölf saß Jennifer auf der Bank im Besucherraum des Gefängnisses, und plötzlich hörte man, daß weiter hinten irgendein Gegenstand gegen die Gitterstäbe krachte und von dort zu Boden schepperte. Frannie fuhr erschrocken hoch. Sie setzte sich wieder und zwang sich zu einem Lächeln. »Ich hasse diese Art von Krach. Ich springe jedesmal im Sechseck.«

»Mich stört's eigentlich gar nicht mehr. Ich schätze, ich bin es gewohnt.« Jennifer sah hinunter auf ihre Hände. »Larry hat manchmal mit Sachen um sich geworfen, also wußte ich, wenn ich das Geräusch hörte, daß das Schlimmste schon vorbei war.«

»Was wollen Sie damit sagen?«

»Sie wissen schon, die Anspannung, das Warten darauf, daß er in die Luft geht. Es war fast eine Erleichterung, wenn es dann passierte.«

Frannie legte die Hand auf das Plexiglas. Jennifer legte die ihre auf der anderen Seite gegen die Scheibe. Die Geste hatte sich zwischen ihnen eingebürgert, war eine Art Signal, eine indirekte Berührung. Dies war ihr drittes Treffen. Die Hände blieben, wo sie waren. Frannie starrte auf die Hände, auf ihren Ehering. Sie wurde blaß.

»Alles in Ordnung?« fragte Jennifer

»Doch, alles bestens. Nur manchmal …«

»Was?«

»Tut mir leid. Ein Augenblick der Schwäche. Es ist nichts.«

Sie lächelte wieder, aber nur halbherzig. »Ich weiß nicht, was es ist.«

»Sie sehen traurig aus.«

Frannie nickte. »Genauso fühlt es sich an. Als ob urplötzlich alles keinen …« – sie suchte nach dem richtigen Wort – »… keinen vollen Klang mehr hat, würde ich sagen.«

»Vielleicht ist es bloß die Hormonumstellung nach der Entbindung. Das kann ein halbes Jahr dauern, wissen Sie, manchmal länger. Nach Matt …«, sie machte eine Pause, war überrascht von dem Namen, der aus dem Nichts aufgetaucht war. Sie holte tief Luft, zwang sich weiterzusprechen, »… nach Matt kam erst eine euphorische Phase, dann dieses schwarze Loch, das nicht mehr weggehen wollte.«

Frannie zuckte die Achsel. »Vielleicht. Ich weiß nicht. Ich habe nicht das Gefühl, daß es das ist.« Sie ließ die Hand in den Schoß fallen. »Ich wollte Ihnen sagen – wissen Sie, daß mein erster Mann ebenfalls umgebracht wurde?«

Dann erzählte Frannie Jennifer die Geschichte von Eddie Cochran, der damals fünfundzwanzig war – Frannies Mann und Hardys Freund. Hardy hatte bei der Entlarvung des Mörders mitgeholfen, und fünf Monate später hatten sie – Hardy und Frannie – sich ineinander verliebt und geheiratet.

Frannie erzählte ihr von ein paar üblen Momenten in der Zeit, seit sie zusammen waren. Vielleicht Schuldgefühle. Schlechtes Timing. Aber dies hier, Frannies Traurigkeit, schien irgendwie tiefer zu gehen.

»Alles ging so holterdipolter, wissen Sie.«

Jennifer hörte gebannt mit funkelnden Augen zu. Eine andere Frau hatte Probleme, war traurig. Es war tröstlich zu wissen, daß sie nicht so ganz allein war.

»Es ist bloß so, daß erst Eddie da war, dann Dismas und ich. Dann bin ich plötzlich wieder verheiratet, und Rebecca kommt auf die Welt. Als nächstes, bevor ich eigentlich noch recht über all diese Veränderungen nachgedacht habe, bin ich schon wieder schwanger, kommt Vincent zur Welt. Und jetzt – jetzt bin ich eine Minute lang stehengeblieben und blicke zurück, und es kommt mir vor, als wäre ich in einer Tour wie eine Verrückte gerannt, als wäre ich vielleicht vor irgendwas weggerannt. Läßt sich das einigermaßen nachvollziehen?«

Jennifer nickte. »Ja. Manchmal glaube ich, der Trick ist einfach, daß man immerzu weiterrennt, damit man nicht stehenbleiben und darüber nachdenken muß. Wenn man erst einmal stehenbleibt, dann ...«

Frannie ließ sich eine ganze Weile Zeit, beugte sich dann vor, stemmte die Ellbogen auf die Tischplatte. »Heute saß ich da und hab Vincent gewiegt und gestillt, und auf einmal mußte ich weinen. Richtig schluchzen. Wieso sollte mich das überwältigen, wenn ich mein Leben anschaue und mich prima fühle? Ich bin jeden Tag guter Dinge, Dismas und ich kommen glänzend miteinander aus. Ich liebe die Kinder. Ich kapier's nicht.«

»Fehlt Ihnen denn Eddie, Ihr erster Mann?«

»Ein bißchen. Aber ich habe mich daran gewöhnt, daß er weg ist. Ich weiß, daß er nicht mehr zurückkommt. Das ist es nicht. Es ist eher so, daß ich die Dinge nicht richtig auseinanderklamüsert habe. Ich habe noch nicht mal richtig drüber nachgedacht, und schon bin ich verheiratet und habe zwei Kinder, und das ist mein Leben, und manchmal habe ich überhaupt keine Ahnung, wie es dahin gekommen ist.«

Jennifer kratzte auf ihrer Seite der Trennscheibe auf dem pockennarbigen Fensterbrett herum. »Tja, manchmal hat man wirklich keine Ahnung, wie man wohin gekommen ist.«

Frannie rang sich ein Lächeln ab. »Sehen Sie mich an, wie ich mit Ihnen rede, wo Sie *hier drin* sitzen. Ich darf mich wirklich nicht beklagen, wenn ich sehe, in welchem Schlamassel Sie stecken.«

»Das ist in Ordnung«, sagte Jennifer. »Ist schon in Ordnung. Ich werde nicht auf immer und ewig hier sein. So oder so – zumindest komme ich hier wieder raus.«

»Ich weiß nicht, wie Sie das aushalten.«

Jennifer dachte eine Weile nach, schluckte dann, rang sich nun ihrerseits ein Lächeln ab. »Es ist ja nicht so, daß ich groß die Wahl hätte ... Er behandelt Sie gut, oder? Er tut Ihnen nicht weh?«

Es war nicht ganz klar, woran sie anknüpfte. »Wer?«

»Ihr Mann.«

»Dismas?« Frannie verlagerte das Gewicht auf dem harten Holzstuhl. »Nein, ich meine *ja*, er behandelt mich sehr gut. Er würde mir nie weh tun. Er liebt mich.«

Jennifer sah sie mit einem Blick an, der zu fragen schien, was das damit zu tun hätte. Aber sie sagte: »Und Eddie, hat er's getan?«

»Mir weh getan? Nein, nie.«

Jennifer lehnte sich in ihrem Stuhl zurück und fuhr sich mit beiden Händen durchs kurzgeschnittene Haar. »Es muß wohl an mir liegen«, sagte sie. »Ich habe schon immer geglaubt, daß es an mir liegt.«

»Daß was an Ihnen liegt? Was?«

Jennifer beugte sich jetzt vor, zog die Schultern hoch. Langsam hob sie die Hand und legte sie an die Glasscheibe. Frannie hob die ihre auf gleiche Höhe und bildete sich beinahe ein, sie könne die Wärme von Jennifers Haut spüren. »Warum sie mich immerzu schlagen.«

Im dritten Stock hörte Dean Powell gerade einem anderen Staatsanwalt dabei zu, wie dieser die wesentlichen Gesichtspunkte einer schweren Körperverletzung analysierte.

Die Leute, die im Justizpalast arbeiteten, unterhielten sich in einer Art Code. San Francisco genoß zu Recht den Ruf, die politisch korrekteste Stadt Amerikas zu sein, und man konnte seinen Job verlieren oder noch Schlimmeres, wenn man bei der Stadtverwaltung angestellt war und unachtsam ein Wort verlauten ließ, das nicht von der einen oder anderen Gruppe offiziell gebilligt – oder offiziell geächtet – worden war.

Die Leute bei der Polizei und der Staatsanwaltschaft zählten zu denjenigen, die das feinste Ohr für Unzulässigkeiten in diesem Bereich hatten, und so war es zu erklären, daß sie für den internen Gebrauch auch den ausgefeiltesten Code entwickelt hatten. Besucher konnten den halben Tag im Justizgebäude zubringen, während überall ringsum Leute miteinander plauderten, und sich doch absolut getäuscht haben in dem, was sie zu hören gemeint hatten.

Dean Powell, der sich um das Amt des Generalstaatsanwalts des Staates Kalifornien bewarb, mußte nach wie vor als Anklagevertreter klarkommen, und gerade in der Zeit bis November war er sorgsam darauf bedacht, nicht zuviel Codes zu benutzen. Trotzdem brauchte er keinen Dolmetscher.

»Wenn Sie mich fragen«, sagte Tony Feeney soeben zu ihm, »haben wir hier einen klassischen Fall von DNBD. Geschäftsfrau, Streit wegen Finanzierungsfragen. Beide Beteiligte Kanadier. Meiner Meinung nach wird sie einen Rückzieher machen wie die drei anderen Male.«

Feeney war ein anderer Staatsanwalt, der die Meinung des erfahreneren Kollegen einholte, ob er sich überhaupt die Mühe machen sollte, Anklage gegen Mr. Duncan J. Dunlap wegen schwerer Körperverletzung zu erheben, begangen an seiner Freundin Byna Lewes, mit der Dunlap zusammenlebte – einer »Geschäftsfrau«.

DNBD war der Code für einen Fall, in dem der Angeklagte der felsenfesten und üblicherweise auch lautstark den Polizisten gegenüber zum Ausdruck gebrachten Überzeugung war, daß die Frau, die er soeben wüst verprügelt oder totgeschlagen hatte, den Angriff aus eigenem Verschulden provoziert hätte. DNBD war die Kurzformel für Die Nutte Brauchte Das. Im vorliegenden Fall war Dunlap der Meinung, daß Lewes ihm Geld vorenthalte und sich womöglich einen anderen Zuhälter suchen wolle. Feeney war der Ansicht, daß Lewes »einen Rückzieher« machen werde, was bedeutete, daß sie die Zeugenaussage verweigern oder, was sogar noch schöner wäre, im Zeugenstand die vorher gemachte Aussage abändern würde. Und, nebenbei bemerkt, waren beide Beteiligte Afroamerikaner, die von den Gesetzeshütern »Kanadier« genannt wurden, damit sich niemand beleidigt fühlen konnte, der zufällig nahe genug dabeistand, um mitzuhören.

Byna Lewes hatte bereits bei drei früheren Gelegenheiten, als er sie verprügelt hatte, versprochen, gegen Mr. Dunlap auszusagen, doch jedesmal hatte sie klein beigegeben und verkündet, daß es ihm (diesmal) aufrichtig leid tue und er sie wirklich von Herzen liebe. Er brauchte nur etwas Hilfe. Vielleicht könnte ja die Stadtkasse mithelfen, ihm eine Therapie zu bezahlen.

Powell verschränkte die Hände hinter dem Kopf. »Haben Sie sich eigentlich jemals gefragt, warum wir all das hier überhaupt machen?«

Feeney wußte keine Antwort. Er saß Powell gegenüber und hoffte, daß dieser sich an ihn erinnern würde, sofern er Glück hätte und seinen Amtssitz nach Sacramento verlegte.

»Wie übel war sie denn zugerichtet?« Feeney klappte den Aktenordner auf und wollte die Fotos hervorholen. Doch Powell streckte ihm abwehrend eine Hand entgegen. »Beschreiben Sie's mir einfach, Tony. Wie übel?«

Die Polaroidaufnahmen waren von dem Polizeibeamten, der die Verhaftung durchgeführt hatte, kurz nach dem tätlichen Angriff in Bynas Zimmer im Krankenhaus gemacht worden, bevor man sie verbunden hatte. Ihr linkes Auge war zugeschwollen, das Nasenbein sah gebrochen aus, Haare und Ohr waren blutverschmiert. Feeney warf einen Blick in den Polizeibericht und sah, daß auch ihr Arm ausgekugelt war. »Nicht besonders übel«, sagte er, »ungefähr Durchschnitt.«

»Erheben wir Anklage?«

Powell kam zum Kern der Sache. Falls Byna – das Opfer – gewillt war, beim Verfahren gegen Mr. Dunlap zu kooperieren, würde man Anklage gegen diesen erheben, der Fall gerichtlich verfolgt werden. Sofern andererseits das Tatopfer es vorzog, der Staatsanwaltschaft nicht zu helfen, und sich weigerte, vor Gericht zu erscheinen und als Zeugin auszusagen – was bei solchen Fällen sehr häufig vorkam –, dann hatte die ganze Sache wenig Aussicht auf Erfolg.

»Tja, es gibt eine Menge Fragezeichen, das ist das Problem. Am Abend, als die Fotos gemacht wurden« – Feeney deutete auf die Akte –, »hatte Mrs. Lewes die Schnauze voll, wollte sofort nach der Entlassung aus dem Krankenhaus bei uns erscheinen und Anzeige erstatten und den Übeltäter hinter Schloß und Riegel bringen.«

»Und was ist passiert? Hat er ihr einen Besuch abgestattet?«

»Hätte er, aber er saß in U-Haft. Aber natürlich hat er ihr, kaum daß er auf Kaution draußen war, Rosen und Pralinen gekauft, gesagt, daß es ihm leid tat. Diesmal allerdings war sie nicht so sicher, ob sie ihm glauben soll, hat aber solche Angst vor ihm, daß sie nicht gegen ihn aussagen will.«

»Logisch. Sehr vernünftig.«

Feeney hob einen Finger. »Aber«, sagte er, »sie sagt, sie wird aussagen, wenn wir ihr eine gerichtliche Vorladung schicken.«

»Was für eine Staatsbürgerin! Das ist eine prächtige Geschichte. Und Sie wollen von mir wissen, was ich tun würde?«

»Ich weiß, was Sie tun würden, Dean. Ich frage mich nur, welche Begründung Sie vorbringen würden. Wir haben eine dritte Tatwiederholung, wir haben eine Zeugin, die sagt, daß sie aussagen wird. Wie kann man die Sache einfach niederschlagen?«

»Sie schlagen die Sache nicht nieder, Tony. Sie bringen das Verfahren in Gang, halten jeden Tag ihr Händchen und versuchen sich nicht allzusehr zu grämen, wenn sie zum Prozeßtermin nicht erscheint.«

David Freemans Büro befand sich in der vorderen Ecke des alten Gebäudes in der Sutter Street, wenn man ein Stockwerk auf der Treppe mit dem reichverzierten Geländer hochgestiegen war. Im Parterre gab es einen gemütlichen Empfangsbereich, ein Konferenzzimmer, das auf einen kleinen Innenhof mit efeuberankten Ziegelmauern hinausging, dazu eine kleine juristische Fachbibliothek. Vor vier Jahren hatte Freeman einige Umbauten vornehmen lassen und im Parterre eine Menge Glas eingebaut, was dem ganzen Haus eine luftige Atmosphäre verlieh.

Oben im ersten Stock vor Freemans Höhle hielt Phyllis Wells die Heuler in Schach, wobei die Heuler die Codebezeichnung der beiden für die angestellten Anwälte war.

Phyllis war jetzt schon zweiunddreißig Jahre bei David angestellt, und in dieser Zeit hatte sie diverse Anwälte kommen und gehen sehen – sie fingen in der Kanzlei als beflissene junge Leute frisch von der Hochschule an, die hofften, am Rockzipfel des brillanten David Freeman zu Ruhm und Ehren zu gelangen, sich einen Namen in der Stadt und vielleicht darüber hinaus zu machen, binnen angemessener sechs oder sieben Jahre zum Sozius aufzusteigen. Die meisten hielten keine zwei Jahre durch.

Nicht ein einziger war bei der Stange geblieben und zum Sozius aufgestiegen. Sie arbeiteten ihre zwölf Stunden am Tag, in der Nacht und am Wochenende, schrieben ihre Schriftsätze, sammelten sogar Prozeßerfahrung und zogen dann weiter, sei es, daß sie eine eigene Kanzlei aufmachten oder zu einer der großen Anwaltskanzleien im Bankenviertel wechselten oder die Juristerei ganz aufgaben.

Der Grund war: David Freeman hatte keine Lust auf einen Sozius. Nicht umsonst hatte er seine Kanzlei David Freeman & Associates genannt. Daran würde sich nichts ändern.

Er delegierte höchst ungern. Nein, Phyllis wußte, es war mehr als das. Er war unfähig zu delegieren. Weshalb die ganze Sache mit Dismas Hardy ihrer Ansicht nach ein wenig ungewöhnlich war – Hardy übernahm Arbeiten, die Freeman immer eigenhändig erledigt hatte. Freeman schien sogar vergleichsweise zufrieden zu sein mit den Ergebnissen, die Hardy beibrachte. Das war so ungewöhnlich, daß es Phyllis beunruhigte. Sie fragte sich, ob David vielleicht krank sei. Und ob er es ihr mitteilen würde, falls dem so wäre.

Nicht, daß sie etwas gegen Hardy gehabt hätte. Er verbreitete eine angenehme Stimmung. Er sah adrett aus, etwas zerzaust vielleicht, nicht zu mager. Manchmal hatte er für ihren Geschmack ein bißchen zu schnell eine witzige Bemerkung parat, aber sie hatte weiß Gott genügend humorlose Anwälte gesehen, die durch diese Räume spaziert waren. Es war erfrischend, einen zu treffen, der sich nicht so ernst zu nehmen schien.

Freeman hatte Anweisungen gegeben, Hardy zu sich vorzulassen, wenn Hardy sich mit ihm unterhalten oder beraten mußte, sogar nur einen Besuch machen wollte. Natürlich war er eigentlich kein Angestellter, keiner der Heuler. Er war noch nicht einmal Teil der Kanzlei. Er hatte lediglich ein Büro gemietet.

Er kam und ging eher unregelmäßig und fing allmählich an, sich so zu verhalten, als ob er ihr vertraute, was er selbstverständlich auch konnte, obgleich sie zunächst etwas vergrätzt gewesen war, als David vorgeschlagen hatte, Hardy könne sie ebenfalls als seine Sekretärin betrachten. Aber auch das klappte zufriedenstellend. Hardy saß oben im dritten Stock und hielt die Verbindung zu ihr durch die Sprechanlage, die er nur selten benutzte.

Trotzdem war es etwas Ungewohntes, wenn sie ihm Auskünfte gab, bevor sie dies mit David abgesprochen hatte. Jetzt war ihr Chef – Freeman würde immer ihr Chef bleiben – bei Gericht, und hier stand Dismas Hardy und fragte beiläufig, wie Jennifer eigentlich an die Kanzlei verwiesen worden war. Sie hatte gedacht, er wüßte es bereits. Nun ja, es war keine große Sache – er kam einfach von irgendwoher die Treppe hochspaziert, hatte mit den Fingern geschnippt, kehrtgemacht und war vor ihrem Schreibtisch stehengeblieben.

Jennifer Witt war Davids Mandantin, daran gab es keinen Zweifel, auch wenn Phyllis sich erinnerte, daß es ungefähr im ersten Monat oder so gewesen war, seit Hardy das Büro gemietet hatte, als sie ihn anrief, nachdem sie David bei Gericht angepiepst und der ihr gesagt hatte, sie solle Hardy rüberschicken, damit er sich mit Jennifer im Gefängnis treffen konnte. Aber wenn Phyllis irgendwas in den zweiunddreißig Jahren in diesem Metier gelernt hatte, dann war es, daß Informationen die klingende Münze im Reich der Juristen waren und ihre Verbreitung sich – fast immer – strikt auf das Allernötigste beschränkte.

»Es kam mir eben in den Sinn«, sagte Hardy, »daß ich die ganze Zeit alles mögliche über diese Frau herauszufinden versuche und dabei noch nicht mal weiß, wie wir überhaupt mit ihr zu tun bekamen. Sehen Sie, sie hat bei unserem ersten Treffen gedacht, ich wäre David, hat ihn demnach auch nicht gekannt, hab' ich recht?«

Phyllis lächelte und rückte ihre Brille zurecht. »Haben Sie sie denn nicht gefragt?«

Er lehnte sich gemütlich gegen die Trennwand, die ihren Schreibtisch vom Treppenhaus abschirmte. »Soweit ich mich erinnere, sagte sie etwas von den Anwälten ihres Mannes, aber ich weiß nicht, welche Kanzlei das ist.«

»Sie konnte es Ihnen nicht sagen?«

»Sie hätte es gekonnt, wenn ich hinüber zum Justizpalast gefahren wäre und vier Dollars für den Parkplatz berappt hätte, dann sechs Stockwerke im langsamsten Fahrstuhl Amerikas hochgefahren wäre, mich hätte filzen lassen und von der Wärterin ins Frauengefängnis reingelassen worden wäre und eine Viertelstunde auf Jennifer gewartet und ihr dann die Frage gestellt hätte.« Er wußte, daß er sie bezirzte, und sonderbarerweise wußte sie es ebenfalls und hatte nichts dagegen. Jetzt grinste er offen. »Sie lassen mich auflaufen, Phyllis. Ich spüre das ganz deutlich.«

Donna Bellows, ein Mitglied der Anwaltskanzlei Goldberg, Mullen & Roake, hatte die Empfehlung ausgesprochen. Hardy rief sie aus seinem Büro an, zwei Stockwerke über Phyllis.

Es war mitten in der Woche, mitten am Nachmittag, und er bekam sie sofort an den Apparat. Er nannte seinen Namen und war frappiert, daß auf der Stelle ein kalter Ton in ihrer tiefen Stimme zu hören war.

»Vielleicht war es damals nicht klar, Mr. Hardy, aber nicht nur übernimmt unsere Kanzlei nur ganz wenige Strafrechtsfälle, sondern ich persönlich wollte nichts mit Mrs. Witt zu schaffen haben, bin daher auch nicht geneigt, eine große Hilfe zu sein. Tut mir leid.«

»Haben Sie sie denn gekannt? Persönlich?« Er mußte sie am Reden halten, oder sie war weg, und er hatte eine Sache, auf die er zu sprechen kommen wollte.

»Ich bin ihr nie begegnet. Ich will es auch nicht. Es tut mir leid, aber wenn Sie mich jetzt bitte entschuldigen ...«

»Bitte, wenn ich darf – eine rasche Frage. Können Sie mir irgend etwas über Crane & Crane erzählen? Gibt es da irgendeine Verbindung zu Dr. Witt?«

Stille, sie traf ihre Entscheidung. Hardy wußte, daß er und Mrs.

Bellows nicht wirklich Gegner waren. Sie mochte Loyalität – oder auch mehr – für ihren Mandanten Larry Witt empfunden haben, aber gute Anwälte versuchten im Umgang mit ihren Kollegen zumindest die professionelle Höflichkeit zu wahren. Hardy zählte darauf. Er hörte sie seufzen, daß sie diese widerwärtige Unterhaltung fortführen mußte.

»Na schön, tut mir leid, Mr. Hardy. Ich mochte Larry Witt. Ich habe die Zeitungen gelesen und bin leider der Ansicht, daß seine Frau ihn und ihren Jungen erschossen hat.«

»Sie schließen das aus dem, was Sie in den Zeitungen gelesen haben?«

»Daraus, ja, und aus einigen anderen Dingen.«

»Was für andere Dinge?«

Wieder eine Pause, sie überlegte, wollte sie ihm eine weitere Abfuhr erteilen? »Lassen Sie uns bitte wieder auf die eine Frage zurückkommen.«

Obwohl sich hier eine reiche Informationsquelle auftun mochte, wußte Hardy, daß er sie unberücksichtigt lassen mußte, sofern er etwas über Crane & Crane herausfinden wollte. Er hatte gestern den Großteil eines frustrierenden Tages und heute bereits den ganzen Morgen damit zugebracht, den Schimären »anderer Typen« nachzujagen – die Eltern von Melissa Roman, Witts erste Frau Molly, einen Dr. Heffler aus dem Anamnesebogen Dr. Lightners. Es war ihm noch nicht einmal gelungen, mit auch nur einem von ihnen zu sprechen. Jetzt hatte er Donna Bellows am Telefon, und er würde akzeptieren, was immer sie herauszurücken gewillt war.

»Crane & Crane. Irgendeine Verbindung zu Larry.«

»Der Name klingt vertraut zumindest in dem Sinne, daß ich meine, ihn bereits gehört zu haben, das ist alles.«

»Es handelt sich um eine Anwaltskanzlei in Los Angeles.«

»Das mag sein. Sie sagen, Larry und ...?«

»Ich weiß nicht. Er rief sie ein paar Tage vor seinem Tod an.«

»Bevor er ermordet wurde, meinen Sie. Er ist nicht einfach gestorben. Man hat ihn ermordet.« Er hörte sie einen Moment lang atmen. »Ich war Larrys Finanzberaterin. Was Crane angeht, so könnte er den Namen in irgendeinem Zusammenhang erwähnt haben. Das wäre vor rund einem halben Jahr gewesen? Was immer es war, sofern überhaupt etwas war, es kann nicht allzu wichtig gewesen sein. Ich kann mich wirklich nicht erinnern, aber ich kann es nachprüfen.«

»Würde Ihnen das etwas ausmachen?«

»Offen gesagt macht es mir etwas aus, Mr. Hardy. Es gefällt mir nicht, wenn man meine Mandanten erschießt. Es gefällt mir ganz und gar nicht. Und ich habe keine Lust, den Mördern dabei zu helfen, daß sie freikommen. Aber ich schaue nach. Ich habe gesagt, ich mache das, und dann mache ich das auch.«

Hardy bedankte sich.

»Ich rufe Sie an«, sagte sie und legte auf.

Die »Date Night«, der Abend, der Frannie und Hardy ganz allein gehörte, folgte keinem bestimmten Muster. Das traditionelle und geheiligte Ritual am Mittwochabend hatte sie – bevor die Kinder zur Welt gekommen waren – ganz spontan bis nach Los Angeles oder Reno oder Santa Fe geführt. Die »Date Nights« hatten sich aber auch schon über mehrere Tage erstreckt, Hardy rief einfach im *Shamrock* an und tauschte seine Schichten, während er und Frannie im Spielkasino saßen oder Galerien besuchten oder sich entschlossen, die Fähre von Long Beach aus hinüber nach Santa Catalina, der Insel der romantischen Liebe, zu nehmen.

Heute abend saßen sie wieder auf einer Fähre und tuckerten über die Bay nach Sausalito. Draußen vor Alcatraz herrschte ziemlicher Wellengang und starker Wind, die Sonne hatte sich hinter einer Nebelbank versteckt, die soeben die Golden Gate Bridge und die Gegend rund um sie herum in dicke Schwaden hüllte. Die Temperatur war auf unter zwanzig Grad abgesunken.

»Ah, der Sommer.« Frannie sah zu, wie Dismas die Luft, die einen frösteln machte, in tiefen Zügen einatmete. Das Paar stand auf dem Oberdeck an der Bugreling, bekam viel Wind und Gischt ab. »Es geht doch nichts über Mitte Juli, um die Winterdepression abzuschütteln.«

Frannie klammerte sich mit beiden Händen an der Reling fest. »Vielleicht ist es das«, sagte sie. »Die Winterdepression.« Sie sah ihren Mann an, und ihr Lächeln war so weit weg wie der Sonnenschein. Hardy legte den Arm um sie und barg sie in seiner warmen Windjacke, und sie kuschelte sich an ihn.

»Geht's dir gut?«

Sie überlegte, ob sie es ihm erzählen sollte, wieviel sie ihm erzählen sollte. Sie hatte das Gefühl, sie mache sich klammheimlich davon, hintergehe ihn. Aber sie hatte keine Lust darauf, das alles zur Sprache zu bringen, jetzt nicht. Es würde in eine große Diskussion ausarten, würde zum Dauerthema des Abends, und das konnte sie jetzt nicht brauchen. Sie mußte nicht alles und jedes mit Dismas abklären. Sie liebte ihn, aber sie lebte ihr eigenes Leben mitsamt ihren eigenen Gefühlen.

Was Frannie anging, so brachten die Treffen mit Jennifer Witt die wunden Punkte irgendwie an die Oberfläche, und das fand sie sehr hilfreich. Sobald sie wußte, woran sie war, wäre sie besser gerüstet, damit klarzukommen. Zu hinterfragen, wie sie sich fühlte, mußte nicht notwendigerweise für sie und Dismas oder für die Kinder bedrohlich sein. Sie liebte sie alle – ihren Mann und ihre Kinder. Darum ging es überhaupt nicht.

Es ging um das, was sie Jennifer gegenüber angedeutet hatte – daß es einfach so viel gab, bei dem sie es nicht geschafft hatte, sich genügend Zeit zu nehmen. Sie war drauf und dran gewesen, völlig aus den Augen zu verlieren, wer sie war und was eigentlich aus Francine Rose McGuire Cochran (jetzige Hardy) geworden war, und wie all das gekommen war. Und wie sie damit zurechtkam.

War sie denn bloß ein Anhängsel des jeweiligen Mannes, mit dem sie zusammen war, die Mutter seiner Kinder? Sie hatte bei Dismas eigentlich nie dieses Gefühl gehabt. Sie hatte auch bei Eddie nicht dieses Gefühl gehabt. Ihr Leben mit Eddie war ein permanentes Abenteuer gewesen. Eddie hatte eben mit der Graduate School anfangen wollen, als er umgebracht worden war. Sie hatten Geld gespart für alle möglichen Sachen, hatten neue Orte entdeckt, einander entdeckt.

Dann, urplötzlich und ohne Warnung, war Eddie weg. Und dann war Dismas da. Nicht genau an der Stelle, die Eddie eingenommen hatte, aber doch nahe dran. Und jetzt, zwei Jahre – fünf Minuten? – später, war sie eine Mutter und Hausfrau ohne Geldsorgen, mit einem Dismas, der bereits alle guten Restaurants und tollen Plätze kannte, bereits alle Entdeckungen gemacht und viele der Entscheidungen getroffen hatte.

Zum Beispiel die Tatsache, daß sie in seinem alten Haus wohnten – was sie natürlich gemeinsam beschlossen hatten. Es war das einzig Vernünftige. Und sie mochte das Haus auch sehr. Doch darum ging es gar nicht: Der Punkt war, daß es, auch wenn sie es nach ihrem Geschmack verändert hatte – es heller gemacht, neu gestrichen, neu möbliert, ein Zimmer angebaut hatte –, immer noch sein

Haus war, das Haus von Dismas, nicht wirklich ihr gemeinsames Haus.

Auch alle ihre gemeinsamen Freunde waren seine Freunde und deren Ehefrauen. Abe, Flo, Pico, Angela. Selbst Moses – ihr eigener Bruder –, selbst Moses war Hardys Freund gewesen, lange bevor sie auf die Bildfläche trat. Nicht, daß sie diese Leute nicht leiden konnte – sie mochte sie alle sehr, aber sie hatte sie nicht aus freien Stücken kennengelernt.

Was war eigentlich mit ihren alten Freunden? Mit den Leuten, die sie und Eddie gekannt hatten? Zählten sie nicht? Warum waren sie nicht mehr Teil ihres neuen Lebens? Lag es an den Kindern, an Dismas, an ihr selbst?

Sie wußte, daß Dismas die zusätzlichen Besuche bei Jennifer nicht gutheißen würde. Ihre ursprüngliche Überlegung war schlicht gewesen, einmal zu sehen, was Jennifer für ein Mensch war, damit sie sich keine Sorgen mehr machen mußte.

Doch jetzt passierte etwas anderes, und das war wichtig, zapfte Bereiche in ihrem Inneren an, in denen sie seit ein paar Jahren nicht mehr herumgestöbert hatte. Wenn sie sich mit Jennifer über verschiedene Dinge unterhielt – warum diese zugelassen hatte, daß beide Ehemänner sie verprügelten, zum Beispiel –, konnte Frannie ihr vielleicht dabei helfen, sich zu verändern und zu begreifen, wie die Dinge eigentlich ablaufen sollten. Es schien die Mühe wert, auch wenn Dismas nichts davon wußte.

Außerdem war sie sicher, daß er ein paar Geheimnisse vor ihr hatte. Man mußte seinem Partner nicht haarklein auftischen, welche Gedanken und Worte und Taten im eigenen Leben eine Rolle spielten.

Und daß sie Jennifer besuchte, tat ihr, Frannie, gut. Jennifer war Frannies Freundin und Vertraute, und Dismas mußte nichts davon wissen. Sie konnte sich ihre eigenen Freunde und Freundinnen aussuchen, ihre eigenen Entscheidungen treffen, was ihr eigenes Leben anging. Später würde sie ihm davon erzählen. Vielleicht, nachdem er und Freeman Jennifer freibekommen hatten. Nach dem Prozeß.

Sie war eine eigenständige Person, aber irgendwie hatte sie es zugelassen, daß das Vorhersehbare in ihrem Alltag ihre Substanz angekratzt hatte. Manchmal fragte sie sich sogar, ob Dismas sie eigentlich weiterhin lieben würde, warum er sie überhaupt liebte, obwohl sie sich die ganze Zeit einredete, daß sie es wert war, geliebt zu werden. Du bist doch eine großartige Frau. Wunderschön, sensibel, cool – wenn du dich nicht selbst liebst, wie kannst du jemand anderen lieben?

Die Fähre war schon leewärts von Sausalito, der Wellengang hatte sich beruhigt. Dismas zog sie enger an sich. »Hallo?«

Es hatte wirklich nichts damit zu tun, ob sie ihn liebte. Sie liebte ihn, sein Gesicht, seinen Körper, seine gelassene Art, Dinge anzupacken. Es war einfach so, daß sie etwas mehr von sich selbst in ihrem Leben brauchte.

»Ich bin da.« Sie küßte ihn auf die Wange.

23

»Molly.«

Es war Freitag früh, im Wohnzimmer bei Freeman, und Hardy hatte es sich in einem der Ledersessel bequem gemacht, während Freeman in seinem kastanienbraunen Morgenmantel am Küchentisch Fragen abhakte und sich mit Bleistift Notizen machte.

»Molly war im Dezember nicht hier. Sie hatte noch nicht einmal gehört, daß er tot ist, oder sie ist eine noch bessere Schauspielerin als unsere Mandantin.«

»Wie hat sie es aufgenommen?«

»Ich glaube, es würde mich deprimieren, falls die Nachricht von meinem Tode derart freudig begrüßt würde.«

Freeman zog fragend die buschigen Augenbrauen in die Höhe.

Hardy fuhr fort. »Sie haßte ihn bis aufs Blut, selbst nach all den vielen Jahren. Er hat auch sie regelmäßig geschlagen.«

Wieder gingen die Augenbrauen in die Höhe. »Aber er hat Jennifer nicht geschlagen.«

Hardy verzog keine Miene. »Das ist unsere Verteidigungsstrategie, stimmt's? Er hat sie nicht geschlagen. So sagt sie jedenfalls.«

»Hat ihr nie auch nur ein Härchen gekrümmt.«

Hardy hatte schließlich mit Molly, Larrys erster Frau, gesprochen. Sie lebte inzwischen in Fargo in North Dakota und arbeitete als Berufsberaterin. Sie hatte nicht wieder geheiratet und seit fünf Jahren nichts von Dr. Witt gehört oder gesehen. »Ich schätze, wir könnten jemanden nachprüfen lassen, ob sie über Weihnachten in North Dakota war, aber ich gehe jede Wette ein, daß sie dort gewesen ist. Die Nachricht von Larrys Tod hat ihr wirklich große Freude bereitet.«

Freeman legte den Bleistift aus der Hand und starrte zum Fenster hinaus. »Lassen Sie uns eine Minute innehalten, Diz. Was für ein Dreckskerl war dieser Typ?«

Die Beine übereinandergeschlagen und bequem zurückgelehnt, ließ sich Hardy eine Weile Zeit. »Nach allem, was man hört, war er ein vorbildliches Mitglied der Gesellschaft und Arzt aus Leidenschaft, ein Mustervater und fürsorgliches Familienoberhaupt. Er hat nur zufällig seine Ehefrauen verprügelt.«

»Glauben Sie das wirklich?«

»Sie nicht?«

»Ich habe keine Ahnung, warum Jennifer sich nicht darauf einläßt. Selbst wenn der Gesetzgeber nichts davon hält, besteht eine gute Chance, daß eine Jury sie laufen läßt, und gar keine Chance, daß sie zum Tod verurteilt wird. Powell würde es nicht beantragen.«

Freeman bezog sich, wie Hardy wußte, darauf, daß die Volksvertretung von Kalifornien kürzlich einen Verfassungszusatz abgelehnt hatte, der das »Battered Woman Syndrome« als legitimen Milderungsgrund für Mord gesetzlich verankert hätte. Weil die Gerichte dies ohnehin häufig akzeptierten, gab es einschlägige Präzedenzfälle, und daher war die Angelegenheit im Grunde müßig, trotzdem war dieser Schritt des Gesetzgebers – bzw. das Ausbleiben solch einen Schrittes – ein klarer Rückschlag für die Befürworter dieser Verteidigungsstrategie. »Ich kann einfach nicht begreifen, wieso sie sich dagegen sträubt.«

Hardy konnte jetzt alle von Lightner vorgebrachten Erklärungen durchhecheln, aber der Knackpunkt war immer wieder Jennifers Behauptung, daß sie, sofern sie zugab, daß Larry sie schlug, auch einen Grund gehabt hätte, ihn umzubringen, weswegen eine Jury sie möglicherweise verurteilen könnte.

»Aber das ist es ja gerade«, fuhr Freeman fort, »mit ebenso großer Wahrscheinlichkeit – zum Teufel, nein, mit größerer Wahrscheinlichkeit – würde man sie freisprechen!« Er stand auf und streckte sich, setzte sich wieder hin. »Aber glauben Sie denn, daß er sie geschlagen hat?«

»Ja, unbedingt. Er war jemand, der alles zwanghaft unter Kontrolle haben mußte. Wenn sie Ärger machte, hat er ihr ein paar gescheuert.«

»Und sie hatte wirklich das Gefühl, sie könne ihn nicht verlassen? Sie müsse dableiben und es schlucken?«

»So sieht's typischerweise aus, David. Traurig, aber wahr. Er hätte sie wieder aufgespürt, wenn sie abgehauen wäre. Er hätte ihr das Kind weggenommen. Er hätte sie umgebracht, wenn sie es versucht hätte. All das wäre möglich.«

»Also hat sie ihn zuerst umgebracht. Es hat bei Ned geklappt, dann sollte es auch bei Larry hinhauen, stimmt's?«

Hardy zuckte die Achsel. »Sie sagt nein.«

»Tja.« Der Bleistift klopfte einen Trommelwirbel auf die Tischplatte. »Ich muß schon sagen, in all den Jahren, die ich das hier jetzt mache, habe ich nicht viele Fälle gesehen, die derart glasklar lagen. Ich würde ihr gerne mal beim Pokern zuschauen, sehen, ob sie blufft.«

»Vielleicht ist sie eine Vulkanierin?«

»Was soll das heißen?«

Das überraschte Hardy. War es denkbar, daß David Freeman nie »Star Trek« gesehen hatte und nicht wußte, daß Vulkanier nie bluffen? Als er sich in dem Apartment umsah, wurde ihm klar, daß das vermutlich zutraf. Es gab keinerlei Anzeichen für einen Fernsehapparat. »Nicht weiter wichtig, David. Es ist eine lange Geschichte. Wollen Sie mit der Sache hier weitermachen?«

Der Trommelwirbel brach ab. »Das sollten wir wohl besser.«

Von Freemans Wohnung aus ging Hardy zu Fuß einen Häuserblock weit und gönnte sich dann im Stanford Court ein Mittagessen ganz für sich alleine – er wollte eine Stunde Zeit zum Nachdenken haben.

Es gab keine polizeilichen Unterlagen wegen der angeblichen Demolierung von Dr. Witts Auto durch die Eltern von Melissa Roman oder sonstwen. Dr. Witt hatte keine Anzeige erstattet, was Abe Glitsky nicht weiter verwunderte, der erklärte, daß die Leute allmählich kapierten, daß es in San Francisco eben keine Verbrechen mehr gab, solange sie ohne Gewaltanwendung abliefen.

Es gab schlimme Dinge, die passierten, klar – wie etwa die Sache mit Larrys Auto –, aber wenn dabei niemand körperlich zu Schaden kam, mischte sich die Polizei in der Regel nicht ein. Man hatte keine Lust, die ganze Truppe ausrücken zu lassen, um einen Übeltäter zu schnappen, der einen CD-Player für fünfhundert Dollars aus einem Auto geklaut hatte – man hatte nicht das Personal dafür –, genausowenig wie sie Nachforschungen anstellten, wenn ein Tannenzapfen vom Baum fiel und einem die Windschutzscheibe kaputtmachte. Praktisch betrachtet konnte sich die Polizei einfach nicht damit befassen. Hardy fand das großartig – Vandalismus als höhere Gewalt.

Er aß wieder einmal Lachs. Vom Grill mit einer dünnen Marinade aus Wasabe. Dazu ein Glas Chardonnay der Kellerei Hafner.

Er machte sich Sorgen wegen Frannie.

Irgendwas war mit ihr los, und sie erzählte ihm nichts davon. Vielleicht war es die Tatsache, daß er weiterhin mit Jennifer zu tun hatte. Sie hätte nicht erwarten sollen, daß der eine Besuch bei Jennifer groß etwas ändern würde. Und offensichtlich war es ein Schock gewesen, mit dem Gefängnis konfrontiert zu sein.

Er konnte es auf den Tod nicht ausstehen, wenn sie traurig war. Vielleicht brachte er zuviel Zeit damit zu, für David durch die Gegend zu rennen und nach einem denkbaren »anderen Typ« zu suchen. Der Zynismus, der all dem zugrunde lag, ging ihm allmählich an die Nieren. David schien es nicht die Bohne zu kümmern, ob Jennifer schuldig oder unschuldig war, ihn interessierte allein, ob er seine Mandantin freipauken konnte. Das sei sein Beruf, sagte er. War er wirklich so abgebrüht? Steckte etwas Ernsteres hinter dieser sogenannten professionellen Einstellung? Hardy konnte es nicht sagen, durchschaute David wirklich nicht so gut. Und er vermutete, daß David genau das sehr recht war. Bei diesem Fall existierte für Hardy kein klares Schwarz oder Weiß. Nicht, was Jennifer anging, nicht, was seinen Kollegen David anging, nicht, was sonstwas anging, und das machte ihm reichlich zu schaffen.

Jetzt erschien der Kellner und fragte, ob das Essen denn geschmeckt habe. Monsieur habe den Teller nicht angerührt. Falls er lieber etwas anderes bestellen wollte, dann wäre es selbstverständlich …

Na ja, zumindest heute würde er nicht länger nach »anderen Typen« Ausschau halten, beschloß Hardy. Der springende Punkt vor Gericht war, ob es Beweise gab, daß Jennifer von ihrem Mann geschlagen wurde. Sobald dies nachgewiesen war, konnte man darüber streiten, welche Schuld sie traf. Sofern Jennifer mitspielte.

Jedenfalls konnte Hardy nicht zulassen, daß sein Festhalten an der objektiven Wahrheit, an den Tatsachen, von Freeman erschüttert wurde. Etwas Konkretes geschah, auf ganz bestimmte Art und zu einem bestimmten Zeitpunkt. Wenn Hardy also irgendeinen Anspruch auf Gerechtigkeit erhob, dann bestand der erste Schritt darin, diese Tatsachen aufzudecken.

Er kannte ja Ken Lightners Behauptungen. Er hatte die Blutergüsse an Jennifers Mutter gesehen. Larry Witts erste Frau Molly hatte ihm versichert, daß Larry sie geschlagen hatte. Sogar Jennifer hatte zugegeben, daß sie und Larry sich ein paarmal »in die Wolle gekriegt« hatten.

Das war Munition, aber kein rauchender Revolver.

Dr. Saul Heffler war einer der Ärzte aus Ken Lightners Anamnesebogen, den dieser »versehentlich« auf der Bank vergessen hatte, damit Hardy ihn finden und einstecken konnte. Heffler hatte seine Praxis in einem einstöckigen Bürogebäude in der Arguello Street, auf halbem Weg von der Innenstadt zu Hardys Haus. Der Arzt und der Rechtsanwalt hatten die ganze Woche lang über am Telefon Nachlaufen gespielt, und jetzt war es an der Zeit, dieses Spielchen zu beenden, selbst wenn das bedeuten sollte, daß Hardy ein Weilchen im Wartezimmer sitzen mußte.

Die Götter waren ihm wohlgesinnt, und direkt vor der Praxis des Arztes wurde ein Parkplatz frei, als Hardy vorfuhr. Er betrachtete dies als ein gutes Omen.

Die Sprechstundenhilfe in der Anmeldung war angenehm unbürokratisch und teilte Hardy mit, daß der Herr Doktor wahrscheinlich in einer Stunde ein bißchen Zeit für ihn erübrigen könnte. Wäre das okay?

Hardy spazierte hoch zur Clement Street und trank eine Tasse Eiskaffee an einem Tisch draußen auf dem Bürgersteig, um die Müdigkeit abzuwehren, die unweigerlich dem Wein zum Mittagessen folgte, kaufte dann bei einem Straßenhändler ein Paar Ohrringe für Frannie.

Er liebte die untere Clement Street, hatte sie immer in ihren verschiedenen Inkarnationen geliebt, zuerst als russische Enklave mit Piroggen und Antiquitätenläden, dann als eine aufgemotzte – aber nicht *allzu* aufgemotzte – Haight Street mit vielen Hippies, dem Dunst von Räucherstäbchen und vielen Cafés, und jetzt als belebter orientalischer Basar, wo in Tee geräucherte Enten in den Schaufenstern hingen und die leicht fauligen, aber dennoch appetitanregenden vermischten Gerüche von gebratenem Fleisch, rohem Fisch und Krebsen und Abfall in der Luft hingen.

Hardy flanierte im grellen Sonnenschein und freute sich an den Gerüchen und an der lauen Brise, kaufte sich ein frisch gedünstetes Schweinefleischbao und verzehrte es gutgelaunt. Er sah einen leuchtend türkisfarbenen Kinderkimono in einem Schaufenster und ging in den winzigen Laden, um ihn – zusammen mit einem winzigen Seidenhemdchen für seinen kleinen Sohn – für Rebecca zu erstehen.

Er würde Frannie dafür entschädigen. Es würden wieder andere Zeiten kommen. Er war sich nicht sicher, wie er es anstellen wollte, aber er würde nicht zulassen, daß irgend etwas – nicht David, nicht Jennifer, nicht Frustration, Angst oder Schweigen – sich zwischen die stellte und sie trennte.

Drei Minuten später stand er wieder in der Praxis von Dr. Heffler, und die Sprechstundenhilfe sagte zu ihm, er könne gleich ins Behandlungszimmer gehen.

In Dr. Hefflers kleinem, aber hell ausgeleuchteten Sprechzimmer hingen drei Approbationsurkunden und ungefähr sechshundert in kleine Bilderrahmen montierte künstliche Fliegen an der Wand. Der Arzt war etwa Mitte Fünfzig mit einem graumelierten Wuschelkopf und einem glatten, faltenlosen Gesicht – ein Schuß Navajo vielleicht? – zu einem hochaufgeschossenen, schlaksigen Körperbau. Er lächelte freundlich.

Hardy erklärte, worum es ging. Schließlich war er Jennifers Anwalt, der sich um ihre Verteidigung kümmerte. Er wollte den Herrn Doktor fragen, ob er ihm vielleicht ein paar Sachen bestätigen könne. Er zeigte Dr. Heffler das von Jennifer unterschriebene Einverständnis, das ihren Arzt von der Schweigepflicht entband. (Hardy hatte zu Jennifer gesagt, er brauche ihre Behandlungsunterlagen im Zusammenhang mit dem, was in Costa Rica passiert war.) Der Arzt sagte, er werde ihm gerne behilflich sein. Was wollte Hardy wissen? Hardy sagte es ihm.

»Das war vor vier Jahren? Vor fünf? Ich könnte nicht sagen, daß ich mich auf Anhieb an sie erinnere. Ich lasse Joanie die Unterlagen raussuchen. Wir haben die Kartei archiviert. Dauert keine zwei Minuten.«

Sie warteten und unterhielten sich übers Fischen. Dr. Heffler fuhr morgen früh zu einem sechstägigen Angelurlaub nach Alaska, wollte einige der riesigen Lachse fangen, die es da oben gab, vielleicht auch ein paar Lachsforellen. Hardy hielt sich die Hand auf den Bauch. »Bitte erzählen Sie mir nichts von Lachs. Ich glaube, ich habe mein zulässiges Höchstgewicht erreicht.«

Joanie kam ins Zimmer, reichte dem Arzt die Unterlagen und ging wieder. Dr. Heffler klappte die Akte auf und blätterte ein wenig herum, schaute ernster drein. »Man will den Leuten ja glauben können. Man fragt sich, wieviel davon man wirklich zu Gesicht bekommt.«

»Haben Sie denn irgendwas gefunden?«

»Ich weiß nicht, was Sie irgendwas nennen. Vielleicht hätte mir das auffallen sollen, hätte ich Verdacht schöpfen müssen. Ich weiß es nicht.«

Hardy wartete. Dr. Heffler las sich noch ein paar Sachen durch, klappte dann die Akte wieder zu. »Sie war sieben Monate lang meine Patientin, kam ohne Überweisung zu mir, sagte, daß sie eben aus Florida nach San Francisco gezogen sei. Beim ersten Mal, als sie ankam, war sie die Treppe in ihrem neuen Haus heruntergefallen.«

»Beim ersten Mal?«

Dr. Heffler nickte. Er klappte die Akte erneut auf. »Drei Monate später hat sie sich den Arm beim Skilaufen gebrochen. Sie hatte gedacht, er wäre bloß geprellt, bis sie wieder nach Hause kam, sonst hätte sie ihn schon in Squaw Valley eingipsen lassen.« Er hielt eine Karteikarte hoch, überflog sie. »Das hier«, sagte er, »das hier hätte ich vielleicht wirklich mitkriegen sollen.«

»Worum geht's da?«

»Drei Monate nach dem Arm – ziemlich regelmäßig, nicht wahr? – kommt sie mit diesem angeblichen Unfall an. Sie hat einen Vorratsschrank saubergemacht, und da kam ihr das Regal entgegen, auf dem diverses Zeug stand, knallte ihr auf den Rücken. Sie hatte Blut im Urin.« Er sah nicht hoch. »Quetschungen und Blutergüsse über den Nieren, am ganzen Rücken.« Er klappte das Krankenblatt wieder zu. »Ich muß sie danach gefragt haben, ich kann mir nicht vorstellen, daß ich es nicht getan habe.«

»Und sie hat einfach nein gesagt, einfach so?«

»Und hat sich einen neuen Arzt besorgt.« Er holte tief Luft, atmete mit einem Seufzer aus. »Ich bin urlaubsreif«, sagte er.

»Sehen Sie solche Dinge öfter?«

»Öfter? Manchmal ja, schätze ich mal. Ab und an kommen

Leute mit Unfällen zu mir. Die Leute fügen sich Verletzungen zu. Ich kann nicht jedesmal zur Polizei gehen, wenn sich jemand den Arm bricht oder mit einem blauen Auge hereinkommt. Ich hätte bald keine Praxis mehr.« Er hob die Unterlagen hoch, schlug das Deckblatt zurück, blätterte ungeduldig hin und her. »Hier ist noch was.«

Auf der Rückseite der Akte war eine gelbe Klebenotiz angeheftet, auf der ein Name und eine Adresse standen. »Keine Ahnung, wieso das da ist.«

Er rief erneut Joanie an, die prompt hereinkam. »Oh, das ist einfach eine Notiz für mich, wenn mich jemand um Unterlagen bittet.«

Dr. Heffler beugte sich vor, hatte noch immer die Stirn gerunzelt. »Das könnte also der nächste Arzt gewesen sein, zu dem die Patientin gegangen ist.«

Joanie war ebenso heiter und gut gelaunt, wie es Dr. Heffler gewesen war, bevor das Gespräch mit Hardy anfing. »Könnte sein. Würde ich annehmen, Sie nicht auch?«

»Ich habe zu ihr gesagt, daß ich sie nicht behandle, wenn sie mich nicht die Polizei verständigen läßt. Sie sollte sich beraten lassen. Ich habe sie nur dieses eine Mal gesehen und wußte sofort, was los war.«

Hardy saß im Wartezimmer von Dr. Helena Zamoras Praxis. Es war jetzt kurz vor Sprechstundenschluß. Dr. Zamora, eine nervöse Frau etwa in Hardys Alter, ließ ihn zwar herein, aber zugleich in freundlichem Ton wissen, daß sie in einer Dreiviertelstunde zum Abendessen verabredet sei und allenfalls zehn Minuten für ihn erübrigen könne. Er umriß kurz, was er bei Dr. Heffler in Erfahrung gebracht hatte und was er herauszufinden versuchte.

»Sie kam zu mir«, sagte die Ärztin, »mit einem großen runden Bluterguß unter einer Brust und irgendwelchem Quatsch, daß sie sich am Treppengeländer an einem Knauf gestoßen hätte. Ich wurde mißtrauisch und schaute mir ihre Anmeldung an, ließ mir dann ihre Krankengeschichte kommen. Im Anschluß daran habe ich sie angerufen und nie wieder von ihr gehört.«

Sie schob die Brille zurück und klemmte sie am Haaransatz fest. »Eine bekannte Geschichte, allzu bekannt. Hilft Ihnen das weiter?«

Hardy sagte, das tue es, und bedankte sich bei ihr.

Dr. Zamora nahm ihre Brille ganz ab. »Sie hat zuletzt das Tier umgebracht, das ihr das angetan hat, stimmt's?«

»So lautet die Anklage.«

»Schön für sie.«

Aus einer Telefonzelle der Tankstelle an der Ecke von 19th Street und Kirkham Avenue rief Hardy Jennifer im Gefängnis an.

Zumindest was San Francisco angeht, ist es ein Mythos, daß Häftlinge nur einen einzigen Telefonanruf tätigen dürfen. In den Gemeinschaftsräumen des Untersuchungsgefängnisses hängen Münztelefone an den Wänden, und wann immer die Häftlinge telefonieren wollen, können sie dies tun. Es gab einmal sogar erhebliche Betrügereien mit Telefonkreditkarten, die sich auf die beiden Stockwerke des Gefängnisses zurückverfolgen ließen, wo ein blühender Schwarzmarkt mit Kreditkarten und den dazugehörigen Geheimnummern existierte.

»Jennifer. Hier spricht Hardy. Nur rasch eine Frage. Haben Sie jemals in Florida gewohnt?«

Es folgte eine längere Pause. »Das ist keine Fangfrage, Jennifer. Haben Sie jemals in Florida gewohnt, das ist alles.«

»Nein, warum?«

»Kein bestimmter Grund. Ich überprüfe nur etwas. Ich melde mich später wieder bei Ihnen.«

An diesem Freitag nachmittag hatte er Jennifer also bei fünf Lügen ertappt – der Sturz die Treppe hinunter, der beim Skifahren gebrochene Arm, der Unfall mit dem umgestürzten Regal, der Knauf am Treppengeländer, der Staat mit dem Epcot und den Everglades. Lügen, das ja, aber vier davon dienten allem Anschein nach dazu, ihren Mann zu decken. Verrückt, das ja, aber zumindest ein Grund zur Strafmilderung …

Frannie lag der Länge nach ausgestreckt auf ihm, wogte sacht auf und nieder wie ein Meer mit leichter Dünung. Seine Arme hielten sie umfangen. Die Bettdecken lagen am Fußende des Bettes auf dem Boden. Frannie trug ihre neuen Ohrringe, und Hardy nahm einen davon in den Mund.

»Vorsichtig«, sagte sie.

»Selber vorsichtig.«

»Ich bin vorsichtig.«

»Du bist ein bißchen zu schnell. Das wird dich ein wenig bremsen.«

Sie biß ihm in die Schulter. »Ich werde noch viel schneller machen, bevor ich fertig bin.«

»Leere Versprechungen.«

»Dann laß los. Wirst schon sehen.«

24

»Ich kannte da dieses Mädchen in der High School«, sagte Moses, »Rachelle Manning hieß sie. Wir hatten gemeinsam Mathe, und sie gefiel mir ganz gut, und drum habe ich sie gefragt, ob sie mit mir zum Tanzen geht oder so, und sie hat gleich ja gesagt.«

Sie standen in einer langen Schlange im Candlestick Park und warteten darauf, je zwei Biere für knapp vier Dollar den Becher zu erstehen, bevor man nach dem siebten Inning den Laden dichtmachte. Über der Warterei hatten sie bereits ein halbes Inning verpaßt, bei dem die auf dem letzten Tabellenplatz stehenden Padres den die Tabelle anführenden Giants vier Runs abgeluchst hatten.

Das Management der Giants war der irrigen Meinung, daß alle diejenigen, die nach dem siebten Inning ein Bier tranken, sich mit höherer Wahrscheinlichkeit unter Alkoholeinfluß ans Steuer setzen würden als all die anderen puritanischen Seelen, die gleich zu Anfang des Baseballspiels ihre zwei Biere tranken und dann aufhörten.

Frannie hatte bereits angekündigt, daß sie chauffieren würde, und Moses hatte schon sieben Bier intus, spürte jetzt jedes einzelne von ihnen. »Also hör zu«, fuhr er lauthals fort, »die Sache macht die Runde, und diverse Typen kommen anmarschiert und stecken mir Pariser in die Hosentasche und hauen mir auf den Rücken, bist echt 'n prima Bursche, und erzählen mir, daß sie es mit Rachelle in ihren Autos getrieben haben und im Bett von Rachelles Eltern und hinter der Cafeteria und am Wochenende unter dem Schreibtisch des gottverdammten Direktors.«

Der Typ hinter ihnen tippte McGuire auf die Schulter. »Ich hab's mal bei einem Basketballspiel unter der Tribüne getrieben. Die beste Nummer aller Zeiten.«

Hardy und Moses versicherten ihm, daß es bestimmt eine Riesensache gewesen sein mußte. Sie gingen einen Schritt nach vorn. Hardy machte ein Handzeichen, daß McGuire vielleicht etwas leiser reden sollte.

»Jedenfalls habe ich mir gedacht, das ist 'ne Art Witz. Ich meine, Rachelle Manning ist ja kein Flittchen. Sie macht nicht für die Jungs vom Footballteam die Beine breit. Sie war ein süßes kleines Ding – schicke Klamotten, aus gutem Haus, frisch gewaschenes Haar.«

»Die Haare sind wichtig.« Hardy rückte dem Bierverkäufer ein Stückchen näher. Die Tribüne brach wieder in lautes Getöse aus, da passierten irgendwelche Geschichten auf dem Spielfeld, von denen sie nichts mitbekamen. »Ich habe schon immer auf Haare gestanden.«

»Also gehe ich mit ihr aus und bin ein bißchen nervös dabei, denke mir … du *weißt*, was ich mir denke. Wir sind noch nicht aus der Auffahrt vorm Haus ihrer Eltern weg, als sie mir die Hand auf den Schwanz legt, ich schwör's bei Gott.«

»Mir hat's prima gefallen auf der High School. Ich könnte sofort wieder auf die High School gehen.«

»War jedenfalls eine irrsinnige Nacht. Ich glaube nicht, daß wir's überhaupt zu dem Tanzabend geschafft haben. Falls doch, habe ich's glatt vergessen.«

Endlich bekamen sie ihre Biere und machten sich auf den Weg zurück zu ihren Sitzplätzen.

»Es ist eine echt ergreifende Geschichte, Moses, aber hatte sie eine Moral, die mir entgangen ist? Ich dachte, wir hätten über Jennifer Witt geredet.«

»Natürlich haben wir über Jennifer Witt geredet. Du bist Anwalt, und sie ist eine Mandantin von dir, und deshalb reden wir über sie und reden wir über sie und reden wir über sie. Aber« – Moses kippte gut ein Drittel seines Biers hinunter –, »und ich wiederhole, *aber* … es gibt Leute – und ich hasse es, das sagen zu müssen, aber Frauen haben das scheint's besser drauf als Männer, bei denen hast du keinen Schimmer, was Sache ist. Das ist der Bezug von Rachelle zu der faszinierenden, mysteriösen Mrs. Witt. Wenn du dir die damals angeschaut hättest, hättste nicht die geringste Ahnung gehabt. Wenn du mit ihr gequatscht hättest, hättste das nie mitgekriegt. Ich meine, ich hätte wer weiß was darauf gewettet, daß das Mädchen eine eiserne Jungfrau ist.«

»Vielleicht war sie's ja.«

Moses konnte sich ein Grinsen nicht verkneifen. »Am nächsten Morgen war sie's mit Sicherheit nicht. Das weiß ich aus todsicherer Quelle.«

»Was?« fragte Susan. Sie waren wieder bei ihren Plätzen angelangt, zehnte Reihe auf der First-Base-Seite. Spitzenplätze.

Moses setzte sich und quasselte ohne Pause weiter. »Wir haben uns gerade über Jennifer Witt unterhalten, darüber, daß manche Frauen lügen.«

Frannie hielt ihr Bier in der Hand und schüttete ein bißchen davon Moses in den Schoß. »Oh, Verzeihung, Bruderherz.« Sie wischte es mit großem Brimborium weg. »Wenn mich nicht alles täuscht, lügen Männer auch.«

»Na schön, jeder lügt dann und wann, aber mein Punkt im Gespräch mit Diz war, daß es manche Frauen gibt, und ich sage nur deshalb Frauen, weil ich das in meiner ureigenen Erfahrung nicht bei vielen Männern erlebt habe, die allem Anschein nach absolut konträre Charaktereigenschaften in sich verkörpern – ich meine, sie scheinen zwei total unterschiedliche Leute zu sein, und trotzdem spazieren sie durch die Gegend und verhalten sich ganz normal, und du würdest es nie auch nur ahnen.«

Frannie beugte sich zur Seite und richtete das Wort an Susan. »Noch ist Zeit. Noch bist du nicht verheiratet. Du mußt dir das nicht antun.«

Moses hatte in Philosophie promoviert und pflegte zu sagen, daß das ein Kapitel sei, das hinter ihm liege. Was allerdings nicht hinter ihm lag, war seine Vorliebe für Herumgelaber. Die Worte plätscherten nur so dahin, und manchmal hatte Hardy den Eindruck, daß Moses sogar nachdachte, bevor er den Mund aufmachte, aber heute war allem Anschein nach kein solcher Tag. »Frannie, ich sag ja überhaupt nicht du oder Susan. Schau dir nur die ganze Literatur darüber an – *Die zwei Gesichter Evas, Sybille,* all die Bücher.«

»All die beiden Bücher.«

»Es ist bestens belegt. Du mußt dich gar nicht so aufregen. Frauen können Sachen einfach besser verstecken. Das lernen sie schon als Kinder. Wir wollen uns doch nichts vormachen, wenn sie lügen, lügen sie einfach besser. Das ist ein Kompliment!«

»Ich glaube, ich erteile ihm jetzt Redeverbot«, sagte Susan. Sie nahm ihm den letzten Rest Bier ab und hielt es in ihrem Schoß. »Ich liebe dich immer noch, aber es wird eng. Du liebe Güte. Frauen lügen einfach besser. Und das ist ein *Kompliment*?«

»Wer ist am Gewinnen?« fragte Hardy und wollte es damit beenden, aber Frannie war nicht einverstanden.

»Was ist denn mit Männern, die ihre Frau verprügeln, Moses? Denkst du denn, du kannst das sofort erkennen, wenn du sie dir bloß ansiehst? Denkst du denn, das ist keine riesengroße Lüge, die solche Typen leben?«

Moses dachte ein Weilchen nach. »Ich denke mir, man würde es schon irgendwie mitbekommen, wenn man sie erst mal kennenlernt.«

Hardy mischte sich ein. »Ja, genau, wenn du zum Beispiel einen heiratest, und er verprügelt dich, dann bekämst du es mit.«

»Das ist überhaupt nicht lustig«, fuhr Frannie ihren Mann an. »Mach keine Witze über so was, Diz.«

»Ich mache *überhaupt* keinen Witz darüber, Frannie. Ich stehe auf deiner Seite, klar? Was ist denn mit dir los?«

»Was mit mir los ist? Gar nichts ist mit mir los! Mein Bruder sagt, alle Frauen lügen, und ich akzeptiere das nicht, und plötzlich ist was *mit mir* los?«

»Ich habe nicht gesagt, alle Frauen. Ich habe gesagt ...«

»Ich weiß, was du gesagt hast. Was ich sage, ist, daß, *verflucht noch mal, gar nichts mit ... mir ... los* ist.«

Mit einemmal stand Frannie auf den Füßen und stolperte halb über ihren Bruder und Susan, drängelte sich bis zum Gang durch und rannte die Tribüne hoch. Hardy schaute ihr hilflos hinterher. Susan stand auf und folgte ihr.

Moses schüttelte den Kopf. »Was hab ich gesagt?«

Es war nach sechs Uhr, als sie erschöpft endlich einen Parkplatz um die Ecke fanden, die schlafenden Kinder ausluden und – jeder eines – einen halben Häuserblock weit bis zu dem Lattenzaun schleppten, der ihren Vorgarten eingrenzte.

Phil und Tom DiStephano saßen auf der Treppe vor der Haustür. Sie standen gemeinsam auf, beide in Jeans und T-Shirt.

Hardy fluchte halblaut. Er machte die Gartentür auf und stellte sich vor Frannie. »Das ist ein schlechter Zeitpunkt, Jungs«, sagte er. Rebecca rührte sich im Tiefschlaf, und ihre Gliedmaßen schlackerten in seinem Arm, so daß er sie ein wenig fester hielt.

»Versteckst dich hinter 'n paar Babies und 'ner Frau?« Phil hatte getrunken. Eine Menge. Er schielte – und konnte nur mit Mühe das Gleichgewicht halten.

Hardy sprach mit leiser Stimme. »Ich verstecke mich hinter gar nichts. Woher wißt ihr, wo ich wohne?«

»Das möchtest du wohl gern wissen, du Arschloch.« Tom, der Sohn, hatte mit seinem Dad geredet und seine Haltung auf Vordermann gebracht bekommen. Als Hardy mit dem Sechserpack Bier bei ihm vorbeigeschaut und beim letzten Mal mit ihm gesprochen hatte, war er mürrisch, aber nach und nach etwas umgänglicher gewesen. Jetzt – das Schimpfwort war unerheblich – sagte seine Körpersprache alles. Er wollte sich gerne prügeln und stellte sich Hardy in den Weg.

Hardy sah die beiden mit einem müden, abgeklärten Lächeln an. »Also los, Jungs. Runter von meinem Grundstück. Wir gehen jetzt rein ins Haus.«

Keiner der beiden Männer rührte sich vom Fleck. »Du kommst zu mir nach Hause und belästigst meine Frau? Glaubst du, du kannst das bringen?« sagte Phil.

»Setz dein Kind ab, Arschloch.« Toms »Arschloch«-Refrain ging Hardy allmählich auf die Nerven. Er drehte sich halb zu Frannie um, die wie festgewurzelt dastand und Vincent im Arm hielt. Er war drauf und dran, sie alle zurück zum Auto zu lotsen, zum Supermarkt auf der Clement Street zu fahren und die Polizei anzurufen. War drauf und dran.

»Da muß einer schon ein tapferer Kerl sein, wenn er sich hinter seinem Kind versteckt«, sagte Phil.

»*Raus* jetzt mit euch Kerlen!« Frannies momentaner Schock war verflogen. Sie wollte um Hardy herumgehen, aber er streckte die Hand aus, stoppte sie. »Wir gehen jetzt ins Haus«, sagte er. »Geh hinter mir her.«

Er versuchte, Rebecca wachzubekommen, damit er sie absetzen und hinter sich in Deckung bringen konnte, doch sie lag wie Blei in seinen Armen. Er drehte sich um. »Ich bin echt beeindruckt von einem Kerl, der seine Frau verprügelt. Dazu gehört Mut. Ein richtiger Mann.«

»Setz dein Kind ab, und ich zeig dir, was ein richtiger Mann ist.«

»Du und dein Sohn Tom hier, was? Zwei gegen einen. Soviel packst du gerade noch, was, Phil?«

»Wieviel packst du denn, du Arschloch?«

Hardy nahm Tom aufs Korn. »Das möchtest *du* wohl gern wissen.« Er hielt kurz inne, überlegte, entschloß sich, nichts weiter zu unternehmen, und bewegte sich wieder nach vorn. »Aus dem Weg. Jetzt sofort. Wenn ihr irgendwen von uns anfaßt, werdet ihr euch wünschen, ihr wärt nie geboren worden.«

»Oooh, was für ein harter Bursche!«

Hardy der Vulkanier nickte. »Wenn's sein muß«, knurrte er und machte sich auf den Weg, Frannie einen Schritt hinter sich. Erst rückte Phil einen Schritt zur Seite auf den Rasen, dann Tom. Sobald er und Frannie an den beiden Männern vorbeigegangen waren, drehte sich Hardy halb um und ließ Frannie vorgehen, gab ihr Rückendeckung. Wie er wußte, konnte bei durchgeknallten Machos wie den beiden da durchaus ein Stein geflogen kommen.

Frannies Hände zitterten, und sie hatte einige Mühe mit der Tür, deshalb trat Hardy vor, drehte den Schlüssel um und stieß die Tür auf. Bevor er selbst ins Haus ging, wandte er sich um. »Wenn ich das nächste Mal hier rausschaue, seid ihr Burschen besser verschwunden. Schlaft euren Rausch aus, bevor ihr ernstliche Scherereien bekommt.«

Phil deutete mit dem Finger auf ihn. »Wenn du noch einmal in die Nähe meiner Frau kommst, Hardy …«

Frannie mußte sich übergeben – den ganzen Tag draußen in der Sonne, dann ihr Ausbruch im Baseballstadion und die Aufregung vor der Haustür. Hardy kümmerte sich um sie, ließ ihr lauwarmes Wasser in die Badewanne laufen und erledigte alles mit den Kindern, brachte sie zum Schlafen, bevor er Frannie ins Bett verfrachtete. Es war immer noch hell draußen.

Er ging zu seinem Sessel im Wohnzimmer und legte klassische Musik auf – färbte Freeman schon auf ihn ab? –, fing an, die Taschenbuchausgabe der *Kurzen Geschichte der Zeit* zu lesen, die sowohl Moses wie Abe unabhängig voneinander empfohlen hatten. Schwarze Löcher, der Urknall, die Verkettungstheorie, vielleicht sogar Gott.

Aber er konnte sich nicht konzentrieren.

Vielmehr ging ihm der Streit von vorhin nicht aus dem Kopf. Sein Herz raste, das Adrenalin zirkulierte hin und her und wußte nicht, wohin. Wie *hatten* sie denn herausgefunden, wo er wohnte? Er hatte Nancy seine private Telefonnummer gegeben, was ein Fehler gewesen war. Er wußte, daß ein Zurückverfolgen der Adresse, selbst bei einer nicht im Telefonbuch aufgeführten Nummer, problemlos machbar war, sofern man nur irgendwen kannte, der bei der Telefongesellschaft arbeitete, und Pacific Bell war vermutlich der größte Arbeitgeber in Kalifornien. Pure Dummheit.

Er spielte einige Möglichkeiten durch, mehrere davon gesetzwidrig – er könnte mit einer Schußwaffe noch einmal zu Phils Haus fahren und ihm etwas deutlicher zu verstehen geben, daß er die beiden nie wieder bei sich sehen wollte. Er könnte ohne die Waffe hinfahren. Sollte er die Polizei anrufen, zur Anzeige bringen, daß Phil seine Frau grün und blau geschlagen hatte? Sollte er Anzeige erstatten wegen des Hausfriedensbruchs und der Drohungen von heute abend? Doch dann fielen ihm Glitskys Worte wieder ein – Kleinkram wie dies hier zählte gar nicht als Verbrechen, damit gab sich die Polizei in San Francisco nicht mehr ab.

Er fragte sich, was Phil wohl Nancy angetan hatte – antun mochte –, wenn er seinerseits mit all dem unverbrauchten Adrenalin im Blut heimkam? Sobald Tom weggefahren war, was dann?

Er griff zum Telefon und besorgte sich die Nummer des Polizeireviers Golden Gate. Dort war ja heute abend vielleicht tote Hose, irgendein junger Hitzkopf von Streifenpolizist wollte sich seine Sporen verdienen, mehr als das bloße Minimum abreißen. Es konnte ja nicht schaden ... und vielleicht nützte es ein bißchen.

»Ich nenne Ihnen nicht meinen Namen«, sagte Hardy, »und das hier ist auch kein Notfall, aber vielleicht wollen Sie trotzdem einen Streifenwagen in die ...«

Im *Shamrock* war zwar nicht gerade tote Hose, aber nur wenig los. Sonntagabend. Der neue Mann – Hardys Nachfolger – stand hinterm Tresen. Die Musikbox war im Dauerbetrieb, nicht zu laut – die übliche Mischung aus vorwiegend altem Rock and Roll und irischen Folksongs, wie man sie im *Shamrock* liebte. Seit jenem Tag vor zwei Jahren, als Moses endlich die Single von »The Unicorn« herausgefischt und feierlich in Stücke zerbrochen hatte – »green alligators and long-necked geese, some hump-back camels and chimpanzees« –, gab es nach Hardys Ansicht keinen einzigen Ausrutscher mehr in der Musikbox.

Bei seinem zweiten Guinness hatte Hardy mit einem Stammkunden namens Ronnie ein Spiel »301« angefangen. Ronnie war so um die Dreißig, der Pianist einer Band, die heute ihren freien Abend hatte. Außerdem illustrierte er Kinderbücher. Ronnie war ein sehr netter Kerl, der offensichtlich einiges Talent besaß und Hardy mit den Darts fraglos Paroli bieten konnte. Obendrein hatte er einiges auf dem Kasten.

»Was ich nicht kapiere«, sagte er gerade und warf dabei seine speziell angefertigten Darts in die Scheibe, »ich kann mir einfach nicht vorstellen, daß man als Bruder oder Vater zuläßt, daß die eigene Schwester oder Tochter – vor allem Tochter – wegen eines Mordes hingerichtet wird, den man selber begangen hat.«

»Sie ist noch weit davon entfernt, daß sie hingerichtet wird. Sofern sie freikommt, ist das Schlimmste, daß die beiden ihr eine harte Zeit eingebrockt haben.«

»Ein Mordprozeß ist eine ganz schön harte Zeit.«

»Versuch mal, mit diesen Typen zusammenzuleben.«

Ronnie holte seine Darts zurück – zwei Zwanziger und ein Fünfer – und machte mit der Kreide einen Strich durch die »182« auf der Schiefertafel und kritzelte ohne jede Pause und ohne, daß es auch nur so aussah, als ob er auf die Tafel geschaut hätte, »137« darauf. Selbst dümmliche Dartspieler konnten bald gut subtrahieren – und Ronnie war eine veritable Rechenmaschine.

Hardy trat an die Linie. »Vielleicht war es einfach Pech. Die beiden wußten nicht, daß man sie überhaupt anklagen würde. Und jetzt warten sie einfach ab, was passiert.«

Eine dreifache Zwanzig, kein schlechter Start. Er trank einen Schluck Guinness.

»Weißt du«, sagte Ronnie, »mir ist grad was eingefallen – was wäre, wenn einer von ihnen vorgehabt hat, sie ebenfalls umzubringen – sie alle drei umbringen wollte, will ich damit sagen –, und sie war eben zufällig nicht zu Hause?«

Hardy, den Dart wurfbereit in der Hand, erstarrte.

Ronnie war in seinem Element. »Weißt du denn, wer der Begünstigte ist, wenn die ganze Familie auf einen Schlag ausgelöscht wird?« Hardys Wurfpfeil sauste los, eine zweite dreifache Zwanzig. Drei davon hintereinander – eine »180«er Runde – garantierte einem in jeder Bar in der Stadt einen Drink auf Kosten des Hauses. »He, jetzt mach aber mal 'nen Punkt«, sagte Ronnie. Dann: »Hat er denn sonst noch Familienangehörige? Der Mann? Wer könnte denn was geerbt haben?«

»Keine Ahnung«, erwiderte Hardy. »Gute Frage.«

Er warf den dritten Pfeil, der annähernd der Flugbahn der beiden anderen folgte, aber einen Millimeter höher darüber in der »20« landete, jedoch außerhalb des Dreifachrings.

»Keine schlechte Runde«, sagte Ronnie.

»Ja, nicht schlecht.«

25

»Der Mann war der Teufel.«

Penny Roman, die Mutter Melissas, die an den Folgen des mißglückten Abtreibungsversuchs gestorben war, glaubte fest daran. Sie war nicht alt, aber vermittelte irgendwie den Eindruck, als wäre sie es – ihr Haar war derart mit Haarspray zugekleistert, daß es flach und lackglänzend anlag, ihr Make-up dick aufgetragen. Sie hatte ein altmodisches Kleid aus Baumwolldruck mit einem Spitzenkrägelchen an, das vermutlich für einen Teenager gedacht war, und als sie mit ihren Plastikschlappen und einem Tablett mit Kaffee und Tassen hereinkam, war der Effekt beinahe grotesk.

»Bitte, Pen.« Ihr Mann Cecil trug einen kurzen, allmählich grau werdenden Schnäuzer, einen Bleistift hinterm Ohr, dazu eine Lesebrille mit halben Gläsern und grüne Hosen. »Er war vielleicht in den Händen des Teufels, hat die Arbeit des Teufels erledigt ...«

»Er war der Teufel.«

Cecil sah Hardy an und zuckte die Achsel. »Es ist sehr hart gewesen. Sie können es sich nicht vorstellen.«

»Es tut mir leid.«

Es tat ihm fast noch mehr leid, daß er überhaupt hier hinausgefahren war zu dem gerade mal neunzig Quadratmeter großen Haus, gleich in der Nähe des alten Klosters Mission Dolores, wo man das Gefühl hatte, daß die Fenster und Türen nie aufgemacht wurden. In dem kleinen Zimmer, wo sie in stickiger Luft zusammengedrängt saßen, Hardy und Cecil auf der mit Chintz bezogenen Couch und Penny auf der vorderen Hälfte eines Ohrensessels, blickten Jesus und Maria aus drei gerahmten Drucken nach unten. Ein übergroßes und mit viel Zuckerwerk gerahmtes Foto ihrer Tochter Melissa lächelte Hardy von einem Beistelltischchen aus zu. Cecil rollte ein kleines Gestell aus Metall für das Kaffeetablett und ihre Tassen heran.

Die Familie Roman war ein nicht umgedrehter Stein, über den er mit Freeman gesprochen hatte, der ihn prompt wegen seiner Skrupel tadelte, ob die Familie nun jemals tatsächlich auch nur im Traum daran gedacht hatte, Larry Witt etwas anzutun. Die Frage war: Konnte er mit dem Finger auf sie zeigen? Konnten sie, egal wie peripher, die Argumente der Anklagevertretung entkräften?

Ebensowenig gefiel es ihm, daß er heute an diesem Dienstag morgen unter falschem Vorwand hier herumsaß und die Verabredung einhielt, die er gestern mit ihnen getroffen hatte, nachdem er ihnen erzählt hatte, er komme von der Polizei. Wenn aber Terrell oder Glitsky es nicht tun konnten oder wollten …

Als Hardy ein junger Staatsanwalt gewesen war, war er eines Tages in South San Francisco zum Kennmarkenladen einkaufen gegangen. Kennmarken waren seitens der Staatsanwaltschaft weder gutgeheißen noch verboten – jeder wußte, daß sie einem manchmal sehr gute Dienste erwiesen, vor allem bei Leuten, deren Englisch nicht perfekt war und die es gewohnt waren, sich Kennmarken anzusehen und also im Grunde wußten, was diese zu bedeuten hatten, auch wenn die eine oder andere Nuance fehlen mochte.

Also hatte er sich am Telefon als Officer Hardy vorgestellt, und jetzt hatte er eine Kennmarke dabei. Sie hatten ihn umstandslos hereingelassen.

»Dies ist hier reine Routine, insbesondere nach all der langen Zeit. Wir versuchen eben immer nachzukommen. Irgendwann klappt's ja mal vielleicht.« Hardy grinste verbindlich, schlürfte seinen Kaffee und klappte den Aktendeckel auf, den er mitgebracht hatte. In dem Ordner befand sich gar kein Polizeibericht zu der Anzeige wegen Sachbeschädigung am Auto von Dr. Witt. Statt dessen hatte Hardy sich für diesen Morgen seine eigene Kopie des Polizeiberichts über seinen Mandanten Mr. Frankl ausgeliehen – den Mann, der – irrigerweise, wie sich herausgestellt hatte – der Ansicht gewesen war, er hätte eine überzeugende Verteidigung gegen Trunkenheit am Steuer. Den Romans fiel das Täuschungsmanöver nicht auf.

»Was sagt er denn über uns?«

Cecil versuchte im Aktenordner irgend etwas zu entdecken, was er kannte. Hardy schob den Ordner beiseite. »Offen gestanden, wirft er ihnen vor, sie hätten sein Auto aufgebrochen und sein Radio gestohlen …«

»Das ist ja lächerlich!« Penny schwappte der Kaffee in die Untertasse. »Er ist ein Lügner obendrein.«

»Er ist gar nichts mehr, Madam. Er ist tot.«

»Ja doch, ich weiß. Natürlich.« Sie kniff die Lippen zusammen,
versuchte die Worte zurückzuhalten und schaffte es nicht. »Und
ich bin froh, daß er tot ist.«

»Bitte, Pen.« Cecil faßte mit der Linken über das Tischchen und
legte sie seiner Frau aufs Knie. »Wir müssen hier Christenmenschen
sein. Die Sünde hassen, aber den Sünder lieben.«

»Ich kann es nicht, ich kann es einfach nicht.«

Cecil tätschelte ihr geistesabwesend das Knie. Er richtete seine
Aufmerksamkeit wieder auf Hardy, ließ dabei die Hand liegen, wo
sie war, weswegen er jetzt in verdrehter Haltung dasaß. »Dr. Witt
war ein Sünder, Officer. Aber das heißt nicht, daß wir sein Auto
aufgebrochen hätten.« Er wies im Zimmer umher. »Sehen wir etwa
aus wie … wie wenn wir Radios aus Autos stehlen? Wieso sollten
wir das? Was würde das beweisen? Würde es uns die Tochter
zurückbringen?«

Hardy kam allmählich zu der Ansicht, daß die beiden in der Tat
höchstwahrscheinlich nicht Dr. Witts Auto aufgebrochen hatten.
Wenn es überhaupt jemand getan hatte. Er kritzelte eine Notiz, daß
er Jennifer danach befragen wollte.

»Sie sagen, daß Dr. Witt ein Sünder war. Haben Sie ihn denn persönlich gekannt?«

Hardy sah, wie die Sehnen in Cecils linker Hand hervortraten.
Er drückte das Knie seiner Frau mit aller Kraft. Sie zeigte keine
Reaktion – Cecils Ruhe war erschreckend. »Dr. Witt hat Abtreibungen vorgenommen, Officer. Er hat unsere Tochter umgebracht.«

Sie mußten die ganze Sache noch einmal durchgehen, wie Hardy
schon geahnt hatte. Penny fing zu weinen an, stumm und reglos.
Für die beiden war es eine nahtlose Geschichte von Ursache und
Wirkung des Bösen – die unglückselige Begierde ihrer Tochter, ihr
Sündenfall, ihre Weigerung, sich Gottes Willen zu beugen und das
von ihr geschaffene Leben auszutragen, ihre Erlaubnis, daß Dr.
Witt sein Messer gegen ihr Baby richtete, wodurch sie sich zuletzt
auf die Seite der Abtreibungsbefürworter, der Mörder schlug, denen sie – wie Cecil und Penny es vorher gewußt hatten – am Ende
selbst zum Opfer fiel.

Hardy klappte die Akte zu.

»Er hat bekommen, was er verdient hat.« Penny konnte sich nicht länger beherrschen. Cecil verstärkte seinen Griff. »Wir haben es natürlich in der Zeitung gelesen. Der Herr kümmert sich um die Seinen.«

»Ich glaube, jemand anders hat sich um Dr. Witt gekümmert«, sagte Hardy.

»Er zählte aber auch nicht zu den Anhängern des Herrn, Officer. Er war der Teufel. Er war das letzte Instrument von Melissas Folter. Wir haben sein Auto überhaupt nie zu Gesicht bekommen. Ich weiß nicht einmal, was für ein Auto er gehabt hat.« Penny fing zu weinen an. »Wir haben rein gar nichts über ihn gewußt. Und jetzt kommt er von den Toten zurück, um uns noch mehr zu bestrafen.«

Hardy stand auf, er wollte hier endlich raus. »Nein, Madam, das tut er nicht. Er wird sie nicht bestrafen. Ich schließe die Akte, und wir vergessen die ganze Sache. Ich glaube Ihnen.«

Allmählich erlosch das Feuer. Penny lehnte sich kraftlos zurück, brachte gerade noch ein mattes »Danke« über die Lippen.

Cecil begleitete ihn zur Tür und kam ein paar Schritte mit nach draußen. Es war wieder einmal ein schöner Morgen mit einer leichten Brise. Eine Meile entfernt funkelte der Sutro Tower in der Sonne. Cecil starrte ihn einen langen Moment an. »Und sie ereilt einen doch, wissen Sie. Die Strafe.«

»Das hoffen wir.« Hardy, der Polizist, der seine Rolle spielte.

»Ich spreche von ihm, von Dr. Witt.«

Hardy wartete.

»Wissen Sie, nachdem er Melissa umgebracht hat und bevor er selber umgebracht wurde, da wußte ich, daß er da oben in seinem schicken Haus lebt, jede Menge Geld einstreicht, aus all seinen Sünden Profit schlägt ...«

Hardy fragte sich, ob Cecil wußte, daß Witt seine Arbeit in der Mission Hills Clinic ehrenamtlich tat. Aber dies war nicht der Augenblick, um es ihm mitzuteilen.

»Und ich weiß, daß es in der Welt eben so läuft. Die Sünder leben in Saus und Braus. Aber von Zeit zu Zeit sieht man doch den Beweis. Sieht man ein wenig Gerechtigkeit in der Welt. Die Strafe ereilt sie doch.«

»Jawohl, Sir.« Sie schüttelten sich die Hand.

Erst als er wieder in der Innenstadt war und auf der Sutter Street parkte, wurde ihm bewußt, was Cecil gesagt hatte. Penny mochte geglaubt haben, daß sie und ihr Mann nichts über Dr. Witt wüßten, aber Cecil wußte offensichtlich, daß Witt oben am Sutro Tower in einem prächtigen Haus wohnte. Und er hatte das gewußt, bevor er noch darüber in der Zeitung gelesen hatte.

Hardy unterhielt sich mit Jennifer und erfuhr, daß Larrys Auto aufgebrochen worden war, er aber keine Anzeige erstattet hatte. Was sollte die Polizei schon groß unternehmen? Er hatte das Auto einfach in die Werkstatt gebracht und ein neues Radio gekauft. So regelte man das. Die Versicherung war dafür aufgekommen.

Larry war ein Einzelkind gewesen, seine Eltern waren schon lange tot. Die Witts waren ganz allein auf sich gestellt, und so kamen sie sich auch vor. Das war der Grund, sagte Jennifer, warum Larrys Beschützerinstinkt so ausgeprägt war, sie nicht auf eigene Faust ausgehen ließ, immer wissen wollte, wo sie sich gerade aufhielt – damit er beruhigt sein konnte, daß alles in Ordnung und die Familie in Sicherheit war.

Sie und Larry waren sich einig gewesen, daß Phil und Nancy nicht als Erziehungsberechtigte von Matt in Frage kamen. Also hatte Larry eine Cousine gebeten – Laurie Soundso, die weiter südlich im Orange County lebte –, für den Fall der Fälle diese Verantwortung auf sich zu nehmen.

Trotz alledem hätten Jennifers Eltern als nächste Angehörige alles geerbt, wenn Jennifer zusammen mit Larry und Matt umgekommen wäre.

Dennoch glaubte Hardy, dem es durchaus in den Kram gepaßt hätte, falls sich herausstellen sollte, daß Tom oder Phil oder sogar die Romans bei der Ermordung Larrys die Hand im Spiel gehabt hatten, nicht wirklich, daß einer von ihnen es gewesen war. Er wollte lediglich alle Eventualitäten abklären.

Nach seinem Tag bei ihren Ärzten sagte ihm sein Gefühl, daß Jennifer vermutlich getan hatte, was ihr die Anklagevertretung vorwarf. Auch er war jetzt wie Freeman mehr oder minder der Meinung, daß sie ihren ersten Ehemann Ned und dann ihren zweiten Mann Larry umgebracht hatte, damit sie sie nicht länger verprügelten. Und irgendwie war ihr dabei tragischerweise Matt in die Quere gekommen.

Frannie legte die Hand an die Plexiglasscheibe, und Jennifer tat das gleiche. Sie starrten einander lange an. Frannie hatte nicht wirklich vorgehabt, Jennifer erneut zu besuchen. Sie hatte die Kinder bei Erin abgeliefert und wollte zum Einkaufen gehen.

Vielleicht war es die Szene mit Jennifers Vater und Bruder gewesen, vielleicht wollte sie sich nur rückversichern, daß die beiden nicht wirklich so gefährlich waren. Vielleicht fühlte sie sich auch ein bißchen schuldig, weil sie mit Jennifer etwas angefangen hatte, das sie vielleicht nicht zu Ende bringen konnte. Sie wußte nicht recht – es war kompliziert, aber jedenfalls stand sie jetzt hier.

Jennifer brach das Schweigen. »Sie sehen nicht so gut aus. Ist alles in Ordnung?«

Zuerst langsam, aber dann in einem Sturzbach von Worten, der sie selber überraschte, erzählte ihr Frannie von dem Streit mit ihrem Bruder Moses, dem Ärger mit Dismas, der allem Anschein nach ein Eigenleben zu führen anfing, von dem Schuldgefühl, daß sie ihre Kinder – wieder einmal – bei Erin Cochran, Rebeccas Großmutter, abgeliefert hatte. Erst ganz am Schluß berichtete sie über Phil und Tom DiStephano und ihre Drohungen gestern abend.

»Mein Vater und mein Bruder sind zu Ihnen nach Hause gekommen? Warum denn das?«

»Ich glaube, um Dismas zusammenzuschlagen. Ihn vielleicht nur zu bedrohen. Sie waren ziemlich betrunken, glaube ich. Aber es hat mich zu Tode erschreckt.«

Jennifers Augen schauten auf die Hände, die durch die Glasscheibe getrennt aufeinandergepreßt lagen. »Diese Idioten. Es hört nie auf.« Sie atmete tief aus. »Weswegen haben sie ihn denn bedroht?«

»Irgendwas, daß er Ihre Mutter belästigt hätte. Dismas hat mir erzählt, daß er hingefahren ist und sich mit ihr getroffen hat ...«

»Ich weiß. Und mein Vater hat sie grün und blau geschlagen. Er hat mir auch das erzählt.«

Stille.

Frannie hatte Angst. Sie hatte sich den ganzen Vormittag gefürchtet, war bei kleinen Geräuschen aufgeschreckt, wenn das Telefon läutete, hatte sich eingebildet, ihr ganzes Haus und die einzelnen Zimmer wären demoliert worden, die Eingangstür eingetreten, die Fenster zerdeppert. Wütend oder bestürzt oder beides, hatte sie jedenfalls nicht das Herz gehabt, die Sache mit Dismas zu bereden, bevor er aus dem Haus gegangen war.

»Ich habe mich eben erst wieder mit ihm unterhalten, wissen Sie.

Mit Ihrem Mann. Er wollte wissen, ob … er wollte ein paar Sachen über meine Eltern wissen. Er hat kein Wort von der Sache gestern abend erwähnt.«

»War er denn hier?«

Jennifer schüttelte den Kopf. »Er hat angerufen. Es ist eine ziemliche Nerverei, wenn er hier hochkommt, und er hatte nur ein paar Fragen. Nein, Sie und er, das sind … zwei verschiedene Sachen.« Sie machte eine Pause. »Männer sind immer eine andere Sache. Das ist einfach so. Ich sage Ihnen, was Sie wissen müssen. Sie stellen mir Fragen, und ich beantworte sie.«

»Und was ist mit Ihrem Vater? Was denken Sie, was er unternehmen wird?«

»Keine Ahnung. Gegen einen anderen Mann? Keine Ahnung. Bei meinem Bruder genau dasselbe.«

»Glauben Sie, die beiden würden unseren Kindern was tun? Wenn sie die beiden auch nur anfassen …« Frannie sprach den Satz nicht zu Ende, brachte es nicht über die Lippen.

»Würden Sie sie umbringen?«

Frannie nickte. Sie war überrascht, plötzlich festzustellen, daß sie jemanden umbringen würde, um ihre Kinder zu beschützen. »Ist es das, was passiert ist?« fragte sie. »Hat Larry angefangen, Matt zu schlagen?«

Einen Augenblick lang dachte sie, Jennifer würde einfach nicken und »ja« sagen. Doch statt dessen war da ein unmerklicher Rückzug, etwas in ihrer Körperhaltung, ihren Augen. Sie nahm die Hand von der Glasscheibe.

»Ich würde mir keine Sorgen machen«, sagte sie zuletzt. »Ich denke, es ist in Ordnung. Mein Vater wird nichts unternehmen. Außerdem schlagen Männer nur zu, wenn sie davon ausgehen, daß man nicht zurückschlägt.« Jennifer beugte sich nach vorn, schlug die Beine übereinander. »Ich könnte für eine Zigarette einen Mord begehen«, sagte sie und fügte dann hinzu: »Eines Tages hatte Ned, mein erster Mann, den Eindruck, daß dieser Zahnarzt mich anmacht, und er fuhr zu ihm hin und hämmerte ihm ein paarmal auf die Brust – zumindest hat er das behauptet –, kam dann zurück und hat mich verprügelt.« Ihr Gesicht verzog sich zu einem traurigen, beinahe sehnsüchtigen Lächeln. »Ganz wie immer.«

»Was haben Sie gemacht?« Frannie beugte sich vor, preßte allein die Hand an die Trennscheibe. »Wie konnten Sie das auf Dauer hinnehmen?«

Jennifer seufzte erneut und verschränkte die Arme, starrte auf einen Fleck in der Mitte zwischen ihnen beiden.

»Ich höre«, sagte Frannie.

Jennifers Hand legte sich auf das Plexiglas. Ihr Gesicht schien sich bei der Erinnerung, welche auch immer es sein mochte, zu verhärten. Sie war angespannt, flüsterte, sah Frannie fest in die Augen. »Das wollen Sie gar nicht wissen.«

Hardy hatte es mehr oder minder beiläufig erwähnt – ein Ärgernis mehr als alles andere –, aber Abe Glitsky gefiel die Tatsache überhaupt nicht, daß Phil und Tom DiStephano seinem besten Freund auf die Zehen getreten waren. Es war weniger die Drohung als solche – schließlich war nichts Ernstes passiert, war kein Verbrechen vorgefallen. Glitskys Ansicht, daß in San Francisco nichts außer den abscheulichsten Untaten polizeilich untersucht und gerichtlich bestraft würde, hieß freilich nicht, daß er unhöfliches Benehmen guthieß. Seine Tage im Streifendienst waren noch nicht so lange her, daß er sich nicht mehr daran erinnert hätte, welchen Eindruck ein Polizist auf jemanden machen konnte, der eine Lektion in Höflichkeit oder Selbstbeherrschung nötig hatte.

Phil DiStephano war ein Klempner, der bei einer mittelgroßen Firma in der Nähe des Kezar Pavillon arbeitete. Der Mann im Büro teilte Glitsky mit, daß Phil und zwei andere Klempner zum Mittagessen gegangen waren und innerhalb einer Viertelstunde zurück sein mußten, also entschloß er sich zu warten. Es dauerte nicht einmal so lange. Glitsky stand auf, und die Narbe quer durch seine Lippen verzog sich zu einer schmalen weißen Linie, als er die halbwegs feindseligen Blicke der drei Rednecks aushalten mußte. Glitsky, der selbst zur Hälfte ein Weißer war, merkte manchmal, daß er Weiße mehr haßte als Schwarze, wenn man von ganz widerlichen Kerlen absah. Er verbuchte das als Charakterschwäche. Irgendwann würde er etwas dagegen tun, ganz bestimmt.

Der Mann im Büro sagte etwas, und der Größte der drei Männer drehte sich um. Er sprach höflich und gesetzt, dem Augenschein nach um Zuvorkommenheit bemüht. »Ich bin Phil DiStephano, gibt's irgendwelche Schwierigkeiten?«

Glitsky hatte bereits vorher seine Dienstmarke gezeigt, und ohne Zweifel hatte der Büromensch die Information verlauten lassen, daß dieser stämmige Schwarze in Zivil bei der Polizei war. Die beiden anderen Klempner gaben Phil Flankenschutz, aber schienen eher auf einen Vorwand aus zu sein, sich wieder in das Hinterzimmer verziehen zu können oder in ihre Pickups oder wohin sonst immer sie gingen, während sie darauf warteten, Waschbecken zu reparieren und verstopfte Toiletten wieder in Gang zu bringen. Er zog erneut die Dienstmarke aus der Tasche. »Wenn Sie ein paar Minuten für mich übrig hätten.«

Er deutete nach draußen – ein Rucken des Kopfes. Beim Öffnen der Tür sah er nicht zurück, sondern ging halb über den Bürgersteig und drehte sich dann um, arrangierte es so, daß die Sonne hinter ihm stand. Als er sich umdrehte, war ihm Phil gefolgt und stand ein paar Schritte beiseite, kniff die Augen zusammen und fing zu schwitzen an.

Glitsky ließ ihn schmoren.

Er hielt es etwa zehn Sekunden lang durch, was einem sehr lange vorkam. »Gibt es irgendwelchen Ärger, Officer? Ich hab' ein paar Kunden, zu denen ich fahren ...«

»Dismas Hardy.« Glitsky war auf leise Töne aus, damit Phil sorgfältig zuhören müßte.

»Was soll das heißen?«

Glitsky wiederholte es. »Der Anwalt Ihrer Tochter? Der Mann, dem Sie gestern abend einen Besuch abgestattet haben?«

Phil hob die Hand. »He, Moment mal. Hardy hat *mir* einen Besuch abgestattet. Ich weiß nicht, was er Ihnen erzählt hat, aber er ist derjenige, der ...«

Phil brabbelte eine Zeitlang weiter, und der Schweiß glänzte jetzt auf seiner Stirn. Als er sich wieder beruhigt hatte, fragte ihn Glitsky, ob er jetzt fertig sei.

»Ich weiß nicht recht.« Phil schien sich durch Glitskys Geduld, sein ruhiges Abwarten – mit verschränkten Armen hörte er ihm zu – ermutigt zu fühlen. »Ich denk' mir, ich sollte das vielleicht anzeigen, wissen Sie. Wenn er mir weiterhin solche Scherereien macht ...«

»Ich mache Ihnen Scherereien?«

»Nein! Nein, das habe ich nicht gemeint. Ich meine, wenn er bei mir zu Hause vorbeikommt und meine Frau belästigt.«

Es reichte jetzt. Glitsky dachte bei sich, daß es eine weitere seiner Charakterschwächen war, daß er als Kind nie genug Spaß daran gefunden hatte, unter einem Brennglas Ameisen den Chitinpanzer zu versengen. Er nickte, als habe er alles von Phil Vorgetragene zur Kenntnis genommen und sorgfältig erwogen. »Hardy hat Ihre Frau nicht belästigt.«

»Aber ja doch. Er war draußen bei mir und ...«

»Und falls mir je zu Ohren kommt, daß Sie ihn noch einmal bedroht haben, dann werden Sie feststellen, daß Ihnen das Leben in dieser Stadt ziemlich wenig Spaß macht. Man wird Sie wegen zu schnellen Fahrens anzeigen. Wird Sie abschleppen, sobald Sie Ihr Auto parken.«

Phil legte jetzt einen neuen Gang ein. Gerechtfertigte Entrüstung, I. Akt. »Wollen Sie mir etwa drohen?«

»Es ist sogar gut denkbar, daß Sie Ihren Job los sind. Die Chefs haben nicht gern Angestellte, die die Cops auf dem Kieker haben. Das ist schlecht fürs Geschäft.«

»Das muß ich mir nicht anhören. Wie heißen Sie noch mal? Das können Sie nicht bringen.«

Glitskys Narbe funkelte grell durch ein kaltes Feixen. »Aber gewiß kann ich das, wetten?« Er senkte die Stimme. »Mein Name ist Inspector Sergeant Abraham Glitsky – soll ich es Ihnen buchstabieren? Ich gebe Ihnen gerne die Nummer meiner Dienstmarke, wenn Sie das wünschen.«

Phil stand da, und der Schweiß lief ihm übers Gesicht. Glitsky trat einen Schritt näher. »Hardy ist ein Freund von mir. Ich würde mich an Ihrer Stelle ebenfalls mit ihm anfreunden. Ja, ich würde sogar sagen, es liegt in Ihrem ureigenen Interesse aufzupassen, daß ihm nichts Böses zustößt – denn falls das passiert, könnte ich mich vielleicht versucht sehen, zu denken, daß Sie was damit zu schaffen hatten, und das wäre gar nicht gut für Sie.«

Er wandte sich ab und ließ Phil in der Sonne schwitzen. Als er ins Auto stieg, hörte und ignorierte er, welches Schimpfwort ihm der andere nachrief. Er hatte es erwartet, und es perlte an ihm ab. Er hatte seine Botschaft verkündet, gesagt, was zu sagen war. Genau deshalb war er ja vorbeigefahren.

26

Bis zum Freitag hatte Donna Bellows trotz ihrer gegenteiligen Versicherungen nicht zurückgerufen und Neuigkeiten über irgendwelche Verbindungen zwischen Crane & Crane und Larry Witt mitgeteilt. Freeman gierte nach noch den winzigsten Häppchen, die er beim Prozeß verwenden könnte, also dachte sich Hardy, der auf Nummer Sicher gehen wollte, daß er noch einmal in Los Angeles anrufen würde, obwohl er wenig Hoffnung hegte, daß auch nur ein schwacher Zusammenhang zwischen der Ermordung von Simpson Crane in Los Angeles und Larry Witt in San Francisco bestand.

Bei nochmaligem Nachdenken kam ihm die ganze Sache derart dürftig vor, daß er sie gar nicht weiter verfolgen wollte. Deswegen hatte er ja auf Donna Bellows Rückruf gehofft – damit er diesem Phantom nicht selbst hinterherjagen mußte. Trotzdem tat er seine Arbeit und ging den Hinweisen nach, die bislang nichts Handfestes ergeben hatten. Freeman wollte alles haben, was es nur gab, um damit zu jonglieren und zu sehen, wieviel er gleichzeitig in der Luft halten konnte – wie er es bereits früher so oft getan hatte –, um die Geschworenen mit seinen Gauklerkünsten genügend zu verwirren, daß sie gar nicht erst merkten, daß der ganze Zauber mit Spiegeln bewerkstelligt wurde.

Schauen Sie hierher, jetzt dort hinüber. Was ist damit? Hoppla! Das ist ein hübscher Trick. Alles, um abzulenken, um die Aufmerksamkeit von dem Beweismaterial abzuziehen, von dem sie beide den Eindruck hatten, daß es gut und gerne ausreichen mochte, um ihre Mandantin zu Fall zu bringen.

Hardy hatte die Füße auf die Schreibtischplatte gelegt. Die Tür zum Gang stand offen, ebenso das Fenster hinter ihm hinaus zur Sutter Street. Ganz schwach konnte er die Bay riechen. Die Zugluft fühlte sich gut an. Das Telefon in Los Angeles klingelte, und er nahm schnell einen Wurfpfeil zur Hand und warf ihn durchs Zimmer auf die Zielscheibe – er landete in der »1«, einen halben Zentimeter neben der »20«.

Er sprach mit einer einsilbigen Telefonistin, die ihn warten ließ. Währenddessen warf er einen zweiten Dart, der diesmal die »20« traf, und schon hatte er eine äußerst förmliche Sekretärin am Apparat.

»Mr. Crane ist gerade in einer Besprechung. Kann ich Ihnen weiterhelfen?«

Hardy empfand in aller Regel Hochachtung für Sekretärinnen – selbst für so förmliche wie Phyllis –, aber er hatte wenig Geduld mit der Schule der Sekretärin-als-Torhüterin. Seiner Meinung nach vergeudete das langfristig und bei wichtigen Belangen weit mehr Zeit, als es einsparte. Chefs sollten mit Chefs sprechen.

Er war höflich. »Sofern Mr. Crane im Hause ist, will ich gerne warten. Es handelt sich um eine Sache von einiger Dringlichkeit im Zusammenhang mit einem Mordprozeß.«

Er hörte einen Seufzer, dann folgte ein weiteres langes Warten, dann die müde Stimme eines Mannes. »Todd Crane.«

Hardy reckte die Siegesfaust in die Luft, stellte sich dann vor und brachte sein Beileid zum Ausdruck. Crane allerdings kam gleich zur Sache. »Maxine sagte, es handelt sich um einen Mordprozeß. Wie kann ich Ihnen weiterhelfen?«

Hardy erklärte den Klebenotizzettel, den er auf der Schreibtischauflage von Larry Witt mit der Telefonnummer von Crane & Crane nebst dem unterstrichenen und mehrmals eingeringelten Wort »Nein« gefunden hatte.

»Ich fürchte, das sagt mir … Wie war der Name des Opfers noch mal?«

»Larry Witt. Dr. Larry Witt.«

»Tut mir leid. Das sagt mir absolut nichts.«

Hardy versuchte es mit einem Schuß ins Blaue. »Was ist mit der Yerba Buena Medical Group? YBMG?«

»Aha. Gehörte Witt dazu? Wir kümmern uns um ihre geschäftliche Neustrukturierung. Das macht Jody Bachmann.« Er buchstabierte Hardy den Namen. »Soll ich Sie weiterverbinden?«

Das Telefon – mutmaßlich im Büro von Jody Bachmann – läutete zehnmal, ehe sich Bachmanns Anrufbeantworter meldete. Na prima, das Ganze noch einmal von vorn, dachte Hardy bei sich und hinterließ Namen und Telefonnummer und eine kurze Darstellung dessen, was er wollte.

Er stand auf und warf den letzten Dart, der auf dem Schreibtisch lag, traf die »5« links von der »20« und drehte sich dann um, schaute durchs Fenster hinunter auf die Sutter Street. Obwohl Bachmann nicht im Büro gewesen war, fühlte er sich irgendwie ermutigt.

Endlich gab es eine Verbindung zwischen Larry Witt und Crane & Crane. Sicher, er hatte gewußt, daß es eine geben mußte, da Cranes Nummer auf dem Notizzettel stand, aber es war nicht leicht gewesen, den Zusammenhang herzustellen. Und jetzt war es ihm gelungen. Wie die Zugluft fühlte es sich gut an. Tatsachen herauszufinden fühlte sich gut an.

Natürlich blieb es eine ganz andere Frage, was diese Tatsachen untermauern mochten – was sie überhaupt zu bedeuten hatten –, und weil es Freitag nachmittag war, verspürte Hardy keine gesteigerte Lust, darüber weiter nachzugrübeln. Die Tatsachen, die mit der Suche der Verteidigung nach »anderen Typen« verknüpft waren, schienen auf dem Weg zur Wahrheit nur zu einer Abzweigung zu führen, die dann in einer Sackgasse endete. Er hatte eine Tatsache herausgefunden. Aber brachte ihn das irgendwie weiter?

Die Polizei in Los Angeles war der Ansicht, obgleich sie es nicht beweisen konnte, daß ein Profikiller Simpson Crane und dessen Frau ermordet hatte. Simpsons Kanzlei – einer der Partner jedenfalls – kümmerte sich um die geschäftliche Neustrukturierung der Praxisgruppe, der Larry Witt angehörte. Selbst ein Genie wie David Freeman würde es einigermaßen schwer haben, irgendeine beweisbare Kausalität zwischen diesen beiden Daten herauszuarbeiten.

Immerhin hatte Hardy das Gefühl, daß er seine Arbeit getan hatte. Bachmann würde ihn wegen der näheren Details noch vor dem eigentlichen Prozeßbeginn zurückrufen, der wahrscheinlich erst in einem Monat oder so zu erwarten war. Glitsky hatte sich, wenn auch widerwillig, einverstanden erklärt, nachzuprüfen, was er über Cecil und Penny Roman am Tage der Ermordung von Larry herausfinden konnte. Im Lauf der nächsten Wochen konnte er sich vielleicht noch einmal mit Nancy DiStephano treffen und auf den Busch klopfen, wo Phil und Tom am Montag nach Weihnachten gesteckt hatten.

Demnach hatte Hardy »andere Typen« im Dutzend. Einstweilen war es sein Job, David Freeman zu assistieren und juristische Fragen zu klären, die auftauchen mochten, sowie seinen eigenen Teil des Prozesses vorzubereiten, das Verfahren zur Straffestlegung, falls Jennifer verurteilt werden sollte.

Jedenfalls würde er zu sehen bekommen, was David Freeman mit seinem Grips und seiner Effekthascherei anfangen konnte, mit seinem vielgerühmten, mit viel Tamtam zur Schau gestellten *je ne sais quoi.*

Teil drei

27

Am Montag, dem 19. Juli, hatte Oscar Thomasino seinen Holzhammer niederknallen lassen und das Verfahren The People of
the State of California v. Jennifer Lee Witt der Kammer 25, dem
Gerichtssaal der Richterin Joan Villars, zugewiesen. Dieser For-
malität schloß sich sogleich ein hektischer Reigen von Anträgen
an, die eingebracht und abgelehnt wurden. Mit der Auswahl der
Geschworenen würde, wie geplant, am 23. August begonnen werden.

David Freeman hatte unverzüglich seinen Antrag auf die Abweisung des Verfahrens nach den Bestimmungen Penal Code 995 des
Strafrechts eingebracht und argumentiert, es gebe überhaupt nicht
genügend Beweismaterial zur Fortführung des Gerichtsverfahrens,
und – wie erwartet – hatte Richterin Villars den Antrag verworfen.
Wenn eine Grand Jury genügend Beweise gefunden hatte, um Anklage in drei Mordfällen zu erheben, mußte ein Richter schon
außergewöhnlich tapfer oder närrisch sein, um diese Entscheidung
zu kassieren.

Jennifers Haar war nachgewachsen, ihre Hautabschürfungen waren verschwunden. Als sie flankiert von zwei Justizwachtmeistern
zum erstenmal den Gerichtssaal betrat, erhob sich bei den Zuhörern vernehmliches Stimmengewirr. Die Angeklagte sah wie ein
Filmstar aus.

Der rote Trainingsanzug der »Haftentflohenen« war abgelegt,
auch die Fußfesseln und Handschellen mußte sie nicht mehr tragen. Richterin Villars hatte einer entsprechenden Eingabe Freemans zugestimmt, daß das zu Vorurteilen gegenüber seiner Mandantin führen könnte. Ebensowenig erachtete die Richterin es für
notwendig, Jennifer am Tisch der Verteidigung an ihrem Stuhl
festzuketten. Auch wenn Jennifer aus dem Gefängnis ausgebrochen war, räumte selbst Powell ein, daß nur wenig Risiko bestand, daß sie aufspringen und aus dem Gerichtssaal fliehen
würde.

Jennifer trug Schuhe mit flachen Absätzen, fleischfarbene
Strumpfhosen und ein elegantes, matt korallenrotes Kleid, dessen

Saum drei Zentimeter über den äußerst attraktiven Knien endete. Freeman hatte dafür gesorgt, daß eine Friseuse ins Gefängnis kam und Jennifer die Haare schnitt, und jetzt schimmerte ihr Haar sauber, blond und war gerade lang genug, daß es feminin und akkurat aussah. Diamantbesetzte Ohrringe. Ein geschmackvoller Hauch von Make-up.

Man führte Jennifer herein, bevor die Richterin den Saal betrat, zeitgleich mit den Pressevertretern und den achtzig potentiellen Geschworenen, die soeben ihre Plätze hinter der Holzbarriere einnahmen. Hardy, der sich mit Freeman am Tisch der Verteidigung in der linken Hälfte des Gerichtssaals unterhalten hatte, hörte den Tumult bei den Zuschauern und sah auf, brach mitten im Satz ab. »Du meine Güte«, sagte er.

Freeman wandte sich halb um. Ein paar Blitzlichter flammten auf – Villars würde dem ein Ende setzen, sobald sie hereinkam, aber vorerst war Jennifer Freiwild. Sie lächelte ihr zweideutiges Lächeln – schüchtern oder posierend –, und noch mehr Blitzlichter flammten auf.

Die Wachtmeister brachten Jennifer zu Freeman, der ihr wie ein besorgter Onkel den Arm um die Hüfte legte und sie zu dem Stuhl zwischen sich und Hardy geleitete. »Sie sehen prima aus«, sagte Freeman zu ihr. »Genau richtig.«

»Ich habe Angst«, erwiderte Jennifer.

Freeman strich ihr mit der Hand über den Rücken. »Das ist schon in Ordnung, ist völlig natürlich. Setzen sie sich einfach hin, und entspannen Sie sich.«

Hardy bemerkte, daß Jennifers Hände zitterten. Sie verschränkte die Finger ganz eng und legte die Hände zusammengefaltet vor sich auf den Tisch. Freeman stellte sich zu ihrer Rechten auf und deckte seine knorrige Pfote über ihre Hände.

Im Lauf der vergangenen Wochen hatte Hardy zugesehen, wie bei der gemeinsamen Arbeit an der Konzeption einer Verteidigung die frühere Feindseligkeit zwischen Anwalt und Mandantin verflog. Jetzt hatte Freeman sie – obwohl er allem Anschein nach noch immer glaubte, daß Jennifer log, wenn sie ihre Unschuld beteuerte –, irgendwie davon überzeugt, daß er ihr bester und vertrautester Freund sei – er höchstpersönlich sei ihre einzige Rettung. Folgerichtig klammerte sie sich mittlerweile an ihn, an ihre Rettungsinsel im stürmischen Ozean. Das war Hardy nur recht, der ja nach wie vor vielleicht eine eigene Rolle zu spielen hatte, und zwar nicht als Mittler zwischen Jennifer und David Freeman.

Es war 9:23 Uhr. Villars würde in sieben Minuten den Saal betreten. Dean Powell und sein Stellvertreter, ein junger Assistent District Attorney namens Justin Morehouse, besprachen sich soeben und sahen diverse Papiere auf ihrem Tisch rund vier Meter rechts von Hardys durch.

»Jennifer.«

Dr. Ken Lightner war zur Barriere vorspaziert, und Jennifer drehte sich in ihrem Stuhl um, stand dann auf und schlang die Arme um ihn. Einer der Wachtmeister war sofort zur Stelle, aber Freeman streckte die Hand vor und verhinderte, daß der Mann zwischen die beiden trat. Das Ganze war sowieso nach wenigen Sekunden vorbei, als Jennifer sich zurückzog und Dr. Lightner auf die Wange küßte.

Hardy machte sich im Geiste eine Notiz – Freeman wahrscheinlich ebenso –, Jennifer vor solchen Umarmungen in der Öffentlichkeit zu warnen. Sie konnten nur zu leicht mißverstanden werden. Sowohl er wie Freeman wußten, welche Verbindung zwischen Jennifer und Lightner bestand, aber es würde schwierig sein, sie den Geschworenen zu erklären. Frau, der man den Mord an zwei Ehemännern vorwirft, umarmt zu Beginn ihres Prozesses einen anderen Mann. Nein, das sähe nicht gut aus.

Jennifer, Freeman und Lightner steckten die Köpfe zusammen und flüsterten miteinander neben der Barriere, die die Zuschauer vom Gericht trennte. Walter Terrell war aufgetaucht und wechselte soeben ein paar Worte mit Powell und Morehouse.

Obwohl er keine aktive Rolle in diesem Teil des Prozesses übernehmen würde, war Hardys Mund trocken, sein Magen unruhig und übersäuert. Er drehte sich in seinem Stuhl um und wollte sich gerade ein Glas Wasser eingießen, als er sah, wie die Tür hinter dem erhöhten Tisch der Richterin aufging und der Protokollführer alle Anwesenden aufforderte, sich zu erheben, die Kammer 25 des Superior Court der Stadt und des County San Francisco tage nun unter dem Vorsitz der Richterin Joan Villars.

Das Konzept des *voir dire* – der Befragung und Auswahl der Geschworenen – hatte in Kalifornien seit der im Juni 1991 erfolgten Verabschiedung der Wahlinitiative 115 massive Änderungen erlebt. Vor dieser Zeit war beiden Gerichtsparteien ein beträchtlicher Spielraum bei den Fragen eingeräumt gewesen, die sie potentiellen Geschworenen stellen konnten. Wie verdienten sie ihren Lebensunterhalt? Wie viele Geschwister hatten sie? Welche Hobbies pflegten sie? Ihre Lieblingsbücher und/oder Lieblingsfilme? Mochten sie kleine Hunde? Katzen? Goldfische? Beinahe alles war zulässig, sofern es dazu dienen mochte, den Charakter eines möglichen Geschworenen zu erhellen. Oftmals waren die Fragen nur notdürftig verkleidete Ansprachen, um mögliche Geschworene zu beeinflussen. Und aus all den Gründen konnte die Auswahl einer Jury bei Fällen wie diesem, wo es um die Todesstrafe ging, gut und gerne zwei Monate dauern, bisweilen sogar länger.

Seit der Verabschiedung der Wahlinitiative 115 übernahm dagegen der Richter die Durchführung des *voir dire*, und damit ging die ganze Sache – wie die Wahlinitiative es beabsichtigt hatte – weitaus schneller über die Bühne. Beide Gerichtsparteien konnten dem Richter bzw. der Richterin eine Liste von Fragen geben, die sie gerne gestellt wüßten, doch oft wurden diese ignoriert. Analog dazu hatte Freeman Villars gebeten, ob er nicht im Fall von Jennifer Witt manchen der möglichen Geschworenen direkt eigene Fragen stellen dürfe. Er hatte eine abschlägige Antwort bekommen.

Die Vertreter der Anklage und der Verteidigung konnten nach wie vor ihre zwanzig pauschalen Ablehnungen – das Recht, einen potentiellen Geschworenen aus beliebigen Gründen oder auch gar keinem Grund auszuschließen – in die Waagschale werfen, aber die Besetzung der Jury lag jetzt erheblich klarer außerhalb der erkennbaren Einflußnahme beider Gerichtsparteien. Es war jetzt die Show des Richters oder der Richterin.

Die Geschworenen wurden befragt, ob sie in den Zeitungen über den Fall gelesen hatten, ob sie für die Zeit eines dreimonatigen Verfahrens zur Verfügung stünden und – vielleicht die wichtigste Frage – ob sie im entsprechenden Falle für die Todesstrafe stimmen könnten. Aus der Reihe der ersten achtzig potentiellen Geschworenen würden nach vielleicht drei Tagen Anhörung eventuell vier in Frage kommen, und diese würden für Ende September erneut einbestellt. Damit wurden sie Teil der Gesamtmenge, aus der man die zwölf Geschworenen und sechs Nachrücker wählen würde. Und dann würde Villars die nächsten achtzig Kandidaten anfordern.

Sah man einmal von der halbmondförmigen Lesebrille ab, entsprach Richterin Villars dem Bild, das sich Hardy von einer ältlichen Jeanne d'Arc machte. Mit ihrem Helm aus grauem Haar über einem gutmütigen und hübschen Gesicht mochte Villars einem zufälligen Passanten auf der Straße wie die Rektorin einer Grundschule vorkommen, gerecht, aber prinzipientreu, vielleicht sogar mit einer schalkhaften Ader.

Aber wie Freeman zu Hardy gesagt hatte, nachdem ihnen Villars für diesen Prozeß zugewiesen worden war, konnte der Augenschein trügen. Villars war nahezu völlig humorlos und als Richterin geradezu autoritär. Freeman war nicht davon überzeugt, daß es der reine Zufall gewesen war – auch wenn er es sein sollte –, der dieses Verfahren, bei dem die Todesstrafe drohte, der Kammer von Richterin Villars zugewiesen hatte. Freeman bildete sich ein, daß er den Schwefelduft der Machenschaften Dean Powells hinter den Kulissen roch.

Villars war zudem diejenige Richterin am Superior Court, bei der im Revisionsfall die geringste Aussicht auf Urteilsaufhebung bestand. Falls Powell einen Schuldspruch in ihrem Gerichtssaal durchbringen sollte, war ziemlich wahrscheinlich, daß es auch dabei bleiben würde.

Hardy gefiel noch eine andere Sache nicht – Richterin Villars war vermutlich nicht geneigt, das Votum einer Jury für die Todesstrafe umzustoßen, falls es tatsächlich dazu kommen sollte. Als Villars ihnen zugeteilt worden war, hatte Hardy versucht, Freeman zu überreden, mittels eines Ablehnungsantrags in eine andere Kammer zu kommen. Ähnlich wie bei den Geschworenen stand den Vertretern der Anklage bzw. der Verteidigung bei jedem gegebenen Prozeß eine pauschale Ablehnung des zugewiesenen Richters zu. Theoretisch ging es darum, zu verhindern, daß Richter zu arrogant wurden und zuviel von ihrer Person oder ihren Ansichten in Prozesse einbrachten, die ja objektiv sein sollten. Falls ein Richter es beispielsweise der Anklagevertretung zu schwer machte, konnte die Staatsanwaltschaft beschließen, den Betreffenden mit einem Sperrfeuer von Ablehnungsanträgen aus dem Gerichtsgebäude zu jagen, und im Lauf der Jahre hatten einige Richter das Ende ihrer Karriere erlebt, als sie von der Richterbank aus allzu freimütig versucht hatten, so manche für San Francisco typische Vorstellungen fairer Verhandlungsführung durchzusetzen.

Rein theoretisch hatten Richter rechtlich eine enorme Verantwortung und enorm viel Freiraum – selbst bei Prozessen, bei denen die Anklage die Todesstrafe beantragt hatte, konnte jeder Richter Monate harter Arbeit seitens des Staatsanwalts und auch die langüberlegte Entscheidung einer Jury über Bord werfen, sofern er (aus beinahe jedem vertretbaren Grunde) zu dem Entschluß kam, daß hier der Gerechtigkeit nicht Genüge getan wurde. Es entsprach andererseits ebenfalls der Wahrheit, daß jeder Richter, der dieses Privileg allzuoft in Anspruch nahm, nicht lange Richter blieb.

Hardy hatte Villars ablehnen wollen. Trotz ihres Geschlechts hatte sie sich den Ruf erworben, Frauen besonders hart zu behandeln. Im gesamten Verlauf ihrer Karriere hatte sie sich, wie es aussah, alle nur erdenkliche Mühe gegeben, um den Eindruck zu vermeiden, sie begünstige Anwältinnen, Justizbeamtinnen und angeklagte Frauen. Vor ein paar Jahren hatte sie an vorderster Front gestanden, als es darum ging, den Chief Justice des Supreme Court von Kalifornien – eine Frau – wegen ihrer »laschen Haltung« zur Todesstrafe abzusägen (was auch Erfolg hatte).

Villars spielte also bei niemandem das Schmusekätzchen, soviel war klar, aber Freeman war eisern geblieben. Er wollte die Richterin *unbedingt* haben. Er war entzückt, daß die Wahl auf sie gefallen war. Mit ihr konnte er gewinnen.

Wieso? Weil Villars nach Freemans Überzeugung in der Tat absolut unparteiisch war, was nur auf wenige andere Richter zutraf. Es stimmte überhaupt nicht, daß Villars Frauen besonders hart behandelte – der Punkt war, daß sie sie haargenau wie Männer behandelte. Und in San Francisco, wo sich Minderheiten jedweder Couleur lautstark zu Wort meldeten, hielt sich Richterin Villars strikt an den Buchstaben des Gesetzes. Sie vertrat die Ansicht, daß Männer und Frauen vor dem Gesetz in jeder Hinsicht gleich seien. Und nach dieser Maßgabe behandelte sie die Leute, sprach über sie Recht – über Männer, Frauen, Weiße, Schwarze, Latinos, Schwule, alle.

Also war Freeman zuversichtlich, daß er mit Villars auf der Richterbank die beste Chance hätte, das Verfahren zur Klärung der Frage, ob schuldig oder nicht schuldig, zu gewinnen, weswegen er auch nicht geneigt war, die Richterin abzulehnen. Der Nachteil war freilich, daß Villars, falls Freeman verlieren sollte, beim Verfahren zur Strafmaßfestlegung als Richterin eine äußerst ungünstige Wahl war.

Zum achtenmal innerhalb von fünf Wochen drängten sich achtzig Leute in den Gerichtssaal. Der Protokollführer las zwölf Namen vor, und die Betreffenden verließen den Zuschauerraum und setzten sich in die Bank für die Geschworenen. Alle achtzig schworen, alle Fragen betreffend ihrer Eignung als Geschworene wahrheitsgemäß zu beantworten.

Richterin Villars fing an: »Gegen Jennifer Lee Witt ist von der Grand Jury des Staates Kalifornien Anklage wegen dreifachen vorsätzlichen Mordes unter erschwerenden Umständen zugelassen worden.« Sie fuhr fort, indem sie die erste Salve von Standardfragen abfeuerte: Kannte irgend jemand auf dem Podium die Angeklagte? Die Opfer? Oder aber die Ankläger bzw. die Verteidiger? War irgend jemand einmal Opfer eines Gewaltverbrechens geworden? Gab es Polizisten in der Verwandtschaft? Anwälte? Richter? War irgend jemandem der Fall aus Berichten bekannt, die er oder sie im Fernsehen gesehen oder in der Zeitung gelesen hatte? War irgend jemand bereits einmal verhaftet worden? Einzelne Hände hoben sich in Beantwortung jeder Frage, und beide Parteien machten sich Notizen.

Und so ging es immer weiter. Jennifer saß dicht neben Freeman und wandte sich gelegentlich mit einer Frage oder einem Kommentar an Hardy. Beide Anwälte machten sich Notizen über ihre Ablehnungen, faßten ihren Entschluß, wen sie ablehnen wollten, auch wenn sie auf nur wenig Handfestes zurückgreifen konnte.

Die Auswahl der Geschworenen war selbstverständlich auch in den alten Tagen des *voir dire* keine exakte Wissenschaft gewesen. Jetzt, angesichts der neuen Regeln, entsprach die ganze Prozedur eher einem Würfelspiel. Sah die Geschworene Nummer 5 so aus, als ob sie Mitgefühl für Jennifer empfand? Würde der junge Schönling, Nummer 11, Jennifer eine neue Chance geben wollen, weil sie so gut aussah, oder würde er sich mit Larry Witt identifizieren, einem Mann, der schwer arbeitete und einfach die falsche Frau abbekommen hatte? Was war mit dem Mauerblümchen, Nummer 9? War sie womöglich neidisch auf Jennifers Aussehen, oder würde sie sie vielleicht als irregeleitete Schwester betrachten, die man verleumdet und zu Unrecht angeklagt hatte?

Keiner der ersten zwölf überstand die anfängliche Fragerunde. Zwölf zusätzliche Kandidaten wurden aufgerufen. Bis zum 27. September hatten sich zweiundneunzig Leute gefunden, die geeignet waren, als Geschworene zu fungieren. Alle übrigen waren »aus gutem Grunde«, also wegen unzumutbarer Belastungen oder aufgrund von Vorurteilen, die sich im Verlauf der Anfangsbefragung herausgestellt hatten, entschuldigt worden. Erst jetzt machten Vertreter der Anklage sowie der Verteidigung Gebrauch von ihrem Recht auf Ablehnung. Powell lehnte elf Kandidaten ab. Freeman alle zwanzig, die er ablehnen durfte. Dann wurden sechs Nachrücker ausgewählt.

28

Die sechs Wochen der Geschworenenauswahl waren für Hardy wie im Nebel vergangen. San Francisco hatte Anfang September die ihm zugebilligten zwei Wochen warmes Wetter genießen dürfen, und an jedem Werktag hatten Hardy, Freeman und Jennifer an ihrem Tisch gesessen, Powell und dessen junger Assistent Morehouse ein Stück weiter rechts, und hatten dieselbe wichtige Pflichtübung wieder und wieder durchgekaut.

Es war eine zermürbende, am Detail klebende Arbeit, die emotional und körperlich auslaugte. Hardy wurde im Gerichtssaal gebraucht. Alles, was er sonst weiterverfolgen könnte – die »anderen Typen« beispielsweise –, mußte auf die lange Bank geschoben werden. Abend für Abend saßen Hardy und Freeman, nachdem sie den Justizpalast verlassen hatten, zusammen und debattierten über mögliche Geschworene und Strategien, bis sie zu lallen anfingen, und dann ging das Ganze am nächsten Tag wieder von vorne los.

Zu Hause hielt Frannie die Stellung. Ihr Mann kam spät heim, ging früh wieder fort, war zerstreut, wenn er anwesend war. An zwei der Wochenenden unternahmen sie einen Ausflug – einmal ohne die Kinder auf eine Hütte in den Wäldern beim Lake Tahoe. Sie kamen zu dem Schluß, daß sie diese Sache durchstehen und eines Tages wieder ein richtiges Leben führen würden.

Jetzt schrieb man Montag, den 4. Oktober, sämtliche Mitspieler waren versammelt, der Zuschauerraum war voll, und Dean Powell stand schließlich auf, bereit, um endlich loszulegen. Hardy dachte bei sich, daß der Kontrast zwischen Powell und David Freeman nicht größer sein könnte. Powell strahlte Autorität und Persönlichkeit aus. Er trug einen gutgeschnittenen dunklen Anzug mit einer blauen Krawatte – keinerlei Notwendigkeit, den eigenen Rang durch die Farbe Rot oder Nadelstreifen zu unterstreichen. Auf dem Gesicht mit den klaren Konturen, kantig und gebräunt, zeigte sich der Ausdruck freundlicher Anteilnahme. Gelegentlich fuhr er sich mit der Hand durch die Mähne des weißen Kopfhaares, weiteres Kämmen war gar nicht nötig.

In der Mitte des Gerichtssaals drehte er sich um und blickte die Jury an, die im Laufe der letzten Wochen ernannt worden war. »Euer Ehren, Mr. Freeman, Mr. Hardy, meine Damen und Herren von der Jury. Ich möchte Ihnen allen dafür danken, daß Sie Ihre wertvolle Zeit für diese wichtigste aller Bürgerpflichten opfern. Wir alle« – Powell schloß den Tisch der Verteidigung mit einer weit ausgreifenden Geste mit ein – »sind Ihnen dankbar dafür.«

Freeman und Hardy tauschten einen Blick. Beide wußten sie, daß die Verteidigung mit Fug und Recht Einspruch gegen diese kleine Bauchpinselei der Jury durch den Staatsanwalt erheben konnte. Eine derartige Begrüßung war eigentlich der Richterin vorbehalten, aber viele Vertreter sowohl der Anklage wie der Verteidigung unternahmen öfter den Versuch vorzuführen, was für nette Leute sie in Wirklichkeit unter dem Anwaltskostüm waren. Freeman hatte daher nicht vor, Einspruch zu erheben – die Jury würde es als schäbig empfinden.

Die meisten Richter ließen den Begrüßungszirkus einige Zeit durchgehen. Villars nicht. Ihr Hammer knallte auf den Tisch. »Mr. Powell, ich habe die Jury bereits begrüßt und mich bei ihr für die zur Verfügung gestellte Zeit bedankt. Dies ist Ihr Eröffnungsplädoyer. Lassen Sie es uns hören.«

Hardy verzog keine Miene. Freeman hob eine Hand, vielleicht, um ein Lächeln zu verbergen.

Powell verneigte sich leicht vor dem Richtertisch. »Natürlich. Tut mir leid, Euer Ehren.«

Er wandte sich erneut an die Jury. Sie bestand aus vier Männern und acht Frauen: fünf Schwarze, vier Weiße, drei Latinos. Ein Arzt im Ruhestand. Drei Hausfrauen. Zwei Arbeitslose. Vier Sekretärinnen und eine Büroleiterin. Ein Angestellter beim Rennplatz. Vielleicht zwei Schwule. Man konnte die Gruppe auf beliebige Weise aufgliedern, und doch blieb es ein Ratespiel. Niemand zweifelte an, daß Villars ihre Arbeit schnell und mit Sachverstand erledigt hatte, und niemand hatte groß eine Ahnung, was für Leute da eigentlich saßen, außer daß alle bekundet hatten, sie könnten sich, falls nötig, für die Todesstrafe entscheiden.

Powell ließ die abgespeckte Version seines Lächelns aufblitzen. »Richterin Villars hat mich gebeten, mit meinem Eröffnungsplädoyer fortzufahren, und genau das werde ich auch tun.« Er nickte und sah da und dort jemandem ins Auge. »Was ist ein Eröffnungsplädoyer? Nun, es ist letztlich ganz einfach. Ich werde ein bißchen über Jennifer Lee Witt, die Angeklagte dieses Prozesses, reden, und über die drei Leute, die sie ermordet hat – zwei Ehemänner und ...« – hier machte Powell eine kleine Pause, um Eindruck zu schinden – »... und ihren jungen Sohn.«

Erneute Pause. »Die Vorgeschichte des Falles reicht ziemlich weit zurück, bis ins Jahr 1984. Das Volk des Staates Kalifornien ist überzeugt und wird Ihnen über jeden berechtigten Zweifel hinaus beweisen, daß Jennifer Witt am oder um den 17. September des genannten Jahres herum ihrem damaligen Ehemann, Edward Teller Hollis, eine tödliche Dosis Atropin gespritzt hat, ein Derivat des Stechapfels, gemeinhin unter dem Namen Tollkirsche bekannt.«

Powell verlegte sich nicht auf Theaterspielerei, schob sich nicht als Person in den Vordergrund, wie er es so glänzend konnte. Vielleicht hatte er den frühen Wink der Richterin ernst genommen, jedenfalls brachte er seine Wiedergabe der Ereignisse zunehmend ohne Tricksereien vor, schnörkellos und plausibel.

»Zum Zeitpunkt des Todes von Mr. Hollis und während sie noch mit ihm verheiratet war, unterhielt Jennifer Witt eine romantische Affäre mit einem Zahnarzt namens Dr. Harlan Poole, wie wir beweisen werden. Atropin ist ein gängiges Arzneimittel, das in den meisten Zahnarztpraxen vorrätig ist und im konkreten Fall vor neun Jahren in der Praxis von Dr. Poole vorrätig war. Man benutzt es, um den Speichelfluß zu hemmen.«

Als leide er selbst an einem trockenen Mund, ging Powell zum Tisch der Anklagevertretung und trank einen Schluck Wasser. Auch Hardy bekam mit einemmal Durst. Freeman griff zu seinem Wasserglas. Selbst Villars nahm am Richtertisch diskret einen Schluck zu sich.

Powell kam zurück in die Mitte des Saals. »Warum hat Jennifer Witt ihren ersten Ehemann ermordet? Die Anklagevertretung wird Ihnen Papiere vorlegen, welche das Bestehen einer Lebensversicherung über den Betrag von fünfundsiebzigtausend Dollar beweisen, zahlbar an Jennifer Witt im Falle des Todes ihres Mannes. Binnen vier Monaten nach dem Tod von Mr. Hollis bekam Jennifer Witt diesen Betrag in voller Höhe ausgezahlt. Fünfundsiebzigtausend Dollar waren im Jahre 1984 eine Menge Geld.«

»Einspruch, Euer Ehren.« Freeman war halb aufgestanden. Er mußte etwas sagen, um Powells Wortfluß zu unterbrechen, auch wenn das die harmloseste der von ihm gemachten Aussagen war. Doch selbst wenn sich darüber streiten ließ, ob fünfundsiebzigtausend Dollar im Jahre 1984 eine Menge Geld gewesen war, ließ sich nicht darüber streiten, ob diese Einschätzung Beweismaterial darstellte. Das tat sie nicht.

Villars ließ Freemans Einspruch gelten, warf ihm aber einen Blick zu. Eröffnungsplädoyers durften weder die Gesetzeslage erörtern noch lange Erbauungsvorträge halten, aber oft wurde dem Redner ein breiter Spielraum eingeräumt, und Villars ließ mit ihrem Blick Freeman wissen, daß sie, falls er vorhätte, dauernd Einspruch gegen Powells kleine Sünden zu erheben, Powells Einsprüchen stattgeben würde, sofern dieser den Versuch unternehmen sollte, Freeman Gleiches mit Gleichem zu vergelten. Das Hin und Her des Prozesses war im Begriff, in Gang zu kommen.

Sofern es Freemans Absicht gewesen war, Powell aus dem Konzept zu bringen, hatte er Pech. Der Staatsanwalt hatte Oberwasser, und dieser Einspruch irritierte ihn nicht im geringsten. Kaum daß Villars »Einspruch stattgegeben« gesagt hatte, preschte er schon weiter. »Wie allen Damen und Herren der Jury bewußt ist, handelt es sich hier um ein Kapitalverbrechen, bei dem erschwerende Umstände geltend gemacht werden. Und einer dieser erschwerenden Umstände ist es, daß dieser Mord an Edward Teller Hollis ein kaltblütiges Verbrechen aus Gewinnsucht gewesen ist. Es ist nicht von Belang, daß diese Tat vor etlichen Jahren begangen wurde. Bei Mord gibt es keine Verjährungsfrist.«

Jennifer, deren Platz zwischen Freeman und Hardy war, saß stocksteif auf der vorderen Hälfte ihres Stuhls. Alles an ihr war scheinbar gänzlich unter Kontrolle, außer daß ihre Nasenflügel beim Atmen öfter ein wenig flatterten.

Powell blickte sie direkt an und machte eine kurze Pause in seinem Eröffnungsplädoyer. Empfand er ihren kalten Blick der Nichtbeachtung als Herausforderung? Er nickte förmlich, beinahe freundlich, und neben Hardy rutschte Jennifer ein wenig auf ihrem Stuhl herum.

»Ein Jahr nach dem Tod ihres ersten Mannes, 1985 also, heiratete Jennifer Larry Witt, der eben die Frau verlassen hatte, die ihm sein Medizinstudium finanziert hatte ...«

Freeman stand erneut auf und erhob Einspruch. Erneut wurde dem Einspruch stattgegeben, diesmal nachdrücklicher. Dies war der Auftakt zu möglicherweise einer ganzen Anzahl von Versuchen, die beteiligten Personen schlicht und simpel anzuschwärzen, und Villars ließ Powell eine Warnung zukommen, daß sie das nicht dulden würde. So etwas war kein Beweismaterial. Versuchen Sie ja nicht, uns solches Zeug unterzujubeln.

Es war ein erstes gutes Zeichen, und Hardy machte sich eine Notiz auf seinem Block. Hatte der stumme Schlagabtausch zwischen Jennifer und Powell diesen von seinem Angriffsplan weggelockt, oder war es ein unabsichtlicher Fauxpas gewesen?

Aber der Anklagevertreter hatte noch eine Menge mehr zu sagen, und alle hörten ihm zu. »Im Jahre 1985 heiratete Jennifer Larry Witt, der gerade eine eigene Arztpraxis eröffnete. Im darauffolgenden Jahr bekamen die beiden einen Sohn namens Matthew. Im Maße, in dem die Praxis von Dr. Witt florierte, stockte das Ehepaar die Lebensversicherung auf, bis Larry Witt zum Zeitpunkt seines Todes am 28. Dezember des vergangenen Jahres für zweieinhalb Millionen Dollar versichert war.«

Dies war der Moment für eine bedeutungsschwere Pause, und Powell nutzte ihn. Man hörte ein schweres Ein- und Ausatmen durch den Gerichtssaal gehen.

»Zweieinhalb Millionen Dollar, meine Damen und Herren. Wir werden Ihnen die betreffende Police als eines der Beweisstücke der Anklage vorlegen, und Sie werden sehen, daß die Versicherungssumme laut einer Klausel im Falle eines gewaltsamen Todes von Larry Witt verdoppelt wird. Und Larry Witt starb eines gewaltsamen Todes. Das ergibt eine Summe von fünf Millionen Dollar für die bei seinem Tod fällige Zahlung. Und ich brauche Ihnen nicht zu sagen, daß *das* in *jedem* Jahr eine Menge Geld ist.«

Powell warf Freeman ein kurzes Lächeln zu, was ihm bei den Geschworenen Punkte als netter Kerl einbrachte. Freeman, der in aller Regel nichts mit Höflichkeiten am Hut hatte, zeigte das, was er unter der Erwiderung eines Lächelns verstand. Villars hob ihren Hammer, überlegte es sich aber anders und legte ihn wieder hin.

»Selbstverständlich ist die Existenz einer Versicherungspolice kein Beweis für einen Mord. Darüber sollten wir uns alle im klaren sein. Wir werden Ihnen vorführen – und über jeden berechtigten Zweifel hinaus beweisen –, daß die Handlungen Jennifer Witts am Montag morgen des 28. Dezember keine andere Erklärung rechtfertigen als die, daß sie ihren Mann *und* ihren Sohn mit der im Schlafzimmer aufbewahrten Pistole erschossen hat und dann das Haus verließ, um sich für die fragliche Zeit ein Alibi zu verschaffen.

Das Volk hat das Glück, daß es zwei Zeugen gibt, die zu diesem Alibi aussagen werden. Die beiden Zeugen werden jeden Zweifel ausräumen, daß Jennifer zu Hause war, als die Schüsse fielen. Sie war *anwesend*, sie hatte die Waffe, und sie benutzte sie, um ihren Mann wegen der Versicherung umzubringen.

Und schließlich, und das ist das Tragischste an der ganzen Sache, haben wir den jungen Matthew Witt.«

Neben Hardy sackte Jennifer ein klein wenig in sich zusammen. Die Wut war entweder verflogen oder hatte etwas Stärkerem Platz gemacht. Zum erstenmal ließ sie den Kopf hängen. Freeman sah zu ihr hinüber und legte ihr die Hand auf den Unterarm. Sie sah wieder auf.

»Offen gestanden können wir Ihnen nicht sagen, warum Matthew Witt an jenem Montag morgen sterben mußte. Aber er ist gestorben, wurde mit derselben Waffe erschossen, die seinen Vater ausgelöscht hatte. Wir räumen sogar ein, daß es womöglich ein Versehen gewesen ist – der Junge geriet möglicherweise zufällig in die Schußlinie. Er hat Jennifer womöglich erschreckt ...«

»Euer Ehren, bitte. Diese Mutmaßungen sind in einem Eröffnungsplädoyer fehl am Platz.«

Powell kam der Richterin zuvor, indem er sich entschuldigte. Freeman habe recht, es tue ihm leid. Er sah die Richterin an, dann langsam der Reihe nach die Geschworenen, die vordere Bank von links nach rechts, die hintere von rechts nach links. Er zählte die nächsten Punkte an den Fingern ab.

»Motiv, Mittel und Wege, Gelegenheit. Diese *Tatsachen* bleiben, und wir werden sie beweisen. Und die *Tatsachen* werden zeigen, daß Jennifer Witt ihren Ehemann wegen der fünf Millionen Dollar ermordet hat – *Motiv*. Die Mordwaffe war ihre eigene Pistole, die sie und ihr Mann im Schlafzimmer verwahrt hielten. *Mittel und Wege*. Sie war mit ihrem Mann und ihrem Sohn allein im Haus, als sie die Waffe auf die beiden richtete – *Gelegenheit*. Wir werden das über jeden berechtigten Zweifel hinaus beweisen und dabei die Empfehlung aussprechen, daß ein Mensch, der zu solchen Verbrechen fähig ist, das Recht verwirkt hat, unserer Gesellschaft anzugehören. Solch ein Mensch – ob Mann oder Frau – sollte die äußerste Strafe bekommen. Solch ein Mensch sollte zum Tode verurteilt werden. Ich danke Ihnen.«

In Kalifornien steht es der Verteidigung frei, das Eröffnungsplädoyer unmittelbar nach dem Plädoyer der Anklage als eine Art Entgegnung zu halten oder zu warten, bis die Anklagevertretung ihren Fall gänzlich vorgetragen hat. Im Verlauf seiner Laufbahn hatte Freeman beide Methoden in verschiedenen Prozessen benutzt, und diesmal wählte er die zweite Möglichkeit. Er war nicht sicher, wie sich die Dinge entwickeln würden, wenn erst mehr Beweismaterial angesammelt wurde, und dachte sich, daß es größeren Eindruck hinterlassen würde, wenn er seine Argumente – sofern angezeigt – später vorbrächte. Er wollte vorerst nicht preisgeben, was er in der Hand hielt.

Der Nachteil dieses Vorgehens war, daß es beim Auftakt des Geschehens so aussah, als hätte die Anklagevertretung jede Menge Zeit zur Verfügung. Powell hatte sich kaum hingesetzt, als Freeman verkündete, daß er warten und sein Eröffnungsplädoyer erst halten wolle, wenn die Verteidigung mit ihrer Präsentation des Falls begann.

Der Staatsanwalt war schnell wieder auf den Beinen und rief Inspector Sergeant Walter Terrell als ersten Zeugen auf.

Freeman und Hardy hatten über die Reihenfolge der Zeugen spekuliert, aber keiner von ihnen war auf die Idee gekommen, daß Terrell den Reigen eröffnen würde. Terrell, der in Jeans und Fliegerjacke jünger aussah als sonst, bahnte sich kämpferisch den Weg durch die Holzbalustrade, welche die Zuschauer vom Gericht trennte. Als er den Eid ablegte, waren seine Augen überall.

»Warum ist er so nervös?« fragte Jennifer.

»Sein erster Mordprozeß.« Freeman ließ die Augen nicht von dem Kriminalbeamten. »Schlechter Schachzug«, flüsterte er halb zu sich selbst.

»Für uns?« Jennifer wandte sich an Hardy, der den Kopf verneinend schüttelte. Zumindest glaubte er das nicht. Freeman gab keine Antwort, und Powell ging eben nach vorne, sprach mit der Richterin.

»Euer Ehren, fürs Protokoll, wir werden den Prozeß so gestalten, daß wir uns zunächst auf den Mord an Edward Teller Hollis konzentrieren. Wir werden Zeugen erneut in den Zeugenstand rufen, sobald wir über Larry und Matthew Witt verhandeln wollen, und Inspector Terrell wird einer dieser Zeugen sein. Ich wollte dies nur klarstellen.«

Da dies vor Beginn des Verfahrens in Besprechungen mit Richterin Villars verabredet worden war, erhob Freeman keinen Einspruch.

Powell wandte sich an Terrell. »Inspector Terrell, können Sie der Jury bitte erklären, wie es dazu kam, daß sie mit den Ermittlungen zum Mord an Edward Hollis betraut wurden?«

Terrell nickte und schluckte, versuchte zu lächeln. »Das ist Ned, sehe ich das richtig? Der erste Ehemann?«

Man hörte einen Augenblick lang nervöses Lachen, manches davon sogar aus der Bank der Geschworenen. Terrell reagierte gekränkt. Er hatte niemanden zum Lachen bringen wollen. Powell blieb gelassen. »Mit der Erlaubnis des Gerichts werden wir Edward Teller Hollis Ned Hollis nennen.« Er wandte sich erneut an Terrell und wiederholte die Frage.

»Ich arbeite als Inspector bei der Mordkommission. Im vergangenen Dezember war ich zuständig für die Ermittlungen im Mordfall Larry und Matthew Witt. Als ich die persönliche Geschichte der Tatverdächtigen, der Angeklagten Mrs. Witt, zu rekonstruieren versuchte, fragte ich sie nach ihrem ersten Mann. Sie sagte mir, daß er an einer Überdosis gestorben sei und sie das Geld einer Versicherungspolice erhalten habe. Meiner Meinung nach war das eine zufällige Übereinstimmung, die man sich genauer ansehen sollte.«

All das entsprach der Wahrheit, und Hardy begriff, daß es vielleicht doch kein so schlechter Schachzug gewesen war, Terrell als Zeugen aufzurufen. Terrells Zeugenaussage würde die Ähnlichkeiten der unterstellten Motive bei beiden Mordfällen verdeutlichen, und zwar noch, bevor irgendwelches Beweismaterial vorgebracht wurde, das die Morde Jennifer anlastete. In Wirklichkeit sah es wie eine ziemlich geschickte Eröffnung aus, und Hardy fragte sich, was Freeman wohl dagegen unternehmen wollte. Die einzige Antwort lautete, die Aussage sofort anzugreifen und zu entkräften.

»Euer Ehren.«

Im Gerichtssaal bekam Freemans Stimme einen volleren Klang, was nichts anderes als Absicht sein konnte. Alles, was Freeman auf dieser Bühne tat, war, falls möglich, genau einstudiert, obgleich nichts einstudiert schien. Freemans Stimme klang bei anderer Gelegenheit eher schroff – ein wenig heiser, leise und guttural. Vor Gericht, sobald er aufstand, war er die Verkörperung der sanften Vernunft, spürte man seine Autorität, doch seine Stimme klang wie die eines freundlichen Großvaters.

Villars wartete, bis Freeman vollständig aufgestanden war. Es dauerte länger als nötig, aber der Prozeß hatte gerade erst begonnen, und man durfte erwarten, daß die Richterin geneigt sein würde, Geduld an den Tag zu legen.

»Euer Ehren«, wiederholte er, »es scheint mir etwas früh für zufällige Übereinstimmungen. Es wurde noch keinerlei Verbindung, die auf Beweismaterial zurückgreift, hergestellt.«

Wie Hardy wußte, hatte Terrell eine Schwäche für Motive. Der junge Inspector, der jetzt knallrot im Gesicht war, dem die Adern im Nacken sichtbar anschwollen, lehnte sich im Zeugenstand nach vorn, stand halb auf. »Der Mann wurde umgebracht, und sie hat das Versicherungsgeld kassiert, was wollen Sie denn noch?«

Zack zack zack.

Villars' Augen loderten, auch wenn sie ihre Stimme unter Kontrolle hatte. »Inspector Terrell, das reicht. Mr. Freeman hat sich an das Gericht gewendet, nicht an Sie. Ist das klar?«

Terrell setzte sich widerstrebend. Er zog seine Jacke gerade, war immer noch wütend.

»Ich habe Ihnen eine Frage gestellt, Inspector. Ist das klar?«

»Ja, Euer Ehren. Tut mir leid.«

Villars nickte kurz, war zufrieden, hegte augenscheinlich keinen Groll. Selbst das Lodern in ihren Augen war verglommen. Sie nahm es nicht persönlich, aber über eines sollte sich niemand täuschen – bei ihr im Gerichtssaal herrschte Ordnung.

Zwei Sekunden lang blickte Villars an die Decke, dann wieder zurück zu Freeman. »Dem Einspruch wird stattgegeben. Mr. Powell, Sie werden sich etwas konkreter ausdrücken müssen.« Sie wandte sich an die Geschworenen, hatte in ein paar Sekunden von hitzig auf kühl und sachlich zurückgeschaltet. »Meine Damen und Herren, bitte nehmen Sie die von dem Inspector zum Thema zufällige Übereinstimmungen gemachten Kommentare nicht zur Kenntnis. Es bleibt Ihnen überlassen, die Verbindungen zwischen den Tatsachen herzustellen, vergessen Sie das nicht.« Zurück zum Staatsanwalt. »Mr. Powell?«

Powell, dem man die Kontrolle über das Geschehen im Gerichtssaal schneller gestohlen hatte, als er brauchte, sich die Schuhe zuzubinden, war mit einemmal mehr als hellwach. Sein erster Zeuge war jetzt nachweislich ein Hitzkopf mit einem Bruchteil der ursprünglichen Glaubwürdigkeit, und sie mußten sich tüchtig ins Zeug legen. Der Staatsanwalt setzte sein unbeirrtes Lächeln auf.

»Inspector Terrell, wir wollen es noch mal von neuem versuchen.«

Er lotste Terrell – vorsichtig, Schritt für Schritt – durch das Gespräch mit Jennifer und ließ dabei jeden Verweis auf die Gründe beiseite, warum sie zuletzt die Sache wieder aufgegriffen und eine Exhumierung vorgenommen hatten. Die Geschworenen müßten diesen Gedankensprung schon selbst machen, wie Villars gesagt hatte. Tatsache war, *daß* sie eine Exhumierung vorgenommen und dabei im linken Oberschenkel eine hohe Konzentration von Atropin gefunden hatten. Powell enthielt sich jeder Frage, wie das Mittel dorthin gekommen sein mochte.

Ned besaß eine Versicherungspolice über fünfundsiebzigtausend Dollar. Jennifer hatte aus ihren Unterlagen eine Kopie der Police und den Scheck über die Auszahlung herausgesucht. »Hier sehen Sie es, meine Damen und Herren Geschworenen, das Beweisstück Nummer 1 der Anklagevertretung. Jennifer Witt war die Begünstigste. Hier ist der eingelöste Scheck, Beweisstück 2 der Anklagevertretung. Das wäre alles seitens der Staatsanwaltschaft, Inspector Terrell; ich danke Ihnen sehr. Als nächstes das Kreuzverhör.«

Hardy war sich sicher, daß er nicht als einziger den Eindruck hatte, daß Terrell mit der Absicht in den Zeugenstand getreten war, weit mehr zu sagen und ein bißchen länger zu verweilen, größeres Aufsehen zu erregen.

Er war ganz offensichtlich noch immer ziemlich aufgeputscht, sowohl vom Nervenkitzel als auch vom Adrenalin. Freeman spielte das gegen ihn aus, indem er in einigen Papieren herumwühlte, sich langsam aus seinem Stuhl erhob, seine zerknautschte Krawatte geradezupfte. Es war nicht langsam genug, daß Villars den Anwalt zu etwas mehr Eile angehalten hätte, aber es ließ Terrell merklich ins Zappeln kommen.

Schließlich und endlich schaffte es Freeman bis in die Mitte des Saals. »Guten Morgen«, sagte er jovial und wartete noch ein wenig länger. Diese Eröffnung brachte Terrell noch weiter aus der Fassung, bis er am Ende nickte und so etwas wie eine Begrüßung zurückbrummelte.

»Nun, Inspector Terrell, Sie haben ausgesagt, daß Ned Hollis eine Versicherungspolice über fünfundsiebzigtausend Dollar besaß und daß Jennifer Witt die Begünstigte war. Das ist richtig, oder nicht?«

Der Zeuge sah einen Augenblick lang hoch zur Richterin, dann hinüber zu Powell, schließlich zurück zu Freeman. »Das stimmt.«

»Was wäre denn passiert, wenn sie anstelle von Ned gestorben wäre, was hat Ihnen Mrs. Witt da gesagt?«

Eine neue Pause, er dachte nach. »Dann hätte Ned das Geld bekommen.«

»Mit anderen Worten war es eine gemeinsame Lebensversicherung – eine Police für Mann und Frau nach dem Motto: Wenn einer von uns stirbt, ist wenigstens das Haus bezahlt.«

»Ja, das stimmt.«

»Und hat Ihnen denn Jennifer wirklich erzählt, daß sie und Ned damals gemeinsam ein Haus besaßen?«

»Ja, das war so.«

»Und Sie haben es überprüft, und es entsprach der Wahrheit, stimmt's?«

»Ja, das stimmt.«

»Sind Sie bei Ihren Ermittlungen auf irgendwelche Unterlagen gestoßen, die den Wert dieses Hauses festhielten?«

Terrell warf Powell einen Blick zu, der besagte: Was soll das alles eigentlich? Freeman wußte, daß dem Einspruch stattgegeben würde, falls Powell Einspruch wegen Hörensagens – was irgend jemand Terrell außerhalb des Gerichtssaal erzählt hatte – erheben sollte. Aber Freeman konnte den Wert des Hauses ohnehin, falls nötig, anhand anderer Dokumente und Zeugen beweisen. Und die Geschworenen würden sich daran erinnern, daß der Staatsanwalt ihnen diese Information hatte vorenthalten wollen.

Powell sagte nichts. Terrell antwortete, ja, das stimme, Jennifer und Ned hätten sich ein kleines Haus in der Nähe von Dale City gekauft und zwanzigtausend Dollar angezahlt.

»Die Hypothek belief sich also auf achtzigtausend Dollar?«

»Keine Ahnung. Vermutlich ja.«

»Sie wissen, daß die beiden zwanzigtausend Dollar angezahlt haben, aber Sie wissen nicht, wie hoch die Hypothek war?«

Powell stand auf und versuchte, Terrell zu retten, wenigstens bis später. »Euer Ehren. Ist das von Belang?«

Villars war kurz angebunden. »Ich denke schon. Machen Sie weiter, Mr. Freeman. Inspector?«

»Die Hypothek lag bei rund achtzigtausend Dollar, ja.«

Freeman machte eine kleine, ungelenke halbe Umdrehung, beinahe eine Art Pirouette in Richtung der Jury. »Und haben Sie, wiederum im Verlauf Ihrer Ermittlungen, herausgefunden, was aus der Hypothek geworden ist?«

Terrell zerrte an seinem plötzlich eng gewordenen Kragen. »Ich glaube, Mrs. Witt hat sie abbezahlt.«

»Mit dem Geld von der Versicherung?«

»Ich glaube, ja.«

»Glauben Sie es, oder wissen Sie es, Inspector?«

»Ich weiß es. Sie hat die Hypothek abbezahlt.«

»Das hat sie in der Tat.« Freeman ging zurück an seinen Tisch und holte eine dicke photokopierte Akte. Er ließ sie als Beweisstück Nummer 1 der Verteidigung registrieren und reichte sie an Terrell weiter. »Haben Sie das schon einmal gesehen?« Während Terrell sich die Unterlagen ansah, wandte sich Freeman an die Jury. »Mit anderen Worten, Inspector Terrell, aus diesem Dokument wußten Sie, daß Jennifer Witt nicht ein Jahr lang Urlaub in Las Vegas gemacht hat, um ein Beispiel zu nennen.«

Powell sprang auf. »Einspruch.«

»Ich nehme die Bemerkung zurück, Euer Ehren.« Freeman hatte erreicht, was er wollte – falls Jennifer Ned umgebracht hatte, um ein bißchen Geld zu kassieren und sich einen schönen Lenz zu machen, dann hätte man doch erwartet, daß sie zumindest eine kleine Summe einbehalten hätte, um sie zu verjubeln. »Nur noch eines, was ich Sie gerne fragen möchte, Inspector. Sie haben gesagt, daß Jennifer – Mrs. Witt – Ihnen erzählt hat, daß Ned Hollis Drogen genommen hat.«

»Ja.«

»Sie hat gesagt, daß er mit Drogen *experimentiert* hat, stimmt das?«

»Das stimmt.«

»Haben Sie mit Leuten gesprochen, die das bestätigt haben?«

Powell stand erneut auf. »Euer Ehren. Hörensagen. Mr. Freeman schikaniert den Zeugen.«

»Nicht unbedingt, aber ich verstehe, was Sie sagen wollen.«

Freeman wartete, blieb stumm.

»Mr. Freeman?«

»Ich habe auf Ihre Entscheidung gewartet, Euer Ehren.«

Villars hatte keinen Sinn für solche Scherze. Sie ließ die Stenographin den vorigen Dialog vorlesen und sagte dann, *fürs Protokoll*, dem Einspruch werde stattgegeben.

Freeman nickte, wandte sich dann erneut an Terrell. »Wie viele der Freunde von Mr. Hollis haben Sie befragt?«

»Alle, die ich finden konnte.«

»Und jeder von ihnen hat bestätigt, daß Ned mit Drogen experimentiert hat, stimmt's?«

»Einspruch. Hörensagen.«

»Stattgegeben.«

Freeman: »Hat einer von ihnen abgestritten, daß Ned mit Drogen experimentiert hat?«

»*Einspruch*. Hörensagen.«

»Stattgegeben.«

Der alte Strafverteidiger blieb einen Augenblick lang stumm stehen. Dann: »Hat im Verlauf Ihrer umfangreichen Ermittlungen über den Tod von Ned Hollis irgendwer jemals den Drogenmißbrauch von Mr. Hollis anders als experimentell beschrieben?«

Wie ein müder Kastenteufel stand Powell erneut auf. »Einspruch. Hörensagen.«

Villars hatte genug. »Mr. Freeman, egal, in wie vielen Varianten Sie diese Frage stellen, ich werde dem Einspruch jedesmal stattgeben. Bitte fahren Sie fort.«

Freeman war zerknirscht. »Ich bitte um Verzeihung, Euer Ehren.« Mit einem freundlichen Lächeln zurück zu Terrell. »Keine weiteren Fragen.«

29

»Sie schießen sich selber ins Knie mit Ned. Ist Ihnen aufgefallen, daß Powell in seinem Eröffnungsplädoyer sehr wenig darüber gesagt hat, vor allem hat er Jennifer zum Zeitpunkt von Neds Tod noch nicht mal im County plaziert, geschweige denn im selben Zimmer.«

Freeman kaute auf seinem Sandwich herum – eine dicke Scheibe trockener italienischer Salami auf einem Sauerteigbrötchen. »Villars hätte auf meinen 995 eingehen sollen.« Das war der Antrag, den er vor der Prozeßeröffnung gestellt hatte mit der Begründung, daß es im Falle von Ned nicht genügend Beweismaterial für eine Verurteilung gebe, was Villars abgestritten hatte. »Sofern sie nicht irgendeine große Überraschung in petto haben, kriegen sie das hier nicht geregelt.«

Es war die Mittagspause. Sie waren mit dem Taxi zurück in die Kanzlei in der Sutter Street gefahren und saßen jetzt auf Bänken in dem kleinen, von Glas und Backsteinen eingefriedeten Garten vor dem Besprechungszimmer. Über ihnen, in dem Ausschnitt, den die umgebenden Gebäude freiließen, blitzte ein tiefblauer Himmel. Altweibersommer, die schönste Jahreszeit in San Francisco.

Hardy zupfte am Brot seines Sandwichs herum und warf ein paar Brocken in die Richtung einiger Spatzen, die in den niedrigen Sträuchern nach Futter suchten.

»Sind Sie noch da?« fragte Freeman.

»Klar doch.« Hardy schnippte noch einen Brocken in die Büsche. »Ich denke nur nach.«

»Über den Prozeß?«

Hardy zuckte die Achseln.

»Sie müssen es mir nicht sagen, aber geht's Ihnen gut? Alles in Ordnung? Kriegen Sie genug Schlaf? Die ersten Tage bei so einem Prozeß können anstrengend sein.«

Hardy beugte sich vor und atmete tief aus. »Ich weiß nicht, was bei mir zu Hause los ist, David. Ich habe das Gefühl, daß ich meine Frau verliere.«

»Buchstäblich?«

»Keine Ahnung. Vielleicht nicht.«

»Aber vielleicht doch?«

Hardy stand auf und durchquerte den kleinen Hof, stierte einen Ziegelstein an. Ohne sich umzudrehen sagte er: »Irgendwas ist in den letzten paar Monaten passiert. Ich glaube nicht, daß es der Prozeß ist, die ganze Vorbereitung. Ich habe keine Ahnung, was es ist, aber es erschreckt mich zu Tode.«

»Haben Sie sie gefragt?«

»Ein paar hundertmal, auf die eine oder andere Weise.«

»Und nichts?«

Hardy zuckte die Achseln, drehte sich schließlich um. »Nicht viel. Nicht genug. Wir haben diese Tradition, daß wir am Mittwochabend ausgehen. Unsere ›Date Night‹. Oder wir hatten das bis vor einem Monat.«

Die Vögel zwitscherten und zankten sich um die Brotkrumen, also brach Freeman ein Stück von seinem Sandwich ab und warf es in die Ecke des Hofs. »Ist vor einem Monat irgendwas passiert?«

»Ich wünschte, es wäre so. Ich kam eines Abends heim und dachte, wir gehen aus, und sie sitzt im Nachthemd da und liest. Und sagt zu mir, ich soll allein ausgehen, Darts spielen. Sie sei einfach müde.«

»Vielleicht war sie müde?«

»Früher war es so, daß wir uns, wenn sie an einem Mittwochabend müde war, eine Decke schnappten und zum Strand fuhren, ein Nickerchen machten. Diese Idee mit der ›Date Night‹ war etwas, das wir uns fest vorgenommen hatten, ob müde oder nicht, Kinder oder nicht. Unsere Ehe brauchte das. Wir brauchen das für uns selbst.«

Freeman betrachtete sein Sandwich. »Wie alt sind die Kinder?«

»Zwei und fast ein Jahr, aber das ist es nicht.« Auf den skeptischen Blick hin sagte Hardy: »Ich glaube nicht, daß es das ist. Glauben Sie, daß es darum geht?«

»Ich kenne Frannie kaum, Diz. Aber sie wäre nicht die erste Frau, die beschließt, daß ihre Kinder sie nötiger haben als ihr Mann. Die Prioritäten ändern sich.«

»Tja, bei mir haben sie sich nicht geändert.«

Freeman erlaubte sich ein Grinsen. »Das Leben ist nicht fair, wie JFK zu sagen pflegte. Wenn wir nur irgendwen auftun könnten, den wir verklagen können.« Er setzte sich auf der Bank anders hin, stopfte sich den Rest des Sandwiches in den Mund. »Glaubt sie denn, daß *Sie* sie brauchen?«

»David, ich bitte Sie. Brauchen? Was heißt brauchen? Ich liebe sie und glaube auch, daß sie das weiß.«

»Ich will ja nicht anmaßend klingen, aber Ihre Kinder wissen, was brauchen heißt. Frannie weiß, was brauchen heißt.«

»Na ja, zum Teufel, klar brauche ich sie auch. Ich meine, wir sind beide erwachsen. Wir haben beide Dinge, die wir erledigen müssen. Ich habe diesen Prozeß. Sie hat die Kinder. Was sollen wir denn machen? Dafür war ja die ›Date Night‹ gedacht – daß wir miteinander zu tun haben.«

»Es hört sich aber nicht so an, als ob Sie beide allzuviel miteinander zu tun hätten. Sie haben es eben selbst gesagt – Sie haben diesen Prozeß, sie hat die Kinder.«

Unversehens spazierte Hardy mit den Händen in den Hosentaschen hin und her. Daß er sich mit David stritt und zu beweisen versuchte, daß Frannie – vielleicht – nicht das fühlte, was sie fühlen sollte, was immer es war, habe nichts damit zu tun, daß sich irgend etwas ziemlich Grundsätzliches zwischen ihnen anscheinend verändert, irgendein Gleichgewicht sich verschoben hatte.

Vielleicht stimmte ja, was Freeman angedeutet hatte – daß sie gar nicht das Gefühl hatte, Hardy brauche sie noch so sehr. Er mußte zugeben, daß er das auch nicht gerade deutlich signalisierte – er ging früh zur Arbeit, kam spät nach Hause, entwarf Anträge, schlug in Fachtexten nach, brachte seine Nachforschungen auf den neuesten Stand, arbeitete am Wochenende diverse Unterlagen durch.

Was das anging, hatte er seinerseits ebenfalls nicht das Gefühl, daß sie ihn sehr brauche. Sie war mit den Sachen beschäftigt, die sie zu erledigen hatte, kümmerte sich um die Kinder, hielt den Haushalt in Schwung. Sie hatten eine feste Bindung zueinander, wie er glaubte, und das mußte eine der Hauptzutaten dessen sein, was sie beide Liebe unter Erwachsenen nannten.

»Ich würde ihr mal eine Überraschung machen.« Freeman hatte sich unbemerkt neben ihn gestellt und legte ihm jetzt die Hand auf die Schulter. »Mal raus aus dem Alltag. Vielleicht sieht sie, daß Sie nicht für sie da sind, hat Angst, daß es so bleiben wird, und schafft sich ein Stück Distanz.«

»Aber ich *bin doch* für sie da. Der Prozeß geht eben erst los. Was erwartet sie denn eigentlich?«

»Vielleicht ist die Frage, was sie eigentlich braucht.« Freeman klopfte ihm auf die Schulter und zog die Glastür zum Besprechungszimmer auf. »Lassen Sie uns wieder ins Gericht gehen. Die Richterin kann es nicht leiden, wenn man zu spät kommt.«

John Strout, der amtliche Leichenbeschauer der Stadt und des County San Francisco, war für Hardy und jeden anderen im Gerichtssaal, der im Polizei- und Justizapparat tätig war, eine vertraute Figur. Der hochangesehene Gerichtsmediziner mit seinem Südstaatenakzent war eine Autorität mit bundesweitem Renommee und bei fast jedem Prozeß und jeder Anhörung vor der Grand Jury oder dem Haftrichter in Erscheinung getreten, bei denen es um einen Mord ging, der in San Francisco begangen worden war – also vielleicht einmal pro Woche in den letzten dreizehn Jahren –, und jetzt nahm er, ein großer und schlanker Mann, im Zeugenstand Platz, saß bequem und entspannt da.

Powell, der keinerlei Anzeichen von Müdigkeit nach der Mittagspause zeigte, fuhr sich mit den Fingern durch die weiße Mähne und begrüßte Strout herzlich als alten Freund, damit es die Geschworenen auch mitbekamen. Dann kam er ohne Umschweife zur Sache und kam dem zuvor, was Freeman, wie Hardy vermutete, im Kreuzverhör gefragt hätte.

»Dr. Strout, haben Sie damals im Jahre 1984 die erste Autopsie an Ned Hollis durchgeführt?«

»Ja.«

»Und was haben Sie damals herausgefunden?«

Strout rückte seinen Stuhl im Zeugenstand etwas weiter nach hinten und schlug die Beine übereinander, zauberte ein Lächeln auf sein breites und offenes Gesicht. »Wir haben eine Analyse auf dem Niveau A durchgeführt und kamen zu dem Ergebnis, daß es sich um einen Unfalltod infolge einer Überdosis von Kokain in Verbindung mit Alkohol gehandelt hat.«

»Eine Analyse auf dem Niveau A? Würden Sie den Geschworenen bitte erklären, was das ist?«

Strout beugte sich vor und spulte seine auf zwei Minuten verknappte Erklärung ab – die Mahlzeit der Gifte und/oder flüchtigen Verbindungen konnte in einer Analyse auf dem Niveau A nachgewiesen werden, und das war die schnellste und auch billigste Untersuchung. Wenn auf besagtem Niveau A eine Todesursache festgestellt wurde – und sofern kein Polizeibericht den Verdacht nahelegte, daß irgend etwas faul war –, dann beließ man es in der Regel bei dieser Untersuchung.

»Und die Analyse auf dem Niveau A fand Spuren von Kokain und Alkohol im Organismus von Mr. Hollis, ist das richtig?«

Strout runzelte die Stirn. Es war nicht seine Aufgabe, es der Jury einfach zu machen. Bei diesem Prozeß war ohnehin bereits im Protokoll festgehalten, daß er damals die wahre Todesursache nicht bemerkt hatte, und daher wollte er seine Antwort präzise halten. »Es fand sich eine potentiell tödliche Konzentration von Koka-Ethylen, was sich etwas kompliziert anhört, aber im Grunde handelt es sich um das Nebenprodukt, das entsteht, wenn sich Kokain und Alkohol im Blut mischen.«

»Und als Sie feststellten, daß dieses Koka-Ethylen vorhanden war, haben Sie die Autopsie abgebrochen?«

»Na ja, nein. Aber wir haben aufgehört, uns intensiv um die Suche nach einer Todesursache zu kümmern. Wenn ein Mann ein Messer im Kopf stecken hat, dann schauen wir nicht notwendigerweise nach, ob er gleichzeitig noch einen Herzanfall hatte.« Man hörte kurzzeitig leises Lachen. »Aber wir haben die Autopsie nicht endgültig mit diesem Befund abgeschlossen. Tatsächlich sind die Labortests und die Untersuchung der Leiche verwandte, aber jeweils separate Vorgänge.«

Strout erklärte, daß die Blutproben ins Labor geschickt wurden, wohingegen die eigentliche Autopsie das Augenmerk auf den Körper und die Organe richtete. »Wenn wir die Ergebnisse des Labors bekommen, prüfen wir nach, ob irgend etwas, das wir bei der Untersuchung der Leiche entdeckt haben, die Laborresultate in neuem Licht erscheinen läßt und umgekehrt.«

»Und in diesem Fall?«

»Na ja, wir haben das Koka-Ethylen nachgewiesen. Es fanden sich keine nennenswerten Mengen oder physikalischen Anzeichen für das Vorhandensein von Barbituraten oder Alkaloiden. Also hatten wir eine wahrscheinliche Todesursache auf dem Niveau A und ließen es dabei bewenden.«

Powell nickte Strout zu und sah dann erst die Geschworenen an, dann hinüber zum Tisch der Verteidigung, wobei er wieder den Augenkontakt mit Jennifer suchte. Hardy schielte aus dem Augenwinkel zu ihr hinüber. *Lächelte* sie etwa ihren Ankläger an? Er faßte sie am Arm, und sie verkrampfte sich, ihr Gesicht wurde wieder zu einer starren Maske.

Die Befragung durch den Staatsanwalt verlief ohne irgendwelche Überraschungen. Sowohl die Anklagevertretung als auch die Verteidiger hätten sich auf alle diese gerichtsmedizinischen Einzelheiten einigen können – die Tatsachen waren weitgehend unstrittig –, aber weder Powell noch Freeman zeigten Neigung dazu. Sie hatten ihre Gründe. Powell war darauf aus, daß den Geschworenen der lange zurückliegende Tod des ersten Ehemannes Jennifers gegenwärtig würde. Ned mochte jetzt schon lange tot sein, doch als er starb, war er ein kerngesunder Sechsundzwanzigjähriger gewesen. Powell wollte, daß die Jury sich dessen bewußt war und sich ein junges Leben vor Augen hielt, das ausgelöscht worden war, wollte, daß die Geschworenen zusahen, wie die der Tat angeklagte Mörderin auf das Ganze reagieren würde. Nachdem also Strout die Untersuchung auf dem Niveau C erläutert und berichtet hatte, daß sie in Neds linkem Oberschenkel auf eine hohe Konzentration von Atropin gestoßen waren, lotste Powell den Gerichtsmediziner in ein Gebiet, das im strikten Sinne nichts mit den Ergebnissen aus dem Labor oder von der Autopsie zu tun hatte.

»Nun, Dr. Strout, Atropin ist eine verschreibungspflichtige Droge, richtig? Man kann es nicht einfach in der Apotheke kaufen?«

Strout pflichtete ihm bei.

»Und wofür wird es vor allem verwendet?«

»Man benutzt es zu Narkosezwecken und um den Speichelfluß zu hemmen.« Strout verstand es, alle Anwesenden einzubeziehen. Er lächelte in die Runde, ruhig und entspannt.

»Waren Sie denn überrascht, als Sie bei dem beschriebenen Test das Atropin fanden?«

»Einspruch.« Freeman schoß wie aus der Kanone gefeuert hoch, und beinahe ebenso schnell gab Villars ohne weitere Diskussion dem Einspruch statt. Powell blieb unbeteiligt.

»Dr. Strout, wird Atropin Ihres Wissens in der Drogenszene häufig benutzt?«

Hardy konnte sehen, daß Freeman sich anschickte, erneut Einspruch zu erheben, sich aber dann wieder zurücklehnte und er anscheinend ganz zufrieden war, Powell die Befragung in dieser Richtung fortführen zu lassen.

»Falls ja, ist es bestenfalls nicht sehr gängig.«

»Es macht einen nicht high, wie man so sagt, oder etwas Derartiges?«

Wieder warf Hardy Freeman einen raschen Seitenblick zu. Powell fragte den Zeugen die abwegigsten Dinge, und Freeman hatte sich mit gespitzten Lippen auf seinem Stuhl zurückgelehnt, hörte zu.

»Nein.«

»Hat es denn in Kombination mit anderen Drogen halluzinogene oder euphorisierende Wirkungen?«

»Nein.«

»Wenn also jemand gewohnheitsmäßig Drogen konsumiert und high werden will, dann würde er oder sie wohl nicht ...«

Hier hob Freeman zuletzt doch die Hand und meldete sich mit halblauter Stimme zu Wort. »Euer Ehren? Spekulation.«

Wieder wurde dem Einspruch stattgegeben. Powell lächelte, drehte die Handflächen nach außen und entschuldigte sich auf seine überaus verbindliche Art, nickte sowohl der Richterin und dem Arzt zu. »Das ist dann alles. Ich danke Ihnen, Dr. Strout. Ihr Zeuge, Mr. Freeman.«

Der zerknautscht aussehende Rechtsanwalt, nicht weniger freundlich als Powell, wenn auch – wie Hardy bei sich dachte – glaubhafter in dieser Pose, schlenderte hinüber zu dem Fleck, auf dem Powell gestanden hatte, und ging dann drei Schritte näher auf den Zeugenstand zu, hob dabei eine Hand, um Strout beiläufig zu grüßen und die Geschworenen durch diese Geste wissen zu lassen, daß er und Strout ebenfalls Berufskollegen waren. Nur, weil er auf der Seite der Verteidigung stand, hieß das noch lange nicht, daß er es mit den Bösen hielt oder gar einer von ihnen war.

»Diese Exhumierungen ... ich nehme mal an, das macht nicht allzuviel Spaß, oder doch, Dr. Strout?«

Strout war immer noch völlig entspannt. Es hatte Prozesse gegeben, bei denen er mehr als die halbe Woche lang aussagen mußte. Er betrachtete die Zeit, die er als Zeuge vor Gericht verbrachte, als Erholung von seiner Arbeit im Leichenschauhaus. Er streckte die Arme seitlich aus. »Es gehört zu meinem Beruf. Manchmal ist es recht interessant.«

»War denn die Exhumierung von Ned Hollis besonders interessant?«

Strout dachte einen Moment lang nach und antwortete dann: »Doch ja, ich würde das wohl sagen.«

»Und können Sie den Geschworenen sagen, warum das so ist?«

Das gefiel Strout, daß er die Gelegenheit bekam, sich zurückzulehnen und ein bißchen zu plaudern. »Na ja, bei jeder Autopsie ist die Suche nach der Todesursache immer ein kleines Rätsel. Wie ich bereits erläutert habe, suchen wir im Labor nach verschiedenen Substanzen und untersuchen den Leichnam in der Hoffnung, daß wir am Schluß auf etwas Handfestes verweisen können. Bei Fällen, wo der Betreffende vor langer Zeit gestorben ist, kann das Rätsel ziemlich kompliziert werden. Ich schätze mal, daß ich das meine, wenn ich von interessant spreche.«

Freeman, der allem Anschein nach ganz fasziniert war, hatte sich inzwischen dem Zeugenstand ein ganzes Stückchen genähert. »Was denn für Komplikationen, Dr. Strout?«

»Nun ja, die Leiche verwest, das ist das eine. Bestimmte Substanzen werden abgebaut – chemisch, meine ich – oder verwandeln sich in etwas anderes oder verschwinden vollständig. Verflüchtigen sich. Natürlich ist es im Laufe der Zeit so, daß man irgendwann beinahe nichts mehr auffinden kann.«

»Und das war bei Mr. Hollis passiert?«

»Tja, in bestimmtem Maße ja.«

»Und doch war dies ein besonders interessantes … Rätsel, so haben Sie es doch, glaube ich, genannt.«

Der Gerichtsmediziner nickte. »Aus dem Grunde, weil wir ja annahmen, daß es noch ein weiteres Gift gab, und wir es finden mußten – nicht nur die Substanz als solche, sondern auch den Weg, wie sie in den Körper gekommen war.« Strout, der ideale Zeuge, saß jetzt wieder vorne auf der Kante seines Stuhls, wendete sich direkt an die Geschworenen. »Bei der ersten Autopsie«, erklärte er, »hatten wir selbstverständlich den Mageninhalt und so weiter untersucht, aber jetzt waren wir darauf aus, zu schauen, ob wir beim ersten Mal etwas übersehen hatten, also versuchten wir es noch mal. Aber da fand sich nicht viel. Auch wenn die Untersuchung die ursprüngliche Spur Atropin nachwies, fand sich nirgends eine Konzentration, die auch nur annähernd tödlich gewesen sein konnte.«

»Und Ihr nächster Schritt?«

Hardy schaute kurz zu den Geschworenen hinüber. Das war ein schauerliches Thema, niemand hielt ein Nickerchen. Strout redete weiter, legte Begeisterung für seine Arbeit an den Tag. »Genau da wird das Rätsel interessant. Wenn es sich um einen kürzlich erfolgten Tod handelt, fänden sich vielleicht ein paar Nadelstiche, Abschürfungen und so weiter, aber hier entnahmen wir an verschiedenen Stellen Gewebeproben in der Hoffnung, eine hohe Konzentration zu finden, und wir hatten Glück.«

»Wie kam das?«

Strout verlor sich in fachspezifischen Anmerkungen zu Muskelnamen und so fort, aber Freeman brachte ihn wieder aufs richtige

Gleis, und Strout machte deutlich, daß die Injektion an der Vorderseite des linken Oberschenkels erfolgt war, und zwar etwa zwei Drittel der Schenkellänge oberhalb des Knies.

»Sie sind sich sicher, daß es die Vorderseite des Oberschenkels war? Es hätte sozusagen nicht von der Rückseite her durchsickern können?«

Strout war sich sicher. »Das ist ausgeschlossen. Es gibt keine Verbindung zwischen den Muskeln.« Es folgten noch weitere medizinische Details, aber nach und nach schälte sich das Bild heraus – die tödliche Injektion war ziemlich hoch oben im Oberschenkel erfolgt.

Hardy schien das eine sehr umständliche Reise zu sein, um etwas herauszufinden, was sie bereits wußten. Bis Freeman seine Frage stellte: »Diese Stelle am Oberschenkel, könnte sich jemand dort eigenhändig eine Injektion verpassen?«

Nicht aus der Ruhe zu bringen und freundlich antwortete Strout, daß das selbstverständlich kein Problem sei.

»Fand sich denn irgend etwas bei Ihrer Untersuchung, das darauf hinwies, daß die Injektion *nicht* eigenhändig vorgenommen worden war?«

»Wie zum Beispiel?«

»Keine Ahnung. Vielleicht ein Kratzer, wo Ned den Nadeleinstich abzuwehren versucht hatte. Überhaupt irgendwas.«

Strout dachte nach. »Nach der langen Zeit? Nein, nichts.«

Freeman ging hinüber zu dem Tisch, auf dem die Beweisstücke lagen, und hob das Beweisstück Nummer 5 der Anklagevertretung hoch, den ursprünglichen Autopsiebericht. »Haben Sie denn vor neun Jahren irgend etwas bemerkt, Dr. Strout, das dagegen gesprochen hätte, daß sich Mr. Hollis eigenhändig die Injektion verpaßt hat?«

Strout las sich die Seite durch und reichte sie dem Anwalt zurück. »Nein. Aber natürlich gab es Spuren – Nadeleinstiche.«

»Es gab Nadeleinstiche? Und wo waren die, Dr. Strout?«

»Innen an den Armen.«

»Paßte das zu den Stellen, an denen sich ein Drogensüchtiger eine Injektion setzen könnte?«

»Ja.«

»Haben Sie irgendwelche Nadelstiche an den Oberschenkeln bemerkt?«

Wieder zog Strout das Beweisstück Nummer 5 der Anklage, seinen früheren Autopsiebericht, zu Rate. »Nein, nicht, daß ich es hier vermerkt hätte.«

Auf der anderen Seite des Gerichtssaals sah Hardy Powell auf seinem Stuhl sitzen, die Hände vor sich gefaltet, den Kopf gesenkt. Powell wurde der Garaus gemacht, und er wußte es. Freeman, der noch einen halben Minuspunkt zu verbuchen hatte – die Nadeleinstiche auf dem Oberschenkel –, war noch nicht einmal gewillt, das zuzugeben. Er hatte sich während des überaus raschen Fragenabtauschs beinahe bis zum Rand des Zeugenstands bewegt und spazierte jetzt wieder zurück in die Mitte des Saals. »Aber es ist doch möglich, Dr. Strout, oder nicht, daß Sie vielleicht selbst einen frischen Nadeleinstich übersehen haben könnten?«

Der Gerichtsmediziner, der unbarmherzig ehrlich war, nickte freundlich und setzte sogar noch einen darauf. »Nicht nur könnte ich das getan haben, Mr. Freeman, es sieht ganz danach aus. Die Injektion erfolgte im Oberschenkel. Das ist die einzige Möglichkeit, wie sich das Atropin dort anreichern konnte. Nadeleinstiche sind notorisch schwer zu lokalisieren und zu katalogisieren. Bei Autopsien werden sie schon mal übersehen.« Strout spreizte ein letztes Mal die Hände. »Das kommt vor«, sagte er.

30

Jennifer Witt, die vom Justizwachtmeister hoch in den siebten Stock gebracht, dann von den beiden ihr zugeteilten Wärterinnen weiterbegleitet worden war, zog sich im Gemeinschaftsraum aus, hängte ihre schicken Sachen sorgsam auf die hölzernen Kleiderbügel und schaute zu, wie die Wärterinnen im Spind dafür Platz machten. Sie drehte sich um und blickte die Wand an, während sie die Damenunterwäsche ablegte, die Freeman für sie besorgt hatte. Sie zog sich einen Sport-BH über den Kopf und drehte sich wieder um, nahm den Plastikbeutel, den ihr Milner – eine deutlich übergewichtige Rothaarige mit einem süßen sommersprossigen Gesicht und einem Lächeln, das ein paar Zahnlücken zeigte – entgegenhielt und ließ die Unterwäsche Stück für Stück in den Sack fallen.

Die andere Wärterin, Montanez mit Namen, hielt ihr griesgrä-

mig den roten Trainingsanzug vor die Nase. Durchs ganze Gebäude schallte ihnen aus den Gemeinschaftszellen das Geschepper
von Gitterstäben und das mal lauter, mal leiser ausfallende Gekeife
schriller Stimmen entgegen. Es war fast Abendessenszeit, draußen
wurde es allmählich früher dunkel, es fehlten nur noch wenige Wochen bis zum Ende der Sommerzeit.

»Wie läuft's unten?« fragte Milner.

Jennifer zuckte die Schulter. »Ein Haufen Männer, die ziemlich
viel reden.«

»Echt wahr, oder?« Montanez machte den Anfang, und die drei
Frauen bewegten sich auf die Tür zum Umkleideraum zu.

»Aber die Richterin ist eine Frau. Sie heißt Villars. Es sitzen auch
ein paar Frauen in der Jury.«

Doch diese Überlegungen waren sowohl Milner als auch Montanez ziemlich egal. Die beiden Wärterinnen gingen in dem schum-
merigen und hallenden Flur jeweils rechts bzw. links von ihr, beim
Gehen knarrten die Gürtel und die in den Schlaufen hängenden
Gerätschaften. Hinter sich hörten sie die Schließerin rufen: »Ist das
die Witt? Sie hat Besuch.«

Dr. Ken Lightner war bislang an jedem der vier Verhandlungstage
zumindest einige Zeit im Gerichtssaal zugegen gewesen. Da er kein
Rechtsanwalt war, ließ man ihn nicht in das kleine Zimmer neben
der Wachstation; genau wie Frannie hatte er sich statt dessen mit
dem der breiteren Öffentlichkeit zugänglichen Arrangement begnügen müssen – unbequeme Holzstühle und Telefonapparate zu
beiden Seiten der Plexiglasscheibe.

Er hatte bereits Platz genommen und wartete. Müde stützte er
den Kopf in die Hand. Als sich Jennifer setzte, starrte er sie eine
ganze Minute lang an. Zuletzt griff er zum Telefonhörer. »Wie
geht's dir? Hältst du es durch?«

»Niemand schlägt mich mehr. Vielleicht glauben alle, daß ich gewinnen werde.« Sie erlaubte sich ein angespanntes Lächeln. »Allmählich fasse ich etwas Zutrauen zu Mr. Freeman.«

Lightner nickte. »Was sagt er?«

»Er legt sich nie fest. Er sagt, es wird dauern. Aber ich bekomme
mit, was er zu Mr. Hardy sagt, ich sehe die Reaktionen der Geschworenen. Er wirkt zuversichtlich.«

»Und was ist mit dir?«

»Du fehlst mir, Ken. Unsere Unterhaltungen fehlen mir. Alles.

Die Leute hier …« Es gab über sie nichts weiter zu sagen, sie lebten auf einem anderen Niveau. Sie unterbrach sich, schluckte. »Es ist so anders. Ich weiß nicht …«

Der Hörer fiel ihr beinahe aus der Hand.

»Was denn, Jen?«

Sie schluckte erneut, machte selbst durchs Plexiglas den Eindruck, als weiche sie zurück. »Wie ich weitermachen soll.«

»Was heißt, wie du weitermachen sollst, Jen? Du *mußt* weitermachen.«

Sie schüttelte den Kopf und verstummte.

Lightner beugte sich vor, es waren keine drei Zentimeter von seinem Gesicht bis zur Glasscheibe. »Jennifer, hör mir unbedingt zu. Du mußt weitermachen. Du kannst jetzt nicht aufgeben. Du bist im Begriff zu gewinnen, das Schlimmste ist vielleicht schon vorbei.«

»Nein, das Schlimmste ist noch nicht vorbei. Mr. Freeman sagt, das Schlimmste hat noch nicht angefangen …«

»Er ist eine große Hilfe.«

»Er versucht sein Bestes. Wirklich, Ken. Zumindest davon bin ich überzeugt. Es ist noch nicht mal so sehr das Gerichtsverfahren, weißt du. Es ist, daß alles hier so völlig anders ist. Alle diese Leute hier« – sie zeigte nach hier, nach da –, »dieser ganze Laden. Manchmal denke ich, ich werde nie wieder irgendwas haben, das ich erkenne, das ich haben will.« Eine Träne rann ihr aus dem Auge und über die Wange. Diesmal wischte sie sie nicht ab. Es war ihr egal, wenn sie Schwäche zeigte, wenn sie vor Ken zusammenklappte, dazu war er ja da. Und sie war schwach – den Beweis hatte man geliefert. Alles Alte war ihr nicht mehr wichtig. »Ich bin so durcheinander, Ken, so durcheinander …«

Lightner beobachtete sie, wartete auf irgend etwas, er wußte selbst nicht recht, auf was. Jennifer schien völlig in sich zurückgezogen, sie litt offenbar Höllenqualen, und er hätte sie gerne aus diesem Zustand herausgeholt, wollte aber nicht drängeln. Man läßt die Leute ihren eigenen Ausweg finden, sofern sie es schaffen.

»Ich bin immer noch da«, sagte er schließlich.

Sie erlaubte sich wieder das angespannte Lächeln. »Manchmal denke ich, du bist der einzige Grund, warum ich noch am Leben bin.« Halb lachte, halb schluchzte sie. »Das ist komisch, weißt du. Kannst du dich noch erinnern, wie ich mir gedacht habe, wenn wir bloß von Larry weg könnten, würde alles gutgehen, alles besser sein? Es wäre eine völlig neue Welt.«

»Ich erinnere mich genau. Die kann es vielleicht immer noch geben, Jen. Wir haben uns doch wieder und wieder darüber unterhalten, die Veränderungen durchgearbeitet.«

Sie schüttelte sich heftig, fing beinahe an, sich rhythmisch hin- und herzuwiegen. Ihr Kopf bewegte sich von einer Seite zur anderen, eine schwere Last an einem Fädchen. »Aber genau das ist es ja, das ist das Problem. Ich glaube nicht mehr daran. Ich weiß nicht, ob ich noch daran glaube. Die Sache mit Matt ...« Der Redefluß versiegte, ihre Augen waren mit einemmal tot, ohne einen Funken Energie. »Es wäre besser, wenn es einfach alles vorbei wäre. Dann wäre Schluß.«

Vielleicht war es ein Test. Jennifer starrte durch die Scheibe, suchte nach etwas in seinen Augen, nach einer Antwort. Sie kratzte auf dem Fensterbrett vor sich herum, streckte die Hand zur Plexiglasscheibe vor, zog sie wieder zurück. »Es wird nicht besser, egal was passiert. Ich bin einfach die Sorte Mensch, die von allen Seiten Prügel einstecken muß ... von Männern, Sachen, Situationen. Ich bin eine Verliererin, sonst nichts.«

Lightner saß ganz vorne auf der Kante der Sitzfläche, hatte die Hand auf die Trennscheibe gelegt. »Du bist keine Verliererin, Jen. Man hat dich zum Opfer gemacht. Wir haben darüber geredet. Es ist ganz natürlich, daß du dich nach allem, was du durchgemacht hast, so fühlst. Aber du bist keine Verliererin. Ich würde nicht durch dick und dünn zu dir halten, wenn du eine Verliererin wärst, wenn ich nicht den Eindruck hätte, daß das hier ein Ende nimmt, daß eine Zeit kommt, wenn alles besser wird.«

»Sag mir, wann?«

»Jen, bitte. Niemand weiß das genau. Aber ...«

»Ich habe den Eindruck, du würdest trotzdem durch dick und dünn zu mir halten, selbst wenn ich eine Verliererin wäre. Und du weißt, warum. Ich hab's rausgekriegt. Weil ich eine Herausforderung für dich bin, eine klassische Fallstudie.«

»Mein Gott, Jennifer, wie kannst du so etwas sagen nach all dem ...«

»Weil es wahr ist, oder? Es ist dir nicht wirklich wichtig, oder? Ich meine, *mit mir*. Wer könnte je eine Frau lieben, die so kaputt ist wie *ich*? Sobald ich mich verändert hätte, sobald das passiert, sofern es überhaupt jemals passiert, wäre die Herausforderung weg, das Rätsel, oder was sonst immer ich sein mag. Auch du wärst weg, oder etwa nicht? Und wo wäre ich dann? Ich werde dir sagen wo – wo ich jetzt bin, nirgendwo. Nirgends, nichts, nie komme ich da wieder raus, oh, *verflucht* noch mal ...«

Sie pfefferte den Hörer zu Boden, stieß den Stuhl zurück, der umfiel, stand da und sah um sich, weinte jetzt heftig. Die Wärterin kam näher, hatte die Hand auf den Schlagstock gelegt.

Lightner stand auf und sah zu, hielt die Hand auf die Plexiglasscheibe gepreßt. Jennifer sagte etwas zu der Wärterin, ließ den Kopf hängen. Sie drehte sich nicht um, blickte nicht zurück. Die beiden Frauen gingen zur Tür zurück zum Zellentrakt, und Lightner ließ sich wieder auf den unbequemen Stuhl fallen, versuchte, seine eigenen Gefühle unter Kontrolle zu bekommen.

Plötzlich stand sie wieder vor der Glasscheibe, preßte die Hände dagegen. Jetzt weinte sie rückhaltlos, halb hielt sie sich an der Trennwand aufrecht, halb glitt sie zu Boden. Mit einem Kopfschütteln, entschlossener Miene und nach dem Schlagstock greifend, als müßte sie ihn vielleicht wirklich benutzen, stapfte jetzt die Gefängniswärterin auf Jennifer zu – die zwischen den Schluchzern Worte hervorwürgte.

Auch wenn er die Worte nicht deutlich hören konnte, wußte er, was sie sagen wollte. Es war, was sie immer sagte, wenn sie völlig durcheinander und aufgewühlt war, wenn sie das Gefühl hatte, es sei alles ihre Schuld und sie müsse dies einfach akzeptieren.

»Es tut mir leid«, schluchzte sie wieder und immer wieder und versuchte, ihn durch die Trennscheibe anzufassen, als lebe er in einer anderen Dimension. »Es tut mir leid, ich habe es nicht so gemeint, sei nicht böse auf mich ...«

Und dann legte ihr die Wärterin die Hand auf die Schulter und zog sie nach hinten, drehte sie um, bugsierte sie zurück zur Tür.

Lightner stand da und atmete schwer und überlegte, ob Jennifer womöglich recht hätte. Vielleicht war sie ein hoffnungsloser Fall, eine Verliererin, der nicht zu helfen war.

Und das nach allem, was er für sie getan hatte. Die Einsicht traf ihn wie ein Elektroschock, so daß er sich wieder setzen mußte – er begriff, daß sie ihr Leben vielleicht nie und nimmer auf die Reihe bekommen mochte. Er merkte, daß er am ganzen Leibe zitterte, und versuchte, sich zusammenzureißen, aber was er wirklich wollte, war, sie aufzuwecken, ihr ein bißchen Verstand in den verwirrten, entzückenden Kopf zu klopfen.

Frannie konnte es gar nicht glauben daß Hardy alle diese Vorbereitungen getroffen hatte – er hatte Erin, Rebeccas Großmutter, angerufen und sie gebeten, die Kinder bei sich übernachten zu lassen, dann ein Taxi losgeschickt, das alle abholte und an ihrem jeweiligen Bestimmungsort absetzte, hatte ein Zimmer in dieser luxuriösen Frühstückspension reserviert.

Hardy war bescheiden. »Ich bin eben eine leibhaftige Schatzkiste voller Überraschungen.«

»Wie bist du auf die Idee gekommen? Was ist mit dem Prozeß?«

Hardy saß auf einem kleinen Sofa mit rotem Samtüberzug und nippte an einem geschliffenen Kristallglas mit altem Tawny Port. »Ich habe mir gedacht, wir sind uns rund vier ›Date Nights‹ schuldig, sagen wir ein Minimum von zwölf Stunden. Der Prozeß kann einen Tag ohne mich auskommen – das ist sowieso die Phase, für die primär Freeman zuständig ist, weißt du noch?«

Frannie stand mit verschränkten Armen und hochgestecktem Haar am Fenster und genoß die Aussicht vom Gartenfenster des California House, eines alten viktorianischen Holzhauses in der Upper Dividadero Street, das renoviert und als Frühstückspension wiedergeboren worden war, auf die Golden Gate Bridge. Sie befanden sich in der Gold Rush Suite, die mit allen Schikanen ausgestattet war, mit wohlgefüllten Bücherregalen, einem Whirlpool, offenem Kamin, Portwein und Sherry in Kristallkaraffen und natürlich der Aussicht, die einen Aufschlag von achtzig Dollar auf den Zimmerpreis bedeutete.

Hardy hatte die Reservierung vom Justizpalast aus vorgenommen, sobald sich das Gericht vertagt hatte. Erin hatte zu ihm gesagt, es sei kein Problem, bei ihnen zu Hause vorbeizufahren, die Kinder abzuholen und sie abends zu füttern. Hardy hatte das Gefühl gehabt, die Chancen, daß Frannie ablehnen würde, seien geringer, wenn Erin einfach vorbeikam und einen genauen Plan vorbrachte. Ein Taxi fuhr vor dem Haus vor und holte Frannie um Viertel nach sechs ab. Und da waren sie nun.

Hardy war sich noch immer nicht sicher, daß Frannie die Überraschung wirklich genoß. Sie hielt die Arme weiterhin verschränkt. Sie verzog keine Miene. Er hatte nicht den Eindruck, daß es Zorn war – bei aller Distanz benahm sie sich nicht, als ob sie sauer auf ihn wäre. Sie biß die Zähne zusammen, die Augen blickten wachsam und nachdenklich drein, waren nach innen gerichtet – als müsse Frannie irgendeinen körperlichen Schmerz aushalten, mit dem sie ihn nicht belasten wollte.

Er hatte Angst, daß der Schmerz das Ergebnis irgendeiner Veränderung war, daß Frannie bewußt geworden war, daß sie keine Lust mehr hatte, Hardy und ihr gemeinsames Leben noch länger zu ertragen. Sie sah ihn plötzlich an, hatte irgendeinen tiefen Abgrund überbrückt. Zeigte ein halbes Lächeln. »Hallo.«

Er merkte, daß er den Atem angehalten, sie beobachtet hatte, buchstäblich Angst gehabt hatte zu atmen. Wenn er nicht atmete, dann würde der Augenblick vielleicht stehenbleiben, und er müßte nicht herausfinden, was der nächste brachte. Er setzte seinen Portwein auf dem Beistelltischchen ab und ließ die angehaltene Luft entweichen. »Also, wie sieht's aus, Frannie?«

»Was meinst du denn?«

»Nicht besonders gut, glaube ich. Ich habe seit vier Wochen Magenschmerzen. Seit du aufgehört hast zu lächeln. Ich habe mir gedacht, vielleicht hast du Lust, darüber zu reden.«

Sie wandte sich zurück zu der schönen Aussicht, zeigte ihm ihr Profil. Er sah, wie ihre Kiefermuskeln hervortraten. Er wollte aufstehen, zu ihr hinübergehen, aber irgend etwas – vielleicht das Wissen, daß sie es nie wieder zurückbekommen könnten, falls sie ihn jetzt zurückstieß, nicht zuließ, daß er sie umarmte und festhielt – hielt ihn eisern auf dem Sofa fest.

Die Silben kamen als undeutliches Gemurmel hervor, und er sagte, daß er nicht verstanden habe, was sie gesagt hatte. Es dauerte eine Minute, bis sie erneut ausgesprochen wurden.

Sie drehte sich um und blickte ihn direkt an, sah ihm in die Augen. »Geheimnisse.«

Er verdaute das Wort, und als ihm die nächstliegende Interpretation in den Sinn kam, drehte sich ihm der Magen um. Er merkte, daß ihm schwindlig wurde, als ob er gleich die Besinnung verlieren würde. »Was für Geheimnisse?« Es war das einzige, was ihm einfiel.

Sie blieb in unveränderter Haltung stehen, blickte ihn mit verschränkten Armen direkt an. »Geheimnisse sind das, was man für sich behält.«

Hardy beugte sich auf dem Sofa vor. Er nahm das Glas Portwein neben sich hoch, trank einen Schluck und setzte das Glas wieder ab. »Na schön«, sagte er.

»Es ist nicht nur das«, sagte sie.

»Ich weiß noch nicht mal, was *das* ist.«

»Das stimmt. Du weißt es nicht.«

Hardy hob die Hand bis zur Stirn, massierte sich die Schläfen. »Na schön, Fran, aber ich muß es wissen.« Seine Handflächen fanden zueinander. Wie beim Beten. »Ist es ein anderer Mann? Kannst du mir das sagen?«

Er sah, daß sie die Schultern senkte, die Augen schloß. Ihre ganze Körpersprache brachte zum Ausdruck, daß soeben eine Krise überstanden war. Frannie löste die Arme aus der Verschränkung, lockerte sie, ließ sie seitlich am Körper herabhängen. Sie kam zu ihm herüber, kniete sich vor ihm hin.

»Was redest du denn da, ein anderer Mann? Es gibt keinen anderen Mann. Es könnte gar keinen anderen Mann geben.« Sie hatte ihm die Hände aufs Gesicht gelegt, sah ihm tief und suchend in die Augen, zog sein Profil mit den Fingerspitzen nach, legte ihm dann die Arme um den Hals, zog ihn zu sich heran, preßte ihn an sich. Er spürte, wie sein Körper zitterte. Es waren all die Emotionen, die er so krampfhaft zu bremsen, zu kontrollieren versuchte.

Deshalb hatte er sie geheiratet. Weil er ihr genügend vertraute, daß sie ihn so sehen durfte, sehen konnte, wer er wirklich war. Sie war ein Teil von ihm, der Katalysator, der ihn wieder zu einem ganzen Menschen gemacht hatte.

Sie wiegte ihn hin und her, hielt seinen Kopf in den Händen, hielt ihn fest, spürte, wie die Wellen der angestauten Emotionen aus ihm herausschwappten, an die Oberfläche kamen.

Sie hielt ihn so fest, wie sie nur konnte.

Dies hier war ihr Mann, und er brauchte sie. Wenn er das über sich brachte, ihr das anvertraute, was er als sein schwächstes Ich bezeichnen würde, dann mußte sie sich keine Sorgen machen. Sie konnte ihr Innerstes vor ihm ausbreiten – ihre eigenen Zweifel, ihre eigenen Versäumnisse und Unzulänglichkeiten. Er würde sie deswegen nicht verlassen. Er würde nicht fortgehen.

»Ich hatte Angst, du würdest es nicht begreifen.«

»Wahrscheinlich begreife ich's auch nicht, aber ich werd's versuchen.«

»Du erwartest immer, daß im Leben andauernd alles vollkommen sein soll und ...«

»Tu ich nicht.«

Sie legte ihm den Finger auf die Lippen, brachte ihn zum Schweigen. Es war jetzt viel später, stockfinstere Nacht, vor dem Fenster sah man die Lichter der Brücke, neben dem Bett brannte eine Kerze.

»Ich wollte dich nicht enttäuschen«, sagte sie, »und ich war einfach so verdammt traurig. Und nicht wegen dir, sondern wegen mir. Es war *meine* Traurigkeit. Es ging um Eddie, um meine sogenannte Jugend, um alles. Ich schätze, es hat mich einfach alles mit einem Schlag überrollt.«

Hardy lag da, blieb stumm.

»Ich wollte nicht, daß du es erfährst. Ich wollte dir nicht weh tun.«

»Ich glaube schon, daß ich weiß, daß im Leben nicht alles vollkommen ist, Frannie. Bei Gott weiß ich das.«

»Aber du willst, daß in unserem Leben, bei uns zu Hause alles so ist, stimmt's? Manchmal glaubst du sogar, daß man es erreichen kann.«

»Du nicht? Glaubst du nicht, daß das ein lohnendes Ziel ist?«

»Ich weiß nicht. Ich hatte immer gedacht, ich glaube daran. Und dann das hier, diese ganze Sache, das Gefühl, in der Falle zu sitzen, das alles …« Sie wechselte die Position im Bett, legte den Kopf vom Kissen auf Hardys Schulter, schob ihr Bein über seinen Bauch.

»Ich hab dir keine Falle gestellt, Frannie. Habe dich nicht in die Ehe gelockt. Ich hab immer gedacht, du bist glücklich …«

»Es geht gar nicht um dich, Dismas. Ich begreife jetzt, daß es gar nicht um dich geht. Es geht um mich, um mein Leben. Plötzlich, ich weiß auch nicht warum, kam mir alles wieder hoch. Und dann hatte ich so sehr das Gefühl, versagt zu haben – ich meine, ich war nicht glücklich, sollte es aber sein, und wer ist daran schuld?«

»Ich gebe die Schuld in der Regel einem Konsortium arabischer Investoren.«

»Ich auch normalerweise, aber diesmal hat es nicht funktioniert, und ich konnte es dir nicht sagen. Es wäre nicht fair gewesen, jetzt wo der Prozeß in Gang kommt und all das, und dann hat es mich geärgert – daß ich es dir nicht sagen konnte, und dann habe ich mir eingeredet, daß es dir sowieso egal wäre, daß all das nur irgendein blöder Weiberkram sei, der sowieso nicht sehr gradlinig abläuft und auch nicht …«

»He … he … he … was ist das? Blöder Weiberkram? Wir haben doch keine blöden Weiber zu unserer Party hier eingeladen.«

»Du weißt, was ich meine.«

»Ich habe keine Ahnung, was du meinst. Und gradlinig?« Er stützte sich auf dem Ellbogen hoch und sah zu ihr hinunter. »Ich habe keine Ahnung, was du meinst«, wiederholte er. »Ehrlich.«

Frannie schloß eine Sekunde lang die Augen. »Ich habe Jennifer besucht.«

»Ich weiß.«

»Nein.« Sie schüttelte den Kopf. »Öfter als einmal. Ich habe mich davongeschlichen. Ich habe die Kinder bei Erin gelassen und habe sie besucht.«

»Wie oft?«

»Ich weiß nicht. Drei- oder viermal.«

»Im Untersuchungsgefängnis?« Er beantwortete die Frage selbst. »Natürlich im Untersuchungsgefängnis.« Hardy setzte sich aufrecht hin, zog das Bettlaken um sich herum. Frannie legte ihm die Hand aufs Bein.

»Beim ersten Mal ... ich glaube, wir kamen gut klar miteinander. Dann dachte ich mir, du wärst nicht damit einverstanden, oder hatte keine Lust, dich um deine Zustimmung zu bitten ...«

»Frannie ...«

»Aber dann habe ich mir eingeredet, daß es mich ärgert, weil ich das Gefühl hatte, ich *müßte* es jedesmal mit dir absprechen. Das kam mir nicht richtig vor, daß ich um Erlaubnis bitten muß.«

»Sie ist meine Mandantin, Frannie.« Er schüttelte den Kopf, versuchte, das Gehörte irgendwo einzuordnen.

»Ich weiß, ich weiß. Ich hätte mit dir reden sollen, aber es ... es schien alles zu dem anderen Zeug zu passen, daß ich so deprimiert war, daß ich mir vorkam, als säße ich in der Falle. Jennifer ... na ja, sie hat mir zugehört.«

»Jennifer hat *dir* zugehört? Mein Gott!« Hardy warf das Laken beiseite und schwang die Beine aus dem Bett. Er ging zum Fenster, nicht weil er die berühmte Aussicht genießen wollte, sondern weil es das einzige Ziel im Zimmer war. Er stand stocksteif da und flüsterte dann, ohne sich umzudrehen: »Du hast mit Jennifer über uns beide gesprochen? Was weiß sie jetzt über uns?«

Er hörte ihre Stimme halblaut hinter sich. »So lief das nicht ab. Sei nicht wütend auf mich. Bitte.«

Er blieb eine Minute stehen, versuchte alles zusammenzubekommen. Die Bilder aus dem Fenster – die Lichter auf der Union Street tief unter ihnen, das Golden Gate, die Nadelbäume auf dem Presidio, die den westlichen Horizont verwischten – türmten sich auf, purzelten dann durcheinander wie bei einem Kaleidoskop. Er drehte sich um und setzte sich erneut auf das kleine Sofa. »Das war das Geheimnis?«

Frannie hockte auf der Bettkante. Sie machte eine kleine Pause, überlegte sich eine Antwort. »Das Ganze war ein Geheimnis. Es hing alles miteinander zusammen.«

Hardy saß vornübergebeugt da, hatte die Hände vor sich gefaltet, den Kopf gesenkt.

»Dismas?« Sie war jetzt aus dem Bett geklettert, kniete wieder vor ihm auf dem Boden. Er spürte ihre Hände auf den Beinen.

»Ich bin nicht wütend«, sagte er. »Laß uns da Klarheit schaffen. Ich bin nicht wütend auf dich, und ich bin froh, daß wir uns darüber unterhalten. Aber ist dir je in den Sinn gekommen, daß sie dich vielleicht benutzen könnte?«

»Das hat sie nicht. Ich habe dir doch eben gesagt, daß es nicht so ablief. Zumindest hatte ich nicht den Eindruck, daß es so ab...«

Er setzte einen Fuß in den Spalt dieser Unterscheidung. »Du hast damals nicht den Eindruck gehabt, daß es so ablief, aber jetzt hast du diesen Eindruck? Glaubst du, es könnte doch so gewesen sein?«

Frannie stand auf und schnappte sich das Laken, zog es um sich herum, setzte sich dann auf die Bettkante. »Nein, das habe ich nicht gesagt.« Sie holte tief Luft und streckte wieder die Hand aus, hinein in den leeren Raum zwischen dem Bett und dem Sofa. »Ich wünschte, du würdest kein Verhör mit mir anstellen. Ich will mit dir darüber reden, Dismas, aber wenn wir es so anpacken, schüchtert mich das ein. Das läuft nicht, das bringt uns nirgendwohin.«

»Wohin willst du uns denn bringen, Frannie?«

»Ich will, daß wir wieder miteinander reden können. Ich versuche dir zu erzählen, wie es gewesen ist.«

Im Kerzenlicht sah ihr Gesicht wie eine bernsteinfarbene Kamee aus. Er merkte, daß er die Augen nicht von ihr abwenden konnte. Er nickte. Ihr Arm überbrückte den leeren Raum zwischen ihnen, berührte sein Bein, griff nach ihm. Er legte seine Hand auf ihre.

Dies war nicht der richtige Zeitpunkt, um Frannie auseinanderzusetzen, daß Jennifer womöglich ein Programm verfolgte, das weit entfernt von dem war, das sie Frannie glauben gemacht hatte.

Er setzte sich neben sie und zog das Laken um sie beide. »Du hast recht«, sagte er und küßte sie, drückte sie an sich, »tut mir leid. Also red mit mir.«

»Sie hat dir erzählt, daß Larry sie geschlagen hat?«

»Alle haben sie geschlagen. Sie konnte nicht glauben, daß du mich nie geschlagen hast, daß Eddie mich nie geschlagen hat. Sie hat mir nicht geglaubt, ich habe es deutlich gemerkt. Es ist, als liege die Vorstellung völlig außerhalb ihrer Erfahrungswelt.«

»Das ist sie vermutlich auch.«

Sie saßen immer noch eng aneinandergeschmiegt auf der Bettkante. »Wir wollen unsere Kinder nie schlagen, abgemacht?« sagte Hardy.

»Tun wir doch auch nicht.«

»Ich weiß. Laß uns nicht damit anfangen.«

Frannie kuschelte sich an ihn. Gedämpfte Nachtgeräusche drangen durchs geschlossene Fenster – die Bremsen eines Lastwagens kreischten, als sich das Fahrzeug langsam den steilen Abhang der nördlichen Dividadero Street hinunterquälte, dann folgte das sorglose Lachen einer jungen Frau vor einem der Nachtklubs auf der Union Street.

»Ich habe immer noch ein bißchen das Gefühl, daß ich sie im Stich gelassen habe. Jennifer meine ich. Ich habe einfach – ich hatte irgendwie ein komisches Gefühl.«

»Na ja, *ich* habe sie nicht im Stich gelassen, also bleibt es in der Familie, schätze ich mal, oder?«

»Ich weiß, aber ...«

»*Psst.* Schau mal. Vielleicht gibt ihr ja die Tatsache, daß sie deine Geschichte hört – eine Frau, die nicht geschlagen wird – die Hoffnung, daß es möglich ist.«

»Sofern sie die Geschichte glaubt.«

»Und wenn nicht, dann glaubt sie auch nicht daran, wenn du sie weiterhin besuchst, stimmt's?« Er drückte seine Frau an sich, atmete ihren wunderbaren Geruch ein. Die Kerze flackerte kurz. Hardy blickte hinüber und sah, daß ein dünner Wachsfaden den Kristalleuchter herablief und auf der Platte der Ankleidekommode einen dicken Tropfen bildete. »Ich will dir nichts ausreden, weißt du. Wenn du sie weiterhin besuchen willst, sag es mir einfach, abgemacht? Laß es mich wissen.«

»Nein.« Sie seufzte. »Es gibt Dinge – es ist einfach zu verquer.«

»Das hast du bereits gesagt. Aber wenn du nichts hinter meinem Rücken ...«

»Nein, das ist es nicht, was verquer läuft. Sie ist es, Jennifer. Erst habe ich gedacht, wir … weißt du, von Frau zu Frau … daß wir miteinander reden könnten. Aber dann hat sie das abgewürgt. Sie wollte mir irgend etwas Wichtiges erzählen und ist dann verstummt, hat gesagt, daß ich das gar nicht erst wissen will. Ich habe mich gefragt, ob sie vielleicht ...«

»Ob sie vielleicht schuldig ist?«

»Vielleicht. Ich könnte das nicht aushalten. Außer daß ich nicht glaube, daß sie Matt getötet hat, noch nicht einmal versehentlich, auch Larry nicht. Vielleicht ihren ersten Mann, ich weiß nicht. Und falls sie es getan hat, dann weiß ich nicht, ob ich das akzeptieren könnte. Ich sagte, *falls*. Aber sie hat mir gesagt, wieso ich wohl glaubte, daß sie so hart dagegen ankämpft. Die Antwort ist, daß sie die beiden nicht umgebracht hat.«

»Obwohl Larry sie geschlagen und mißhandelt hat?«

»Bitte stell hier kein Kreuzverhör mit mir an, Dismas. Sie hat mir erzählt, daß Larry sie geschlagen hat. Aber sie hat auch gesagt, daß sie ihn nicht getötet hat, Matt genausowenig – weder zufällig noch versehentlich oder sonstwie oder aus sonst einem Grund.«

Hardy sah sie an und fragte sich, ob sie wohl soeben versuchte, sich selbst davon zu überzeugen. Wie sich das anfühlte, wußte er nur zu genau.

31

Kein Mensch schien zu wissen, wo der Sturm überhaupt hergekommen war, aber in der Bryant Street peitschte der Regen in beinahe waagerechten Windstößen gegen die Häuser, die Temperatur lag gerade noch bei zehn Grad, und die graue Farbe des Justizgebäudes sah aus wie fleckiges und poliertes Blau, als Hardy mit wehendem Regenmantel von seinem Parkplatz zu der Treppe vor dem Gerichtsgebäude rannte.

Es war 12:42 Uhr, als er das Gebäude betrat. Er wußte, daß Verhandlungspause war, so hatte er es ja geplant. Außerdem wollte er ohnehin nicht sofort in den Gerichtssaal von Richterin Villars.

Freeman und Jennifer saßen beim Mittagessen in einem derzeit nicht benutzten Büro hinter den Gerichtssälen.

Hardy nickte dem Justizwachtmeister zu, der vor der Tür wachte, und wartete dann ab, wollte nach dem Sprint durch den Regen erst wieder zu Atem kommen. Er beobachtete die beiden durch das Fenster aus Sicherheitsglas in der Tür, sah, wie sie sich an den gegenüberliegenden Seiten eines narbigen alten grünen Metalltisches unterhielten, regelrecht miteinander plauderten. Er öffnete die Tür.

Freeman hob die Hand, kaute mit vollen Backen. »Willkommen. Wir machen sie alle, Diz. Sie strecken alle viere von sich, ich schwör's bei Gott.«

Jennifer stocherte mit einer weißen Plastikgabel in dem aus drei Sorten Bohnen gemischten Salat auf dem Tablett aus weißem Styropor herum. Wieder war Hardy verblüfft über ihre Erscheinung – spröde und doch gewitzt, unschuldig und unerreichbar. Es schien, als wäre sie jetzt ganz und gar Freemans Geschöpf – von einem Künstler aus Ton geformt.

Hardy hatte seinen tropfnassen Regenmantel aufgeknöpft und zog sich jetzt einen Stuhl heran, drehte ihn um, ließ sich rittlings darauf fallen. Eine Windböe fegte einen neuen Regenguß heran, der heftig genug gegen das Fenster vor ihnen pladderte, daß alle innehielten und aufsahen.

»Noch mehr gute Nachrichten. Die Dürreperiode ist definitiv vorbei.« Freeman schaufelte ein paar röhrenförmige Nudeln in eine klebrige rote Sauce. Er wischte sich mit einer bereits reichlich angeschmutzten Serviette den Mund ab. »He, Diz, hören Sie zu. Ich trete denen da drinnen kräftig auf den Schwanz. Ich überlege mir gerade, was ich als nächstes sagen werde.« Er deutete hinüber zum Gerichtssaal. »Das ist mein Zuhause, hören Sie mich? Wollen Sie einen guten Rat? Nein? Ist mir egal, ich erteile ihn Ihnen trotzdem. Wenn Sie einen Prozeß gut über die Bühne bringen wollen, dann wird das auch Ihr Zuhause sein.« Ein weiterer Schluck Milch, ein erneutes Wischen mit der Serviette. »Wenn es nicht da drin auf den Tisch kommt, Diz, zählt es nicht. Und das ist die Wahrheit. Die Wahrheit ist außerdem, daß wir jetzt im Moment am Gewinnen sind.«

Es verstrich ein langer Augenblick, in dem sich alle Beteiligten ansahen. Der Regen peitschte erneut gegen die Fensterscheibe. Drüben im Stadtzentrum schlug ein Blitz in den Blitzableiter auf dem Dach eines Hotels, und Sekunden später hallte das Grollen des Donners durchs Zimmer.

Jennifer, die schräg gegenüber von ihm saß, legte ihre manikürte Hand auf die seine. Ein Teil von ihm registrierte, daß die Hand kühl und trocken war, deshalb kam es ihm eigenartig vor, daß sie zu glühen schien, wo sie ihn berührte.

»Jennifer hat Harlan Poole gegenüber nie zugegeben, daß Ned sie verprügelt hat. Tatsache ist, daß sie es stets abgestritten hat. Seine Ansicht, daß sie mißhandelt worden sei, ist absolute Spekulation«, sagte Freeman. »Er kann aussagen, daß er und Jennifer eine Affäre miteinander hatten. Er kann aussagen, daß er Atropin in der Praxis hatte. Punkt. Ich habe gestern einen frühen 1118er gestellt, nachdem wir Strout ans Kreuz genagelt hatten. Und Poole entpuppt sich als schlimmere Katastrophe als Strout.«

Der 1118er ist ein Antrag auf einen richterlich verfügten Freispruch, durch den der Richter aufgefordert wird zu entscheiden, daß keine vernünftige Jury den Angeklagten verurteilen könnte, da juristisch betrachtet kein ausreichendes Beweismaterial vorliegt, das die Schuld beweisen könnte. Falls dem Antrag stattgegeben würde, müßte die Anklage niedergeschlagen werden, könnte das Verfahren nie wieder aufgerollt werden.

»Ich wette, Villars gibt nach der Unterbrechung der Verhandlung dem Antrag statt.« Freemans Augen schienen zu glühen. Er legte Hardy die Hand auf den anderen Ärmel. »Er kann vielleicht gleichzeitig Kaugummi kauen und herumspazieren, aber ich habe nicht den Eindruck, daß Powell zur gleichen Zeit einen Wahlkampf bestreiten und ein Verfahren durchziehen kann. Die Sache da geht in die Hose.«

Der Justizwachtmeister klopfte an die Tür und betrat den Raum. Richterin Villars käme gleich aus ihrem Zimmer. Das Verfahren ging weiter.

Hardy saß da und hörte zu, wie Powell nach einem brauchbaren Ansatzpunkt suchte, um Harlan Pooles Zeugenaussage einbringen zu können.

Der Zahnarzt war fix und fertig. Man konnte sich nur schwer vorstellen, daß dieser korpulente, schwitzende Brillenträger, dem die Haare ausgingen, jemals ein Liebhaber von Jennifer gewesen sein sollte. Außerdem hatte sich gezeigt, daß es ein Ding der Unmöglichkeit war, die Sache »nicht an die große Glocke zu hängen«, wie Terrell es ihm versprochen hatte. Ob es ihm nun gefiel oder nicht – und ganz offensichtlich war es ihm so zuwider wie nur was –, spielte Poole hier eine zentrale Rolle, war er einer der entscheidenden Zeugen der Anklage in einem Mordprozeß. Aus seiner Perspektive ruinierte dieses Engagement sein ganzes Leben.

»Dr. Poole.« Powell war noch dabei, sich wieder von einem Einspruch zu erholen, dem stattgegeben worden war. Freeman war aufgesprungen, wie er es gerne tat, und Villars hatte Powell kritisiert, weil er sich schon wieder auf die Tatsache berufen hatte, daß Ned Jennifer verprügelte, was er aber nicht nachweisen konnte, weil es sich nur um Hörensagen handelte.

In seiner Frustriertheit marschierte Powell im Kreis herum, sah er erst die Richterin an, dann die Jury, wieder den Tisch der Verteidiger, seinen eigenen Tisch, dann wieder retour zu Poole. »Dr. Poole«, sagte er, »Sie haben ausgesagt, daß Sie eine intime Beziehung mit der Angeklagten unterhielten.«

Poole betrachtete sich die Decke und vermied es, seine Frau anzusehen, die unter den Zuschauern saß. Er wischte sich mit dem Taschentuch über die Stirn. »Ja.«

»Hatten Sie dabei Gelegenheit, die Angeklagte nackt zu sehen?«

»Euer Ehren! Einspruch!«

Aber Powell hatte sich dies genauer überlegt. »Euer Ehren, da Sie darauf bestehen, müssen wir diese Zeugenaussage aus dem Bereich des Hörensagens herausnehmen. Das ist zwar nicht die Richtung, die ich mir aus freien Stücken ausgesucht hätte, aber es handelt sich um eine verfahrensrelevante Frage, und es ist kein Hörensagen.«

Villars hatte ihre Maske aufgesetzt. Sie zeigte nicht die geringste Regung, blickte starr geradeaus, hätte ohne weiteres eine Schaufensterpuppe sein können. »Lassen Sie uns hier bei mir gemeinsam beratschlagen.«

Hardy stand zusammen mit Freeman auf. Niemand schien etwas dagegen einzuwenden zu haben oder es auch nur zu bemerken. Sie standen vor Villars, sahen zu ihr hoch.

Villars sprach mit leiser Stimme. »Ich bin mir nicht sicher, daß ich die Relevanz so einschätze wie Sie, Mr. Powell. Was hat die Nacktheit von Mrs. Witt mit der angeblichen Ermordung ihres Gatten zu tun?«

Freeman, der immer noch das Gefühl hatte, daß er Oberwasser

habe, machte unvorsichtigerweise auf der Stelle den Mund auf. »Nichts.«

Ein Fehler. Villars warf ihm einen finsteren Blick zu. »Wenn ich Ihre Antwort oder Ansicht hören will, Mr. Freeman, werde ich Sie ansprechen, ist das klar?« Ohne auf seine Antwort zu warten, wandte sie sich wieder an den Staatsanwalt. »Mr. Powell?«

»Euer Ehren, es tangiert das Motiv. Wir wissen, daß ihr Mann sie verprügelt hat und daß ...«

»Einen Moment mal. Bis jetzt habe ich nur davon gehört, daß es um die Versicherung ging und um eine Affäre ...«

Hardy fiel plötzlich auf, daß die Gerichtsstenographin nicht anwesend war. Er war selbst überrascht, als er plötzlich das Wort ergriff. »Verzeihen sie, Euer Ehren, soll diese Besprechung ins Protokoll aufgenommen werden?« Die Gerichtsstenographen sollten eigentlich alles mitschreiben. Nichts, was in einem Verfahren, in dem es um die Todesstrafe ging, zur Sprache kam, blieb vom Protokoll ausgenommen.

Der Richterin schien zum erstenmal bewußt zu werden, daß Hardy überhaupt zugegen war. Der überraschte Gesichtsausdruck wich ihrem üblichen einschüchternd finsteren Blick, aber Hardy ließ sich nicht beirren. »Vielleicht könnten wir uns zu einer Beratung ins Richterzimmer zurückziehen?«

»Da waren wir doch eben erst.« Äußerst mißmutig sah sie mit einem Stirnrunzeln zu den drei Männern herunter, die auf ihre Entscheidung warteten. »Worauf wollen Sie hinaus, Mr. Hardy?«

»Wir brauchen uns doch nicht im Richterzimmer zu beraten, Euer Ehren.« Powell war die Versöhnlichkeit in Person. »Ich bin sicher, daß wir das gleich hier an Ort und Stelle klären können.«

Villars streckte den Rücken, holte schnell Luft. »Ich bin es allmählich wirklich verdammt noch mal leid, daß ich einer Person eine Frage stelle und von einer anderen die Antwort höre. Ich stelle Mr. Powell eine Frage, und Mr. Freeman antwortet mir. Ich stelle Mr. Hardy eine Frage, und Mr. Powell antwortet mir. Jetzt hören Sie mir mal alle gut zu. Ich frage Mr. Hardy. Wollen Sie, daß diese Besprechung als nichtöffentliche Beratung stattfindet?«

»Jawohl, Madam.«

Sie zeigte mit dem Finger auf ihn. »Jawohl, *Euer Ehren*«, verbesserte sie ihn, »nicht ›jawohl, Madam‹.«

»Jawohl, Euer Ehren. Tut mir leid.«

Villars rückte vor sich auf dem Richtertisch irgendwelche Papiere zurecht. Sie senkte den Kopf, schüttelte ihn. »Das wird mir jetzt echt zu blöd«, flüsterte sie vor sich hin.

Sie stand auf. »Die Gerichtsstenographin wird uns ins Richterzimmer begleiten. Das Gericht macht eine kurze Beratungspause. Dr. Poole, Sie können den Zeugenstand verlassen, bis wir wieder zurück sind. Es sollte nicht allzu lange dauern. Sie können aber auch bleiben, wo Sie sind.«

Sie spazierte am Kopf der Parade aus dem Saal.

Das Richterzimmer war nicht viel beeindruckender als die kleinen Kabuffs der Staatsanwälte. Das Zimmer als solches war größer und verfügte über eine eigene Toilette und über eine Sitzgruppe abseits von dem Schreibtisch mit der Eichenplatte, aber trotz zweier hübscher Perserbrücken und ein paar gerahmter Drucke war zu spüren, daß man sich in einer Behörde befand.

Hardy bekam jetzt den Zorn der Richterin Villars zu spüren. »Na schön, Mr. Hardy, wir befinden uns in nichtöffentlicher Beratung, die zu Protokoll genommen wird. Zu welchem Zweck befinden wir uns in nichtöffentlicher Beratung, wenn ich Sie fragen darf?«

»Mr. Powell war eben dabei, die Relevanz der Tatsache zu erörtern, daß ...«

»Ich weiß, was er gerade erörterte.«

Hardy trat einen Schritt zurück. »Na gut, Euer Ehren, wenn der Staatsanwalt bitte seine Argumentation vollständig darstellen möchte. Dieses Thema könnte in der Phase zur Festlegung des Strafmaßes erneut zur Sprache kommen, sofern es dazu kommt.«

Villars erinnerte ihn an einen wutentbrannten Vogel, der den Kopf zur Seite geneigt hatte und bereit war, ihm die Augen auszupicken. Sie sah jetzt den Staatsanwalt an, der in einem der Ledersessel saß. »Also bitte, Mr. Powell, lassen Sie uns hören, weshalb die Nacktheit von Mrs. Witt verfahrensrelevant ist.«

»Euer Ehren, die Zeugenaussage von Dr. Poole wird den direkten Beweis erbringen, daß Ned Hollis Jennifer regelmäßig geschlagen hat, was ihr natürlich einen weiteren Grund geliefert hätte, ihn umzubringen. Das ist mit Sicherheit verfahrensrelevant.«

Aber auch ein Aspekt, der sich strafmildernd auswirkt, dachte Hardy.

»Wollen Sie damit sagen, daß es sich um einen Fall fortgesetzter tätlicher Mißhandlung in der Ehe handelt?«

»Es mag diese Elemente enthalten. Es ist eine Frage der Tatsachen, und wir sollten die Geschworenen entscheiden lassen.«

Villars schüttelte den Kopf. »Sind Sie sich im klaren darüber, daß Sie damit das BWS ins Spiel bringen?« Die Richterin bezog sich auf das *Battered Woman Syndrome*. »Haben Sie irgendwelche Beweise dafür, daß dieser wie-heißt-er-doch-gleich, der zweite Mann ...?«

»Larry?«

»... daß Larry sie ebenfalls geschlagen hat? Wollen sie darauf hinaus?«

»Verzeihen Sie, Euer Ehren.« Freeman wollte ebenfalls mitmischen. »*Wir* berufen uns nicht auf das BWS. Unsere Mandantin sagt nicht, daß sie einen Grund hatte – wir sagen nicht, daß sie die Männer umgebracht hat, weil sie sie mißhandelt haben und es verdient hatten. Wir sagen, daß sie die Männer nicht getötet hat, Ende.«

Villars richtete sich auf, bis sie auf der Kante ihres Schreibtisches saß.

Hardy warf einen raschen Blick zu seinem Partner hinüber. Freeman lehnte sich an eines der Bücherregale und wirkte völlig entspannt dabei, als er vorbrachte, daß Jennifer niemanden aus irgendeinem Grund umgebracht hatte.

Villars, die Arme an beiden Seiten des Körpers gerade durchgestreckt und die Handflächen flach auf die Schreibtischplatte gestützt, starrte durch eines der Fenster hinaus in den peitschenden Regen. »Also nehme ich einmal an, Mr. Powell, daß wir zu hören bekommen werden, daß Mrs. Witt am ganzen Körper Blutergüsse, blaue und grüne Flecken und so weiter aufwies?«

»Das ist richtig, Euer Ehren.«

»Und die Tatsache, daß Dr. Poole dies mit eigenen Augen gesehen hat, entfernt all das aus dem Bereich indirekter Beweise vom Hörensagen?«

Powell, der merkte, worauf sie hinauswollte, fing zu zappeln an. Der Ledersessel knarrte, als er darin herumrutschte. Dennoch blieb er hartnäckig. »Die Blutergüsse als solche, Euer Ehren, sind zulässig. Dr. Poole hat sie mit eigenen Augen gesehen.«

»Und Sie würden dann die Jury dazu auffordern, eine Verbindung zwischen diesen Malen auf dem Körper von Mrs. Witt und ihrem Ehemann zu ziehen?«

»Euer Ehren, die Wahrheit ist, daß Ned, ihr erster Ehemann, sie mißhandelt hat. Daraus kann der Schluß gezogen werden ...«

Freeman machte einen Schritt weg vom Bücherregal. »Das ist doch einfach nicht wahr, Dean.« Er wandte sich an die Richterin. »Verzeihen Sie, Euer Ehren, aber meine Mandantin hat stets abgestritten, daß sie mißhandelt worden ist, hat stets abgelehnt, daß dies ein Teil ihrer Verteidigung wird. Die Jury kann keinerlei Schlüsse aus Blutergüssen ziehen, deren Ursache wer weiß wo lag.«

»Jetzt aber mal ehrlich, David.« Powell war halb aus seinem Sessel aufgestanden. »Sie wissen genausogut wie ich ...«

»Meine Herren! Ich darf Sie daran erinnern, daß diese Besprechung ins Protokoll aufgenommen wird und alle Wortmeldungen ans Gericht adressiert werden müssen.« Sie wartete die Reaktion gar nicht erst ab, sondern ging von der Schreibtischkante weg, stellte sich vor die beiden Männer. »Mr. Powell, nach allem, was ich bislang zu hören bekommen habe, haben Sie ein Beweisproblem von ganz erheblicher Tragweite. Haben Sie vor, jemanden in den Zeugenstand zu rufen, der uns eine Aussage zum Todestag von Mr. Hollis macht, darüber, wo sich Mrs. Witt an diesem Tag aufgehalten hat, ob es jemanden gibt, der gesehen hat, wie sie das mutmaßliche Atropin aus Dr. Pooles mutmaßlicher Schublade geholt hat oder aber die mutmaßliche Spritze, oder ob sie dabei beobachtet wurde, wie sie das Zeug hinterher weggeworfen hat?«

Powell stand da, hatte die Hände in die Hosentaschen gesteckt, versuchte möglichst entspannt und lässig auszusehen. Hardy war von dieser Pose nicht überzeugt und bezweifelte, ob sonst jemand es war. »Euer Ehren, mit der Versicherung, dem ganzen Muster hier ...«

Villars hob die Hand. »Ich habe Ihnen eine einfache, mit Ja oder Nein zu beantwortende Frage gestellt. Haben Sie vor, jemanden in den Zeugenstand zu rufen, der einen der Punkte ansprechen wird, die ich soeben aufgezählt habe?«

»Euer Ehren, ich ...«

»Ja oder nein, verdammt noch mal!« Sie sah zur Gerichtsstenographin hinüber. »Adrienne, streichen Sie diesen Fluch.« Dann, wieder an Powell gewandt: »Ja oder Nein, Mr. Powell.«

Man hörte entferntes Donnergrollen im Zimmer.

»Nicht zu diesen spezifischen Themen. Nein, Euer Ehren.«

»Gibt es *irgendwelche* spezifischen Themen, die Ihnen einfallen und die mehr oder weniger in die Kategorie Beweise fallen anstelle von Hörensagen, die Sie uns schon mal vorab benennen wollen? Lassen Sie sich Zeit.«

Powell setzte sich wieder in den Sessel, beugte sich vor, stützte die Ellbogen auf den Oberschenkeln ab.

»Lieutenant Batiste, der damals die Ermittlungen anläßlich des Todes von Ned Hollis durchführte, ist als Zeuge benannt.«

»Ist das derselbe Lieutenant Batiste, der vor neun Jahren keinen Grund sah, Mrs. Witt wegen Mordes zu verhaften, weil es wahrscheinlich nicht genügend Beweise gab, um Anklage zu erheben?«

Powell fuhr sich mit den Händen durchs Haar. »Wir haben noch mehrere andere Zeugen, Euer Ehren.«

»Davon bin ich überzeugt, aber wird irgendeiner der Zeugen etwas aussagen, das auch nur entfernt zulässig sein könnte? Sie kennen das Gesetz so gut wie ich, sagen Sie mir es.«

Powell, der eben seinen schlimmsten Alptraum durchlebte, stand zum drittenmal auf. »Euer Ehren, nach reichlicher Überlegung und mit einigem Kostenaufwand hat sich die Staatsanwaltschaft dazu durchgerungen, die Leiche von Ned Hollis exhumieren und auf Gifte hin untersuchen zu lassen. Wir haben Atropin, das keine in der Drogenszene gängige Droge ist, in tödlicher Dosis gefunden.«

»Euer Ehren«, fuhr Freeman dazwischen, »der Zeuge der Anklage sagt aus, daß Hollis mit Drogen experimentiert hat. Er wollte einfach sehen, ob Atropin ihn high macht, weiter nichts.«

Villars ignorierte, daß Freeman Powell unterbrochen hatte, sah den Staatsanwalt unverwandt an. »Wie Sie wissen, Mr. Powell, ist der Punkt nicht, ob Sie daran glauben – was Sie meiner Meinung nach tun –, sondern ob Sie beweisen können – über jeden berechtigten Zweifel hinaus –, daß Ned Hollis ermordet worden ist. Nun, was ich bislang sehe, ist eine Versicherungspolice, die für ihren ursprünglichen Zweck Verwendung fand, nämlich zur Tilgung der Hypothek. Ich sehe ferner jemanden aus der Drogenszene, der mit einer gefährlichen Droge experimentiert. Und hier stehen Sie und schwafeln von Ihrem Motiv – falls Mrs. Witt ihren Mann nicht wegen Geldes umgebracht hat, dann hat sie ihn eben umgebracht, weil er sie mißhandelt hat. Haben Sie irgendwelche Atteste von Ärzten, die diese Mißhandlungen belegen? Hat sie so etwas jemals bei der Polizei gemeldet?«

An diesem Punkt wußte Powell nichts mehr zu sagen.

Villars nickte und verschränkte die Arme, ging hinter ihren

Schreibtisch und blieb dort einen Augenblick lang stehen. Alle warteten ab. Der Regen trommelte ans Fenster, und das Klicken der Tasten der Gerichtsstenographin verstummte. Villars beugte sich über ihren Sessel und hob vier oder fünf mit einer Klammer zusammengeheftete Seiten eines juristischen Schriftsatzes hoch, ließ sie wieder fallen.

Sie schüttelte den Kopf und betrachtete die ganze Versammlung. »Ich brauche einen Moment, um mir die ganze Situation noch einmal zu überlegen. Bitte kommen Sie alle in einer Viertelstunde erneut in mein Zimmer.«

Als sie wieder im Zimmer der Richterin versammelt waren, teilte Villars Freeman und Hardy mit, daß sie bereit sei, das ganze Verfahren bezüglich Ned Hollis einzustellen, sofern sie dies wünschten. Natürlich konnte – und würde – Jennifer in diesem Fall nur wegen der Morde an Larry und Matt Witt erneut der Prozeß gemacht werden.

Ganz offensichtlich war die Jury jetzt voreingenommen – die Geschworenen hatten gehört, daß zumindest der Staatsanwalt der Ansicht war, daß Jennifer ihren ersten Ehemann umgebracht hätte. Und ebenso offensichtlich mußten die Geschworenen einen schlechten Eindruck von Powell bekommen haben, der eine Anklage vorbrachte, an die »kein vernünftiger Geschworener« glauben konnte.

Freeman und Hardy überlegten hin und her, wer größeren Schaden genommen habe – die Anklage oder die Verteidigung. Letzten Endes war es allerdings Jennifer, die die Entscheidung traf – sie hatte keine Lust, weiter in U-Haft zu sitzen, während das Gericht einen neuen Prozeßtermin festsetzte und alles noch einmal von vorne anfing.

Sie brachten ihre Argumente vor Villars zu Protokoll.

»Euer Ehren«, sagte Freeman, »meines Erachtens liegen die Ursachen für die Niederschlagung des Verfahrens in Verfehlungen seitens der Strafverfolgung, wodurch die Rechte meiner Mandantin auf eine zügige Prozeßabwicklung verletzt worden sind. Meines Erachtens muß der gesamte Prozeß abgewiesen und jegliche zukünftige Strafverfolgung ausgeschlossen werden, weil man Mrs. Witt bereits einmal in gleicher Sache vor Gericht gestellt hat.«

Das gefiel Villars ganz und gar nicht. »Kein schlechter Versuch, Mr. Freeman. Beantragen Sie nun eine Verfahrenseinstellung *oder nicht*? Wenn Sie dies beantragen, läßt sich erneut ein Verfahren gegen die Angeklagte anstrengen. Falls Sie dies nicht beantragen, werde ich das Verfahren für mein Teil nicht niederschlagen.«

Freeman, der nicht wirklich erwartet hatte, beides haben zu können, war dennoch zufrieden. Aber er verzog keine Miene. »In diesem Falle, Euer Ehren, ziehen wir es vor fortzufahren, auch wenn der Prozeß meiner Ansicht nach fatal in Mitleidenschaft gezogen worden ist. Ich habe Mrs. Witt die Sachlage geschildert, und sie zieht es vor weiterzumachen. Ist das richtig, Jennifer?«

Jennifer sah auf. »Ja.«

Sie alle marschierten zurück in den Gerichtssaal, wo Villars der Jury bekannt gab, daß sie den Entschluß gefaßt habe, dem Antrag 1118 der Verteidigung bezüglich der Mordsache Ned Hollis stattzugeben – juristisch gesehen gab es nicht genügend Beweise, um Jennifer Witt wegen Mordes an ihrem ersten Ehemann zu verurteilen. Am Montag würde die nächste Phase des Verfahrens aufgenommen, aber, so fügte Villars hinzu, bis dahin schlage sie vor, die Geschworenen sollten früh nach Hause gehen und sich ein ruhiges Wochenende machen.

Hardy schälte sich aus seinem nassen Regenmantel, schmiß ihn ans andere Ende des Sitzes, auf die Ecke der langen gepolsterten Bank bei Lou dem Griechen. Freeman quetschte sich gegenüber von Hardy in die Nische.

Es war noch vor vier Uhr, ein bereits recht dunkler Nachmittag. Am Tresen spielte Lou eine ruhige Runde Mogeln mit einem Stammgast; seine Frau sah sich eine Seifenoper im Fernseher oben in der Ecke an. Freeman und Hardy waren die einzigen anderen Gäste im Restaurant.

Der Kaffee kam, und Hardy legte die Finger um die Tasse, um sie aufzuwärmen. Freeman ließ sich Zeit, schaufelte zwei Löffel Zucker in die Tasse, goß etwas Sahne dazu. Er rührte um, nahm einen kleinen Schluck, schüttete mehr Sahne dazu, rührte wieder um.

»Diz, ich muß Ihnen etwas sagen, und es wird Ihnen nicht schmecken.«

Hardy mußte sich zusammennehmen, damit ihm nicht die Hände zitterten. »Wie lange wissen Sie das schon?«

Freeman betrachtete eingehend seine Fingernägel. »Länger, als Sie es gerne hören wollen, Diz.«

Hardy nickte. Was konnte er schon tun? Freeman hatte ihm soeben mitgeteilt, daß Jennifer tatsächlich ihren ersten Ehemann, Ned, umgebracht hatte. Sie hatte ihm das Atropin gespritzt. Genau wie die Anklagevertretung behauptet hatte. Und Freeman hatte es die ganze Zeit über gewußt.

»Wissen Sie, Sie sind ein echter Hurensohn«, sagte er.

Der ältere Mann nickte. »Ich kann verstehen, warum Sie das denken, aber ich hatte ehrlich nicht gedacht ...«

»Ach, *scheiß* drauf, David. Sie hatten ehrlich nicht gedacht? Ich bitte Sie!«

»Diz ...«

»Nein. Nein, nichts da mit Diz. Sie hat es Ihnen gesagt?«

Freeman nickte.

»Und Sie konnten einfach weitermachen? Mit dieser unglaublichen Farce?«

»Selbstverständlich.«

Das Blut pochte in den Schläfen. »Sogar noch selbstverständlich. Das find' ich super. Nicht einfach ›aber ja doch, Diz‹, sondern ›selbstverständlich‹.«

»Sie ist eine Mandantin. Natürlich ist sie schuldig. Wir sind dazu da, sie freizupauken. Und wie ich hinzufügen darf, ist uns das soeben gelungen.«

»Das ist uns soeben gelungen. Du meine Güte. Das verdient einen Orden, was?«

»Es stört Sie, nicht wahr?«

Hardy hob die müden Augen. »Stört mich? Ich schätze mal, das ist angebracht, David. Mehr als angebracht, sogar gerecht, sofern die Vokabel für Sie irgendeine Bedeutung hat.« Er nahm einen großen Schluck von seinem Bier. »Aber rein interessehalber, weil ich mich aus der Sache ausklinke, hat sie auch Larry umgebracht? Und sogar Matt? Was haben Sie sonst noch die ganze Zeit über gewußt?«

»Nein.«

»Was nein?«

»Nein, ich glaube nicht, daß sie Larry umgebracht hat. Oder Matt.«

»Das glauben Sie nicht?«

»Diz, ich habe nein gesagt.«

»Nein, David, Sie haben gesagt, Sie *glauben* es nicht, was, wie ich Ihnen wohl kaum verdeutlichen muß, einigen Spielraum für unterschiedliche Auslegungen läßt. Als ob Sie das nicht wüßten.«

Freeman zupfte am ausgefransten Saum seines Hemdes herum. »Sie können sich nicht ausklinken. Was soll das überhaupt heißen? Aufhören? Jetzt.«

Hardy sah ihn lange an. »Ich weiß, daß Sie sich nicht besonders für die Populärkultur interessieren, David, aber jawohl, ausklinken heißt aufhören. Mir reicht's. Ich gebe den Fall ab, klar? Lege ihn nieder. Glauben Sie, ich könnte hier weiter herumhängen und Teil der ganzen Sache sein? Ich pauke eine Frau frei, wenn sie ihren Ehemann umgebracht hat? Sie *gibt* es zu. Soll mir da etwa prima zumute sein? Warum erzählen Sie es mir jetzt? Denken Sie, die Ironie gefällt mir, ist das der Grund?«

»Nein, das glaube ich nicht.«

Hardy wartete ab, atmete schwer.

Freeman zupfte noch ein bißchen an seinem Hemdsaum. »Es war so kompliziert, Diz. Und …« Ihm schienen untypischerweise die Worte zu fehlen, »und ich schätze Sie. Ich wollte Sie nicht verlieren, und ich weiß, daß ich Sie verloren hätte.«

Schmeichelei. Blödsinn. Hardys Nase wurde immer feiner.

Er trank den Rest seines Biers aus. »Tja, David, zur Hölle mit Ihnen. Und zur Hölle mit ihr.«

Er stand auf, knallte die Flasche auf den Tisch und ging zur Tür.

Freeman ließ sein Getränk stehen und hetzte ihm hinterher, hinaus in den Regen.

»Ich möchte, daß Sie ihr einfach zuhören, ich möchte, daß Sie es sich selbst anhören.« Freeman war Hardy hinaus zum Auto gefolgt, hatte auf dem Beifahrersitz Platz genommen, und jetzt saßen sie auf dem Parkplatz gegenüber des Justizgebäudes, während der Regen aufs Dach prasselte und die Fenster beschlugen.

Hardy schüttelte ungläubig den Kopf. »Was kann sie schon sagen? Was kann sie denn schon sagen?«

32

Mir blieb gar keine Wahl. Er hätte mich totgeschlagen, hätte mich gejagt und gestellt und totgeschlagen. Wie lange muß man das aushalten, bis man etwas dagegen unternehmen darf?

Das sagen sie doch alle, stimmt's. Das denken Sie doch auch? Na ja, wenn alle das sagen, ist vielleicht was dran.

Im ersten Jahr oder so hatten wir beide Arbeit, wir haben uns ein Haus gekauft, wir wollten es halten wie unsere Eltern. Er hat auch noch nicht viel Koks genommen. Wenn er mir bei einem Streit eine gescheuert hat, war er hinterher immer ganz zuckersüß, und wir haben uns wieder versöhnt.

Nachdem es zum ersten Mal richtig schlimm gewesen war, bin ich nach Hause zu meiner Mom gefahren. Wissen Sie, was sie zu mir gesagt hat? Sie hat zu mir gesagt, sie hofft, daß er damit aufhört, aber sie wird es Dad lieber nicht erzählen, weil er sich nur aufregt, und was kann er denn schon tun? Außer daß er vielleicht zu Ned fährt und selber Ärger bekommt. Entweder er oder Ned, und Ärger gäbe es so oder so, also war ich langfristig besser damit bedient, wenn ich die Sache einfach mit Ned kläre und meinen Dad rauslasse.

Das ist es, was Ehefrauen machen, sagte Mom. Sie klären die Sache und versuchen sich nicht zu beklagen, und wenn ich vielleicht ein bißchen netter bin, wird Ned vielleicht nicht so wütend werden. Wenn ich mich nicht so zickig aufführen würde, wissen Sie.

Also habe ich das versucht, aber das Problem war, daß ich keine Chance gegen Ned hatte, wenn er trank und kokste und all das andere Zeug. Er war einfach gemein und ekelhaft und sogar noch schlimmer, als er den Job bei Bill Graham verlor – er war ein paar Jahre lang so was wie der Chefroadie – und dann haben sie ihn rausgeschmissen – raten Sie mal, warum? –, und er mußte wieder in den kleinen Clubs arbeiten und wurde einfach immer ekelhafter. Und natürlich war in der Musikszene jede Menge Koks geboten.

Jedenfalls hatte ich diese Freundin in Los Angeles, Tara, und ich bin praktisch weggelaufen und wollte bei ihr wohnen. Ich habe den Fehler begangen, Ned anzurufen und ihm zu sagen, daß ich weg bin und nicht zurückkomme, aber er soll sich keine Sorgen um mich machen. Ist das nicht klasse? Ich wollte nicht, daß er sich Sorgen um mich macht. Ich wollte einfach, daß die Sache vorbei ist.

Aber er wollte nicht, daß es vorbei ist. Es war ein Fehler, ihn anzurufen. Ich hätte mir nie träumen lassen, daß er mir nachkommt. Völlig idiotisch im nachhinein. Er kam nach Los Angeles und war so merkwürdig ruhig. Er war nicht betrunken und auch nicht stoned. Ich glaube, das hat mir am meisten angst gemacht.

Wir haben ihn reingelassen. Ich hätte nie gedacht, daß er … na ja, er marschierte einfach auf Tara los und sagte kein Wort und schlug sie in den Magen, so fest er nur konnte. Ned war ein großer Mann, wissen Sie, gut eins achtzig, zwei Zentner. Dann stand er über ihr und sagte, er bringt sie um, wenn sie mich je wieder versteckt oder mir hilft oder die Polizei ruft.

Und mich auch. Er bringt mich ebenfalls um, wenn ich die Polizei rufe. Ich glaubte ihm das auch. Ich hatte keinerlei Zweifel. Er packte mich bei den Haaren und am Arm und zerrte mich ins Auto und fuhr die ganze Nacht über zurück und ließ mich nicht aufs Klo gehen. Als wir dann zu Hause angekommen waren, schlug er mich, weil das Auto schmutzig war, und ich mußte es saubermachen.

Es klingt komisch, aber die ganze Zeit versuchten wir, ein normales Leben zu führen. Ich meine, ich habe bei Harlan gearbeitet, ich war Empfangsdame und dachte mir, daß ich es eines Tages bis zur Zahnarzthelferin bringe – ach, das wußten Sie nicht? Ja, so fing es an. Ich habe es nicht geplant, untreu zu werden. Das war nicht mein Ding, dachte ich. Aber mit Ned ging alles vor die Hunde, und Harlan war sehr nett zu mir. Sanft. Also war es leicht, die Beziehung geheimzuhalten. Es war ja nicht so, daß ich mich nachts wegschleichen mußte. Ich meine, wir haben einfach in der Mittagspause die Türen abgeschlossen.

Und dann, nachdem wir miteinander geschlafen hatten, sah er die … sah er, was Ned angerichtet hatte, und sagte, ich solle es anzeigen, die Polizei anrufen, irgendwas unternehmen. Ich habe immer zu ihm gesagt, daß Ned nichts damit zu tun hatte. Es waren Unfälle, weiter nichts.

Na ja, Sie haben ja Harlan gesehen. Er ist der Ansicht, man tut alles, was von einem erwartet wird, und dann klappt es schon irgendwie. Also denke ich zuletzt, daß ich mich in ihn verliebt habe – in Harlan. Ich weiß, er ist jetzt fett, aber damals war er einfach groß. Ich hatte schon immer diese Schwäche für große Männer.

Also beschließe ich, daß ich abwarte, bis Ned nicht betrunken oder stoned ist und dann versuche, mit ihm zu reden, ihm sage, daß ich unglücklich bin und es nicht ertrage, daß er mich weiter schlägt, und weggehen werde. Von Harlan sag ich natürlich kein Wort. Gott sei Dank. Ich sage zu ihm, es gibt keinen anderen Mann, niemanden sonst. Darum geht es nicht. Es liegt einfach an ihm und mir, daß es nicht klappt mit uns beiden.

Ich habe mir dabei gedacht, daß seine Reaktion anders ausfallen wird, wenn ich nicht wegrenne, wenn ich vernünftig bin.

Was auch stimmte. Er sitzt ungefähr eine Stunde lang in seinem Sessel und dann – wieder echte Ruhe, was eine Warnung hätte sein sollen – sagt er, daß er ein bißchen ausgeht und über alles nachdenkt.

Um Mitternacht ist er noch nicht zu Hause, und zuletzt bin ich eingeschlafen.

Ich wache schreiend auf, aber es steckt eine Socke oder irgendwas in meinem Mund, und ich bekomme keine Luft mehr, bringe kein Geräusch heraus, und da ist dieser schreckliche, schreckliche Schmerz da unten … da unten in mir drin … und Ned ist auf mir drauf, drückt mich nach unten.

Am nächsten Tag kann ich mich nicht vom Fleck rühren. Mein Inneres fühlt sich völlig zerschlagen an, zerfetzt, ich kriege immer noch keine Luft, es klebt Blut an den Laken, und meine Hände sind am Bett festgebunden. Ich sehe, daß mein Kleiderschrank offensteht und die Hälfte der Kleider herausgezerrt und in Stücke geschnitten ist, ringsum am Boden verstreut liegt. Auf dem Fußboden sehe ich das Messer – ein Buttermesser –, er hat das stumpfe Ende benutzt, um damit in mir herumzustochern.

Ich wache wieder auf, und da ist er und bindet mich los, ist wieder nüchtern. Hilft mir ins Bad. Jetzt habe ich dauernd eine Heidenangst. Er ist ganz ruhig und sagt, daß er Dinge spurlos verschwinden lassen kann. Ich werde schon noch merken, daß das die Wahrheit ist, sagt er.

Also nehme ich mir einen Tag frei – ich hätte sowieso nicht zur Arbeit gehen können –, und dann kommt das Wochenende und einer dieser Abende, an denen Ned sich ein bißchen Koks besorgt hat, und er will, daß ich mich mit ihm volldröhne. Wir werden uns amüsieren, sagt er. Es wird sein wie früher. Was heißt wie früher? Ich habe noch nie Drogen genommen.

Na ja, ich packe es nicht. Ich habe solch eine Heidenangst, mir tut immer noch alles entsetzlich weh. Ned kriegt wieder eine Stinkwut auf mich – ich muß dem ein Ende machen. Mir reicht's jetzt im Moment vollauf, also versuche ich nett zu sein und zu tun, was er will, und er will mit mir vögeln.

Können Sie sich das vorstellen? Ich flehe ihn an, sage, daß ich ganz schreckliche Schmerzen habe, aber er sagt, na und, ich bin seine Frau, mach die Beine breit. Und ich tu's. Und ich bin mir in dem Moment nicht sicher, ob ich nicht sterben muß.

Aber ich tu's nicht. Das ist das Schlimmste, daß man nicht stirbt. Wissen Sie, wie oft ich mir gewünscht habe, daß ich einfach damals gestorben wäre? Wie oft sonst noch? Ich meine, wirklich sterben, nicht mehr aufwa-

chen und einfach weg von alldem sein. Und glauben Sie mir, wenn man das einmal fühlt – daß man wirklich sterben will –, dann dauert es nicht allzu lange, bis man sich wünscht, jemand anders wäre tot. Warum muß ausgerechnet ich es sein?

Ich wache ziemlich früh auf, und Ned liegt neben mir, bewegt sich nicht. Ich beobachte ihn lange Zeit und denke, hoffe, daß er tot ist. Ich zwicke ihn ins Bein, und er zeigt keine Reaktion. Dann schnarcht er oder niest oder sonst irgendwas. Aber die Idee bleibt haften, der Keim der Idee.

Ein paar Tage vergehen und allmählich verheilt wieder alles, sieht die Sache anders aus, wie es eben so geht. Kein Mensch will wirklich glauben, daß es keine Hoffnung gibt, stimmt's? Obwohl es im Grunde keine gibt.

Ich arbeite wieder, vertröste Harlan mit irgendeiner Entschuldigung, und plötzlich wird mir bewußt, daß ich Boots – Boots ist meine Katze – schon ein paar Tage nicht mehr zu Gesicht bekommen habe. Ich sitze in dem Moment bei Harlan am Empfang, und mit einemmal weiß ich Bescheid. Und dann weiß ich, weiß ich einfach den einzigen Ausweg, was ich tun muß.

Mach dir nichts vor, es gibt keine Fluchtmöglichkeit. Ned kann Dinge spurlos verschwinden lassen. Er hatte es bewiesen. Ich war als nächste dran.

Ich arrangiere alles so, daß er denkt, wir wollen uns volldröhnen. Es tut mir leid, daß ich ihm solche Scherereien gemacht habe, ich werde wieder so lustig sein wie früher …

Diesmal ist es einfach. Ich verpasse ihm die Spritze, stelle mich lange unter die heiße Dusche, fahre hinaus zum Strand und vergrabe das Zeug, fahre dann zu meinen Eltern zum Frühstück – nur ein kurzer Besuch, was ich damals immer wieder mal getan habe. Kaum daß ich nach Hause komme, rufe ich die Polizei an und sage, daß mein Mann einen Unfall gehabt hat.

Der winzige stickige Besucherraum stank nach Schweiß und feuchter Wolle.

Freeman saß mit übereinandergeschlagenen Beinen auf dem Stuhl, den er in der Ecke gegenüber der Tür bis an die Wand zurückgeschoben hatte.

Hardys Mund war trocken, sein Rücken steif. Er hatte die letzte Viertelstunde nicht einen Muskel gerührt. Er merkte, daß er ihr jedes Wort glaubte, das sie gesagt hatte, mußte sich abmühen, alles im richtigen Licht zu sehen. »Da hätten Sie vermutlich auf Totschlag plädieren können«, sagte er, »und in dem Fall entfällt die Todesstrafe.«

Freeman sagte: »Das Verfahren ist niedergeschlagen worden. Dadurch entfällt ebenfalls die Todesstrafe.«

»Es ist mir egal, was das Gesetz sagt.« Jennifer schob sich das Haar aus dem Gesicht. »Ich kannte ihn. Es gab keinen anderen Weg.«

»Sie hätten den Versuch unternehmen sollen, die Polizei einzuschalten. Die hätten etwas unternehmen können.« Hardy, der jetzt gegen sich selbst argumentierte, wußte, wie lahm das klang.

Jennifer erlaubte sich ein knappes Lächeln. »Aber nein. Kapieren Sie das nicht? Das Ganze ging schon zwei Jahre so, und sie hätten rein gar nichts unternehmen können, selbst wenn sie es gewollt hätten, selbst wenn sie mir geglaubt hätten.«

»Warum hätten sie Ihnen nicht geglaubt?«

»Weil es so nicht läuft. Sie sollten das doch wissen. Glauben Sie, das Gesetz ist dazu da, *potentiellen* Opfern zu helfen? Falsch. Was das Gesetz tut, es bestraft Leute, die bereits das Gesetz gebrochen haben. Bis jemand bereits verletzt oder tot ist, haben sie keinerlei Grund, sich ...«

»Aber Sie waren ja verletzt. Und Ned hatte gegen das Gesetz verstoßen, er wäre bestraft worden ...«

»Mein Gott, in Ihren Träumen vielleicht.« Jennifer sah Freeman an. »Ist der Kerl echt? Lebt er überhaupt in der Welt der Tatsachen?«

»Ich lebe in der Welt der Tatsachen, Jennifer, und Sie können nicht ...«

»Ach? Also hören Sie mal, das hier ist die Welt der Tatsachen. Wenn ich Glück hab', kriegt Ned keine Kaution – schon da hakt's aus –, und er kriegt ein Jahr, wenn überhaupt, weil er nicht vorbestraft ist. In der Zwischenzeit hab' ich ein Jahr zur Verfügung, um umzuziehen, meinen Namen und mein Leben zu ändern. Dann – raten Sie mal – kommt Ned aus dem Knast und zieht los und schnappt mich, egal wo ich bin, und ich verschwinde genau wie Boots. Wie meine Katze. Muß ich das näher erläutern? Muß ich Ihnen ein Bild malen? Ich bin diejenige, deren Leben verhunzt ist, falls ich überhaupt am Leben bleibe.«

Hardy lehnte sich im Stuhl zurück und streckte sich, versuchte, den steifen Nacken loszuwerden. Im Zimmer der Wärterinnen war,

wie durchs Fenster zu sehen war, soeben eine Frau für die Nacht-
schicht hereingekommen, die ihren Regenmantel ausschüttelte und
auf einen der Haken neben der Tür hängte, irgend etwas zu einer
Kollegin sagte, die sich außerhalb von Hardys Gesichtsfeld befand.

»Ich weiß nicht, aus meiner Perspektive würde ich sagen, daß
das Leben von Matt ziemlich verhunzt ist. Selbst wenn Larry Sie
geschlagen hat ...«

»Ich habe Ihnen doch gesagt, daß Larry mich nicht geschlagen
hat«, sagte sie und starrte ihn finster an.

Hardy knallte die Handflächen auf den Tisch. »Ach, lassen Sie
endlich die Scheiße, Jennifer!« Er war jetzt aufgesprungen. der Stuhl
fiel um, knallte hinter ihm auf den Boden. »Ich weiß genau, daß
Larry Sie geschlagen hat. Ich weiß, zu welchen Ärzten Sie gegangen
sind, und ich weiß, welche Lügen Sie ihnen aufgetischt haben.«

Er hob seine Aktenmappe auf und packte den Stuhl, um ihn wieder hinzustellen. Freeman hatte noch immer kein einziges Wort gesagt.

»Ich habe meinen Sohn nicht umgebracht ...«

»Na prima.«

»Ich habe auch Larry nicht umgebracht.«

»Oder falls doch, dann hatten Sie bestimmt einen guten Grund
dafür.«

»Ich hab' sie *nicht*, verdammt noch mal, *ich habe sie nicht umgebracht. Ich hab' keine Ahnung, wer das getan hat.*«

Plötzlich sprang sie ihm ins Gesicht, griff ihn an, schlug wild um
sich. Er versuchte, nach hinten auszuweichen, aber da war kein
Platz. Er stieß mit den Kniekehlen gegen den Stuhl, der hinter ihm
stand, verlor das Gleichgewicht und fiel hinten über.

Irgendwie hatte sich Freeman zwischen ihn und Jennifer gedrängt und bugsierte Jennifer jetzt zurück in ihren Stuhl, zeigte den
Wärterinnen durchs Fenster den nach oben gestreckten Daumen,
um zu signalisieren, daß alles in Ordnung war. Hardy rappelte sich
auf, und Freeman, der sich im klaren darüber war, daß er den Ausweg blockierte, warf ein, daß seiner Erfahrung nach jeder Prozeß,
der sein Geld wert war, zumindest einmal einen anständigen Gefühlsausbruch provozierte. »Ich schätze, wir kriegen das alle hin«,
sagte er. »Es ist zu unserem Besten.«

Es waren fünf angespannte Minuten gewesen, aber sie hatten sich
jetzt alle wieder hingesetzt, saßen zusammengedrängt um den

Tisch. Hardy hatte zugestimmt, zu reden und zuzuhören. Jetzt starrte er seinen Partner an. »Ihnen ist es letztlich egal, was passiert ist, David. Diese Tatsache haben Sie hundertmal unterstrichen.«

»Nein, das stimmt nicht ganz. Was ich gesagt habe, war, daß es *juristisch gesehen* egal ist, was die Tatsachen sind, solange sie nicht bewiesen werden können. Persönlich aber ist es mir nicht egal. Ist es mir alles andere als egal. Deshalb bin ich ja Anwalt. Und damit verrate ich Ihnen mehr, als Sie zu wissen verdient haben. Ich habe einen Ruf zu verlieren.«

Hardy wandte sich an Jennifer. »Hier habe ich eine Quizfrage, bei der es schnell gehen muß: Hat Larry Sie geschlagen oder nicht?«

»Ja.« Endlich.

»Viel?«

Sie nickte. »Aber wenn ich das zugebe, besonders nach dem, was mit Ned geschehen ist, würde mir doch keine Jury glauben, daß ich Larry nicht ebenfalls getötet habe.«

Das war der springende Punkt. Jennifer hatte Ned umgebracht, weil er sie mißhandelte. Auch Larry hatte sie mißhandelt, und sie behauptete, ja insistierte, daß sie ihn nicht getötet hatte.

»Ich mußte lügen«, sagte sie. »Sobald herauskam, daß beide mich geschlagen haben ...«

»Aus welchem Grund soll ich annehmen, daß Sie jetzt nicht lügen?«

»Ich lüge jetzt nicht. Ich sage es Ihnen doch.«

»Diz.« Freeman legte ihm die Hand auf den Ärmel. »Bitte. Betrachten Sie es strategisch. Man hat sie wegen Ned freigesprochen. Wir sind schon halb am Ziel. Sie hat gewiß nicht ihren Jungen umgebracht. Unfall oder nicht. Sie war daran nicht beteiligt. Ich denke, sowohl Sie als auch ich glauben das.«

»Ich weiß nicht, was ich noch glaube, David.«

Jennifer legte ihm die Hand auf den anderen Arm. »Was ich mit Ned angestellt habe, ist fast zehn Jahre her.« Sie sprach leise, flüsterte beinahe, versuchte nicht, ihn anzusehen, um ihn mit ihren Augen zu überreden, was er als gutes Zeichen ansah. »Falls ich eine andere Wahl hatte, wie Sie es sagen, nun, dann sollten Sie mir wenigstens glauben, daß ich nicht *dachte*, daß ich eine Chance hätte. Ich hatte eine Heidenangst um mein Leben und wußte nicht, was ich tun soll – ich dachte, es gäbe keinen anderen Ausweg. Bei Larry war es noch nicht bis zu dem Punkt gekommen. Vielleicht wäre es noch passiert, ich weiß es nicht. Ich wollte mir immer einreden, daß es nicht soweit kommt. Deshalb habe ich ja angefangen, zu Ken Lightner zu gehen, habe ich den Versuch unternommen, daß es mit der Familie klappt. Ich bin ziemlich durch den Wind, ich geb's zu, ich halse mir immerzu Ärger auf. Selbst Ken sagt zu mir, daß ich viel zu sehr Opfer bin. Ich habe versucht, mich zu ändern … Und dann kommt irgendwer … und bringt Larry um und meinen Sohn, und aus heiterem Himmel werde ich deswegen verhaftet. Und plötzlich soll ich mein ganzes Leben zwei Männern anvertrauen, die ich vor einem halben Jahr noch nicht einmal gekannt habe? Nie und nimmer. Männer haben mich nicht allzugut behandelt, wie Ihnen vielleicht aufgefallen ist, also habe ich mir meinen eigenen Plan zurechtgebastelt und habe mich dran gehalten.«

Hardy verschränkte die Arme. »Eins ist mir allerdings aufgefallen. Sie haben es immerhin geschafft, David hier die Wahrheit zu erzählen.«

Freeman fiel ihm ins Wort. »Ich habe ihr die Pistole auf die Brust gesetzt, Diz. So gehe ich nun mal ans Werk. Dann kam's raus.«

»Und Sie haben es mir nicht erzählt.«

»Das war meine Entscheidung, nicht ihre. Na gut, es war ein Fehler gewesen, eine Fehleinschätzung. Ich hätte Sie dran teilhaben lassen sollen, aber ich habe mir gedacht, Sie brauchen es nicht zu wissen, bis es zum Verfahren zur Festlegung des Strafmaßes kommt, falls überhaupt.«

»Ich brauche es nicht zu wissen, was?« Draußen war es dunkel geworden, wie man durch das Fenster zur Wachstation sah. Freitagabend. Das Wochenende lag vor ihnen, Zeit genug, zu entscheiden, was er tun wollte. Hardy atmete tief aus. Er wandte sich an Jennifer. »Wenn Sie irgendwelche anderen Geheimnisse haben, Jennifer, dann wäre jetzt der richtige Moment, darüber zu reden.«

Aber der Schleier war wieder heruntergelassen worden, ihre Leidenschaft aufgebraucht. »Finden Sie einfach raus, wer meinen Kleinen erschossen hat, bitte. Können Sie das tun?«

33

Er hatte keine Ahnung, was er da eigentlich tat, fuhr im Morgen-
regen die California Street hinunter zu Miss Carter's Mudhouse,
änderte dann wieder seine Meinung und bog ab in den Golden
Gate Park, wich den dicken Ästen aus, die überall auf dem Ken-
nedy Drive herumlagen, die durch die Gewalt des Sturmes abgebrochen waren. Eigentlich hatte er keinen Schimmer, wo er hin-
wollte. Vielleicht hatte sich sein Gehirn wegen Schlafmangels
ausgeschaltet.

Die entscheidende Frage war, ob er ihr glaubte. Diesmal. Selbst
wenn er wußte, daß sie ihn von Anfang an angelogen hatte in
beinahe jedem verdammten Punkt. Konnte er ihr trotzdem glauben?

Er meinte schon. Das hatte ihm den Schlaf geraubt, er hatte sich
neben Frannie herumgewälzt, bis das Grau der Wolken im Schlafzimmerfenster sichtbar geworden war.

Er hatte zu Freeman gesagt, daß Jennifers Geschichte nicht aufging, aber die Wahrheit war, daß sie ihm glaubhaft vorkam. Er
hatte sich alles wieder und wieder überlegt, und jedesmal kam sie
ihm logisch stimmiger vor.

Jennifer mußte Ned umbringen. Von ihrem Standpunkt aus war
es reine Selbstverteidigung. Sie war felsenfest davon überzeugt,
daß er sie totschlagen würde, und warum sollte sie das auch nicht
glauben?

Sie hatte versucht wegzulaufen, und er hatte sie aufgespürt.
Dann hatte sie zu ihm gesagt, daß sie ihn verlassen wolle, und er
hatte sie um ein Haar zu Tode geprügelt, sie mit dem stumpfen
Ende eines Küchenmessers vergewaltigt, als offensichtliche und
klassische Drohung ihre Katze umgebracht und ihr selbst den Tod
angedroht, falls sie irgendwas unternehme, um seinem Wüten den
Riegel vorzuschieben.

Er hatte alles gelesen, was Lightner ihm gegeben hatte, plus weitere zwanzig oder dreißig Artikel und Rechtsgutachten zu dem
Thema. Mißhandelte Ehefrauen hatten stets das Gefühl, daß es kein
Entrinnen gab. Sie waren auf ewig Gefangene einer Situation, in
der kein Weglaufen und kein Verstecken half und die sie, aller Voraussicht nach, eines Tages das Leben kosten würde.

Freeman könnte beweisen, so jedenfalls Hardys feste Ansicht,
daß Jennifers Entschluß, Ned umzubringen, gerechtfertigt gewe-

sen war, eine in manchen Fällen zulässige Form von Selbstverteidigung, die auch die Gerichte mittlerweile anerkannten. Selbst mit Villars als Richterin und selbst angesichts der Tatsache, daß der Gesetzgeber es versäumt hatte, ein Gesetz zu verabschieden, das das BWS als Verteidigungsgrund gelten ließ, war Hardy ziemlich zuversichtlich, daß sie Jennifer freibekommen konnten. Mit Sicherheit würde, wie er Freeman gegenüber betont hatte, keine Jury im ganzen Staate Kalifornien die Todesstrafe verhängen.

Jennifer war ja nicht dumm. Sie wußte, daß zumindest ihr Leben nicht länger auf dem Spiel stand, wenn sie zustimmte, das BWS als mildernden Umstand einzubringen – dann war die Todesstrafe vom Tisch.

Also lautete die Frage, die er sich immer wieder stellen mußte: Wieso plädierte sie nicht in dieser Richtung? *Ihre* Begründung lautete, daß das implizit auf eine Verteidigung hinauslief, die eine Schuld anerkannte, und Jennifer erklärte kategorisch, daß sie keinen Grund sähe, sich gegen etwas zu verteidigen, das sie nicht getan hatte.

Und sie konnte sich schlecht zu dem einen Mord bekennen und nicht zu dem anderen. Kein Mensch würde ihr glauben. Powell würde sie auslachen. Die Geschworenen wären beleidigt. Kein Richter und keine Richterin hätte Mitgefühl. Und trotzdem merkte Hardy, daß er die Geschichte glaubte. Jennifer Witt hatte ihren Sohn *nicht* erschossen, sie war nicht zu Hause gewesen, als er ermordet worden war, sie hatte keine Ahnung gehabt. Die Sache mit Matt leuchtete ihm ein, und wenn er ihr das abkaufte – was keineswegs das gleiche war, wie zu glauben, daß die Geschworenen es ihr abkaufen würden –, dann wurde auch die sonstige augenscheinliche Doppelzüngigkeit im Rückblick auf perverse Weise stimmig.

Jennifer konnte keinerlei Ähnlichkeiten in ihrem Zusammenleben mit Ned und Larry einräumen, besonders nicht, was die Mißhandlungen anging, und besonders nicht jetzt, nachdem es ja bereits zu einem Prozeß gekommen war.

Es gab keinerlei Beweise dafür, daß sie geschlagen worden war, und wenn sie das im Prozeß zugab, dann würden die Geschworenen um so eher davon ausgehen, daß sie beide Männer umgebracht hatte. Also mußte ihr Standpunkt sein, daß kein Mensch sie jemals mißhandelt hatte. Das war die einzige Geschichte, die funktionierte ... Und selbstverständlich hatte Freeman als Anwalt die Geschichte, ob sie nun der Wahrheit entsprach oder nicht, freudig geschluckt und sich zu eigen gemacht.

Der Regen ließ für kurze Zeit nach. Hardy trug Tennisschuhe, Jeans und eine grüne wasserdichte Jacke. Er stieg aus dem Auto, und von da, wo er stand, nahe an der Spitze des Olympia Way, eine Querstraße oberhalb von Jennifers Haus, konnte er am Horizont einen Streifen Blau sehen, der allmählich breiter wurde. Selbst so früh am Morgen, und es war noch nicht sieben, war die Luft sonderbar feucht und brütend, und es roch intensiv nach Eukalyptus.

Er hatte keine Ahnung, warum er hierher gefahren war oder was er zu finden oder zu erledigen hoffte. Ein wenig schwindelig spazierte er von seinem Auto aus am Haus der Witts vorbei, bis zum Rand des kleinen Wäldchens – der Quelle des Eukalyptusdufts –, das die Twin Peaks umgab und bis hoch zum Sutro Tower führte. Eine Ricke und ihre zwei Kitze stöberten im Unterholz herum, kaum fünfzehn, zwanzig Meter weiter hinten zwischen den Bäumen.

Die Ricke warf auf und verschwand im Wäldchen. Im tiefen Schatten kniff Hardy die schmerzenden Augen zusammen, um besser sehen zu können, und war plötzlich sprachlos, als er Jennifer Witt sah, die in einem grellblauen Jogginganzug aus der Deckung der Bäume brach und auf dem Pfad auf ihn zurannte, dann an ihm vorbeischoß – nein, aus der Nähe war es natürlich nicht Jennifer –, hinaus auf die Straße, wo die Frau, wer immer sie war, in den Olympia Way einbog.

Als er dastand, fing es erneut zu nieseln an, und er hetzte los, folgte ihren Fußabdrücken, um die Ecke und den langen Block hinunter bis zu seinem Auto. Die Frau, die schneller joggte, als Hardy sprintete, war bergab in die Clarendon eingebogen.

Der Wagen schleuderte auf dem nassen Pflaster, dann bekam Hardy ihn wieder unter Kontrolle. Er bog an der Ecke zum Olympia Way ab und hatte erneut mit Aquaplaning zu kämpfen, diesmal knallte er mit dem Reifen gegen die betonierte Verkehrsinsel, bevor er das Auto im Griff hatte.

Er fuhr jetzt neben der Frau her, bremste ab und hupte, gab ihr Zeichen stehenzubleiben. Sie zeigte ihm den Mittelfinger, warf einen Blick auf ihre Uhr und rannte weiter.

Hardy fuhr langsamer, kurbelte das Fenster auf der Beifahrerseite herunter und gab wieder Gas, bis er auf gleicher Höhe mit der Läuferin war, hupte. »Ich brauche Hilfe«, rief er ihr zu. Er fuhr hundert Meter vor und blieb am Bordstein stehen, öffnete die Tür und stieg aus. Er hielt die Hände in Schulterhöhe ausgestreckt, vermied jeden Anschein einer Bedrohung. Die Frau wurde abrupt langsamer und blieb fünfzehn Meter weiter oben an der Straße stehen. Jetzt fing es zu gießen an.

»Was ist los?« japste sie. »Sehen Sie denn nicht, daß ich laufen möchte?« Hardy machte einen Schritt auf sie zu, und sie legte die Hand an die Hüfte. »Ich habe eine Spraydose mit Tränengas dabei und werde sie auch benutzen.«

»Ich muß Sie etwas fragen.«

Ein Auto, das ihnen entgegenkam, fuhr etwas langsamer, um nachzusehen, gab dann Gas und fuhr weiter.

»Eine *Frage*?« Sie schüttelte ungläubig den Kopf. »Mein Gott, was für eine Stadt.«

»Es könnte einer Frau das Leben retten.«

»Aber klar doch.« Sie sah wieder auf ihre Armbanduhr. »Wer zum Teufel sind Sie? Lassen Sie mich in Ruhe.«

Hardy wünschte sich, er könnte den alten Trick mit der Polizeimarke bringen, aber er hatte sie nicht immer dabei. Die Marke lag zu Hause für den Fall, daß er beschloß, er könne sie gebrauchen.

»Ich laufe jetzt an Ihnen vorbei«, sagte die Frau. »Lassen Sie mir lieber genügend Platz.« Sie hielt jetzt etwas in der Hand, das wie eine Sprühdose aussah, und Hardy hatte keinen Zweifel, daß sie das Zeug benützen würde.

Er mußte schnell weiterreden, einen Ansatzpunkt finden. Sie kam vorsichtig auf ihn zu. »Haben Sie je den Namen Jennifer Witt gehört? Ich bin ihr Anwalt.«

»Prima, gratuliere. Ich bin eine Joggerin.«

Sie zischte los, rannte auf der anderen Seite seines Autos vorbei. Sie schaute sich nicht um, als sie die Straße hinunterjagte, herum um eine Ecke und außer Sicht.

Als er wieder im Auto saß, tröstete sich Hardy, daß das Ganze wahrscheinlich sowieso ein Schuß in den Ofen gewesen war. Doch dann, drei Querstraßen weiter, begriff er, was er in Wahrheit soeben getan hatte – er hatte den Eindruck, er sei vielleicht unversehens auf einen Funken Wahrheit in einer der Erklärungen gestoßen, die

Jennifer vorgebracht hatte –, also hatte er sie doch noch nicht abgeschrieben.

Jennifer hatte gesagt, daß sie immer erst ein paar Querstraßen weit zu Fuß ging, wenn sie zum Joggen das Haus verließ. Sie bestand darauf, daß sie es immer so hielt und auch am Morgen des 28. Dezember so gehalten hatte. Und irgend jemand sonst, der ihr ähnlich sah, kam just in dem Moment an ihrem Haus vorbeigelaufen, als die Schüsse fielen. Diese Person blieb stehen, sah nichts und lief weiter, startete genau vor Jennifers Gartentür. Und wurde von Anthony Alvarez, dem wichtigsten Augenzeugen der Staatsanwaltschaft, als Jennifer identifiziert.

Er schöpfte beinahe wieder richtig Hoffnung.

Glitsky rief nach dem Abendessen an und sagte, sie sollten die Nachrichten einschalten, weil David Freeman zu sehen war.

Moses und seine ihm vor kurzem angetraute Ehefrau Susan waren zu Besuch, und alle saßen vorne im Wohnzimmer. Während Hardy den Fernsehapparat einschaltete, ließ sich Moses aufs Sofa plumpsen. »Der Kerl kann sich ja noch mehr aufplustern als ein Heißluftballon«, sagte er. Hardy drehte sich um und sagte, David Freeman sei *tatsächlich* ein Heißluftballon. Wenn es ihm in den Kram paßte.

Schon tauchte Freeman höchstpersönlich auf dem Bildschirm auf. Unrasiert, völlig übernächtigt, die Krawatte krumm und schief über dem zerknitterten Hemd und die Ärmel halb hochgekrempelt – hier sah man einen Verteidiger, der die ganze Nacht und den ganzen Tag hindurch hart für seine Mandantin geschuftet hatte. Er saß auf der Kante seines Schreibtischs in seiner Kanzlei, die juristischen Fachbücher hinter ihm sichtbar – und dann war der Ton zu hören »… ein Sieg, aber um ganz offen zu sein, hatte ich das schon erwartet. Ich habe von der ersten Anhörung an darum gekämpft, daß dieser Fall aus Mangel an Beweisen niedergeschlagen wird, und selbstverständlich unterstützt diese Entscheidung der Richterin, was ich von vornherein unterstrichen habe – Jennifer Witt ist unschuldig. Sie hat diese Verbrechen nicht begangen.«

Hardy und Frannie, die jetzt ihr gemeinsames Geheimnis bezüglich Ned hatten, warfen sich einen Blick zu. »Der ist echt 'ne Nummer«, flüsterte Hardy.

Die junge Reporterin sprach ernsthaft in die Kamera. »Und Mr.

Freeman, dem der gestrige Sieg ganz offensichtlich einigen Auftrieb gegeben hat, bringt noch stärkere Anschuldigungen vor.«

Der Mitschnitt war im Studio bearbeitet worden, und wieder begann die Aufnahme mitten im Satz. Freeman beantwortete soeben eine weitere Frage: »... es gibt ein politisches Motiv. Ich bedaure es, daß ich das ansprechen muß, aber es ist die Wahrheit – Dean Powell kandidiert für das Amt des Generalstaatsanwalts mit einem Programm, das die Todesstrafe befürwortet. Gleichzeitig kann man die Todesstrafe nicht nur für Schwarze haben. Powell braucht einen Fall wie diesen, und er braucht ihn genau jetzt. Wenn Jennifer Witt nicht gewesen wäre, hätte er sie erfinden müssen.« Freeman ließ den Kopf hängen, war aufrichtig zerknirscht angesichts der verderbten Natur des Menschen. »Leider«, sagte er, »ist das genau das, was er letztlich getan hat.«

Unversehens befand man sich wieder im Nachrichtenstudio und der Moderator sagte soeben zu seiner Kollegin: »Das sind ziemlich massive Vorwürfe, Shel, und wir werden hier auf Kanal 5 täglich über diesen Prozeß berichten.«

»Das ist richtig, Jack.« Shel strahlte in die Kamera, füllte den ganzen Bildschirm aus. »Wollen Sie wissen, was passiert, wenn sich drei Schwestern um den Hund der Familie streiten?«

»Klasse Anschluß, Shel«, flötete Frannie.

Moses, der sich auf dem Sofa nach vorne beugte, brachte seine Schwester zum Schweigen und wandte sich an das Fernsehgerät: »Aber ja doch, drei Schwestern und der Hund der Familie. Ich will wissen, was dann passiert, ehrlich.«

Shel redete weiter. »Das klingt doch ganz nach einem Fall für Salomo, oder etwa nicht, und das Ganze spielt sich derzeit in Daly City ab. Mehr dazu im nächsten Beitrag. Bleiben Sie dran.«

Hardy war aufgestanden, wandte sich ebenfalls an die Glotze und schaltete sie aus. »Tut uns leid, Shel, wir müssen los.«

Moses sprang auf. »Bitte, Diz. Ich brenne darauf, zu erfahren, was mit den Schwestern und ihrem Hund passiert.«

Susan schlug ihn aufs Bein. »Perverser Kerl.«

»Wie kannst du das nur machen? Wie kannst du nur Shel ausschalten?«

Hardy ging zu seinem Sessel zurück. »Jahrelanges Training und eine Therapie haben mir dabei geholfen. Wieso kriege ich den Eindruck, daß Jennifers Prozeß bald unangenehme Formen annehmen wird?«

»Es ist dein erstaunlicher sechster Sinn.« Frannie strich ihm mit der Hand über den Arm. »Es muß ein schrecklich fader Tag gewesen sein, was die Nachrichten angeht.«

Susan lächelte und schmiegte sich auf dem Sofa entspannt an Moses. »Ist das dein Partner, Dismas?«

»Ein hübscher Kerl, nicht?«

Moses, um den sich keiner mehr scherte, stöhnte, daß er mehr über die Schwestern und ihren Hund erfahren wolle.

»Sie haben ihn aufgegessen«, sagte Frannie.

Susan nickte. »Haben das Tier in kleine Stücke geschnitten. Die Ohren im Fett ausgebacken und mit Roquefort-Sauce serviert.«

Hardy stand auf. »Ich würde hiermit gerne zu Protokoll geben, wieviel Freude es macht, wenn man mit Leuten zusammensitzt, die sich so sehr um die drängenden Probleme unserer Zeit sorgen. Ich hole den Nachtisch.«

Weil er einen Mittagsschlaf gehalten hatte, war er nicht müde. Moses und Susan gingen um kurz nach zehn nach Hause, und Frannie, die Vincent das erste Mal um eins stillen mußte, sagte, sie ginge ins Bett.

Hardy legte ein Stück Holz in den offenen Kamin im Wohnzimmer und machte es sich mit John McPhees Buch *Oranges* im Sessel bequem. Er hatte kaum zu lesen angefangen, als das Telefon klingelte. Er hob noch beim ersten Läuten ab.

Es war Glitsky, der sagte, sein Partner Freeman sei ein Star. »Prozeß per Fernsehschirm. Das ist es, was dieses Land so groß macht.«

»Das und die Erfindung des Orangensaftkonzentrats.« Hardy erläuterte die Querverbindung zu McPhee, weil er wußte, daß Glitsky genau wie er eine Schwäche für abseitige Fakten hatte. »Aber ich spüre, daß du nicht angerufen hast, um dich mit mir über Zitrusfrüchte zu unterhalten.«

»Normalerweise würde ich genau das tun«, sagte Abe, »aber ich habe mir gedacht, du willst gerne der erste sein, der von etwas anderem erfährt.«

Hardy zählte stumm bis fünf. Ein Holzscheit knackte im Feuer. »Dieses Spielchen gefällt mir«, sagte er.

»Ich rief vor rund zehn Minuten bei der Mordkommission an, um mich wegen einer anderen Sache umzuhören. Sie waren gerade dabei, einen Kerl zu vernehmen, der Marko Soundso heißt. Klingelt es da bei dir?«

»Nein. Sollte es das?«

»Keine Ahnung. Ich dachte mir, du seist womöglich im Zuge deiner Reiseabenteuer darauf gestoßen. Er behauptet, daß er Larry Witt ermordet hat.«

Marko Mellon hatte nicht erst angefangen, die Nachrichtensendung über Jennifer Witt im Verlauf des Interviews mit Freeman anzusehen, wie Hardy und Co. es getan hatten. Er hatte sich die Sendung von Anfang an zu Gemüte geführt, als sie Jennifers Foto zeigten – die Aufnahme, die alle Fernsehsender und Zeitungen verwendet hatten, bevor man Anklage gegen Jennifer wegen der Morde erhoben hatte –, lächelnd, lebhaft.

Marko, einem fünfundzwanzig Jahre alten, aus Syrien stammenden Austauschstudenten an der San Francisco State University, der den Fall bis zu diesem Punkt ziemlich eifrig verfolgt hatte, war eine erstaunliche Anzahl von Fakten geläufig, was den Fall anging, dachte sich Hardy. So viele Fakten waren es, daß die Kriminalbeamten – einer von ihnen war Walter Terrell – fast fünf Stunden brauchten, bis sie herausgefunden hatten, daß Marko unmöglich Larry Witt hatte umbringen können.

Sein Motiv für den Mord an Larry, so sagte er, war, daß er Jennifer liebte. Wie sich herausstellte, war das Motiv für das Geständnis, daß er beschlossen hatte, sich in das Bild Jennifers zu verlieben. Zwischen ihnen gab es eine spirituelle Verbindung, da war er sich ganz sicher, und wenn er sein Geständnis ablegte, dann würde sie ihn natürlich kennenlernen wollen, und anschließend würden sie sich ineinander verlieben und heiraten und mehrere Babys bekommen, um Ersatz für Matt zu schaffen. Es war ein Plan, der gar nicht schiefgehen konnte, denn irgendwann würde man doch herausfinden, daß er, Marko, die Tat nicht wirklich begangen hatte, und dann wäre er frei und sie könnten von da an glücklich und zufrieden miteinander leben.

»Ich glaube nicht, daß er die ganze Sache gründlich durchdacht hat.« Hardy unterhielt sich mit Freeman. Der Sturm war vorüber, und über den Hügeln von Oakland auf der anderen Seite der Bay zeigten sich rosa Wölkchen im grauen Morgenhimmel. Die beiden Männer standen neben der Tür von Hardys Auto, in der menschenleeren Bryant Street vor dem Justizgebäude, wo vorhin der Entschluß gefallen war, daß keine Anklage gegen Marko wegen Mordes an Larry Witt erhoben werden würde.

»Es verblüfft mich, daß sie fünf Stunden gebraucht haben, bis sie es kapiert hatten«, sagte Freeman. »Der Junge besitzt den Intelligenzquotienten einer Zuckerrübe. Andererseits haben natürlich manche der Polizisten …«

»Er kannte aber eine Menge Details, David. Sie mußten schon abwarten, bis er sich in Widersprüche verwickelte.«

»Ratten im Labyrinth kennen Details. Das macht sie noch lange nicht intelligent. Sie hätten ihn fragen sollen, wann sein Visum abläuft.«

»Wieso sollten sie ihn das fragen?«

»Prüfen Sie's nach. Ich wette Dollars gegen Doughnuts, daß sein Visum im nächsten Monat oder so ausläuft. Er hat sich gedacht, wenn er verhaftet wird, darf er noch länger hierbleiben.«

»Im Knast? Mit einer Anklage wegen Mordes?«

Freeman zuckte die Schulter. »Sind Sie je in Syrien gewesen, Diz?«

Hardy ließ es auf sich beruhen. Freeman mochte recht haben. »Ich habe Sie heute übrigens in der Glotze gesehen. Ich glaube nicht, daß Dean allzu erfreut sein wird.«

Freeman winkte ab. »Es gibt Schlagzeilen. Ich tue ihm einen Gefallen.« Beide Männer hatten sich nicht viel zu sagen, es herrschte eine unterschwellige Spannung zwischen ihnen, die auch solches Herumgeflachse nicht überdecken konnte.

Hardy öffnete die Tür seines Autos und fragte im ersten Dämmerlicht des Morgens, ob er Freeman zu seinem Apartment fahren solle. Er war mit einem Taxi angekommen. Der alte Anwalt sagte nein, er werde zu Fuß gehen.

»Um diese Uhrzeit durch diese Gegend? Na los, David, steigen Sie ein.«

Freeman patschte mit der Hand aufs Autodach. »Zischen Sie ab, Diz, ich seh Sie morgen.«

»David …«

Freeman streckte theatralisch die Arme weit von sich. »Wir arbeiten doch schon lange genug zusammen, Sie sollten es mittlerweile wissen. Ich bin kugelfest.«

Bei Sonnenaufgang saß Hardy noch immer in seinem Auto, wartete auf dem Olympia Way, als hätte er einen polizeilichen Überwachungsauftrag. Wenn die Joggerin wieder vorbeikäme,

würde er ein paar Worte mit ihr wechseln, selbst wenn er sechs
Häuserblocks neben ihr hersprinten und Tränengas einatmen
müßte.

Sie tauchte nicht auf.

34

Freeman hatte sich getäuscht. Powell faßte es nicht als Gefallen auf.

Sie befanden sich wieder in nichtöffentlicher Beratung im Zimmer der Richterin. Es war Montag morgen um zwanzig vor zehn,
und die Jury wartete im Gerichtssaal. Adrienne, die Gerichtsstenographin, thronte mit ihrem tragbaren Stenogerät neben einem der
bequemen Sessel, aber sie war die einzige, die saß. Ihre Gegenwart
war notwendig, da alle Beratungen ohne Ausnahme ins Protokoll
aufgenommen werden mußten.

Freeman, Hardy, Powell, Justin Morehouse, Powells junger Assistent, und Villars okkupierten so ziemlich den übrigen Raum. Oder
vielleicht fühlte es sich nur so an. Alle standen eng zusammenge-
scharrt, zu eng, eine unsichtbare Luftblase umgab sie, und der
Druck im Inneren stieg stetig an.

»Aber gewiß war es mein voller Ernst, Euer Ehren.« Freeman sah
in seinem zehn Jahre alten braunen Anzug besonders blaß aus. »Ich
habe übers Wochenende viel darüber nachgedacht, seit Sie so
großzügig meinem Antrag 1118 stattgeben haben ...«

»Daran war nichts Großzügiges. Geben Sie der Sache keine persönliche Färbung ...«

»Die Tatsache jedenfalls bleibt bestehen. Ich bin davon überzeugt, daß bei diesem Prozeß die Todesstrafe nicht zur Debatte
stünde, wenn unser guter Dean nicht für den Posten des Generalstaatsanwalts kandidieren würde.«

»Euer Ehren.« Powell trug seine unerschütterliche Selbstbeherrschung vor sich her, aber man sah, daß es ihm zunehmend schwerer fiel. »Mr. Freeman weiß nur zu genau, daß bei den beiden verbleibenden Morden jeweils erschwerende Umstände vorliegen. Bei
diesem Verfahren geht es um die Todesstrafe.«

»Das Verfahren ist politisch gefärbt, und Sie wissen es, Dean.«

»Nichts daran ist politisch.«

Freeman wandte sich an Villars. »Lassen Sie ihn das unter Beweis stellen, Euer Ehren, falls er kann. Vertagen Sie das Verfahren, bis die Wahl vorbei ist. Dann wollen wir mal sehen, wie erpicht unser pflichteifriger Strafverfolger darauf ist, für Jennifer die Todesstrafe zu beantragen.«

»Euer Ehren, ich verbitte mir die Unterstellungen des Verteidigers ...«

»Ich *unterstelle* gar nichts, Euer Ehren. Wir haben gute Gründe, jetzt auf der Stelle Revision zu beantragen, und meiner Meinung nach sind wir kurz davor, das Recht meiner Mandantin auf eine ordentliche Prozeßabwicklung erneut zu verletzen. Ich werde womöglich doch noch die Niederschlagung des Verfahrens beantragen müssen.«

Aber Freeman gewann keine hundert Dollar, obwohl er das Zauberwort ausgesprochen hatte. Statt dessen richtete Villars sich auf und zeigte mit dem Finger auf ihn. »Am Freitag haben Sie gesagt, daß Sie keine Niederschlagung des Verfahrens wünschen, Mr. Freeman. Ich werde nicht zulassen, daß Sie bei ein und demselben Punkt die entgegengesetzte Meinung vertreten.«

Powell, dessen Ärger allmählich deutlich zu sehen war, knackte mit den Knöcheln und fuhr sich mit den Händen durchs Haar. »Wenn er den Prozeß bis nach der Wahl verschoben haben wollte, hätte er es jederzeit beantragen können. Jetzt haben wir eine Jury benannt, haben Zeugen, die ihre Terminpläne abgeändert haben, um vor Gericht erscheinen zu können. Wenn wir das Verfahren zum jetzigen Zeitpunkt vertagen ...«

Villars ging einen Schritt auf die beiden Männer zu, ihre ansonsten eher grauen Wangen leuchteten rot. Sie sprach leise, doch ihre Stimme hatte den scharfen Klang der Autorität. »Na schön, jetzt hören Sie mir mal alle beide gut zu. Wenn Mr. Freeman es nicht *jetzt sofort* beantragt, wird das Verfahren weder niedergeschlagen noch vertagt. Ich werde den Geschworenen heute vormittag einige Anweisungen geben, und dann führen wir den Prozeß ordentlich fort, bis wir zu einem Urteil gelangt sind.« Sie fing an, sich die Robe zuzuknöpfen, hielt dann inne. »Und noch eines – ich habe in den nächsten Wochen keine Lust, mir diesen Fall im Fernsehen anzusehen oder in den Zeitungen darüber zu lesen. Betrachten Sie dies als einen Maulkorberlaß. Mein Protokollführer wird Ihnen in der Beratungspause eine entsprechende schriftliche Anweisung aushändigen. Ich gehe davon aus, daß wir uns hierüber einig sind.«

»Meine Damen und Herren.«

Die Richterin war immer noch wütend – auf Powell wegen der Schludrigkeit seines Vorgehens, die ihrer Ansicht nach die erste Hälfte des Prozesses charakterisiert hatte, und auf Freeman aus mindestens einem halben Dutzend von Gründen: weil er die Frage der Verfahrenseinstellung verwischt hatte, gedroht hatte, Revision zu beantragen, Powell persönlich angegriffen hatte und damit an die Öffentlichkeit gegangen war, in ihrem Gerichtssaal in einer Aufmachung erschien, die an einen obdachlosen Penner erinnerte. Hardy fragte sich, ob der Zorn der Richterin für die Jury und das Publikum ebenfalls derart offensichtlich war. Der Zuschauerraum war übrigens bis zum letzten Stehplatz gefüllt, zweifellos deshalb, weil Freeman im Fernsehen aufgetreten war und der gestrige *Chronicle* die Geschichte als Aufmacher auf der Titelseite gebracht hatte.

Jennifer Witt war wieder für dicke Schlagzeilen gut.

Obwohl Villars mehr Gründe hatte, Freeman gehörig die Meinung zu geigen, machte es den Anschein, als strafe sie beide Seiten mit gleicher Feindseligkeit, und dies – so jedenfalls Freemans Einschätzung – würde am Ende der Verteidigung helfen. Natürlich war Freeman, so schoß es Hardy durch den Kopf, auch der Ansicht, daß ein Massenmord im Gerichtssaal am Ende der Verteidigung helfen würde. Sein Credo war es, daß jede Störung im Fluß der stetigen Anhäufung belastenden Beweismaterials der Verteidigung nutzen mußte. Dies war auch die Ursache, weshalb er so gerne Sand ins Getriebe schüttete.

Aber trotz der vielen Zuhörer hätte Villars ebensogut mit den zwölf Geschworenen mutterseelenallein in einem kleinen Kämmerchen tagen können. Sie hatte für das Publikum noch nicht einmal einen Seitenblick übrig, ebensowenig für die Tische der Anklagevertretung und der Verteidiger. In einem für normale Unterhaltung geeigneten, beinahe intimen Ton erteilte sie der Jury Anweisungen, die verhindern sollten, daß der von ihr geleitete Prozeß einen Revisionsgrund lieferte. Das war der Alptraum jedes Richters und fraglos die Wurzel ihres unmittelbaren Zorns.

»Ich will gar nicht erst zu bestreiten versuchen, daß dieses Verfahren auf Abwege geraten ist. Es ist höchst ungewöhnlich, einen Anklagepunkt mitten in den Ausführungen der Staatsanwaltschaft abzuweisen, und ich will Sie nicht damit beleidigen, indem ich so tue, als sei es das nicht. Manchen von Ihnen kommt es vielleicht ein bißchen komisch vor, daß wir überhaupt weitermachen, und dazu will ich jetzt einiges klarstellen.

Gegen Mrs. Witt hatte man wegen dreier verschiedener Morde Anklage erhoben. Am Freitag habe ich, wie Sie sich erinnern werden, die Entscheidung gefällt, daß, juristisch gesehen, nicht genügend Beweismaterial beigebracht worden ist, um über jeden berechtigten Zweifel hinaus beweisen zu können, daß Jennifer Witt Ned Hollis, ihren ersten Ehemann, getötet hat.

Ich möchte Ihnen aber einschärfen, daß dies keinerlei Einfluß darauf haben sollte, wie Sie die Argumente der Staatsanwaltschaft und der Verteidigung einschätzen, die beide Seiten bezüglich der zwei noch verbleibenden Anklagepunkte vorbringen werden.«

Sie nahm einen Schluck Wasser zu sich und warf dem Staatsanwalt und dem Strafverteidiger jeweils einen vernichtenden Blick zu.

»Lassen Sie uns, nachdem dies gesagt ist, Ned Hollis abhaken. Er hat keine zwangsläufige Verbindung zu den verbleibenden Anklagepunkten gegen Mrs. Witt. Falls jemand von Ihnen das Gefühl hat, daß er diese Anweisung nicht guten Gewissens akzeptieren kann, dann heben Sie bitte jetzt die Hand, damit ich Sie von Ihren Geschworenenpflichten entbinden kann.«

Es fuhr keine Hand in die Höhe. Hardy wäre es lieber gewesen, wenn er eine oder zwei gesehen hätte, weil er wußte, daß diese Anweisung schwierig, wenn nicht sogar unmöglich zu beherzigen war. Jetzt saßen alle zwölf Geschworenen auf der Bank und wußten klipp und klar, daß Jennifers erster Mann ums Leben gekommen war und seine Witwe anschließend eine Menge Geld kassiert hatte. Daß niemand die Hand gehoben hatte, bedeutete, daß dieses Wissen beim Nachgrübeln über den Urteilsspruch nicht offen zur Sprache gebracht würde – und doch war es mit im Spiel, eine Schlange im Gebüsch.

Villars nickte. »Nun, bei den beiden verbleibenden Anklagepunkten geht es immer noch um mehrfachen Mord und Mord aus Gewinnsucht, und diese beiden Vorhaltungen zählen nach den Gesetzen des Staates Kalifornien zu den erschwerenden Umständen, bei denen die Staatsanwaltschaft die Todesstrafe beantragen kann. Die Tode von Larry Witt und Matt Witt sollten für den Rest des Verfahrens die *einzigen* Punkte sein, mit denen Sie sich auseinandersetzen. Das Gericht weiß Ihre Geduld zu würdigen, mit der Sie sich all das hier anhören, und versichert Ihnen, daß es sich im Verlaufe der kommenden Tage und Wochen nicht wiederholen wird.«

Villars nahm einen letzten Schluck aus ihrem Glas und drehte sich dann abrupt um, blickte in den Gerichtssaal. »Mr. Powell, ich darf wohl davon ausgehen, daß Sie bereit sind, mit Ihrem nächsten Zeugen fortzufahren.«

»Jawohl, Euer Ehren.«

»Na schön, dann wollen wir die Sache mal ins Rollen bringen.«

Dean Powell war nicht nur verprellt und wütend, die Auseinandersetzung mit Freeman im Richterzimmer schien ihn elektrisiert zu haben. Jetzt wollte er nicht einfach nur gewinnen, um einen weiteren Sieg verbuchen zu können oder im Wahlkampf ein Stück voranzukommen. Freeman, der immer auf seinen Vorteil aus war, hatte den Einsatz erhöht, und jetzt war das Ganze – für Powell – zu einer persönlichen Angelegenheit geworden. Er würde nicht nur gewinnen, indem er die Jury dazu brachte, Jennifer Witt zu verurteilen. Er würde obendrein David Freeman kräftig einen reinwürgen.

Hardy klappte seine Aktenmappe auf und fand den Reiter für den Fahrer vom Federal Express. Er schob die Mappe vor Jennifer, damit Freeman sie sich noch einmal ansehen konnte, aber Freeman hatte das entweder nicht nötig – konnte es sein, daß er die ganze Akte auswendig kannte? – oder wollte nicht gern zeigen, daß es doch so war.

Mr. Fred Rivera, der Lou-Christie-Fan – Hardy hatte den Ohrwurm »The Gypsy Cried« seit Wochen nicht mehr aus dem Kopf bekommen, es machte ihn ganz verrückt –, betrat den Zeugenstand, zwar ein wenig verunsichert, weil er der erste Zeuge war, aber ganz offensichtlich erfreut, daß er an diesem aufregenden Geschehen teilhaben durfte und außerdem dafür Geld bekam, daß er einen Tag freinahm. Rivera hatte seine Federal-Express-Uniform an und rückte auf seinem Stuhl nach vorn, um alles ganz genau mitzubekommen.

»Mr. Rivera.« Powell stand auf den Fußballen und wippte vor und zurück, hatte sich in der Mitte des Gerichtssaal postiert, etwa fünf Meter vor dem Zeugen. »Am Morgen des 28. Dezember letzten Jahres, dem Montag nach Weihnachten, haben Sie da ein Paket des Federal Express im Olympia Way 128 abgegeben?«

»Jawohl, Sir.«

So begann das Ganze, Powell ging mit Rivera Schritt für Schritt die Paketübergabe um exakt 9:30 Uhr durch, als Larry Witt und Matt noch am Leben waren. Fred identifizierte ein Foto von Larry. Es wurde als Beweisstück registriert, ebenso die Rechnung des Federal Express mit Larrys Unterschrift für die Annahme des Pakets. Powell war darauf bedacht, den genauen Zeitpunkt festzulegen und legte zu diesem Zweck den Computerausdruck vor, der belegte, daß Fred die Bestätigung der Lieferung um 9:31 Uhr eingetippt hatte.

Powell leitete zu seinem nächsten Fragenkomplex über: Rivera hatte an jenem Morgen niemanden auf dem Olympia Way spazierengehen gesehen. Dann, ohne seinen Rhythmus zu ändern, wich der Staatsanwalt von dem ab, was Freeman und Hardy als klares Szenario vorausgesehen hatten. »Mr. Rivera, Sie haben sich mit Inspector Terrell über die Ereignisse des besagten Morgens unterhalten und das Verhalten von Dr. Witt charakterisiert, richtig?«

»Sie meinen, daß ich gesagt habe, er sei ein ziemlich steifer Typ gewesen, so in der Art?«

Freeman hob den Zeigefinger und legte Einspruch ein, das sei Spekulation und verlange eine Schlußfolgerung. Powell formulierte die Frage anders. »Mr. Rivera, was tat Dr. Witt, als er die Tür öffnete?«

»Nun, er hat sie nur ein Stück weit aufgemacht, vielleicht nur zu einem Drittel, vielleicht halb. Ich gab ihm das Paket und versuchte dann, ihm das Klemmbrett zu reichen, damit er unterschreiben konnte, aber er hielt ja das Paket und hatte nichts, wo er es absetzen konnte. Das schien ihn wütend zu machen.«

Freeman, der sich fragte, worauf das Ganze hinaussollte, hob wieder den Finger. »Euer Ehren? Derselbe Einspruch.«

Villars beugte sich zu dem Zeugen vor. »Mr. Rivera«, sagte sie nachsichtig, »beschreiben Sie einfach, was Sie gesehen haben, nicht, was er Ihrer Meinung nach dabei empfand.«

Rivera begann die Fassung zu verlieren. Bei all den früheren Unterredungen mit Anwälten und Polizisten hatte ihm noch niemand auf diese Weise die Antworten vorgeschrieben. Willkommen zu den Prozessen vor einem Geschworenengericht, dachte Hardy bei sich.

»Was hat Dr. Witt dann gemacht?« Powell war mit einemmal Riveras guter Kumpel, der ihm half, ihn dort wieder herauszog.

»Na ja, er drehte sich halb um und gab das Paket dem Jungen.«

»Haben Sie den Jungen gesehen?«

»Nein, ich habe ihn nicht gesehen, das nicht. Er stand hinter der Tür.«

»Wieso wußten Sie dann, daß es der Junge war?«

»Ich sah ihn losrennen, um das Paket seiner Mutter zu zeigen.«

Am Tisch der Verteidigung blätterte Freeman in den Seiten mit den Verhören Riveras. »Haben Sie das schon mal gehört?« flüsterte er Hardy zu und stand dann auf, ohne die Antwort abzuwarten. »Euer Ehren, Einspruch. Der Zeuge kann unmöglich wissen, wohin der Junge mit dem Paket laufen wollte.«

Freeman wirkte aufgeregt, und er hatte Grund dazu. Falls die Staatsanwaltschaft nachweisen konnte, daß Jennifer um 9:30 Uhr *zu Hause* gewesen war – und bis dahin war den Unterlagen nichts zu entnehmen, daß sie dies könne –, dann wäre das höchst unangenehm.

Villars rollte fast mit den Augen. »Ich bin sicher, daß Mr. Powell das anders formulieren wird.«

Powell, der sich nicht aus dem Tritt bringen ließ, lächelte Rivera an und sagte: »Dr. Witt reichte also das Paket an den Jungen hinter der Tür weiter. Hat der Junge dann irgendwas gesagt?«

»Er sagte: ›Ich werd' das Mom zeigen.‹«

Powell wandte sich Freeman zu und hielt inne, um sicherzugehen, daß die Geschworenen begriffen, was Rivera gesagt hatte. »Ihr Zeuge.«

Das war ein klassisches Exempel, dachte sich Hardy, warum Prozesse so suchterzeugend wie nervenaufreibend waren. Freeman hatte sich zweimal mit Rivera unterhalten, und der war immer ganz sicher bei seiner Aussage geblieben – er hatte Jennifer nicht zu Gesicht bekommen. Er wollte zum Wagen zurück und den Golden Oldie hören, eine Reise nach Hawaii gewinnen. Er hatte maximal eine Minute lang mit Dr. Witt an der Tür zu tun gehabt.

Also hatte Freeman in diesen Unterhaltungen auf nichts anderes abgezielt, als den Zeitpunkt der Paketübergabe zu klären – ob Matt nach oben gerannt war und nach seiner Mutter rief, hatte überhaupt nicht zur Debatte gestanden.

Der alte Bär stand langsam auf, doch in dem Moment, als er seinen Platz vor dem Zeugentisch erreicht hatte, wies nichts darauf hin, daß er soeben einen Schlag hatte einstecken müssen. Er schenkte dem Zeugen ein Lächeln, nickte der Jury zu. »Mr. Rivera, wir haben uns ein paarmal im Verlauf der letzten Monate unterhalten, richtig?«

»Jawohl, Sir.«

»Und habe ich Sie bei diesen Unterhaltungen jemals danach gefragt, ob Sie Jennifer Witt gesehen haben, als Sie das Paket am 28. Dezember abgeliefert haben?«

»Jawohl, Sir.«

»Und was haben Sie geantwortet?«

»Ich habe gesagt, daß ich sie nicht zu Gesicht bekommen habe.«

»Haben Sie sie gehört? Sang sie beispielsweise unter der Dusche oder etwas Ähnliches? Räumte sie die Möbel um?«

Freeman nützte hier die Regel aus, derzufolge die Verteidigung Zeugen im Kreuzverhör bei der Hand nehmen durfte, und außerdem verfiel Freeman auf seinen neckischen Ton, um mit Fred wieder einen lockeren Umgang hinzubekommen und ihm zu zeigen, was er für ein umgänglicher Zeitgenosse sein konnte.

Er bekam seine kleine Belohnung. Rivera grinste und entspannte sich. »Nein, ich habe niemanden gehört, der gesungen oder irgendwelche Möbel umgeräumt hat.«

»Als der Junge fortlief, rief er da nach seiner Mutter? Lief er die Treppe hoch und rief ›Mom!‹ oder so etwas in der Art?«

Eine riskante Frage – falls die Antwort Ja lautete, wäre das fatal. Aber angesichts des verklemmten Umgangstons im Hause Witt, der ihnen bestens bekannt war, würde sich das Risiko lohnen, dachte Hardy.

Rivera überlegte einen Augenblick. Hardy blickte hinüber zu den Geschworenen. Sie ließen sich auch nicht die kleinste Kleinigkeit entgehen. Alle sahen Rivera an. »Nein, daran kann ich mich nicht erinnern.«

Nachdem der Schaden vielleicht einigermaßen behoben war, erlaubte sich Freeman eine Verschnaufpause. »Lassen Sie uns bitte auf das zurückkommen, was Matt zu seinem Vater gesagt hat. Können Sie uns noch mal sagen, was das war?«

Da er diese neue Falle erkannte, sprang Powell auf die Füße. »Das steht im Protokoll, Euer Ehren. Die Stenographin kann vorlesen, was Mr. Rivera gesagt hat.«

Villars erwog Powells Einspruch eine Idee zu lange, was Freeman Unbehagen bereitete. Und weil er wußte, daß Fallensteller sich manchmal in der eigenen Falle fingen, zog er die Frage zurück. Er hatte kein Interesse daran, daß die Geschworenen noch einmal hörten, wie Matt gesagt hatte, »ich werde das Mama zeigen«. Er hatte nur ein wenig im Trüben gefischt und gehofft, daß Fred dieselbe Aussage etwas umformulieren würde, vielleicht so etwas vorbrächte wie »Mal sehen, wie das Mama gefällt, wenn sie heimkommt«. Aber soviel Dusel hatte er nicht.

Lächelnd wandte sich Freeman wieder an den Zeugen. »Um es also zusammenzufassen, haben Sie Jennifer Witt um 9:30 Uhr nicht im Haus gesehen?«

»Das ist richtig.«

»Sie haben Sie auch nicht gehört?«

»Nein, das habe ich nicht.«

Freeman machte eine Pause und merkte, daß er nichts Besseres herausschlagen würde und daß das nicht allzu gut war. Also warf er den Geschworenen ein zuversichtliches Grinsen zu und sagte zu Rivera: »Danke sehr, Sir. Keine weiteren Fragen.«

Powell, der Blut geleckt hatte, stand rasch auf und sagte, daß er noch eine kurze Frage oder auch zwei im Anschluß an das Kreuzverhör stellen wollte. »Mr. Rivera, als Matt mit dem Paket weglief, was tat Dr. Witt?«

»Was er getan hat? Ich glaube, er hat das Klemmbrett genommen, auf die Uhr geschaut, unterschrieben und es mir zurückgegeben.«

»Hat er mit seinem Sohn geredet?«

»Nein, ich hab Ihnen ja gesagt, daß der Junge hinter ihm weglief.«

»Ja, das haben Sie gesagt. Er hat den Jungen aber nicht beispielsweise daran erinnert, daß seine Mutter nicht zu Hause war?«

»Einspruch!« Freeman war wie aus der Kanone geschossen aufgesprungen.

Villars zeigte auf Powell. »Stattgegeben. Mr. Powell. Sie wissen doch, daß das nicht korrekt ist. Streichen Sie die letzte Frage.« Und sie wies die Geschworenen an, dieser Frage keine Beachtung zu schenken, was diese auch versuchen würden. Aber Powell hatte noch etwas mehr Schaden angerichtet, und er wußte es, als er den Zeugen freundlich entließ.

Freeman kochte vor Wut. Trotz Jennifers Einwänden hatte er darauf bestanden, daß Hardy und er in die Kanzlei in der Sutter Street zurückfuhren. Er mußte Dampf ablassen und wollte es nicht vor seiner Mandantin tun. »Er hat nie, kein einziges Mal erwähnt, daß Matt irgend jemandem irgendwas zeigen wollte!«

Hardy trank Preiselbeersaft aus der Flasche und angelte sich Salzbrezeln aus einer Tüte in der Mitte des Konferenztischs. »Na ja, er hat es heute getan, David. Haben Sie ihn danach gefragt?«

»Scheiße.«

»Soll das heißen, Sie haben es nicht getan?«

Nichts dämpfte Freemans Appetit, wie es aussah. Er aß ein Roggenbrötchen mit Leberwurst und Zwiebeln und trank dazu eines der beliebten alkoholfreien Biere, die in San Francisco so überaus politisch korrekt, aber in Hardys Augen ein Fluch waren. »Ich habe ihn zehnmal gefragt, ob er Jennifer gesehen hat. War Jennifer da? Sind Sie sicher, daß Sie sie nicht gesehen haben?«

»Glauben Sie denn, daß sie zu Hause gewesen ist?« Freeman schluckte den Bissen herunter, auf dem er herumkaute. »Die *Geschworenen* denken, daß sie zu Hause gewesen ist, Diz. Wir müssen sie davon überzeugen, daß sie nicht zu Hause gewesen ist, denn wenn doch, raten Sie mal.«

Hardy wußte die Antwort auf diese Frage nur zu genau. Er saß einen Augenblick lang da, und ein Teil von ihm genoß das Schauspiel, daß Freeman die übliche Arroganz im Hals stecken blieb, weil er das Opfer seiner eigenen Nachlässigkeit geworden war.

Nach dem Mittagessen hakten sie erneut Dr. Strout, den amtlichen Leichenbeschauer, ab, der diesmal seine Zeugenaussage ohne Zwischenfälle machte. Es war keine Überraschung, daß sowohl Larry als auch Matt aus nächster Nähe mit Larrys Pistole erschossen worden waren und beinahe auf der Stelle ihren Verletzungen erlagen. Freeman hätte das meiste von dem, was Strout zu sagen hatte, ohne Befragung gelten lassen können, aber er klammerte sich an die winzige Hoffnung, daß der Pathologe wieder einmal einen Unterton in seine Aussage legen würde, der Zweifel an den wichtigsten und unstreitigen Fakten aufkommen ließe. Das passierte aber nicht.

Es hatte wenig Sinn, die Geschworenen zu langweilen. Freeman war bereit, das Ergebnis des gerichtsmedizinischen Berichts zu akzeptieren, demzufolge Larrys Pistole als die Mordwaffe identifiziert worden war. Was freilich die Fingerabdrücke anging, hatte er ein paar Ideen.

Die Zeugin hierzu war Aja Farek, die Spezialistin der Kriminalpolizei, eine attraktive Pakistanerin von etwa fünfunddreißig

Jahren. Powell hatte ihr die Aussage entlockt, daß Jennifers Fingerabdrücke sowohl auf den Patronenhülsen als auch auf dem Magazin, in dem sie steckten, nachgewiesen worden waren.

Freeman schlurfte ins Zentrum der Bühne. »Mrs. Farek, haben Sie sonst irgendwelche Fingerabdrücke außen auf der Pistole gefunden – am Lauf, am Kolben, sonst irgendwo?«

»Nein. Abgesehen von denen der Person, die die Waffe gefunden hat, versteht sich.«

»Die Person, die die Waffe gefunden hat? Wer war das?«

Mrs. Farek zog ihre Unterlagen zu Rate. »Sein Name ist Sid Parmentier. Er ist der Mann, der die Waffe in dem Müllcontainer gefunden hat, glaube ich.«

»In dem Müllcontainer? In was für einem Müllcontainer?« Freeman wußte alles über den Müllcontainer. Trotzdem zog er die Augenbrauen hoch und schloß die Jury mit in sein Erschrecken angesichts dieser überraschenden neuen Entwicklung ein.

Powell stand auf. »Euer Ehren, die Staatsanwaltschaft wird Mr. Parmentier aufrufen und zu den Details befragen, wie und wo er die Mordwaffe gefunden hat. Mrs. Farek ist die Expertin für Fingerabdrücke.«

Villars nickte mit ausdrucksloser Miene. »Bleiben Sie bei dem, was wichtig ist, Mr. Freeman.«

»Na schön. Fingerabdrücke.« Freeman schloß erneut die Jury mit ein, diesmal in seine Enttäuschung. Er schätzte, daß sie nun ebenfalls abwarten mußten, um das herauszufinden, was sie alle über den Müllcontainer wissen wollten. Nun, es war nicht sein Fehler. Er versuchte ja, den Geschworenen zu helfen, aber die Richterin und der Anklagevertreter zeigten sich nicht kooperativ. Er wandte sich also wieder der Zeugin zu und war die Sanftheit in Person. »Wie lange halten sich Fingerabdrücke, Mrs. Farek?«

Die Zeugin runzelte die Stirn. »Sie können sich lange halten.«

»Lange? Einen Monat? Ein Jahr?«

»Ja. Ohne weiteres.«

»Und wie alt waren die Fingerabdrücke von Jennifer Witt, die Sie auf den Patronenhülsen und dem Magazin gefunden haben?«

»Keine Ahnung. Das läßt sich nicht feststellen.«

»Man kann sie nicht auf den Eintrocknungsgrad der Abdrücke untersuchen, nichts dergleichen?«

»Nein. Fingerabdrücke basieren auf einem Ölfilm. Sie trocknen also in diesem Sinne nicht aus.«

»Also hätte sie die Patronen und das Magazin zu beinahe jedem beliebigen Zeitpunkt anfassen können?«

»Ja.«

»Nicht notwendigerweise am Tag, als die Schüsse fielen, oder auch nur in der Nähe dieses Zeitpunkts?«

Powell erhob sich wieder von seinem Platz. »Sie hat das bereits beantwortet, Euer Ehren.«

Freeman meldete sich unverzüglich zu Wort. »Allerdings.« Und er strahlte übers ganze Gesicht, als habe er ein Argument ins Feld geführt, das ihm seit Wochen Kopfzerbrechen gemacht hatte. »Keine weiteren Fragen.«

Trotz der Vorankündigung wußte Sid Parmentier, der Mann, der die Pistole gefunden hatte, weder etwas Neues noch etwas Überraschendes zu der Waffe oder dem Müllcontainer zu sagen. Trotzdem entsprach es nicht Freemans Naturell, selbst eine neutrale Zeugenaussage auf sich beruhen zu lassen. Er mußte wohl das Gefühl gehabt haben, daß er bereits seine Quote erfüllt hatte, als er darauf verzichtete, Strout ins Kreuzverhör zu nehmen, denn er sprang sofort auf, als Powell seine Befragung abgeschlossen hatte.

Mr. Parmentier war stämmig und hatte einen tiefgezogenen Haaransatz wie ein Neandertaler. Sein schwarzes Sakko war speckig. Das bretthart gestärkte Hemd war zu eng, und die schwarze Krawatte, an der er andauernd herumzupfte, offenbar ebenso.

Freeman, dem jedermann sofort sympathisch war, der einen vergleichbaren Kleidergeschmack hatte, stand entspannt und mit den Händen in der Hosentasche nahe beim Zeugenstand. »Sir, haben Sie zu irgendeinem Zeitpunkt die Angeklagte, Jennifer Witt« – er zeigte der Wirkung halber auf sie –, »bei dem Müllcontainer oder in seiner Nähe gesehen?«

»Nein.«

»Haben Sie gesehen, daß sie etwas in den Container geworfen hat?«

Powell hob die Hand. »Gefragt und beantwortet, Euer Ehren.«

Villars gab dem Einspruch statt, aber Freeman war noch nicht losgeworden, was er sagen wollte, oder er hatte noch eine andere Karte im Ärmel. Hardy vermutete letzteres. »Euer Ehren, es lohnt die Wiederholung.«

»Ich bin sicher, die Geschworenen haben es beim ersten Mal gehört, Mr. Freeman. Wenn Mr. Parmentier Mrs. Witt nicht bei dem Container und auch nicht in seiner Nähe gesehen hat, dann ergibt sich doch logischerweise daraus, daß er nicht gesehen hat, wie sie etwas hineingeworfen hat, oder etwa nicht?«

Freeman nickte stumm, augenscheinlich tief in Gedanken versunken. Er drehte sich halb zum Tisch der Verteidigung um, dachte noch ein wenig nach, sah dann die Geschworenen an.

Villars duldete das nicht. »Mr. Freeman, wollen Sie den Zeugen entlassen? Lassen Sie diese Mätzchen.«

Zerknirscht und ganz aufrichtig entschuldigte sich Freeman – völlig in Gedanken verloren, als hätte er ganz vergessen, wo er sich in diesem Augenblick befand. »Es kam mir nur eben in den Sinn, Euer Ehren, daß diese Zeugenaussage in die gleiche Kategorie fällt, zu der Sie in einem früheren Teil des Verfahrens eine Entscheidung gefällt haben.«

Niemand im Gerichtssaal – weder Hardy noch Powell noch die Geschworenen noch Villars – wußte, worauf der alte Fuchs hinauswollte, und er nutzte die Gelegenheit, die er dadurch geschaffen hatte, um nach vorn zu preschen, ohne dabei unterbrochen zu werden. »Wir haben eine Pistole in einem Müllcontainer, genau wie wir Jahre früher eine Nadel in einem Bein hatten.« Freeman wandte sich direkt an die Jury, hob plötzlich die Stimme, klang plötzlich zornig. »Sie sehen, was er da macht, oder etwa nicht? Mr. Powell läßt dauernd die *handelnden Personen* aus dem Spiel, die diese *Gegenstände* an ihr Ziel bringen. Er möchte, daß Sie annehmen, daß es Jennifer Witt gewesen ist, und *das darf er nicht tun*.«

Bumm bumm bumm.

Powell war aufgesprungen. »Einspruch! Euer Ehren …«

Villars klang verärgert: »Mr. Freeman, reißen Sie sich zusammen. In diesem Stil sprechen Sie nicht mit den Geschworenen. Die Gerichtsstenographin wird die letzten Bemerkungen aus dem Protokoll streichen.«

Aber Freeman sprach mit unverminderter Lautstärke weiter, empört, außer sich. »Euer Ehren, es geht hier um das Leben meiner Mandantin, und es gibt keinerlei Beweise dafür, daß Jennifer Witt diese Waffe auch nur *in der Hand gehalten* hat, die aus irgendeinem Grund in dem Container gelandet ist.«

»Euer Ehren!« Powell war um seinen Tisch herumgegangen,

stand jetzt in der Mitte des Gerichtssaals. »Ihre *Fingerabdrücke* befanden sich auf der Waffe.«

Villars benutzte wieder ihren Hammer. »Setzen Sie sich, Mr. Powell, darüber debattieren wir jetzt im Augenblick nicht.« Sie zeigte mit dem Finger. »Sie, Mr. Freeman, benehmen sich daneben. Sind Sie jetzt mit dem Zeugen fertig oder nicht?«

»Ich bin außer mir ...«

Villars knallte den Holzhammer auf den Tisch, daß das Echo in dem weiten, hohen Saal widerhallte. Neben Hardy zuckte Jennifer zusammen.

»Etwas anderes als Ja oder Nein, und Sie sitzen im Gefängnis, Mr. Freeman.«

Plötzlich hatte sich Freeman wieder im Griff. Er nickte, schluckte kräftig. »Jawohl, Euer Ehren.«

»Jawohl was?«

»Jawohl, ich bin mit dem Zeugen fertig.«

Die Richterin hielt noch immer den Hammer in der Hand, war bereit, ihn wieder auf den Tisch zu knallen. Aber die Krise war vorbei, Powell saß wieder an seinem Platz, Freeman ging soeben zu dem seinen zurück.

Villars betrachtete sich von ihrer Richterbank aus eingehend den Saal. Da niemand anderer da war, den sie ansprechen konnte, sah sie auf Mr. Parmentier hinunter. »Der Zeuge ist entlassen«, sagte sie. »Die Verhandlung wird kurz unterbrochen.«

»Sie hassen Sie«, sagte Jennifer.

Freeman spazierte vor dem Fenster herum, sah hinaus, dann wieder ins Zimmer, war mit sich selbst zufrieden. Er, Hardy und Jennifer hatten sich für die Verhandlungsunterbrechung in ihren halbprivaten Beratungsraum hinter dem Bereich der Justizwachtmeister zurückgezogen.

»Ich glaube nicht, daß die Geschworenen ihn hassen«, sagte Hardy.

»Sie lieben mich«, verkündete Freeman.

»Aber Mr. Powell hat recht.« Jennifer saß auf dem Schreibtisch, hatte die Arme verschränkt und die Beine übereinandergeschlagen. »Es gibt etwas, das mich und diese Waffe in Verbindung bringt – sie gehört mir und Larry –, auch wenn ich sie nicht in den Müllcontainer geworfen habe. Es ist nicht dasselbe wie bei der Nadel.«

»Das ist unerheblich«, sagte Freeman. »Nach dem, was die Richterin bei Ned verfügt hat, wird jedermann in der Jury das in Erinnerung behalten haben. Sie werden denken, daß es wieder einmal ein trickreicher Winkelzug von Powell ist, weil sie genau danach suchen werden. Ich denke, wir haben sie jetzt ...«

Hardy stand mit den Händen in der Hosentasche neben der Tür, war ganz Aug und Ohr. »Da geht es um grundverschiedene Tatsachen, David. Ich denke, die Jury wird sich an die Tatsachen halten.«

Freeman tigerte zurück ans Fenster, blickte hinaus und nach unten. »Ihr seid ein Haufen von Spielverderbern.«

Es klopfte, und die Tür ging auf. Einer der Justizwachtmeister steckte den Kopf herein, warf Hardy einen Blick zu und sagte zu Freeman, daß die Richterin sich gerne mit ihm in ihrem Zimmer unterhalten würde.

35

Hardy beschloß, daß es eine gute Idee wäre, am Olympia Way vorbeizufahren und eine Stunde am frühen Morgen damit zu verbringen, seine Notizen noch einmal durchzugehen und darauf zu hoffen, daß die Phantom-Joggerin erneut auftaucht. Falls sie diese Strecke auch nur einigermaßen regelmäßig lief, bestand durchaus die Chance, daß sie ihnen nützlich sein konnte. Die Verteidigung würde in der nächsten Woche ihr Eröffnungsplädoyer halten, und er wollte, daß David so viele »andere Typen« wie nur möglich aus dem Hut zaubern konnte.

Nicht daß Hardys Joggerin – strenggenommen – ein anderer Typ war. Oder auch nur eine Typin. Hardy hatte andere Pläne mit ihr – Freeman würde nicht versuchen, sie als mögliche Mordverdächtige auszugeben. Aber er konnte sie möglicherweise dazu benutzen, die fatale Aussage von Anthony Alvarez, dem Nachbarn von gegenüber, in Mißkredit zu bringen. Wie sah die ganze Sache denn aus, wenn er an jenem Morgen die Phantom-Joggerin – und nicht etwa Jennifer – an der Haustür gesehen hatte? Und Jennifer daher nicht im Haus gewesen sein konnte. Falls irgendein Zweifel an der Identifizierung Jennifers durch Alvarez in die Köpfe der Jurymitglieder gesät werden konnte, war die Joggerin es wert, als Zeugin angehört zu werden.

Kurz nach Sonnenaufgang saß er zusammengekauert hinter dem Lenkrad seines Honda und schlürfte ein wenig Kaffee aus der Thermosflasche. Dabei wurde ihm klar, daß er in der vergangenen Woche, während der Mord an Ned Hollis im Brennpunkt des Prozesses stand, Dossiers über Tom DiStephano und die Familie Roman hätte vorbereiten sollen, falls Freeman sie als Zeugen der Verteidigung aufrufen wollte.

Aber Tatsache war, daß Hardy nicht mehr mit Tom DiStephano gesprochen hatte, seit er vor einigen Monaten von ihm und dessen Vater bedroht worden war, und Glitsky schien nicht besonders daran interessiert gewesen zu sein, für den 28. Dezember ein Alibi für die Eltern Roman zu finden. Glitsky war zwar sein Freund, aber in erster Linie war er Polizist, und dazu ein vielbeschäftigter Polizist mit anderen Prioritäten. Als es so früh zur Einstellung des Verfahrens wegen des Mordes an Ned kam, war Hardy klar geworden, daß ihm verdammt wenig Zeit blieb und er weitaus mehr Material auftun mußte, wenn Freeman in der Lage sein sollte, die Informationen, die Hardy über diese Leute gesammelt hatte, auch wirklich zu benutzen.

Er mußte also Abe erneut auf den Pelz rücken – und zusehen, ob er ihn dazu bringen konnte, bezüglich der Eltern Roman etwas zu unternehmen, und er wußte, daß das vielleicht gar nicht möglich war. Außerdem stolperte er über den Namen Jody Bachman, und dabei fiel ihm ein, daß der Anwalt aus Los Angeles sich wegen Crane & Crane und der YBMG nicht wieder bei ihm gemeldet hatte. Es ging darum, alle diese Felder noch einmal zu beackern, bevor die Verteidigung ernsthaft mit ihrem Sachvortrag begann.

Gestern, am Montag, war die Verhandlung nicht wieder aufgenommen worden. Villars hatte die Nase offenbar gestrichen voll von David Freemans Budenzauber für die Geschworenen und die Zuhörer und hatte ihm – nichtöffentlich – nach wiederholten Verwarnungen im Protokoll wegen Mißachtung des Gerichts eine Geldstrafe von fünfhundert Dollar verpaßt. Freeman kannte die Regeln so gut wie jeder andere auch, und wenn er sich weiterhin nicht daran halten sollte, würde die Sache für ihn im Handumdrehen ziemlich teuer werden.

Zu diesem Zeitpunkt war es bereits spät am Nachmittag gewesen, und Villars hatte den Justizwachtmeister losgeschickt, um die Jury für den Rest des Tages nach Hause zu schicken. Auf dem Weg in den Gerichtssaal hatte der Wachtmeister in dem Zimmer haltgemacht, wo Hardy und Jennifer gerade miteinander sprachen, und ihnen mitgeteilt, was geschehen war – Hardy hatte den Wink kapiert und sich verdrückt.

Er hatte an der Ecke geparkt, damit er die Stelle einsehen konnte, wo die Joggerin das letzte Mal zwischen den Bäumen erschienen war. Als er gerade eine der Vernehmungen von Florence Barbieto durch Walter Terrell noch einmal durchging und aufs Papier blickte, hätte er sie beinahe verpaßt, als sie wieder auftauchte.

Er warf seine Aufzeichnungen auf den Beifahrersitz und ließ den Motor noch eben rechtzeitig an. Richtig, sie lief dieselbe Strecke, bog um die Ecke in Jennifers Straße hinein, schnell wie der Wind. Hardy fuhr quer über die Straße, in die Auffahrt zum Haus der Witts und schnitt ihr den Weg ab.

Er öffnete die Fahrertür, stieg aus und sah sie über das Autodach hinweg mit einem Lächeln an. »Da bin ich wieder.«

Heute trug sie kastanienbraune Shorts und ein T-Shirt vom Bostoner Marathon, ein kastanienbraunes Stirnband und die Spraydose mit Tränengas. Keuchend schaute sie Hardy an, schloß kurz die Augen, öffnete sie wieder. »Was ist los mit Ihnen?« fragte sie und schnappte nach Luft. »Warum lassen Sie mich nicht in Ruhe?«

Er hatte wirklich nicht die Absicht, dieser Frau den Tag zu verderben, doch ebensowenig wollte er sie entwischen lassen. Er hatte bereits eine Visitenkarte in der Hand und hielt sie ihr über das Autodach hin vor die Nase. »Nehmen Sie die bitte einfach im Vorüberlaufen mit – und rufen Sie mich an. Es könnte wichtig sein. Es könnte sogar einer Frau das Leben retten.«

Sie stand eine Minute lang da und starrte ihn an, als hätte sie ihn nicht gehört. »Sie sind Rechtsanwalt? Tatsächlich?«

»Stimmt.«

»Letztes Mal haben Sie nicht gerade wie ein Rechtsanwalt ausgesehen.«

Er grinste. Kleider machen Leute. Jetzt, auf dem Weg zum Gericht, trug er einen seiner Anzüge, ein Rechtsanwalt, wie er im Buche stand. »Ich hatte mich verkleidet.«

Sie atmete noch immer schwer, aber schon sichtlich regelmäßiger als in dem Moment, in dem sie das Joggen unterbrochen hatte. Selbst wenn er so schnell laufen könnte wie sie, dachte Hardy bei sich, was er beileibe nicht konnte, würde er glatt zehn Minuten brauchen, bis er wieder einigermaßen zu Puste käme, wenn er die Strecke von den Sutro Woods bis hierher gerannt wäre. Doch sie konnte bereits wieder reden, ohne nach Luft zu schnappen. Es war beeindruckend.

Sie streckte den Arm aus und nahm die Karte, warf einen kurzen Blick darauf und einen weiteren auf ihre Uhr.

»Ich möchte Sie nicht länger aufhalten, aber wenn Sie Zeit haben, mir eine Frage zu beantworten, könnten wir eine bestimmte Sache jetzt gleich klären.«

Sie sah noch einmal auf die Uhr, atmete tief durch. »Worum geht es?«

»Laufen Sie oft diese Straße entlang?«

»Beinahe jeden Tag. Ich habe eine regelmäßige Route, wenn ich trainiere.«

»Aber nicht immer zur selben Zeit?«

Sie schüttelte den Kopf. »Hängt ganz davon ab, wann ich aufwache, wie der Morgen so anläuft. Warum? Haben Sie hier auf mich gewartet?«

»Ein paar Tage lang, immer sehr zeitig. Also laufen Sie manchmal später?«

»Manchmal.« Sie wurde wieder mißtrauisch. »Das ist mehr als eine Frage.«

»Stimmt. Tut mir leid. Wie wäre es mit dieser: Können Sie sich daran erinnern, ob Sie jemals an diesem Haus hier« – Hardy deutete darauf – »vorbeigelaufen sind und etwas gehört haben, was wie Schüsse klang, irgend etwas, was Sie dazu gebracht hat, einen Moment stehenzubleiben? Das ist die Frage, die ich Ihnen stellen wollte.«

Sie dachte darüber nach, atmete jetzt völlig regelmäßig. Sie wischte sich mit dem Schweißband übers Gesicht und runzelte die Stirn, dachte konzentriert nach. »Wann soll das gewesen sein?«

»Im vergangenen Winter, gleich nach Weihnachten.«

Sie dachte noch eine Weile nach, dann nickte sie langsam. »Ja ... ich erinnere mich tatsächlich. Es war wie ein Peng, dann noch mal Peng, schnell hintereinander. Waren das Schüsse? Ich glaube, ich habe mir damals eingeredet, daß es nur eine Fehlzündung gewesen sei.«

»Aber Sie sind stehengeblieben?«

»Nur einen Moment. Ich laufe nach Plan. Ich unterbreche das

Joggen nur ungern. Ansonsten habe ich nichts weiter gesehen oder gehört. Für mich war das damals eine Fehlzündung, also lief ich weiter.«

Hardy blieb dort stehen, wo er sich befand, knapp vor der Fahrertür. Er wollte sie nicht verschrecken. »Würden Sie mir sagen, wie Sie heißen?«

Ein letztes Zögern war ihr anzumerken, dann ging es vorüber. Sie schenkte ihm sogar den Ansatz eines Lächelns. »Lisa Jennings. Die Sache hier ist ernst, stimmt's?«

, »So ernst wie nur irgend denkbar, Mrs. Jennings.«

Hardy ging den Gang durch den Zuhörerraum hoch – aus dem Augenwinkel sah er in der ersten Reihe auf der einen Seite Terrell und auf der anderen Seite Lightner sitzen – und trat durch die Schwingtür in der Holzabsperrung. Es war fast elf, und Dean Powell hatte eine sehr kleine Filipina in den Zeugenstand gerufen – Florence Barbieto, Jennifers unmittelbare Nachbarin.

Hardy setzte sich neben Jennifer, berührte sie am Arm und flüsterte: »Bingo. Die Frau, die vor Ihrem Haus weggelaufen ist ... Ich hab sie gefunden.«

»Wo?«

Hardy hatte keine Gelegenheit zu antworten. Villars unterbrach die Befragung Powells mit einem Schlag ihres Hammers und funkelte Hardy wütend an. Es war klar, was sie meinte. Er lehnte sich mit entschuldigender Geste zurück. Er hatte absolut keine Lust, sich eine Strafe von fünfhundert Dollar aufzuhalsen, und seine Information konnte warten, auch wenn sie nützlich war.

Powell wandte sich wieder seiner Zeugin zu. Offenbar saß sie noch nicht lange dort, die beiden waren gerade dabei, die Ereignisse des 28. Dezember durchzugehen, und noch nicht sehr weit gekommen.

»Um das noch einmal zu wiederholen, Mrs. Barbieto, Sie haben gehört, daß die Witts sich stritten?«

»O ja. Die Häuser stehen nicht weit auseinander. Sie haben sich angeschrien, und der Junge weinte.«

»Konnten Sie einzelne Worte verstehen?«

Mrs. Barbieto legte den Finger an die Lippen. »Nein«, sagte sie schließlich, »nicht an jenem Morgen.« Sie deutete damit an, daß sie an anderen Tagen sehr wohl etwas verstanden hatte. Aber Powell war klug genug, an diesem Punkt nicht weiterzubohren. Freeman würde sofort aufspringen, falls er es täte, und hätte recht. Es ging hier nur um diesen einen Morgen.

»Gut. Könnten Sie uns nun etwas über die Ereignisse erzählen, die den Schüssen vorausgingen?«

»Also, ich war in meiner Küche und hab' Huhn für *adobo* kleingeschnitten. Die Küche liegt mit dem Fenster zur Seitenwand des Hauses der Witts.«

»Sie standen direkt am Fenster?«

»Ich hab' das Huhn auf der Arbeitsplatte geschnitten. Das Fenster ist über der Spüle. Weiter hinten ist noch ein Fenster, das wegen dem Essig einen Spalt offenstand.«

»Wegen dem Essig?«

»Für das *adobo*.«

Powell nickte, als wüßte er, wovon sie sprach. »Ich verstehe. Und deshalb konnten Sie hören, was sich nebenan abspielte?«

»Nicht mehr. Sie hatten aufgehört.«

»Sie hatten aufgehört zu schreien, meinen Sie?«

»Ja.«

»Und wie lange blieb es relativ ruhig dort drüben, nebenan bei den Witts?«

»Nicht sehr lang. Vielleicht eine Minute. Ich habe meinen Kaffee weggeräumt, die Tasse saubergemacht und in die Waschmaschine gestellt …« – … Hardy hatte die Vision einer Waschmaschine voller Porzellanscherben, kein Wunder, daß das Mistding nicht funktionieren wollte – … »dann habe ich das Huhn rausgeholt und kleingeschnitten, und dann hörte ich plötzlich, wie jemand ›Nein‹ schrie, und dann diesen schrecklichen Knall. Es mußte ein Schuß gewesen sein. Trotzdem, ich dachte an all die Streitereien am Morgen und das ganze Wochenende über, und dann ist da dieser Krach, also geh' ich ans Fenster.«

»An das Fenster, das einen Spalt geöffnet war?«

»Ja, zu dem weiter hinten. Als ich dort bin, höre ich noch einen Schuß. Er ist so laut, daß ich fast das Gefühl habe, als ob er mich selbst trifft.«

Powell nickte wieder mehrmals, drehte sich dann um, suchte mit den Augen den Tisch der Verteidigung. Jennifer saß nach vorn gebeugt, ihre Hände lagen zur Faust geballt auf der Tischplatte. Sie erwiderte seinen direkten Blick.

»Und was haben Sie dann gemacht?«

»Na ja, da steht ein Stuhl gleich am Fenster. Ich hab' mich hingesetzt und versucht nachzudenken. Ich wußte nicht, was ich davon halten soll.«

»Was konnten Sie von diesem Stuhl aus sehen?«

»Einen Teil der Hecke, dann die Hausseite nach hinten.«

»Entschuldigen Sie. Meinen Sie die Seite des Hauses oder die Rückseite?«

»Die Seite, aber wissen Sie, nach hinten raus eben. Außer, daß nichts passiert. Ich sehe ein oder zwei Minuten lang gar nichts, ich sitze nur da und versuche nachzudenken, was ich tun soll. Dann denke ich, ich sollte lieber rausgehen oder vielleicht meinen Mann rufen, ich weiß auch nicht.« Mrs. Barbieto durchlebte den Augenblick aufs neue, verdrehte mit den Händen den Stoff ihres Kleides und rutschte auf dem Stuhl des Zeugenstands hin und her. »Dann hab' ich mir gesagt, ich muß raus und nachsehen. Wenn was nicht in Ordnung ist, kann ich vielleicht helfen. Es ist so still jetzt, noch stiller als vorher, als sie sich nicht mehr gestritten haben.«

Powell stand nun neben ihr, beruhigend, aber hartnäckig. »Und was haben Sie dann gemacht?«

Mrs. Barbieto holte Luft. »Ich bin nach nebenan gegangen und hab' geklingelt. Dann warte ich und klingele noch mal. Aber niemand macht auf, und ich weiß doch, der Krach kam aus dem Haus, das ist erst eine Minute her, also muß doch jemand drin sein. Aber keiner hat aufgemacht.«

Sie schüttelte den Kopf und warf Jennifer verstohlene Blick zu, hatte offensichtlich Angst, sie anzusehen. Hatte vielleicht, so sah es wohl in den Augen der Geschworenen aus, Angst vor Jennifer. Powell holte sie wieder auf den Boden zurück, indem er die sicherste Frage stellte, die sich in einem Gerichtssaal stellen läßt. »Und was haben Sie dann gemacht?«

»Ich hab' noch eine Minute abgewartet, aber es kam niemand, also hab' ich versucht, die Tür aufzumachen, aber sie ließ sich nicht öffnen, und dann hab' ich Angst bekommen und bin zurück in mein Haus gelaufen und hab' die 911 angerufen.«

»Und was haben Sie dann gemacht?«

»Ich hab' mich ans Fenster gesetzt, das nach vorn rausgeht, bis der Polizeiwagen kam, vielleicht ein paar Minuten lang. Ich hatte Angst, draußen zu bleiben.«

Powell begleitete sie mit seinen Fragen durch die nächsten ein oder zwei Stunden, nachdem der Polizeiwagen aufgetaucht, Jennifer vom Joggen nach Hause gekommen und die Mordkommission eingetroffen war, erfragte Mrs. Barbietos Handlungen und Eindrücke. Es war ein schnörkelloser Bericht, der Hardys Ansicht nach Jennifer nicht besonders schadete. Schließlich und endlich war jemand in dem Haus gewesen und hatte die Morde begangen – aber keine von Mrs. Barbietos Aussagen belastete Jennifer unmittelbar. Es ließ sich immer noch argumentieren, daß sie nicht zu Hause gewesen war.

Als Powell die Zeugin der Verteidigung übergab, stand Freeman nicht auf. Statt dessen sah er zuerst die Richterin, dann die Zeugin an. »Ich bitte das Gericht um eine Minute Zeit, Euer Ehren.«

Er saß da, ohne sich zu rühren. Er schaute nicht in seine Aufzeichnungen. Seine Arme lagen verschränkt auf dem Tisch. Nach ungefähr zehn Sekunden Stille wurde es im Gerichtssaal unruhig, die Leute rutschten auf ihren Stühlen hin und her, räusperten sich. Freeman schien es nicht zu bemerken. Hardy sah zu ihm hinüber; Jennifer tat das gleiche. Die Sekunden vergingen.

Powell stand nach etwa einer halben Minute auf. »Euer Ehren …«

Villars stimmte ihm zu. Sie zeigte mit dem Hammer auf den Anwalt. »Mr. Freeman, wollen Sie Mrs. Barbieto nun ins Kreuzverhör nehmen oder nicht? Wenn ja, dann fangen Sie bitte an.«

Dieser Wortwechsel dauerte ungefähr zehn Sekunden, und Freeman begann sich schließlich zu bewegen. Langsam streckte er sich, stand auf, griff sich seinen gelben Notizblock. Er hatte noch immer kein Wort gesagt. Er seufzte, trat ein paar Schritte vor, warf einen Blick auf seine Armbanduhr. »Jetzt!« rief er. Die Hälfte der Geschworenen schreckte hoch, die Zeugin ebenso.

Freeman drehte eine schnelle Runde vor der Bank für die Jury, nahm den ganzen Raum in Augenschein. »Das war eine Minute.«

Er begab sich jetzt direkt zum Zeugenstand und lächelte. »Nun, Mrs. Barbieto, bitte entschuldigen Sie diese kleine Demonstration, und wenn ich Sie erschreckt habe, dann tut es mir leid. Aber es gibt einige grundlegende Probleme in Ihrer Zeugenaussage, was die Zeit angeht, und ich dachte, es wäre sehr hilfreich, einmal darüber nachzudenken, was eine Minute eigentlich ist.«

Sein Vorgehen verstieß gegen alle Regeln. Er stellte der Zeugin keine Fragen. Villars schickte sich an, ihn zu maßregeln, aber er ging jetzt sofort ans Werk. »Sie haben ausgesagt, daß das Geschrei im Hause der Witts, Zitat, ungefähr eine Minute, Zitatende, aufhörte, bevor Sie eine Stimme ›Nein‹ schreien hörten, und dann den Schuß, ist das korrekt?«

Mrs. Barbieto sah Freeman an, als sei er verrückt, und sie mochte damit mindestens zur Hälfte recht haben. Sie nickte, ja, das stimmte …

Die Richterin sah zu der Zeugin hinüber. »Bitte benutzen Sie Worte in Ihren Antworten. Ein Nicken genügt nicht.«

»Tut mir leid«, sagte Mrs. Barbieto. »Wie war noch mal die Frage?«

Freeman wiederholte sie, und dieses Mal sagte sie ja, es hatte ungefähr eine Minute gedauert.

»Nur um in diesem Punkt ganz sicher zu gehen, als Sie dort saßen und Ihren Kaffee tranken, da haben Sie drüben in dem Haus den Streit gehört?«

»Ja.«

»Genauso lange, bis Sie Ihren Kaffee ausgetrunken hatten und aufgestanden sind?«

»Vielleicht nicht so lange.«

»Vielleicht nicht so lange?«

»Aber währenddessen. Solange ich saß.«

»Ungefähr eine Minute vorher?«

»Ja, ungefähr.«

»Gut, und im Verlauf dieser Minute sind Sie vom Kaffeetisch aufgestanden – wo haben Sie ihn übrigens getrunken?«

»Direkt am Fenster, das weiter hinten liegt.«

»Gut, also am Fenster weiter hinten. Sie haben Ihre Tasse nach vorn zum Spülbecken getragen, ist das richtig?«

»Ja.«

»Und was dann?«

»Dann habe ich sie abgewaschen.«

»Mit Spülmittel?«

Powell erhob sich und wollte Einspruch erheben, aber Villars gab dem nicht statt. Sie mochte der Ansicht sein, daß Freeman ein Armleuchter sei, aber in diesem Fall folgte er einer nachvollziehbaren Spur, und die mochte ja sogar zu irgend etwas führen.

»Nein, ich spüle sie nur ab und stelle sie dann in die Waschmaschine.«

Freeman lächelte, sichtlich *mit* ihr, nicht *über* sie. »Ich will Sie nicht kritisieren, Mrs. Barbieto, aber wollen Sie damit sagen, Sie haben die Tasse in die Geschirrspülmaschine gestellt?«

Na also, so ein übler Kerl war er ja gar nicht. Mrs. Barbieto lächelte verlegen. »Ja, ich meinte die Geschirrspülmaschine.«

»Gut.« Freeman fuhr fort zu rekapitulieren, was sie bis dahin alles gemacht hatte und wiederholte dabei vor dem Zeugenstand pantomimisch den Handlungsablauf. »Und was haben Sie dann gemacht?«

Powell versuchte erneut einen Einspruch, indem er anführte, sie habe diese Fragen bereits beantwortet. Villars gab dem Einspruch nicht statt.

»Sie meinten das Hühnchenschnippeln?«

»Wenn es das ist, was Sie danach gemacht haben, ja.«

Sie versuchte zu bocken, ihr Gesicht verdüsterte sich. »Die Sachen, die ich in der Küche gemacht habe, das hab' ich gemacht.«

»Haben Sie die Küche in dieser Zeit verlassen?«

Sie schwieg.

»Mrs. Barbieto, haben Sie die Küche in dieser Zeit verlassen?«

Die Zeugin sah zur Richterin hoch. »Ich muß zur Toilette gehen.«

»Mr. Freeman«, sagte Villars, »brauchen Sie hierfür noch lange? Die Zeugin muß zur Toilette.«

»Nein, nein, nein!« Mrs. Barbieto war jetzt äußerst verlegen. »So sage ich eben ... habe ich gesagt. Ich muß ... Ich mußte zur Toilette.«

Freeman blieb einen Augenblick reglos stehen. »Sie sind zur Toilette gegangen, bevor Sie das Hühnchen zerkleinert haben? Können Sie sich daran erinnern, wie lang sie dort blieben?«

Die Zeugin wand sich, ihr war dieses Thema sichtlich unangenehm. »Nicht lang, vielleicht eine Minute, ich weiß nicht genau.«

Im Gerichtssaal ließ sich ein leichtes Raunen vernehmen. Freeman, der erreicht hatte, worauf er hinaus wollte, achtete nicht weiter darauf und versuchte, Mrs. Barbieto wieder auf seine Seite zu ziehen. »Gut, lassen Sie uns nun fortfahren. Sie haben ausgesagt, daß Sie dann begonnen haben, ein Huhn kleinzuschneiden. Wo lag dieses Huhn vorher?«

Freeman führte sie Schritt für Schritt, daß es einen verrückt machen konnte, in der Aussage weiter – das Huhn lag eingewickelt im Kühlschrank, sie war vom Kühlschrank quer durch die Küche zum Spülbecken gegangen, hatte es ausgewickelt, dann das feuchte Einwickelpapier weggeworfen, das Huhn in kaltem Wasser gewaschen, es mit einem Handtuch abgetrocknet. Zuerst hatte sie die Flügel abgeschnitten, dann die Beine und Schenkel im Stück. Als nächstes hatte sie ein Bein vom Schenkel abgetrennt – und genau in dem Moment, als sie das andere Stück zerteilen wollte, hörte sie den Schrei und dann den Schuß.

»Nun, Mrs. Barbieto«, kam Freeman, weiterhin freundlich und hilfsbereit, zum Schluß, »aus diesem Grund haben wir die Befragung mit meiner kleinen Demonstration darüber begonnen, was eine Minute eigentlich ist. Eine Minute ist, wie Sie wissen, nicht nur ein kurzer Zeitabschnitt. Es ist ein exakter Zeitabschnitt – sechzig Sekunden. Und Sie haben ausgesagt, daß Sie Jennifer eine Minute – sechzig Sekunden – lang mit ihrem Mann streiten hörten, bevor Sie den ersten Schuß hörten.«

»Nein, das war länger.«

»Es war möglicherweise sehr viel länger, nicht wahr? Vielleicht sogar so lang wie, sagen wir, zehn Minuten?«

»Das weiß ich nicht. Ich hab' nicht auf die Uhr gesehen. Wissen Sie, es kam mir einfach nicht sehr lang vor.«

Aber ohne weiteres, dachte Hardy, lang genug, daß Jennifer das Haus verlassen und »ein anderer Typ« das Haus betreten und die Morde begehen konnte.

Freeman wartete ein Weilchen ab, damit die Geschworenen diese Tatsache auch mitbekommen konnten, zog die Notizen zu Rate, die er in der Hand hielt. Dann faßte er seinen Entschluß und wandte sich an die Richterin. »Euer Ehren, es ist fast halb eins. Es gibt noch eine Menge Fragen, die ich dieser Zeugin stellen möchte, aber jetzt wären wir an einem guten Punkt angelangt, um eine Unterbrechung einzuschieben, sofern die Staatsanwaltschaft keine Einwände hat.«

Die Staatsanwaltschaft hatte keine.

36

Auszeit.

Hardy besaß eine schwarze, gußeiserne Bratpfanne, die seine Eltern ihm geschenkt hatten, als er von zu Hause auszog und ans College ging. Die Pfanne war das einzige Stück Hausrat aus jenen längst vergangenen Tagen, ein Relikt aus seiner eigenen verlorenen Jugend. Sie wog um die fünf Pfund, und ihre Bratfläche war so glatt und schwarz wie Hämatit. Nach dem Gebrauch pflegte er sie mit Salz zu reinigen und mit einem Handtuch auszuwischen, auch wenn er alle paar Jahre eine volle Stunde damit zubrachte, sie mit Öl und extrafeiner Stahlwolle blankzuschmirgeln. Seines Wissens war die Pfanne noch nie mit Spülmittel in Berührung gekommen.

Frannie las gerade Rebecca vor dem Zubettbringen etwas vor. Hardy hatte Schalotten entdeckt und vier davon kleingeschnitten, mit Butter und Olivenöl und ein wenig Petersilie in die Pfanne geworfen. Er nahm einen Schluck von seinem Chardonnay und gab ein paar Tropfen Wein in die Pfanne. Ein kleiner Topf mit Reis stand auf einer anderen Herdplatte, und Hardy hob den Deckel ab, um nachzusehen, wie weit er war. Gutes Timing war alles. Er drehte die Flamme unter der gußeisernen Pfanne aus. Die Garnelen würden nur zwei Minuten brauchen, und er wollte warten, bis Frannie mit Beck fertig war. Er ließ sein Glas Wein stehen und ging durch das Schlafzimmer in den Raum, der ihm zehn Jahre lang als Arbeitszimmer gedient hatte.

Jetzt, mit hellblau gestrichenen Wänden und von einer Menagerie aus mit Schablone aufgemalten Tieren umgeben, war es ein Kinderzimmer. Rebecca trug ihren neuen türkisfarbenen Seidenpyjama. Ihr Daddy mochte den am allerliebsten, deshalb zog sie ihn jede Nacht an – er würde ihr bald einen zweiten kaufen müssen. Sie hockte inmitten eines halben Dutzends ihrer »Freunde« – ein Teddybär und ein Hase und eine Puppe aus Stoffresten und einige andere, alle hatten einen Namen –, halb auf Frannies Schoß und halb lässig auf dem kleinen Sofa der Regenbogenkinder ausgestreckt, völlig bezaubert von den Abenteuern des braven Hundes Carl Good Dog. Hardy stand in der Tür und genoß die Szene. Er ging zu den beiden hinüber, setzte sich zu ihnen, und Beck veränderte ihre Lage, bis sie bei beiden Eltern auf dem Schoß lag. Hardy legte den Arm um Frannie, und sie kuschelte sich an ihn, roch verlockend süß.

Es gefiel ihm nicht besonders, daß Frannie weiterhin mit Jennifer sprach, aber Frannie hatte ein schlechtes Gefühl dabei, sie im Stich zu lassen, andererseits wollte sie Jennifer nicht im Gefängnis aufsuchen, also telefonierte sie dann und wann mit ihr.

»Sie scheint voller Zuversicht, daß David sie am Ende doch rauskriegt.«

»Ich hoffe es.« Hardy packte eine Garnele am Schwanzende und biß einmal ab. »Ich habe den Bogen allmählich raus«, sagte er. »Die hier sind richtig gut gelungen.«

Frannie war nicht seiner Meinung. »Die sind nicht nur gut gelungen, die sind perfekt. Jedesmal, wenn du dich dranmachst, für ein Abendessen wie dies hier ein paar Kleinigkeiten in die Pfanne zu schmeißen, wird es ein echter Hit.« Frannie stillte Vincent inzwischen nicht mehr. Sie trank ein wenig Wein. »Du hörst dich aber nicht so überzeugt an.«

»Na ja, David zieht wirklich eine gute Show ab. Heute hättest du ihn sehen sollen. Du gehst aus dem Gerichtssaal und hast das Gefühl, der ganze Spaß war sein Geld wert.«

»Aber …?«

»Aber ich weiß nicht so recht.«

Frannie legte die Gabel hin und sah ihn im Kerzenlicht über den Tisch hinweg an. »Machst du dir wirklich Sorgen?«

»Ich mache mir wirklich Sorgen.« Er stocherte im Reis herum. »Heute hatte er Florence Barbieto ungefähr sechs Stunden lang im Kreuzverhör und hat dabei nachgewiesen, daß sie jedesmal, wenn sie ›eine Minute‹ sagte – und das hat sie oft gesagt –, nicht wortwörtlich eine Minute meinte. Aber falls dieser Alvarez, der Nachbar von gegenüber, aussagt, er hat gesehen, wie Jennifer das Haus – bitte verzeih den Ausdruck – eine Minute nach den Schüssen verlassen hat, dann war sie eben doch da.«

»Aber diese andere Frau, die du ausfindig gemacht hast. Die Joggerin …«

»Ja, schon. David wird sie mit großem Brimborium vorführen – und ich *bin* froh, daß ich sie gefunden habe –, und sie wird sagen, daß sie die Schüsse gehört hat, oder irgendwelchen Krach, der sich wie Schüsse anhörte, und daraufhin stehengeblieben und direkt am Tor wieder losgelaufen ist, aber Powell braucht sie nur zu fragen, woher sie überhaupt weiß, daß es am selben Tag war. Sie weiß es nicht. Wenn Alvarez bei seiner Identifizierung bleibt, dann war Jennifer zu der Zeit zu Hause, und dann verlieren wir höchstwahrscheinlich.« Er zeigte auf ihren Teller, sein Gesicht wurde weicher. »Iß deine Garnele, junge Frau, das macht dich groß und stark.«

Frannie biß gehorsam einmal ab, aber in Gedanken war sie ganz woanders. »Ich kann einfach nicht glauben, daß jemand – dieser Mann da, Powell –, der mit ihr gesprochen und sie gesehen hat, so darauf aus sein kann, sie in den Tod zu schicken. Du großer Gott. Hör mal, sie ist ein netter Mensch, vielleicht ein bißchen verwirrt, aber …«

Hardy schüttelte den Kopf. »Ich will mich nicht mit dir streiten, aber ich glaube nicht, daß sie so ein netter Mensch ist. Sie hat gelogen, und sie hat mindestens einen Menschen getötet« – er hob eine Hand –, »*okay*, vielleicht hatte sie ihre Gründe, aber ich will nicht meine Hand dafür ins Feuer legen, was für ein netter Mensch Jennifer Witt ist.«

»Jedenfalls hat sie mit Sicherheit nicht Larry und Matt umgebracht.«

»Ich *glaube* nicht, daß sie es war.«

»Dismas, du *weißt*, daß sie es nicht war.«

»Ich weiß es nicht. Ich hoffe es nur, und es stimmt auch, daß ich mir nicht vorstellen kann, daß sie Matt umgebracht hat, aber ich weiß es nicht mit Sicherheit. Nichts von dem, was ich herausgefunden habe, und ich habe wirklich gründlich recherchiert, beweist, daß sie von alldem nichts getan hat.«

»Aber es beweist auch nichts, daß sie es getan hat, und darum geht es doch, oder? Das ist es doch, was Powell beweisen muß.«

Hardy nickte. »Theoretisch ja.«

»Und das heißt?«

»Das heißt, faktisch deutet eben doch einiges darauf hin, daß sie es getan hat. Das ist ja das Problem. Sie bekommt fünf Millionen Dollar, wenn sie freigesprochen wird, und sie hat ihren Mann vom Hals, der sie verprügelt hat, und –«

»Und Matt?«

»Sicher, wenn man einmal davon absieht …« Wenn man einmal davon absah, daß Hardy wußte, daß es auf diesem Planeten ganze Heerscharen sogenannter Menschen gab, die durchaus dazu fähig waren, ihre Nachkommen ohne Gewissensbisse umzubringen. Er glaubte nicht wirklich, daß Jennifer zu ihnen zählte, aber …

»Ich glaube nicht, daß sie so jemand ist.«

»Ich glaube es *ebenfalls* nicht, Fran, aber es ist nicht ausgeschlossen. Das ist alles, was ich sage.«

»Aber es geht mir total gegen den Strich. Und es geht mir total gegen den Strich, wenn du das auch nur in Erwägung ziehst.«

»Ich bin selbst nicht allzu glücklich darüber.«

Sie saßen einander am Tisch gegenüber, das Abendessen war völlig vergessen. Hardy streckte eine Hand aus, und Frannie nahm sie. »Ich habe eine großartige Idee«, sagte er. »Wie wäre es, wenn wir Jennifer Witt oder den ganzen Quatsch vor Gericht sagen wir, ach, was weiß ich, fünf Minuten lang mit keinem Wort erwähnen? Und wenn wir es schaffen, machen wir die ganze Nacht so weiter.«

Es war nicht leicht, aber später am Abend zahlte es sich auf köstliche Weise aus.

37

Wie Hardy befürchtet hatte, bedeutete Anthony Alvarez Ärger für sie.

Es war zudem keine große Hilfe, daß er mit seinem kurzgestutzten weißen Schnurrbart und dem rotbackigen, aber feingemeißelten Gesicht aussah wie Ricardo Montalban, der kosmopolitische Reklameheld für dieses Luxusauto – wie hieß die Marke doch gleich? – außer, daß Alvarez' schneeweißes Haar nicht wellig war, sondern militärisch kurz geschnitten. Sein Straßenanzug war sauber – weder zu aufgemotzt noch abgetragen. Sein Auftreten war entspannt und doch bestimmend, sein Wortschatz beeindruckend. Er hatte dreißig Jahre lang als Feuerwehrmann für die Stadt gearbeitet, bevor er vor sieben Jahren im Rang des stellvertretenden Kommandanten in Pension gegangen war. Den größten Teil der Zeit verbrachte er zu Hause und pflegte seine Frau, die infolge eines Lungenleidens bettlägerig war. Kurz gesagt, als Zeuge der Verteidigung wäre er ein Geschenk Gottes gewesen. Aber er war der Zeuge der Anklage – und in der Tat Powells Star.

Auf die vorsichtigen Anstöße des Staatsanwalts hin erzählte er die ganze Geschichte noch einmal aus seiner eigenen Perspektive, sprach über die Schüsse. »Das war sehr ungewöhnlich. Die Straße ist meistens ruhig, und ein solches Geräusch, das war überraschend, aber ich habe mir nicht viel dabei gedacht. Aber dann beim zweiten Schuß, der unmittelbar darauf erfolgte, da dachte ich mir, ich muß mal rüber und nachsehen, ob irgend etwas Ernstes passiert ist.«

»Und was haben Sie dann gemacht?«

»Na ja, Marys Zimmer ... Mary ist meine Frau ... ist oben im ersten Stock, das zweite Zimmer nach hinten raus. Ich war oben bei ihr, hatte ihr etwas vorgelesen, und nach dem zweiten Schuß bin ich über den Flur zum Fenster am Ende der Treppe gegangen, das zur Straße hinausgeht – zum Olympia Way.«

»Und haben Sie auf der Straße etwas gesehen?«

»Ja. Ich sah eine Frau, die so etwas wie einen Jogginganzug anhatte und am Tor vom Haus der Witts stand, drüben auf der anderen Straßenseite.«

Powell hatte Mr. Alvarez offensichtlich gründlich darauf vorbereitet, wie er seine Fragen beantworten solle, und jetzt waren sie am Kernpunkt angelangt. »Ist diese Frau in diesem Gerichtssaal, Mr. Alvarez?«

Der Zeuge zögerte nicht einen Augenblick. »Ja, Sir, das ist sie. Sie sitzt dort drüben« – er deutete hinüber –, »am Tisch der Verteidigung.«

Powell nickte, er hatte sein Ziel erreicht. »Bitte nehmen Sie ins Protokoll auf, daß der Zeuge die Angeklagte, Jennifer Witt, identifiziert hat.«

Im Gerichtssaal brach die erwartete Aufregung aus, und Jennifer, die neben Hardy saß, ließ den Kopf hängen und schüttelte ihn. Villars knallte ein paarmal den Hammer auf den Tisch und rief zur Ruhe, und Hardy nutzte den Moment, um Jennifer etwas zuzuflüstern. »Sehen Sie ihn an. Sehen Sie ihm ins Gesicht.«

Sie hob den Kopf, doch sie konnte offenbar ihren Trotz nicht länger aufrechterhalten. Alvarez starrte ihr seinerseits mitten ins Gesicht und machte damit klar, daß er zu der von ihm gemachten Anschuldigung stehen würde – Sie sind es gewesen, ich bin mir da absolut sicher. Jennifer fiel langsam in sich zusammen, verschränkte vor sich die Arme auf dem Tisch und ließ den Kopf sinken, bis er auf den Armen ruhte.

Powell genoß das Schauspiel. Einen Augenblick lang blickte er als erklärter Sieger zu Freeman hinüber. Dann war der Augenblick vorbei. Er wandte sich wieder dem Zeugen zu.

»Was hat sie dann getan?«

Hardy war immer wieder von den vielen Rollen überrascht, in die David Freeman schlüpfen konnte. Nie erhob er sich beispielsweise zweimal auf dieselbe Weise, wenn er Zeugen ins Kreuzverhör nahm. Manchmal, wie er es bei Mrs. Barbieto demonstriert hatte, erhob er sich überhaupt nicht und wartete auf eine Aufforderung – vielmehr ein Ultimatum – seitens der Richterin. Im Fall von Anthony Alvarez – als Powell mit ihm fertig war – stürzte er sich buchstäblich auf ihn, als ob er ihm an die Gurgel wollte.

»Mr. Alvarez, Sie haben soeben ausgesagt, daß Sie Mrs. Witt ungefähr eine Minute nach den Schüssen gesehen haben, wie sie am Tor stand und zur Haustür zurückblickte, ist das richtig?«

»Ja.«

»Haben Sie gesehen, wie sie das Haus verlassen hat?«

»Nein, sie stand am Tor, als ich sie sah.«

»Und Ihre Schlußfolgerung war, daß sie aus dem Haus gekommen ist?«

»Ja.«

»Daß sie sich im Haus befand, als die Schüsse abgegeben wurden.«

»Ja.«

»Und sofort hinterher herauskam, ungefähr eine Minute danach, zu dem Zeitpunkt, als Sie sie gesehen haben?«

»Ja, das ist richtig. Das habe ich gefolgert.«

»Sie hätte also, als die Schüsse abgegeben wurden, *überall* sein können, nicht wahr? Weiter oben oder weiter unten auf der Straße, ja meinetwegen auf der anderen Seite der Stadt.«

Alvarez zog die Stirn in Falten, und Powell erhob Einspruch.

»Wollen Sie auf etwas Bestimmtes hinaus, Mr. Freeman?« fragte Villars.

Freeman nickte. »Ich stelle nur klar, Euer Ehren, daß der Zeuge keineswegs wissen konnte, wo Jennifer Witt war, als die Schüsse fielen. Er nahm aufgrund seiner angeblichen Identifizierung von ihr am Tor gleich nach den Schüssen an, daß sie sich im Haus befand. Da er dachte, daß er sie am Tor gesehen hat, nahm er an, daß sie sich zuvor im Haus befand. Aber wenn es nicht Jennifer war, die am Tor stand …«

Villars nickte. »In Ordnung. Der Einspruch ist abgelehnt. Sie können fortfahren, Mr. Freeman.«

Das war ein guter Dialog, dachte Hardy. Natürlich schloß es nicht aus, daß Jennifer sich zu dem Zeitpunkt, als die Schüsse abgegeben wurden, im Haus befand, aber zum ersten Mal hörte die Jury einen Zeugen der Anklage sagen, er könne nicht mit Sicherheit behaupten, daß sie dort gewesen sei. Und wenn Freeman erst einmal Lisa Jennings präsentiert hatte, würde der Zweifel daran, daß Jennifer Witt überhaupt dort gewesen war, sogar noch wesentlich größer werden.

Freemans Frage wurde Alvarez noch einmal vorgelesen, und er gab widerstrebend zu, daß Jennifer tatsächlich, rein theoretisch, überall hätte sein können, als die Schüsse fielen. »Außer daß sie es nicht in einer Minute vom anderen Ende der Stadt bis zum Tor ihres Hauses geschafft hätte«, fügte er hinzu.

Freeman lächelte warmherzig. »In der Tat hätte sie das nicht geschafft«, sagte er. »Das ist auch der Grund, warum ich möchte, daß Sie sich Ihrer Aussage, daß Sie *Jennifer Witt* vor dem Tor des Hauses gesehen haben, vollkommen sicher sind, Mr. Alvarez. Sind Sie sich sicher?«

Alvarez wurde nicht nervös, aber auf jeden Fall verlor er allmählich die Geduld. »Ja, ich bin mir sicher.«

»Aber Sie haben ausgesagt, daß sie zurück zur Haustür sah?«

»Ja.«

»Und danach begann sie, die Straße hinunterzujoggen?«

»Das stimmt.«

»Und das Haus der Witts liegt wo genau, wenn man es auf Ihr eigenes bezieht?«

»Direkt gegenüber, auf der anderen Straßenseite.«

»Und der Olympia Way ist eine flache Straße, nicht wahr?«

»Nein. Ganz schön steil. Um die drei Prozent Steigung.«

»Und das Haus der Witts – liegt es genau auf der anderen Straßenseite, oder ein Stückchen weiter oben oder unten?«

Alvarez, der keinen blassen Schimmer hatte, was Freeman damit bezweckte, ließ sich nicht aus der Ruhe bringen. Er ließ sich aber einen Moment Zeit, um sicherzugehen, daß er nicht in eine Falle tappte. Da er keine ausmachen konnte, antwortete er: »Für mich liegt es genau gegenüber, aber Sie haben recht, es liegt ein Stückchen bergab.«

Freeman blieb kühl. »Ich habe nichts gesagt, Mr. Alvarez, womit ich recht haben könnte. Sie sind es, der das sagt.«

»Ja, ich sage es. Es liegt ein Stückchen bergab.«

»Also standen Sie am Fenster im ersten Stock und sahen über die Straße und ein Stück bergab auf Mrs. Witt, die am Tor stand, und dann fing sie an, die Straße hinunterzulaufen – was bedeutet, von Ihnen weg. Ist das Ihre Zeugenaussage?«

»Ja.« Alvarez lehnte sich zurück und schlug die Beine übereinander. Sein aristokratisches Gesicht hatte sich nach und nach verzogen, und jetzt runzelte er die Stirn.

Freeman setzte zum Sprung an. »Gut, und wann haben Sie dann ihr Gesicht gesehen?«

Alvarez beugte sich vor. »Wann ich ihr Gesicht gesehen habe?«

»Ganz genau, Mr. Alvarez. Wenn sie die ganze Zeit von Ihnen weg und in Richtung Haus geblickt hat und dann die Straße hinunter gelaufen ist, *wann haben* Sie dann überhaupt ihr *Gesicht* sehen können?«

Alvarez versuchte es mit der einzigen Version, die er noch auf Lager hatte. »Nun, ich muß es wohl von der Seite gesehen haben.«

»Sie *müssen* es gesehen haben? Sie *müssen* es gesehen haben? Haben Sie es gesehen, oder haben Sie es nicht gesehen?«

»Ja, ich habe es gesehen. Jawohl. Ich sah ihr Profil. Ich wußte, es war Jennifer Witt. Ich habe niemals in Erwägung gezogen, daß sie es nicht gewesen wäre.«

»Sie meinen, sie hätte es gewesen sein können, also muß sie es gewesen sein?«

»Euer Ehren!« Powell war aufgesprungen. »Der Verteidiger setzt den Zeugen unter Druck.«

Freeman hob mit theatralischer Geste die Hände. »Euer Ehren, dies hier ist ein ganz entscheidender Augenzeuge der Anklage, und die Geschworenen müssen erfahren, daß die positive Identifizierung Jennifer Witts in Wahrheit höchst fragwürdig ist.«

Villars schürzte die Lippen, sie mochte Freemans Schauspielerei nicht, war sich aber bewußt, daß an dem, was er sagte, etwas dran war. »Trotzdem«, sagte sie mit fester Stimme, »Mr. Powell hat recht. Sie setzen den Zeugen unter Druck. Wir werden die letzte Frage streichen. Sie können fortfahren.«

Freeman ging zurück zum Tisch der Verteidigung, trank einen Schluck Wasser, wandte sich dann wieder dem Zeugen zu. »Mr. Alvarez, lassen Sie uns über die Pistole sprechen, ja? Haben Sie die Pistole gesehen?«

»Die Pistole?«

»Ja. Die Tatwaffe, die irgendwie in einen Müllcontainer gelangt ist, weiter unten an der Straße in der Nähe des Parks. Diese Pistole. Haben Sie bemerkt, ob die Person, die Sie als Jennifer Witt identifiziert haben, diese Pistole in der Hand hielt, als sie am Tor stand?«

»Da war etwas, das an ihrer Hüfte baumelte.«

Freeman schüttelte den Kopf. »Mr. Alvarez, bitte beantworten Sie einfach die Frage. *Haben Sie eine Pistole gesehen*?«

Die Sache gefiel Alvarez nicht und Powell ebensowenig, aber es war nichts dagegen zu machen. »Nein, aber sie hielt ...«

Freeman hob eine Hand. »Bitte, Mr. Alvarez, das ist alles. Lassen Sie uns fortfahren, nicht wahr?« Freeman drehte sich kurz um, und warf Jennifer und Hardy einen raschen Blick zu. Natürlich sahen auch die Geschworenen diesen Blick – sie würden mitbekommen, daß Freeman zumindest aus seiner Perspektive mit Alvarez Schlitten fuhr. Er wandte sich wieder dem Zeugenstand zu. »Der letzte Punkt, um den es mir geht, ähnelt der Sache, die ich mit Mrs. Barbieto durchgegangen bin – wie lange ist eine Minute?«

Villars schützte die Lippen, machte sich bereit, alle Schauspielertricks abzuwürgen, bevor sie zu übel wurden, aber trotz seiner Vorliebe für großartige Zirkusnummern zog Freeman dieses Kreuzverhör sehr korrekt durch. Hardy bezweifelte überdies, daß sich der Anwalt von seinem Hang zur Extravaganz überrumpeln lassen würde, wenn er so deutlich Oberwasser hatte.

»Sie haben uns gesagt, daß Sie sich beim Bett Ihrer Frau befanden und ihr etwas vorlasen, als Sie die Schüsse gehört haben?«

»Das ist richtig.«

»Und dann, nach dem zweiten Schuß, sind Sie aufgestanden, um einen Blick hinaus auf die Straße zu werfen, ist das richtig?«

Alvarez nickte mißmutig, und Villars forderte ihn auf, Fragen mit Worten zu beantworten. Er nickte wieder und sagte: »Ja, ich bin nach dem zweiten Schuß aufgestanden.«

»Sofort danach? Sagen wir, innerhalb einer Minute? Oder eher?«

»Vielleicht ein wenig eher. Irgendwas zwischen sofort und einer Minute.«

»Und dann sind Sie zum Fenster gegangen, das zur Straße hinausgeht?«

»Das stimmt.«

»Und wie weit ist das vom Schlafzimmer Ihrer Frau entfernt?«

»Das weiß ich nicht ganz exakt, vielleicht sieben Meter, denke ich mal. So in etwa.«

»Und Sie sind direkt zum Fenster marschiert? Sie sind auf dem Weg nicht zum Beispiel zur Toilette gegangen?«

Ein nervöses Gekicher war jetzt im Gerichtssaal zu vernehmen – Freeman war hart bis an die Grenze von Villars' Geduld gewesen, und das wußte er auch, aber der Effekt auf die Jury war einfach großartig.

Alvarez sah nicht, was daran so witzig sein sollte, und antwortete nüchtern: »Ja, ich bin direkt zum Fenster gegangen.«

»Und die Person, die Sie am Tor gesehen haben, stand bereits dort, als Sie beim Fenster ankamen, und sah zurück zum Haus?«

»Ja.«

Für Hardy war die Szene klar, aber er war sich nicht sicher, wie viele der Jurymitglieder sie ebenfalls mitbekommen hatten. Aber er dachte bei sich, daß alle von ihnen es verstehen würden, nachdem Freeman erst einmal das Eröffnungsplädoyer für die Verteidigung gehalten hätte: Konnte Jennifer wirklich Larry und Matt im ersten Stock ihres Hauses erschossen haben, dann die Stufen hinunter und durch das Haus gelaufen sein, aus der Haustür hinaus und den Gartenweg hinunter und dann das Tor geschlossen haben, und zwar in derselben Zeit, die Alvarez gebraucht hatte, um sieben Meter zurückzulegen, plus minus weniger als eine Minute? Er bezweifelte es und ging davon aus, daß die Jurymitglieder es ebenfalls bezweifeln würden, speziell dann, wenn Freeman die Joggerin, Lisa Jennings, ins Spiel brachte, um die falsche Identifizierung von Alvarez zu enthüllen, der Lisa mit Jennifer verwechselt hatte.

Aber Powell hatte nicht die Absicht, Alvarez mit diesem für die Anklage ungünstigen Ergebnis aus dem Zeugenstand zu verabschieden. Die bei Gericht herrschenden Regeln erlaubten die direkte Befragung durch die Gerichtspartei, die soeben ihre Argumente darlegte, dann ein Kreuzverhör durch die Gegenpartei, und schließlich eine weitere Runde von Fragen, sofern die Partei, die den Zeugen zuerst aufgerufen hatte, dies wünschte. Diese letzte Runde war die abermalige Vernehmung nach dem Kreuzverhör, und Powell war bereits auf den Beinen und am Ball, bevor Freeman wieder beim Tisch der Verteidigung angelangt war.

»Mr. Alvarez, nur noch ein paar weitere Fragen – wie lange kennen Sie Mrs. Witt?«

»Wir kennen uns ungefähr seit vier Jahren. Wir sind zu ihnen hinübergegangen und haben uns vorgestellt, als sie eingezogen sind.«

»Vier Jahre. Und während dieser Zeit haben Sie, nehme ich an, Mrs. Witt gesehen, wie sie an Ihnen vorbeigegangen ist?«

»Ja.«

»Und offensichtlich auch im Profil, nicht wahr?«

Alvarez wurde angesichts des freundlichen Tonfalls schließlich ein wenig lockerer. Er erlaubte sich ein Lächeln. »Natürlich. Oft sogar.«

»Und Sie persönlich hegen keinerlei Zweifel, daß es sich bei der Frau, die Sie nach den Schüssen auf der anderen Straßenseite am Tor stehen sahen, um Jennifer Witt handelte.«

Man mußte Alvarez zugute halten, daß er im Bewußtsein, welche Bedeutung seiner Antwort zukam, eine Weile nichts sagte und Jennifer anstarrte. »Ich habe nichts gegen diese Frau, aber sie war es nun einmal.«

»Euer Ehren!«

»In Ordnung, Mr. Freeman. Die Jury wird dieser letzten Antwort keine Beachtung schenken, Mr. Alvarez, bitte beantworten Sie nur die Frage.«

Adrienne, die Gerichtsschreiberin, las Powells Frage noch einmal vor, und dieses Mal antwortete Alvarez mit einem schlichten: »Nein. Keinerlei Zweifel.«

Wogegen Freeman keinen Einspruch erheben konnte.

Officer Gary Gage trat in seiner Uniform in den Zeugenstand. Er war ungefähr vierzig, ein erfahrener Streifenpolizist und der Beamte, der auf den Notruf 911 reagiert und die Leichen gefunden hatte.

»Und die Haustür war verschlossen, als Sie ankamen?« fragte Powell.

»Ja. Die Nachbarin« – er blickte auf seine Notizen – »Mrs. Barbieto, kam raus auf die Straße, als ich eintraf. Wir sprachen ein paar Minuten miteinander, und dann ging ich hinüber und klopfte an die Tür, und dann versuchte ich sie aufzumachen, aber sie war verschlossen.«

»Wie spät war es da?«

Gage antwortete widerstrebend. »Ich kam um zehn Uhr zehn dort an, also war es vielleicht Viertel nach zehn.«

Powell runzelte die Stirn. »Aber Sie haben doch wesentlich früher eine Nachricht vom Notruf 911 erhalten, nicht wahr?«

Officer Gage nickte. »Ja, Sir. Wir haben um neun Uhr vierzig die Nachricht über DD erhalten, d. h. Domestic Disturbance, einen Ehestreit.«

»Genau um neun Uhr vierzig?«

Gage sah wieder auf seine Notizen. »So steht es hier, Sir, neun Uhr vierzig. Ich habe die Nachricht über Funk empfangen.« Gage zuckte die Schultern. »Es war kurz nach Weihnachten. Bei vielen Leuten gab es familiäre Streitigkeiten. Da dauert es manchmal ein bißchen.«

Powell nickte, ging zurück zu seinem Tisch und hob ein gelbes Blatt Papier auf, das sein Assistent ihm reichte, las es, legte es wieder zurück. »Was haben Sie dann gemacht?«

»Na ja, ich wollte gerade um das Haus herumgehen, um dort nachzusehen, aber in dem Moment kam Mrs. Witt vom Joggen zurück. Sie fragte, was ich dort mache, und ich habe ihr von Mrs. Barbietos Notruf erzählt, die die lautstarke Auseinandersetzung zwischen ihr und ihrem Mann gehört hatte, und vielleicht auch einige Schüsse.«

»Wie reagierte sie darauf?«

Gage wurde ein wenig nervös, hob die Augen und sah Jennifer an. Er wollte nichts verkehrt machen: »Sie, äh, sie sagte, daß die Probleme gelöst seien. Sie war gerade beim Joggen gewesen. Wenn es einen Streit gegeben hatte, dann war er jedenfalls vorbei.«

»Hatten Sie den Eindruck, daß sie Sie wegschicken wollte?«

Freeman erhob Einspruch, dem stattgegeben wurde, aber Powell ließ sich nicht aus dem Tritt bringen. »Was haben Sie dann gemacht?«

»Ich habe ihr gesagt, daß ich an der Tür geklingelt hatte und niemand öffnete. Sie sagte, daß ihr Mann vermutlich ebenfalls weggegangen sei, um sich abzureagieren, genau wie sie. Und den Sohn mitgenommen habe.«

Neben Hardy flüsterte Jennifer Freeman zu, sie habe nicht gewollt, daß der Polizist Larry gegenübertreten mußte, weil sie wußte, daß Larry sie schlagen würde, wenn sie die Polizei ins Spiel brächte.

Gage fuhr fort. »Ich sagte, ich würde gern im Haus nachsehen und sichergehen, daß angesichts der mutmaßlichen Schüsse alles in Ordnung ist. Sie wiederholte noch einmal, sie sei sich sicher, daß alles in Ordnung ist, aber ich habe darauf bestanden, also hat sie die Tür schließlich aufgeschlossen.«

»Und was ist dann passiert?«

Gage schluckte. »Na ja, ich habe sofort das Pulver gerochen, also habe ich zu ihr gesagt, sie soll sich auf die Couch setzen. Ich zog meine Pistole und ging durch alle Räume des Hauses, zuerst im Erdgeschoß, dann oben im ersten Stock, bis ich die Leichen gefunden habe.«

Im Gerichtssaal war es mucksmäuschenstill. Gage schwitzte, offensichtlich durchlebte er die Situation noch einmal – Jennifer, die im Wohnzimmer auf der Couch saß und wartete, während er nachsehen ging …

»Und was haben Sie dann gemacht?«

Gage holte tief Luft. »Ich ging zum Treppengeländer und sah

nach unten zur Angeklagten, Mrs. Witt. Ich sagte: ›Bleiben Sie bitte, wo Sie sind. Es hat eine Schießerei gegeben.‹«

»Und was hat sie gemacht?«

»Sie hat zur mir hochgeblickt und gesagt: ›Ich weiß.‹«

Nach der Mittagspause trat Inspector Sergeant Walter Terrell ein zweites Mal in den Zeugenstand.

Der Walter Terrell, der an diesem Nachmittag vereidigt wurde, hatte kaum mehr etwas gemeinsam mit dem jungen Mann von vor ein paar Tagen. Verschwunden waren die Fliegerjacke und die lässige Hose, das halb ungekämmte Haar, das bis zum Kragen zugeknöpfte Designer-Hemd. Aus Anlaß seiner Aussage trug er diesmal einen dreiteiligen schwarzen Nadelstreifenanzug, der eine Stange Geld gekostet haben mußte – ein Anzug, wie ihn Anwälte trugen –, komplettiert durch eine rote Krawatte und ein weißes Hemd. Er hatte sich das Haar schneiden lassen, und es lag genau so, wie es liegen mußte.

Sogar sein aggressives Auftreten war gemäßigt worden. Hardy wußte, daß man manchmal sehr schnell erwachsen werden mußte, wenn man auf dieser Bühne Erfolg haben wollte, und offensichtlich waren zwei Dinge passiert, seit Terrell das letzte Mal als Zeuge in dem Schlagabtausch eines Mordprozesses aufgetreten war – irgendwer hatte sich Zeit genommen, um ihn gut vorzubereiten, und er wiederum hatte dazulernen wollen.

Auf den ersten Blick sah es so aus, als habe Powell Terrell etwas beigebracht, was ihm zuvor fremd gewesen war – daß ein Zeuge kein Machogehabe an den Tag legen mußte, um effektiver zu sein. Falls Terrell sein Teil dazu beitragen wollte, Jennifer Witt zur Strecke zu bringen, sorgte er am besten dafür, daß die Fakten sorgfältig arrangiert waren.

Powell strahlte weiterhin Zuversicht aus – egal, welche Nachlässigkeiten ihm bei der Vorbereitung des Prozesses unterlaufen sein mochten, er würde gewinnen.

Es war beunruhigend.

»Inspector Terrell«, begann Powell, »da bereits geklärt ist, wer Sie sind und was Sie tun, lassen Sie uns mit Ihrer Ankunft am Tatort, dem Haus der Witts am Olympia Way, beginnen. Wann genau war das?«

Diesmal setzte Terrell nicht sein gewinnendes Lächeln auf – er blieb völlig geschäftsmäßig, unternahm nicht den Versuch, sich bei jemandem einzuschmeicheln, er tat einfach seinen Job. »Ich kam um zehn Uhr dreiundvierzig am Tatort an. Es waren bereits mehrere Polizeibeamte vor Ort, und das Zimmer war gesichert worden.«

»Sahen Sie die Angeklagte, Jennifer Witt?«

»Ja. Als ich hereinkam, saß sie in einem großen Zimmer rechts von der Haustür auf einer Couch. Einer der Beamten zeigte sie mir, und ich ging hinüber, um mich mit ihr zu unterhalten.«

»Wie verhielt sie sich zu diesem Zeitpunkt?«

»Sie saß im Schneidersitz, die Hände lagen gefaltet im Schoß. Sie war ruhig.«

»Sie weinte nicht?«

»Nein, Sir.«

»Und war sie in der Lage, zusammenhängend zu sprechen?«

»Ja, Sir.«

»Hatten Sie, Inspector Terrell, zu dem Zeitpunkt irgendeinen Grund zu dem Verdacht, daß Mrs. Witt die Morde begangen hatte?«

Terrell dachte einen Augenblick nach. »Nicht wirklich, außer daß, statistisch gesehen, Eheleute einander oft umbringen.« Terrell lehnte sich zurück, fühlte sich im harten Zeugenstuhl zum ersten Mal wohl.

Powell sah vermutlich ehrlich verwirrt die Geschworenen an. »Aber hatte Officer Gage Ihnen denn nichts von dem ›ich weiß‹ aus dem Mund von Mrs. Witt gesagt, als er ihr von den Leichen im ersten Stock berichtete?«

»Doch, aber ich schätze mal, ich habe das dem Schock zugeschrieben. Außerdem hätte sie selbst zu der Schlußfolgerung kommen können, während sie darauf wartete, daß er das Haus absuchte.«

Das war gut, aber nicht für Jennifer. Terrell war dabei, sein Image als Hitzkopf zu korrigieren, das er neulich demonstriert hatte. Er war Jennifer nicht wie ein tollwütiger Köter an die Kehle gesprungen. Er hatte abgewartet, bis die Beweise sich häuften. Und Powell führte ihn genau dorthin, nämlich zu seiner Gewißheit, daß Jennifer das Verbrechen begangen hatte. »Haben Sie im Verlauf späterer Vernehmungen Mrs. Witt gefragt, wer es ihrer Meinung nach getan hat?«

Jetzt rückte Terrell nach vorne. »Nun, wir von der Polizei fragen uns immer ›cui bono‹, was bedeutet, wer profitiert davon? Und als ich hörte, daß Mrs. Witt rund fünf Millionen Dollar erben würde, na ja, da hat mich das natürlich stutzig gemacht. Ich fragte sie, ob sonst noch jemand etwas erben würde. Sie sagte nein.«

»Fahren Sie fort.«

»Als nächstes hat sie mir erzählt, daß ihr Mann keine Feinde hatte, und wenn das so war, dann mußte das Motiv für die Morde ein unpersönliches sein, Diebstahl beispielsweise. Ich bat sie darum, das Haus zu durchsuchen und eine Liste von allen Dingen – egal wie geringfügig – aufzustellen, die fehlten.«

Hardy hatte das alles bereits gehört, aber jetzt kam es in einer glaubwürdigen und für die Verteidigung fatalen Weise heraus. Die Pistole, die von Jennifer nicht als vermißt angegeben worden war, die Tatsache, daß sie sich erst spät an den merkwürdigen dunkelhäutigen Mann im Trenchcoat erinnert hatte, der die Straße hochgegangen war, als sie bergab spazierte.

Als Powell fertig war und Freeman die weitere Befragung überließ, schlug der Verteidiger dieselbe Linie ein, die auch Hardy gewählt hätte – das einzige kleine Loch in einem ansonsten nahtlosen Gewebe.

»Mrs. Witt sagte Ihnen, daß ihr Mann keine Feinde hatte, ist das richtig?«

»Ja, Sir.«

»Und haben Sie diese Aussage im Verlauf Ihrer Ermittlungen überprüft?«

»Ja, das habe ich.« Terrell gab nichts freiwillig preis, er imitierte Freemans Spielchen, machte eine Pause, bevor er sprach, gab kein einziges unbedachtes Wort von sich. Und erwiderte Freemans Blick ohne ein Wimpernzucken.

Hardy wußte ein bißchen, wie Terrell im Innersten gestrickt war – der Inspector forderte Freeman heraus, er solle doch versuchen, ihn aufs Kreuz zu legen. Und irgendwie bekam er das hin, ohne streitlustig zu erscheinen. Powell hatte ihn prima präpariert.

Aber irgend etwas war im Busch. Plötzlich brachte Hardy Powells Selbstvertrauen und Terrells Verhalten zusammen – die Verteidigung war drauf und dran, in eine Falle laufen. Er hob die Hand. »Bitte entschuldigen Sie, Euer Ehren.«

Freeman, der unterbrochen wurde, während er sich noch abmühte, einen Rhythmus zu finden, drehte sich um und starrte ihn an. »Ich möchte eine kurze Pause beantragen.«

Villars runzelte die Stirn – der Nachmittag war auch ohne diese ständigen Unterbrechungen schon lang genug gewesen. »Sofern es keine Einwände gibt.« Es gab keine. Sie verkündete eine fünfzehnminütige Pause.

»Da ist irgendwas im Busch«, sagte Hardy. »Wir sollen kräftig eins über den Schädel kriegen.«

Er und Freeman standen Nase an Nase direkt hinter der Tür des Zimmers, das sie ihre Suite nannten. Die Fenster waren zugeschweißt, und entweder lief die Heizung auf vollen Touren, oder aber die Klimaanlage arbeitete nicht stark genug. Jedenfalls herrschten mindestens dreißig Grad.

»Womit? Ich werde Terrell ein paar andere Typen präsentieren und lasse mich wieder auf meinen müden Allerwertesten nieder.«

»Ich weiß, daß Sie genau das vorhaben. Ich aber sage, tun Sie's nicht. Terrell weiß irgendwas, und er platzt schon fast vor Ungeduld, es endlich rauszulassen. Sie sind Powell mit Alvarez volle Kanne auf die Zehen gestiegen, und er weiß es, und trotzdem spielt er noch immer die Grinsekatze da draußen, und ich glaube nicht, daß er das nur vortäuscht.«

»Alles, was Powell tut, ist vorgetäuscht.«

»So gar nicht wie Ihr durch und durch aufrichtiger Charakter, nicht wahr?«

Freeman äußerte sich nicht dazu. »Verdammt, hier drin ist es so heiß wie in der Hölle. Was soll ich denn Ihrer Meinung nach tun, Terrell einfach nicht weiter befragen? An diesem Punkt aufhören?«

»Was könnte das groß schaden?«

Der Blick, den Hardy als Antwort erhielt, war alles andere als schmeichelhaft, aber das war ihm egal. Er war davon überzeugt, daß sie durch die Zeugenaussage von Barbieto und Alvarez der Chance auf einen Freispruch ein ganzes Stück nähergekommen waren. Alles in allem ging es ja um berechtigte Zweifel und nicht um absolute Gewißheit, und Hardy dachte, sie hätten solche Zweifel gesät.

Außerdem, auch wenn Gage und Terrell der Verteidigung keine weiteren Pluspunkte verschafft hatten, konnte auch Powell nach den Aussagen der beiden nicht zu viele Punkte auf seinem Konto verbuchen. Was sich jedoch im Handumdrehen ändern konnte. Eine falsche Bewegung konnte jetzt die Stoßrichtung des ganzen Prozesses verändern. Jetzt war der richtige Zeitpunkt, im wörtlichen Sinne konservativ zu sein – das zu bewahren, was sie bereits hatten. Sie durften die andere Seite keine weiteren Punkte mehr machen lassen.

Das war jedoch noch nie David Freemans Stil gewesen. »Sie fragen mich, was das groß schaden könnte? Es stellt einfach nicht die optimale Verteidigung für unsere Mandantin dar, Ende. Terrell behauptet implizit, niemand sonst auf der Welt hätte einen Grund gehabt, Larry Witt umzubringen. Das reimt er sich aufgrund der Aussage unserer Mandantin zusammen, die behauptet, daß Witt keine Feinde hatte. Und das wollen Sie durchgehen lassen? Glauben Sie nicht, daß das wichtig ist?«

»Sicher ist das wichtig, aber wir können auch nächste Woche darauf zurückkommen ...«

»Wir können es jetzt zur Sprache bringen. Das bereitet die Jury schon mal darauf vor, später die Einzelheiten zu akzeptieren.«

Hardy wurde klar, daß er seinen Partner nicht überzeugen konnte. Nun ja, vielleicht hatte er sich getäuscht; schließlich war es nur ein Gefühl. Vielleicht war ihm Terrells Gegenwart auf den Magen geschlagen. Wie auch immer, er hatte versucht David zu warnen und sein eigenes Gewissen zu beruhigen, hatte seine zwei Cents beigesteuert. Und wie überall auf der Welt waren zwei Cents im Grunde genommen wertlos.

Freeman öffnete die Tür und ging hinaus in den so herrlich kühlen Flur.

»Inspector Terrell, ich glaube, wir haben zuletzt darüber gesprochen, daß Larry Witt keine Feinde hatte. Sie haben Mrs. Witts Behauptung, daß er keine Feinde hatte, überprüft, stimmt's?«

»Das ist Teil jeder Untersuchung in einem Mordfall, herauszufinden, wer ein Motiv hatte, den Verstorbenen umzubringen.«

Freeman, noch immer leicht rot im Gesicht wegen der Affenhitze in der Suite, warf einen kurzen Blick auf den gelben Notizblock, den er in der Hand hielt. »Und waren Ihre Bemühungen, Feinde von Dr. Witt aufzutreiben, erfolgreich?«

Terrells Ansicht darüber, wer zu Larry Witts Feinden gezählt haben könnte, war in der Tat – wie dieser Teil der Nachforschungen insgesamt – durch und durch spekulativ, strittig und irrelevant, aber Powell schien keinen Einspruch erheben zu wollen.

Terrell hatte keine Eile. Er lehnte sich in seinem Stuhl zurück, reckte sich, hob die Schultern, ließ sie wieder fallen. »In welchem Sinn?«

Freeman sah zur Jury hinüber. Ein kooperativer Zeuge hätte seine Frage zweifellos verstanden. Aber er ließ sich davon nicht beirren. »In dem *Sinn*, daß Sie Personen aufgespürt haben, die möglicherweise ein Motiv hatten, um Mr. Witt umzubringen?«

»Möglicherweise, vielleicht.«

»Und ist Ihnen irgendeine dieser Personen im Verlauf Ihrer gründlichen Nachforschungen verdächtig erschienen?«

»Nein.«

»Nein? Warum nicht?«

Terrell erklärte geduldig: »Weil es damals keinerlei Hinweise darauf gab, irgend jemand sonst mit dem Verbrechen in Verbindung zu bringen.«

Eine gute Antwort. Aber Freeman hatte wenigstens das Zugeständnis aus ihm herausgelockt, daß es »vielleicht« andere Personen gab, die ein Motiv hatten. Hardy fand, Freeman sollte es dabei belassen und sich setzen. Doch wiederum sollte das nicht sein. Hardy sank das Herz in die Hose, als er sich Malraux' Ausspruch in Erinnerung rief, daß der Charakter Schicksal sei. War Freeman soeben im Begriff, sein – d. h. Jennifers – Schicksal herauszufordern?

»Damals, sagen Sie. Wollen Sie damit sagen, Sie haben derlei Hinweise erhalten, seit die Angeklagte in Haft ist?«

Freeman wandte sich der Jury zu und bezog die Geschworenen in seine Reaktion mit ein. »Und haben Sie eine andere Person mit dem Verbrechen in Verbindung gebracht?«

»Ja.« Terrell brachte Freeman dazu, die Sache aus ihm herauszulocken. Hardy beschwor seinen Partner im stillen aufzuhören, sich zu setzen, es gut sein zu lassen. Aber es war bereits zu spät. Die Würfel waren gefallen.

»Und dennoch haben Sie Mrs. Witt in U-Haft behalten? Obwohl es einen anderen Tatverdächtigen gibt?« Erneut das Miteinbeziehen der Jury.

»Ich habe nicht gesagt, daß es einen *anderen* Tatverdächtigen gibt. Tatsache ist, daß diese Person das Motiv von Mrs. Witt lediglich verstärkt hat. Es gibt nichts, das ihn mit dem Schauplatz des Verbrechens in Verbindung bringt.«

Jennifer packte Hardys Arm.

Terrell konnte nicht länger an sich halten. Ohne gefragt zu werden, erklärte er: »Mrs. Witt hatte eine Affäre. Sie schlief mit ihrem Psychiater.«

Es war reine Spekulation, offensichtlich auf der Grundlage von Hörensagen. Es war absolut unzulässig, aber David hatte es darauf angelegt, und er hatte es bekommen. Er machte sich nicht die Mühe, Einspruch zu erheben. Der Schaden war bereits angerichtet.

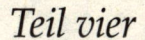

Teil vier

38

Es war die Schlacht der Moderatoren, jeder Fernsehkanal versuchte den anderen mit neuen Schmutzgeschichten über Dr. Ken Lightner, den angeblichen Liebhaber von Jennifer Witt, zu übertrumpfen. Sie hatten nicht viel Glück.

Obwohl die »Date Night« bevorstand, rief Hardy bei Frannie an und sagte, es tue ihm leid, aber er käme nicht nach Hause. Sie könne den Grund dafür im Fernsehen erfahren. Er mußte eine Menge Dinge erledigen, die liegengeblieben waren.

Nachdem er das Justizgebäude verlassen hatte, fuhr er zurück ins Büro und schaltete seinerseits eine Weile den Fernseher an. Einige von Freemans feurigen Junganwälten hingen im Konferenzraum herum und überlegten, wie man nach diesem Desaster noch etwas retten könne. Niemand fiel etwas Brauchbares ein, außer daß alle der Meinung waren, es sei großer Mist, wenn der Mandant einen anlog oder einem ernsthaft Informationen vorenthielt.

Nach einem einstündigen Streit mit Jennifer, in dessen Verlauf sie ungeachtet der Tatsache, daß sie und Lightner in Costa Rica eine Woche lang im selben Zimmer geschlafen hatten, weiterhin jede Affäre mit Lightner abstritt, hatte Freeman erklärt, daß er allein ins französische Restaurant unter seinem Appartement zum Essen gehen würde. Er würde eine gute Flasche Wein trinken, und dann würde er noch einen trinken.

Nachdem Terrells Aussage erst den Damm gebrochen hatte, wurde Freeman von der Flutwelle mitgerissen. In der Befragung nach dem Kreuzverhör enthüllte Powell die Details von Jennifers Auslieferung – wie man sie nämlich überhaupt gefunden hatte. Daraufhin hatte er Lightner in den Zeugenstand gerufen, der die Sache bestätigte. Alles außer der Affäre an sich wohlgemerkt, die Lightner vehement abstritt.

In jedem Fall würden die Jurymitglieder aus den Tatsachen ihre eigenen Schlußfolgerungen ziehen. Und die waren vermutlich die gleichen, zu denen Hardy, Freeman und jeder andere im Gerichtssaal gekommen waren – nämlich daß es höchst unwahrscheinlich war, daß ein normaler heterosexueller Mann eine Woche lang an einem Strand in Costa Rica mit einer Weltklasseschönheit wie Jennifer Witt in einem Hotelzimmer zubringen würde, ohne daß ihm dann und wann erotische Anwandlungen zu schaffen machten. Wenn diese Beziehung nicht bereits seit wer weiß wie langer Zeit bestand.

Nachdem Jennifer Witt aus dem Gefängnis ausgebrochen war, hatte Terrell sich an seinen berühmten Riecher gehalten. Er hatte sich überlegt, daß Jennifer irgend jemanden kontaktieren mußte, und aus seinen früheren Nachforschungen schlußfolgerte er, daß Lightner die wahrscheinlichste, ja die einzig denkbare Person war. Jennifer hatte keine engen Freunde und war auch ihrer eigenen Familie entfremdet – es blieb ihr gar keine andere Wahl.

Und weil es sich um einen Mordprozeß handelte, bei dem die Anklagevertretung die Todesstrafe beantragt hatte, weil Powell, der Wahlkandidat, in seinem Lager so viel Rückhalt hatte und weil Jennifers Flucht den Justizapparat dermaßen in Rage gebracht hatte, war es Terrell irgendwie gelungen, diverse Beziehungen spielen zu lassen, um per Gerichtsbeschluß Zugang zu den Unterlagen der Telefongesellschaft zu erhalten, in denen Lightners Telefongespräche festgehalten waren.

Die Anrufe nach Costa Rica waren Beweis genug. Terrell hatte Lightner gerade persönlich vernehmen wollen, als – sieh mal einer an – der Arzt zu einem dringend nötigen Urlaub für eine Woche nach Costa Rica gefahren war. Terrell war ihm bis dort unten gefolgt und hatte sich auf die Lauer gelegt und genug Material gesammelt, um zurückzufahren und die Auslieferung zu beantragen.

Hardy wäre fast jede Wette eingegangen, daß das Geld für diese Unternehmungen aus Dean Powells Wahlkampfgeldern stammte. Es war undenkbar, daß die Polizeibehörde von San Francisco die Kosten für ein Ticket übernehmen würde, damit einer ihrer Beamten nach Costa Rica fliegen und Nachforschungen über irgendwelche mutmaßlichen Techtelmechtel anstellen konnte.

Hardy wurde bewußt, daß er sich viel zu lange von Freemans theatralischen Anwandlungen und seinem grenzenlosen Selbstvertrauen hatte ablenken lassen. Dieser Fall war weit davon entfernt, gewonnen zu werden – in Wahrheit war er jetzt vielleicht verloren. Es war eine Sache, daß Lightner nach Costa Rica geflogen war, auch wenn sich das bereits schlimm genug ausnahm. Aber Terrells Aussage, daß Jennifer und Lightner sogar ein *Zimmer* geteilt hatten! Die Tatsache, daß die ganze Zeit über ein anderer Mann im Spiel gewesen war – und wer konnte sagen, wie lange schon? –, würde für die Mitglieder der Jury gegen Jennifer sprechen. In den Augen der Geschworenen besaß sie jetzt auch ein *persönliches* Motiv, um Larry umzubringen – es ging nicht nur ums Geld. Sie hatte ihn obendrein *betrogen*!

Hardy konnte sich die Gefühle der Jury sehr gut vorstellen – Jennifer war eine Frau, die machte, was sie wollte, sich nahm, was sie wollte, und wenn die Welt zugrunde ging. Sie mußte exakt wie die Sorte Mensch aussehen, von dem man solche Schandtaten erwarten würde, deren sie angeklagt war.

Er wußte jetzt, daß sie – unabhängig davon, ob Freeman diese ganze Kiste mit Costa Rica im Plädoyer der Verteidigung thematisieren würde oder nicht – die Jury durch die anderen Typen ablenken mußten: durch sonst jemanden, der möglicherweise ein plausibles Motiv und die Gelegenheit gehabt hätte, Larry Witt umzubringen, ferner die Mittel, den Mord auszuführen. Hardy hatte seine Aktentasche aufgeklappt, die Unterlagen vor sich auf dem Tisch. Er zwang sich dazu – irgendwo mußte er ja anfangen –, die Telefonnummer von Jody Bachman herauszusuchen, dem Anwalt in Los Angeles, der die Yerba Buena Medical Group vertrat.

Da es bereits halb neun war und damit außerhalb der Geschäftszeit, war er nicht überrascht, einen dieser automatischen Anrufverteiler an den Apparat zu bekommen, die den Anrufer fragten, ob er den Nachnamen oder die Durchwahl des gewünschten Gesprächspartners kannte. Pflichtbewußt gab er die ersten vier Buchstaben ein – B.A.C.H.

Er hörte es nur einmal klingeln.

»Jody Bachman.« Eine junge Stimme, die sich nicht gerade überschlug, aber voller Begeisterung und Pep war.

»Mr. Bachman, mein Name ist Dismas Hardy. Ich bin Rechtsanwalt in San Francisco und habe vor mehreren Wochen eine Nachricht für Sie hinterlassen. Jetzt möchte ich gern nachhaken.« Ganz schön spät, ergänzte er für sich.

Es gab eine lange Pause. »Habe ich Sie nicht zurückgerufen?«

Hardy mußte lächeln. Sie schliffen diese Burschen in den Mühlen der Großkanzleien derart kurz und klein, daß sie nicht mehr wußten, wo rechts und links war.

»Vielleicht schon«, gab Hardy zu. »Ich habe jedenfalls keine Nachricht erhalten, soviel steht fest.«

»Tut mir leid. Hier ging es drunter und drüber. Vielleicht wissen Sie das ja.«

Sie plauderten ein Weilchen, ein von der Gebührenordnung nicht abgedecktes Gespräch unter Anwaltskollegen über den irren Streß und die Schufterei bis in die Puppen, dann kam Hardy zur Sache und sagte, daß Todd Crane ihm empfohlen habe, mit Bachman über die YBMG zu sprechen. »Klar doch, ich vertrete die Gruppe. Wenn ich Ihnen helfen kann – aber Sie sagten, es handle sich um einen Mordprozeß.«

Hardy erklärte, worum es ging.

»Witt? Witt? Ich kann nicht gerade sagen, daß bei mir irgendwelche Glocken läuten, aber ich bin jetzt seit vier Tagen auf den Beinen, und manchmal fällt mir mein eigener Name nicht mehr ein.« Er lachte entnervt. »Der Zauber des LBO.«

»Was ist das?« fragte Hardy, das Unschuldslamm.

»Was? LBO? Leveraged buyout, eine forcierte Firmenübernahme. Wo haben Sie denn gesteckt, Mr. Hardy? Der absolute Schlager der Vergangenheit oder der Zukunft, je nachdem, wo man politisch steht. Oder wieviel Geld man hat.«

»Was aufs selbe hinausläuft, finden Sie nicht?«

»Nicht unbedingt, aber oft liegt man damit ziemlich richtig. Also, hören Sie, was diesen Dr. Witt betrifft …«

»Ich bin ziemlich sicher, daß er im Dezember vergangenen Jahres in Ihrem Büro angerufen hat. Ich weiß nicht, mit wem er gesprochen hat.«

»Wahrscheinlich mit mir«, räumte Bachman ein, »aber ich kann mich wirklich nicht daran erinnern. Ich werde meine Sekretärin darum bitten, nachzusehen, und Sie dann zurückrufen, in Ordnung?«

»Wunderbar. Danke.«

»Aber klar doch. Keine Ursache.«

»Das ist endlich dein wahres Ich«, sagte Hardy zu seinem Freund Abe Glitsky, der im Clownskostüm in der Tür seines Appartements stand – riesige patschige Füße, ein weißes, fingerdick aufgetragenes Make-up, eine niedliche rote Nase. »Laß mich raten …«

Glitsky schnitt ihm das Wort ab. »Jakob feiert Kindergeburtstag.« Er verschwand wieder im Appartement, und Hardy trabte hinter ihm her. Flo tauchte auf und küßte ihn auf die Wange, fragte, ob er ein Stück Kuchen oder eine Portion Eis wolle. In der engen Küche tummelten sich ungefähr fünfzehn Zehnjährige, von denen keiner am Meditieren war.

»Abe sieht gut aus.«

Flo warf ihm einen scheelen Blick zu. »Wart's nur ab. Du kommst mit solchen Sachen auch noch dran.«

Hardy dachte, daß sie vermutlich recht hatte. In diesem Moment konnte er sich jedoch nicht als künftige Reinkarnation von Bozo dem Clown vorstellen, aber er mußte zugeben, daß es im Bereich des Möglichen lag. »Ist er bald fertig?«

»Zehn Minuten«, sagte Flo, »vielleicht ein bißchen länger. Es ist nur eine kurze Nummer.«

»Ich würde es mir gern ansehen.«

Sie ging zu ihm, legte ihm eine Hand auf den Arm. »Ich glaube, du würdest ihn verunsichern. Du kannst im Zimmer der Jungen warten.«

Alle drei Glitsky-Jungen schliefen im selben Zimmer, und das war nicht gerade groß. Jacob und Isaac teilten sich das Etagen-bett und OJ, der jetzt fast fünf war, schlief in einem kleinen Klapp-bett an der gegenüberliegenden Wand. Hardy setzte sich darauf und lauschte dem Gelächter in der Küche, während sein Freund, der Kommissar von der Mordkommission, seine Clownstricks vor-führte. Er nutzte die Gelegenheit, um sich ein wenig auszuruhen, und ließ seinen Kopf einen Augenblick auf das Kissen sinken.

»Tut mir ja schrecklich leid, daß ich dich aufwecken muß, aber mein Sohn muß ins Bett.«

Hardy sah auf seine Armbanduhr. Er hatte ein Nickerchen von fast einer Stunde gehalten. Glitsky war wieder wie sonst angezo-gen und hielt ihm einen Becher heißen Kaffee hin. Hardy nahm sie ihm ab, setzte sich auf, massierte sich mit der freien Hand den stei-fen Hals. »Ich habe geträumt, daß du dich als Clown verkleidet hast«, sagte er. »Es war schrecklich.«

Glitsky schüttelte den Kopf und machte kehrt. Hardy folgte ihm in die Küche und setzte sich mit seinem Kaffeebecher an den Tisch. Glitsky goß kochendes Wasser in einen Becher und fing an, mit der Kette des silbernen Tee-Eis herumzuhantieren. In den hinteren Räumen der Wohnung hörten sie Flo, die die Jungs bettfertig machte, die Wäscherei kontrollierte, ihnen die Pyjamas anzog, sie in die Heia verfrachtete.

»Genug geplaudert«, begann Hardy. »Was hast du eigentlich über die Romans herausgefunden?«

Drüben am Herd schwenkte Glitsky das Tee-Ei in seinem Becher auf und nieder und beobachtete den Dampf, der aus dem Becher hochstieg. »Sagt man nicht Romane? Außerdem weiß ich nicht, welche du meinst.« Er nahm den Becher in die eine, die Kette des Tee-Eis in die andere Hand, kam zum Tisch herüber und setzte sich. »Ich bin in letzter Zeit nicht viel zum Lesen gekommen.«

Hardy trank seinen Kaffee. »Cecil Roman, Vater von Melissa Roman, verstorbene Patientin von Larry Witt. Mr. Roman beschuldigte Witt, bei seiner Tochter eine Abtreibung vorgenommen und sie dabei getötet zu haben.«

Der Tee war mittlerweile so schwarz wie Hardys Kaffee, und noch immer schwenkte Glitsky das Tee-Ei auf und nieder. »Ach, *diese* Romans. Nein, ich habe nichts herausgefunden. Andernfalls hätte ich es dir wahrscheinlich mitgeteilt.« Endlich zog er das Tee-Ei aus der Tasse und trank vorsichtig einen Schluck. »Brauchst du das wirklich?«

»Ich möchte wissen, ob Vater Roman ein Alibi hat, und auch – wenn wir schon dabei sind –, ob seine Frau eins hat.«

Glitsky nickte. »Ihr habt wohl schlechte Karten bei eurem Prozeß?«

Hardy berichtete ihm von den Ereignissen des Nachmittags, von den Lightner betreffenden Behauptungen, davon, wie hilfreich es wäre, wenn sie wenigstens *eine* andere Person auftreiben könnten, die ein brauchbares Motiv und auch die Gelegenheit gehabt hatte, Dr. Witt umzubringen.

»Das hört sich ganz so an, als ob Lightner dafür in Frage kommt. Er hat mit der Lady geschlafen, und er könnte auch ....«

»Sie streiten beide ab, ein Verhältnis gehabt zu haben.«

Glitsky warf ihm einen vielsagenden Blick zu. »Aber klar doch.«

Hardy zuckte die Schultern. »Es ist letztlich nicht von Bedeutung. Die Geschworenen werden es sowieso glauben.«

»Also hat er ein Motiv.«

»Nur daß er an jenem Vormittag gearbeitet hat. In seiner Praxis. Und seine Sekretärin saß im Vorzimmer. Terrell hat das schon überprüft.«

Glitsky schlürfte Tee, seine Augen starrten auf irgendeinen Punkt hinter Hardys Rücken. »Ich bin mir nicht ganz sicher, ob ich verstehe, warum ich dir dabei helfen sollte, den Verdacht von einer Mordverdächtigen abzulenken, die mir ganz danach aussieht, als ob sie schuldig ist. Kannst du mir meine Rolle dabei vielleicht noch mal erklären? Ich bin Polizist, weißt du das eigentlich noch? Ich stehe auf der anderen Seite.«

»Ich könnte sagen, um der Sache der Gerechtigkeit zu dienen, aber ich hab' so das Gefühl, dir wird dann schlecht oder so ähnlich.«

»Oder so ähnlich.«

»Na schön, das sage ich also nicht. Wie wäre es damit, daß wir so gute Freunde sind und ich das gleiche auch für dich tun würde?«

»Nee. Nicht gut.«

Hardy stand auf, um sich noch mehr Kaffee einzuschenken. An der Anrichte drehte er sich um. »Ich hab's – du könntest den wirklichen Mörder zu fassen kriegen.«

»Nur daß wir glauben, daß man ihm bereits den Prozeß macht.«

»Gut, aber was ist, wenn sie es nicht war? Sieh mal, Abe, die Eltern Roman haßten Larry Witt. Alles, worum ich dich bitte, ist herauszufinden, ob sie am 28. Dezember in Tahiti oder sonstwo waren, so daß ich sie von meiner Liste streichen kann.«

»Das ist alles, hä? Herausfinden, was jemand an einem bestimmten Tag vor zehn Monaten getan hat? Du bist bei ihnen vorbeigefahren, oder? Warum hast du sie nicht gefragt?«

»Ich glaube, es lag daran, daß sich die Gelegenheit nicht ergab.«

»Also soll ich los und es herausfinden, richtig? Ein Klacks. Apropos Klacks, schneid mir doch bitte ein Stück Kuchen ab.«

Die Reste von Jacobs Geburtstagstorte, inzwischen reichlich demoliert, lagen auf der Spüle, und Hardy schaufelte etwas davon auf einen Pappteller und trug ihn zum Tisch. »Siehst du, was für ein guter Freund ich bin?«

Glitsky strich mit dem Finger durch den Zuckerguß und leckte ihn ab. »Absurd«, sagte er.

Hardy zuckte die Schultern. »Wie so vieles im Leben.«

Freeman trank in seinem französischen Restaurant dann aber doch keine zwei Flaschen Wein. Statt dessen entschied er nach der ersten, daß er Jennifer noch mal auf den Zahn fühlen, dieser Sache mit der Affäre auf den Grund gehen mußte.

Aber er schaffte es nicht hinauf bis zum Gefängnis. Ken Lightner stieg soeben die breite Treppe des Justizpalastes hinunter, als Freeman unten ankam. Freeman, der in keiner Situation zögerte, sprang aus dem Taxi, stieß sich dabei den Kopf an und rief: »Dr. Lightner, warten Sie doch bitte einen Moment!«

Freeman fummelte Geld aus dem Portemonnaie und warf eine

Handvoll Münzen und Banknoten durch das Vorderfenster des Taxis. Lightner war am unteren Ende der Treppe angelangt. »Mr. Freeman, tut mir leid, aber es ist spät, und ich bin sehr müde. Um was es auch immer geht, es muß einfach warten.«

»Das kommt überhaupt nicht in Frage, Sir. Ich muß von Ihnen die Wahrheit erfahren, und zwar jetzt auf der Stelle.«

Lightner gestikulierte in Richtung des Gerichtsgebäudes. »Ich habe dort bereits heute nachmittag die Wahrheit gesagt.«

»Und morgen, wenn ich Lust habe, kann ich Sie dazu ins Kreuzverhör nehmen, was Sie gesagt haben. Ist es Ihnen wirklich lieber, wenn wir erst dann darüber sprechen? Was haben Sie überhaupt dort drin gemacht? Meine Mandantin besucht?«

»Meine *Patientin* besucht, Mr. Freeman. Meine Patientin.«

»Und Ihre Geliebte?«

Diesmal wog Lightner seine Antwort sorgsam ab. »Ich habe das unter Eid verneint. Das werden Sie akzeptieren müssen.«

»Ich akzeptiere es nicht«, sagte Freeman. »Ich glaube es nicht, und das macht *Sie* zu meinem wichtigsten Tatverdächtigen.«

»*Mich?* Sie machen Witze!«

Freeman zeigte mit dem Finger auf ihn. »Jawohl, Sie. Nein, ich mache keinen Scherz. Wenn Sie eine Affäre mit Jennifer hatten, dann hatten Sie ein mindestens ebenso gutes Motiv wie sie, ihren Mann umzubringen.« Natürlich glaubte er das nicht wirklich, aber er mußte es versuchen. »Also freue ich mich bereits jetzt darauf, morgen im Zeugenstand mit Ihnen zu sprechen, und wenn Sie denken, daß Sie jetzt müde sind …« Freeman machte sich auf den Weg zum breiten Eingangsportal.

»Einen Moment mal …«

Freeman drehte sich um. »Es wird eine ganze Weile länger als einen Moment dauern, Dr. Lightner. Haben Sie nun Zeit oder nicht? Wenn nicht, habe ich bessere Dinge zu tun.«

Sie standen zehn Schritte voneinander entfernt, Freeman die Füße fest auf den Boden gepflanzt wie ein Boxer. Lightner kratzte sich am Bart. »Also gut«, sagte er. »Aber nicht hier.«

»Ich weiß wo«, sagte Freeman, der sich schon in Bewegung gesetzt hatte und voranging, die Bryant Street überquerte, durch all die Türen und die Treppen hinunter zu dem unterirdischen Labyrinth, das zu Lou dem Griechen führte. Zu dieser späten Stunde war es dort beinahe leer. Lou machte sauber, der Fernseher war ausgeschaltet. Zwei Stammgäste saßen stumm über ihrem Bier und

Schnaps am Tresen, und ein Pärchen in einer seitlichen Sitznische hielt sich eng umschlungen. Freeman führte Ligthner weiter nach hinten in eine andere Sitznische. Als Lou sich auf sie zu bewegte, winkte Freeman ab.

»Meine einzige Sorge, Mr. Freeman, gilt Jennifer.« Draußen war es nicht sehr warm gewesen, und hier drinnen bei Lou war es auch nicht viel besser, aber auf Lightners Stirn glitzerten Schweißperlen, die er selbst nicht zu bemerken schien.

»Nun, desto besser, Dr. Lightner, das bringt uns schon weiter.« Freeman klopfte laut auf den Tisch und rief: »Wenn ich noch mal drüber nachdenke, Lou, bringen Sie uns doch bitte zwei kalte Flaschen Bier!« Er wandte sich wieder Lightner zu, faltete die Hände und legte sie vor sich auf den Tisch. »Ich höre, Dr. Lightner.«

Wieder wurde der Bart gekratzt. »Es ist kompliziert. Sie denkt, daß sie verliebt ist. In mich. Das ist ein gängiges Phänomen, Projektion, verstärkt durch die Situation bei ihr zu Hause.«

»Projektion? Wo Sie mit ihr schlafen?«

Lightner schüttelte den Kopf. »Schauen Sie, Mr. Freeman, ich bin kein Therapeut, der mit seiner Patientin schläft. Es ist mir wirklich egal, ob Sie mir das glauben oder nicht. Aber es würde ihr wirklich schaden. Sie kann das nicht gebrauchen, sie konnte es nicht gebrauchen, auch wenn sie glaubt, daß es so war …«

»Und sie glaubt, daß es so war?«

Lou brachte die Bierflaschen, stellte sie auf den Tisch und verschwand wieder. Freeman griff sich eine davon und zog sie zu sich heran, trank und sperrte die Ohren auf. Lightner saß auf der Bank und dachte nach, achtete nicht auf die Flasche. »Es war keine leichte Woche«, sagte er. »Dort unten, meine ich. In Costa Rica …«

Freeman nahm einen weiteren Schluck. »Also haben Sie nicht mit ihr geschlafen. Aber warum haben Sie uns nicht erzählt, was sie für Sie empfunden hat?«

Lightner schüttelte langsam den Kopf von rechts nach links, als würde er ein Kind belehren. »Das wäre reichlich dumm gewesen.«

»Warum?«

»Weil es der Jury verraten würde, daß Jennifer ihren Mann nicht liebte, daß sie aus der Ehe rauswollte. Glauben Sie etwa, das würde ihr helfen, Ihnen bei Ihrer Arbeit helfen?«

Freeman zuckte die Schultern. »Jetzt ist es rausgekommen, Dr. Lightner. Wie gefällt Ihnen das?«

»Es ist *rausgekommen*. Niemand hat es freiwillig zur Sprache gebracht. Das ist doch ein Unterschied.« Lightners Stimme war jetzt so leise, daß er beinahe flüsterte. »Hören Sie, bitte, glauben Sie etwa, daß ich nicht gelogen hätte, wenn ich gedacht hätte, es würde Jennifer helfen? Ich bin auch nur ein Mensch, ich bin sogar selber ein kleines bißchen in sie verliebt.« Er schüttelte den Kopf. »Das passiert in der Therapie in beiden Richtungen. Ein Profi erkennt es und hat es unter Kontrolle.« Er schien erst jetzt das Bier wahrzunehmen und holte es zu sich heran. »Verstehen Sie nicht, das ist auch ihr klar, es gibt ihr die Freiheit, das zu fühlen, was sie fühlt, ohne daß sie Angst haben muß, daß ich das ausnützen werde. Zum Teil ist das der Grund dafür, warum sie mir überhaupt vertraut.«

»Aber Sie hat mit Ihnen in einem Zimmer übernachtet.«

»Sie war völlig verschreckt, Mr. Freeman. Sie wollte mit mir in einem Zimmer übernachten. Und ich habe beschlossen, es zuzulassen. Vielleicht war das nicht besonders schlau. Wie gesagt, ich bin auch nur ein Mensch. Auch wenn ich ein Psychoklempner bin.« Er lächelte ansatzweise.

Jetzt nahm er einen Schluck Bier. »Das ist alles, Mr. Freeman, und Sie können das glauben oder auch nicht. Ich konnte sie nicht vor die Tür setzen. Wir legen auf eigene Verantwortung die Grenzen fest. Ich ließ sie bei mir im Zimmer übernachten. Rein platonisch.«

Freeman faltete wieder die Hände und legte sie auf den Tisch. Er seufzte. Es war nicht unmöglich. »Und ich bleibe dabei, daß Sie mir das früher hätten sagen können.«

»Ich wollte nicht, daß die ganze Sache überhaupt ans Licht kommt, begreifen Sie das denn nicht? Gar nichts davon. Ich hatte Angst, es könnte Jennifer bei ihrem Prozeß schaden. Es hätte den Anschein gemacht, als hätte sie ein starkes Motiv gehabt, ihren Ehemann loszuwerden – neben dem Geld, oder was immer man ihr sonst noch anhängen will. Stimmt das etwa nicht? Es hätte ihr die Rolle der Ehefrau aufgedrängt, die ihren Mann betrügt.«

»Das hat es jetzt auch.«

Lightner schien zuletzt doch noch die Geduld zu verlieren. Er schlug mit der Faust auf den Tisch. »Jedenfalls nicht durch *meine* Schuld. Ich habe es nicht dazu kommen lassen. Und wenn Sie das morgen wieder auf den Tisch bringen und mich festnageln wollen, und wenn Sie denken, es würde Jennifer in irgendeiner Weise helfen, dann bitte sehr. Ich werde das wiederholen, was ich Ihnen soeben gesagt habe, und Sie können dabei zusehen, wie die Jury die Tatsache zur Kenntnis nimmt, daß Jennifer einen guten emotionalen Grund hatte, ihren Mann umzubringen, womöglich sogar ihren Sohn, womöglich sogar vorsätzlich ... um dann davonzulaufen und mit ihrem Psychofritzen ein neues Leben zu beginnen.« Er zog eine Grimasse. »Wenn Sie wirklich glauben, daß ihr das hilft ... naja, das werden Sie unmöglich tun. Das Beste, was Sie für Jennifer tun können, Mr. Freeman, ist, die Sache zwischen ihr und mir einfach zu vergessen.«

Freeman nippte an seinem Bier und nickte. »Damit sind freilich auch Sie aus der Schußlinie.«

Lightner schüttelte erneut den Kopf, als bedaure er bereits jetzt, was er nun sagen wollte. »Mr. Freeman«, begann er, »ich war an besagtem Morgen in meiner Praxis, und ich kann das bezeugen lassen. Ich befürchte einfach, daß die Jury sich auf Jennifer konzentrieren wird, auf ihr mutmaßliches Motiv oder die Motive, auf die Tatsache, daß sie ihren Mann nicht mehr liebte, daß sie aus einer schrecklichen Ehe aussteigen wollte.« Lightner trank das halbe Bier in einem Zug aus. »Mein Gott«, sagte er, »*Sie* sind doch der Anwalt. Glauben Sie denn, ich wollte, daß das hier passiert ist? Muß ich Ihnen erst eine Zeichnung anfertigen?«

Mit traurigen Augen drehte Freeman niedergeschlagen die leere Flasche in den Händen hin und her. »Das haben Sie soeben getan«, sagte er.

39

»Guten Morgen. Ich werde heute morgen mit meinem Eröffnungsplädoyer nicht allzuviel Zeit beanspruchen. Sie haben wahrscheinlich ohnehin das Gefühl, daß Sie mittlerweile lange genug hier herumsitzen. Ich möchte Sie zum einen nicht langweilen und zum anderen nicht Ihre Intelligenz in Frage stellen.

Aber ich denke sehr wohl, daß es hilfreich ist, noch einmal zu rekapitulieren, was hier vor Gericht geschehen ist, und zwar was das Beweismaterial angeht, denn in Prozessen geht es ja nun einmal um Beweismaterial. Belegt das Beweismaterial über jeden berechtigten Zweifel hinaus, daß Jennifer Witt ihren Mann und ihren Sohn umgebracht hat? Nun, wenn man sich die Beweislage ansieht, die wir ja jetzt vollständig kennen, dann, meine Damen und Herren, lautet die Antwort *Nein*.

Lassen Sie es mich noch einmal sagen: Das bislang beigebrachte Beweismaterial beweist nicht, daß Jennifer Witt ihren Mann und ihren Sohn umgebracht hat, und das ist es aber, was es tun muß.«

Freeman sprach mit ein und derselben leisen, so wenig wie möglich aggressiven Stimme, blieb auf dem Fleck stehen, gestikulierte nur dann und wann mit den Händen, war offenbar zufrieden damit, daß seine Worte die Arbeit übernahmen. Er stand direkt vor dem Tisch, an dem Jennifer und Hardy saßen, und fixierte die Geschworenenbank. Er warf Richterin Villars noch nicht einmal einen kurzen Seitenblick zu, wandte sich nie an Powell und Morehouse am Tisch der Anklage. Dieses Plädoyer war einzig und allein für die Jurymitglieder gedacht, und sein Auftritt galt ihnen.

»Das Beweismaterial muß beweisen, daß Jennifer Witt diese entsetzlichen Dinge getan hat. Es darf keine andere vernünftige Erklärung zulassen. Es reicht nicht aus zu sagen, ›also, vielleicht war sie ja wirklich dort und hat dies oder das getan‹. Sie müssen absolut davon überzeugt sein. Es darf keinerlei Zweifel geben.«

»Euer Ehren.« Dean Powell schien geradezu betrübt über die Notwendigkeit, Einspruch erheben zu müssen. Er gab deutlich zu erkennen, wie sehr es ihm gegen den Strich ging, Mr. Freemans Rhythmus zu unterbrechen, aber leider blieb ihm keine andere Wahl. Er sprach mit äußerster Zurückhaltung. »Dies ist die Erörterung einer Rechtsfrage, kein Eröffnungsplädoyer.«

Überraschenderweise wies Villars Powells Einspruch ab. Hardy dachte, daß es das erste Mal in dem Prozeß war, daß Villars einen berechtigten Einwand ignorierte. Freeman befand sich jenseits des Erlaubten – das hier ging eindeutig über die Grenzen eines Eröffnungsplädoyers hinaus. Offensichtlich aber war es ein Thema, das der Richterin gefiel.

Aber Freeman hatte keinen Grund zur Schadenfreude. Er wußte das auch und nahm den Faden sofort wieder auf. »Und was müssen wir, die Verteidigung, beweisen? Müssen wir beweisen, daß Jennifer Witt sich nicht in ihrem Haus aufgehalten hat? Daß sie die Pistole nicht benutzt hat? Daß sie keinen Liebhaber hatte? Daß sie womöglich überhaupt nichts von der Versicherungspolice ihres Mannes wußte, geschweige denn von der Klausel, demzufolge sich die Summe im Falle eines gewaltsamen Todes verdoppelte? Die Antwort lautet, daß wir nichts von alldem beweisen müssen. Die Beweislast liegt bei der Anklagevertretung, und zwar einzig und allein bei der Anklagevertretung.

Mr. Powell dort drüben« – und Freeman drehte sich ansatzweise um –, »seine Aufgabe ist es, zu beweisen, daß Jennifer diese Dinge getan hat, und wissen Sie was? Er hat es nicht getan.«

Hardy mußte Freeman einfach bewundern. Der Mann war eine Kämpfernatur. Freeman hob einen Finger. »Erstens: Bislang hat niemand mit Gewißheit sagen können, daß Jennifer im Haus gewesen ist, als die Schüsse abgefeuert wurden. Das ist ein grundlegendes Versäumnis, das bereits an sich berechtigte Zweifel aufkommen läßt.«

»Zweitens.« Ein weiterer Finger. »Und das ist ebenso entscheidend. Die Anklage hat überhaupt kein Motiv, keine Theorie, keine vernünftige Hypothese dafür geliefert, warum der junge Matthew Witt erschossen wurde. Sie werden schlicht dazu aufgefordert zu glauben, daß Jennifer Witt aus irgendeinem unbekannten Grund ihr einziges Kind erschossen haben soll. Es hat jedoch niemand versucht zu beweisen, daß sie es getan hat, oder aus welchem Grund.«

Jennifer reagierte noch immer auf jede Erwähnung Matts mit Bestürzung. Sie ließ einen Augenblick lang den Kopf sinken, atmete tief durch und schluckte schwer. Sie griff nach dem Glas und trank ein wenig Wasser.

»Drittens. Die erste Zeugin, die Mrs. Witt zum Zeitpunkt der Schüsse überhaupt auch nur in die Nähe des Tatorts rückte – das war Mrs. Barbieto, Sie werden sich an sie erinnern –, war sich nicht einmal annähernd sicher, was die Zeitspanne betrifft, die zwischen dem Moment verging, als sie Jennifer nebenan hörte, und dem Zeitpunkt, als die Schüsse fielen. Es können fünfzehn Minuten gewesen sein. Mit ziemlicher Sicherheit ist es tatsächlich so gewesen.

Viertens sagt Mr. Alvarez aus, daß er gesehen hat, wie Mrs. Witt innerhalb einer Minute nach den Schüssen von ihm weg die Straße hinuntergelaufen ist. Eine Minute. Erinnern wir uns noch einmal an die Aussage von Mr. Alvarez über diese berühmte eine Minute. Er sagte aus, daß er direkt vom Bett seiner Frau zum Fenster am vorderen Ende des Korridors ging, das zum Olympia Way hinausschaut, eine Distanz von vielleicht sieben Metern. Und da stand Jennifer Witt – innerhalb dieser knappen Minute oder sogar weniger – bereits draußen vor dem Tor zu ihrem Haus und blickte zurück.«

Dies war mittlerweile klar genug, dachte Hardy. Und es war ein ganz zentraler Punkt. Selbst wenn sie gelaufen war, hätte Jennifer es in dem Zeitraum, den Alvarez brauchte, um sieben Meter zurückzulegen, nicht von ihrem Schlafzimmer – wo die Morde stattgefunden hatten – die Treppe hinunter und durchs Wohnzimmer, raus aus der Haustür, den Gehweg entlang und hinaus bis vor das Tor geschafft, das sie ja auch noch zumachen mußte, ehe sie sich umdrehte.

Freeman legte eine kurze Pause ein, damit seine Worte Wirkung zeigen konnten. Er war jetzt ruhiger, vertraute den Tatsachen, die er angeführt hatte. »Lassen Sie uns zur Identifizierung Jennifer Witts durch Mr. Alvarez übergehen. Ich behaupte ja gar nicht, daß er Mrs. Witt nicht eindeutig identifiziert hat – das hat er. Ich bitte Sie jedoch zu bedenken, wie er sich so sicher sein konnte, wenn er gleichzeitig einräumt, daß er ihr Gesicht nicht gesehen hat. Das ist ein verdammtes Zauberkunststück.«

Villars runzelte angesichts dieser leichten Entgleisung die Stirn, ließ Freeman jedoch – was erneut überraschend war – ohne Unterbrechung fortfahren.

»Lassen Sie uns als nächstens – da es die Vertreter der Anklage dermaßen beeindruckte, als es herauskam – einen Augenblick über die unterstellte intime Beziehung Mrs. Witts zu ihrem Psychiater reden. Dr. Lightner hat diese Beziehung unter Eid abgestritten. Nun mögen Sie skeptisch bleiben, aber lassen Sie nicht außer acht, daß die Ansicht von Inspector Terrell, die beiden hätten ein Verhältnis, sich als reine Spekulation herausstellte. Das bedeutet, daß diese unterstellte Beziehung, juristisch betrachtet, in keiner Weise bewiesen wurde. Gibt es irgendeinen Beweis dafür, daß Mrs. Witt und ihr Psychiater zu irgendeinem Zeitpunkt intim miteinander waren? Die Antwort lautet erneut *Nein*.« Er machte eine Pause, senkte die Stimme. »Nein. Keinen einzigen.« Und nach der Unterredung mit Lightner konnte Freeman dies mit voller Überzeugung behaupten.

Freeman ging zum Tisch der Verteidigung und trank einen Schluck Wasser. Er hob kurz die Augen und blickte in den Zuschauerraum, um zu sehen, ob man ihm auch dort noch folgte. Zufrieden oder jedenfalls mit einem Nicken, als wäre er es, wandte er sich wieder der Geschworenenbank zu und hob erneut einen Finger.

»Nichtsdestotrotz, auch wenn wir überhaupt nichts beweisen müssen, werden wir Ihnen demonstrieren, wie leicht Mr. Alvarez sich getäuscht haben könnte – innerhalb dessen, was man unter einem berechtigten Zweifel versteht –, wie er sich also getäuscht haben könnte und in der Tat getäuscht hat, was seine Identifizierung von Mrs. Witt als der Frau anbelangt, die nach den Schüssen die Straße hinunterlief. Wir werden Ihnen schließlich und endlich Beweise vorlegen – überzeugende, zwingende, unanfechtbare Beweise –, daß Jennifer Witt Larry und Matthew *nicht* umgebracht haben *kann* – weil sie sich in Wahrheit gar nicht im Haus befand, als die Schüsse abgegeben wurden. *Sie konnte gar nicht dort gewesen sein.* Genauso, wie dieses Gericht zu dem Schluß gekommen ist, daß es keine ausreichenden Beweise dafür gab, daß Jennifer Witt ihren ersten Ehemann, Ned Hollis, umgebracht hat, gibt es keine Beweise dafür, daß sie ihren zweiten Ehemann und, um Himmels willen, ihr Kind umgebracht hat.« Er wies zum letzten Mal mit dem Finger auf Jennifer. »Dort sitzt eine Frau, die wirklich zu Unrecht angeklagt wurde. Ein Opfer, keine Verbrecherin. Mrs. Witt ist mehr als nur in rechtlichem Sinne nicht schuldig – sie ist in Wahrheit und in faktischer Hinsicht eine unschuldige Frau.«

Wenn er Trübsal blies, fragte Hardy sich regelmäßig, ob es nicht irgendwie am Klima San Franciscos lag. Er hatte oft gehört, daß sich irgend etwas im leicht salzigen, böigen Äther der Stadt befinde – ein Schimmel- oder Sporenpilz oder sonst eine magische Substanz –, das für einige der großartigen gastronomischen Genüsse der Stadt verantwortlich sei – für Sauerteigbrot und trockene italienische Salami zum Beispiel. Doch er fragte sich auch immer wieder einmal, ob nicht auch ein weniger positiver Aspekt an der Sache sei, irgendein bislang unerforschtes parasitäres, chemisches oder meteorologisches Phänomen, das zu Beginn eines Unterfangens Hoffnung entstehen ließ, um sie dann zunichte zu machen, bevor es realisiert werden konnte.

Man denke doch nur an die Giants in der Saison 1993. War eine Mannschaft je so weit gekommen, nur um sich dann so viele Schnitzer und Patzer zu leisten, daß sie mit einem Spiel Differenz den Einzug in die Endrunde verpaßte? Man konnte soviel über ihre überstrapazierten Wurfarme und ihren eklatanten Mangel an Mannschaftsgeist reden, wie man nur wollte, aber es war eine verdammte Versuchung, das Klima dafür verantwortlich zu machen. Jetzt war Oktober, und Hardy sah San Francisco nicht in den Playoffs. Und damals, als die Giants mit zehn Spielen Abstand vorn lagen, als die All-Star-Spieler benannt wurden, da hatte er auch noch den Glauben genährt, daß Jennifer freigesprochen würde – und jetzt machte er sich Sorgen, daß das nur eine weitere enttäuschte

Hoffnung sei, genau wie die Meisterschaft. Denn trotz der Possenreißerei und der Erfahrung Freemans, trotz seiner »anderen Typen«, trotz des Sieges in dem Teil des Prozesses, bei dem es um
Ned Hollis ging, sogar trotz Freemans wirklich brillanter Kreuzverhöre der wichtigsten Augenzeugen der Anklage, nämlich Florence Barbieto und Anthony Alvarez, trotz alledem glaubte er mittlerweile, daß sie vermutlich verlieren würden.

Seit die Sache mit Lightner auf den Tisch gekommen war, schien
der Verteidigung der Wind aus den Segeln genommen, und dies
trotz aller Versuche Davids, die Scharte wieder auszuwetzen.
Natürlich würde Freeman niemals eine Niederlage oder auch nur
deren Wahrscheinlichkeit zugeben, und er tat auch sein Bestes, um
das Schiff auf Kurs zu halten, aber der Ballast – das Gewicht aller
offenkundigen Lügen Jennifers – schien jetzt einfach zu schwer zu
sein. Alle Manöver der Verteidigung vermittelten jetzt ein ungutes
Gefühl, man gewann den Eindruck, daß alles Debattieren und alle
Feuerwerkskünste nicht zur Wahrheit führten und auch nicht der
Gerechtigkeit dienten, trotz aller Argumente Freemans.

Die Jurymitglieder stimmen nicht so, wie man es will, wenn
man sie nicht davon überzeugt, daß es eine andere Wahrheit gibt,
die sie vielleicht einfach nicht begriffen hatten. Eine Weile hatte
selbst Hardy an die Möglichkeit einer anderen Wahrheit geglaubt,
die vielleicht überzeugen konnte. Er dachte, die Jury würde
ebenso denken, und was war ein berechtigter Zweifel, wenn nicht
das?

Jetzt – vielleicht lag es am Ende ja doch an der Luft –, wo Freeman, ganz wie die Giants und ihre überstrapazierten Arme, einen
guten Start gehabt, es dann aber einfach nicht geschafft hatte, wenigstens einen einzigen überzeugenden anderen Typen zu präsentieren, und wo die Bombe mit Lightner und Jennifer – tja, er hatte
Angst, die Saison könne bereits abgeschrieben werden.

Am Montag morgen wurde Jennifer von David Freeman auf der einen und dem Justizwachtmeister auf der anderen Seite in den Gerichtssaal eskortiert. Im Kontrast zu der modischen Kleidung, die
sie die ganze Zeit über getragen hatte, war sie jetzt mit einem braunen Jogginganzug und High-tech-Tennisschuhen bekleidet. Ihr
Haar war zu einem Pferdeschwanz gebunden, und Hardy fand,
daß sie aussah wie eine Siebzehnjährige.

Als Villars auf der Richterbank erschien, bemerkte sie sofort die

Veränderung und runzelte die Stirn. »Mr. Freeman, würden Sie bitte einmal herkommen?«

Hardy beobachtete, wie sein Partner mit der Richterin redete, nickte, gestikulierte. Die Stimmen wurden nicht laut, und eine Minute später war Freeman wieder am Tisch der Verteidigung und lächelte. »Was konnte sie schon machen?« sagte er.

Freeman rief Lisa Jennings auf, die andere Joggerin, die genau dieselben Sachen anhatte wie Jennifer. Die Zuschauer merkten, was Sache war, und Villars klopfte ein paarmal mit dem Hammer und rief zur Ruhe.

Lisa sah zwar nicht exakt so aus wie die Angeklagte, aber in den zueinander passenden Jogginganzügen und mit der gleichen Frisur – Freeman hatte Lisa dafür bezahlt, daß sie sich die Haare schneiden ließ – ließ sich die Ähnlichkeit beider nicht leugnen. Lisa war ein wenig dünner und drei oder vier Zentimeter größer, aber beide waren sie mittelgroße, attraktive blonde Frauen in den Zwanzigern.

Hardy fand, daß Freeman Lisa gar nicht erst befragen sollte. Er sollte nur Alvarez aufrufen und sehen, was dann passierte. Aber Freeman schaffte das ebensowenig, wie er mit dem Mund voller Reißnägel pfeifen konnte.

Obwohl Hardy Freeman gewarnt hatte – und zwar oft und nachdrücklich –, daß Lisas Aussage von Powell zerpflückt und durch den Fleischwolf gedreht werden konnte, wollte der alte Fuchs sie dennoch der Jury präsentieren. »Das hat einfach den Klang der Wahrheit«, hatte er zu Hardy gesagt. »Warten Sie's nur ab.«

Und er hatte tatsächlich recht. Lisas Aussage an sich – daß sie am Haus stehengeblieben war, die Schüsse gehört hatte, nach ungefähr einer Minute weitergelaufen war –, all das klang wahrhaftig.

Das Problem, wie Hardy wieder und wieder argumentiert hatte, war, daß sie, selbst wenn es tatsächlich so gewesen war, nicht beweisen konnten, daß es am 28. Dezember gewesen war.

Und Powell schien – was kein Wunder war – nicht geneigt zu sein, sich dieses Versäumnis entgehen zu lassen.

»Ms. Jennings, wie oft laufen sie den Olympia Way im Verlauf, sagen wir, eines Monats entlang?«

»Mehrmals wöchentlich, würde ich sagen.« Auch wenn sie Hardy gegenüber am Anfang, als er sie in die Pflicht zu nehmen versuchte, beträchtliche Widerspenstigkeit an den Tag gelegt hatte, machte Lisa jetzt den Eindruck einer kooperativen, sogar freundlichen Person. »Vielleicht ... fünfzehn-, zwanzigmal im Monat.«

»Und wie lange machen Sie das bereits?«

»Ein paar Jahre, glaub ich. Fast drei.«

»Also sind Sie an Mrs. Witts Haus vorbeigelaufen ... ungefähr zweihundertmal? Ungefähr so oft?«

»Ja.«

»Und führen Sie eine Art Tagebuch darüber, wo Sie an welchen Tagen langgelaufen sind, welche Route Sie genommen haben?«

Lisa blickte zu Freeman hinüber, sah dann wieder Powell an. »Nein, ich laufe einfach.«

»Also wissen Sie nicht genau, wann Sie diese Schüsse am Olympia Way gehört haben, auf die sich Ihre Aussage von eben bezieht, nicht wahr?«

»Na ja, ich habe sie nur einmal gehört.«

»Zwei Geräusche, die sich wie Schüsse anhörten?«

»Ja.«

Powell nickte, nahm sich Zeit. Er sah hinüber zur Jury, sein Gesicht war ein einziges Fragezeichen. »Ich verstehe. Und als Sie diese Schüsse hörten, haben Sie es der Polizei gemeldet?«

»Nein.« Lisa zuckte die Achseln, rutschte auf dem Stuhl hin und her.

»Warum nicht?«

»Ich weiß nicht. Ich glaube, ich habe nicht wirklich gedacht, daß es Schüsse waren.«

Powell riß vor Erstaunen die Augen weit auf. »Oh? Warum haben sie nicht gedacht, daß es welche seien?«

»Ich bin mir nicht sicher. Ich nehme an, damals dachte ich, es handle sich um Fehlzündungen oder so was Ähnliches.«

»Hätten es Fehlzündungen sein können?«

Freeman, der sie zu retten versuchte, stand auf und erhob Einspruch, aber noch bevor er Gründe anführen konnte, hatte Powell die Frage bereits zurückgezogen. Um sofort wieder darauf zurückzukommen. »Sie haben den Ausdruck ›damals‹ benutzt. Das war am 28. Dezember letzten Jahres, ist das richtig?«

Wieder sah Lisa zu Freeman hinüber. »Das habe ich nicht gesagt.«

»Nein, das haben Sie nicht. Deshalb habe ich ja auch danach gefragt.« Powell lächelte, ganz Gentleman, der nur versuchte, die Wahrheit herauszufinden. »Lassen Sie sich Zeit.«

»Ich weiß wirklich nicht genau, an welchem Tag das war.«

Wieder war Powell baß erstaunt. »Aber es war doch gewiß im vergangenen Winter.«

»Ich glaube schon, ich weiß jedenfalls, daß es einige Monate her ist.«

»Könnte es auch länger zurückliegen?«

»Euer Ehren! Der Staatsanwalt schikaniert die Zeugin.« Freeman war aufgestanden, aber er würde nicht damit durchkommen, und das wußte er auch. Er kam nicht damit durch.

»Der Ansicht bin ich nicht«, sagte Villars. »Einspruch abgelehnt.«

»Könnte es also auch länger zurückliegen?« fragte Powell noch einmal mit sanfter Stimme.

Plötzlich erhob Lisa ihre Stimme zu einem halben Schrei. »Ich weiß nicht, *wann* es war!« Schockiert von dem, was sie angerichtet hatte, starrte sie erst Powell, dann die Geschworenen an. Schließlich entschuldigte sie sich bei der Richterin und wiederholte fast flüsternd: »Ich weiß nicht, wann es war.«

»Danke, Ms. Jennings. Keine weiteren Fragen.«

Es ging dem Ende zu.

Freeman hatte die Absicht gehabt, Alvarez in den Zeugenstand zu rufen und ihn aufzufordern, auf eine der beiden Frauen zu zeigen, die ganz hinten im Gerichtssaal standen – Lisa und Jennifer –, um den Geschworenen wenigstens vorzuführen, daß ein Fehler bei der Identifizierung der einen oder anderen hätte möglich sein können. In gewissem Sinn hätte der simple Auftritt Lisas denselben Effekt gehabt, auch wenn das nach Hardys Ansicht nicht einmal annähernd dem Triumph entsprach, den er sich erhofft hatte, als er in den Morgenstunden in seinem Auto auf die minimale Chance wartete, Lisa vorbeijoggen zu sehen.

Jetzt jedoch, nachdem Powell das Argument der irrtümlichen Identifizierung zerpflückt hatte, würde Alvarez nicht in den Zeugenstand gerufen werden. Sie waren also beim Geldautomaten angelangt, ihrer letzten großen Hoffnung.

Niemand war wirklich eingenickt, aber es war ein Montag nachmittag, und sogar Hardy, der die Zahlen auswendig gelernt und die damit zusammenhängenden Überlegungen zu ihrer gegenwärtigen Gestalt verfeinert hatte, mußte zugeben, daß dies die Art von Zeugenaussage war, die ihn an die Physikstunde nach der Mittagspause in der High School erinnerte, die er meistens komplett verschlafen hatte.

Freeman befragte soeben Isabel Reed, die junge Schwarze, die so sehr von Abe Glitsky beeindruckt gewesen war, als Abe und Hardy sie vor einem halben Jahr oder sogar noch früher in der Bank of America aufgesucht hatten. Während einer Reihe von Vorgesprächen war die Sache mit der dreiminütigen Zeitdifferenz zur Sprache gekommen, und Freeman hatte Ms. Reed eingeschärft, daß sie diese Diskrepanz von sich aus, ohne eine direkte Frage seinerseits, nicht ansprechen sollte. Er war sich nicht sicher, aber möglicherweise konnte sie diese Nachlässigkeit in Schwierigkeiten bringen.

Genau das paßte Hardy nicht – doch erneut hatte sich Freeman über seine Bedenken hinweggesetzt. Freeman hielt dagegen, daß sie sich mit der Sache auseinandersetzen würden, falls die Anklage von der Sache Wind bekommen hätte und sie zur Sprache bringen wollte, daß sie, die Verteidigung, ihnen aber die zusätzlichen drei Minuten nicht auf dem silbernen Tablett servieren würden. Sie würden sie vielleicht noch brauchen.

Als Ms. Reed im Zeugenstand war, hatte Freeman Jennifers eigene Geldautomatenquittung und eine Kopie des bestätigenden Berichts der Bank of America als Beweismittel registrieren lassen. Es gab also einen eindeutigen physischen Nachweis dafür, daß Jennifer Witt um 9 Uhr 43 Bank-of-America-Zeit am Geldautomaten stand und sich Bargeld holte.

Alle im Saal hatten ein vergrößertes Poster vor Augen, das neben dem Zeugenstand entrollt worden war. Es zeigte einen Ausschnitt des Stadtplans von San Francisco, auf dem die Strecke vom Olympia Way die Clarendon hinunter und hinüber ins Haight-Ashbury-Viertel zu sehen war – die Strecke, die Jennifer, wie sie Hardy erzählt hatte, an jenem Morgen gelaufen war. Am Freitag war Officer Gage erneut als Zeuge befragt worden – er sprach auf Freemans Veranlassung über die Entfernung vom Haus der Witts bis zur Bank – die kürzeste Strecke auf der Straße – ein langer Halbkreis um das Medizinische Zentrum der UCSF, der Universität von Kalifornien in San Francisco, der nun, damit die Jurymitglieder es besser sehen konnten, rot eingezeichnet war.

Es hatte zwar eigentlich nichts mit der direkten Zeugenaussage Ms. Reeds zu tun, aber Freeman glaubte, er habe einen Weg gefunden, sein Ziel zu erreichen, und er wollte sich von einem dermaßen geringfügigen Punkt nicht weiter beunruhigen lassen. Sein Gesicht nahm den Ausdruck großer Verwirrung an. »Ms. Reed, lassen Sie uns einen Moment diese Karte betrachten. Sie haben vielleicht gehört, daß Officer Gage am Freitag ausgesagt hat, daß Ihre Zweigstelle 1,7 Meilen vom Haus der Witts entfernt liegt.«

»Ja.«

Freeman runzelte weiterhin die Stirn, versuchte, das Ganze auf die Reihe zu kriegen. »Er sagte 1,7 Meilen. Erscheint Ihnen das richtig?«

»Euer Ehren …« Powell erhob sich. »Wir werden keine Einwände dagegen erheben, daß die rote Linie 1,7 Meilen entspricht.«

»Bleiben Sie bei der Sache, Mr. Freeman«, sagte Villars ein wenig zweideutig. »Worauf wollen Sie hinaus?«

Nun war das Tor geöffnet, und Freeman lächelte. »Es ist mir ein Vergnügen, das zu erklären, Euer Ehren.« Er wandte sich wieder Ms. Reed zu. »Sie sagten, daß Mrs. Witt exakt um 9 Uhr 43 Geld von ihrem Bankkonto abhob?«

»Das stimmt.«

»Nun, wir haben gehört, wie eine Zeugin – Mrs. Barbieto – ausgesagt hat, daß Mrs. Witt zu Hause war, daß sie sie gehört hat, und zwar ein paar Minuten, bevor sie um 9 Uhr 40 die Polizei anrief. Ich frage mich also, ob Sie sich in bezug auf die Zeit sicher sind.«

»Es war um 9 Uhr 43«, sagte Ms. Reed. Sie war gut gekleidet, selbstsicher, guten Mutes. Eine gute, glaubwürdige Zeugin mit einem Dokument als zusätzlichem Beleg – dem Computerausdruck, der den exakten Zeitpunkt nachwies, an dem Jennifer Geld von ihrem Konto abgehoben hatte. Nämlich um 9 Uhr 43.

»Mit anderen Worten, Ms. Reed, nur um sicherzugehen, und, Euer Ehren« – Freeman lächelte zum Tisch der Richterin hinauf – »dies ist der Punkt, auf den ich hinauswill. Wir gehen also davon aus, daß Jennifer Witt um 9 Uhr 38 zu Hause war, nämlich in den Worten Mrs. Barbietos ein paar Minuten, bevor sie um 9 Uhr 40 die 911 wählte, und wir sollen glauben, daß sie fünf Minuten später vor dem Geldautomaten stand und eine Entfernung von 1,7 Meilen zurückgelegt hatte?«

Es funktionierte prächtig. Die Jurymitglieder waren davon genau so nachhaltig beeindruckt, wie Hardy es gehofft hatte. Hinter sich vernahm er ein überaus angenehmes, leises Gemurmel im Gerichtssaal. Sogar Villars, die im Kopf nachgerechnet hatte, schien beeindruckt zu sein. Es war ja vielleicht doch noch nicht alles verloren.

Die Anklage mußte sich entscheiden – entweder hatte Jennifer das Haus vor den Schüssen verlassen, in dem Fall konnte sie die Morde offensichtlich nicht begangen haben, oder sie war erst später losgelaufen, in dem Fall hätte sie es nicht bis zur Bank geschafft. Aber sie *hatte* es bis zur Bank geschafft. Also hatte sie niemanden umgebracht.

»Tatsache ist also folgendes«, fuhr Freeman fort, »selbst wenn Mrs. Barbieto nach den Schüssen zehn Minuten gebraucht hat, bevor sie die 911 anrief, dann ergibt das für Jennifer 9 Uhr 30. Aber die Schüsse wurden nicht um 9 Uhr 30 abgegeben, denn der Fahrer des Federal Express, Fred Rivera, war mindestens bis 9 Uhr 31 bei den Witts.«

Freeman war voll in Fahrt und gab in seiner Begeisterung ein Schlußplädoyer von sich, und aus irgendeinem Grund ließ Dean Powell das zu. Hardy blickte hinüber zum Tisch des Staatsanwalts, und sein Magen zog sich zusammen. Der Mann lächelte.

Auch die Richterin ließ Freeman gewähren. Er redete einfach ohne Punkt und Komma weiter, widmete der Zeugin keinerlei Aufmerksamkeit mehr, sondern sprach direkt zu den Jurymitgliedern.

»Lassen Sie uns sogar rein theoretisch einmal annehmen, daß Jennifer zu Hause *war*, oben im ersten Stock, als Fred Rivera das Paket abgab. Und lassen Sie uns annehmen, daß Larry und Matt binnen einer Minute danach, also um 9 Uhr 32, erschossen wurden. Falls Jennifer Witt das Haus verließ, wie Anthony Alvarez ausgesagt hat, würde sie dennoch 1,7 Meilen in zehn Minuten zurückgelegt haben müssen. Das ist ein Tempo von mehr als sechs Minuten pro Meile, d. h. selbst für einen durchtrainierten Athleten ein knallharter Sprint. Jennifer Witt kann das einfach unmöglich geschafft haben.«

Villars, die einen Moment lang von Freemans Redefluß gebannt gewesen war, kam wieder zu sich. Sie warf Powell einen strengen Blick zu, zweifellos, dachte Hardy, weil sie sich fragte, warum Powell der Verteidigung das durchgehen ließ, ohne Einspruch zu erheben. Doch der Staatsanwalt reagierte nicht auf ihren Blick. Freeman ging zu seinem Stuhl zurück, und Powell erhob sich ganz entspannt, strich sich über das Jackett, fuhr sich mit den Fingern durch die Haare – ein Mann auf dem Weg zu einer Party.

»Ms. Reed«, begann Powell. »Wissen Sie, ob die Uhr in Ihrem Geldautomaten auch richtig geht?«

Hardy beugte sich über Jennifer. »Er weiß es«, flüsterte er Freeman zu. »Wie ist das nur möglich?«

Freeman schüttelte den Kopf, kniff die Lippen zusammen. Jennifer sagte: »Was?« und er tätschelte ihr die Hand.

Ms. Reed machte einen redlichen Versuch. »Ich bin nicht sicher, ob ich die Frage verstehe. Ob sie richtig geht? Sie meinen, ob die Zeit richtig aufgezeichnet wird? Ich würde sagen ja.«

»Das ist es eigentlich nicht, was ich gemeint habe.« Powell lächelte sie an, wandte sich dann der Jury zu. »Wir haben in diesem Prozeß bislang soviel über Zeit gehört – der Computer des Federal Express, der Mann vom Notruf, der die Polizei verständigte – der Geldautomat Ihrer Bank –, daß ich mich frage, ob Sie wissen, ob all diese Apparate von irgendeinem großen Computer oder sonstwie koordiniert werden.«

Ms. Reed, die keineswegs dumm war, wußte sehr wohl, wohin diese Frage führte, aber sie konnte nichts dagegen unternehmen. Wenn sie Schwierigkeiten bekommen würde, war das eben nicht zu ändern. Sie würde auf keinen Fall unter Eid die Unwahrheit sagen.

Es kam also heraus.

Powell tat natürlich so, als sei er höchst schockiert. »Wollen Sie damit sagen, daß die Verteidigung von dieser Drei-Minuten-Differenz gewußt hat und daß wir die ganze Zeit zugehört haben, wie Mr. Freeman große Töne spuckte, und er dabei in keinem Moment den Anlaß sah, das zu erwähnen?«

Villars lächelte beinahe, dachte Hardy, und das jagte ihm einen eisigen Schauer über den Rücken. Es schien, als habe Powell sich in ihren Augen soeben entlastet.

»Ja.«

»Warum haben Sie das nicht erwähnt? Schien es nicht wichtig zu sein?«

»Na ja, schon, aber Mr. Freeman hatte gesagt, daß ich Schwierigkeiten bekommen könnte.«

»Mr. Freeman sagte, Sie könnten Schwierigkeiten bekommen?«

»Ja.«

»Wieso sollten Sie denn Schwierigkeiten bekommen?«

»Ich weiß nicht. Vielleicht seitens der Polizei. Das hat jedenfalls Mr. Freeman gesagt.«

Hardy legte einen Augenblick die Hände vor die Augen. Ihm war bewußt, daß das nicht gerade den besten Eindruck machte, aber als Ersatz für ein Loch, in dem er sich verkriechen konnte, schien das eine vernünftige Alternative.

Powell ließ nicht locker. »Also haben wir mit dem Drei-Minuten-Unterschied einen *Dreizehn*-Minuten-Lauf, nicht wahr? Oder ein Tempo von siebeneinhalb Minuten pro Meile, was zwar schnell ist, aber weit entfernt davon, eine durchtrainierte Sportlerin zu benötigen.«

»Ich weiß nicht …« Ms. Reed war den Tränen nahe, entweder vor Angst oder vor Wut, daß man sie in diese Situation gebracht hatte.

»Einspruch.« Aber Villars zeigte nur mit dem Hammer auf ihn. »Unterstehen Sie sich, Mr. Freeman«, sagte sie.

Powell wartete ab, natürlich erfreut über diese richterliche Entscheidung, dann fuhr er fort: »Wenn die Verteidigung dieses Poster hier schon einmal aufgehängt hat, dann lassen Sie es uns doch einen Augenblick benutzen, nicht wahr? Sie haben etwas über diese berühmten 1,7 Meilen ausgesagt, ist das richtig?«

»Ja.«

»Aber sehen Sie mal hier, diese rote Linie folgt immer der Grenze des Klinikzentrums des UCSF. Kennen Sie sich dort aus?«

»Ja, das ist nur ein Stück die Straße hoch. Ich esse dort manchmal zu Mittag.«

»Wollen Sie damit sagen, daß das Gelände nicht für die Öffentlichkeit gesperrt ist? Kann jeder dort ein und aus gehen?«

»Ich tue das ständig.«

»Ms. Reed, würde es Ihnen etwas ausmachen, den roten Stift zu nehmen, den wir benutzt haben, und durch das Gelände des Medical Center einen Strich zu ziehen, damit die Jury es sehen kann?«

Alle Anwesenden im Gerichtssaal sahen gebannt zu. Es ergab eine fast gerade Linie vom Spielplatz an der Midtown Terrace am Ende des Olympia Way hinunter zur Parnassus Street.

»Und ist dies ein flaches Terrain, Ms. Reed?«

»Einspruch.«

»Wohl kaum«, sagte Villars.

»Nein, Sir, es geht immer bergauf.«

»Oder vom Olympia Way aus berg*ab*?«

»Ja.«

»Wenn man demnach«, folgerte Powell, »durch das Gelände des Klinikzentrums läuft, muß man nur eine *halbe Meile* Luftlinie zurücklegen, und zwar immer nur bergab. Selbst wenn die Angeklagte das Haus erst um 9 Uhr 40 verlassen hat, hätte sie die Strecke beinah im Schrittempo schaffen können …«

Bis Freitag wurde Hardy allmählich verrückt, während er in seinem Büro herumsaß oder zu Freeman hinunterging oder ins Gefängnis fuhr, um mit Jennifer zu sprechen, oder sich Schaufenster anschaute. Das Warten auf das Urteil war eine ureigene, ganz spezielle Hölle.

Und wenn sie verlieren sollten, würde es sein Fall werden, seiner ganz allein. Jetzt wurde ihm auch langsam die Tatsache bewußt, daß Freeman nicht einmal mehr mit ihm im Gerichtssaal sitzen würde – es gab keinen Grund dafür. Freeman war der Verteidiger beim Verfahren zur Klärung der Schuldfrage gewesen, und – ob sie nun verloren oder gewannen – sein Job war jetzt beendet. Er würde notfalls die Begründung für die Berufung schreiben, einen neuen Prozeß oder eine Aufhebung des Urteils durchzusetzen versuchen, aber was den Gerichtssaal anging, würde Freeman keine aktive Rolle mehr spielen.

Als Freeman ihn am Anfang gefragt hatte, ob er die Rolle des Keenan Counsel übernehmen würde – des Verteidigers, der für das Verfahren zur Festsetzung des Strafmaßes zuständig war –, hatte Hardy nicht wirklich begriffen, was alles damit verbunden war. Was er hätte tun sollen, sagte er sich.

Jetzt würde er ganz allein die Verantwortung dafür tragen, dieselben Geschworenen, die Jennifer verurteilt hatten – sofern das der Fall war –, davon zu überzeugen, daß Jennifer nicht in die Gaskammer gehörte, daß durchaus strafmildernde Umstände vorlagen. Es würde jetzt seine Aufgabe sein, der Jury klarzumachen, welche Umstände das sein könnten.

Doch natürlich resultierte dies alles aus seiner Überzeugung, daß die Jury Jennifer schuldig sprechen könnte. Es lag seiner Meinung nach nicht so sehr daran, daß die Anklagevertretung umwerfend gute Arbeit geleistet und nachgewiesen hatte, daß Jennifer ihren Mann und versehentlich, aus ungeklärten Beweggründen, auch ihren Sohn umgebracht hatte. Ebensowenig, so seine Überzeugung, hatte Freeman versagt, ungeachtet gelegentlicher Fehleinschätzungen, die Hardy ihm ankreidete.

Nein, wenn die Geschworenen Jennifer verurteilen würden, dann aus dem Grund, daß sie zu der Überzeugung gelangt waren, Jennifer sei eine selbstsüchtige, eiskalte Person, eine Lügnerin, die ihren Ehemann bestahl und betrog, eine Frau, die die meiste Zeit Zorn statt Zerknirschung zeigte – genau die Sorte Frau, die das tun würde, wessen Jennifer angeklagt war.

Und – dort lag Hardys Angst im wesentlichen begründet – wenn die Geschworenen glauben sollten, daß Jennifer eine derart kaltblütige Person sei, dann war es gut möglich, daß sie der Meinung waren, Jennifer habe die Höchststrafe verdient …

Hardy hatte Frannie gebeten, die Kinder ein paar Stunden bei Erin abzugeben und mit ihm zu Mittag zu essen, und nun standen sie beide vor dem Pult von Phyllis draußen vor Freemans Büro und machten Small talk, warteten auf Freeman, der sich selber zum Mitkommen eingeladen hatte, als das Telefon auf Phyllis' Schreibtisch klingelte.

»David Freeman«, sagte sie förmlich – so meldete sie sich immer Anrufern gegenüber –, hörte dann zu, schürzte die Lippen, nickte ein- oder zweimal. »Danke.« Sie legte auf, hatte offenbar völlig die Anwesenheit von Hardy und Frannie vergessen, drückte den Knopf ihrer Gegensprechanlage. »Mr. Freeman, die Jury kommt zurück in den Gerichtssaal.«

Der Zuschauerraum hatte sich innerhalb bemerkenswert kurzer Zeit mit Vertretern der Medien gefüllt. Hardy organisierte neben einem Reporter, den er kannte, einen Platz am Gang in der zweiten Reihe für Frannie.

Jennifer wurde hereineskortiert und zum Tisch der Verteidigung geführt. Sie trug eine weiße Bluse, einen braunen Wickelrock und Schuhe mit flachen Absätzen. Freeman tätschelte ihr die Hand, obwohl sie das überhaupt nicht zu bemerken schien, ausdruckslos dasaß und keine Gefühlsregung erkennen ließ.

Als Villars ihr die Anweisung dazu gab, stand sie auf und stellte sich aufrecht hin, den Blick geradeaus nach vorn gerichtet, zu ihrer Rechten von Freeman, zu ihrer Linken von Hardy flankiert. Die Richterin nahm vom Protokollführer das Urteil entgegen, las es sorgfältig, gab es dem Protokollführer zurück.

»Was den ersten Anklagepunkt betrifft, so befinden wir, die Mitglieder der Jury, die Angeklagte, Jennifer Lee Witt, des vorsätzlichen Mordes an Larry Witt unter erschwerenden Umständen für schuldig.«

Hardy spürte, wie sein Magen rebellierte. Er drehte sich halb zur Seite und sah, daß Jennifer genau die Reaktion zeigte, die er vorhergesagt hätte – nämlich gar keine. Nein, das stimmte nicht ganz. Ein Muskel seitlich an der Backe bewegte sich, aber ansonsten hätte sie ebensogut an der Ampel stehen und auf grünes Licht warten können. Er warf einen Blick zur Bank der Geschworenen hinüber – auch sie registrierten es. Eine eiskalte Frau, mußten sie denken.

Hinter ihnen im Zuschauerraum machte sich halblautes Geraune breit, aber Villars konzentrierte sich nach einem beiläufigen Schlag mit dem Hammer auf die anstehende Aufgabe. »Was den zweiten Anklagepunkt betrifft«, las der Gerichtsdiener, »so befinden wir, die Mitglieder der Jury, die Angeklagte, Jennifer Lee Witt, des vorsätzlichen Mordes an Matthew Witt unter erschwerenden Umständen für schuldig.«

Freeman hielt Jennifer am Arm fest. Sie schien keinen Beistand zu brauchen.

Ich werde nicht zerbrechen. Ich werde nicht zulassen, daß sie mich zerbrechen.

Sie schlagen auf alle nur denkbaren Arten auf dich ein, Tag für Tag, und es befriedigt sie zu sehen, wie du auseinanderfällst. Dann brichst du zusammen. Du flehst sie an, dir noch eine Chance zu geben, du versprichst, es beim nächsten Mal besser zu machen, alles, was sie wollen. Du wirst dich ändern und dich anders benehmen und nicht einmal mehr du selbst sein, wenn sie nur endlich aufhören wollten, dir weh zu tun.

Was jetzt ununterbrochen geschieht. Besonders seit der Sache mit Matt.

Aber ich werde es nicht mehr zulassen. Weinen hilft nicht. Es hat bei Larry, bei Ned, sogar bei Ken nicht geholfen, nicht einmal bei diesen Anwälten. Sie denken sowieso, daß es nur Theater ist, wenn ich zeige, was ich fühle. Sie wissen es nicht, und selbst wenn sie es wüßten, wäre es ihnen egal.

Warum will ich die Leute überzeugen? Wovon? Davon, daß ich kein Monster bin? Warum sollte ich mir die Mühe machen? Selbstverständlich haben sie mich schuldig gesprochen. Das haben sie ja immer getan …

In gewissem Sinne bin ich schuldig. Ich trage die Schuld daran, daß ich hier gelandet bin, daß ich so geworden bin, wie ich bin – leer, verbraucht. Du läßt sie lange genug auf dich einschlagen, und die Person, die du wirklich bist, die geht weg. Versteckt sich.

Nun, diese Befriedigung werde ich ihnen nicht mehr geben. Das ist immerhin schon etwas. Ein Anfang vielleicht …

»Ich habe ehrlich nicht gedacht, daß man sie schuldig sprechen würde.« Freemans Haare wehten im Wind des späten Nachmittags in alle Richtungen. Der Himmel lag wie ein dickes graues Plumeau auf den Stufen vor dem Justizpalast.

Hardy hatte den Arm um seine Frau gelegt, der übel war, die sich die Hand auf den Bauch preßte. Sie hatte im Gerichtssaal gewartet, bis alle Leute fortgegangen waren, bis Hardy wieder herausgekommen war, der sich mit Freeman und Jennifer in das private Besprechungszimmer, ihre sogenannte Suite, zurückgezogen hatte. Wo Jennifer über nichts hatte sprechen wollen.

Wenigstens nicht mit Freeman.

Mit einem wütenden Lächeln im Gesicht hatte sie Freeman angefaucht, er könne froh sein, daß er sie gezwungen hätte, das Honorar vorab zu bezahlen. Wenn sie gewußt hätte, daß er verlieren würde ... hieß es nicht, daß er der Beste sei?

Er erwiderte, daß noch nicht alles verloren sei, daß er ihre Reaktion natürlich verstehen könne. Er würde alles tun, um in Berufung zu gehen. Es gab gute Gründe ...

Hardy hatte eine Zeitlang zugehört, sich dann entschuldigt – er würde später mit Jennifer sprechen, ohne Freeman – und war zu Frannie hinausgegangen. Sie wollte nach Hause.

Doch Freeman fing sie auf den Stufen ab, er konnte die Sache noch nicht auf sich beruhen lassen. Er kämpfte noch immer weiter. Er *würde* in die Berufung gehen. »Es ging zuletzt nur um die drei Minuten ...«

Hardy hatte das Gefühl, er müsse etwas sagen. »Das war mein Fehler. Ich hatte geglaubt, das sei eine einzigartige Geschichte.«

Freeman boxte ihn gegen den Arm. »Das ist totaler Blödsinn«, sagte er. »Die ganze Sache war meine Show, machen Sie sich nichts vor. Ich meine, ich hätte die Strecke selbst abgehen müssen. Wenn es überhaupt auch nur die geringste Chance gab, daß sie in fünf statt in elf Minuten bei der Bank sein konnte, dann war ich verantwortlich dafür herauszufinden, wie das möglich war. In dem Korb waren einfach zuviel Eier.« Er zog sich die Jacke enger um den Körper. »Wie auch immer, ich kann wahrscheinlich einen neuen Prozeß durchkriegen. Villars hätte den hier einstellen müssen, nachdem sie meinem 1118 stattgegeben hatte.«

Pfiff er im dunklen Wald? Hardy konnte sich nur schwer vorstellen, daß Freeman diese Geschichte noch einmal durchexerzieren wollte. Er bezweifelte auch, daß Freeman die Rechtslage richtig interpretierte. Aber er zog es wirklich vor, das jetzt nicht weiter zu erörtern. Statt dessen sagte er: »Vielleicht hätten Sie Lightner doch ins Kreuzverhör nehmen sollen. Von da an ging der Prozeß den Bach runter. Wenn die beiden eine Affäre hatten, hätten wir es so darstellen können, daß er ein ebenso gutes Motiv hatte wie sie.«

Freeman schüttelte den Kopf. »*Wenn*«, sagte er. »Und *wenn* wir es hätten beweisen können, und *wenn* er nicht ein Alibi gehabt hätte, was er aber hat. Um nicht zu erwähnen, daß er mich ziemlich davon überzeugt hat, daß er so was einfach nicht tun würde. Nein, ich befürchte, Lightner hat *Jennifer* ein noch besseres Motiv gegeben, Diz. Je weniger die Jury von ihm zu Gesicht bekam, desto besser.«

Frannie meldete sich schließlich zu Wort. »Bitte, ihr zwei. Ich fühle mich wirklich nicht gut, Dismas.« Sie sah Freeman an. »Tut mir leid, David, ich kann mit der Sache nicht besonders gut umgehen. Jennifer ist es nicht gewesen. Wie konnten die sie nur schuldig sprechen?«

Ein Windstoß fauchte ihnen um die Ohren und schnitt Freeman die schon begonnene Antwort ab. Als er überlegte und sich schließlich doch gezwungen sah, Frannies Gesichtsausdruck zur Kenntnis zu nehmen, tat er einen Schritt nach vorn und legte beiden die Arme um die Schultern. »Fahren Sie nach Hause, Frannie. Ruhen Sie sich aus. Diz, Sie auch, na los, jetzt aber ab nach Hause.«

Im Auto weinte Frannie leise vor sich hin. Hardy hatte wegen des Nieselregens die Scheibenwischer eingeschaltet. Mit beiden Händen hielt sie seine Hände fest, drückte sie auf ihren Schoß.

»Du bist ja fassungsloser, als sie es war.«

Frannie schüttelte den Kopf. »Nein. Sie hat sich nur zusammengerissen, versucht, nicht zusammenzubrechen.«

Hardy warf ihr einen kurzen Blick zu. »Na, dann ist sie echt eine übermenschliche Zusammenreißerin.«

Frannie nickte und sagte, daß Jennifer dies notgedrungen sein mußte. »Sie hat Matt *nicht* umgebracht, Dismas. Und sie hat auch Larry nicht umgebracht. Ich glaube das noch immer.«

Hardy sah seine Frau an. Er drückte ihr die Hand, wußte nicht, was er sagen sollte.

40

Als sie noch nicht gewußt hatte, daß die Jury an jenem Tag das Urteil fällen würde, hatte Frannie Pläne fürs Wochenende gemacht. Sie wußte, daß ihr Mann wahrscheinlich nicht fortfahren und sich lieber mit Freeman treffen wollte, um über die Sache zu diskutieren, sie zu analysieren und sich Sorgen zu machen. Sie war nicht der Ansicht, daß das klug wäre.

Als sie Rebecca und Vincent bei der Großmutter abgeholt hatten und wieder zu Hause waren, half sie Dismas deshalb – obwohl ihr noch immer übel war –, die Sachen ins Auto zu packen, verfrachtete ihn dann auf den Beifahrersitz und fuhr neunzig Minuten lang in nördlicher Richtung bis zu dem kleinen Ort namens Occidental am Russian River.

Sie hatte im alten Union Hotel zwei nebeneinanderliegende Zimmer gemietet; dort konnte man nichts anderes tun als riesige Portionen italienischer Hausmannskost zu essen und in der Bar etwas zu trinken und zu Country Musik zu tanzen und tagsüber im feuchtkalten Wetter durch die Gegend zu fahren, die Bäume und das Wasser anzuschauen und mit den Kindern zu spielen.

Und auch wenn ihr ganz und gar nicht danach war, ließ sie Dismas ungefähr fünfunddreißig Minuten Zeit – bis sie in San Rafael waren –, damit er seine ganze Frustration sowie die Eindrücke über den Prozeß und das Urteil und die Pläne für die bevorstehende Straffestsetzungs-Phase herauslassen konnte.

Jetzt aber, in diesem Moment, waren sie auf einem Familienwochenende. Das Verfahren zur Festlegung des Strafmaßes würde ihr Leben bald genug beherrschen. Doch dies hier war die Gelegenheit, um ein wenig auszuspannen. Sie hatte sich ziemliche Mühe gegeben, den Ausflug zu arrangieren. Und sie forderte diese Pause für sich selbst, für die Kinder, für ihren Mann.

Der Rest der Welt konnte bis Montag warten.

Hardy wußte, daß das einer der Gründe war, weshalb er sie liebte. Sie war einfach gut in diesen Dingen.

Er selbst neigte eher dazu, sich weiter und weiter ins Zeug zu legen, bis der Knoten irgendwie platzte, aber von ihr hatte er bei verschiedenen Gelegenheiten gelernt, daß es manchmal nicht schadete, einen Schritt rückwärts zu gehen und in die Richtung zu schauen, in der man die Sache weitertrieb. Durch eine andere Perspektive kam manchmal viel mehr heraus.

Ursprünglich hatte er geplant, sofort weiterzumachen und mit Jennifer zu reden, doch am Montag morgen, als er sich infolge des guten Essens und der schlichten Schönheit der Küste im Norden – obwohl er nicht viel geschlafen hatte – ansatzweise erholt hatte, merkte er, daß er irgendwann während des Wochenendes beschlossen hatte, Ken Lightner aufzusuchen.

Lightner war von Anfang an zwar nicht unbedingt ein Dorn gewesen, hatte aber sehr wohl ständige Präsenz gezeigt – er war jedenfalls weitaus mehr in die Sache verwickelt, als Hardy anfänglich vermutet hatte, und er wollte dem, falls irgend möglich, nun auf den Grund gehen. Nicht nur das, er beschäftigte sich auch noch einmal mit dem Thema BWS – er hatte das Gefühl, er mußte es einfach tun. Die Jury hatte zwar entschieden, daß Jennifer Larry und Matt umgebracht hatte, doch er glaubte, die Geschworenen davon überzeugen zu können, daß Jennifer keine kaltblütige Mörderin war und die Hinrichtung verdient hatte, wenn sie erfuhren, wie oft und/oder wie brutal sie verprügelt worden war.

Es war einen Versuch wert. Andere Möglichkeiten hatte er ohnehin nicht viele.

Lightner hatte sich erfreut, vielleicht sogar erleichtert angehört, als Hardy sich meldete. Möglicherweise hatte er den Eindruck gewonnen, er würde geschnitten, nachdem die angebliche Affäre ans Licht gekommen war und Hardy und Freeman ihn nicht in den Zeugenstand rufen wollten, weil es aufgrund seiner Beziehung zu Jennifer den Anschein haben könnte, daß sie einen weiteren Grund hätte, ihren Ehemann loszuwerden.

Lightners Praxis befand sich gegenüber von Stern Grove in einem großen, teils privat, teils gewerblich genutzten Appartementkomplex, der – geschickterweise – *The Grove*, Der Hain, genannt wurde. Es war ein aus Glas und braunen Holzschindeln erbauter Neubau, der von Bäumen umgeben war, und an diesem Morgen stand eine unverhältnismäßig große Anzahl hochkarätiger deutscher Automobile auf dem Parkplatz. Die Miete war hier bestimmt nicht niedrig.

Trotz der Morgensonne war der Herbst zu spüren. Nachdem er geparkt hatte, blieb Hardy einen Augenblick am Auto stehen, ganz im Bann des Geruchs nach Eukalyptus und verbranntem Holz, auch wenn es ihm ein Rätsel war, wo der Rauch herkam. Niemand durfte mehr irgend etwas unter freiem Himmel verbrennen – es war illegal.

Lightners Praxis schien den größten Teil eines der Anbautrakte in der hinteren Ecke einzunehmen. Hardy klingelte, wartete, wurde per elektrischem Türöffner eingelassen. Er ging einen langen, in gedämpften Farben gestrichenen Flur entlang. Sechs oder acht abstrakte Sachen hingen in Rahmen an den Wänden – Kunstwerke?

Lightners massige Gestalt tauchte im Licht am Ende des Flurs auf. »Mr. Hardy«, sagte er. »Willkommen.«

Sie schüttelten einander die Hand, und Hardy wurde Helga, Lightners Sekretärin, vorgestellt. Der Anmeldungsbereich war größer als unbedingt notwendig und dennoch irgendwie gemütlich. Die beiden Sofas waren allzu weich gepolstert. Ferner gab es einen bequemen Sessel, und eine Ottomane in grellem Orange, Blau und Schwarz brachte als einziger Gegenstand Helligkeit in den Raum. Helga selbst – sie zog es vor, so sagte sie, wenn man sie Helga statt Ms. oder Miss Brun nannte – war um die Vierzig und trug keine Ringe. Sie saß an einem niedrigen schwarzen Schreibtisch, dessen Oberfläche bis auf eine grüne Schreibunterlage aus Filz leer war. Auf einem niedrigen Regal standen eine Schreibmaschine – es gab keinen Computer – und gleich daneben das, was Hardy für ein Geschäftstelefon mit sechs Nebenstellen und eingebauter Gegensprechanlage hielt. Helga fragte, ob die Herren gerne eine Tasse Kaffee trinken wollten, und beide bejahten es.

Lightner ging zu seinem Sprechzimmer vor, einem Raum, der kleiner, aber auch gemütlicher war als der Empfangsbereich. Zum einen war er nicht in Pastelltönen gehalten. Der Raum, in dem Grüntöne, Leder, geschnittenes Holz und Glas dominierten, strahlte Ruhe aus, die Fenster gingen auf einen der älteren Haine hinaus, Sonnenlicht schien durch die Zweige. Hardy vermied die Couch und setzte sich in einen der beiden Ledersessel. Lightner ließ die Tür zu Helgas Bereich offen und nahm auf einem Stuhl in der Nähe der Tür Platz.

»Ich will gleich zur Sache kommen«, begann Hardy. »Sie sind eine Woche nach Costa Rica geflogen und haben bei Jennifer gewohnt.« Es war wohl nicht nötig, mehr zu sagen.

Lightner runzelte die Stirn. »Muß das sein? Ich dachte, ich hätte die Sache schon mit Freeman abgeklärt.«

»Freeman?« Irgendwo im Hinterkopf mußte Hardy das wohl gewußt haben, obwohl er diese Verbindung nie bewußt gezogen hatte; ja doch, Freeman mußte mit Lightner gesprochen haben. Gleich nach dem Prozeß hatte er gesagt, Lightner habe ihn davon überzeugt, daß er mit Jennifer nichts Falsches angestellt hatte oder gar mit ihr intim geworden war. In dem Moment, unmittelbar nach dem Prozeß und dem Urteil, hatte er es gar nicht richtig mitbekommen. Und genau wie Freeman ihm nichts davon erzählt hatte, daß Jennifer Ned getötet habe, hatte er ihm auch nicht von diesem Gespräch mit Lightner berichtet. Typisch David.

Der Psychiater nickte. »Also was nun, Mr. Hardy? Suchen Sie jetzt auch nach der Bestätigung dafür, daß ich nicht gegen alle Standesregeln verstoßen habe und mit meiner Patientin geschlafen habe?«

Die Last, Jennifer zu retten, setzte Hardy mehr und mehr zu, andernfalls hätte er sich nicht auf die extreme List verlegt, mit der er es jetzt versuchte. »Dr. Lightner, Ihre Patientin und, wie ich mitbekommen habe, auch Freundin Jennifer hat mir etwas anderes gesagt.« Natürlich hatte sie das nicht getan, aber falls auf diese Weise irgendwelche mildernden Umstände oder eine sonstige Alternative herauskämen ...

Lightner sah schockiert aus, dann wurde er traurig. »Mr. Hardy, ich kann das kaum glauben, wirklich, tut mir leid. Aber falls Jennifer das tatsächlich gesagt hat, dann gibt es dafür psychologische Gründe, doch Sie würden wohl nur sagen, daß sie eigennützig sind. Ich versichere Ihnen, daß ich keine intime Beziehung zu meiner Patientin hatte. Ich habe das unter Eid bezeugt. Ich glaubte, ich habe angenommen, daß Mr. Freeman mir geglaubt hat.«

Hardy zuckte die Achseln und fühlte sich zunehmend unwohl bei dem, was er tat. »Doch wohin führt uns das, Dr. Lightner? Sie wollten Jennifer helfen, und glauben Sie mir, ich wäre glücklich, wenn Sie es könnten. Also ...«

Lightner stand auf und durchquerte den Raum. Er öffnete eine Tür, die zu einem Innenhof führte, und winkte Hardy heran, der aufstand und ihm folgte. Draußen spazierte Lightner ein paar Schritte in das Wäldchen hinein und drehte sich dann um. »Ich werde mich einer Überprüfung am Lügendetektor unterziehen, wenn Sie dies wünschen. Sie wissen, wieviel Jennifer mir bedeutet, aber ich kann es nicht im Raum stehen lassen, daß behauptet wird, ich sei mit meiner Patientin intim geworden, hätte die Beziehung mißbraucht. Tut mir leid, aber Jennifer sagt einfach nicht die Wahrheit.«

Schließlich gab Hardy nach. »Entschuldigen Sie, Dr. Lightner, ich bin es, der nicht die Wahrheit sagt. Es war ein schlechter Versuch.«

»Na schön, Mr. Hardy, ich erzähle Ihnen, was passiert ist, genau, wie ich es bereits Mr. Freeman erzählt habe …«

Er und Jennifer hatten in Costa Rica im selben Hotelzimmer übernachtet, weil Jennifer nach Lightners Ankunft wieder die Angst packte, da ihr klar wurde, daß sie gar nicht so weit fortgelaufen war, wenn Lightner in so kurzer Zeit bei ihr sein konnte. Sie hatte sich sehr verwundbar und allein gefühlt, hatte ihr eigenes Zimmer aufgegeben und gedacht, daß sie keine Spuren hinterlassen hätte.

Zwar strapazierte diese Erklärung Hardys Gutgläubigkeit bis aufs äußerste, doch von Lightners Standpunkt aus war sie zwar töricht, aber plausibel. Natürlich beginnen die Leute törichte Dinge – es könnte genau so gewesen sein, wie Lightner erzählte. Und jetzt spürte Hardy, daß er Lightner brauchte, wenn er überhaupt eine reale Chance haben wollte, das Leben seiner Mandantin zu retten. Und genau so mußte er die Sache sehen … Freemans Revisionsantrag war nichts, worauf er sich verlassen konnte.

Zwischen den diversen Telefonanrufen, die sie entgegennehmen mußte, hatte Helga es geschafft, ihnen den Kaffee zu bringen. Lightner und Hardy hatten wieder in den Sesseln Platz genommen, inzwischen entspannter, auch wenn sie nicht hundertprozentig Verbündete waren. Lightner war, wie er sagte, weder beeindruckt noch begeistert gewesen, daß Hardy ihn angelogen hatte. Dennoch befanden sie sich auf neutralem Terrain, da sie beide auf dasselbe Ergebnis hinarbeiteten. Sie mußten ja nicht unbedingt die dicksten Freunde sein.

Hardy balancierte seine Kaffeetasse auf dem Knie. »Wie stellt sich die ganze Sache Ihrer persönlichen Meinung nach dar, Herr Doktor?«

»Was meinen Sie damit?«

»Ich meine, was sagt Ihnen Ihr Gefühl?«

»Ich glaube ihr, Mr. Hardy. Aber wie ich schon gesagt habe, *falls* sie es getan hat, ist sie dazu getrieben worden. Das ist keine leichtfertige Verteidigung, wissen Sie.« Er setzte Tasse und Untertasse auf dem Tischchen neben sich ab, wandte sich nun voll und ganz Hardy zu und beugte sich mit gefalteten Händen nach vorn. »Ich habe das schon die ganze Zeit gesagt – ich habe Mr. Freemans Konzept nie verstanden ...«

»Er hat sich, was die Mißhandlungen angeht, dem Wunsch seiner Mandantin gefügt, dasselbe würden Sie ebenfalls tun.« Hardy hatte keine Lust sich anzuhören, wie Lightner irgendwen kritisierte. Sein Urteilsvermögen war schließlich alles andere als vorbildlich.

»Tatsache jedenfalls bleibt, daß er den Prozeß verloren hat. Und Jennifer auch.« Er hob eine Hand. »Meiner Ansicht nach hätte er verschiedene Zeugen aufrufen können – mich selbst inbegriffen –, die wenigstens erste Zweifel gesät haben könnten. Haben Sie denn Jennifers frühere Ärzte aufgesucht?« Als Hardy nickte, fuhr er fort. »Gut, dann *wissen* Sie also, daß sie mißhandelt wurde. Und es gab noch mehr Leute, Leute, mit denen ich gesprochen habe – ihre eigene Mutter beispielsweise. Die, wie Sie vielleicht wissen, ihrerseits mißhandelt wurde. Sogar Helga hat Jennifer gesehen, wie sie hier hereinkam, unter großen Schmerzen und humpelnd. Es war eine klassische Situation – Larry Witt war buchstäblich dabei, sie totzuschlagen.«

»Aber Jennifer hat Freeman darum gebeten – ihm befohlen, – das nicht aufs Tablett zu bringen.«

»Er hätte sich darüber hinwegsetzen müssen. Er ist der Anwalt. Seine Aufgabe war es, sie freizubekommen, nicht zuzulassen, daß sie verurteilt wird. Sie ist ein *Opfer*, Mr. Hardy.«

Hardy hob die Stimme. »Sie hätte ihn gefeuert, verstehen Sie das denn nicht?«

Lightner lehnte sich zurück und verzog das Gesicht: »Und wieso das?«

»Wenn sie zugibt, daß sie geschlagen wurde, ist das für sie dasselbe, als wenn sie zugibt, Larry umgebracht zu haben. Und wenn sie Larry umgebracht hat, dann gibt sie zu, daß sie Matt umgebracht hat.«

»Warum muß sie überhaupt etwas zugeben?« fragte Lightner. »Sie können doch all diese Leute als Zeugen vorladen, oder etwa nicht? Bringen Sie sie dazu, über das zu reden, was sie bei Jennifer gesehen haben. Vielleicht noch nicht einmal etwas Explizites zu Larry. Ich könnte als Sachverständiger aussagen – ich habe das bereits gemacht. Diese Art von Verleugnung ist nicht unüblich. Ich müßte nicht über konkrete Dinge reden, die Jennifer mir gesagt hat. Ich würde einzig und allein das Syndrom der mißhandelten Ehefrau erörtern und die Geschworenen dann selbst die Verbindung herstellen lassen.«

»Daß sie Larry umgebracht hat, weil er sie geschlagen hat?«

»Die Jury hat sie doch bereits schuldig gesprochen – schlimmer kann es nicht kommen, und vielleicht hilft es ja. Führen Sie der Jury vor Augen, was Jennifer alles durchgemacht hat. Das könnte wenigstens ein bißchen Mitgefühl auslösen. Mr. Hardy, diese Frau hat ihr ganzes Leben lang nichts anderes getan als zu leiden. Vielleicht können Sie diesen Teufelskreis durchbrechen.« Lightner schüttelte den Kopf. »Mein Gott, was für ein Affenzirkus.«

»Allerdings«, sagte Hardy.

Lightner begleitete ihn hinaus zum Auto. Als Hardy die Tür aufmachte, griff Lightner in seine Brieftasche und zog eine Visitenkarte hervor. »Ich werde heute mit ihr reden, genau wie sonst auch, aber ich möchte, daß Sie mich jederzeit anrufen, falls Sie glauben, daß ich Ihnen behilflich sein kann, falls wir sie vielleicht gemeinsam aufsuchen wollen und ich versuchen kann, sie davon zu überzeugen, sich auf eine Verteidigungsstrategie einzulassen, was auch immer. Ich bin immer hier.«

»Fahren Sie denn nicht nach Hause?«

Lightner lächelte gequält. »Meine Ex-Frau und die Kinder haben das Haus. Ich habe eine Kammer hinter der Praxis« – er wies zurück auf das Gebäude – »Schlafzimmer, Küche und alles, was ich sonst noch behalten konnte. Aber es geht schon in Ordnung, ich komme ganz gut klar. Analytiker haben bekanntlich eine sehr hohe Scheidungsrate. Wir kommen oft besser mit dem Leben anderer Leute zurecht als mit unserem eigenen.«

»Mr. Hardy?« Phyllis auf der Gegensprechanlage. »Hier unten ist Emmett Kelly, der Sie sehen möchte.«

Hardy schob lächelnd die Akten zur Seite. »Schicken Sie ihn rauf.«

Eine Minute später füllte Abe Glitskys Figur den Türrahmen aus. »Ich konnte einfach nicht widerstehen«, sagte er. Er ging durch den Raum zum Fenster und warf einen Blick hinunter auf die Sutter Street, drehte sich dann um, ließ sich halb über die Couch fallen und legte den Kopf auf die Armlehne. »Ich glaube, ich werde mir heute nachmittag freinehmen und ein Nickerchen machen. Ein Nickerchen ist bei Beamten in der Mordkommission eine seltene Angelegenheit. Ich sollte eine Studie darüber schreiben.«

»Das solltest du«, stimmte Hardy zu. »Aber in der Zwischenzeit …«

Glitsky setzte sich auf. »In der Zwischenzeit habe ich deinetwegen wieder mal den Idioten gespielt, obwohl mir am Freitag klar wurde, daß das Kind in den Brunnen gefallen ist. Ich dachte, ich sehe mal lieber zu, daß wir auf Nummer Sicher gehen, also bin ich los und bei der Familie Roman vorbeigefahren und habe ihnen gesagt, daß wir ein paar Akten schließen wollen.«

»Und was hast du herausgefunden?«

Glitsky setzte sein entsetzliches Grinsen auf, die Narbe auf seinen Lippen zog sich auseinander, in den Augen war kein Funken Freude zu sehen. »Ich habe herausgefunden, daß sie keinen blassen Schimmer haben, was einer oder alle beide am Montag nach Weihnachten im vergangenen Jahr gemacht haben – was für dich die schlechteste aller möglichen Neuigkeiten ist.«

»Wieso?«

»Weil«, Glitsky hielt belehrend einen Finger in die Höhe, »wenn sie sich die Zeit genommen hätten, um sich überhaupt schuldig zu fühlen und ein Alibi zu erfinden, dann glaube ich, daß sie sich daran erinnert und es mir aufgetischt hätten. Leute, die schuldig sind, machen so was nämlich. In diesem Fall aber haben die zwei sich schlicht verständnislos angesehen.« Glitsky stand auf. »Sie hatten keinen blassen Schimmer, Diz. Die Sache kannst du vergessen.«

Mittlerweile waren derartige Neuigkeiten für Hardy keinerlei Überraschung mehr. »Na ja, wenigstens habe ich das Gefühl, alles abgecheckt zu haben.« Dann erinnerte er sich an die andere Sache, die er seinen Freund fragen wollte. »Du hast über unseren Besuch in der Bank damals einen Bericht geschrieben, stimmt's? Die Sache mit den drei Minuten.«

Glitsky war zur Dartscheibe gegangen und kam nun, nachdem er Hardys fast perfektes Wurfbild abgenommen hatte, auf seinen Schreibtisch zu. »Klar. Ich war im Dienst. Ich dachte, Terrell könnte es gebrauchen. Warum?«

Hardy zuckte die Schultern. »Nur damit ich Bescheid weiß.«

Glitsky warf, und der erste Dart traf die Wand dreißig Zentimeter unterhalb der Scheibe. »Die sind aber schwer«, sagte er. »Die Darts, die meine Kinder haben, fliegen ganz anders.«

»Zwanzig Gramm.« Hardy zog eine Grimasse, als er das dumpfe Geräusch hörte, das Loch in der Wand sah. Ein weiterer Dart flog durch die Luft und traf die Wand oberhalb der Scheibe in einiger Entfernung. »Die sind aus Tungsten. Das sind ziemlich gute Darts.«

Glitsky warf den letzten Dart. Er schrammte am unteren Rand der Scheibe vorbei, bevor er in der Wand steckenblieb. Der Inspector wandte sich zur Tür und blieb dort stehen. »Ich weiß nicht recht«, sagte er. »Ich glaube, sie sind vielleicht kaputt.« Dann war er fort.

Er hatte den ersten Tag fast hinter sich und weitere vier Arbeitstage vor sich – Villars hatte allen Beteiligten eine Woche freigegeben, bevor die Prozeßphase zur Festsetzung des Strafmaßes begann. Hardy war dankbar für diese Vorbereitungszeit, doch der vermutliche Grund dafür stieß ihm sauer auf – Powell befand sich im Endspurt für seine Wahl, und allem Anschein nach hielt Villars ihm ein bißchen den Rücken frei.

Er konnte das natürlich nicht beweisen, aber das verringerte sein Mißtrauen keineswegs.

Freeman war nicht in der Kanzlei aufgetaucht, und das paßte Hardy gut in den Kram. Er hatte Freeman und seine Schauspielerei satt. Er hatte auch sich selbst satt, sein Dauergeschwafel – jedesmal hatte er angesichts der Bestimmtheit und Persönlichkeit des älteren Mannes einen Rückzieher gemacht. Ein halbes Dutzend Mal hätte er standhaft bleiben sollen. Hätte sagen müssen, das hier ist so und so, und entweder nehmen Sie es, wie es ist, oder Sie lassen es bleiben. Aber zum Teil hatte er eben glauben *wollen*, daß Freeman recht hatte und sich durchsetzen würde. Und zum Teil war es so, weil er, wenn Freeman gewann, nicht die Last auf sich nehmen mußte, Jennifers Leben zu retten. Er hatte sich so sehr gewünscht, dieser Verantwortung zu entkommen, daß er sich selbst davon überzeugt hatte, Freemans Strategien würden vermutlich Erfolg haben.

Er hatte also nach Kräften Selbstbezichtigung geübt, sich wegen seiner Schwächen und Fehler gegeißelt. Wieder und wieder war er vom Olympia Way hinunter zur Haight Street gefahren und hatte versucht, eine Abkürzung zu finden, die seine Argumentation, wie Jennifer zur Bank gekommen war, zunichte machen würde.

Doch durch all das zog sich ein roter Faden. Er hatte geglaubt – er hatte niemals in Frage gestellt –, daß Jennifer den Weg genommen hatte, den sie genommen zu haben behauptete. Zumindest war sie auf asphaltierten Straßen gelaufen. Er hatte pflichtbewußt seinen Stadtplan zu Rate gezogen. Nein, er hatte sich selbst davon überzeugt, daß die Sache hieb- und stichfest war. Selbst wenn Jennifer eine Strecke genommen hatte, die ein kleines bißchen kürzer war – solange sie auf den Straßen lief, konnte sie es nicht bis zur Bank geschafft und zugleich Larry umgebracht haben.

Jetzt wurde ihm bewußt, daß er das Gelände des Klinikzentrums der University of Californien/San Francisco völlig ignoriert hatte, ungefähr zehn Häuserblocks aus Unigelände und Unibauten am Fuße des Mount Sutro zwischen Jennifers Haus und ihrer Bank. Er hatte es gesehen, natürlich – er wußte, da *war* der Klinikkomplex. Aber er war nie aus dem Auto gestiegen und hatte das Gelände durchquert. Auf dem Stadtplan sah es völlig unzugänglich aus, ein dichtes Labyrinth undurchdringlich abgeschotteter Bauten. Die hohen Klinikgebäude sahen aus wie eine Festung, nicht wie ein Park, durch den jedermann schlicht und einfach hindurchspazieren konnte. Es gab dort eine Mauer – aber warum hatte er gedacht, daß sie unüberwindbar wäre, ohne Tore? Warum war er nicht ausgestiegen und hindurchspaziert und hatte es sich angesehen?

Weil er schlauer gewesen war, als es in seinem, in Freemans und, am allerwichtigsten, in Jennifers Interesse gelegen hätte. All seine sorgfältigen Berechnungen über Zeiten und Distanzen, und wie Jennifer es nicht zur Bank geschafft und Geld vom Konto abgehoben haben konnte, als sie dies tat, und noch rechtzeitig nach Hause kommen konnte, um die Verbrechen zu begehen – all das besagte letztlich nicht, was er sich immer eingeredet hatte. Er war schuld daran, daß Powell Freeman so vernichtend abbügeln konnte. Und das, mehr noch als Freemans Egomanie und taktische Fehlgriffe, hatte seiner Meinung nach zu der Verurteilung geführt.

Hardy hatte sich, jedenfalls theoretisch, immer mehr oder weniger zu den Befürwortern der Todesstrafe gezählt. Er gab gar nicht erst vor, daß sie zur Abschreckung taugte. Was dadurch aber ausgeschaltet wurde, war die Möglichkeit, daß der Mensch, der hingerichtet wurde, noch einen anderen Menschen töten würde – entweder wenn er auf Bewährung freikam oder wenn er lebenslänglich in Haft blieb, während seines Lebens hinter Gittern.

Er hatte immer das favorisiert, was er das Moskito-Argument nannte – wenn du einen Moskito totschlägst, der dich gestochen hat, konntest du wenigstens sicher sein, daß *dieser ganz spezielle* Moskito dich nicht wieder stechen würde. Andere Moskitos mußten ja nichts davon erfahren und es einander erzählen und abgeschreckt werden – wenn ein anderer dich stach, dann schlugst du den eben auch tot. Auf diese Weise gab es in der Bevölkerung wenigstens weniger Moskitos.

Aber er *kannte* Jennifer. Sie war kein Moskito. Er verstand, warum sie das getan hatte, was sie getan hatte, *falls* sie es getan hatte. Und er war nicht der Ansicht, daß sie dafür die Todesstrafe verdient hätte.

Hier, das wußte er, wurde, wenigstens allgemein gesagt, der Boden unter seinen Füßen wackelig. Jeder Mörder kannte irgend jemanden, der ihn – oder sie – kannte. Jemanden, der verstand, daß der Betreffende eine beschissene Kindheit hinter sich hatte, oder was auch immer sonst zum Irrglauben geführt hatte, es sei in Ordnung, andere Menschen aus Wut oder Frustration umzubringen. Die Kehrseite der Medaille war natürlich die Tatsache, daß die Opfer ebenfalls Menschen kannten, die sie geliebt hatten, deren Leben ruiniert und deren Herzen zerbrochen waren. Was war mit denen?

Um nicht von den Opfern selbst zu sprechen. Sie hatten nicht darum gebeten, Opfer zu werden, oder doch? Sie hatten nichts Verkehrtes getan, und jetzt waren sie tot, und üblicherweise zog Hardy an diesem Punkt die Trennlinie – wer Unschuldige umbrachte, verdiente den Tod.

Hardy war der festen Ansicht, daß Erwachsene in der Gesellschaft irgendwann die Verantwortung übernehmen mußten für das, was sie waren, wer sie geworden waren. Sofern sie sich als Erwachsene in Killer verwandelten, verdienten sie keine Nachsicht. Adios, du hast deine Chance gehabt und sie verpatzt.

Es war ein Trauerspiel ringsum, keine Frage. Es war ein Trauerspiel, daß Kinder einen grauenhaft schlechten Start hatten, daß Menschen sich als böse entpuppten. Aber so war die Welt. Es war ein schlimmeres Unrecht, ein schlimmeres Trauerspiel, bösen Menschen die Gelegenheit zu geben, wieder und wieder wahrhaft böse Dinge zu tun.

Aber was war mit jemandem wie Jennifer, die zwei Ehemänner gehabt hatte, die sie schlugen? Was war mit Jennifer, deren Leben die Hölle gewesen war? Wo paßte sie hin?

41

Am nächsten Morgen, als er gerade dabei war, seine Sachen zusammenzusuchen und sich für einen Besuch bei Jennifer im Gefängnis fertigzumachen, klingelte das Telefon.

»Mr. Hardy? Hier spricht Donna Bellows von Goldberg, Mullen & Roake.« Kaum hatte sie ihren Namen genannt, erkannte Hardy die spröde Stimme. Ms. Bellows, die Anwältin, die Jennifer an Freeman weitervermittelt hatte, war eine weitere Spur, die er vermutlich nicht intensiv genug verfolgt hatte, einer der diversen Rückrufe, der nie erfolgt war und dem er nicht nachgegangen war.

»Ich habe am Wochenende von der Verurteilung erfahren und war gestern nicht in der Stadt, aber mir wurde klar, daß ich Sie nicht zurückgerufen habe. Tut mir leid. Und ich nehme an, daß es jetzt sowieso zu spät ist.«

»Es ist nie zu spät, sofern Sie etwas Wichtiges haben«, sagte Hardy. »Ich bin sicher, daß David Freeman jetzt in diesem Augenblick an dem Antrag auf Berufung arbeitet.«

»Na ja, ich glaube nicht, daß ich etwas Wichtiges habe.«

Hardy wartete. Schließlich sagte er: »Was immer Sie haben, ich nehme es. Ich habe rausgefunden, daß Crane & Crane die Anwaltskanzlei der BMG war, aber was das bezüglich Larry Witt bedeutet …«

Bellows ließ durchs Telefon einen Seufzer hören. »Das ist das, was auch ich herausgefunden habe, wo ich den Namen schon mal gehört hatte.« Hardy wartete ab. »In den letzten Monaten war viel zu tun, zwei Sekretärinnen haben gekündigt, und meine Unterlagen waren eine einzige Katastrophe, deshalb bin ich vor ein paar Wochen ins Büro gefahren und habe versucht, einen Teil davon aufzuräumen. Es hätte bei Larrys Unterlagen sein müssen, aber dort war es nicht. Wie auch immer, ich kann mir nicht vorstellen, daß es wichtig ist –«

»Was ist es denn?«

»Es ist ein Zeichnungsangebot. Larry hat es mir mit einigen Fragen zugeschickt, aber ich war über Weihnachten im Urlaub.«

»Vielleicht hat er deshalb Crane angerufen – um Antworten auf die Fragen zu geben.«

»Hat er dort angerufen? Direkt?«

»Einmal. Jedenfalls von zu Hause.«

»Gut, in Ordnung, aber zu dem Zeitpunkt, als ich es zu Gesicht bekam, war Larry bereits tot. Ich befürchte, daß ich das Rundschreiben aufgrund meiner Reaktion auf Larrys Tod und wegen anderer dringender Geschäfte einfach beiseite gelegt habe. Larrys Fragen hatten sich zu dem Zeitpunkt ohnehin erledigt. Aber es hört sich so an, als hätten Sie Ihre Antwort bekommen.«

Hardy erinnerte sich daran, wie dumm er sich vorgekommen war, als er Jody Bachman gefragt hatte, was ein LBO sei, und zögerte einen Augenblick, doch dann stellte er die Frage trotzdem. Wer keine Fragen stellt, bleibt dumm. Er gab also zu, daß er nicht genau wußte, was ein Zeichnungsangebot war.

»Es ist so ziemlich das, was der Name schon sagt – ein Angebot, das die Zeichnung, also den Ankauf neu emittierter Aktien empfiehlt. In diesem Fall war die BMG dabei, ihre Gemeinnützigkeit aufzugeben. Ich nehme mal an, daß Larry Fragen dazu hatte, also wandte er sich an mich, und da ich nicht hier war, wandte er sich an die Quelle selbst.«

»Er hat das Wort ›nein‹ unter der Telefonnummer notiert.«

»Wahrscheinlich hatte er beschlossen, daß er nicht investieren wollte. Die Sache macht sowieso nicht den Eindruck, als wäre sie ein großartiges Geschäft gewesen.«

Das war also das.

Hardy, jetzt ein Ausbund an Gründlichkeit, bat Ms. Bellows, ihm doch eine Kopie des Rundschreibens zu schicken, so daß er es sich einmal anschauen könne. Sie antwortete, sie würde es im Lauf des Nachmittags per Boten vorbeischicken.

Sie hatte ihren roten Trainingsanzug an. Ihr Haar stand wild vom Kopf ab. Die Wärterinnen ließen sie herein, und sie lehnte sich mit verschränkten Armen an die geschlossene Tür. Sie hatte Hardy gebeten, ihr eine Schachtel Zigaretten mitzubringen, und er schüttelte eine Zigarette heraus und gab sie ihr. Das Gefängnis von San Francisco war offiziell eine rauchfreie Zone, was natürlich eine rege Heimarbeitsindustrie bei den Häftlingen hervorbrachte, die Zigaretten hereinschmuggelten und verkauften, wie sie auch Kokain, Marihuana und Heroin unter die Leute brachten. Hardy konnte sich einfach nicht vorstellen, daß man Jennifer, die wegen Mordes verurteilt war und der die Todesstrafe drohte, deswegen Scherereien machen würde, weil sie im Besprechungszimmer der Rechtsanwälte eine rauchte.

Sie sah ihn finster an.

»Und jetzt?« sagte sie.

»Jetzt reden wir, glaube ich, darüber, daß Larry Sie geschlagen hat.«

Sie kniff erneut die Augen zusammen, es schien, als ziehe sie sich völlig zurück. »Und das ist der Grund, warum ich ihn umgebracht habe?«

Hardy nickte. »Das ist unsere größte Chance. Schon immer gewesen.« Er ging einen Schritt auf sie zu, aber sie starrte ihn finster an, woraufhin er haltmachte. »Kommen Sie einigermaßen klar?« fragte er freundlich.

Sie lachte kurz, es klang eher wie ein Bellen, dann hustete sie, hatte sich am Rauch ihrer Zigarette verschluckt. Der kleine Raum war völlig verqualmt. »Mir geht es wirklich gut«, sagte sie. »Wirklich gut. Es macht mir großen Spaß, hierzusein.« Ihre Augen füllten sich mit Tränen, die ihr über das Gesicht liefen. Sie wischte sie nicht weg.

Hardy versuchte noch einmal, sich ihr zu nähern, doch sie streckte die Hand vor. »Bleiben Sie mir *vom Leib*.« Sie drehte sich halb zur Seite, lehnte eine Schulter an die Tür, zitternd, mit bebendem Körper, versuchte, das Schluchzen in den Griff zu bekommen. Die Zigarette fiel neben ihren Füßen zu Boden. »Das bin ich nicht –« Nach all den anderen Szenen war *dies hier* keine Schauspielerei. Sie sprach zu sich selbst. »Soweit kann es mit mir doch nicht gekommen sein.«

Hardy wußte nicht, was er sagen sollte. Oder tun sollte. Er reagierte teilweise auf dieselbe Weise – dies hier war nicht wirklich, soweit konnte es doch einfach nicht gekommen sein. Und dennoch war es so gekommen.

Eine der Wärterinnen blickte durch das Fenster, beugte sich mit teilnahmsloser Miene vor. Die beiden Menschen in dem Raum, der eine weinend, der andere herumstehend, hätten ebensogut Teil der Einrichtung sein können. Die Wärterin ignorierte den Zigarettenrauch.

Es hatte keinen Sinn, Druck zu machen. Hardy griff sich einen der Stühle, drehte ihn um und setzte sich rittlings darauf. Er legte die Arme über die Stuhllehne und wartete ab.

Irgendwann mußte auch sie sich hinsetzen. Sie drehte den Stuhl zur Seite, legte einen Arm auf den Tisch. »Ich weiß nicht, warum er das unbedingt tun mußte.«

»Wer?«

»Larry.« Sie nickte. »Ich habe immer versucht, eine gute Ehefrau, eine gute Mutter zu sein. Aber ich weiß, wer ich bin. Ich vermute, Larry wußte das auch, vielleicht sogar besser als ich selbst. Er versuchte, mich vor mir selbst zu beschützen, glaube ich, mich davon abzuhalten, Fehler zu machen. Und er war nicht so gemein wie Ned. Selbst wenn er ausrastete, war er nicht richtig gemein – es war eher so, als habe er eine Aufgabe zu erledigen.«

»Damit Sie nicht aus der Reihe tanzen?«

»Es war ja nicht jeden Tag, wissen Sie. An den meisten Tagen passierte überhaupt nichts, manchmal sogar ein paar Wochen lang. Doch dann hat es mich einfach gepackt – dieses … dieses Gefühl, wenn ich jetzt nicht *irgendwas* unternehme … irgendwas für mich selbst, dann drehe ich durch … Ein paarmal bin ich, glaube ich, wirklich durchgedreht. Ich habe mit Sachen um mich geworfen, das ganze Haus auf den Kopf gestellt. Die Wut hat mich einfach überwältigt. Wissen Sie überhaupt, wovon ich rede? Mir ist klar, daß sich das ziemlich merkwürdig anhört.«

»Aber Sie konnten ihn nicht verlassen?«

Sie schlug mit der Faust auf den Tisch. »Ich hatte ja überhaupt nicht vor, ihn zu verlassen. Ich habe Larry und … o Gott, ich habe Matt geliebt. Es war nicht so wie bei Ned. Ganz und gar nicht. Ich habe wirklich gehofft, daß wir irgendwann damit klarkommen.«

Hardy dachte, daß dieser Bericht der direkteste – und traurigste – von allem war, was er bisher aus Jennifer herausbekommen hatte, doch wenn es für sie beide irgendwie nützlich sein sollte, dann mußte er noch mehr hören. »Tut mir leid, daß ich Sie das frage, Jennifer, aber was war mit Ken Lightner?«

Es war, als habe sie die Frage bereits erwartet, sie nickte vor sich hin. »Ich habe mit ihm gesprochen. Er hat mir davon erzählt, daß Sie ihn damit angelogen haben, ich hätte gesagt, daß wir miteinander geschlafen haben. Aber ich werde nicht so tun, als hätte ich keine starken Gefühle für Ken. Ich habe sie.« Sie starrte einen langen Augenblick vor sich hin. »Aber nein«, sagte sie schließlich, »ich hätte Larry und Matt nicht seinetwegen verlassen. Wir haben darüber gesprochen. Es war in Ordnung so. Ich wollte es, besonders am Anfang. Doch das wäre nur immer wieder das gleiche Verhalten gewesen – Ken hat mir dabei geholfen, das zu erkennen. Etwas zu tun, von dem ich wußte, daß es falsch war, so daß ich bestraft werden würde. Ken sagte, ich sollte den Teufelskreis durchbrechen und von vornherein nichts Falsches tun. Auf diese Weise würde ich nicht das Gefühl haben, Strafe zu verdienen.«

»Und wie ist es für ihn? Was, glauben Sie, empfindet er für Sie?«

Sie zuckte die Schultern. »Er denkt, daß ich gut aussehe. Das hat er mir gesagt, damit ich nicht dachte, er würde mich zurückweisen.« Ihre Hände lagen gefaltet im Schoß, sie hielt den Kopf gesenkt, ihre Stimme war fast unhörbar. »Männer finden mich attraktiv, aber wenn sie mich erst mal kennenlernen, dann mögen sie mich nicht mehr so gern.«

»Er hält zu Ihnen, die ganze Zeit über«, sagte Hardy. »Das zählt.«

»Ich denke schon.«

Hardy holte tief Luft – dies war der richtige Moment. »Wenn wir über diese ganze Sache und über Ken sprechen können, all das Gerede über die Affäre einmal beiseite lassen und Sie sagen genau das, was Sie eben zu mir gesagt haben, wie Sie einfach durchgedreht sind und ein paar verrückte Sachen gemacht haben – ich glaube, dann könnten wir eine Chance haben.«

Sie sah ihn nur an.

Er sprach mit leiser Stimme weiter. »Wir können einen anderen Psychofritzen – oder sogar Ken, wenn Sie wollen – dazu bringen, daß er auf Nachsicht wegen all dem Streß plädiert, den Sie durchgemacht haben.«

Jetzt schüttelte sie den Kopf.

»Was ist?«

»Nein«, sagte sie. »Ich habe es Ken schon gesagt. Nein.«

Hardy hielt inne. Was meinte sie mit nein?

»Das bedeutet doch, wieder zu sagen, daß ich sie umgebracht habe, oder nicht? Ich würde sagen, daß ich eines Morgens einfach durchgedreht bin und sie umgebracht habe.« Sie hatte sich wieder aufgerichtet, hatte den Kopf zurückgeworfen, die Augen wurden wieder lebendig. »Sobald ich das sage, gibt es wirklich keine Hoffnung mehr.«

War das ein déjà vu? Ein déjà vu? Hardy hatte diese Situation, so schien es ihm, bereits millionenfach durchlebt. Wenn sie nichts Neues zu sagen hatte, dann würden die Geschworenen sich für die Todesstrafe entscheiden.

»Ich werde zu keinem Menschen je sagen, daß ich Larry umgebracht habe!«

Hardy begegnete ihrem Blick, ablehnend und hart. Ihm fiel auf, daß sie Matt nicht mit eingeschlossen und auch nicht erwähnt hatte. »Die *beiden*«, sagte sie. Sie konnte ›Larry‹ sagen, aber nicht ›Matt‹. Jennifer mochte zulassen, daß andere Leute – Ned oder Larry – sie bis zu einem gewissen Punkt unter Kontrolle hatten, doch wenn sie diesen Kontrollbereich verließ, dann aus eigenem Antrieb.

Auch hatte er den Eindruck, daß sie sich im Verlauf des letzten Jahres verändert hatte – vielleicht hatte sie nicht nur beschlossen, sich von Larry nichts mehr bieten zu lassen, sondern auch von anderen Männern nicht mehr. Sie war selbstbewußt geworden, hatte sich von dem Hang zur Unterwürfigkeit befreit, der es zugelassen hatte, daß sie sich schlagen ließ und das akzeptierte.

Wenn es ihr allmählich bessergehen sollte, freute sich Hardy für sie. Trotzdem, dachte er, strategisch betrachtet hätte es zu keinem schlechteren Zeitpunkt kommen können.

Wie sollte er den Geschworenen gegenüber argumentieren? Was konnte er anführen, das sie wenigstens dazu bringen könnte, Jennifers Leben zu schonen?

Da er sich schon einmal im Justizgebäude befand, dachte er, er könnte ebensogut in Dean Powells Büro im dritten Stock vorbeigehen und nachschauen, ob Powell während der Wahlkampagne trotzdem Zeit am Schreibtisch verbrachte.

Das tat er. Er saß allein im Zimmer und las etwas, was nach einem Polizeibericht aussah, schreckte bei Hardys Klopfen auf. Nach der ersten Überraschung kam der joviale Wahlkandidat zum Vorschein. »Hardy! Kommen Sie rein, machen Sie es sich bequem.« Er kam halb aus dem Stuhl hoch, streckte ihm die Hand entgegen, konnte es sich erlauben, freundlich zu sein. Schließlich hatte er gewonnen. »Wie geht es Freeman? Ich hoffe, er nimmt's nicht so tragisch. Ich sollte ihn anrufen und ihm zu dem guten Kampf gratulieren.«

Hardy machte die Tür hinter sich zu. Er lehnte sich dagegen, tat keinen Schritt auf den Stuhl zu, der vor dem Schreibtisch stand. »Dean«, setzte er an, »ich möchte einen Augenblick offen mit Ihnen reden. Nur unter uns, ist das in Ordnung?«

Das Lächeln blieb, doch Powells Gesichtsausdruck veränderte sich ein wenig. Er setzte sich wieder. »Aber sicher, Mr. Hardy.«

»Dismas reicht, wenn Dean reicht.«

Das Lächeln wurde kurz angeknipst. Hardy hatte bisher nicht viel Glück mit der Auslegung von Powells Verhalten gehabt. Er konnte die Schuld dafür nicht einmal bei sich selbst suchen. Powell befand sich in einem ungewöhnlichen Dilemma – einerseits war er so sehr auf Stimmen aus, daß es schon fast weh tat, es mit anzusehen. Andererseits waren die beiden Männer Gegner. Es muß merkwürdig sein, dachte Hardy, das Gefühl zu haben, daß dein Gegner dich vielleicht zuletzt trotzdem wählen wird, dir zu *wünschen*, daß dein Gegner dich wählt, ja dich sogar sympathisch findet.

»Dean ist gebongt«, sagte Powell. »Ich nehme an, Sie kommen wegen Jennifer Witt.«

Hardy nickte. »Das Gespräch bleibt unter uns«, wiederholte er. »Ich möchte nicht, daß es als Vorverhandlung oder sonst irgendwie formell interpretiert wird, und es wäre mir lieb, wenn das, was wir jetzt sagen, dieses Büro nicht verläßt.«

»Ich gebe Ihnen mein Wort.«

Hardy hätte lieber »natürlich« oder »in Ordnung« gehört, oder irgend etwas anderes als: »Ich gebe Ihnen mein Wort«, was in seinen Ohren unaufrichtig, wenn nicht sogar ausgesprochen doppelzüngig klang. Dennoch, er war jetzt hier und entschlossen, die Sache voranzutreiben.

»Ich wollte mit Ihnen über die Todesstrafe reden.«

»Gut«, sagte Powell freundlich. »Reden Sie.«

»Ich glaube nicht, daß sie gerecht ist.«

Powell wartete.

»Sie und ich, wir wissen beide, daß es Leute gibt, die draußen frei rumlaufen und Vorstrafenregister haben, die eine Meile lang sind, und im Vergleich zu denen Jennifer wie eine Kindergärtnerin aussieht. Und solche Kerle kriegen zehn Jahre für bewaffneten Raubüberfall im Wiederholungsfall und sitzen sechs ab.«

»Das ist richtig. Das ist einer der Gründe, weshalb ich mich um das Amt des Generalstaatsanwalts bewerbe. Es muß aufhören. Wir brauchen größere Gefängnisse. Wir brauchen härtere Urteile.«

Hardy hatte keine Lust auf eine Wahlrede. »Dean, ich will damit sagen, daß Sie über das Ziel hinausschießen, wenn Sie im Fall von Jennifer Witt die Todesstrafe beantragen.«

Powell sah zu ihm hoch. »Eine Frau, die nicht nur einen, sondern *zwei* Ehemänner umgebracht hat« – er hob eine Hand, um Hardys Widerspruch abzublocken –, »da müssen wir nicht kleinlich auf den Buchstaben des Gesetzes herumreiten, Dismas. Sicher, David Freeman hat den Teil des Prozesses zwar gewonnen, aber wo wir schon mal unter uns sind – wir kennen doch die Wahrheit. Machen wir uns nichts vor. Diese Frau hat zweimal kaltblütig einen Mord geplant und ausgeführt, um an Geld heranzukommen, und sie hat es in diesem zweiten Fall sogar fertiggebracht, ihren eigenen Sohn zu töten. Wenn das nicht ein Fall für die Todesstrafe ist, dann weiß ich es nicht.«

Hardy stützte seinen Fuß gegen die Tür. »Haben Sie mit ihr gesprochen? Unter vier Augen?«

»Warum hätte ich das tun sollen?«

»Vielleicht um zu begreifen, daß sie ein menschliches Wesen ist.«

Powell lehnte sich zurück. »Ich möchte Ihnen eine Frage stellen – haben Sie jemals versucht, sich das Verbrechen vor Augen zu führen? Können Sie sich die Sorte Mensch vorstellen, die eine Pistole in die Hand nimmt und aus nächster Nähe ihren Mann erschießt und sich dann umdreht und« – Powell explodierte in rechtschaffenem Zorn – »ihr eigenes *Kind* umnietet? Können Sie sich das *vorstellen*?«

»Sie hat es nicht getan, so ist es nicht gewesen ...«

Powell schlug mit der Faust auf den Schreibtisch, sprang halb auf die Beine.

»Blödsinn. Genau so war es doch. Die Geschworenen sagen, daß sie genau das getan hat. Ich habe es *bewiesen*. Über jeden verdammten berechtigten Zweifel hinaus.« Er gewann die Kontrolle über sich zurück, setzte sich wieder, sprach leiser. »Wenn Sie diese Sorte Mensch ein menschliches Wesen nennen wollen, bitte schön, aber erwarten Sie von mir keine Tränen. Und ebensowenig Gnade.«

Es klopfte an der Tür, Hardy trat zur Seite und öffnete sie. Es war Art Drysdale, Hardys alter Mentor, der offizielle Amtsleiter der Staatsanwaltschaft. »Ist hier alles in Ordnung? Wie geht's, Dismas?«

»Uns geht's prima, Art«, sagte Powell ruhig. »Alles bestens. Nichts weiter als eine kleine Meinungsverschiedenheit unter Kollegen.«

Drysdale blickte von einem zum anderen, hob die Hand und schloß die Tür hinter sich.

»Sie denken wirklich, daß sie es getan hat, stimmt's? Wissen Sie, daß ihr Mann – Larry – sie geschlagen hat?«

»Ja, und? Niemand hat je das Thema Gewalt in der Ehe zur Sprache gebracht. Freeman hat es nie getan.«

»Wir hätten es tun sollen. Ich hätte es tun sollen. Jennifer hat es nicht erlaubt, aber das war ein Irrtum.« Fast hätte er gesagt, ein tödlicher Irrtum. »Sie dachte, das würde Vorurteile bei der Jury wecken und die Geschworenen glauben machen, daß sie es als Ausrede benutzt.« Er setzte sich und erzählte Powell die Kurzversion in groben Zügen. »Ich möchte einfach, daß Sie Notwehr in Betracht ziehen.«

»Bringen Sie es im Verfahren zur Festlegung des Strafmaßes zur Sprache, und ich werde es in Betracht ziehen. Ich bin kein Monster, Hardy.«

»Ich *kann* es *nicht* zur Sprache bringen. Ich habe Ihnen doch gerade erzählt, warum nicht.«

»Sie *können* es *nicht* zur Sprache bringen?« Powell lehnte sich in seinem Stuhl zurück, soweit es ging, sah zur Decke und strich sich mit den Fingern auf seine typische Art durch die Mähne. Er nahm sich dafür Zeit, fuhr mit den Fingern mal hierhin, mal dorthin. Schließlich hörte er damit auf. »Das ist verdammt noch mal eine miese Masche.«

»Ich ...«

»Versuchen Sie nicht, mir jetzt Schuldgefühle einzureden, von wegen, sie ist doch ein menschliches Wesen, Hardy. Um ehrlich zu sein, war es schon schwer genug, den Entschluß zu fällen, die Todesstrafe zu beantragen, aber ich habe mich von Anfang an strikt an die Regeln gehalten. Es ist mir scheißegal, in welches Licht Sie die Sache rücken wollen, wir reden hier darüber, uns über das System hinwegzusetzen, und was mich betrifft, ist dies hier ein Gespräch, das gegen die Standesregeln verstößt und jetzt *auf der Stelle* beendet ist.«

Powell kam hinter seinem Schreibtisch hervor und stapfte zur Tür. Er zog sie auf. »Wir sehen uns vor Gericht«, sagte er. »Und nicht vorher.«

Hardys erste Reaktion war, daß er sofort einen Drink brauchte. Sein Magen war verkrampft, er atmete flach. Er wartete mit dem Durst, bis er die Tür von Lous' Restaurant hinter sich zugezogen hatte, dann beschloß er abrupt, nichts zu trinken. Es war noch früh am Nachmittag, und ein oder zwei Drinks würden das Ende seines Tages bedeuten. Und er brauchte dringend alle Zeit, die ihm zur Verfügung stand.

Er saß an seinem Schreibtisch und ging die verschiedenen Möglichkeiten durch.

Lightners Idee, Sachverständige als Zeugen für Jennifers Schmerzen und Verletzungen durch die Hand ihres Ehemanns in den Zeugenstand zu rufen, war nicht schlecht – das konnte ihr Sympathien einbringen. Doch sobald Jennifer roch, woher der Wind wehte – und das würde nicht lange dauern –, würde sie entweder im Gerichtssaal Amok laufen oder auf der Aussage beharren, nie geschlagen worden zu sein.

Wenn dem so war, was sollte er dann am nächsten Montag tun? Falls Powells Reaktion auch nur ein bißchen repräsentativ war, hatte Jennifer im Gerichtssaal nicht viele Herzen gewonnen. Sie trug Sachen, die sie von den Durchschnittsbürgern trennten, saß die meiste Zeit über völlig ausdruckslos am Tisch der Verteidigung, hatte nicht in eigener Sache ausgesagt. Eine weitere von Freemans fragwürdigen Entscheidungen.

Das Päckchen, das Donna Bellows per Boten geschickt hatte, wurde gebracht. Dankbar für die Ablenkung, öffnete Hardy das Päckchen, das kaum mehr enthielt als einen deprimierend dünnen Umschlag.

Da war der Brief von Larry Witt an Donna Bellows. Dann der Begleitbrief zum Zeichnungsangebot. Schließlich enthielt er das Rundschreiben selbst.

Liebe Donna,

vielleicht können Sie einen Blick auf die beigefügten Unterlagen werfen. Wie Sie sehen werden, unterbreitet der Aufsichtsrat der BMG allen Ärzten (in der Broschüre werden wir »ehrenamtliche Mitarbeiter« genannt) das Angebot, sich in die neue gewinnorientierte Gesellschaftsform einzukaufen. Die Anteile kosten jeweils fünf Cent, und sowohl der Tonfall des Begleitbriefs als auch der Broschüre ist sehr negativ – es gibt kaum eine bis gar keine Chance, daß dies eine Investition ist, die sich lohnt.

Warum also haben die sich überhaupt die Mühe gemacht, uns das Ding zuzuschicken?

Mich beunruhigt, daß der Aufsichtsrat uns nur drei Wochen Zeit gegeben hat, um die Option in Anspruch zu nehmen, und daß man uns dieses Angebot jetzt, also über Weihnachten, geschickt hat, wo so viele ehrenamtliche Mitarbeiter entweder im Urlaub oder mit privaten Geschichten zu Hause beschäftigt sind.

Mir ist klar, daß jeder einzelne höchstens 368 Anteile kaufen kann, also beträgt potentiell das persönliche Engagement für jeden Anbieter der Gruppe maximal 18,40 Dollar, aber ...

Hardy unterbrach abrupt die Lektüre.

Larry Witt, dieser total auf Kontrolle fixierte Freak, bat seine Zweihundert-Dollar-pro-Stunde-Anwältin, sich ein Investitionsangebot über noch nicht einmal zwanzig Dollar anzusehen?

Er mußte falsch gelesen, das Komma zwischen den Ziffern an die falsche Stelle gesetzt haben. Er sah sich die letzte Zeile noch einmal an: »... also beträgt potentiell das persönliche Engagement für jeden Anbieter der Gruppe maximal 18,40 Dollar ...«

Er schüttelte den Kopf und dachte bei sich, was für ein absolutes Arschloch Larry Witt gewesen sein mußte, stand dann auf, streckte Arme und Beine und machte für den Rest des Tages Schluß. Er ging die Treppen hinunter, um sich im Konferenzraum die World Series anzusehen. Vielleicht würde sein Team ja *gewinnen*.

Frannie hatte die Füße auf die Couch gelegt, ein Buch lag mit den Seiten nach unten auf ihrer Brust. Ihre Augen waren auf ihren Mann gerichtet, und sie versuchte nicht einzunicken.

»Nein, hör zu, der ist wirklich interessant.«

Seine Frau schüttelte den Kopf. »Jedesmal, wenn du das dazusagen mußt, ist es das nicht.«

Hardy legte das Blatt Papier weg. »Du warst auch schon mal witziger.«

Sie hob die Augenbrauen. »Daß das klar ist – du sitzt an einem lauen Oktoberabend in unserem Wohnzimmer, du hast das phantastische Abendessen, das ich gekocht habe, nicht einmal angerührt, du wolltest nicht mal Wein zum Essen trinken, und seit zehn Minuten liest du mir jetzt laut aus irgendeinem Aktien-Angebot vor, das sowieso überhaupt nichts wert ist, und *ich* bin diejenige, die auch schon mal witziger war?«

Er nickte. »Und zwar wesentlich. Ich erinnere mich daran. Ich weiß, daß es nicht an mir liegen kann.«

Frannie setzte sich mit Schwung auf und klopfte sich auf den Schoß. »Na gut, komm schon her.«

Hardy durchquerte den Raum. »Was soll ich nur machen, Fran? Sie läßt mich noch immer nicht die einzige Strategie benutzen, die sie retten könnte.«

»Ich glaube nicht, daß du recht hast, wenn du sagst, es wäre die einzige Strategie, die sie retten kann. Da sind doch nicht nur die Mißhandlungen … Jennifers ganzes Leben mit ihrem Mann war entsetzlich, aber sie hat ihn nicht umgebracht, Dismas. Sie hat mich nie angelogen, nicht mal, was die Sache mit Ned betrifft. Mir gegenüber hat sie das nie *bestritten*. Sie hat nur nicht gesagt, daß sie es getan hat. Aber sie hat vehement bestritten, Larry Witt umgebracht zu haben. Es gab überhaupt keinen Grund mich anzulügen, und was Ned betrifft, hat sie es *vermieden*.«

Hardy fiel mindestens ein Grund ein, weshalb Jennifer Frannie hätte anlügen wollen. Frannie war seine Ehefrau, er war Jennifers Anwalt. Es wäre besser, wenn er glaubte, daß sie Larry und Matt nicht umgebracht hatte.

Frannie redete weiter. »Das ist *nicht* nur ein Instinkt, weißt du. Oder weibliche Intuition, obwohl ich das auch nicht einfach abschmettern würde, wenn ich du wäre. Du vergißt, was du nachgewiesen hast. Egal, ob sie es nun getan haben könnte oder nicht, Jennifer ist eben *nicht* durchs Klinikzentrum gelaufen. Sie hat vermutlich fünfzehn Minuten gebraucht, um zur Bank zu kommen, nicht fünf. Und *das* heißt, daß sie niemanden erschossen hat. Sie hatte das Haus verlassen. Sie lief auf dem Weg zur Bank, den sie dir genannt hat. Als sie von jenem Morgen sprach, mir davon erzählte, da hat sie *freiwillig* erzählt, wie sie gelaufen ist – die Clarendon runter, durch die Victorians, durch die alte Haight, sie hat mir davon berichtet, wie die Gegend sie beruhigte. So etwas denkt man sich nicht aus.« Manchmal schon, dachte Hardy. Aber es war schon was dran. »Also, was du, Dismas Hardy als Person – vergiß mal den Anwalt – tun mußt, wenn du sie wirklich retten willst, ist, nicht mehr an ihr zu zweifeln, nicht einmal mehr auf den Gedanken zu kommen, daß sie schuldig sein könnte.«

»Frannie, sie haben sie bereits schuldig gesprochen. Dieser Teil ist vorbei.«

Ihre Finger auf seiner Kopfhaut fühlten sich wunderbar an. »*Ich* sage, daß sie Larry und den Jungen nicht umgebracht hat.«

»Ich kann nicht beweisen, daß sie es nicht war. Sie hat Ned umgebracht …«

»Das war etwas anderes.«

»Nicht so sehr anders«, sagte er. »Ned ist tot. Larry ist tot ...«

Frannie stand auf und ging hinüber zum Kamin. Sie brachte eine Minute damit zu, die kleine Elefantenherde neu zu ordnen, die dort graste. »Ich bin immer noch der Meinung, daß du zu sehr wie ein Anwalt denkst, Dismas. Du überlegst dir, was für Argumente du vorbringen kannst.«

»Das gehört zu meinem Job, Fran.«

Sie sah ihn an. »Ich will dich überhaupt nicht angreifen, Dismas. Ich sage dir aber, sie hat es nicht getan. Das ist die Realität, nicht das Gesetz, nicht der Spruch der Geschworenen.«

»Es ist *eine* Realität, Fran. Und zwar deine.«

»Verdammt noch mal! *Hör* mir doch mal *zu*. Wenn du diskutieren und dich über Wörter streiten willst, dann nur zu. Aber du läßt dabei einen anderen wesentlichen Punkt außer acht.«

»Ach ja? Und das wäre?«

»Sicher, mach nur weiter so, werd schön wütend. Das ist eine echte Hilfe.«

Hardy war wütend. Er sprang auf und stand nun mit geballten Fäusten neben der Couch. Er schloß die Augen und holte Luft. »Okay, entschuldige. Was lasse ich außer acht?«

»Wenn Jennifer es nicht getan hat, hat *jemand anders* Larry und Matt umgebracht, und zwar aus einem bestimmten Grund.«

Hardy schüttelte den Kopf. »Ich bin bereits alle Möglichkeiten durchgegangen – allein, gemeinsam mit Terrell und Glitsky und Freeman und dem ganzen bekannten Universum.«

»Dann hast du eben etwas übersehen.«

»Außer, falls Jennifer es wirklich getan hat. Was ist damit?«

Frannie gab nicht nach. »Sie war es nicht. Ich glaube, du weißt es, und ich weiß, daß ich es weiß. Powell hat keine Ahnung.«

»Ich bin mir da nicht sicher.«

Frannie machte sich auf den Weg durchs Eßzimmer nach hinten in die Küche. »Mir ist jetzt nach einem Glas Wein. Nach mehreren. Du kannst mir dabei Gesellschaft leisten oder nicht, das ist mir egal.«

»Der Profikiller?«

Die Stimmung hatte sich ein wenig gelockert. Es war halb elf, und sie hatten die Flasche Chardonnay fast geleert. Hardy war mit Frannie alle Leute mit einem möglichen Motiv durchgegangen, und schließlich waren sie bei Frannies Vorschlag angelangt, daß einer von diesen Leuten, auch wenn er oder sie über ein Alibi für sich persönlich verfügte, jemanden angeheuert hatte, um die Familie umzubringen.

Hardy schüttelte den Kopf. »Glaubst du denn nicht, daß ein professioneller Killer seine eigene Waffe mitbringen würde? Hast du je von einem Profikiller gehört, der jemand mit dessen eigener Waffe erschossen hat?«

Sie saßen auf der Couch. Frannie hatte ihre Beine über seine gelegt. Sie nippte an ihrem Wein. »Ich weiß nicht so recht. Das ist nicht gerade mein Spezialgebiet.«

»Außerdem, wie ist er ins Haus rein- oder rausgekommen?«

»Vielleicht ist er einfach reinspaziert. Gibt es eine Hintertür? Ein Fenster? Alles, was ich sage, ist, daß es jemand gewesen sein muß. Jemand anders als Jennifer.«

»Frannie, das Problem ist, selbst wenn ich deiner Meinung bin, führt uns das zurück zur Ermittlungsarbeit der Polizei. Und die hat niemand anderen gefunden. Keinen Profikiller, niemanden.«

»Vielleicht kann Abe …«

Hardy schüttelte den Kopf. »Abe ist ein guter Kerl, aber mit diesem Fall ist er durch. Alle sind sie damit durch. Es hängt jetzt an mir.«

Frannie trank ihr Glas aus. »Und du hast keine Verteidigungsstrategie, die Jennifer retten kann, richtig?«

»Ja. Sie will nicht …«

Frannie sagte psst, brachte ihn zum Schweigen. Das wußte sie doch alles, erinnerte sie ihn. »Also gut. Dann gibt es nur eine einzige Möglichkeit.«

»Ich höre.«

»Du mußt herausfinden, wer die beiden umgebracht hat.«

42

Hardy spürte, daß er und Walter Terrell nicht länger Freunde waren. Er hatte ihn am nächsten Morgen noch vor neun Uhr telefonisch in der Mordkommission erreicht, und ihr Gespräch war denkbar kurz verlaufen. Nachdem Hardy sich vorgestellt und gesagt hatte, daß es sich nur um ein paar schnelle Fragen handele, hatte Terrell ihm geantwortet: »Warum kommen Sie mit Ihren Fragen nicht jemandem, dem es nicht scheißegal ist?« Und dann hatte der Inspector aufgelegt.

Hardy hielt den Hörer so lange in der Hand, bis er wieder zu tuten begann. Na gut, dachte er, den Wink habe ich mitbekommen.

Er hatte ein echtes Problem – niemand war bereit, mit ihm zu reden. Terrell war nur der erste Hinweis, doch als er sich daranmachte, die Akten mit den Vernehmungsprotokollen und den Kopien der Polizeiberichte auf seinem Schreibtisch durchzublättern, wurde ihm bewußt, daß ihm die Leute ausgingen, die gewilllt gewesen wären, ihm die Tageszeit zu sagen, von einem aussagekräftigen Gespräch ganz zu schweigen.

Tom und Phil DiStephano – vergiß es. Nancy – zu verängstigt, und das zu Recht. Die Familie Roman – er könnte Cecil auf den Zahn fühlen, doch selbst wenn er einen begründeten Verdacht gehabt hätte, was nicht der Fall war, brächte das nicht viel ein. Dann war da noch Sam, der Schwule in der Anmeldung der Mission Hills Clinic, aber das konnte schnell peinlich werden und war außerdem fernab von jedem auch nur annähernd denkbaren Tatverdächtigen.

Hardy ging wieder nach unten, sah sich noch ein paar Takte der World Series an, trank eine Tasse Kaffee und plauderte mit Phyllis. David Freeman war heute morgen in seinem Büro, aber er sprach mit einem Mandanten, und Phyllis wollte ihn nicht stören – nicht daß Hardy sie darum gebeten hätte. Es sah nach einem weiteren Mordfall aus. Übrigens hatte Freeman zu Hause gearbeitet – Phyllis hatte heute morgen die ersten Seiten des Berufungsantrags im Fall Witt getippt.

Die ewige Tretmühle der Justiz deprimierte ihn, und Hardy ging wieder nach oben. Er spielte Darts – 20, 19, 18. Die Zahlen wurden abgehakt, die Uhr tickte.

Der einzige, der übrigblieb, war Ali Singh, der Bürochef der BMG. Hardy überlegte, daß er ihn zum Mittagessen einladen und herausfinden könnte, ob sich nicht noch eine andere Route auftat, die er bezüglich der Arbeit Larry Witts noch nicht erforscht hatte. Vielleicht hatte er einem Ärztekollegen die Patienten geklaut? Singhs Versicherung, daß Larry Witt bei seinen Arbeitskollegen beliebt war, schien bei näherem Hinsehen einfach undenkbar. Der Mann hatte mit jedem Schwierigkeiten gehabt, und jede Arbeitsumgebung führte zu Reibereien. Es war zumindest einen Versuch wert. Um nicht zu erwähnen, daß es der einzige Versuch war, der Hardy überhaupt einfiel.

Nur daß Singh dort nicht mehr beschäftigt war.

»Haben Sie seine neue Nummer?«

Die effiziente Stimme am anderen Ende der Leitung sagte, daß sie derlei Informationen nicht weitergeben dürfe, worauf Hardy irgendwie schon vorbereitet gewesen war.

»Es ist äußerst wichtig.«

Der Stimme tat es leid. Sie konnte leider nichts machen. Hardys Karma war auf negativem Kurs.

»Na schön, wie wäre es denn hiermit? Wie wäre es, wenn ich Ihnen meinen Namen und die Telefonnummer gebe, und Sie rufen Mr. Singh an und fragen ihn, ob er mich bitte zurückrufen könnte?«

»Ich könnte das möglicherweise tun«, sagte die Stimme. »Ich frage mal nach.«

Der Staatsanwalt (und Kandidat für das Amt des Generalstaatsanwalts) Dean Powell und sein Vorgesetzter Chris Locke aßen zusammen zweiundfünfzig Stockwerke oberhalb von San Francisco im Carnelian Room ganz oben im Gebäude der Bank of America an einem Ecktisch zu Mittag. Powell hatte um diese Verabredung gebeten.

Als Tagesgericht gab es ein Risotto mit Felsengarnelen aus Santa Barbara, und der Staatsanwalt und sein Chef, der Bezirksstaatsanwalt, bestellten es beide. Powell hatte beschlossen, daß er dazu eine halbe Flasche Meursault trinken wollte. Locke wollte eigentlich nichts trinken, bis der Wein eingegossen war, erst dann ließ er sich zu einem Glas überreden. Sie stießen nicht an.

Es waren noch nicht einmal mehr zwei Wochen bis zu den bevorstehenden Wahlen, und Powell führte vor den übrigen Bewerbern der letzten Umfrage zufolge mit vier Prozent. Nachdem sie ein paar Minuten darüber geplaudert hatten, kam Powell zur Sache und weihte Locke in Hardys Besuch in seinem Büro ein, den Besuch, über den zu schweigen er versprochen hatte.

Als er geendet hatte, sagte Locke: »Der arbeitet doch erst ganz kurz bei Freeman und kommt mit so was? Natürlich ist andererseits denkbar, daß er es ganz allein durchzieht.«

Powell nickte. »Die ganze Sache ist ziemlich durchsichtig.« Er spießte eine Garnele auf. »Er sagt zu mir, daß seine Mandantin ihm nicht erlaubt, das aufs Tapet zu bringen, und daß es dennoch die Wahrheit ist und ich ein Idiot bin, wenn ich ihm nicht glaube.«

»Trotzdem, Dean, dieser Verdacht steht seit Beginn des Prozesses im Raum.«

»Natürlich. Es bestehen kaum Zweifel daran, daß er die Frau ein paarmal geschlagen hat. Doch davon steht kein Wort im Prozeßprotokoll.«

»O doch, Dean. Mindestens einmal.«

»Nicht bei Larry. Nicht beim zweiten Ehemann.«

Ein wenig verärgert, vielleicht einfach nur ungeduldig, fauchte Locke: »Ich weiß, wer Larry ist.« Dann: »Was will er überhaupt damit? Hardy, meine ich.«

»Na ja, das ist es ja gerade – er sagt, daß Jennifer ihm verboten hat, die Sache vor Gericht zu erwähnen.«

»Hat er auch gesagt, warum?«

Powell zuckte die Schultern. »Sie sagt, das würde ihr einen Grund geben, Larry umgebracht zu haben, und sie hat es nicht getan.«

»Sie will nur für die Berufung vorsorgen.« Locke trank sein kleines Glas Wein aus, und Powell goß ihm noch ein wenig ein, wogegen Locke keinen Einwand erhob.

»So interpretiere ich es ebenfalls. Sie schindet Zeit, und sie ist schlau, überlegt sich, daß sie auch die Morde zugibt, sobald sie zugibt, daß sie geschlagen wurde.«

»Ich glaube nicht, daß sie jemanden umgebracht hat, weil sie geschlagen wurde«, sagte Locke.

»Genau. Sie hat es wegen dem Geld getan. Zweimal.« Powell warf einen Blick über die funkelnde Stadt, man konnte bis nach Napa sehen. Er nippte an seinem Wein. »Ich wollte Sie nur vorwarnen. Ich glaube, auch Sie können sich auf einen Besuch von Mr. Hardy befaßt machen, der mit Ihnen sprechen will, um diese Sympathiereserven anzuzapfen, für die Sie zu Recht so berühmt sind.«

Locke, der Hardy nie hatte ausstehen können, erlaubte sich den Anflug eines Lächelns. Er wischte sich mit der Serviette über die Lippen. »Wenn es nicht im Prozeßprotokoll steht, dann existiert es auch nicht, Dean. So jedenfalls halte ich es in meiner Behörde. Schon immer.«

Powell war zufrieden. »Ja, Sir, ich weiß.« Er nickte. Locke hielt ihm sein Glas für die letzten Tropfen Meursault hin, und Powell schenkte ein.

Wenigstens hatte Hardy ein paar Fragen gefunden, die er noch nicht gestellt hatte. Das gab ihm einen winzigen Grund zur Hoffnung.

Nicht daß diese spezielle Frage – was sich in dem Federal-Express-Päckchen befand, und/oder wer es überhaupt geschickt hatte – mit der Sache viel zu tun zu haben schien. Doch sie *könnte* es. Und derzeit betrachtete er ein »könnte« bereits als ungemein gewichtig.

Die Prozeßunterlagen stapelten sich in einem Halbkreis am Rand seines Schreibtisches, an einigen Stellen bis zu dreißig Zentimeter hoch.

Die zweite Überlegung, die aufgetaucht war, betraf Phil DiStephanos Arbeitskollegen. Glitsky hatte ihm von der Redneck-Atmosphäre erzählt, die in dem Klempnerladen herrschte. Hardy dachte, es bestand zumindest die Möglichkeit, daß in einer größeren Gruppe von Arbeitern durchaus ein Kerl auftauchen könnte, der seinen Stundenlohn durch den Nebenjob aufbesserte, Leute aus dem Weg zu räumen.

Auch das war ziemlich aus der Luft gegriffen ... wer sagte denn, daß Arbeiter die Neigung zeigten, Auftragsmorde zu begehen – und davon abgesehen ging es Klempnern finanziell alles andere als schlecht. Doch was hatte er sonst? Wenn er von der Annahme ausging, daß Frannies Gefühle, ihre Überzeugungen stimmten – was jetzt der Fall war –, dann mußte er *irgend etwas* übersehen haben.

Als das Telefon in eben dem Moment klingelte, schreckte er hoch. Er hatte gerade versucht, einen Weg zu finden, um einen von Phils Freunden zu kontaktieren: Hi, ich glaube, daß einer von Ihren Arbeitskollegen möglicherweise nebenbei Leute umlegt. Hat irgendwer schon mal irgendwas in der Richtung erwähnt? Höchst wahrscheinlich.

»Hallo.«

»Mr. Hardy, nicht wahr?« Die willkommene Stimme von Ali Singh, nicht daß dieser vermutlich Wissenwertes zu berichten wüßte.

»Es ist jetzt zwar schon ein bißchen spät«, sagte Hardy, »doch wenn Sie noch nicht gegessen haben, würde ich Sie gern zum Mittagessen einladen.«

Es war ein merklich anderes Ambiente als im Carnelian Room.

Das Independent Inicorn war eines jener in den Avenues gelegenen Kaffeehäuser San Franciscos, die immer menschenleer zu sein schienen und sich dennoch bereits seit über dreißig Jahren an Ort und Stelle befanden. Ein Plakat gleich neben der Eingangstür kündigte für jeden Mittwochabend Dichterlesungen an, dazu Musikabende an einigen anderen, ohne festes System verteilten Abenden, an denen jedermann zum Mikro greifen durfte. In dem Lokal gab es bunte Glasfenster, doch sie waren mit Baumwollaken mit Paisley-Muster verhängt, die den Raum angemessen schummrig machten. Man hörte Sitarmusik, und der Duft von Patchouli und Currygerichten lag in der Luft. Ein bärtiger Mann ohne Hemd und eine langhaarige, dünne junge Frau spielten am Tresen Schach.

Singh winkte zögernd von seinem Tisch im hinteren Teil des Raum. Hardys Augen, die sich noch nicht an die Lichtverhältnisse gewöhnt hatten, nahmen seine Umrisse wahr, und er ging zu ihm hin, lief auf dem Weg direkt in einen Tisch hinein. Eine Katze miaute zu seinen Füßen und sprang aufs Fensterbrett.

Hardy besah sich den Tisch, ging weiter. Singh schüttelte ihm die Hand, ein kraftloser Händedruck. Der kleine Rationalisierungsexperte schien irgendwie noch kleiner geworden zu sein, niedergeschlagen, auch wenn er ein tapferes Lächeln aufgesetzt hatte. Als Hardy ihm für das Treffen dankte, sagte Singh: »Es ist mir ein Vergnügen, daß Sie gekommen sind. Wissen Sie, es gibt nicht viel …« Seine Stimme brach ab. Er zeigte hierhin und dorthin.

»Ist das Ihr Laden?« fragte Hardy. »Gehört er Ihnen?«

Ein höfliches Lachen. »O nein, nein.« Er beugte sich vor und weihte Hardy ein. »Es ist nicht teuer. Sie lassen mich hier manchmal den ganzen Tag lang sitzen. Das ist besser, als zu Hause zu hocken. Es ist ein Ort, wo man hingehen kann, genau wie zur Arbeit.«

Der Mann ohne Hemd hatte sich für die Aufgabe als Kellner eine Schürze umgebunden und stand nun an ihrem Tisch, gab die Speisekarte bekannt. Espresso, Tee, Vollkornprodukte, Linsensuppe, brauner Reis, Tabouleh. Hardy bestellte Hummus und einen Salat. Singh fragte ihn, ob er etwas dagegen hätte, wenn er das Gemüsecurry bestellte, das mit 4 Dollar 95 das teuerste Gericht auf der Karte war. Hardy antwortete, kein Problem, was immer er wolle, das Mittagessen gehe auf seine Kappe. Hardy, der Kumpel.

Als der Kellner gegangen war, fragte Hardy Singh, was mit seinem Job passiert sei. Singh lächelte traurig. »Na ja, die Konjunktur, wissen Sie …«, setzte er an, verstummte dann wieder. Er trug noch immer seine dünne Krawatte und sein weißes Hemd. Das

Sakko hing hinter ihm über der Stuhllehne. »Nein, das ist es nicht. Ich glaube, es ist reine Gier.«

»Gier?«

»Nein, das ist nicht fair, nicht gerecht. Ich nehme mal an, es ist eben einfach so im Geschäftsleben, aber ich bin … Ich habe sieben Jahre für die Gruppe gearbeitet, und ich dachte …« Er zuckte die Schultern.

»Was ist passiert?«

»Na ja, die Umstrukturierung, verstehen Sie? Die Kosten-senkung.« Singh nahm einen Schluck aus seinem Glas Wasser ohne Eis. »Ich habe es nicht kommen sehen. Es ist mein eigener Fehler. Ich hätte es wissen müssen. So läuft es eben, wenn Gewinn ge-macht werden soll – man schneidet das Fett ab.« Er lachte. »Ich habe mich jedoch nie als Fett betrachtet. Verstehen Sie? Ich dachte, ich wäre etwas wert und würde gute Dienste leisten. Jetzt habe ich das natürlich begriffen.«

Hardy, der das Rundschreiben zur Aktienmission dreimal gelesen hatte, war mittlerweile mit den Fakten vertraut: Die Yerba Buena Medical Group befand sich seit gut einem Jahr in dem Prozeß der Veränderung ihres Status von der Gemeinnützigkeit zur Gewinnori-entierung – der Praxisbetrieb mußte Kapital anziehen, wenn er in den Konkurrenzkampf um Patienten eintreten wollte, und er konnte kein Kapital anziehen, wenn er keine Gewinne machte.

»Also hat man Sie einfach vor die Tür gesetzt?«

Singh zuckte die Schultern. »Jemand anderer macht denselben Job vermutlich billiger. Vielleicht nicht so gut, was weiß ich. Aber ich gehörte zu den Angestellten, nicht zu den Ärzten, also …« Ein weiteres Schulterzucken, die Schlußfolgerung lag auf der Hand. »Wie auch immer, wie kann ich Ihnen behilflich sein? Sie sind ja nicht gekommen, um über mich zu reden.«

Hardy lehnte sich zurück. »Das geht schon in Ordnung so, Mr. Singh. Es stört mich nicht im geringsten, etwas über Sie zu hören. Sie haben vielleicht gehört, daß Dr. Witts Frau für schuldig befun-den wurde, ihn ermordet zu haben …«

»Nein, das habe ich nicht. Ich habe die Nachrichten nicht mehr verfolgt, seit … Seine Frau …?«

»Sie ist meine Mandantin. Ich versuche, die Verhängung der To-desstrafe abzuwenden.«

»Ich halte gar nichts davon. Ich bin der Meinung, eine Hinrich-tung durch den Staat ist nur eine andere Form von Mord.«

»Dann möchten Sie mir vielleicht helfen?«

»Wenn ich das kann. Aber wie ich Ihnen bereits sagte, wurde Dr. Witt von allen respektiert.«

Das Essen kam und sah ein wenig appetitlicher aus als die Beschreibung in der Karte. Hardy brach ein Stück Pita ab und stippte es in sein Hummus. Singh aß wie ein Verhungernder, er hatte fast schon damit angefangen, bevor das Essen auf dem Tisch stand.

»Sie haben auch gesagt, daß Sie und Dr. Witt einige Differenzen darüber hatten, wie das Geld ausgegeben wurde.«

»Aber das war der Aufsichtsrat, waren deren Entscheidungen. Es hatte nie konkrete Auswirkungen gehabt. Dr. Witt konnte in seiner Praxis tun und lassen, was er wollte. Ich glaube, er wollte mehr Mitspracherecht, mehr Kontrolle darüber, wie der Betrieb als solcher funktionierte, welche Entscheidungen getroffen wurden.« Singh hörte einen Moment lang auf zu essen, ein Lächeln erschien auf seinem Gesicht. »Was er allerdings jetzt tun würde, weiß ich nicht.«

»Was meinen Sie mit jetzt?«

»Jetzt ist kein Ali Singh mehr da, mit dem er darüber diskutieren könnte. Jetzt, nach der Übernahme.«

»Sie meinen nach der Veränderung zu einer gewinnorientierten Unternehmensform?«

Singh schüttelte den Kopf. »Nein, Mr. Hardy. Das war im vergangenen März. Ich meine die Übernahme, den Verkauf der Gesellschaft.« Er schaufelte mehr von dem Currygericht in sich hinein. »Wenn er sich nicht eingekauft hätte … fast niemand hat das getan, aber ich glaube, daß Dr. Witt das Ganze anfechten würde.«

Hardy gab nicht länger vor, daß er mit Essen beschäftigt war. Er spürte, wie sein Nacken kribbelte. »Ich befürchte, ich weiß nicht mehr, worum es geht. Ich dachte, wir würden darüber sprechen, daß die Gesellschaft jetzt gewinnorientiert arbeitet.«

»Das tat sie ja auch.«

Hardy wartete.

»Und dann – das ist unabhängig davon, verstehen Sie? Später, jetzt im Sommer, ist die Gruppe aufgekauft worden.«

»Wer hat sie aufgekauft?«

Singh hatte sein Curry aufgegessen. Er schob den Teller zur Seite. »Das sind die Leute, die mir gekündigt haben. Die Leute von der Versicherungsgesellschaft – PacRim. Sie haben vierzig Millionen Dollar bar auf die Hand gezahlt.«

Hardy schob seinen eigenen Teller weg. »Vierzig Millionen Dollar.«

Singh redete weiter. »Als die Ärztegruppe sich beim Fiskus wegen der Änderung der Gesellschaftsform registrieren ließ – man muß dem Staat die Gebühr zahlen, die dem eigenen Wert entspricht –, wurden 535 000 Dollar angesetzt. Das war der Nettowert der Gruppe. Das Angebot über 40 Millionen Dollar war eine riesige Überraschung, verstehen Sie? Niemand hatte vermutet, daß die Gruppe einen derartigen Wert besaß.«

Irgendwer schon, dachte Hardy. Kein Unternehmen entdeckte von heute auf morgen, daß sein Wert in weniger als sechs Monaten von einer halben Million auf 40 Millionen Dollar gestiegen war.

Dennoch hatte das Rundschreiben mit dem Angebot der Aktienzeichnung die finanzielle Zukunft der BMG äußerst zurückhaltend beschrieben. Es wurde – zumindest öffentlich – letztes Weihnachten keineswegs über einen Verkauf nachgedacht. Es hatte keine potentiellen Käufer gegeben, und man hatte den Markt zu der Zeit gründlich abgegrast. Der Rundbrief war in dem Punkt sehr deutlich gewesen. Die Mitglieder sollten keinerlei Zusatzprofit erwarten, der Kauf der Anteile zu jeweils fünf Cent war höchstwahrscheinlich nicht einmal die Zeit wert, die die Mitglieder dazu brauchten. Die Aktien würden nie mehr als die fünf Cent wert sein.

Hardys Kribbeln machte sich immer nachhaltiger bemerkbar.

»Wenn ich Mitglied gewesen wäre, dann hätte ich Aktien gekauft«, sagte Singh. »Nicht viele Mitglieder haben gekauft, aber ich hätte es getan. Dann wäre jetzt alles anders.«

»Hat es sich für die Mitglieder denn gelohnt?« fragte Hardy. »Für diejenigen, die Anteile gekauft haben?«

Singh, der Buchhalter, kannte die Zahlen. Er mußte vor Bewunderung wehmütig lächeln. »Man bot den Mitgliedern, den Ärzten, neunundvierzig Prozent an, das waren 140 000 Anteile zu fünf Cents pro Anteil. Wie viele Anteile man kaufen konnte, hing davon ab, wie lange man bereits in der Gruppe war. Das Maximum – für eine Einzelperson, verstehen Sie – waren 368 Anteile, was einer totalen Investition von 18 Dollar 40 entsprach.«

Hardy erinnerte sich an die Zahl – »weniger als zwanzig Dollar.«

»Ich bin diese Zahlen so viele Male durchgegangen«, sagte Singh, »und es fällt mir immer noch sehr schwer, das zu glauben. Wissen Sie, was ein Anteil von fünf Cent mittlerweile wert ist?«

»Ich könnte es nachrechnen.«

Singh lächelte erneut sein trauriges, sanftes Lächeln. »Nicht nötig. Ich habe es getan. Einhundertzweiundvierzig Dollar und sechsundachtzig Cent. Pro Anteil.«

Hardy pfiff.

»Zweiundfünfzigtausendfünfhundertzweiundsiebzig Dollar und achtundvierzig Cent«, sagte Singh.

»Was ist das?«

»Das ist die Summe, die man jetzt besitzt, wenn man dreihundertsechsundachtzig Anteile für achtzehn Dollar und vierzig Cent gekauft hat.«

»Interessant, falls es wahr ist. Doch was soll's?«

Freeman befand sich auf ureigenem Terrain. Ganz anders als in seinem spartanischen Appartement nahm sich die Einrichtung seines Büros in der Kanzlei üppig aus. Ein vier mal sechs Meter großer persischer Teppich lag in der Mitte des dunklen Parketts; elegantes Bleikristall war auf verspiegelten Regalen hinter der komplett ausgerüsteten Bar ausgestellt; zwei Originalwerke von Bufano und ein Bateman hingen an den mit Schwamm getupften Wänden. Das Eckzimmer war groß – dreimal so groß wie das von Hardy –, und es gab Bücherregale voller Bücher, zwei dreisitzige Sofas, diverse Sessel. Richtige Vorhänge – nicht diese allgegenwärtigen Jalousien – hingen an den drei Fenstern. Freemans Schreibtisch war ein knapp anderthalb mal zwei Meter großes Möbelstück aus blitzeblankem, glänzendem Rosenholz.

Es war 18 Uhr, und Hardy saß in einem der Sessel. Nach dem Gespräch mit Ali Singh hatte er erfolglos versucht, Donna Bellows erneut zu erreichen. Er hatte außerdem bei Jody Bachmann von der Kanzlei Crane & Crane eine Nachricht hinterlassen. Danach hatte er ungefähr eine Stunde damit verbracht, einige Details des Angebotsschreibens zur Aktienzeichnung der BMG noch einmal durchzugehen. Im Lichte dessen, was er mit Hilfe Singhs entdeckt hatte, erhielt das Papier eine andere Lesart als zuvor.

»Was das soll?« erwiderte Hardy. »Das soll, daß wir wenigstens etwas in den Händen haben.«

Freeman grunzte, reichte Hardy ein kaltes Bier, ging zurück zur Bar und rumorte gebückt darin herum.

»Es ist eine Menge Geld«, insistierte Hardy. »Es ist eine verdammte Menge Geld.«

Freeman kam mit einer Flasche Rotwein wieder hoch. »Sehr richtig.« Er zog die Stanniolkapsel ab. »Doch noch mal, was soll's? Also hat ein Haufen Ärzte eine Menge Geld gemacht. Passiert jeden Tag.«

»Nicht ein Haufen. Nur ein paar. Dieser Buchhalter Singh sagte, daß seiner Meinung nach sich nicht mehr als fünfzehn, zwanzig Leute eingekauft haben.«

Freeman entkorkte die Flasche, schnupperte am Korken, legte ihn auf die Abstellfläche der Bar. Er nahm eines der hinter ihm stehenden dickbauchigen Kristallgläser zur Hand und schenkte sich ein Viertel der Flasche ein, hielt das Glas gegen das Licht, um die Farbe, die Klarheit, die Fenster des Weins zu prüfen.

Hardy schlug die Beine übereinander. »Lassen Sie es mich wissen, wenn ich Sie störe, David.«

Der nippte am Wein. »Nicht im geringsten«, sagte er und nahm einen weiteren Schluck, ließ ihn im Munde zirkulieren, schlürfte genüßlich und schluckte ihn zuletzt hinunter. Er kam hinter der Bar hervor. »Die '82er Bordeaux werden keineswegs überschätzt. Sie sollten wirklich ein Glas davon probieren.«

Er wählte einen Sessel, stellte das Glas auf der Marmorfläche eines Tischchens ab und setzte sich. Hardy nahm trotzig einen Schluck von seinem Bier.

Freeman beugte sich vor. »Ich würde da selbst liebend gern eine Verbindung sehen, Dismas, glauben Sie mir. Aber ich sehe sie nicht.«

Hardy lehnte sich zurück und versuchte, seinen Standpunkt zu formulieren. Es wäre eine gute Übung, falls er ihn vor Villars oder der Jury präsentieren müßte. Vielleicht war das alles gar nicht so klar, wie es ihm vorkam. »Lassen Sie uns großzügig sein. Sagen wir, maximal fünfzig Ärzte haben die Aktien gekauft. Es gibt rund vierhundert Ärzte in der Gruppe.«

Freeman wartete, ließ ihn reden, nippte an seinem Wein. »Ja, gut?«

»Gut, also sieht der Begleitbrief aus meiner Perspektive – und ich gebe zu, mittlerweile ist das ein Jahr her – wie vorsätzlicher Betrug aus.«

»Vor einem Jahr hatten Sie Ihren ersten Prozeß noch nicht begonnen«, erinnerte Freeman ihn. »Sie haben nicht hier gearbeitet. Sie hatten noch keine zwei Kinder. Sie hatten Jennifer Witt noch nie gesehen, und Larry und Matt Witt waren noch am Leben.« Er ließ den

Wein im Glas wirbeln. »In einem Jahr kann sehr vieles geschehen. Die Perspektiven ändern sich.«

»Ich glaube, der Grund, weshalb Larry Witt den Anwalt und dann diesen Mann in Los Angeles kontaktiert hat, war der, daß er sich dachte, da sei irgend etwas faul – damals schon, und deshalb hat er sich beschwert.«

»Bei wem?«

»Beim Aufsichtsrat, bei den Anwälten. Bei demjenigen, der die ganze Sache aufgezogen hat, der den ganzen Schwindel ausgeheckt hat, wer auch immer es war.«

Die buschigen Augenbrauen gingen in die Höhe. »Jetzt ist es ein Schwindel?«

»Ein Schwindel ist die einzige Möglichkeit, wie es Jennifer helfen kann.«

Jetzt lehnte sich Freeman ganz in seinem Sessel zurück. »Hängen Sie Ihre Hoffnungen nicht daran, daß die Dinge so sind, wie Sie *wollen*, Dismas.«

»Ich finde nicht, daß ich das tue.«

Freeman schüttelte den Kopf. »Sie wollen, daß es ein Schwindel ist, denn wenn es ein Schwindel ist – und wenn Sie es beweisen können –, dann können Sie Jennifer Witt damit vielleicht helfen. Obwohl ich nicht kapiere, auf welche Art und Weise Sie auch nur das bewerkstelligen wollen.« Er beugte sich wieder vor. »Alles, was Sie in dieser Runde tun können, ist, daß Sie die Todesstrafe abwenden. Jennifer wurde bereits schuldig gesprochen. Sie können den Prozeß nicht noch mal von vorn aufrollen.«

»Wenn ich Villars dazu bringen ...«

»Sie sprechen von Joan Villars, der Richterin am Superior Court, wie ich annehme? Bleiben Sie doch auf dem Teppich. Diese Frau ist ungefähr so flexibel wie Beton. Sie werden Villars nicht davon überzeugen können, irgend etwas zu tun.«

»Dann lassen Sie mich doch versuchen, Sie zu überzeugen.«

Freeman lehnte sich erneut zurück. »Ich habe zugehört. Ich glaube, Sie sagten, fünfzig Ärzte hätten Anteile gekauft. Fahren Sie fort.«

»Der *Grund*, weshalb die anderen dreihundertfünfzig dies nicht taten, ist der Wortlaut dieses Begleitschreibens und des Angebots zur Aktienzeichnung. Beide zusammen klangen so, als sei diese dümmliche Investition zu je fünf Cent reine Zeitverschwendung ... Außerdem hat man den Ärzten diese Schreiben während der Feiertage geschickt, als nur ein paar von ihnen sich überhaupt die Zeit nehmen würden, sie zu lesen, und man hat den Ablauf der Zeichnungsoption auf etwa drei Wochen begrenzt.«

»So weit kann ich Ihnen folgen. Hat Larry gekauft oder nicht?«

»Larry hat Lunte gerochen.«

»Und dann?«

»Dann hat er gedroht, diesen Schwindel, bei dem es um mehrere Millionen Dollar ging, auffliegen zu lassen. Das war der Anruf nach Los Angeles.«

Freeman preßte die Hände an die Augen und seufzte. »Ich hatte bereits befürchtet, daß Sie darauf hinauswollten.«

Hardy hatte sich in den vergangenen Wochen genug gute Ideen von David Freeman ausreden lassen. Er war nicht gerade in besonders empfänglicher Stimmung. »David, der Sozius, der die Kanzlei in Los Angeles leitete, die mit dieser Sache befaßt war, wurde einen Monat nach Larry Witt erschossen.«

Freeman hob sein Glas. »Das sagten Sie bereits. Ich sehe dennoch nicht, wie irgendein Aspekt der ganzen Sache Jennifer helfen soll, selbst wenn Sie Villars dazu bringen könnten, Ihnen zuzuhören, was Sie nicht können. Sie sagen jetzt, so verstehe ich es, daß es in der Tat irgendeinen mysteriösen Killer gab, auf dessen Existenz die Verteidigung – das sind wir – während des Prozesses übrigens nie zu sprechen kam und für den es keinerlei handfesten Beweis gibt.«

»Das heißt nicht, daß er nicht existiert.«

»Glauben Sie, daß er existiert? Glauben Sie, daß Jennifer die Wahrheit sagt?«

Hardy antwortete, daß er sich dessen nach wie vor nicht ganz sicher sei, aber die Jury vielleicht doch überzeugt werden könne. »Ich werde sie entscheiden lassen.«

»Villars wird nicht zulassen, daß Sie diese Theorie zur Sprache bringen. Und selbst wenn sie dazu neigen sollte, was sie nicht wird, dann wird Powell Einspruch erheben und gewinnen, es sei denn, Sie haben irgendein Fitzelchen von einem hieb- und stichfesten Beweis, das es aber nicht gibt, und zwar zweifellos deshalb, weil sich die Sache eben nicht so abgespielt hat.«

»Womit Jennifer in der Tinte sitzt«, sagte Hardy.

Freeman trank geräuschvoll den Rest Wein aus. »Das tat sie schon immer«, brummte er.

Doch Hardy hatte nicht die Absicht, Freemans Ratschlägen weiterhin zu folgen, selbst wenn sie stichhaltig sein sollten. Ihm blieben noch vier Tage, und er dachte sich, wenn es ihm gelingen sollte, dieses Fitzelchen von einem hieb- und stichfesten Beweis zu finden, von dem Freeman sprach, dann könnte er Villars zumindest dazu bringen, ihm zuzuhören.

Schließlich ging es in diesem Fall um die Todesstrafe. Es ging um Leben und Tod, nicht um irgendeine juristische Streitfrage, nicht um politische Grabenkämpfe. Wenn er irgend etwas Greifbares in der Hand hätte, würde Villars ihm zuhören, daran mußte er einfach glauben.

Natürlich rief er die Frage auf den Plan, ob es tatsächlich etwas Greifbares gab oder nicht, doch Hardy hatte nichts anderes – er mußte einfach davon ausgehen, daß es existierte. Irgendwo.

43

Am nächsten Tag befragte er drei Ärzte der BMG, von denen zwei nicht investiert hatten, einer dagegen schon. Die beiden, die ihre Chance verpaßt hatten, kamen sich verständlicherweise gelackmeiert vor, aber keiner machte eine großartige Verschwörung dafür verantwortlich, daß er Pech gehabt hatte. Die Ärztegruppe hatte kräftig abgesahnt, und beide wünschten, sie hätten daran unmittelbarer teilgehabt, aber es war wie bei der Lotterie. Wer hätte den Glücksfall vorhersagen können? Es war eben Dusel, und sie hatten ihre Chance gehabt.

Dr. Seidl, der Glücksvogel, war eines der jüngeren Mitglieder der Ärztegruppe, dem nur zweiundneunzig Aktien zustanden. Als er im Dezember seine monatlichen Rechnungen überwies, hatte er seine 4,60 Dollar eingezahlt und die ganze Sache prompt wieder vergessen. Vergangenen Monat, als er seine Auszahlung über 13 143,12 Dollar erhielt, war er hocherfreut, aber nach Abzug der Steuern blieben ihm nicht ganz zehntausend Dollar übrig, und nachdem er alle seine Kreditkarten glattgestellt hatte, war er wieder beim Ausgangspunkt angelangt. Es war zwar deutlich angenehmer als ein Kopfsprung in ein Schwimmbecken ohne Wasser, würde aber seinem Leben keine dramatische Wendung geben.

Auch Hardy hatte allmählich den Eindruck, daß es problematisch wäre, seine Verschwörungstheorie aufrechtzuerhalten, sogar vor sich selbst, falls er nicht jemanden auftun konnte, der eine Menge Geld dabei gemacht hatte und zumindest theoretisch einen Grund gehabt hätte, einem Mann das Maul zu stopfen, der die Sache an die große Glocke hängen wollte, sofern das Larrys Witts Absicht gewesen war.

Am Nachmittag ging Hardy in die Bibliothek und schlug in der Abteilung für Wirtschaftsfragen die Namen der Mitglieder des Aufsichtsrats der BMG nach, aber sie klangen allesamt unvertraut. Er fand heraus, daß der Kapitalgesellschaft als Körperschaft laut Geschäftsplan einundfünfzig Prozent des Aktienkapitals zustanden, und den Ärzten neunundvierzig Prozent, sofern sie sich alle einkauften. Er fragte sich, ob es eine Regelung für nicht gezeichnete, unverkaufte Aktien der Ärzte gab, eine Art von sekundärem Kapitaleinstieg, aber in der öffentlich vorgelegten Broschüre war nichts davon erwähnt.

Er rechnete ein bißchen herum und wurde sich bewußt, daß irgendwo – herrenlos – knapp über 125 000 Aktien herumschwirren müßten, die einem Wert von rund siebzehn Millionen Dollar entsprachen, sofern nur zehn Prozent der beteiligten Ärzte ihre Aktien gezeichnet haben sollten.

Am Freitag morgen saß er in seinem Büro und telefonierte mit dem Los Angeles Police Department. Noch immer hatte er keinerlei beweiskräftige Querverbindungen zwischen den geschäftlichen Aktivitäten der BMG und Dr. Larry Witt herausgefunden. Er hatte gestern abend erneut mit Jennifer gesprochen und sie bedrängt, aber sie konnte sich an nichts erinnern, was Larry zu dem Zeichnungsangebot gesagt hatte oder gesagt haben könnte. Hardy war schon versucht, sie zu bitten, sich doch irgendwas auszudenken, nur damit er es irgend jemandem vor die Nase halten konnte, aber er riß sich am Riemen.

Dann kam ihm die rettende Idee – es waren zwei Morde in Los Angeles vorgefallen, also mußte es eine Untersuchung gegeben haben. Er wußte, daß Kriminalbeamte ungern über ihre ungeklärten Altlasten sprachen – über ihre Gerippe im Schrank, wie sie sie nannten –, aber womöglich gelang es ihm ja, ein klein wenig Begeisterung zu schüren, wenn er das alte Verbrechen mit einem anderen verknüpfte.

»Restoffer. Mordkommission.«

Es war die Stimme eines älteren Mannes, aber sie klang keineswegs müde. Und Hardy hatte sich schneller durch den gewaltigen Behördenapparat durchgefragt, als er für möglich gehalten hätte. Vielleicht hatte das ja etwas zu bedeuten.

Hardy stellte sich vor und versuchte, rasch zu reden und dabei so deutlich wie möglich zu bleiben – er sei ein Strafverteidiger aus San Francisco und habe vielleicht eine denkbare Querverbindung zwischen seiner Mandantin und dem Mord an Simpson Crane entdeckt.

Es folgte eine längere Pause. »Wie sagten Sie, war Ihr Name?«

Hardy sagte es ihm. Eine erneute Pause. »Dauert nur eine Minute. Bleiben Sie bitte dran.«

Als Restoffer erneut zum Hörer griff, war weniger Lärm im Hintergrund zu hören. »Sie sind in *San Francisco*, haben Sie gesagt?«

»Das ist richtig.«

»Ich höre.«

Hardy erzählte die ganze Geschichte noch einmal, diesmal etwas langsamer, füllte die vorhin offengebliebenen Lücken. Als er zu Ende geredet hatte, sagte Restoffer: »Das ist ziemlich dürftig, Mr. Hardy.«

Der Inspektor hatte natürlich recht, und Hardy gab es gerne zu. Simpson Crane war der Chef der Anwaltskanzlei, die die Ärztegruppe vertrat, zu der Larry Witt gehört hatte. Crane selbst war weder der Anwalt der BMG gewesen, noch der Witts. Was das anging, war nicht einmal Jody Bachman der Anwalt von Larry Witt.

Hardy wußte, daß es zwecklos war, Druck zu machen. Das war die schnellste Methode, um einen Cop zu vergraulen – ein Bürger, insbesondere ein Strafverteidiger, der amtliche Unterstützung für eine Theorie zu gewinnen versucht, der die Beweise fehlen. Die Tatsachen an sich würden Restoffer entweder verlocken oder nicht.

»Nun«, sagte Hardy, »ich habe mir einfach gedacht, ich sollte das jemandem melden, die Sache loswerden.«

Das war das Stichwort für Restoffer, um aufzuhängen, falls er das vorhatte, aber er blieb am Apparat. »Wir sind uns ziemlich sicher, daß die Gewerkschaft einen Profi eingesetzt hat, aber wir haben keine Spuren gefunden. Die haben es richtig angepackt ...«

»Hier oben genauso. Außer daß man meine Mandantin – Witts Frau – dafür verurteilt hat, daß sie ihren Mann wegen der Versicherung umgebracht hat.«

»Sie ist bereits verurteilt worden?«

»Letzte Woche. Mein Problem ist, daß sie als Verteidigung nur vorbringen kann, daß sie die Tat nicht begangen hat. Sie sagt, sie habe jemanden die Straße hochgehen sehen. Vielleicht war es ja irgendein Profikiller, und deshalb habe ich versucht, einen Grund zu finden, weshalb ein Profi Witt umlegen sollte. Das könnte der Grund sein.«

Es folgte ein langes Schweigen. »Ich habe noch vier Monate vor mir, bevor ich in Rente gehe«, sagte Restoffer. »Es wäre mir eine große Freude, wenn ich diese beiden Morde aufklären könnte. Crane war eine prominente Figur. Seine Frau ebenfalls. Aber ich habe in diesem Augenblick fünf aktuelle Fälle auf dem Schreibtisch. Wann soll ich denn das da reinpacken?«

Das war sein Problem, und Hardy ließ ihn selbst damit fertig werden.

»Haben Sie eine schriftliche Spur, sonst irgendwas?«

Alles, was Hardy hatte, war ein Rundschreiben, das die Zeichnung der Aktien anbot und die Broschüre aus der Bibliothek. Beides konnte er ihm gerne zufaxen, sofern Restoffer die Sachen brauchte.

»Um wieviel Geld dreht sich's bei der Sache?«

»Ich schätze mal so um die siebzehn Millionen.«

»Siebzehn *Millionen*.«

»Glauben Sie denn, das könnte jemanden motivieren, etwas Ernstes anzuzetteln?«

Restoffer grunzte. »Siebzehn Dollar reichen hier unten vollauf, manchmal siebzehn Cent.« Die Leitung summte, leer und offen. »Na schön«, sagte er, »warum schicken Sie mir nicht die Sachen zu. Ich schaue Sie mir an.«

Jetzt war Hardy eigentlich an der Reihe aufzulegen, aber so sehr er sich Restoffers Hilfe wünschte, wollte er ihn doch nicht in die Irre führen. Er mußte die Karten offen auf den Tisch legen. »Inspector …« fing er an.

»Floyd«, erwiderte Restoffer.

»Na schön, Floyd, eine Sache noch, die Sie wissen sollten, die gegen die Theorie mit dem Profikiller spricht. Vielleicht lohnt ja der ganze Aufwand nicht.«

»Ich höre.«

»Ich weiß nicht, wie Profikiller arbeiten – ob sie das tun. Aber Witt wurde mit seiner eigenen Waffe erschossen.«

Das Schweigen dauerte eine Weile. Hardy hatte den Eindruck,

zu hören, wie Restoffer tief ausatmete. »Crane ebenfalls. Schicken Sie mir Ihr Zeug zu.«

Zumindest einige Sachen schienen jetzt zusammenzupassen, selbst die Einzelheiten, die nicht so aussahen, als wären sie von besonderem Belang. Beispielsweise das Päckchen, das der Federal Express geliefert hatte.

Als Hardy das nötige Formular ausfüllte, um Ali Singh als Zeugen der Verteidigung vorzuladen, fiel ihm plötzlich wieder ein, daß die Rechnung des Federal Express als Beweisstück einbehalten worden war, und er mußte lediglich nachsehen, wer das Päckchen geschickt hatte.

Er hatte das getan und festgestellt, daß Nancy DiStephano die Absenderin war. Dann war ihm wieder eingefallen – als er sich das Ganze vor Augen führte –, daß Tom in der Woche vor den Morden Jennifer zu Hause besucht hatte, um sein Weihnachtsgeschenk abzugeben, Nancy dagegen warten wollte, um ihres persönlich zu überreichen, wenn die Witts an Weihnachten zu Besuch kämen. Was also passiert war, nachdem die Witts den Familienbesuch gestrichen hatten, war, daß Nancy ihrem Enkel Matt sein Geschenk per Federal Express geschickt hatte. Es war einerlei, um was für ein Geschenk es sich handelte – offenbar war es in dem gewaltigen und unersättlichen Schlund der Weihnachtsgeschenke verschwunden, im Berg von Matts neuen Spielsachen.

Aber die Information war dem Anwalt ein kleiner Trost gewesen, ganz wie Restoffers Bereitschaft zur Kooperation, und auch wenn sie nicht gerade das war, was Hardy heißes Beweismaterial nennen würde. Die unbeantwortet gebliebenen Fragen hatten ihn genervt, und jetzt blieben nicht mehr viele übrig.

An der Übernahme von BMG schien irgend etwas faul zu sein. Hardys Theorie war noch weit davon entfernt, vollständig ausgearbeitet zu sein, und noch viel weiter davon, daß sie bewiesen wäre, aber der Verdacht, der sich ihm aufdrängte, zog ihn magisch an wie eine Motte, die der brennenden Kerze verfällt. Zum Teufel, jede Möglichkeit zog ihn magisch an. Angenommen, daß sowohl Larry Witt als auch Simpson Crane aus unterschiedlichen Gründen und auf unterschiedlichen Wegen damit gedroht hatten, eine außergewöhnlich lukrative und dubiose Geschäftstransaktion bloßzustellen und zu vereiteln. Also mußte, wer immer hinter der Sache steckte, diese beiden Hindernisse aus dem Weg räumen –

Simpson und Larry –, bevor das Geschäft vorankommen konnte. Irgendwer wurde angeheuert, um die Drecksarbeit zu erledigen, und der Mord an Simpson Crane (und an dessen Frau, die zufällig gerade anwesend war), sah wie eine drastische Vergeltungsmaßnahme der Gewerkschaft aus, während der Mord an Larry Witt (und an dessen Sohn, der ebenfalls zufällig gerade anwesend war) dessen Ehefrau in die Schuhe geschoben wurde. Es war zumindest eine verlockende Parallele.

Sonntag morgen, Hardy brutzelte Spiegeleier und Speck in seiner Bratpfanne. Frannie saß im Morgenmantel in der sonnigen Küche und las die Zeitung. Rebecca und Vincent genossen die besondere Freude, nebeneinanderzusitzen, wobei Rebecca, das große Mädchen, ihrer Mama half und das Baby fütterte und es immerhin schaffte, Vincent volle zwanzig Prozent der zerdrückten Banane in den Mund zu bugsieren.

Hardy beobachtete die ganze Szene aus dem Augenwinkel, es war einer jener Augenblicke, von denen er sich vorgenommen hatte, sie wahrzunehmen und sich an ihnen zu freuen. Aus der vorderen Hälfte des Hauses hörte man einzelne Klangfetzen der *Grand Canyon Suite* – wieder einmal der Einfluß von Freeman. Hardy spazierte ein paar Schritte quer durch die Küche und drückte Frannie einen Kuß auf die Stirn.

»Hmm«, sagte sie und küßte geistesabwesend die Luft neben seinem Gesicht.

Und das Telefon läutete. Wie immer.

»Geh nicht ran«, sagte Hardy. Er stand unmittelbar neben dem Apparat und widerstand der Versuchung ziemlich tapfer.

Aber Frannie war schon aufgestanden. »Ich weiß, daß es Susan ist. Sie hat gesagt, daß sie mich anrufen will. Sie ist vielleicht schwanger.« Sie hob den Hörer ab und lauschte, runzelte dann die Stirn. »Einen Augenblick, er steht gleich neben mir.«

Er sah sie scheel an, aber was konnte er machen?

Es war Floyd Restoffer. »Ich habe eine gute Nachricht und eine schlechte Nachricht«, sagte er und kam ohne Umschweife zur Sache. »Die schlechte ist, daß man mir den Fall entzogen hat.«

»Man hat Ihnen den Fall entzogen?« Hardy war um die Ecke herum in den kleinen Arbeitsraum neben der Küche spaziert. »Was ist geschehen?«

»Ich schätze mal politische Machenschaften. Nachdem ich am

Freitag das Zeug von Ihnen bekommen hatte, habe ich mit dem jüngeren Crane gesprochen, mit Todd, dem Sohn von Simpson. Ich fragte ihn, ob er etwas dagegen hat – was er nicht tat –, wenn ich einige seiner Partner befrage, auch wenn Crane keine Ahnung hatte, was ich eigentlich von ihm will. Jedenfalls habe ich ihm nicht viel erzählt – nur, daß ich einem neuen Hinweis bezüglich der Ermordung seiner Eltern nachgehe. Ich fragte ihn, ob sein Vater irgendwelche Arbeiten für Yerba Buena übernommen hatte.«

»Und?«

»Nein. Das übernahmen dieser Bursche Bachman und ein paar der angestellten Anwälte.«

»Aha.«

»Also treffe ich mich mit Bachman, und wir plaudern ein wenig. Allem Anschein nach ist er ein guter Kerl und kooperativ.« Hardy erinnerte sich, daß er denselben Eindruck gehabt hatte, als er mit Bachman sprach. »Ich frage ihn, ob er Witt kennt. Er sagt, er hat den Namen schon mal gehört. Dann fällt es ihm wieder ein – Sie hatten ihn angerufen, Bachman meine ich. Er sagt, er habe ganz vergessen, Sie zurückzurufen, die Nachricht sei abhanden gekommen. Diesmal macht er sich eine Notiz – an Ihrer Stelle würde ich einen Anruf erwarten. Also unterhalten wir uns ein Weilchen über das Geschäft, ob Simpson irgendwie daran beteiligt war. Bachman kann sich nicht vorstellen, wie, und ich habe keine weiteren Fragen, und das war's auch schon. Ich habe den Eindruck, daß er kein Wässerchen trüben kann.«

»Haben Sie was von den siebzehn Millionen erwähnt?«

»Ja doch, und er hat gesagt, die Zahl dürfte wohl ziemlich übertrieben sein, aber er würde sich die Sache ansehen. Vielleicht ging einiges an Schmiergeldern, wie er es nannte, über den Tisch, die man als Bonuszahlung und so weiter ausschüttete, außerdem war er sich ziemlich sicher, daß die Mitglieder des Aufsichtsrats eine Rückkaufoption hätten, aber nichts davon sei ein Geheimnis.«

»Wieso ist es nicht mehr Ihr Fall? Irgendwer hat Sie zurückgepfiffen?«

»Irgendwer hat gefragt, weiter nichts. Hat mich gestern zu Hause angerufen.«

»Wer?«

»Der stellvertretende Polizeichef. Aber es gab keinerlei Druck, es kam eher wie eine Empfehlung rüber – was stochere ich da in einem zehn Monate alten Mordfall herum, wenn ich nur noch vier

Monate bis zu meiner Pension habe? Ich sollte lieber das Zeug auf meinem Schreibtisch abarbeiten und abhauen – das sollte ich tun.«

Hardy starrte über die Hausdächer der Avenues hinaus auf die berühmte Silhouette der Stadt. Dann kam ihm ein Gedanke: »Woher wußte er überhaupt, daß Sie sich mit der Sache beschäftigen? Haben Sie ihm davon erzählt?«

»Ich habe ihm dieselbe Frage gestellt. Offenbar kam der Wink vom Polizeichef höchstpersönlich, dem seinerseits Mr. Kelso in den Ohren gelegen hatte.«

»Wer ist Mr. Kelso?«

»Ach, stimmt ja, Sie sind nicht von hier. Frank Kelso ist einer unserer erlauchten Supervisors. Hat den Polizeichef angerufen und wissen wollen, warum wir die Stützen der Anwaltschaft belästigen – das Wort hat er gebraucht –, zumal wenn sie einen Trauerfall zu beklagen hatten. Ich habe es so interpretiert, daß er Todd, den Sohn des alten Crane, gemeint hat.«

Ein Supervisor der Stadt Los Angeles! Du meine Güte, dachte Hardy bei sich, das kocht aber kräftig hoch. Was immer er sonst tun mochte, hier hatte er einen Nerv getroffen. Das machte Mut. »Also was machen wir jetzt?«

»Ich? Ich fürchte, ich mache gar nichts mehr. Mir steht der Sinn nicht danach, das Boot hin und her zu kippeln. Wenn die Fritzen, die im Präsidium das Sagen haben, wollen, daß ich die Sache bleibenlasse, dann lasse ich sie bleiben.«

»Man sagt Ihnen einfach, Sie sollen einen Mord auf sich beruhen lassen?«

»Ja doch, alle paar Jahre kommt das vor.« Nach einer kurzen Pause sprach er ernst weiter. »Ich habe ihm dieselbe Frage gestellt. Wissen Sie, wie die Antwort lautete? Habe ich irgendwas Greifbares in der Hand, oder fische ich nur so herum? Also habe ich ihm ein bißchen von Ihrer Mandantin erzählt, was Sie mir erzählt haben – nur die Höhepunkte, aber genug –, und er sagt, es hört sich ganz danach an, daß ich herumfische. Ich sage also zu ihm, daß es sich manchmal auszahlt herumzufischen, und er sagt, diesmal aber nicht.« Restoffer seufzte. »Es geht immer nur um die Statistik, und ich habe fünf aktuelle Morde auf dem Tisch, die sie geklärt haben wollen, bis ich in Rente gehe.«

Hardy wartete einen Moment lang ab und versuchte es dann erneut. »Das macht Ihnen nichts aus, wenn Sie mit einer ungeklärten Sache wie der hier aufhören?« Es war ein lahmer Versuch, dem anderen Schuldgefühle einzuflößen, aber Hardy wollte immerhin alles versucht haben.

Restoffer lachte. »Wissen Sie, wie viele offene Fälle ich zurücklasse? Sie wollen es gar nicht wissen, aber einer mehr macht keinen Unterschied, das kann ich Ihnen flüstern. Es springt einfach nichts für mich dabei raus. Vielleicht haben Sie Glück mit einem Privatdetektiv. Ich könnte Ihnen hier unten ein paar Leute empfehlen.«

»Floyd, ich brauche einen Profi. Einen Insider.« Vielleicht konnte er ihm Honig um den Bart schmieren. Restoffer hatte Zugriff auf alle Unterlagen und eine Geschichte, mit der kein Privatdetektiv mithalten konnte.

»Läuft nicht, Hardy. Tut mir leid.«

»Na gut, Floyd. Trotzdem danke für Ihre Hilfe.«

Er wollte schon aufhängen und wartete nur darauf, daß Restoffer auf Wiedersehen sagte. Statt dessen sagte der Inspector: »Wollen Sie mich gar nicht fragen, was die gute Nachricht ist?«

»Na schön.« Hardy spielte mit, obwohl selbst die schlechte Nachricht in gewissem Sinne gut war – daß sich Supervisor und Polizeichefs einschalteten, bestärkte ihn darin, daß nicht *alles* ein Hirngespinst war. *Irgend etwas* sollte vertuscht werden. »Was ist die gute Nachricht?«

»Die gute Nachricht ist, daß ich mir gestern abend gedacht habe, die Sache stinkt, und deshalb heute früh ein bißchen auf eigene Faust nachgeforscht habe. Im Präsidium gibt es diese Listen, die manche der Typen der Abteilung für Wirtschaftskriminalität für ihre Arbeit benutzen, wissen Sie? Es sind alles öffentliche Dokumente, obwohl es manchmal nicht gerade leicht ist, Zugang dazu zu kriegen. Listen der Leute, die Geld für verschiedene Zwecke spenden, solche Sachen. Ich dachte mir, ich vergleiche mal, wer für den Wahlkampf von Supervisor Kelso gespendet hat und wer im Aufsichtsrat bei Yerba Buena sitzt, und schaue, ob ich irgendwen finde, der mit gutem Gewissen ein oder zwei Gefälligkeiten von unserem Supervisor einfordern könnte. Und raten Sie mal?«

»Sie haben jemand gefunden.«

Hardy sah ihn beinahe nicken. »Margaret Morency. Altes Geld aus San Marino und jede Menge davon.«

»Sie hat Kelso angerufen?«

»Ich kann es nicht beweisen, gehe aber jede Wette ein.«

»Können Sie nicht zu Ihrem stellvertretenden Chef gehen und ihm das Ganze berichten? Das sieht ganz danach aus, als ob es dann nicht länger als Herumgefische gilt.«

»Nicht genug, Hardy.« Restoffer hatte den Fall abgegeben und war ganz offen – er hatte keine Lust, aufgrund der letzten paar Monate in seinem Job seine Pensionierung aufs Spiel zu setzen. Hardy war dankbar und nahm, was er kriegen konnte – zumindest half ihm der Mann. »Das Ganze sieht nur dann nach etwas aus, wenn man ohnehin geneigt ist, es zu sehen«, sagte Restoffer. »Ich habe nichts Handfestes, nichts, was die einzelnen Pünktchen miteinander verbindet.«

»Wissen Sie irgendwas über diese Morency-Frau?«

»Nichts. Sie sitzt wahrscheinlich in zehn Aufsichtsräten – das tun diese Leute doch, richtig? Sitzen in Aufsichtsräten, halten ihr Geld in der Familie, kassieren eine kleine Entschädigung – sagen wir mal mein Gehalt – für ihre Bemühungen. Und die Reichen bleiben reich. He, hören Sie. Mir bleiben nur noch vier Monate bis zu meinem Leben an einem See in Montana in einer Hütte, die bereits abbezahlt ist. Ich kehre diesem Affenzirkus endgültig den Rücken, also worüber beklage ich mich?«

»Hört sich prima an.«

»Das wird's auch sein, glauben Sie mir. Im ersten Jahr werde ich überhaupt nichts anstellen außer zu malen, schätze ich. Ich habe nicht mehr gemalt, seit ich ein Junge war. Es hat mir immer einen Heidenspaß gemacht, und dann hatte ich keine Zeit mehr dazu.«

»Ich habe früher Sachen aus Holz gemacht«, sagte Hardy. »Alles ohne Nägel.«

Kurzes Schweigen, dann sagte Restoffer: »So ist das Leben, was? Jedenfalls habe ich mir gedacht, ich berichte Ihnen, was ich gefunden habe, und warte mal ab, ob Sie Glück haben.«

»Tja, ich weiß das zu schätzen, Floyd, wirklich.«

»Hören Sie, wenn Sie soweit sind, daß es echt zur Sache geht, dann wissen Sie ja, wo Sie mich finden.«

»Alles klar.«

»Bis dann.«

44

Hardy stieg die Stufen zum Justizpalast hoch. Über Nacht war es kalt geworden, und die Morgensonne schien matt wie durch einen Schleier, gerade noch hell genug, um lange Schatten zu werden.

Hardy hätte nie geglaubt, daß David Freeman ihm fehlen könnte, aber jetzt im Moment hätte er dessen schlampige, bärbeißige, arrogante Gegenwart begrüßt. Er betrat das Gebäude, ging durch den Metalldetektor und hoch in die Kantine, die noch nicht so brechend voll war, wie sie es später sein würde. Er bestellte eine Tasse Kaffee, setzte sich an einen Tisch und klappte die Aktentasche auf, holte einen neuen Notizblock und einen schwarzen Kugelschreiber hervor.

Es war zwanzig vor acht, und das Verfahren zur Festlegung des Strafmaßes sollte um halb zehn beginnen.

Nach dem Telefongespräch mit Floyd Restoffer hatte er eine Stunde lang mit seinen Alternativen gehadert und zuletzt beschlossen, daß er einfach nicht mehr genug Zeit hatte, die Sache selbst in Los Angeles weiterzuverfolgen. Wenn es absolut unverzichtbar wäre, würde er das tun, aber einstweilen hatte er einen Strafprozeß als Verteidiger zu bestreiten – Jennifer Witt würde zum Tode verurteilt werden, sofern er nicht irgendein genügend einleuchtendes Argument vorbrachte, daß sie das nicht verdient hatte.

Und natürlich konnte er das beste nicht benutzen.

Aber die Verfahrensphase zur Bestimmung des Strafmaßes ließ ihm mehr Spielraum, als Freeman zur Verfügung gehabt hatte. Im Verfahren zur Schuldfeststellung ging es um das Gewicht der Indizien, um Beweise, um die Feststellung der Tatsachen. Im Gegensatz dazu wurde im Verfahren zur Strafmaßfestlegung der Erörterung von Gesichtspunkten, die eine Jury davon überzeugen mochten, daß die oder der Angeklagte menschliche Eigenschaften besaß, die sich strafmildernd auswirken konnten, breiter Raum, explizit zugestanden – ja geradezu zwingend vorgeschrieben. Also konnte Hardy diese Dinge bei Jennifer zur Sprache bringen – ihr Zusammenleben mit ihrem Mann, was für eine gute Mutter sie war. Er konnte über ihre Kindheit reden, über ihre Freunde, sogar über ihre Haustiere. Das Problem war nur, daß er im Verlauf der letzten Woche trotz mehrerer Stunden pro Tag, die er mit Jennifer zubrachte, nicht viel mehr über ihr Leben ans Licht gebracht hatte, als er ohnehin bereits wußte. Zudem hatte er den Verdacht, daß nicht viel von Jennifers Lebensgeschichte – zumindest der Teil, den er erzählen durfte – die Geschworenen zu nennenswertem Mitgefühl bewegen würde.

Larry Witt hatte ihr nicht erlaubt, Freunde kennenzulernen oder zu behalten, und sie hatte sich dem gefügt. Es war ihr noch nicht einmal erlaubt, an Matts Leben in der Schule teilzuhaben. Sie besuchte weder ihre Eltern noch ihren Bruder. Es gab keine Haustiere. Bei den wenigen Malen, die das Ehepaar Witt zum Abendessen ausging oder bei einer der gesellschaftlichen Verpflichtungen Larrys auftrat, hatte Jennifer die Rolle der unnahbaren Schönheit, der Ehefrau als Jagdtrophäe gespielt.

Sie bestand darauf, die schreckliche Realität, daß man sie für schuldig gefunden hatte, zu verdrängen. Hardy betonte wieder und wieder die Tatsache, daß sie in den Augen der Jury eine mehrfache Mörderin war. Das war eine grausame Wahrheit, aber es war die Wahrheit. Jennifer wich ihr aus, wie sie so vielen anderen Wahrheiten in ihrem Leben ausgewichen war.

Zuletzt einigten sie sich auf eine Art Kompromiß. Hardy konnte alles zur Sprache bringen, was er als menschliche Themen betrachtete und durfte im Endeffekt um ihr Leben bitten, als ob sie schuldig wäre, solange er nur jeden Hinweis darauf ausklammerte, daß Larry sie geschlagen hatte. Im Gegenzug mußte Hardy weiterhin alternative Theorien für die Morde auf den Tisch legen; sie wollte partout nicht von der Vorstellung lassen, daß diese Möglichkeit – daß jemand anderer die Tat begangen hatte – zumindest genügend Zweifel säen würde, um die Geschworenen nicht für die Todesstrafe votieren zu lassen. Und egal, in welcher Lage sie sich befand und wie nachhaltig ihr Hardy die Realität vor Augen hielt, sie schien sich nach wie vor an die Hoffnung zu klammern, daß der echte Mörder irgendwie gefunden und sie von jedem Verdacht freigesprochen würde.

Also brachte Hardy die halbe Nacht damit zu, auf der Basis des Materials über die BMG und trotz der Warnungen David Freemans, die Schlußfolgerung auszuarbeiten und – so hoffte er – auch zu unterfüttern, daß ein Profikiller Larry umgebracht hatte und welche Gründe diesen dazu bewegt hatten. Zu diesem Zwecke hatte er Ali Singh eine Vorladung geschickt.

Der Versuch, Jennifer als ein Vorbild an Nettigkeit und Güte zu porträtieren, erwies sich als etwas schwieriger. Sie war einfach nicht das freundliche Mädchen von nebenan und hatte nie vorgegeben, es zu sein. Sie war ein schwieriges, launenhaftes Kind gewesen und war auch als Erwachsene, wie jedermann im Gerichtssaal gesehen hatte bzw. gesehen zu haben glaubte, schwierig und launenhaft – hochmütig, abgebrüht, geheimnistuerisch, selbstzerstörerisch. Das war nur allzuoft die Persönlichkeit, die nach außen sichtbar wurde, und nur ganz selten sah man, was sich darunter verbarg. Die Geschworenen konnten viele der Dinge, die Jennifer seit ihrer Verhaftung angestellt hatte, eigentlich nicht angemessen in Betracht ziehen, aber Hardy war davon überzeugt, daß sie auf die eine oder andere Weise ebensoviel wußten wie er und daß sie das, was sie wußten, wohl nur schwerlich aus dem Gedächtnis streichen würden.

Hardy schrieb die Annahmen auf, von denen die Jury ausging: Nachdem sie ihren Mann und ihren Sohn erschossen hatte, hatte Jennifer das Haus verlassen, um zu joggen und sich dabei ein Alibi zu verschaffen – den Stop beim Geldautomaten –, dem alle um ein Haar auf den Leim gegangen wären. Dann war sie dank einer abgefeimten List aus dem Untersuchungsgefängnis geflohen und drei Monate flüchtig gewesen und setzte in dieser Zeit eine Affäre mit ihrem Psychiater fort (soviel zum Thema liebende Ehefrau).

Obwohl die Richterin den Geschworenen die Anweisung erteilt hatte, daß es nicht genügend Beweismaterial gab, um Jennifer wegen Mordes an ihrem ersten Ehemann zu verurteilen, bezweifelte Hardy, daß irgendein Mitglied der Jury nicht der Meinung war, daß sie es doch getan hatte. Auch daran würden die Geschworenen sich fraglos erinnern, wenn es an der Zeit war.

Ja, sie sah gut aus. Manche der Männer mochten sie sogar für eine Schönheit halten, aber selbst das, so argwöhnte Hardy, sprach gegen Jennifer – die distanzierte Haltung, die sie an den Tag legte, ließ darauf schließen, daß sie sich dachte, sie stehe über allem und jedem, auch über dem Gesetz. Mehr Tränen wären hilfreich gewesen, aber Jennifer unterdrückte Tränen.

Hardy hatte fast einen ganzen Tag dafür gebraucht, die Anweisungen an die Jury zu formulieren, die Villars nach dem Eröffnungsplädoyer den Geschworenen vortragen würde, unmittelbar bevor beide Gerichtsparteien der Jury den Fall präsentierten.

»Meine Damen und Herren. Guten Morgen.«

Powell stand in entspannter Körperhaltung rund vier Meter vor der Richterbank und knapp drei Meter vor der Bank der Jury, sah die Geschworenen an. Er sprach leise und in lockerem Ton – trotzdem war er sehr gut zu verstehen. Es sah ganz danach aus, als wolle er auf alle Schauspielerei verzichten, und zwar aus der Überlegung heraus, daß die Geschworenen vielleicht die Nase davon voll hatten.

Ein weiteres Problem war, daß Powells Vorsprung in den Wählerumfragen übers Wochenende zugenommen hatte – er übertraf seinen nächsten Konkurrenten um sieben Prozentpunkte und schien auf dem besten Wege zu sein, die Wahl im ersten Anlauf zu gewinnen. Hardy hatte das Gefühl, als sei dies einigen Geschworenen bewußt, und wenn das der Fall sein sollte, bedeutete es zusätzliches Pech für Jennifer. Powells Autorität und Gewicht würden, wenn ihn die Jury als den Generalstaatsanwalt des Staates Kalifornien ansah und nicht als irgendeinen Ankläger, der sich seine Brötchen mühsam vor Gericht verdienen mußte. Aber auch das war etwas, wogegen Hardy nichts unternehmen konnte.

Powell fuhr fort: »Bei uns in den Vereinigten Staaten wird ungefähr alle zwei Stunden ein Mord begangen, und das vierundzwanzig Stunden am Tag, Tag für Tag, Woche für Woche. Bis vor ein paar Jahren war die Todesstrafe eine vergleichsweise normale Strafe für jemanden, der wegen Mordes verurteilt war, desgleichen bei sogenannten minderschweren Verbrechen wie Vergewaltigung und sogar manchen Arten von bewaffnetem Raubüberfall.

Das hat sich in unserer sogenannten aufgeklärten Zeit geändert, und heute leben wir in einer Gesellschaft und einem Staat, der die Todesstrafe nur für die allerabscheulichsten Straftaten vorsieht – für Mord unter erschwerenden Umständen, wozu, wie Richterin Villars vor Ihnen ausgeführt hat, mehrfacher Mord, Mord aus dem Hinterhalt, Mord aus Gewinnsucht und Mord an einem Polizeibeamten zählt.

Sie haben Jennifer Witt des Mordes für schuldig befunden, und zwar schuldig unter zwei der erschwerenden Umstände, die ich soeben angesprochen habe – Mord aus Gewinnsucht und mehrfacher Mord. *Das* ist nicht länger strittig. In dieser Phase des Verfahrens werde ich Ihnen zeigen, warum der Staat Kalifornien auf die Todesstrafe plädiert.

Zunächst einmal haben, strikt juristisch betrachtet, die Gesetze dieses Staates festgelegt, daß die Natur dieser Verbrechen die äußerste Strafe erzwingt. Aber natürlich wirft dies eine sogar noch umfassendere Frage auf, und zwar nach der Natur der Mörderin, einer Natur, die derart ohne alles Erbarmen und Gefühl ist, daß sie imstande war – und dies auch tat –, den Mord nicht nur an ihrem Gatten, sondern auch an *ihrem eigenen Fleisch und Blut, ihrem einzigen Sohn*, kaltblütig zu planen und auszuführen.«

Hardy wußte ebensogut wie Powell, daß dies die dreisteste Rhetorik eines Eröffnungsplädoyers war, aber es war überzeugend und *juristisch* korrekt. Wenngleich noch nie zuvor im Verlauf des Prozesses behauptet worden war, daß der Mord an Matthew Witt anders als zufällig erfolgt sei, war sein Tod durch eine Schußwaffe als *direkte Folge und bei der Durchführung* eines anderen »kaltblütigen« Verbrechens geschehen. Jedermann, der das erste Verbrechen plante, mußte sich inhärent die Möglichkeit des zweiten vor Augen halten. Zumindest war das der Punkt der Anklagevertretung. In diesem Sinne waren die beiden Verbrechen, juristisch gesehen, als gleichermaßen schwerwiegend oder doch genügend ähnlich anzusehen, so daß Hardy zu dem Entschluß kam, daß er keinen Einspruch erheben konnte, dem stattgegeben werden würde.

Powell hielt inne und wandte sich um, schaute jetzt Hardy und den Tisch der Verteidigung an. Jennifer, die jetzt links von Hardy saß – während der Prozeßphase zur Klärung der Schuldfrage hatte sie zu seiner Rechten gesessen –, schien ihr Kinn vorzurecken und Powell ihrerseits unbeirrt anzustarren. Hardy hatte ihr die Hand aufs Handgelenk gelegt – sie zitterte am ganzen Leibe. Er drückte fest zu, um ihr etwas mitzuteilen – es war nicht hilfreich für sie, wenn sie sich auf diesen trotzigen Blickaustausch einließ, auf dieses Spielchen, wer als erster klein beigab.

Aber im bisherigen Verlauf des Prozesses hatte es nur wenige und flüchtige Verweise auf ihren Sohn Matt gegeben – dies war eine Eskalation, und Jennifer ertrug sie nur schwer. Sie zog die Hand unter der Hardys hervor.

»Sie sind ein solches Arschloch«, sagte sie laut, unfähig sich zu beherrschen.

Der Gerichtssaal explodierte förmlich.

Powell stand mit sperrangelweit aufgerissenem Mund da, war aber ohne jeden Zweifel erfreut. Sollte sie sich doch selber die Schlinge um den Hals legen. Villars rief »Ruhe im Gerichtssaal!«, knallte ihren Holzhammer auf den Tisch. Der Zuschauerraum hinter Hardy war ein einziges Gemurmel und Gebrabbel. Hardy legte den Arm um seine Mandantin, zog sie zu sich heran und befahl ihr, auf der Stelle den Mund zu halten.

Über all dem Krach versuchte sich Villars Gehör zu verschaffen, allerdings ohne großen Erfolg. Jennifer machte Anstalten, aufzustehen und noch etwas zu sagen. Hardy drückte ihr erneut den Arm, versuchte sie unten zu halten, sie zu retten. *»Aua.«* Sie starrte ihn wütend an. »Sie tun mir weh. Lassen Sie mich los.« Sie bekam den Arm frei, sah jetzt die Richterin an, dann die Geschworenen. Eine Furie, die man in die Ecke getrieben hatte und die plötzlich wieder verstummte. Die beiden Justizwachtmeister näherten sich dem Tisch der Verteidigung.

Hardy sprang auf und griff nach Jennifer, versuchte gleichzeitig den beiden Wachtmeistern Zeichen zu geben, daß sie nicht einschreiten mußten. Mit ruhiger Stimme und ausgestreckten Armen wiederholte er in einem fort: »Ist schon in Ordnung, kein Problem …« Außer daß es natürlich nicht stimmte. Jennifer schaufelte sich ihr eigenes Grab.

Villars stand hinter ihrem Richtertisch, hatte den Holzhammer völlig vergessen. Hinter Hardy rief jemand Jennifers Namen, und sie drehte sich um. Ken Lightner hatte sich zur Spitze des Zuschauerraums vorgedrängt, und Jennifer fiel ihm über die Balustrade hinweg, die sie voneinander trennte, in die Arme. Er hielt sie schützend im Arm, seine großen Hände streichelten ihr über den Scheitel, ganz ähnlich wie Eltern es machen, wenn sie ihr Kind trösten.

Die Justizwachtmeister warteten ab, standen wie angewurzelt, wo sie haltgemacht hatten. Die Krise hatte weniger als ein paar Augenblicke gedauert und schien vorüber zu sein. Villars nahm wieder Platz. Powell machte einen verwirrten Eindruck. Die Richterin klopfte mit dem Hammer auf den Tisch, verkündete eine Verhandlungsunterbrechung und befahl dann Hardy zu sich ins Richterzimmer.

Villars' üblicherweise graues Gesicht war puterrot. Powell sagte kein Wort.

»Sie wird es nicht noch einmal tun, Euer Ehren …«

»Da können Sie Gift drauf nehmen, daß sie es nicht noch einmal tut!« Die Richterin sprach leise, stand hinter ihrem Schreibtisch und hatte die Hände darauf aufgestützt, das ganze Körpergewicht ruhte auf ihnen. »Wenn ich ihr keinen Knebel verpasse und sie es noch einmal tut, Mr. Hardy, dann mache ich Sie dafür verantwortlich. Dann werden Sie eine Woche lang nicht zu Hause schlafen.«

Hardy, der eine Zurechtweisung erwartet hatte, war frappiert von Villars' Ton – viel persönlicher, als er gedacht hätte. Er beschloß, daß dies der richtige Moment sei, das Problem offen anzusprechen, falls es wirklich eins gab.

»Haben Sie etwas gegen mich persönlich, Euer Ehren?«

»Ich habe etwas dagegen, daß Ihre Mandantin in meinem Gerichtssaal einen Aufruhr veranstaltet. *Dagegen* habe ich etwas. Haben Sie etwas *dagegen*?«

»Ich glaube nicht, daß es darum geht«, sagte Hardy.

Villars richtete sich auf. »Wie bitte?« Sie kniff die Augen zusammen, funkelte ihn an. »Was haben Sie da gesagt?«

»Ich sagte, ich glaube nicht, daß es darum geht.«

Die Augen der Richterin wurden zu einem schmalen Schlitz. Ihre Stimme klang heiser, bebte vor Wut. »Mein Gerichtssaal ist ein gottverdammtes Muster an Fairneß, Mr. Hardy. Gerechtigkeit ist schwer genug zu bekommen, deshalb bemühe ich mich doppelt und dreifach, daß ich mich an die Regeln halte und alle Seiten gleich behandle, und aus dem Grunde nehme ich es verteufelt übel, wenn jemand unterstellt, daß ich das nicht tue.«

»Ich habe nicht gesagt, daß es in Ihrem Gerichtssaal zu spüren ist, Euer Ehren. Aber mir ist aufgefallen, daß Sie David Freeman wegen Mißachtung des Gerichts eine Geldstrafe auferlegt haben und mir jetzt dasselbe oder gar eine Haftstrafe androhen.«

»Ich würde bei Mr. Powell genauso verfahren, bilden Sie sich bloß nichts ein.« Sie warf dem Staatsanwalt, der sich bemühte, der Tapete gleichzusehen, einen Seitenblick zu. »Niemand brüllt Obszönitäten in meinem Gerichtssaal. Niemand. Freeman schlug über die Stränge, wie er es oft macht. Es ist nichts Persönliches, wie Sie anscheinend meinen. Der Hauptgrund, warum ich Ihre Mandantin nicht knebeln lasse, ist, daß das die Geschworenen noch weiter gegen sie einnehmen würde. Über das hinaus, was sie sich selbst eingebrockt hat. Trotzdem haben Sie für ihr Verhalten gebürgt, und ich werde das Nötige veranlassen, wenn sie wieder die Beherrschung verliert. Gegen sie und auch gegen Sie. Ist das klar?«

»Völlig.«

Sie starrte ihn weiter finster an.

»Euer Ehren«, fügte er hinzu.

Powells Plädoyer dauerte eine weitere Stunde, bis zur Mittagspause. Als er weitersprach, behielt Jennifer Hardys Arm in der

Hand und drückte ihn manchmal fest genug, daß es sich anfühlte, als schneide sie durch das Sakko und das Hemd hindurch in den Arm.

Der Punkt, auf den Powells neues Argument »erschwerender Umstände« hinauslief, war der, daß es Jennifer bei ihren Plänen zur Ermordung ihres Ehemannes wegen des Versicherungsgeldes implizit bewußt geworden sei, daß es nötig werden könnte, auch ihren Sohn umzubringen! Daß es *kein* »Irrtum« gewesen sei. Der Junge war ihr nicht einfach irgendwie in die Quere gekommen. Sie wußte, daß er zu Hause sein mußte, und wußte, daß sie ihn vielleicht töten würde, ja vielleicht töten müßte.

Hardy hatte schon den Eindruck, daß Jennifer gleich aus dem Stuhl aufspringen und Powell attackieren würde, und beinahe hatte er selber dazu Lust. Powell ging wirklich zu weit.

»Wer wird für das Opfer sprechen?« hatte Powell am Ende gesagt. »Wenn ein Mensch, der den Plan zur Ermordung eines Kindes gefaßt hat, nicht das Recht auf sein Leben verwirkt hat, was ist dann als Gesellschaft aus uns geworden? Welchen gravierenderen Bruch des Vertrauens kann es eigentlich geben? Und welche Strafe, wenn nicht die alleräußerste, kann eigentlich anfangen, die Dinge wieder ins Lot zu bringen?«

Wundersamerweise hatte Jennifer die ganze Tirade ruhig über sich ergehen lassen. Mehrfach waren ihr Tränen in die Augen gestiegen, die sie schnell und ärgerlich wegwischte, aber als der Staatsanwalt seine Ausführungen beendet hatte, wirkte sie gefaßt.

»Schneiden Sie dem Dreckskerl die Eier ab«, sagte sie zu Hardy, als Powell zurück zu seinem Tisch ging. Er betete, daß keiner der Geschworenen sie gehört hatte.

»Sie haben gehört, daß Mr. Powell Jennifer Witt als einen Menschen charakterisiert hat, der aufgrund der Natur ihrer Verbrechen das Recht zu leben verwirkt hat. Und wenn sie tatsächlich diese Verbrechen begangen hat, würde ich ihm vielleicht zustimmen.«

Ohne aufzustehen hob Powell die Hand. »Einspruch, Euer Ehren. Die Schuld der Angeklagten ist bereits erwiesen.«

»Das habe ich eingeräumt, Euer Ehren.« Hardy hoffte, daß er das hinreichend getan hatte. Er war der Ansicht, daß seine einzige Chance – und sie war winzig –, um irgendeine andere Theorie für die Morde zu finden, darin bestand, alles, was die Jury bereits geklärt hatte, glasklar gelten zu lassen. Er wollte nicht versuchen, ihre

Entscheidungen zu untergraben – er wollte den Geschworenen lediglich Alternativen geben, die sie bedenken konnten.

Villars überlegte einen Augenblick. »Nur damit das klar ist. Fahren Sie fort«, sagte sie zu Hardy. Der Spruch war rätselhaft genug – Powell interpretierte ihn so, als hätte man seinem Einspruch nicht stattgegeben, und Hardy nahm sich ohnehin alles, was er kriegen konnte.

Er nickte der Richterin zu, wandte sich dann erneut an die Jury. »Das Beweismaterial im ersten Teil des Verfahrens hat Sie davon überzeugt, daß Jennifer Witt über jeden berechtigten Zweifel hinaus schuldig ist. Aber jetzt sind Sie aufgefordert, ein Urteil über das *Leben* dieser Frau zu fällen, und dabei gilt ein anderer Maßstab – ein Fehler hierbei, der zur Hinrichtung der Angeklagten führt, kann nicht wieder behoben werden. Falls irgendwann in der Zukunft neue, entlastende oder zumindest strafmildernde Beweise auftauchen sollten, wäre es zu spät.

Das Gesetz kennt ein Konzept, das man verbleibenden Zweifel nennt, die Richterin wird Ihnen dazu einige Anweisungen geben. Verbleibender Zweifel macht nicht ungeschehen, was Sie über jeden berechtigten Zweifel hinaus befunden haben, aber er erwägt *sehr wohl* eine Situation, wie wir sie jetzt vor uns haben. Obgleich Sie Jennifer für schuldig befunden haben« – Hardy dachte sich, er sollte dies am besten wiederholen, um die nachfolgende Unterscheidung zu verdeutlichen –, »lassen Sie uns einmal näher ansehen, was wir, wie selbst die Anklagevertretung einräumt, *nicht* haben, und weswegen jede und jeder einzelne von Ihnen, sofern Sie sich für die Todesstrafe entscheiden sollten, womöglich im Laufe der kommenden Jahre einige verbleibende Zweifel hegen könnte, die sehr ernst sind und Sie wohl nachhaltig verfolgen dürften.«

Wie Powell hatte auch Hardy in der Mitte des Gerichtssaals angefangen, aber als er sich zunehmend entkrampfte, ging er näher auf die Bank der Geschworenen zu. Sie widmeten ihm ihre ungeteilte Aufmerksamkeit – dies war immerhin sein erster Auftritt als Sprecher vor ihnen, und man konnte getrost den Faktor Neugier einrechnen. Dennoch hatte Hardy den Eindruck, daß es um mehr ging – bis jetzt schien sein Eröffnungsplädoyer seine Wirkung nicht zu verfehlen.

Hardy verlangsamte das Tempo und ging zu seinem Tisch, gab vor, einige Notizen zu Rate zu ziehen, trank einen Schluck Wasser. Er kehrte zu der Stelle zurück, wo er zu sprechen angefangen hatte.

»Nummer eins, meine Damen und Herren, wir haben niemanden, der gesehen hat, daß Jennifer Witt jemanden erschossen hat. *Niemanden. Nicht einen Zeugen.* Wir haben einen Zeugen gehört, Mr. Alvarez, der aussagt, daß er Jennifer unmittelbar nach den Schüssen draußen vor ihrem Haus gesehen hat. Mrs. Barbieto hat ausgesagt, daß sie Jennifer im Inneren des Hauses schreien hörte, bevor die Schüsse fielen, aber keiner von den beiden war Augenzeuge bei den Schüssen selbst. Und, wenn ich Sie daran erinnern darf, so konnte Mrs. Barbieto nicht eindeutig sagen, exakt wie lange die Zeitspanne war, die zwischen dem Geschrei von Jennifer und den Schüssen gelegen hat, zudem ist durchaus denkbar ...« – obwohl die Geschworenen es offenbar vorgezogen hatten, dies bei ihren Überlegungen außer acht zu lassen –, »... daß Mr. Alvarez jemand anderen an jenem Morgen vor dem Haus der Witts gesehen hat und *dachte*, es sei Jennifer.«

»Einspruch, Euer Ehren. Der Verteidiger erörtert die Beweislage.«

»Ich erinnere die Jury an frühere Zeugenaussagen. Das ist alles, Euer Ehren.«

»Dies hier ist keine Diskussion am runden Tisch, Mr. Hardy. Aber der Einspruch wird abgelehnt.«

Also hatte er einen Punkt gewonnen und gleichzeitig eins auf den Hut bekommen. Villars mochte, wie sie für sich in Anspruch nahm, absolut fair sein, aber deswegen war es trotzdem kein Stückchen einfacher, mit ihr klarzukommen. »Danke sehr, Euer Ehren.« Er wandte sich wieder an die Geschworenen. »Was sonst noch läßt das Beweismaterial ohne Erklärung? Es stimmt, Jennifer standen nach Lage der Dinge fünf Millionen Dollar zu, mutmaßlich das Motiv, das ihr für die Morde unterstellt wurde. Aber falls das zutrifft – falls es ein minutiös *geplanter* Mord aus Gewinnsucht gewesen sein sollte –, wo bleibt der Beweis, daß sie es geplant hat? Worum ging der Streit, den Mrs. Barbieto angehört hat? Falls Jennifer ihren Mann umgebracht hat, könnte es vielleicht wegen dieses Streits gewesen sein? Geschah es in der Hitze des Gefechts ohne jede Vorberechnung? Kam ihr Matt tragischerweise einfach irgendwie in die Quere? Dies sind Fragen, auf die das Beweismaterial keine Antworten gibt. Es kann auch keine Antworten darauf geben.«

Er machte erneut eine Pause, ließ seine Worte einwirken. »Noch zwei abschließende Punkte, die ich Ihnen vor Augen führen möchte. Der erste ist dies: Daß Jennifer Witt gesagt hat und sagt, daß sie diese Verbrechen nicht begangen hat. Das mögen Sie als eigennützig abtun, aber sie blieb im Verlauf des ganzen Prozesses felsenfest bei ihrer Haltung, bei ihrem Standpunkt. Sie hat auf nicht schuldig plädiert und hat immer eisern daran festgehalten. Sie behauptet *nicht*, daß sie zeitweilig unzurechnungsfähig gewesen oder dazu gedrängt worden sei von Sachen, die außerhalb ihrer Kontrolle lagen, oder« – Hardy holte tief Luft – »versucht hätte, vor Mißhandlungen durch ihren Ehemann zu flüchten.« Er sprach rasch weiter. »Sie hätte all das vorbringen und darauf hoffen können, daß Sie sie, wenn überhaupt, nur eines geringeren Vergehens als Mord ersten Grades, ein Mord also, auf den die Todesstrafe steht, für schuldig befinden. *Aber sie hat es nicht getan.* Sie hat es *zu keinem Moment* getan. Kein Glockengeläute oder Geklingel, keine trickreichen Schachzüge der Verteidigung, um ihr Leben zu retten, und glauben Sie mir, mein Kollege David Freeman kennt ein paar Tricks, die er aus dem Hut ziehen kann, wenn man ihn darum bittet.«

Hardy ging zurück zum Tisch der Verteidigung und trank erneut einen Schluck Wasser, brachte seine Gedanken neu zusammen. »Der letzte Punkt, meine Damen und Herren, betrifft einen entscheidenden Faktor, der bislang im Ablauf dieses Verfahrens noch nicht zur Sprache gekommen ist – und das ist die Tatsache, daß, weil ja niemand *tatsächlich gesehen hat*, wie Jennifer Larry und Matt Witt getötet hat, die *Möglichkeit* bestehen muß, daß jemand anders diese Taten begangen haben könnte.«

Powell stand schnell auf. »Euer Ehren, das Urteil ist bereits gefällt.«

Aber wiederum wurde sein Einspruch abgelehnt. Hardy argumentierte ja nicht mit logischer Unvereinbarkeit und im strikten Sinne auch nicht hypothetisch. Er durfte fortfahren, aber »seien Sie vorsichtig, Mr. Hardy. Sie bewegen sich auf einem dünnen Grat.«

Hardy nahm die Warnung der Richterin zur Kenntnis und wandte sich an die Jury. »Ich habe nicht die Absicht nachzuweisen, daß Ihr Urteil falsch ist. Sie haben lange und hart gearbeitet, um Ihre Entscheidung zu treffen, und ich respektiere Ihre Arbeit. Aber die Tatsache bleibt bestehen – es ist *durchaus vorstellbar*, daß jemand anders als Jennifer *Grund* gehabt hatte, Larry Witt zu töten, und es ist *durchaus vorstellbar*, daß jemand anderer als Jennifer dies getan hat. Im weiteren Verlauf dieses Abschnitts des Prozesses werden

Sie also verschiedenes über Larry Witt zu hören bekommen – was für eine Sorte Mensch er war, was für Geschäfte er gemacht hat, mit was für Dingen er sich sonst noch beschäftigt hat. Ich denke, einige dieser Ausführungen sind überzeugend und könnten Sie vielleicht zu jenem verbleibenden Zweifel veranlassen, den ich eingangs erwähnt habe.«

Er hielt inne, holte Luft. »Meine Damen und Herren, eine letzte, schmerzliche Sache. Mr. Powell hat in seinem Eröffnungsplädoyer überaus ausführlich ...«

Powell duldete das nicht. »Einspruch. Das ist nicht die Zeit für eine Widerrede.«

Villars zögerte nicht. »Stattgegeben.« Sie wartete. Hardy hatte fast das Gefühl, sie wolle ihn herausfordern.

»Na schön«, sagte er und wandte sich zu den Geschworenen, bezog sie außerhalb von Villars Blickwinkel in seine Verärgerung mit ein. »An dieser Stelle muß ich, *muß* ich ein paar Worte zum Tod von Matthew Witt sagen.« Erneut hielt er inne und diesmal nicht einfach um des dramatischen Effekts willen. Er konnte den Gedanken nicht ertragen, daß man den tragischen Tod des Jungen, egal wie er vonstatten gegangen sein mochte, vor den Geschworenen in einem schiefen Licht dargestellt hatte. *»Es ist bislang keinerlei Beweismaterial vorgelegt worden, noch wird solches vorgelegt werden, daß Jennifer Witt eine schlechte Mutter war, die ihr Kind mißhandelt hat.* Glauben Sie mir, falls es Ärzte gäbe, die bezeugen könnten, daß Matthew Witt mißhandelt wurde, dann würden sie hier als Zeugen der Anklage aussagen. Es gibt keine.

Und wieso nicht?« Hardy drehte sich um und zeigte jetzt auf seine Mandantin. »Weil Jennifer Witt eine bemerkenswert *gute* Mutter war. Niemand behauptet oder unterstellt, daß dem nicht so war. Sie hat ihren Sohn geliebt. Sein Tod war eine Katastrophe für sie. Sie hätte sich keinen Plan ausgedacht, der – egal wie entfernt auch immer – ihren Sohn in Gefahr gebracht hätte. Und *das*, meine Damen und Herren, ist die schlichte Wahrheit.«

Hardy warf Villars einen kurzen Seitenblick zu und wartete darauf, daß Powell erneut Einspruch erhob, dem diesmal stattgegeben würde. Aber das geschah nicht. Hardy hatte seine Aussage vage genug gehalten, und schließlich und endlich war dies erst eine Einführungsansprache. Er atmete aus und kam zu dem Schluß, daß er zu diesem Zeitpunkt wohl nichts Besseres erreichen könnte. Er dankte den Geschworenen und setzte sich wieder.

Es war halb sieben, und Hardy saß am Tresen des *Little Shamrock* und trank ein Black & Tan, eine Mischung aus Ale und Stout. Moses und Hardy (damals in seinen Tagen als Barkeeper) waren stolz darauf, wie sie das Getränk hinbekamen, die beiden Biere säuberlich zu trennen wußten, das dunkle Stout nach oben. Aber der neue Bursche hinterm Tresen, Alan, hatte den Bogen noch nicht raus, und so schmeckte das frische Getränk abgestanden, schal. Vielleicht lag es auch einfach daran, wie der Tag verlaufen war, daran, wie Hardy zumute war.

Nach dem vollen Tag vor Gericht und nach der emotionalen Anstrengung, die es bedeutete, zuletzt aufzustehen und sich an die Arbeit zu machen, hielt Hardy es nicht für eine gute Idee, in dieser Stimmung nach Hause zu fahren. Aber der persönliche Wechsel vom Beinahe-Gegner zum Verbündeten war nicht so einfach zu bewerkstelligen wie mit einem Schaltknopf, und so hatte er Frannie angerufen und ihr erklärt, daß er etwas Zeit zum Abspannen brauchte – sofern sie damit klar kam, sofern die Kinder sie nicht zu sehr genervt hatten.

So früh an einem Montag abend saßen nur fünf andere Kunden in der Kneipe, zwei Pärchen an Tischen in der Nähe der Dartscheibe, und eine wirklich bezaubernde junge Frau beim Fenster, die sich gerade mit Alan unterhielt. Hardy drehte sein Halbliterglas langsam auf dem dunklen Holz vor sich im Kreis. Willie Nelson sang ein Lied von Paul Simon in der Musikbox, sang darüber, wie oft er sich geirrt hatte und wie oft er nicht mehr ein noch aus wußte. Hardy verstand das.

Der junge Mann hinter der Theke brachte eine neue Grundhaltung ins *Shamrock*. Moses nannte sie »das Aussehen der Neunziger« – kurzes Haar, rasiertes Gesicht, elegantes Hemd und schicke Hose. Moses sagte, es kämen jetzt viel mehr weibliche Singles als zu der Zeit, da Hardy am Zapfhahn gestanden hatte, worauf Hardy entgegnet hatte, daß das durchaus wahr sein mochte, aber daß es vermutlich seichtere Leute seien, die auf ein gepflegtes Äußeres abfuhren. Er – Hardy – hingegen interessiere sich für Substanz, Charakter, Tiefe, Echtes. Moses erwiderte, das Echte sei schön und gut, aber verkaufe nicht soviel Schnaps damit. Außerdem stehe er seinerseits seit Susan, sagte Moses, auf das gepflegte Äußere. Die Zeiten änderten sich eben.

Die Frau am Fenster sagte irgend etwas, und Alan lachte. Er sah sich rasch um, schaute nach, wie Hardy mit seinem Bier vorankam, und lächelte dabei, als habe ihn noch nie jemand angelogen. Vielleicht lag es daran, überlegte Hardy – ich bin in einem Metier, wo fast jedermann lügt. Das gehört einfach dazu.

Er nahm höflichkeitshalber einen letzten Schluck und schob ein paar Scheine über den Tresen, hob die Hand, um Adieu zu sagen. Ein Fremder in seiner eigenen Kneipe.

Die Abenddämmerung war soeben angebrochen, und es brannte eine einzelne Lampe im Haus der DiStephanos, im linken Fenster des Wohnzimmers. Keine Autos in der Auffahrt.

Hardy parkte einen halben Block vom Haus entfernt. Er steckte die gefaltete Vorladung in die Brusttasche seines Hemds.

Als er mit Herzklopfen den Weg zum Haus hochging, fragte er sich, was Frannie wohl denken würde, wenn sie von diesem Teil seiner Zeit zum Abspannen wüßte.

Er ging ein paar Schritte übers Gras. Durchs beleuchtete Fenster sah er Nancy, die in der Küche hin und her ging. Auf der Veranda blieb er stehen, um zu lauschen. Er hörte niemanden reden. Falls Phil zu Hause war, würde er sich den Eintritt mit Gewalt verschaffen oder es zumindest versuchen.

Er klingelte an der Haustür.

Das Licht über ihm ging an. Sie stand hinter dem Fliegengitter der Eingangstür. »Guten Tag«, sagte sie. Sie sah sich hinter ihm um, spähte rechts und links die Straße hoch.

»Phil nicht zu Hause?«

Sie verneinte die Frage mit einem Kopfschütteln, machte die Fliegentür auf. »Er ist zu einer Reparatur unterwegs.« Wieder war Hardy verblüfft, wie jung sie aussah – Jennifer hatte ihre gute Figur von ihrer Mutter geerbt. Diese Figur hatte wahrscheinlich eine große Rolle bei ihrer Männersuche gespielt, dachte er bei sich – vielleicht lag darin doch kein solcher Segen, wie gerühmt wurde.

»Ich wollte vorbeikommen und Sie fragen, ob Sie über Ihre Tochter reden wollen. Im Zeugenstand.«

»Über Jennifer reden? Was soll ich denn sagen?«

»Ich hätte gern, daß Sie dem Gericht erzählen, wie sehr Sie Ihre Tochter lieben.«

Nancy schluckte, riß die Augen weit auf. »Ich liebe sie *wirklich*«, sagte sie.

»Ich weiß. Ich möchte, daß Sie das den Geschworenen erzählen.«

»Warum?«

»Vielleicht hilft es, Jennifer das Leben zu retten. Weil es etwas ist, das die Geschworenen sehen können, etwas Menschliches.«

Ihre Augen bewölkten sich, sahen gehetzt drein. Auch bei Jennifer war das oft der Fall; Hardys Meinung nach passierte das, wenn die beiden Frauen daran dachten, daß sie etwas tun wollten, wofür sie Prügel bekommen würden.

Er machte sein Anliegen deutlich. »Ich brauche Sie, Nancy. *Jennifer* braucht Sie. Der Staatsanwalt zieht Leute aus den Kulissen, und sie malen ein sehr schlechtes Bild von Jennifer.«

»Ich weiß. Ich habe es im Fernsehen gesehen.« Sie schaute wieder prüfend auf die Straße hinaus, stand dann stumm da, gab nichts freiwillig preis.

»Was ist es?«

»Er ist es.«

Hardy hatte bereits früher Frauen kennengelernt, die den gegenwärtigen Mann in ihrem Leben ohne weitere Ausführungen immer nur als »er« bezeichneten. Und stets lief es ihm dabei kalt über den Rücken.

»Phil würde wollen, daß Sie seiner Tochter das Leben retten, Nancy. Sagen Sie mir nicht, daß er das nicht will.«

»Die ganze Sache da …« fing sie an und brach dann mitten im Satz ab. »Er kann es nicht ausstehen. Er kann es einfach nicht ausstehen, daß alle Welt weiß, daß es seine Tochter ist, die da vor Gericht steht.«

»Er macht sich Sorgen darüber, wie *ihn* das trifft?«

»Er macht sich nicht bloß Sorgen, er ist wütend. Er sagt, daß er sich wünscht, sie wäre nie zur Welt gekommen. Er läßt nicht einmal zu, daß ich darüber rede, über sie rede.«

»Nancy, wie wird er sich fühlen, wenn man sie hinrichtet? Wie werden Sie sich fühlen?«

Die flehentliche Bitte in ihren Augen war klar – stellen Sie mir keine solche Frage. Sie liebte ihre Tochter und hatte eine Heidenangst vor ihrem Mann. Hardy hätte eine Wette darauf abgeschlossen, daß sie sich in diesem Augenblick nichts sehnlicher erhoffte, als daß er einfach wieder ging.

Aber er war nicht zu ihr herausgefahren, um einfach wieder zu gehen. Er holte das Papier aus der Brusttasche. »Das ist eine gerichtliche Vorladung für Sie, Nancy. Ich brauche Sie dort. Ich brauche jemanden, der aussagt, daß Jennifer ihren Sohn geliebt hat, daß sie etwas zu bieten hat, daß es sich zumindest lohnt, ihr Leben zu retten. Zeigen Sie den Geschworenen, daß zumindest *ein Mensch* sie gern hat.«

Nancy preßte das Papier an sich.

»Nancy, wie alt sind Sie?« fragte Hardy unversehens.

Sie versuchte zu lächeln, aber es gelang ihr nicht so richtig. »Achtundvierzig«, sagte sie.

»Es ist noch nicht zu spät«, sagte er.

Sie drückte erneut die Vorladung an den Körper, preßte die Faust, in der sie das Formular hielt, fest gegen den Bauch. Sie seufzte, fröstelte sichtlich. Jeder Anflug selbst eines gezwungenen Lächelns war verschwunden. »Doch, ich fürchte, es ist zu spät«, sagte sie.

Mitten in der Nacht läutete das Telefon. Es war Freeman. »Haben Sie es schon gehört? Hat man Sie angerufen?«

Hardy blinzelte, versuchte die Uhrzeit abzulesen. Halb fünf.

»Nein, David, kein Mensch hat mich angerufen.«

»Nun, man hat mich angerufen. Jennifers Mutter hat gerade versucht, ihren Mann zu töten.«

45

Beide befanden sich im Shriners' Hospital – Phil als Notfall im OP, Nancy in einem bewachten Zimmer auf der Privatstation. Hardy war schon vor sechs Uhr früh dort, noch vor Sonnenaufgang, vor allen anderen Anwälten und Staatsanwälten oder den Medienfritzen.

»Sie wird's überstehen. Bei ihm weiß ich es nicht.«

Sean Manion, der zuständige Inspector hatte eine lange Nacht hinter sich, aber er war vom Polizeirevier Golden Gate Park; er kannte Hardy vom *Shamrock*, und beide mochten sich. Sie standen jetzt auf dem Flur vor Nancys Zimmer. Nancy hatte ein Beruhigungsmittel bekommen und würde eine ganze Weile für niemanden zu sprechen sein.

»Was ist passiert?«

Manion war ein drahtiger Bursche. Er war einen halben Kopf kleiner als Hardy und hatte ein pockennarbiges Gesicht, eine kosmetisch operierte Hasenscharte, die Tonsur eines Mönchs. Immer leicht gebückt, die Hände in den Hosentaschen und einen Kaugummi im Mund, redete er in schnellem Stakkato. »Der Kerl hat sie einmal zu oft geschlagen, vermute ich. Sie hat sich ein Messer geschnappt und zugestochen. Viermal, glaube ich. Nein, fünfmal.«

»Wie schlimm?«

»Drei an den Armen. Durchschnittliche Schnittwunden, aber zwei Stiche in den Oberkörper. Vielleicht hat sie das Herz erwischt; als ich zuletzt nachfragte, waren sie sich nicht sicher. Der Typ hat eine Tonne Blut verloren. Sie hat uns angerufen, wissen Sie. Hinterher.«

»Wird man Anklage gegen sie erheben?«

Manion kaute auf seinem Kaugummi herum. »Keine Ahnung. Fragen Sie den Staatsanwalt. Ich bezweifle es. Weswegen denn?«

»Mordversuch?«

Manion schnaubte verächtlich auf. »Nee, Scheiße, das war Notwehr. Sie sollten *sie* mal sehen. Der Dreckskerl soll verrecken. Wenn er's überlebt und wenn irgendwer wegen irgendwas angeklagt wird, dann müßte er es sein.«

»Sean, haben Sie David Freeman angerufen?«

»Wen?«

»Nicht wichtig. Vielleicht hat sie es getan, bevor Sie dort aufgekreuzt sind.« Hardy zeigte hinter sich zur Zimmertür. »Sie schläft aber, was?«

Manion nickte. »Im Land der Träume. Probieren Sie's mal gegen Mittag.«

»Geht nicht«, sagte Hardy. »Ich bin bei Gericht.«

»Sie Glückspilz.« Der Inspector streckte die Arme aus. »Tja, so geht's zu. Sie ist heute abend auch noch hier. Sie geht nirgendwo hin, das kann ich Ihnen flüstern. Heute jedenfalls nicht.«

»So schlimm?«

Manion nickte heftig. »Ziemlich übel. Aber na ja, sie lebt noch. Könnte schlimmer sein.«

Hardy wußte, daß er das Ganze ausgelöst hatte. Wenn er nicht auf die Idee gekommen wäre, wenn er nicht mit der Vorladung hingefahren wäre, wenn er Nancy nicht zu überreden versucht hätte, als Zeugin auszusagen … Dann hatten sie und Phil Streit bekommen, und jetzt lagen sie beide im Krankenhaus.

Vor Schlafmangel hätte er eigentlich erschöpft sein müssen, aber als er um kurz nach acht das kleine Zimmer für Anwaltsbesprechungen im sechsten Stock betrat, war der Adrenalinschock noch nicht abgeflaut. Er fühlte sich, als hätte er zwei Liter Espresso getrunken.

Jennifer hatte sich noch nicht für die Verhandlung umgezogen. Sie wurde hereingeführt und trug ihren roten Trainingsanzug. »Also was raten Sie mir für heute?« fing sie an. Sie verhielt sich so, als verliere sie allmählich die Hoffnung, die sie in ihn gesetzt hatte.

Er erzählte es ihr.

Sie hatte in der Pose im Zimmer gestanden, die sie dort inzwischen üblicherweise einnahm – mit verschränkten Armen gegen die Tür gelehnt. Bevor Hardy mit seiner Geschichte halbwegs fertig war, setzte sie sich, wie betäubt.

»Jennifer?«

»Ich bin da.« Dann: »Was hat das zu bedeuten?«

»Ich schätze mal, es bedeutet, daß Ihre Mutter für Sie aussagen wollte und daß sie und Ihr Dad deswegen Streit bekamen.«

»Aber wieso sollte sie das riskieren? Sie *kennt* ihn doch ...«

»Weil sie Sie liebt, wie wär's damit?«

Jennifer starrte ihn wortlos an, der Mund klappte stumm auf und zu. Sie legte den Kopf auf die Arme und begann zu schluchzen.

Ein sehr unglücklicher Harlan Poole saß erneut im Zeugenstand. Der Zahnarzt schien im Laufe der letzten zwei Wochen, seit er das letzte Mal hier ausgesagt hatte, gut sieben Kilo abgenommen zu haben. Diesmal würde er nichts berichten, was er vom Hörensagen wußte.

Dean Powell kam sofort zur Sache. Die Wahlen standen vor der Tür, und der Kandidat hatte offenbar seinen Rhythmus gefunden. »Dr. Poole, Sie haben ausgesagt, daß Sie nach dem Tod von Jennifers erstem Ehemann zu dem Entschluß kamen, die Sache mit ihr zu beenden. Ist das richtig?«

Poole, der bereits schwitzte, bevor er noch richtig begonnen hatte, stimmte zu.

»Können Sie uns sagen, was dann zwischen Ihnen und Jennifer geschah?«

»Wir ... ich habe einfach versucht, Distanz zu ihr zu halten.«

»Obwohl sie jeden Tag mit Ihnen zusammengearbeitet hat, stimmt's?«

Poole nickte. »Sie war meine Sprechstundenhilfe bei der Anmeldung.«

»Und trotzdem mußten Sie Distanz zu ihr halten?«

»Ich … wir hörten auf, miteinander intim zu sein.«

Poole schien gleichzeitig in alle Richtungen zu schauen, zupfte an seinem Kragen. Er würgte den Satz murmelnd heraus, so daß er gerade noch zu hören war. »Es klappte einfach nicht mehr bei mir … es mag merkwürdig klingen, aber ich hatte Angst vor ihr …«

Hardy sprang auf und erhob Einspruch, dem aber nicht stattgegeben wurde. Er fing an, mit Villars zu debattieren, und brachte vor, daß Poole nicht die Frage beantwortet hätte, ob die beiden nun aufgehört hätten, miteinander intim zu sein. Villars zeigte mit dem Finger auf Hardy und fragte, ob er schwerhörig sei – sie hatte ihre Entscheidung verkündet. Er mußte aufhören. Er riskierte eine Strafe wegen Mißachtung des Gerichts, aber was schlimmer war, er lief Gefahr, den Respekt der Geschworenen zu verlieren. Ersteres konnte er wegstecken, aber letzteres konnte Jennifers Untergang sein. Er setzte sich wieder hin.

Powell wiederum war nicht gewillt, eine Urteilsaufhebung zu riskieren, indem er wiederholt hätte, warum Dr. Poole Angst gehabt hatte. Aber andererseits mußte er das natürlich nicht – die Geschworenen würden sich daran erinnern, was mit Ned geschehen war. Wie sich herausstellte, hatte Powell das ohnehin nicht nötig – die Richtung, die er einschlug, war katastrophal genug. »Und was passierte dann?«

»Ich habe versucht, Jennifer zu sagen, daß es keinen Sinn mehr hat, daß es einfach nicht mehr funktioniert, aber sie, äh, sie …« Er sah erneut Jennifer an.

»Lassen Sie sich Zeit«, sagte Powell.

Poole überlegte, wie er es formulieren sollte.

»Schließlich kam ich zu dem Entschluß, daß ich die Affäre mit ihr beenden und sie gleichzeitig entlassen mußte.«

Es gab einige Unruhe im Saal. Mehrere Geschworene rückten auf ihren Stühlen nach vorn. Hardy tat das ebenfalls. Wieder einmal hatte er nichts davon gewußt.

»Und was ist dann passiert?«

»Na ja, sie drehte ziemlich durch …«

»Was meinen Sie mit durchdrehen? Hat sie Sie bedroht? Wurde sie tätlich?«

»Beides.« Er hielt inne und schluckte mehrmals. »Ich weiß nicht, wie ich es sagen soll, Sir. Tut mir leid.«

Powell war vorbereitet. »Hat sie Sie tätlich angegriffen?«

»Ja.«

»Mit einer Waffe?«

»Nun ja, mit ein paar Sachen aus der Praxis, das ja.«

»Scharfe Gegenstände? Medizinische Instrumente?«

»Ja.«

»Wurden Sie verletzt?«

»Sie brachte mir ziemlich wüste Kratzwunden an den Armen und im Gesicht bei.« Er schüttelte den Kopf. »Sie war ziemlich durchgedreht.«

Hardy erhob sich erneut. »Euer Ehren, das ist nun das zweite Mal, daß dieser Zeuge die Angeklagte als durchgedreht bezeichnet hat.«

Villars sprach mit unbewegter Miene die Jury an: »Vergessen Sie diese Charakterisierung«, sagte sie. »Stattgegeben, Mr. Hardy.« Sie lächelte ihn kalt an.

Powell machte unbeirrt weiter. »Sie hat Sie an den Armen und im Gesicht gekratzt?«

Hardy erhob sich rein instinktiv wieder. »Gefragt und bereits beantwortet, Euer Ehren.«

Powell drehte sich zu ihm um, dann zu den Geschworenen, hatte die Arme weit ausgestreckt. Villars verlor keine Zeit.

»Lassen Sie den Ankläger diesen Zeugen befragen, Mr. Hardy. Ihre Chance kommt noch. Abgelehnt.«

Zum zweiten Mal hatten die Geschworenen gehört, daß Jennifer Dr. Poole an den Armen und im Gesicht gekratzt hatte. Jetzt fragte Powell: »Sie haben ferner gesagt, daß die Angeklagte Sie bedroht hat. Wie lautete die Drohung?«

Poole schluckte und bekam die Antwort nur mit Mühe heraus. »Sie hat gesagt, sie wird mich umbringen, wenn ich meine Entscheidung nicht rückgängig mache.«

»Sie würde Sie umbringen«, wiederholte Powell.

»Jawohl, Sir.«

»Glaubten Sie denn, sie würde es tun?«

Hardy, dem es mächtig gegen den Strich ging, der aber nicht anders konnte – Powell provozierte ihn –, stand auf, um Einspruch einzulegen, aber Powell lächelte großzügig. »Ich ziehe die Frage zurück. Ihr Zeuge.«

Jetzt machte ihm die Müdigkeit zu schaffen. Wenn Powell seinen Rhythmus gefunden hatte, hatte Hardy den Eindruck, seinen verloren zu haben, aber es blieb ihm nichts anderes übrig, als vorwärtszumarschieren.

»Dr. Poole«, begann er, »dieser tätliche Angriff, den Jennifer Witt auf Sie ausübte – war das, nachdem Sie sich von ihr getrennt hatten oder nachdem Sie ihr gekündigt hatten?«

»Na ja, das war … das war ziemlich dasselbe.«

»Na schön. Wie lange hatten Sie vorher mit Mrs. Witt ein intimes Verhältnis gehabt?«

»Ich glaube etwa ein halbes Jahr.«

»Sie erinnern sich nicht mehr genau daran?«

»Nicht mehr genau, nein.«

Das war Hardys Lieblingswort von einem gegnerischen Zeugen. Er dachte, er würde sich noch mal darum bemühen. »Nun gut. Würden Sie uns bitte erzählen, was für Waffen sie gegen Sie benutzt hat – die scharfen Instrumente, von denen Sie vorhin sprachen?«

»Na ja, es waren Praxisinstrumente.«

»Ja, das sagten Sie bereits, aber was für welche?«

Poole runzelte die Stirn. »Ich erinnere mich nicht mehr genau daran. Sie schmiß eine Menge davon durch die Gegend.«

»Ach, sie schmiß Sachen durch die Gegend? Sie haben sich von einer Frau getrennt, mit der Sie ein halbes Jahr lang ein intimes Verhältnis hatten, indem Sie Ihre Position als ihr Arbeitgeber ausgenützt haben ...«

»Einspruch«, sagte Powell.

»Es war überhaupt nicht so ...«

Hardys Stimme wurde lauter und klang verärgert, und es war nicht aufgesetzt. »... *und* haben ihr gleichzeitig gekündigt, und daraufhin schmiß sie vor Wut ein paar Sachen nach Ihnen. Ist das der tätliche Angriff, von dem Sie uns hier erzählen?«

Villars klopfte mit dem Hammer auf den Tisch.

»Schikanierung des Zeugen, Euer Ehren«, sagte Powell.

»Stattgegeben. Mr. Hardy. Verbirgt sich hierin eine Frage?«

Hardy holte Luft und drehte sich zu den Geschworenen um, schenkte ihnen den Ansatz eines Lächelns. »Dr. Poole, können Sie uns *irgendein* Instrument nennen, das Jennifer nach Ihnen geworfen hat?«

»Na ja schon. Nein, will ich damit sagen. Aber das war es nicht allein. Sie hat die Praxis kurz und klein geschlagen. Sie hat mir *Schnittwunden* zugefügt.«

»Immer eins nach dem anderen. Sie hat die Praxis kurz und klein geschlagen?«

»Vollständig.«

»Hat erheblichen Sachschaden angerichtet?«

»Achttausend Dollar. Ich mußte eine Woche lang zumachen.«

»Achttausend Dollar. Einen Schaden dieser Größenordnung müssen Sie doch bei der Polizei angezeigt haben.«

Poole blieb stumm.

»Dr. Poole, haben Sie diesen Vorfall bei der Polizei angezeigt?«

»Ich wollte nicht ...«

»Tut mir leid, Herr Doktor, aber das ist eine – Ja-oder-Nein-Frage. Haben Sie es bei der Polizei angezeigt?«

Poole schluckte und schluckte noch einmal. »Nein.«

»Also gibt es keinen Nachweis dafür, daß es so passiert ist, wie Sie sagen? Ja oder nein?«

»Nein, es gibt wahrscheinlich keinen Nachweis dafür.«

»Na schön, lassen Sie uns darauf zurückkommen, daß sie Ihnen Schnittwunden zugefügt hat. Hat sie Sie vielleicht mit einem Ihrer Instrumente verletzt?«

»Nein. Es waren Kratzer.«

»Ach« – Hardy bezog die Jury wieder mit ein –, »jetzt waren es keine Schnittwunden, es waren Kratzer.«

»Sie hat mir die Arme und das Gesicht mit den Fingernägeln zerkratzt. Das sind die Kratzer, von denen ich spreche.«

»Na schön, das stellt die Sache klar. Und Sie haben ausgesagt, daß die Kratzer ziemlich schlimm waren. Haben Sie deswegen einen Arzt aufgesucht?«

»Nein, ich wollte nicht ...«

»Danke. Haben Sie irgendwelche Narben von diesem angeblichen Angriff?«

Pooles Hände fuhren hoch ins Gesicht, als verberge sich dort eine Erinnerung. »Es ist beinahe zehn Jahre her«, sagte er.

»Das ist wohl ein Nein?«

»Ja, das ist ein Nein.«

»Danke. Eine letzte Frage, Dr. Poole. Noch einmal zurück zu der angeblichen Drohung. Erinnern Sie sich noch an die genauen Worte, die Jennifer benutzt hat?«

»Nein, das nicht, nicht genau.« Er atmete schwer und plötzlich stand er aus seinem Stuhl auf und deutete tatsächlich mit dem Finger auf Jennifer. »Aber sie *hat* gesagt, daß sie mich umbringen will.«

Villars ermahnte ihn, sich zu beherrschen, sich zu beruhigen.

»Hat sie tatsächlich versucht, Sie umzubringen? Hat sie Sie danach verfolgt, Sie angerufen, hat sie Ihnen nachgestellt?«

»Nein. Nein, nichts dergleichen. Ich habe sie nie wieder zu Gesicht bekommen, zumindest nicht, bevor ich hier ankam.«

»Sie haben Sie nie wieder zu Gesicht bekommen. Mit anderen Worten, egal, was sie in der Hitze und im Schmerz des Augenblicks gesagt haben mag, nachdem sie von Ihnen gleichzeitig abserviert und gefeuert worden war, ist sie aus Ihrem Leben verschwunden. Entspricht das der Wahrheit?«

»Ja, das entspricht der Wahrheit.«

»Danke sehr. Keine weiteren Fragen.«

Hardy hatte diese Runde vielleicht nach Punkten gewonnen, aber er hatte Angst, daß sich das als Pyrrhussieg entpuppen würde. Die Geschworenen waren nun mit Nachdruck an Ned erinnert worden, und egal, was für juristische Anweisungen sie erhalten hatten, er bezweifelte, daß viele Leute, wenn sie erst einmal von der Schuld Jennifers im Fall Larrys und Matts überzeugt waren, nicht zu dem Schluß kommen würden, daß sie auch ihren ersten Ehemann getötet hatte.

Zusätzlich machte sich Hardy Sorgen, daß er jetzt wahrscheinlich Villars auf Dauer verprellt hatte, und das konnte sich nur negativ auswirken. Und obwohl er ein plausibles Motiv für Jennifers Explodieren geliefert hatte, war es ihm nicht gelungen, die nackte Tatsache aus der Welt zu räumen, daß Jennifer Poole tätlich angegriffen hatte. Poole mochte den Anwesenden als Schmarotzer, Schlappschwanz und Jammerlappen vorkommen, aber Jennifers Charakter war ebenfalls ins Zwielicht geraten – eine äußerst labile Person, der man nur auf eigenes Risiko einen Strich durch die Rechnung machte. War es nicht wahrscheinlich, daß so jemand auch bei anderen wieder gewalttätig wurde?

Powell hatte während des Verfahrensabschnitts zur Klärung der Schuldfrage nur selten auf Fotos zurückgegriffen, aber entgegenkommenderweise schickte er Justin Morehouse, seinen jungen Assistenten, als man gerade zur Mittagspause aufbrach, zu Hardy, um ihn darüber zu informieren, daß die Anklagevertretung am Nachmittag in der Zeugenbefragung die Fotos vorstellen würde – ein Mitglied der Spurensicherung mit den Fotos aus dem Haus der

Witts, dann der amtliche Leichenbeschauer Dr. Strout mit den Fotos aus dem Leichenschauhaus.

Das war zwar grauenhaft, aber vom Standpunkt des Anklägers betrachtet, hatte es durchaus seinen Sinn. Powells Absicht war es, nachzuweisen, daß die Morde kaltblütig und vorsätzlich erfolgt sein mußten. In dieser Prozeßphase kam es ihm vor allem darauf an, das Entsetzliche am Tod Matts zu unterstreichen, und Hardy, der die Fotos gesehen hatte, wußte, daß sie in dieser Hinsicht ungemein wirkungsvoll sein würden.

Justin war ein dynamischer, sportlich gebauter junger Mann in einem gut geschnittenen Anzug. Er hatte während des gesamten Prozesses in Powells Schatten gestanden, hatte Notizen gemacht, kein Wort gesagt, die Drecksarbeit erledigt, wie es die meisten jungen Anwälte taten. Er besaß ein offenes, lebhaftes Gesicht. Als er Hardy die Botschaft überbrachte, schien er geflissentlich bemüht, den Anschein der schneidigen Anklägerpose zu vermeiden, den manche der frisch eingestellten Staatsanwälte als Schutzschild annahmen.

»Das wird für Jennifer äußerst hart werden«, sagte Hardy. »Vielleicht könnten Sie das Dean ausrichten.«

»Was wird hart sein?«

»Wenn sie Fotos ihres toten Sohnes ansieht.«

Justin trat unruhig von einem Fuß auf den anderen, als müsse er aufs Klo.

»Dann hätte sie ihn vielleicht nicht umbringen sollen«, sagte er. Die Bemerkung wirkte zögernd, als wolle der Sprecher nicht herzlos klingen, aber er glaubte eben aufrichtig an das, was er gesagt hatte, ohne den Anflug eines Zweifels. Das war gut zu wissen.

Für viele Leute im Gerichtssaal – vielleicht für die meisten, dachte Hardy – war Jennifer eine mehrfache Mörderin, die es bei der entsprechenden Provokation höchstwahrscheinlich wieder tun würde. Selbst Justin Morehouse – ein allem Anschein nach sympathischer Bursche – würde deshalb nicht weniger gut schlafen, weil er dazu beigetragen hatte, Jennifer zum Tode zu verurteilen. Tatsache war, daß es ihm, obwohl er es vermutlich nicht zugeben würde, auch nichts weiter ausmachte, wenn sie beim Vorzeigen der Fotos ein bißchen leiden mußte.

Hardy hatte Angst, daß Justin womöglich repräsentativ dafür war, was die Geschworenen empfanden, und wenn das stimmte, war Jennifer ernsthaft in der Bredouille. Denn nach dem minimalen Eindruck zu urteilen, den seine Kreuzverhöre auf Morehouse gemacht hatten, dachte Hardy, er hätte sich den Auftritt vor Gericht genausogut sparen können.

Sobald die Verhandlung nach der Mittagspause wieder eröffnet wurde, stand Hardy auf und fragte die Richterin, ob der Vertreter der Verteidigung zum Richtertisch kommen dürfe.

»Euer Ehren«, begann er und erzählte Villars von Powells Plan, die Fotos zu zeigen und zu diskutieren. »Angesichts der überaus emotionalen Reaktion, die diese Fotos vermutlich hervorrufen, möchte ich darum ersuchen, daß Jennifer Witt dem Gerichtssaal für den Verlauf dieser Zeugenaussage mit Ihrer Erlaubnis fernbleiben darf.«

Villars zog ihre halbmondförmige Lesebrille tiefer zur Nasenspitze und musterte Hardy über den Brillenrand hinweg. »In diesem Land, Mr. Hardy, wird bei Mordprozessen nicht *in absentia* verhandelt. Ihre Mandantin bleibt.«

So lautete das Gesetz, aber angesichts der Umstände verriet striktes Festhalten daran den Beigeschmack grundloser Grausamkeit. Dieses Argument konnte er allerdings nur schwerlich ins Feld führen. »Womöglich wird sie ohnmächtig, Euer Ehren. Das Ganze wird für sie äußerst schwierig sein.«

Villars setzte ihre Brille anders zurecht und nahm sie dann ganz ab. »Wenn sie ohnmächtig wird, Mr. Hardy, vertagen wir die Verhandlung, bis sie sich wieder besser fühlt.«

Wie es sich herausstellte – und dies schien das Kennzeichen dieses Prozesses zu sein –, kam es noch schlimmer, als er befürchtet hatte. Ein emotionaler Ausbruch – selbst ein negativer – konnte Jennifer womöglich zumindest als menschlich erscheinen lassen. Doch sie zeigte keinerlei Reaktion. Statt dessen kam es Hardy so vor, als habe sie einen Schock erlitten, wie sie dasaß und sich alles mit trockenen Augen und ohne eine einzige Regung ansah, Hardys Arm mit der rechten Hand gepackt hielt, während die Sequenz der Fotos – die so stark vergrößert worden waren, daß sie auf die Staffelei neben dem Zeugenstand paßten – ihr und den Geschworenen vor Augen führte, wie Jennifers Junge ausgesehen hatte, nachdem er erschossen worden war.

Die Hälfte der Geschworenen reagierte mit Tränen oder augenscheinlicher Übelkeit. Aber Jennifer saß mit der Hand auf dem

Arm ihres Rechtsanwalts unbewegt da und blickte gerade vor sich hin.

Ohne jedes Gefühl.

Obwohl ihn Erschöpfung fast überwältigte, zwang sich Hardy dennoch zurück ins Shriners' Hospital, nachdem die Verhandlung auf morgen vertagt worden war. Beim Justizpalast war immer noch diffuser Sonnenschein zu sehen, aber er stieß unmittelbar hinter der Van Ness Street auf die Nebelbank, als er nach Westen fuhr, und mußte auf zwanzig Meilen Tempo abbremsen. In San Francisco kam der Nebel nicht auf Katzenpfoten herangeschlichen. Es war ein Blitzkrieg, der vom Pazifik kommend hereinbrach und allenfalls drei Minuten brauchte, um einen Häuserblock in eine weitgespannte Frontlinie einzubeziehen, die alles hinter sich in dicke Watte packte. Die Außentemperatur sank innerhalb einer halben Meile um zwölf Grad. Der Wind peitschte, und Scheibenwischer wurden eingeschaltet. Manche Leute verfielen plötzlich auf die Idee, von der Golden Gate Bridge zu springen.

Hardys Auto kroch hinaus auf die Lincoln Street, der Golden Gate Park lag zu seiner Rechten. Er überlegte kurz, ob er wieder beim *Shamrock* haltmachen und schnell ein Bier trinken sollte, aber gestern abend hatte er das getan, und es hatte sein Leben nicht nennenswert aufgehellt, soweit ihm aufgefallen war.

Vor der Tür zu Nancys Zimmer stand kein Wachtposten. Es war Besuchszeit, und Hardy konnte sofort ins Zimmer gehen.

Jennifers Mutter saß halb aufrecht in ihrem Bett, hatte die Augen geschlossen. Über dem Nasenrücken klebte ein breiter Verband, und oberhalb davon waren ihre Augen geschwollene Kreise in Schwarz und Blau.

Hardy räusperte sich, und sie bewegte sich.

»Der Unruhestifter«, sagte sie.

»Yeah«, stimmte er zu.

Sie zog sich auf dem Kissen ein Stückchen höher und drehte mit einiger Mühe – unter Grimassen – den Kopf, damit sie Hardy ansehen konnte. »Ich habe Phil erzählt, daß ich vor Gericht aussagen werde, daß Sie vorbeigekommen sind.«

Hardy nickte. »Das dachte ich mir schon.«

»Wie geht es ihm?«

Hardy hatte im Schwesternzimmer nachgefragt und Antwort auf die Frage bekommen. »Er schwebt in Lebensgefahr.«

Nancy atmete aus – Erleichterung? Enttäuschung? –, holte dann aber sofort wieder tief Luft. Manche ihrer Rippen waren vielleicht gebrochen. »Ich weiß nicht«, sagte sie. »Was habe ich denn getan?«

»Für mich hört sich's an, als ob Sie sich gegen jemanden verteidigt haben, der Sie sehr schwer verletzt hat.«

»Ich weiß nicht … ich habe Angst.«

»Vor ihm?«

»Vor dem, was ich getan habe. Vor dem, was jetzt passieren wird.«

»Haben Sie mit der Polizei gesprochen?«

Sie nickte, obwohl ihr jede kleinste Bewegung teuflisch weh zu tun schien. »Sie sind hiergewesen. Ich habe ihnen erzählt, was passiert ist.« Sie seufzte erneut. »Aber danach, was dann?«

»Was meinen Sie damit?«

Der Ansatz zu einem trockenen Lachen entlockte ihr einen schrillen Schmerzenslaut. »Es tut weh, wenn man lacht«, sagte sie. »Ich meine, wenn man auf seinen Ehemann mit dem Messer losgeht. Ich denke, es heißt, daß die Ehe vorbei ist. Jetzt weiß ich nicht, was ich unternehmen soll. Was wird geschehen?«

Hardy mußte das nicht für sie beantworten, und abgesehen davon, hielt er es für das Beste, wenn sie das selbst herausfand. Seiner Meinung nach hatte sie ihre Sache bis jetzt nicht so schlecht gemacht. »Was sagt die Polizei?« fragte er. »Wird man Anklage gegen Sie erheben?«

»Angeblich nicht. Vorerst jedenfalls noch nicht.« Sie besah sich ihren Körper, der jetzt unter der Bettdecke lag. »Sie sagen, Phil hätte mich womöglich totgeschlagen. Ich glaube, er hat einfach nicht begriffen …« Sie fiel sich selbst ins Wort. »Nein. Ich werde das nicht länger machen. Nicht mehr. Er wußte, was er tat, er schlug einfach immer weiter zu. Ich hab' ihn gebeten aufzuhören, ich hab' ihn angefleht …«

»Und das ist es, was Sie der Polizei erzählt haben?«

»Das ist es, was passiert ist«, sagte sie. Sie sah ihm in die Augen. »Also, wann soll ich vor Gericht aussagen?«

»Wann kommen Sie denn raus?«

Sie schüttelte trotzig den Kopf. Ein Echo von Jennifer. »Nach dem hier …« Sie setzte von neuem an. »Sie sagen mir einfach, wann Jennifer mich braucht, und ich werde kommen, und wenn ich auf allen vieren kriechen muß.«

46

Am Mittwoch nachmittag beendete die Anklagevertretung ihre Zeugenvernehmung. Fast vier Tage lang hatte Powell grundsolide Zeugen aufgerufen. Daß sich keiner von ihnen als Eiferer hervortat, war bemerkenswert; der Ankläger hatte sie immerhin in den Zeugenstand gerufen, weil er die Geschworenen dazu bringen wollte, die Todesstrafe zu verhängen.

Die Geschworenen hatten augenscheinlich gebannt zugehört, als der von Powell aufgerufene Psychiater seine professionelle Meinung – die er nach drei Gesprächen mit Jennifer gewonnen hatte, bei denen sie, wie er es nannte, unkooperativ geblieben war – darlegte: Jennifer sei unverbesserlich asozial, unzugänglich, feindselig, gefährlich.

Eine derartige Darstellung durch einen Psychiater wäre überhaupt nicht zulässig gewesen, es sei denn, daß Hardy das Thema seinerseits aufgebracht hätte, indem er einen eigenen Psychiater als Zeugen berief; doch Jennifer hatte der Anklagevertretung einen großen Gefallen getan, indem sie deren Psychiater attackiert hatte. Und infolgedessen war die Zeugenaussage zulässig, ob Hardy nun einen Psychiater aufrief oder nicht. Während des letzten Gesprächs mit dem Psychiater hatte sie diesem nämlich eine Brandwunde zugefügt, indem sie ihre Zigarette auf seinem Handrücken ausdrückte. (»Ich habe ihn kaum berührt. Außerdem hat er mich gefragt, ob ich Matt womöglich umgebracht habe, um ihm den Mund zu stopfen, weil ich ihn sexuell mißbraucht hätte! War das etwa eine Möglichkeit, die ich bisher nicht wahrhaben wollte? Hatte ich etwa Angst, mich dem zu stellen?«)

Dann kam Rhea Thompson, die Frau aus dem Gefängnis, die im vergangenen Frühjahr mit Jennifer die Identität getauscht hatte, damit diese ausbrechen konnte. Hardy hatte den Verdacht, daß Rhea eine gewiefte Opportunistin war, die ihre Information freiwillig preisgegeben hatte, um für sich selbst bessere Konditionen herauszuschlagen. Doch als sie der Jury erzählte, daß Jennifer geäußert hatte, sie würde »einfach jedermann umbringen müssen«, der sich ihr bei der Flucht in den Weg stellte, wirkte es durchaus glaubwürdig.

»Das war doch nur ein Scherz. Das war doch jedem klar«, hatte Jennifers Kommentar gelautet.

Wenn Jennifers Leben zu Hause mit ihren Ehemännern Parallelen zu dem aufwies, wie sie sich Hardy gegenüber verhielt – zu gleichen Teilen schlechtes Benehmen und schlechtes Urteilsvermögen –, dann glaubte er einen Begriff davon zu bekommen, wie sie die Männer unter Umständen gereizt haben mochte. Natürlich war es *nicht* so, daß er ihnen verziehen hätte, nicht, daß es auch nur eine Minute lang akzeptabel gewesen wäre, aber so viel von dem, was Jennifer tat, schien eine selbstzerstörerische Qualität zu haben. Es hatte ganz den Anschein, als ob es ihr ein *inneres Bedürfnis* sei, zu verlieren und sich in eine Position hineinzubugsieren, von der aus sie sagen konnte: ›Siehst du, ich hab' dir doch gesagt, daß ich nichts tauge.‹ Und das zu beweisen, beherrschte sie anscheinend am allerbesten.

Hardy kam zu dem Schluß, daß es an der Zeit war, mit Jennifer Klartext zu reden.

Sie saßen gerade in ihrer Suite und zwar während einer fünfzehnminütigen Pause, nach der Hardy Ali Singh aufrufen und alles auf eine Karte setzen würde.

»Jennifer, ist Ihnen denn nicht klar, daß die Leute da draußen versuchen, sich einen Begriff davon zu machen, wer Sie sind? Genau darum geht es letztlich. Und Sie nennen Powell vor aller Welt Arschloch, Sie benutzen den Sachverständigen der Staatsanwaltschaft als Aschenbecher und reden davon, daß Sie notfalls andere Leute umbringen würden. Sie schaufeln sich selbst Ihr Grab, Jennifer, wissen Sie das eigentlich?«

»Was soll ich denn sonst tun, eine Schau abziehen?«

Es gab eine Zeit, in der er ihr genau das unterstellt hatte. Jetzt nicht mehr. »Ja! Das wäre großartig! Gerade jetzt würde ich liebend gerne sehen, wie Sie eine kleine Schau abziehen. Zeigen Sie den Leuten eine andere Jennifer, etwas Freundlichkeit hinter der rauhen Schale. Oder hören Sie endlich damit auf, so zu tun, als gehe Sie das alles nichts an.«

»Warum? Warum soll ich es ihnen zeigen?«

Hardy näherte sein Gesicht dem ihren. »Bitte. Uns bleiben nur noch ein paar Tage, Jennifer. Könnten Sie es mal versuchen …?« Er drehte sich um, von ihr weg. »Verdammt noch mal«, sagte er.

»Sie sind böse auf mich.«

Er ging hinüber zum Fenster, blickte hinaus auf die Schnellstraße, auf die Häuser mit den tristen Fassaden dahinter, auf den grauen Himmel.

»Sie sind böse.«

»Na schön, ich bin böse auf Sie. Na und?«

Er merkte, daß sie näher kam, sich hinter ihn stellte. Sie preßte sich gegen seinen Rücken. Er spürte, wie ihre Hand sich zu seinem Bauch vortastete, dann weiter nach unten glitt.

Er wirbelte herum, fuhr zurück, daß er gegen das Fenster stieß. »Was, zum Teufel, machen Sie da?«

Sie sah zu ihm auf, machte ganz erstaunte Augen. »Seien Sie nicht böse auf mich«, flüsterte sie.

Hardy versuchte, einen Schritt zurückzumachen, doch da war kein Platz. Sie trat noch einen halben Schritt näher an ihn heran, direkt an seinen Körper.

Das durfte nicht geschehen. Eine Sekunde lang sah er kein Zimmer, kein Licht mehr. Er packte sie an den Schultern und stieß sie zurück, so fest er nur konnte. So schnell dies auch geschah, irgendwann mittendrin kam er halbwegs wieder zu sich und hielt Jennifer fest, verkniff es sich, sie quer durchs ganze Zimmer zu schleudern.

Er hielt sie mit ausgestreckten Armen von sich fern. Als er wieder bei Besinnung war, merkte er, wie fest er sie an den Schultern gepackt hatte. Sie sah ihn an wie ein geprügelter Hund. Er ließ sie los. »Tun Sie das nie, *nie* wieder.«

Sie wich zurück.

Er mußte sich einfach noch einmal umdrehen, um irgend etwas außerhalb dieses Raumes wahrzunehmen. Der Nebel, dieselbe Schnellstraße, die Stadt dahinter. Er schnappte nach Luft, versuchte durchzuatmen, den rasenden Puls zu beruhigen.

Hinter ihm flüsterte sie: »Es ist einfach nur ...« und brach ab. »Tut mir *leid*, vergessen Sie das Ganze.«

Er stierte eine kleine Ewigkeit lang durchs Fenster hinaus aufs Nichts. Er wußte, sie würde sich jetzt nicht vom Fleck rühren. Sie wartete ab. Er holte noch einmal tief Luft und drehte sich dann um. »Sagen Sie nicht ›Es tut mir leid‹«, sagte er. Mit wackeligen Knien ging er quer durch den Raum zur Tür. Er ließ sie allein. Der Justizwachtmeister konnte auf sie aufpassen, bis die Verhandlung weiterging.

»Sagen Sie nicht ›Es tut mir leid‹«, wiederholte er. »Ändern Sie sich.«

Sie hatten sich wieder bei Villars im Zimmer versammelt. Powell hatte Hardy Ali Singh zehn Minuten lang befragen lassen, bevor er um diese nichtöffentliche Besprechung bat. Villars hatte – wie immer widerstrebend – eingewilligt.

»Euer Ehren« – Powell stand neben Hardy vor Villars' Schreibtisch –, »die Anklagevertretung hat Mr. Singhs faszinierender Geschichte geduldig zugehört, aber ich sehe keinerlei Bedeutung, die das für unser Verfahren hätte. Wir haben schon einmal darüber debattiert, und Mr. Hardy sagt dauernd, daß er die Sache mit den Morden an den Witts in Verbindung bringen will. Ich glaube jedoch nicht, daß er das kann.«

Villars dachte darüber nach, sagte dann: »Mr. Hardy, da muß ich zustimmen. Können Sie uns denn sagen, worauf Sie hinaus wollen?«

Hardy überlegte eine Weile und präsentierte ihnen dann, so gut er konnte, die kurze Version – daß die Opfer in beiden Szenarios mit ihrer eigenen Waffe erschossen worden waren, der hohe Geldbetrag, der im Spiel war, der Verdacht der Polizei in Los Angeles, daß ein bezahlter Killer für den Tod von Simpson Crane und seiner Frau verantwortlich war. Als er geendet hatte, war Villars noch immer ratlos.

»Sie sagen, daß dieser Simpson Crane mit Jennifer Witts Waffe erschossen wurde?«

Hardy erwiderte nein, Witt sei mit seiner eigenen Waffe erschossen worden und Crane mit der seinen.

Die Richterin wandte sich an Powell. »Bin ich schwer von Begriff?«

Powell sprang ein. »Selbst wenn es ...«

Villars bedeutete ihm zu schweigen. »*Gibt* es eine nachweisliche Verbindung, Mr. Hardy?«

»Dies ist eine plausible Alternativtheorie zu den Morden, die die Geschworenen zumindest zu hören bekommen sollten.«

»Vielleicht haben Sie *mich* nicht gehört? Ich habe Sie gefragt, ob es eine nachweisliche Verbindung gibt.«

»Ja, natürlich.«

Nach einer kurzen Pause bat Villars Hardy, ob er wohl so gütig sein und ihnen erzählen wolle, welche Verbindung er meine.

»Witt war beteiligt an der Yerba Buena Medical Group, Euer Ehren. Er hat von diesem Aktienschwindel Wind bekommen und wollte damit an die Öffentlichkeit. Er wurde umgebracht, weil er zuviel wußte.«

»Von wem?«

»Von demjenigen, der auch Simpson Crane umgebracht hat.«

Villars trommelte mit den Fingern auf ihrem Schreibtisch. »Woher wissen Sie das?«

»Ich denke, ich kann eine überzeugende Argumentation vorbringen.«

Powell nutzte die Bresche. »Euer Ehren, das ist einfach lächerlich. Das hier ist weder die richtige Zeit noch der richtige Ort für Alternativtheorien. Die Geschworenen haben Jennifer Witt bereits für schuldig befunden. Wenn Mr. Hardy irgendwelche Beweise hätte, dann hätte er sie während dieses Verfahrensabschnitts von Freeman vorbringen lassen müssen.«

»Ich habe das alles erst am letzten Wochenende herausgefunden.«

Powell streckte die Hände gen Himmel. »Tja, das ist entweder jammerschade oder verdammt passend, nicht wahr?«

Villars hielt einen Finger hoch. »Bitte, meine Herren. Hier geht es um das Leben einer Frau, und wenn wir der Gerechtigkeit dienen wollen, sollten wir auch Raum für sie finden. *Wenn* es also einen Beweis gibt, dann möchte ich davon unterrichtet werden, *egal wann*. Mr. Hardy, dieser Mr. Crane wurde also ermordet …«

»Der Kriminalbeamte, der den Fall untersucht hat, war ein gewisser Floyd Restoffer. Er gehört zum Police Department in Los Angeles. Ich könnte ihn vorladen, zu uns heraufzukommen.«

»Und haben sie dort einen Tatverdächtigen?«

»Nein, aber sie sind sicher, daß es ein Auftragsmord war.«

Villars machte eine Pause, die Sache gefiel ihr nicht besonders. »Gut, was hat dieser Restoffer also über diese Ärztegruppe herausgefunden?«

»Die Gruppe wurde von Cranes Firma vertreten, wie ich Ihnen bereits sagte.«

»Von Crane persönlich?«

Hardy zögerte, doch er kam nicht dran vorbei. »Nein, von einem seiner Partner.«

»Also jetzt machen Sie aber mal *einen Punkt*«, explodierte Powell. »Euer Ehren, will Mr. Hardy uns hier etwa erzählen, daß Crane diese Gruppe nicht einmal vertreten hat?«

»Ich hoffe nicht«, sagte Villars. »Das ist nicht Ihr Beweismaterial, richtig, Mr. Hardy?«

Die Sache nahm keine gute Wendung. »Na ja, es wurde keine Anklage erhoben, wenn es das ist, was Sie meinen, aber …«

Villars' Gesicht hatte sich bewölkt, ihre Stimme wurde lauter. »Das ist *haargenau* das, was ich meine. Ist Restoffer nun mit einem Fall beauftragt, der mit unserem in Verbindung steht, oder was?«

»Der Fall da unten ist immer noch ungelöst.«

»*Zehn Monate*, und er ist noch immer nicht gelöst? Was tut denn dieser Restoffer mit einem zehn Monate alten Fall?«

»Nichts mehr, Euer Ehren. Er wurde ihm entzogen.«

Hardy wußte nur zu gut, daß die von ihm unterstellte Verbindung reichlich weit hergeholt klingen mußte. Vielleicht – nein, sicherlich – schadete er seiner Glaubwürdigkeit als Anwalt, wenn er es auch nur erwähnte, doch was konnte er sonst tun? Jennifer würde zum Tode verurteilt werden, wenn er nicht irgend etwas aus dem Hut zaubern konnte. Versteckte sich dort wirklich ein weißes Kaninchen? Er wußte es nicht, aber in seiner Verzweiflung würde er auf Teufel komm raus Argumente dafür finden. Falls die Richterin ihn ließ.

Hardy hatte das Gefühl, daß er lediglich weitere zehn Minuten brauchte, um wenigstens zu versuchen, die letzten Neuigkeiten, die Restoffer ihm durchgegeben hatte, zu erläutern: wie dieser angewiesen worden war, den Fall sausen zu lassen, nachdem er Bachman vernommen hatte, dann die reiche Frau aus San Marino, die sowohl Frank Kelso, den Supervisor in Los Angeles, bei seinem Wahlkampf finanziell unterstützt hatte als auch ein Mitglied des Aufsichtsrats der BMG war. Da mußte einfach eine Querverbindung bestehen. Er brauchte zehn Minuten mit Villars allein – er mußte sie dazu bringen, ihm zuzuhören.

»Euer Ehren, könnten wir vielleicht *in camera* miteinander reden?«

Villars lehnte sich in ihrem Stuhl zurück. »Nein«, sagte sie. »In einem Fall, bei dem es um die Todesstrafe geht, gibt es nichts außer Protokoll. Niemand wird hier irgendwelche privaten Deals machen.«

Ihr Zorn auf Hardy war spürbar.

»Euer Ehren, ich muß etwas sagen.« Powell nutzte die Gesprächspause, höflich, aber bestimmt. Villars wandte sich ihm zu. »Ich hätte gern, daß Sie noch eine andere Möglichkeit in Betracht ziehen – wie auch Mr. Hardy es Ihnen soeben nahelegt. Und zwar folgende: Unabhängig von Ihrer Entscheidung und davon, wie die Geschworenen bei einem anderen Verlauf der Dinge geurteilt hätten, ziehen wir doch einmal die Möglichkeit in Betracht, daß Jennifers erster Ehemann, Ned, in der Tat vor zehn Jahren von dem gleichen Killer umgebracht wurde. Wenn wir das annehmen, könnte die Sache dann, um Mr. Hardys Worte zu benutzen, eine plausible Verteidigungsstrategie ergeben?« Powell fuhr herum und stellte sich direkt vor Hardy in Positur. »Das ist doch absurd. Das ist beleidigend.«

Villars hatte bereits jeden Hinweis darauf gegeben, daß sie genug hatte, doch Powells *reductio ad absurdum* traf den Nagel auf den Kopf. Die Richterin nickte, beugte sich vor. »Ich stimme Ihnen zu«, sagte sie. »Wissen Sie, ich habe Ihnen aufmerksam zugehört, Mr. Hardy. Ich habe wirklich aufgepaßt. Ich habe mich doppelt und dreifach angestrengt, denn, wie Sie unterstreichen, geht es hier um einen Fall, in dem möglicherweise die Todesstrafe verhängt wird. Aber ich kann einfach beim besten Willen keinen Grund dafür erkennen, weshalb dies zugelassen werden sollte.«

»Euer Ehren, es *muß* eine Verbindung geben.« *Glaubte* er das wirklich? Oder hatte seine Verzweiflung das Wort ergriffen? »Geben Sie mir eine Verhandlungsunterbrechung für ein paar Tage, ich werde nach Los Angeles fliegen ...«

»Euer Ehren, bitte!«

Sie hielt eine Hand hoch, hatte Powells Einwurf nicht nötig. »Das wird nicht geschehen. Wir haben bereits mehr als zwei Monate des Lebens der Geschworenen in Anspruch genommen.« Sie setzte sich in ihren Sessel zurück, immer noch in ihrer Amtstracht und mit ernstem Gesicht. Sie senkte die Stimme, was ihr eher noch mehr Autorität verlieh, obwohl sie das nicht nötig hatte; es gab keinerlei Zweifel daran, wer in Villars' Räumen der Boß war. »Wissen Sie, Mr. Hardy, ich habe versucht herauszufinden, was für ein Mensch Sie sind. Ich habe gehört, daß Sie ein ziemlich guter Staatsanwalt waren, als Sie für die Justizbehörden gearbeitet haben. Sie machen den Eindruck, ein aufrichtiger Mann zu sein. Sie scheinen hart zu arbeiten. Doch immer wieder während dieses Prozesses ist mir Ihre Weigerung gegen den Strich gegangen, zu akzeptieren, wie wir es in diesem Staat oder in jedem anderen Staat, der mir bekannt ist, nun einmal halten. Im Verlauf der vergangenen Wochen habe ich mir anhören müssen, daß ich mich Ihnen gegenüber feindselig verhalten und daß das meine Entscheidungen beeinflußt hätte. Dann tischen Sie uns dieses BWG-Gespenst auf, das Sie nur einmal thematisieren und dann, ohne Beweise beizubringen, wieder fallenlassen. Heute haben Sie Ihre erste wirkliche Gelegenheit, um etwas vorzubringen, was Ihrer Mandantin helfen könnte, irgendwelche Zeugen, die sich über ihren Charakter oder ihren sozialen Background oder *irgend etwas anderes* positiv äußern könnten …«

»Euer Ehren …«

Villars schlug mit der Hand auf den Schreibtisch, hob jedoch nicht die Stimme. »Mr. Powell hat recht. Die Phase der Schuldfindung ist beendet. Wir haben uns strikt an die Regeln gehalten. Ihre Partei hat verloren. So halten wir die Sache nun einmal. Deswegen ist sie auch gerecht.«

Hardy wartete einen Moment lang ab, um sicherzugehen, daß er sie nicht unterbrach, daß sie fertig war. »Es mag ja gerecht sein, Euer Ehren, aber die Entscheidung war falsch. Jennifer hat ihren Ehemann und ihren Sohn nicht umgebracht …«

»Dann beweisen Sie das, wenn dieser Teil des Prozesses vorbei ist. Ich versichere Ihnen, wenn Sie einen anderen Mörder finden, wird Mrs. Witt freigelassen. Doch bis dahin ist es Ihre Aufgabe, für eine *Strafmilderung* zu argumentieren. Ich möchte wissen, ob Sie bereit sind, das zu tun, oder nicht?«

Hardy atmete hörbar aus. »Eine Hauptrichtung meiner Argumentation war, daß jemand anders die beiden umgebracht hat.«

»Angesichts der Beweise, die Sie haben, würde ich sagen, daß Sie damit wahrscheinlich schlecht beraten waren.« Sie zupfte ihre Robe zurecht, warf einen Blick auf die Uhr an der Wand und wechselte das Thema. »Gut, meine Herren, es ist Viertel nach vier. Wir werden jetzt rausgehen und die Verhandlung für heute vertagen.« Sie deutete mit dem Finger auf Hardy. »Mr. Hardy, morgen erwarte ich Zeugen, die den Geschworenen etwas zu sagen haben. Hier zählen nur Beweise, Mr. Hardy. Das ist alles, was zählt.«

Sie erhob sich und kam hinter dem Schreibtisch hervor, ging vor ihnen zur Tür, hielt fünf Schritte Abstand zu den Männern. Powell ließ sich Zeit, wartete, bis Hardy auf seiner Höhe war, und flüsterte dann: »Und Blödsinn quält.«

Hardy verließ den Gerichtssaal mit gesenktem Kopf und herunterhängenden Schultern, sah weder nach rechts noch nach links. Es war alles verloren. Er hatte nicht nur seine Mandantin im Stich gelassen, er hatte auch seinen eigenen Ruf, wie bescheiden er auch sein mochte, befleckt, indem er die gerechteste Richterin, vor der er vermutlich je erscheinen würde, falsch eingeschätzt hatte.

Aus dem Augenwinkel nahm er Powell wahr, der vor den Fernsehkameras stand. Er würde ein paar Sekunden auf Sendung mitnehmen und strahlend dastehen, aber er hatte keinesfalls im Sinn, sich über Villars' »Maulkorberlaß« hinwegzusetzen, nicht zu diesem späten Zeitpunkt und angesichts der Tatsache, daß alles bestens lief. Statt dessen ließ er sich darüber aus, was für ein riesiges Problem die Kriminalität darstellte, na prima, er hatte sich zu diesem Thema jede Menge Gedanken gemacht.

Hardys Bedarf an Dean Powell war gedeckt. Er wollte sich in seinem Büro verkriechen, aber plötzlich stand ihm Inspector Walter Terrell im Weg. Der Theoretiker. Hardy konnte ihn jedoch kaum dafür verdammen – er selbst war in dieselbe Falle getappt. Weil irgend etwas passiert sein *konnte*, hieß das noch lange nicht, daß es auch passiert war. Oder jedenfalls nicht, daß man es beweisen konnte. Seine Aufgabe, die Verpflichtung, die er auf sich genommen hatte, war, etwas zu beweisen, nicht zu spekulieren. Er hatte das Offensichtliche aus den Augen verloren.

»Man hat mich runtergeschickt, um Sie abzufangen«, sagte Terrell rätselhaft. »Dort oben sitzt jemand, der mit Ihnen sprechen möchte.«

Er blieb stehen. Es hörte nie auf. Was wollte Jennifer jetzt? Wie war sie so schnell nach oben gekommen? Dann tauchte eine andere Frage auf: Warum überbrachte Terrell ihm diese Nachricht?

»Im sechsten Stock?« fragte er, womit das Untersuchungsgefängnis gemeint war.

»Nein, im dritten.« Im dritten Stockwerk befand sich die Mordkommission. »Wir sprechen gerade mit der Mutter von Mrs. Witt. Ihr Dad ist vor ein paar Stunden gestorben. Sie hat nach ihrem Anwalt verlangt. Abe Glitsky hat ihr gesagt, daß er vielleicht weiß, wo Sie zu finden sein könnten.«

Nancy war freiwillig mit zur Kriminalpolizei gekommen. Der Leiter der Mordkommission, Lieutenant Frank Batiste, war zur Stelle, ebenso Abe Glitsky und Sean Manion. Nancy wurde bisher noch nicht für den Tod ihres Mannes strafrechtlich verantwortlich gemacht. Niemand brachte vor, daß sie ihn umgebracht hätte, aber sie brauchten ihre Aussage, selbst wenn es Notwehr war.

Nancy saß in einem der Vernehmungszimmer in einem niedrigen gelben Kunstledersessel am Tisch. Fein angezogen, mit zwei blauen Augen und einem Verband über der Nase, konnte sie glatt für fünfunddreißig durchgehen, ebenso wie ihre Tochter an einem guten Tag für eine Zwanzigjährige gehalten werden konnte.

Hardy nickte den dort vor der Tür Versammelten kurz zu und erklärte, daß er als erstes fünf Minuten allein mit ihr sprechen müsse, betrat dann den Raum und schloß die Tür hinter sich.

Zur Begrüßung brachte sie ein schwaches Lächeln zustande. Sofort sah er, daß sie sehr flach atmete, schlecht aussah, zu blaß war. »Geht es Ihnen denn gut genug? Dürfen Sie überhaupt herumlaufen?«

Sie nickte. »Sie haben mich heute morgen entlassen. Ich bin nur noch ein bißchen schwach. Ich dachte, das hier würde weiterhelfen«, sagte sie. »Egal, ich dachte, wenn ich mit hierherkomme, kann ich vielleicht Jennifer besuchen.«

»Das läßt sich vermutlich arrangieren. Aber was wollen diese Kerle da draußen?«

Sie schüttelte den Kopf. »Das weiß ich nicht. Der Inspector, den ich im Krankenhaus gesehen habe – Manion? –, er sagte, daß man wegen der Sache keine Anklage erheben würde, und als dann … als Phil …« Sie zwang sich durchzuatmen. »Egal, als Phil starb, kam der jüngere der Männer raus und fragte, ob ich mit ihnen zusammenarbeiten würde.«

»Ob Sie mit ihnen zusammenarbeiten würden? Das hat er gesagt?«

Das machte alles keinen Sinn. Entweder wollte man Anklage gegen sie erheben oder nicht, und so oder so gab es keinen Grund, sie in ihrem Zustand in die Innenstadt mitzunehmen, damit sie bei der Mordkommission in einem Vernehmungszimmer hockte. Auch wunderte er sich über die kleine Versammlung draußen vor der Tür – Batiste, Glitsky, Manion, Terrell. Alle hingen sie dort herum und warteten auf ein Gespräch mit einer Frau, gegen die sie sowieso keine Anklage erheben würden?

»Haben Sie denn schon mit denen gesprochen?« fragte er.

Doch bevor sie antworten konnte, entstand draußen ein lautes Durcheinander, das sogar im Vernehmungszimmer deutlich zu hören war. Sie standen beide auf, und Hardy öffnete die Tür. Der Bezirksstaatsanwalt höchstpersönlich, Christopher Locke, war hereingekommen, gefolgt von Dean Powell und der Hälfte aller Fernsehkameras Amerikas.

Jetzt wurde die Sache klarer.

Hardy würdigte Locke keines Blickes. Die Gefühle der beiden Männer füreinander hatten sich bereits im vergangenen Jahr lautstark und heftig Luft gemacht. Hardy ging hinaus ins Hauptzimmer, an Locke vorbei und auf Powell zu. »Wissen Sie, Dean, das hier ist reichlich unverschämt. Um nicht zu sagen beleidigend.«

Terrell trat einen Schritt näher, aus der Reihe der Versammelten heraus, und gab Powell eine Erklärung: »Sie hat nach ihrem Anwalt verlangt.« *Warum sollte Terrell Powell eine Erklärung geben?*

»Ich habe keine Ahnung, wovon Sie reden«, sagte Powell zu Hardy.

»Ich werde Ihnen sagen, wovon ich rede.« Das Zimmer füllte sich immer weiter mit Leuten, die mit Kameras bewaffnet waren. »Ich rede über diesen Medienrummel. Ich rede darüber, daß Sie die Tragödie« – er zeigte auf Nancy, die in der Tür stand –, »die ganz persönliche Tragödie dieser Frau dazu benutzen, damit die Geschworenen vom Prozeß ihrer Tochter morgen beim Frühstück darüber lesen können und keineswegs zufällig Sie auf diese Weise noch einmal kurz vor dem Wahltag im Fernsehen auftreten.«

»Das ist doch lächerlich.«

»Das denke ich nicht, ich denke, ich liege goldrichtig. Ich denke, daß Sie Terrell damit beauftragt haben, im Shriners' Hospital hinter den Kulissen herumzusitzen, damit Sie, falls Jennifers Vater stirbt, seine Frau hier vor die Kameras zerren können … Wie die Mutter, so die Tochter. Stimmt's?« Hardy verspürte den dringlichen Wunsch, daß der Staat Kalifornien seine Geschworenen an isolierten Orten abschotten würde.

Frank Batiste war ein ernsthafter, gestandener Cop, der von den höheren Chargen in den Schatten gestellt wurde, aber in diesem Zimmer das Sagen hatte, dies war sein Zuständigkeitsbereich. Er ging auf die Presseleute zu. »Würden Sie jetzt alle bitte vor die Tür gehen?« Er schob und drängte sie hinaus. »Einfach nach draußen. Danke schön.« Als die letzte Kamera draußen war, machte er die Tür zu, drehte sich um und unterdrückte ein Lächeln. »Ich bin sicher, die werden warten.«

Locke dachte, er könnte versuchen, das Kommando zu übernehmen. »Es ist die Entscheidung des Bezirksstaatsanwalts, ob jemand eines Verbrechens angeklagt wird oder nicht, nicht Sache der Polizeibehörde.«

»He, ich habe schon alles schriftlich festgehalten.« Manion – Bezirksstaatsanwalt hin oder her – hatte seinen Bericht geschrieben, und er hatte nicht die Absicht stillschweigend dabeizustehen, wenn sein Berufsethos in Frage gestellt wurde. »Wenn das keine Notwehr war, können Sie meine Dienstmarke haben.«

»Ich sage ja nicht, daß es das nicht war.« Locke versuchte, Hardys Ansicht nach, wie üblich abzuwiegeln, bis er herausgefunden hatte, aus welcher Richtung der Wind wehte. »Aber es ist meine Entscheidung.«

Hardy wollte das gar nicht bezweifeln, aber darum ging es nicht. »Warum ist Dean dann hier, Chris? Würden Sie das vielleicht mal erklären?«

Diese Frage traf ins Schwarze, aber Locke erholte sich schnell wieder. »Mr. Powell ist ein erfahrener Staatsanwalt. Er hat das Recht, anwesend zu sein.«

Batiste tat einen weiteren Schritt nach vorn. »Ohne Frage, Sir. Dann haben Sie also entschieden, daß gegen diese Frau Anklage erhoben wird? Möchten Sie, daß wir sie nach oben bringen und erkennungsdienstlich behandeln lassen?« Hardy kannte Batiste nicht besonders gut, doch in diesem Augenblick beschloß er, daß er ihn bewunderte. In seinem Ton steckte keinerlei Ironie; in der Tat war es pedantisch korrekt. Er teilte dem Bezirksstaatsanwalt lediglich mit, daß sie, wenn dieser alle Fakten zusammen hätte, zum nächsten verwaltungstechnischen Schritt übergehen sollten.

Außerdem zwang er Locke, Farbe zu bekennen.

Der Bezirksstaatsanwalt war überrumpelt. Im Raum war es selbst ohne die Presseleute proppevoll und knallig heiß – Locke, Batiste, Powell, Terrell, Manion, Nancy, Hardy, drei weitere Burschen von der Mordkommission, die zufällig da waren, als alles begann. Locke sah jetzt zum ersten Mal Nancy DiStephano an, die müde am Türpfosten des Vernehmungszimmers lehnte und mit gekreuzten Armen ihre gebrochenen Rippen schützte.

»Ich habe den Bericht des Beamten, der die Verhaftung vorgenommen hat, noch nicht gelesen«, sagte Locke. »Ich hatte den Eindruck …« Er brach ab. »Nachdem ich ihn gelesen habe, werde ich meine Entscheidung fällen.«

Powell folgte ihm nach draußen und ließ auf dem ganzen Weg den Flur entlang unablässig die Formel »kein Kommentar« hören. Im Zimmer der Mordkommission folgte ein langes Schweigen. Schließlich wandte Batiste sich an Terrell. »Das Büro des Bezirksstaatsanwalts stellt seine eigenen Ermittler ein, Walt. Wenn du einer von ihnen werden willst, dann bewirb dich. Ich kümmere mich um den Papierkram.« Er marschierte in sein Büro.

Hardy ging wieder zu Nancy, die inzwischen so aussah, als würde sie gleich ohnmächtig. Er führte sie zu dem Sessel, half ihr, sich zu setzen. Sie japste vor lauter Anstrengung. Glitsky gesellte sich zu ihnen. »Sie hätte Freeman oder dich anrufen können. Ich habe ihr gesagt, daß du vermutlich in der Nähe bist.«

Hardy legte Glitsky eine Hand auf die Schulter, drückte sie, ein Dankeschön. »Wie wäre es, wenn ich Sie nach Hause bringe, Nancy?«

Sie hatte offensichtlich Schmerzen, aber sie sah zu ihm hoch und schüttelte den Kopf. »Würde es Ihnen etwas ausmachen? Ich würde gern Jennifer besuchen, wenn das in Ordnung geht.«

Nach einer kleinen Ruhepause hatte sie das Gefühl, sie würde den Gang zum Fahrstuhl und die kurze Fahrt hinauf in den sechsten Stock jetzt durchstehen können.

Als sie aus dem Fahrstuhl in den vergitterten Vorraum vor den schweren Türen vor dem Untersuchungsgefängnis trat, schlug Nancy die Hand vor den Mund, die Karikatur eines schockierten Menschen, nur war Hardy sich sicher, daß es aufrichtig war. Es roch nach Einreibemittel und Schweiß – ihm bereits wohlvertraut. Die Art, wie alle Geräusche hallten, wenn sie näher kamen – der Fahrstuhl, das Schloß in der Tür zum Vorraum, das Gerassel der Schlüssel. Weit weg, nur halb vernehmbar, aber gespenstisch aufdringlich, hörte man gedämpftes Stimmengewirr, und doch blieb das leise Summen konstant. Sie hörten, wie jemand schrie, den Aufprall von etwas, das zu Boden geworfen wurde. Es war Essenszeit.

Nancy packte ihn am Arm. »Ich wußte ja nicht, daß es …« Sie beendete den Satz nicht. Es war auch nicht nötig. Niemand wußte, wie es war, bis er einmal hier gewesen war. »Ich hätte eher kommen sollen, aber Phil …« Hardy kannte auch diesen Satz, »Phil hätte es nicht zugelassen.«

Hardy hatte die Erlaubnis eingeholt, Nancy in eines der winzigen Zimmer im Frauengefängnis zu bringen, die für die Anwälte reserviert waren. Er stand neben der Tür, als sie aufging und Jennifer hereingeführt wurde.

Nancy saß auf der anderen Seite des Zimmers. Sie biß sich auf die Lippen, ihr Gesicht ruckte hoch. Die Tür wurde zugemacht. »Hat man dir von deinem Vater erzählt?«

Jennifer nickte, die Hände an die Seiten gelegt. Nancy erhob sich, machte einen vorsichtigen Schritt auf ihre Tochter zu.

»Jenn...«

Sie flüsterte die Worte kaum hörbar. »Oh, Mom ...«

Sie standen da, bewegten sich nicht. Nancy streckte ihr die Hände entgegen, und Jennifer ging unsicher auf sie zu. Sie standen nun direkt voreinander, umarmten sich, Nancy legte ihrer Tochter die Arme um den Nacken, ihr Gesicht war verzerrt, so sehr schmerzten die gebrochenen Rippen, doch sie ließ sie nicht los und drückte ihre Tochter – aus Hardys Blickwinkel –, so fest sie konnte.

»Ich muß es herausfinden.«

»Nein«, sagte Freeman. »Sie müssen es aufgeben.«

»Ich habe nichts anderes in der Hand. Die Frau hat keine Freunde. Sie hat eine Mutter, aber das ist die einzige Spur, die in ihre Vergangenheit führt. Sie ist juristisch betrachtet ebensowenig geisteskrank wie Sie und ich. Das ist die einzige Chance. Ich muß dranbleiben.«

Sie waren in Hardys Büro. Es war fast elf Uhr abends. Hardy hatte die ganze Stunde über, in der Mutter und Tochter miteinander gesprochen hatten oder – genauer gesagt – versucht hatten, wieder eine Beziehung zueinander herzustellen, im Besprechungszimmer Mäuschen gespielt. Über weite Strecken war es verkrampft gewesen, mit langem Schweigen und vielen Tränen, doch die beiden Frauen hatten sich die ganze Zeit über an den Händen gehalten, und sie besprachen persönliche Dinge – Jennifers Prozeß hatten sie mit keinem Wort erwähnt.

Nachdem Hardy das Gefängnis verlassen und sich vergewissert hatte, daß es Nancy gut genug ging, um im Taxi nach Hause zu fahren, war er direkt hierhergekommen. Freeman arbeitete natürlich bis spät in die Nacht, er saß bereits an einem neuen Mordfall und arbeitete an dem Antrag auf Jennifers Berufung.

Jetzt hörte Freeman seinem Mieter und zeitweiligen Partner zu, der die Hälfte seiner Ordner vom Schreibtisch gefegt hatte und vor Frustration und Müdigkeit ausrastete. »Wissen Sie, mit wie vielen Leuten ich in diesen sechs Monaten gesprochen habe? Und was hat die ganze Mühe gebracht? Ich habe Jennifers Mutter und Jennifers Psychofritzen, und die Geschworenen werden dem Psychofritzen nicht glauben. Das ist alles. Das ist meine Verteidigung, um das Leben der Frau zu retten.«

»Sie haben Jennifer selbst.« Überlaß es nur Freeman – er besaß ein Auge fürs Detail.

»Oh, was für eine prima Idee.« Hardy, der auf und ab tigerte, stieg über einen Stapel Akten. »Ich werde Jennifer aufrufen, damit sie den Geschworenen in die Augen blicken und sagen kann: Wenn Sie für meine Hinrichtung stimmen, dann können Sie mich am Arsch lecken. Das wird die Jury schön sanft stimmen.«

Freeman war um den Schreibtisch herumgegangen und setzte sich in Hardys Stuhl. »Das ist wirklich alles, was Sie haben.«

Hardy blieb stehen. »Das ist es doch, was ich gerade versucht habe, Ihnen zu sagen, David. Sie ist völlig von der Welt isoliert. Als ob Sie das nicht wüßten. Sie ist viel zu hübsch, als daß andere Frauen ihr vertrauen würden, und sie ist Männern gegenüber nicht der platonische Typ Frau. Mit Ausnahme ihres Sohnes schien sie mit Kindern nichts am Hut zu haben. Nachdem Ned ihre Katze getötet hatte, hat sie nie wieder ein anderes Haustier gehabt. Geschworene lieben Katzenfreunde. Warum hat sie sich kein anderes Tier angeschafft? Tatsache ist, daß ich keine Menschenseele aufgetrieben habe, die irgend etwas Gutes über Jennifer Witt zu sagen hätte.« Hardy beugte sich vor und fing an, die Aktenstapel, die er heruntergeworfen hatte, wieder aufzusammeln. »Ich glaube wirklich, daß ich recht habe, David. Ich weiß, daß Simpson Crane irgendwen ausfindig gemacht hat, der im Begriff war, großen Mist zu bauen.«

»Glauben Sie auch, daß dieser Jemand Larry wirklich umgebracht hat oder hat umbringen lassen?«

»Das ist wenigstens ein Grund.«

»Genauso wie die Abtreibung. Vergessen Sie das nicht. Wir sind das schon alles durchgegangen, Dismas. Hat Jennifers Bruder Larry nicht ebenfalls gehaßt? Und ist der Streit zwischen Gewerkschaft und Simpson Crane nicht genau so gut wie ihre Idee mit dem Aktienschwindel? Könnte er denn tatsächlich deswegen umgebracht worden sein?«

»Ich weiß es nicht, ich habe keine Ahnung, was Restoffer herausgefunden hat.«

»Das spielt keine Rolle, aber offensichtlich war es genug, um sein Interesse im gesamten Verlauf der ursprünglichen Ermittlungen wachzuhalten, nicht wahr?«

Der Punkt, den Freeman ansprach, war klar genug, aber Hardy war nicht in der Stimmung, das zu hören. Er wußte, daß jedes Ereignis im Leben eine beinahe unbegrenzte Anzahl von Möglichkeiten vernünftig klingen lassen konnte, ja sogar plausible Szenarios, um alles zu erklären, sofern die Einbildungskraft das einzige Kriterium war. Gerichtsprozesse würden nie zu einem Ende kommen, wenn die Anwälte die Erlaubnis hätten, noch eine andere Art und Weise vorzubringen, wie etwas passiert sein *könnte*, unabhängig von der Beweislage. Was auch der Grund dafür war, weshalb die Gerichte, überarbeitet wie sie waren, bei Hörensagen, Ammenmärchen und unbestätigten Theorien so intolerant reagierten.

Bei einem Prozeß mußte einer etwas sehen, riechen, anfassen oder schmecken und es dann beschwören. Denn im wirklichen Leben passierten die Dinge nur auf eine *einzige* Art und Weise. Und die Aufgabe des Gerichts – vielleicht mehr noch als das Auffinden der Gerechtigkeit – bestand darin, sicherzustellen, daß die Geschichte folgerichtig war und mit den Beweisen übereinstimmte.

Hardy hockte sich auf den Boden und hob Akten auf. »Was soll ich machen, David?«

»Ich habe das vorhin nicht nur im Scherz gesagt«, sagte Freeman. »Ich würde zuerst ihre Mutter als Zeugin aufrufen und dann Jennifer …«

»Aber nicht einmal *Sie* haben das getan!«

»Das war eine völlig andere Situation. Ich hatte den Luxus zu wählen oder dachte zumindest, ich hätte ihn. Sie hingegen haben ihn *nicht*. Das ist die allerletzte Karte. Die Geschworenen müssen die Chance erhalten, Jennifer kennenzulernen, zu sehen, was für ein Mensch sie jenseits …«

»Powell wird Hackfleisch aus ihr machen.«

»Das kann sein. Kann auch sein, daß sie sich selbst ihr Grab schaufelt. Das ist das Risiko.« Sein Gesicht hellte sich auf. »Aber das Leben ist eben riskant, mein Junge. Was bleibt Ihnen auch sonst groß übrig?«

47

Die Kinder waren noch nicht wach – ein Wunder. Es war kurz nach sechs, und Frannie las die Morgenzeitung, war in die Geschichte vertieft. Obwohl keine Anklage erhoben worden war, hatte die Mutter der verurteilten Mörderin ihren Mann getötet, und das war natürlich der Renner. Also hatte Powell trotz aller Anstrengungen Hardys seine Ziele erreicht – nicht allein waren sein Name und Foto wieder auf der ersten Seite zu finden, die Geschworenen würden auch einen kleinen Einblick bekommen, wie die DiStephano/Witt-Frauen ihre Probleme lösten – sie brachten ihre Männer um.

»Sie stellen es so dar, daß es fast alttestamentarisch klingt«, sagte Frannie, »wie ein Fluch von Generation zu Generation.«

Hardy nickte erschöpft. Er war in seinem Leben vermutlich schon einmal noch müder gewesen, aber er konnte sich nicht erinnern. Er war gestern abend nicht vor Mitternacht heimgekommen, konnte mindestens eine Stunde lange nicht einschlafen. »Ich hoffe nur, daß es die Geschworenen nicht so sehen.«

Frannie legte die Zeitung aus der Hand. Irgend etwas in der Stimme ihres Mannes … »Wirst du verlieren?«

»Schon möglich.« Der Prinz des Understatement.

Frannie kämpfte mit dem schrecklichen Gedanken. »Kann ich irgendwas tun?«

»Wie was?«

»Ich weiß nicht, dir irgendwie helfen, egal wie …« Sie griff über den Tisch und nahm seine Hand. »Es geht mir überhaupt nicht gut dabei, weißt du. Als ob ich Jennifer im Stich gelassen hätte. Man hat sie verurteilt. Was soll ich denn denken? Was soll ich denn tun? Ich konnte einfach nicht länger abstreiten …«

»Du mußt mir überhaupt nichts erklären, Frannie. Sie ist eine sehr schwierige Person. Sie verprellt die Leute.«

Frannie biß sich auf die Lippe, drückte seine Hand. »Was wird passieren? Wenn du verlierst, meine ich.«

»Wenn Powell gewählt wird und an dem Fall dranbleibt, stehen ihre Chancen bei der Berufung sehr schlecht. Er wird der Generalstaatsanwalt sein, und ihr Fall liegt ihm speziell am Herzen. Selbst wenn er wollte, will ich damit sagen, und er will ja nicht, wäre es politisch gesehen schwer für ihn, nicht weiter Druck zu machen.«

»Das Ganze ist einfach so grundverkehrt.«

Hardy legte seine Hand auf die ihre. »Noch ist es ja nicht vorbei.«

Er würde Nancy in den Zeugenstand rufen, dann Jennifer.

Eine Gesellschaftsreporterin namens Lucy Pratt war in der Redaktion der Los Angeles *Times*, als Hardy eine Stunde später aus der Sutter Street anrief. So früh am Morgen war noch kein

Mensch in den Redaktionsräumen, und die Frau war froh, mit jemandem über ihre Arbeit reden zu können. Viele Leute brannten darauf, in die Nachrichtenredaktion aufzurücken, aber sie war total zufrieden, als Gesellschaftsreporterin zu arbeiten. Sie liebte Menschen. Sie machte sich nichts aus Gewalt, aus globalen Problemen, aus all solchem Zeug. Sie sagte zu Hardy, daß sie selbstverständlich wisse, wer Margaret Morency sei. Tatsächlich hatten sie am letzten Wochenende das Foto von Mrs. Morency abgedruckt. Sie und ihr Verlobter hatten eine Wein-und-Käse-Auktion veranstaltet, um Gelder für die Stadtbücherei von San Marino einzutreiben.

»Aus irgendeinem Grund«, sagte Hardy, »dachte ich immer, es handle sich um eine alte Dame. Altes Geld aus San Marino, wissen Sie?«

Ms. Pratt lachte in den Hörer. »Altes Geld heißt nicht, daß man alt ist, zumindest trifft es auf Margaret nicht zu. Ich glaube nicht, daß sie schon dreißig ist. Ich könnte Ihnen ihr Foto faxen. Sie gehörte 1986 zum Rose Court, wissen Sie.«

Hardy hielt ein Foto für nicht erforderlich.

»Die Hochzeit findet im Dezember im Huntington statt«, sagte Lucy. »Die ganze Stadt spricht davon.«

Hardy bezweifelte, ob die Leute in, beispielsweise, South Central Los Angeles ebenso große Aufregung wegen der kommenden Hochzeitsfeierlichkeiten empfanden wie Lucy, aber sie schien eine nette junge Frau zu sein, also hörte er weiter zu. Er hielt es für eine freundliche Frage zum Abschied, bevor er aufhängte, deshalb stellte er sie: »Wer ist der Bräutigam?«

»Es ist wirklich eine Geschichte wie bei Aschenputtel«, sagte sie. »Jody stammt aus der West Side, aber unten in der Ebene, alles andere als Brentwood. Aber jetzt …«

»Ist das etwas Jody *Bachman,* der Rechtsanwalt?«

»Das ist der Glückspilz. Kennen Sie ihn?«

»Klar«, sagte Hardy. »Alle Anwälte kennen sich. Es ist wie eine große Bruderschaft.«

Lucy lachte erneut. Sie hatte zweifellos gute Manieren, auch wenn er bezweifelte, daß sie den Witz mitbekommen hatte.

Er hinterließ Restoffer eine Nachricht. Trotz seiner Erkältung wollte er Zeit zum Nachdenken haben, also spazierte er quer über die Market Street zum Justizpalast, machte einen Umweg von einem

Häuserblock und ging die 5th Avenue hinunter (auf der 6th Avenue spielte man mit seinem Leben). Er schnappte sich Powell, und gemeinsam erwischten sie Villars, die alleine in ihrem Richterzimmer saß.

In der Hinsicht hatte er Glück, obgleich die Richterin alles andere als erfreut war, als sie die beiden Männer erblickte.

»Ich hoffe doch, Sie haben für heute etwas vorbereitet, Mr. Hardy«, fing sie an. »Ich werde einem Antrag auf Verfahrensaussetzung nicht zustimmen. Wollen Sie immer noch mit mir sprechen?«

Hardy sagte, das sei richtig, und sie kehrte ihm den Rücken zu, ging zurück zu dem Tuchsessel, in dem sie die Zeitung gelesen und ihren Morgenkaffee getrunken hatte. Aber sie setzte sich nicht bequem zurück. Statt dessen balancierte sie auf der Vorderkante und zeigte mit dem Finger auf Hardy. »Der richtige Zeitpunkt für einen persönlichen Einspruch gegen das Urteil ist nach der Entscheidung der Geschworenen.«

Villars bezog sich auf den wohlchoreographierten Tanz, der in Kalifornien Prozesse umgab, bei denen die Todesstrafe verhängt werden konnte. Selbst nachdem die Jury mit einem Urteil in den Gerichtssaal kam, das auf die Todesstrafe lautete, war die ganze Sache damit noch nicht gelaufen. Die Verteidigung gab automatisch einen Antrag zu Protokoll, das Urteil auszusetzen, während gleichzeitig der Antrag auf ein neues Verfahren gestellt wurde, und zwar mit beinahe jeder nur erdenklichen Begründung und ohne auf Befangenheit zu plädieren – mit anderen Worten, ohne eine Urteilsanfechtung. Im Jargon der Juristen wurde der Richter damit zum dreizehnten Geschworenen.

In der Praxis wurde solchen Anträgen selten stattgegeben. Sofern ein Richter in seiner Eigenschaft als dreizehnter Geschworener nach all der Zeit und all den Kosten eines Geschworenenprozesses tatsächlich ein Urteil und ein Strafmaß verwarf, dann würde es der Staatsanwalt – indem er sein Recht in Anspruch nahm, jeden ihm zugewiesenen Richter ablehnen zu können – es dieser Person verdammt schwer machen, wieder einen Fall zu bekommen. Trotzdem: Villars war ein harter Brocken, und Richter des Superior Court, das war wahr, konnten enorm viel Macht und Einfluß anhäufen.

Hardy blieb stehen. Powell setzte sich stumm, hörte nur zu. »Ich wollte einen Beschluß wegen einer bestimmten Sache herbeiführen«, sagte er und berichtete der Richterin, was er heute früh über Jody Bachman und Margaret Morency herausgefunden hatte. Villars unterbrach ihn nicht. »Also, Euer Ehren, habe ich eine Frau im Aufsichtsrat der BMG, die dafür Sorge trug, daß Restoffers Ermittlungen in Los Angeles abgeblasen werden, die gleichzeitig mit dem Rechtsberater der Ärztegruppe verlobt ist. Meiner Meinung nach sollte die Jury das zu hören bekommen.«

Villars setzte sich jetzt doch noch bequem zurück. »Wie hat diese Frau die Ermittlungen abgeblasen?«

»Sie rief Kelso an, den Supervisor. Der hat es dann dem Polizeichef gesteckt.«

»Haben Sie Beweise dafür?«

Hardy wußte, daß das der Knackpunkt war. »Ms. Morency hat den Wahlkampf von Kelso finanziell unterstützt und sitzt gleichzeitig im Aufsichtsrat der BMG. Ich weiß, daß es Kelso war, der den Polizeichef anrief, nachdem Restoffer Bachman vernommen hatte.«

Villars sprach jetzt langsam. »Das ist kein Beweis.«

»Der Standard ist in dieser Phase des Verfahrens nicht ganz so hoch, Euer Ehren. Ich versuche, bei der Jury verbleibende Zweifel zu säen.«

Villars wartete auf mehr.

Hardy gab es ihr. »Euer Ehren, zumindest die folgenden Punkte sind Tatsachen, *nicht* Vermutungen. Simpson Crane wurde mit seiner eigenen Waffe erschossen. Larry Witt wurde mit seiner eigenen Waffe erschossen. Es *gibt* eine Verbindung zwischen den beiden Männern, nämlich die Ärztegruppe – na schön, sie ist ein wenig dürftig, aber immerhin gibt es sie – und zudem eine Querverbindung über Jody Bachman sowie einen dicken Batzen Geld, der irgendwo abgeblieben ist. Die Ermittlungen im Mordfall Crane sind abgeschlossen. Die Verlobte des Rechtsberaters der Ärztegruppe hat sowohl Zugang als auch Einfluß auf Kelso. Lassen Sie die Geschworenen sich all das anhören, und vielleicht stellen sie sich dann doch einige Fragen. Es ist nicht nur meine Theorie. Es entspringt den Fakten.«

Villars überlegte einen Moment. »Aber es ist ein Kartenhaus.«

»Euer Ehren …«, setzte Hardy an.

»Darf ich, Euer Ehren?« Villars nickte, und Powell stand auf. »Ich habe Ihnen gestern hart Kontra gegeben, Mr. Hardy, aber trotz allem, was Sie vielleicht glauben, bin ich nicht darauf versessen, daß irgendwer zum Tode verurteilt wird. Wissen Sie, was ich also getan habe, nachdem wir uns gestern vertagt hatten? Ich rief in Los Angeles an und sprach mit dem Leiter der Mordkommission, der mich an den Polizeichef verwies. Die Mordkommission ist *sicher*, Zitat Ende, daß Simpson Crane von jemandem ermordet wurde, der vom Machinists' Local 47, dem dortigen Ortsverband der Maschinistengewerkschaft, bezahlt wurde. Der Fall ist nicht abgeschlossen, auch wenn besagter Inspector Restoffer nicht mehr damit befaßt ist – die Zuständigkeit liegt jetzt bei den Bundesbehörden, es ist ein RICO-Fall geworden. Es gibt – und ich zitiere wiederum – keinerlei Verdachtsmomente, daß Simpson von jemandem umgebracht wurde, der mit der Yerba Buena Medical Group in Verbindung steht.«

»Trotzdem hat man Restoffer abgezogen.« Villars verfolgte das Ganze aufmerksam, machte sich sogar Notizen.

Powell seufzte. »Offenbar war der Inspector ein wenig vergrätzt, daß sich die Bundesbehörden einmischen. Als er dachte, er wüßte einen Weg zurück ins Geschehen – es ist ein Fall, der für viel Wirbel sorgt –, ist er ein paar Leuten auf die Zehen getreten. Man hat ihn zurückgepfiffen, weil er Leute belästigte, weil er sich nicht gerade benahm wie ein vorbildlicher Polizeibeamter.«

Als sie jetzt aufstand, noch nicht in ihrer Robe, hätte die Richterin eine freundliche Großmutter sein können. Und ihre Stimme klang jetzt nicht schneidend. »Mr. Hardy, ich habe Ihnen aufmerksam zugehört, und zwar ein allerletztes Mal. Jetzt rede ich mit Ihnen, und ich hoffe, Sie hören mir zu. Alles, was Sie sagen, mag soweit stimmen. Es mag da unten in Los Angeles alle möglichen finanziellen Tricksereien geben, aber das hat mit unserem Fall nichts zu schaffen. Und auch wo es so aussehen könnte, als gebe es Überschneidungen, bleibt es dennoch eine zufällige Übereinstimmung. Larry Witt hatte mit alldem einfach nicht das Geringste zu tun, bzw. falls doch, gibt es keine Beweise dafür.«

»Er hat bei Crane & Crane angerufen.«

»Wegen dieser Sache? Hat er mit Crane persönlich gesprochen oder mit Bachman? Und, falls ja, worüber? Wer kann das wissen?« Sie schüttelte den Kopf. »Tut mir leid, Mr. Hardy, tut mir ehrlich leid. Ich kann sehen, daß Sie alles versuchen, was Sie verdammt noch mal tun können, wie es ja auch sein soll, aber ich werde keine unbegründeten Theorien zulassen, und das ist es, was wir hier vor uns haben.«

Sie brachte die beiden zur Tür. »Und jetzt entschuldigen Sie mich bitte. Ich habe zwei Stunden voller Stellungnahmen vor mir, die ich durcharbeiten muß, und zwar in« – sie blickte auf die Uhr –, »in fünfundvierzig Minuten.«

48

Ganz offensichtlich hatten viele Leute im Gerichtssaal die Morgenzeitung gelesen oder die Fernsehnachrichten gesehen. Als Hardy Nancy in den Zeugenstand rief, war die Reaktion deutlich vernehmbar.

Sie saß in der ersten Reihe des Zuschauerraums, gleich neben Dr. Lightner, unmittelbar hinter Hardy und Jennifer, und sie stand ungelenk auf, wie man es von einer Person erwarten durfte, die sich mit bandagierten und gebrochenen Rippen von ihrem Sitz erhob. Sie trug noch immer den Verband über der Nase, die Augen waren blaugrün und zugeschwollen.

Die Reporter knipsten Fotos, als Nancy sich unter Schmerzen langsam bis zum Mittelgang durchquälte. Villars duldete das nicht – sie hatte Kameras im Saal bis zu diesem Zeitpunkt erlaubt, solange ihr Gebrauch nicht weiter störte, aber das hier war ihr zuviel.

Sie klopfte mit dem Hammer auf den Tisch. »Das reicht jetzt mit den Fotos. Setzen Sie sich alle hin. Ab sofort untersage ich Kameras im Gerichtssaal. Wer eine Kamera dabeihat, kann jetzt den Saal verlassen. Wachtmeister, bitte stellen Sie sicher, daß das geschieht.«

Die Justizwachtmeister gingen vor zur Trennbarriere. Im nachfolgenden Tumult, als die Reporter entweder den Saal verließen oder die Kameras an ihre Assistenten weiterreichten, damit diese sie aus dem Saal brachten, ging Nancy DiStephano durch die Barriere und machte beim Tisch der Verteidigung halt. Jennifer griff nach ihr, und die beiden Frauen hielten sich kurz und wortlos bei den Händen. Die Mutter richtete sich auf und zwang sich dazu, nach vorn in den Saal zu gehen, wo man sie vereidigte.

Hardy bezog rund drei Meter vor dem Zeugenstand Position. »Mrs. DiStephano, in welcher Beziehung stehen Sie zu der Angeklagten?«

»Ich bin ihre Mutter.«

Allem Anschein nach hatten doch nicht alle gewußt, was die

frühere Unruhe wegen dieser Zeugin zu bedeuten gehabt hatte, weil diese Einlassung erneut für Unruhe hinten im Saal sorgte. Villars rührte sich nicht, also mußte Hardy abwarten, bis es wieder still geworden war.

»Mrs. DiStephano, darf ich Sie Nancy nennen?«

»Sicher.«

Hardy überlegte sich, daß er wohl die besten Chancen hatte, wenn er ohne Umschweife zur Sache kam. »Nancy, im Interesse der Geschworenen würde ich Sie gerne bitten, uns von Ihren Verletzungen zu berichten.«

Powell sprang auf. »Einspruch, Euer Ehren. Irrelevant.«

Erstaunlicherweise bat Villars um eine Erläuterung, bevor sie ihre Entscheidung traf. »Mr. Hardy?«

»Euer Ehren, Mrs. Witt ist im Haushalt ihrer Mutter aufgewachsen. Ihre ganze Persönlichkeit wurde dort geprägt. Die Geschworenen sollten wissen, um was für ein Umfeld es sich handelt.«

Villars gab die Erlaubnis für diese Zielrichtung der Befragung. Hardy bedankte sich bei ihr.

Es kam ihm so vor, als hätten er und die Richterin – vielleicht auf osmotischem Wege – so etwas wie eine Übereinkunft getroffen. Es mochte zwar an den weniger strengen Regeln liegen, was die Zulässigkeit von Aussagen in dieser Phase des Prozesses anging, aber er spürte, daß da noch etwas anderes war.

Hardy ging hinüber zum Zeugenstand. »Nancy, man hat Sie vor kurzem aus dem Krankenhaus entlassen, stimmt das?«

»Ja.«

»Würden Sie uns sagen, welche Verletzungen Sie haben?«

Nancy beschrieb die Rippenbrüche, den Nasenbeinbruch, die Nierenschäden, die dazu führten, daß sie Blut im Urin hatte, die Blutergüsse auf den Brüsten, dem Oberkörper, den Oberschenkeln.

»Und wie kam es zu diesen Verletzungen?«

»Mein Mann hat mich verprügelt.«

Im Gerichtssaal herrschte gebanntes Schweigen.

»Ihr Ehemann, Phil DiStephano, der leibliche Vater der Angeklagten?«

»Ja.«

»Und war dies das erste Mal, daß er Sie geschlagen hat?«

Als sie jetzt darüber sprechen sollte, zog sich Nancy zurück, nahm sie die Schultern hoch, genau wie ihre Tochter es tat. Oder war es andersherum? Sie schüttelte den Kopf, und Villars beugte sich über den Richtertisch, sprach mit leiser Stimme. »Sie müssen bitte mit Worten antworten.«

»Nein«, sagte Nancy, »es war nicht das erste Mal.«

Um ihr einen Moment Zeit zu gönnen, ging Hardy ein paar Schritte auf die Bank der Geschworenen zu und drehte sich dann um, sah seine Mandantin an – Jennifer runzelte die Stirn, das Ganze paßte ihr nicht. Hardy ging wieder zurück zu Nancy. »Hat Ihr Mann Sie oft geschlagen?«

Die Zeugin nickte und sagte dann, als sie sich an die Worte der Richterin erinnerte: »Ja.«

»Wie lange ist es her, daß Ihre Tochter, die Angeklagte, von zu Hause ausgezogen ist?«

»Ungefähr zehn Jahre.«

»Und bevor sie auszog, mußten Sie da bereits diese Mißhandlungen durch Jennifers Vater erdulden?«

»Ja ... das ging schon immer so. Phil hat zuviel getrunken und wurde wegen irgendwas wütend und schlug mich.«

»Und ist das je vor den Augen Ihrer Tochter passiert?«

»Ja.«

»Hat er je Ihre Tochter geschlagen?«

Sie schüttelte den Kopf. »Nein. Er hat es ein paarmal angedroht, aber ich habe es nicht zugelassen. Ich habe mich zwischen die beiden gestellt. Er hat sie sehr gern gehabt.« Auf ihren Wangen waren Tränen zu sehen. »Er hat einfach die Kontrolle verloren.«

»Er hat einfach die Kontrolle verloren«, wiederholte Hardy. Er ging erneut ein paar Schritte auf die Geschworenen zu und fragte weiter: »Nancy, hatte dieses Muster, daß Ihr Mann Sie geschlagen hat, Ihrer Meinung nach irgendwelchen offensichtlichen Einfluß auf Jennifers Verhalten?«

Nancy stand es durch, ließ die Tränen fließen. Aber genau wie Jennifer sprach sie ungeachtet der Tränen ganz deutlich. »Wir haben nicht darüber geredet, wenn es vorbei war.«

Das war nicht die Antwort auf die Frage, aber kam ihr nahe. »Sie haben über was nicht geredet?«

»Es ist einfach passiert, und dann war es vorbei, und alles war genau wie vorher.«

»Sie haben nicht wahrhaben wollen, daß dies geschehen ist? Die Familie hat es nicht wahrhaben wollen?«

»Ja. Wir haben einfach so getan, als ob nichts wäre.«

»Und Jennifer?«

»Sie wurde immer stiller. Und dann zog sie aus.«

»Würden Sie sagen, daß sie sich zurückzog, launisch wurde, mißtrauisch?« Damit lotste er die Zeugin im Grunde dahin, wo er sie haben wollte, aber in dieser Phase des Verfahrens war das zulässig, und es würde, so hoffte er, den Geschworenen doch weitgehend erklären, weshalb Jennifer angesichts der Autorität des Gerichts so augenscheinlich abgebrüht reagierte.

»Ja.« Nancy sah zu ihrer Tochter hinüber. »Sie war so ein süßes kleines Mädchen. Sie war mein kleines Baby …«

Obwohl sie Haltung bewahrte, lagen Nancys Gefühle offen zutage – ihr Gesicht war tränenüberströmt. Villars beugte sich erneut über den Richtertisch. »Mrs. DiStephano? Hätten Sie gerne, daß wir eine kurze Pause einlegen?«

Es ging weiter.

»Nancy, hat Ihre Tochter Ihnen jemals erzählt, was für Gefühle sie Matt entgegenbrachte?«

»Matt war ihr *ein und alles.*«

»Matt war ihr ein und alles.« Er musterte die Geschworenen, wandte sich dann wieder der Zeugin zu. »Sie hat ihren Sohn geliebt?«

»Völlig. O ja, mein Gott, ja.«

»Haben Sie jemals irgendwelche Anzeichen gesehen, daß sie ihn schlecht behandelt hat, mißhandelt hat, irgend etwas in der Richtung?«

»Nein, nichts. Wenn überhaupt, dann hatte ich den Eindruck, daß sie ein wenig zu fürsorglich war. Ihn vielleicht mehr verwöhnt hat, als ich das getan hätte. Aber ich begriff, warum das so war.«

»Und warum war das so?«

»Na ja, was sie miterlebt hatte. Ihr Vater und ich. Larry war genauso, zu fürsorglich. Sie wollten einfach nicht, daß Matt etwas Böses widerfährt.«

Das war gut. Er ließ Larry und Jennifer an einem Strick ziehen. Drüben am Tisch der Verteidigung stierte Jennifer wortlos weinend starr geradeaus.

»Nancy,« fragte Hardy abrupt, »hätte Ihre Tochter ihren Sohn Matt umbringen können, selbst aus Versehen?« Er hielt den Atem an, wartete.

Sie schüttelte den Kopf. »*Nein.* Wenn sie es getan hätte, selbst aus Versehen, wie Sie gesagt haben, dann hätte sie sich umgebracht.«

Powell stand langsam auf. Er wußte, daß dies eine emotionsgeladene Zeugenaussage war, und wollte nicht seinerseits abgebrüht erscheinen, aber er hatte doch das Gefühl, er müsse gegen die Spekulation Einspruch einlegen. Villars gab seinem Einspruch statt.

Aber Hardy hatte zumindest erreicht, was er gewollt hatte. Er ging zur letzten der Fragen über, die er vorbereitet hatte, und damit zu der Antwort, die er erwartete, von der er aber glaubte, daß sie aufrichtig war. »Was für Gefühle haben Sie jetzt im Moment Ihrer Tochter gegenüber?«

»Ich liebe sie«, sagte Nancy DiStephano. »Sie ist alles, was mir noch geblieben ist.«

Powell wußte, was er zu tun hatte, besonders nachdem Villars eine Verhandlungsunterbrechung vor seinem Kreuzverhör abgelehnt hatte. Vor ihm saß eine emotionsgeladene, körperlich mißhandelte Frau, und seine Aufgabe war es, sie in ein schlechtes Licht zu rücken, sie auseinanderzunehmen. Wenn er damit Erfolg haben wollte, mußte er behutsam vorgehen.

Er lächelte sie an, um das Eis zu brechen. Er hatte keinen Zweifel daran, daß sie sich von gestern abend in der Mordkommission noch an ihn erinnerte, aber er hatte keine andere Wahl – er konnte nicht gleich mit der Tür ins Haus fallen. Er mußte ihr Freund sein, der lediglich ein paar Kleinigkeiten klarstellen wollte. Sie hatte die Schultern vorgezogen, nahm eine leicht gebeugte abwehrende Haltung ein, aber sie schenkte ihm ein zaghaftes Lächeln. Das war immerhin ein Anfang.

»Mrs. DiStephano, Sie und Ihr verstorbener Ehemann haben auch noch einen Sohn, richtig?«

Dieser unerwartete Schachzug brachte sie aus dem Gleichgewicht. »Ja. Tom.«

»Und war Tom jemals das Opfer von Mißhandlungen seitens Ihres Mannes?«

»Phil hat Tom ein paarmal geschlagen, als er jünger war, aber das waren eher so Klapse. Er hat ihm nie richtig weh getan.«

»Und wie ist es jetzt mit den beiden? Stehen sie einander nahe?«

Hardy stand auf. »Euer Ehren, mit Erlaubnis des Gerichts, Mr. Powell weiß ganz genau, daß Mr. DiStephano tot ist.«

Das war beiläufig dahingesagt, und Hardys Formulierung wich der expliziten Einräumung aus, daß Nancy ihn getötet hatte, sofern das nicht ohnehin bereits jedermann wußte. Powell machte eine entschuldigende Geste. »Hat Tom je mit angesehen, wie Ihr Mann Sie geschlagen hat?«

»Ja.«

»Genau wie Jennifer?«

»Ja. Bis später, will ich damit sagen.«

»Was geschah denn später?«

»Na ja, als Tom älter wurde, da hat er, na ja, hat er versucht, mich zu beschützen. Also vergewisserte sich Phil immer, daß Tom nicht in der Nähe war.«

»Aber das war bei Jennifer nicht der Fall?«

»Entschuldigung. Was war nicht der Fall?«

»Ihr verstorbener Ehemann Phil hat Sie auch dann geschlagen, wenn Jennifer in der Nähe war?«

»Manchmal.«

»Und sie hat nicht versucht, es zu verhindern?«

»Sie konnte meinen Mann nicht daran hindern. Ich konnte ihn nicht …« Sie hielt inne, als ihr bewußt wurde, daß sie zuletzt genau das getan hatte. »Er war zu stark. Jennifer hat sich einfach versteckt, glaube ich.«

»Also hat sich Jennifer versteckt und zugesehen, wie ihr Vater Sie verprügelt hat, ohne daß sie versucht hätte, Ihnen irgendwie zu helfen. Aber Ihr Sohn Tom hat sich einzumischen versucht. Was empfinden Sie jetzt für Ihren Sohn Tom?«

»Tom? Er ist ein lieber Junge.«

»Lieben Sie ihn?«

»Natürlich. Er ist mein Sohn.«

»Und Mütter lieben natürlich ihre Söhne?«

»Ja.«

Powell ließ diese Antwort sickern. »Und trotzdem haben Sie ausgesagt, daß Jennifer alles sei, was Ihnen noch geblieben ist?«

Nancy schaute sich in panischer Angst im ganzen Saal um, dann sah sie Hardy an. Er nickte. Alles in Ordnung. Sie machte ihre Sache prima.

»Das war eine Redensart«, sagte sie. »Sie ist die einzige Tochter, die mir geblieben ist.«

»Und steht sie Ihnen nahe?«

»Ja. Sehr nahe.«

»Sie steht Ihnen sehr nahe. Ich verstehe. Können Sie der Jury sagen, wie oft Sie sie im letzten Jahr, bevor Ihre Tochter verhaftet wurde, ungefähr zu Hause besucht haben?«

Hardy legte eine Hand an die Stirn. Die Falle würde gleich zu-schnappen. Jennifer hatte ihm die Hand auf den Arm gelegt.

Nancy zögerte, lehnte sich zum ersten Mal zurück. Die Sekunden krochen dahin.

»Mrs. DiStephano«, sekundierte Villars, »bitte beantworten Sie die Frage.«

Powell wartete noch ein Weilchen ab. Er machte keinen Druck – es war eine naheliegende und schlichte Frage, die im Raum hing. Niemand, insbesondere nicht Nancy, würde sie vergessen haben.

»Nicht im letzten Jahr«, sagte sie schließlich.

»Sie haben Ihre Tochter im ganzen letzten Jahr nicht besucht?«

»Nein.«

»Wie war's mit Besuchen bei Ihnen? Ist sie denn zu Ihnen zu Besuch gekommen?«

»Nein.«

»Überhaupt nie?«

»Nein.«

Powell drehte sich einmal um die eigene Achse, sein ausdrucksstarkes Gesicht zeigte jede Nuance seines tiefen Erstaunens. »Nun, wie war es im Jahr zuvor?«

Nancy klang allmählich etwas unwirsch. »Nein, wir haben die drei nicht sehr oft gesehen. Larry war … Larry wollte das nicht.«

»Larry wollte das nicht.« Powell, der Nancys Gefühle schonen wollte, ein netter Kerl, versuchte ein Schlupfloch für sie zu finden. »Dann müssen Sie und Jennifer, wenn sie so ein enges Verhältnis zueinander hatten, ja oft miteinander telefoniert haben?«

Nancy sah zu Boden. »Sie hatte sehr viel um die Ohren.«

»Ihre Tochter hatte sehr viel um die Ohren. War sie berufstätig?«

»*Ich* war berufstätig, ich bin berufstätig.«

»Dann bleiben Abende und Wochenenden übrig, richtig?«

Hardy stand auf. »Euer Ehren, der Staatsanwalt schikaniert die Zeugin.«

»Nicht stattgegeben.«

Powell fragte erneut. »Nur annährungsweise, Mrs. DiStephano, wie oft haben Sie und Ihre Tochter miteinander gesprochen?«

Nancy sah weiterhin zu Boden.

»Jede Woche? Einmal im Monat?«

»Sie hat mich immer an meinem Geburtstag angerufen. Ich habe sie immer an ihrem Geburtstag angerufen.«

Powell ließ die Sätze für sich selbst sprechen. Er nickte, schlenderte dann zurück zum Tisch der Anklagevertretung. »Einen Punkt möchte ich gerne noch etwas unter die Lupe nehmen – Mrs. DiStephano, Sie haben uns erzählt, daß Matt Jennifers ein und alles gewesen ist, daß sie ihn sogar zu sehr verwöhnt hat. Ich frage mich, ob Sie das etwas genauer ausführen können.«

Wieder wanderten Nancys Augen zu Hardy hinüber, flehten um Hilfe. »Was meinen Sie damit?«

»Ich meine, wenn Sie Jennifer und Matt nicht sehr oft zu Gesicht bekommen haben, wie Sie uns soeben erzählt haben, wie können Sie dann wissen, was sie für ihn empfunden hat oder wie sie ihn behandelt hat?«

»Na ja, als er kleiner war, als er ein Baby war ...«

»Damals war Matt Jennifers ein und alles?«

»Ja.«

»Und jetzt?«

»Ja.«

Powell versuchte immer noch, sanft und großherzig zu erscheinen. Er stellte sich ganz nahe an den Zeugenstand und sprach mit leiser Stimme. »Mrs. DiStephano, ich sehe einfach nicht, woher Sie das wissen können. Bitte helfen Sie mir weiter.«

Nancy saß fünfzehn Sekunden lang, die wie eine Stunde schienen, stumm da. Zuletzt stand Hardy auf und fragte, ob eine Frage gestellt worden sei. Powell wartete noch ein wenig länger ab, seufzte dann und sagte, er vermute nicht. Mrs. DiStephano könne den Zeugenstand wieder verlassen.

49

Schließlich betrat nach der Mittagspause die Angeklagte den Zeugenstand.

Sie trug ein braungraues Kostüm und ein helles buntes Halstuch. Hardy war sich nicht sicher, was er von dem Ensemble halten sollte – es vermittelte widersprüchliche Botschaften. Einerseits isolierte es Jennifer sogar noch weiter von dem Rest der Menschheit auf der Geschworenenbank, was nicht gerade günstig war. Jennifer brauchte das Mitgefühl der Geschworenen, nicht ihren Neid. Andererseits mußte Hardy zugeben, und die Statistiker gaben ihm recht, daß bei Strafprozessen, bei denen es um die Todesstrafe ging, eine subtile Dynamik am Werk war. Eine ganz natürliche Reaktion, nahm Hardy an, wenn auch keine allzu edle. Geschworene würden sich mutmaßlich nur dann für die Todesstrafe entscheiden, wenn sie zu der Überzeugung gelangt waren, daß die oder der Angeklagte in nachvollziehbarer Weise eine Art Monster war, eine Mißgeburt, die von allen Banden der Menschlichkeit abgeschnitten war. Zur Vermeidung dieses Eindrucks – so platt er auch sein mochte – trug Jennifers Kleidung bei. Wie sie aussah, wie sie angezogen war, war sie überaus *menschlich*, keinesfalls eine Unperson, mit Sicherheit kein Monster. Darüber hinaus lag etwas in ihrer Schönheit und in ihrem Auftreten, das in Amerika üblicherweise große Wertschätzung genoß. Hardy hoffte, daß die Geschworenen – vor allem die Männer – nicht dazu geneigt sein würden, mit ihrem Votum diese leidende Schönheit in einen Leichnam zu verwandeln.

Natürlich hatte seine mit ihrer Berufung in den Zeugenstand verbundene Befürchtung darin bestanden, daß sie den von ihrer Erscheinung heraufbeschworenen Bann brechen würde, sobald sie den Mund aufmachte. Und wie Hardy nur zu genau wußte, konnte hinter dieser eleganten Erscheinung eine Person aufbrausen, die selbst die ihr wohlgesinntesten Leute verprellte.

Beide hatten besprochen, wie diese Zeugenaussage ablaufen sollte, und beide waren zu dem Schluß gekommen, daß Jennifer mit wohltönender Stimme sagen sollte, was sie zu sagen hatte. Sie würde sich von ihrer besten Seite zeigen. Die Risiken begannen erst mit Powells Kreuzverhör. Einstweilen ließ Hardy es ruhig angehen.

»Jennifer, Sie sind heute hier oben im Zeugenstand, weil es um Ihr Leben geht. Gibt es irgend etwas, von dem Sie möchten, daß die Geschworenen und die Richterin es wissen?«

Sie wandte sich an die Geschworenen. »Ich weiß, daß Sie der Ansicht sind, daß das Beweismaterial ausreichte, um mich zu verurteilen.« Sie schluckte, war nervös, sah zu Hardy hinüber, der nickte. »Ich stehe eigentlich auch nicht im Zeugenstand, weil es um mein Leben geht, wie Mr. Hardy es ausdrückt. Ich stehe hier, um Ihnen zu sagen, daß ich keines der mir angelasteten Verbrechen begangen habe. Ich habe meinen Mann nicht umgebracht. Ich habe meinen Sohn ganz sicher nicht umgebracht.« Sie schluckte erneut. »Ich gebe zu, daß ich vielleicht nicht die tollste Mutter der Welt gewesen bin, aber ich habe Matt geliebt ...« Wieder hielt sie inne und biß sich auf die Unterlippe. Sie riß sich zusammen und rang sich ein dünnes Lächeln ab. »Ich schätze, das ist auch schon alles.«

Powell kritzelte wie ein Wilder irgendwelche Notizen aufs Papier – worüber?

Hardy hatte vorgehabt, ihr ein paar Fragen über Larry zu stellen, aber diese Aussage war so unverfälscht, daß er sich versucht sah, es auf der Stelle gut sein zu lassen. Die Geschworenen hatten jetzt gehört, wie sie mit eigener Stimme die Morde abstritt – unter Umständen war dies haargenau, was er brauchte, oder zumindest doch das Beste, was er erreichen konnte.

Andererseits mochten die Geschworenen den Eindruck haben, daß es allzu leicht fiel, etwas so Kurzes vorzutäuschen. Er hatte das Gefühl, er müsse Jennifer noch ein bißchen mehr zur Geltung bringen – wie Freeman gesagt hatte, war das Leben eben riskant.

»Wollen Sie uns vom Morgen des 28. Dezember erzählen?«

Powell stand auf. »Euer Ehren, diese Aussage hätte in die Prozeßphase zur Klärung der Schuldfrage gehört.«

Hardy mußte zu Wort kommen, ehe Villars ihre Entscheidung traf. »Das hier ist Jennifer Witts Geschichte, und die Geschworenen haben es verdient, diese Geschichte zu hören, Euer Ehren.«

Die Richterin runzelte die Stirn, wie sie es stets tat, wenn die Verteidigung und die Anklagevertretung miteinander Streit bekamen, aber dann pflichtete sie Hardy bei. Sie wandte sich an Jennifer und sagte: »Erzählen Sie uns von jenem Morgen, Mrs. Witt.«

Jennifer nickte. »Ich bin zeitig aufgestanden, weil wir spät zu Abend gegessen hatten und ich das Geschirr noch nicht weggeräumt hatte. Und Larry würde den ganzen Tag zu Hause sein, eigentlich die ganze Woche, und deshalb wollte ich sichergehen, daß das Haus tiptop in Ordnung war. Ich wollte später joggen gehen, was ich üblicherweise tat, also zog ich einfach meine Laufsachen an und ging nach unten.

Es war schon ziemlich spät, vielleicht halb neun, aber Larry hatte Urlaub, und ich dachte mir, er sollte ruhig ausschlafen können, wenn er dazu Lust hatte. Dann endlich kam er die Treppe herunter. Matt schlief noch, er hatte einen gesunden Schlaf.«

Sehr schön gemacht, dachte Hardy schamlos.

»Jedenfalls liest Larry beim Frühstück die Zeitung. Es ist einfach etwas, das er immer so macht ...« Sie machte eine Pause, sammelte ihre Gedanken. »Das er immer so machte, will ich damit sagen. Aber an diesem Morgen kam er zornig die Treppe herunter.«

»Weswegen?« fragte Hardy.

Sie schluckte kräftig. »Ich war nicht richtig angezogen.«

»Haben Sie nicht gesagt, daß Sie Ihre Laufsachen angezogen haben?«

Sie nickte. »Aber das würde noch etwa eine Stunde dauern, verstehen Sie? Ich schätze mal, ich sah noch immer so aus, als wäre ich eben erst aus dem Bett gefallen. Mein Haar war zerzaust, meine ich, und ich hatte noch kein Make-up aufgelegt.«

»Aber waren Sie nicht einfach vor einer Weile aufgestanden, um sauberzumachen und abzuwaschen?«

Jennifer mochte keine Lust haben, zu erzählen, daß Larry sie schlug, aber hier war sie in ihrem Element. Der heilige Larry bekam ein paar Dellen ab, und Hardy war daran gelegen, daß Jennifer so weitermachte. »Na ja schon, ja, aber … er konnte das einfach nicht ausstehen.«

»Hat er Sie angeschrien?«

»Nein. Ich merkte einfach, daß er verärgert war, wissen Sie.«

»Ich denke schon, Jennifer.« Hardy bezog die Jury mit ein. »Und was ist dann passiert?«

»Na ja, ich habe ihm seinen Kaffee gebracht und versuchte dann, ihm die Schultern zu massieren, was er genoß, wenn er verspannt war, aber er hat mich abgeschüttelt.«

»Er hat Sie abgeschüttelt? Wollen Sie damit sagen, daß er Sie weggeschubst hat?« Powell schien nichts dagegen zu haben, wenn er der Zeugin Suggestivfragen stellte, also würde Hardy sie an die Hundeleine nehmen, wenn es nötig wäre.

Aber Jennifer spielte nicht mit. »Nein. Wissen Sie, er konnte es einfach nicht ausstehen, wenn ich so aussah. Also sagte ich zu ihm, ich würde nach oben gehen und mich umziehen, wenn er es wollte …«

»Obwohl Sie nach wie vor in einer Stunde vorhatten, zum Joggen zu gehen?«

Sie nickte. »Wenn er es wollte. Das machte mir nichts aus. Aber dann sagte er, ich soll mir die Mühe sparen, er hat mir erzählt, daß er schon eine Stunde lang oben wach gewesen sei und unsere Rechnungen durchgeschaut hat. Er machte sich Sorgen um unser Geld. Weihnachten, wissen Sie, solches Zeug.«

»Und was ist dann passiert?«

»Es wurde zu einem Streit um das Haushaltsgeld.« Jennifer sah jetzt die Geschworenen an. »Sie wissen ja, daß so was in jeder Familie vorkommt.«

»Na schön, und was dann?«

»Dann kam Matt die Treppe runter und rieb sich die Augen, wie er es immer getan hat, wenn er aufstand … Ich wollte nicht, daß Matt mitbekommt, wie wir uns zanken und anbrüllen, also hörte ich damit auf und ging in die Küche und machte ihm einen French Toast, seine Lieblingsspeise. Dann ging ich nach oben, um die Betten zu machen. Ich dachte mir, der ganze Wirbel würde sich vielleicht legen.«

»Und hat er sich gelegt?«

»Nein … Als ich runterkam, fing Larry wieder damit an, wie ich aussah. Er hatte gedacht, ich wäre nach oben gegangen, um mir was Ordentliches anzuziehen. Ich sagte zu ihm, daß ich jetzt zum Joggen gehe, aber er war immer noch wütend wegen der anderen … wegen allem. Also fauchte wir uns noch ein bißchen an, und Matt weinte. Ich dachte, es würde aufhören, wenn ich weggehe, also bin ich weggegangen.«

»Sie sind zum Laufen weggegangen?«

»Ja.«

»Und um wieviel Uhr haben Sie das Haus verlassen?«

»Keine Ahnung. Ich ging erst ein paar Querstraßen lang zu Fuß, wie ich es immer mache, um mich aufzuwärmen, und dann fing ich zu laufen an.«

Sie erzählte es gut … der Stop bei der Bank, die Rückkehr zum Haus, die Inventarliste, bei der sie das Fehlen der Pistole nicht notierte, weil sie das Schlafzimmer nicht wieder betreten hatte. Hardy kam zu der Ansicht, daß Freeman in seiner Furcht vor Jennifers kratzbürstiger Art einen schlimmen Fehler begangen hatte, als er sie nicht als Zeugin hatte aussagen lassen. Sie verstand es, eine zusammenhängende Geschichte zu erzählen und erzählte sie flüssig, auch ihre Stimme gewann bei der Schilderung zunehmend an Selbstvertrauen, und so war ihre Zeugenaussage auch erst unmittelbar vor der Mittagspause zu Ende. Wenn sie sich nur bei Powells Kreuzverhör ebenso wacker schlagen konnte.

»Ich möchte damit anfangen, daß ich Sie bitte, mir etwas zu verdeutlichen. Geht das in Ordnung?«

Während des Mittagessens in der Suite hatte Hardy Jennifer

ihren Sieg ein paar Augenblicke lang genießen lassen, es dann aber für angebracht gehalten, sie auf Powells erwarteten Sturmangriff vorzubereiten. Vielleicht würde es ja klappen – sie sah Powell jetzt seelenruhig an, und ihre Augen schauten hell und klar drein, als sie nickte.

»Sie haben gesagt, und ich zitiere: ›Ich habe meinen Mann nicht umgebracht. Ich habe meinen Sohn *ganz sicher* nicht umgebracht.‹ Wollen Sie damit sagen, daß Sie sich nicht ganz so sicher sind, Larry nicht umgebracht zu haben?«

Das war eine Frage, die Jennifer auf die Palme bringen sollte, und deshalb, dachte Hardy, war es ein kluger Schachzug. Aber er war nicht gewillt, Powell damit durchkommen zu lassen. »Wortklauberei, Euer Ehren. Was ist der Kernpunkt dieser Frage?«

Villars stimmte zu. Jennifer mußte keine Antwort geben, aber Hardy konnte sehen, daß die Frage sie verunsicherte, ihre Selbstbeherrschung bereits angeknackst hatte. Er fing ihren Blick auf und hob die Handfläche halb in die Höhe – ruhig Blut, Jennifer, lassen Sie sich nicht provozieren.

Powell lächelte die Angeklagte an und fing von vorne an. »Wenn es Ihnen nichts ausmacht, Mrs. Witt, dann möchte ich gerne einen Teil Ihrer Erzählung abklären, den ich bislang nicht begriffen habe. Sie haben ausgesagt, daß Sie und Ihr Mann erneut zu streiten anfingen, als Sie wieder die Treppe herabkamen, nachdem Sie die Betten gemacht hatten und so weiter.«

»Larry fing wieder zu schreien an, ja.«

»Und Matt fing zu weinen an?«

»Ja.«

»Und Sie als Mutter, Ihre Reaktion auf das Weinen Ihres Sohnes war es, aus dem Haus zu gehen?«

»Ich habe versucht, dem Ganzen ein Ende zu setzen, indem ich fortging.«

»Ja, das verstehe ich, aber wie haben Sie versucht, Ihren Sohn zu trösten? Haben Sie ihn umarmt? Zu ihm gesagt, daß Sie ihn gern haben?«

»Nein, in dem Moment nicht. Ich dachte mir, wenn der Streit zwischen mir und Larry aufhört, dann hört er schon zu weinen auf ...«

»Und darum ging es, nicht wahr? Daß er damit aufhört?«

»Na ja, nein. Er würde schon damit aufhören, will ich damit sagen.«

»Also sind Sie einfach weggegangen?«

Hardy stand auf. »Bereits gefragt und beantwortet, Euer Ehren.« Auf katastrophale Weise.

Powell zog die Frage zurück, bevor Hardys Einspruch stattgegeben werden konnte. Der Staatsanwalt ging ein paar Schritte auf den Zeugenstand zu. »Na schön, Mrs. Witt. Zu einem anderen Thema – Sie haben erwähnt, daß Sie und Ihr Mann diesen Streit um Geld hatten – Streit ums Haushaltsgeld, wie wir alle ihn dann und wann haben, ist das richtig?«

»Ja.«

»Und Ihr Mann, Dr. Witt … er hatte sich die Buchführung angeschaut, bevor er zum Frühstück nach unten gekommen war?«

»Ja.«

Powell hatte da irgendwas auf Lager, begriff Hardy. Ganz entspannt und gemächlich spazierte er zurück zum Tisch der Anklagevertretung und nahm ein Papier von Morehouse entgegen. Er ging damit zurück in die Mitte des Saals. »Euer Ehren, ich habe hier die Kopie eines Kontoauszugs eines Kontos von Mrs. Witt bei der Pioneer's Bank. Ich möchte das gerne als Beweisstück Nr. 14 der Anklagevertretung registrieren lassen.« Jennifer verkrampfte sich sichtlich.

Hardy bekam Magendrücken. Als Powell zu seinem Tisch hinüberkam, um ihm den Kontoauszug zu zeigen, beschloß er, für Jennifer ein wenig Zeit herauszuschinden. »Euer Ehren, kurze Besprechung bitte?«

Mit finsterem Blick winkte die Richterin Powell und Hardy zu sich nach vorn. »Was gibt's, Mr. Hardy?«

»Euer Ehren, dieses Dokument stand nicht auf der Liste der Beweisstücke der Anklagevertretung.« Während der Ermittlungsphase wurde von beiden Prozeßparteien erwartet, daß sie der Gegenpartei vollständige Listen der Zeugen, die sie in den Zeugenstand zu rufen beabsichtigten, zur Verfügung stellten, ebenso komplette Aufstellungen des Beweismaterials, das sie vorzuführen gedachten. Zwar mußte dann weder auf alle Zeugen noch auf alle Beweisstücke zurückgegriffen werden, aber wenn sie nicht von vornherein aufgelistet waren, konnte man sie in der Regel nicht benutzen. Zumindest theoretisch war der Gerichtssaal kein Ort für Überraschungen – in der Praxis liebten es sowohl die Verteidiger als auch die Staatsanwälte, wenn es sich so ergab. »Ich erhebe Einspruch dagegen, daß das Beweisstück jetzt präsentiert wird«, sagte Hardy.

»Der Herr Verteidiger irrt sich, Euer Ehren.« Da er darauf vorbereitet war, winkte Powell Morehouse vor zum Richtertisch. Der junge Assistent sammelte einen dicken Packen Papiere zusammen und brachte ihn nach vorn, reichte ihn Powell, der seinerseits Kopien an Hardy und Villars weitergab. »Zeile achtzehn, Seite eins der Liste der Beweisstücke, Euer Ehren.«

Hardy las, was da stand: »Finanzpapiere.«

Powell hob jetzt den dicken Packen hoch. »Dies sind die Papiere, eine vollständige Kopie der Unterlagen, die wir der Verteidigung am« – er machte eine Pause, sah auf einem anderen Blatt nach – »am 1. August überreicht haben.«

Hardy und Freeman hatten das Paket selbstverständlich erhalten. Es befand sich jetzt zweifellos in Hardys Büro irgendwo in den sieben Bücherkisten, die vor Zeugenaussagen, Vernehmungsprotokollen, Polizeiberichten beinahe aus dem Leim platzten. Weil Powell es nicht für nötig gehalten hatte, diese Unterlagen in der Phase zur Klärung der Schuldfrage heranzuziehen, hatte Hardy sich der vagen Hoffnung hingegeben, daß sie Powell in dem Wust der Papiere nicht aufgefallen seien. Aber Fehlanzeige.

Die Finanzunterlagen, die Powell jetzt hochhob, waren gut acht Zentimeter dick und enthielten beinahe fünfhundert Seiten alter Steuererklärungen der Witts, dazu Versicherungspolicen, Kontoauszüge, Steuerbescheide, Aufstellungen von Aktiendepots, Kopien eingereichter Schecks, Kaufbelege für die meisten Haushaltsgegenstände. Es gab keinerlei ersichtliche Reihenfolge und auch keinen Index – eine Tonne Tarnung für das eine Blatt, das Jennifer weh tun würde: der Kontoauszug, nur eine Seite lang, der die Existenz des Geheimkontos enthüllte. Powell blätterte durch die Aberdutzenden von Seiten von Fotokopien eingereichter Schecks, bis er das Blatt fand, das dort versteckt war. »Hier ist er, Euer Ehren.«

Villars beugte sich vor, rückte ihre Lesebrille zurecht, nickte. »Da ist er, Mr. Hardy.«

Der Auszug wurde als Beweisstück registriert, und Powell stürzte sich auf Jennifer. »Nun, Mrs. Witt, werfen Sie doch bitte einen Blick auf das Beweisstück Nummer 14 der Anklagevertretung hier. Ist das Ihr Konto?«

Der klare Blick in ihren Augen war verschwunden. Dort war jetzt panische Angst eingezogen. Und Hardy war keine große Hilfe – ihm war genauso zumute. Jennifer nickte. »Ja, das ist mein Konto.«

»Wußte Ihr Mann von diesem Konto?«

Jennifer schluckte. »Ja, natürlich.«

Hardy wußte, daß Meineid im Vergleich zu Mord keine große Sache war, aber es ging ihm mächtig gegen den Strich, daß er die Lüge hören mußte, obschon er verstand, warum Jennifer sie erzählte.

»Mrs. Witt, würden Sie den Geschworenen die Adresse auf diesem Auszug vorlesen?«

Jennifer schaute auf die Kopie, die sie in der Hand hielt. »Postfach 33449, San Francisco, Kalifornien.«

»Ein Postfach? Die Auszüge von diesem Konto wurden nicht zu Ihnen nach Hause geschickt?«

»Nein.«

»Und warum nicht, Mrs. Witt?«

Mit weit aufgerissenen Augen drehte sich Jennifer zu Hardy um. »Ich weiß es nicht.«

»Sie wissen es nicht!« Powells Stimme wurde lauter und tiefer. »Sie wissen es nicht?« wiederholte er. »Stimmt es nicht doch, Mrs. Witt, daß Ihr Mann keine Ahnung von diesem Konto hatte?«

»Nein ...«

»... und daß er entdeckt hatte, daß etwas mit Ihrer Haushaltsabrechnung faul war. Was er entdeckt hatte, war, daß Sie ihn angelogen hatten, was das Geld anging.«

»Nein, das ist nicht wahr ...«

Aber wie Hardy wußte, war es wahr.

Und Powell war noch nicht fertig. Er ging einen Schritt zurück, sprach wieder leiser, schlug eine andere Richtung ein. »Mrs. Witt, haben Sie bereits irgendwelches Geld von der Versicherung Ihres verstorbenen Mannes erhalten?«

Weil sie wegen der neuen Stoßrichtung verwirrt war, hatte Jennifer vielleicht schon einen Augenblick lang gedacht, daß Powell jetzt lockerlassen würde. Sie verneinte die Frage.

»Hatten Sie und Larry ein großes Sparkonto?«

»Nein, nicht wirklich. Ich denke, so um die zwanzigtausend Dollar, etwa in dem Dreh.«

Powell wandte sich an die Geschworenen. »Manche Leute würden das eine ganze Menge Geld nennen, Mrs. Witt, aber ich glaube Ihnen.«

»Dann gab es noch das Ansparkonto für Matts Collegestudium.« Jennifer, die nicht wußte, worauf Powell hinauswollte, versuchte beflissen zu sein. »Das waren noch einmal rund zwanzigtausend Dollar.«

»Und was ist mit Ihrem Haus?«

Hardy sprang hoch. »Euer Ehren, was soll das alles?«

Powell drehte sich zu ihm um, wandte sich dann wieder zurück. »Ich werde Ihnen sagen, was das alles soll, Euer Ehren. Es zeigt nämlich ganz offensichtlich, daß diese Morde aus *Geldgier* geschahen.« Er hob wieder den Bankauszug der Pioneer's Bank in die Höhe. Aufgebracht wandte sich Powell wieder Jennifer zu. »Mrs. Witt, dieses Konto von Ihnen, dessen Auszüge an ein Postfach geschickt wurden, wie hoch war Ihr Guthaben, als man Sie wegen dieser Morde verhaftet hat?«

Jennifer betrachtete eingehend ihre Hände.

»Ich werde Ihnen sagen, wie hoch das Guthaben war, falls Sie sich nicht mehr daran erinnern. Es steht hier auf diesem Auszug. Es sind etwas mehr als dreihunderttausend Dollar, Mrs. Witt. Geld, das Sie Ihrem Mann im Verlauf von beinahe sieben Jahren gestohlen haben. Geld, das Sie aus Ihrem eigenen Haushalt unterschlagen haben.«

Jennifer verlor die Nerven, ihre Stimme wurde schrill. »Wir sind *nie* ausgegangen! Begreifen Sie das nicht? Er hat mich *nie* irgendwas unternehmen lassen. Sie haben ja keine Ahnung, wie es war, wie *er* war. Er hat es noch nicht einmal vermißt ...«

»Aber an jenem Morgen tat er es, nicht wahr, Mrs. Witt? Und Ihr geliebter Matt stand Ihnen ebenfalls im Weg ...«

»Einspruch!«

»Sie haben die Pistole nicht in der Hitze des Streits hervorgeholt – Sie hatten die Grundzüge des Ganzen seit einiger Zeit *geplant* ...«

»Euer Ehren, *Einspruch*.«

»Sie gingen nach oben, um die Waffe zu holen ...«

»*Einspruch*.« Hardys Stimme war schrill geworden. Villars klopfte mit dem Hammer auf den Tisch. Powell übertönte sie beide, schrie aus voller Lunge, kam Schritt für Schritt auf Jennifer zu.

»Jetzt plötzlich, war es der Moment, in dem Sie zuschlagen mußten. Er sagte, er würde sich sein Geld *zurückholen, war es nicht so?«* – zuletzt, ihr mitten ins Gesicht – *»Ist das nicht der Grund, warum Sie ihn umgebracht haben?«*

Jennifer fuhr aus dem Zeugenstand hoch, daß ihr Stuhl beinahe umgekippt wäre, und ging mit verzerrtem Gesicht auf Powell los. »Nein. *Ich habe ihn nicht umgebracht, Sie Scheißkerl!*«

»Setzen Sie sich, alle miteinander. Mr. Powell …« Villars drosch ihren Hammer auf die Tischplatte.

Jennifer schrie, war völlig von Sinnen.

»Ruhe! Ruhe! Wachtmeister!«

Aber selbst die Wachtmeister hielten sich zurück und ließen Jennifer sich wieder beruhigen, bis sie erschöpft den Stuhl wieder aufrichtete und sich setzte.

Powell starrte sie an. Er ließ die Schultern hängen. »Ich verstehe nur eines nicht, nämlich wieso Sie Matt erschießen mußten«, flüsterte er. Er drehte sich um und verkündete, daß er keine weiteren Fragen habe.

Die Geschworenen mußten zweimal abstimmen, berieten zwei Stunden und siebzehn Minuten lang. Das Abstimmungsergebnis war, wie es vom Gesetz vorgeschrieben war, einstimmig. Und es lautete auf die Todesstrafe.

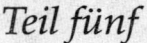

Teil fünf

50

Hardy wachte schweißgebadet auf, schnappte nach Luft, das grüne Zimmer wurde immer enger, als das nach Bittermandel riechende, ätzende Gas sich den Weg hinunter in seine Lungen suchte, sie nach innen implodieren ließ und ihn in stumme Agonie versetzte – im Traum erwachte er durch den Schrei. Im wirklichen Leben würde der Schrei bei dieser Todesart stumm sein, bereits in dem Augenblick erstickt, als er entstand.

Alles war in Ordnung. Er befand sich im Schlafzimmer, Frannie lag schlafend neben ihm. Dem Wecker neben dem Bett zufolge war es kurz nach drei – er hatte fast zwei Stunden geschlafen.

Er stand auf und ging nackt ins Badezimmer, um sich Wasser ins Gesicht zu spritzen. Er hatte geschwitzt – das Haar klebte ihm am Kopf. Er schluckte Aspirin mit Wasser und strich sich über die Haut um seine Augen – die schwarzen Ränder unter den Augen ließen sich nicht abwaschen.

Er setzte sich, noch immer unbekleidet, im Wohnzimmer in seinen Sessel. Es war kalt, kälter als sonst um diese Jahreszeit. Nach einigen Minuten hörte er Schritte, und Frannie stand neben ihm.

»Schlecht geträumt?« Sie setzte sich auf seinen Schoß und schlang ihm die Arme um den Hals. »Du fühlst dich ganz klebrig an«, sagte sie.

Er war nicht in der Lage, etwas zu sagen. Ihre Hände streichelten ihm über den Kopf, strichen sein Haar glatt. Er umarmte sie und drückte sie fest an sich.

»Ich hol dir eine Decke.«

Als sie wiederkam, hatte er Schüttelfrost. Er konnte gar nicht mehr aufhören. Sie legte ihm die Decke um und verschwand wieder, um noch eine zweite, dickere Decke zu holen. Als sie wiederkam, hatte er sich schon wieder bloßgedeckt und atmete schwer. Sie wickelte ihn in die zweite Decke, rieb mit der Hand über seine feuchte, heiße Stirn und legte sich auf dem Fenstersitz unter eine farbige Wolldecke, den Kopf auf einem Sitzkissen neben den Knien ihres Mannes.

Er wachte erneut auf. Bis zur Dämmerung schien es noch weit zu sein.

Vom Sessel aus lauschte er in die Dunkelheit, versuchte, irgend etwas jenseits der Geräusche in dem stillen Haus zu hören – der Atem Frannies neben ihm im Erker, das Gurgeln des Aquariums ganz hinten in ihrem Schlafzimmer.

Irgend etwas – vielleicht ein Geräusch, glaubte er – war in sein Bewußtsein gedrungen.

Ein Kälteschauer schüttelte ihn, gefolgt von einem plötzlichen Schrecken. Wenn er tatsächlich der Sache auf die Spur gekommen war, von der er überzeugt war – angenommen, irgendwer versuchte zu verhindern, daß er das, was er wußte, an die Öffentlichkeit brachte?

Er konnte sich nicht mehr daran erinnern, wie er ins Bett gekommen war. Er konnte sich nicht mehr daran erinnern, wie er in diesen Sessel gekommen war oder warum Frannie hier neben ihm lag. Er warf die Decke ab und überlegte, daß er hereingekommen, die Schuhe ausgezogen und dann zusammengebrochen sein mußte.

Seine Pistolen!

Seine Waffen aus der Zeit als Polizist lagen im verschlossenen Safe. Als Rebecca das Zimmer bekommen hatte, das ihm vorher als Büro diente, hatte er den Safe herausgehievt und hinter der Küche auf dem obersten Regal über seiner Werkbank verstaut. Jetzt zwang er sich, benommen und unsicher auf den Beinen, wie er war, aufzustehen, ging quer durchs Haus und machte alle Lichter an.

Der Safe war nicht angerührt worden.

Er öffnete ihn. Die Waffen lagen noch dort. Er war tatsächlich kurz vorm Durchdrehen. Kein Mensch verfolgte ihn. Nicht hier. Nicht bei ihm zu Hause.

Und dann kam ihm der Gedanke, daß Larry Witt vielleicht genau dasselbe gedacht hatte. Und ebenso Simpson Crane. Und beide waren mit ihren eigenen Waffen in ihren eigenen vier Wänden erschossen worden …

Lächerlich.

Mit der .38er in seiner Hand beschloß er zitternd, daß er, um sicherzugehen, auch den Rest des Hauses absuchen würde. Es blieb nicht mehr viel übrig. Vincents Zimmer, Rebeccas Zimmer, das Elternschlafzimmer. Er ging wieder zurück in die Küche, ins Eßzimmer, ins Wohnzimmer, ging den langen Flur entlang und machte alle Lichter an. Nichts. Er war verrückt geworden.

Er sah auf die geladene Schußwaffe in seiner Hand und wußte, daß sich genau auf diese Weise Unfälle im eigenen Heim ereigneten. Ein halbdunkles Haus, die Frau oder das Kind, die unerwartet hereinkam, während der Mann eine geladene Waffe in der Hand hielt und glaubte, jemanden gehört zu haben, der einzubrechen versuchte, jemanden, der einen Grund dafür haben könnte.

Er ging zurück in den Werkraum. Als er das verdammte Ding zurück in den Safe legte, kam ihm plötzlich ein neuer Gedanke. Die Knie wurden ihm weich. Nein, es war zu grotesk, um überhaupt in Betracht gezogen zu werden. Er mußte sich hinsetzen.

Larry hatte Matt schließlich doch geschlagen. Und zwar mehr als nur einmal. Vielleicht war Matt während des Streits hereingekommen und hatte für die Mutter Partei ergriffen, seinen Dad genervt, er solle seine Mom in Frieden lassen, und Larry hatte endgültig die Nerven verloren, als auch noch der Junge ankam und Ärger machte, und ihm die Pistole, die er in der Hand hielt, seitlich gegen den Kopf geschmettert. Und dann begriff er, was er getan hatte, daß er es nicht vertuschen oder gar ungeschehen machen konnte. Der Junge, vielleicht mit einem gebrochenen Kiefer, war der lebende Beweis für das, was aus Larry geworden war, wer er wirklich war. Seine Karriere wäre zu Ende, sein sorgfältig geordnetes, von A bis Z kontrolliertes Leben … Und innerhalb von Sekundenbruchteilen, als Matt vor dem Badezimmer auf dem Boden lag und Jennifer ihn anflehte, doch aufzuhören, kam ihm die einzige Lösung in den Sinn. Jeden Beweis für das, was er getan hatte, zu zerstören. Eine Kugel würde jedes Zeichen dafür, daß er seinen Sohn jemals geschlagen hatte, auslöschen. *Das* würde ihm nie jemand nachsagen können.

Doch dann würde auch nichts mehr da sein, kein Grund, das eigene Leben fortzusetzen, also richtete er die Waffe auf sich selbst.

Aber bevor er es tut, dreht er sich noch zu Jennifer um und sagt: »Das ist alles deine Schuld.« Und da sie so ist, wie sie ist, *glaubt* sie ihm, in jenem Augenblick und auch noch später.

Hardy, der im Werkraum auf dem Boden saß, verfolgte diesen Gedanken bis zu Ende. Aber natürlich konnte es nicht so gewesen sein. Die Tatsache, daß die Waffe beseitigt worden war, schloß diese Möglichkeit aus.

Außer für den Fall, daß Jennifer sich für den Streit und alles, was ihn auslöste, wie immer selbst die Schuld gab, die Pistole selbst beseitigte und in den Müllcontainer warf. Auf diese Weise würde es nicht Larrys Fehler sein. Der wertvolle Ruf von Dr. Larry Witt wäre gerettet. Und sie – Jennifer – würde bekommen, was sie verdiente, weil sie damit angefangen hatte, weil sie so war, wie sie war.

Es war zu verdreht. Es konnte nicht so gewesen sein.

Und dennoch paßte einiges davon ins Bild – Jennifers unbeirrbares Abstreiten, daß sie ihren Sohn und ihren Ehemann umgebracht hat. Und was noch erschreckender war, dachte er, es paßte zu ihrem Persönlichkeitsprofil – Selbsthaß, Schuldgefühle, der Wunsch nach Bestrafung. Denn in der Tat war ihr unmittelbares Gefühl, als alles vorbei war, die schuldbewußte Freude, daß Larry tot war. Sie hatte ihn gehaßt, hatte alles gehaßt, was er getan hatte. Auch wenn sie den Verlust von Matt schon physisch kaum ertragen konnte, verringerte das – in dieser ersten unmittelbaren Gefühlsaufwallung – nicht die noch stärkere Freude darüber, daß *Larry* nicht mehr am Leben war. Daß sie endlich frei von ihm war.

Und wenn sie sich gleich nach dem Verlust ihres Sohnes solchen Gefühlen hingeben konnte, dann mußte sie wirklich das Gefühl haben, daß sie seelenlos war und jede Bestrafung, die die Gesellschaft ihr auferlegte, verdiente. Ja, sie würde ihrerseits mithelfen. Sie *hatte* mitgeholfen. Sie tat es sich selbst an.

Hardy lehnte sich fiebernd an die Wand. So war es nicht gewesen. So konnte es nicht gewesen sein. Er hatte noch andere Ideen, denen er nachspüren mußte, und sie ergaben weit mehr Sinn. Er war im Fieberwahn.

»Du kannst heute nicht raus.«

Hardys Fieber hatte sich bei knapp unter 40°C eingependelt, was nur zur Hälfte dem Alter entsprach, nach dem er sich fühlte. Er trank gerade seine dritte Tasse schwarzen Kaffee und hatte sich dazu gezwungen, ein paar Happen Bauernfrühstück, Toast und Orangensaft runterzubringen. »Die Verabredung ist um neun. Ich muß hingehen. Mir bleiben nur noch drei Tage.«

Drei Tage, bis Villars, die dreizehnte Geschworene, endgültig ihre Entscheidung über das Urteil verkündete – Dienstag um neun Uhr dreißig. Hardy hatte bereits seinen routinemäßigen Antrag auf Aussetzung des Urteils vorbereitet, der dann fällig wurde, und glaubte, daß er trotz alledem zumindest doch noch die Chance hatte, das Urteil in lebenslängliche Haft abzumildern. Wenn er nur irgend etwas finden konnte, das Villars dazu bewegen würde, etwas, das sie für zulässig befände.

Nach der Urteilsverkündung hatte er die halbe Nacht damit verbracht, im Gespräch mit Jennifer alle Möglichkeiten durchzugehen. Seinen letzten Trumpf hielt er vorerst zurück – eigenmächtig hatte er beschlossen, daß er Villars wenigstens das BWS-Motiv darlegen würde, wenn es die einzige Möglichkeit sein sollte, das Todesurteil abzumildern. Doch in der Zwischenzeit hatte er Jennifer in die BMG-Situation eingeweiht, und sie hatte ihn dazu ermächtigt, überall nachzuhaken, wo er nachhaken mußte, und alles zu tun, was notwendig war, um einen Beweis heranzuschaffen. Immerhin wollte sie jetzt ihr Leben retten.

Als ersten Schritt hatte er – am Freitag um acht Uhr abends – den Aufsichtsratsvorsitzenden der BMG angerufen. Dr. Clarence Stone wohnte in San Francisco und hatte Hardy eine Stunde am Samstag morgen bei sich zu Hause freigehalten, nachdem dieser ihn von der Dringlichkeit seines Anliegens überzeugt hatte. Also mußte Hardy hinfahren, Grippe hin oder her.

Rebecca und Vincent spielten im Kinderzimmer mit Legosteinen. Frannie sagte: »Schau mal, du bist krank. Du hast rund um die Uhr geackert. Du bist im vergangenen Monat nicht viel zu Hause gewesen. Du mußt einfach auf dich aufpassen.«

Er versuchte trotz seines total benebelten Kopfes zu lächeln. »Das ist auch meine Absicht. Das mach ich. Bald. Versprochen.«

Vincent fing an zu plärren, und Frannie eilte in den hinteren Teil des Hauses. Hardy stand ganz langsam auf und setzte sich noch langsamer in Bewegung, suchte an den Möbeln nach Halt, damit er nicht umkippte und quälte sich ins Kinderzimmer. Vincent hatte sich den Finger in einer der Federn der Kinderkarre geklemmt, und Rebecca hatte rein aus Mitgefühl ihrerseits zu schreien begonnen. Hardy drehte den Kopf von ihr weg, hob sie hoch und wiegte sie in seinen Armen.

In einer Minute trotteten sie wieder nach vorn in die Küche, hielten die Kinder in den Armen. Frannie trug Vincent und holte einen Eiswürfel aus dem Gefrierschrank, um ihn auf den geklemmten Finger zu legen. »Kannst du denn nicht wie jeder andere auch einfach Berufung einlegen?«

»Wen rufen?« fragte Rebecca. »Oma rufen?« Vincent hielt über Frannies Schulter nach Oma Ausschau und wiederholte das Wort.

Beide fingen zu rufen an: »Oma! Oma!« Der Singsang ging weiter, wurde lauter. Seine Kinder waren zwei Komiker. Es war großartig, daß sie sich liebten und den gleichen Sinn für Humor hatten. Dieses Spiel mit Oma war lustig lustig lustig, eine echte Zirkusnummer zum Totlachen.

Hardy hatte das Gefühl, sein Kopf würde jeden Moment abheben, ohne daß der Rest von ihm mitkäme. Natürlich wollten die Kinder jetzt Oma besuchen, und natürlich war das ein Problem.

»Wenn du dich gut genug fühlst, um rauszugehen, warum fährst du dann nicht mit den Kindern los und besuchst Oma?« Er wußte, daß Frannies Gefühle in gewissem Maße gerechtfertigt waren, aber trotzdem war er in diesem Moment nicht gerade begeistert von ihr. »Nimm beide Kinder mit«, fuhr sie fort. »Die Mammi braucht eine Pause.«

Clarence Stone wohnte in einer stattlichen Villa im Seacliff, geographisch gesehen nicht einmal eine Meile von Hardys Haus entfernt und psychologisch betrachtet in einer anderen Galaxis. Der kurze Fußweg vom nächsten Punkt der in Kreisform angelegten Zufahrt bis zur Eingangstür haute Hardy glatt um. Er brauchte fast eine Minute, bis er wieder bei Atem war und an der Tür klingelte.

Ein leibhaftiger Butler machte ihm die Tür auf, und gemeinsam durchquerten sie eine lange Eingangshalle, wobei das Geräusch ihrer Schritte von einem dicken Perserteppich verschluckt wurde. Der Butler geleitete ihn in ein Mittelding aus Arbeitszimmer und Bibliothek, wo ein weißhaariger Mann mit kurzem Schnurrbart an einem Schreibtisch saß, der ebenso gewaltige Ausmaße hatte wie der in Freemans Büro. Der Mann trug einen braunen Morgenrock aus Seide und schrieb mit einem Füllfederhalter. Als Hardy angekündigt wurde, hörte er auf zu schreiben, legte den Füller weg und erhob sich – unter dem Morgenrock trug er schwarze Hosen –, kam um den Schreibtisch herum und streckte Hardy die Hand entgegen.

»Sie sehen nicht gut aus, mein Sohn.«

Daran hatte Hardy keinerlei Zweifel – er fühlte sich auch nicht gut. Er hatte während der ganzen Fahrt Schüttelfrost gehabt. Der dicke Nebel schien gegen jede Wärme oder sogar Licht zu isolieren. Hardy hatte die Autoheizung voll aufgedreht und das Gebläse angestellt, doch es hatte nichts genützt.

»Leichte Grippe«, sagte Hardy. »Weiter nichts.«

Stone, der Arzt, beauftragte den Butler, ihnen Tee mit viel Zitrone und Honig zu bringen. Er ließ Hardy in einem Clubsessel Platz nehmen und den Mantel ausziehen. Er bat um die Erlaubnis, ihn kurz untersuchen zu dürfen. Kein Honorar.

»Bekommen Sie genug Schlaf? Sie sollten damit im Bett bleiben, wissen Sie das?«

Durch die klappernden Zähne ließ Hardy ein schwaches Lachen hören. »Ich habe diese Woche meine acht Stunden Schlaf bekommen. Es geht mir bestens.«

Stone besaß einen altmodischen schwarzen Ärztekoffer, stellte ihn auf den Boden und holte ein paar Gerätschaften heraus. Er hörte Hardys Brust ab, steckte ihm ein digitales Thermometer ins Ohr, sah ihm in die Ohren und in den Hals. »Jawoll, Sie haben eine Grippe.«

Der Tee wurde gebracht, und Stone bereitete zwei Gläser vor. »Es muß demnach wichtig sein«, sagte er. »Sie sollten wirklich nicht draußen rumlaufen.«

»Es ist wichtig«, sagte Hardy. Er zog sich den Mantel wieder an und wickelte sich fest darin ein.

Stone saß ihm schräg gegenüber, war ganz Ohr. »Gestern abend sagten Sie, daß es um die BMG geht?«

In der Annahme, daß Stone mit dem Hintergrund der Geschichte vertraut war, gab Hardy die kurze Version wieder und schloß mit Larry Witts Sorge, was den kurzen Zeitraum und den Ton des Rundschreibens mit dem Angebot der Aktienzeichnung anbelangte.

Als er fertig war, antwortete Stone nicht sofort. »Kennen Sie viele Ärzte, Mr. Hardy?«

Hardy nickte. »Einige.«

»Wissen Sie auch, wie viele Leute Ärzten etwas zu verkaufen versuchen?« Er hob die Hand. »Nein, ich werde es Ihnen sagen. Nicht ein einziger Tag vergeht, ohne daß ein durchschnittlich erfolgreicher Arzt zehn Broschüren mit Aktientips erhält, zwei oder drei Anträge für Kreditkarten, Angebote für Kreditrahmen, was Sie wollen. Selbst wenn man die Mühe auf sich nimmt, die Post dazu zu bringen, diese Werbebriefe auszusortieren, wird man noch damit überschwemmt. Glauben Sie mir, ich habe es versucht. Es ist jenseits jeder Kontrolle.«

»Na schön.«

»Na schön. Aber Sie scheinen zu glauben, daß eine knallige

Aufmachung, eine erstklassige Broschüre einen Unterschied machen. Sie tun es nicht. Wir kriegen so was jeden Tag. Tatsächlich hat der Aufsichtsrat absichtlich beschlossen, lieber ein vorsichtig formuliertes Rundschreiben rauszuschicken als ein sensationelles. Wir wollten keine falschen Hoffnungen bezüglich der zukünftigen Erfolge der Gruppe nach der Umstrukturierung zu einem gewinnorientierten Unternehmen wecken. Es lag völlig im Bereich des Möglichen, daß wir alle zusammen hätten untergehen können. Keiner von uns – mit Sicherheit niemand aus dem Aufsichtsrat – hat PacRims Interesse oder den großen Profit vorhersehen können.«

»Was ist mit dem kurzen Zeitraum, den Sie den Leuten ließen?«

»So kurz war er gar nicht.« Stone lehnte sich zurück, ganz offensichtlich entspannt, und schlug die Beine übereinander. »Ärzte neigen dazu, ihre Nasen in Bücher zu stecken, Mr. Hardy. Sie können lesen. Aber wie alle anderen handeln sie oft erst dann, wenn sie handeln müssen. Also gibt man ihnen einen Termin, das bringt die Dinge ins Rollen. Außerdem vergessen Sie nicht, daß es sich um eine Höchstinvestition von zwanzig Dollar handelte. Zwanzig Dollar. Nicht gerade die Art von Entscheidung, die man mit seiner Frau oder seinem Anwalt durchdiskutieren muß. Es war eine Sache ohne Haken und Ösen, und jeder hatte eine Chance.«

»Aber nicht jeder hat Aktien gekauft.«

Stone zuckte die Schultern, nickte. »Wenn Sie darin einen konspirativen Akt sehen, befürchte ich, daß wir ab sofort getrennte Wege gehen müssen.«

Es wäre leichter gewesen, wenn Stone auch nur das geringste Anzeichen gezeigt hätte, daß er sich in der Defensive befand, doch er saß so bequem in seinem Sessel, sprach so gemäßigt, und, was am allerschlimmsten war, alles, was er sagte, klang einfach völlig einleuchtend.

Hardy beugte sich vor. »Ali Singh sagte, daß nur dreißig Ärzte Anteile gekauft haben.«

Stone stimmte ihm zu. »Vielleicht vierzig. Ich kann es nicht mit Sicherheit sagen. Sicher waren es weniger, als sich heute wünschen, Aktien gekauft zu haben.« Er breitete entschuldigend die Arme aus, kehrte die Handflächen nach außen. »Doch so läuft das eben. Wer wünschte sich jetzt nicht, er hätte Anteile von Apple gekauft, als das Unternehmen anfing, oder sogar von McDonald's?«

»Aber Dr. Witt hat sich noch vor dem Verkauf beschwert.«

»Wissen Sie denn, daß er sich beschwert hat? Bei wem hat er sich beschwert? Vielleicht wollte er einfach nur um eine Fristverlängerung bitten. Vielleicht hatte er eine schnelle Frage. Vielleicht sonst was. Ich kannte Dr. Witt nicht persönlich, deshalb habe ich keine Ahnung.«

Dieses Gespräch gab Hardy ein Gefühl von déjà vu – Villars hatte dieselben Einwände gehabt. Hardy wußte einfach nicht, was er glauben sollte. Er war auf Annahmen und Hoffnungen angewiesen, aber er hatte keinerlei Fakten in der Hand. Eine weitere Welle von Übelkeit schwappte über ihn hinweg, er lehnte sich in den Sessel zurück und schloß die Augen.

»Mr. Hardy?«

»Ich glaube, ich gehe lieber«, sagte er. »Vielen Dank. Sie waren sehr hilfreich.«

Stone nahm Hardy am Arm und führte ihn quer durchs Zimmer und durch die Tür zur Eingangshalle. »Wissen Sie«, sagte Hardy, »ich habe noch eine weitere Frage, wenn es Ihnen nichts ausmacht … Was ist mit den Anteilen passiert, die keiner gekauft hat?«

Das war nur ein weiteres verwaltungstechnisches Detail, und Stone war ganz offen. »Einige der Anteile befinden sich in Treuhandverwahrung, zählen zum Vermögen der Gruppe. Andere haben wir als Bonus verschenkt. Und einige weitere haben wir für Dienstleistungen eingetauscht.«

»Wie zum Beispiel Anwaltsgebühren?«

Stone lächelte. »In der Tat, so ist es. Mr. Bachman hat damit einen guten Coup gelandet. Und wir hatten gedacht, daß wir damit ein gutes Geschäft, tatsächlich sogar ein unglaubliches Geschäft gemacht hätten.«

Sie waren an der Tür angekommen. Stone schmunzelte noch immer über Bachmans Gewieftheit. »Crane hat uns normalerweise zweihundertfünfzig pro Stunde berechnet, und Bachman schlug vor, er würde den Papierkram zur Umwandlung der Geschäftsform für fünfzigtausend Anteile erledigen. Wir überschlugen, daß er auf ungefähr hundert Stunden kommen würde, und die Anteile waren zweitausendfünfhundert Dollar wert – zu der Zeit. Es war ein Bombengeschäft. Also hat der Aufsichtsrat eingewilligt. Und tatsächlich kam er dann auf mehr als dreihundert Stunden, also dachten wir, daß wir wirklich sehr gut dabei abgeschnitten hätten.«

»Fünfzigtausend Anteile?«

»Zu fünf Cent pro Anteil, vergessen Sie das nicht. Es waren Peanuts. Jetzt natürlich ...«

Hardy wartete.

»Nun, wir alle haben einiges dabei rausgeholt, ich sollte es Mr. Bachman nicht mißgönnen. Er hat viel Arbeit reingesteckt und uns alle sehr viel reicher gemacht. Ist das eine Sünde?«

»Wieviel hat er schließlich kassiert?«

Stone spitzte die Lippen, lächelte. »Ich nehme an, es ist amtlich festgehalten. Ich kann es Ihnen also sagen – ein wenig über sieben Millionen Dollar.«

Hardy wiederholte den Betrag. Langsam. Laut.

Stone stimmte ihm zu, daß es ein tolles Geschäft war. »Jetzt fahren Sie besser nach Hause und legen sich ins Bett. Nehmen Sie alle vier Stunden ein Aspirin.«

»Und nehmen Sie reichlich Flüssigkeit zu sich«, sagte Hardy.

Der Arzt lächelte. »Genau. Dann schicken Sie mir fünfzig Dollar.« Das Lächeln machte einem breiten Grinsen Platz. »Entschuldigen Sie, vergessen Sie die fünfzig Dollar. Die Macht der Gewohnheit.«

Doch er fuhr nicht nach Hause.

David Freeman war hin und weg, er dirigierte im Wohnzimmer soeben ein klassisches Konzert – Hardy kannte das Stück nicht. Er warf seine Aktenmappe auf den Boden und plumpste müde auf Freemans Couch, deckte sich mit ein paar Kissen zu, um es warm zu haben und sah Freeman zu, wie er – den Stab in der Hand – seine Symphonie dirigierte.

Er döste ein.

Als er aufwachte, klebte der Nebel noch immer an den Fenstern. Freeman hatte eine Decke über ihn geworfen. Es war ruhig, und der ältere Mann saß am Küchentisch und arbeitete, las in einer Akte, machte sich Notizen.

»Wie spät ist es?« Hardys Knochen waren zu schwer, als daß er den Arm hätte heben können.

Freeman sah auf. »Nach zwei. Ich werde nach einem Prozeß normalerweise ebenfalls krank.«

»Ich darf nicht krank sein.« Hardy versuchte sich aufzurichten. Es gelang ihm nicht ganz. »Warum bin ich hergekommen?« sagte er, halb zu sich selbst.

»Warum sind wir hier? Was ist das Leben? Die großen Fragen.

Das ist es, weshalb ich Sie mag. Wie ist es mit einem Mittagessen? Ich sterbe vor Hunger.«

»Ich glaube nicht, daß ich etwas essen kann.«

»In Ordnung.« Freeman ging dennoch zum Kühlschrank und begann herumzukramen.

»Jetzt fällt's mir wieder ein.« Diesmal gelang es Hardy, sich aufzurichten. Er zog die Decke um sich fest. »Jody Bachman hat sieben Millionen Dollar rausgeholt.«

Das Rumoren hörte auf.

»Fünfzigtausend Anteile«, sagte Hardy.

Freemans Kopf tauchte über der Tür des Kühlschranks auf. »Welches von beiden?« fragte er.

»Beides.«

»Wollen Sie damit sagen, er hat sieben Millionen Dollar *plus* fünfzigtausend Aktien bekommen?« Er schüttelte den Kopf. »Wir haben den falschen Beruf.«

»Nein, er hat fünfzigtausend Aktien bekommen, die sieben Millionen Dollar wert waren, wie sich später rausstellte.«

Freeman gab sein Herumstöbern auf, durchquerte das kleine Wohnzimmer und setzte sich ans Ende der Couch. Sein Gesicht sah plötzlich besorgt aus. Er kratzte sich an den Bartstoppeln. »Er hat Aktien als Bezahlung angenommen? Ist er der Kanzleichef dort unten?«

»Ja, er hat Aktien angenommen. Nein, er ist nicht der Kanzleichef. Warum?«

Freeman lehnte sich zurück. »Welchen Wert hatten die Anteile?«

»Jeder fünf Cent«, sagte Hardy. »Was denken Sie?«

»Ich denke, daß Sie vielleicht etwas gefunden haben.«

»Ich dachte das auch.« Hardy wußte exakt, was er sich dachte, aber er wollte gern eine Bestätigung von außen. Er hatte sich zu oft aus dem Fenster gelehnt, ohne daß er die Tatsachen hieb- und stichfest benennen konnte. Das sollte nicht noch einmal passieren. »Ich bin aber nicht sicher, ob ich weiß, was es bedeutet.« Er wartete ab.

Der Gedanke, die Schlußfolgerung schien in Freemans Kopf geradezu Knospen zu treiben. Er stand auf und ging zum Fenster, besah sich eingehend den Nebel. Hardy ritt einen weiteren Schüttelfrostanfall ab, merkte dann, daß er schweißgebadet war. Er warf die Decke ab, doch dann bekam er wieder Schüttelfrost.

Als Freeman sich umdrehte, war Abscheu auf seinem Gesicht zu lesen. »Sie sehen entsetzlich aus.« Nachdem er das gesagt hatte, setzte er sich in Bewegung, kam zur Couch zurück, setzte sich dicht neben Hardy und erklärte ihm, was er sich überlegt hatte.

Große Anwaltskanzleien wie Crane & Crane erlaubten es ihren Angestellten und Juniorpartnern normalerweise nicht, Aktien, die im Grunde wertlos waren, als Ausgleich für sofort realisierbare Stundenhonorare anzunehmen. Jody Bachman, jung und ehrgeizig, hatte irgendwie eine Abmachung mit PacRim getroffen, oder aber er wußte, daß PacRim ein möglicher Aufkäufer für die BMG war. Freeman sagte, er sei sich bezüglich der Details nicht sicher – wer könnte das schon? –, aber Bachman mußte der Ärztegruppe dann seine Idee mit dem Aktienkontigent schmackhaft gemacht haben.

Was alles wunderbar gewesen wäre, außer daß Simpson Crane, der Kanzleichef von Crane & Crane, dagegen war. Bachman steckte mehrere hundert Stunden anrechenbarer Honorarzeit in die Sache und brachte für seine Bemühungen nicht einmal zehn Cent. Und seine Begründung dafür stank. Es war möglich, daß Simpson ihn deswegen zur Rechenschaft gezogen hatte, oder Bachman konnte zu Simpson gegangen sein und ihn wegen des Aktiengeschäfts um Erlaubnis ersucht haben. Doch wenn Simpson Crane es sich zur Gewohnheit macht, Anteile mit einem maximalen Nennwert von zweitausendfünf*hundert* Dollar anstelle eines garantierten Honorars von fünfundsiebzig*tausend* Dollar in bar anzunehmen, würde er nicht mehr lange Besitzer einer Anwaltskanzlei sein.

Er würde ›Nein‹ gesagt haben. Und das hätte Jodys Pläne ruiniert – sowohl was ein Vorwärtskommen in der Kanzlei als auch sein persönliches Vermögen betraf. Es hätte vielleicht sogar die Verlobung mit seiner Freundin Margret Morency gefährdet, der Millionärin aus der High Society.

Falls Simpson Crane das einzige war, was zwischen Bachman und allem, wofür er gearbeitet hatte und was er beruflich und persönlich erreichen wollte, stand, und falls Simpson gedroht hatte, die Sache zu vereiteln, wäre das nicht vielleicht ein Motiv für Mord? Simpson könnte ihm sogar gedroht haben, ihn auf der Stelle vor die Tür zu setzen. Freeman hätte das mit Sicherheit getan.

»Also. Da hätten wir's«, schloß Freeman. »Was halten Sie davon?«

Hardys Augen brannten jetzt, und sein Mund war knochentrocken, aber er hatte während des gesamten Monologs aufmerksam zugehört. Es war dem Szenario, das er selbst entworfen hatte, ähnlich genug. Jetzt mußte er die Sache nur noch beweisen.

»Ich gebe Ihnen neun Punkte dafür«, gab Hardy zur Antwort. »Meine Freundin kann dazu tanzen.«

Freeman schaute ihn an, als sei er ein Marsmensch. Hardy begann zu fiebern, und Freeman sagte, er solle ein Taxi nehmen und nach Hause fahren. Er ließ ihn auf der Couch sitzen und ging in die Küche, um das Taxi zu rufen.

Trotz aller gutgemeinten Ratschläge aber dachte er nicht daran, nach Hause zu fahren. Er hatte dazu keine Lust. Am Dienstag morgen war eine Besprechung mit Villars angesetzt, und falls das hier nicht klappte, mußte er den Montag damit zubringen, seinen Antrag für den Fall der Fälle vorzubereiten.

Das hier war seine beste Chance. Vielleicht klappte es ja.

Er rief Frannie vom San Francisco Airport aus an und stellte sich dem erwarteten Zornesausbruch. Es war ihr gutes Recht, zornig zu sein. In den letzten Monaten hatte er sich weder als Vater noch als Ehemann besondere Verdienste erworben. Aber er würde es bei ihr wieder wettmachen, bei den Kindern ebenfalls. Aus dem Prozeß hatte er etwas gelernt. Eine ganze Menge. Es war ein verrücktes Leben, und er war einfach so hineingeraten. Aber er hatte genug davon. Er würde etwas anderes machen – oder aber das, was er jetzt machte, auf andere Weise. Sobald alles vorbei war.

Doch zuerst würde er die Sache durchziehen.

Wenn sie sich abgeregt hatte, würde sie es schon verstehen. Außerdem würde sie gar nichts anderes von ihm erwarten – schließlich war sie diejenige gewesen, die darauf bestanden hatte, daß er sein Möglichstes tue, um die Wahrheit hinter dem Mord an Larry Witt herauszufinden. Und hinter dem Mord an Matt. Jennifer zuliebe. Und jetzt würde er genau das tun, egal ob krank oder nicht, falls er nicht bei dem Versuch ins Gras beißen würde.

51

Das Flugzeug sollte planmäßig eine Stunde vor Sonnenuntergang in Burbank landen. Er hielt in einem Fenstersitz ein Nickerchen, mit einer Decke zugedeckt, als der Pilot im Lautsprecher den Landeanflug ankündigte. Er machte die Augen auf und genoß die Aussicht. Die Sonne, zwei- oder dreimal so groß wie sonst, glitzerte draußen auf dem Pazifik durch einen roten Nebel. Als er nach unten blickte, sah Hardy das Labyrinth der Schnellstraßen, die sich durch das Tal schlängelten, der Hollywood Highway selbst jetzt an einem frühen Samstag abend verstopft, der Golden State Highway in Richtung Stadtmitte ebenfalls eine einzige Autoschlange. Der Pasadena Highway machte noch nicht den Eindruck eines Parkplatzes, zumindest nicht aus der Luft.

Total am Ende vor Müdigkeit und Fieber, schloß er erneut die Augen, bis sie zu dem berühmten vollkommenen Stillstand am Flugsteig gekommen waren.

Das hier war eine dumme Idee, sagte er sich, als er sich auf dem Weg zum nächsten Schalter einer Autovermietung zusammenreißen mußte, um nicht zu taumeln.

Doch irgendwie schaffte er es bis nach Pasadena. Er hatte dort in den Embassy Suites ein paar Seminare im Rahmen seiner Ausbildung zum Staatsanwalt besucht und eine vage Erinnerung daran, wie er fahren mußte. Binnen einer Stunde nach der Landung hatte er sich im Hotel angemeldet, geduscht, eine Nachricht für Frannie hinterlassen, daß er glücklich angekommen sei, und war unter der Bettdecke in Ohnmacht gefallen.

Er schlief vierzehn Stunden und wachte in klitschnaß durchgeschwitztem Bettzeug auf, hatte aber das Gefühl, daß er eine Überlebenschance besaß. Es war Sonntag, der 24. Oktober, kurz vor Mittag. Nach einer weiteren Dusche und immer noch wacklig auf den Beinen rief er erneut zu Hause an, und wieder ging niemand ans Telefon. Er hinterließ eine neue Nachricht. Er fühlte sich besser, was nicht viel heißen wollte. Er würde es heute abend noch mal versuchen.

Restoffer hob nach dreimaligem Läuten ab. Die Begrüßung war herzlich genug, aber als Hardy anfing, den anderen zu informieren, warum er hierhergeflogen war, hatte er noch keine zwei Sätze gesagt, als er eine Veränderung spürte, eine beinahe ominöse Zurückhaltung.

Restoffer fiel ihm ins Wort. »Lassen Sie die Finger von der Sache. Oder lassen Sie zumindest mich aus dem Spiel.«

Eine unwillkommene Überraschung. Als sie das letzte Mal miteinander gesprochen hatten, hatte Restoffer zu ihm gesagt, Hardy könne sich bei ihm melden, wenn er ihn brauche. Jetzt machte er einen Rückzieher.

»Ist sonst noch was passiert?«

»Nichts ist sonst passiert, außer daß Ihr Staatsanwalt meinen Boß angerufen hat.«

Schweigen. Aber mehr brauchte auch nicht gesagt zu werden. Hardy hatte Floyd Restoffer in den letzten Monaten vor seiner Pensionierung ein paar ernste Scherereien eingebrockt. Dieser hatte keine Lust, sich noch mehr davon aufzuhalsen. »Ich muß los.«

Die Leitung war tot.

Hardy hielt den Telefonhörer im Würgegriff. »Jetzt wird's lustig«, sagte er zu niemand Bestimmten. Er ging ins Bad und schluckte noch drei Aspirin, erhaschte dabei im Spiegel einen Blick auf sein Gesicht. »Hübsche Augen.« Er trat einen Schritt zurück und merkte, daß der Rest bestens zu den Augen paßte – er mußte sich rasieren, frische Sachen anziehen, weitere vierzehn Stunden schlafen. Er hatte nicht den Mut, Fieber zu messen.

Nachdem er eine Viertelstunde lang im Zimmer auf und ab gegangen war, bestellte er sich ein Frühstück beim Zimmerservice, rief dann erneut Restoffer an. »Margaret Morency ist mit Jody Bachman verlobt, wußten Sie das?« Es folgte ein langes Schweigen, und Hardy sagte: »Irgendwo muß ich anfangen, Floyd. Ich bin hier bei Ihnen in der Stadt. Ich brauche ein bißchen Hilfe. Bitte.«

Restoffers Atmen war im Telefon zu hören. Hardy wartete. »Ob Sie's glauben oder nicht, Morency steht im Telefonbuch. Ich habe nachgesehen.« Nach einem weiteren Augenblick sagte der Cop »San Marino« und legte auf.

Hardy hinterließ in der Kanzlei Crane & Crane eine Nachricht für Jody Bachman. Er sei sicher, es handle sich um ein Versehen, weil Bachmann soviel zu tun habe, aber der Anwalt habe sich nie bei ihm in Sachen Larry Witt gemeldet. Derzeit sei Hardy in Los Angeles, und zwar heute und morgen. Vielleicht könnten sie sich irgendwann treffen, vielleicht zum Mittagessen. Er hinterließ die Nummer seines Hotels, falls Bachman ihn zurückrufen wollte. Ebenso die Zimmernummer.

Seine Glückssträhne war vorbei. Ja doch, er hatte sich mit Clarence Stone treffen können. Freeman war zu ziemlich der gleichen Schlußfolgerung gelangt. Im Flugzeug hatte es einen freien Platz gegeben, im Hotel ein Zimmer.

Das war's aber auch schon – mehr war leider nicht.

Jetzt hatte Restoffer keine Lust mehr, mit ihm zu reden, Frannie war nicht zu Hause, Bachman war an einem Sonntag nicht in der Kanzlei, und Margaret Morency besaß offenbar noch nicht einmal einen Anrufbeantworter.

Hardy machte sich bereit für den Schock und zog den Vorhang zurück. Die San Gabriel Mountains ragten funkelnd vor ihm in die Höhe. Etwas näher, auf dem Colorado Boulevard entlang der Route der großen Blumenparade zur Collegefootballmeisterschaft, konnte er sehen, daß die Flachbauten auf verlorenem Posten gegen die Graffitisprüher standen. Er riß das Fenster auf. Die Luft war wohlriechend und lau, fühlte sich spätsommerlich weich an.

Ihm wurde erneut schwindlig, und er war versucht, sich der Trägheit zu ergeben, sich einfach hinzulegen und den ganzen Ausflug als Irrtum anzusehen und wieder heimzufliegen, sobald er am Nachmittag wieder aufgewacht wäre. Da er ohnehin auf dem Bett saß, ließ er sich einfach auf den Rücken plumpsen und schloß die bleischweren Lider. Plötzlich zwang ihn die Wut wieder hoch. Er ekelte sich vor sich selbst, vor seiner Laschheit, seiner Krankheit. Wenn er vorhatte, vierzehn Stunden zu schlafen, dann hätte er das auch zu Hause tun können. Er war nicht den ganzen Weg hierhergereist, um sich auszuschlafen, um sich von einer Pechsträhne fertigmachen zu lassen.

Daß er sich aufsetzte, brachte ihm einen neuen Schwindelanfall ein. Er wußte, daß das Fieber noch nicht vorbei war, aber er hatte gestern eine Menge geschafft, als er sich weitaus elender fühlte. Er hob sein Hemd auf, das verschwitzt und verkrumpelt war. Das ging einfach nicht. Er mußte sich ein paar Klamotten besorgen. Mußte in Bewegung bleiben ….

Beim Haus von Clarence Stone in Seacliff hatte es sich um eine hübsche, durchschnittliche Villa von menschlichen Ausmaßen gehandelt. Margaret Morencys Palast in San Marino rückte die Perspektive gerade. Hardy bekam eine Lektion erteilt, welche Rückschlüsse Immobilien auf ihre Besitzer zuließen – es gab die Wohlhabenden, dann die Reichen und dann diejenigen, die Häuser bewohnten, die man von der Straße aus nicht sehen konnte. Die Zufahrt, die durch ein Eisentor mit zwei Flügeln führte, schlängelte sich weiter hinten in ein Wäldchen von niedrigen Eichen und über den Kamm eines kleinen Hügels, verschwand dann aus dem Blickfeld.

Es war nicht so schwierig gewesen, wie er erwartet hatte. Die Huntington Library hatte auch sonntags geöffnet (am Nachmittag jedenfalls), und dort gab es alte Hefte (Jahrgänge) der wöchentlichen Gesellschaftsnachrichten. Im letzten Jahr hatte es mehrere Wohltätigkeitsveranstaltungen im Haus von Margaret Morency gegeben.

Pastille lag am Swan Court. Pastille war der Name ihres Anwesens. Benannt nach den Bonbons aus Frankreich, die für frischen Atem sorgten. Vielleicht entsprach das ja dem Bild, das sich Ms. Morency von ihrem Zuhause machte – eine Kleinigkeit, ein bißchen Konfekt zur Beruhigung ihres Geistes.

Hardy hielt mit seinem Mietauto vor dem Eingangstor an. Er mußte aussteigen, um zu läuten. Niemand hatte abgehoben, als er es zuletzt telefonisch versucht hatte, aber das war schon fast eine Stunde her. Vielleicht hatte sich zwischenzeitlich irgendwas getan. Falls nicht, würde er es noch mal bei Bachman versuchen und dann wieder hierherfahren. Irgendwas.

Eine junge, tiefe Frauenstimme ertönte aus der Sprechanlage.

»Ja.«

»Ms. Morency?«

»Ja.«

Er hatte nicht den Eindruck, daß er eine lange Geschichte abspulen konnte. Er mußte sie sehen. »Ich habe Sie telefonisch nicht erreicht«, sagte er.

Sie lachte. »Ich weiß. Ich lasse es einfach läuten. Ich weiß gar nicht, warum ich das Ding überhaupt behalte. Wer spricht da?«

Hardy versuchte sein Glück. Er sei ein Bekannter Jodys.

»Ach, einen Moment bitte.« Es ertönte ein Summen, und das Tor ging langsam auf. »Ich bin hinten am Pool. Sie finden es schon.«

»Sonntags hat mein Personal frei.«

Sie saßen unter einem Sonnenschirm auf Gartenstühlen mit dicken Polstern. Zwei Karaffen, an denen das Kondenswasser herunterlief – Eistee und Limonade –, standen auf einem Tablett auf dem Tisch. Sie hatte Kristallgläser aus der Bar in dem Pavillon vorn am Kopfende des Pools geholt und ihnen beiden Limonade eingeschenkt.

Es war ungehobelt, Hardy wußte das, aber als er ihr die Hand schüttelte, war seine erste Reaktion gewesen, daß er schon anderswo hübschere Blumen gesehen hatte – auf Bier. Debütantin vom Orange Court hin oder her, sie hatte eines dieser Gesichter, die nicht richtig stimmen, ein Kinn, das um ein Haar lediglich sehr ausgeprägt gewesen wäre, aber kraß hervorstach. Eine Spur zuviel Flaum auf den Wangen. Eine Stirn, die einen Zentimeter zu früh am Haaransatz endete. Wenn man zu den Superreichen zählte, konnte das eine Menge Sünden kaschieren.

Außerdem hatte sie augenscheinlich die Kunst perfektioniert, die Aufmerksamkeit von ihrem Gesicht abzulenken. Glänzendes blondes Haar wallte bis zu den Schultern hinunter. Sie hatte ein schwarzes Bikiniunterteil an und dazu ein weißes Oberteil, das ihren Busen bedeckte, wie ein Büstenhalter aussah. Das Oberteil war durchsichtig. Ein Goldkettchen schmiegte sich um ihre flache, sonnengebräunte Taille. Sie war barfuß und hatte lange, wohlgeformte Beine; ein weiteres diskretes Goldkettchen schmückte den einen Knöchel. Hardy bemerkte das Oberteil des Badeanzugs, das auf ein paar Pflastersteinen neben dem Blumenbeet auf der anderen Seite des Pools lag. Sie hatte offensichtlich oben ohne gebadet und in der Sonne gelegen.

»Ich bin hier gerne allein.«

Allein waren sie allerdings. Kein anderes Haus in Sichtweite. Nur Bäume, der Pool, der manikürte Garten und die weite Rasenfläche dahinter, die prächtige Villa in ihrem Rücken, der strahlendblaue Himmel. Ein Düsenflugzeug flog hoch über ihnen vorbei.

»Woher kennen Sie Jody«, fragte sie.

Hardy tat jeder einzelne Knochen im Leibe weh. Er spürte, wie ihm der Schweiß zwischen den Schulterblättern hervortrat, als das Fieber erneut hochschnellte. Er nippte an seiner Limonade und lächelte matt. »Ich fürchte, ich bin ebenfalls Rechtsanwalt.«

Sie hatte ein großartiges Lachen, dachte er bei sich – tief, aus voller Kehle, unverkrampft. Sie warf den Kopf in den Nacken und war anscheinend entzückt. »Anwälte schrecken vor nichts zurück«, sagte sie, »zumindest behauptet Jody das.«

»Dieser Anwalt schon.«

»Wovor schrecken Sie denn zurück, Mr. Hardy?« Sie sah ihm geradewegs in die Augen, die tiefen Augen eine Spur zu dunkel. »Sie sehen so aus, als ob Sie ganz gut auf sich aufpassen können.«

»Jetzt im Moment setzt mir eine Erkältung mächtig zu. Ich

komme mir vor, als könnte mich ein Achtjähriger ohne nennenswerte Probleme flachlegen.«

Sie sah ihn erneut fragend an. Wollte Sie ihn etwa anmachen? Hatte er ihr soeben eine Abfuhr erteilt? Was auch immer, ihr schien es nichts auszumachen. Sie schien die Sache für interessant zu halten. Das hier waren völlig andere Leute.

Es mußte andere Regeln geben, und vielleicht kannte er sie nicht.

»Also wo waren wir?« fragte sie.

»Woher ich Jody kenne. Ich kenne ihn nicht.«

Einen Moment lang lag ein neuer Ausdruck in ihren Augen. Angst? Verärgerung? »Sie sind doch nicht etwa von der Polizei, oder?«

»Warum? Hat Jody Ärger mit der Polizei?«

»Es gibt keinen Grund dafür. Und Sie haben mir noch keine Antwort gegeben.«

»Ich habe es doch gesagt. Ich bin Rechtsanwalt. Ich bin kein Cop.«

Sie lehnte sich zurück und verschränkte die Arme unter ihrem Oberteil. Ihre Miene blieb ausdruckslos. »Was glaubt ihr Leute eigentlich, was er angestellt hat? Ihr solltet ihn in Ruhe lassen.«

Hardy nickte. »Ja. Das ist es, was Mr. Kelso zu Inspektor Restoffer gesagt hat. Aber ich arbeite auf eigene Faust. Ich gehöre nicht zu Restoffer, und ich versuche, meiner Mandantin das Leben zu retten.« Er erzählte ihr die Kurzfassung von Jennifers Geschichte. Als er ausgeredet hatte, hatte sie die Arme wieder aus der Verschränkung gelöst. Sie trank einen großen Schluck Limonade.

»Aber Jody hat Frank nicht angerufen – Mr. Kelso. Ich war's. Jody wußte nichts davon und weiß wahrscheinlich noch immer nichts davon. «

»Warum haben Sie ihn angerufen?«

»Weil, Mr. Hardy« – sie beugte sich erneut vor – »weil Jody das nicht nötig hat. Er ist sehr sensibel und hat nichts Falsches getan. Und dann fängt dieser Mensch namens Restoffer urplötzlich aus heiterem Himmel an, ihm Fragen zu stellen, als ob er ein Verbrecher wäre. Diese Anschuldigungen setzten ihm mächtig zu, und die ganze Sache war lächerlich. Wissen Sie, wer Jody ist?«

»Ich weiß, daß er Ihr Verlobter ist. Das ist es aber auch schon fast.«

»Er ist einer von denen, die es nur einmal unter einer Million

Menschen gibt, so einer ist er. Er bringt die Hälfte seines Lebens damit zu, daß er anderen Leuten hilft. Er kommt aus kleinen Verhältnissen, und jetzt steigt er in die Elite der Stadt auf, treibt Gelder für
zwanzig verschiedene Anliegen auf – da steckt er auch jetzt, bei einem Golfturnier zu Wohltätigkeitszwecken. Er ist ein Sozius in seiner Kanzlei und verdient gutes Geld. Er ist mit mir verlobt, also
wird Geld kein Thema sein, wie Sie sehen können. Er hat es nicht
nötig, sich auf irgendwelche kriminellen Geschichten einzulassen.
Geld bedeutet ihm schlicht nichts.«

Wenn Jody solch ein Prachtkerl war, das hätte Hardy sie gerne
gefragt, warum hatte sie Hardy dann den Eindruck vermittelt, daß
sie mit ihm ins Bett gegangen wäre, vielleicht immer noch ins Bett
gehen würde. Es konnte ja sein, daß alle seine Herzensgüte sie
nicht zufriedenstellte, was natürlich nicht besagen mußte, daß es
diese Herzensgüte nicht gab.

Es konnte aber auch sein, daß ihr Prachtkerl sie nicht begehrens-
wert fand und eine Vernunftsehe für sich arrangiert hatte, die ihm
noch mehr Geld und mehr Macht einbringen würde. Aber vielleicht ähnelten Ehen in dieser Gesellschaftsschicht eher strategi-
schen Bündnissen als Liebesbeziehungen. Beziehungen und Loyalität mochten mehr bedeuten als sexuelle Anziehung. Er wußte es
einfach nicht, das war nicht seine Welt.

Und er hatte bald keine Puste mehr. »Hat Jody Ihnen denn erzählt, daß Restoffer ihm etwas zum Vorwurf gemacht hat?«

»Nicht konkret, aber es war offensichtlich, daß er dachte, Jody
könnte etwas mit dem Tode von Simpson Crane zu tun haben, was
einfach absurd ist. Simpson Crane war wie ein Vater für ihn. Er hat
geweint, als Simpson erschossen wurde – ich war bei ihm und habe
es gesehen. Das ist keine Sache, die man vortäuscht, Mr. Hardy.«

Es soll schon vorgekommen sein, dachte Hardy.

»Außerdem«, fuhr sie fort, »weiß alle Welt, wer Simpson umgebracht hat. Es war die verfluchte Gewerkschaft. Er war, ich denke,
jedermann weiß das, einer, der Gewerkschaften aufs Korn nahm
und sie abservierte. Er war der festen Überzeugung, daß die Gewerkschaften unser Land kaputtmachen – und nebenbei bemerkt,
hatte er *recht* damit –, also hat er sich mit ihnen angelegt. Er verstand seine Sache einfach zu gut. Und einer von ihnen hat ihn umgebracht oder umbringen lassen. Das zeigt einem genau, was für
Leute das sind.«

Hardy hätte sie gerne gefragt, ob sie sich schon jemals ernstlich mit einem Arbeiter unterhalten hatte, sparte sich das aber. Das war nicht seine Sache, er hatte nicht vor, prägenden Einfluß auf Ms. Morency zu nehmen.

Plötzlich stand sie rasch aus ihrem Sessel auf und ging über die Pflastersteine. Beim Pavillon schnappte sie sich ein Handtuch und legte es sich über die Schultern, bedeckte ihr Oberteil. Es war nicht kühler geworden – die implizite Einladung, falls es eine gewesen war, wurde zurückgenommen.

Hardy stand auf. »Ich weiß es zu schätzen, daß Sie mit mir gesprochen haben.«

Sie kam zu ihm herüber und legte ihm die Hand auf den Arm. »Ich würde mir wirklich wünschen, daß Sie Jody in Ruhe lassen«, sagte sie. »Er hat das nicht nötig.«

»Danke, daß Sie sich die Zeit genommen haben«, sagte er. »Ich finde schon nach draußen.«

Das Telefon klingelte. Es war halb sieben auf der Uhr neben dem Bett, und zuerst wußte Hardy nicht, wo er war, dann nicht, ob es morgens oder abends war. Beim letzten Mal, als er am Tage eingeschlafen war, hatte er durchgeschlafen, bis es dunkel war, und für einen Augenblick fragte er sich, ob er es jetzt wieder getan hatte.

Er hob den Hörer ab. Es war Jody Bachman, der sympathische Jody Bachman. »Margaret hat mir erzählt, daß Sie sie besucht haben. Schade, daß ich Sie verpaßt habe. Und außerdem, hören Sie, diese andere Sache – daß ich Sie nie zurückgerufen habe. Was soll ich sagen? Ich hatte viel um die Ohren. Es ging zu wie im Tollhaus. Ich habe Ihre Nachricht in der Kanzlei gehört, als ich nachschaute, aber ich war schon spät dran für diese Veranstaltung. Sie wissen ja, wie es ist. Wollen Sie mich noch treffen?«

»Heute abend geht nicht. Ich kämpfe mit einer Erkältung.«

»Na gut, wie wär's mit morgen? Sind Sie da noch hier? Wenn Sie zum Mittagessen nichts vorhaben, ich habe einen Tisch im City Club. Gutes Essen. Eine noch bessere Aussicht. Paßt Ihnen zwölf Uhr?«

»Zwölf Uhr klingt prima«, gab Hardy zur Antwort.

»Also um zwölf. Wissen Sie, wo es ist?«

Hardy sagte, er werde es schon finden. Bachman sagte, er werde ihn dann dort sehen.

Er kollabierte erneut auf dem Bett. Als er die Augen schloß, hatte er das Gefühl, als bewege sich alles, als drehe sich das Zimmer um ihn. Er zwang sich dazu, sich aufzusetzen.

Irgend etwas war ihm entgangen. Es schien wichtig zu sein, vielleicht lebenswichtig, aber er konnte es nicht benennen. Und der Versuch nachzudenken war so anstrengend. Die Minuten verstrichen. Er nickte im Sitzen ein. Das Telefon läutete erneut.

»Bist du immer noch krank?«

»Ich bin immer noch krank.«

Frannies früherer Ärger war der Sorge gewichen. »Warum kommst du nicht heim, Dismas? Du solltest zum Arzt gehen.«

Er erzählte ihr von seiner Verabredung mit Bachman für morgen. So oder so würde das das Ende der ganzen Sache sein. Bis dahin mußte er noch bleiben.

Sie hörte auf, ihn zu drängen. Na schön, wenn er es unbedingt machen mußte. Den Kindern geht's gut, sagte sie. Rebecca vermißte ihn sehr – es war kein Versuch, ihm Schuldgefühle zu machen, lediglich eine Tatsache. Sie, Frannie – seine Frau, weißt du noch? –, vermißte ihn ebenfalls. Ob er bitte auf sich aufpassen, vorsichtig sein würde?

Er sagte, das werde er. Er hatte sowieso keine andere Wahl. So, wie er sich fühlte, konnte er ohnehin nirgends hin. Hermetisch in seinem Hotelzimmer abgeriegelt, würde er sich jetzt sofort hinlegen und schlafen. Er würde sie morgen sehen.

Im Bad schluckte er noch ein paar Aspirintabletten, trank zwei Glas Wasser dazu. Sein Gesicht im Spiegel war abgezehrt und bleich. Alles tat ihm weh. Er ging hinüber ans Fenster, um den Vorhang vorzuziehen. Auf den Straßen der Stadt lag purpurnes Abendrot. Weiter weg, am Mount Wilson, oben am Kamm der Berge von San Gabriel, war das orangerote, diamantgrelle Gleißen der letzten Sonnenstrahlen zu sehen, die im Gestrüpp glitzerten. Er legte den einen Arm an den Fensterrahmen und stützte sich müde ab.

Unter ihm auf dem Parkplatz stieg ein einzelner Mann aus dem Auto, schloß die Tür und ging zum Kofferraum. Er holte ein kleines Köfferchen hervor, sah sich auf dem Parkplatz um, klappte den Kofferraumdeckel zu und ging dann rasch und ohne eine überflüssige Bewegung los, ließ den Eingang zum Empfang links liegen und marschierte direkt unter dem Fenster in den Flügel, in dem sich Hardys Zimmer befand.

Genauso hatte er sich zu Hause gefühlt. Paranoid.

Aber das zu wissen, half nicht. Mit einemmal wurde ihm klar, daß er hier raus mußte. Er hatte Jody Bachman seine Zimmernummer gegeben, ihm erzählt, daß er die ganze Nacht im Zimmer bleiben werde.

Jody Bachman, der Hardys Szenario zufolge einen Profi angeheuert hatte, der Simpson Crane, Cranes Frau, Larry und Matthew Witt umlegte. Und jetzt war Hardy der einzige Mensch, der zwischen ihm und den sieben Millionen Dollar stand …

Er mußte nicht viel packen. Er sammelte seine alten Klamotten ein, die neuen hatte er noch an. Es war niemand im Gang, als er vor die Tür trat.

Die Lifttür glitt auf, und er sah einem mageren, dunkelhäutigen, elegant gekleideten Mann ins Gesicht. Der Mann trug das Köfferchen in der Hand, das Hardy vorhin gesehen hatte, oder jedenfalls eins, das ihm sehr ähnlich sah. Als der Mann ausstieg, ging Hardy an ihm vorbei in den Lift. Der Mann besah sich gerade prüfend die Zimmernummern, als die Tür zuglitt.

52

Jody Bachman kam zwanzig Minuten zu spät, und falls er überrascht war, daß Hardy quicklebendig an dem von Bachman reservierten Tisch saß, gab er es nicht zu erkennen.

Das Fieber war nach weiteren zwölf Stunden Tiefschlaf in einem Motel kurz außerhalb von Glendale abgeflaut. Hardy, in neuen Schuhen, neuer Hose, neuem indigoblauen Sakko und einer graublauen Krawatte, tat immer noch alles weh. Seine Muskeln waren immer noch steif.

Beim Aufwachen hatte er sich ein paar Minuten gegönnt, in denen er sich wie ein Vollidiot vorkam. Aber immerhin *war* er wieder aufgewacht, und das war ein gewisser Trost, vielleicht sogar eine Rechtfertigung. Es hatte wahrscheinlich nur an der Erschöpfung und am Fieber gelegen. Absolut nichts dran. Aber es war passiert. Er hatte das Hotel gewechselt. Höchstwahrscheinlich war es töricht und unnötig gewesen. Er würde es überleben. Hatte es überlebt, um die Wahrheit zu sagen.

Er wußte, wer Bachman war, noch bevor er an den Tisch kam. Er betrat den Raum, als gehöre er ihm, war einer von diesen süd-

kalifornischen Exsurfern, deren Alterungsprozeß nicht mit derselben Batteriespannung abzulaufen schien wie bei gewöhnlichen
Sterblichen. Er mußte um die fünfunddreißig sein, wenn er ein
Sozius von Crane war, aber er sah zehn Jahre jünger aus – feinge-
meißelte Wangen, ein Grübchen im Kinn, keine einzige Sorgen-
falte. Das Haar, das vor fünfzehn Jahren bestimmt wasserstoff-
blond war, zeigte jetzt ein helles Kastanienbraun und fiel ihm in
einer Kennedy-Tolle in die Stirn. Er ging entweder in ein Bräun-
ungsstudio oder verbrachte eine Menge Zeit am Pool von Margaret Morency.

Keine Frage – das hier war ein Raum, in dem sich die Reichen
und Mächtigen trafen. Bachmans erster Stop war an dem Tisch, an
dem der Bürgermeister von Los Angeles mit fünf weiteren Personen saß, von denen Hardy mindestens einen als prominenten und
oft fotografierten Senator erkannte.

Während Bachman das Restaurant beackerte und sich allmählich
dem Platz am Fenster näherte, nippte Hardy an seinem Mineralwasser. Es war kein Smog zu sehen. Das Los Angeles südlich der
Innenstadt bestand aus ein paar gewaltigen Lagerhäusern und verlor sich dann in einem Horizont aus Bohrtürmen, Rangierbahnhö-
fen, Stromleitungen, Autobahnen, Kalksteinbrüchen. Es war ein
Panorama für all diejenigen, denen der Blick in die offene Weite
wichtiger war als eine schöne Aussicht – es gab keine Brücken, In-
seln, Wasserflächen, markanten Bauwerke, Hügel oder grünen
Flecken. Vielleicht hatte Bachman sich zu den besseren Fensterti-
schen noch nicht hochgedient, von denen aus der Bürgermeister
und der Abgeordnete und wer immer die Leute waren, mit denen
sie hier speisten, das Meer und die funkelnde, grüne West Side der
Stadt vor dem Hintergrund der Berge von San Gabriel sehen konnten.

»Entschuldigen Sie, daß ich mich verspätet habe. Ich bin Jody
Bachman.« Bachman rief jemand anderem, den er auf seiner ersten
Runde durch das Restaurant übersehen hatte, einen Gruß zu und
setzte sich dann – endlich – hin. »Ich komme einfach nicht nach.«
Er lachte. »Es nimmt kein Ende. Möchten Sie einen Aperitiv?«

Hardy hob sein Glas. »Mineralwasser.«

»Ich ebenfalls. Wie manche Kerle mitten am Tag einen Martini
oder sogar ein Bier trinken können …« Er schüttelte den Kopf.
»Das haut mich um. Ich könnte genausogut eine Schlaftablette nehmen. Also was kann ich für Sie tun?«

»Ich versuche meinerseits, etwas zu Ende zu bringen. Meine Mandantin wurde am Freitag zum Tode verurteilt.«

Bachman, der einen Schluck Wasser trinken wollte, hielt das Glas auf halbem Wege zum Mund an. »Mein Gott«, sagte er und setzte das Glas ab, »das ist eine andere Art von Juristerei.«

»Ja, mit Aufsichtsratstreffen und Statuten haben wir wenig am Hut.«

»Zum Tod, hm? Witts Frau, stimmt's?«

»Das ist richtig. Jennifer.«

Bachman pfiff lautlos durch die Lippen. Der Kellner kam. Er trug einen Smoking und stellte ein Glas auf den Tisch, das ganz nach Preiselbeersaft aussah. »Für mich nur das Tagesgericht, Klaus. Egal, was es ist.« Die begleitende Geste schloß Hardy mit ein.

»Ist mir recht.« Als Klaus wieder gegangen war, sagte Hardy: »Ich will versuchen, daß die Richterin es auf lebenslänglich abmildert.«

»Ich dachte, man legt Berufung ein. Pausenlos.«

»Irgendwann schon«, sagte Hardy. »Falls es dazu kommt.« Er hatte nicht die Absicht, die Details zu erklären. »Jennifer erklärt, sie ist unschuldig, und« – Hardy setzte für Bachman ein zerstreutes Grinsen auf – »ich bin nach wie vor geneigt, ihr zu glauben. Meine Aufgabe ist es also, dafür zu sorgen, daß der Richterin Zweifel kommen. Es muß gar keine große Sache sein …«

»Und Sie meinen, daß Witts Anruf bei mir …«

»Ich weiß es nicht, Mr. Bachman. Zu diesem Zeitpunkt ist es der einzige noch nicht umgedrehte Stein.«

Irgendein anderer einflußreicher Macker kam am Tisch vorbei und packte Bachman freundlich an der Schulter. Er nickte geistesabwesend, lehnte sich dann in seinem Sessel zurück, griff nach seinem Saft. »Wenn das Ihre größte Chance ist …« Er sah ein Weilchen zum Fenster hinaus, betrachtete die Aussicht. »Nachdem wir telefoniert hatten, habe ich gestern abend versucht, die Tagesprotokolle zu prüfen, aber ich kam erst heute früh in den Computer hinein.«

Hardy wartete.

Bachman faßte in die Innentasche seines Jacketts und holte zwei zusammengeklammerte und gefaltete Seiten hervor. Er strich sie glatt und reichte sie an Hardy weiter. »Ich habe Ihnen gleich meine ursprüngliche Zeitabrechnung auf die Rückseite kopiert – manchmal können sie meine Handschrift nicht entziffern.«

Die erste Seite war ein Ausschnitt aus der getippten Zusammenstellung von Jody Bachmans Honorarabrechnung. Am 23. Dezember hatte er ab 18:10 der BMG 0,20 in Rechnung gestellt. In der Rubrik Inh./Bez. stand in Maschinenschrift: »Tel.ber.m/Witt. ???«

Bachman übersetzte das. »Es handelte sich nur um ein telefonisches Gespräch, um einige Fragen zu beantworten. Ich schätze, es kamen etwa zehn Anrufe oder so, und Witt war einer von ihnen.«

»Wissen Sie noch, was er gefragt hat?«

»Keine Ahnung. Ich habe es der Ärztegruppe in Rechnung gestellt, also muß es irgendwas mit der Aktienemission zu tun gehabt haben, aber was genau, kann ich nicht sagen. Tut mir leid.«

Hardy warf einen Blick auf die Abrechnung. »Aber das Telefonat hat zwanzig Minuten gedauert, oder? Ist das nicht eine zu lange Zeit, um sich gar nicht mehr daran zu erinnern?«

Zum erstenmal wirkte Bachman leicht pikiert – das freundliche Grinsen verschwand für einen kurzen Moment. Er spitzte die Lippen, trank ein bißchen Saft. Als er das Glas absetzte, hatte er sich wieder gefangen. »Das ist ein Mißverständnis: 0:20 heißt nicht zwanzig Minuten. Geschickterweise erfolgt die Rechnungsstellung der Kanzlei in Zehntelstunden. Zwei Zehntel entspricht zwölf Minuten.« Er beugte sich vor und vertraute Hardy ein Geheimnis an. »Und selbst eine Sekunde über die sechs Minuten hinaus zählt als zwölf Minuten – wir runden auf. Der Anruf selbst mag durchaus noch nicht mal fünf Minuten gedauert haben …« Sein Lächeln hatte jetzt alle Freundlichkeit eingebüßt. »Aber ich kann mich wirklich nicht entsinnen. Was soll ich denn sonst noch sagen?«

Hardy überflog die handschriftliche Zeitabrechnung auf der Rückseite. Was auch immer nach dem Eintrag »Tel.ber.m/Witt« gestanden hatte – ungefähr zwei Zeilen –, war durchgestrichen worden.

»Ich weiß.« Bachman, der Hardy die Seite durchlesen sah, antwortete, noch bevor Hardy die Frage stellen konnte. »Und die Antwort ist, daß ich keine Ahnung habe. Vielleicht hat mein Füller gekleckst, vielleicht hatte ich einfach eine unnötig lange Beschreibung notiert. Wir sind gehalten, uns kurz zu fassen. Sie sollten meine Sekretärin kennenlernen – sie macht mir die Hölle heiß, wenn ich mich wiederhole oder weitschweifig werde.«

Hardy starrte einen weiteren nutzlosen Augenblick lang auf den durchgestrichenen Text. Er würde liebend gern das Original in die

Hand bekommen und nachprüfen, ob ein Experte irgend etwas daraus machen könnte. Aber selbst wenn, was dann? Was immer Bachman damals geschrieben haben mochte, es konnte nicht so belastend sein, daß es als solches Jennifer aus der Patsche helfen würde.

Er sah auf. Bachman musterte ihn. »Wissen Sie, ich helfe Ihnen gerne, wenn ich kann, und ich denke, ich war recht zuvorkommend. Aber ich muß mich doch fragen, wann diese Inquisition wegen der BMG aufhört. Die Sache ödet mich allmählich an. Passiert das denn nicht jedesmal, wenn man ein Geschäft abschließt, will ich damit sagen. Alle Welt möchte eine Scheibe vom Kuchen abhaben.«

»Ich möchte keine Scheibe vom Kuchen abhaben.«

»Na ja, ich weiß, das habe ich auch nicht gemeint. Aber alle diese Fragen …«

»Ich vertrete eine junge Frau, die mit hoher Wahrscheinlichkeit hingerichtet wird, wenn ich nicht beweisen kann, daß jemand anders ihren Mann erschossen hat. In meinen Augen, tut mir leid, lohnt das durchaus einige Fragen.«

Klaus brachte das Mittagessen – eine mit Babyshrimps gefüllte Avocado, drei Blatt Lollo rosso, eine Scheibe Pumpernickel.

Bachman stocherte in seinem Salat herum. »Das ist begreiflich«, sagte er. »Aber was hat der Anruf von Dr. Witt bei mir mit seinem Tod zu tun? Sie wollen doch nicht unterstellen, daß jemand von der BMG ihn umgebracht hat, oder doch?«

»Ich war mir nicht sicher. Es war eine Frage, auf die ich keine Antwort wußte. Ich wußte, daß Witt sie angerufen hatte, und seine Anwältin in San Francisco hat mir erzählt, daß er sich über das Rundschreiben aufgeregt hat. Ich frage mich, ob er Ihnen vielleicht irgend etwas angedroht hat …«

»Und ich ihn dann umgebracht habe? Weswegen denn? Sie machen wohl einen Scherz.«

»Rein hypothetisch kann ich es erklären, wenn es Sie interessiert.« Die Shrimps schmeckten lecker, jedes einzelne der insgesamt sechzig Gramm.

Hardy dachte sich, es würde aufschlußreich sein, Bachmans Reaktion zu beobachten. Also skizzierte er die ganze Sache – vom Anruf bei Simpson Crane bis hin zu Restoffer, dem man den Fall entzogen hatte.

Als er zu Ende gesprochen hatte, nickte Bachman, das Lächeln von vorhin war nur mehr eine schwache Erinnerung. »Eine Menge Juristen schreiben heutzutage Romane, Mr. Hardy. Vielleicht sollten auch Sie das mal probieren.«

Hardy spreizte die Hände. »Das hier ist kein Roman.«

»Ja, und genausowenig haben wir es hier mit dunklen Machenschaften zu tun. Tatsache ist, daß niemand etwas verbirgt. Alles ist vollkommen öffentlich und nachvollziehbar.«

»Simpson Crane hat gestattet, daß Sie sich Stundenhonorare mit Aktien entgelten lassen?«

Das verschlug ihm kurz die Sprache. »Klar.«

»Macht Ihre Kanzlei das öfter? Dieses Risiko auf sich zu nehmen?«

Jetzt waren sie elegant vom rein Hypothetischen abgekommen. Bachman fuhr sich mit der Hand über die Oberlippe. Vielleicht kam er doch ins Schwitzen. »Tja, in Zeiten wie diesen nimmt man, was man kriegen kann. Auf dem Markt gibt der Käufer den Ton an.«

»Und Simpson war das recht?«

Bachmans Antwort kam wie aus der Pistole geschossen: »Natürlich. Simpson und ich waren Freunde. Ich hätte nie etwas getan, das Simpson weh getan hätte.« Hardy wurde bewußt, daß er Bachman diesen Vorwurf nicht direkt gemacht hatte. »Wir haben uns natürlich darüber unterhalten. Und zwar lange. Wir dachten uns, daß es mehr als nur eine vernünftige Chance gibt, daß sich der Markt in der Krise erholt. Was sich ja auch, wie ich anfügen darf, bewahrheitet hat. Die Kanzlei hat zwei Millionen Dollar durch meine Arbeitszeit kassiert. Ich habe ein Risiko auf mich genommen, gewiß, aber ich würde sagen, es hat sich gelohnt. Meinen Sie nicht?«

Bachmans Hand schien leicht zu zittern, als er nach seinem Wasserglas griff.

Hardy nickte. »Und was ist mit den anderen fünf Millionen?«

Bachman hielt das Glas auf halbem Wege zum Mund an, trank dann einen Schluck, knallte das Glas beinahe auf den Tisch. »Es gibt keine anderen fünf Millionen.«

Endlich hatte Hardy den Eindruck, daß er Bachman zu einer direkten Lüge gezwungen hatte. Höchste Zeit, es ihm unter die Nase zu reiben. »Clarence Stone hat mir erzählt, daß die Ärztegruppe Sie mit fünfzigtausend Aktien bezahlt hat. Das sind sieben Millionen Dollar. Wenn zwei davon an Ihre Kanzlei gingen, wo sind die anderen fünf?«

Bachman schluckte. »Das war eine Prämie für mich persönlich.«

»Gerade haben Sie gesagt, daß es keine anderen fünf Millionen gibt.«

»Für die *Kanzlei*, will ich damit sagen. Für die Kanzlei.«

»Also gibt es weitere fünf Millionen?«

»Hat es Ihnen geschmeckt? Sind die Herren fertig?« Es war Klaus. »Vielleicht ein kleiner Nachtisch? Ein Cappuccino, Espresso? Wir haben heute ein wunderbares Tiramisu anzubieten.«

Bachman hatte seinen Sessel vom Tisch weggeschoben. »Nichts«, sagte er. Klaus zog sich wieder zurück. Er hatte Hardy keines Blickes gewürdigt.

Die Unterbrechung hatte Bachman genügend Zeit geschenkt. Er hatte es nicht so weit gebracht, indem er zu Panik neigte. Dies hier war nur eine weitere Hürde, ein Hindernis, das es zu überwinden galt. »Ja, ich habe eine Stange Geld dabei verdient«, sagte er. »Und als ich mich das letzte Mal danach erkundigt habe, war *das* jedenfalls nicht strafbar.«

Hardy beugte sich vor, versuchte seinen Schwung beizubehalten. »Witt hat gedroht, alle anderen Ärzte anzurufen, stimmt's? Er hätte Ihnen das Geschäft vermasselt.«

Bachmans Lächeln war wieder da. »Wenn Sie solche Anschuldigungen vorbringen wollen, Mr. Hardy, dann sollten Sie besser ein paar Beweise dafür haben. Es gibt Gesetze in diesem Staat, was Rufmord und Verleumdung betrifft, die Sie binnen kürzester Zeit an den Bettelstab bringen können. Sie sollten das doch wissen.«

»Wen haben Sie angeheuert?«

Bachman schüttelte den Kopf, er war nicht amüsiert. »Ich habe niemanden angeheuert, Mr. Hardy. Aber wenn ich es getan hätte, wäre ich dann so töricht, Spuren zu hinterlassen? Glauben Sie, ich hätte der betreffenden Person einen Scheck ausgestellt? Und jetzt, wenn Sie mich bitte entschuldigen wollen« – er stieß seinen Sessel zurück, stand auf –, »ich habe einen Termin um eins und bin ohnehin spät dran.« Er nickte ein letztes Mal, winkte Klaus heran und sagte ihm, er solle das Essen auf seine Rechnung setzen.

53

Egal, was er in Los Angeles herausgefunden hatte oder herausgefunden zu haben glaubte, die unangenehme Wahrheit war, daß er noch immer kein gottverdammtes Wort davon beweisen konnte. Im Flugzeug machte er sich mit rascher Hand Notizen, wie er weiter verfahren sollte – er würde beim FBI anrufen und zusehen, daß sie die RICO-Untersuchung des Mordes an Simpson Crane fortführten. Vielleicht wäre es ja möglich, bei einem der Bankkonten Bachmans eine größere Abhebung zu ermitteln, falls er einen Bundesbeamten für seine Theorie interessieren konnte.

Ein großes Falls.

Eine andere Möglichkeit war es, sich mit Todd Crane, Simpsons Sohn, in Verbindung zu setzen, der jetzt der Kanzleichef war. Vielleicht würde er interessiert sein zu erfahren, daß Jody Bachman ihnen nur rund fünfzehntausend der fünfzigtausend von ihm eingestrichenen Aktien abgetreten hatte.

Oder wußte Todd das bereits? Vielleicht war er schlicht begeistert und entzückt, daß er zwei Millionen Dollar statt fünfundsiebzigtausend an Stundenhonorar kassiert hatte. Das Ganze war, so wurde Hardy klar, einzig und allein seine eigene Phantasiegeschichte – nicht zu verifizieren, wie es Phantasiegeschichten nun einmal in der Regel waren –, daß Bachman *sämtliche* fünfzigtausend Aktien als sein Stundenhonorar betrachtet hätte. Wer sagte denn, daß er das tun müßte?

Wenn diese beiden Ansätze fehlschlugen, vielleicht konnte Restoffer …? Nein, nicht realistisch – Restoffer kam nicht in Frage.

Es blieb einzig und allein Richterin Villars, die als dreizehnte Geschworene fungierte – blieb nur das, was er sie glauben machen konnte.

Seine eigenen Theorien zählten nicht. Er konnte sie nicht beweisen. Sie würden Jennifer nichts nützen. Er mußte einen anderen Weg einschlagen. Er mußte sich als Rechtsanwalt bewähren und notfalls eine Verteidigungsstrategie aus dem Nichts entwickeln, selbst wenn es ihm gegen den Strich ging.

Aber – um fair zu sein – es war *ja nicht* aus dem Nichts. Zumindest würde er mit einer Wahrheit anfangen, mit der Wahrheit, die er die ganze Zeit über verleugnet hatte und die doch konstant geblieben war – Jennifer war von ihrem Mann mißhandelt worden.

Er würde sich über Jennifers Einspruch hinwegsetzen – sie nicht einmal erneut fragen – und alles vor Villars ausbreiten: Jennifers Halsstarrigkeit, die eidesstattliche Erklärung für Freeman, die Entscheidungen der Verteidiger.

Die Ironie des Ganzen blieb ihm nicht verborgen. Er konnte nichts von dem verwenden, was er über Jody Bachman und die BMG wußte. Und was er vor Gericht ansprechen konnte, hatte vermutlich keinerlei unmittelbare Auswirkung auf das, was am 28. Dezember im Schlafzimmer der Witts geschehen war.

Das Flugzeug senkte über der Bucht von San Francisco die Nase. Es war fast vier Uhr, und er mußte Villars morgen früh um halb zehn gegenübertreten.

Er hatte nur noch einen letzten Dart übrig.

»Natürlich werde ich alles tun.«

Dr. Lightner saß in seiner Praxis, ganz von Glas eingerahmt. Seine Sekretärin war nach Hause gegangen. Das Eukalyptuswäldchen hinter ihm lag im Schatten.

»Prima. Ich möchte, daß Sie der Richterin erzählen, daß Larry Jennifer geschlagen hat.«

Lightner setzte sich vor, wurde bei dem Vorschlag stocksteif.

Hardy setzte sich ebenfalls vor, flehte jetzt beinahe. »Ich weiß, was ich von Ihnen verlange, Herr Doktor, aber es ist wirklich Jennifers einzige Hoffnung. Sie haben sie bei alldem so lange unterstützt.«

Aber jemanden zu unterstützen und die ärztliche Schweigepflicht zu brechen war zweierlei.

Nach ein paar Sekunden stand Lightner auf. Er kehrte Hardy den Rücken zu und sah hinaus in das Wäldchen. »Ich kann nicht glauben, daß es überhaupt soweit gekommen ist.«

Hardy stellte sich neben ihn. »Nachdem Larry tot war, als Sie sie besucht haben, hat sie das eigentlich nie …?«

Lightner schüttelte bereits den Kopf. »Sie wollte nicht darüber reden.«

Er spürte eine plötzliche Leere in seinem Bauch, einen Schwindel. Einen Augenblick lang dachte er, es sei wieder die Grippe. Unaufgefordert war ihm der schreckliche Gedanke wieder in den Sinn gekommen – war sie es am Ende etwa doch gewesen? *Hör auf damit.*

Lightner ging wieder ans Fenster, lehnte einen Arm an den Türrahmen, blickte hinaus. »Wir spielen Priester und Beichte, stimmt's?«

Hardy brachte es nicht fertig, das Problem lockerer zu formulieren. »Stimmt.«

»Die Schweigepflicht brechen. Ihr Vertrauen brechen.«

»Ihr das Leben retten.«

Lightner drehte sich um und sah Hardy in die Augen, das rötliche Gesicht mit dem Bart sah blaß und abgezehrt aus. »Was ist mit den Ärzten, die ich Ihnen genannt habe? Könnten sie nicht weiterhelfen?«

»Was sollen sie sagen? Wo liegt der Beweis?« Zu diesem Zeitpunkt reichten Aussagen über Jennifers Hautabschürfungen und blauen Flecke nicht mehr aus. Er brauchte die Bestätigung ihres Therapeuten.

Lightner wandte sich wieder dem Wäldchen zu, öffnete die Tür und trat nach draußen ins Freie. Hardy folgte ihm, und die beiden Männer spazierten dreißig Meter über den Waldboden.

»Was glauben Sie, ist an jenem Morgen geschehen?«

Lightner atmete tief aus. Man hörte gedämpft den Verkehrslärm auf der 19th Avenue. Der Arzt starrte durch die Bäume. »Ich denke, es war weitgehend so, wie sie es erzählt hat, außer daß sie den physischen Teil ausgelassen hat.«

»Den physischen Teil?«

»Daß Larry sie geschlagen hat.«

»Er hat sie an jenem Morgen geschlagen?«

Lightner drehte sich zu ihm um. »Sagen wir, ich habe die blauen Flecken bei unserem nächsten Treffen gesehen, was zwei Tage später war. Ich denke, daß er Matt ebenfalls geschlagen hat. Ich sage nicht, daß er es getan hat, ich sage, daß es vielleicht so gewesen sein könnte …«

»Matt hatte keine blauen Flecken.«

Lightner schüttelte den Kopf, brachte es nicht über die Lippen. »Matts Kopf …«, setzte er an. Und Hardy begriff, was er meinte. Falls Larry Matt am Kopf geschlagen hatte, hätte die Kugel jede Spur davon zerstört. Es ließ ihn an das Szenario denken, das er vor ein paar Tagen im Fiebertraum gehabt hatte.

»Ich habe keine Ahnung, was geschehen ist«, wiederholte Lightner.

»Was *glauben* Sie, was geschehen ist, Dr. Lightner? Hier geht es um das Leben von Jennifer. Ich muß es Villars begreiflich machen.«

Lightner versuchte eine Gratwanderung, versuchte die ärztliche Schweigepflicht nicht zu brechen. »Na schön, so ist es meiner Meinung nach abgelaufen.«

Lightner sah ihn an, die letzten flachen Sonnenstrahlen betonten das Rot in seinem Bart. Ermattet von der Anspannung und von dem moralischen und beruflichen Dilemma, schien er sich nun endlich entschlossen zu haben. »Sie wollte ihn verlassen, wollte Matt mitnehmen. Darum ging der Streit. Er hatte sie an Weihnachten fürchterlich verprügelt. Sie rief mich an und hat es mir erzählt.«

»Und was unternahmen Sie?«

»Ich habe zur ihr gesagt, sie soll fortgehen, abhauen. Sie sagte, sie hat Angst, Larry wird sie umbringen. Sie erzählte mir von der Pistole. Sie befand sich im Kopfbrett des Bettes. Er würde sie benutzen. Ich sagte zu ihr, sie soll sie herausnehmen und abhauen. Offensichtlich hat sie das nicht getan.«

»Was dann?«

»Am Montag ging es von vorne los.« Und er skizzierte ein Szenario von erschreckender Plausibilität. Hardy traute sich beim Zuhören kaum zu atmen. »Er schlägt sie, und sie sagt, sie wird wirklich weggehen, ihn definitiv verlassen. Sie schreit nach Matt, der nirgends zu finden ist. Vielleicht hat er sich irgendwo versteckt. Jedenfalls faßt Larry, der ihr nachrennt, plötzlich den Entschluß, daß es ihm jetzt reicht. Er rennt nach oben. Weil sie weiß, was er macht – er holt die Waffe –, läuft Jennifer ihm nach, um ihn aufzuhalten, ihn anzuflehen, irgendwas zu unternehmen. Mittlerweile schreit sie hysterisch, genau wie die Nachbarin berichtet hat.

Aber Larry ist nicht im Schlafzimmer. Und die Pistole ist da. Sie packt sie, hört ein Geräusch hinter sich, dreht sich um. Da ist eine zweite Pistole! Sie kommt hinter der Badezimmertür zum Vorschein – da also ist er hineingegangen. Sie schießt. Es ist Matt. Sie hat Matt getroffen, der sich die ganze Zeit über mit seinem neuen Weihnachtsgeschenk im Bad versteckt hat. Eine Spielzeugpistole von seinen Großeltern.

Und plötzlich taucht Larry auf, stürzt auf sie zu, hebt die Hand, um zuzuschlagen. Sie drückt ab, aus nächster Nähe …« Lightner drehte sich wieder Hardy zu, mußte jetzt mit den Augenlidern zwinkern, als kehre er soeben von einem weit entfernten Ort zurück. »Es war vorbei«, sagte er. »Später hat sie versucht, die Spuren zu verwischen. Aber ihr blieb keine Wahl. Larry hätte sie umgebracht …«

Hardy stand einen langen Augenblick reglos da. Der Verkehrslärm war weg. Die Sonne war untergegangen, aus dem Laub kroch die Kälte heran. Es war eine großartige Verteidigung, wenn die Erzählung der Wahrheit entsprach.

»So *glaube* ich, ist es *vielleicht* passiert. Larry ging nach oben, die Pistole zu holen. Es war nicht vorsätzlich. Alles, was Jennifer wollte, war abhauen, sie wollte nur weg von ihm. Sie hätte es längst tun sollen. Es war Notwehr, davon bin ich überzeugt …«

»Werden Sie das morgen vor Gericht bezeugen? Wenn ich eine eidesstattliche Erklärung für Sie habe, werden Sie sie unterschreiben?«

»Was denn? Es gibt keinerlei Beweise dafür. Selbst ich weiß das.«

Auch Hardy wußte es. Aber er brauchte Lightner im Gerichtssaal, brauchte seine Geschichte, eine Geschichte zwar, aber eine sehr ausgefeilte, und zwar für seine eigenen Absichten. »Lassen Sie das meine Sorge sein. Meine Frage ist, ob ich auf Sie zählen kann. Werden Sie zumindest der Richterin das erzählen, was Sie grade mir erzählt haben?«

Langsam und mit einem bedrückten Seufzer nickte Lightner endlich. »Na schön. Wenn sie mich läßt.«

Rebecca hatte ihren Daddy vermißt.

Er lag auf dem Teppich vor dem Kamin und kuschelte mit ihr. Sie ließ ihn nicht mehr hoch, rang ihn wieder zu Boden, und beide lachten und redeten ihre ureigene Sprache. Rebecca hatte Hardy zehn Minuten ungetrübter Freude mit ihrem Repertoire von Küssen geschenkt – Kaninchenküsse, Nase an Nase; Schmetterlingsküsse, Augenwimpern an Hardys Wange; Herzküsse, die sich Rebecca selbst ausgedacht hat, wo sie sich auf die Hand küßte, diese dann ans Herz preßte und sie dann auf Hardys Herz drückte und dort ließ.

Es war nach der Schlafengehenszeit der Kinder, draußen war es dunkel, drinnen waren die Lichter aus, aber die Familie war wieder zusammen. Das Feuer knisterte. Vincent schlief ein, und Frannie legte ihn aufs Sofa. Sie kam hinunter zu ihnen auf den Fußboden und legte den Kopf auf Hardys Bauch. Rebecca lag tonnenschwer quer über seiner Brust – ihr Atem wurde regelmäßig.

»Kommst du bald ins Bett? Ist nicht morgen der große Tag?«

»Eine Minute noch.«

»Dismas.« Ihre Augen waren sanft, besorgt. Sie kam zu ihm hinüber und legte ihm die Hand auf die Schulter. »Schatz, es ist elf Uhr.«

Hardy saß an seiner mechanischen Schreibmaschine am Küchentisch, hatte die Stirn in die Hände gelegt, war krank vor Erschöpfung, sein Kopf rotierte wie eine Kreissäge. Er konnte nicht mehr aufhören nachzudenken. Er hatte drei Stunden lang getippt. Zuerst hatte er Lightners vorsichtig formulierte eidesstattliche Erklärung ein wenig aufpoliert. Dann hatte er seinen Antrag nach den Bestimmungen des California Penal Code Abschnitt 190.4 (e) auf Abmilderung der Strafe zu einer lebenslänglichen Haftstrafe ohne Chance auf Bewährung überarbeitet, der völlig auf die Zustimmung der Richterin angewiesen war.

Die zweite Stellungnahme war verzwickter, weil er wußte, daß er nicht darauf hoffen konnte, damit durchzukommen, sofern er nicht legitimen Grund hatte, ein neues Verfahren zu verlangen. Zu diesem Zwecke zählte er auf zwei Argumente: das erste lautete, daß die Zusammenlegung der Anklage wegen Mordes an Ned Hollis mit der wegen der Morde an Larry und Matt die Geschworenen – juristisch gesehen – verhängnisvoll beeinflußt hatte.

Es stimmte, sowohl Freeman als auch Jennifer hatten dieses Thema im Protokoll verworfen, aber diese Klippe konnte er umschiffen. Hardys Argument war, daß kein *kompetenter* Anwalt unter den gegebenen Umständen die Abweisung des Verfahrens jemals abgelehnt haben könnte, daß Jennifers Einwilligung also aufgrund inkompetenter Beratung erfolgt sei.

(Er wußte, daß Freeman bei solch einer Taktik nicht einmal mit der Wimper zucken würde, Hardy wohl seinerseits auf diese Finte verwiesen hätte, wenn sie Hardy nicht selbst eingefallen wäre. Es ging darum, der Mandantin das Leben zu erhalten, nicht um Bauchpinseleien.)

Das war ein vernünftiges Argument, auch wenn Villars – wieder einmal – bereits eine Entscheidung dazu gefällt hatte und es unwahrscheinlich war, daß sie ihre Meinung ändern würde.

Auf das zweite Argument setzte er die meiste und letzte Hoffnung – das Beweismaterial dafür, daß Jennifer eine mißhandelte Ehefrau war, war unterdrückt worden … und Hardy wußte, daß die ganze Sache an diesem Punkt, juristisch betrachtet, auf etwas wackligen Beinen stand, denn wer hatte letztlich das Beweismaterial unterdrückt, wenn nicht Jennifer selbst? Er würde erklären müssen, warum sie das getan hatte.

Er unternahm den Versuch, nach den im Gesetz festgelegten Richtlinien zu begründen, warum er auf lebenslange Haft statt auf die Todesstrafe plädierte. Rein technisch gesehen, konnte er diesen Antrag zum gegebenen Zeitpunkt lediglich zum Zwecke der Strafmilderung geltend machen, nicht zur Verwerfung des Schuldspruchs. Nach den sonstigen Ausführungen des Gesetzes war der Antrag als Begründung zur Eröffnung eines neues Verfahrens wahrscheinlich unzulässig.

Falls er wirklich auf ein neues Verfahren hoffen wollte, dann mußte Villars die Verbindung herstellen und einen kühnen Sprung machen. Und dazu mußte sie auf einen ziemlich dünnen Ast klettern, was die richterliche Begründung anging. Er hatte keine Ahnung, ob sie das machen würde.

Aber ihm blieb keine andere Wahl – er mußte alles auf diese eine Karte setzen –, er mußte darauf vertrauen, daß Villars an der Gerechtigkeit, an der Wahrheit gelegen war, wie er es von ihr annahm. Sie hatte zu ihm gesagt, daß ihr die Todesstrafe größtes Kopfzerbrechen machte, daß die Verantwortung sie schier erdrückte. Aber ungeachtet dessen würde er sie darum bitten, mehrere von ihr im Verlauf des Prozesses gefällte Entscheidungen umzustoßen. Wenn sie da nur im geringsten schwankte, würde Powell Zeter und Mordio schreien. Und Powell war drauf und dran, der Generalstaatsanwalt des Staates Kalifornien zu werden. Er war zum jetzigen Zeitpunkt niemand, auf dessen Feindschaft Villars erpicht wäre ...

Ein Teil von Hardy wußte, daß er sich etwas vormachte. Er wußte, daß in der Praxis eine Urteilsaufhebung zu diesem Zeitpunkt nicht in Frage kam. Die abschließenden Anträge an die Justizbehörde mochten als die letzte Zuflucht des Angeklagten kaschiert werden, aber ihre wahre Absicht bestand darin, dem Richter die Chance zu geben, sich vor dem Kainsmal des unumstößlichen Fehlurteils zu bewahren. Nur auf dem Papier mochte diese letzte Hürde *vielleicht* eine Auswirkung auf die fairere Handhabung der Todesstrafe haben – historisch betrachtet machte es in der Praxis nur selten irgendeinen Unterschied.

Nachdem er seine Anträge noch einmal durchgesehen hatte, brachte er den Rest der Nacht damit zu, die Ordner mit den Beweisstücken doppelt und dreifach zu überprüfen und seine Gesprächsprotokolle von A bis Z durchzulesen. Seine Notizen zu Tom DiStephano. Was ihm die Ärzte zu Jennifers »Unfällen«, zu ihren blauen Flecken berichtet hatten. Freemans eidesstattliche Versicherung, daß Jennifer ihm untersagt hatte, sich auf das zu berufen. Die Abtreibungen. Die erste Zeugenaussage des Zahnarztes Harlan Poole.

Und Gott sei Dank hatte er sich damals zu Wort gemeldet und protestiert, darauf beharrt, daß die Besprechung ins Protokoll aufgenommen wurde.

Er war durchaus der Ansicht, daß Villars ihm die Gelegenheit einräumen würde – er würde vermutlich die Erlaubnis bekommen anzufangen. Aber sein Spielraum war streng begrenzt – sofern etwas nicht im Protokoll stand, würde sie ihm nicht gestatten, es morgen zum ersten Mal zur Sprache zu bringen, soviel war sicher.

Frannie küßte ihn oben auf den Kopf und ging ins Schlafzimmer. Er sah, daß das Licht ausging. Klugerweise hatte sie ihn für heute abend aufgegeben.

Er stand auf und schnappte sich das Telefon, zog es um die Ecke in den Werkraum hinter der Küche. Er machte hinter sich die Verbindungstür zu.

Das Telefon läutete fünfmal, bevor eine müde Stimme antwortete.

»Nancy, tut mir leid, daß ich Sie aufwecke, aber es gibt da noch eine letzte Sache, die ich wissen muß.«

54

Um halb acht stand er vor dem Justizpalast. Selbst zu dieser frühen Stunde begannen die Reporter bereits zu schwärmen. Heute war der Tag des Urteils, und das lockte sie an wie der Klee die Bienen. Draußen auf der Bryant waren drei mobile Übertragungswagen geparkt, und verschiedene Grüppchen von Medienleuten schlürften Kaffee aus Styroporbechern und aßen Plunderstücke dazu.

Als Hardy sich dem Justizgebäude näherte, erkannte ihn einer der Zeilenschinder und kam herangetrabt, bat ihn um eine Stellungnahme. Hardy blieb stehen, es drehte sich ihm der Magen um. Er wollte mit alldem nichts zu schaffen haben. Es könnte ihm Pech bringen. »Was will man schon sagen? Es ist noch nicht passiert. Das Urteil ist noch nicht bestätigt worden.« Kau da drauf rum, dachte er bei sich.

Andere schloßen sich an:

»Haben Sie neues Beweismaterial?«

»Was halten Sie von Dean Powell als Generalstaatsanwalt?«

Hardy mußte lachen. »Sagen wir, ich sähe ihn lieber in Sacramento als in meinem Gerichtssaal.«

»Glauben Sie, daß Jennifer Witt hingerichtet wird?«

Das machte alle wieder nüchtern. Das hier war die Wirklichkeit. Hardy hatte kein Interesse daran, zu diesem Zeitpunkt die Dinge zu beeinflussen. Villars hatte alle Beteiligten davor gewarnt, mit den Zeitungen und dem Fernsehen zu reden, und es wäre unverantwortlich, wenn er heute morgen vor Gericht seinen Fall überzeugend darlegte und Villars ihn dann wie Powell und Freeman im Fernsehen den großen Max markieren sähe, während sie ihre Entscheidung abwog. Er machte sich also wieder auf den Weg. Es tue ihm leid, er könne keinen Kommentar abgeben. Durch den Ring der Reporter erspähte er David Freeman, wie sein Kollege gerade aus der 7th Avenue in die Bryant abbog. Es hätte eigentlich eine überraschende Erleichterung sein sollen – ein Verbündeter, mit dem er reden konnte –, aber er hatte auch auf Freeman alle Lust verloren. Trotzdem war es nett von dem Alten, daß er gekommen war und sich solidarisch zeigte, mit den Medien sprach, wenn er die Gelegenheit dazu bekam, und dafür würde Hardy schon sorgen. »Hier kommt David Freeman«, sagte er und zeigte in seine Richtung.

Der Schwarm summte hinüber zum nächsten Kleefeld, und Hardy flüchtete sich die breiten und schmutzigen Stufen hinauf in die Vorhalle, durch den Metalldetektor und in einen leeren Aufzug hinein, hinab zu den Schließfächern mit den Beweisstücken, um dann schließlich im dritten Stock in einem verlassenen Zimmer, das bei der Auswahl von Geschworenen Verwendung fand, Zuflucht zu suchen.

Heute war der Tag der eleganten Anzüge. Der Staatsanwalt und der Verteidiger waren identisch angezogen – schwarzer Anzug, weißes Hemd, rote Krawatte. Auf Hardys Schlips prangte ein nahezu unsichtbares Muster aus winzigen blauen Rauten. Ungehemmte Extravaganz.

Sie hatten sich im Gerichtssaal versammelt. Als er den Gang hinaufging, begrüßte Hardy Freeman und Lightner, die nebeneinander Platz genommen hatten. Er händigte Lightner die eidesstattliche Erklärung aus, die er für ihn vorbereitet hatte und wartete mit Freeman plaudernd ab, bis der Psychiater das Papier gelesen und nach dem Einfügen einiger Verbesserungen hier und da unterschrieben hatte.

Hardy nickte Powell zu, der sich über seinen Tisch beugte; heute morgen war er allein. Sein Assistent Morehouse mußte nicht dabeisein, hatte er sich wohl gedacht. Das Ganze würde nicht lange dauern.

Jetzt kam Jennifer durch die Tür. Sie war schlicht angezogen – dunkle flache Pumps und ein blauer Rock, dazu eine weiße Bluse mit einem schmalen Kragen. Kein Make-up. Kein Schmuck. Als der Justizwachtmeister sie zu ihrem Platz begleitet hatte und wegging, drehte sie sich um und schaute sich im Zuschauerraum um, hob die Hand. Hardy sah, wie Lightner nickte. Jennifers Gesicht hellte sich ein klein wenig auf. »Meine Mom ist da«, sagte sie. »Und Tom.«

Es stimmte. Nancy war gerade hereingekommen. Ihr Sohn hielt sie am Arm. Gestern abend hatte sie ihm erzählt, daß die Beerdigung von Phil am Wochenende stattfinden würde. Sie hatte es nicht mehr geschafft, Jennifer zu besuchen, aber Tom und sie hatten wieder Verbindung aufgenommen. Er war wieder ihr lieber Junge. Sie bekam ihre Kinder zurück. Was für ein Ort dafür, dachte Hardy.

Der Wachtmeister verkündete, daß der Superior Court des Staates Kalifornien, der Stadt und des County von San Francisco unter dem Vorsitz der Richterin Joan Villars tage und die Verhandlung eröffnet sei.

Die Richterin nahm am Richtertisch Platz, der vertraute graue Helm ihres Haars saß perfekt über dem konstant ernsten Gesichtsausdruck. Sie hatte ihre Lesebrille aufgesetzt. Adrienne, die Gerichtsstenographin, hatte ihre Maschine aufgebaut und wartete.

»Na schön«, fing die Richterin an und zupfte ihre Robe zurecht. »Guten Morgen. Mr. Powell, haben Sie ein Statement, das Sie abgeben möchten?«

»Nein, Euer Ehren. Die Jury hat laut und deutlich das Nötige gesagt. Soweit die Stellungnahme der Anklagevertretung.« Er sah auf die Uhr. Ganz offensichtlich ging er nicht davon aus, daß dies lange dauern würde. Er setzte sich wieder hin.

»Mr. Hardy?«

Hardy stand auf und überreichte der Richterin seine Papiere. »Euer Ehren, ich möchte zwei Anträge stellen. Nach den Abschnitten 1179-1181 des Penal Code of the State of California beantrage ich bei dem Gericht die Eröffnung eines neuen Verfahrens. Gleichzeitig habe ich laut Abschnitt 190.4 (e) einen Antrag für das Gericht vorbereitet, die Strafe für Mrs. Witt auf lebenslange Haft ohne die Möglichkeit der Entlassung auf Bewährung abzumildern.«

Villars nickte. Das war zu erwarten gewesen. »Haben Sie neues Beweismaterial, das Sie zu diesem Zeitpunkt zur Untermauerung Ihrer Anträge einbringen wollen?«

»Jawohl, Euer Ehren.«

Powell setzte sich kerzengerade hin und sah zu Hardy hinüber.

Hardy fuhr fort. »Ich habe zwei eidesstattliche Erklärungen, Euer Ehren. Wenn Sie erlauben.« Er ging erneut vor zum Richtertisch und reichte der Richterin die Papiere, die sie sich gründlich durchlas. Sie zog die Brille vor und spähte über sie hinweg zu Hardy hinunter. Dann: »Mr. Powell.« Ihr kleiner Finger winkte ihn heran. Als er neben Hardy stand, erhob sie sich von ihrem Sessel. »Nichtöffentliche Beratung im Richterzimmer«, sagte sie. Dann an den Saal gerichtet: »Das Gericht vertagt sich für zehn Minuten.«

Villars war vorgegangen und hatte hinter ihrem Schreibtisch Platz genommen. Hardy und Powell hatten ihre Sessel geholt und näher herangerückt. Die Richterin saß da und blickte in die Ferne, während Powell die eidesstattlichen Erklärungen las. Als er damit fertig war, legte er sie auf dem Schreibtisch vor ihr ab. »Ich werde keines Ihrer Argumente bezüglich des Antrags auf Eröffnung eines neuen Verfahrens akzeptieren, Mr. Hardy«, sagte Villars. »Ich habe im Verlauf des Verfahrens wiederholt zu diesen Themen Entscheidungen getroffen, und ich bin sicher, daß das für die Berufung zuständige Gericht meinen Entscheidungen folgen wird.«

Hardy atmete langsam aus und bereitete sich auf das Schlimmste vor. Neben ihm konnte er Powells Aufregung, seine Begeisterung spüren. Villars hielt die Papiere aufgeschlagen vor sich hoch, überflog sie erneut, runzelte dabei die Stirn, vielleicht, wie Hardy hoffte, weil sie nach etwas anderem suchte, das sie übersehen hatte. Zuletzt fragte sie: »Ist Lightner der Psychiater, mit dem sie geschlafen hat?«

War das eine mögliche Bresche? Hardy ging zum Angriff über. »Das wurde nie nachgewiesen, Euer Ehren.«

Powell stand halb aus seinem Sessel auf. »Was wollen Sie damit sagen, daß es nie nachgewiesen wurde? Euer Ehren, diese eidesstattlichen Erklärungen hätten schon vor Tagen vorgebracht werden sollen, damit wir uns die Sache hätten ansehen können ...«

»Mr. Powell, bitte. Ich stelle hier die Fragen. Mr. Hardy?«

»Die eidesstattliche Erklärung spricht für sich selbst, Euer Ehren. Dr. Lightner sagt, daß er über bislang nicht zur Sprache gekommene Informationen zur Verfassung Jennifers am Morgen der Morde verfügt. Ihr Ehemann hat sie geschlagen. Falls sie ihn getötet hat, dann geschah dies, um ihr Leben zu retten, und zwar genau in diesem Moment, an jenem Morgen. Es lag *kein* Vorsatz ...«

»Euer Ehren, bitte!« Powell wollte das nicht dulden, nicht so kurz vor Schluß.

»Notwehr ist ein Rechtfertigungsgrund für Totschlag, Mr. Hardy. Wenn das Ihre Verteidigung sein soll, dann hatten Sie und Mr. Freeman Gelegenheiten genug, das früher zur Sprache zu bringen.«

Hardy hatte gewußt, daß dies kommen würde, und war darauf vorbereitet. »Dieser Punkt ist in der zweiten eidesstattlichen Erklärung angesprochen, Euer Ehren. In der eidesstattlichen Erklärung von David Freeman. Ich hatte keine Gelegenheit dazu. Mr. Freeman hatte durchaus Gelegenheit dazu. Er hat es vorgezogen, sie nicht zu nutzen. Ich war während der Phase zur Klärung der Schuldfrage nicht der Anwalt von Mrs. Witt. Meine Mandantin sollte jetzt nicht für Mr. Freemans Strategie bestraft werden.« Hardy wußte, daß dies leicht übertrieben war ... er und Freeman waren als Team aufgetreten, und Villars wußte das ebensogut wie Powell. Trotzdem hatte er, technisch gesprochen, nicht unrecht.

Villars saß da, ihr Gesicht war eine starre Maske.

»Euer *Ehren*«, sagte Powell, »das ganze BWS-Thema kam nie zur Sprache. Es steht nicht im Protokoll.«

Hardy wollte schon widersprechen, aber Villars fiel ihm ins Wort. »Ich weiß, Mr. Hardy, Sie müssen mich nicht daran erinnern.« Sie hob die Hand und drehte die Handfläche nach außen. »Sie werden sich erinnern, Mr. Powell, daß es durch Mr. Hardy persönlich explizit ins Protokoll aufgenommen wurde.«

»Aber das war während der Phase des Prozesses, bei dem es um Hollis ging. Es hat keinerlei Bezug zu dem, weswegen Jennifer Witt verurteilt wurde.«

Villars sah das anders. »Es war Ihre Entscheidung, die Anklagepunkte in diesem Verfahren zusammenzufassen, Mr. Powell. Es ist Ihr Problem, wenn es Überschneidungen gibt. Aber« – sie wandte sich wieder an Hardy – »diese eidesstattliche Erklärung besagt nicht, welche Beweise Lightner hat.«

Hardy wußte das. Er hatte auch keine unmittelbare Antwort darauf. »Es wird sich aus der Zeugenaussage ergeben.«

»Ach du großer Gott ...«

Villars zeigte mit dem Finger auf Powell. »Achten Sie auf Ihre Sprache, Mr. Powell. Dieses Gericht wird keine Blasphemien dulden.«

»Tut mir leid, Euer Ehren, aber ich kann nicht nachvollziehen, worauf wir hier hinauswollen. Sie haben bereits erklärt, daß Sie die sogenannten Beweise von Mr. Hardy nicht zulassen werden ...«

»Bezüglich des Antrags auf Eröffnung eines neuen Verfahrens.« Villars gefiel das Ganze nicht, aber sie kannte ihre Pflicht. Falls es einen Grund gab, weswegen Jennifer nicht zum Tode verurteilt werden sollte, dann *mußte* sie ihn erwägen. »Bezüglich des Antrags auf Strafmilderung denke ich, daß wir uns anhören sollten, was Dr. Lightner zu sagen hat. *Falls es eine Tatsache ist*, falls Mr. Hardy aufgrund von Dr. Lightners Aussage beweisen kann, daß Mrs. Witt psychisch und physisch mißhandelt wurde, dann hat sie die Abwägung dieser Tatsache verdient, bevor ich sie verurteile.«

»Falls es überhaupt eine Tatsache ist, Euer Ehren. Mr. Hardy gibt keinerlei Hinweis darauf, daß er Tatsachen in den Händen hat.«

Villars überlegte. »Mr. Hardy, können Sie uns etwas über die Substanz von Dr. Lightners in Aussicht gestellter Zeugenaussage sagen?«

Das war Hardys Blatt, und er mußte die richtige Karte ausspielen. »Tut mir leid, Euer Ehren. Sie können Dr. Lightners eidesstattliche Erklärung lesen – ich zögere, den Versuch zu unternehmen, seine Aussage in näheren Details paraphrasieren zu wollen ... ich könnte dem Gericht womöglich unabsichtlich falsche Informationen geben.«

Dies war etwas, das sie alle verstanden. Hardy war sich nicht sicher, wieviel er aus Lightner herausbekommen würde, aber das konnte er nicht sagen.

Villars rieb die Papiere zwischen den Fingern, das Geräusch war dumpf, aber irgendwie eindringlich. »Ich werde Dr. Lightner anfangen lassen, Mr. Hardy«, sagte sie zuletzt. »Aber ich warne Sie ...«

Hardy wußte Bescheid.

»Was wird er sagen?« flüsterte Jennifer Hardy zu und packte ihn am Arm. »Er glaubt, daß ich schuldig bin.«

Hardy mußte es bewundern – sie hielt eisern an ihrer Version fest. In all den Monaten hatte es nicht einmal den kleinsten Versprecher oder die kleinste Abweichung gegeben. Sie hatte es einfach nicht getan, Punktum. Natürlich wäre sie nicht die erste Mörderin, die die Tat bis in den Tod hinein abstritt.

Er beugte sich mit Nachdruck zu ihr hinüber. »Vertrauen Sie mir jetzt. Unterbrechen Sie nicht. Ich glaube Ihnen.« Jetzt war er an der Reihe, *ihren* Arm zu drücken. Er zog sie zu sich hinüber. »Hören Sie mich? Ich glaube Ihnen.«

Villars sah jetzt hinunter auf Lightner. »Herr Doktor«, setzte sie an, »ich möchte keine Mißverständnisse aufkommen lassen. Ihre heutige Zeugenaussage wird nicht zulässig sein, sofern sie die Schuld oder Unschuld von Mrs. Witt betrifft. Die Frage wurde bereits entschieden. Aber das Gericht ist sich bewußt, daß Sie Informationen besitzen, die gewissen Einfluß darauf haben könnten, ob die Todesstrafe abgemildert wird, die die Jury empfohlen hat.«

Lightner schluckte.

»Ist das richtig?«

Der Arzt zuckte die Achsel, sah Hardy hilfesuchend an. »Ja, Euer Ehren, ich glaube schon.«

Villars nickte. »Na schön, Mr. Hardy?«

Hardy stand langsam auf. »Dr. Lightner, in welcher Beziehung stehen Sie zu der Angeklagten?«

»Ich bin ihr Freund und Psychiater.«

»Wie lange sind Sie schon ihr Psychiater?«

»Seit etwa vier Jahren.«

»Und ihr Freund?«

»Ich habe mich von jeher als ihren Freund betrachtet.«

»Und in Ihrer Rolle als Freund, Herr Doktor, haben Sie da Mrs. Witt auch in anderen Situationen erlebt als in solchen, die man als berufsbezogen bezeichnen könnte? Beim Mittagessen, Abendessen, solche Sachen?«

Er fischte im trüben, aber egal wie die Antwort ausfiel, eröffnete er Lightner auch ein großes Loch, durch das dieser hindurchschlüpfen konnte. Er ersah aus Lightners Körperhaltung, aus seinen Augen, daß er begriff, was ihm da angeboten wurde. »Ja.«

Was Lightner nicht zu Bewußtsein kam, war der Preis, den Hardy dafür fordern würde.

»Oft?«

»Mehrmals, ja.«

Dann ließ Hardy die Bombe fallen. »Dr. Lightner, waren Sie zum Zeitpunkt des Todes von Larry und Matt Witt der Geliebte von Jennifer?«

Lightner, allem Anschein nach vom Donner gerührt, lehnte sich im Sessel des Zeugenstands zurück und wandte sich dann an die Richterin. »Euer Ehren …?«

Villars schüttelte verneinend den Kopf. »Beantworten Sie die Frage, Herr Doktor.« Obwohl er das bereits getan hatte.

Hardy erinnerte ihn daran, daß er unter Eid aussagte. Lightner warf Jennifer am Tisch der Verteidigung quer durch den Raum einen hilflosen Blick zu. »Ja«, flüsterte er.

Powell ging in die Luft. »Euer Ehren, dieser Zeuge hat bereits unter Eid ausgesagt, daß er und Mrs. Witt keine intime Beziehung unterhielten.«

Villars beugte sich vor. »Sie geben hiermit einen Meineid zu, Dr. Lightner. Ist Ihnen das bewußt?«

Lightner nickte nüchtern, antwortete mit Ja.

Im Saal kam Unruhe auf, und Villars klopfte einmal mit dem Hammer auf den Tisch. Sie winkte die Vertreter der Anklage und der Verteidigung vor zum Richtertisch. »Ist das Ihr freundlicher Zeuge?« fragte sie, aber die Antwort war unnötig.

Hardy drehte sich um und sah nach, was seine Mandantin machte. Jennifer saß wie zur Salzsäule erstarrt da, hatte die Zähne auf die Unterlippe gesetzt, biß zu. Er hatte zur ihr gesagt, sie solle ihm vertrauen, daß er ihr glaube. Er mußte sie das wissen lassen.

Er trat wieder vor Lightner hin und fragte: »Herr Doktor, haben Sie die Angeklagte jemals hypnotisiert?«

Lightner atmete ein, schluckte. »Ich dachte, es würde ihre Verteidigung beeinträchtigen. Sie kompromittieren. Sie hatte es schwer genug, mit dem klarzukommen, was ihr widerfahren war.«

»Sie meinen den Tod von Larry und Matt?«

»Ja.«

Hardy ließ sich einen Moment Zeit, ging ein Stück auf die

Geschworenen zu, sammelte seine Gedanken, drehte sich dann wieder um. »Weil Sie also tatsächlich eine Liebesaffäre mit Jennifer unterhielten, hatte ein Teil der Zeit, die Sie mit ihr zubrachten, nichts mit der Therapie zu tun? Oder mit ihrer psychischen Verfassung?«

»Das ist richtig.«

Dies war der springende Punkt, und Lightner begriff das. Falls Jennifer eine Chance haben sollte, am Leben zu bleiben, dann mußte die Liebesaffäre ans Licht, wie Hardy nachzuweisen versuchen würde, auch wenn dies Jennifer und Lightner in ein schlechtes Licht rücken sollte.

»Haben Sie Jennifer nach dem 28. Dezember des vergangenen Jahres gesehen, sei es aus beruflichen oder persönlichen Gründen?«

»Ja, natürlich. Das habe ich Ihnen doch gesagt. Beinahe jeden Tag. Sie war infolge des Todes ihres Sohnes völlig am Ende. Sie hat sich Vorwürfe gemacht.« Kurzzeitig kam Unruhe hinter ihnen auf. »Aber Jennifer macht sich Vorwürfe wegen allem und jedem.«

»Und trotzdem streitet sie ab, daß sie ihren Mann und ihren Sohn getötet hat.«

»Das stimmt.«

Dies war keine Frage, aber Powell erhob keinen Einspruch, und Villars sagte nichts, also atmete Hardy tief durch und machte weiter. »Herr Dr. Lightner, hat Jennifer Ihnen etwas von irgendwelchen Entscheidungen gesagt, die sie vor dem 28. Dezember getroffen hatte?«

»Ja. Sie wollte ihren Mann verlassen. Sie rief mich am Weihnachtsabend an.«

»Als Freund, nicht als Psychiater?«

»Ja.«

Hardy machte sich daran, ihn langsam, aber in einem stetigen Rhythmus durch die Ereignisse zu geleiten. Die Tatsache, daß Larry gedroht hatte, sie umzubringen, falls sie fortging. Die Pistole am Bett. Die zunehmende Spannung in der Familie. Er mußte zusehen, daß die Geschichte flüssig blieb, indem er jeweils von Vermutung zu Tatsache wechselte, langsam vorwärts drängte – Einzelheiten, Einzelheiten –, bis sie beim Montag morgen angelangt waren.

»Nun, Dr. Lightner, Jennifer hat Ihnen gegenüber nie zugegeben, daß sie Larry oder Matt erschossen hat. Richtig?«

»Ja. Richtig.«

»Trotzdem, auf der Grundlage Ihrer Ausbildung und Ihrer Erfahrung und Ihrer Beobachtung dieses Prozesses, haben Sie sich eine Meinung gebildet, was Mrs. Witts Geisteszustand zum Zeitpunkt der Schüsse angeht?«

»Ja, das habe ich.«

»Nebenbei bemerkt, Herr Doktor, alle Informationen, die Sie über diesen Fall wissen, haben Sie entweder von Mrs. Witt oder im Verlauf des Prozesses erhalten.«

»Das ist richtig.«

»Niemand hat Ihnen irgendwelche Polizeiberichte, Fotografien oder sonstige Informationen außerhalb des Gerichtssaals zur Verfügung gestellt?«

»Das ist zutreffend.«

»Dann schildern Sie uns doch bitte Ihre Meinung als Fachmann zum Geisteszustand von Mrs. Witt, Herr Doktor.«

»Letztlich befand sie sich in einem Zustand der Panik infolge des BWS. Ihr Mann hatte sie wiederholt geschlagen. Sie hatten sich soeben gestritten. Er lief ihr nach, hoch ins obere Stockwerk. Sie hatte schreckliche Angst …«

Hardy nahm das Tempo auf, behielt den Rhythmus bei, bereitete die Bühne vor, zog Lightner mit sich mit. Larry lief nach oben …

»Und was hat sie dann gemacht?«

»Sie schnappte sich die Pistole aus dem Kopfbrett«, sagte er.

»Und was hat sie dann gemacht?«

»Sie fuhr herum, und da stand Matt mit der Spielzeugpistole – dem neuen Weihnachtsgeschenk – in der Tür zum Bad …«

»Und dann?«

»Matt. Larry, der schreiend auf sie zustürzt. Der einzelne Schuß aus nächster Nähe …«

Im Gerichtssaal war es mucksmäuschenstill. Vielleicht zehn Sekunden verstrichen ohne ein Geräusch. »Nun, Dr. Lightner, wie Sie uns erzählt haben, streitet Mrs. Witt natürlich kategorisch und konsequent ab, daß sie mit diesen Morden irgend etwas zu tun hatte. Also ist dies Ihre eigene Rekonstruktion der Ereignisse?«

»Ja, Sir, das ist richtig.«

»Gänzlich?«

»Ja, selbstverständlich.«

Hardy erwiderte nichts darauf, bis der Satz verdaut war, dann näherte er sich dem Zeugenstand. »Dr. Lightner«, sagte er, »woher wissen Sie von der Spielzeugpistole, die Matt in der Hand hielt?«

Die Stille wuchs. Lightner war beim Vortrag seiner Erzählung ganz in den Bann der davon hochgespülten Emotionen geraten. Jetzt sackte er erschöpft ein wenig in sich zusammen. Schließlich machte er den Mund auf. »Wie bitte?«

Hardy wiederholte die Frage. Woher wußte er von der Spielzeugpistole?

Lightner blinzelte. »Ich bin mir nicht sicher.«

»Aber diese Situation, die Sie uns soeben geschildert haben. Jennifer hat sie Ihnen nicht so geschildert, oder?«

Powell erhob sich. »Euer Ehren ...«

Villars zögerte nicht. »Abgelehnt. Ich möchte, daß Dr. Lightner die Frage beantwortet.«

»Dann muß ich es wohl in den Fotografien gesehen haben. Die Fotos hier in der Verhandlung.«

»Jennifer hat Ihnen nichts davon erzählt? Zu mir hat sie gesagt, daß Matt keine Waffen besaß. Er durfte keine haben.«

Powell erhob sich erneut. Villars schüttelte den Kopf.

»Nein, das stimmt. Sie kann es nicht gewesen sein. Es muß wohl auf den Fotos gewesen sein.«

Hardy nickte und ging zurück zum Tisch der Verteidigung und hob den dicken Umschlag auf, in dem alle Fotos vom Tatort und aus der Gerichtsmedizin aufbewahrt lagen. »Ich möchte Sie bitten, sich alle diese Fotos anzusehen und mir die Spielzeugpistole zu zeigen, wenn Sie sie finden können.«

Lightner nahm das Kuvert und blätterte langsam in den Fotos. Hardy stand über ihn gebeugt und wartete ab. Villars saß da wie eine Sphinx. Als er etwa die Hälfte durchgesehen hatte, blickte Lightner plötzlich auf. »Aber das war nur eine Geschichte. Vielleicht gab es überhaupt keine Pistole. Es ist nur das, was ich mir *gedacht* habe, wie es abgelaufen ist. Es ist eine Vermutung, die auf Informationen beruht.«

»Aber, Dr. Lightner, es ist weit mehr als eine Vermutung.«

Hardy ging erneut zum Tisch zurück. Er griff in seine Aktenmappe und holte eine große Plastiktüte mit Plastikschienenverschluß hervor, wie sie für die Verwahrung von Beweisstücken benutzt wird. Er kam zurück zum Zeugenstand und öffnete die Tüte, zog Terrells »Irrtum« heraus – die realistische Spielzeugpistole, die im selben Müllcontainer gefunden worden war wie die Mordwaffe. »Dies hier ist die Pistole, oder nicht, Herr Dr. Lightner? Dies ist die Pistole, die Matt in der Hand hielt, oder nicht? Die Pistole, von der Sie dachten, sie wäre echt. Die Pistole, die Sie dazu provoziert hat, ihn zu erschießen ...«

»*Mein Gott!*« hörte Hardy Jennifer hinter sich rufen. »*Ken?*«

Hardy war sich nicht sicher, ob er sich überhaupt noch vom Fleck rühren konnte, aber er konnte noch immer reden. »Das war das Paket vom Federal Express – ein Weihnachtsgeschenk von Nancy, Matts Großmutter. Woher wußten Sie in Ihrer Geschichte, daß es ein Weihnachtsgeschenk war? Es kam nicht vor halb zehn ins Haus, nachdem Jennifer weggegangen war, um zu laufen. Als sie zurückkam, hatten Sie es zusammen mit der Tatwaffe entfernt. Jennifer wußte überhaupt nicht, daß es dagewesen war. *Oder doch?*«

Lightner rutschte auf seinem Sessel hin und her, richtete die Augen auf Hardy, dann sah er sich im ganzen Saal um, als suche er nach Hilfe. Zuletzt wandte er sich an Villars. »Das muß ich nicht beantworten, oder? Ich kann mich doch auf den Fünften Verfassungszusatz berufen.«

Villars nickte. »Sofern Sie glauben, daß die Antwort Sie belasten könnte.«

Er rieb sich mit der Hand übers Hosenbein. Er sah Jennifer an, dann Hardy. »Ich berufe mich auf den Fünften Verfassungszusatz«, sagte er zu Villars. »Ich sage kein Wort mehr ohne einen Rechtsanwalt.«

Es war seine einzige Chance, seine letzte Chance.

Sie hatte ihn angerufen, wie sie es immer öfter tat, nachdem die beiden sich gestritten hatten. Larry hatte sie geschlagen.

Warum verließ sie ihn nicht? Es würde nicht besser werden. Die ganze Fachliteratur und die Tatsachen waren sich da einig. Er hatte es ihr erzählt. Und trotzdem wollte sie ihn nicht verlassen. Sie glaubte, sie müsse es immer weiter versuchen.

Also hatte er zugehört. Und ihr Ratschläge erteilt. Und jawohl, er hatte mit ihr geschlafen.

Er hatte Hardy und das Gericht in diesem Punkt angelogen, aber er hatte die Wahrheit gesagt, daß sie ihm wichtig war. Wichtig? Das war milde ausgedrückt. Ja, sie liebte ihn, es war mehr als Projektion, redete er sich ein. Aber sie hatte ihre Familie. Sie wollte sie partout nicht verlassen. Was bedeutete, daß er sie nie wirklich besitzen konnte. Der Anruf am Weihnachtsabend kam nicht etwa, weil sie beschlossen hätte zu gehen. Es war nur ein weiterer Streit, ein weiteres Mal Schläge, ein weiterer Hilferuf. Er hatte ihr seine Meinung gesagt, wie er es immer tat, und dann hat sie kehrtgemacht, weil sie noch nicht genug hatte.

Und jetzt, wieder einmal, war es Montag morgen. Ein weiterer Anruf, noch schlimmere Schäden. Es mußte aufhören. Es war seine einzige Chance, ihre einzige Chance. Er konnte sie retten und ... sie besitzen ... er würde alles für sie tun. Alles ...

Der Olympia Way. Ihr schönes Haus. Die Straße menschenleer, wie ausgestorben, stumm unter einer kalten, spröden Morgensonne. Er brauchte zehn Minuten, vielleicht noch nicht einmal. Jennifer wollte zum Joggen gehen. Er hatte genug Zeit. Sie würde nicht zu Hause sein ...

Kein Mensch auf der Straße.

Er war schon früher dort gewesen. Dreimal am Nachmittag, wenn Matt und Larry fort waren, Jennifer sich mit ihm traf. Er kannte sich im Haus aus. Er wußte, wo die Pistole steckte. Nicht daß er wirklich vorhatte, sie zu benutzen. Oder doch? Nein. Dazu würde es nie kommen. Er würde mit dem Ehemann reden, ihm auf den Kopf zusagen, was er bei Jennifer angerichtet hatte, noch immer anrichtete. Jetzt, als er vor der Tür stand, schien es ...

»Ja bitte?«

»Dr. Witt? Wir müssen miteinander reden. Darf ich bitte hineinkommen? Es geht um Ihre Frau?«

Die schuldbewußten Augen verengten sich. »Wer zum Teufel sind Sie?«

»Ihr Psychiater.« Er schaute um sich, besah sich prüfend die menschenleere Straße. »Sie wissen ja, worum es geht, es ist vertraulich.«

Keine sonstigen Geräusche. Sie waren allein im Haus, nur sie beide.

»Also schön, worum geht es hier eigentlich?«

»Sie braucht mich, Dr. Witt. Sie hat mich angerufen. Ist sie oben?«

»Sie braucht Sie nicht. Was wollen Sie damit sagen, sie hat Sie angerufen? Wann? Wovon sprechen Sie?«

»Sie hat mir gesagt, daß sie hiersein würde. Sie haben sie wieder einmal verprügelt. Ich nehme sie mit ...«

»Sie nehmen nichts mit. Sie ist nicht hier.«

»Wenn ich gehe, rufe ich die Polizei an. Ich rufe sie jetzt auf der Stelle an.«

»Was zum Teufel … was wollen Sie eigentlich?«

»Ich will Jennifer sehen. Ich will, daß sie von hier fortgeht. Sie ist meine Patientin. Als Arzt sollten Sie das doch verstehen.«

»Sie ist nicht hier, ich habe Ihnen doch gesagt, sie ist nicht hier.«

»Ich muß es mit eigenen Augen sehen. Ich schwöre bei Gott, ich rufe die Polizei jetzt sofort an. Ich kann nicht zulassen, daß sie hier bleibt in ihrem Zu…«

»Wollen Sie den Beweis? Dann muß ich Ihnen wohl das ganze Haus zeigen.« Jetzt schon weniger zuversichtlich, dachte er bei sich.

Endlich oben im Schlafzimmer.

»Na bitte, zufrieden? Ich habe Ihnen doch gesagt, sie ist nicht hier. Und jetzt scheren Sie sich raus aus meinem Haus!«

Die Pistole genau da, wo sie gesagt hatte – im Kopfbrett am Bett. »Ich denke nicht.« Er mußte nicht weiter nachdenken. Die Ereignisse nahmen ihren Lauf.

»Was tun Sie mit dem Ding da? Verdammt noch mal …«

Auf ihn zukommend, der Krach, das andere Geräusch … Vielleicht die ganze Zeit über schon da, unterschwellig … Wasser, das ins Waschbecken lief? Er hatte es nicht einmal mitbekommen. Nein. Das Geräusch verstummte. Das war's. Das Geräusch war verstummt. Irgendwer war da drin.

»Rühren Sie sich nicht vom Fleck.« Zu Witt, ließ ihn haltmachen. Jetzt pochte ihm das Blut in den Schläfen.

»Was, zum Teufel, bilden Sie sich eigentlich ein?«

»Wer ist da drin?«

Witt schrie über seine Schulter. »Matt, bleib da drin!« Drehte sich halb um, wollte ihn austricksen – »Komm nicht raus!« –, genau in dem Moment, als die zweite Pistole auftauchte … eigentlich ein Schattenriß … in der Tür zum Badezimmer. Irgendwer schoß auf ihn! Aber niemand zu sehen. Jetzt nichts als Panik. Ein Schatten. Es geht alles zu schnell.

Witt wirft sich auf ihn. Aber noch etwas anderes, im selben Augenblick, drüben an der Seite, in der Tür zum Badezimmer. Im Augenwinkel sieht er eine andere Pistole. Mein Gott! Irgendwer ist da drin, ein Augenzeuge. Mehr noch, eine Bedrohung.

Ihm bleibt keine Sekunde Zeit. Keine Zeit für mehr als einen Seitenblick da hinüber. Es ist eine Pistole – aber irgendwas stimmt nicht, sie ist zu tief am Boden, duckt sich da wer? Sie knallt, die Pistole knallt …

Ihm bleibt keine Wahl, er wirbelt herum, zielt, drückt ab, genau in dem Augenblick, als er sieht …

… den Jungen, der gebückt durch die Tür kommt, eine Pistole in der Hand hält, zielt? Es knallt wieder. Das kann nicht sein. Es kann nicht Matt sein, der ist in der Schule. Es ist ein Schultag, und der Vater ist ganz allein zu Hause …

Er muß aufhören! Er muß! Aber er hat den Finger bereits zu weit durchgedrückt. Seine Pistole bäumt sich auf, explodiert in dem Zimmer laut wie eine Bombe, und der Badezimmerspiegel zersplittert in einem Nebel grellen Rots, daß einem übel werden konnte.

Jetzt kann er nicht mehr aufhören. Nur ein Augenblick Zeit, um sich zu bewegen, während Witt wie vom Blitz getroffen dasteht, sich vor lauter Schreck über den lauten Knall nicht vom Fleck rühren kann, vor Schreck über das, was er gesehen hat, die Augen auf den verrenkten Körper seines Sohnes gerichtet …

Ein Herzschlag, während das Grauen ins Bewußtsein dringt, aber es ist genug. Lightner reißt die Waffe herum, zielt auf Witt, der jetzt mit einem erstickten Schrei und erhobenen Händen auf ihn losgeht. Das Gesicht, die Augen, ein Wilder, der näher kommt.

Unmöglich, nicht abzudrücken. Unmöglich, vorbeizuschießen …

Die Reporter rasten los zu ihren Telefonaten und zu ihren Übertragungswagen, als sich Hardy vom Zeugenstand abwandte. Völlig benebelt bekam er mit, daß Villars ihren Hammer benutzte und Powell stumm neben seinem Tisch stand. Daß Nancy im Zuschauerraum stand. Nancy hatte in dem Telefonat gestern abend bestätigt, daß sie Matt die Spielzeugpistole geschickt hatte.

Lightner sackte im Sessel des Zeugenstands in sich zusammen. Hardy nahm neben seiner Mandantin Platz, die ihm ihr Gesicht zuwandte und hemmungslos weinte.

Powell ließ Lightner von Terrell wegen des Meineids festnehmen. Villars zog sich alleine ins Richterzimmer zurück.

Nach einer halben Stunde kam sie wieder in den Gerichtssaal.

Hardy und Jennifer blieben am Tisch der Verteidigung sitzen, hielten sich die ganze Zeit an den Händen. Nancy und Tom saßen in der ersten Reihe, und Freeman war durch die Trennbarriere nach vorne gekommen. Powell befand sich auf der anderen Seite des Saals, saß zusammengesunken auf seinem Stuhl, gab vor, einige Papiere zu studieren. Er hatte eine entschlossene Miene aufgesetzt.

Villars' Gesicht war gerötet, ihr Mund ein dünner Strich. Sie blickte vom Richtertisch über ihre Lesebrille hinweg nach unten in den Saal, sah erst Hardy und Jennifer an, dann Powell.

Sie sprach deutlich und in offiziellem Ton. »Das Gericht gibt dem Antrag der Verteidigung auf ein neues Verfahren nach den Bestimmungen des Penal Code 1181 statt.«

Hardy lehnte sich jetzt endlich in seinem Stuhl zurück. Daß sie dem Antrag auf ein neues Verfahren stattgab, war eine juristische Formsache – Villars traf eine Entscheidung zu Hardys erstem Antrag und weiter nichts. Es war klar, daß es kein neues Verfahren gegen Jennifer Witt geben würde. Wie sie die ganze Zeit über insistiert hatte, hatte sie weder ihren Sohn noch ihren Mann erschossen, und endlich wußte das jedermann im Gerichtssaal.

»Des weiteren«, fuhr die Richterin fort, »beschließt das Gericht nach den Bestimmungen des California Code of Civil Procedure Abschnitt 657.6, daß das Urteil der Jury in der Strafsache *The People vs. Jennifer Lee Witt* verworfen wird – nach Meinung des Gericht fehlt dem beigebrachten Beweismaterial die Stichhaltigkeit, um die behaupteten Tatsache zu erweisen, auf die sie sich beziehen. Mr. Powell, ich kann mir nicht vorstellen, daß Sie zum gegenwärtigen Zeitpunkt einem Antrag auf Haftentlassung der Angeklagten gegen eine entsprechende schriftliche Verpflichtung widersprechen werden.« Der Satz war nicht als Frage gemeint. »Mr. Hardy, würden Sie bitte zu mir vorkommen.«

55

Nach dem Prozeß hatte Hardy eine neue Backsteinumrandung für Frannies Rosenbeet beim Zaun im Garten hinter dem Haus gebaut. Soeben stellte er einen Fuß auf die Mauer und schaute zurück zum Haus. Isaac Glitsky, Abes ältester Sohn, nahm seine Aufgabe sehr ernst – er hob den Deckel vom Grill und stach mit einer langen Gabel prüfend in den Truthahnschenkel. »Immer noch ein bißchen rosa«, sagte er.

Abe, der an Thanksgiving endlich sein – wie Hardy glaubte – erstes Bier des Jahres in der Hand hielt, sprach geduldig, freundlich mit seinem Sohn ganz und gar nicht in dem Ton, den er in seinem Leben als Kriminalbeamter benutzte. »Mach den Deckel einfach zu, Ike, das wird von selbst gar.«

Der Junge tat es und ging dann zu seinen Brüdern, die mit Hardys Kindern unter dem Vorbau am Haus spielten.

Für die Jahreszeit war es außergewöhnlich warm, sonnig, von Westen wehte ein leichter Wind. Moses und seine schwangere Frau Susan sollten bald eintreffen, und Frannie und Flo waren im Haus dabei, Zutaten zu schnippeln, Schüsselchen mit Gewürzen und Saucen zuzubereiten, Beilagen zu kochen.

Hardy führte sich zu Gemüte, was er als den traditionellen Thanksgiving-Old Fashioned bezeichnete – Bourbon und Soda und Zucker und Angostura und Orangen und Kirschen und weiß Gott was sonst noch. Er wollte den Drink genießen, bevor Moses, der Purist, kommen und versuchen würde, ihm das Getränk zu vermiesen. Er setzte sich auf die neue niedrige Mauer, ließ seine Welt auf sich wirken.

»Das tut's«, sagte er. Er sog genußvoll den Geruch des garenden Truthahns, des frisch gemähten Rasens in sich auf. Dann: »Du glaubst nicht, wer mich gestern angerufen hat.«

Glitsky sah zu ihm hinüber: »Orlando Cepeda?«

Hardy schüttelte den Kopf.

»Michael Jordan?«

»Kein Sportler.«

»Ich weiß, daß es nicht Clinton war. Ich bin sicher, er hätte das erwähnt, als ich mit ihm gesprochen habe.«

Hardy nippte an seinem Drink. »Jennifer Witt.«

Die warme Brise kam einen Moment lang wieder auf. Isaac stand erneut am Grill, und Abe sagte ihm, er solle sich trollen. »Und dreh diese Mütze andersrum, mein Sohn. Wir haben das doch schon besprochen.«

Isaac trug seine Giants-Kappe mit dem Schirm nach hinten. Sein Vater, der Inspektor der Kriminalpolizei, stimmte zwar zu, daß es vermutlich nur eine harmlose Modeerscheinung war, und trotzdem wollte er seinem Sohn noch nicht einmal das klitzekleinste Anzeichen für die Zugehörigkeit zu einer Gang zugestehen. Keine extraweiten Klamotten, keine Fliegerjacken und keine Baseballkappen mit dem Schirm nach hinten für Abe Glitskys Söhne.

Isaac dreht die Kappe mit dem Schirm nach vorn, und Abe sah Hardy schulterzuckend an. »Ich werde allmählich konservativ. Das ist schon traurig.«

»Laß mal überlegen,« sagte Hardy. »In San Francisco würdest du als Konservativer immer noch knapp links von Lenin stehen, stimmt's?«

Die Narbe wurde eine Nuance heller – Abes nicht unbedingt strahlendes Lächeln. »Und, wie geht's Mrs. Witt?«

»Sie ist reich. Richtig reich.«

»So schnell. Haben sie gezahlt?«

»Sie mußten zahlen. Sie ist es ja nicht gewesen.«

Der Schatten des Hauses hatte sie erreicht, und Glitsky rückte ein Stückchen auf der Backsteinmauer weiter. »Ich wollte dich das schon lange fragen.«

Hardy nickte. »Auf der Spielzeugpistole waren keine Fingerabdrücke.«

»Und das ist von Bedeutung?«

»Für einen erfahrenen Ermittler wie dich schon, würde ich denken.«

Glitsky dachte eine Minute darüber nach. Er nippte tatsächlich an seinem Bier. »Sie waren weggewischt worden. Wenn ein Kind damit gespielt hätte, wären seine Fingerabdrücke auf dem Ding gewesen.«

»Siehst du? Ich wußte doch, daß du darauf kommst. Aber unabhängig davon, es gab so viele andere Hinweise, ich habe das einfach übersehen. Irgend etwas hat an mir genagt – wie man so schön sagt –, aber ich bekam das Bild bis zu dem Moment nicht zusammen, als Lightner sich verplappert hat. Es hätten ein paar Fingerabdrücke drauf sein müssen oder Teile von Fingerabdrücken, wenigstens irgendwelche verwischten Abdrücke.«

»Warum hat Lightner Jennifer die Sache in die Schuhe geschoben, wenn er sie geliebt hat?«

»Am Anfang war das nicht seine Absicht. Er muß sich selbst davon überzeugt haben, daß sie für die Sache nicht verurteilt werden würde. Er war sich seiner Sache so sicher, daß er mir sogar seine Befürchtung anvertraut hat, daß sie es gewesen ist, aber nur, um sich vor Larry zu retten.

Wie ich höre, sind sogar Seelenklempner anfällig dafür, das zu glauben, was sie glauben wollen. Genau wie Leute aus dem ›wirklichen‹ Leben.«

»Er hätte etwas klauen sollen«, sagte Abe. »Damit es wie ein vermasselter Einbruch aussieht.«

»Natürlich, für dich mit deiner jahrelangen Erfahrung ist es leicht, so was zu sagen. Jedenfalls durchkreuzte die Verhaftung Jennifers alle seine Pläne. Er hatte gehofft, daß sie ihn nach Larrys Tod irgendwann heiraten würde, ihn, ihren festen Halt und Beistand und Tröster. Er schrieb ihr die Zwangsneurose zu oder was immer es war. Es sieht aber ganz danach aus, als wäre es andersrum gewesen. Außerdem hatte er nicht damit gerechnet, daß Matt zu Hause sein würde. Weihnachtsferien. Er hatte den Jungen vergessen.«

»Warum ist er denn genau zu dem Zeitpunkt aufgetaucht?«

»Dieselbe Frage habe ich Jennifer gestellt. Woher wußte er es? Sie hatte ihn angerufen, als Larry am Morgen des gleichen Tages angefangen hatte, sie zu verprügeln. Ich nehme an, daß sie sich auch dafür die Schuld gibt. Wie auch immer, offensichtlich hatte Lightner sich darüber bereits Gedanken gemacht. Jennifer hatte ihm irgendwann von der Pistole erzählt und wo sie lag. Also dachte er sich, wenn Larry tot wäre … Jennifer hat mir jedenfalls erzählt, daß sie ihn angerufen hat, als sie mitten im Streit mit Larry in den ersten Stock hochgelaufen war. Lightner sagte ihr, sie soll abhauen. Er muß sich überlegt haben, daß jetzt genau der richtige Zeitpunkt war, sagte seiner zuverlässigen Sekretärin Bescheid, daß ein Patient bei ihm sei, hat die Tür hinter sich zugemacht und das Haus durch den Innenhof verlassen. Von seiner Praxis sind es nicht einmal zehn Minuten bis zu Jennifers Haus.«

Glitsky trank von seinem Bier. »Und Terrell hat ihm sein Alibi verschafft.«

Hardy nickte. »Ich bin sicher, daß er sich an seinem neuen Arbeitsplatz gut machen wird.« Der Wechsel von Terrell zur Staatsanwaltschaft war in der vergangenen Woche besiegelt worden. »Lightners Sekretärin sagte aus, daß er den ganzen Morgen über in der Praxis gewesen ist, und das war es, was Terrell hören wollte …«

»Es paßte in seine Theorie.«

»Außer daß die Sekretärin sich jetzt nicht mehr ganz so sicher ist. Witzig, was?«

»Zum Totlachen. Noch nie dagewesen. Und kriegen sie Lightner dran?«

»Sieht ganz so aus. Er wird jedenfalls vor Gericht gestellt.«

»Er hätte die Kurve kratzen sollen, als Anklage gegen sie erhoben wurde.«

Hardy warf ihm einen kurzen Blick zu. »Wie hätte er das denn machen sollen, ohne gleichzeitig mit dem Finger direkt auf sich selbst zu zeigen? Nein, er glaubte, er hätte ein Alibi. Er *mußte* einfach die ganze Zeit dort herumhängen und Jennifers Verteidigung beobachten. Er konnte mich nicht allein machen lassen. Er mußte die Verteidigungsstrategie der Notwehr infolge ständiger Mißhandlung durch den Ehemann (BWS) vorantreiben. Das war der einzige Weg, wie er Jennifer aus der Sache rauskriegen konnte, ohne sich selbst ans Messer zu liefern. Und wenn das nichts half, dann war sowieso alles umsonst gewesen. Und vergiß nicht, er war und ist bis heute wirklich von ihr besessen.«

»Aber ihr Ehemann hat sie tatsächlich geprügelt, nicht wahr?«

Hardy nickte. »Doch sie hat stets die Wahrheit gesagt – sie hat ihn nicht umgebracht, *Ende*. Sie mochte jede Menge Schuldgefühle und sonstige Macken haben, aber sie wäre lieber zur Hölle gefahren, als sich für etwas zu rechtfertigen, das sie *nicht* getan hatte. Ihr großes Problem war einfach, die Leute dazu zu bringen, ihr zu glauben – ihre Anwälte mit inbegriffen.«

Die Hintertür ging auf, und Moses McGuire kam die Treppe herunter. Hardy nahm den letzten Schluck von seinem Drink, aß die Kirsche und ließ die Orangenscheibe hinter sich auf den Boden fallen, schob ein wenig Erde darüber. Er und Glitsky standen auf.

»Ike, willst du mal nach dem Vogel sehen?« fragte Abe.

Moses schüttelte ihnen die Hand, hielt in der anderen ein Glas Scotch. »Das ist mein erster. Habt ihr Jungs schon viel Vorsprung? Was trinkst du, Diz?«

Hardy hielt sein leeres Glas hoch. »Busmills pur, ohne Eis.«

»Du bist mein Mann«, sagte Moses. Dann wandte er sich Glitsky zu: »Und, wie läuft's im Mordgeschäft? Immer noch am Boomen?«

Am Samstag, dem elften Dezember, gaben sich Jody Bachman, Hardys »anderer Typ«, der sich dann doch als Schlag ins Wasser entpuppt hatte, und Margaret Morency in einer Zeremonie auf Ms. Morencys Anwesen in San Marino das Jawort. Als eines der größten Hochzeitsfeste des Jahres bei den oberen Zehntausend wurde das Ereignis im Sunday *Chronicle* in der Rubrik »Aus Welt und Leben« gewürdigt.

Über dreihundert Gäste waren eingeladen. Unter den aufgezählten Stars und Berühmtheiten sprangen Hardy sowohl der Bürgermeister als auch der Polizeichef von Los Angeles ins Auge. Auch Frank Kelso war dort, ebenso eine ganze Reihe weiterer Supervisors, Abgeordneter, prominenter Figuren des öffentlichen Lebens und Philanthropen.

Jody und Margaret lächelten Hardy vom Foto aus an. Zu Jodys Rechter als Trauzeuge stand Todd Crane, der Kanzleichef von Crane & Crane.

Das Ehepaar plante eine ausgedehnte Hochzeitsreise nach Südfrankreich.

Es war ein kleines Haus – drei Schlafzimmer, zwei Badezimmer – in einer Sackgasse in Belmont, zweiundzwanzig Meilen südlich von San Francisco. Die Leute, die vorher dort gewohnt hatten, hatten das Haus tiptop übergeben – das Gras im Garten hinter dem Haus war grün und frisch gemäht. Gleich unterhalb der neu angelegten Terrasse rahmten ein paar Steinbänke einen kleinen Springbrunnen ein. Der Zaun rund um das Grundstück wurde von Obstbäumen gesäumt – zwei Orangenbäume mit Früchten, ein Zitronenbaum, ein Kirschbaum und zwei Pflaumenbäume, auch wenn der Kirschbaum und die Pflaumenbäume jetzt Mitte Januar ganz kahl waren, ohne ein einziges Blatt.

Jennifer Witt war im Morgengrauen aufgestanden und drei Meilen weit gejoggt, hinunter nach Ralston und hinter dem College wieder zurück. Seit dem Prozeß hatte sie keine Zigarette mehr angerührt. Sie saß jetzt am einen Spalt weit geöffneten Fenster in der Frühstücksecke und aß ein Croissant ohne alles aus der guten Bäckerei weiter unten an der Straße. Es war bewölkt, trotzdem konnte sie draußen die Vögel und den Springbrunnen hören.

Es war der erste Tag des Frühjahrssemesters, und um acht Uhr hatte sie bereits geduscht und war fertig angezogen. Ihr erstes Seminar begann um neun. Sie brauchte sich bezüglich des Hauptfachs in den ersten zwei Jahren noch nicht festzulegen, aber sie wußte schon jetzt, daß es Psychologie sein würde. Sie wollte sich endlich selbst besser verstehen lernen und dachte, daß das ein guter Anfang wäre.

Als sie zu Ende gefrühstückt hatte, stellte sie ihr Geschirr in die

Spüle. Sie warf sich einen Pullover über die Schultern, ging nach hinten ins Haus und öffnete eine Tür.

Ihre Mutter schlief noch. Sie ging durch den Raum und drückte ihr einen Kuß auf die Stirn. »Ich bin weg«, sagte sie. »Wollen wir uns irgendwo zum Mittagessen treffen?«

Ihre Mutter hatte viel und oft geschlafen, seit sie umgezogen waren. Jetzt reckte sie sich und legte ihrer Tochter den Arm und den Hals. »Iß ohne mich zu Mittag«, sagte Nancy, »lern ein paar Leute kennen. Bleib im College.«

»Und was machst du?«

Ihre Mutter richtete sich auf. »Mach dir um mich keine Sorgen.«

»Das tue ich aber.« Jennifer setzte sich auf das Bett, und ihre Mutter streichelte ihr über das Haar.

»So gut wie jetzt ist es noch nie gewesen«, sagte Nancy. »Zumindest für mich nicht.«

Jennifer nickte. Sie ließ ihre Hand auf der ihrer Mutter liegen. »Ich weiß. Ich schätze, daß ich nur nie auf diese Art und Weise hierherkommen wollte.«

Nancy lächelte. »Wenigstens sind wir hier. Ich glaube, wichtig ist jetzt, was wir daraus machen.«

»Ich weiß.« Sie drückte ihrer Mutter die Hand und stand auf. »Ich weiß. Es ist nur ganz schön schwer.«

Nancy ließ ihre Hand nicht los. Sie sah zu Jennifer hoch. »Na schön, wie wär's, wenn ich später hinkomme und wir zusammen zu Mittag essen, nur heute? Nur einmal. Damit du den richtigen Einstieg kriegst. Und damit ich auch mal aus dem Haus komme. Ich glaube, langsam bin ich soweit. Vielleicht rufe ich sogar Tom an.«

Jennifer dachte darüber nach. »Das wäre toll, Mom. Das fände ich prima.«

Das letzte Farbfoto von Matt aus der Schule war auf zwanzig mal dreißig vergrößert worden und stand nun gerahmt auf einem kleinen Tisch neben der Haustür. Auf ihrem Weg nach draußen machte Jennifer dort kurz halt, wie sie es jedesmal tat. Diesmal nahm sie das Foto hoch, hielt es vor sich. Ein Matt mit Zahnlücken lächelte sie an. Sie küßte das Glas.

Sie stellte das Bild wieder zurück an seinen Platz, öffnete die Haustür, atmete einmal tief durch und schlenderte hinaus in den Morgen.

John T. Lescroart –
Spannung am Golden Gate

John T. Lescroart – das T am Ende seines Nachnamens wird nicht gesprochen, da er französischer Abstammung ist – wurde im Januar 1948 in Houston,
Texas geboren. Zum Studium kam er an die San Francisco Bay, und dieses
traumhafte Fleckchen Erde hat er auch nach Abschluß seines Jurastudiums an
der renommierten University of California in Berkeley nicht mehr verlassen.
Nach dem Studium verlief seine Berufslaufbahn keineswegs gradlinig: Er war
von 1972 bis 1977 als Sänger und Gitarrist in San Francisco und Los Angeles
tätig. Es folgte eine Zeit, in der er seinen »erlernten« Beruf als Anwalt ausübte. Doch schon mit 22 Jahren hatte Lescroart seinen ersten Roman verfaßt,
von dem er heute allerdings sagt, daß »ihn nie jemand sehen werde«.
Inzwischen widmet sich John T. Lescroart hauptberuflich und mit großem Erfolg der Schriftstellerei. Als Vorbilder nennt er Autoren wie Ernest Hemingway
und Lawrence Durrell, aber auch Kriminalschriftsteller wie Arthur Conan Doyle
und Rex Stout. Seinen Thrillern ist eines gemeinsam: Sie spielen in Kalifornien
und sie finden rasch den Weg in die Bestsellerlisten.

Verzeichnis lieferbarer Titel

(Stand März '98)

Die Bandnummern der Heyne-Taschenbücher sind jeweils in Klammern angegeben

HEYNE BÜCHER

Der Irrtum
01/8824

Der Beweis
01/9068

Philip Friedman

*Seine Gerichtsthriller
gehören zum
Allerbesten, was
Spannungsliteratur
zu bieten hat!*

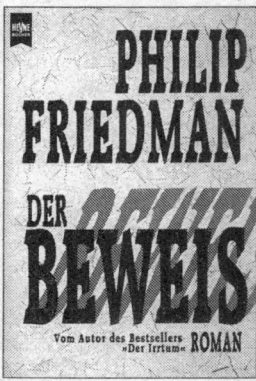

01/9068

Heyne-Taschenbücher

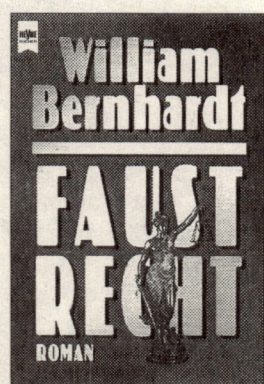